# 全明小説寄生詞曲輯纂

A Complete Collection of Ci-lyrics and Song-poetry in the Ming Novel

上 編

趙義山 主編

**圖書在版編目(CIP)數據**

全明小説寄生詞曲輯纂/趙義山主編. —北京:中華書局,
2023.7
(國家社科基金後期資助項目)
ISBN 978-7-101-16225-7

Ⅰ.全… Ⅱ.趙… Ⅲ.①古典小説-小説研究-中國-明代 ②詞(文學)-詩詞研究-中國-明代③散曲-古典文學研究-中國-明代 Ⅳ.①I207.419②I207.2

中國國家版本館 CIP 數據核字(2023)第 091638 號

---

| | |
|---|---|
| 書　　名 | 全明小説寄生詞曲輯纂(全三册) |
| 主　　編 | 趙義山 |
| 叢 書 名 | 國家社科基金後期資助項目 |
| 責任編輯 | 葛洪春 |
| 責任印製 | 管　斌 |
| 出版發行 | 中華書局 |
| | (北京市豐臺區太平橋西里 38 號　100073) |
| | http://www.zhbc.com.cn |
| | E-mail:zhbc@zhbc.com.cn |
| 印　　刷 | 三河市宏盛印務有限公司 |
| 版　　次 | 2023 年 7 月第 1 版 |
| | 2023 年 7 月第 1 次印刷 |
| 規　　格 | 開本/710×1000 毫米　1/16 |
| | 印張 77¼　插頁 6　字數 1200 千字 |
| 國際書號 | ISBN 978-7-101-16225-7 |
| 定　　價 | 498.00 元 |

# 國家社科基金後期資助項目出版説明

後期資助項目是國家社科基金設立的一類重要項目，旨在鼓勵廣大社科研究者潛心治學，支持基礎研究多出優秀成果。它是經過嚴格評審，從接近完成的科研成果中遴選立項的。爲擴大後期資助項目的影響，更好地推動學術發展，促進成果轉化，全國哲學社會科學工作辦公室按照"統一設計、統一標識、統一版式、形成繫列"的總體要求，組織出版國家社科基金後期資助項目成果。

全國哲學社會科學工作辦公室

# 目　録



## 上編　明代白話小説寄生詞輯纂

## 中編　明代文言小説寄生詞輯纂

## 下編　明代小説寄生曲輯纂

# 前　言

明清兩代是小説大盛的時代，小説中大量融會詩詞曲賦等韻文，又以明代最爲盛行，尤其在《嬌紅記》《鍾情麗集》《懷春雅集》等才子佳人小説和《韓湘子評傳》《三教開迷歸正演義》等宗教勸善小説中達到極盛，從而形成明代小説敍事中散韻結合的一道靚麗風景。這種現象的出現，首先與唐宋傳奇、話本作家以及説話人因炫才意識影響而形成的"文備衆體"的傳統有關。南宋趙彦衛已注意到唐傳奇"文備衆體，可以見史才、詩筆、議論"[①]的特徵，宋末小説史家羅燁對"小説"技藝夾有詩詞亦有關注："夫小説者，雖爲末學，尤務多聞。……曰得詞，念得詩，説得話，使得砌。言無訛舛，遺高士善口稱揚；事有源流，使才人怡神嗟呀。"[②]羅燁主要着眼的是説話技藝，但關注的重點是藝人的"炫才"追求和他們"詞""詩""話""砌"結合的綜合性講説特徵。除此之外，這種現象的出現，也更與明代特殊的社會文化背景關係密切。比如：明代不同文化層次的市民讀者的閲讀習慣與好尚，明代書商射利投時俗之好而對小説文本創作的干預，明代文人對於小説文體的接受態度等等，都對明代小説中多種文體共生的現象有重大影響[③]。

對於小説中寄生詩詞的現象如何認識？應給予怎樣的評價？歷來都見仁見智，但總體而言，人們對於小説中出現的好的詩詞作品還是持積極肯定態度的。明代大學者楊慎曾説："詩盛於唐，其作者往往托於傳奇小説、神仙幽怪以傳於後，故其詩大有絶妙古今、一字千金者。"[④]即便對其中一些襲用前人詩詞的現象，也有人從小説敍事文學的特殊性出發給予同情之理解，如凌濛初曾説："小説中詩詞等類，謂之蒜酪，强半出自新構，間有採用舊者，取一時切景而及之，亦小説家舊例，勿嫌剽竊。"[⑤]但對小説中的

---

①（宋）趙彦衛《雲麓漫鈔》第135頁，中華書局1996年版。

②（宋）羅燁《醉翁談録》卷一，古典文學出版社1957年版。

③參見趙义山等著《明代小説寄生詞曲研究》绪论、第一章，商务印書館2013年版。

④（明）楊慎《升庵詩話》卷八，見丁福保《歷代詩話續編》第803頁，中華書局1983年版。

⑤（明）凌濛初《拍案驚奇・凡例》，見《古本小説集成》本《拍案驚奇》（一）卷首，上海古籍出版社1995年版。

過分粗俗之作,人們自然也進行了批評。如胡應麟曾説:“《水滸》所撰語稍涉聲偶者,輒嘔噦不足觀……然自是其偏長,政使讀書執筆,未必成章也。此書所載四六語甚厭觀,蓋主爲俗人説,不得不爾。余二十年前所見《水滸傳》本,尚極足尋味,十數載來,爲閩中坊賈刊落,止録事實,中間遊詞餘韻,神情寄寓處,一概刪之,遂幾不堪覆瓿。”①胡氏既批評《水滸》中詩歌有“嘔噦不足觀”者,但又給予“蓋主爲俗人説,不得不爾”的理解,並對“中間遊詞餘韻,神情寄寓處”之精彩詩詞表示讚賞,且對書商斷然將此類佳作也一概刪汰極爲不滿。反對書商刪削小説中詩詞,還不止胡應麟,另如明人汪道昆、余象斗、凌蒙初等通俗文學作家,都認爲小説中詩詞有其特殊韻味,值得保留欣賞②。及至清初,小説理論家毛宗崗同樣也是既肯定小説敘事中夾帶好的詩詞“本是文章極妙處”③,但也反對其中的“俚鄙可笑”之作。降及晚清,吴趼人、符雪樵等人評《花月痕》時,雖然亦對作者的炫才傾向表示不滿,但同時也肯定小説中寄生詩詞“淋漓盡致”和“哀感頑豔”的藝術效果。

近現代以來,隨著新文化運動興起和西方小説文體觀的輸入,“小説界革命”的浪潮蕩滌着“文備衆體”的舊小説觀念。如梁啓超、魯迅、李伯元、吴趼人、沈雁冰、羅家倫等,分别從理論與實踐兩方面引領着新時代小説創作和理論批評的潮流,基本上漸漸與西方小説接軌,於是,流行千年的傳統小説散韻結合的結構模式宣告終結,自《詩經》以來,數千年以詩歌爲中心的中國文學,便由此發生顛覆性移位,漸漸被新小説取而代之了。儘管如此,長達千年的傳統小説散韻結合的形式作爲一種歷史存在,仍具有其永恒的藝術魅力和研究價值,單就其寄生於小説中的韻文(尤其是詩詞)而言,也漸漸成爲中國古代文學研究中的一個新的領域,引起了越來越多的學人的興趣。

在對中國古典小説寄生詩詞曲的研究中,有做資料輯録匯編者,有做綜合理論研究者。在綜合理論研究方面,除了一些小説通史(如魯迅《中國小説史略》)和斷代小説史(如陳大康《明代小説史》)之類的專書有論述之外,還漸漸産生了專門研究小説寄生詩詞的論著,如林辰、鍾離叔《古代小

①(明)胡應麟《少室山房筆叢》第437頁,上海書店2001年版。

②參見《水滸資料彙編》(中華書局1977年出版)、《初刻拍案驚奇・凡例》等相關資料。

③見(明)羅貫中著、(清)毛宗崗評《全圖繡像三國演義》卷首,内蒙古人民出版社1981年出版。

説與詩詞》、牛貴琥《古代小説與詩詞》，以及一批以小説中詩詞爲研究對象的博士論文，如梁競西《紅樓夢詩詞的美學研究》、孫步忠《古代白話小説中的詩詞韻文研究》、李小菊《明代歷史演義中的詩詞曲賦研究》等等，此外，還有拙著《明代小説寄生詞曲研究》（合作）從分體斷代的角度進行寄生詞曲的研究等等，都從不同角度展示了這方面的顯著成績。

如就寄生詩詞的資料匯集而言，明人胡應麟已肇其端。他曾經匯集衆多小説中的"鬼詩"，"都爲一集，不下數百篇，時用以資談噱"[①]。其後三百年間，似不曾再有人踵武其事。直到二十世紀中葉以後，這一工作纔又引起學人的興趣。以 1979 年蔡義江《紅樓夢詩詞曲賦評注》爲發端，其後陸續出現孟昭連《金瓶梅詩詞解析》、陳東有《金瓶梅詩詞文化鑒析》、姜世棟等《〈三國演義〉〈水滸傳〉〈西遊記〉詩詞注析》、鄭鐵生《三國演義詩詞鑒賞》、關德富與唐樹凡等《中國四大名著詩詞解析》、李保初與吴修書《中國古典小説卷中的詩詞鑒賞》等等。這些著作對一些古代小説名著中的詩詞作品進行了注釋、解析，並從審美的角度對其構思立意、煉字煉句等進行鑒賞與評論。但欲全面研究中國古典小説中的寄生詩詞，僅僅匯集某一類小説或幾部名著中的詩詞作品，顯然是遠遠不够的，於是，我們便有了匯集所有中國古代小説中全部詩詞作品的想法，而這一想法的産生，則源於一種特殊的機緣。

十多年前，那時我還在廣東佛山大學工作，當我主持的第二個國家社科基金年度項目"明清散曲研究"完成，以最終成果《明清散曲史》申請結項[②]，全國社科辦轉來的鑒定專家意見，其中有一條認爲，成果中論述了《紅樓夢》中的散曲，但對其他小説中的散曲又未涉及，因此建議：要麽，擴大論述範圍，要麽，删去論《紅樓夢》散曲的内容。若擴大論述範圍，勢必要先收集明代衆多小説中的寄生散曲，然後才能進行研究論述，而這一工作，顯然非個人力量在短時間内所能完成，所以，只好忍痛割愛，删去論《紅樓夢》散曲的内容，但卻心有不甘。從那時起，我就想，假如能將古代小説中的所有散曲作品收集起來，供散曲界同仁研究利用，該是多麽有意義的一

①（明）胡應麟《少室山房筆叢》第 373 頁，上海書店 2001 年版。

②按："明清散曲研究"爲國家社科基金 2002 年年度項目，2005 年完成，其最終成果《明清散曲史》被鑒定爲優秀等級，并入選"國家社科基金成果文庫"第二批十種優秀成果，人民出版社 2007 年出版，2009 年獲四川省人民政府哲學社會科學優秀成果一等獎。

件事情！又進而想到，假如索性將古代小説中的所有韻文作品全都收集起來，並且分門别類地匯爲一編，那就不僅將惠及曲學界，而且對詩學界、詞學界、賦學界等學人擴大研究視域，對補編《全唐詩》《全唐五代詞》《全宋詞》《全金元詞》《全明詞》《全元散曲》《全明散曲》《全清散曲》等，都具有重要的意義。

有了這個想法，2006 年，我們便首先以“明代小説中之散曲文獻研究”爲題申報了廣東省的社科規劃項目；幾乎同時，應母校西華師範大學領導和幾位業師之邀，我調任母校文學院院長，全面負責文學院的工作，結合學院的學科建設，也爲獲得稍微多一點的研究經費，我們又以“明代白話小説詞曲研究”爲題申報四川省的社科研究“十一五規劃課題”，獲批 2006 年度重點項目；出於同樣的考慮，又在 2008 年以“明代小説寄生詞曲研究”爲題申報國家社科基金項目，獲批 2008 年度西部項目。這三個項目，分别於 2009 年、2011 年、2013 年完成。這時，國家社科基金立項有了重大變化，即可以接受古籍整理和重要資料匯編的項目，於是，我們便想把先前在做理論研究時所收集的明代小説中的詩詞曲賦資料加以全面的校勘整理，但鑒於量太大，當時預計詩歌約 20000 餘首，詞曲約 4000 餘首，因此，我們便選擇了已經輯録的約 80 萬字的近 4000 首詞曲，以“全明小説寄生詞曲輯纂”爲題，申報了 2013 度的國家社科基金後期資助項目，并獲得批准。此時，我已由西華師範大學文學院調任四川師範大學文學院首席教授，開始組織實施這個項目的工作，總體上較爲順利地進行着。因新的工作崗位職責要求，我在 2015 年又組織策劃并成功申報了國家社科基金重大項目“古本散曲集成”，參與其事者，有全國 10 餘省市 20 餘所高校和科研機構的近 40 位專家學者，繁重的組織策劃工作曾使我一度精疲力竭，客觀上對“全明小説寄生詞曲輯纂”後期的全面校補、考訂等有一定影響。我一邊進行着重大項目“古本散曲集成”的工作，一邊夜以繼日，進行“全明小説寄生詞曲輯纂”的修訂和完善，終於在 2018 年 6 月，完成了這一曠日持久的工作。根據現在結稿的統計，在明代 700 多種小説中，有詞寄生者爲 220 種，有曲寄生者爲 125 種。上編《明代白話小説寄生詞輯纂》輯詞凡 1909 首，中編《明代文言小説寄生詞輯纂》輯詞凡 2833 首，下編《明代小説寄生曲輯纂》輯曲凡 1062 首(套)，以上三編，共輯得寄生詞曲 5806 首(含重復出現者約 1400 首)。

十多年來,我們一邊對明代小説中的詩詞曲賦展開全面的資料輯録整理工作,同時,也一邊思考一些理論問題,我自己和課題組主要成員圍繞這些問題的思考,先後發表了 10 多篇論文,并在 2013 年最終完成國家社科基金項目“明代小説寄生詞曲研究”,對明代寄生詞曲的一些理論問題做了全方位的探討。如明代小説寄生詞曲與小説母體的共生共存關係,寄生詞曲的寄生性、共生性、教化行、豐富性、世俗性、瑣屑性、恣縱性等特徵,寄生詞曲的社會與民俗文化内涵,寄生詞曲與小説母體的文體互動關係等等,都進行了全面而深入的闡論。因《明代小説寄生詞曲研究》一書在 2013 年已由商務印書館公開出版,故此處便不再對這一繫列問題做重復論述。

我這裏要着重指出的是,無論立足小説本位還是詩詞本位,抑或從二者文體互動角度,都可以展開豐富多彩的全新的研究課題,誠如郭英德教授在評《明代小説寄生詞曲研究》一書時所言:“在古代文學研究中獨辟蹊徑,别開生面。”[①]然而,這其間許多問題的探究,寄生詩詞資料的輯録整理,無疑又是最爲基礎的工作。所以,這種大規模大範圍的寄生詩詞輯録,它的價值之一,便是在古代文學的基礎研究中,展開了一個新的領域。

如果就文獻整理研究而言,本書首次對現存明代小説寄生詞曲進行全面的考訂輯録,將其匯爲一編,由此填補了明代詞曲文獻輯録整理方面的一大空白。如就其資料意義與學術價值而言,竊以爲顯而易見者,略有以下幾點:

其一,這些作品的考訂輯纂,其中屬於明代小説作者創作的部分,可補《全明詞》《全明散曲》之遺缺,使整個明代詞曲文獻的匯集與整理更爲完整,這將擴大明代詞曲文學研究的視野和空間,拓展明代詞曲發展史研究的範圍,從而使明代詞曲發展流變研究的内容更爲豐富,認知更爲科學。

其二,其中屬於小説作者記載或引用前人作品的部分,不僅可以補《全唐五代詞》《全宋詞》《全金元詞》《全元散曲》之遺缺,而且可以爲研究明人對前代詞曲的接受提供較爲具體、完整的第一手資料。

其三,可以根據小説中寄生詞曲變化和風格特徵、藝術水準等考證一些重要的學術問題。比如,《金瓶梅》的作者問題,蘭陵笑笑生是否嘉靖間大名士王世貞?學界一直争論不休,其實,只要將《金瓶梅詞話》中出現的

① 見《明代小説寄生詞曲研究》封底。

寄生散曲與王世貞本人的散曲創作做對比研究,即可以爲《金瓶梅》非王世貞作提供一個直接而有力的證據[①]。又比如《水滸傳》《金瓶梅》《燕居筆記》等重要小説都具有多種版本,學人們在做版本源流梳理時,因相關資料缺乏,往往極爲困難,其實,如果從寄生韻文這一角度考慮,問題卻不難解決。一般而言,寄生詞曲數量較多的版本在前,而數量較少者在後,其原因主要在於書商删削原書以節省版面,而寄生詩詞,則成爲删削原書的首選對象。

因此,就以上意義而言,拙編對於明代小説中寄生詞曲的研究,是應該有相當的意義與價值的。至少,它可以免除研究者因探究一些問題必須爲搜集這些資料而付出的艱辛勞動,當然,輯録這份資料的同仁們,卻付出了巨大的辛勞!

在這十多年間,就整個明代小説寄生詞曲資料輯録工作而言,大體上可分爲三個階段:

第一階段,自 2005 年至 2013 年,這八年間,爲初步輯録整理階段;先後參加的學者,主要有佛山大學萬偉成、何仁智、陳恩維、河南大學張進德、西華師範大學鄭海濤、胡燕、孫月霞、姚永輝(已調杭州師範大學)、徐强等,還有河南大學和西華師範大學兩校當時在讀的一部分兩古專業的研究生。

第二階段,自 2013 年至 2015 年,爲全面校對和補録的階段,參加此階段工作的學者,主要有佛山大學萬偉成、西華師範大學鄭海濤、方新蓉、孫月霞、河南大學張進德、邢慧玲、四川師範大學趙俊波。

第三階段,自 2015 年至 2018 年,爲後期審讀、補遺和作者、牌調的考訂階段,主要審定此前校對時遺留的問題,以及全面考訂一些時代不明、作者不明、牌調不明之作品的時代、作者和所用牌調,查對一些在作品審讀中有疑問的文字,改正一些斷句和標點的錯誤等等,這項工作,便基本上由我完成。

除了課題組全體同仁的奉獻之外,在工作的每一階段,不少研究生同學也付出了辛勤的勞動。除了資料輯録、核對之外,在資料的編纂和外出查核過程中,我當時在西華師範大學指導的幾位研究生用力用功更多,其中尤以王金良、郭麗萍、晏松雲、劉博和肖明明等同學在關鍵時刻幫助最大;在忙於結題時,我在四川師範大學指導的博士生于楊甠、閆曉璇、姚亞

① 參見拙稿《明代小説寄生詞曲輯纂啓示録》(載《文學評論》2014 年第 4 期)。

男、張芷萱等，以及碩士生袁小迪等，在一些資料的復核、全書編目和相關數據的統計方面給與了非常及時的幫助。

十多年來，完成此項工作的艱辛備嘗，遠非親身經歷者能體諒其萬一。記得幾十年前，曾聽一位重視理論研究而鄙薄資料匯集整理的學者説：編輯那些詩詞曲全集，不過是一些圖書資料員都可以做的工作。我當時對這樣的議論，也没有太在意，但在利用諸如《全唐詩》《全宋詞》《全金元詞》《全元散曲》《全元文》《全明散曲》《全清散曲》等資料時，内心卻總是默默地對輯編者唐圭璋先生、隋樹森先生、謝伯陽先生、李修生先生等充滿一種敬意，但那時，我還不能完全理解他們所付出的辛勞。但是，當我自己這十多年來親身經歷過這番甘苦之後，便深知前輩學人將畢生精力奉獻於一代文獻匯集是何等艱難！其嘉惠後輩學人的赤誠奉獻，真是功德無量！就我們面對的明代小説寄生詞曲輯録整理而言，恐並非一般讀者想像的那樣簡單：把明代小説找來一部一部地翻檢，發現詞曲，便輯録出來，然後匯編成册，不就那麽一回事嗎？其實，單就從小説文本的翻檢中發現詩詞，便是十分的不易，爲什麽呢？因爲除了少數已有現當代整理排印本，其“發現”較爲容易之外，絶大多數未經整理的刊本或手抄本古籍，其中不分行、不分段、不標點的情況可以説是常態，要從中“發現”詩詞曲，便十分艱難，而這僅僅是初步輯録的工作。對這些初步輯録出來的詩詞曲等韻文作品，相當部分既無題目，又無作者，更不標詞曲牌調名稱，因此，面對那些作品，何者爲詩，何者爲賦，何者爲詞，又何者爲曲的判定，有時也是煞費苦心！而即便是費盡心思將詩、詞、曲等大類區别開來了，但是，對於那些未標牌調名稱之詞曲作品所用詞牌、曲牌的考訂，對於那些未標時代、未標作者之詞曲作品的時代和作者的考訂，每完成一步，就都要付出艱辛的勞動。至於一般古籍整理都具有的諸如斷句、標點，對異體字、繁簡字，對字跡漫漶、脱漏、錯訛等等諸如此類的問題的處理等等，無不考驗着整理者的學養和耐心。好在，在課題組全體同仁的通力合作下，在家人和單位領導的支持下，我們在十多年間，經歷過無數個夏之晨、冬之夜，在自己的斗室迎來朝陽又送走晚霞，終於，在 2018 年 6 月 26 日，這個值得紀念的日子，爲這部費力卻不一定討好的三卷本《全明小説寄生詞曲輯纂》，爲我們十多年的艱辛備嘗，爲我們十多年所下的笨功夫，劃上了一個不一定圓滿的句號！

在此，我謹向付出巨大辛勞的課題組全體同仁，向先後參加這一工作的研究生同學，向一直關心支持這一工作的全國社科辦、全國高校古委會、四川省社科規劃辦、廣東省社科規劃辦，向我曾經工作過的佛山大學、西華師範大學以及我現在工作單位四川師範大學之科研處和文學院，向諸位同行專家和中華書局及其學術中心的諸位領導與同仁，向所有鼓勵和支持過我們工作的朋友們，致以最誠摯的謝忱！

最後，還應特别提到的是，以《中國古代小説總目提要》《中國文言小説總目提要》等爲代表的古代小説類目録書籍，以及以《古本小説集成》《古本小説叢刊》《歷代筆記小説大觀》《中國古代孤本小説集》《思無邪匯寶》等爲代表的小説類叢書，以《全唐五代詞》《全宋詞》《全金元詞》《全明詞》《全明詞補編》《全元散曲》《全明散曲》等爲代表的詞曲全集類著作，以《四庫全書》《續修四庫全書》《四庫存目叢書》《叢書集成》等爲代表的大型綜合類叢書等，皆爲本書的輯録工作帶來很大方便，謹向以上著作的編輯者們致以衷心謝忱！並向已歸道山的編輯者們致以深切的懷念！

因爲水平和時間所限，書中難免還存在這樣那樣的問題，如蒙各位方家和讀者朋友不吝批評指教，那將是我們衷心期待和歡迎的。

趙義山

2018、6、26 日草於成都

2019、7、11 日修訂於成都

校對附記

此稿校畢，應補記之事有二：

一、此書目録，初排稿爲簡目（僅保留書目而略去具體篇目），研究者翻檢使用，必然多有不便，經與責任編輯葛洪春先生商討，得其首肯，决定簡目詳目（既有書目亦有篇目兼首句）並用。如此，將來研究利用，則方便多矣！得其便者，能不感念乎！

二、余獲校稿有日，因目疾未瘳，遲遲未敢寓目。倖得碩博諸生共同襄助，終於元旦前夕校畢。其諸生之中，除前述五位之外，另有碩士生何婷婷、彭智謀、博士生徐江、王陽諸位，亦與有力焉，因記於此。

趙義山

2020.1.6 記於成都

二校又記

此稿一校中,余病于目,二校中,又傷於疫,自交初稿迄今,倏忽數載矣!尤其近三年所經所歷,真令人百感交集!二校,除進一步規範字形外,還補考出一些未標牌調作品所用調名和作者,並補遺詞作3首、曲作4首,使寄生詞曲總數增加7首。此番校訂,碩士生尹海娟、張叔英、肖巧玲、趙姝書、謝莉等,又幫助查核一些寄生詞曲之作者、校核存目與細目;内子楊純玉以初步"陽康"之弱軀,不僅照常承擔全部家務,且數番幫我理順全稿頁次;爲書稿的進一步完善,她們都付出了辛勞。以上情況,一併又記於此。

趙義山

2023.1.10記於四川師範大學巴蜀文化研究所

# 凡　例

一、本書所録，爲有明一代小説中所寄生的詞曲作品。凡三編：《明代白話小説寄生詞輯纂》《明代文言小説寄生詞輯纂》《明代小説寄生曲輯纂》。

二、本書在輯録某種小説中的詞曲作品時，如該小説有多種版本，則儘量選擇含有詞曲作品較多的足本、善本（包括今人的一些高質量整理本）作爲輯録底本。

三、對一些寄生詞曲較多的重要小説，特别是一些名著，如《水滸傳》《西游記》《金瓶梅》，以及《燕居筆記》等著名中短篇小説選集等，除選擇一種足本、善本作爲主要底本做全面輯録之外，對其他較爲流行的版本，則選擇其較重要者輯録其詞曲作品而别爲"附録"。"附録"中對主要底本已經輯録者，則存目；主要底本所無者，則全文附録。其絶大多數中短篇小説，其輯有作品在前而存目在後者，於"存目"處稱某書某卷"已輯"；個别存目在前而輯有作品在後者，於"存目"處稱某書某卷"輯録"或"有輯"；以示區分。

四、中國古代小説已有多種書目提要問世，故本書不再對所涉及的小説作書目提要，僅在書名下注明撰著者姓名、卷數或回數，以及輯録時所使用之底本。

五、明代小説中的寄生詞曲，一般無題目，還有相當一部份不標牌調，對于未標明牌調之詞，本書標示爲"未標牌名"；對於未標明牌調之曲，本書標示爲"未標調名"；一般不再另加題目和牌調名，以保存原貌。

六、對於一部分未標牌調之詞曲作品，如根據其句式結構或據他書可以確定其所用牌調者，則以按語（括注在"未標牌名"或"未標調名"之後）指出其所用牌調名稱。

七、對小説中所寄生的部分前人詞曲作品，凡可考出原作者姓名者，則以按語（括注在作品的牌調名稱和題目之後）指出。

八、明代小説中引用前人作品，情況較爲複雜，有基本按原文引録者，有改動原文字句者，如一一詳爲考訂辨析，此又屬專門研究課題，不屬本書輯録整理工作範圍，故一仍其舊，以保存原貌，但對一些改動痕跡較明顯者，一般會在題目或牌調名稱之后以按語指出。

九、明代小説寄生詞曲中，有不少殘章斷句，若在三句以下者，一般不予輯録。

十、本書所輯録之詞曲，正文依據所選用之底本，如底本文字筆劃小誤，顯係誤刻或有意缺筆、簡筆者，則逕予改正，不做標記。

十一、底本文字有誤，可據别本，或可據義理，或可據格律校訂者，則在其錯字後用[ ]括注正字，以供參考。例如："月（掛）摇[遥]山冷"，表明"摇"字誤，因據别本用[ ]括注正字"遥"字在錯字"摇"字之後，供讀者參考。如[ ]中僅括注一字，表明前面有一字誤，括住二字，表明前面有二字誤，以此類推。

十二、底本有缺字或字跡模糊不可辨識者，則以□占其字位；如據别本可以補出其字者，則在□之後，用[ ]括注所補之字，以供參考。例如："楊柳緑□□[依依]"，表明"依依"二字原模糊不清，據别本補出。

十三、底本有明顯脱漏，但可據别本，或可據義理，或可據格律補出者，則用（ ）括注所補出之字。如上舉"月（掛）摇[遥]山冷"句，"掛"字即據别本補入。

十四、所據底本之古今字、通假字、較常用的異體字等，一般仍依底本，不作改動；底本之俗字、簡化字和已不常用的異體字，一般改爲規範的繁體字。

十五、小説中有一些長短句作品，其詞曲界限模糊，在體式區分上較爲困難者，本書按詞、曲二體各自的基本特徵做了歸類，對此，或不免見仁見智。就像有一些作品，《全唐詩》收之，《全唐五代詞》亦收之；還有些作品，《全元散曲》收之，《全金元詞》亦收之；其主要原因，也是其作品體式界限比較模糊，而輯編者各自的着眼點不同。

十六、關於所收詞曲作品之斷句和標點，凡依文、律皆通順者，則依律斷；若依律可通而於文有淤阻者，則依文斷。

# 上編

# 明代白話小説寄生詞輯纂

# 上編細目

## 附録一：

## 《忠義水滸全書》詞

**附録二：**

**《水滸志傳評林》詞**

附録三：

《第五才子書水滸傳》詞



附録四：

《征四寇傳》詞



《清平山堂話本》詞



《雨窗集》詞



《欹枕集》詞



《僧尼孽海》詞



《西遊記》詞

### 《皇明英烈傳》詞



### 附録：

### 《英烈傳》詞



### 《孔聖宗師出身全傳》詞



### 《隋唐演義》詞

《南北宋誌傳》詞



《大宋中興通俗演義》詞



《錢塘湖隱濟顛禪師語録》詞



《天妃娘媽傳》詞



《熊龍峰四種小説》詞

### 《濃情快史》詞



### 《昭陽趣史》詞



### 《于少保萃忠傳》詞



### 《四遊記·東遊記》詞

## 《喻世明言》詞

《警世通言》詞

## 《醒世恒言》詞



## 《三教偶拈》詞



## 《拍案驚奇》詞

《遼海丹忠録》詞



《玉閨紅全傳》詞



《覺世雅言》詞



《最娱情》詞



《皇明通俗演義七曜平妖全傳》詞

## 《壺中天》詞



## 《宜春香質》詞



## 《弁而釵》詞

## 《醋葫蘆》詞



## 《隋煬帝豔史》詞

## 《鼓掌絶塵》詞



## 《隋史遺文》詞

《天湊巧》詞



《貪欣誤》詞



《歡喜冤家》詞



《孫龐鬥志演義》詞



《鎮海春秋》詞

《七十二朝人物演義》詞



《石點頭》詞



《西湖二集》詞

## 《續西遊記》詞

## 《檮杌閒評》詞



## 《剿闖小説》詞

### 《載花船》詞



### 《山水情傳》詞

## 《唐書志傳通俗演義》詞



## 《五鼠鬧東京傳》詞



## 《楊家府演義》詞

# 《三國志通俗演義》詞

（羅貫中撰　二十四卷　二百四十則　《古本小説集成》據明嘉靖壬午刊本影印　上海古籍出版社　一九九一）

## 未標牌名（按：此爲宋·曾覿《浣溪沙》詞）

原是昭陽宫裏人，驚鴻宛轉掌中身，只疑飛過洞庭春。　按徹《梁州》蓮步穩，好花風裊一枝新，畫堂香暖不勝春。（卷之一　司徒王允説貂蟬）

## 水調歌頭（按：此爲宋·陸游詞）

江左占形勢，先數古徐州。連山峰巒如畫，縹緲步危樓。鼓角臨風悲愴，烽火接天明滅，往事憶孫、劉。千里揮戈甲，萬竈宿貔貅。　草凝霜，風落木，歲方休。使君豪放，談笑洗盡古今愁。不見襄陽登覽，磨滅遊人無數，遺恨默然收。叔子獨千載，名與漢江流。（卷之六　劉玄德娶孫夫人）

# 《隋唐兩朝史傳》詞

（羅貫中撰　十二卷　一百二十回　《古本小説集成》據日本尊經閣本影印　上海古籍出版社　一九九一）

## 榆窠詞

榆窠草，點點斑斑如血掃。借問時公何事？因尉遲一戰征旗倒。　世充兵將魂魄飛，殺入重圍保大小。至今此血尚猶存，不見英雄空懊惱。（第六十一回　單雄信割袍斷義）

## 滿庭芳

金闕蕭條，朱門岑寂，翠華一旦飄蓬。荒原曠野，隨處離宫。虎旅驚鳴宵旰，生靈秏、燕子巢空。恨只恨，漁陽鼙鼓，震起戰塵紅。　四方無猛士，奠安土宇，汛掃腥風。嘆繁華滿目，逐水流東。説甚珠圍翠繞，梗跡萍蹤。傷情處，野花啼鳥，妝點蒺藜叢。（第一〇六回　哥舒翰靈寶戰賊）

# 《殘唐五代史演義傳》詞

（羅貫中編輯　八卷　六十回　《古本小説集成》據明刊本影印　上海古籍出版社　一九九一）

## 西江月（按：此用《西江月》調三闋，前兩闋加襯）

如意冠玉簪翠筆，絳綃衣鶴舞金霞。精神凜凜映桃花，環珮玎璫斜挂。　　素道服皂羅沿襈，紫絲縧碧玉鈎環。手中羽扇動天關，頭上綸巾微岸。　　貼裏暗穿銀甲，垓心穩坐雕鞍。胸中韜略鬼神瞞，文武雙全師範。（卷之五　第三十回　存孝活捉鄧天王）

# 《明容與堂刻水滸傳》詞

（施耐庵撰　一百回　上海人民出版社據原中華書局上海編輯所影印國家圖書館藏《李卓吾先生批評忠義水滸傳》本影印　一九七三）

## 未標牌名

試看書林隱處，幾多俊逸儒流，虛名薄利不關愁。裁冰及剪雪，談笑看吴鈎。評議前王並後帝，分真僞，占據中州。七雄擾擾亂春秋。興亡如脆柳，身世類虛舟。　見成名無數，圖名無數，更有那逃名無數。霎時新月下長川，江湖變桑田古路。訝求魚緣木，擬窮猿擇木，又恐是傷弓曲木。不如且覆掌中杯，再聽取新聲曲度。（引首）

## 未標牌名

午夜初長，黄昏已半，一輪月掛如銀。冰盤如晝，賞玩正宜人。清影十分圓滿，桂花玉兔交馨。　簾櫳高卷，金杯頻勸，酒歡笑賀升平。年年當此節，酩酊醉醺醺。莫辭終夕飲，銀漢露華新。（第二回　王教頭私走延安府　九紋龍大鬧史家村）

## 鷓鴣天

千古高風聚義亭，英雄豪傑盡堪驚。智深不救林沖死，柴進焉能擅大名？　人猛烈，馬猙獰，相逢較藝論專精。展開縛虎屠龍手，來戰移山跨海人。（第九回　柴進門招天下客　林沖棒打洪教頭）

## 臨江仙

作陣成團空裏下，這回忒殺堪憐。剡溪凍住子猷船。玉龍鱗甲舞，江海盡平填。　　宇宙樓臺都壓倒，長空飄絮飛綿。三千世界玉相連。冰交河北岸，凍了十餘年。（第十回　林教頭風雪山神廟　陸虞候火燒草料場）

## 未標牌名（按：用《滿庭芳》調）

一點靈臺，五行造化，丙丁在世傳流。無明心内，災禍起滄州。烹鐵鼎能成萬物，鑄金丹、還與重樓。思今古，南方離位，熒惑最爲頭。　　緑窗歸焰燼，隔花深處，掩映釣魚舟。鏖兵赤壁，公瑾喜成謀。李晉王醉存館驛，田單在、即墨驅牛。周褒姒，驪山一笑，因此戲諸侯。（第十回　林教頭風雪山神廟　陸虞候火燒草料場）

## 未標牌名（按：用《鷓鴣天》調）

凜凜嚴凝霧氣昏，空中祥瑞降紛紛。須臾四野難分路，頃刻千山不見痕。　　銀世界，玉乾坤，望中隱隱接昆侖。若還下到三更後，彷佛填平玉帝門。（第十回　林教頭風雪山神廟　陸虞候火燒草料場）

## 百字令（按：此爲金・完顔亮詞）

天丁震怒，掀翻銀海，散亂珠箔。六出奇花飛滚滚，平填了山中丘壑。皓虎顛狂，素麟猖獗，掣斷珍珠索。玉龍酣戰，鱗甲滿天飄落。　　誰念萬里關山，征夫僵立，縞帶沾旗腳。色映戈矛，光摇劍戟，殺氣横戎幕。貔虎豪雄，偏裨英勇，共與談兵略。須拼一醉，看取碧空寥廓。（第十一回　朱貴水亭施號箭　林沖雪夜上梁山）

## 未標牌名

冬深正清冷，昏晦路行難。長空皎潔，争看瑩浄，埋没遥山。反覆風翻絮粉，繽紛輕點林巒。清沁茶煙濕，平鋪濮水船。　　樓臺銀壓瓦，松壑玉龍蟠。蒼松髯髮，皓拱星攢。珊瑚圓，輕柯渺漠汀灘，孤艇獨釣雪漫漫。村墟情冷落，淒慘少欣歡。（第十一回　朱貴水亭施號箭　林沖雪夜上梁山）

## 臨江仙

悶似蛟龍離海島，愁如猛虎困荒田，悲秋宋玉淚漣漣。江淹初去筆，霸王恨無船。　　高祖滎陽遭困厄，昭關伍相受憂煎，曹公赤壁火連天。李陵臺上望，蘇武陷居延。（第十一回　朱貴水亭施號箭　林沖雪夜上梁山）

## 未標牌名（按：此用《臨江仙》調）

義膽忠肝豪傑，胸中武藝精通，超群出衆果英雄。彎弓能射虎，提劍可誅龍。　　一表堂堂神鬼怕，形容凜凜威風。面如重棗色通紅。雲長重出世，人號美髯公。（第十三回　急先鋒東郭争鋒　青面獸北京鬥武）

## 未標牌名（按：此用《臨江仙》調）

天上罡星臨世上，就中一個偏能，都頭好漢是雷横。拽拳神臂健，飛腳電光生。　　江海英雄當武勇，跳牆過澗身輕。豪雄誰敢與相争。山東插（翅）虎，寰海盡聞名。（第十三回　急先鋒東郭争鋒　青面獸北京鬥武）

## 臨江仙

萬卷經書曾讀過，平生機巧心靈，六韜三略究來精。胸中藏戰將，腹内隱雄兵。　　謀略敢欺諸葛亮，陳平豈敵才能，略施小計鬼神驚。名稱吴學究，人號智多星。（第十四回　赤髮鬼醉臥靈官殿　晁天王認義東溪村）

## 鷓鴣天

罡星起義在山東，殺曜縱横水滸中。可是七星成聚會，卻于四海顯英雄。　　人似虎，馬如龍，黄泥岡上巧施功。滿馱金貝歸山寨，懊惱中書老相公。（第十六回　楊志押送金銀擔　吴用智取生辰岡）

## 臨江仙

起自花村刀筆吏，英靈上應天星，疏財仗義更多能。事親行孝敬，待士有聲名。　　濟弱扶傾心慷慨，高名冰月雙清，及時甘雨四方稱。山東呼保義，豪傑宋公明。（第十八回　美髯公智穩插翅虎　宋公明私放晁天王）

## 未標牌名（按：此用《臨江仙》調）

萬里彤雲密佈，空中祥瑞飄簾，瓊花片片舞前檐。剡溪當此際，凍住子猷船。　頃刻樓臺如玉，江山銀色相連，飛瓊撒粉漫遥天。當時吕蒙正，窑内歎無錢。（第二十四回　王婆貪賄説風情　鄆哥不忿鬧茶肆）

## 未標牌名（按：此用《鷓鴣天》調）

色膽如天不自由，情深意密兩綢繆。只思當日同歡慶，豈想蕭牆有禍憂。　貪快樂，恣優遊，英雄壯士報冤仇。請看褒姒幽王事，血染龍泉是盡頭。（第二十六回　鄆哥大鬧授官廳　武松鬥殺西門慶）

## 水調歌頭（按：此爲宋・蘇軾詞，略有改動）

明月幾時有？把酒問青天。不知天上宫闕，今夕是何年。我欲乘風歸去，只恐瓊樓玉宇，高處不勝寒。起舞弄清影，何似在人間。　高捲珠簾，低綺户，照無眠。不應有恨，何事長向別時圓？　人有悲歡離合，月有陰晴圓缺，此事古難全。但願人長久，萬里共嬋娟。（第三十回　施恩三入死囚牢　武松大鬧飛雲浦）

## 浣溪沙

握手臨期話別難，山林景物正闌珊，壯懷寂寞客衣單。　旅次愁來魂欲斷，郵亭宿處鋏空彈，獨憐長夜苦漫漫。（第三十二回　武行者醉打孔亮　錦毛虎義釋宋江）

## 未標牌名（按：用《臨江仙》調）

齒白脣紅雙眼俊，兩眉入鬢常清，細腰寬膀似猿形。能騎乖劣馬，愛放海東青。　百步穿楊神臂健，弓開秋月分明，雕翎箭發迸寒星。人稱小李廣，將種是花榮。（第三十三回　宋江夜看小鼇山　花榮大鬧清風寨）

## 未標牌名（按：上片用《西江月》調，下片用《臨江仙》調）

烈烈旌旗似火，森森戈戟如麻。陣分八卦擺長蛇，委實神驚鬼怕。　槍晃緑沉紫焰，旗飄繡帶紅霞，馬蹄來往亂交加。乾坤生殺氣，成敗屬誰家。（第三十四回　鎮三山大鬧青州道　霹靂火夜走瓦礫場）

## 未標牌名（按：用《臨江仙》調）

盔上紅纓飄烈焰，錦袍血染猩猩，獅蠻寶帶束金鞓。雲根靴抹緑，龜背鎧堆銀。　坐下馬如同獬豸，狼牙棒密嵌銅釘。怒時兩目便圓睁。性如霹靂火，虎將是秦明。（第三十四回　鎮三山大鬧青州道　霹靂火夜走瓦礫場）

## 未標牌名（按：用《臨江仙》調）

家住潯陽江浦上，最稱豪傑英雄。眉濃眼大面皮紅。髭鬚垂鐵綫，語話若銅鐘。　凜凜身軀長八尺，能揮利劍霜鋒。衝波躍浪立奇功。廬川生李俊，綽號混江龍。（第三十七回　没遮攔追趕及時雨　船火兒夜鬧潯陽江）

## 未標牌名（按：用《臨江仙》調）

七尺身軀三角眼，黄髯赤髪紅睛。潯陽江上有聲名。衝波如水怪，躍浪似飛鯨。　惡水狂風都不懼，蛟龍見處魂驚。天差列宿害生靈。小孤山下住，船火號張横。（第三十七回　没遮攔追趕及時雨　船火兒夜鬧潯陽江）

## 未標牌名（按：用《臨江仙》調）

面似銀盆身似玉，頭圓眼細眉單。威風凜凜逼人寒。靈官離鬥府，佑聖下天關。　武藝高强心膽大，陣前不肯空還。攻城野戰奪旗幡。穆弘真壯士，人號没遮攔。（第三十七回　没遮攔追趕及時雨　船火兒夜鬧潯陽江）

## 未標牌名（按：用《臨江仙》調）

面闊唇方神眼突，瘦長清秀身材。皂紗巾畔翠花開。黄旗書令字，紅串映宣牌。　兩隻腳行千里路，羅衫常惹塵埃，程途八百去還來。神行真太保，院長戴宗才。（第三十八回　及時雨會神行太保　黑旋風鬥浪裏白跳）

## 未標牌名（按：上片用《西江月》調而增字，下片用《臨江仙》調）

黑熊般一身粗肉，鐵牛似徧體頑皮。交加一字赤黄眉，雙眼赤絲亂繫。　怒發渾如鐵刷，猙獰好似狻猊。天蓬惡殺下雲梯。李逵真勇悍，

人號鐵牛兒。(第三十八回　及時雨會神行太保　黑旋風鬥浪裏白跳)

## 西江月

自幼曾攻經史,長成亦有權謀。恰如猛虎臥荒丘,潛伏爪牙忍受。　不幸刺文雙頰,那堪配在江州。他年若得報冤仇,血染潯陽江口。(第三十九回　潯陽樓宋江吟反詩　梁山泊戴宗傳假信)

## 西江月

仿佛渾如駕霧,依稀好似騰雲。如飛兩腳蕩紅塵,越嶺登山去緊。　頃刻纔離鄉鎮,片時又過州城。金錢甲馬果通神,千里如同眼近。(第三十九回　潯陽樓宋江吟反詩　梁山泊戴宗傳假信)

## 未標牌名(按:用《臨江仙》調)

萬里長江東到海,内中一個雄夫。面如傅粉體如酥。上山剜虎目,入水拔龍須。　七晝波心能暗伏,水晶宫偷得明珠。翻江攪海勇身軀。人將張順比,浪裏白跳魚。(第四十回　梁山泊好漢劫法場　白龍廟英雄小聚義)

## 念奴嬌　(按:此爲宋・蘇軾詞,略有改動)

大江東去,浪淘盡、千古風流人物。故壘西邊,人道是、三國周郎赤壁。亂石巉崕,驚濤拍岸,捲起千堆雪。江山如畫,昔時多少豪傑!　遥想公瑾當年,小喬初嫁後,雄姿英發。羽扇綸巾,談笑間、檣櫓灰飛煙滅。故國神遊,多情應笑我,早生華髮。人生如夢,一樽還酹江月。(第四十一回　宋江智取無爲軍　張順活捉黄文炳)

## 浣溪沙

殺卻凶人毁卻房,西風林下路匆忙,忽逢猛虎聚前岡。　格殺雖除村嶺患,潛謀難免報仇殃,脱離羅網更高强。(第四十三回　假李逵剪逕劫單人　黑旋風沂嶺殺四虎)

## 臨江仙

兩臂雕青鐫嫩玉，頭巾環眼嵌玲瓏，鬢邊愛插翠芙蓉。背心書劊字，衫串染腥紅。　問事廳前逞手段，行刑處刀利如風。微黄面色細眉濃。人稱病關索，好漢是楊雄。（第四十四回　錦豹子小徑逢戴宗　病關索長街遇石秀）

## 西江月

身似山中猛虎，性如火上澆油。心雄膽大有機謀，到處逢人搭救。　全仗一條杆棒，只憑兩個拳頭。掀天聲價滿皇州，拚命三郎石秀。（第四十四回　錦豹子小徑逢戴宗　病關索長街遇石秀）

## 臨江仙

破戒沙門情最惡，終朝女色昏迷。頭陀做作亦蹺蹊。睡來同衾枕，死去不分離。　小和尚片時狂性起，大和尚魄喪魂飛。長街上露出這些兒。只因胡道者，害了海闍黎。（第四十六回　病關索大鬧翠屏山　拚命三火燒祝家店）

## 臨江仙

鶻眼鷹睛頭似虎，燕頷猿臂狼腰。疏財仗義結英豪。愛騎雪白馬，喜著絳紅袍。　背上飛刀藏五把，點鋼槍斜嵌銀條。性剛誰敢犯分毫。李應真壯士，名號撲天雕。（第四十七回　撲天雕雙修生死書　宋公明一打祝家莊）

## 未標牌名（按：用《西江月》調）

霧鬢雲鬟嬌女將，鳳頭鞋寶鐙斜踏。黄金堅甲襯紅紗，獅蠻帶柳腰端跨。　巨斧把雄兵亂砍，玉纖手將猛將生拿。天然美貌海棠花，一丈青當先出馬。（第四十八回　一丈青單捉王矮虎　宋公明兩打祝家莊）

## 未標牌名（按：用《西江月》調）

嵌寶頭盔穩戴，磨銀鎧甲重披。素羅袍上繡花枝，獅蠻帶瓊瑶密

砌。　丈八蛇矛緊挺，霜花駿馬頻嘶。滿山都唤小張飛，豹子頭林沖便是。（第四十八回　一丈青單捉王矮虎　宋公明兩打祝家莊）

## 西江月

忠義立身之本，奸邪壞國之端。狼心狗倖濫居官，致使英雄扼腕。　奪虎機謀可惡，劫牢計策堪觀。登州城郭痛悲酸，頃刻横屍遍滿。（第四十九回　解珍解寶雙越獄　孫立孫新大劫牢）

## 西江月

雖是登州蒐獵户，忠良偏惡奸邪。虎皮戰襖鹿皮靴。硬弓開滿月，强弩蹬樺車。　渾鐵鋼叉無敵手，縱横誰敢攔遮。怒時肝膽盡横斜。解珍心性惡，人號兩頭蛇。（第四十九回　解珍解寶雙越獄　孫立孫新大劫牢）

## 西江月

性格忘生拼命，生來驍勇英豪。趕翻麋鹿與猿猱，殺盡山中虎豹。　手執蓮花鐵鎲，腰懸蒲葉尖刀。腰間緊束虎筋絛，雙尾蠍英雄解寶。（第四十九回　解珍解寶雙越獄　孫立孫新大劫牢）

## 未標牌名（按：用《西江月》調）

累代金枝玉葉，先朝鳳子龍孫。丹書鐵券護家門，萬里招賢名振。　待客一團和氣，揮金滿面陽春。能文會武孟嘗君，小旋風聰明柴進。（第五十一回　插翅虎枷打白秀英　美髯公誤失小衙内）

## 未標牌名（按：用《西江月》調）

開國功臣後裔，先朝良將玄孫。家傳鞭法最通神，英武慣經戰陣。　仗劍能探虎穴，彎弓解射雕群。將軍出世定乾坤，呼延灼威名大振。（第五十四回　入雲龍鬥法破高廉　黑旋風探穴救柴進）

## 西江月

臂健開弓有准，身輕上馬如飛。彎彎兩道臥蠶眉，鳳翥鸞翔子弟。　戰

鎧細穿柳葉,烏巾斜帶花枝。常隨寶駕侍丹墀,神手徐寧無對。(第五十七回　徐寧教使鈎鐮槍　宋江大破連環馬)

## 未標牌名(按:用《鷓鴣天》調)

自從落髮鬧禪林,萬里曾將壯士尋。臂負千斤扛鼎力,天生一片殺人心。　欺佛祖,喝觀音,戒刀禪杖冷森森。不看經卷花和尚,酒肉沙門魯智深。(第五十七回　徐寧教使鈎鐮槍　宋江大破連環馬)

## 未標牌名(按:用《臨江仙》調)

曾向京師爲制使,花石綱累受艱難。虹霓氣逼鬥牛寒。刀能安宇宙,弓可定塵寰。　虎體狼腰猿臂健,胯龍駒穩坐雕鞍。英雄聲價滿梁山,人稱青面獸,楊志是軍班。(第五十七回　徐寧教使鈎鐮槍　宋江大破連環馬)

## 西江月

直裰冷披黑霧,戒箍光射秋霜。額前剪髮拂眉長,腦後護頭齊項。　頂骨數珠爍白,雜絨絛結微黄。鋼刀兩口並寒光,行者武松形像。(第五十七回　徐寧教使鈎鐮槍　宋江大破連環馬)

## 西江月

鞭舞兩條龍尾,棍横一串狼牙。三軍看得眼睛花,二將縱横交馬。　使棍的聞名寰海,使鞭的聲播天涯。龍駒虎將亂交加,這厮殺堪描堪畫。(第五十八回　三山聚義打青州　衆虎同心歸水泊)

## 未標牌名(按:用《臨江仙》調)

久在華州城外住,舊時原是莊農,學成武藝慣心胸。三尖刀似雪,渾赤馬如龍。　體掛連環鐵鎧,戰袍風颭猩紅,雕青鐫玉更玲瓏。江湖稱史進,綽號九紋龍。(第五十九回　吴用賺金鈴吊掛　宋江鬧西嶽華山)

## 西江月

頭散青絲細髮,身穿絨綉皂袍。連環鉄甲晃寒霄,慣使銅槌更妙。　好

似北方真武，世間伏怪除妖。雲遊江海把名標，混世魔王綽號。（第六十回　公孫勝芒碭山降魔　晁天王曾頭市中箭）

## 滿庭芳

通天徹地，能文會武，廣交四海豪英。胸藏錦繡，義氣更高明。瀟灑綸巾野服，笑談將白羽麾兵。聚義處人人瞻仰，四海久馳名。　　韻度同諸葛，運籌帷幄，殫竭忠誠。有才能冠世，玉柱高擎。遂使玉麟歸伏，命風雷驅使天丁。梁山泊軍師吴用，天上智多星。（第六十一回　吴用智賺玉麒麟　張順夜鬧金沙渡）

## 滿庭芳

目炯雙瞳，眉分八字，身軀九尺如銀。威風凜凜，儀表似天神。義膽忠肝貫日，吐虹蜺志氣淩雲。馳聲譽北京城内，元是富豪門。　　殺場臨敵處，衝開萬馬，掃退千軍。殫赤心報國，建立功勳。慷慨名揚宇宙，論英雄播滿乾坤。盧員外雙名俊義，河北玉麒麟。（第六十一回　吴用智賺玉麒麟　張順夜鬧金沙渡）

## 沁園春

唇若塗朱，睛如點漆，面似堆瓊。有出人英武，淩雲志氣，資稟聰明。儀表天然磊落，梁山上端的馳名。伊州古調，唱出繞梁聲。　　果然是藝苑專精，風月叢中第一名。聽鼓板喧雲，笙聲嘹亮，暢敘幽情。棍棒參差，揎拳飛腳，四百軍州到處驚。人都羡英雄領袖，浪子燕青。（第六十一回　吴用智賺玉麒麟　張順夜鬧金沙渡）

## 念奴嬌

玉雪肌膚，芙蓉模樣，有天然標格。金鎧輝煌鱗甲動，銀滲紅羅抹額。玉手纖纖，雙持寶刃，恁英雄煊赫。眼溜秋波，萬種妖嬈堪摘。　　漫馳寶馬當前，霜刃如風，要把官軍斬馘。粉面塵飛，征袍汗濕，殺氣騰胸腋。戰士消魂，敵人喪膽，女將中間奇特。得勝歸來，隱隱笑生雙頰。（第六十三回　宋江兵打北京城　關勝議取梁山泊）

## 未標牌名（按：用《西江月》調）

頭戴朱紅漆笠，身穿絳色袍鮮。連環鎧甲獸吞肩，抹緑戰靴雲嵌。　鳳翅明盔耀日，獅蠻寶帶腰懸。狼牙混棍手中拈，凜凜英雄罕見。（第六十三回　宋江兵打北京城　關勝議取梁山泊）

## 未標牌名（按：用《西江月》調）

耀日兜鍪晃晃，連環鐵甲重重。團花點翠錦袍紅，金帶鈒成雙鳳。　鵲畫弓藏袋内，狼牙箭插壺中。雕鞍穩定五花龍，大斧手中摩弄。（第六十三回　宋江兵打北京城　關勝議取梁山泊）

## 西江月

漢國功臣苗裔，三分良將玄孫。繡旗飄掛動天兵，金甲緑袍相稱。　赤兔馬騰騰紫霧，青龍刀凜凜寒冰。蒲東郡内産英雄，義勇大刀關勝。（第六十四回　呼延灼夜月賺關勝　宋公明雪天擒索超）

## 西江月

千丈淩雲豪氣，一團筋骨精神。横槍躍馬蕩征塵，四海英雄難近。　身著戰袍錦繡，七星甲掛龍鱗。天丁元是郝思文，飛馬當前出陣。（第六十四回　呼延灼夜月賺關勝　宋公明雪天擒索超）

## 西江月

捲蹜短黄鬚髮，凹兜黑墨容顔。争開怪眼似雙環，鼻孔朝天仰見。　手内鋼刀耀雪，護身鎧甲連環。海騮赤馬錦鞍韉，郡馬英雄宣贊。（第六十四回　呼延灼夜月賺關勝　宋公明雪天擒索超）

## 西江月

嘹唳凍雲孤雁，盤旋枯木寒鴉。空中雪下似梨花，片片飄瓊亂灑。　玉壓橋邊酒旆，銀鋪渡口魚艖。前村隱隱兩三家，江上晚來堪畫。（第六十五回　托塔天王夢中顯聖　浪裏白跳水上報冤）

## 水調歌頭

頭巾掩映茜紅纓,狼腰猿臂體彪形。錦衣綉襖袍中,微露透深青。雕鞍側坐,青驄玉勒馬輕迎。葵花寶鐙,振響熟銅鈴。倒拖雉尾,飛走四蹄輕。　　金環摇動,飄飄玉蟒撒朱纓。錦袋石子,輕輕飛動似流星。不用强弓硬弩,何須打彈飛鈴。但著處,命歸空。東昌馬騎將,没羽箭張清。(第七十回　没羽箭飛石打英雄　宋公明棄糧擒壯士)

## 滿江紅

喜遇重陽,更佳釀今朝新熟。見碧水丹山,黄蘆苦竹。頭上盡教添白髮,鬢邊不可無黄菊。願樽前長敘弟兄情,如金玉。　　統豺虎,御邊幅。號令明,軍威肅。中心願,平虜保民安國。日月常懸忠烈膽,風塵障卻奸邪目。望天王降詔,早招安,心方足。(第七十一回　忠義堂石碣受天文　梁山泊英雄排座次)

## 古樂府(按:此用《滿庭芳》調)

一自梁王初分,晉地雙魚,正照夷門。臥牛城闊,相接四邊村。多少金明陳跡,上林苑、花發三春。緑楊外,溶溶汴水,千里接龍津。　　潘樊樓上酒,九重宫殿,鳳闕天閽。東風外,笙歌嘹亮堪聞。御路上公卿宰相,天街畔、帝子王孫。堪圖畫,山河社稷,千古汴京尊。(第七十二回　柴進簪花入禁院　李逵元夜鬧東京)

## 絳都春(按:此爲宋·丁仙獻詞)

融和初報,乍瑞靄霽色,皇都春早。翠幰競飛,玉勒争馳,都聞道,鰲山彩結蓬萊島。向晚色,雙龍銜照。絳霄樓上,彤芝蓋底,仰瞻天表。　　縹緲。風傳帝樂,慶玉殿共賞,群仙同到。迤邐御香,飄滿人間聞嬉笑。一點星球小,慚隱隱鳴稍聲杳。遊人月下歸來,洞天未曉。(第七十二回　柴進簪花入禁院　李逵元夜鬧東京)

## 樂府詞(按:此爲宋·宋江《念奴嬌》詞)

天南地北,問乾坤何處,可容狂客?借得山東煙水寨,來買鳳城春色。

翠袖圍香，絳綃籠雪，一笑千金值。神仙體態，薄幸如何消得！　　想蘆葉灘頭，蓼花汀畔，皓月空凝碧。六六雁行連八九，只等金雞消息。義膽包天，忠肝蓋地，四海無人識。離愁萬種，醉鄉一夜頭白。（第七十二回　柴進簪花入禁院　李逵元夜鬧東京）

## 未標牌名（按：用《鷓鴣天》調）

虎皮磕腦豹皮褌，襯甲衣籠細織金。手内鋼叉光閃閃，腰間利劍冷森森。　　沖劍窟，入刀林，弟兄端的有胸襟。兩隻蓋地包天膽，一對誅龍斬虎人。（第七十六回　吴加亮布四斗五方旗　宋公明排九宫八卦陣）

## 未標牌名（按：新鐫李氏藏一百二十回本標《西江月》調）

一個皮主腰幹紅簇就，一個羅踢串彩色裝成。一個雙環撲獸創金明，一個頭巾畔花枝掩映。　　一個白紗衫遮籠錦體，一個皂禿袖半露鴉青。一個將漏塵斬鬼法刀擎，一個把水火棍手中提定。（第七十六回　吴加亮布四斗五方旗　宋公明排九宫八卦陣）

## 西江月

頭巾側一根雉尾，束腰下四顆銅鈴，黄羅衫子晃金明，飄帶綉裙相稱。　　兜小襪麻鞋嫩白，厭腿絣護膝深青。旗標令字號神行，百十里登時取應。（第七十六回　吴加亮布四斗五方旗　宋公明排九宫八卦陣）

## 西江月

褐納襖滿身錦簇，青包巾遍體金銷。鬢邊一朵翠花嬌，鸂鶒玉環光耀。　　紅串綉裙裹肚，白襠素練圍腰。落生弩子棒頭挑，百萬軍中偏俏。（第七十六回　吴加亮布四斗五方旗　宋公明排九宫八卦陣）

## 西江月

如意冠玉簪翠筆，絳銷衣鶴舞金霞。火神朱履映桃花，環佩玎當斜掛。　　背上雌雄寶劍，匣中微噴光華。青羅傘蓋擁高牙，紫騮馬雕鞍穩跨。（第七十六回　吴加亮布四斗五方旗　宋公明排九宫八卦陣）

## 西江月

白道服皂羅沿襈，紫絲縧碧玉鈎環。手中羽扇動天關，頭上綸巾微岸。　　貼裏暗穿銀甲，垓心穩坐雕鞍。一雙銅鍊掛腰間，文武雙全師範。（第七十六回　吴加亮布四斗五方旗　宋公明排九宫八卦陣）

## 未標牌名（按：用《西江月》調加襯）

鳳翅盔高攢金寶，渾金甲密砌龍鱗。錦征袍花朵簇陽春，錕鋙劍腰懸光噴。　　繡腿絣絨圈翡翠，玉玲瓏帶束麒麟。真珠傘蓋展紅雲，第一位天罡臨陣。（第七十六回　吴加亮布四斗五方旗　宋公明排九宫八卦陣）

## 西江月

魯智深一條禪杖，武行者兩口鋼刀。鋼刀飛出火光飄，禪杖來如鐵炮。　　禪杖打開腦袋，鋼刀截斷人腰。兩般兵器不相饒，百萬軍中顯耀。（第七十七回　梁山泊十面埋伏　宋公明兩贏童貫）

## 未標牌名（按：用《西江月》調）

人人勇欺子路，個個貌若天神。鋼刀鐵搠亂紛紛，戰鼓繡旗相稱。　　左手解珍出衆，右手解寶超群。數千鐵甲虎狼軍，攪碎長蛇大陣。（第七十七回　梁山泊十面埋伏　宋公明兩贏童貫）

## 臨江仙

盔上長纓飄火焰，紛紛亂撒猩紅。胸中豪氣吐長虹。戰袍裁蜀錦，鎧甲鍍金銅。　　兩口寶刀如雪練，垓心抖擻威風，左衝右突顯英雄。軍班青面獸，史進九紋龍。（第七十七回　梁山泊十面埋伏　宋公明兩贏童貫）

## 臨江仙

馬步軍中惟第一，偏他數内爲尊。上天降下惡星辰。眼珠如點漆，面部似鐫銀。　　丈二鋼槍無敵手，獨騎戰馬侵尋。人材武藝兩絶倫。梁山

盧俊義，河北玉麒麟。（第七十七回　梁山泊十面埋伏　宋公明兩贏童貫）

## 未標牌名（按：用《西江月》調，上片加襯）

黑旋風持兩把大斧，喪門神仗一口龍泉。項充李袞在傍邊，手舞團牌體健。　斬虎須投大穴，誅龍必向深淵。三軍威勢振青天，惡鬼眼前活見。（第七十七回　梁山泊十面埋伏　宋公明兩贏童貫）

## 西江月

軟弱安身之本，剛强惹禍之胎。無争無競是賢才，虧我些兒何礙。　鈍斧槌磚易碎，快刀劈水難開。但看髮白齒牙衰，惟有舌根不壞。（第七十九回　劉唐放火燒戰船　宋江兩敗高太尉）

## 漁家傲（按：此實爲《蝶戀花》譜式）

一别家鄉音信杳，百種相思，腸斷何時了。燕子不來花又老，一春瘦的腰兒小。　薄幸郎君何日到？想自當初，莫要相逢好。着我好夢欲成還又覺，緑窗但覺鶯聲曉。（第八十一回　燕青月夜遇道君　戴宗定計賺蕭讓）

## 西江月

山後遼兵侵境，中原宋帝興軍。水鄉取出衆天星，奉詔去邪歸正。　暗地時遷放火，更兼石秀同行。等閒打破永平城，千載功勳可敬。（第八十五回　宋公明夜度益津關　吴學究智取文安縣）

## 未標牌名（按：此改宋・張炎《解連環》詞）

楚天空闊，雁離群萬里，恍然驚散。自顧影，欲下寒塘，正草枯沙净，水平天遠。寫不成書，只寄得、相思一點。暮日空濠，曉烟古塹。　訴不盡許多哀怨！揀盡蘆花無處宿，歎何時、玉關重見！嘹嚦憂愁嗚咽，恨江渚難留戀。請觀他、春晝歸來，畫梁雙燕。（第九十回　五臺山宋江參禪　雙林鎮燕青射雁）

## 水調歌頭

三吴都會地，千古羡無窮。鑿開混沌，何年湧出水晶宫。春路如描桃杏發，秋賞金菊芙蓉，夏宴鮮藕池中。柳影六橋明月，花香十里薰風。　　也宜晴，也宜雨，也宜風，冬景淡妝濃。王孫公子，亭臺閣内管弦中。北嶺寒梅破玉，南屏九里蒼松。四面青山疊翠，侵漢二高峰。疑是蓬萊景，分開第一重。（第九十四回　寧海軍宋江吊孝　湧金門張順歸神）

## 臨江仙

自古錢塘風景，西湖歌舞歡筵。遊人終日玩花船，簫鼓夕陽不斷。昭慶壇聖僧古跡，放生池千葉紅蓮。蘇公堤紅桃緑柳，林逋宅竹館梅軒。雷峰塔上景蕭然，清净慈門亭苑。　　三天竺曉霞低映，二高峰濃抹雲煙。太子灣一泓秋水，佛國山翠藹連綿。九里松青蘿共翠，雨飛來龍井山邊。西陵橋上水連天。六橋金綫柳，纜住採蓮船。斷橋回首不堪觀，一輩先人不見。（第九十四回　寧海軍宋江吊孝　湧金門張順歸神）

## 浣溪沙（按：此爲宋·歐陽修詞）

湖上朱橋響畫輪，溶溶春水浸春雲。碧琉璃滑净無塵。　　當路遊絲迎醉客，隔花黄鳥唤行人。日斜歸去奈何春。（第九十五回　張順魂捉方天定　宋江智取甯海軍）

## 滿庭芳（按：此應爲《水調歌頭》，依律，上片脱第六句六字）

罡星起河北，豪傑四方揚。五臺山發願，掃清遼國轉名香。奉詔南收方臘，催促渡長江。一自潤州破敵，席捲過錢塘。　　抵清溪，登昱嶺，涉高岡。蜂巢剿滅，班師衣錦盡還鄉。堪恨當朝讒佞，不識男兒定亂，誑主降遺殃。可憐一場夢，令人淚兩行。（第一百回　宋公明神聚蓼兒窪　徽宗帝夢遊梁山泊）

## 附録一：

# 《忠義水滸全書》詞

（施耐庵撰　一百二十回　《明清善本小説叢刊》據《新鐫李氏藏本忠義水滸全書》影印　臺北天一出版社　一九八五）

**未標牌名"試看書林"**（按：前容與堂百回本中已輯，此存目）（引首）

**未標牌名"午夜初長"**（按：前容與堂百回本中已輯，此存目）（第二回　王教頭私走延安府　九紋龍大鬧史家村）

**未標牌名"凜凜嚴凝"**（按：用《鷓鴣天》調，前容與堂百回本中已輯，此存目）（第十回　林教頭風雪山神廟　陸虞候火燒草料場）

**百字令"天丁震怒"**（按：前容與堂百回本中已輯，此存目）（第十一回　朱貴水亭施號箭　林沖雪夜上梁山）

**臨江仙"悶似蛟龍"**（按：前容與堂百回本中已輯，此存目）（第十一回　朱貴水亭施號箭　林沖雪夜上梁山）

**未標牌名"義膽忠肝"**（按：用《臨江仙》調，前容與堂百回本中已輯，此存目）（第十三回　急先鋒東郭爭鋒　青面獸北京鬥武）

**未標牌名"天上罡星"**（按：用《臨江仙》調，前容與堂百回本中已輯，此存目）（第十三回　急先鋒東郭爭鋒　青面獸北京鬥武）

**臨江仙"萬卷經書"**（按：前容與堂百回本中已輯，此存目）（第十四回　赤髮鬼醉臥靈官殿　晁天王認義東溪村）

**鷓鴣天"罡星起義"**（按：前容與堂百回本中已輯，此存目）（第十六回　楊志押送金銀擔　吴用智取生辰綱）

**臨江仙"起自花村"**（按：前容與堂百回本中已輯，此存目）（第十八回　美髯公智穩插翅虎　宋公明私放晁天王）

**水調歌頭"明月幾時有"**（按：前容與堂百回本中已輯，此存目）（第三十回　施恩三人死囚牢　武松大鬧飛雲浦）

**浣溪沙"握手臨期"**（按：前容與堂百回本中已輯，此存目）（第三十二回　武行者醉打孔亮　錦毛虎義釋宋江）

**未標牌名“齒白唇紅”**(按:用《臨江仙》調,前容與堂百回本中已輯,此存目)(第三十三回　宋江夜看小鼇山　花榮大鬧清風寨)

**未標牌名“烈烈旌旗”**(按:上篇《西江月》調,下《臨江仙》調,前容與堂百回本中已輯,此存目)(第三十四回　鎮三山大鬧青州道　霹靂火夜走瓦礫場)

**未標牌名“盔上紅纓”**(按:用《臨江仙》調,前容與堂百回本中已輯,此存目)(第三十四回　鎮三山大鬧青州道　霹靂火夜走瓦礫場)

**未標牌名“家住潯陽”**(按:用《臨江仙》調,前容與堂百回本中已輯,此存目)(第三十七回　没遮攔追趕及時雨　船火兒夜鬧潯陽江)

**未標牌名“七尺身軀”**(按:用《臨江仙》調,前容與堂百回本中已輯,此存目)(第三十七回　没遮攔追趕及時雨　船火兒夜鬧潯陽江)

**未標牌名“面似銀盆”**(按:用《臨江仙》調,前容與堂百回本中已輯,此存目)(第三十七回　没遮攔追趕及時雨　船火兒夜鬧潯陽江)

## 未標牌名(按:用《臨江仙》調,前容與堂百回本中已輯,但文字多有異同)

面闊唇方神眼突,瘦長清秀人材,皂紗巾畔翠花開。黄旗書令字,紅串映宣牌。　　健足欲追千里馬,羅衫常惹塵埃,神行太保術奇哉。程途八百里,朝去暮還來。(第三十八回　及時雨會神行太保　黑旋風鬥浪裏白跳)

西江月“自幼曾攻”(按:前容與堂百回本中已輯,此存目)(第三十九回　潯陽樓宋江吟反詩　梁山泊戴宗傳假信)

西江月“仿佛渾如”(按:前容與堂百回本中已輯,此存目)(第三十九回　潯陽樓宋江吟反詩　梁山泊戴宗傳假信)

## 未標牌名(按:用《西江月》調)

東去長江萬里,内中一個雄夫。面如傅粉體如酥,履水如同平土。　　膽大能探禹穴,心雄欲摘驪珠。翻波跳浪性如魚,張順名傳千古。(第四十回　梁山泊好漢劫法場　白龍廟英雄小聚義)

## 西江月(二首)

力壯身强無賽,行時捷似飛騰。摩雲金翅是歐鵬,首位黄山排定。　　幼恨毛錐失利,長從韜略搜精。如神算法善行兵,文武全才蔣敬。

鐵笛一聲山裂,銅刀兩口神驚。馬麟形貌更猙獰,厮殺場中超乘。　宗旺力如猛虎,鐵鍬到處無情。神龜九尾喻多能,都是英雄頭領。(第四十一回　宋江智取無爲軍　張順活捉黄文炳)

**臨江仙"兩臂雕青"**(按:前容與堂百回本中已輯,此存目)(第四十四回　錦豹子小徑逢戴宗　病關索長街遇石秀)

**西江月"身似山中"**(按:前容與堂百回本中已輯,此存目)(第四十四回　錦豹子小徑逢戴宗　病關索長街遇石秀)

## 臨江仙

淫行沙門招殺報,暗中不爽分毫。頭陀屍首亦蹊蹺。一絲真不掛,立地吃屠刀。　大和尚此時精血喪,小和尚昨夜風騷。空門裏刎頸見相交。拼死争同穴,殘生送兩條。(第四十六回　病關索大鬧翠屏山　拚命三火燒祝家店)

**臨江仙"鶻眼鷹睛"**(按:前容與堂百回本中已輯,此存目)(第四十七回　撲天雕雙修生死書　宋公明一打祝家莊)

**西江月"軟弱安身之本"**(按:前容與堂百回本中已輯,此存目)(第四十七回　撲天雕雙修生死書　宋公明一打祝家莊)

## 未標牌名(按:用《西江月》調,前容與堂百回本中已輯,但文字多異同)

蟬鬢金釵雙壓,鳳鞋寶蹬斜踏,連環鎧甲襯紅紗,繡帶柳腰端跨。　霜刀把雄兵亂砍,玉纖將猛將生拿。天然美貌海棠花,一丈青當先出馬。(第四十八回　一丈青單捉王矮虎　宋公明兩打祝家莊)

**未標牌名"嵌寶頭盔"**(按:用《西江月》調,前容與堂百回本中已輯,此存目)(第四十八回　一丈青單捉王矮虎　宋公明兩打祝家莊)

## 西江月

世本登州獵户,生來驍勇英豪。穿山越嶺健如猱,麋鹿見時驚倒。　手執蓮花鐵钂,腰懸蒲葉尖刀。豹皮裙子虎筋絛,解氏二難年少。(第四十九

回　解珍解寶雙越獄　孫立孫新大劫牢）

## 西江月

斯打場中爲首，呼盧隊裏稱雄。天生忠直氣如虹，武藝驚人出衆。　結寨登雲臺上，英名播滿山東。翻江攪海似雙龍，豈作池中玩弄？（第四十九回　解珍解寶雙越獄　孫立孫新大劫牢）

**西江月“忠義立身”**（按：前容與堂百回本中已輯，此存目）（第四十九回　解珍解寶雙越獄　孫立孫新大劫牢）

**未標牌名“累代金枝”**（按：用《西江月》調，前容與堂百回本中已輯，此存目）（第五十一回　插翅虎枷打白秀英　美髯公誤失小衙内）

**未標牌名“開國功臣”**（按：用《西江月》調，前容與堂百回本中已輯，此存目）（第五十四回　入雲龍鬥法破高廉　黑旋風探穴救柴進）

**西江月“臂健開弓”**（按：前容與堂百回本中已輯，此存目）（第五十七回　徐寧教使鉤鐮槍　宋江大破連環馬）

**未標牌名“自從落髮”**（按：用《鷓鴣天》調，前容與堂百回本中已輯，此存目）（第五十七回　徐寧教使鉤鐮槍　宋江大破連環馬）

**未標牌名“曾向京師”**（按：用《臨江仙》調，前容與堂百回本中已輯，此存目）（第五十七回　徐寧教使鉤鐮槍　宋江大破連環馬）

**西江月“直裰冷披”**（按：用《西江月》調，前容與堂百回本中已輯，此存目）（第五十七回　徐寧教使鉤鐮槍　宋江大破連環馬）

## 西江月（按：前容與堂百回本中已輯此詞，但下片文字多有異同）

鞭舞兩條龍尾，棍横一串狼牙。三軍看得眼睛花，二將縱横交馬。　使棍的軍班領袖，使鞭的將種堪誇。天昏地慘日揚沙，這厮殺鬼神須怕。（第五十八回　三山聚義打青州　衆虎同心歸水泊）

**未標牌名“久在華州”**（按：用《臨江仙》調，前容與堂百回本中已輯，此存目）（第五十九回　吴用賺金鈴吊掛　宋江鬧西嶽華山）

**西江月“頭散青絲”**（按：前容與堂百回本中已輯，此存目）（第六十回　公孫勝芒碭山降魔　晁天王曾頭市中箭）

## 滿庭芳（按：前容與堂百回本中已輯此詞，但文字多有異同）

目炯雙瞳，眉分八字，身軀九尺如銀。威風凜凜，儀表似天神。慣使一條棍棒，護身龍絶技無倫。京城内家傳清白，積祖富豪門。　殺場臨敵處，衝開萬馬，掃退千軍。更忠肝貫日，壯氣淩雲。慷慨疏財仗義，論英名播滿乾坤。盧員外雙名俊義，綽號玉麒麟。（第六十一回　吴用智賺玉麒麟　張順夜鬧金沙渡）

**沁園春“唇若塗朱”**（按：前容與堂百回本中已輯，此存目）（第六十一回　吴用智賺玉麒麟　張順夜鬧金沙渡）

**念奴嬌“玉雪肌膚”**（按：前容與堂百回本中已輯，此存目）（第六十三回　宋江兵打北京城　關勝議取梁山泊）

**未標牌名“耀日兜鍪”**（按：用《西江月》調，前容與堂百回本中已輯，此存目）（第六十三回　宋江兵打北京城　關勝議取梁山泊）

**西江月“漢國功臣”**（按：前容與堂百回本中已輯，此存目）（第六十四回　呼延灼夜月賺關勝　宋公明雪天擒索超）

**西江月“千丈淩雲”**（按：前容與堂百回本中已輯，此存目）（第六十四回　呼延灼夜月賺關勝　宋公明雪天擒索超）

**西江月“捲蹜短黄”**（按：前容與堂百回本中已輯，此存目）（第六十四回　呼延灼夜月賺關勝　宋公明雪天擒索超）

**西江月“嘹唳凍雲”**（按：前容與堂百回本中已輯，此存目）（第六十五回　托塔天王夢中顯聖　浪裹白跳水上報冤）

**水調歌頭“頭巾掩映”**（按：前容與堂百回本中已輯，此存目）（第七十回　没羽箭飛石打英雄　宋公明棄糧擒壯士）

**滿江紅“喜遇重陽”**（按：前容與堂百回本中已輯，此存目）（第七十一回　忠義堂石碣受天文　梁山泊英雄排座次）

**絳都春“融和初報”**（按：前容與堂百回本中已輯，此存目）（第七十二回　柴進簪花入禁院　李逵元夜鬧東京）

**樂府詞“天南地北”**（按：前容與堂百回本中已輯，此存目）（第七十二回　柴進簪花入禁院　李逵元夜鬧東京）

**西江月“一個皮主”**（按：前容與堂百回本中未標牌名，已輯，此存目）（第七十六回　吴加亮布四斗五方旗　宋公明排九宫八卦陣）

**西江月“頭巾側一根”**（按：前容與堂百回本中已輯，此存目）（第七十六回　吴加亮布四斗五方旗　宋公明排九宫八卦陣）

**西江月“褐納襖滿”**（按：前容與堂百回本中已輯，此存目）（第七十六回　吴加亮布四斗五方旗　宋公明排九宫八卦陣）

**西江月“如意冠玉”**（按：前容與堂百回本中已輯，此存目）（第七十六回　吴加亮布四斗五方旗　宋公明排九宫八卦陣）

**西江月“白道服皂”**（按：前容與堂百回本中已輯，此存目）（第七十六回　吴加亮布四斗五方旗　宋公明排九宫八卦陣）

**未標牌名“鳳翅盔高”**（按：用《西江月》調加襯，前容與堂百回本中已輯，此存目）（第七十六回　吴加亮布四斗五方旗　宋公明排九宫八卦陣）

**西江月“魯智深一條”**（按：前容與堂百回本中已輯，此存目）（第七十七回　梁山泊十面埋伏　宋公明兩贏童貫）

## 未標牌名（按：用《西江月》調，前容與堂百回本中已輯此詞，但上片文字與此不同）

兩頭蛇腥風難近，雙尾蝎毒氣齊噴。鋼叉一對世無倫，較獵場中聲震。　左手解珍出衆，右手解寶超群。數千鐵甲虎狼軍，攪碎長蛇大陣。（第七十七回　梁山泊十面埋伏　宋公明兩贏童貫）

**臨江仙“盔上長纓”**（按：前容與堂百回本中已輯，此存目）（第七十七回　梁山泊十面埋伏　宋公明兩贏童貫）

**臨江仙“馬步軍中”**（按：前容與堂百回本中已輯，此存目）（第七十七回　梁山泊十面埋伏　宋公明兩贏童貫）

**未標牌名“黑旋風持”**（按：前容與堂百回本中已輯，此存目）（第七十七回　梁山泊十面埋伏　宋公明兩贏童貫）

## 未標牌名（按：用《西江月》調）

舞動一條玉蟒，撒開萬點飛星。東昌驍騎是張清，没羽箭誰人敢近。　飛槍的槍無虚發，飛叉的叉不容情。兩員虎將勢縱横，左右馬前幫定。（第七十七回　梁山泊十面埋伏　宋公明兩贏童貫）

**漁家傲"一别家山"**(按:實爲《蝶戀花》,前容與堂百回本"家山"作"家鄉",已輯,此存目)(第八十一回　燕青月夜遇道君　戴宗定計出樂和)

**西江月"山後遼兵"**(按:前容與堂百回本中已輯,此存目)(第八十四回　宋公明兵打薊州城　盧俊義大戰玉田縣)

## 未標牌名(按:用《西江月》調)

鳳翅明盔穩戴,魚鱗鎧甲重披。錦紅袍上織花枝,獅蠻帶瓊瑶密砌。　　純鋼鐵棍緊挺,青毛駿馬頻嘶。壺關新到大將軍,山都監士奇便是。(第九十四回　關勝義降三將　李逵莽陷衆人)

## 未標牌名(按:用《西江月》調)

鳳眼濃眉如畫,微鬚白面紅顔。頂平額闊滿天倉,七尺身材壯健。　　善會偷香竊玉,慣的賣俏行奸。凝眸呆想立人前,俊俏風流無限。(第一百一回　謀墳地陰險産逆　蹈春陽妖艶生奸)

**未標牌名"楚天空闊"**(按:此改宋・張炎《解連環》詞,前容與堂百回本中已輯,此存目)(第一百十回　燕青秋林渡射雁　宋江東京城獻俘)

**浣溪沙湖上朱橋**(按:此爲宋・歐陽修詞,前容與堂百回本中已輯,此存目。)

## 附録二:

# 《水滸志傳評林》詞

(施耐庵撰　一百〇四回　《明清善本小説叢刊》據明萬曆建陽余氏雙峰堂刊本影印　臺北天一出版社　一九八五)(按:此書每一卷含若干回,在第四十八回之前,既標卷數,亦標回數,此後則只標卷數,不標回數)

## 未標牌名(按:用《臨江仙》調)

人稟陰陽二氣,仁義禮智天成。浩然配乎塞滄溟。可托六尺孤,能寄

百里命。　　閑閱《水滸全傳》，論天罡地煞威名。逢場何辨僞與真。赤心當報國，忠義實堪欽。（卷一首頁）

**未標牌名"午夜初長"**（按：前容與堂百回本中已輯，此存目）（卷一第二回　王教頭私走延安府　九紋龍大鬧史家村）

**百字令詞"天丁震怒"**（按：前容與堂百回本中已輯，此存目）（卷三第十回　朱貴水亭施號箭　林沖雪夜上梁山）

**未標牌名"面似銀盆"**（按：用《臨江仙》調，前容與堂百回本中已輯，此存目）（卷八第三十三回　梁山伯吴用舉戴宗　揭陽嶺宋江逢李俊）

**未標牌名"黑熊般一身"**（按：上片《西江月》，下片《臨江仙》，前容與堂百回本中已輯，此存目）（卷八第三十四回　及時雨回神行太保　黑旋風鬥浪裏白跳）

**西江月"自幼曾攻"**（按：前容與堂百回本中已輯，此存目）（卷八第三十五回　潯陽樓宋江吟反詩　梁山泊戴宗傳假信）

**念奴嬌"大江東去"**（按：前容與堂百回本中已輯，此存目）（卷九第三十六回　宋江智取無爲軍　張順活捉黄文炳）

**臨江仙"鶻眼鷹睛"**（按：前容與堂百回本中已輯，此存目）（卷十第四十回　楊雄大鬧翠屏山　石秀火燒祝家莊）

**未標牌名"累代金枝"**（按：用《西江月》調，前容與堂百回本中已輯，此存目）（卷十一第四十三回　插翅虎枷打白秀英　美髯公誤失小衙内）

**滿庭芳"目炯雙瞳"**（按：前容與堂百回本中已輯，此存目）（卷十三　吴用智賺玉麒麟　張順夜鬧金沙渡）

**滿江紅"喜遇重陽"**（按：前容與堂百回本中已輯，此存目）（卷十四　忠義堂石碣受天文　梁山泊英雄排座次）

**未標牌名"一自梁王"**（按：用《滿庭芳》調，前容與堂百回本中已輯，此存目）（卷十五　柴進簪花入禁苑　李逵元夜鬧東京）

## 絳都春

融和初報，乍瑞靄霽色，皇都春早。翠幰競飛，玉勒争馳，上彤芝蓋底，仰瞻天表。縹緲風傳帝樂，慶玉殿共賞，群仙同到。　　迤邐御香，飄滿人間，聞嬉笑。一點星球小。慚隱隱鳴稍聲杳。遊人月下歸來，洞天未曉。（卷之十五　柴進簪花入禁院　李逵元夜鬧東京）

**古樂府"天南地北"**(按:此爲宋江《念奴嬌》詞,前容與堂百回本中已輯,此存目)(卷之十五　柴進簪花入禁院　李逵元夜鬧東京)

**漁家傲"一别梁山"**(按:實爲《蝶戀花》,容與堂百回本"梁山"作"家鄉",已輯,此存目)(卷之十六　燕青月夜遇道君　戴宗定計賺蕭讓)

**西江月"山後遼兵"**(按:前容與堂百回本中已輯,此存目)(卷之十七　宋江兵打薊州城　盧俊義大戰玉田縣)

**未標牌名"楚天空闊"**(按:改宋·張炎《解連環》詞,前容與堂百回本中已輯,此存目)(卷之十八　五臺山宋江參禪　雙林鎮燕青射雁)

### 一萼紅(按:此爲宋·詹玉《一萼紅》詞,略有異同)

景致泊沙河,月鈎兒掛浪,驚起兩魚梭。淺碧依痕,嫩凉生潤,山色輕修娥。釣船掛緑采,傾蓦聽得,船底有吴歌。一段清風,西湖和靖,赤壁東坡。　往事水流雲去,崖山川良是,富貴人多。少老樹高低,疏星明淡,只有古今消磨。是幾度,潮生潮落。甚人海,空只恁風波。閑看江湖心寬,誰肯漁蓑。(卷之二十二　宋公明遊夜玩景　吴學究帳幄談兵)

**水調歌頭"三吴都會"**(按:前容與堂百回本中已輯,此存目)(卷之二十四　甯海軍宋江吊孝　湧金門張順歸神)

**滿庭芳"罡星起河北"**(按:前容與堂百回本中已輯,此存目)(卷之二十五　宋公明神聚蓼兒窪　徽宗帝夢遊梁山泊)

## 附録三:

# 《第五才子書水滸傳》詞

(施耐庵撰　七十五卷　七十回　《古本小説集成》據中華書局影印金閶葉瑶池梓行貫華堂古本之本影印　上海古籍出版社　一九九一)

**未標牌名"試看書林"**(按:前容與堂百回本中已輯,此存目)(楔子　張天師祈

禳瘟疫　洪太尉誤走妖魔）

西江月“自幼曾攻經史”（按：前容與堂百回本中已輯，此存目）（第三十八回　潯陽樓宋江吟反詩　梁山泊戴宗傳假信）

臨江仙（按：前《忠義水滸全書》本已輯此詞，但文字多有異同）

淫戒破時遭殺報，姻緣不爽分毫。本來面目特蹊蹺。一絲真不挂，立地放屠刀。　　大和尚今朝圓寂了，小和尚昨夜狂騷。頭陀刎頸見相交。爲争同穴死，誓願不相饒。（第四十五回　病關索大鬧翠屏山　拚命三火燒祝家店）

## 附録四：

# 《征四寇傳》詞

（施耐庵撰　十卷　一百一十五回　巴黎圖書館藏清振賢堂藏版）

未標牌名“一自梁王初分”（按：前容與堂百回本中已輯，此存目。文字略有異同）（第六十七回　柴進簪花入禁院　李逵元夜鬧東京）

絳都春“融和初報”（按：前容與堂百回本中已輯，此存目）（按：“玉勒争馳”後脱“都聞道，鰲山彩結蓬萊島。向晚色，雙龍銜照”）（第六十七回　柴進簪花入禁院　李逵元夜鬧東京）

樂府詞“天南地北”（按：前容與堂百回本中已輯，此存目）（第六十七回　柴進簪花入禁院　李逵元夜鬧東京）

未標牌名“軟弱安身之本”（按：用《西江月》調，前容與堂百回本中已輯，此存目）（第七十四回　秦明雙奪韓存保　宋江兩敗高太尉）

西江月“一自遼兵侵境”（按：前容與堂百回本中已輯，此存目）（按：首句“一自”，容與堂百回本作“山後”）（第七十九回　宋江兵打薊州城　俊義大戰玉田縣）

未標牌名“楚天空闊雁離群”（按：前容與堂百回本中已輯，此存目）（第八十二回　宋公明破陣成功　宿太尉頒恩降詔）

**一萼紅“景致泊沙河”**（按：此爲宋·詹玉《一萼紅》詞，前《水滸志傳評林》已輯，此存目。文字有異同）（第一百一回　宋公明遊夜玩景　吴學究帳幄談兵）

**未標牌名“罡星起河北”**（按：用《滿庭芳》，前容與堂百回本中已輯，此存目。文字有異同）（第一百十五回　宋公明神聚蓼兒窪　徽宗帝夢遊梁山泊）

# 《清平山堂話本》詞

（洪楩輯編　二十七篇　《古本小說集成》據明刊本影印　上海古籍出版社　一九九一）

## 未標牌名（按：此改宋·柳永《西江月》詞）

師師媚容豔質，香香與我情多，冬冬與我煞脾和，獨自窩盤三個。　撰字蒼王未肯，權將"好"字停那。如今意下待如何？"姦"字中間著我。（柳耆卿詩酒玩江樓記）

## 虞美人（按：此爲南唐·李煜詞）

春花秋月何時了？往事知多少。小樓昨夜又東風，故國不堪回首月明中。　雕欄玉砌應猶在，只是朱顔改。問君都有幾多愁？恰似一江春水向東流。（柳耆卿詩酒玩江樓記）

## 鷓鴣天（按：此爲宋·辛棄疾詞）

白苧千袍入嫩涼。春蠶食葉響長廊。禹門已准桃花浪，月殿先收桂子香。　鵬北海，鳳朝陽，又攜書劍路茫茫。明年此日青雲去，卻笑人間舉子忙。（簡貼和尚）

## 望江南（按：小說中謂宋·宇文綬妻王氏作）

公孫恨，端木筆俱收。枉念歌館經數載，尋思徒記萬餘秋，拓拔淚交流。　村僕固，悶獨駕孤舟。不望手勾龍虎榜，慕容顔老一齊休，甘分守閭丘。（簡貼和尚）

## 南柯子(按:小説中謂宋・宇文綬妻王氏作)

鵲喜噪晨樹,燈開半夜花。果然音信到天涯,報導玉郎登第出京華。　舊恨消眉黛,新歡上臉霞。從前都是誤疑他,將謂經年狂蕩不歸家。(簡貼和尚)

## 踏莎行(按:小説中謂宋・宇文綬作,或謂宋・趙旭作)

足躡雲梯,手攀仙桂,姓名高掛登科記。馬前喝道狀元來,金鞍玉勒成行綴。　宴罷歸來,恣遊花市,此時方顯平生志。修書速報鳳樓人,這回好個風流婿!(簡貼和尚)

## 未標牌名(按:用《鷓鴣天》調,此爲宋・無名氏作)

淡畫眉兒斜插梳,不忺拈弄繡工夫。雲窗霧閣深深處,静拂雲箋學草書。　多豔麗,更清姝,神仙標格世間無。當時只説梅花似,細看梅花卻不如。(簡貼和尚)

## 訴衷情(按:此爲宋・播臺寺僧詞)

知伊夫婿上邊回,懊惱碎情懷。落索鐶兒一對,簡子與金釵。　伊收取,莫疑猜,且開懷。自從别後,孤幃冷落,獨守書齋。(簡貼和尚)

## 南鄉子(按:小説中謂宋・宇文綬作,或謂宋・趙旭作)

怎見一僧人,犯濫鋪模受典刑。案款已成招狀了,遭刑。棒殺髡囚示萬民。　沿路衆人聽,尤念高王觀世音。護法喜神齊合掌,低聲。果謂金剛不壞身。(簡貼和尚)

## 眼兒媚(按:依律,原文缺四字,未留空)

登樓凝望酒闌□,與客論征途。饒君看盡,名山勝景,難比西湖。　春晴夏雨秋霜後,冬雪□□□。一派湖光,四邊山色,天下應無。(西湖三塔記)

## 未標牌名

紅杏枝頭，緑楊影裏，風景賽蓬瀛。異香飄馥鬱，蘭茝正芳馨。　極目夭桃簇錦，滿堤芳草鋪茵。風來微浪白，雨過遠山青。霧籠楊柳岸，花壓武林城。（西湖三塔記）

## 未標牌名

琉璃鍾内珍珠滴，烹龍炮鳳玉脂泣。羅幃繡幕生香風，擊起鼉鼓吹鼉笛。　當筵盡歡醉扶歸，皓齒歌兮細腰舞。正是青春白日暮，桃花亂落紅如雨。（西湖三塔記）

## 未標牌名（按：用《西江月》調）

不戀榮華富貴，一心情願出家。身披一領錦袈裟，常把數珠懸掛。　每日持齋把素，終朝酌水獻花。縱然不做得菩薩，修得個小佛兒也罷。（快嘴李翠蓮記）

## 柳梢青（按：此爲宋・蘇軾《浪淘沙》詞，有改動）

昨日出東城，試探春。牆頭紅杏暗如傾。檻内群芳芽未吐，草已回春。　綺陌斂香塵，點雲靄前村。東君著意不辭辛。料想風光到處，吹綻梅英。（洛陽三怪記）

## 望江南（按：此爲宋・張先詞）

香閨内，空自想佳期。獨步花陰情緒亂，慢將珠淚兩行垂，勝會在何時？　懨懨病，此夕最難持。一點芳心無托處，荼蘼架上月遲遲，惆悵有誰知？（風月相思）

## 滿庭芳

蟬鬢拖雲，娥媚掃月，天生麗質難描。樽前席上，百媚千嬌。一點芳心初動，五更清興偏饒。訴衷腸不盡，虚度好良宵。　秦樓明月夜，餘音嫋

嫋,吹徹鸞簫。閑敲棋子,愈覺無聊。何時識得東風面,堪成鳳友鸞交?憑鴻雁,潛通尺素,盼殺董嬌嬈!(風月相思)

## 滿庭芳

短短金針,纖纖玉手,閑將繡帶輕描。描鸞刺鳳,想像剔還挑。不覺黄昏又到,誰知玉減香消。鴛鴦被,尋思輾轉,倏忽至中宵。　　陽臺魂夢杳,彩鸞歸去,辜負文簫。算人生幾,行樂陶陶。何日相逢一面,樽前唱徹紅綃。知此時若心動也,愁殺蓋寬饒。(風月相思)

## 未標牌名

翠荷花裹鴛鴦浴,碧桃枝上鸞鳳宿。花爛枝尚柔,俄驚一夜秋。百歲共諧和,相看奈汝何?(風月相思)

## 减字木蘭花

調雲弄雨,迤邐羅帷同笑語。春透花枝,一□□□□□[日依偎十二]時。　　相憐相愛,還了平生憔悴債。魚水歡情,剪下青絲結誓盟。(風月相思)

## 茶瓶詞

憶昔當時相會,共結百年姻配。枕前盟誓如山海,此意千載難買。　　息和愛,知何在?情默默,有誰揪採[瞅睬]?妾心未改君先改,奈好事多成敗!(風月相思)

## 臨江仙

明窗紙隙風如箭,幾多心事難忘。荼蘼架下見行藏,交加雙粉蝶,交頸兩鴛鴦。　　豈知今日成抛棄,尪羸减玉消香。誰與訴衷腸?行雲縹緲,恨殺楚襄王。(風月相思)

## 滿庭芳

皓月娟娟,清燈灼灼,回身轉過西厢。可人才子,流落在他鄉。祇望團圓到底，誰知反屬參商。君知否？星橋別後，一日九回腸。　相思無盡極，慘雲愁雨，減玉消香。幾回夢裏，與子飛揚。尤記山盟海誓，地久天長。春已老，桃花無主，何日遇劉郎？（風月相思）

## 未標牌名（按：此爲宋・卓田《眼兒媚》詞，略有改動）

丈夫隻手把吴鈎，欲斬萬人頭。如何鐵石打成心性，卻爲花柔？　君看項籍並劉季，一以使人愁。只因撞著虞姬戚氏，豪傑都休。（刎頸鴛鴦會）

## 南鄉子

春雲怨啼鵑，玉損香消事可憐。一對風流傷白刃，冤冤！惆悵勞魂赴九泉。　抵死苦留連，想是前生有業緣！景色依然人已散，天天。千古多情月自圓。（刎頸鴛鴦會）

# 《雨窗集》詞

（洪楩撰　譚正璧校點　上海古籍出版社　一九八七）

## 未標牌名（按：用《西江月》調，加襯）

四百四病人可守，惟有相思難受。不疼不痛惱人腸，漸漸的交人瘦。　　愁怕花前月下，最苦是黄昏時候。心頭一陣癢將來，便添得幾聲咳嗽。（雨窗集·上　花燈轎蓮女成佛記）

## 未標牌名（按：用《滿庭芳調》）

喜氣盈門，歡聲透户，珠簾繡幙低。攔門接次，只好念新詩。紅光射銀臺畫燭，氤氲香噴金猊。料此會、前生姻眷，今日會佳期。　　喜得過門後，夫榮婦貴，永效於飛。生五男二女，七子永相隨。衣紫腰金，加官轉職，門户光輝。從今喜氣，後成雙盡老，福禄永齊眉。（雨窗集·上　花燈轎蓮女成佛記）

## 未標牌名（按：用《滿庭芳調》）

瑞氣氤氲，祥雲繚繞，笙歌一派聲齊。門闌喜慶，彷彿墜雲霓。畫燭花隨紅影，沉檀滿熱金猊。香風度、迎仙客唱，迎仙客樂遏雲低。　　喜得過門後，夫榮妻顯，永效於飛。男才過子建，女貌賽西施。壽比南山，福如東海，佳期。從今後，兒孫昌盛，個個赴丹墀。（雨窗集·上　花燈轎蓮女成佛記）

## 未標牌名（按：用《西江月》調）

月裹嫦娥無比，九天仙女難描。玉容好似太真嬌，萬種風流絶妙。　　行動柳腰嬝娜，秋波似水遥遥。金蓮小筍生十指，羞花閉月清標。（雨窗集·上　董永遇仙傳）

## 未標牌名

鳥亂飛，兔不歇，朝來暮往何時徹？女媧會煉補天石，豈會熬膠黏日月？（雨窗集·上 董永遇仙傳）

## 滿庭芳（按：此爲宋·蘇軾詞）

香靉雕盤，寒生冰筯，畫堂别是風光。主人情重，開宴出紅妝。膩玉圓搓素頸，藕絲嫩，新織仙裳。雙歌罷，虚欄轉目，餘韻尚悠揚。　　人間何處有？司空見慣，應謂尋堂[常]。坐中有，狂客惱亂愁腸。報導金釵墜也，十指露，春筍長。親曾見，金[竟]勝宋玉，想像賦《高堂[唐]》。（雨窗集·上 戒指兒記）

## 瑞鶴仙（按：此爲宋·康與之詞）

瑞煙浮禁苑，正絳闕春回，新正方寸。冰輪桂花滿，溢花衢歌市，芙蓉開遍。龍樓兩觀，見銀燭，星□[球]燦爛。捲珠簾，盡日笙歌，盛集寶釵金釧。　　堪羡。綺羅叢裏，蘭麝香中，正宜遊玩。風柔夜暖。花影亂，笑聲喧。鬧蛾兒滿地，成團打塊，簇著冠兒鬥轉。喜皇都，舊日風光，太平再見。（雨窗集·上 戒指兒記）

## 南鄉子

情興兩和諧，摟定香肩臉貼腮。手摸酥胸奶綿軟，實奇哉。褪了褲兒脱繡鞋。　　玉體著郎懷，舌送丁香口便開。倒鳳顛鸞雲雨罷，囑多才。芳魂不覺繞陽臺。（雨窗集·上 戒指兒記）

# 《欹枕集》詞

（洪楩撰　譚正璧校點　上海古籍出版社　一九八七）

## 酩［酹］江月

小舟横截［楫］，看雲峰高擁，千堆蒼壁。白帝城中冠蓋换，田野（猶談）玄德。三顧頻繁，兩朝開濟，何處尋遺跡？（江）翻［堆］石陣，至今神護沙磧。　想諸葛當年，幅巾高臥，抱圖王計策。見説祠堂今尚在，中有參天松柏。巡蜀英謀，吞吴遺恨，俯仰成今昔。空令豪俊，浩歌横涕揮臆。（欹枕集·下　夔關姚卞吊諸葛）

# 《僧尼孽海》詞

(唐寅撰　三十六則《新鐫出相批評僧尼孽海》陳慶浩　王秋桂編《思無邪匯寶》本　臺灣大英百科股份有限公司　二〇〇〇)

## 未標牌名·僧家樂(二首)(按:用《西江月》調)

謾説僧家快樂,僧家真個强梁。披緇削髮乍光光,妝出恁般模樣。　上秃牽連下秃,下光賽過上光。秃光光秃秃光光,才是兩頭和尚。

兩眼偷油老鼠,雙拳釘血螞蝗。鑽頭覓縫唤嬌娘,露出佛牙本相。　淨土變成欲海,袈裟伴著霓裳。枉言地獄狠難當,不怕閻王算帳。(引首)

## 踏莎行(按:此爲宋·蘇軾詞)

這個秃奴,修行忒煞,雲山頂上空持戒。一從迷戀玉樓人,鶉衣百結渾無奈。　毒手傷人,花容粉碎,空空色色今何在?臂間刺道苦相思,這回還了相思債。(乾集　靈隱寺僧)

## 一叢花(按:此爲宋·張先詞,有改動)

傷高懷遠幾時窮?無物似情濃。離愁正引千絲亂,更南北飛絮濛茸。歸騎漸遥,征塵不斷,何處認郎蹤?　雙鴛池沼水溶溶,南北小橋通。横觀畫閣黄昏後,又還是斜月朦朧。沉思細恨,不如桃杏,猶解嫁東風。(坤集　女僧嫁人)

# 《西遊記》詞

（未署作者　二十卷　一百回　《古本小説集成》影印金陵世德堂本《新刻出像官板大字西遊記》　上海古籍出版社　一九九一）

## 未標牌名

翠蘚堆藍，白雲浮玉，光摇片片烟霞。虚窗静室，滑凳板生花。乳窟龍珠倚掛，縈迴滿地奇葩。　鍋竈傍崖存火跡，樽罍靠案見殽渣。石座石床真可愛，石盆石碗更堪誇。又見那一竿兩竿修竹，三點五點梅花。幾樹青松常帶雨，渾然像個人家。（月字卷之一　第一回　靈根育孕源流出　心性修持大道生）

## 未標牌名（此用《滿庭芳》調）

觀棋柯爛，伐木丁丁，雲邊谷口徐行。賣薪沽酒，狂笑自陶情。蒼逕秋高，對月槐松根，一覺天明。認舊林，登崖過嶺，持斧斷枯藤。　收來成一擔，行歌市上，易米三升。更無些子争競，時價平平。不會機謀巧算，没榮辱，恬淡延生。相逢處，非仙即道，静坐講黄庭。（月字卷之一　第一回　靈根育孕源流出　心性修持大道生）

## 未標牌名

富貴功名，前緣分定，爲人切莫欺心。正大光明，忠良善果彌深。些些狂妄天加譴，眼前不遇待時臨。問東君因甚，如今禍害相侵。只爲心高圖罔極，不分上下亂規箴。（到字卷之二　第七回　八卦爐中逃大聖　五行山下定心猿）

## 未標牌名(按:用《西江月》調)

縹渺天香滿座,繽紛仙蕊仙花。玉京金闕大榮華,異品奇珍無價。　對對與天齊壽,雙雙萬仞增加。桑田滄海任更差,他自無驚無訝。(到字卷之二　第七回　八卦爐中逃大聖　五行山下定心猿)

## 蘇武慢(按:此爲元·馮尊師詞,有改動)

試問禪關,參求無數,往往到頭虚老。磨磚作鏡,積雪爲糧,迷了幾多年少。毛呑大海,芥納須彌,金色頭陀微笑。悟時超十地三乘,凝滯了四生六道。　誰聽得,絶想崖前,無陰樹下,杜宇一聲春曉。曹活路險,鷲嶺雲深,此處故人音杳。千丈冰崖,五葉蓮開,古殿簾垂香裊。那時節,識破源流,便見龍王三寶。(到字卷之二　第八回　我佛造經傳極樂　觀音奉旨上長安)

## 蝶戀花

烟波萬里扁舟小,静依孤篷,施西[西施]聲音遶。滌慮洗心名利少,閑攀蓼穗蒹葭草。　數點沙鷗堪樂道,柳岸蘆灣,妻子同歡笑。一覺安眠風浪俏,無榮無辱無煩惱。(到字卷之二　第九回　袁守誠妙算無私曲　老龍王拙計犯天條)

## 蝶戀花

雲林一段松花滿,默聽鶯啼,巧舌如調管。紅瘦緑肥春正暖,倏然夏至光陰轉。　又值秋來容易换,黄花香,堪供玩。迅速嚴冬如指撚,逍遥四季無人管。(到字卷之二　第九回　袁守誠妙算無私曲　老龍王拙計犯天條)

## 鷓鴣天

仙鄉雲水足生涯,擺櫓横舟便是家。活剖鮮鱗烹緑鱉,旋蒸紫蟹煮紅蝦。　青蘆笋,水荇芽,菱角雞頭更可誇。嬌藕老蓮芹葉嫩,慈菇茭白鳥英花。(到字卷之二　第九回　袁守誠妙算無私曲　老龍王拙計犯天條)

## 鷓鴣天

崔巍峻嶺接天涯，草舍茅庵是我家。醃臘雞鵝强蟹鱉，麞豝兔鹿勝魚蝦。　香椿葉，黄練芽，竹笋山茶更可誇。紫李紅桃梅杏熟，甜梨酸棗木樨花。（到字卷之二　第九回　袁守誠妙算無私曲　老龍王拙計犯天條）

## 天仙子

一葉小舟隨所寓，萬叠烟波無恐懼。垂鈎撒網捉鮮鱗，没醬膩，偏有味，老妻稚子團圓會。　魚多又貨長安市，換得香醪吃個醉。簑衣當被臥秋江，鼾鼾睡，無憂慮，不戀人間榮與貴。（到字卷之二　第九回　袁守誠妙算無私曲　老龍王拙計犯天條）

## 天仙子

茅舍數椽山下蓋，松竹梅蘭真可愛。穿林越嶺覓乾柴，没人怪，從我賣，或少或多憑世界。　將錢沽酒隨心快，瓦鉢磁甌殊自在。酕醄醉了臥松陰，無掛礙，無利害，不管人間興與敗。（到字卷之二　第九回　袁守誠妙算無私曲　老龍王拙計犯天條）

## 西江月

紅蓼花繁映月，黄蘆葉亂摇風。碧天清遠楚江空，牽攪一潭星動。　入網大魚捉隊，吞鈎小鱖成叢。得來烹煮味偏濃，笑傲江湖打閧。（到字卷之二　第九回　袁守誠妙算無私曲　老龍王拙計犯天條）

## 西江月

敗葉枯藤滿路，破梢老竹盈山。女蘿乾葛亂牽攀，折取收繩殺擔。　虫蛀空心榆柳，風吹斷頭松柟。採來堆積備冬寒，換酒換錢從俺。（到字卷之二　第九回　袁守誠妙算無私曲　老龍王拙計犯天條）

## 臨江仙

潮落旋移孤艇去，夜深罷棹歌來。簑衣殘月甚幽哉，宿鷗驚不起，天際彩雲開。　　困臥蘆洲無个事，三竿日上還捱。隨心盡意自安排，朝臣寒待漏，曾似我寬懷。（到字卷之二　第九回　袁守誠妙算無私曲　老龍王拙計犯天條）

## 臨江仙

蒼徑秋高拽斧去，晚涼擡擔回來。野花插鬢更奇哉，撥雲尋路出，待月叫門開。　　稚子山妻欣笑接，草床木枕攲捱。蒸梨吹黍旋鋪排，甕中新釀熟，真個壯幽懷。（到字卷之二　第九回　袁守誠妙算無私曲　老龍王拙計犯天條）

## 未標牌名（按：用《天仙子》調）

烟疑［凝］山紫歸鴉倦，遠路行人投旅店。渡頭新雁宿眭［畦］沙，銀河現，催更籌，孤村燈火光無焰。　　風裊爐烟清道院，蝴蝶夢中人不見。月移花影上欄杆，星光亂，漏聲換，不覺深沉夜已半。（到字卷之二　第九回　袁守誠妙算無私曲　老龍王拙計犯天條）

## 未標牌名（按：用《臨江仙》調，加襯）

頭戴金盔光爍爍，身披鎧甲龍鱗，護心寶鏡幌祥雲。獅□收緊扣，綉帶彩霞新。　　這一個鳳眼朝天星斗怕，那一個環睛映月光浮，他本是英雄豪傑舊勳臣。只落得千年稱户尉，萬古作門神。（到字卷之二　第十回　二將軍宫門鎮鬼　唐太宗地府還魂）

## 未標牌名（按：用《西江月》調）

熟絹青巾抹額，錦袍玉帶垂腰。兜風氅袖采霜飄，壓賽壘荼神貌。　　腳踏烏靴坐折，手持利刃凶驍。圓睛兩眼四邊瞧，那個邪神敢到？（到字卷之二　第十回　二將軍宫門鎮鬼　唐太宗地府還魂）

## 未標牌名（按：用《西江月》調）

日落烟迷草樹，帝都鐘鼓初鳴。叮叮三響斷人行，前後街前寂静。　　上刹暉煌燈火，孤村冷落無聲。禪僧入定理殘經，正好煉魔養性。（天字卷之

三　第十二回　玄奘秉誠建大會　觀音顯象化金蟬）

## 未標牌名（按：用《天仙子》調）

數村木落蘆花碎，幾樹楓揚紅葉墜，路途煙雨故人稀。黄菊麗，山骨細，水寒荷破人憔悴。　　白蘋紅蓼霜天雪，落霞孤鶩長空墜，依稀暗淡野雲飛。玄鳥去，賓鴻至，嘹嘹嚦嚦聲宵椊。（天字卷之三　第十三回　陷虎穴金星解厄　雙叉嶺伯欽留僧）

## 未標牌名（按：用《西江月》調）

餤餤斜暉返照，天涯海角歸雲。十山鳥雀噪聲頻，覓宿投林成陣。　　野獸雙雙對對，回窩族族群群。一鈎新月破黄昏，萬點明星光暈。（天字卷之三　第十四回　心猿歸正　六賊無踪）

## 未標牌名

霜凋紅葉千林瘦，嶺上幾株松柏秀，未開梅蕊散香幽。暖短晝，小春候，菊殘荷盡山茶茂。　　寒橋古樹争枝鬥，曲澗涓涓泉水溜，淡雲欲雪滿天浮。翔風驟，牽衣袖，向晚寒威人怎受？（天字卷之三　第十四回　心猿歸正　六賊無踪）

## 西江月

色乃傷身之劍，貪之必定遭殃。佳人二八好容妝，更比夜叉凶壯。　　只有一個原本，再無微利添囊。好將資本謹收藏，堅守休教放蕩。（處字卷之五　第二十四回　萬壽山大仙留故友　五莊觀行者竊人參）

## 未標牌名（按：用《西江月》調，末句加襯）

石打烏頭粉碎，沙飛海馬俱傷。人參官桂嶺前忙，血染硃砂地上。　　附子難歸故里，檳榔怎得還鄉？屍骸輕粉臥山場，紅娘子家中盼望。（風之卷之六　第二十八回　花果山群妖聚義　黑松林三藏逢魔）

## 未標牌名

輕風吹柳緑如絲，佳景最堪題。時催鳥語，暖烘花發，遍地芳菲。　　海

棠庭院來雙燕，正是賞春時。紅塵紫陌，綺羅絃管，鬥草傳卮。（來字卷之七　第三十二回　平頂山功曹傳信　蓮花洞木母逢災）

## 未標牌名

翅薄舞風不用力，腰尖細小如針。穿蒲抹草過花陰，疾似流星還甚。眼睛明映映，聲氣渺喑喑。　　昆虫之類惟他小，亭亭款款機深。幾番閑日歇幽林。一身渾不見，千眼莫能尋。（來字卷之七　第三十二回　平頂山功曹傳信　蓮花洞木母逢災）

## 未標牌名（按：用《西江月》調）

鐵嘴尖尖紅溜，翠翎豔豔光明。一雙鋼爪利如釘，腹餒何妨林静。　　最愛枯槎朽爛，偏嫌老樹伶仃。圜睛決尾性丟靈，辟剥之聲堪聽。（來字卷之七　第三十二回　平頂山功曹傳信　蓮花洞木母逢災）

## 未標牌名（按：用《西江月》調）

閑時沿墻抛瓦，悶來壁上扳釘。冷天向火折窗櫺，夏月拖門攔徑。　　旛布扯爲脚帶，牙香偷换蔓菁。常將琉璃把油傾，奪碗奪鍋賭勝。（水字卷之八　第三十六回　心猿正處諸緣伏　劈破旁門見月明）

## 未標牌名（二首）（按：用《西江月》調）

綵畫雕欄狼狽，寶妝亭閣欹歪。莎汀蓼岸盡塵埋，芍藥荼蘼俱敗。　　茉莉玫瑰香暗，牡丹百合空開。芙蓉木槿草垓垓，異卉奇葩壅壞。

巧石山峰俱到[倒]，池塘水涸魚衰。青松紫竹似乾柴，滿路茸茸蒿艾。　　丹桂碧桃枝損，海榴棠棣根歪。橋頭曲徑有蒼苔，冷落花園境界。（水字卷之八　第三十八回　嬰兒問母知邪正　金木參玄見假真）

## 未標牌名（按：用《西江月》調）

善惡一時忘念，榮枯都不關心。晦明隱現任浮沉，隨分飢餐渴飲。　　神静湛然常寂，昏冥便有魔侵。五行蹭蹬破禪林，風動必然寒凜。（面字卷之九　第四十一回　心猿遭火敗　木母被魔擒）

## 未標牌名(按:用《西江月》調)

磕額金睛幌亮,圓頭毛臉無腮。咨牙尖嘴性情乖,貌比雷公古怪。　　慣使金箍鉄棒,曾將天闕攻開。如今皈正保僧來,專救人間灾害。(面字卷之九　第四十四回　法身元運逢車力　心正降邪度脊關)

## 南柯子(按:此爲元·馬鈺詞)

心地頻頻掃,塵情細細除。莫教坑塹陷毘盧。常净常清净,方可論元初。　　性燭須挑剔,曹溪任吸呼。勿令猿馬氣聲粗。晝夜綿綿息,方顯是功夫。(時字卷之十　第五十回　情亂性從因愛慾　神昏心動遇魔頭)

## 未標牌名

若干種性本來同,海納無窮。千思萬慮終成夢,般般色色和融。有日功完行滿,圓明法性高隆。　　休教差别走西東,緊鎖牢籠。收來安放丹爐内,煉丹金烏一樣紅。朗朗輝輝嬌艷,任教出入乘龍。(般字卷之十二　第五十九回　唐三藏路阻火焰山　孫行者一調芭蕉扇)

## 未標牌名(按:用《菩薩蠻》調)

薄雲斷絶西風緊,鶴鳴遠岫霜林錦。光景正蒼凉,山長水更長。　　征鴻來北塞,玄鳥歸南陌。客路怯孤單,衲衣容易寒。(般字卷之十二　第五十九回　唐三藏路阻火焰山　孫行者一調芭蕉扇)

## 未標牌名(按:用《西江月》調)

頭裹團花手帕,身穿納錦雲袍。腰間雙束虎觔條,微露綉裙偏綃。　　鳳嘴弓鞋三寸,龍鬚膝褲金銷。手提寶劍怒聲高,凶比月婆容貌。(般字卷之十二　第五十九回　唐三藏路阻火焰山　孫行者一調芭蕉扇)

## 未標牌名(按:用《西江月》調)

生自湖中爲活,傍崖作窟權居。蓋因日久得身舒,官受横行介士。　　踏

草拖泥落索，從來未習行儀。不知法度冒王威，伏望尊慈恕罪。（般字卷之十二　第六十回　牛魔王罷戰赴華筵　孫行者二調芭蕉扇）

## 臨江仙

十二時中忘不得，行功百刻全收。五年十萬八千周。休教神水涸，莫縱火光愁。　　水火調停無損處，五行聯絡如鉤。陰陽和合上雲樓。乘鸞登紫府，跨鶴赴瀛洲。（清字卷之十三　第六十二回　□□［滌垢］洗心惟掃塔　縛魔歸正乃修身）

## 未標牌名（按：用《南鄉子》調）

善正萬緣收，名譽傳揚四部洲。智慧光明登彼岸，颼颼。靉靆雲生天際頭。　　諸佛共相酬，永住瑶臺萬萬秋。打破人間蝴蝶夢，休（休）！滌净塵氛不□［惹］愁。（意字卷之十四　第六十八回　朱紫國唐僧論前世　孫行者施爲三折肱）

## 未標牌名（按：用《西江月》調）

色即空兮自古，空言是色如然。人能悟徹色空禪，可［何］用丹砂炮煉。　　德行全修休懈，工夫苦用熬煎。有時行滿始朝天。永駐仙顔不變。（味字卷之十五　第七十一回　行者假名降怪犼　觀音現像伏妖王）

## 未標牌名（按：用《鷓鴣天》調）

情慾原因總一般，有情有慾自如然。沙門修煉紛紛士，斷欲忘情即是禪。　　須著意，要心堅，一塵不染月當天。行功進步休教錯，行滿工完大覺仙。（味字卷之十五　第七十四回　長庚傳報魔頭狠　行者施與變化能）

## 未標牌名（按：用《西江月》調）

玉爪金睛鐵翮，雄姿猛氣摶雲。妖狐狡兔見他昏，千里山河時遁。　　飢處迎風逐雀，飽來高貼天門。老拳鋼硬最傷人，得志凌霄嫌近。（得字卷之十七　第八十二回　姹女求陽　元神獲道）

## 未標牌名(按:用《西江月》調)

依舊雙輪日月,照般一望山川。珠淵玉井暖弢煙,更有許多堪羡。　疊疊朱樓畫閣,嶷嶷赤壁青田。三春楊柳九秋蓮,兀的洞天罕見。(得字卷之十七　第八十三回　心猿識得丹頭　姹女還歸本性)

## 未標牌名(按:用《西江月》調)

形細翼磽輕巧,滅燈撲燭投明。本來面目化生成,腐草中間靈應。　每愛炎光觸焰,忙忙飛繞無停。紫衣香翅赶流螢,最喜夜深風静。(得字卷之十七　第八十四回　難摵伽持圓大覺　法王成正體天然)

## 未標牌名

水痕收,山骨瘦。紅葉紛飛,黄花時候。霜晴覺夜長,月白穿窗透。家家煙火夕陽多,處處湖光寒水溜。　白蘋香,紅蓼茂。橘緑橙黄,柳衰穀秀。荒村雁落碎蘆花,野店雞聲收菽豆。(少字卷之十八　第八十八回　禪到玉華施法會　心猿木母授門人)

## 未標牌名(按:用《西江月》調)

起念斷然有愛,留情必定生災。靈明何事辨三臺,行滿自歸元海。　不論成仙成佛,須從個裏安排。清清净净絶塵埃,果正飛昇上界。(人字卷之十九　第九十三回　給孤園問古談因　天竺國朝王遇偶)

## 未標牌名・喜會佳姻新詞(四首)(按:用《一七令》調)

喜詞

喜,喜。忻然,樂矣。結婚姻,恩愛美。巧樣宫妝,嫦娥怎比。龍釵與鳳釵,豔豔飛金縷。櫻唇皓齒,朱顔嬝娜,如花輕體。錦重重五彩叢中,香拂拂千金隊裏。

會詞

會,會。妖嬈,嬌媚。賽毛嬙,欺楚妹。傾國傾城,比花比玉。妝飾更鮮妍,釵環多豔麗。蘭心蕙性清高,粉臉冰肌榮貴。黛眉一綫遠山微,窈窕嫣共攢錦隊。

佳詞

佳,佳。玉女,仙娃。深可愛,實堪誇。異香馥鬱,脂粉交加。天臺福地遠,怎似國王家。笑語紛然嬌態,笙歌繚繞喧嘩。花堆錦砌千般美,看徧人間怎若他。

姻詞

姻,姻。蘭麝,香噴。仙子陣,美人群。嬪妃換彩,宫主妝新。雲鬢堆鴉髻,霓裳壓鳳裙。一派仙音嘹喨,兩行朱紫繽紛。當年曾結乘鸞信,今朝幸喜會嘉姻。(人字卷之十九 第九十四回 四僧宴樂御花園 一怪空懷情慾喜)

## 未標牌名(按:用《西江月》調)

翅黄口甜尾利,隨風飄舞顛狂。最能摘蕊與偷香,度柳穿花搖蕩。 辛苦幾番淘染,飛來飛去空忙。釀成濃美自何當,只好留存名狀。(人字卷之十九 第九十四回 四僧宴樂御花園 一怪空懷情慾喜)

## 未標牌名(按:此爲宋·張伯端《西江月》詞,首二句略有改動)

色色原無色,空空亦非空。静喧語默本來同,夢裏何勞説夢。 有用用中無用,無功功裏施功。還如果熟自然紅,莫問如何修種。(知字卷之二十 第九十六回 寇員外喜待高僧 唐長老不貪富惠)

# 《皇明英烈傳》詞

（佚名撰　六卷　六十一段　《古本小說集成》據日本晃山慈眼堂藏明刻本影印　上海古籍出版社　一九九一）

## 漁家傲（按：此爲明·宋濂詞）

紅日光輝萬物秀，春風披拂乾坤垢。英雄豪氣淩雲透，雄抖擻，長驅虎士除凶寇。　聖明拯亂將民救，萬萬仁心天地厚。旌旗指處群雄朽，頻賀酒，玉階遥獻南山壽。（卷之三　太祖感興平江賦　漢王夜走武昌城）

## 蝶戀花（按：此爲宋·趙令畤詞，一作晏幾道詞，有改動）

欲減羅衣寒未去，不捲珠簾，人在深深處。紅杏枝頭花幾許？啼痕止恨清明雨。　盡日深沉香一縷，宿酒醒遲，煩破春情緒。江水潺潺清可喜，紫燕黄鶯來往語。（卷之三　陳友諒設計連吴　張士誠發兵助漢）

## 河西錦上花（按：此爲宋·周邦彦《西河·金陵懷古》詞，略有改動）

佳麗地，南都盛事誰記。山圍故國繞清江，髻鬟對起。怒濤寂寞打孤城，風檣遥度天際。　斷崖樹，猶倒倚，莫愁艇子曾繫。還舊跡鬱蒼蒼，霧沉半壘。夜深月過女牆來，東望淮水。　酒旗戲鼓甚處市？想依稀、王謝鄰里，燕子不知何事。入人家尋常巷陌，相對如説興亡，斜陽裏。（卷之三　陳友諒設計連吴　張士誠發兵助漢）

## 鷓鴣天

殺氣紛紛萬里長，旌旗戈戟迸寒光。雄師手仗三環劍，虎將鞍横丈八槍。　軍浩浩，將鏘鏘，鑼鳴鼓響振遐方。安豐對敵三千陣，彭蠡交兵第一場。（卷之四　遇春大戰安豐城　太祖兵克廬州府）

**附録：**

# 《英烈傳》詞

（郭勛編　八十回　中華書局編輯部據清聚德堂本校點　二〇一三）

**漁家傲"紅日光輝"**（按：此爲明·宋濂詞。《皇明英烈傳》已輯，此存目）（第三十一回　不惹庵太祖留句）

**蝶戀花"欲減羅衣"**（按：此爲宋·趙令畤詞，一作晏幾道詞。《皇明英烈傳》已輯，此存目）（第三十四回　張虬飛錘取二將）

# 《孔聖宗師出身全傳》詞

(未題撰人　四卷　九十回　《古本小説集成》據國家圖書館藏明刻本影印　上海古籍出版社　一九九一)

## 西江月

茂齡嬉戲穎異,隱士一見褒獎。達道聲名播魯邦,弟子環列宫墻。　母死孝服已滿,餘哀彈琴不響。問官學琴就剡襄,果見至聖虚讓。(題目原缺)

## 西江月

古來人重元首,世子冠帶三加。陰陽配合不苟且,男女及時娶嫁。　母喪服有輕重,謾説哭慟喪麻。報本追遠盡子道,禮禁一毫僣差。(詳論冠婚喪祭)

## 西江月

七日方攝朝政,五惡誅殺示懲。陳屍三日儆官刑,燭勘暴亂姦情。　訪聃猶問至道,謙虚存心不盈。當甯果爾待忠誠,准爲東魯福星。(誅亂訓教訪道)

## 西江月

一生履歷仁義,貌似陽虎受圍。窮通得喪無定期,有道不免身危。　師徒曲歌三終,匡人知聖已退。數匝弦歌不介意,方是聖人貞遇。(夫子道窮于衛)

# 《隋唐演義》詞

(林翰撰　褚人穫改編　二十卷　一百回　《古本小説集成》據四雪草堂刻本影印　上海古籍出版社　一九九一)

## 減字木蘭花

英雄氣傲,硬向神靈求吉兆。行雨空中,不是真龍也學龍。　流言增忌,危矣唐公偏姓李。仙李盤根,却笑枯楊稊不生。(第三回　逞雄心李靖訴西嶽　造讖語張衡危李淵)

## 千秋歲引

天地無心,男兒有意,壯懷欲補乾坤陂。鷹鸇何事奮雲霄,鸞鳳垂翅荆榛裏。情脈脈,恨悠悠,髮雙指。　熱心肯爲艱危止,微軀拼爲他人死,横尸何惜咸陽市。解紛豈博世聞名,不平聊雪胸中事。憤方休,氣方消,心方已。(第五回　秦叔寶途次救唐公　竇夫人寺中生世子)

## 點絳唇

牝牡驪黄,區區豈是英雄相?没個孫陽,駿骨誰相賞?　伏櫪悲鳴,氣吐青雲漾。多惆悵,鹽車躑躅,太行道上。(第八回　三義坊當簡受腌臢　二賢莊賣馬識豪傑)

## 滿江紅

兕虎驅馳,甚來由,天涯循轍。白雲裏,凝眸盼望,征衣滴血。溝洫豈容魚泳躍,鼠狐安識鵬程翼。問天心,何事阻歸期,情嗚咽。　七尺軀,空生傑。三尺劍,光生篋。説甚擎天捧日名留册。霜毫點染老青山,滿腔

熱血何時瀉。恐等閒白了少年頭,誰知得。(第十回　東嶽廟英雄染疴　二賢莊知己談心)

## 西江月

窮士獲金千兩,寒儒連中高魁。洞房花燭喜難持,久别親人重會。　困虎肋添雙翅,蟄龍角奮春雷。農夫苦旱遇淋漓,暮景得生騏驥。(第十一回　冒風雪樊建威訪朋　乞靈丹單雄信生女)

## 减字木蘭花

雲翻雨覆,交情幾動窮途哭。惟有英雄,意氣相孚自不同。　魚書一紙,爲人便欲捹生死。拯厄扶危,管鮑清風尚可追。(第十三回　張公謹仗義全朋友　秦叔寶帶罪見姑娘)

## 巫山一段雲

香徑蘼蕪滿,蘇臺麋鹿遊。清歌妙舞木蘭舟,寂寞有寒流。　紅粉今何在,朱顔不可留。空餘明月照芳洲,聚散水中漚。(第二十回　皇后假宫俄貪歡博寵　權臣説鬼話陰報身亡)

## 長相思

紅已稀,緑已稀,多謝春風着地吹。殘花難上枝。　得寵疑,失寵疑,想像爲歡能幾時。怕添新别離。(第二十回　皇后假宫俄貪歡博寵　權臣説鬼話陰報身亡)

## 長相思

雨不稀,露不稀,願化春風日夕吹。種成千歲枝。　恩何疑,愛何疑,一日爲歡十二時。誰能生死離。(第二十回　皇后假宫俄貪歡博寵　權臣説鬼話陰報身亡)

## 未標牌名(按:用《千秋歲》調)

秋光將老,霜月何清皎。能傲寒,惟香草。花週[凋]雖暮景,和氣如春曉。恍疑似，西池阿母來蓬島。　　杯浮玉女漿，盤列安期棗。綺筵上，風光好。昂昂丈夫子，四海英名早。捧霞觴，願期頤長共花前笑。（第二十四回　豪傑慶千秋冰霜壽母　罡星祝一夕虎豹佳兒）

## 滿江紅

天福英雄，早託與，匡扶奇業。肯困他，七尺雄軀，一腔義烈。事值顛危渾不懼，遇當生死心何懾。堪羡處，説甚膽如瓢，身似葉。　　羞彈他，無魚鋏。喜擊他，中流楫。每濟困解紛，步凌荆聶。囊底青蚨塵土散，胸中豪氣煙雲接。豈耽耽，貪着千古名，一時俠。（第二十五回　李立邃關節全知己　柴嗣昌請託浼贓官）

## 惜分飛

淚濕郊原芳草路，唱到陽關愁聚。撒手平分取，一鞭驕馬疏林覷。　　雷填風颯堪驚異，倏忽荆榛滿地。今夜山凹裏，夢魂安得空回去。（第二十六回　竇小姐易服走他鄉　許太監空身入虎穴）

## 滿庭芳

日食三餐，夜眠七尺，所求此外無他。問君何事，苦苦競繁華。試想江南富貴，臨春與結綺交加。到頭來、身爲亡虜，妻妾委泥沙。　　何以唐虞際，茅茨不剪，飲水衣麻。享芳名萬載，其樂無涯。歎息世人不悟，只知認、白骨爲家。鬧烘烘、争强道勝，誰識眼前花。（第二十七回　窮土木煬帝逞豪華　思浄身王義得佳偶）

## 菩薩蠻

上林一夜花如織，萬卉争芳染綵色。造化豈天工，繁華喜不窮。　　紅顔空自惜，雨露恩無及。何處着香魂，傷心哭幃靈。（第二十八回　衆嬌娃剪綵爲花　侯妃子題詩自縊）

## 如夢令

莫道繁華如夢，一夜剪刀聲重。曉起錦堆枝，笑殺春風無用。非頌，非

頌，真是蓬萊仙洞。（第二十八回　衆嬌娃剪綵爲花　侯妃子題詩自縊）

## 如夢令

帝女天孫遊戲，細把錦雲裁碎。一夜巧鋪春，群向枝頭點綴。奇瑞，奇瑞，寫出皇家富貴。（第二十八回　衆嬌娃剪綵爲花　侯妃子題詩自繹）

## 踏莎行

傷心未已，歡情猶繼，天公早顯些微異。穠梅艷李門當時，一杯澆釋胸中忌。　　北海層巒，五湖新柳，天涯遥望真無際。夢回一枕黑甜餘，碧欄又聽輕輕語。（第二十九回　隋煬帝雨院觀花　衆夫人同舟遊海）

## 踏莎行

白雪横鋪，碧雲亂落，明珠仙露浮花蕚。渾如一夜氣呵成，果然不假春雕琢。　　天地栽培，鬼神寄託，東皇何敢相拘縛。風來香氣欲成龍，凡花誰敢争强弱。（第二十九回　隋煬帝雨院觀花　衆夫人同舟遊海）

## 蝶戀花

午夢初回閒信步，轉過雕欄，又聽新聲度。蜂飛蝶舞風回住，鶯啼一唤情難去。　　醉向花陰日未暮，謾把珠簾，鈎起遊絲絮。畫上天涯縈意緒，令人没個安排處。（第三十回　賭新歌寶兒博寵　觀圖畫蕭后思遊）

## 玉樹後庭花

鶯聲未老燕初歸，正好傳杯。魚腸試舞逞雄奇，争羡蛾眉。　　錦箋覓句謾留題，且共追陪。淺斟細酌樂深閨，情盡和諧。（第三十一回　薛冶兒舞劍分歡　衆夫人題詩邀寵）

## 一剪梅

桐窗扶醉夢和諧，惱亂心懷，没甚心懷。拉來花下賭金釵。懶坐瑶階，又上瑶階。　　銀河對面似天涯，不是雲霾，即是風霾。鵲橋有處已安排。

道是君乖，還是奴乖。(第三十一回　薛冶兒舞劍分歡　衆夫人題詩邀寵)

## 巫山一段雲

時雨山堂潤，卿雲水殿幽。花花草草過春秋，何處是瀛洲。　翠袖承恩遍，朱絃度曲稠。御香深惹薄言愁，天子趁風流。(第三十一回　薛冶兒舞劍分歡　衆夫人題詩邀寵)

## 未標牌名

春滿西湖好，月滿前山小。匝地笙歌，接天燈火，君王歸了。問酒政何如，不過是催花鬥草。　辜負黄昏早，懶把眉兒掃。心字香燒，誰敢望鸞顛鳳倒。堯舜心腸，時憐卻漢宫人老。(第三十一回　薛冶兒舞劍分歡　衆夫人題詩邀寵)

## 如夢令

昨夜東風吹透，一樹楊梅開驟。香露浥金樽，滿祝千秋萬壽。非謬，非謬，共醉太平時候。(第三十一回　薛冶兒舞劍分歡　衆夫人題詩邀寵)

## 意難忘

人世堪憐，被鬼神撥弄，倒倒顛顛。才教名引去，復以利驅旋。船待縴，馬加鞭，誰能得自然。細看來朝朝塵土，日日風煙。　饒他狡猾雄奸，向火坑深處，抵死胡纏。殺身求富貴，服毒望神仙。枯骨朽，血痕鮮，方知是罪愆。能幾人超然物外，獨步機先？(第三十二回　狄去邪入深穴　皇甫君擊大鼠)

## 千秋歲

芳菲盡已，簌簌香何細。桃片片，隨蘋起。光摇碧水遠，夢繞長松翠。情難擺，蕩舟瞥見心堪醉。　魑魅何足異，魂魄憑誰寄。香如篆，燭成淚。銀河良夜静，星斗光衣袂。驚看處，清凉一帖痊人快。(第三十四回　灑桃花流水尋歡　割玉腕真心報寵)

## 望江南・詠湖上八景(八首)(按:此爲五代・無名氏詞)

湖上月,偏照列仙家。水浸寒光鋪枕簟,浪摇晴影走金蛇。偏稱泛靈槎。　光景好,輕彩望中斜。清露冷侵銀兔影,西風吹落桂枝花。開宴思無涯。

湖上柳,煙裏不勝催。宿霧洗開明媚眼,東風摇弄好腰肢。煙雨更相宜。　環曲岸,陰覆畫橋低。綫拂行人春晚後,絮飛晴雪暖風時。幽意更依依。

湖上雪,風急墜還多。輕片有時敲竹户,素華無韻入澄波。望外玉相磨。　湖水遠,天地色相和。仰視莫思梁苑賦,朝來且聽玉人歌。不醉擬如何。

湖上草,碧翠浪通津。修帶不爲歌舞緩,濃鋪堪作醉人裀。無意襯香衾。　晴霽後,顔色一般新。遊子不歸生滿地,佳人遠意寄青春。留詠卒難伸。

湖上花,天水浸靈芽。淺蕊水邊匀玉粉,濃葩天外剪明霞。只在列仙家。　開爛漫,插鬢若相遮。水殿春寒幽冷艷,玉窗晴照暖添華。清賞思何賒。

湖上女,精選正輕盈。猶恨乍離金殿侶,相將盡是採蓮人。清唱謾頻頻。　軒内好,嬉戲下龍津。玉管朱絃聞晝夜,踏青斗草事青春。玉輦從群真。

湖上酒,終日助清歡。檀板輕聲銀甲緩,醅浮香米玉蛆寒。醉眼暗相看。　春殿晚,仙艷奉杯盤。湖上風光真可愛,醉鄉天地就中寬。帝主正清安。

湖上水,流繞禁園中。斜日緩摇清翠動,落花香暖衆紋紅。蘋末起清風。　閒縱目,魚躍小蓮東。泛泛輕摇蘭棹穩,沉沉寒影上仙宫。遠意更重重。(第三十四回　灑桃花流水尋歡　割玉腕真心報寵)

## 清夜遊

洛陽城裏清秋矣。見碧雲散盡,凉天如水。須臾山川生色,河漢無聲,千樹裏,一輪金鏡飛起。照瓊樓玉宇,銀殿瑶臺,清虚澄澈真無比。　良夜情不已。數千乘萬騎,縱遊西苑,天街御道平如砥。馬上樂竹媚絲嬌,輿中宴金甘玉旨。試憑三吊五,能幾人不虧聖德,窮華靡。須記取、隋家瀟灑王妃,風流天子。(第三十四回　灑桃花流水尋歡　割玉腕真心報寵)

## 滿江紅

挖心嘔血,打疊就一人歡悦。悄心思,忙中撮弄,奇峰突出。塞外黄花音縹緲,落珈楊柳容裝絶。更風高,試驥放長林,咸國色。　　月如練,天如碧。心同醉,歡同席。看紅裙錦隊,遍山蟻列。香車寶馬階填繞,緑雲素影尊前立。趁今宵、馬上誓心盟,姮娥泣。(第三十五回　樂永夕大士奇觀　清夜遊昭君淚塞)

## 臨江仙

餘興未闌情未倦,朝來聞説關心。萬千樂事論縱横。欲誇己才富,落筆竟難成。　　堪羨詞臣文藻盛,佳人注目留吟。無端池畔去捐生。相看心欲碎,貼肉唤卿卿。(第三十六回　觀文殿虞世南草詔　愛蓮亭袁寶兒輕生)

## 烏夜啼

人主荒淫成性,蒼天巧弄盈危。群英一點雄心逞,戈滿起塵埃。　　攘攘不分身夢,營營好亂情懷。相看意氣如蘭蕙,聚散總安排。(第三十七回　孫安祖走説竇建德　徐懋功初交秦叔寶)

## 意難忘

世事浮漚,嘆癡兒擾攘,遍地戈矛。豺虎何足怪,龍蛇亦易收。猛雨過,淡雲流,相看怎到頭。細思量、此身如寄,總屬蜉蝣。　　問君膠漆何投,向天涯海角,南北營求。豈是名爲累,反與命添仇。眉間事,酒中休,相逢羨所謀。只恐怕、猿聲鶴唳,又惹新愁。(第三十八回　楊義臣出師破賊　王伯當施計全交)

## 天香引

雨殢雲尤,香温玉軟,只道魂消已久。冤情孽債,誰知未了,又向無中生有。擸情掇趣，不是花，定然是酒。美語甜言笑口，偏有許多引誘。　錦纜纔牽，織手蚤、種成兩堤楊柳。問誰能到此，唯唯否否。正好快心蕩意，不想道干戈掣人肘。急急忙忙，怎生消受。（第四十回　汴堤上緑柳御題賜姓　龍舟内降仙艷色沾恩）

## 如夢令

人世飄蓬形影，一霎赤繩相訂。堪笑結冤仇，到處藏機設阱。思省，思省，莫把雄心狂逞。（第四十一回　李玄邃窮途定偶　秦叔寶脱陷榮歸）

## 謁金門

真無價，不倩煙描月畫。白白青青嬌欲化，燕妒鶯兒怕。　不獨欺班羞謝，别有文情藴藉。霎時相遇驚人詫，説甚雄心罷。（第四十一回　李玄邃窮途定偶　秦叔寶脱陷榮歸）

## 品令

國步悲艱阻。仗英雄，將天補。熱心欲腐。雙鬢霜生，征衫血汗，引類呼群，猶恐厦傾孤柱。　奸邪盈路，向暗裏，將人妒。直教張禄投秦，更使伍胥去楚。支國何人，宫殿離離禾黍。（第四十三回　連巨真設計賺賈柳　張須陀具疏救秦瓊）

## 臨江仙

顛危每見天心巧，一朝事露紛紜。此生安肯負知心。奸雄施計毒，淚灑落青萍。　寨内群英歡聚盛，孤忠空抱堅貞。漁陽一戰氣難伸。存亡多浩嘆，恩怨别人情。（第四十五回　平原縣秦叔寶逃生　大海寺唐萬仞徇義）

## 青衫濕

榮華自是貪夫餌，得失暗相酬。戀戀蠅頭，營營蝸角，何事能休！　機緣相左，談笑劍戟，樽俎戈矛。功名安在，一堆白骨，三尺荒丘。（第四十六回　殺翟讓李密負友　亂宫妃唐公起兵）

## 風流子

興衰如丸轉，光陰速，好景不終留。記北狩英雄，南巡富貴，牙檣錦纜，到處遨遊。忽轉眼、斜陽鴉噪晚，野岸柳啼秋。暗想當年，追思往事，一場好夢，半是揚州。　可憐能幾日，花與酒，釀成千古閑愁。謾道半生消受，骨脆魂柔。奈歡娛萬種，易窮易盡，愁來一日，無了無休。説向君如不信，試看練纏頭。（第四十七回　看瓊花樂盡隋終　殉死節香銷烈見）

## 雨中花

好還每見天公巧，知心自有知心報。看鶴禁沉冤，天涯路杳。離恨知多少。　黎陽鼙鼓連天噪，孤忠奇策存隋廟。一綫雖延，名花破損，佛面重光好。（第四十八回　遺巧計一良友歸唐　破花容四夫人守志）

## 浪淘沙

何自苦奔求，曲盡忠謀。一輪明月泛扁舟。報道知心相遇好，約法難留。　馬上起戈矛，兩意情酬。冤家路窄變成愁。記取山盟與海誓，心上眉頭。（第四十九回　舟中歌詞句敵國暫許君臣　馬上締姻緣吴越反成秦晉）

## 朝中措

時危豺虎勢縱横，福兮禍所因。惟有功成志遂，甘心退守漁綸。　前宵歡愛，今日魂飛，淚滴金樽。堪嘆煮豆燃豆，同儕嘲笑傷心。（第五十回　借寇兵義臣滅判臣　設宫宴曹后辱蕭后）

## 錦堂春

何事雄心自逞，無端羑里羈囚。君臣瞥見淚交流，甚日放眉頭。　幸遇佳人夢感，群英盡吐良謀。玉鞭驕馬贈長遊，三疊唱離愁。（第五十一回　真命主南牢身陷　奇女子巧計龍飛）

## 滿江紅

深鎖幽窗，遍青山，愁腸滿目。甚來由，風風雨雨，亂人心曲。説到情中心無主，行看江上春生谷。正空梁、斷影泛牙檣，成何局。　　畫虎處，人觳觫。笑鷹揚，螳臂促。怎與人無競，高飛黄鵠。眼底羊腸逢九坂，天邊鱷浪愁千斛。甚張羅、叫得子規來，人生足。（第五十二回　李世民感恩劫友母　寧夫人惑計走他鄉）

## 如夢令

憶昔聲名如鬨，收拾群英相共。一旦失籌謀，淚灑青山可痛。如夢，如夢，賴有心交斷送。（第五十四回　釋前仇程咬金見母受恩　踐死誓王伯當爲友捐軀）

## 滿江紅

淅淅凄風問沙場，何使人英雄氣奪。幸遇著知心將帥，忠肝義魄。危澗層巒真駭目，穿骨利鏃猶存血。喜片言、挽得天心回，毋庸戚。　　鳥啾啾，山寂寂。心耿耿，情脈脈。看王章炫熠，泉臺生色。一杯澆破幽魂享，三軍淚盡歡聲出。忙收拾、荷恩遊帝里，存亡結。（第五十五回　徐世勣一慟成喪禮　唐秦王親唁服軍心）

## 浪淘沙

枉自問天心，少女離魂。沙場有路叩迷津。祇念劬勞恩切切，豈惜伶仃。　　旗鼓兩相侵，拚死輕生。人人有志立功勳。莫笑英雄曾下淚，且看前程。（第五十六回　啖活人朱燦獸心　代從軍木蘭孝父）

## 阮郎歸

磨牙兩虎鬥方酣，怒目炯眈眈。一朝國破委層嵐，千秋貽笑談。　　邂逅佳人心欲醉，隨唱百年歡。王章有約話便便，將軍閫内專。（第五十八回　竇建德谷口被擒　徐懋公草廬訂約）

## 西江月

昔日龍潭鳳窟，而今孽鏡輪回。幾年事業總成灰，洛水滔滔無礙。　　説甚唇亡寒齒，堪嗟緑盡荒苔。霎時撇下熱塵埃，只看月明常在。（第五十九

回　狠英雄犴牢聚首　奇女子鳳閣沾恩）

## 滿江紅

生離死别，甚來由，這般收煞。難忍處，熱油灌頂，陰風奪魄。天涯芳草盡成愁，關山明月徒存泣。嘆金蘭、割股啖知心，情方畢。　　秦與晉，堪爲匹。鄭與楚，曾爲敵。看他假假真真，尋尋覓覓。玉案瓊珠已在手，香山丹桂猶含色。漫驅馳、尋訪着郊原，朝金闕。（第六十回　出囹圄英雄慘戮　走天涯淑女傳書）

## 一斛珠

曉風殘月，爲他人驅馳南北，忍着清貞空隈貼。情言心語，兩兩低低説。　　沉醉海棠方見切，驚看彼此真難得。封章直上九重闕，甘心退遜，香透梅花峽。（第六十一回　花又蘭忍愛守身　竇綫娘飛章弄美）

## 生查子

亭亭正妙年，慣躍青驄馬。只爲鍾情人，訴説燈前話。　　春色九重來，香遍梅花樹。共沐唱隨恩，對對看鶯奼。（第六十二回　衆嬌娃全名全美　各公卿宜室宜家）

## 誤佳期

驕馬玉鞭馳驟，同調堅貞永晝。提携一處可相留，莫把眉兒皺。　　如雪剛腸希覯，一擊疾誅雙醜。失心誓日生死安，若輩真奇友。（第六十三回　王世充忘恩復叛　秦懷玉翦寇建功）

## 鷓鴣天

寂寂江天錦繡明，凌波空步繞花陰。一枝驀地閑相近，惹得狂蜂空喪身。　　逞樂意，對芳樽，腰圍玉帶藏暗針。片詞題破驚疑事，喋血他年逼禁門。（第六十四回　小秦王宮門掛帶　宇文妃龍案解詩）

## 水調歌頭

世事不可極，極則天忌之。試看花開爛熳，便是送春時。況復巫山頂上，豈堪携雲握雨，逞力更驅馳。莫倚月如鏡，須防風折枝。　　百恩愛，千繾綣，萬相思。急絃易斷，誰能繫此長命絲。觸我一腔幽恨，打破五更熱夢，此際冷颼颼。天意常如此，人情更可知。（第六十五回　趙王雄踞龍虎關　周喜霸占鴛鴦鎮）

## 滿江紅

喜殺佳期，歡愛裏，情深意熱。幸青春未老，鴛鴦蝴蝶。百和香勻連理枝，三星氣暖同心結。問蒼天、何事謾追求，肝腸咽。　　眉間恨，峰重疊。心下事，星明滅。看抹緑殘紅，江山改色。却望一朝龍虎會，豈知長樂雨雲歇。嘆今宵、此恨最難明，憑誰説。（第六十六回　丹霄宫嬪妃交讚　玄武門兄弟相殘）

## 漁家傲（按：此改宋・法常所作《漁父詞》）

懺悔塵緣思寸補，禪燈雪月交輝處，舉目寥寥空萬古。鞭心語，迥然明鏡横天宇。　　蝶夢南華方栩栩，相逢契闊欣同侶，今宵細把中懷吐。江山阻，天涯又送飛鴻去。（第六十七回　女貞庵妃主焚修　雷塘墓夫婦殉節）

## 蝶戀花

九十春光如閃電，觸目垂慈，便覺陽和轉。幽恨綿綿方適願，普天同慶恩波遍。　　生死一朝風景變，謾道黄泉，也自通情面。滿地荆榛繞指揃，驚回惡夢堪欣羡。（第六十八回　成後志怨女出宫　證前盟陰司定案）

## 天仙子（按：此爲宋・沈蔚作，有改動）

景物因人成勝概，滿目更無塵可礙。等閒蓦地喜相逢，愁方解，心先快，明月清風如有待。　　誰信門前鸞輅隘，别是人間花世界。座中無物不清凉，情也在，恩也在，流水白雲真一派。（第七十一回　武才人蓄髮還宫　秦郡君建坊邀寵）

## 滿江紅

兔走烏飛，一霎時，翻騰滿目。興告訐，網羅欲盡，律嚴刑酷。眼底赤心肝一片，天邊鱷淚愁千斛。吐盡懷、草檄整天廷，仇方復。　　斟緑酒，濃情續。燒銀蠟，新妝簇。向風亭月榭，細談衷曲。此夜綢繆恩未竟，來朝離别情何促。倩東風、博得上林歸，雙心足。（第七十三回　安金藏剖腹鳴冤　駱賓王草檄討罪）

## 醉花陰

花到春開其常耳，破臘花有幾。除卻一枝梅，再要花開，只恐無其二。　　上苑催花丹詔至，不許拘常例。草木亦何知，役使隨人，博得天顔喜。（第七十三回　安金藏剖腹鳴冤　駱賓王草檄討罪）

## 醉花陰

違例開花花何意，要把君王媚。昨夜詔花開，今早來看，卻果都開矣。　　槿樹一枝偏獨異，不肯隨凡卉。籬下盡悠然，萬紫千紅，對此應含愧。（第七十三回　安金藏剖腹鳴冤　駱賓王草檄討罪）

## 西江月

武氏居然改號，唐家殆矣堪哀。卻緣妖夢費疑猜，留得廬陵還在。　　只怪僧尼戀色，怎教臣庶持齋。阿誰懷肉首將來，笑殺小人無賴。（第七十四回　改國號女主稱尊　闖賓筵小人懷肉）

## 滿江紅

有意多緣，豈必盡朱繩牽接。只看那紅拂才高，藥師情熱。司馬臨邛琴媚也。文君志向何真切。乍相逢、眼底識英雄，堪怡悦。　　有一種，天緣結。有一種，萍跡合。嘆芳情未斷，癡魂未絶。不韋西秦曾斬首，牛金東晉亦誅滅。這其間、史册最分明，何須説。（第七十五回　釋情癡夫婦感恩　伸義討兄弟被戮）

## 西江月

春草春來交茂，春閨春興方濃。争教小婢向園中，遍覓芳菲種種。　　各出多般多品，争看誰異誰同。因何一笑展歡容，斗着宜男心動。（第七十五回　釋情癡夫婦感恩　伸義討兄弟被戮）

## 未標牌名

靈運面，維摩面，何妨佛面如人面。此鬚借作彼鬚留，怎因嬉戲輕相剪。　　才喜見，吹不見，不許妖淫女子見。誰將金剪向慈容，剪得須時兩臂斷。（第七十五回　釋情癡夫婦感恩　伸義討兄弟被戮）

## 西江月

試誦斯于訓女，無非還要無儀。炫才宫女漫評詩，大褻儒林文字。　　帝后嬪妃公主，尊嚴那許輕窺。外臣陪侍已非宜，怎縱俳優謔戲。（第七十六回　結綵樓嬪御評詩　遊燈市帝后行樂）

## 念奴嬌

煌煌火樹，正金吾弛禁，漏聲休促。月照六街人似蟻，多少紫騮雕轂。紅袖妖姬，雙雙來去，嬌冶渾如玉。墜釵欲覓，見人羞避銀燭。　　但見回首低呼，上元佳勝，只有今宵獨。一派笙歌何處起，笑語徐歸華屋。斗轉參横，暗塵隨静。醉唱昇平曲。歸來倦倚，錦衾帳裏芬馥。（第七十六回　結綵樓嬪御評詩　遊燈市帝后行樂）

## 内家嬌

天子至尊也，因何事卻被后妃欺。奈昏瞶無能，優柔不斷，斜封墨敕，人任爲之。故一旦宫庭興變亂，寢殿起災危。似錦江山，如花世界，回頭一想，都是傷悲。　　還思學武后，刑與賞，大權盡我操持。冀立千秋事業，百世根基。欲更逞荒淫，爲歡不足，躬行弑逆，獲罪難辭。試看臨淄兵起，終就刑誅。（第七十七回　鴆昏主竟同兒戲　斬逆后大快人心）

## 減字木蘭花

太平封號,公主名稱原也妙。不肯安平,天道難容惡貫盈。　　嘉賓惡主,漫説開筵遵聖旨。誄死鴻篇,卻被亡人算在先。(第七十八回　慈上皇難庇惡公主　生張説不及死姚崇)

## 蝶戀花

國色自應供點選,一入深宫,必定多留戀。不是眉尖送花片,也教眼角飛鶯燕。　　只道始終適所願,不料紅絲,恰又隨風轉。始知月老亦無憑,端合成全好姻眷。(第七十九回　江采蘋恃愛追歡　楊玉環承恩奪寵)

## 西江月

傾國傾城一貌,爲雲爲雨千觴。花間起舞散幽香,從此驚鴻絶賞。　　謝女休誇好句,班姬正倚紅妝。數奇不願似王嬙,誰向長門悒怏。(第七十九回　江采蘋恃愛追歡　楊玉環承恩奪寵)

## 西江月

紫燕輕盈弱質,海棠標韻嬌容。羅衣長袖慢交横,絡繹回翔穩重。　　纖縠蛾飛可愛,浮騰雀躍仙蹤。衫飄綽約動隨風,恍似飛龍舞鳳。(第七十九回　江采蘋恃愛追歡　楊玉環承恩奪寵)

## 太平時

幸得君王帶笑看,莫偷安。野心狼子也來看,漫拈酸。　　俏眼盈盈戀所愛,盡盤桓。卻教説在别家歡,被他瞞。(第八十回　安禄山入宫見妃子　高力士沿街覓狀元)

## 霜天曉角

癡兒肥蠢,娘看偏奇俊。何意洗兒蒙賜,更阿父、能幫興。　　不堪嬌妒性,暫使離宫寢。一縷香雲輕剪,便重得、君王幸。(第八十一回　縱孌寵洗

兒賜錢　惑君王對使剪髮)

## 點絳唇

當殿揮毫,番書草就番人嚇。脱靴磨墨,宿憾今朝釋。　雅調清平,一字千金值。憑屈抑,醉鄉酣適,富貴真何必。(第八十二回　李謫仙應詔答番書　高力士進讒議雅調)

## 採桑子

英雄罹禍身幾殞。幸遇才人,留得奇人。好作他年定亂人。　巧言能動君王聽。輕信奸臣,誤遣藩臣,眼見將來大不臣。(第八十三回　施青目學士識英雄　信赤心番人作藩鎮)

## 相見歡

寶屏歷現嬌容,姓名通。絶勝珠圍翠繞,肉屏風。　青雲路杳,橋可駕,任行空。明日恍然疑想,如在夢魂中。(第八十四回　幻作戲屏上嬋娟　小遊仙空中音樂)

## 未標牌名(按:用《西江月》調)

屏似虹霓變幻,畫非筆墨經營。渾將雜寶當丹青,雕綴精工莫并。　試看冶容種種,絶勝妙畫真真。若還逐一唤嬌名,當使人人低應。(第八十四回　幻作戲屏上嬋娟　小遊仙空中音樂)

## 西江月

白玉瑩瑩鋪就,朱欄曲曲遮來。凌霄駕漢近瑶臺,一望霞明雲靄。　穩步無須回顧,安行不用疑猜。臨高視下嘆奇哉,恍若身居天界。(第八十四回　幻作戲屏上嬋娟　小遊仙空中音樂)

## 定西番

仙客寄書天子,無幾字,藥名兒,最堪思。　漢戍忽更番戍,君王偏不疑。信殺姓安人好,卻忘危。(第八十五回　羅公遠預寄蜀當歸　安禄山請用

番將士）

## 醉太平

恩深愛深，情真意真。巧乘七夕私盟，有雙星證明。　　時平世平，賞心快心。樓存勤政虛名，奈君王倦勤。（第八十六回　長生殿半夜私盟　勤政樓通宵歡宴）

## 朝中措

死生有命不相饒，禽鳥也難逃。還仗慈悲佛力，頓教脱去皮毛。　　笑他養子，飛揚跋扈，惡勝鴟鴞。向道赤心滿腹，而今漸覺蹊蹺。（第八十七回　雪衣女誦經得度　赤心兒欺主作威）

## 醜奴兒

野心狼子終難養，大負君王，不顧娘行，陟起干戈太逞狂。　　權奸還自夸先見，激反强梁。勢已披猖，縱募新兵那可當。（第八十八回　安禄山范陽造反　封常清東京募兵）

## 減字木蘭花

人衰鬼弄，魑魅公然來入夢。女貌男形，爾我相看前世身。　　難兄難弟，今日行蹤彼此異。全節全忠，他日芳名彼此同。（第八十九回　唐明皇夢中見鬼　雷萬春都下尋兄）

## 朝中措

由來世亂見忠臣，矢志掃妖氛。甚羨一門雙義，笑他諸郡無人。　　專征大將，待時而動，可建奇勳。只爲一封丹詔，頓教喪卻三軍。（第九十回　矢忠貞顔真卿起義　遭疑忌哥舒翰喪師）

## 添字昭君怨

昔日窮奢極麗，今日殘山剩水。抛離宫院陟崔嵬，問因誰。　　昔日皇恩獨眷，今日人心都變。冰山消盡玉環捐，悔從前。（第九十一回　延秋門

君臣奔竄　馬嵬驛兄妹伏誅）

## 烏夜啼

西土忽來大駕，朔方頓耀前星。共言人事隨天意，急難豈忘親。　獨恨輕抛骨肉，致教并受邅迍。權奸女寵多貽禍，不止自家門。（第九十二回　留靈武儲君踐位　陷長安逆賊肆凶）

## 青衫濕

談忠説義人都會，臨難卻通融。梨園子弟，偏能殉節，莫賤伶工。　伶工殉節，孤臣悲感，哭向蒼穹。吟詩寫恨，一言一淚，直達宸聰。（第九十三回　凝碧池雷海青殉節　普施寺王摩詰吟詩）

## 胡搗練

逆賊負卻君恩重，受報親生逆種。家賊一時發動，老命無端送。　渠魁雖殄兵還弄，强帥有兵不用。烈士淚如泉湧，斷指何知痛。（第九十四回　安禄山屠腸殞命　南霽雲嚙指乞師）

## 月中行

聲音入妙感仙家，月夜引仙槎。只嫌笛管未全佳，吹破共嗟訝。　更驚弈理通仙道，決勝負數着無加。止將常勢略談些，國手已堪誇。（第九十五回　李樂工吹笛遇仙翁　王供奉聽棋謁神女）

## 賀聖朝

感恩思報英雄志，欲了平生事。因他冤陷，拚吾百口，貸他一死。　友朋情誼猶如此，何況爲臣子。親王奏凱，全虧大將，丹誠共矢。（第九十六回　拚百口郭令公報恩　復兩京廣平王奏績）

## 長命女

緣未了，漫説離多歡會少，此日重逢巧。　已判珠沉玉碎，還幸韜光斂耀。笑彼名花難自保，原讓寒梅老。（第九十七回　達奚女鍾情續舊好　采蘋

妃全軀返故宫）

## 西江月

爐内香煙馥鬱，座間神像端凝。懸來匾額小蓬瀛，委實非同人境。　　雙鶴亭亭對立，孤松鬱鬱常青。雲堂鐘鼓悄無聲，知是仙姑習静。（第九十七回　達奚女鍾情續舊好　采蘋妃全軀返故宫）

## 歸國遥

人逝矣，寶髻花鈿都委地。錦襪獨留餘媚，見者猶驚喜。　　萬里歸程迢遞。正追思往事，被雨滴愁腸碎。碎愁歌曲内。（第九十八回　遺錦襪老嫗獲錢　聽雨鈴樂工度曲）

## 憶少年

天王明聖，臣罪當誅，恩流法外。全生更矜死，賴宫中推愛。　　豈意宫中人漸憊，看梅花、飄零無奈。佳人與同謝，嘆芳魂何在？（第九十九回　赦反側君念臣恩　了前緣人同花謝）

## 夜遊宫

最恨小人女子，每接踵比肩而起，擾亂天家父子意。遠庭帷，移宫寢，尊養廢。　　晚景添憔悴，追思舊寵常揮淚，魂魄還堪尋覓未？遇仙翁，説前因，明往事。（第一百回　遷西内離間父子情　遣鴻都結證隋唐事）

## 一叢花

閒翻舊史細思量，似傀儡排場。古今帳簿分明載，還看取野乘鋪張。或演春秋，或編漢魏，我只紀隋唐。　　隋唐往事話來長，且莫遽求詳。而今略説興衰際，輪回轉，男女猖狂。怪跡仙蹤，前因後果，煬帝與明皇。（第一百回　遷西内離間父子情　遣鴻都結證隋唐事）

# 《南北宋誌傳》詞

（題陳繼儒編次　二十卷　《古本小説集成》據日本内閣文庫藏明萬曆三臺館刻本影印　上海古籍出版社　一九九一）

## 浪淘沙（按：此爲南唐・李煜詞，略有改動）

簾外雨潺潺，春意闌珊，羅衾不暖五更寒。夢裏不知身是客，一餉貪歡。　　獨自莫憑欄，弦瑟空彈，别時容易見時難。流水落花春去也，天上人間。（卷三　馮益兵圍白馬寺　匡胤大鬧御拘欄）

## 蝶戀花（按：此爲宋・俞克成詞）

夢斷池塘驚乍曉，百舌無端，故作枝頭閙。報道不禁寒料峭，未教舒展閑花草。　　盡日簾垂人不到，老去情疏，底事傷春瘦。一曲清歌生計早，玉山不減巫山好。（卷三　馮益兵圍白馬寺　匡胤大鬧御拘欄）

## 西江月

遠望青山發目，俯瞻朱户侵眸。分明是個帝王州。風流人有在，豪傑半摧凋。　　殿角飛雲乍起，樓頭暮雨初收。往來此處勝優遊。殘陽開霽色，天净稱新秋。（卷六　柴榮澶州會匡胤　太祖南郊祭箕星）

## 西江月

畫棟鮮明俊偉，樓臺雄麗奇觀。四圍彩色繪江山，真乃蓬瀛不换。　　鋪列異珍奇品，相陳絲竹吹彈。君王從此意闌珊，日與麗人賞玩。（卷九　匡胤諫王立東宫　鄭恩火燒賞花樓）

## 水調歌頭(按:此爲宋·蘇軾詞)

明月幾時有?把酒問青天。不知天上宮闕,今夕是何年。我欲乘風歸去,又恐瓊樓玉宇,高處不勝寒。起舞弄清影,何似在人間! 轉朱閣,低綺户,照無眠。不應有恨,何事長向别時圓?人有悲歡離合,月有陰晴圓缺,此事古難全。但願人長久,千里共嬋娟。(卷十一 北漢主屏逐忠臣 呼延贊激烈報仇)

## 念奴嬌(按:此爲宋·蘇軾《念奴嬌·中秋》詞)

憑高眺遠,見長空萬里,雲無留跡。桂魄飛來光射處,冷浸一天秋碧。玉宇瓊樓,乘鸞來去,人在清凉國。江山如畫,望中煙樹歷歷。 我醉拍手狂歌,舉杯邀月,對飲成三客。起舞徘徊風露下,今夕不知何夕。便欲乘風,翩然歸去,何用騎鵬翼?水晶宫裏,一聲吹斷横笛。(卷十五 樵夫詭計捉孟良 六使單馬收焦贊)

## 西江月(按:此爲宋·黄庭堅詞)

斷送一生惟有,破除萬事無過。遠山横黛蘸秋波,不飲旁人笑我。 花病等閒瘦弱,春愁没處遮攔。杯行到手莫留殘,不道月斜人散。(卷十五 孟良智盜驌驦馬 岳勝大戰蕭天佑)

## 西江月

城郭東南形勝,朱門十萬人家。汴京自古最繁華,弦管高歌晨夜。 市列珠璣錦繡,風流人物豪奢。菁葱雲樹繞堤沙,真個堪描堪畫。(卷十六 樞密計傾無佞府 金吾拆毁天波樓)

## 未標牌名(按:此爲宋·周邦彦《浣溪沙》詞)

翠藻參差竹逕成,新荷跳雨淚珠傾,曲欄斜轉小池亭。 風落簾衣歸燕急,水摇扇影戲魚驚,柳梢斜日弄微晴。(卷十六 八王齎詔求六使 焦贊大鬧陳家莊)

## 未標牌名（按：此爲宋・趙鼎《滿江紅》詞，略有改動）

慘結秋陰西風送，絲絲露濕。凝望眼，征鴻幾字，暮投沙磧。欲往鄉關何處是，水雲浩蕩連南北。但修眉一抹有無中，遥山色。　天涯路，江上客。情已斷，頭應白。空搔首興歎，暮年離隔。欲待忘憂除是酒，奈酒行欲盡愁無極。便挽將江水入樽罍，澆胸臆。（卷十九　六郎議取令公骸　孟良誤殺焦光贊）

# 《大宋中興通俗演義》詞

（熊大木編輯　八卷　七十四則　《古本小説集成》據日本内閣文庫藏楊氏清匯堂刊本影印　上海古籍出版社一九九一）

## 鷓鴣天

幾年獨佔禁宫春，花落閒庭舞袖影。宵祈[柝]空聞傳騎士，曉籌無復報雞人。　　離鳳闕，踄胡塵，天涯回首一沾巾。翻思破國忘家恨，眉壓重瞳帶淚顰。（卷之一　宋徽欽北狩沙漠）

## 未標牌名（按：此爲宋・趙佶《眼兒媚》詞）

玉京曾憶舊繁華，萬里帝王家。瓊林玉殿，朝喧弦管，暮列笙琶。　　花城人去今蕭索，春夢繞胡沙。家山何處？忍聽羌笛，吹徹梅花。（卷之一　宋徽欽北狩沙漠）

## 未標牌名（按：此爲宋・趙桓《眼兒媚》詞）

宸傳四百舊京華，仁孝自名家。一旦奸邪，傾天柝[坼]地，忍聽搊琶。　　如今塞外多離索，迤邐遠胡沙。家邦萬里，伶仃父子，向曉霜花。（卷之一　宋徽欽北狩沙漠）

## 滿江紅

萬里尤荒，塵土染，堅持旌節。憑仗着、忠肝義膽，槍唇劍舌。滿體遍傷嵇紹箭，一腔盛積萇弘血。莫等餒了浩然心，存貞烈。　　戴天恨，終未雪。吴越怨，何時絶？奮筆鋒戳破，燕然山缺。鼙鼓敲殘塞上霜，雁聲叫落關河月。待他時、回去覲天顔，重歡悦。（卷之三　洪皓持節使金國）

## 女冠子(按:此爲宋・無名氏詞)

彤雲密佈,撒梨花、柳絮飛舞。樓臺誚[俏]似玉。向紅爐暖閣,院宇深沉,廣排筵會聽笙歌,猶未徹。漸覺輕寒,透簾穿户。亂飄僧舍,密灑歌樓,酒簾如故。　　想樵人、山徑迷蹤路。料漁人、收綸罷釣歸南浦。路無伴侶。見孤村寂寞,招颭酒旗斜處。南軒孤雁過,嚦嚦聲聲,又無書度。見臘梅枝上嫩蕊,兩兩三三微吐。(卷之五　議防邊李綱獻策)

## 小重山(按:此爲宋・岳飛詞)

昨夜寒蛩不住鳴。驚回千里夢,已三更。起來獨自繞階行。人悄悄,簾外月朧明。　　白首爲功名。舊山松竹老,阻歸程。欲將心事付瑶琴。知音少,弦斷有誰聽?(卷之五　鎮汝軍岳雲立功)

## 西平樂(按:此詞據宋・周邦彦《西平樂》改寫)

川岸晴明,西湖歇雨,笙歌每日在,山光水色邊,筵前紅袖,輕籠纖細堪誇。歎征人勤王已去,身與鼓笳共晚,争知向此,在途區區,佇立塵沙。追念朱顏翠髮,曾到處,故地使人嗟。　　干戈滿目,蜂屯四野,帝輦依前,臨路欹斜。重憶想,中原離黍,多少英雄,惹起壯懷激烈,憤惋無依,何況風流鬢未華。又謝故人,親馳鄭驛,時倒融樽,勸此淹留,共過芳辰,翻令倦客思家。(卷之七　岳飛兵距黄龍府)

## 滿江紅(按:此爲宋・岳飛詞)

怒髮衝冠,憑欄處,瀟瀟雨歇。抬望眼,仰天長嘯,壯懷激烈。三十功名塵與土,八千里路雲和月。莫等閒,白了少年頭,空悲切。　　靖康耻,猶未雪,臣子恨,何時滅!駕長車、踏破賀蘭山缺。壯志饑餐胡虜肉,笑談渴飲匈奴血。待從頭、收拾舊山河,朝天闕。(卷之七　岳飛兵距黄龍府)

# 《錢塘湖隱濟顛禪師語録》詞

（仁和沈孟柈述　一卷　《古本小説集成》據日本内閣文庫藏明隆慶刊本影印　上海古籍出版社　一九九一）

## 滿江紅

卜築溪山，隨問蓋數椽茅屋。共嘯傲，明月清風，翠陰籠竹。静坐洗開名利眼，困眠常飽詩書腹。任粗衣淡飯度平生，無拘束。　清晝永，尋棋局。深夜静，彈琴曲。算人情卻似、雨翻雲覆。到底淵明歸去也，依然三徑存秋菊。笑卞和、未遇楚王時，荆山璞。

## 臨江仙

凜洌同[彤]雲生遠浦，長空碎玉珊珊。黎花滿目泛波瀾。水深鼇背冷，方丈老僧寒。　渡口行人嗟此境，金山變作銀山，瓊樓玉殿水晶盤。王維饒善畫，下筆也應難。

## 臨江仙

蝶戀花枝應已倦，睡來春夢難醒。羅衣卸下不隨身。三魂遊閬苑，七魄遶蓬瀛。　故把羅鞋遮洞口，須知覺後生嗔。非因道濟假人情。斷除生死路，絶卻是非門。

## 臨江仙

粥去飯來何日了，都緣皮袋難醫。這般軀殼好無知。入喉纔到腹，轉眼又還饑。　惟有衲僧渾不管，且須慢飲三杯。冬來猶掛夏天衣。雖然形醜陋，心孔未嘗迷。

# 《天妃娘媽傳》詞

（吴還初撰　兩卷　三十二回　《古本小説集成》據日本雙紅堂藏明刻本影印　上海古籍出版社　一九九一）

## 西江月

静坐三更寶月，獨葆一種靈株。真鉛纔點便歸虚，坐證涅槃妙處。　　凡塵盡掃而清，妖氛輕除而去。憑生稽首聽皈依，快樂逍遥無比。（第二回　玄真女得佛真傳）

## 西江月

智勇三軍爲冠，英雄四海無雙。金戈鐵甲振封疆，玩弄逆賊掌上。　　聞者心驚膽破，見之魄落魂揚。盤根錯節顯忠良，方是勘亂名將。（第三回　四喉伯經營圖伯）

## 西江月

朝佛去自西天，傳法來於南海。修爲只在此心專，何謂無量畔岸。　　匹馬周流四海，一盒藏盡乾坤。泛斯苦海有慈航，世獲安寧景象。（第五回　玄真女别親下凡）

## 西江月

妖術原來無正，神法自然有真。二門攸判隔淵星，覺迷都由分徑。　　南海朝來神妹，湄洲授於聖兄。此行西鄙顯威靈，始信得傳上乘。（第十五回　林二郎到山見妹）

## 西江月

一身自從許國，寸志惟欲輸忠。雙親睽别只爲君，亦是爲臣義分。　　傍

觀衆人喁喁,前途匹馬衝衝。拭目西塞建奇功,神力朝廷倚重。(第十七回　林二郎别親應召)

## 西江月

小小妖蠻上犯,堂堂大陣西征。旌旗輿馬耀日星,定須犬羊繫頸。　中軍天朝名將,幕客閩國真人。指揮談笑把功成,西陲腥羶洗浄。(第十九回　林二郎護軍西征)

## 西江月

朗然飛過子江,陰風平地淒凉。蛇鰍相倚作災殃,水伯河侯遠讓。　上下乾坤就裹,方圓變化無量。妖氛一切盡歸降,瞻仰廟貌景象。(第二十七回　天妃媽子江救護)

# 《熊龍峰四種小説》詞

（未題撰人　四卷　《古本小説集成》據日本東京内閣文庫藏明萬曆本刊本影印　上海古籍出版社　一九九一）

## 望海潮（按：此爲宋·柳永詞，略有改動）

東南形勝，三吴都會，錢塘自古繁華，煙柳畫橋，風簾翠幕，參差十萬人家。雲樹遶堤沙，怒濤卷霜雪，天塹無涯。市列珠璣，户盈羅綺，競奢華。　重湖疊巘清佳。有三秋桂子，十里荷花。絃管弄晴，菱歌泛夜，嬉嬉釣叟蓮娃。千騎擁高牙，乘時聽蕭鼓，吟賞煙霞。異日圖將好景，歸到鳳池賒。（張生彩鸞燈傳）

## 如夢令（按：文中謂宋·張舜美作）

明月娟娟篩柳，春色溶溶如酒。今夕試華燈，約伴六橋閑走。回首，回首，樓上玉人知否。（張生彩鸞燈傳）

## 如夢令（按：文中謂宋·張舜美作）

燕賞良宵無寐，笑倚東風殘醉。未審那人兒，今夜玩遊何地。留意，留意，幾度欲歸又滯。（張生彩鸞燈傳）

## 如夢令（按：文中謂宋汴梁女子劉素香作）

邂逅相逢如故，引起春心追慕。高掛彩鸞燈，正是兒（家）庭户。那步，那步，千萬來宵垂顧。（張生彩鸞燈傳）

## 如夢令（按：文中謂宋·張舜美作）

漏滴銅龍聲折，風送金猊香別。一見彩鸞燈，頓使狂心煩熱。應説，應

説，昨夜相逢時節。（張生彩鸞燈傳）

## 南鄉子

粉汗濕羅衫，爲雨爲雲底事忙。兩隻腳兒肩上擱，難當。顰蹙春山入醉鄉。　　忒殺太顛狂，口口聲聲叫我郎。舌送丁香嬌欲滴，初嘗。非蜜非糖滋味長。（張生彩鸞燈傳）

## 生查子（按：此爲宋・歐陽修詞）

去年元夜時，花市燈如晝。月在柳稍頭，人約黄昏後。　　今年元夜時，月與燈依舊。不見去年人，淚濕春衫袖。（張生彩鸞燈傳）

## 沁園春・柳

弱質嬌姿，黛眉星眼，畫工怎描。自章臺分散，隋堤别後，近臨緑水，遠映紅蓼。半佔官街，半侵私道，長被狂風取次摇。當今桃腮、杏臉難比，好妖嬈。　　春朝，曉露纔消。暗隱黄鸝深處嬌。千絲萬縷零零，風拂水，隨風隨雨，晴雪飄飄。欲告東君、移歸庭院，獨對高堂舞細腰。從今後，無人折損柔條。（蘇長公章臺柳傳）

## 未標牌名（按：用《如夢令》調）

記到去年時節，春色湖光晴徹。楊柳緑□□［依依］，□［因］甚行人折。聽説，聽説，已屬他人風月。（蘇長公章臺柳傳）

## 未標牌名（按：此爲宋・元净《如夢令》詞）

春色湖光如練，楊柳依稀拂面。楊柳已離栽，向别家庭院。哀怨，哀怨，欲見無由得見。（蘇長公章臺柳傳）

## 未標牌名（按：此爲宋・南軒《如夢令》詞）

柳眼笑窺人送，裊娜舞腰纖弄。那更柳眉效蹙，三件皆出衆。尊重，尊重，已作一場春夢。（蘇長公章臺柳傳）

## 未標牌名(按:此爲宋・秦觀《如夢令》詞)

傳與東坡尊舅,欲作欄杆護佑。心性慢些兒,先著他人機勾。虛謬,虛謬,這段姻緣生受。(蘇長公章臺柳傳)

## 望江南(按:此爲宋・張先詞)

香閨内,空自想佳期。獨步花陰情緒亂,慢將珠淚兩行垂。勝會在何時。　懨懨病,此夕最難持。一片芳心無托處,荼蘼架上月遲遲。惆悵有誰知。(馮伯玉相思小說)

## 滿庭芳

蟬鬢拖雲,蛾眉掃月,天生麗質難描。樽前席上,百媚千嬌。一點芳心初動,五更清興偏饒。訴衷腸不盡,虛度好良宵。　秦樓明月夜,餘音嫋嫋,吹徹鸞簫。閑敲棋子,愈覺無聊。何時識得東風面,堪成鳳友鸞交。憑鴻雁,潛通尺素,盼殺董妖嬈。(馮伯玉相思小說)

## 滿庭芳

短短金針,纖纖玉手,閑將繡帶輕描。描鸞刺鳳,想像剔還挑。不覺黄昏又到,誰知玉減香消。鴛鴦被,尋思展轉,倏忽至中宵。　陽臺魂夢杳,彩鸞歸去,辜負文簫。算人生幾,行樂陶陶。何日相逢一面,樽前唱徹紅綃。知此時芳心動也,愁殺蓋寬饒。(馮伯玉相思小說)

## 未標牌名

翠荷花裏鴛鴦浴,碧桃枝上流鶯宿。花爛枝尚柔,俄驚一夜秋。百歲共諧和,相看奈汝何。(馮伯玉相思小說)

## 减字木蘭花

調雲弄雨,迤邐羅幃同笑語。春透花枝,一日偎倚十二時。　相憐相愛,還了平生憔悴債。魚水歡情,剪下青絲結誓盟。(馮伯玉相思小說)

## 茶瓶詞

憶昔當時相會,共結百年姻配。枕前盟誓如山海,此意千金難買。　恩和愛,知何在。情默默,有誰揪採[瞅睬]。妾心未改君先改,奈好事多成敗。(馮伯玉相思小説)

## 臨江仙

明窗紙隙風如箭,幾多心事難忘。荼蘼架下見行藏,交加雙粉蝶,交頸兩鴛鴦。　豈知今日成拋棄,尫羸[羸]减玉消香。誰訴與衷腸。行雲空縹渺,恨殺楚襄王。(馮伯玉相思小説)

## 滿庭芳

皓月娟娟,清燈灼灼,回身轉過西厢。可人才子,流落在他鄉。祇望團圓到底,誰知反屬參商。君知否?星橋别後,一日九迴腸。　相思無盡極,慘雲愁雨,减玉消香。幾回夢裏,與子飛揚。尤記山盟海誓,地久天長。春已老,桃花無主,何日遇劉郎?(馮伯玉相思小説)

## 未標牌名

秋水横雙眼,春山列兩眉。芙蓉面仿海棠姿。卻與舞風楊柳,鬥腰肢。　琢削冰爲骨,妝成雪作肌。不須付粉抹胭脂。可愛自然□顔色,賽過西施。(孔淑芳雙魚扇墜傳)

# 《春秋列國志傳》詞

（余邵魚撰　十二卷　《古本小説集成》據明萬曆乙卯刻本影印　上海古籍出版社　一九九一）

## 大江東

吴山萬迭，望錢塘、注目寒波清澈。追想當初，傾猛楚、此地曾施英烈。破楚奇才，興吴妙算，分鄭重圖越。誰知吴王偏暗，難顯豪傑。　　愚迷誰比浮槎，蠢濁怪跡，淫志同辛蹶。顧把賢沉綠波，肌肉盡遭魚鱉。負錐言，終朝暮視，使盡英明烈。空流痛淚，淚珠彈盡清血。（卷九　伍子胥抉目待齊）

## 錢塘潮

錢塘發洩不平氣，萬雷怒奔聲動地。雪山白日依依雨，亂灑千秋子胥淚。　　江花自開落，江月閑升墜。悠悠千古恨，天終恨未消。（卷九　伍子胥抉目待齊）

# 《片璧列國志》詞

（未題撰人　十卷　一百〇四回　《古本小説集成》據日本京都大學藏金閶五雅堂刊本影印　上海古籍出版社　一九九一）

## 摸魚兒

錦城西一區華屋，天開多少佳趣。當門緑水朝千里，何況碧山無數。堪愛處，有瀟湘新篁，松檜□前路。深深院，見簾幙低垂，絲篁迭奏，鎮日歌金縷。　　村落人間里，一水拖藍，兩山排翠。晝長人静重門閉，又過芳卿，别地幽意。此地遊嬉，尋花問柳，須是有奇遇。（卷五　第五十九回　伍子胥投陳辭婚）

## 大江東

吴山萬叠，望錢塘、注目寒波清徹。追想當初，傾猛楚此地，曾施英烈。破楚奇才，興吴妙算，分鄭重圖越。誰知吴王偏暗，難顯豪傑。（卷七　第七十四回　伍子胥抉目待吴）

## 錢塘潮

錢塘發洩不平氣，萬雷怒奔聲動地。雪山白日依依雨，亂灑千秋子胥淚。　　江花自開落，江月閒升墜。悠悠千古恨，天終恨未消。（卷七　第七十四回　伍子胥抉目待吴）

# 《新刻繡像批評金瓶梅》詞

（蘭陵笑笑生撰　齊煙、汝梅校點　一百回　齊魯書社　一九八九）

## 未標牌名（按：用《臨江仙》調）

萬里彤雪密佈，空中瑞祥飄簾，瓊花片片舞前檐。剡溪當此際，濡滯子猷船。　頃刻樓臺都壓倒，江山銀色相連。飛鹽撒粉漫連天。當時吕蒙正，窑内歎無錢。（第二回　俏潘娘簾下勾情　老王婆茶坊説技）

## 未標牌名

紅曙卷窗紗，睡起半拖羅袂。何似等閒睡起，到日高還未。　催花陣陣玉樓風，樓上人難睡。有了人兒一個，在眼前心裏。（第八回　盼情郎佳人占鬼卦　燒夫靈和尚聽淫聲）

## 踏莎行

八月中秋，凉飆微逗，芙蓉卻是花時候。誰家姊妹鬥新妝？園林散步頻攜手。　折得花枝，寶瓶隨後，歸來玩賞全憑酒。三杯酩酊破愁城，醒時愁緒應還又。（第十回　義士充配孟州道　妻妾玩賞芙蓉亭）

## 西江月

紗帳香飄蘭麝，娥眉慣把簫吹。雪瑩玉體透房幃，禁不住魂飛魄碎。　玉腕款籠金釧，兩情如醉如癡。才郎情動囑奴知，慢慢多咂一會。（第十回　義士充配孟州道　妻妾玩賞芙蓉亭）

## 未標牌名(按:此爲唐·李賀《將進酒》詞)

琉璃鍾,琥珀濃,小槽酒滴真珠紅。烹龍炮鳳玉脂泣,羅屏繡幕圍香風。　吹龍笛,擊鼉鼓。皓齒歌,細腰舞。況是青春日將暮,桃花亂落如紅雨。勸君終日酩酊醉,酒不到劉伶墳上去。(第十一回　潘金蓮激打孫雪娥　西門慶梳籠李桂姐)

## 山花子(按:此爲宋·李清照詞,又名《浣溪沙》)

繡面芙蓉一笑開,斜飛寶鴨襯香腮。眼波才動被人猜。　一面風情深有韻,半箋嬌恨寄幽懷。月移花影約重來。(第十三回　李瓶姐牆頭密約　迎春兒隙底私窺)

## 未標牌名(按:用《西江月》調,但下片結尾增句)

内府衢花綾裱,牙籤錦帶妝成。大青小緑細描金,鑲嵌斗方乾净。　女賽巫山神女,男如宋玉郎君,雙雙帳内慣交鋒。解名二十四,春意動關情。(第十三回　李瓶姐牆頭密約　迎春兒隙底私窺)

## 未標牌名(按:用《鷓鴣天》調)

記得書齋乍會時,雲蹤雨跡少人知。曉來鸞鳳棲雙枕,剔盡銀燈半吐輝。　思往事,夢魂迷,今宵喜得效于飛。顛鸞倒鳳無窮樂,從此雙雙永不離。(第十三回　李瓶姐牆頭密約　迎春兒隙底私窺)

## 未標牌名·品簫(按:據底本補)

不竹不絲不石,肉音别自唔咿。流蘇瑟瑟碧紗垂,辨不出宫商角徵。　一點櫻桃欲綻,纖纖十指頻移。深吞添吐兩情癡,不覺靈犀味美。(第十七回　宇給事劾倒楊提督　李瓶兒許嫁蔣竹山)

## 柳梢青(按:此爲宋·無名氏詞,或謂宋·周邦彦詞)

有個人人,海棠標韻,飛燕輕盈。酒暈潮紅,羞蛾(凝緑),一笑生

春。　　爲伊無限傷心，更説甚、巫山楚雲。斗帳香銷，紗窗月冷，著意温存。（第十八回　賂相府西門脱禍　見嬌娘敬濟銷魂）

## 未標牌名（按：用《西江月》調）

自幼乖滑伶俐，風流博浪牢成。愛穿鴨緑出爐銀，雙陸象棋幫襯。　　琵琶笙箏簫管，彈丸走馬員情。只有一件不堪聞，見了佳人是命。（第十八回　賂相府西門脱禍　見嬌娘敬濟銷魂）

## 踏莎行

我愛他身體輕盈，楚腰膩細，行行一派笙歌沸。黄昏人未掩朱扉，潛身撞入紗厨内。　　款傍香肌，輕憐玉體，嘴到處胭脂記。耳邊厢造就百般聲，夜深不肯教人睡。（第十八回　賂相府西門脱禍　見嬌娘敬濟銷魂）

## 未標牌名（按：此爲宋・無名氏《鷓鴣天》詞）

淡畫眉兒斜插梳，不忻拈弄倩工夫。雲窗霧閣深深許，蕙性蘭心款款呼。　　相憐愛，倩人扶，神仙標格世間無。從今罷卻相思調，美滿恩情錦不如。（第二十回　傻幫閒趨奉鬧華筵　癡子弟争鋒毁花院）

## 少年游（按：此爲宋・周邦彦詞）

并刀如水，吴鹽勝雪，纖手破新橙。錦幄初温，獸煙不斷，相對坐調笙。　　低聲問，向誰行宿？城上已三更。馬滑霜濃，不如休去，直自[是]少人行。（第二十一回　吴月娘掃雪烹茶　應伯爵替花邀酒）

## 點絳唇（按：此疑爲宋・李清照詞，略有改動）

蹴罷秋千，起來整頓纖纖手。露濃花瘦，薄汗輕衣透。　　見客入來，襪剗金釵溜。和羞走，倚門回首，卻把青梅嗅。（第二十五回　吴月娘春晝秋千　來旺兒醉中謗仙）

## 好女兒（按：此爲明・楊慎詞）

錦帳鴛鴦，繡衾鸞鳳，一種風流千種態。看香肌雙瑩，玉簫暗品，鸚舌偷嘗。　屏掩猶斜香冷，回嬌眼，盼檀郎。道千金一刻須憐惜，早漏催銀箭，星沉網户，月轉迴廊。（第二十七回　李瓶兒私語翡翠軒　潘金蓮醉鬧葡萄架）

## 點絳唇

新凉睡起，蘭湯試浴郎偷戲。去曾嗔怒，來便生歡喜。　奴道無心，郎道奴如此。情如水，易開難斷，若個知生死。（第二十九回　吴神仙冰鑒定終身　潘金蓮蘭湯邀午戰）

## 浣溪沙

十千日日索花奴，白馬驕駝馮子都。今年新拜執金吾。　侵幙露桃初結子，妒花嬌鳥忽啣雛。閨中姊妹半愁娱。（第三十回　蔡太師擅恩錫爵　西門慶生子加官）

## 意難忘（按：此爲宋·周邦彦《意難忘》詞上闋）

衣染鶯黄，愛停板駐拍，勸酒持觴。低鬟蟬影動，私語口脂香。檐滴露，竹風凉。拚劇飲琳琅。夜漸深，籠燈就月，仔細端相。（第三十三回　陳敬濟失鑰罰唱　韓道國縱婦争鋒）

## 薄倖（按：此宋·賀鑄《薄倖》詞上闋）

淡妝多態，更的的頻回眄睞。便認得琴心先許，與綰合歡雙帶。記華堂、風月逢迎，輕顰淺笑嬌無奈。向睡鴨爐邊，翔鸞屏裹，暗把香羅偷解。（第三十七回　馮媽媽説嫁韓愛姐　西門慶包占王六兒）

## 山花子

種就藍田玉一株，看來的的可人娱。多方珍重好支持，掌中珠。　傞俹漫驚新態變，妖嬈偏與舊時殊。相逢一見笑成癡，少人知。（第四十回　抱孩童瓶兒希寵　妝丫鬟金蓮市愛）

## 滿庭芳（按：此爲宋·胡浩然《滿庭芳》詞上闋）

瀟灑佳人，風流才子，天然分付成雙。蘭堂綺席，燭影耀熒煌。數幅紅

羅錦繡，寶妝篆、金鴨焚香。分明是、芙蕖浪裏，一對鴛鴦。（第四十一回　兩孩兒聯姻共笑嬉　二佳人憤深同氣苦）

## 滿庭芳（按：此爲宋·秦觀《滿庭芳》詞下闋）

情懷增悵望，新歡易失，往事難猜。問籬邊黄菊，知爲誰開？謾道愁須殢酒，酒未醒、愁已先回。憑闌久，金波漸轉，白露點蒼苔。（第四十三回　争寵愛金蓮惹氣　賣富貴吴月攀親）

## 滿江紅（按：此爲宋·周邦彦《滿江紅》詞上闋）

晝日移陰，攬衣起，春幃睡足。臨寶鑒，緑鬟繚亂，未斂裝束。蝶粉蜂黄渾褪了，枕痕一綫紅生玉。背畫闌，脈脈悄無言，尋棋局。（第四十四回　避馬房侍女偷金　下象棋佳人宵夜）

## 玉蝴蝶（按：此爲宋·柳永《玉蝴蝶》詞下闋，略有改動）

徘徊。相期酒會，三千朱履，十二金釵。雅俗熙熙，下車成宴盡春臺。好雍容、東山妓女，堪笑傲、北海樽罍。且追陪。鳳池歸去，那更重來！（第四十五回　應伯爵勸當銅鑼　李瓶兒解衣銀姐）

## 浪淘沙（按：此爲唐·張泌《浣溪沙》詞，原標調名誤）

小市東門欲雪天，衆中依約見神仙。蕊黄香畫貼金蟬。　飲散黄昏人草草，醉容無語立門前。馬嘶塵哄一街煙。（第四十六回　元夜遊行遇雪雨　妻妾戲笑卜龜兒）

## 菊花新（按：此爲宋·柳永詞，略有改動）

欲掩香幃論繾綣，先斂雙蛾愁夜短。催促少年郎，先去睡，鴛衾圖暖。　須臾整頓蝶蜂情，脱羅裳、恣情無限。留著帳前燈，時時看伊嬌面。（第五十回　琴童潛聽燕鶯歡　玳安嬉遊蝴蝶巷）

## 應天長

小院閑階玉砌，牆隈半簇蘭芽。一庭萱草石榴花，多子宜男愛插。　休

使風吹雨打,老天好爲藏遮。莫教變作杜鵑花,粉褪紅銷香罷。(第五十三回　潘金蓮驚散幽歡　吴月娘拜求子息)

## 浪淘沙(按:此爲明·王慎中詞)

美酒斗十千,更對花前。芳樽肯放手中閑? 起舞酬花花不語,似解人憐。　　不醉莫言還,請看枝間。已飄零一片减嬋娟。花落明年猶自好,可惜朱顔。(第五十四回　應伯爵隔花戲金釧　任醫官垂帳診瓶兒)

## 喜遷鶯(按:此詞據宋·康與之《喜遷鶯》詞下闋改寫)

師表。方眷遇,魚水君臣,須信從來少。寶運當千,佳辰餘五,嵩嶽誕生元老。帝遣阜安宗社,人仰雍容廊廟。願歲歲共祝眉壽,壽比山高。(第五十五回　西門慶兩番慶壽旦　苗員外一諾送歌童)

## 帝臺春(按:此詞據宋·李甲《喜遷鶯》詞下闋改寫)

愁旋釋,還似織;淚暗拭,又偷滴。嗔怒著丫頭,强開懷,也只是恨懷千疊。拚則而今已拚了,忘只怎生便忘得! 又還倚欄杆,試重聽消息。(第五十八回　潘金蓮打狗傷人　孟玉樓周貧磨鏡)

## 臨江仙(按:此爲明·秦士奇詞,略有改動)

倦睡懨懨生怕起,如癡如醉如慵。半垂半捲舊簾櫳。眼穿芳草緑,淚襯落花紅。　　追憶當年魂夢斷,爲雲爲雨爲風。淒淒樓上數歸鴻。悲淚三兩陣,哀緒萬千重。(第六十回　李瓶兒病纏死孽　西門慶官作生涯)

## 菩薩蠻(按:此爲宋·秦觀詞,略有改動)

蛩聲泣露驚秋枕,淚濕鴛鴦錦。獨臥玉肌凉,殘更與恨長。　　陰風翻翠幌,雨澀燈花暗。畢竟不成眠,鴉啼金井寒。(第六十一回　西門慶乘醉燒陰户　李瓶兒帶病宴重陽)

## 卜算子(按:此爲宋·徐俯詞,有改動)

胸中千種愁,掛在斜陽樹。緑葉陰陰自得春,草滿鶯啼處。　　不見

凌波步，空想如簧語。門外重重疊疊山，遮不斷愁來路。（第六十六回　翟管家寄書致賻　黄真人發牒薦亡）

## 蘇幕遮（按：此大改宋・范仲淹詞）

朔風天，瓊瑶地。凍色連波，波上寒煙砌。山隱彤雲雲接水，衰草無情，想在彤雲内。　　黯香魂，追苦意。夜夜除非，好夢留人睡。殘月高樓休獨倚，酒入愁腸，化作相思淚。（第六十七回　西門慶書房賞雪　李瓶兒夢訴幽情）

## 翠雲吟半（按：此爲元・林鴻《大江東去》上闋）

鍾情太甚，到老也無休歇。月露煙雲都是態，況與玉人明説。軟語叮嚀，柔情婉戀，熔盡肝腸鐵。岐亭把盞，水流花謝時節。（第六十八回　應伯爵戲銜玉臂　玳安兒密訪蜂媒）

## 憶秦娥

香煙嬝，羅幃錦帳風光好。風光好，金釵斜軃，鳳顛鸞倒。　　恍疑身在蓬萊島，邂逅相逢緣不小。緣不小，最開懷處，蛾眉淡掃。（第六十九回　招宣府初調林太太　麗春院驚走王三官）

## 蝶戀花（按：此爲宋・蘇軾詞，有改動）

花事闌珊芳草歇。客裏風光，又過些時節。小院黄昏人憶别，淚痕點點成紅血。　　咫尺江山分楚越，目斷神驚，只道芳魂絶。夢破五更心欲折，角聲吹落梅花月。（第七十一回　李瓶兒何家托夢　提刑官引奏朝儀）

## 勝長天

掉臂疊肩，情態炎凉，冷暖紛紜。興來閹豎長兒孫，石女須教有孕。　　莫使一朝勢謝，親生不若他生。爹爹媽媽向何親？掇轉窟臀不認。（第七十二回　潘金蓮摳打如意兒　王三官義拜西門慶）

## 長相思（按：此爲明・祝允明詞）

唤多情，憶多情，誰把多情唤我名？唤名人可憎。　　爲多情，轉多

情，死向多情心不平。休教情重輕。（第七十三回　潘金蓮不憤憶吹簫　西門慶新試白綾帶）

## 望江南（按：此爲明・馮琦詞）

梅共雪，歲暮鬥新妝。月底素華同弄色，風前輕片半含香，不比柳花狂。　　雙雀影，堪比雪衣娘。六出光中曾結伴，百花頭上解尋芳，争似兩鴛鴦。（第七十七回　西門慶踏雪訪愛月　賁四嫂帶水戰情郎）

## 未標牌名（按：此爲宋・歐陽修《南歌子》詞。有改動）

鳳髻金泥帶，龍紋玉掌梳。去來窗下笑來扶，愛道畫眉深淺入時無？　　弄筆偎人久，描花試手初。等閒含笑問狂夫，笑問歡情不減舊時麽？（第七十八回　林太太鴛幃再戰　如意兒莖露獨嘗）

## 青玉案（按：此爲宋・無名氏詞）

人生南北如岐路，世事悠悠等風絮，造化弄人無定據。翻來覆去，倒横直豎，眼見都如許。　　到如今空嗟前事，功名富貴何須慕，坎止流行隨所寓。玉堂金馬，竹籬茅舍，總是傷心處。（第七十九回　西門慶貪欲喪命　吴月娘喪偶生兒）

## 西江月（按：此爲宋・蘇軾詞，略有改動）

聞道雙銜鳳帶，不妨單著鮫綃。夜香知爲阿誰燒？悵望水沉煙梟。　　雲鬢風前緑捲，玉顔想處紅潮。莫交空負可憐宵，月下雙灣[彎]步俏。（第八十二回　陳敬濟弄一得雙　潘金蓮熱心冷面）

## 未標牌名（按：此用《南鄉子》調）

情興兩和諧，摟定香肩臉揾腮。手捻香乳綿似軟，實奇哉，掀起腳兒脱繡鞋。　　玉體著郎懷，舌送丁香口便開。倒鳳填鸞雲雨罷，囑多才：明朝千萬早些來。（第八十二回　陳敬濟弄一得雙　潘金蓮熱心冷面）

## 未標牌名(按:用《漁家傲》調)

情若連環終不解,無端招引傍人怪。好事多磨成又敗。應難捱,相冷眼誰揪采[瞅睬]?　鎮日愁眉和斂黛,闌干倚遍無聊賴。但願五湖明月在,權寧耐,終須還了鴛鴦債。(第八十五回　吴月娘識破姦情　春梅姐不垂别淚)

## 翠樓吟(按:此爲明·邱濬《念奴嬌》詞,有改動)

佳人命薄,歎絶代紅粉,幾多黄土!豈是老天渾不管,好惡隨人自取?既賦嬌容,又全慧性,卻遣輕歸去。不平如此,問天天更不語。　可惜國色天香,隨時飛謝,埋没今如許。借問繁華何處在?多少樓臺歌舞,紫陌春遊,緑窗晚坐,姊妹嬌眉嫵。人生失意,從來無問今古。(第八十九回　清明節寡婦上新墳　永福寺夫人逢故主)

## 青衫濕(按:此爲金·吴激《人月圓》詞,略有改動)

人生千古傷心事,還唱《後庭花》。舊時王謝,堂前燕子,飛向誰家?　恍然一夢,仙肌勝雪,宫鬟堆鴉。江州司馬,青衫淚濕,想在天涯。(第九十六回　春梅姐游舊家池館　楊光彦作當面豺狼)

## 未標牌名(按:此爲宋·柳永《鳳銜杯》詞,略有改動)

追悔當初辜深願,經年價,兩成幽怨。任越水吴山,似屏如障堪遊玩。奈獨自,慵抬眼。　賞煙花,聽弦管,徒歡娱,轉加腸斷。總時轉丹青,强拈書信頻頻看。又曾似,親眼見。(第九十七回　假弟妹暗續鸞膠　真夫婦明諧花燭)

## 蘇幕遮(按:此爲明·劉基詞)

白雲山,紅葉樹,閲盡興亡,一似朝還暮。多少夕陽芳草渡,潮落潮生,還送人來去。　阮公途,楊子路,九折羊腸,曾把車輪誤。記得寒蕪嘶馬處,翠管銀箏,夜夜歌樓曙。(第九十九回　劉二醉罵王六兒　張勝竊聽陳敬濟)

**附録:**

# 《金瓶梅詞話》詞

(蘭陵笑笑生撰　戴鴻森校點　一百回　人民文學出版社　一九八五)

## 未標牌名(按:前三首爲元·釋明本《行香子》詞,后一首疑爲同一作者)

閬苑瀛洲,金谷陵樓,算不如茅舍清幽。野花繡地,莫也風流。也宜春,也宜夏,也宜秋。　酒熟堪篘,客至須留。更無榮無辱無憂。退閑一步,著甚來由。但倦時眠,渴時飲,醉時謳。

短短横牆,矮矮疏窗,忔楂兒小小池塘。高低疊峰,緑水邊傍。也有些風,有些月,有些凉。　日用家常,竹几藤床,靠眼前水色山光。客來無酒,清話何妨。但細烹茶,熱烘盞,淺澆湯。

水竹之居,吾愛吾廬,石磷磷床砌階除。軒窗隨意,小巧規模。卻也清幽,也瀟灑,也寬舒。　懶散無拘,此等何如?倚闌干臨水觀魚。風花雪月,贏得工夫。好炷心香,説些話,讀些書。

净掃塵埃,惜耳蒼苔,任門前紅葉鋪階。也堪圖畫,還也奇哉。有數株松,數竿竹,數枝梅。　花木栽培,取次教開,明朝事天自安排。知他富貴幾時來。且優遊,且隨分,且開懷。(卷首)

## 未標牌名·四貪詞(按:用《鷓鴣天》調)(四首)

### 酒

酒損精神破喪家,語言無狀鬧喧嘩。疏親慢友多由你,背義忘恩盡是他。　切須戒,飲流霞,若能依此實無差。失卻萬事皆因此,今後逢賓只待茶。

### 色

休愛緑鬢美朱顔,少貪紅粉翠花鈿。損身害命多嬌態,傾國傾城色更鮮。　莫戀此,養丹田,人能寡慾壽長年。從今罷卻閑風月,紙帳梅花獨自眠。

財

錢帛金珠籠内收，若非公道少貪求。親朋道義因財失，父子懷情爲利休。　　急縮手，且抽頭，免使身心晝夜愁。兒孫自有兒孫福，莫與兒孫作遠憂。

氣

莫使强梁逞技能，揮拳捰袖弄精神。一時怒發無明穴，到後憂煎禍及身。　　莫太過，免災迍，勸君凡事放寬情。合撒手時須撒手，得饒人處且饒人。（卷首）

## 未標牌名（按：此爲宋・卓田《眼兒媚》詞）

丈夫隻手把吴鈎，欲斬萬人頭。如何鐵石，打成心性，卻爲花柔？　　請看項籍並劉季，一似使人愁。只因撞著，虞姬戚氏，豪傑都休。（第一回　景陽岡武松打虎　潘金蓮嫌夫賣風月）

## 未標牌名（按：此用《西江月》調，上闋爲明朱載堉《西江月》詞上闋）

柔軟立身之本，剛强惹禍之胎。無争無競是賢才，虧我些兒何礙？　　青史幾場春夢，紅塵多少奇才。不須計較巧安排，守分而今見在。（第一回　景陽岡武松打虎　潘金蓮嫌夫賣風月）

**未標牌名“萬里彤雲”**（按：此用《臨江仙》調，《新刻繡像批評金瓶梅》本已輯，此存目）（第一回　景陽岡武松打虎　潘金蓮嫌夫賣風月）

## 鷓鴣天

色膽如天不自由，情深意密兩綢繆。貪歡不管生和死，溺愛誰將身體修。　　只爲恩深情鬱鬱，多因愛闊恨悠悠。要將吴越冤仇解，地老天荒難歇休。（第六回　西門慶買囑何九　王婆打酒遇大雨）

**未標牌名“内府衢花”**（按：《新刻繡像批評金瓶梅》本已輯，此存目）（第十三回　李瓶兒隔牆密約　迎春女窺隙偷光）

**未標牌名“記得書齋”**(按:用《鷓鴣天》調,《新刻繡像批評金瓶梅》本已輯,此存目)(第十三回　李瓶兒隔牆密約　迎春女窺隙偷光)

**西江月“自幼乖滑”**(按:用《西江月》調,《新刻繡像批評金瓶梅》本已輯,此存目)(第十八回　來保上東京幹事　陳經濟花園管工)

**未標牌名“淡畫眉兒”**(按:用《鷓鴣天》調,《新刻繡像批評金瓶梅》本已輯,此存目)(第二十回　孟玉樓義勸吴月娘　西門慶大鬧麗春院)

## 臨江仙

黄氏看經成正果,同日登極樂。五口盡升天道,善人傳觀音,菩薩未度我。(第七十四回　宋御史索求八仙鼎　吴月娘聽宣黄氏卷)

## 西江月

牛膝蟹爪甘遂,定磁大戟芫花。斑毛赭石與硇砂,水銀芒硝研化。　又加桃仁通草,麝香文帶淩花。更燕醋煮好紅花,管取孩兒落下。(第八十五回　月娘識破金蓮姦情　薛嫂月夜賣春梅)

## 鷓鴣天

定國安邦美丈夫,心存正道氣吞胡。謨謀國事如家事,軍用《陰符》佩虎符。　胡騎盛,武功弛,兵不用命將驕癡。可憐身死沙場内,千載英魂恨未舒。(第一百回　韓愛姐湖州尋父　普静師薦拔群冤)

# 《浪史》詞

（風月軒又玄子撰　四十回　《思無邪匯寶》本　臺灣大英百科股份有限公司　二〇〇〇）

## 未標牌名

香風引到大羅天，詩賦瑶池宴。人在月明間。把臂談心，壺觴流連，瀝酒叩青天，不知今夕是何年。（第三十二回　酒兄若弟瑶池設宴　才子佳人月夜聯詞）

## 未標牌名

人生不飲也徒然，況此月明間。故人才相見。斗酒莫辭，屢奉君前，相對飲無言，醉倒湖山石畔邊。（第三十二回　酒兄若弟瑶池設宴　才子佳人月夜聯詞）

## 未標牌名

月正天心如鏡圓，映照天涯遠。花蔭曲樹間。翩翩公子，何修得見，磊豐神豔，韓天子豈長貧賤？（第三十二回　酒兄若弟瑶池設宴　才子佳人月夜聯詞）

## 未標牌名

嬌嫩鮮妍，霄清十里，遊蜂戀。聊借一枝，贈與幽人件［鑒］。（第三十五回　瓶花相寄詞話牽連　燕衣交贈比前著意）

## 未標牌名

玉容嫩蕊，捧纘新詞，已相許。斜插銀瓶，便似巫山裹。（第三十五回　瓶花相寄詞話牽連　燕衣交贈比前著意）

# 《繡榻野史》詞

（吕天成撰　四卷　不分回　《思無邪匯寶》本　臺灣大英百科股份有限公司　二〇〇〇）

## 西江月

懶説舊聞常見，不填綺語文談。奇情活景寫來難，此事誰人看慣。　都是貪嗔業帳，休稱風月機關。防男戒女破淫頑，空色色空皆幻。（卷之一　卷首）

## 憶秦娥

忒心狂，調情設宴顧紅妝。顧紅妝，雛姬勸飲，心癢難當。　殘花不復有餘香，佳人偏自愛才郎。愛才郎，那人垂盼，不比尋常。（卷之一　趙郎得遇嬌娃始末）

## 長相思

逞風月，誤風月，淫詞浪語真難説。冤家從此結。　送人也，愛人也，勾引妻兒兒武則。無端禍自惹。（卷之一　姚兒牽馬）

## 如夢令

一時雨狂雲鬪，濃興不知晝永。露滴牡丹心，骨節酥鎔難動。情重情重，姑嬲華胥一夢。（卷之一　主家不正）

## 眼兒媚

雲情雨意兩綢繆，芙蓉逞艷秋。倦理琴書，和鳴鸞鳳，彼此同求。　興到何妨在白晝，書館勝巫丘。暢懷準取，酥胸相貼，玉臂相鈎。（卷之一　傳

東求婚）

## 平山堂

一腔心事欲偷香，男兒恐自傷。背前也曾面後，行雲送雨多方。　心思鬱結，情牽腑肺，意惹肝腸。日日欲諧秦晉，時時盼會襄王。（卷之一　金氏思赴陽台約）

## 柳梢青

一朵鮮花，滌除灌溉，付與冤家。嬝娜輕盈，風流乾净，受用由他。　嬌娃一度春華，興濃時，任意偷花。做作千般，推辭萬狀，願慾無涯。（卷之一　自道私愛芳心）

## 石點頭

賞心燈下多樂事，恩情好。並頰口脂香，舉足金蓮小。　横衝直抵相當，點著花心湊巧。沾著雨歇雲收，反被佳人絶倒。（卷之一　兩人初度交歡）

## 鳳樓春

春暖百花叢，魚水和同。兩情濃，高挑繡履鳳頭紅。雙玉柱，豎當空，中間玉枸穿鑲住，一竅暗相通。　好一似桅杆趁風。鳥宿池邊，僧敲月下，道人夜撞金鐘。汗透紅裀未已，雙腕漸疏慵。這般滋味，肯放從容？（卷之一　絞童熟窺引興）

## 解連環（按：此爲《解連環》上闋）

狂郎太過，喚佳人側臥。隔山取火。摩玉乳，雙手前攀，起金蓮，把一枝斜度[彈]。桃腮轉貼，吮朱唇，亂曳香股。好似玉連環，到處牽連，誰能解破。（卷之一　趙金二度情濃）

## 望海潮（按：此爲《望海潮》上闋）

春興將闌，芳情欲倦，美人别具風光。誰顛誰倒，誰吞誰吐，個中滋味

深長,回首望巫陽。任升沈,一聽造化主張。眼看欲動,魂斷難支,再商量。(卷之一　東生竊窺興動)

## 撲蝴蝶

錦屏春暖,喜狂郎留戀。曳床斜倚,展金蓮雙瓣。盡教踏碎花香,拼取翻殘浪暖,穿楊枝今番展。　紅心顯,直任他破的貫革,征人無倦。一來一往,許多回鏖戰。馬蹄蹀躞東西,蝶翅翩翻近遠,喚道是没羽箭。(卷之一　金氏情濃訴衷)

## 醉扶歸

乳燕雙飛春晝永,似兩人情動。略解繡紅裩,相隨學鳥禽。　風顛兩處翻不定,有娘行幫襯。出力相扶,閉壘寫降書。(卷之一　二人鸞鳳顛倒)

## 長相思

喜風月,愛風月,有些黏著真歡悦,此際難容説。　你自得,我自得,香乾渾忝這些些,往來成妙絶。(卷之一　議決翌日雌雄)

## 山查子

紅粉俏佳人,情動騷難住。快活有些些,意欲抛夫婦。　收拾且歸來,足起心猶濡。不捨玉如人,相期早來顧。(卷之一　金氏情戀忘夫)

## 浣溪沙

東主癡心愛阿嬌,無端勾引小兒曹。花箋輕拂笑南朝。　一紙墨痕乾未了,看看斜日下花梢,黄龍直搗掃腥巢。(卷之一　同心柬挑大里)

## 菩薩蠻

趙郎降敵心含耻,終日徘徊獨自語。一計上心頭,驕兵佯解羞。　佳人不知止,稱雄猶未已。安見九里山,教人難更難。(卷之一　狂童復柬稱雄)

## 菩薩蠻

安排何事心狠毒，解甲投戈愈穠鬱。雲雨細商量，恩情耐久長。　欲堅一時壘，潑戰恣誇嘴。婦人無正經，無情亦有情。（卷之一　姚金觀柬喻意）

## 卜算子（按：此爲宋・秦湛詞）

春透水波明，情峭花枝瘦，極目煙中百尺樓，人在樓中否？　四和裊金凫，雙陸思纖手。擬倩東風浣此情，情更濃如酒。（卷之一　淫娃自弄風情）

## 如夢令（按：此爲宋・秦觀詞）

門外夕陽紅滿，春入柳條將半。桃李不禁風，回首落英無限。　腸斷，腸斷，人共楚天俱遠。（卷之一　自家準備後庭花）

## 山查子

胡卑七尺軀，狐媚緣愛昵。下氣欲追歡，何惜黄金膝。　謂無人窺，難可欺白日。不識少年心，所懼惟配匹。（卷之一　趙郎潛入閨門）

## 浣溪沙

佳人獨自戲檀郎，誰想春心别様妝。漢家更選飛熊將，遮莫當。　妖魔不必跳河梁，泥首待依早伏降。主人已鍊蛇矛器，落魄忙。（卷之二　開闢迎敵）

## 訴衷情

芙蓉帳裏玉搔頭，重整舊風流。郎太毒，故遲留，不覺身兒就。　情放浪，意難收，好綢繆。身兒相貼，臉兒相偎，腿兒相勾。（卷之二　趙郎借丹成功）

## 卜算子

有意弄春情，春情鎖不住。無那狂郎忒煞情，甘霖如雨澍。　牡丹

心欲開，遊蜂恣擇採。一採釀來清且香，甘甜好滋味。（卷之二　嬌娃落於計中）

## 憶秦娥

春興來，無端勾引小秀才。小秀才，一種芳情，萬端擺劃。　魂靈飛上楚陽臺，神昏力倦好疑猜。好疑猜，許多狼籍，不禁難捱。（卷之二　大里再戰取勝）

## 阮郎歸

風流一夜强支持，春心衹自迷。留連年少未尋思，貪歡有幾時。　空痛楚，笑嘻嘻，酸甜自知。殷勤來往愛便宜，春心未了期。（卷之二　金人三戰敗績）

## 畫堂春

自逞風流是慣家，如今楚痛些，縱然强忍赴豪華，只怕冤家。　暗思暗笑未已，追歡戀愛無涯。一任春風掃落花，笑且由他。（卷之二　女真垂首喪氣）

## 海棠春

檀郎調語心何巧，叵耐人、甚無分曉。一片至誠心，萬段春煩惱。　嬌娃未解機關小，尚含糊、兀自推調。試取金壘卮，惟與相傾倒。（卷之二　金趙芳筵歡謔）

## 賣花聲

雲雨正潺潺，春意闌珊。情思不耐杯乾，樂極那知身有主，一晌貪歡。　放浪没羞慚，無度扳援，縱聲合戰馬蹄圓。一來一往亂風顛，勝似神仙。（卷之二　趙君恣情謔浪）

## 武陵春

少婦貪春心愈熱，幾度無休歇。眼花繚亂不知羞，逢人只是丢。　還

道才郎精力好，心癢放綢繆。兩片欣欣關不住，數不盡，好風流。（卷之二　兩人歡樂無已）

## 錦堂春

婦女只躭春好，男兒毒浪無涯。幾番流液未知覺，盛來猶自誇。　不禁精神淹滅，腰肢怕動倚斜。尋得你風流罪過，約有十餘車。（卷之二　嬌娥自顧驚訝）

## 眼兒媚

無奈情郎興不闌，口品玉欄杆。一雙婢子，兩隻纖手，好是心煩。　玉人仍在春風裏，無計把春關。也應依舊，情濃如水，挺立如山。（卷之二　金氏怒臂思逞）

## 柳梢青

佳人戰怯，聊遣奇兵，思退勍敵。狐狸眼熱，春思些些，春心動也。　丁香露泣殘枝雪，才了得，愁腸寸結。那曉他心，多情多感，無邊風月。（卷之二　塞紅喜嘗滋味）

## 梅花引

嗳呀天，嗳呀連。幾陣昏昏快活酸。意欲扳，意欲扳，只落魄飛酥軟，更難言。　一種風騷誰與説，輕輕重重真歡悦。莫留連，莫留連，情鍾肺腑，浪殺小心肝。（卷之二　丫環雲雨綢繆）

## 小重山

因貪愛自輕身，誤被才郎賺，敢信真？牡丹揉碎没精神。相偎了，款款訴原因。　風流自出塵。高唐猶喜赴，怕行雲。個中些子忍難禁。寬歇歇，無奈十分春。（卷之二　金人緩兵求解）

## 長相思

心悠悠，恨悠悠，一派春心未肯休。檀郎且慢抽。　痛難收，忍難

收,耽春落得下場頭。開口向郎求。(卷之二　遼氏拱首伏降)

## 後庭宴

半榻清光,一窗明月,床頭幽會情難説。美人無可奈多情,翻作個翰林風月。　　回頭一望生春,卻勝酥胸緊貼。尤雲殢雨聽嬌聲,輕聒玉樹影蕭蕭,桂花香拂拂。(卷之二　將軍欲擣陰山後)

## 醜奴兒令

天生絶世風流種,摇蕩春心,闖罷鴻門。教郎恣賞後庭春。　　玉人歡愛何時了,狂興難禁。輕展香臀,勝鎖陽臺幾度雲。(卷之二　趙宋直抵黄龍府)

## 阮郎歸

狂童太毒弄佳人,盡是有風情。犁庭搗穴更謳吟,妖魔應斷魂。　　忒歡謔,恁思尋,輕逸鮑參軍。煞的没温存,拖來後宰門。(卷之二　趙兵深入不毛回)

## 浣溪沙

才郎望蜀慾無涯,鴻溝戰罷後庭花。思量更得小嬌娃。　　那管孤舟載不起,剡溪乘興長豪華,娘行湊趣唤冤家。(卷之二　少女知春還怯陣)

## 畫堂春

從來未解閒風月,偷覷不禁心熱。清泉流出御溝葉,也難休歇。　　狂且甚是無情,憑空煞地强烈。狠命不許聽娘説,無端流血。(卷之二　少女臨戎求救)

## 清平樂

娘行毒手,不管人生受。解衣胡比從容就,强把鮮花碎揉。　　一邊握雨攜雲,一邊魄散魂驚。斷送此生性命,能消幾陣迷昏。(卷之二　浪子無

情可恨）

## 更漏子

不知羞，强識趣，還想從容歡會。腰兒下，白玉盤，鮮紅乾未乾。　求快活，占受用，不道剛才空痛。一句句，一聲聲，官人忒狠心。（卷之二　阿秀預道不勝緊鋭）

## 阮郎歸

佳人盡意效鸞凰，雌雄兩處忙。一番楚痛一番狂，相忘入醉鄉。　恣歡謔，弄風光，那記漏聲長。紅羅帳裏浴鴛鴦，交情不敢忘。（卷之二　遼金勉强迎戰）

## 浪淘沙

雲雨至天明，難捨情人，交情正好又分襟。此際不堪容易别，著意叮嚀。　惆悵怚[懼]回程，放下難停。留連輾轉許多心，日日相偎無去也，聊慰芳心。（卷之二　騷金猶擬後期）

## 如夢令

雲雨戰酣方睡，昏沈早是如醉。偷香竊玉殷勤，猶帶些需況味。好睡，好睡，門外東生相會。（卷之二　金趙俱入夢裏）

## 生查子

偷香美少年，辛苦熟睡者。那曉故人來，劈破荔枝也。　此歡與彼歡，往來如驛馬。試問玉人兒，眼見知真假。（卷之二　姚生探春敘舊）

## 點絳唇

美女風騷，被人竊賺形賅倒。良人來了，菡萏花頭俏。　兩眼偷看，總是傷情抱。同心少，懊恨同袍，酸楚知多少。（卷之二　良人目睹銷魂）

## 菩薩蠻

多情撩動春心溢，勾引騷風無抵極。些兒麻上來，涓滴幾徘徊。　　他人期報復，不毛竟深入。冤家冤報冤，斯苦好難言。（卷之二　細究行藏顛末）

## 卜算子

懷春没了期，春盡情無極。人生百歲總來歸，何如盡歡没。　　轉想白頭人，嗇慾何苦獨。欣欣洽洽半時生，千古享天禄。（卷之二　騷婆始終未悟）

## 謁金門

人情毒，頃刻薨然反覆。愛慾不緣真愛慾，機鋒置人腹。　　哆侈南箕相屬，如簧語巧直曲。謔浪恣懽不三復，由言最可入。（卷之二　讒言真愛交攻）

## 西江月

良人除毒奇妙，全憑甘草煎湯。洗如户内透心凉，立刻生肌無恙。　　麥參五味一劑，奇方賽過時醫。將來服下好無疑，四體騰騰有力。（卷之二　姚生殷勤調護）

## 探春令

夫妻還是好夫妻，不得傷和氣。有難來道，竭力與扶持，何須要摟他人睡。　　闌珊春興嬌姿媚，緩度芳心醉。即此是無限春光，不消暗揾相思淚。（卷之二　夫妻籌策雪恨）

## 蝶戀花

佳人報怨心思巧，叵奈無端，不與人些好。追想亡猿林木草，也應禍及親娘老。　　無限芳心期醉飽，幾度行春，欲與同偕老。不意薄情人毒倒，多情轉被無情惱。（卷之三　金氏謀議復仇）

## 臨江仙

巧畫奇謀前借筯,管教束縛英雄。報仇全在技能工,陸行剸虎豹,入水斷蛟龍。　　欲得驪龍頷下寶,逞吾心上機鋒。教書遠涉賴娘功,通家相作伴,一箭落雙鴻。(卷之三　夫妻計間大里)

## 唐多令

一計上心頭,離人不敢留。逞辯舌,就裏相勾。片語直教恩愛割,娘取償,子招尤。　　昔日占風流,不許復綢繆。大恩人反爲寇仇。這番已落他人手,婁豬定,艾豭收。(卷之三　同心薦館施謀)

## 蘇幕遮

故人情,醉翁意。盡是英雄,也入牢籠計。止因不凑佳人趣,太毒心腸,惹起無仁義。　　讀書心,離間志。夜夜朝朝,直將嫠婦汙。薄倖書生休妄舉,陽關聲斷,抑鬱無人語。(卷之三　計引麻氏就贅)

## 漁家傲

年少未知情顛倒,鼓唇浪説風騷好。直把花枝狠毒掃,無分曉,那有恩情到阿嫂。　　海棠昨夜開多少?幾陣秋風吹落早。花不許馮夷遶,真個好,多情反被無情惱。(卷之三　大里被賺爲真)

## 醉春風

天生薄情種,已被他人哄。風流日日帶相思,懂懂懂,織女河邊,天臺路上,一場春夢。　　聲徹陽關動,神遶巫山聳。不知何事欲相期,懵懵懵,鏡裏花枝,水中明月,與君相共。(卷之三　趙生愚而未悟)

## 長相思

一番心,兩番心,有心常算没心人。冤家何處尋。　　欲知春,不知春,無端美語晚來親。機心知假真。(卷之三　麻婆誤入牢籠)

## 憶秦娥

長籲氣，撫今追昔興春思。興春思，那人已逝，欲留無計。　　當年共枕今何處？思量温雅人如玉。人如玉，薄命摧殘，不使長長住。（卷之三　金氏巧言高騙）

## 虞美人

夢魂已遶湘江尾，流出御溝水。殷勤惟有那東西，輾轉延遲教人神自迷。　　靈丹一粒撩人亂，恍惚無泮岸。酸酸癢癢上心來，好似靈犀點化暢奇哉。（卷之三　巧設機關探透）

## 南鄉子

春興不能收，滑滑淫津兩腿流。快活難當騷不住，悠悠。從來應未這風流。　　床上苦淹留，一種芳心怎歇休。謾自沈吟追底事，根由。有個牽春賽卵頭。（卷之三　麻氏春心偶露）

## 雨中花

憑空誘引人來宿，餂自個洞房花燭。調戲千方，招搖百出，細細勾心曲。　　准擬春心挑拂鬱，道一段情郎丰骨。真攜雨千番，行雲萬復，不比喬妝束。（卷之三　金氏乘機引誘）

## 踏莎行

不信嘍囉，幼年行過。良人昔日曾經做。闌珊春興那能多，相逢數載無□我。　　漏泄春光，魂飛動火，一陣癡迷身較可。風流此際待如何，巫山夜雨漲秋波。（卷之三　春心隱隱躍露）

## 小重山

嬌娥興動訴情衷。含糊些子竅，一絲通。滿腔春色不能封，談罷了，共引人芳叢。　　如待暢酥胸，全憑奇男子，久戰功。交情百合水流紅。真

快樂，無語怨東風。（卷之三　淫汙挑撥）

## 浣溪沙

撩起芳心忍莫禁，全將巧語汩靈襟。斷送一身全没主，暗消魂。　數載清操甘自喪，一言微中不堪聞。顛倒沈吟心愈熱，夢巫岑。（卷之三　麻婆心思擾亂）

## 玉樓春

甜言撥得真心亂，思春也欲乘方便。無限思量突地來，安排直待輕輕換。　撥雨撩春一綫，區區名節那堪戀。無那東風曉夜吹，學個楊花飛片片。（卷之三　麻婆淫心益熾）

## 謁金門（按：此爲宋張元幹詞，略有改動）

鴛鴦浦，春漲一江花雨。隔岸數聲初過櫓，晚風吹碧樹。　舟子相呼相語，載取暮愁歸去。寒食江村芳草路，愁來無著處。（卷之三　春情）

## 千秋歲

練花飄砌，蔌蔌清香細。梅雨過，蘋風起。情隨湘水遠，夢遶吴峰翠。琴書倦，鷓鴣唤起南窗睡。　密意無人寄，幽恨憑誰洗。修竹畔，疏簾裏。歌餘塵拂扇，舞罷風掀袂。人散後，一鈎淡月如水。（卷之三　夏燠）

## 醉花陰（按：此爲宋・李清照詞，略有改動）

薄霧濃雲愁永書，瑞腦噴金獸。佳節又重陽，寶枕紗厨，半夜秋風初透。　東籬把酒黄昏後，有暗香盈袖。莫道不銷魂，簾捲西風，人似黄花瘦。（卷之三　秋寂）

## 菩薩蠻（按：此爲宋・黄昇詞，略有改動）

南山未解松梢雪，西山已掛梅梢月。説似玉林人，人間無此清。　此身原是客，小住娱今夕。無語憑欄杆，霜風吹鬢寒。（卷之三　冬寒）

## 桃源憶故人

東風細細花枝裊，一夜海棠開了。十載久淹懷抱，春色差多少。　攜雲握雨情偏好，悔恨當年未曉。薄倖丟人去早，誤我青春老。（卷之三　一色隱語動人）

## 西江月

静院滌塵幽雅，閒情竊遘偏濃。阿誰覷破這機鋒，膠漆霎時難捨。　鳳髓浸潤微灑，雞頭軟玉圓融。扳開透人匘人胸，妙奪靈丹非假。（卷之三　麻婆邪心勃動）

## 少年遊

這事婆婆計太疏，無自集於枯。試取圖書，棄取春色，依樣畫葫蘆。　安穩些兒床與鋪，夜裹破工夫。看擺列紅爐，雙開幹股，中間鬥鷓鴣。（卷之三　金氏謀成告主）

## 南柯子

一爲親人語，真心已蕩浮。男兒恩愛付東流，又是别個吹簫上綵樓。　許會襄王夢，何須賽卵頭。一番春信下江州，不道將差就錯，好因由。（卷之三　婺婦慾心頓起）

## 小重山

夜色闌珊漏暗催，重扉扃復啓，玉人來。晚妝不整嘆徘徊。焚寶鴨，雙炬徹鴛幃。　意急緊追賠，結同心語，貼香腮。如魚依水永和諧。虚謬事，不羨楚陽臺。（卷之三　麻氏急如雲雨約）

## 蝶戀花

蘭閨晝永如年度，貪耍房除。最喜情郎顧。動情相候雲雨布，不意反被多情誤。　承宣闖入巫山路，喜兩仙姝，裸體分床雌雄互。鼓舞絶倒

魂兒赴，弄假成真猶夢寤。（卷之三　麻氏興動難持）

## 鷓鴣天

情郎縱意擁雲情，揉得嬌娃忒應聲。雙臂緊弓情覺好，兩鈎玉股貼人親。　騷切切，意惺惺，今夜風流已絶塵。畢世姻緣歡未了，暢懷騷發水津津。（卷之三　麻姚初度歡賞）

## 木蘭花令

春心摇動收難住，幾度歡娱如此處。凝凝露滴牡丹開，撩撥花心無擺布。　恨郎陡出傍陰户，掀臀掇股欲近附。陣陣昏迷快活來，親爹兒子呼無數。（卷之三　麻婆興發歡呼）

## 浣溪沙

十載貞操一旦隳，相逢只用把人偎，多情不許放抽回。　姓名直與心肝道，廉恥何須計有虧。一身付與任抽推。（卷之三　講説真情）

## 鷓鴣天

昔日甘心苦節持，腰間未占好便宜。欲消春興除煩惱，只借彎彎一指兒。　極快活，越癡迷，愈覺顛狂體附伊。半點不由人計較，暫舒雙股架肩齊。（卷之三　婦人羞恥全無）

## 木蘭花令

一夜歡娱無數好，情濃魚水春思飽。沈酣浪戰，没遮攔，一時亂動風顛倒。　狂呼大叫心肝小，不顧旁人竊聽了。只爲恩深捨莫丢，朝朝日日相永保。（卷之三　騷婆貪戀扳援）

## 憶王孫

久遏芳心此動情，春思輾轉更難禁。風騷癢癢戀撩雲，餓臥鴉行，一餉貪歡許嫁人。（卷之四　麻婆許嫁姚生）

## 卜算子

騷興正初濃，反嫌人奪己。分愛專情阿誰郎，貪迷不知止。　　起念賺他人，終須害自己。一場撮合報深仇，誰似你心裏。（卷之四　兩婦心銜不平）

## 好事近

捨舊迎新，得隴尋思望蜀。小嬌聽説快活，正姻緣湊合。　　看了兩個當吹簫，私心有著落。騷發些兒個，那堪春寂寞。（卷之四　姚生捨舊圖新）

## 阮郎歸

晚風吹水日山銜，春來長不閒。落花狼籍酒闌珊，歌令醉酣酣。　　春睡覺，晚妝殘，無人整翠環。留連光景惜朱顏，更深人醉眠。（卷之四　闔家歡樂醉眠）

## 虞美人

黄昏共把金樽試，一一醺醺醉。假紅倚翠計偷香，蝶思蜂情偏教特地忙。　　多情不自知分曉，卻被無情惱。鴛鴦猛向浪中驚，雲雨陽臺還應夢不成。（卷之四　東門生計醉家人）

## 錦堂春

静攝幽居自爽，喜逢艷質嬌娃。興趣勃然情意洽，緩款採鮮花。　　借倚雕床摟抱，解裙軟玉交加。春色滿懷蘭麝噴，歡愛誓無涯。（卷之四　小嬌被生哄賺）

## 畫堂春

春心初動見吹簫，脈脈流露風騷。惹得無情没下梢，不肯相饒。　　無端皮臉來賺，百番温語蹊蹺。從根直抵搗窠巢，一任呼號。（卷之四　小嬌痛極號救）

## 風中柳

言語温存，只得吞聲强忍。辣蘇蘇，教人怎禁。百般苦楚，細説告原因。怕冤家，出入迸緊。　　口舌吮津，含吐兩般未穩。更那堪，瘋顛狠狠。黄花揉碎，急急輕輕揾。切欲待，風恬浪静。（卷之四　冤家難禁訴苦）

## 西江月

一雲一雨方歇，相偎相抱情親。兩人好夢未能醒，早被人來覺警。　　力倦興闌身困，便來就榻因仍。這樣妮子太無情，妒個嬌娃同寢。（卷之四　嬌生相偎沈睡）

## 醉花陰

丫頭無恥争春，小惹一場煩惱。家主陪小心，唧唧噥噥，牽引人攪擾。　　前度行雲方潦倒，和事安能好。莫説這東西，興發些些，騷動阿婆吵。（卷之四　金氏妒婢分歡）

## 南柯子

妒婦心腸窄，男兒太浪奢。貪嘗春味强豪華。只待安排性命，拚陪他。　　二陰乘陽一，風流總不佳。朝朝暮暮欲無涯。怎能天生奇卯，長丫叉。（卷之四　主婢争風混鬧）

## 鷓鴣天

行雲滯雨日無涯，無那雙姬與復奢。争短競長難擺劃，調停奇策做人家。　　既均愛，没喧嘩，修書大里莫嗟呀。徽舒不愧儀行父，昔日陳平漢相誇。（卷之四　畫計分配均愛）

## 玉樓春

千里歸來不憚勞，姻緣喜有舊相招。於今作配從天降，誓海盟山永不消。　　母因數匹好風騷，兒用娘婚配合調。千古綱常顛倒裏，無媒偏許

赤繩牢。(卷之四　趙金姚麻合席歡笑)

## 虞美人

前面已扮《西厢》戲,又找《浣紗記》。翻上落下好騷風,兩人心會都在不言中。　　殷勤共盡杯中酒,紫菜妝來有。纖手提挈入簧門,一時歡樂千古占風情。(卷之四　兩婦分屬有定)

## 南鄉子

思也煞風流,出落人間好念頭。翻雲覆雨恁綢繆,悠悠。同門及第要同遊。　　同科且慢休,弟先兄舉勢難留。縱橫綵筆一齊投,凝眸。和鳴雙鳳喜來求。(卷之四　兄弟同門及弟)

## 醉落魄

心顛興潑,別樣風流喬妝束。雙根並蒂栽葧。蘇癢難禁,突地行雲遏。　　牡丹開放金鍼撥,共採花香風氣惡。三人驚顧魂消落,猶自支吾,强嘴恣歡謔。(卷之四　三人恣情歡訕)

## 聲聲慢(按:與諸家所作調式不同,有減句)

愁懷不展,眉黛難開。去時人約便歸來,緣何輒改。階砌上,滑蒼苔。獨憑無言手托腮。　　甚處留連,形影殢,致疑猜。教人探來在那回。行雲行雨,想於今,該未該?忍不住大鬧庭臺。(卷之四　二憾争風喧鬧)

## 雨中花

祇因鍾愛牽情沃,成就洞房花燭。效及第同科,那人知覺,吵散成碌碌。　　風聲四境難駐足,别走深山架小屋。越境奏科名,皇天不祐,炎疫頻奄忽。(卷之四　姚氏挈家移居)

## 梅花引

好姻緣,惡姻緣,冥司鬼責不輕寬。好心酸,淚眼雙雙,空嗟行路難。

豬兒生産聲悲咽，騾兒走路多磨折。不由人，不由人，快活伶仃，幽明總斷魂。（卷之四　衆生夢感姚東門）

## 點絳脣

懺悔前因，一場業障祛除盡。前修後蔭，死後還相證。　冤業牽纏，風流快樂迷真性。恩仇有定，總在菩提訓。（卷之四　懺悔解免果證）

## 西江月

姚趙一雙癡卵，麻金兩個騷毬。塞紅阿秀各分離，留得小嬌到底。　業鏡變成騾彘，淫魔涸卻夫妻。拋家寄子證菩提，討個回頭滋味。（卷之四　東門生披剃入空門）

# 《濃情快史》詞

（餐花主人撰　四卷　三十回　《思無邪匯寶》本　臺灣大英百科股份有限公司　二〇〇〇）

## 鷓鴣天

交頸鴛鴦戲水邊，穿花鸞鳳並頭蓮。但將粉臉來斜偎，又把金蓮高竦［聳］肩。　金釵墮，枕頭邊，恰恰鶯聲耳畔喧。涓涓露滴花心裏，真個偷情滋味甜。（第二回　花裏鍼計賺多嬌　張門郎情輪雙美）

## 西江月

腰下金槍半尺，風生上下輕狂。雪白玉莖透花房，禁不住神魂飄蕩。　手腕疑籠金釧，雨情如醉如狂。莫嫌出入未踉蹌，慢慢調和舒鬯。（第三回　昌宗幸入合歡宮　媚娘巧弄鴛鴦伴）

## 虞美人

昨宵恩愛知多少，又續如今好。此情之外更無加，頓使明珠減價玉生瑕。　一時喪卻千金體，既失猶難悔。囑君千萬莫忘情，此際共三人。（第三回　昌宗幸入合歡宮　媚娘巧弄鴛鴦伴）

## 未標牌名（按：用《鷓鴣天》調）

喜得書齋乍會時，雲蹤雨跡少人知。曉來鸞鳳棲雙枕，剔盡銀釭半吐輝。　思往事，夢魂迷，今宵喜得效於飛。顛鸞倒鳳無窮樂，惟願雙雙永不離。（第五回　武媚娘酒餌迷情　墨花莊羅幃野戰）

## 未標牌名(按:用《西江月》調)

架上牙籤萬軸,壁間琴劍常懸。金爐時熱麝蘭煙,四壁丹青掛滿。　瓶插奇花異卉,珍藏古玩名鐫。清幽雅致更新鮮,不亞王侯宫院。(第七回　白公子契結三思　李宜兒藏春一笑)

## 臨江仙(按:此爲宋·辛棄疾詞,有較大改動)

鐘鼎山林都是夢,人間寵辱休驚。只消閒處過平生,削髮離煩惱,披緇還俗塵。　記取小窗風雨夜,對床燈火多情。問誰作伴向黄昏,慾火苦難禁,禪榻一燈明。(第八回　周玉妹寄跡空門　武媚娘重歸庭院)

## 粉蝶兒(按:此爲宋·辛棄疾詞)

昨日春如,十三女兒學繡。一枝枝,不教花瘦。甚無情,便下得,雨僝風愁[僽]。向園林,鋪作地下紅縐。　而今春似,輕薄蕩子難久。記前時,送春歸後。把春波,都釀作,一江春醇酎。遣清愁,楊柳岸邊相候。(第九回　三思蘭室舊風流　玉妹禪林訴寂寞)

## 祝英臺近(按:此爲宋·辛棄疾詞,有改動)

寶釵分,桃葉渡,煙柳暗南浦。怕上層樓,十日九風雨。斷腸點點,片片飛紅,都無人管。更誰勸,唤流鶯聲住。　披緇去,試把禪床斜倚,自忖渾無語。羅帳燈昏,哽咽夢中苦。語是他春帶愁來,春歸何處,卻不解,帶將思愁去。(第九回　三思蘭室舊風流　玉妹禪林訴寂寞)

## 未標牌名(按:用《西江月》調)

兩道眉灣新月,一雙眼是秋波。青絲七尺挽盤螺,俊臉吹彈得破。　月裹素娥誰伴,秋宵織女常孤。空門甘老奈如何,紙帳梅花自若。(第十回　白公子尼庵私會　李宜兒月下佳期)

## 未標牌名(按:用《西江月》調)

兩眼乾坤舊恨,一腔今古閒愁。隋宫吴苑舊風流,寂寞斜陽渡口。　興

到豪吟百首，醉餘憑吊千秋。神仙迂怪總虚浮，只有綱常不朽。（第十三回　高宗駕幸感業寺　王才削髮混爲僧）

## 未標牌名（按：用《西江月》調）

生得唇紅齒白，更兼目秀眉清。風流俊雅正青春，必是偷香首領。　下筆千言立就，揮毫四座皆驚。等閒難與共爲群，女貌才郎方稱。（第十三回　高宗駕幸感業寺　王才削髮混爲僧）

## 未標牌名

庭列青青翠竹，軒排陣陣香花。蘭煙直透碧籠紗，秀色松陰如畫。　入檻琴書生潤，分陰枕簟冰加。數聲鐘磬誦蓮花，配著書聲誰亞。（第十三回　高宗駕幸感業寺　王才削髮混爲僧）

## 西江月

酒可陶情適興，兼能解悶消愁。三杯五盞樂悠悠，痛飲翻能損壽。　謹厚化成凶險，精明變作昏流。禹疏儀狄豈無由，狂藥使人多咎。（第二十二回　褚文明半宵恩愛　王義方三叱京堂）

## 未標牌名

秋月春風幾許，兩龍跳擲如梭。百年安樂苦無多。座中人似玉。休問夜何如，青史紅塵都一夢，莫辭酒滿金荷。盡教終日笑呵呵。不求金玉貴，快樂是良圖。（第二十八回　上陽宫太后崩殂　御龍樓韋娘快目）

## 西江月

世路崎嶇鳥道，人情反復波瀾。休言萬事轉頭難，纔轉頭都是幻。　幾片白雲出岫，千林寒鳥卻還。一生休得做人讒，墮落深坑難挽。（第二十九回　李多祚手刃三思　唐中宗誤斬太子）

# 《昭陽趣史》詞

（古杭艷艷生撰　二卷　《思無邪匯寶》本　臺灣大英百科股份有限公司　二〇〇〇）

## 西江月

頭挽烏雲巧髻，身穿縞素衣裳。金蓮三寸步輕揚，嫋娜腰肢難狀。　玉指纖纖春筍，朱唇點點含香。未曾窗下試新妝，好似嫦娥模樣。（卷上）

## 清平樂

嫋娜輕颺，做盡嬌模樣。欲訴衷腸還悒怏，羞對樓前席上。　朱顏向晚初開，鬢欹懶整金釵。堪羨鶯幃恩愛，姻緣天上飛來。（卷上）

## 浣溪沙

花樣妖嬈柳樣柔，合情俊眼逞風流，對人佯整玉騷頭。　斜倚翠屏嬌又怯，豔妝初試控簾鈎。依前春恨鎖重樓。（卷上）

## 點絳脣

暗憶佳期，寶鼎香初斷。莫交心變，未遂風流願。　好夢驚回，良夜難消遣。將伊怨，檀郎不見，只與嫦娥伴。（卷上）

## 南鄉子

月色浸妝樓，短燭熒熒悄未收。雨點春山愁未解，悠悠。望得伊家見始休。　鸞鳳意綢繆，惱殺多情興未周。畫角聲殘空帳望，休休！一般離恨向西州。（卷上）

## 誤佳期

一自那人去後，滿目凄涼依舊。一庭芳草怨清幽，卻把人僝僽。　此夜結同心，霞滴花心透，今朝得意慢追歡，不許催清漏。（卷上）

## 巫山一段雲（按：此爲明・黄峨詞）

巫女朝朝艷，楊妃夜夜嬌，行雲無力困纖腰。媚眼暈紅潮。阿母梳雲髻，檀郎整翠翹。起來羅襪步蘭苕，一見又魂銷。（卷上）

## 錦堂春

錦帳羅帷影獨，鴛鴦被底寒生。鮫綃濕透相思淚，盼煞那多情。　豆蔻含苞，初試櫻桃，綻破難禁。陽臺雲雨心如醉，著意再温。（卷上）

## 鵲橋仙

今宵歡會，芳心微露，金樽莫惜頻相顧。錦衾寒透情郎温，便勝鵲橋偷度。　紅流醉臉，佳人重勸，風月襟懷難訴。兩情若是久長時，又豈在朝朝暮暮。（卷上）

## 桃源憶故人

風情妖冶天生就，冰雪肌膚清瘦。莫把雙娥頻皺，停卻傳杯手。　殷勤持勸黄昏後，惟有暗香滿袖。此夜月明如晝，春興濃如酒。（卷下）

## 點絳脣

粉落輕妝，香肌縮盡纖羅瘦。慢攜素手，且盡杯中酒。　此夕相逢，靈鵲橋初就。牡丹開後，風月常相守。（卷下）

## 清平樂

蕭郎别後，幽恨還如舊。記得青鸞音雲久，想是佳期時候。　多情著意温存，芳心脈脈難禁。斷送相思如夢，今宵怎會難尋。（卷下）

## 謁金門

瀛洲樹，畫艇笙歌聲拂。輕盈體態香脂膩，婉轉歌聲細。　碧玉搔頭斜墜，占盡陽宫裏。舞袖翩躚風乍起，赢得驚鴻意。（卷下）

## 朝中措

楊花鋪徑亂鴉啼，惆悵阻佳期。鎮日倚闌凝望，别來幾度相思。　遠山蹙損，羅衾濕透，幽恨誰知？偏恨怨懷難托，芳心遠逐天涯。（卷下）

## 小重山（按：此爲唐・韋莊詞）

一閉昭陽春又春，夜寒宫漏永，夢思君。臥思陳事暗銷魂。羅衣濕，紅袂有啼痕。　歌吹隔重閽，遠庭芳草緑，倚長門。萬般惆悵向誰論。顒情立，宫殿欲黄昏。（卷下）

# 《于少保萃忠傳》詞

(孫高亮纂述　十卷　七十回　《古本小説集成》據明刊本影印　上海古籍出版社　一九九一)

## 西江月

鬱鬱千峰疊翠,澄澄一水圍青。茂林修竹護幽亭,查稱小橋曲徑。　日暖群花逞艷,風和百草争馨。路人輕忽造閒庭,祇爲書聲人聽。(第二回　張代巡特提進泮　范方伯交饋資家)

## 西江月

氅服披身白雪,綸巾裹首烏雲。黄條兩股自中分,足下麻鞋軟襯。　坐定儀容瀟灑,行來態度風生。飄飄器宇果超群,宛是神仙形徑。(第三回　虎丘山良朋偶會　星宿閣妖魅驚逃)

## 滿江紅

翠幄蒙塵,紫微昏,旄頭煊赫。弄神器,是何權倖,輕摇社稷。彰義門前胡矢亂,盧溝橋外妖氛黑。當挺然、一柱砥中流,伊誰力。　百戰師,紛如織。萬全計,安如石。但揮指,叱吒犬羊遁跡。自古功高人所忌,今而往事天方識。帳九原、義膽與忠肝,無終極。(第五十回　西市上屈壞忠臣　東安門魂迷奸黨)

## 滿江紅

天挺英豪,佐聖明,中興柱石。羡少年,兩藩巡撫,幾多勞績。執政當朝籌大計,驅胡出塞無遺策。抱精忠、一片爲君心,有誰惜。　君子進,小人疾。陰道長,陽九厄。壞長城,空自恨抱冤投幘。宇宙今稱忠節臣,閭閻思恩皆淚滴。幾回瞻、神彩儼如存,思無斁。(第五十回　西市上屈壞忠臣　東安門魂迷奸黨)

# 《四遊記·東遊記》詞

（吴元泰撰　二卷　五十六回　《古本小説叢刊》據日本内閣文庫藏明萬曆間余象斗刊本影印　中華書局　一九九一）

## 點絳唇

流水行雲氣清奇，將誰依附？煙雲名聲，留與幽人付。　犬吠天空，鶴唳乘風去。難憑據，八仙何處？演卷從頭顧。（卷上　卷首）

## 千秋歲

昆侖日早，閬苑風光好。玉樓畔，玄臺表。朱顏生氣象，雲鬢增纖巧。人在也，蒸蒸南極祥光繞。　位對東王老，氣受西華妙。龜臺上，司陰教。陶鈞諸品就，調贊乾坤了。添籌美，瑶池莫惜金樽倒。（卷下　八仙求文老子）

## 西江月

樓閣工程將畢，建壇設醮真誠。紫府楊官籍姓名，早早真修玄行。　昔日冤愆解釋，今來利濟物人。戒貪戒妒戒嗔淫，此是吾門捷徑。（卷下　卷後）

## 佳人品玉簫

黄粱夢熟悟參玄，始信人生俱枉然。日夕孽孽持鷸蚌，塵埃有甚苦相纏。　談好酒，採石江頭魚醉了。談好色，緑珠已墮金園側。談好財，陶朱歸去今不來。談好氣，生平叱吒徒自斃。　將相王侯及下民，沉迷苦趣樂亡身。豈如放下修玄教，永作長生久視人。（卷下　卷後）

## 鷓鴣天

回首瀛洲駕鐵船，常將日月棹頭懸。幾聲玉笛乾坤老，弱水三千一霎間。　　從斯别，往洞天，休將神筆戲樓前。雪壓梅花雷震日，蓬萊景上會群仙。（卷下　卷後）

## 楊柳枝（二首）

峰頭若就蓬萊島，清虚好。蒼篁翠柏將緑遶，無塵掃。　　金鐺養熟掀翻倒，仙家寶。人間甲子都忘了，乾坤老。

蓬萊路上屈曲奇，架小亭。亭岐屈曲石砌時，好登臨。　　松柏森森兩道迎，築土城。將來泥鼎煉精金，不日成。（卷下　卷後）

## 天仙子

與公泄盡燒丹訣，開卷持心第一節。築基肯下死工夫，水金赤，木火白，藥各半斤無令缺。　　次後爐泥象偃月，玄玄妙處難脣舌。將來安頓在庚方，昏曉得，調寒熱，丹成服之乘鸞客。（卷下　卷後）

## 楊柳枝

承君詢及□真目，無爲足。三千旁門最下局，御女術。　　大哉□□□□籙，誠堪述。日夕彼家求大慾，尋地獄。（卷下　卷後）

## 臨江仙

戢子求玄真可羡，無非整頓南園。收回野馬伏狂猿。　　兩物相交戀，朗然入九天。　　遷居基址許君吉，兒孫燕翼綿綿。紛紛世事最難全。除卻貪嗔妒，便是活神仙。（卷下　卷後）

## 天仙子

諸君既愛談玄理，訪師尋侶方可許。旁門多多各有宗，謬千里，誤人已，種子徒爲地獄矣。　　君今名利丢如薙，無爲道上脩元始。只要尋捉

那真鉛，震火煮，兑水洗，一粒黍丸無物比。（卷下　卷後）

## 西江月

此道至簡至易，無非一汞一鉛。玄機配合在師傅，舍此全然不驗。　黑白雖爲夫婦，炁神要識團圓。東西萬里伏媒牽，一符火兒斯現。（卷下　卷後）

## 楊柳枝（二首）

子語晨昏只養心，難成真。至玄恍惚本無形，有甚名。　宜當脱灑紅塵垢，絶點清。妙若紅爐煉紫金，不易精。

大道無私亦無妒，自養自。遇物如如忘喜怒，長勿助。　辦下肯心無慮顧，覺即悟。養自不出户庭去，昇仙路。（卷下　卷後）

## 天仙子（二首）

承□□□蓬萊景，一譚千古名難泯。厥中另是一乾坤。耳難審，筆難影，做到神仙方究竟。　君今造設莊而整，巍巍塔象巔之頂。舍茅洞竹自長春。安鼎煉真丙，人工早奪天孫錦。（卷下　卷後）

與君識破娘生面，本來自是無瑕玷。爲染浮生一點塵，多思念，將世戀，深沉黑院人難見。　群陰剥盡和陽艷，山河大地清光遍。黑院空澄一太虚，真人現，披素練，直上玄京飲玉宴。（卷下　卷後）

# 《四遊記·西遊記》詞

(楊致和撰　四卷　四十回　《明清善本小説叢刊》第五輯　天一出版社　一九八五)

## 未標牌名

翠蘚堆藍,白雲浮玉,乳窟顔珠倚掛,縈回滿地奇葩。又見那,一竿兩竿修竹,三點五點梅花。幾樹青松常帶雨,渾然像個人家。(卷一　猴王得仙賜姓)

## 未標牌名

觀棋柯爛,伐木丁丁,雲邊谷口徐行。賣薪沽酒,狂笑自陶情。一覺天明,認舊林。登崖過嶺,持斧斷枯藤。　　收來成一擔,行歌市上,易米三升。更無些子争競,恬淡延生。相逢處,非仙即道,静坐講黄庭。(卷一　猴王得仙賜姓)

## 未標牌名(按:用《西江月》調)

日落煙迷草店,帝都鐘鼓初鳴。叮叮三響斷人煙,前後街前寂静。　　上刹暉煌燈火,孤村冷落無聲。禪僧入定理殘經,正好煉丹養性。(卷二　唐三藏起程往西)

# 《包龍圖判百家公案》詞

（安遇時撰　十卷　一百回　《古本小説集成》據明萬曆朱氏與耕堂刊本影印　上海古籍出版社　一九九一）

## 浣溪沙（按：此或託爲宋·珍娘詞，上片文字有異同）

溪霧溪煙溪景新，溶溶春水浄無塵。碧琉璃底浸春雲。　風揚遊絲牽蝶翅，雨飄飛絮温鶯唇。桃花片片送殘春。（第七回　行香請天誅妖婦）

## 一剪梅

偶爾中間兩相濃，死若生逢，深樂相逢。解衣深惜舊時容，雖在夢中，忘卻夢中。　因何話別遽匆匆，愁恨重重，苦思重重。覺來枕畔逼吟蛩，抵怨秋風，怎禁秋風？（第三十七回　阿柳打死前妻之女）

## 長相思（按：此爲宋·張幼謙詞）

天有神，地有神，海誓山盟字字真。如今墨尚新。　過一春，又一春，不解金錢變作銀。如何忘卻人？（第五十七回　續姻緣而盟舊約）

## 一剪梅（按：此或託爲宋·張幼謙詞，文字有異同）

同年同日又同窗，不似鸞鳳，誰似鸞鳳？石榴樹下事匆忙，爲結鴛鴦，拆散鴛鴦。　一年不到讀書堂，教不思量，怎不思量？朝朝暮暮只燒香，有分成雙，早願成雙。（第五十七回　續姻緣而盟舊約）

## 卜算子（按：此或託爲宋·羅惜惜詞，文字有異同）

幸得那人歸，怎使教來也。一日相思十二辰，真是情難舍。　本是

好姻緣,又怕姻緣假。若是教隨别個人[將身事别人],相見黄泉下。(第五十七回　續姻緣而盟舊約)

## 卜算子(按:此或託爲宋·張幼謙詞)

去是不由人,歸怎由人也?羅帶同心結到成,底事教拚捨?　心是十分真,情没些兒假。若是歸遲打棹篦,甘受三千下。(第五十七回　續姻緣而盟舊約)

## 未標牌名·元宵詞

光陰撚指,不覺上元節至。遊人似蟻。千門萬户,花燈裝起。　韶華天付與,共賞六街三市。月光如水。看蓬萊仙侣,鼇山降,滿瑶池。(第六十二回　汴京判就記)

## 千秋歲(按:此爲宋·辛棄疾詞)

塞垣秋草,又報平安好。樽酒上、英雄表。金湯生氣象,珠玉霏談笑。春近也,梅花得似人難老。　莫惜金樽倒,鳳詔看看到。流不住、江東小。從容帷幄裏,整頓乾坤了。千百歲,從今盡是中書考。(第九十二回　斷魯郎勢焰之害)

# 《三寶太監西洋記通俗演義》詞

（羅懋登撰　二十卷　一百回　《古本小説集成》據明萬曆刊本影印　上海古籍出版社　一九九一）

## 未標牌名（按：此用《鷓鴣天》調，末句加襯）

春到人間景異常，無邊花柳競芬芳。香車寶馬閒來往，引卻東風入醉鄉。　　釃剩酒，臥斜陽，滿拚三萬六千場。而今白髮三千丈，還記得年來三寶太監下西洋。（第一回　盂蘭盆揭諦　補陀山會神）

## 望海潮（按：此爲宋・柳永詞，略有改動）

東南形勝，三吴都會，錢塘自古繁華。煙柳畫橋，風簾翠幕，參差十萬人家。雲樹繞堤沙，怒濤卷霜雪，天塹無涯。市列珠璣，户盈羅綺，競豪華。　　重湖疊巘清嘉，有三秋桂子，十里荷花。羌笛弄晴，菱歌泛夜，嬉嬉釣叟蓮娃。千騎擁高牙。乘時聽簫鼓，吟賞煙霞。異日圖將好景，歸去鳳池誇。（第二回　補陀山龍王獻寶　湧金門古佛投胎）

## 未標牌名（按：用《西江月》調）

鳳翅盔纓一撇，魚鱗甲鎖連環。鑲金嵌玉帶獅蠻，獸面吞頭雙結。　　大杆鋼刀摇拽，龍駒戰馬往還。將來頭骨任饑餐，一點寒心似鐵。（第二十二回　天妃宫夜助天燈　張西塘先排陣勢）

## 未標牌名（按：用《西江月》調）

生長將門有種，孫吴妙算胸藏。青年武藝實高强，寇賊聞風膽喪。　　上陣能騎劣馬，衝鋒慣用長槍。千軍萬馬怎攔當，梓潼帝君模樣。（第二十三回　小王良單戰番將　姜老星九口飛刀）

## 未標牌名(按:用《西江月》調)

自小精通武略,從來慣習兵書。狀元御筆我先除,赫赫名傳紫署。　丈八長槍誰抵?穿楊箭發無虚。降龍伏虎有神圖,海外立功報主。(第二十三回　小王良單戰番將　姜老星九口飛刀)

## 未標牌名(按:用《西江月》調)

左五五右六六,上三下四相遮。揚前抵後没分差,雪片梨花雨打。　武藝九邊首選,文章四海名誇。孫吴伊吕屬吾家,槍法豈在人下。(第二十三回　小王良單戰番將　姜老星九口飛刀)

## 未標牌名・花賦(四首)(按:用《西江月》調,或加襯)

山花子野露薔薇,一丈蓮蛾眉綿綉。玉簪金盞肯干休,劈破粉團别走。　水仙花旗展千番,鳳仙花馬前賭鬥。只殺得地堂萱草隔江愁,金菊空房獨守。

一丈葱曬紅日,十樣錦剪春羅。金梅銀杏奈他何,鳳尾雞冠笑我。　紅芍藥紅灼灼,佛見笑笑呵呵。菖蒲虎刺念彌陀,夜落金錢散夥。

大將軍芭蕉葉,西夷女洛陽花。繡球團兒掛著花木瓜,攀枝孩兒當耍。　火石榴張的口,錦荔枝劈的牙。濃桃郁李漫交加,撇卻荼蘼滿架。

滴滴金摇不落,月月紅來的多。芙蕖香露濕干戈,鐵綫蓮蓬踢破。　掛金燈照不著,水晶葱白不過。繡球雙滚快如梭,十妹妹中惟我。(第二十四回　唐狀元射殺老星　姜金定囤淹四將)

## 未標牌名(按:用《西江月》調,加襯)

如意冠玉簪翡翠,雲鶴敞兩袖扒裟。火溜珠履映桃花,環珮玎璫斜掛。　背上雌雄寶劍,龍符虎牒交加。大紅旗展半天霞,引化真人出馬。(第二十五回　張天師計擒金定　姜金定水囤逃生)

## 滿江紅(按:此爲宋・晦庵《滿江紅》詞,文字小有出入)

膠擾勞生,待足後,何時是足?據見定,隨家豐儉,便堪龜縮。得意濃時休進步，須知世事多翻覆。漫教人白了少年頭，徒碌碌。　誰不愛黄金屋？誰不羡千鍾粟？奈五行不是，這般題目。枉費心神空計較，兒孫自有兒孫福。不須採藥訪蓬萊，但寡欲。（第五十七回　金碧峰轉南京城　張三峰見萬歲爺）

## 水調歌頭（按：此爲宋・朱熹詞）

富貴有餘樂，貧賤不堪憂。那知天路幽險，倚伏互相酬。請看東門黄犬，更聽華亭鶴唳，千古恨難收。何似鴟夷子，散髪弄扁舟。　鴟夷子，成霸業，有餘謀。致身千乘卿相，歸把釣魚鈎。春晝五湖煙浪，秋夜一天明月，此外盡悠悠。永棄人間事，吾道付滄州。（第五十七回　金碧峰轉南京城　張三峰見萬歲爺）

## 西江月（四首）

飛閣下臨陸海，重臺上接天潢。珠璣錦繡遍攢妝，絳繹流蘇采幌。　闌檻玉鋪翡翠，榱楹金砌鴛鴦。金猊寶篆噴天香，時引蓬萊仙仗。

味集鼎珍佳美，肴兼水陸精奇。玉盤妝就易牙滋，適口充腸莫比。　竹葉秋傾銀甕，葡萄滿泛金卮。試將一席細詳之，中户百家産矣。

寶瑟銀筝細奏，鳳簫龍管徐吹。稽琴禰鼓祭天齊，節樂板敲象齒。　戛玉鳴金迭響，一成九變交施。霓裳羽服舞嬌姿，不忝廣寒宫裏。

傀儡千般巧製，俳優百套新編。番竿走索打空拳，掣棒飛槍跳劍。　放馬吹禽戲獸，長敲院本秋千。嬌兒弱女賽神仙，承應今朝盛宴。（第九十三回　寶賚船離酆都國　太白星進夜明珠）

# 《封神演義》詞

（許仲琳撰　二十卷　一百回　《古本小説集成》據日本内閣文庫藏明萬曆刊本影印　上海古籍出版社　一九九一）

## 未標牌名（按：用《西江月》調，加襯）

雙抓髻雲分靄靄，水合袍緊束絲絛。仙風道骨任逍遥，腹隱許多玄妙。　玉虚宫元始門下，群仙首會赴蟠桃。全憑五氣煉成豪，天皇氏修仙養道。（第十四回　哪吒現蓮花化身）

## 西江月

魚尾金冠鶴氅，絲絛雙結乾坤。雌雄寶劍手中擎，八卦仙衣可襯。　元始玉虚門下，包含地理天文。銀鬚白髮氣精神，卻似神仙臨陣。（第二十八回　西伯兵伐崇侯虎）

## 西江月

頂上抓髻燦爛，道袍大袖迎風。絲絛叩結按離龍，足下麻鞋珍重。　花籃内藏玄妙，背懸寶劍青鋒。潼關父子得相逢，方顯麒麟有種。（第三十二回　黄天化潼關會父）

## 西江月

魚尾金冠鶴氅，絲絛雙結乾坤。雌雄寶劍手中拎，八卦仙衣可襯。　善能移山倒海，慣能撒豆成兵。仙風道骨果神清，極樂神仙臨陣。（第三十六回　張桂芳奉詔西征）

## 未標牌名（按：用《西江月》調，字有增減）

雙抓髻雲分瑞彩，水合袍緊束絲絛。仙風道骨氣逍遥，腹内無窮玄妙。　四海野人陸壓，五嶽到處名高。學成異術廣，懶去赴蟠桃。（第四十九回　武王失陷紅沙陣）

## 未標牌名

雙抓髻乾坤二色，皂道袍白鶴能雲。仙風並道骨，霞彩現當身。頂上靈光十丈遠，包羅萬象胸襟。　九返金丹全不講，修成聖體徹靈明。靈鷲山上客，元覺道燃燈。（第五十回　三姑計擺天河陣）

## 未標牌名（按：用《西江月》調，加襯）

雙抓髻雲分靄靄，水合袍緊束絲絛。仙風道骨任逍遥，腹隱許多玄妙。　玉虚宫元始門下，十仙首曾赴蟠桃。乘鸞跨鶴在碧雲霄，天皇氏修仙養道。（第六十一回　太極圖殷洪絶命）

## 西江月

門依雙輪日月，照耀一望山川。珠淵金井暖含煙，更有許多堪羨。　疊疊朱樓畫閣，凝凝赤壁青田。三春柳九秋蓮，别有洞天罕見。（第六十三回　申公豹説反殷郊）

## 鷓鴣天

殺氣騰騰萬里長，旌旗戈戟透寒光。雄師手仗一環劍，虎將鞍横丈八槍。　軍浩浩，士忙忙，鑼鳴鼓響猛如狼。東征大戰三千陣，汜水交兵第一場。（第七十四回　哼哈二將顯神通）

# 《唐鍾馗全傳》詞

（佚名　四卷　三十八回　《古本小説集成》據明刊本影印　上海古籍出版社　一九九一）

## 鷓鴣天

人生寓世渾如夢，日月無居卻似梭。富貴有時皆分定，不須煩惱自蹉跎。　遇時飲，且高歌，安乎天命笑呵呵。男兒自有沖天志，天不從予奈若何。（卷一　鍾惠夫婦花園遊玩）

## 未標牌名

壽燭光輝，壽香煙繞。壽酒滿斟，壽果不少。壽比南山高，壽如松柏老。今日八仙來慶壽，渾如壽星下蓬島。（卷一　帝試鍾馗）

# 《征播奏捷傳通俗演義》詞

(棲真齋名衢逸狂撰　六卷　一百回　《古本小説集成》據日本京都大學藏明刊本影印　上海古籍出版社　一九九一)

## 未標牌名

試看書林隱處,幾多俊雅儒流,功名富貴等浮雲,評騭古今事品。　題善惡儔,往薾難殫紀,且述邇世情。愚生揮筆作新傳,要使芳名燭汗青。(卷首)

## 西江月

聖祖開基淮甸,文皇定鼎燕京。卜年億萬過成周,華夷一統歸命。　文建伊周事業,武立吕召功勳。明良際會鎮乾坤,萬祀皇明泰運。(第一、二回　朱太祖定鼎金陵　楊宣慰率先朝貢)

## 西江月

昨夜燈花蕊綻,今朝喜自天來。震男巽女喜盈腮。雲雨百年恩愛。　夙世一雙修定,今生兩好無猜。春風一布嫩花開,便覺情深似海。(第九、十回　張真人差使議親　楊應龍定聘完娶)

## 醉春風

半吐牡丹容,旖旎誰可匹?玉天仙降下碧雲霄,來斯静室。面額梨花,情如膠漆,盟堅金石。　行來俏自生,睡起嬌無力。精神百媚色鮮妍,王府嬋娟,天臺豔質,人間難覓。(第十五、十六回　朱敬往田家議親　應龍娶玉娥爲妾)

## 未標牌名（按：用《西江月》調）

開國功臣後裔，熙朝良將玄孫。家傳槍法最神通，威光慣戰英雄。　伏劍能探虎穴，彎弓解射雕群。將軍出世滅元凶，威名大振乾坤。（第五十九、六十回　楊朝棟定計劫營　沐國公破老君關）

## 鷓鴣天

殺氣紛紛萬里長，旌旗戈戟迸寒光。雄師手仗三環劍，虎將鞍橫丈八槍。　軍浩浩，將鏘鏘。鑼鳴鼓，振遐方。韜略削除酋孽寇，班師齊奏凱聲高。（第五十九、六十回　楊朝棟定計劫營　沐國公破老君關）

## 未標牌名（按：用《西江月》調）

本是將門將種，生來武藝高强。威風勇猛賽關張，智略孫吴不讓。　百萬軍中敢戰，衝鋒破陣難當。挺生上將助我皇，黑殺天蓬下降。（第六十一、六十二回　陳總兵智取板角　劉元帥計攻婁山）

## 未標牌名（按：用《西江月》調）

塞外聲名振地，胸中謀略通神。十八般武藝盡皆精，百萬軍中取勝。　馬到三軍喪膽，弓開制電流星。酋兒口外莫猙獰，遇著須教没命。（第六十一、六十二回　陳總兵智取板角　劉元帥計攻婁山）

## 臨江仙

悶似蛟龍離海島，愁如猛虎困荒田。悲秋宋玉淚漣漣。江淹初去筆，霸王恨無船。　高祖滎陽連困厄，昭君關伍相熬煎。曹公赤壁火連天。李陵臺上望，蘇武隱居延。（第七十五、七十六回　陳總兵分軍圍囤　趙仕登設計劫營）

## 西江月

難得爲人在世，如何不惜身軀？惟求安享是便宜，暮樂朝歡自逸。　强

要圖王霸業，只思造反心機。看他勢敗受淩遲，可惜虚生在世。（第九十七、九十八回　改播州建設府縣　普天下共樂昇平）

## 未標牌名（按：用《西江月》調）

炯炯心貫冰月，棱棱氣節秋霜。豸冠簪升[纓]袖封章，義膽忠肝誰抗。　壯志匡扶社稷，丹心輔佐皇王。能文能武振朝綱，平播功高無讓。（第九十七、九十八回　改播州建設府縣　普天下共樂昇平）

# 《鐵樹記》詞

（鄧志謨撰　兩卷　二十五回　《古本小説集成》據明萬曆間刻本影印　上海古籍出版社　一九九一）

## 未標牌名（按：用《鷓鴣天》調，末句加襯）

春到人間景色情，桃紅李白柳條青。香車寶馬閑來往，引卻東風入禁城。　　釃剩酒，豁吟情，頓教忘卻利和名。豪來試説當年事，猶記得許旌陽收伏孽龍精。（第一回　總敘儒釋道源流　群仙慶賀老君壽）

## 水龍吟

紅雲紫蓋葳蕤，仙宫渾是陽春候。玄鶴來時，青牛過處，彩雲依舊。壽誕宏開，喜道德五千言流傳，萬古不朽。　　況是擺列仙筵，獻珍果、人間未有。巨棗如瓜，與著萬歲冰桃，千年碧藕。此乾坤永劫無休，舉滄海爲真仙壽。（第一回　總敘儒釋道源流　群仙慶賀老君壽）

## 水調歌頭（按：此爲宋·蘇軾詞）

明月幾時有，把酒問青天。不知天上宫闕，今夕是何年？我欲乘風歸去，惟恐瓊樓玉宇，高處不勝寒。起舞弄清影，何似在人間。　　轉朱閣，低綺户，照無眠。不應有恨，何事長向别時圓。人有悲歡離合，月有陰晴圓缺，此事古難全。但願人長久，千里共嬋娟。（第四回　許琰許肅布陰德　許遜應泰運降生）

# 《五代薩真人得道咒棗記》詞

（鄧志謨撰　兩卷　十四回　《古本小説叢刊》據明萬曆余氏萃慶堂刊本影印　中華書局　一九九〇）

## 未標牌名（按：此用《鷓鴣天》調）

秋光去也又逢春，烏兔忙忙似轉輪。始信功名爲外物，看來富貴若浮雲。　逢樂地，莫傷神，人生容易鬢邊銀。閑來試説當年事，且看仙家薩真人。（卷之上第一回　總敘天地間人品　薩真人前身修緣）

# 《飛劍記》詞

（鄧志謨撰　兩卷　十三回　《古本小說叢刊》據明萬曆
余氏萃慶堂刊本影印　中華書局　一九九〇）

## 漁父詞（四首）（按：此爲唐・吕岩詞）

卯酉門中作用時，赤龍時口玉清池。雲薄薄，雨微微，看取嬌容露雪肌。

子午常餐日月精，玄關門户啓還扃。長如此，過平生，且把陰陽仔細烹。

會合都從戊巳家，金鉛水汞莫須誇。只如此，結丹砂，反復陰陽色轉華。

閉目尋真真自歸，玄珠一顆出輝輝。終日玩，莫抛離，免使閻王遣使追。（第五回　吕純陽宿白牡丹　純陽飛劍斬黄龍）

## 望江南（按：此或謂唐・吕岩詞）

瑶池上，瑞霧藹群仙。素練金童鏘鳳扳［板］，青衣玉女嘯笙鸞，身在大羅天。　沉醉處，縹緲玉京山。唱徹步虚清宴罷，不知今夕是何年，海水度桑田。（第六回　純陽子賣梳貨墨　純陽踏石並化錢）

## 減字木蘭花（按：此爲唐・吕岩詞）

暫遊大庾，白鶴飛來共誰語？嶺畔人家，曾見寒梅幾度花？　春來春去，人在落花流水處。花滿前溪，藏有神仙人不知。（第七回　純陽遊大庾謁齋　純陽召將收狐精）

## 未標牌名（按：此或謂唐·吕岩《豆葉黄》詞）

二月江南山水路，李花零落春無主。一個魚兒無覓處。風和雨，玉龍生甲歸天去。（第八回　純陽子醉死復生　純陽子羅浮畫山）

## 未標牌名（按：此爲唐·吕岩詞）

落魄且落魄，夜宿鄉村，朝遊城郭。閑來無事玩青山，困來街市貨丹藥。　賣得錢，不算度，沽美酒，字斟酌。醉後吟哦動鬼神，任意日頭向西落。（第九回　獻美人畫並泛管　活已死魚並吹笛）

## 浪淘沙（按：此或謂唐·吕岩詞）

我有屋三椽，住在靈源，無遮四壁任蕭然。萬象森羅爲斗拱，瓦蓋青天。　無漏得多年，結就姻緣，修成功行滿三千。降得龍來伏得虎。陸地神仙。（第九回　獻美人畫並泛管　活已死魚並吹笛）

# 《達摩出身傳燈傳》詞

（朱開泰撰　四卷　六十四回　《明清善本小説叢刊》據萬曆間福建楊氏清白堂刊本影印　天一出版社　一九八五）

## 西江月（按：此詞與《西江月》句格迥異，與《木蘭花》句格接近）

王母瑶池駕鶴飛，蟠桃争獻舞腰肢。臘殘乳燕穿簾幙，春到流鶯囀柳枝。　香滿座上酒盈巵，神仙壽祝茂年詩。庭前戲綵雙雛鳳，堂佛誦經十二時。（卷二　屈于王辦）

# 《三教開迷歸正演義》詞

（潘鏡若撰　二十卷　一百回　《古本小説集成》據明萬卷樓刻本影印　上海古籍出版社　一九九一）

## 西江月

世事一場戲劇，利名兩目空花。高人到處便爲家，看破虛舟飄瓦。　不笑貧窮勞碌，偏嘲富貴波楂。貪心無厭逐蠅蛙，誰識塵緣盡假。（卷首詞）

## 如夢令

生長深閨窈窕，誰叫你把春心蕩了。貪愛美青年，只道姻緣合巧。怎曉，怎曉，却與狐妖鳳倒。（第六回　惡姻緣吴明招婿　宗大儒正氣驅邪）

## 西江月

蘇綱巾包眼上，吴綾褶露裙邊。淺鞋窄襪緊挷穿，到也是個風流體段。（第八回　戚情醉打滑裹油　辛放争風嘗寡醋）

## 未標牌名（按：用《破陣子》調而略有變化）

四面窗開雲鎖，幾鈎簾掛風翻。垂楊接繞半欄杆。正是乍晴還乍雨，輕暖復輕寒。（第二十回　烟雨樓女子謳歌　白騙山債精投教）

## 西江月

小人真無忌憚，放僻邪耻爲非。言詞雖是行偏違，人責還遭惡鬼。　知機速宜警省，執迷禍福難醫。一朝妄誕觸王威，法紀肯輕恕你？（第二十三回　大儒三破吴繼旦　長老倒吊賈失常）

## 蝶戀花

女貌郎才今古少，狂蜂浪蝶，且緩奴年小。衷曲常恨青樓鴇，心貪阿堵留人老。（第五十五回　張屠户回心改業　袁靈明異術開迷）

## 西江月

禍害皆由惡積，冤仇定作愆尤。若知懺悔早回頭，横事一時解救。（第六十二回　猜疑嫉妒助冤魂　欺寡凌孤神報應）

## 西江月

歪着馬尾棕帽，斜拖吞口紬衣。面容帶酒足傾欹，口内嘤天喝地。　　却似個風流浪子，又如個潑喇油皮。少年失教不須疑，欲與開迷難矣。（第六十四回　十二破溺愛不明　曹長子問疑辨惑）

## 臨江仙

放鷹走犬雄驅騁，挾弓操矢鴟張。荒坡野嶺馬騰驤，山雞心膽顫，草兔爪蹄忙。　　可憐曠野無藏躲，蒼鷹疾犬强梁。這苦訴誰行，獵人仍發弩，禽獸兩遭傷。（第七十二回　三家村獵户認親　兩狐狸中途敘族）

## 西江月

兄弟世間難得，人倫天合真親。只因長舌間良人，手足因他起釁。　　正婦先須正己，齊家本在脩身。敬兄友弟愛如賓，自是家門吉慶。（第七十五回　辛知求造次開迷　皇華亭留題訴苦）

## 西江月

大藥先天一炁，微如黍米毫釐。陰陽相配坎和離，運用癸生冬至。　　明是人身旺子，西方月出陽回。藥苗發動急乘機，頃刻參同相契。（第八十回　三教論道遇真如　九流遭迷逢正乙）

## 西江月

二八佳人芳潔，按月選數非多。紅鉛莫教把時過，自有真方配和。　更有雙籥取氣，鼻中口内調和。有時摟抱女嫦娥，採取抽添奇貨。（第八十回　三教論道遇真如　九流遭迷逢正乙）

## 未標牌名

汪洋勢渺茫，遼闊形難狀，見潮生沙港平漲。東連閩粤南吴浙，北控遼陽鴨緑江。　波天蕩，嘆利名磨障，有幾人、回頭若海任悠揚。（第八十七回　大儒論禮歸中正　客海遭風入閩漳）

## 滿庭芳

剃了髭鬚，削去鬢髪，披上一領袈裟。抛離父母，冷淡是僧家。卻怎心腸不罷，經營財利偏賒。較愚俗，更加一倍，享用受榮華。　怎如鬚不剃，青絲不削，叫母稱爺守家園，隨分做生涯。何必敲鐘打鼓，争開無果空花？只除非、真僧持戒，絶俗免波楂。（第八十九回　十九破朋友斯疏　了義僧自作自受）

## 未標牌名（按：用《西江月》調）

妄想有如做夢，思量挾詐真獃。你三我七那裏來？空作一場懮懶。（第九十八回　靈明丹就朝元聖　宗孔靈霄慾致中）

## 未標牌名（二十首）（按：用《破陣子》調而略有變化）

### 第一開導患得失

富貴從來有命，惟伊得失懷憂。千方計較萬般謀。正是鄙夫何足道？君子義中求。

### 第二開導富而驕

廣有錢財是汝，與人貧困何干？矜驕侈肆實難看。正是財主無三代，恐伊一旦寒。

### 第三開導無忌憚

禮義立身大節，謙恭處己嘉猷。何爲妄誕失温柔？正是不識安常理，終遭越分憂。

### 第四開導好色迷

美色誰人不愛？昊天覽照難欺。踰牆鑽穴隙相窺。正是你去淫人婦，人來亂汝妻。

### 第五開導鬥狠迷

自恃剛强凌弱，全憑血氣稱雄。虎心蠆毒少寬洪。正是更遇强中手，□伊勇力窮。

### 第六開導無恒醫

先聖哀憐人病，傳來藥餌方書。三年蓄艾爾何疏？正是爾不行仁術，天將爾福除。

### 第七開導患爲師

禮固易子而教，也須學富爲師。一經未諳訓人兒。正是誤却人家子，居心先自欺。

### 第八開導浸潤譖

聖人不能無過，君子貴在反求。讒言謗語没收留。正是聽言若以禮，恐爾自含羞。

### 第九開導自暴棄

人怎可爲堯舜？道理同氣得來。自暴自棄實堪哀。正是可惜男兒體，爲伊無志隳。

### 第十開導傳不習

正道最難相遇，況逢先哲真傳。緣何懈怠不鑽研？正是他年無足畏，此日不心堅。

### 第十一開導怨尤迷

萬事皆從一己，天人有何相干？從來不把自相參。正是迷邪心頭理，回思實自慙。

### 第十二開導溺愛迷

養子童蒙有教，義方責善須知。不明溺愛過爲慈。正是忤逆從兹起，驕恣教必違。

### 第十三開導作孽迷

上下自有定分，華夷各守封疆。逆天犯順要强梁。正是天戈只一指，威武靖遐方。

### 第十四開導博弈迷

莫藉聖言飽食，終朝無所用心。傾家蕩産一身貧。正是好賭心無怨，終須入禄林。

### 第十五開導吝嗇迷

錢鈔譬如流水，似人血脈流通。不宜太嗇不宜豐。正是鄙吝生奢子，須防後代窮。

### 第十六開導奢侈迷

克儉持家美德，奢華敗子邪行。試看侈肆喪家聲。正是有限金和鈔，難禁浪子傾。

### 第十七開導色莊迷

善惡存中形外，伊何僞作端莊？面難令善本心亡。正是泰然君子樂，虚假小人忙。

### 第十八開導曲蘖迷

亂性喪生是酒，顛狂作惡惟伊。忘家敗國且招非。正是達飲消愁悶，愚貧招禍危。

### 第十九開導貧而諂

廉節爲人自正，貧窮媚富堪羞。腆顔下氣向人求。正是昏夜哀哀乞，驕人白日頭。

### 第二十開導騙挾迷

非義錢財莫取，不明貨利休貪。乘危要挾實難堪。正是損人圖益己，難保一身安。（第九十九回　二聖推尊萬世師　大儒開導群迷榜）

# 《古今律條公案》詞

（湯顯祖撰　七卷　四十六則　《古本小説集成》據明書林蕭少衢師儉堂刊本影印　上海古籍出版社　一九九一）

## 西江月

以犯文身合死，准言例見難誅。皆無首從罪非殊，各有彼此同獄。　其者變於先意，及者事連後隨。即如聽訟判真虛，爲有餘情依律。（第四十二則　六律總括）

# 《續英烈傳》詞

（紀振倫撰　五卷　三十四回　《古本小説叢刊》據六宜堂刊本影印　中華書局　一九九一）

## 未標牌名（按：用《蝶戀花》調）

興亡既已曰天數，殺伐征誅，又是何緣故？若言戰勝方遭過，所卜天心無乃誤。　誰知一定者吾素，擾攘紛紜，無非亂其度。不然勝敗頃刻中，何以先知早回護。（第二十一回　假示弱燕王欺敵　恃英勇張玉陣亡）

## 未標牌名（按：用《臨江仙》調）

弱者敗來强者勝，盡思虎鬥龍争。誰知勝敗是天生。得昌方得位，無福自無成。　暗測潛窺雖莫定，其中原有高明。似聾似啞似惺惺。已將善後計，指點作前程。（第二十九回　欲滅跡縱火焚宫　遵遺命祝髪遁去）

# 《三國志後傳》詞

（酉陽野史撰　十卷　一百四十回　《古本小説集成》據萬曆己酉刊本影印　上海古籍出版社　一九九一）

## 未標牌名（按：用《西江月》調）

凜凜刀翻雪片，騰騰馬騁雲龍。殺聲鬧嚷震天空，惟見塵飛沙滚。（第十七回　齊萬年涇陽大戰）

## 西江月

兩將衝鋒奪鋭，猶如虎鬥龍争。翻江攪海震山林，各逞雄威較勝。　一個刀旋舞雪，一個槍點星星。往來馳驟勢狰獰，彼此輸贏未定。（第十七回　齊萬年涇陽大戰）

## 未標牌名

嗗喇喇城門開了，亂紛紛軍馬奔騰。炮聲響似雷轟，又一將當先助陣。（第十七回　齊萬年涇陽大戰）

## 未標牌名（按：用《西江月》調）

頭上金盔輝日，手中刀爍秋霜。威風凜凜賽靈官，乃是關西虎將。（第五十九回　陸機佈陣戰張賓）

## 未標牌名（按：用《西江月》調）

人似中山黑煞，馬如北海烏龍。衝鋒破敵將祁弘，塞北名高威重。（第五十九回　陸機佈陣戰張賓）

## 西江月

人似玄壇魔帝，馬如黑虎神龍。因争强弱鬭天公，各逞雄威較勝。　一個刀翻雪片，一個鞭捲流星。騰騰殺氣滚煙雲，遮得晴空日瞑。（第六十四回　五鹿墟晉漢鬥陣）

## 西江月

戰將刀槍捲雪，鬥兵旗幟遮天。馬馳塵動滚雲煙，一片喊聲不斷。　踏破幽州地界，震翻燕北山川。人人奮勇競争先，殺得屍横血濺。（第八十六回　劉靈祁弘齊射死）

## 未標牌名（按：用《西江月》調）

袍袖蟠花彩絢，烏銀甲潤如油。鹿皮冠襯鐵兜鍪，虎體熊身豹首。　手執狼牙瓜槊，身騎龍質驊騮。腰懸寶劍賽千儔，勁箭長弓背扭。（第九十七回　姜發關河奪并州）

## 鷓鴣天

漢思圖晉寇長安，兩軍争勝戰藍田。韓豹鷹揚誇武勇，刀如捲雪敵心寒。　威嚇衆，氣吞天，雄哉劉曜將中先。熟銅鞭捲黄龍尾，攪得塵沙似滚煙。（第九十八回　劉曜二打長安城）

## 西江月

刀捲茫茫白雪，鞭翻滚滚陰風。馬如平地騁雙龍，塵似雲騰擁從。　戰勢猙獰狠猛，鋒成咭咭喧轟。鼓聲交戛殺聲雄，險把天關震動。（第一百三十四回　劉岳滎陽退石生）

## 未標牌名

人如雙虎鬥，馬似兩龍争，塵沙捲起似飛雲。威凛烈，勢猙獰，雙刀擊得焰騰騰。氣嘘天地慘，聲吼神鬼驚。（第一百三十五回　二趙争雄奪滎陽）

# 《韓湘子全傳》詞

（楊爾曾撰　八卷　三十回　《古本小説集成》據明天啓三年金陵九如堂刊本　上海古籍出版社　一九九一）

## 未標牌名（按：用《西江月》調）

混沌初分世界，陰陽配合成人。黄芽白雪幾更新，烏兔回環不定。　曾見滄[桑]田變海，旋看松柏凋零。青牛白犬吠天津，轉眼棋枰相應。（入話詞）

## 未標牌名

富貴枝頭露，功名水上漚。腰金衣紫馬籠頭，鼻索拴來不久。　射中屏間雀，絲牽幔後紅。洞房花燭喜相逑，傀儡搬畢木偶。（第三回　虎榜上韓愈題名　洞房中湘子合巹）

## 未標牌名（按：用《鷓鴣天》調）

白髮蕭蕭兩鬢邊，青山緑水總依然。人生何異南柯夢，撚指光陰十八年。　十八年，景物鮮，旃檀紫竹隔塵凡。且將龍女擎珠出，鶴馭盤旋下九天。（第五回　砍芙蓉暗諷蘆英　候城門衆譏湘子）

## 未標牌名（按：用《西江月》調）

牟尼西來佛子，老君東上英賢。算來佛老總陳言，不怕東摇西煽。　神定玉爐凝定，心忙丹竈茫然。總來菩薩且登天，那怕凡人不轉。（第八回　菩薩顯靈昇上界　韓湘凝定守丹爐）

## 浪淘沙(二首)

貧道下山來,少米無柴。手拿漁鼓上長街,化得錢來沽美酒,自飲自篩。

漁鼓響聲頻,非假非真。不求微利與鴻名,一任狂風吹野草,落盡清英。(第十回　自誇詡龜鷺罹災　唱道情韓湘動衆)

## 浪淘沙

酒醉眼難開,倒在長街。人人笑我不咍咳。動問先生居何處?家住蓬萊。(第十回　自誇詡龜鷺罹災　唱道情韓湘動衆)

## 未標牌名

貧者衣中珠,本自圓明好。不會自尋求,卻數他人寶。　數他寶,終無益,只是教君空費力。争如認取自家珠,價值黄金千萬鎰。(第十一回　湘子假形傳信息　石獅點化變成金)

## 浪淘沙(三首)

貧道乍離鄉,受盡了悽惶。抛妻恩愛撇爹娘,萬兩黄金都不愛,去躲無常。

身穿破衣裳,百納千行,手中持鉢到門旁。上告夫人慈悲我,乞化齋糧,乞化齋糧。

曹溪水茫茫,上至明堂,胎元十日體生香。身外有身真人現,怕甚無常,怕甚無常。(第十一回　湘子假形傳信息　石獅點化變成金)

## 浪淘沙·生老病死苦(五首)

生我離娘胎,鐵樹花開,移乾就濕在娘懷。不是神天來庇佑,怎得成孩?

白髮鬢邊催,漸漸猥衰,腰駝背曲步難移。耳聾不聽人言語,眼怕風吹。

得病臥牙床，疼痛郎當，妻兒大小盡驚惶。曉夜不眠連叫苦，拜禱醫王。

人死好孤悽，撇下夫妻，頭南脚北手東西。萬兩黄金將不去，身埋土泥。

死去見閻王，痛苦徬徨，兩行珠淚落胸膛。上告閻王慈悲我，放我還鄉。（第十一回　湘子假形傳信息　石獅點化變成金）

## 未標牌名（按：用《浪淘沙》調）

瓜子土中埋，長出花來，紅根緑葉紫花開。花兒受盡千般苦，苦有誰哀？（第十一回　湘子假形傳信息　石獅點化變成金）

## 未標牌名

頭上毛旋螺卷起，眼眶内露出金睛。遍身毛片似銅針，五爪攫拿不定。　牙齒森排劍戟，舌尖風捲殘雲。山中虎豹盡心驚，只怕普賢拴定。（第十一回　湘子假形傳信息　石獅點化變成金）

## 西江月

本是深山頑石，良工雕琢成形。崚嶒氣象貌狰獰，鎮守門庭寂静。　今日有緣有幸，皮毛色變黄金。勸君莫笑巧妝成，世情翻掌變，總是這般情。（第十一回　湘子假形傳信息　石獅點化變成金）

## 未標牌名（按：用《青玉案》調，《全元詞》謂元末明初胡一桂詞）

人生南北如歧路，世事悠悠等風絮。造化小兒無定據。翻來覆去，倒横直豎，眼見都如許。　伊周事業何須慕，不學淵明便歸去。坎止流行隨所寓。玉堂金馬，竹籬茅舍，總是無心處。（第十五回　顯神通地上鼾眠　假道童筵前暢飲）

## 浪淘沙

小小一花籃，長在桃源。玉皇殿前一根紫竹竿。王母破篾三年整，魯般編了整十年。這花籃，有根源，乾坤天地都裝盡，也只一籃。（第十五回

顯神通地上鼾眠　假道童筵前暢飲）

## 西江月

黑魆魆的面孔，光溜溜的眼睛。銃頭闊口巨靈神，露齒結喉相應。　巾戴九陽一頂，腰纏穗帶雙根。臉紅眼睖醉翁形，李白、劉伶堪並。（第十五回　顯神通地上鼾眠　假道童筵前暢飲）

## 未標牌名

趲步前行，一盞高燈遠遠明，四下人寂静，主僕三人奔。　莫不是寺觀茅庵，酒肆與茶亭？只怕冷淡淒凉，没個人兒問。（第十九回　貶潮陽退之赴任　渡愛河湘子撑船）

## 未標牌名（二首）（按：用《漁歌子》調）

亂石灘頭駕小航，急流溪畔柳陰長。歌欸乃，濯滄浪，不怕東風上下狂。

煙波深處任優遊，南北東西到即休。功業恨，利名愁，從來不上釣魚鈎。（第十九回　貶潮陽退之赴任　渡愛河湘子撑船）

## 未標牌名

聞説功臣拜禱，南壇瑞雪紛。普救黎民困，枯槁禾苗潤。　今得宰相到來臨，自古道貴人難近。斂衽含羞，免不得相恭敬。（第二十回　美女莊漁樵點化　雪山裹牧子醒迷）

## 未標牌名（二首）

酒泛羊羔，大雪紛紛日未消。喜得有緣相會，鳳友鸞交。　千里來，同歡笑。請寬袍，今宵恩愛，百歲樂滔滔。

玉斝香醪，且喜新知是故交。只願青絲綰結，白首同調。　切莫半路相抛，請寬袍。憐新棄舊，風雨打花朝。（第二十回　美女莊漁樵點化　雪山裹牧子醒迷）

## 未標牌名(按:用《西江月》調)

矮矮三間殿屋,低低兩下厢房,周圍黄土半攤牆,門扇東歪西放。　中塑土公土母,旁邊鬼判施張。往來過客苦難當,問兆求籤混帳。(第二十一回　問吉凶廟中求卜　解饑渴茅屋安身)

## 未標牌名(按:用《鷓鴣天》調)

十二時中風雨惡,悔卻從前一念錯。坎離互换體中交,純陰剥盡純陽樂。　純陽樂,不蕭索,乾乾夕惕如胎鶴。回頭拾取水中金,勝似潮州去驅鱷。(第二十二回　坐茅庵退之自嘆　驅鱷魚天將施功)

## 未標牌名(按:用《鷓鴣天》調)

暑往寒來春復秋,總知天地一虚舟。雖然墮落埃塵裏,自有蓬壺在那頭。　花上露,水中漚,人生能得幾時留?去來影裏光陰速,生死鄉中不自由。(第二十三回　苦修行退之覺悟　甘守節林氏堅貞)

## 未標牌名

茫茫苦海,虢虢風波。算將來俱是貪嗔撒網,淫毒張羅。　幾能勾[够],翻身跳出是非窩?討一個清閑自在,不老婆婆。(第二十四回　歸故里韓湘顯化　射鶯哥竇氏執迷)

## 浪淘沙(四首)

那日下天門,騎鶴飛臨,登壇祈雪雪紛紛。指石爲金多變化,要度你回心。

兩度慶生辰,頃刻花生,逡巡酒滿賀長春。仙籃仙果神通大,要度你回心。

佛骨獻明君,貶你潮城,漁樵耕牧話平生。狼虎縱横傷人命。要度你回心。

茅屋暫安身,馬死難行,卓韋山上見真人。屈指算來十二度,才得你回

心。(第二十七回　卓韋庵主僕重逢　養牛兒文公悟道)

## 未標牌名(按:或謂此爲宋·張伯端《西江月》詞,或謂唐·吕巖詞)

德行修逾八百,陰功積滿三千。均齊物我與親冤,始合神仙本願。　虎兕刀兵不害,無常火宅難牽。寶符降後去朝天,穩駕鸞車鳳輦。(第三十回　香獐幸脱離水厄　韓林齊證聖超凡)

# 《素娥篇》詞

（鄴華生撰　一卷　《思無邪匯寶・外編》本　臺灣大英百科股份有限公司　二〇〇〇）

## 望海潮

架上金蓮，掌中飛燕。飄飄蕩蕩盈盈。乍扶乍起，乍倒乍顛，不知誰個身輕？　合眼想蓬瀛。任浮沈，一似浪動帆行。乘飆欲去，縹渺難憑力支撑。（第一　掌上輕盈）

## 浪淘沙

松扣解羅裳，露泄春光。勾引芳心一點香。蝴蝶惹迷禁不住，翅整魂忙。　戲舞太顛狂，不顧殘妝。嬌枝柔弱卻須防。最是可憎時候也，露滴花房。（第二　花開蝶戀）

## 減字木蘭花

趣顛興駛，細腰卻怯難支起。風蕩雲翻，馬頭暫住且扳鞍。　襯幫出力，夭嬌纔爾禁持得。鶯鬧蜂殘，曉露溶溶濕牡丹。（第四　駐馬扳鞍）

## 鳳樓春

壁立萬峰叢，緑柳陰濃石洞沖。金蓮挑起鳳頭紅，雙玉柱，豎當空。誰想桃花開洞口，一竅暗相通。　半卻似玉磬懸風。鳥宿池邊，僧敲月下，道人夜撞金鐘。汗透紅衫未已，玉腕漸疏慵。奈風魔起，不放從容。（第五　暗撞金鐘）

## 浪淘沙

輕解絳羅綃，謾笑謾嘲，學騎竹馬聘花郊。轆轆轔轔聲不住，賽卻敖曹。　　蝶也太摇摇，鶯也交交，一聲一影鬥花稍。最是惱人去處，風急兩蕭騷。（第六　學騎竹馬）

## 雨中花

鶯踏蜂翻花影滅，瘦損了芳春骨格。只得倚鴉鬟輕輕背起，斜趁風流客。　　驕驕曳曳摇摇，多謝東風著力。肯乘餘興磨□到伊身，替問介消息。（第七　東風著力）

## 一捧蓮

鶯殘花興倦。細臥思量，把禪輪剩轉。撑慈航，曲渡屈通，不二門一般方便。　　兀的則前，兀的則後，岐中岐路不遠。略回頭，湊著舌尖，吐丁香滿身香遍。（第八　丁香反吐）

## 鷓鴣天

水晶濕透麝蘭香，顛麽村改顛麽莊。這顛那倒鳳鸞狂，一種風流兩處當。　　漫説錯，漫説慌，雲來雨去暗商量。急帆緊浪相牽拽，甚個從容甚個忙。（第九　倒鳳顛鸞）

## 如夢令

舞鶴自儔自侶，撩亂春心無主。軟腰依玉樹，弄散一天風雨。難禁，難住，魂逐落霞飛去。（第十　松蘿依玉）

## 金人捧露盤

絮未風，桃未雨，正氤氳。□持教花困蓬瀛。卻羅裳，撓遍園尋，拔動牡丹陰，牡丹心。嬌的的，靠樹准重茵。　　卻呀推車進寶，半似枝附盤根。冷眼看，太可憎人。細腰擺動，枝柯無任欲欹傾。端的怕明珠重載，拗

折車輪。(第十二　推車進寶)

## 謁金門(按:此改宋·張元幹詞)

鴛鴦浦、春漲一江花雨。新娶稍婆學把櫓,信水隨流去。　舟子相呼相語,認個桃源住處。百丈深灘彎曲路,花迷儂更渡。(第十三　稍婆摇櫓)

## 薄命女

新雨足,落紅多,階苔點緑春,情誰逗漏。　恁的彩鸞對舞,還倩那人幫就。暗想丫鬟這時候,甚般心曲。(第十四　彩鸞對舞)

## 醉花陰

貪花正入無愁地,更戀酒怎的。把酒問花神,醉裹探花,總一般滋味。　行興傾來信□吸,盡拼乾無滴。酩酊又何妨,酒入腎腸,化作風流淚。(第十五　戀酒貪花)

## 眼兒媚

團茵繡枕偎春嬌,玉股倩郎挑。錦鯉翻身,銀河作浪,頓湧江潮。　囑咐龍門休點額,點額卻魂銷。魂銷□看,浪頭進步,嬌奪紅標。(第十六　鯉翻錦浪)

## 巫山一段雲

遲遲三春日,芳含桃未腮。謾須羯鼓急相催,移花向日開。　日迷花弄影,喚作楚陽臺。雙鬟著惱暗徘徊,錯共看花來。(第十七　移花向日)

## 醉花間

不分陰,不分陽,太極影茫茫。許大乾坤,都來作戰場。　打破圓圈子,壺中日月長。翻把先天趣,認作蜜蜂房。(第十八　囫圇太極)

## 長相思

日東升,月東升,烏兔分司晝夜明,原來不並行。　天無情,卻有情,

今璧潛通日月精。趣處妙難評。(第十九　日月合璧)

## 撲蝴蝶

柳驕花豔,繫芳心不淺。石床斜倚,露丹心自獻。盡教踏碎花叢,莫作當場緬腆,穿楊技,今番展。　　今務展。直拼取貫革破的,玉人無倦。拓弓引弦,看千回百戰。端的矢落猿號,驚蝶翻飛近遠。齊喝彩,霹靂箭。(第二十　百步穿楊)

## 未標牌名

不會嘲風不弄月,罷《參同契》,端詳細説。姹女隱在丹砂中,説合黄婆徒浪舌。　　坎離二物分明别,搬移顛倒,頭頭貫徹。揣破天機銅汞飛,唤我漏泄,唤你漏泄。(第二十一　題佚)

## 點絳唇

芳草萋萋,一天花事誰爲主。搜紅拾翠,一任羊車□。　　碧玉緑珠,畢竟皆塵土。車上舞,縱教人妒,算春光有數。(第二十二　羊車行樂)

## 浪淘沙

衫色半秋山,體弱嫌單。解衣怎奈不知寒。只因遇著風流債,一晌貪歡。　　分付小□鸞,捧起金盤,半空承露賽還丹。□脱渾忘身著處,人間夢間。(第二十三　金盤承露)

## 西江月

平駕勢隨風力,斷送玉人上天。采繩斜掣采楊煙,輕捷吴門飛練。　　懊惱牆外行人,是否牆裏秋千。只疑今日謫飛仙,落在武家庭院。(第二十四　飛仙春戲)

## 後庭宴

棕鬣敲風,松屏篩月,假山暗與巫山接。兀的當面對佳人,翻認做後會

時節。　回頭一顧春生，勝卻酥胸緊貼。尤雲殢雨，聽嬌聲侣怯。但有探花情，隨處飛蝴蝶。（第二十五　前後一情）

## 如夢令

這事鍾離點破，藏在葫蘆一個。風流作戰場，楚漢爭雄都錯。龍麽，虎麽，呆住看誰主霸。（第二十六　虎跨龍蟠）

## 清平樂

浪浪宕宕，做盡風魔樣。背抵郎心心外向，兜放背邊心上。　一腕一股勾當，合來無礙陰陽。脈脈柔情處，心背暗商量。（第二十八　心背相合）

## 戀繡球

貼紅模悴豔陽天，趁桃花，青山欲燃。風裏雌雄相匹，羨禽鳥，得氣偏先。　將人平白被他惱，眼中事，心顛興顛。打諢也效于飛，尾閭穴，蝶戀鶯穿。（第二十九　孳尾感興）

## 法駕導引

璣旋轉，衡轉旋，度數幾周天。陰陽一竅相磨蕩，掣雷走電不停鞭。雲雨濕巫山。（第三十　璣衡旋轉）

## 如夢令

一霎風狂雨驟，佳興不消緑酒。大鬧風流場，攪亂半天星斗。龍吼，龍吼，翻了天綱地紐。（第三十二　地覆天翻）

## 清平月[樂]

風流抖擻，著意調花柳。蝶去蜂還鶯又就，没個抛春時候。　牢鑽白晝黄昏，流連雨魄雲魂。笑你滚球獅子，無奈這個球門。（第三十三　獅子滚球）

## 巫山一段雲

雨散陽臺下，春波□遠煙。瞿塘峽動擁樓船，十二曉峰前。　帆帆隨水去，浪浪信風牽。天連碧水水連天，窟底魚龍顛。（第三十四　順水推船）

## 鷓鴣天

巫陽不斷楚妃魂，漢水回流佩女紋。怎偏迷了風魔漢，癡呆山立卓嶙峋。　山出雨，山出雲，頂通玉女洗頭盆。橫掛仙人九節杖，倚空弄笛裂天門。（第三十五　玉山卓立）

## 洞仙歌

紗窗斗帳，自清涼無汗，亭池風細荷香。繡幃開，惹動蜂蝶尋人，人正寢欹枕，釵垂鬢亂。喚起睡鴛鴦，雙戲橫塘。　採蓮歌，忽驚耳畔，要樣的兒郎。貌似蓮花，密荷深處盡調玩，玩□他癲狂。折花贈，又不料，破蓮蓬□□。（第三十六　劈破蓮蓬）

## 憶秦娥

春如許，分開雙鳳金蓮舉。金蓮舉，花心灩灩魂栩栩。　旁人錯説蓮花炬，高燒只恐流紅淚。流紅淚，一點點是巫山楚雨。（第三十七　雙控金蓮）

## 探春令

佳色醉人濃於酒，興沈昏欲睡。傍花邊，且臣花陰，强制芳心不住。　弄顛自把銀瓶豎，注那珊瑚樹。只須防，椎碎石祟[崇]□□，有尺長如許。（第四十　瓶注珊瑚）

## 贊成功

三春未半，萬點紅藏。呢喃燕子一雙雙，似將花事，軟語商量。鳥衣舞破，明月斜陽。　隔簾影動，兜上心腸。風流點悟這王郎，也效于飛，之

頡之頏,倚誰描畫,燕子樓旁。(第四十二　紫燕雙飛)

## 如夢令

檻外落紅滿徑,濃興消磨不盡。拂拭牡丹心,露滴羅巾酥潤。花影,花影,留下東風遺恨。(第四十三　花心拭露)

# 《杜騙新書》詞

（張應俞撰　四卷　八十三則　《古本小説集成》據萬曆間存仁堂陳懷軒刊本影印　上海古籍出版社　一九九一）

## 西江月

新造船兒一隻，當初擬採紅蓮。於今反作渡頭船，來往千千萬萬。　有錢接他上渡，無錢丢在一邊。上濕下漏未曾乾，隔岸郎君又唤。（第十三類詩詞騙　陳全遺計嫖名妓）

# 《大唐秦王詞話》詞

(諸聖鄰撰　八卷　六十四回　《古本小説集成》據鄭振鐸藏明刊本影印、據傅氏碧蕖館藏明刊本補　上海古籍出版社　一九九一)

## 未標牌名(按:用《鷓鴣天》調)

開國元勳宇宙英,錦袍銀甲賽天神。腰圍玉帶螭騰浪,頂上盔纓氣色新。　騎烈馬,跨龍鱗,鋼槍巨斧燦如銀。開山慣展黄公略,弘基能精吕望文。(卷一　第三回　洛陽城世充被圍　北邙山秦王受誘)

## 未標牌名(按:用《臨江仙》調)

五虎叢中無對手,祖居齊地仙鄉,青袍銀甲迸寒光。盔纓飄烈火,寶帶耀金裝。　斑豹馬欺翻海獸,烏油戰戟長槍。劈楞簡掛色如霜。九天右副將,四海斬妖王。(卷一　第四回　唐秦王私看金墉地　程咬金斧劈老君堂)

## 未標牌名(按:用《西江月》調)

玉嵌明盔耀日,銀妝鎖甲争輝。腰拖錦帶繡鷥魚,弓箭隨身可體。　人是西方白虎,馬騎出水蛟螭。梨花槍舞雪花飛,灌口二郎降世。(卷一　第四回　唐秦王私看金墉地　程咬金斧劈老君堂)

## 未標牌名(按:用《西江月》調)

悶似江淹失筆,愁如宋玉悲秋。昭關伍相滿懷憂,蘇武居延獨守。(卷二　第九回　飛鼠耗糧同天譴　美人困使亦人謀)

## 未標牌名(按:此爲宋·朱敦儒《西江月》詞,略有改動)

世事短如春夢,人情薄似秋雲。不須計較苦勞心,萬事從來有命。　幸遇三杯美酒,況逢一朵花新。片時談笑且相親,來日陰晴未定。(卷二　第十回　桓法嗣定計奪糧　李魏王興師伐鄭)

## 未標牌名(按:用《鷓鴣天》調)

隴右羅睺邁等倫,全憑英勇定西秦。盔磨四縫明如雪,甲砌魚鱗亮似銀。　鞘内劍,玉壺冰,袋懸弓箭緊隨身。槊刀跨馬翻江獸,好似喪門降世塵。(卷二　第十三回　李藥師智降薛仁杲　邢國公愧接小秦王)

## 西江月

李密懷奸造反,開刀擅殺唐臣。民間少壯虜爲軍,倉庫盡皆搬運。　劫掠黎民錢鈔,强搜客旅金銀。殺人放火奪乾坤,攪亂潼關界分。(卷二　第十五回　桃林縣李密反唐　鹽岡嶺建德中箭)

## 未標牌名(四首)

我愛春,春意好。山嘴吐時煙,牆頭戴芳草。黄鸝罵杏花,惹得遊蜂惱。海棠憔悴牡丹愁,只恐韶光容易老。

我愛夏,夏日長。玉碾棋聲碎,羅翻扇影凉。南風賣奇貨,滿路芰荷香。蟬在緑蔭深處噪,也須回首顧螳螂。

我愛秋,秋色楚。籬菊憶陶潛,征鴻唤蘇武。黄葉落空階,隨風亂飄舞。雙雙社燕數歸期,舊巢應待明年補。

我愛冬,冬日閒。烹茶融雪水,曳杖看冰山。戍唱征衣曲,將軍夜渡關。若過漁翁堪入畫,一蓑披得凍雲遠。(卷之三　卷首詞)

## 未標牌名

細推今古不須愁,何用苦營謀?玉堂金屋今安在?都翻做牧野荒丘。兔走烏飛不住,花凋星散難留。　百年光景水浮漚,一枕夢莊周。始皇定下千年計,纔三世,國祚移劉。倒不如逍遥散誕,無慮無憂!(卷三　第十

七回　魏玄成抱竿哭主　徐世勣被説降唐）

## 未標牌名（按：用《鷓鴣天》調）

鐵襆頭連紅抹額，烏油甲染皂羅袍。長槍出洞穿林蟒，龍馬騰波躍海蛟。　魔斂跡，鬼驚號，旌旗到處陣雲高。鋼鞭掄動無人敵，黑殺天神下九霄。（卷三　第二十四回　尉遲恭奪郡縣　李元吉取救兵）

## 未標牌名（二首）（按：用《臨江仙》調）

霜鬢雄心似鐵，胸中氣焰淩霄。眼明尚識陣雲高。據鞍猶矍鑠，壯志壓群豪。　臂健更嫌弓力軟，腹藏豹略龍韜。手擎金簡茜纓刀。玉螭攢寶帶，蛟蟒繞征袍。

三叉金冠巧製，護身甲掛唐猊。絳羅袍上繡龍魚。戰靴盤舞鳳，束帶戲雙螭。　跨下神媒追電馬，輕弓短箭偏宜，點鋼槍舉雪花飛。英雄唐世子，威武帝王枝。（卷四　第二十五回　趙郡王大統三軍　尉遲恭力敗八將）

## 未標牌名（按：用《西江月》調）

總管叢中拔萃，將軍隊裏稱豪。團獅繡帶束絨絛，盔頂朱纓嵌寶。　手執蘸金巨斧，慣騎攪海神蛟。平生驍勇熟兵韜，名列淩煙畫閣。（卷四　第二十五回　趙郡王大統三軍　尉遲恭力敗八將）

## 未標牌名（按：用《鷓鴣天》調）

盔攢鳳翅簇青纓，鴨緑絨穿龜背紋。十樣錦裁龍體襖，團花刺繡戰襴裙。　金絡轡，玉麒麟，鋼叉月樣手中擎。虎頭燕額真良將，總管班中顯姓名。（卷四　第二十五回　趙郡王大統三軍　尉遲恭力敗八將）

## 未標牌名（按：用《西江月》調）

銀葉甲披燦爛，剪絨袍掛鮮妍。盔纓似火趁風燃，珠翠鋪成帶面。　鴉角横槍巨蟒，龍媒馬跨雲韉。論功圖上畫淩煙，勳業曾經百戰。（卷四　第二十五回　趙郡王大統三軍　尉遲恭力敗八將）

## 未標牌名（按：用《鷓鴣天》調）

彪軀八尺果魁梧，鬥智曾排八陣圖。跨下錦鞍銀獬豸，手擎利刃勝鋸鋙。　冠巧製，嵌明珠，氍毹戰襖錦鱗鋪。胸中舊日傳韜略，閫外今來佩虎符。（卷四　第二十五回　趙郡王大統三軍　尉遲恭力敗八將）

## 未標牌名（按：用《鷓鴣天》調）

山後英雄性氣剛，威風凜凜好戎妝。斜皮砌就籠盔頂，鑌鐵攢成甲掛霜。　翻海獸，撥雲槍，腰懸利劍吐光芒。犀皮袋内雕弓硬，畫獸壺中羽箭長。（卷四　第二十八回　赴黎陽軍師全孝道　戰柏壁大將逞英雄）

## 未標牌名（二十四首）（按：用《鷓鴣天》調）

猛獸吞頭嵌寶珍，銀磨四縫巧攢成。襯盔砌就團圓月，護頂裁成一片雲。　飄火燄，簇緋纓，錦鍪鳳翅淡金妝［妝金］。巍巍氣象真雄武，皎皎光華耀日明。

一塊黿文玉碾成，牢拴絳縷鎖盔平。蠶絲茜染緋緋色，蝃蝀誰拈細細繩。　喉下扣，頷邊分，肩窩兩道淡霞生。朱蛇附耳噴紅霧，赤蟒沿腮吐火雲。

縷縷冰絲出繭蠶，織成雲錦染天藍。平攢鸞鳳銷金襖，勝似鸚哥緑戰衫。　纓絡袖，纏枝邊，花嬌葉嫩色鮮妍。將軍卸甲歸營去，一片青雲入洞天。

五色明珠綴錦邊，銀鋪雁翅緑絨穿。寶妝玉帶牢牢繫，雜彩絨絛緊緊拴。　欺柳葉，勝連環，玲瓏亂擺響珊珊。翻波龜背經霜重，出水龍鱗帶雪寒。

顆顆明珠細葉叢，萬金蒼壁［璧］也難同。鴉翎琥珀分青絳，祖母珊瑚間緑紅。　金燦爛，玉玲瓏，束袍龍甲助威風。良工鏤就斑斕獸，巧匠雕成灑墨容。

四縫穿雲軟底幫，染成顔色淡鵝黄。麂皮砌就雲跟淺，麂鹿裁成吊面長。　穿玉凳，步朝堂，昔賢製就配冠裳。踐開塞北三冬雪，踏遍山前半夜霜。

形勢彎環似怪蛟,虎觔龍角兩堅牢。鐵胎穩襯宜纏束,鵲面勻鋪每用膠。　　青玉扣,戧金梢,慣隨將士顯英豪。飛魚袋内斜懸處,新月渾疑下九霄。

挺挺勻勻上下齊,頸邊微束樺桃皮。雕翎裝點迎風迅,朱扣深圓用更宜。　　通州桿,紫金鑱,穿楊落雁打頭圍。弓開皎月離弦去,一點明星下玉梯。

斬將降魔利刃堅,能安社稷静狼煙。暗臨黑木蛟螭泣,擎出青霄鬼魅潜。　　欺巨闕,賽龍泉,光芒直射斗牛間。金裝靶插沙鞘裏,上陣常懸寶帶邊。

鑌鐵磨成利更堅,衝鋒戳將敢争先。寒光窪面金絲細,猛獸吞頭玉靶圓。　　生殺氣,助威嚴,斜鑽虎眼緑絨穿。都來數尺昆吾寶,立國興唐三百年。

久煉成鋼火氣融,全憑烈焰奪神工。琢磨銛利如銀蟒,巧結朱纓似火紅。　　純鋑桿,鑽如鋒,將軍擎處建奇功。梨花亂舞飄寒雪,上下縈回弄曉風。

王勒金鞍控紫絲,呼雷斑豹現龍姿。英雄削竹批雙耳,奮迅鑽風入四蹄。　　欺獬豸,勝狻猊,口噴紅霧汗流珠。千金騏驥奔雷疾,萬里神媒掣電飛。

巧製淩雲足偉觀,最能避箭禦鋒尖。煉成刃鐵憑離火,磨琢烏金賴坎泉。　　偏出類,果威嚴,他年圖畫在淩煙。勝如銀鳳盤雙翅,穩似金盔不捲檐。

半幅香羅巧用工,猩猩血染賽丹楓。猶如曉日昇霄漢,好似朝霞麗海東。　　緋毿毿,絳叢叢,火雲一朵現瑶空。壯觀武士威儀肅,善助將軍膽氣雄。

誰把冰綃墨染烏?旋教織女下工夫。名花朵朵朦朧現,翠葉枝枝慘澹鋪。　　裁剪就,稱征車,銷金袖裏紫氍毹。半空黑霧籠彪體,一片烏雲罩虎軀。

密密排聯一簇新,光華内外不沾塵。蛟頭黿背煙熏就,鎖子連環墨染成。　　寒霧起,冷光生,渾如北海老龍鱗。烏金砌就遮身寶,上陣偏籠黑煞神。

巧剪金花戲水蛟,滿腔鑲嵌緑瓊瑶。平欺蒼玉鑲金帶,絶勝紅絨勒甲絛。　　拴戰鎧，繫征袍，將軍結束逞英豪。一條黑蟒纏彪體，數尺烏龍戀虎腰。

海獸犀皮軟更堅，裁成巧様躡雲端。條條細縫金絲嵌，朵朵雲跟縞綫盤。　　行御道，上金鑾，斜飛寶凳跨金鞍。行軍不畏嚴霜冷，出塞何愁朔雪寒。

玉靶金梢不等閒，良工巧製用心堅。高低勁直端然正，上下匀停各不偏。　　花鵲面，虎觔弦，曾將三箭定天山。常隨將士臨軍陣，穩稱飛熊袋内懸。

勁桿苗條紫竹青，攢鋒似簇滿壺星。狼牙利鑿追人魄，柳葉尖芒取獸魂。　　烏犀扣，雁鴻翎，能扶將帥立功名。會看猛虎岩前喪，曾見雙雕落紫雲。

造就千將心力勞，純鋼鋒利足吹毛。寒光皎皎凝秋水，寶氣騰騰射九霄。　　犀角鞘，彩絨絛，將軍懸帶趁熊腰。崖前卞子誅雙虎，水底澹臺斬怪蛟。

竹節匀排虎脛圓，緑絨絛扣腕邊懸。宛如北海蛟離穴，卻似南山蟒出岩。　　清虜寇，滅狼煙，受恩曾得覲君顔。坎離煅就純鋼鐵，佐定唐朝三百年。

刃鐵槍横丈八長，曾經百煉煅成鋼。銛銛利攥明如雪，皎皎尖鋒白似霜。　　生殺氣，長寒光，從教展土任開疆。穿胸常把征人喪，透甲能令戰士亡。

生向天池本異常，渾身潑墨按乾方。捲潮風勢歸蹄速，接尾金輝透春黄。　　裝玉勒，飾雕鞍，一聲嘶入戰争場。烏龍頓斷黄金鎖，黑虎掀翻白玉樁。（卷四　第三十回　龍畏虎三跳虹霓澗　臣救君大戰落葉坡）

## 未標牌名（按：用《西江月》調，末句增字）

巴豆軍前發怒，檳榔咬碎銀牙。人參便把大刀拿，貫衆交鋒出馬。　　巧伺烏頭就砍，要看血濺朱砂。兩騎海馬陣前誇，不知誰死在川山甲下。（卷四　第三十回　龍畏虎三跳虹霓澗　臣救君大戰落葉坡）

## 未標牌名（按：此爲宋・蘇軾《蝶戀花》詞，略有改動）

春事闌珊芳草歇，客裏風光，又過清明時節。小院黄昏人憶别，落紅處處聞啼鴂。　　咫尺江山分楚越，目斷魂消，應是音沉[塵]絶。夢破五更心欲折，角聲吹落梅花月。（卷五　第三十五回　信讒言高祖殺忠臣　息衆議秦王結義士）

## 未標牌名（按：用《鷓鴣天》調）

善武能文壓俊英，眉清目秀貌超群。豹頭穩帶盔凝雪，虎體牢拴甲掛銀。　　飛虎韂，玉麒麟，團花巧織素羅新。長槍鐵簡[鐧]應無敵，勇猛西方白虎神。（卷五　第三十六回　徐軍師招降羅士信　單騎馬追逼小秦王）

## 未標牌名（按：用《鷓鴣天》調）

銀甲金盔跨紫麟，南天擁下祝融神。征袍似簇榴花豔，束帶渾裁茜錦新。　　真猛烈，果豪英，横持棗稍定乾坤。腰懸寶帶藏秋水，袋内弓彎月半輪。（卷五　第三十六回　徐軍師招降羅士信　單騎馬追逼小秦王）

## 未標牌名（按：用《西江月》調）

蜀錦高盤雲鬢，綉袍罩體猩紅。生來不喜唾窗絨，編[偏]愛兵韜武勇。　　束帶奇珍燦爛，甲鋪銀葉玲瓏。鳳頭靴咵[跨]紫騮驄，端的豐標壓衆。（卷六　第四十三回　獻國璽蕭后伏誅　因五龍秦王奏凱）

## 未標牌名（按：用《西江月》調）

頭戴金盔耀日，身穿鎧甲含星。淡黄袍稱茜紅纓，玉帶盤螭束整。　　肩上槍横殺氣，腰間劍掛威靈。烏靴抹綫錦襴裙，跨下龍駒馳騁。（卷六　第四十三回　獻國璽蕭后伏誅　因五龍秦王奏凱）

## 未標牌名（按：用《臨江仙》調）

開國功臣曾列土，英雄隊裏無雙。金盔嵌寶色争光。袍披鸚鵡緑，靴染淡鵝黄。　　碧玉帶攢金雀舌，能持便利攥剛槍，身騎龍馬色如霜。雙名游子路，錫爵静江王。（卷六　第四十四回　造戰船蕭銑起兵　誆軍情賈順受戮）

## 未標牌名(按:用《西江月》調)

護體甲鋪銀葉,蔽身袍掛秋霜。金盔鳳翅稱雄妝,繡帶團花弓樣。　慣使兩鋒番劍,能騎八尺超光。王封寧遠佐梁邦,展黄白驍雄猛將。(卷六　第四十四回　造戰船蕭銑起兵　誆軍情賈順受戮)

## 未標牌名(按:用《鷓鴣天》調)

鴉翎嵌頂鳳盔明,簇簇征袍蜀錦新。銀甲籠軀排雁翅,絨縧勒甲繡麒麟。　騎劣馬,慣追雲,鋼刀似板獸吞銀。顔須功賜零陵郡,梁國豪英一品臣。(卷六　第四十四回　造戰船蕭銑起兵　誆軍情賈順受戮)

## 未標牌名(按:用《西江月》調)

銀製兜鍪護頂,金星凱甲遮身。袍披羅綺帶鑲珍,水獸烏靴軟襯。　鬥戰能施巨斧,當場馬跨龍鱗。長沙王是定邦臣,名播段淮英俊。(卷六　第四十四回　造戰船蕭銑起兵　誆軍情賈順受戮)

## 未標牌名(按:用《鷓鴣天》調)

西府王親號長孫,雙名無忌曉兵文。銀盔金甲鑲珍帶,錦繡緋袍現火雲。　懸寶劍,跨龍麟,長槍似蟒乍穿林。今朝奮勇興唐室,他日淩煙繪影神。(卷六　第四十五回　秦瓊活捉王洪黨　無忌力斬僞越王)

## 未標牌名(按:用《臨江仙》調)

膂力過人虎豹體,從來戰勝功多。指揮士卒定干戈。心胸原磊落,膽氣本巍峨。　鳳翅銀盔鎖鐵鎧,花袍帶束紅羅,能騎猛獸慣淩波。武昌王贈爵,猛烈定山河。(卷六　第四十六回　燒戰船李靖破强敵　敗江陵蕭銑降大唐)

## 西江月

二將陣前發怒,三軍乍遇交鋒。各施武藝逞英雄,拚命捐軀出衆。　斧

砍刀鈔似雪，刀揮斧疾如風。紛紛大殺戰場中，空内陰兵又湧。（卷七　第五十一回　再顯魂羅成雪恨　破饒州黑闥伏誅）

## 未標牌名

雉尾兜鍪，金銀鼠袍，身披鎧甲冷光飄。足穿四縫烏靴軟，腰緊團花勒甲絛。　　騎赤電，跨黄驃，紫髯碧眼果英豪。流星鎚似騰林蟒，丈二槍如掉尾蛟。（卷七　第五十五回　寇蒲關突厥猖狂　詔皇莊敬德詐病）

## 未標牌名

太子擎杯在手，儲君禱告穹蒼：虚空神聖，鑑察衷腸，秦王世民，豈敢乖違倫理、紊亂綱常？父聽譖言頒藥酒，子當盡孝親嘗。拜天地今朝受死，日月自昭彰。（卷七　第五十九回　裴文靖换藥酒　小秦王掛玉帶）

## 未標牌名（按：此宋・晦庵《滿江紅》詞，文字小有出入）

擾擾勞生，待足何時是足？據素性，隨家豐儉，何勞拘束。得意濃時休進步，隄防世事多翻覆。等閒白了少年頭，空碌碌。　　誰不願，千鍾粟？誰不愛，黄金屋？奈五行，不是這般題目。枉使身心多計較，兒孫自有兒孫福。不須採藥往蓬萊，但寡欲。（卷七　第六十回　燒夜香秦王明禱告　遣刺客元吉暗行謀）

# 《大隋志傳》詞

（鍾惺撰　四卷　四十六回　光緒文益堂刊本）

## 西江月

南國休嗟流落，西方自得奇逢。紅絲繫足有人同，越府一時跨鳳。　　道地須尋金卯，成家全賴長弓。一盤棋局誦真龍，好把堯天日奉。（卷之一第三回　逞雄心李靖訟西嶽　造讖語張衡危李淵）

## 未標牌名（八首）（按：用《望江南》調）

湖上月，飛破碧雲窩。的的似留湘浦珮，行行疑弄錦机梭。寒色偪衣羅。　　歡未極，莫向柳陰過，媚臉正宜邀玉鑑，清樽聊借漾金波。醉舞影婆娑。

湖上柳，雨露沐恩稠。嫋嫋腰肢羞自舞，纖纖看黛怯閑愁。旖旎畫樓頭。　　未得眠，荏苒起還休。怪是斜陽留不住，空教風里弄輕柔。飛絮滿汀州。

湖上雪，一望玉無痕。剪綵不須花自發，遶枝驚見蝶狂奔。絮影漏林園。　　瓊閣倚，野色接雲屯。指冷梅花吟未得，杯傾竹葉席生寒。歡飲失朝昏。

湖上草，偏向玉階生。蓮辦蹴來微有跡，羊車歸去寂無聲。花落白縱横。　　無个事，採接角輸贏。許是摧殘疑有恨，妒他連理似多情。幽悶共牽縈。

湖上女，燕趙集娉婷。目弄回瀾清湛么，神疑秋渚龍亭亭。依約似湘靈。　　相將去，蕩槳過前汀。豈是荷花自巧笑，不開花影是嬌形。秀光映青萍。

湖上花，清影映寒沙。白膩溶溶疑素雪，紅妖的的噴丹霞。一片錦雪遮。　知何似，瓊島集仙娃。玉臉淚滋驚雨濕，朱顏騙向困風斜。爛熳籠漁家。

湖上水，一碧欲浮天。風織壽紋成綺縠，霞抒彩色染長川。好泛木蘭船。　輕槳動，驚起渚中鴛。十里畫橋通宛轉，數灣明月影勾牽，清賞且留連。

湖上酒，歌舞樂明時。琥珀清光浮玉斝，葡萄香韻溢金卮。中有好花枝。　拚一醉，到手莫教遲。墮落翠環增韻致，潮生紅暈長嬌姿。中聖復何辭。（卷之三　第二十七回　窮土木煬帝逞豪華　講鳥音王義得佳偶）

# 《混唐後傳》詞

(鍾惺撰　八卷　三十二回　《古本小説集成》據清芥子園刻本影印　上海古籍出版社　一九九一)

## 蝶戀花

春水禄[渌]光如閃電,觸目垂慈,便覺陽和轉。幽恨綿綿方適願,普天同慶恩波遍。　生死一朝風景變,漫道黄泉,也自通情面。滿地荆榛繞指揃,驚回惡夢堪欣羡。(卷之首　第一回　長孫后放女出宫　唐太宗魂遊地府)

## 未標牌名(按:用《西江月》調)

紫燕輕盈弱質,海棠標韻嬌容。羅衣長袖交横,絡繹回翔穩重。　纖縠蛾飛可愛,浮騰雀躍仙蹤。衫飄綽約隨風,恍似飛龍舞鳳。(卷之三　第十一回　江采蘋恃愛追歡　楊玉環承恩奪寵)

## 未標牌名(按:用《霜天曉角》調)

癡兒肥蠢,娘看偏奇俊。何意洗兒蒙賜,更阿父能幫興。　不堪嬌妒性,暫使離宫寢。一縷香雲輕剪,便重得君王幸。(卷之四　第十三回　唐玄宗洗兒賜錢　楊玉環對使剪髮)

## 月中行

聲音入妙感仙家,月夜引仙槎。只嫌笛管未全佳,吹破共嗟呀。　更驚弈理通仙道,決勝負數著無加。止將常勢略談些,國手已堪誇。(卷之八　第二十七回　李謩石上逢怪虎　老翁船中驚蛟龍)

# 《別有香》詞

（桃源醉花主人撰　四卷　十六回　存九回　《思無邪匯寶》本　臺灣大英百科股份有限公司　二〇〇〇）

## 如夢令

只爲那人鐵棒，害得丫鬟落網。無限美嬌香，都被狂風開放。惆悵，惆悵，褪卻新紅難上。（第四回　潑禿子肥戰淫孀）

## 玉漏遲

春意占時先，盡把生機，枝枝初轉。問誰早吐，管領百花香豔。惟有天上夭桃，綻酡顏，醉留人面。舒青眼，宛似天臺，裊娜嬌倩。　喜遇才子多情，任襟懷豪俠，臨場眷戀。每悵桃源，没個漁津一綫。偶感花神幻跡，聚群英，輕歌舞扇。花茵展，笑其良宵歡遍。（第五回　展花茵群英擇偶）

## 錦纏道

樹裏煙輕，早見殘星影淡，望兩山雲峰如浪。出林鳥亂層枝上。嚶嚶細語，唤起人惆悵。　猛南屏鐘韻，隨風蕩漾早聲，映那六橋花巷。低趁兩兩漁舟，向煙波來往，慢把歌兒唱。（第五回　展花茵群英擇偶）

## 長相思

倚朱欄，遍朱欄，倚遍朱欄動我看。琴心没處彈。　蹙春山，淡春山，空恨相逢相見難。相思□淚丹。（第六回　藏香餌稚子遭魔）

## 畫錦堂

飽極豪奢，廣搜名色，都教禁閉空庭。撫景此心難咽，辜負娉婷。自悵年華空赴水，那堪寂寂伴花辰。望雲雨，馳想陽臺，不覺怨恨叢生。　難禁，朱户扃，良宵永，怎教挨得黄昏？動個心兒，長歎懊惱多情。何事將人埋没了，孤衾剩枕强温存。致妖狐，暗裏就藏，奸計采遍花心。（第十一回　狐怪雌黄牝户）

## 望江南（十首）

女子牝，牝質亦何香。分得佳□秋□□，□□□底發清狂，深歡在曲房。

女子牝，牝質亦何淺。露滴珠紅杯見底，玉莖留半在花前，淫與此最賢。

女子牝，牝質亦何緊。猶扃密密□鴛鴦，敲動小娥眉蹙損，嬌嬈憐未允。

女子牝，牝質亦何高。酥匣去□剛一寸，□圖□粉簸風騷，歡成力不費。

女子牝，牝質亦何乾。鮮豔初開迎曉日，露華□蓮倒銀盤，靈犀偃暗攢。

女子牝，牝質亦何濕。才翻鴛浪水頻深，行雨龍頭憑出名，美誇拭後庭。

女子牝，牝質亦何低。閱盡丹田蹼未見，後庭花底問東西，蹲蹲舞似迷。

女子牝，牝質亦何深。奥室幽房人不到，長伸尺一得佳音，嬌聽枕畔吟。

女子牝，牝質亦何寬。漫潮海闊從魚躍，自愛鴻渠漸巨黿，風雨得大觀。

女子牝，牝質亦何臭。腥臊幾□見相□，邂逅海夫歡最湊，情深莫掩袖。

（第十一回　狐怪雌黄牝户）

## 眼兒媚

耐冷凝寒獨佔先，輕薄萬朱顔。隴頭驛底，籬邊池畔，吐盡嬌妍。　唯愛芝蘭堪作契，相共豔春前。佳致只在，暗香浮動，疏影翩翩。（第十三回　白玉娘雪天狎年少）

# 《喻世明言》詞

(馮夢龍編撰　四十卷　《古本小説叢刊》據明天啓間天許齋刊本《古今小説》影印　中華書局　一九九二)

## 西江月

仕至千鍾非貴,年過七十常稀。浮名身後有誰知? 萬事空花遊戲。　休逞少年狂蕩,莫貪花酒便宜。脱離煩惱是和非,隨分安閒得意。(第一卷　蔣興哥重會珍珠衫)

## 西江月

孝幕翻成紅幕,色衣换去麻衣。畫樓結綵燭光輝,合巹花筵齊備。　那羡妝奩富盛,難求麗色嬌妻。今宵雲雨足歡娱,來日人稱恭喜。(第一卷　蔣興哥重會珍珠衫)

## 如夢令

可惜名花一朵,繡幙深閨藏護。不遇探花郎,抖[料]被狂蜂殘破。錯悮,錯悮,怨殺東風分付。(第二卷　陳御史巧勘金釵鈿)

## 瑞鶴仙(此爲宋·康與之詞)

瑞煙浮禁苑,正絳闕春回,新正方半,冰輪桂華滿。溢花衢歌市,芙蓉開遍。龍樓兩觀,見銀燭星毬燦爛。捲珠簾,盡日笙歌,盛集寶釵金釧。　堪羡! 綺羅叢裏,蘭麝香中,正宜遊玩。風柔夜暖,花影亂,笑聲喧。鬧蛾兒滿地,成團打塊,簇着冠兒鬥轉。喜皇都,舊日風光,太平再見。(第四卷　閑雲庵阮三償冤債)

## 西江月

習習悲風割面，濛濛細雨侵衣。催冰釀雪逞寒威，不比他時和氣。　山色不明常暗，日光偶露還微。天涯遊子盡思歸，路上行人應悔。（第七卷　羊角哀捨命全交）

## 西江月

玉樹庭前諸謝，紫荆花下三田。筧篪和好弟兄賢，父母心中歡忭。　多少争財競産，同根苦自相煎。相持鷸蚌枉垂涎，落得漁人取便。（第十卷　滕大尹鬼斷家私）

## 江神子（按：此據金・元好問同名詞改寫）

旗亭誰唱《渭城》詩？兩相思，怯羅衣。野渡舟横，楊柳折殘枝。怕見蒼山千萬里，人去遠，草煙迷。　芙蓉秋露洗胭脂，斷風淒，曉霜微。劍懸秋水，離别慘虹霓。剩有青衫千點淚，何日裏，滴休時？（第十一卷　趙伯昇茶肆遇仁宗）

## 踏莎行（按：此爲宋・宇文綬詞）

足躡雲梯，手攀仙桂，姓名已在登科内。馬前喝道狀元來，金鞍玉勒成行隊。　宴罷歸來，醉遊街市，此時方顯男兒志。脩書急報鳳樓人，這回好個風流婿。（第十一卷　趙伯昇茶肆遇仁宗）

## 未標牌名（按：用《踏莎行》調，下片末尾兩句略有變化，文中謂宋・趙旭作）

羽翼將成，功名欲遂，姓名已稱男兒意。東君爲報牡丹芳，瓊林賜與他人醉。　“唯”字曾差，功名落地，天公誤我平生志。問歸來回首望家鄉，水遠山遥三千餘里。（第十一卷　趙伯昇茶肆遇仁宗）

## 浣溪紗

秋氣天寒萬葉飄，蛩聲唧唧夜無聊，夕陽人影臥平橋。　菊近秋來

都爛漫，從他霜後更蕭條，夜來風雨似今朝。（第十一卷　趙伯昇茶肆遇仁宗）

## 小重山（按：文中謂宋・趙旭作）

獨坐清燈夜不眠。寸腸千萬縷，兩相牽。鴛鴦秋雨傍池蓮，分飛苦，紅淚晚風前。　　回首雁翩翩，寫來思寄去，遠如天。安排心事待明年。愁難待，淚滴滿青氈。（第十一卷　趙伯昇茶肆遇仁宗）

## 鷓鴣天（按：文中謂宋・趙旭作）

黄草遮寒最不宜，況兼久敝色如灰。肩穿袖破花成縷，可奈金風蚤晚吹。　　纔掛體，淚沾衣，出門羞見舊相知。鄰家女子低聲問：“覓與奴糊隔帛兒？”（第十一卷　趙伯昇茶肆遇仁宗）

## 鷓鴣天（按：此爲宋・無名氏詞）

城中酒樓高入天，烹龍煮鳳味肥鮮。公孫下馬聞香醉，一飲不惜費萬錢。　　招貴客，引高賢，樓上笙歌列管弦。百般美物珍羞味，四面欄杆彩畫檐。（第十一卷　趙伯昇茶肆遇仁宗）

## 西江月（按：此爲宋・柳永詞，略有改動）

調笑師師最慣，香香暗地情多，冬冬與我煞脾和，獨自窩盤三個。　　“管”字下邊無分，“閉”字加點如何？權將“好”字自停那，“姦”字中間着我。（第十二卷　衆名姬春風吊柳七）

## 西江月（按：此爲宋・柳永詞）

鳳額綉簾高捲，獸檐朱户頻摇。兩竿紅日上花梢，春睡厭厭難覺。　　好夢枉隨飛絮，閒愁濃勝香醪。不成雨暮與雲朝，又是韶光過了。（第十二卷　衆名姬春風吊柳七）

## 如夢令（按：此爲宋・柳永詞）

郊外緑陰千里，掩映紅裙十隊。惜别語方長，車馬催人速去。偷淚，偷

淚,那得分身應你!(第十二卷　衆名姬春風吊柳七)

## 玉女摇仙珮(按:此爲宋·柳永詞)

飛瓊伴侣,偶到珠宫,未返神仙行綴。取次梳妝,尋常言語,有得幾多姝麗? 擬把名花比,恐旁人笑我談何容易。細思算,奇葩豔卉,惟是深紅淺白而已。争如這多情,占得人間千嬌百媚。　須信畫堂繡閣,皓月清風,忍把光陰輕棄。自古及今,佳人才子,少得當年雙美! 且恁相偎倚,未消得憐我多才多藝。願嬭嬭蘭心蕙性,枕前言下,表余深意。爲盟誓,今生斷不孤鴛被。(第十二卷　衆名姬春風吊柳七)

## 擊梧桐(按:此爲宋·柳永詞)

香靨深深,姿姿媚媚,雅格奇容天與。自識伊來便好看你,會得妖嬈心素。臨岐再約同歡,定是都把平生相許。又恐恩情易破難成,未免千般思慮。　近日重來,空房而已,苦殺叨叨言語。便認得聽人教當,擬把前言輕負。見説蘭臺宋玉,多才多藝善詞賦。試與問朝朝暮暮,行雲何處去?(第十二卷　衆名姬春風吊柳七)

## 千秋歲

泰階平了,又見三臺耀。烽火静,攙[欃]槍掃。朝堂耆碩輔,樽俎英雄表。福無艾,山河帶礪人難老。　渭水當年釣,晚應飛熊兆。同一吕,今偏早。烏紗頭未白,笑把金樽倒。人争羡,二十四遍中書考。(第十二卷　衆名姬春風吊柳七)

## 西江月(按:此爲宋·柳永詞)

腹内胎生異錦,筆端舌噴長江。縱教匹絹字難償,不屑與人稱量。　我不求人富貴,人須求我文章。風流才子占詞場,真是白衣卿相。(第十二卷　衆名姬春風吊柳七)

## 西江月

鬼帥空施伎倆,魔王枉逞英雄。誰知大道有神通,一片精神運動。　水

火不加寒熱，騰身陷石如空。一場風雨衆妖空，纔識仙家妙用。（第十三卷　張道陵七試趙昇）

## 虞美人

忽聞碧玉樓頭笛，聲透晴空碧。宫、商、角、羽任西東，映我奇觀驚起碧潭龍。　　數聲鳴咽青霄去，不捨《梁州序》。穿雲裂石響無蹤，驚動梅花初謝玉玲瓏。（第十五卷　史弘肇龍虎君臣會）

## 望江南·元宵（按：《全宋詞》輯爲宋·劉過詞）

元宵景，天氣正融融。柳綫正垂金落索，梅花初謝玉玲瓏。明月映高空。　　賢太守，歡樂與民同。簫鼓聒殘燈火市，輪蹄踏破廣寒宫。良夜莫匆匆。（第十五卷　史弘肇龍虎君臣會）

## 水調歌頭（按：此爲宋·無名氏詞）

玉人揎皓腕，纖手映朱唇。龍吟越調孤噴，清濁最堪聽。欲度寧王一曲，莫學桓伊三弄，聽答兀中丁。憶昔知音客，鑒别在柯亭。　　至更深，宜月朗，稱疏星。天高氣爽，霜重水緑與山青。幸遇良宵佳景，轟起一聲蕲州，耳聵覺泠泠。裂石穿雲去，萬鬼盡潛形。（第十五卷　史弘肇龍虎君臣會）

## 踏莎行

千里途遥，隔年期遠，片言相許心無變。寧將信義托遊魂，堂中雞黍空勞勸。　　月暗燈昏，淚痕如綫，死生雖隔情何限。靈輀若候故人來，黄泉一笑重相見。（第十六卷　范巨卿雞黍死生交）

## 憶秦娥（按：此爲元·無名氏詞）

香馥馥，樽前有個人如玉。人如玉，翠翹金鳳，内家妝束。　　嬌羞慣把眉兒蹙，逢人只唱傷心曲。傷心曲，一聲聲是怨紅愁緑。（第十七卷　單符郎全州佳偶）

## 八聲甘州（按：此爲宋・陸叡詞）

滿清平世界，慶秋成，看斗米三錢。論從來活國，論功第一，無過豐年。辦得民間安飽，餘事笑談間。若問平戎策，微妙難傳。　　玉帝要留公住，把西湖一曲，分入林園。有茶爐丹竈，更有釣魚船。覺秋風未曾吹着，但砌蘭長倚北堂萱。千千歲，上天將相，平地神仙。（第二十二卷　木綿庵鄭虎臣報冤）

## 沁園春（按：此爲宋・無名氏詞）

道過江南，泥牆粉壁，右具在前。述何縣何鄉里，住何人地，佃何人田？氣象蕭條，生靈憔悴，經界從來未必然。惟何甚，爲官爲己，不把人憐？　　思量幾許山川，況土地分張又百年。西蜀巉巇，雲迷鳥道；兩淮清野，日警狼煙。宰相弄權，奸人罔上，誰念干戈未息肩？掌大地，何須經理，萬取千焉。（第二十二卷　木綿庵鄭虎臣報冤）

## 沁園春（按：此爲南宋度宗時太學生蕭某所作）

士籍令行，條件分明，逐一排連。問子孫何習，父兄何業，明經詞賦，右具如前。最是中間，娶妻某氏，試問于妻何與焉。鄉保舉，那堪着押，開口論錢。　　祖宗立法於前，又何必更張萬萬千？算行關改會，限田放糴；生民凋瘁，膏血俱朘。只有士心，僅存一脈，今又艱難最可憐。誰作俑？陳伯大附勢專權！（第二十二卷　木綿庵鄭虎臣報冤）

## 唐多令（按：此爲宋・無名氏詞）

天上謫星班，（群真時往還。駕）青牛（早）度（函）關。幻出蓬萊新院宇，花外竹，竹邊山。　　軒冕倘來間，人生閑最難，算真閑不到人間。一半神仙先占取，留一半，與公閑。（第二十二卷　木綿庵鄭虎臣報冤）

## 未標牌名（按：或指其爲宋・葉李《贈賈似道》詞）

君來路，吾歸路，來來去去何曾住。公田關子竟何如，國事當時誰與誤。　　雷州户，厓州户，人生會有相逢處。客中頗恨乏蒸羊，聊贈一篇長

短句。(第二十二卷　木綿庵鄭虎臣報冤)

## 望海潮(按:此宋·柳永詞,略有改動)

東南形勝,三吴都會,錢塘自古繁華。煙柳畫橋,風簾翠幕,參差十萬人家。雲樹繞堤沙,怒濤捲霜雪,天塹無涯。市列珠璣,户盈羅綺,競奢華。　　重湖疊巘清佳,有三秋桂子、十里荷花。弦管弄晴,菱歌泛夜,嬉嬉釣叟蓮娃。千騎擁高牙,乘時聽簫鼓,吟賞煙霞。異日圖將好景,歸到鳳池賒。(第二十三卷　張舜美燈宵得麗女)

## 如夢令(按:文中謂宋·張舜美作)

明月娟娟篩柳,春色溶溶如酒。今夕試華燈,約伴六橋行走。回首,回首,樓上玉人知否?(第二十三卷　張舜美燈宵得麗女)

## 如夢令(按:文中謂宋·張舜美作)

燕賞良宵無寐,笑倚東風殘醉。未審那人兒,今夕玩遊何地?留意,留意,幾度欲歸還滯。(第二十三卷　張舜美燈宵得麗女)

## 如夢令(按:小説中謂宋·汴梁女子劉素香作)

邂逅相逢如故,引起春心追慕。高掛彩鸞燈,正是兒家庭户。那步,那步,千萬來宵垂顧。(第二十三卷　張舜美燈宵得麗女)

## 如夢令(按:文中謂宋·張舜美作)

漏滴銅壺聲咽,風送金猊香烈。一見彩鸞燈,頓使狂心煩熱。應説,應説,昨夜相逢時節。(第二十三卷　張舜美燈宵得麗女)

## 南鄉子

粉汗濕羅衫,爲雨爲雲底事忙?兩隻腳兒肩上擱,難當。顰蹙春山入醉鄉。　　忒殺太顛狂,口口聲聲叫我郎。舌送丁香嬌欲滴,初嘗。非蜜非糖滋味長。(第二十三卷　張舜美燈宵得麗女)

## 生查子(按:此爲宋·歐陽修詞)

去年元夜時,花市燈如晝。月在柳梢頭,人約黄昏後。　今年元夜時,月與燈依舊。不見去年人,淚濕春衫袖。(第二十三卷　張舜美燈宵得麗女)

## 傳言玉女(按:此爲宋·晁沖之詞,有改動)

一夜東風,不見柳梢殘雪。御樓煙暖,對鰲山綵結。簫鼓向晚,鳳輦初回宫闕。千門燈火,九衢風月。　繡閣人人,乍嬉遊困又歇。豔妝初試,把珠簾半揭。嬌羞向人,手撚玉梅低説。相逢長是,上元時節。(第二十四卷　楊思温燕山逢故人)

## 小重山(按:此爲宋·趙佶詞,略有改動)

羅綺生香嬌豔呈。金蓮開陸海,繞都城。寶輿四望翠峰青。東風急,吹下半天星。　萬井賀昇平。行歌花滿路,月隨人。紗籠一點御燈明。簫韶遠,高宴在蓬瀛。(第二十四卷　楊思温燕山逢故人)

## 浪淘沙(按:此爲明·馮夢龍詞)

盡日倚危欄,觸目淒然。乘高望處是居延。忍聽樓頭吹畫角,雪滿長川。　荏苒又經年,暗想南園。與民同樂午門前。僧院猶存宣政字,不見鼇山。(第二十四卷　楊思温燕山逢故人)

## 御街行

合和朱粉千餘兩,撚一個,觀音樣。大都卻似兩三分,少付玲瓏五臟。等待黄昏,尋好夢底,終夜空勞攘。　香魂媚魄知何往?料只在,船兒上。無言倚定小門兒,獨對滔滔雪浪。若將愁淚,還做水算,幾個黄天蕩。(第二十四卷　楊思温燕山逢故人)

## 好事近

往事與誰論,無語暗彈淚血。何處最堪憐,腸斷黄昏時節。　倚樓

凝望又徘徊，誰解此情切。何計可同歸雁，趁江南春色。（第二十四卷　楊思温燕山逢故人）

## 浣溪沙（按：此爲唐・孫光憲詞）

標致清高不染塵，星冠雲氅紫霞裙。門掩斜陽無一事，撫瑶琴。　虚館幽花偏惹恨，小窗閑月最消魂。此際得教還俗去，謝天尊。（第二十四卷　楊思温燕山逢故人）

## 西江月

玉貌何勞朱粉，江梅豈類群花？終朝隱几論黄芽，不顧花前月下。　冠上星簪北斗，枝頭經掛《南華》。不知何日到仙家？曾許彩鸞同跨。（第二十四卷　楊思温燕山逢故人）

## 滿江紅

齊景雄風，因習戰、海濱畋獵。正驅馳、忽逢猛獸，衆皆驚絶。壯士開疆能奮勇，雙拳殺虎身流血。救君危、拜爵寵恩榮，真豪傑！　顧冶子，除妖孽。强秦戰，公孫捷。笑三人恃勇，在齊猖獗。只被晏嬰施小巧，二桃中計皆身滅。齊東門、累累有三墳，荒郊月。（第二十五卷　晏平仲二桃殺三士）

## 西江月

暇日攀今吊古，從來幾個男兒。履危臨難有神機，不被他人算計？　男子盡多慌錯，婦人反有權奇。若還智量勝蛾眉，便帶頭巾何愧？（第二十八卷　李秀卿義結黄貞女）

## 滿江紅（按：此爲宋・僧晦庵詞，略有改動）

擾擾勞生，待足何時是足？據見定、隨家豐儉，便堪龜縮。得意濃時休進步，須防世事多番覆。枉教人、白了少年頭，空碌碌。　誰不願，黄金屋？誰不願，千鍾粟？算五行、不是這般題目。枉使心機閑計較，兒孫自有兒孫福。又何須、采藥訪蓬萊？但寡慾。（第三十一卷　鬧陰司司馬貌斷獄）

## 江神子（按：此爲宋·蘇軾詞）

黄昏猶自雨纖纖，曉開簾，玉平檐。江闊天低，無處認青簾。獨坐閑吟誰伴我？呵凍手，撚衰髯。　使君留客醉懨懨，水晶鹽，爲誰甜？手把梅花，東望憶陶潛。雪似古人人似雪，雖可愛，有人嫌。（第三十三卷　張古老種瓜聚［娶］文女）

## 踏莎行（按：此爲宋·黄庭堅詞）

堆積瓊花，鋪陳柳絮，曉來已没行人路。長空尤未綻彤雲，飄飖尚逐回風舞。　對景銜杯，迎風索句，回頭卻笑無言語。爲何終日未成吟？前山尚有青青處。（第三十三卷　張古老種瓜聚［娶］文女）

## 臨江仙（按：此爲宋·晁沖之詞）

萬里彤雲密佈，長空瓊色交加。飛如柳絮落泥沙。前村歸去路，舞袖拂梨花。　此際堪描何處景？江湖小艇漁家。旋斟香醖過年華。披簑乘遠興，頂笠過溪沙。（第三十三卷　張古老種瓜聚［娶］文女）

## 憶瑶姬

姑射真人，宴紫府，雙成擊破瓊苞。零珠碎玉，被蕊宫仙子，撒向空拋。乾坤皓彩中宵，海月流光色共交。向曉來，銀壓琅玕，數枝斜墜玉鞭稍。　荆山隈，碧水曲，際晚飛禽，冒寒歸去無巢。檐前爲愛成簪箸，不許兒童使杖敲。待效他當日袁安謝女，才詞詠嘲。（第三十三卷　張古老種瓜聚［娶］文女）

## 夜遊宫

四百四病人皆有，只有相思難受。不疼不痛在心頭，魆魆地教人瘦。　愁逢花前月下，最怕黄昏時候。心頭一陣癢將來，一兩聲咳嗽咳嗽。（第三十三卷　張古老種瓜聚［娶］文女）

## 未標牌名（按：此爲宋·周紫芝《虞美人》詞）

西園摘處香和露，洗盡南軒暑。莫嫌坐上適無蠅，只恐怕寒難近玉壺

冰。　井花浮翠金盆小，午夢初回了。詩翁自是不歸來，不是青門無地可移栽。（第三十三卷　張古老種瓜聚[娶]文女）

## 臨江仙

快活無過莊家好，竹籬茅舍清幽。春耕夏種及秋收。冬間觀瑞雪，醉倒被蒙頭。　門外多栽榆柳樹，楊花落滿溪頭。絶無閒悶與閒愁。笑他名利客，役役市塵遊。（第三十三卷　張古老種瓜聚[娶]文女）

## 未標牌名（按：此爲宋・辛棄疾《鷓鴣天》詞，略有改動）

白苧輕衫入嫩凉，春蠶食葉響長廊。禹門已准桃花浪，月殿先收桂子香。　鵬北海，鳳朝陽，又攜書劍路茫茫。明知此日登雲去，卻笑人間舉子忙。（第三十五卷　簡帖僧巧騙皇甫妻）

## 望江南（按：文中謂宋・宇文綬妻王氏作）

公孫恨，端木筆俱收。枉念西門分手處，聞人寄信約深秋，拓拔淚交流。　宇文棄，悶駕獨孤舟。不望手勾龍虎榜，慕容顔好一齊休，甘分守閭丘。（第三十五卷　簡帖僧巧騙皇甫妻）

## 南柯子（按：文中謂宋・宇文綬妻王氏作）

鵲喜噪晨樹，燈開半夜花。果然音信到天涯，報道玉郎登第出京華。　舊恨消眉黛，新歡上臉霞。從前都是誤疑他，將謂經年狂蕩不歸家。（第三十五卷　簡帖僧巧騙皇甫妻）

## 踏莎行（按：文中謂宋・宇文綬作，或謂宋・趙旭作）

足躡雲梯，手攀仙桂，姓名高掛登科記。馬前喝道狀元來，金鞍玉勒成行綴。　宴罷歸來，恣遊花市，此時方顯平生志。修書速報鳳樓人，這回好個風流婿。（第三十五卷　簡帖僧巧騙皇甫妻）

## 鷓鴣天（按：此爲宋・無名氏詞）

淡畫眉兒斜插梳，不忺拈弄繡工夫。雲窗霧閣深深處，静拂雲箋學草

書。　　多豔麗,更清姝,神仙標格世間無。當時只説梅花似,細看梅花卻不如。(第三十五卷　簡帖僧巧騙皇甫妻)

## 訴衷情(按:此爲宋・播臺寺僧詞)

知伊夫婿上邊回,懊惱碎情懷。落索環兒一對,簡子與金釵。　　伊收取,莫疑猜,且開懷。自從别後,孤幃冷落,獨守書齋。(第三十五卷　簡帖僧巧騙皇甫妻)

## 南鄉子(按:此爲宋・無名氏詞)

怎見一僧人,犯濫鋪摸受典刑。案款已成招狀了,遭刑。棒殺髡囚示萬民。　　沿路衆人聽,猶念高王觀世音。護法喜神齊合掌,低聲。果謂金剛不壞身。(第三十五卷　簡帖僧巧騙皇甫妻)

## 西江月

是水歸於大海,閑漢總入京都。三都捉事馬司徒,衫褙難爲作主。　　盗了親王玉帶,剪除大尹金魚。要知閑漢姓名無?小月傍邊疋土。(第三十六卷　宋四公大鬧禁魂張)

## 未標牌名(按:用《玉樓春》調,而改用平韻)

參透風流二字禪,好姻緣作惡姻緣。癡心做處人人愛,冷眼觀時個個嫌。　　閑花野草且休拈,贏得身安心自然。山妻本是家常飯,不害相思不費錢。(第三十八卷　任孝子烈性爲神)

## 南鄉子

情興兩和諧,摟定香肩臉貼腮。手撚香酥妳綿軟,實奇哉!退了袴兒脱繡鞋。　　玉體靠郎懷,舌送丁香口便開。倒鳳顛鸞雲雨罷,囑多才:明朝千萬早些來。(第三十八卷　任孝子烈性爲神)

## 未標牌名(按:用《西江月》調)

白髮蘇堤老嫗,不知生長何年?相隨寶駕共南遷,往事能言舊汴。　　前

度君王遊幸，一時詢舊悽然。魚羹妙制味猶鮮，雙手擎來奉獻。（第三十九卷　汪信之一死救全家）

## 風入松（按：此爲宋·俞國寶詞）

一春常費買花錢，日日醉湖邊。玉驄慣識西湖路，驕嘶過沽酒樓前。紅杏香中歌舞，緑楊影裹鞦韆。　暖風十里麗人天，花壓鬢雲偏。畫船載得春歸去，余情付湖水湖煙。明日重移殘酒，來尋陌上花鈿。（第三十九卷　汪信之一死救全家）

# 《警世通言》詞

(馮夢龍編撰　四十卷　《古本小説集成》據明天啓間兼善堂刊本影印　上海古籍出版社　一九九一)

## 西江月

富貴五更春夢,功名一片浮雲。眼前骨肉亦非真,恩愛翻成仇恨。　莫把金枷套頸,休將玉鎖纏身。清心寡欲脱凡塵,快樂風光本分。(第二卷　莊子休鼓盆成大道)

## 瑞鶴仙(按:此爲宋·曹豳《紅窗迥》詞,多有改動)

春闈期近也,望帝京迢遞,猶在天際。懊恨這雙腳底,不慣行程,如今怎免得拖泥帶水。痛難禁,芒鞋五耳倦行時,着意温存,笑語甜言安慰。　争氣。扶持我去,選得官來,那時賞你穿對朝靴,安排在轎兒裏。抬來抬去,飽餐羊肉滋味,重教細膩。更尋對小小腳兒,夜間伴你。(第六卷　俞仲舉題詩遇上皇)

## 鵲橋仙(按:此爲元·鮮于樞詞)

來時秋暮,到時春暮,歸去又還秋暮。豐樂樓上望西川,動不動八千里路。　青山無數,白雲無數,緑水又還無數。人生七十古來稀,算恁地光陰能來得幾度!(第六卷　俞仲舉題詩遇上皇)

## 鵲橋仙(按:此傳爲宋·俞良詞)

杏花紅雨,梨花白雪,羞對短亭長路。東君也解數歸程,遍地落花飛絮。　胸中萬卷,筆頭千古,方信儒冠多誤。青霄有路不須忙,便着緉草鞋歸去。(第六卷　俞仲舉題詩遇上皇)

## 過龍門令（按：此傳爲宋・俞良詞）

冒險過秦關，跋涉長江，崎嶇萬里到錢塘。舉不成名歸計拙，趁食街坊。　命蹇苦難當，空有詞章，片言争敢動吾皇。敕賜紫袍歸故里，衣錦還鄉。（第六卷　俞仲舉題詩遇上皇）

## 菩薩蠻（按：此傳爲宋・陳義詞）

平生只被今朝誤，今朝卻把平生補。重午一年期，齋僧只待時。　主人恩義重，兩載蒙恩寵。清净得爲僧，幽閒度此生。（第七卷　陳可常端陽仙化）

## 菩薩蠻・粽子詞（按：此傳爲宋・陳義詞）

包中香黍分邊角，彩絲剪就交絨索。樽俎泛菖蒲，年年五月初。　主人恩義重，對景承歡寵。何日玩山家？葵蒿三四花。（第七卷　陳可常端陽仙化）

## 菩薩蠻（按：此傳爲宋・陳義詞）

天生體態腰肢細，新詞唱徹歌聲利。一曲泛清奇，揚塵簌簌飛。　主人恩義重，宴出紅妝寵。便要賞"新荷"，時光也不多。（第七卷　陳可常端陽仙化）

## 菩薩蠻（按：此傳爲宋・陳義詞）

去年共飲菖蒲酒，今年卻向僧房守。好事更多磨，教人没奈何。　主人恩義重，知我心頭痛。待要賞新荷，争知疾愈麼？（第七卷　陳可常端陽仙化）

## 鷓鴣天（按：此爲宋・無名氏詞）

山色晴嵐景物佳，暖烘回雁起平沙。東郊漸覺花供眼，南陌依稀草吐芽。　堤上柳，未藏鴉，尋芳趁步到山家。隴頭幾樹紅梅落，紅杏枝頭未

着花。(第八卷　崔待詔生死冤家)

## 鷓鴣天·仲春詞(按:此爲·宋張孝祥詞,有改動)

每日青樓醉夢中,不知城外又春濃。杏花初落疏疏雨,楊柳輕摇淡淡風。　　浮畫舫,躍青驄,小橋門外緑陰籠。行人不入神仙地,人在珠簾第幾重?(第八卷　崔待詔生死冤家)

## 鷓鴣天·季春詞(按:此爲宋·黄夫人詞)

先自春光似酒濃,時聽燕語透簾櫳。小橋楊柳飄香絮,山寺緋桃散落紅。　　鶯漸老,蝶西東,春歸難覓恨無窮。侵階草色迷朝雨,滿地梨花逐曉風。(第八卷　崔待詔生死冤家)

## 蝶戀花(按:此爲宋·司馬櫄詞)

妾本錢塘江上住,花開花落,不管流年度。燕子銜將春色去,紗窗幾陣黄梅雨。　　斜插犀梳雲半吐,檀板輕敲,唱徹黄金縷。歌罷綵雲無覓處,夢回明月生南浦。(第八卷　崔待詔生死冤家)

## 眼兒媚(按:此爲宋·無名氏詞)

深閨小院日初長,嬌女綺羅裳。不做東君造化,金針刺繡群芳。　　斜枝嫩葉包開蕊,唯只欠馨香。曾向園林深處,引教蝶亂蜂狂。(第八卷　崔待詔生死冤家)

## 鷓鴣天(按:此爲宋·劉琦詞)

竹引牽牛花滿街,疏籬茅舍月光篩。琉璃盞内茅柴酒,白玉盤中簇荳梅。　　休懊惱,且開懷,平生贏得笑顔開。三千里地無知己,十萬軍中掛印來。(第八卷　崔待詔生死冤家)

## 蝶戀花(按:此爲宋·錢易詞)

一枕閒欹春晝午,夢入華胥,邂逅飛瓊侶。嬌態翠顰愁不語,彩箋遺我

新奇句。　　幾許芳心猶未訴，風竹敲窗，驚散無尋處。惆悵楚雲留不住，斷腸凝望高唐路。（第十卷　錢舍人題詩燕子樓）

## 江神子（按：此爲宋・蘇軾詞）

鳳凰山下雨初晴，水風清，晚霞明。一朵芙蓉開過尚盈盈。何處飛來雙白鷺，如有意，慕娉婷。　　忽聞江上弄哀箏，苦含情，遣誰聽。煙斂雲收依約是湘靈。欲待曲終尋問取，人不見，數峰青。（第十一卷　蘇知縣羅衫再合）

## 西江月

酒是燒身焇焰，色爲割肉鋼刀。財多招忌損人苗，氣是無煙火藥。　　四件將來合就，相當不欠分毫。勸君莫戀最爲高，纔是修身正道。（第十一卷　蘇知縣羅衫再合）

## 西江月

三杯能和萬事，一醉善解千愁。陰陽和順喜相求，孤寡須知絶後。　　財乃潤家之寶，氣爲造命之由。助人情性反爲仇，持論何多差謬！（第十一卷　蘇知縣羅衫再合）

## 西江月

善助英雄壯膽，能添錦繡詩腸。神仙造下解愁方，雪月風花玩賞。　　好色能生疾病，貪杯總是清狂。八仙醉倒紫雲鄉，不羡公侯卿相。（第十一卷　蘇知縣羅衫再合）

## 西江月

每羡鴛鴦交頸，又看連理花開。無知花鳥動情懷，豈可人無歡愛。　　君子好逑淑女，佳人貪戀多才。紅羅帳裏兩和諧，一刻千金難買。（第十一卷　蘇知縣羅衫再合）

## 西江月

收盡三才權柄，榮華富貴從生，縱教好善聖賢心，空手難施德行。　　有

我人皆欽敬,無我到處相輕。休因閒氣鬥和争,問我須知有命。(第十一卷　蘇知縣羅衫再合)

## 西江月

一自混元開闢,陰陽二字成功,合爲元氣散爲風,萬物得之萌動。　但看生身六尺,喉間三寸流通。財和酒色盡包籠,無氣誰人享用?(第十一卷　蘇知縣羅衫再合)

## 未標牌名(按:用《南鄉子》調,或謂宋・無名氏詞,或謂明・瞿佑詞)

簾捲水西樓,一曲新腔唱打油。宿雨眠雲年少夢,休謳。且盡生前酒一甌。　明日又登舟,卻指今宵是舊遊。同是他鄉淪落客,休愁。月子彎彎照幾州?(第十二卷　范鰍兒雙鏡重圓)

## 念奴嬌(按:此爲宋・沈唐詞)

杏花過雨,漸殘紅零落,胭脂顏色。流水飄香,人漸遠,難托春心脈脈。恨别王孫,牆陰目斷,誰把青梅摘?金鞍何處?緑楊依舊南陌。　消散雲雨須臾,多情因甚,有輕離輕拆。燕語千般,争解説、些子伊家消息。厚約深盟,除非重見,見了方端的。而今無奈,寸腸千恨堆積。(第十四卷　一窟鬼癩道人除怪)

## 謁金門・寒食詞(按:此爲宋・陳克詞)

柳絲碧,柳下人家寒食。鶯語匆匆花寂寂,玉階春草濕。　閑凭燻籠無力,心事有誰知得?檀炷繞窗背壁,杏花殘雨滴。(第十四卷　一窟鬼癩道人除怪)

## 品令・暮春詞(按:此爲宋・曾紆詞,首二句改動)

零落殘紅,似胭脂顏色。一年春事,柳飛輕絮,筍添新竹。寂寞,幽對小園嫩緑。　登臨未足,悵遊子歸期促。他年清夢,千里猶到城陰溪曲。應有凌波,時爲故人凝目。(第十四卷　一窟鬼癩道人除怪)

## 浣溪沙·春雨詞(按:此爲宋·李氏詞)

無力薔薇帶雨低,多情蝴蝶趁花飛,流水飄香乳燕啼。　南浦魂銷春不管,東陽衣減鏡先知,小樓今夜月依依。(第十四卷　一窟鬼癩道人除怪)

## 柳梢青·春詞(按:此爲宋·寶月詞)

脈脈春心,情人漸遠,難托離愁。雨後寒輕,風前香軟,春在梨花。　行人倚棹天涯,酒醒處殘陽亂鴉。門外鞦韆,牆頭紅粉,深院誰家?(第十四卷　一窟鬼癩道人除怪)

## 一斛珠·清明詞(按:此爲宋·晁端禮詞,略有改動)

傷春懷抱,清明過後鶯花好。勸君莫向愁人道,又被香輪輾破青青草。　夜來風月連清曉,牆陰目斷無人到。恨别王孫愁多少?猶頓春寒未放花枝老。(第十四卷　一窟鬼癩道人除怪)

## 清商怨·春詞(按:此爲宋·無名氏《擷芳詞》,有改動)

風摇動,雨濛鬆,翠條柔弱花頭重。春衫窄,嬌無力,記得當初,共伊把青梅來摘。　都如夢,何時共?可憐敧損釵頭鳳。關山隔,暮雲碧,燕子來也,全然又無些子消息。(第十四卷　一窟鬼癩道人除怪)

## 清平樂·春詞(按:此爲宋·賀鑄詞,有改動)

陰晴未定,薄日烘雲影,金鞍何處尋芳徑?綠楊依舊南陌静。　厭厭幾許春情,可憐老去難成。看取鑷殘霜鬢,不隨芳草重生。(第十四卷　一窟鬼癩道人除怪)

## 虞美人·春詞(按:此爲宋·晏幾道詞)

飛花自有牽情處,不向枝邊住。曉風飄薄已堪愁,更伴東流流水過秦樓。　消散須臾雲雨怨,閒倚闌干見。遠彈雙淚濕香紅,暗恨玉顔光景與花同。(第十四卷　一窟鬼癩道人除怪)

## 捲珠簾・春詞(按:此爲宋・魏夫人詞)

記得來時春未暮,執手攀花,袖染花梢露。暗卜春心共花語,争尋雙朵争先去。　　多情因甚相辜負?有輕拆輕離,向誰分訴?淚濕海棠花枝處,東君空把奴分付。(第十四卷　一窟鬼癩道人除怪)

## 减字木蘭花・春詞(按:此爲宋・康與之詞)

楊花飄盡,雲壓緑陰風乍定。簾幕閒垂,弄語千般燕子飛。　　小樓深静,睡起殘妝猶未整。夢不成歸,淚滴斑斑金縷衣。(第十四卷　一窟鬼癩道人除怪)

## 夜遊宫・春詞(按:此爲宋・秦觀詞)

何事東君又去?空滿院落花飛絮。巧燕呢喃向人語,何曾解説伊家些子(苦)?　　况是傷心緒,念個人兒成睽阻。一覺相思夢回處,連宵雨。更那堪,聞杜宇!(第十四卷　一窟鬼癩道人除怪)

## 搗練子・春詞(按:此爲宋・黄庭堅詞)

梅凋粉,柳摇金,微雨輕風斂陌塵。厚約深盟何處訴?除非重見那人人。(第十四卷　一窟鬼癩道人除怪)

## 滴滴金・春詞(按:此爲宋・晏殊詞,下片有較大改動)

梅花漏泄春消息,柳絲長,草芽碧。不覺星霜鬢白,念時光堪惜!　　蘭堂把酒思佳客,黛眉顰,愁春色。音書千里相疏隔,見了方端的。(第十四卷　一窟鬼癩道人除怪)

## 蝶戀花(按:此爲宋・歐陽修詞,上片有較大改動)

簾幕東風寒料峭,雪裏梅花,先報春來早。而今無奈寸腸思,堆積千愁空懊惱。　　旋暖金爐薰蘭澡,悶把金刀,剪彩呈纖巧。繡被五更香睡好,羅幃不覺紗窗曉。(第十四卷　一窟鬼癩道人除怪)

## 醉亭樓(按:此爲宋·劉使君詞)

平生性格,隨分好些春色,沉醉戀花陌。雖然年老心未老,滿頭花壓巾帽側。鬢如霜,鬚似雪,自嗟惻。　　幾個相知勸我染,幾個相知勸我摘。染摘有何益,當初怕作短命鬼,如今已過中年客。且留些,妝晚景,盡教白。(第十六卷　小夫人金錢贈年少)

## 西江月

蒙正窑中怨氣,買臣擔上書聲。丈夫失意惹人輕,總入榮華稱慶。　　紅日偶然陰翳,黄河尚有澄清。浮雲眼底總難憑,牢把腳跟立定。(第十七卷　鈍秀才一朝交泰)

## 未標牌名(按:用《一七令》調)

春,春。柳嫩,花新。梅謝粉,草鋪茵。鶯啼北里,燕語南鄰。郊原嘶寶馬,紫陌廣香輪。日暖冰消水緑,風和雨嫩煙輕。東閣廣排公子宴,錦城多少賞花人。(第十九卷　崔衙内白鷂招妖)

## 未標牌名(按:用《一七令》調)

酒,酒。邀朋,會友。君莫待,時長久。名呼食前,禮於茶後。臨風不可無,對月須教有。李白一飲一石,劉伶解醒五斗。公子沾唇臉似桃,佳人入腹眉如柳。(第十九卷　崔衙内白鷂招妖)

## 未標牌名(按:用《一七令》調)

山,山。突兀,回環。羅翠黛,列青藍。洞雲縹緲,澗水潺湲。巒碧千山外,嵐光一望間。暗想雲峰尚在,宜陪謝屐重攀。季世七賢雖可愛,盛時四皓豈宜閒。(第十九卷　崔衙内白鷂招妖)

## 未標牌名(按:用《一七令》調)

松,松。節峻,陰濃。能耐歲,解淩冬。高侵碧漢,森聳青峰。偃蹇形

如蓋，虬蟠勢若龍。茂葉風聲瑟瑟，繁枝月影重重。四季常持君子操，五株曾受大夫封。（第十九卷　崔衙内白鷂招妖）

## 未標牌名

紅日西沉，鴉鵲奔林高噪。打魚人停舟罷棹，望客旅貪程，煙村繚繞。山寺寂寥，玩銀燈，佛前點照。　　月上東郊，孤村酒旆收了。採樵人回攀古道，過前溪時聽，猿啼虎嘯。深院佳人，望夫歸，倚門斜靠。（第十九卷　崔衙内白鷂招妖）

## 未標牌名（按：用《一七令》調）

莊，莊。臨堤，傍岡。青瓦屋，白泥牆。桑麻映日，榆柳成行。山雞鳴竹塢，野犬吠村坊。淡蕩煙籠草舍，輕盈霧罩田桑。家有餘糧雞犬飽，户無徭役子孫康。（第十九卷　崔衙内白鷂招妖）

## 未標牌名（按：用《一七令》調）

夏，夏。雨餘，亭厦。紈扇輕，薰風乍。散髮披襟，彈棋打馬。古鼎焚龍涎，照壁名人畫。當頭竹徑風生，兩行青松暗瓦。最好沉李與浮瓜，對青樽旋開新鮓。（第十九卷　崔衙内白鷂招妖）

## 未標牌名（按：用《一七令》調）

月，月。無休，無歇。夜東生，曉西滅。少見團圓，多逢破缺。偏宜午夜時，最稱三秋節。幽光解敵嚴霜，皓色能欺瑞雪。穿窗深夜忽清風，曾遣離人情慘切。（第十九卷　崔衙内白鷂招妖）

## 未標牌名（按：用《一七令》調）

色，色。難離，易惑。隱深閨，藏柳陌。長小人志，滅君子德。後主謾多才，紂王空有力。傷人不痛之刀，對面殺人之賊。方知雙眼是橫波，無限賢愚被沉溺。（第十九卷　崔衙内白鷂招妖）

## 未標牌名(按:用《一七令》調)

風,風。蕩翠,飄紅。忽南北,忽西東。春開柳葉,秋謝梧桐。凉入朱門内,寒添陋巷中。似鼓聲摇陸地,如雷響振晴空。乾坤收拾塵埃浄,現日移陰卻有功。(第十九卷　崔衙内白鷂招妖)

## 西江月

背後並非擎詔,當前不是圍胸。鵝黄細布密針縫,浄手將來供奉。　還願曾裝冥鈔,祈神並襯威容。名山古剎幾相從,染下爐香浮動。(第二十二卷　宋小官團圓破氈笠)

## 念奴嬌(按:此爲金·高景山詞)

雲濤千里,泛今古絶致,東南風物。碧海雲横初一綫,忽爾雷轟蒼壁。萬馬奔天,群鵝撲地,洶湧飛煙雪。吴人勇悍,便競踏浪雄傑。　想旗幟紛紜,吴音楚管,與胡笳俱發。人物江山如許麗,豈信妖氛難滅。況是行宫,星纏五福,光焰窺毫髮。驚看無語,凭欄姑待明月。(第二十三卷　樂小舍拚生覓偶)

## 水調歌頭(按:此爲宋·范學士詞)

登臨眺東渚,始覺太虚寬。海天相接,潮生萬里一毫端。滔滔怒生雄勢,宛勝玉龍戲水,盡出没波間。雪浪番雲腳,波捲水晶寒。　掃方濤,捲圓嶠,大洋番。天垂銀漢,壯觀江北與江南。借問子胥何在?博望乘槎仙去,知是幾時還?上界銀河窄,流瀉到人間。(第二十三卷　樂小舍拚生覓偶)

## 臨江仙(按:此爲宋·無名氏詞)

自古錢塘難比,看潮人成群作隊。不待中秋,相隨相趁,盡往江邊遊戲。沙灘畔,遠望潮頭,不覺侵天浪起。　頭巾如洗,鬥把衣裳去擠。下浦橋邊,一似奈何池畔,裸體披頭似鬼。入城裏,烘好衣裳,猶問幾時起水。(第二十三卷　樂小舍拚生覓偶)

## 未標牌名(按:用《鷓鴣天》調)

公子初年柳陌遊,玉堂一見便綢繆。黃金數萬皆消費,紅粉雙眸枉淚流。　財貨拐,僕駒休,犯法洪同[洞]獄内囚。按臨驄馬冤愆脱,百歲姻緣到白頭。(第二十四卷　玉堂春落難逢夫)

## 未標牌名(按:據宋・李氏鶯鶯《極相思》詞改寫)

紅疏緑密時暄,還是困人天。相思極處,凝睛月下,灑淚花前。　誓約已知俱有願,奈目前、兩處懸懸。鸞鳳未偶,清宵最苦,月甚先圓。(第二十九卷　宿香亭張浩遇鶯鶯)

## 行香子(按:此爲宋・無名氏詞)

雨後風微,緑暗紅稀。燕巢成蝶遶殘枝,楊花點點,永日遲遲。動離懷,牽别恨,鷓鴣啼。　辜負佳期,虚度芳時。爲甚褪盡羅衣?宿香亭下,紅芍欄西。當時情,今日恨,有誰知!(第二十九卷　宿香亭張浩遇鶯鶯)

## 西江月(按:此爲明・湯顯祖詞)

天上烏飛兔走,人間古往今來。昔年歌管變荒臺,轉眼是非興敗!　須識鬧中取静,莫因乖過成獃。不貪花酒不貪財,一世無災無害。(第三十四卷　王嬌鸞百年長恨)

## 鷓鴣天

黄草秋深最不宜,肩穿袖破使人悲。領單色舊鞋先捲,怎奈金風早晚吹。　纔掛體,皺雙眉,出門羞赧見相知。鄰家女子低聲問,覓與奴糊隔帛兒。(第三十七卷　萬秀娘仇報山亭兒)

## 鷓鴣天

碎似真珠顆顆停,清如秋露臉邊傾。灑時點盡湘江竹,感處曾摧數里城。　思薄倖,憶多情,玉纖彈處暗銷魂。有時看了鮫綃上,無限新痕壓

舊痕。(第三十七卷　萬秀娘仇報山亭兒)

## 南鄉子

春老怨啼鵑,玉損香消事可憐。一對風流傷白刃,冤冤!惆悵勞魂赴九泉。　　抵死苦留連,想是前生有業緣。景色依然人已散,天天。千古多情月自圓。(第三十八卷　蔣淑真刎頸鴛鴦會)

## 西江月(按:此爲宋・曹希蘊詞,略有改動)

零落不因春雨,吹殘豈藉東風。結成一朵自然紅,費盡工夫怎種?　　有焰難藏粉蝶,生花不惹遊蜂。更闌人静晝堂中,曾伴玉人春夢。(第三十九卷　福禄壽三星度世)

## 鷓鴣天

春到人間景色新,桃紅李白柳條青。香車寶馬閑來往,引卻東風入禁城。　　釃剩酒,豁吟情,頓教忘卻利和名。豪來試説當年事,猶記旌陽伏水精。(第四十卷　旌陽宫鐵樹鎮妖)

## 水龍吟

紅雲紫蓋葳蕤,仙宫渾是陽春候。玄鶴來時,青牛過處,綵雲依舊。壽誕宏開,喜《道德》五千言,流傳萬古不朽。　　況是天上仙筵,獻珍果人間未有。巨棗如瓜,與着萬歲冰桃,千年碧藕。比乾坤永劫無休,舉滄海爲真仙壽。(第四十卷　旌陽宫鐵樹鎮妖)

## 未標牌名(按:用《西江月》調)

爪似銅釘快利,嘴如鐵鑽堅剛。展開雙翅欲飛揚,好似大鵬模樣。　　雲裏叫時聲大,林端立處頭昂。紛紛鳥雀盡潛藏,那個飛禽敢擋!(第四十卷　旌陽宫鐵樹鎮妖)

# 《醒世恒言》詞

（馮夢龍編撰　四十卷　《古本小説集成》據日本内閣文庫藏葉敬池天啓間刊本影印　上海古籍出版社　一九九一）

## 西江月

年少争誇風月，場中波浪偏多。有錢無貌意難和，有貌無錢不可。　就是有錢有貌，還須着意揣摩。知情識趣俏哥哥，此道誰人賽我。（第三卷　賣油郎獨佔花魁）

## 玉樓春

名花綽約東風裏，占斷韶華都在此。芳心一片可人憐，春色三分愁雨洗。　玉人盡日懨懨地，猛被笙歌驚破睡。起臨妝鏡似嬌羞，近日傷春輸與你。（第四卷　灌園叟晚逢仙女）

## 西江月

面似桃花含露，體如白雪團成。眼横秋水黛眉清，十指尖尖春笋。　嫋娜休言西子，風流不讓崔鶯。金蓮窄窄瓣兒輕，行動一天丰韻。（第七卷　錢秀才錯占鳳凰儔）

## 西江月

出落唇紅齒白，生成眼秀眉清。風流不在着衣新，俊俏行中首領。　下筆千言立就，揮毫四坐皆驚。青錢萬選好聲名，一見人人起敬。（第七卷　錢秀才錯占鳳凰儔）

## 西江月

面黑渾如鍋底,眼圓卻似銅鈴。痘疤密擺泡頭釘,黄髮鬔鬆兩鬢。　牙齒真金鍍就,身軀頑鐵敲成。楂開五指鼓鎚能,枉了名呼顔俊。(第七卷　錢秀才錯占鳳凰儔)

## 西江月

自古姻緣天定,不繇人力謀求。有緣千里也相投,對面無緣不偶。　仙境桃花出水,宫中紅葉傳溝。三生簿上注風流,何用冰人開口。(第八卷　喬太守亂點鴛鴦譜)

## 未標牌名(按:用《搗練子》調,此傳爲明·劉奇詞)

營巢燕,雙雙雄,朝暮銜泥辛苦同。若不尋雌繼殼卵,巢成畢竟巢還空。(第十卷　劉小官雌雄兄弟)

## 未標牌名(按:用《搗練子》調)

營巢燕,雙雙飛,天設雌雄事久期。雌兮得雄願已足,雄兮將雌胡不知?(第十卷　劉小官雌雄兄弟)

## 未標牌名(按:用《搗練子》調)

營巢燕,聲聲呷,莫使青年[春]空歲月。可憐和氏璧無瑕,何事楚君終不納?(第十卷　劉小官雌雄兄弟)

## 聲聲慢·傷秋(按:此爲宋·李清照詞,略有改動)

尋尋覓覓,冷冷清清,悽悽慘慘戚戚。乍暖還寒時候,正難將息。三杯兩盞淡酒,怎敵他晚來風力。雁過也,摠傷心,卻是舊時相識。　滿地黄花堆積,憔悴損,如今有誰忺摘。守着窗兒,獨自怎生得黑。更無細雨,到黄昏,點點滴滴,這次第,怎一個愁字了得。(第十一卷　蘇小妹三難新郎)

## 西江月(按:此爲宋・僧了元詞)

窄地重重簾幕,臨風小小亭軒。緑窗朱户映嬋娟,忽聽歌謳宛轉。　既是耳根有分,因何眼界無緣?分明咫尺遇神仙,隔個繡簾不見。(第十二卷　佛印師四調琴娘)

## 品字令(按:此爲宋・僧了元詞)

覷着腳,想腰肢如削。歌罷遏雲聲,怎得向掌中托。　醉眼不如歸去,强把身心虚霍。幾回欲待去掀簾,猶恐主人惡。(第十二卷　佛印師四調琴娘)

## 蝶戀花(按:此爲宋・僧了元詞)

執板嬌娘留客住,初整金釵,十指尖尖露。歌斷一聲天外去,清音已遏行雲住。　耳有姻緣能聽事,眼有姻緣,便得當前覷。眼耳姻緣都已是,姻緣別有知何處。(第十二卷　佛印師四調琴娘)

## 浪淘沙(按:此爲宋・僧了元詞)

昨夜遇神仙,也是姻緣。分明醉裹亦如然。睡覺來時渾是夢,卻在身邊。　此事怎生言?豈敢相憐。不曾撫動一條弦。傳與東坡蘇學士,觸處封全。(第十二卷　佛印師四調琴娘)

## 柳稍青(按:此爲宋・張掄進詞)

柳色初濃,餘寒似水,纖雨如塵。一陣東風,縠紋微皺,碧波粼粼。　仙娥花月精神,奏鳳管鸞簫鬥新。萬歲聲中,九霞杯内,長醉芳春。(第十三卷　勘皮靴單證二郎神)

## 未標牌名(按:此爲元・鄭禧詞)

任東風老去,吹不斷淚盈盈。記春淺春深,春寒春暖,春雨春晴。都斷送佳人命。落花無定挽春心。芳草猶迷舞蝶,緑楊空語流鶯。　玄霜着意擣初成，回首失雲英。但如醉如癡，如狂如舞，如夢如驚。（香魂至今迷戀，問真仙消息最分明。幾夜相逢何處，清風明月蓬瀛）。（第十三卷　勘皮靴單證二郎神）

## 西江月

兩眼乾坤舊恨，一腔今古閒愁。隋宫吴苑舊風流，寂寞斜陽渡口。　興到豪吟百首，醉餘憑吊千秋。神仙迂怪總虚浮，只有綱常不朽。（第十九卷　白玉娘忍苦成夫）

## 西江月

兩道眉彎新月，一雙眼注微波。青絲七尺挽盤螺，粉臉吹彈得破。　望日嫦娥盼夜，秋宵織女停梭。畫堂花燭聽歡呼，兀自含羞怯步。（第十九卷　白玉娘忍苦成夫）

## 千秋歲

瓊臺琪草，玄鶴翔雲表。華筵上，笙歌繞。玉京瑶島客，笑傲乾坤小。齊拍手，唱道長春人不老。　北闕龍章耀，南極祥光照，海屋内，籌添了。青鳥銜箋至，傳報群仙到。同嵩祝，萬年稱壽考。（第二十卷　張廷秀逃生救父）

## 沁園春（按：據《鳴鶴餘音》所載附會爲唐・吕巖所作《沁園春》詞改寫）

暮宿蒼梧，朝遊蓬島，朗吟飛過洞庭邊。岳陽樓酒醉，借玉山作枕，容我高眠。出入無蹤，往來不定，半是風狂半是顛。隨身用提籃背劍，貨賣雲煙。　人間，飄蕩多年，曾占東華第一筵。推倒玉樓，種吾奇樹，黄河放淺，栽我金蓮。捽碎珊瑚，翻身北海，稽首虚皇高座前。無難事，要功成八伯，行滿三千。（第二十二卷　吕洞賓飛劍斬黄龍）

## 滿庭芳（按：此爲宋・蘇軾詞，略有改動）

蝸角虚名，蠅頭微利，算來直恁乾忙。事皆前定，誰弱與誰强？且趁閑身未老，儘容他些子疏狂。百年裏，渾教是醉，三萬六千場。　思量，能幾許？憂愁風雨，一半相妨。（又何須抵死説短論長）？幸對清風明月，簟

紋展簾幕高張。江南好，千鍾美酒，一曲《滿庭芳》。（第二十二卷　吕洞賓飛劍斬黄龍）

## 未標牌名（按：用《鷓鴣天》調，而平仄多異）

世上誰人不愛色？唯有海陵無至極。未曾立馬向吴山，大定改元空歎息。　空歎息，空歎息，國破家亡回不得。孤身客死倩人憐，萬古傳名爲逆賊。（第二十三卷　海陵王縱慾亡身）

## 望江南（八首）（按：此爲唐五代・無名氏詞）

湖上月，偏照列仙家。水浸寒光鋪枕簟，浪摇晴影走金蛇。偏稱泛靈槎。　光景好，輕彩望中斜。清露冷侵銀兔影，西風吹落桂枝花。開宴思無涯。

湖上柳，煙裏不勝催。宿霧洗開明媚眼，東風摇弄好腰肢。煙雨更相宜。　環曲岸，陰覆畫橋低。綫拂行人春晚後，絮飛晴雪暖風時。幽意更依依。

湖上雪，風急墮還多。輕片有時敲竹户，素華無韻入澄波。望外玉相磨。　湖水遠，天地色相和。仰面莫思梁苑賦，朝來且聽玉人歌。不醉擬如何。

湖上草，碧翠浪通津。修帶不爲歌舞綴，濃鋪堪作醉人茵。無意襯香衾。　晴霽後，顔色一般新。遊子不歸生滿地，佳人遠意正青春。留詠卒難伸。

湖上花，天水浸靈芽。淺蕊水邊匀玉粉，濃苞天外剪明霞。只在列仙家。　開爛熳，插鬢若相遮。水殿春寒幽冷豔，玉軒晴照暖添華。清賞思何賒。

湖上女，精選正輕盈。猶恨乍離金殿侣，相將盡是採蓮人。清唱謾頻頻。　軒内好，嬉戲下龍津。玉管朱弦聞盡夜，踏青鬥草事青春。玉輦從群真。

湖上酒，終日助清歡。檀板輕聲銀甲緩，醅浮香米玉蛆寒。醉眼暗相看。　春殿晚，仙豔奉杯盤。湖上風光真可愛，醉鄉天地就中寬。帝主正清安。

湖上水，流繞禁園中。斜日暖摇清翠動，落花香暖衆紋紅，蘋末起清風。　閑縱目，魚躍小蓮東，泛泛輕摇蘭棹穩，沉沉寒影上仙宫，遠意更重重。（第二十四卷　隋煬帝逸遊召譴）

## 未標牌名（按：用《臨江仙》調）

借問白龍緣底事？蒙他魚服區區。雖然縱適在河渠。失其雲雨勢，無乃困餘且［㴸沮］。　要識靈心能變化，須教無主常虚。非關喜裏乍昏愚。莊周曾作蝶，薛偉亦爲魚。（第二十六卷　薛録事魚服證仙）

## 西江月

犢子懸車可畏，驢兒拔橛堪哀。鳳凰曬翅命難捱，童子參禪魂捽。　玉女登梯最慘，仙人獻果傷哉。獼猴鑽火不招來，换個夜叉望海。（第三十卷　李汧公窮邸遇俠客）

## 鷓鴣天（按：此爲明・施耐庵詞）

凜烈嚴凝霧氣昏，空中瑞雪降紛紛，須臾四野難分别，頃刻山河不見痕。　銀世界，玉乾坤，望中隱隱接崑崙。若還下到三更後，直要填平玉帝門。（第三十一卷　鄭節使立功神臂弓）

## 望江南

生平無所願，願作樂中箏。得近佳人纖手子［指］，砑羅裙上放嬌聲。便死也爲榮。（第三十二卷　黄秀才徼靈玉馬墜）

## 未標牌名（按：用《臨江仙》調）

犬馬猶然知戀主，況于列在生人。爲奴一日主人身。情恩同父子，名分等君臣。　主若虐奴非正道，奴如欺主傷倫。能爲義僕是良民。盛衰無改節，史册可傳神。（第三十五卷　徐老僕義憤成家）

## 西江月

酒可陶情適性，兼能解悶消愁。三杯五盞樂悠悠，痛飲翻能損壽。　謹

厚化成凶險，精明變作昏流。禹疏儀狄豈無由？狂藥使人多咎。（第三十六卷　蔡瑞虹忍辱報仇）

## 未標牌名（按：用《西江月》調）

削髮披緇修道，燒香禮佛心虔。不宜潛地去胡纏，致使清名有玷。　　念佛持齋把素，看經打坐參禪。逍遥散誕勝神仙，萬貫腰纏不羡。（第三十九卷　汪大尹火焚寶蓮寺）

# 《三教偶拈》詞

(馮夢龍編 《古本小説集成》據日本雙紅堂藏本影印
上海古籍出版社 一九九一)

## 望江南·四時(四首)(按:此爲明·瞿佑詞)

西湖景,春日最宜晴。花底管絃公子宴,水邊羅綺麗人行,十里按歌聲。

西湖景,夏日正堪遊。金勒馬嘶垂柳岸,紅妝人泛採蓮舟,驚起水中鷗。

西湖景,秋日更宜觀。桂子岡巒金谷富,芙蓉洲渚綵雲間,爽氣滿前山。

西湖景,冬日轉清奇。賞雪樓臺評酒價,觀梅園圃訂春期,共醉太平時。(皇明大儒王陽明先生出身靖亂録)

## 臨江仙(按:小説中謂宋·濟公禪師作)

凜冽同[彤]雲生遠浦,長空碎玉珊瑚,梨花滿目泛波瀾。水深鰲背冷,方丈老僧寒。　　渡口行人嗟此境,千山變作銀山,瓊樓玉宇水晶盤。王維饒善畫,下筆也應難。(濟顛羅漢浄慈寺顯聖記)

## 臨江仙(按:小説中謂宋·濟公禪師作)

蝶戀花枝應已倦,睡來春夢難醒。羅衣卸下不隨身。三魂遊閬苑,七魄遶蓬瀛。　　故把羅鞋遮洞口,須知覺後生嗔。非因道濟假人情。斷除生死路,絶卻是非門。(濟顛羅漢浄慈寺顯聖記)

## 臨江仙(按:小説中謂宋·濟公禪師作)

粥去飯來何日了,都緣皮袋難醫。這般軀殼好無知。入喉纔到腹,轉眼又還饑。　　惟有衲僧渾不管,且須慢飲三杯。冬來猶掛夏天衣。雖然容醜陋,心孔未嘗迷。(濟顛羅漢浄慈寺顯聖記)

## 未標牌名(按:用《鷓鴣天》調)

促織兒王彦章,一根鬚短一根長。只因全勝三十六,人總呼爲王鐵槍。　　休煩惱,莫悲傷,世間萬物有無常。昨宵忽值嚴霜降,好似南柯夢一場。(濟顛羅漢浄慈寺顯聖記)

## 水龍吟

紅雲紫蓋葳蕤,仙宫渾是陽春候。玄鶴來時,青牛過處,綵雲依舊。壽誕宏開,喜《道德》五千言,流傳萬古不朽。　　況是天上仙筵,獻珍果人間未有。巨棗如瓜,與着萬歲木桃,千年碧藕。比乾坤永劫無休,舉滄海爲真仙壽。(許真君旌陽宫斬蛟傳)

## 未標牌名(按:用《西江月》調)

爪似銅釘快利,嘴如鐵鑽堅剛。展開雙翅欲飛揚,好似大鵬模樣。　　雲裏叫時聲大,林端立處頭昂。紛紛鳥雀盡潛藏,那個飛禽敢攩。(許真君旌陽宫斬蛟傳)

# 《拍案驚奇》詞

（凌濛初編撰　三十九卷　《古本小説叢刊》據明崇禎元年尚友堂刊本影印　中華書局　一九九一）

## 西江月（按：此爲宋・朱敦儒詞）

日日深杯酒滿，朝朝小圃花開。自歌自舞自開懷，且喜無拘無礙。　青史幾番春夢，紅塵多少奇材。不須計較與安排，領取而今見在。（第一卷　轉運漢遇巧洞庭紅　波斯胡指破鼉龍殼）

## 未標牌名（按：此爲宋・無名氏《青玉案》詞摘句）

造化小兒無定據，翻來覆去。倒横直竪，眼見都如許。（第一卷　轉運漢遇巧洞庭紅　波斯胡指破鼉龍殼）

## 未標牌名（按：改用宋・僧晦庵《滿江紅》下闋）

誰不願黄金屋？誰不願千鍾粟？算五行不是這般題目。枉使心機閒計較，兒孫自有兒孫福。（第一卷　轉運漢遇巧洞庭紅　波斯胡指破鼉龍殼）

## 未標牌名（按：此爲宋・蘇軾《滿庭芳》詞摘句）

蝸角虚名，蠅頭微利，算來着甚干忙！事皆前定，誰弱又誰强？（第一卷　轉運漢遇巧洞庭紅　波斯胡指破鼉龍殼）

## 天香（按：此爲宋・王觀《天香》詞上闋。略有改動）

霜瓦鴛鴦，風簾翡翠，今年早是寒少。矮釘明窗，側開朱户，斷莫亂教人到。重陰未解，雲共雪，商量不少。青帳垂氈要密，紅幙放圍宜小。（第三卷　劉東山誇技順城門　十八兄奇踪村酒肆）

## 酹江月(按:此爲明・文徵明詞)

桂花浮玉,正月滿天街,夜涼如洗。風泛鬚眉透骨寒,人在水晶宫裏。蛇龍偃蹇,觀闕嵯峨,縹緲笙歌沸。霜華滿地,欲跨彩雲飛起。(第七卷 唐明皇好道集奇人 武惠妃崇禪鬥異法)

## 菩薩蠻(按:此爲元・拜住詞)

紅繩畫板柔荑指,東風燕子雙雙起。誇俊要争高,更將裙繫牢。 牙床和困睡,一任金釵墜。推枕起來遲,紗窗月上時。(第九卷 宣徽院仕女鞦韆會 清安寺夫婦笑啼緣)

## 滿江紅

嫩日舒晴,韶光艷,碧天新霽。正桃腮半吐,鶯聲初試。孤枕乍聞弦索悄,曲屏時聽笙簧細。愛錦蠻,柔舌韻東風,愈嬌媚。 幽夢醒,閒愁泥。殘杏褪,重門閉。巧音芳韻,十分流麗。入柳穿花來又去,欲求好友真無計。望上林,何日得雙棲?心迢遞。(第九卷 宣徽院仕女鞦韆會 清安寺夫婦笑啼緣)

## 浪淘沙

稽首大羅天,法眷姻緣。如花玉貌正當年,帳冷幃空孤枕畔,枉自熬煎。 爲此建齋筵,追薦心虔,亡魂超度意無牽。急到藍橋來解渴,同做神仙。(第十七卷 西山觀設籙度亡魂 開封府備棺追活命)

## 未標牌名・詠風

風嫋嫋,風嫋嫋。冬嶺泣孤松,春郊摇弱草。收雲月色明,捲霧天光早。 清秋暗送桂香來,極夏頻將炎氣掃。風嫋嫋,野花亂落令人老。(第二十四卷 鹽官邑老魔魅色 會骸山大士誅邪)

## 未標牌名・詠花

花艷艷,花艷艷。妖嬈巧似妝,鎖碎渾如剪。露凝色更鮮,風送香常

遠。　　一枝獨茂逞冰肌，萬朵争妍含醉臉。花艷艷，上林富貴真堪羨。（第二十四卷　鹽官邑老魔魅色　會骸山大士誅邪）

## 未標牌名·詠雪（按：此爲明·唐寅詞）

雪飄飄，雪飄飄。翠玉封梅萼，青鹽壓竹梢。灑空翻絮浪，積檻鎖銀橋。　　千山渾駭鋪鉛粉，萬木依稀擁素袍。雪飄飄，長途遊子恨迢遥。（第二十四卷　鹽官邑老魔魅色　會骸山大士誅邪）

## 未標牌名·詠月（按：此爲明·唐寅詞）

月娟娟，月娟娟。乍缺鈎横野，方團鏡掛天。斜移花影亂，低映水紋連。　　詩人舉盞搜佳句，美女推窗遲月眠。月娟娟，清光千古照無邊。（第二十四卷　鹽官邑老魔魅色　會骸山大士誅邪）

## 西江月

臉際芙蓉晻映，眉間楊柳停勾。若教夢裏去行雲，管取襄王錯認。　　殊麗全繇帶韻，多情正在含顰。司空見慣也銷魂，何況風流少俊。（第二十五卷　趙司户千里遺音　蘇小娟一詩正果）

## 臨江仙

少日風流張敞筆，寫生不數今黄筌。芙蓉畫出最鮮妍。豈知嬌艷色，翻抱死生緣。　　粉繪凄凉餘幻質，只今流落有誰憐？素屏寂寞伴枯禪。今生緣已斷，願結再生緣。（第二十七卷　顧阿秀喜捨檀那物　崔俊臣巧會芙蓉屏）

## 一剪梅（按：此爲宋·張幼謙詞）

同年同日又同窗，不似鸞凰，誰似鸞凰？石榴樹下事匆忙，驚散鴛鴦，拆散鴛鴦。　　一年不到讀書堂，教不思量，怎不思量？朝朝暮暮只燒香，有分成雙，願早成雙。（第二十九卷　通閨闥堅心燈火　鬧囹圄捷報旗鈴）

## 長相思（按：此爲宋·張幼謙詞）

天有神，地有神，海誓山盟字字真。如今墨尚新。　　過一春，又一

春。不解金錢變作銀，如何忘卻人？（第二十九卷　通閨闥堅心燈火　鬧囹圄捷報旗鈴）

## 卜算子（按：此爲宋・羅惜惜詞，略有改動）

幸得那人歸，怎便教來也？一日相思十二時，直是情難捨。　本是好姻緣，又怕姻緣假。若是教隨别个人，相見黄泉下。（第二十九卷　通閨闥堅心燈火　鬧囹圄捷報旗鈴）

## 卜算子（按：此爲宋・張幼謙詞）

去時不由人，歸怎由人也？羅帶同心結到成，底事教拚捨？　心是十分真，情没些兒假。若道歸遲打掉篦，甘受三千下。（第二十九卷　通閨闥堅心燈火　鬧囹圄捷報旗鈴）

## 未標牌名（按：此爲宋・卓田《眼兒媚》詞，略有改動）

丈夫隻手把吴鈎，欲斬萬人頭。如何鐵石，打成心性，卻爲花柔？　君看項籍并劉季，一怒使人愁。只因撞着，虞姬、戚氏，豪傑都休！（第三十二卷　喬兑换胡子宣淫　顯報施卧師入定）

# 《二刻拍案驚奇》詞

（凌濛初編撰　四十卷　《古本小説叢刊》據明崇禎五年尚友堂刊本影印　中華書局　一九九一）

## 眼兒媚

百年伉儷是前緣，天意巧周全。試看人世，禽魚草木，各有蟬聯。　從來材藝稱奇絶，必自種姻緣。文君琴思，仲姬畫手，匹美雙傳。（第二卷　小道人一着饒天下　女棋童兩局注終身）

## 西江月

麗質本來無偶，神機早已通玄。枰中舉國莫争先，女將馳名善戰。　玉手無慙國手，秋波合唤秋仙。高居師席把棋傳，石作門生也眩。（第二卷　小道人一着饒天下　女棋童兩局注終身）

## 桃源憶故人

世間奇物緣多巧，不怕風波顛倒。遮莫一時閑了，到底還完好。　豐城劍氣沖天表，雷焕、張華分寶。他日偶然齊到，津底雙龍裊。（第三卷　權學士權認遠鄉姑　白孺人白嫁親生女）

## 點絳唇（按：此爲宋·汪藻詞）

高柳蟬嘶，采菱歌斷秋風起。晚雲如髻，湖上山横翠。　簾捲西樓，過雨凉生袂。天如水，畫樓十二，少个人同倚。（第三卷　權學士權認遠鄉姑　白孺人白嫁親生女）

## 西江月（按：此爲宋·蘇軾詞）

聞道雙銜鳳帶，不妨單着鮫綃。夜香知與阿誰燒？悵望水沉煙裊。　雲

鬢風前絲捲，玉顏醉裏紅潮。莫教空度可憐宵，月與佳人共僚。（第三卷　權學士權認遠鄉姑　白孺人白嫁親生女）

## 瑞鶴仙（按：此爲宋・康與之詞，略有改動）

瑞烟浮禁苑。正絳闕春回，新正方半。冰輪挂華滿。溢花衢歌市，芙蓉開遍。龍樓兩觀。見銀燭、星毬有爛。捲珠簾、盡日笙歌，盛集寶釵金釧。　　堪羡。綺羅叢裏，蘭麝香中，正宜遊玩。風柔夜暖。花影亂，笑聲喧。鬧蛾兒滿路，成團打塊，簇着冠兒鬥轉。喜皇都，舊日風光，太平再見。（第五卷　襄敏公元宵失子　十三郎五歲朝天）

## 傾杯樂（按：此爲宋・柳永詞，略有改動）

禁漏花深，繡工日永，蕙風布暖。變韶景、都門十二，元宵三五，銀蟾光滿。（連雲復道）凌飛觀。聳皇居麗，佳氣瑞煙葱蒨。翠華宵幸，是處層城閬苑。　　龍鳳燭、交光星漢。對咫尺鰲山，開雉扇。會樂府，兩籍神仙。梨園四部絃管。向曉色、都人未散。盈萬井、山呼鰲抃。願歲歲天仗裏，常瞻鳳輦。（第五卷　襄敏公元宵失子　十三郎五歲朝天）

## 女冠子（按：此爲宋・李邴詞）

帝城三五，燈光花市盈路。天街遊處。此時方信，鳳闕都民，奢華豪富。紗籠纔過處，喝道轉身，一壁小來且住。見許多、才子艷質，携手並肩低語。　　東來西往誰家女？買玉梅爭戴，緩步香風度。北觀南顧。見晝燭影裏，神仙無數。引人魂似醉，不如趁早，步月歸去。這一雙情眼，怎生禁得，許多胡覷？（第五卷　襄敏公元宵失子　十三郎五歲朝天）

## 臨江仙

曾向書壘同筆硯，故人今作新人。洞房花燭十分春。汗沾蝴蝶粉，身惹麝香塵。　　殢雨尤雲渾未慣，枕邊眉黛羞顰。輕憐痛惜莫辭頻。願郎從此始，日近日相親。（第六卷　李將軍錯認舅　劉氏女詭從夫）

## 臨江仙

記得書齋同筆硯，新人不是他人。扁舟來訪武陵春。仙居鄰紫府，人世隔紅塵。　　誓海盟山心已許，幾番淺笑深顰。向人猶自語頻頻。意中無別意，親後有誰親？（第六卷　李將軍錯認舅　劉氏女詭從夫）

## 念奴嬌（按：原文中謂宋・張孝純作，或謂金・宇文虚中作）

疏眉秀盼，向春風、還是宣和裝束。貴氣盈盈姿態巧，舉止況非凡俗。宋室宗姬，秦王幼女，曾嫁欽慈族。干戈横蕩，事隨天地翻覆。　　一笑邂逅相逢，勸人滿飲，旋吹横竹。流落天涯俱是客，何必平生相熟？舊日榮華，如今憔悴，付與杯中醁。興亡休問，爲伊且盡船玉。（第七卷　吕使君情媾宦家妻　吴太守義配儒門女）

## 行香子

風月襟懷，圖取歡來。戲塲中盡有安排。呼盧博賽，豈不豪哉！費自家心，自家力，自家財。　　有等奸胎，慣弄喬才，巧妝成科諢難猜。非關此輩，忒使心乖。總自家痴，自家狠，自家騃。（第八卷　沈將仕三千買笑錢　王朝議一夜迷魂陣）

## 滿江紅（按：僅用上闋）

木落庭臯，樓閣外、彤雲半擁。偏則向、凄凉書舍，早將寒送。眼角偷傳傾國貌，心苗曾倩多情種。問天公、何日判佳期，成歡寵？（第九卷　莽兒郎驚散新鶯燕　㑳梅香認合玉蟾蜍）

## 桃源憶故人（按：此爲明・陳淳詞，有改動）

幽房深鎖多情種，清夜悠悠誰共？羞見枕衾鴛鳳。悶則和衣擁。　　無端猛烈陰風動，驚破一番新夢。窗外月華霜重，寂寞桃源洞。（第九卷　莽兒郎驚散新鶯燕　㑳梅香認合玉蟾蜍）

## 未標牌名（按：用《西江月》調）

世事從來無定，天公任意安排。寒酸忽地上金階，立看許多滲瀨。　熟識還須再認，至親也要疑猜。夫妻行事別開懷，另似一張卵袋。（第十一卷　滿少卿飢附飽颺　焦文姬生仇死報）

## 如夢令（按：此爲宋・嚴蕊詞）

道是梨花不是，道是杏花不是。白白與紅紅，別是東風情味。曾記，曾記，人在武陵微醉。（第十二卷　硬勘案大儒争閒氣　甘受刑俠女著芳名）

## 鵲橋仙（按：此爲宋・嚴蕊詞，略有改動）

碧梧初墜，桂香纔吐，池上水花初謝。穿針人在合歡樓，正月露玉盤高瀉。　蛛忙鵲懶，耕慵織倦，空做古今佳話。人間剛道隔年期，怕天上方纔隔夜。（第十二卷　硬勘案大儒争閒氣　甘受刑俠女著芳名）

## 卜算子（按：此爲宋・嚴蕊詞，略有改動）

不是愛風塵，似被前緣誤。花落花開自有時，總賴東君主。　去也終須去，住也如何住。若得山花插滿頭，莫問奴歸處。（第十二卷　硬勘案大儒争閒氣　甘受刑俠女著芳名）

## 滿江紅（按：此爲宋・僧晦庵詞上片，略有改動）

擾擾勞生，待足何時足？據見定、隨家豐儉，便堪龜縮。得意濃時休進步，須防世事多翻覆。枉教人白了少年頭，空碌碌。（第十九卷　田舍翁時時經理　牧童兒夜夜尊榮）

## 賀新郎（按：此爲宋・辛棄疾詞上片，略有改動）

瑞氣籠清曉。捲珠簾、（次第笙歌），一時齊奏。無限神仙離蓬島，鳳駕鸞車初到。見擁個、仙娥窈窕。玉珮玎璫風縹緲。（望）嬌姿、一似垂楊裊。天上有，世間少。（第十九卷　田舍翁時時經理　牧童兒夜夜尊榮）

## 西江月

旅館羈身孤客,深閨皓齒韶容。合歡裁就兩情濃,好對嬌鸞雛鳳。　　認道良緣輻輳,誰知啞謎包籠。新人魂夢雨雲中,還是故人情重。(第二十三卷　大姊魂遊完宿願　小姨病起續前緣)

## 賀新郎(按:此爲宋·辛棄疾詞)

瑞氣籠清曉。捲珠簾、次第笙歌,一時齊奏。無限神仙離蓬島,鳳駕鸞車初到。見擁個、仙娥窈窕。玉珮玎璫風縹緲。望嬌姿、一似垂楊裊。天上有,世間少。　　劉郎正是當年少。更那堪、天教付與,最多才貌。玉樹瓊枝相映耀,誰與安排忒好?有多少、風流歡笑。直待來春成名了,馬如龍、綠綬欺芳草。同富貴,又偕老。(第二十五卷　徐茶酒乘鬧劫新人　鄭蕊珠鳴冤完舊案)

## 憶秦娥

堪奇絶,陰陽配合真丹結。真丹結,歡娛雖就,精神亦竭。　　殷勤贈物機關洩,姻緣盡處傷離别。傷離别,三番草藥,百年歡悦。(第二十九卷　贈芝麻識破假形　擷草藥巧諧真偶)

## 西江月

床上添鋪異錦,爐中滿爇名香。榛松細果貯教嘗。美酒佳茗頓放。　　久作阱中猿馬,今思野外鴛鴦。安排芳餌釣檀郎。百計圖他歡暢。(第三十四卷　任君用恣樂閨門　楊太尉戲宫館客)

# 《新列國志》詞

（馮夢龍撰　一百〇八回　《古本小説集成》據葉敬池梓本影印　上海古籍出版社　一九九一）

## 烏夜啼

風流全在閲人多，相兜將奈何？半鬆半緊惹情哥，來争鶯燕窠。　舒嫩蕊，點幺荷，憑他魔合羅。些兒一脉瀉銀河，歡娱煞好麽。（第五十二回　公子宋嘗黿構逆　陳靈公衵服戲朝）

# 《十二笑》詞

(馮夢龍編　十二回　存六回　《古本小説集成》據北京大學藏清初刻本影印，據復旦大學圖書館藏本配補　上海古籍出版社　一九九一)

## 未標牌名

處處香風馥郁，家家錦幙飄摇。歌樓舞榭倚多嬌，品竹彈絲奇妙。　更羡人山貨織，王孫公子連鑣。揮金買笑駐征軺，常比寒食元宵熱鬧，廣陵不讓五陵豪。(第一笑　癡愚女遇癡愚漢)

## 未標牌名

顏如玉琢，體似雲輕。星眸翠黛畫分明，犀齒櫻桃紅襯。金蓮窄窄嫋香塵，怯小臨風難禁。　舉舞袖，整烏雲。含羞含笑拜深深。人生到此，那得不銷魂。(第一笑　癡愚女遇癡愚漢)

## 未標牌名

翹梁頭變做牡丹頭，蘭花梳鬢。杜綢裙換著月華裙，金蓮高襯。五色宫妝都小袖，彈墨鮮新。四時背甲束汗巾，雲肩厮稱。更有紫金釵子嵌珠珍，飛蝶堪誇風韻。(第三笑　憂愁婿偏成快活)

## 未標牌名

嬌同乳燕，豔比夭桃。輕盈無力實難描，常恐風吹去了。　更魂銷，嫣然一笑把人挑。情在眉梢，又在眼梢。(第四笑　快活翁偏惹憂愁)

## 浪淘沙

凡事總由天，妄想徒然。貪求入賭費腰纏。止剩一身心不死，又抵頭錢。　　開賭更新鮮，房内人眠。花場取利騙留連。烏竃佳名奴代領，笑湊私緣。(第六笑　賭身奴翻局替燒湯)

## 西江月

彩鳳今朝飛去，鼈魚擺尾摇頭。分明騎鶴上楊[揚]州，樂事從來未有。　　快把紅氈鋪下，連忙分派牙籌。倘然賭腳缺難求，可喚舟人相湊。(第六笑　賭身奴翻局替燒湯)

## 蝶戀花

破布衫衣腌白帽，纔捧茶湯，又喚燒泥灶。滿面灰塵斜壁靠，只因要守飛頭到。　　人有多般難測料，送盡黄金，偏買奴才叫。豈是相如貪窈窕，甘心滌器由人笑。(第六笑　賭身奴翻局替燒湯)

# 《魏忠賢小説斥奸書》詞

（陸雲龍撰　八卷　四十回　存二十五回　《古本小説集成》據明崇禎元年刻本影印　上海古籍出版社　一九九一）

## 西江月

事業全憑人力，機緣全恃天公。等閑一綫暗相通，恰似滕王風動。　巧附鴉叢丹鳳，計攀魚服神龍。試看一飯贈英雄，博得千金相送。（第三回　賞從龍新皇憶舊　通阿乳進忠作奸）

## 未標牌名

月鎖金鋪，霜封玉砌，天街一望渾如水。笙歌何處暗隨風，倩誰把君恩繫。　苦是逢君無計，曾奈雲浮日蔽。寂寞無言，鎮把欄杆倚。露冷草生，寒星落，棲鴉起。（第六回　張貴人因寵殞身　李成妃斥奸貶號）

## 未標牌名（按：用《西江月》調）

幾樹奇葩錯繡，一池淺水浮青。啼鶯時送隔花聲，呷啞管絃相應。　翠竹斜侵沙幌，緑蕪交鎖空庭。獸爐一縷篆煙輕，是自人間仙境。（第九回　振臺綱糾奸報國　拜權璫避禍圖榮）

## 未標牌名

婦寺秉權，歎就裏機關難測。鎮一手迷天蔽日，奴顔婢膝。狼貪鷹鷙，也不管暗傾人國。　藪實庭虚，恁仕路堪供谿刻。待一網盡籠健翮，蘭鋤當室。人餘殘息，滿青衫、孤臣悲泣。（第十回　忌忠言禍移試録　陷東林誣捏天罡）

## 未標牌名

爲國披丹，全交抒素，自是英雄事。肯妒暮媚朝，趨避等如市。無路叫[叩]閽誅佞子，有心推解憐同志。利與害，等塵土。（第十二回　許州城吏部急友　姑蘇驛給事寄兒）

## 蝶戀花

莫笑貧儒寒徹底，惹妒招嫌，富厚還爲累奴輩。利財唯有忌，翻雲覆雨須臾事。　　十萬通神言是戲。羅網高張，難展淩雲翅。何處家鄉春夢裏，一庭樹色連煙起。（第二十二回　搜富户興獄黄山　兩差官荼毒徽郡）

## 未標牌名

養士成均，三百餘年，主恩何厚。怪人習奄阿，争徑趨竇。　　誰請上方誅大憝？卻將諛語楓宸叩。浪思量、軒冕一時新，還恣作、千秋臭。（第二十五回　陸監生媚配學宫　林祭酒拂衣帝里）

## 水龍吟

棲愜一枝，飲唯滿腹，功名到手當知足。虎頭何必定封侯，望塵車馬多如簇。　　風裏哀蟬，雨餘殘玉，暗塵蛛網迷華屋。得來富貴總何如，回頭一笑寒山緑。（第二十七回　慶生辰群奸獻諂　捷錦甯猶子封公）

## 慶清朝慢

東魯游麟，中原儀鳳，漳河寶璽凝光。還河清如練，九曲澄黄。時際中興，都教天地盡呈祥。分明預兆，時和歲稔，物阜民康。　　寶扇雙開雉尾，雲聯閶闔，風引御爐香。璃陛衣冠濟濟，鴛鷺蹌蹌。俯首齊瞻天日，抒精誠上翊新皇。同祝頌、少年天子，永固苞桑。（第三十二回　侯魏攘竊大内室　臣僚擁立聖明君）

# 《清夜鐘》詞

（陸雲龍撰　十六回　存十回　《古本小説集成》據明刻本影印　上海古籍出版社　一九九一）

## 滿江紅

烽火京畿，天意去，人心不固。更滿前軨鞅簪裾，如雕似塑。萬雉金湯浪巖險，六宫粉黛埋烟霧。最堪憐，龍向鼎湖飛，髯誰附？　民崩角，盈衢路。士回面，稱鵷鷺。縱隻手空支，淚痕偷注。取義已完儒者事，矢貞又得閨中婦。這雙成節烈炳千秋，堪爲度！（第一回　貞臣慷慨殺身　烈婦從容就義）

## 昭君怨（四首）

家似花殘雨底，身似絮飛風裏。羞殺是偷生，逐人行。　帳外霜痕摇月，水畔冰花堆雪。憔悴五更笳，瘦些些。

上馬繡鴛幾褪，攬轡玉纖尖冷。猶是貌如花，少琵琶。　風緊眉山半蹙，塵細鬢雲暗緑。衫袖赤棱棱，落紅冰。

嬌貯翠幃金屋，狼藉水湄山曲。含笑强相親，怕成嗔。　怨是緣慳運薄，死是膽柔力弱。難辦語侏離，勉支持。

雲外關山日遠，枕畔檀郎錯唤。衣上斷蘭薰，雜羶腥。　圖甚深憐痛惜，一任蝶狂蜂螫。無策奈他何，手頻挼。（第二回　村犢浪占雙橋　潔流竟沉二璧）

## 巫山一片雲

纖月看眉畫，重雲想鬢輕。暗香初動啓朱櫻，淺笑也生情。　步弱風前柳，音嬌花底鶯。盈盈一段自天成，荆識也心傾。（第七回　挺刃終除鴞

悍　皇綸特鑒孝衷）

## 意難忘

變起鬩牆，嘆鴒原碎羽，荆樹殘芳。孤鴻號夜月，鴒鳳泣清霜。凶未戢，氣方張，任呼天撞地，怕縈縈沉冤未洗，巢卵先亡。　沉機羨是嬌娘，鎮兩峰凝黛，九折回腸。苦貞勵熊獲，抑志玩豺狼。天已定，恨將償，遺恨寄諸郎。伸積怨笑含九地，人正王章。（第八回　狂言竟至殺身　堅忍終伸大怨）

# 《型世言》詞

（陸人龍撰　四十回　《古本小説集成》據陳慶浩影印韓國漢城大學奎章閣所藏明刊本之影印本影印　上海古籍出版社　一九九一）

## 未標牌名（二首）（按：用《西江月》調）

玄紵巾垂玉結，白紗襪襯紅鞋。薄羅衫子稱身裁，行處水沉烟靄。　未許文章領袖，却多風月襟懷。朱顔緑鬢好喬才，不下潘安丰采。

矮巾籠頭八寸，短袍離地尺三。舊綢新染作天藍，幫襯許多模樣。　兩手緊拳如縛，雙肩高聳成山。俗譚信口极醃臢，道是在行白想。（第一回　烈士不背君　貞女不辱父）

## 滿江紅

長鋏頻彈，飛動處，寒鋩流雪。肯匣中、徒作龍吟，有冤茹咽。怨骨沉沉應欲朽，凶徒落落猶同列。猛沉吟、怒氣滿胸中，難摧滅。　妻雖少，心冰冽，子雖稚，宗堪接。讀書何事，飲羞抱觖。碎擊髑顱飛血雨，快然笑釋生平結。便膏身、鐵鉞亦何辭，生非竊。（第二回　千金不易父仇　一死曲伸國法）

## 未標牌名（按：用《西江月》調）

剪籜爲冠散逸，裁雲作敞逍遥。虯髯一部逐風飄，玉塵輕招似掃。（第四回　寸心遠格神明　片肝頓蘇祖母）

## 未標牌名（按：用《西江月》調）

眼溜半江秋水，眉舒一點巫峰。蟬鬟微露影濛濛，已覺香風飛送。　簾

映五枝寒玉，鞋呈一簇新紅。何須全體見芳容，早把人心牽動。（第五回　淫婦背夫遭誅　俠士蒙恩得宥）

## 虞美人

鹿臺黯黯烟初滅，又見驪山血。館娃歌舞更何如？唯有舊時明月滿平蕪。　笑是金蓮消國步，玉樹迷烟霧。潼關烽火徹甘泉，由來傾國遺恨在嬋娟。（第七回　胡總制巧用華棣卿　王翠翹死報徐明山）

## 未標牌名（按：用《西江月》調）

兩角孤峰獨聳，雙睛明鏡高懸。硃砂鬢髮火光般，四體猶如藍靛。　臂比剛鈎更利，牙如快刃猶銛。吼聲雷動小春天，行動一如飛電。（第九回　避豪惡懦夫遠竄　感夢兆孝子逢親）

## 綺羅香

香徑留烟，蹀廊籠霧，個是蘇臺春暮。翠袖紅妝，銷得人亡國故。開笑靨夷光何在，泣秦望夫差誰訴？嘆古來傾國傾城，最是蛾眉把人誤。　丈夫峻嶒俠骨，肯靡靡繞指，醉紅酣素？劍掃情魔，任笑儒生酸腐。媸相如緑綺閑挑，陋宋玉彩箋偷賦。須信是子女柔腸，不向英雄譜。（第十一回　毀新詩少年矢志　訴舊恨淫女還鄉）

## 南柯子

勁骨連山立，孤忱傲石堅。素餐時誦《伐檀》篇，忍令聖朝多缺、效寒蟬。　脇折心偏壯，身危國自全。就中結個小因緣，恰遇酬恩義士、起危顛。（第十二回　寶釵歸仕女　奇藥起忠臣）

## 未標牌名（按：用《西江月》調）

東壁鋪張珠玉，西攤佈列綾羅。商彝周鼎與絨紽，更有蘇杭雜貨。　異寶傳來北虜，奇珍出自南倭。牙籤玉軸擺來多，還有景東奇大。（第十二回　寶釵歸仕女　奇藥起忠臣）

## 漁家傲

天生豪傑無分地，屠沽每見英雄起，馬前曾説衛車騎。難勝紀，淮南黔面開王邸。　　偶然淪落君休鄙，滿腔義俠人相似，赤心力挽家聲墮。真堪數，個人絶勝章縫士。（第十五回　靈臺山老僕守義　合溪縣敗子回頭）

## 未標牌名（按：用《西江月》調）

介胄銹來少色，刀槍鈍得無鋩。旌旗日久褪青黄，破鼓頻敲不響。　　零落不成部伍，蕭疏那見剛强。一聲炮響早心忙，不待賊兵相抗。（第十七回　逃陰山運智南還　破石城抒忠靖賊）

## 菩薩蠻

怪是裙釵見小，幾令豪傑腸柔。夢雨酣雲消壯氣，滯人一段嬌羞。樂處冶容銷骨，貧來絮語添愁。　　誰似王娘見遠，肯躭衾枕風流。漫解釵金供菽水，勖郎好覓封侯。鵬翮勁摶萬里，鴻聲永著千秋。（第十八回　拔淪落才王君擇婿　破兒女態季蘭成夫）

## 未標牌名（按：用《西江月》調，僅用一闋）

闊額突然如豹，疏眸炯炯如星。髯鬚一部似鋼針，啓口聲同雷震。（第二十回　不亂坐懷終友託　力培正直抗權奸）

## 生查子

蜂蠆起須臾，最束庸愚手。惟是號英雄，肯落他人囿？　　笑談張險局，瞬息除强寇。共羡運謀奇，豈必皆天祐。（第二十二回　任金剛計劫庫　張知縣智擒盗）

## 應天長

交情浪欲盟生死，一旦臨財輕似紙。何盟誓？真蛇豕，猶然嫁禍思逃死。　　天理昭昭似，業鏡高懸如水。阿堵難留身棄市，笑冷傍人齒。（第

二十三回　白鏹動心交誼絶　雙豬入夢死冤明）

## 未標牌名（八首）（按：用《西江月》調）

畫閣巧鏤蹙柏，危樓盡飾沉香。花梨作棟紫檀梁，檐綴銅絲細網。　緑綺栽窗映翠，金鋪釘户流黄。椒花泥壁暗生光，豈下阿房雄壯。

香徑細攅文石，露臺巧簇花磚。前臨小沼後幽岩，洞壑玲瓏奇險。　百卉時摇秀色，群花日弄妖妍。五樓十閣接巫天，疑是上林池館。

裘集海南翠羽，布績火山鼠毫。鮫宫巧織組成袍，蜀錦吴綾籠罩。　狐腋暖欺雪色，駝絨輕壓風高。何須麟補玉圍腰，也是人間絶少。

珠摘驪龍頷下，玉探猛虎巢中。珊瑚七尺映波紅，祖母緑光摇動。　簾捲卻寒奇骨，葉成鞦韆神工。貓睛寶母列重重，那數人間常用。

囊裹琴紋蛇腹，匣中劍炳龍文。商彝翠色簇苔茵，周鼎硃砂紅暈。　逸少草書韻絶，虎頭小景宜人。牙籤萬軸列魚鱗，漢跡秦碑奇勁。

簟密金絲巧織，枕温寶玉鑲成。水晶光映一壺冰，玉斝金杯奇稱。　屏刻琉璃色净，几鑲玳瑁光瑩。錦幃繡幄耀人明，堪與皇家争勝。

眉蹙巫山晚黛，眼横漢水秋波。齒編貝玉瑩如何？唇吐朱櫻一顆。　鬢軃輕雲冉冉，貌妍嬌萼猗猗。秦箏楚瑟共吴歌，燕趙輸他婀娜。

南國猩唇燒豹，北來黄鼠駝蹄。水窮瑶柱海僧肥，膾落霜刀細細。　翅剪鯊魚兩腋，髓分白鳳雙栖。荔枝龍眼豈爲奇，瑣瑣葡萄味美。（第二十四回　飛檄成功離唇齒　擲杯授首殪鯨鯢）

## 南柯子

莫笑迂爲拙，須知巧是窮。奇謀秘計把人蒙，浪向纖纖蝸角，獨稱雄。　憸險招人忌，驕盈召鬼恫。到頭輸巧與天公，落得一身蕭索，枉忡忡。（第二十七回　貪花郎累及慈親　利財奴禍貽至戚）

## 未標牌名（二首）（按：用《望江南》調）

睿和尚，祝髮早披緇。夜隶三更分行者，菩提清露灑妖尼。猶自起貪痴。

睿和尚，巧計局痴迷。貪想已看盈白鏹，淫心猶欲摟嬌姿。一死赴泥

犁。(第二十八回　癡郎被困名韁　惡髡竟投利網)

## 柳梢青

衽席藏戈,蠆蜂有毒,不意難防。顰笑輕投,威權下逮,自惹搶攘。　英雄好自斟量,猛然須奮剛腸。理破柔情,力消歡愛,千古名芳。(第三十回　張繼良巧竊篆　曾司訓計完璧)

## 未標牌名(按:用《西江月》調)

點點硃砂紅暈,紛紛翡翠青紋。微茫款識滅還明,一片寶光瑩瑩。　嗅去泊然無氣,敲時啞爾無聲。還疑三代鑄將成,豈是今時贋鼎。(第三十二回　三猾空作寄郵　一鼎終歸故主)

## 未標牌名(按:用《西江月》調一闋)

面目黑如漆染,鬚髮一似螺卷。一雙鐵臂捧金函,赤脚直趨玉殿。(第三十四回　奇顛清俗累　仙術動朝廷)

## 未標牌名(按:用《西江月》調)

當殿珠簾隱隱,四邊銀燭煌煌。香煙繚繞錦衣旁,珮玉聲傳清響。　武士光生金甲,仙宫風曳朱裳。巍巍宫殿接穹蒼,尊與帝王相抗。(第三十七回　西安府夫别妻　郃陽縣男化女)

## 陽關引

破壁摇孤影,殘燈落紅燼。旅邸蕭條,誰與伴?衾兒冷。更那堪、風送幾陣,砧聲緊。打門剥啄,隱隱驚人聽。　猛然相接也,多嬌靚。喜蕭齋裏,應不恨、更兒永。又誰知錯認,險落妖狐阱。爲慇懃寄語少年,須自省。(第三十八回　妖狐巧合良緣　蔣郎終偕伉儷)

## 秋波媚

一段盈盈、妖紅膩白多嬌麗。晚山煙起,兩點眉痕細。　斜嚲烏雲,

映得龐兒媚。聲兒美，低低悄悄，鶯囀花陰裏。（第三十八回　妖狐巧合良緣　蔣郎終偕伉儷）

## 西江月

隱隱光浮紫電，瑩瑩水漾朱霞。金蛇繚繞逐波斜，飄忽流星飛灑。　疑是氣沖獄底，更如燈泛漁槎。輝煌芒映野人家，堪與月明争射。（第三十九回　蚌珠巧乞護身符　妖蚊竟死誅邪檄）

# 《遼海丹忠録》詞

（陸人龍撰　八卷　四十回　《古本小説集成》據明崇禎三年翠娛閣刊本影印　上海古籍出版社　一九九一）

## 未標牌名

千古君臣義，顛危不可棄。熱血須教灑一腔，屍沉馬革夫誰避？薪何嫌？預謀徙。敝誓令，立爲起。　　此身許國家何知？一笑九泉無所悸。忠不祈，君王鑒，事何煩？史臣記。男兒自了男兒志，無愧此心而已矣。（第一回　斬叛夷奴酋濫爵　急備禦群賢伐謀）

## 滿江紅

上策伐謀，中設險，重關百二。憑高望，烽連堠接，豈云難恃？怪是帷中疏遠略，軍囂帥僨先披靡。等閒間，送卻舊江山，無堅壘。　　嗟紅粉，隨胡騎，盼金繒，歸胡地。剩征夫殘血，沙場猶漬。淚落深閨飛怨雨，魂迷遠道空成祟。想當年方召亦何如，無人似。（第二回　哈赤計襲撫順　承胤師覆清河）

## 金人捧露盤

野風驚，胡日慘，陣雲愁。聽夜深，羌管悠悠。孤城繚繞，舉頭一望滿戈矛。爲問援師，何處也？鼓冷邊頭。　　怒難平，眉半鬥，腸九折，淚雙流。拼此身，碎首氈裘。還悲還恨，三韓失陷，倩誰收？身亡城覆，向九原，猶自貽羞。（第八回　侍御罵賊殉節　兩賢殺身成仁）

## 錦帳春

兵甲胸蟠，鯨鯢頸繫。漢官儀，遺民重睇。笑摧枯，驚破竹，直是風雷厲。師行無滯。　　溟海滄茫，窮邊迢遞。争奈是、軍孤乏繼。望援師，呼庚癸，徒有憂時涕。阿誰相濟。（第十一回　避敵鋒寄迹朝鮮　得地勝雄據皮島）

## 未標牌名（按：用《西江月》調）

遍地飛來鐵騎，連空佈滿旌旗。若教容易出重圍，除是身生雙翅。（第十一回　避敵鋒寄迹朝鮮　得地勝雄據皮島）

## 朝中措

巍然雄鎮峙東溟，戰艦滿寒汀。鼓吹遥連燕冀，旌干遠映淄青。　　脣齒相依，輔車相庇，犄角成形。血戰期衰虜運，奇勳丕振王靈。（第十五回　陳方略形成聚米　分屯駐勢合聯珠）

## 落燈風

泉飛疏勒甘如冽，堅冰又結滹沱水。忱可格神明，鑒天心，暗中相庇。的的傳青史。　　忠貞真與前賢比，鴟夷何惜沉波底。急浪脱重圍，趁洪濤，飄然逝矣。今古堪同美。（第十八回　大孝克伸母節　孤忠上格天心）

## 青杏兒

兵事貴權奇，記緋衣，雪夜淮西。曳薪減竈皆神略，巧可阱愚，智能詘勇，今古堪題。　　幕府志吞夷，散萬金羅網熊羆。抒謀戮力忘艱阻，温禺釁鼓，呼韓染鍔，净掃妖魑。（第二十三回　王千總臘夜擒胡　張都司奇兵拒敵）

## 塞垣春

塞北胡塵起，兵鋒指，無堅壘。草潤殘脂，地收白骨，血流如水。這頑殘，合受天誅。須教竿首，長安市。奈匡國，痛無人，寥落澄清奇志。　　節旄空自擁，誰向奴，投一矢。剩孤劍東溟，差雪三朝恥。又無如士饑將寡，羈天討，虜竟從容死。悲憤想甘陳，淚落淹青史。（第二十九回　官軍奇撓虜奴　裨將潛師獲虜）

## 未標牌名（按：用《西江月》調）

宛轉玄雲百丈，蜿蜒墨霧一行。鱗如點漆耀寒芒，掀起半洋風浪。　黯黯北方正色，翩翩東海飛揚。清波相映倍生光，奮鬣雲霄直上。（第三十一回　有俊自刎鐵山關　承禄扼虜義州路）

## 踏莎行（二首）

不械何攻？非糧何食？英雄束手應無策。休言空想勒燕然，脱巾難免三軍泣。　徵取窮膏，轉輸窮力，中原疲敝還堪惻。一航禁卻不教通，間關山海無休息。

鱗甲蟠胸，雌黄滿臆，同舟不解相憐恤。奇籌浪謂鎖東江，自孤羽翼衷何愎！　密網潛張，輕弦暗弋，殺機隱隱人難測。生平睚眦喜消除，短謀終是能妨國。（第三十七回　改運道計鎖東江　軫軍民急控登鎮）

## 惜紅衣

巧術籠人，淺謀誤國，自誇奇特。冤骨初沉，方剪淩空翼。那堪黠虜，逞鐵騎，邊頭相逼。百二重關，難把泥丸塞。　五年滅賊，一戰平胡，祇是成空憶。捫心自問，應也多慚色。往事誰爲鑄錯，一死何逃溺職。更東江飛捷，愈起一番淒惻。（第四十回　督師頓喪前功　島衆克承遺烈）

# 《玉閨紅全傳》詞

（東魯落落平生撰　六卷　三十回　存十回　《思無邪匯寶》本　臺灣大英百科股份有限公司　二〇〇〇）

## 未標牌名（按：略仿《西江月》句格）

口角春風飛沫，半點殘脂染莖。一棵櫻桃欲綻紅，卻求醍醐灌頂。　非石非絲非竹，只聞肉音咿唔。靈犀透時遍體酥，那管嬌娃叫苦。（第十回　試紫簫羞雲怯雨　比小童折玉摧蘭）

# 《覺世雅言》詞

（未題撰人　八卷　《古本小説集成》據法國巴黎圖書館藏清刊本影印　上海古籍出版社　一九九一）

## 如夢令（按：此爲明·馮夢龍詞）

可惜名花一朵，綉幙深閨藏護，不遇探花郎，抖被狂蜂殘破。錯誤，錯誤，怨殺東風分付。（卷二　陳御史巧勘金釵鈿）

## 西江月

兩眼乾坤舊恨，一腔今古閒愁。隋宫吴苑舊風流，寂寞斜陽渡口。　興到豪吟百首。醉餘憑吊千秋。神仙迂怪總虚浮，只有綱常不朽。（卷五　白玉娘忍苦成夫）

## 西江月

兩道眉彎新月，一雙眼注微波。青絲七尺挽盤螺，粉臉吹彈得破。　望日嫦娥盼夜，秋宵織女停梭。畫堂花燭聽歡呼，兀自倉羞怯步。（卷五　白玉娘忍苦成夫）

# 《最娱情》詞

（未題撰人　六篇　《古本小説叢刊》據清順治刊本影印
中華書局　一九九一）

## 未標牌名（按：用《西江月》調）

五百年前冤孽，生前七世仇家，背裝僕馬爲消花，脱殼金蟬計怕。　撇得一身無奈，蓮花乞丐生涯。今朝相遇莫嗟呀，公子風流豪霸。（小説下　李亞仙）

## 聲聲慢（按：此爲宋・李清照詞，有改動）

尋尋覓覓，冷冷清清，淒淒慘慘戚戚。乍暖乍寒時候，正難將息。三杯兩杯淡酒，怎敵他晚來風力。雁過也，總傷心，卻是舊時相識。　滿地黄花堆積，憔悴損，如今有誰忺摘。守著窗兒，獨自怎生得黑。更無紅雨到黄昏，點點滴滴。這次第，怎一個愁字了得！（小説下　女翰林）

# 《皇明通俗演義七曜平妖全傳》詞

(沈會極撰　六卷　七十二回　《古本小說集成》據鄭振鐸藏明刻本影印　上海古籍出版社　一九九一)

## 天仙子

眉兒遠映青山黛,猩唇一點真堪愛,寶釵斜亸玉横斜。雲染衣,香生帶,見人斂衽深深拜。　仙子摘[謫]臨凡世界,如何流落烟花寨。芳心無個不留情,話兒甜,心兒怪。風流一見魂無在。(第五回　妖渠騙妓)

## 過澗歇(按:此爲宋·柳永詞)

淮楚。曠望極、千里火雲燒空,盡日西郊無雨。厭行旅,數軸輕帆旋落,艤棹蒹葭浦。避畏景,兩兩舟人夜深語。　此際争可,便你奔名(競)利(去)。九衢塵裏,衣冠冒炎暑。回首江鄉,月觀風亭,水邊石上,幸有散髪披襟處。(第十二回　董子强婚)

## 未標牌名(按:此爲宋·康與之《滿江紅》詞,文字有異同)

惱恨行人東風裏,爲誰啼血?正青春未老,流鶯方歇。蝴蝶枕前顛倒夢,杏花枝上朦朧月。問天涯何事若關情,思離别。　聲一唤,腸千結。閩嶺外,江南陌。正長堤楊柳,翠條堪折。鎮日叮嚀千百遍,只將一句頻頻説。道不如歸去不如歸,情慘切。(第十二回　董子强婚)

## 西江月

頭頂兜鍪似雪,身披鎧甲如銀。白袍黄釘束腰裎,烏油履踏窩鈴。　鞭拖水磨光亮,馬騎豹犢猙獰。開山大斧手中擎,高懸護心寶鏡。(第十八回　搶劫夏鎮)

## 西江月

四縫皮盔頭頂，生牛革甲身穿。黑袍角帶束腰腕，馬轡鑾鈴歷亂。　飛魚狼牙箭插，認旗頂上高扦。混天寶劍出龍泉，到處人頭血染。（第十八回　搶劫夏鎮）

## 絳宫春

廷燎高照，正明光、曙靄辰星欲曉。翠幰兢飛，玉勒争馳長安道。朱衣趨赴彤墀早，听絳幘雞人初報。白玉螭頭，彩絲豹尾，炬光繚繞。　縹緲遥聞仙藥[樂]，見寶殿初開，珠簾猶未捲，月華高照。寶篆金爐裊，人間天府蓬萊島。環珮鏘鏘音韻杳。隱隱似鳴鞭，俏傳嗽方了。（第二十回　命下發兵）

## 鷓鴣天

鳳翅金盔明日月，水磨鐵甲凝霜雪。軟襯飛魚紫戰袍，緊扎龍吞青帶結。　刀如銀，馬似血，威風凜冽神鬼怯。帥旗掩映照天神，手架金集明偃月。（第二十二回　趙院臨戎）

## 鷓鴣天

頭帶星冠按北斗，腰懸寶劍蛟龍吼。閑來蓬浪踏雲飛，悶跨葫蘆乘霧走。　呼雲訣，唤風口，倒海翻江反覆手。他本是河南嵩嶽老熊精，敢論興亡争卯酉。（第二十三回　一犯兗府）

## 鷓鴣天

手揮玉麈役風雲，口誦真言唤鬼神。善移太行填北海，能教弱草化雄兵。　鬨日月，鬧乾坤，一時刁斗振星辰。他本是蒙陰大刀村頑性，不聽牛歌聽馬聲。（第二十三回　一犯兗府）

## 點絳唇

鳳翅金盔，絳纓籠罩雲縹緲。玉扣獅蠻，錦甲團花小。　寶帶高懸，

掩映獸面玲瓏巧。劍掣秋霜，出匣生風天地老。（第二十三回　一犯兗府）

## 滿江紅

火雲流熖，金戈鐵馬，正沖炎熱。長堤上，柳陰槐蔭，行人争歇。無奈妖氛起盛暑，六月將軍衣掛鐵。平白地，刀劍凜秋霜，明如雪。　旗遮雲，旛蔽日。馬銜尾，車連轍。坐纛前年少、將軍英烈。刀頭當帶血痕腥，看龍駒咆哮蹀躞。便等閑、火炮振天關，妖魂折。（第二十四回　漕撫出兵）

## 滿江紅

炎熱蒸人，水亭風榭，幽人正憩。急烽火，干戈撩亂，羽書交至。報到沙場屍遍野，河濱骨肉如鱗砌。一時間，子女盡屠夷，如兒戲。　興士馬，防邊地。觸炎煩，沖熱氣。正將軍統領、甲兵犀利。催軍鉦逐鼓聲頻，首回空飛鳥驚避。攬紅旗、烈日耀長空，旛天際。（第二十四回　漕撫出兵）

## 望海潮

魁梧狀貌，慷慨丰神，胸羅甲胄堪誇。掌晝星辰，令傳雷電，威福鞏皇家。吞吐卷雲霞，號令森霜雪，鎮静無嘩。波恬溟渤，精靈遠避敢吹沙。　雄名久，浄夷茄，擁貔貅，虎豹大纛高牙。投醪挾纊，信賞必法。東封安，奠桑麻，功業播夷華。麟閣圖名字，封蔭無涯。他日削平妖虜，又去下三巴。（第二十六回　沈鎮復鄆）

## 錦纏道

大將平妖，正早炎蒸時候。襯金甲，團花如繡。寶帶頂裝玉面獸。出□龍泉，時帶風雨吼。　頂金盔映日，紅纓如斗。馬馳騁，威風抖擻。雕鞍劍插飛魚袋，帥旗摇颺，擁護天神走。（第二十八回　楊將出兵）

## 漁家傲

瀟灑風流機連妙，功名偏趁芳年早。生平欲赴蓬萊島，值時艱，難圖且把妖氛掃。　行兵解識風雲鳥，臨機決策天生巧。擒兵斬將無遺草，誅

妖滅祟人争道。(第二十八回　楊將出兵)

## 鷓鴣天

金盔燁燁火珠明,金甲磷磷撒火星。彪形八尺如天將,熊背三停似甲丁。　　銅獸面鐵掩心,征袍閃爍血紅腥。開山大斧從天下,生鐵金剛剁兩平。(第三十回　二犯兗府)

## 鷓鴣天

神巾洩洩白雲飄,銀甲三冬雪未消。素羅戰襖霜花砌,白面烏鬚粉黛描。　　銀活馬,白銅刀,玉帶妝花緊束腰。銀鞍素勒門旗下,仁貴將軍下九霄。(第三十回　二犯兗府)

## 鷓鴣天

寶嵌金絲小鳳冠,柳眉星眼剔團圞。護項雲間飛白蝶,妝花錦繡暗龍盤。　　金鎖甲,玉鈎腕,金蓮三寸小靴穿。紅羅戰裙雙扣結,一似織女披肩下斗垣。(第三十回　二犯兗府)

## 錦纏道

赤日行天,火雲燔空馳驟。士馬集,車聯輻輳。遍野無陰蒸汗透。焦渴思漿,似望醍醐酒。　　想紅爐鑄世,焰銷刀鬥。向何處去、望梅憩柳。將軍正掛鐵衣衫,盼槐陰柳蔭,遠在堤邊有。(第四十四回　三犯彭城)

## 未標牌名(此爲宋·劉涇《夏初臨》詞)

泛水新荷,舞風輕燕,園林夏日初長。榭[庭]樹陰濃,雛鶯學弄新簧。小橋飛入横塘,跨青萍、緑藻幽香。朱蘭[欄]斜倚,霜紈未摇,衣袂生凉。　　歌歡希遇,怨别多聞,路遥人遠,煙淡梅黄。輕衫短帽,相攜洞府流觴。況有紅妝,醉歸來,寶臘成行。拂牙床,紗厨半開,月在回廊。(第四十五回　魯王大賚)

## 鷓鴣天

七道分兵到兗城，七宫星宿擺長庚。猙獰士卒分七寨，輾轉旗旛舞七星。　刀似雪，戟排冰，女將雙雙建大功。試看賭鬥施神術，惱番魔女鬧天蓬。（第五十七回　七犯兗府）

## 鷓鴣天

星官列曜下鄒滕，建節平妖膽氣雄。腰下帶懸金嵌玉，手中斧鑄鐵吞銅。　如顯道，似天蓬，宣花到處血飛紅。三個妖魔身合死，敢臨大敵戰人龍。（第六十四回　滕野鏖戰）

# 《禪真逸史》詞

（方汝浩撰　四十回　《古本小説集成》據天啓間衙爽閣本影印　上海古籍出版社　一九九一）

## 西江月

頭頂五山繡帽，身披百衲禪衣。飄飄俊逸美丰姿，羅漢端然再世。　　紅暈桃花兩頰，青分柳葉雙眉。儒門應自步雲梯，何事招提棲止。（第二回　鍾愛兒圓慧出家　梁武帝金鑾聽講）

## 蝶戀花

炯炯雙眸欺閃電，態度雍容，喜色春風面。滿頰蒙茸星萬點，達磨飛錫來金殿。　　破衲離披隨體轉，雲水爲家，不把功名戀。俠骨天生金百煉，芳聲遍處人欽羨。（第三回　林長老除孽安民　丘縣尹薦賢禮釋）

## 重疊金

昨宵見你炎炎熱，今朝倏爾成冰雪。今昔一般情，如何有二心？　　急裏閑人貴，閑處親人贅。搔首自評論，從來無好人。（第五回　大俠夜闌降盜賊　淫僧夢裏害相思）

## 女冠子（按：此爲宋·李邴詞）

帝城三五，燈光花市盈路。天街遊處，此時方信，鳳闕都民，奢華豪富。紗籠纔過處，喝道轉身，一壁小來且住。見許多才子豔質，携手並肩低語。　　東來西往誰家女？買玉梅争戴，緩步香風度。北觀南顧，見畫燭影裏，神仙無數。引人魂似醉，不如趁早，步月歸去。這一雙情眼，怎生禁得，許多胡覷？（第五回　大俠夜闌降盜賊　淫僧夢裏害相思）

## 臨江仙

寶髻斜飛珠鳳，冰肌薄襯羅裳。風來暗度麝蘭芳。緩移蓮步穩，笑語玉生香。　　微露弓鞋纖小，輕携彩袖飄揚。天然丰韻勝王嬙。秋波頻盼處，佛老也心狂。（第五回　大俠夜闌降盜賊　淫僧夢裏害相思）

## 西江月

守浄色中餓鬼，黎娘歡喜寃家。兩人不必自嗟呀，從此彩鸞同跨。　　一任翻雲覆雨，何妨戀酒貪花。胭脂韶粉染袈裟，敗壞門風不怕。（第七回　繡閨禪室兩心通　淫婦奸僧雙願遂）

## 長相思

坐如癡，立如癡，何異雷驚孩子時。心頭裹亂絲。　　饑不知，飽不知，平地風波悔恨遲。躊躕暗自思。（第八回　信婆唆沈全逃難　全友誼澹然直言）

## 未標牌名（此用《浪淘沙》調）

和尚是鍾僧，晝夜胡行。懷中摟抱活觀音。不惜菩提甘露水，盡底俱傾。　　賽玉是妖精，勾引魂靈。有朝惡貫兩盈盈，殺這秃驢來下酒，搭個蝦腥。（第八回　信婆唆沈全逃難　全友誼澹然直言）

## 念奴嬌（按：此爲宋・蘇軾詞）

憑高眺遠，見長空，萬里雲無留迹。桂魄飛來，光射處，冷浸一天秋碧。玉宇瓊樓，乘鸞來去，人在清凉國。江山如畫，望中烟樹歷歷。　　我醉拍手狂歌，舉杯邀月，對影成三客。起舞徘徊風露下，今夕不知何夕。便欲乘風，翻然歸去，何用騎鵬翼。水晶宫裏，一聲吹斷横笛。（第八回　信婆唆沈全逃難　全友誼澹然直言）

## 未標牌名（按：此用《西江月》調）

頭撮低眉尖帽，身繃狹領小衫。酒肴買辦捷無邊，燒火掇湯最慣。　　嫖

客呼名高應，指頭這口輕言。夜闌席罷洗殘盤，歸縮行中好漢。（第十三回　桂姐遺腹誕佳兒　長老借宿擒怪物）

## 西江月

試看精神抖擻，謾誇膂力豪雄。將軍八面有威風，提起山摇地動。　一似卞莊打虎，猶如蒯聵誅龍。子胥舉鼎振秦公，樊武瑞英名堪共。（第十六回　奪先鋒諸將鬥勇　定埋伏陳玉鏖兵）

## 未標牌名（按：此爲宋・王詵《蝶戀花》詞）

鐘送黄昏雞報曉，昏曉相催，世事何時了？萬古千愁人自老，春來依舊生芳草。　忙處人多閑處少，閑處光陰，幾個人知道？獨上小樓雲杳杳，天涯一點青山小。（第十七回　古峪關啜守存孤　張老莊伏邪皈正）

## 未標牌名（此爲宋・宋祁《錦纏道》詞）

燕子呢喃，景色乍長春晝。覩園林，萬花如繡，海棠經雨胭脂透。柳展宫眉，翠拂行人首。　向郊原踏青，恣歌携手。醉醺醺尚尋芳酒。牧童遥指孤村，道杏花深處，那裏人家有。（第十七回　古峪關啜守存孤　張老莊伏邪皈正）

## 醜奴兒令

臉如鍋底眉如劍，眼似銅鈴，手似鋼針，怪肉横鋪處處筋。　耳帶金環頭捲髮，醜賽幽魂，猛賽天神，叱吒風雷頃刻生。（第十七回　古峪關啜守存孤　張老莊伏邪皈正）

## 西江月

鳳翅金盔耀日，連環鎖甲飛光。手中鐵杵利如鋼，面似觀音模樣。　脚下戰靴抹緑，渾身繡帶飄揚。佛前護法大神王，魔怪聞之膽喪。（第十七回　古峪關啜守存孤　張老莊伏邪皈正）

## 未標牌名

郊原春透，花壓垂堤柳。滿目繁華如舊，正是清明時候。　轟轟寶

馬雕輪，紛紛翠袖紅裙。一樣尋芳拾翠，何妨僧俗同倫。（第十七回　古峭關啜守存孤　張老莊伏邪皈正）

## 鷓鴣天

金甲金盔襯錦袍，烏騅馬上騁英豪。忠貞貫日三秋烈，壯氣如虹萬丈高。　藏豹略，隱龍韜，赤心爲主敢辭勞？只因不忍金甌壞，雙手擎還歸聖朝。（第十九回　司農忠憤大興兵　梁武幽囚甘餓死）

## 西江月

肐膊臉渾如潑靛，獅子口一似硃砂。銅鈴突眼露獠牙，赤髮鬅鬆可怕。　頭戴金冠耀日，身穿絳服飄霞。手持大斧跨龍蛇，聲若巨雷叱吒。（第二十回　都督冥府指翁孫　阿醜書堂弄師父）

## 未標牌名（按：此爲宋·僧仲殊《金菊對芙蓉》詞）

花則一名，種分二色，嫩紅妖白嬌黄。正清秋佳景，雨霽風凉。郊墟十里飄蘭麝，瀟灑處、旖旎非常。自然風韻，開時不許、蝶亂蜂狂。　把酒獨揖蟾光，問花神何屬，離、兑中央。引騷人乘興，廣賦詩章。幾多才子争攀折，嫦娥道：三種清香。狀元紅是，黄爲榜眼，白探花郎。（第二十一回　竊天書後園遣將　破妖術古刹誅邪）

## 武林桃

碧霞宫殿，海上十三洲。玉簫新調，雲際響箜篌。　報道高人來也，數聲鐵笛，幾點浮漚，一片清秋。（第二十三回　清虚境天主延賓　孟門山杜郎結義）

## 未標牌名（按：此用《西江月》調增襯）

昏慘慘陰霾蔽日，黑沉沉臭惡難聞。牢頭一似活閻君，獄卒施威凶狠。　無數披枷帶鎖，幾多床押籠墩。四肢緊縛鼠剜睛，兀自皮抽粗棍。（第二十四回　伏威計奪勝金姐　賢士教唆桑皮觔）

## 未標牌名（按：此用《西江月》調）

束髮金冠耀日，雕鞍神駿騰雲。錦袍細甲放光明，畫戟蛇矛輝映。　　左首馬超再世，右邊吕布重生。伏威薛舉兩超群，二虎將當先出陣。（第二十七回　計詐降薛舉破敵　圖霸業伏威求賢）

## 未標牌名

頭戴儒冠，身穿素服，果然一貌堂堂。淡黄臉，三丫掩口髭髯，骨格非常。眉隱江山秀氣，胸羅錦繡文章。慣識天文，也知地理，也諳行藏。不是尋章摘句，果然定霸圖王。（第二十九回　軒轅廟蘇樸遭擒　延州府伏威遇弟）

## 南柯子

白髮如彭祖，銀髯賽老聃。提刀躍馬敢争先，一似黄忠殺下定軍山。　　功成彌勒寺，名揚薛判官。藏鋒斂鍔已多年，今日一軍驚視尚童顔。（第三十回　沈蘭劫寨陷全軍　牛進迎街懲大惡）

## 西江月

背斷梅花雷氏，尾焦蔡子中郎。天桐地梓合陰陽，音韻清和調暢。　　三嘆朱絃洞穴，一聲阿閣鳴凰。當年師曠審精詳，堪愛繁奇嘹亮。（第三十一回　報讐瀝血祭先靈　釋怨營墳安父骨）

## 未標牌名（按：此用《西江月》增襯）

赤黄眉横攢一字，老鼠眼斜鬥雙睛。渾身筋爆夜叉形，骨攄臉亂紋侵鬢。　　頭上亂堆蟣虱，衣衫盡染泥塵。頑皮疥癩臭難聞，醉後爹娘不認。（第三十一回　報仇瀝血祭先靈　釋怨營墳安父骨）

## 卜算子

碧月照幽窗，夜静西風勁。何處虎[憑]空跌下秋，梧葉零金井。　　坐久孰爲憐？獨對衾兒影。女侍昏沉唤不惺[醒]，漏斷金猊冷。（第三十二回

張善相夢中配偶　段春香月下佳期）

## 未標牌名

眼目略開，朱色唇沾芳草；面若蓮花，披髮亂頭都好。甚處兒郎，來向園中騷擾？　酒不醉人，何似玉山頹倒？今知了惜花風掃，更有不眠人早。（第三十二回　張善相夢中配偶　段春香月下佳期）

## 未標牌名

羅襪交鈎，耳畔吁吁氣喘；香肩緊靠，腰肢款款春濃。搔頭一溜鬢鬅鬆，口内輕輕津送。低唤才郎且住，微微香汗沾胸。今朝賤妾樂無窮，何日得翠衾永共。（第三十二回　張善相夢中配偶　段春香月下佳期）

## 卜算子

閨怨寫幽窗，筆筆銀鈎勁。詞調清新泣素秋，客況思鄉井。　恭荷美人憐，不隻離鴻影。惺惺從古惜惺惺，休怯鴛幃冷。（第三十三回　計入香閨貽異寶　俠逢朔郡慶良緣）

## 長相思

喜相逢，美相逢，羡人深沉繡閣中。眉稍兩意濃。　彼心同，此心同，見處雖親合處空。愁聞野寺鐘。（第三十三回　計入香閨貽異寶　俠逢朔郡慶良緣）

## 南鄉子

何似久參商？昨夕涉[桃]源滿[誤]阮郎。羅結同心，雙帶挽鴛鴦。贈個人兒王[玉]有香。　夜短兩情長，並下瑶階拜月黄。海誓山盟，牢記取分張。坐對西風泣數行。（第三十三回　計入香閨貽異寶　俠逢朔郡慶良緣）

## 未標牌名（按：用《鷓鴣天》調）

韜略深明志氣高，全憑法術善興妖。護身鎧因[甲]金星燦，嵌頂盔纓烈火飄。　　騎猛獸，執鋼刀，威風凜凜顯英豪。袋中試取弓和箭，曾向圍場奪錦標。（第三十三回　計入香閨貽異寶　俠逢朔郡慶良緣）

## 樂春風

龍燭摇紅，金花耀目。漫誇雙玉重逢，試看鵲橋初度。繡帷深處，列笙歌，纖手同携，把香肩並嚲。　　俊傑嬌娃生一對，彩鳳文鸞共舞。須知道，天賜姻緣證果。（第三十六回　雙玉人重逢合巹　三義俠衣錦還鄉）

## 卜算子

煬帝急差徭，萬姓遭塗炭。夫妻手足盡分離，父子不相見。　　未畢城郭工，又欲興宮殿。髑髏朽骨積丘山，激動英雄變。（第三十九回　順天時三俠稱王　宴李謂諸賢逞法）

## 瑞鶴仙

悄郊原帶郭，芳草路，馬跡車塵漠漠。垂楊蔽山角。蕩春風，摇曳珠簾翠箔。鶯呼燕狎，顫巍巍，花枝重壓。有山靈勸我，慢解繡鞍，且尋杯酌。　　不計程途迢遞，遇酒逢花，高歌緩頰。君臣共樂，扶酣醉，繞紅藥。看前村，已欲紅稀緑暗，東風何事又惡？任流光過卻，猶喜春遊興劇。（第四十回　禪師坐化證菩提　三主雲遊成大道）

## 滿江紅

碌碌浮生，虚度一番歲月祗。只爲是非榮辱，令人週折。舌劍脣槍徒自斃，紛紛蟻陣誰優劣？到頭來，未免夢黄粱，空悲切。　　誰打破，風流穴？誰打散，愁眉結？終有個興罷，酒闌人歇。明哲知機須及早，等閑兩鬢堆霜雪。君不見，三俠棄職訪蓬萊，登金闕。（第四十回　禪師坐化證菩提　三主雲遊成大道）

# 《禪真後史》詞

（方汝浩撰　六十回　《古本小説集成》據浙江金衙刻本影印，其缺者據上海圖書館藏本輯補　上海古籍出版社　一九九一）

## 西江月（按：此爲元・李道純詞）

真土真鉛真汞，元神元炁元精。三元合一藥方成，個是全真上品。　動静虚靈不昧，混全實道圓明。形神俱妙樂無生，直謂虚皇絶境。（禪真後史源流）

## 未標牌名（按：此爲宋・王安石《漁家傲》詞）

平岸小橋千嶂抱，揉藍一水縈花草。茅屋數間窗窈窕。塵不到，時時自有春風掃。　午枕覺來聞語鳥，欹眠似聽朝鷄早。忽憶故人今已老。貪夢好，茫茫忘了邯鄲道。（第五回　裘教唆硬證報仇　陸夫人酬恩反目）

## 未標牌名（按：此用《西江月》調）

下水能擒魚蟹，登山善捉豺狼。一雙金眼識陰陽，晴笑雨天悽愴。　伴睡不生蚤虱，居家蛇鼠潛藏。監熙靈警更非常，賊盜聞之膽喪。（第二十二回　叛獄賊市口遭刑　燒香客廟前鬥寶）

## 生查子

金盔耀日明，戰馬追飛電。馳驟軍中二惡來，誰敢衝鋒戰？　浩氣吐虹霓，威風同頗剪。若個英雄附聖明，四海旌旗掩。（第四十七回　譚積弊防禦明心　試神臂二雄納款）

## 未標牌名(按:此用《西江月》調)

没甚呻吟疼痛,非關瘦弱伶仃。圓睁兩眼亮登登,一味貪眠喜困。　說話有前無後,面皮厚漆深痕。公堂略坐便頭昏,未審是何疾病?(第五十六回　顧大郎爲弟求醫　顏氏女訴冤索命)

## 沁園春(按:此爲元・李道純詞)

不識不知,無聲無臭,默會玄微。只這個便是,全真妙本。人能透得,即刻知機。聞法聞經,說禪說道,執象泥文都屬非。君還悮,這平常日用,總是真機。　仍憑決烈行持,把四象、五行收拾歸。會兩儀妙合,三元輻輳;一靈不昧,萬化皈依。精氣凝神,情緣返性,迸出蟾光遍界輝。形神妙,向太虚地外,獨露巍巍。(第六十回　棲霞洞四道敵魔　毗離村七仙入聖)

# 《掃魅敦倫東度記》詞

（方汝浩撰　一百回　《古本小説集成》據崇禎間金閶萬卷樓刊本影印　上海古籍出版社　一九九一）

## 西江月（二首）

傳記編成覺世，生人脩德南車。古今何必論賢愚？試閱記中佳趣。　一切旁門外道，離我聖教皆虚。莫言釋道事同迂，功德匡扶最著。

爲善申明旌奬，作惡法紀無私。天堂地獄豈差除？總在前因今是。　幸逢天平盛世，四方人樂唐虞。消閒解悶這編書，縛魅驅邪鬧處。（卷之一記引）

## 西江月（二首）（加襯）

歎世悲哀憂戚，怎如哈哈嘻嘻。人生縱有百年期，幾被憂愁奪易。　智者雖教看破，人情自古難齊。得歡笑處且怡怡，好個呵呵生意。

滿屋哄堂大噱，一人獨自向隅。世間惟有這鬚眉，也叫他立身天地。　笑伊禿髮何事？笑我終日漁魚。只有沽酒落便宜，因此呵呵爲計。（第一回　南印度王建佛會　密多尊者闡禪宗）

## 沁園春（按：僅用上闋）

世道堪嗤，利名可知。金銀未見，甚契闊情愛，抖然物慾，動心貪癡。那顧親朋，争少攘多，恨力綿勢弱，一脚踢倒這心思。且遂却，我眼前富有，管甚奸欺！（第二回　道童騎鶴鬧妖氛　梵志惺庵留幻法）

## 鷓鴣天

幽冥問答假和真，夢幻須知作受因。惡念自然成惡境，仁慈畢竟報仁

心。　天堂近，地獄深，深處何如近處親？誰人不樂途由近，争奈行非墮入陰。（第三回　蒲草接翅放青鸞　槍棒化蛇降衆少）

## 西江月（按：僅用一闋）

堪歎世情詐僞，無情將假欺真。想來都是稱鈎心，頗耐人而無信。（第四回　衆道徒設法移師　説方便尊者開度）

## 如夢令

盜賊原無行止，單想金銀去使。勸他儘是忠言，反覺揭他廉耻。活死，活死，幾乎跌出狗屎。（第五回　三尖嶺衆賊劫庵　兩刃山一言化盜）

## 晝錦堂

雨濯紅芳，風颺白絮，日日飛遶眸前。懊惱一春心事，都鎖眉尖。愁聽梁間雙燕語，那堪欹枕孤眠。人憔悴，獨倚欄杆，怕風透入珠簾。　怪的是，鐵馬聲鬧炒[吵]，終朝永日長天。分付丫鬟服侍，怎耐懨懨。妝臺對鏡愁無語，龍簫鳳管没心拈。怎能勾，蕭郎到，這時節兩意俱歡。（第六回　本智設法弄師兄　美男奪俏疑歌妓）

## 西江月（按：僅用一闋，加襯）

百萬貲財不少，此何山積饒多。顯他不顯我如何，我怎得這山幾座？（第十四回　破幻法一句真詮　妙禪機五空覺悟）

## 西江月（按：僅用一闋）

一品當朝極貴，榮華也有歸期，暗思昔日拜丹墀，今日閒居家地。（第十四回　破幻法一句真詮　妙禪機五空覺悟）

## 西江月

可歎人生在世，遭逢美色無情。火坑明曉要邪行，多少因他成病。　賢者遠離保命，寡慾百體康寧。東垣健步藥雖靈，怎比這神藥性。（第二十一

回　妾婦備細説衷腸　王范相逢謀道路）

## 念奴嬌·詠月

今夕何夕？豈尋常三五，青空遼闊。看那雲收星曜斂，何人玉盤推轉。照我金樽，清香獨滿。有藥得長生，煉起丹爐，萬斛珠璣，黄金一點。　烟村静息，扶疏桂影滿眼。素娥煉就，怎生蕭蕭環珮遠。教人單吹玉管。年少追歡，空思繾綣。縱然滿樽前，何處嫦娥，枉作雲收，争如霧捲。（第二十二回　詠月王陽招諷誚　載酒陶情説轉輪）

## 未標牌名（按：此僅用《西江月》調一闋）

造出五香美味，甘松官桂良薑。陳皮薄荷與飴糖，吃了渾身和暢。（第二十二回　詠月王陽招諷誚　載酒陶情説轉輪）

## 未標牌名（按：此僅用《西江月》調一闋）

赤髮金冠頂束，皂袍鉄甲身披。手持利器怒威威，專押心瞞己昧。（第二十四回　神司善惡送投生　和尚風魔警破戒）

## 西江月

石室幽深浄潔，石床石磴依臺。仙人居處有誰來？洞捲白雲自在。　簾掛珍珠滴漏，棋分青白安排。丹成瀟灑任徘徊，都是仙家境界。（第二十六回　公輿五試寇謙之　正乙一科真福國）

## 未標牌名（按：此用《西江月》調）

石砌堞高百雉，金釘門掩三關。東連西接海天寬，上逼青霄不斷。　黑霧漫天籠罩，寒風侵首無端。城門外設許多般，刀戟精靈無算。（第三十三回　試禪心白猿獻果　墮惡業和尚忘經）

## 未標牌名（按：此用《西江月》調）

頭戴金冠黑翅，身穿絳色紅袍。白玉帶上繫青縧，足下雙靴染皂。　左列着文書掌判，右列着善惡功曹。階下擺着戟和刀，專候罪人拷較。（第三

十三回　試禪心白猿獻果　墮惡業和尚忘經）

## 未標牌名（按：此用《西江月》調）

簿籍陳陳已久，條開款款如新。分明善惡注根因，都是奸欺忠信。　那前代忠奸貽後，後代善惡觀心。增增減減不差分，好似執圖索印。（第三十五回　輕塵和尚消罪案　伯嚭奸魂被鐵鞭）

## 未標牌名（按：此僅用《西江月》調一闋）

麯糵從來亂性，莫教滲入柔腸。饒君懦弱性偏剛，乘著杯中直向。（第三十七回　公道老叟看妖魔　獻身行者陳來歷）

## 未標牌名（按：此用《西江月》調）

聖舜遭逢傲象，讒言肆害親君。完廩浚井計謀兄，奪卻諸般何用？　一朝舜爲天子，忘仇把象榮封。聖人德重處心公，天地鬼神欽重。（第三十八回　聖僧不食疑心物　神將能降不遜魔）

## 未標牌名（按：此僅用《西江月》調一闋）

兩目愁眉雙鎖，一面脂粉懶搽。没情没緒咬銀牙，只把喬才咒駡。（第四十一回　扶頭百輛論風流　改正狐妖談古董）

## 未標牌名（按：此僅用《西江月》調一闋）

人與人同一類，往來便有交情。益友損友六般名，但把勝吾友敬。（第四十四回　取水不傷蟲蟻命　食饃作怪老僧貪）

## 未標牌名（按：此僅用《西江月》調一闋）

原爲相親解悶，誰知他朝夕不離。忘却敲鐘打鼓念阿彌，齋醮全然不齊。（第四十六回　正綱常見性明心　談光景事殊時異）

## 未標牌名（按：此僅用《西江月》調一闋）

偶向朱門寄跡，誰知那白社攢眉？相親相愛百年期，只爲他下樓不記。

（第四十六回　正綱常見性明心　談光景事殊時異）

## 未標牌名（按：此僅用《西江月》調一闋）

適量而止爲上，誰教他貪濫恣情。懨懨鎮日不能醒，不到黄昏不定。（第四十六回　正綱常見性明心　談光景事殊時異）

## 未標牌名（按：此僅用《西江月》調一闋）

誰不是沽來美味，那個不快樂醄醄？流涎不盡百川糟，愛養淺斟爲妙。（第四十七回　祖師慈悲救患難　道士方便試妖精）

## 未標牌名（按：此僅用《西江月》調一闋）

自歎生來遭際，與人歡合怡怡。文齊怎奈福難齊？專與僧人割氣。（第四十七回　祖師慈悲救患難　道士方便試妖精）

## 未標牌名（按：此僅用《西江月》調一闋）

白日陰魂講話，黄昏母雉啼鳴。炎天池水凍成冰，男子結胎懷孕。（第四十九回　善神守護善人家　惡黨聞災知警悟）

## 未標牌名（按：此僅用《西江月》調一闋）

棠棣開花作怪，堂前荆樹成精。貓兒被鼠咬其脛，布粟爲妖相競。（第四十九回　善神守護善人家　惡黨聞災知警悟）

## 西江月（按：此僅用《西江月》調一闋）

本是順親孝子，只因回互[護]妻房。婦人坐罪丈夫當，得患風癱床上。（第五十二回　悍婦淩夫遭鬼打　道人懲惡變驢騎）

## 西江月（按：此僅用《西江月》調一闋）

本是婦人不孝，誰人造罪誰當。吾今監管這村鄉，且救善夫災障。（第五十二回　悍婦淩夫遭鬼打　道人懲惡變驢騎）

## 未標牌名(按:此用《西江月》調)

言語一身章美,莫教惟口啓羞。有根實據出心頭,正大光明不陋。　為甚將無作有?逢人一片虛浮。欺人背理自招尤,暗裏神知豈宥?(第五十六回　商禮改非脱禁獄　來思信善拜胡僧)

## 未標牌名(按:此用《西江月》調)

心邪實也是假,念正假也是真。真實虛假正邪分,禍福都根方寸。　豈知邪非爲害?分明昧卻天君。若知不使自無昏,福在真言實論。(第五十六回　商禮改非脱禁獄　來思信善拜胡僧)

## 未標牌名(按:此用《西江月》調)

蹙着雙眉兩道,露着一個光頭。非瘡非癩又非瘤,卻是撞出來的皮肉。　聽他聲聲喊叫,化齋化那饅頭。苦肉計好没來由,還是前因今受。(第五十七回　奸賊壞心遭惡業　善人激義救冤人)

## 未標牌名(按:此用《西江月》調)

皎潔如同白日,清輝遍滿長空。一輪照徹萬方同,倒影星辰摇動。　莫道尋常三五,但云今夕佳逢。庾樓老子興無窮,喜與高人賞共。(第五十八回　狐鼠怪掠美示恩　把來思救人失水)

## 未標牌名(按:此用《西江月》調)

説我遨遊海國,真也識盡風流。三皇五帝到春秋,多少貪杯老幼。　便是飲中八聖,神仙玉佩曾留。朝官宰相共王侯,都是相知有舊。(第六十一回　捕竊變黿知苦難　僧人論酒説葷腥)

## 未標牌名(按:此用《西江月》調)

那裏鑽來酒鬼,乜斜東倒西歪。破衣爛帽靸鞝鞋,想是尋魚買賣。　此處非同往日,漁人安敢前來?抽身改業算伊乖,遲了些兒莫怪。(第六十二回　道士三施降怪法　長老一静服黿精)

## 未標牌名(按:此用《西江月》調)

多大黿精作怪,本是龜鱉形骸。只好切酢换錢財,下酒將伊當菜。　如何把吾輕覷,誇强海上沙涯。這些魚蝦小怪莫胡猜,稱[趁]早投降下拜。(第六十二回　道士三施降怪法　長老一静服黿精)

## 未標牌名(按:此用《西江月》調)

饑餓貧寒能忍,官刑卑賤難當。老來臥病少茶湯,樂死有何繫望?　那樂的何嘗經慣?妖軀怎受災殃?歌兒美妾守牙床,哪件肯丢心放?(第六十七回　説苦樂廟祝知音　舉數珠長老破怪)

## 如夢令

世上財當取義,誰叫販賣婦女。一旦本利雙亡,反把行囊貼與。怎處?怎處?將何填還債主?(第七十回　仲孝義解難甚奇　古僕人悔心救痛)

## 如夢令

資生盡多賣買,何苦壞心拐帶。可憐人家孩童,一旦分離在外。木怪,石怪,要的他遭刑受害。(第七十回　仲孝義解難甚奇　古僕人悔心救痛)

## 未標牌名(按:此僅用《西江月》調一闋)

瘦骨尫羸若槁,焦顔憔悴如枯。懨懨就木在幾乎,不識高僧能度。(第七十二回　走邪猿僕遭迷病　救乳烏虎不能傷)

## 未標牌名(按:此用《菩薩蠻》調)

當初不幸胎成女,嬌羞未肯輕相許。惱恨伐柯氏,一旦促香車。　欲拒愁無奈,就此百年與。幾回調憶百年?可是此中居。(第七十五回　元來道者正念頭　青白船家救海難)

## 未標牌名(按:此用《菩薩蠻》調)

只爲生男方娶汝,兩相好合成鴛侶。年少多情喜,豈教做色迷?　一

任東流水，落花兩無意。全汝舊時容，舊時也似予。（第七十五回　元來道者正念頭　青白船家救海難）

## 未標牌名（按：此用《西江月》調）

赤髪蓬頭藍面，一雙環眼如燈。兩耳查得似風筝，四個獠牙倒釘。　十指秃如靛染，周身露出青筋。一張大口向人噴，真個驚人心性。（第七十七回　六老叟參禪論偈　三官長執册説因）

## 未標牌名（按：用《西江月》調）

不忍一時之氣，生出百日之憂。作哭作痛作冤仇，禍害臨時莫救。　好個當場一忍，讓人一步存柔。舌柔比齒久存留，能忍之人有後。（第七十九回　奪人錢鈔遭人騙　肥己心腸把己傷）

## 未標牌名（按：此用《鷓鴣天》調）

亂髮蓬鬆頂上光，破衣蔽體下無裳。手執一根長竹杆，肩挑兩個小籮筐。　形齷齪，貌骯髒，兩眼乜斜池内張。不是漁夫來網罟，青蛙苦惱被他傷。（第八十三回　八齋友各敘罪業　萬年僧獨任主壇）

## 未標牌名（按：此用《西江月》調）

博弈傾財敗産，終朝耗氣傷神。忍饑受餓逞機心，設詐欺瞞少信。　不顧父母妻子，慢了隣友姻親。損人名節累官箴，裕後光前宜禁。（第八十四回　高義勸戒一兄非　高仁解散六博社）

## 未標牌名（按：此用《西江月》調）

一個青臉紅髪，一個查耳獠牙。一個鐵棒手中拿，一個鋼刀腰掛。　一個睁著圓眼，五個凶惡無差。跳得長老眼睛花，到有幾分害怕。（第八十五回　一偈謙光動傲生　五個精靈驚長老）

## 未標牌名（按：此用《西江月》調）

莫道交情不重，世間一種人倫。不仁損友喪家門，報應何差尺寸！（第

八十六回　無仁孽輩現精靈　有長前因呈長老）

## 未標牌名（按：此僅用《西江月》調一闋）

欺心切莫咒誓，虚空自有神知。報應來早與來遲，自誓還歸你自。（第八十六回　無仁孽輩現精靈　有長前因呈長老）

## 未標牌名（按：此僅用《西江月》調一闋）

驕傲多生驕子，因他心地不明。凌人到底被人凌，只爲一朝有病。（第八十六回　無仁孽輩現精靈　有長前因呈長老）

## 未標牌名（按：此用《西江月》調）

人本性靈非物，心機何不聰明？生來與世若無情，好似塵蒙明鏡。（第八十七回　舒化脩書請聖僧　怪狼聞經脩善果）

## 未標牌名（按：此僅用《西江月》調一闋，加襯）

信乃人間美德，至誠可格豚魚。誰教他立心行事盡皆虚，報應昭彰可懼。（第八十七回　舒化脩書請聖僧　怪狼聞經脩善果）

## 未標牌名（按：此用《西江月》調）

頭戴一頂凉帽，身披兩接［截］麻衣。一囊行李壓肩皮，三耳鞝鞋脚繫。　張着遮日小傘，横拖挽手鞭兒。手中油紙扇頻揮，口説好炎天氣。（第九十一回　化善醫宗交感脉　客人貨出孝廉家）

## 未標牌名（按：此僅用《西江月》調一闋，加襯）

頭上布巾束髮，身間綿帶纏腰，穿著一領舊衫袍，却是點燭燒香老道。（第九十五回　陶情賣酒醉行商　王陽變婦迷孤客）

## 未標牌名（按：此用《西江月》調）

東倒西歪殿宇，牆攤壁塌廊廂。有椽没柱少桁梁，風雨淋漓塑像。　磚

石臺階都壞，木頭門扇皆傷。破鐘不響鼓存腔，怎住道人和尚！（第九十六回　衆商發心修廟宇　三僧説偈滅邪氛）

## 未標牌名（按：此僅用《西江月》調一闋）

亂石砌成門户，隨山搭就檐椽。一層殿宇在中央，數個僧皆石像。（第九十七回　諷經商真心呈露　惡鬼漢磨折疑心）

# 《壺中天》詞

（未題撰人　殘存三回　《古本小説集成》據胡士瑩藏抄本影印　上海古籍出版社　一九九一）

## 西江月

一氣刮分天地，兩儀環曜乾坤。陰陽消息個中存，化化生生無盡。　四序運行生殺，五行鼓鑄群生。人於萬物最爲靈，賦命未形先定。（第七回　龔西園脈藥冠醫林）

# 《宜春香質》詞

（醉西湖心月主人撰　四集　二十回　《思無邪匯寶》本
臺灣大英百科股份有限公司　二〇〇〇）

## 西江紅（按：應爲《滿江紅》調）

蕩情年少，似楊花著處留戀。故妝盡妖嬈，風騷賣遍。蝴蝶枕前顛倒夢，杜鵑被底温柔天。嘗滋味，夜夜做新人，心所願。　朝三三，三不厭。暮四四，四欣羡。猛撞著魔頭，風流過犯。正人棄鄭羞爲伍，流落窮途受苦難。問世上，如今作嫩郎，蕩可賤？（風集　第一回　書房内明修棧道　臥榻上暗度陳倉）

## 戚氏

恨天涯，蕩情遊子淚如麻。狂風拍岸，驟雨封江耽擱咱。無端遇羅刹。引入秦樓楚館，措風流別戀嬌娃。向此臥柳與吞花。朝朝染翰，夜夜題紅，此際恩情無價。嘆囊金有盡，欲海無邊，從中變卦。　流落窮途，怎奈失林可訝。觸藩堪嗟。盼長途、煙花野寺，到處爲家。如楊花、撒野飄零，一任封夷，青草枯槎。朝燕暮趙，今東明西，又向金陵遊狎。　帝里風光好，奈魔兒重，十分狼藉。何來狂朋怪侶，遇當歌對酒便相迓。別卻南都往北，壯遊未已，斷送命兒乖。感君侯、哀死生榮華。追往事，血透絞帕。酬深恩，向前欲話。聽嗚咽，畫角數聲怕。明年春際，桃紅柳緑，記我來也。（風集　第五回　雪深怨鋤强扶弱　報大德轉劫投胎）

## 六么令

梟薄惡要，反臉便無情義。哄得人兒上樓，便掇梯兒去。有錢有酒相隨，財盡掉臂矣。百般相契，獻臀請擣，都爲詐錢生活計。　機括太熟，逢人便施拖刀計,閃殺多少情癡,破産心不悔。乖戾到頭有報,陡的冤家至,狹路難避。抽腸活剥,大快人心警當世。(花集 第一回 薄情子錢塘觀相 成陽公幽谷傳句)

## 天香

世情薄惡,骨肉炎凉,眼底風波真怕。反覆醜奴,驕悍戾子,配來一樣無差。床頭金盡,便轉睫生嗔,淩吒骨肉。天性且然,陌人勢力休訝。 英雄不激不起,仰天灑淚辭家。雲路得先登,一旦榮華,高牙大纛歸第,可羞殺、有眼無珠者。傷心賦就,一篇賺話。(雪集 第一回 要兒謀奪青樓寵 龜奴計採後庭花)

## 瀟湘逢故人慢

燕子樓中,記當年勝事,多少風流。恨喬才生變詐,嬌香嫩蕊,誤配狂囚。蕩子虧心,把忠言反作仇寇。憐薄命,無端就裏,又落娼家機彀。 萍水遇,信還疑,説不出别後,幾般孱僽。四目淚交流。無語相看,三更時候。故人今夜同歡笑,兩意綢繆。爲功名,明朝分手,幾時得吃合巹喜酒?(雪集 第五回 塵埃中物色英雄 晝錦堂分明德怨)

## 憶舊遊

憶昔遊廣陵,骨肉炎凉,恁般刻薄。詈口蜂針蟒綫,不顧羞殺人,數數落落。道我墮落銷磨,潦倒無成果。恁肉眼無珠,重財輕我,直堪淚沱。 呵呵。我如今、幸上苑觀花,行藏非昨。敢勞汝躬臨,看窮酸榜樣,高牙大纛,貧貧賤賤已脱。前羞都洗卻。寄問蘋娘,相逢面目如何過?(雪集 第五回 塵埃中物色英雄 晝錦堂分明德怨)

## 晝錦堂

月中折桂,上苑觀花,歸來衣惹天香。憶昔當年舊事,幾度悲傷。破産子房末虎笑,那更骨肉起炎凉。五侯不肯待賓客,七貴空自梟張。 欣揚。脱儒冠,受皇恩,身到金馬玉堂。不負十年窗下,湎攻文章。姓字已誇題榜甲,聲名且爾振家邦。歸故里,酬恩洗冤報德,羞殺他行。(雪集 第五

回　塵埃中物色英雄　書錦堂分明德怨）

## 碧芙蓉

美貌必招淫，多少兒郎，爲此巾幗。賣笑市歡，妾婦羞合。慣風情，賽過娼姬。恣淫焰，攻爲狐惑。最堪殺處，朝王暮李，扺恁耻心没。　　賦形得其醜，天畀於净，傲骨世人。棄擲此身方潔澤。甚無端，觸景生憎，墮情場，改頭易色。恩情美滿，覺來頓悟三生則。（月集　第一回　鈕子俏題詞問天　圓情老闡明因報）

## 鳳凰臺上憶吹簫

子建奇才，潘安美貌，都是洪鈞冶鑄。何豐此嗇彼，不能厮濟？少甚三家子，占了俊麗世。喜媚一見相契，不必同志。　　笑嘻嘻，偏吾醜也，惹千人憎嫌，萬人擲棄。空才雄百代，志超驊驥。怎奈面目可鄙，友朋中、羞與並立。問天公，如何脱此，醜驢質氣？（月集　第一回　鈕子俏題詞問天　圓情老闡明因報）

## 臨江仙

情來情去何日止？都緣皮袋豐標。這般軀殼好羶臊。腹中裝齷齪，口裹賣風騷。　　逢人便説相思話，眼角眉梢丢俏。將形骸把人掇弄。被底博温存，鬢眉氣俱削。（月集　第五回　迷中不解兩世因　覺來頓悟三生謎）

# 《弁而釵》詞

（醉西湖心月主人撰　二十四回　《思無邪匯寶》本　臺灣大英百科股份有限公司　二〇〇〇）

## 東風齊著力

既可雄飛，亦能雌伏，佔盡風華。何須巾幗，遍地皆司馬。翩翩五陵年少，逞風流艷奪嬌娃。情酣處，也酸也醋，也肉也麻。　　也慷慨，情偏洽。憐同調，太山輕擲增加。妒風疾雨，愈表性無他。誰是風魔學士，將情癡博得情佳。喜彈冠，批鱗解難，萬載堪誇。（情貞紀　第一回　趣翰林改裝尋友　俏書生刮目英雄）

## 如夢令

遊藝中原娛人，仙子冰肌玉質。一見識英雄，心締三生佳謎。如醉，如醉，何時能遂歡會。（情貞紀　第一回　趣翰林改裝尋友　俏書生刮目英雄）

## 憶王孫

無端一見便關心，何事關心直恁真？將心問口自沉吟。這牽情，三生石上舊精魂。（第二回　趙子交際輪贈頭　涂生得隴又望蜀）

## 訴衷情

臨風幾度憶王孫，清淚頻沾巾。相逢不敢訴衷情，背後暗呼名。　　個中事，付題吟，誰寄卿？骨化形銷，因風萎露死甘心。（情貞紀　第二回　趙子交際輪贈頭　涂生得隴又望蜀）

## 滿庭芳

桂花争馥，楓葉驚紅，造成一段秋色。蘭秀菊芳，外更飛雲白。征鴻嘹嚦半空，告天涯幾家離合。池塘畔，衰柳寒蟬，兩兩啼愁拍。　　休説，雖然是明窗净几，雕梁畫格。解不得對景，悲秋狂客。道芙蓉老也，難保這、少年時節。怕凝眸，煙霧霏糜，都是傷心物。（情貞紀　第二回　趙子交際輸贈頭　涂生得隴又望蜀）

## 西江月

酒是迷心鴆毒，色乃伐性斧斤。任是鐵漢如其中，也教兒女情勝。　　金剛婆僂各異，健兒美女殊形。只因一點志誠心，博得男甘女嬪。（情俠紀　第一回　張舍人能文能武　王虎子再戰再勝）

## 生查子

弟當悲獨夜，月亦厭空床。故驚魂夢斷，卻送可憐光。　　孤影起徘徊，月光亦惆悵。月落不成眠，雞聲入羅帳。（情俠紀　第四回　救相山兩好分情　獻京師一朝際遇）

## 長相思（按：此爲明·趙燕詞）

去悠悠，意悠悠，水遠山長無盡頭，相思何日休。　　見春愁，對春愁，日日春江認去舟，含情空倚樓。（情俠紀　第四回　救相山兩好分情　獻京師一朝際遇）

## 一七體·别

别，别。灰心，結舌。魂黯然，氣嗚咽。長情短情，一惙再惙。鴛鴦譜相思，鶗鴂鳴冤訣。淚落一滴一珠，馬行一步一折。曾聞有淚不輕彈，英雄到此應啼血。（情俠紀　第四回　救相山兩好分情　獻京師一朝際遇）

## 一七體·思

思，思。不慣，難支。如夢醉，似顛嘻。既去復來，倏定又題。撫弦怨欲絶,展卷意先悲。心灰腸斷在我,忘餐廢寢因伊。古往今來都抱恨,人生最苦是相知。(情俠紀　第四回　救相山兩好分情　獻京師一朝際遇)

## 一七體・夢

夢,夢。神交,情恫。留半枕,待一詷。莫往莫來,誰迎誰送?假寐尚如逢,臨征豈無愡。纔驚藍橋水溢,又訝襖廟火䂬。傷情是[最]是枝頭鳥,不管離人窗外弄。(情俠紀　第四回　救相山兩好分情　獻京師一朝際遇)

## 一七體・怨

怨,怨。易别,難見。慾火熬,凡心嚥。咄咄書空,悠悠言唁。對月幾徘徊,臨風頻留戀。淚枯依然還滴,神傷幾曾不悁。阿儂也要斬情根,怎奈情根不受剸。(情俠紀　第四回　救相山兩好分情　獻京師一朝際遇)

## 生查子

床空夜復夜,單情何日雙?獨眠雖已慣,覺來心忽傷。　　恨與别時久,愁因客路長。夢啼珠淚盡,枕上濕千行。(情俠紀　第四回　救相山兩好分情　獻京師一朝際遇)

## 長相思

愁無言,悶無言,紅飛滿庭春事闌。思君不見還。　　阻關山,望關山,倚遍欄杆芳草殘。盈盈淚(空彈)。(情俠紀　第四回　救相山兩好分情　獻京師一朝際遇)

## 浣溪紗

今夜玉人何處也,滿懷空抱天邊月。旅邸中那堪離别?　　□□珍珠花影斜,此際有情無處寫。歸來卻恨愁難説。(情烈紀　第四回　情鬼賣屍助友　佳士金榜題名)

## 桃源憶故人

歸來相見已三更,夜静烏棲弄影。庭空花□問聲,無人還自驚。　　殷

勤盟誓今宵整，窗□寒□爲證。□前明月知情，願死生同衾。（情烈紀　第四回　情鬼賣屍助友　佳士金榜題名）

## 一斛珠

曉霧輕籠，晴山淡掃新妝巧，一片閒情寄花鳥。朱顏正妙，那識閒煩惱。　　海棠夢裏醉魂消，柳葉檐前體態嬌，桃花扇底窺春笑。試聽藏喉，北苑鶯聲小。（情烈紀　第五回　風流客洞房花燭　志誠種南海成神）

## 漁家傲

世事囂淩成惡習，覆雨翻雲等兒戲。迎新送舊何足異。都如是，扇墳劈腦良人婦。　　奇情男子行女事，守節存孤誰得似？功成拂袖返終南，真堪數，個人絶勝易交士。（情奇紀　第一回　陷北京前世因　落南院冤孽債）

## 西江月

星星含情美盼，纖纖把臂柔荑。檀口欲語又還遲，新月眉兒更異。　　面似芙蓉映月，神如秋水湛珠。威儀出洛自稀奇，藐姑仙子降世。（情奇紀　第一回　陷北京前世因　落南院冤孽債）

## 搗練子

春將半，月色孤，風送歸雁影蕭疏。試問參行何所寄？報道是、有淚無書。（情奇紀　第二回　長歌當哭　細語傳情）

## 未標牌名·思親

親在江南兒在北，可憐欲見不可得。悽悽薄暮强登樓，獨坐寒窗觀雨色。雨色沉，何時止？今夕思親愁欲死。（情奇紀　第二回　長歌當哭　細語傳情）

## 未標牌名（按：用《西江月》調）

門依雙輪日月，照耀一望山川。珠淵金井暖含煙，更有許多堪羨。　　疊疊朱樓畫閣，凝凝赤壁青田。三春楊柳九秋蓮，兀是洞天罕見。（情奇紀　第五回　功成拂袖避世　證果羽化登仙）

# 《醋葫蘆》詞

（西子湖伏雌教主撰　四卷　二十回　《古本小説集成》
據筆耕山房本影印　上海古籍出版社　一九九一）

## 滿江紅

鬚髮男兒，率性處、繇來凜冽。又何曾隱忍膚撓，含容目瞽。勝負場中逞後先，英雄隊裏争豪傑。怎歸來、見着俏渾家，湯澆雪！　下虚心，猶未悦。任趨承，還磨折。總甘心忍耐，敢生流言。可侮渾如繫頸羊，堪欺儼似藏頭鱉。是何年，請得上方刀，把雌風滅。（第一回　限時刻焚香出去　怕違條忍餓歸來）

## 臨江仙

杏臉全憑脂共粉，烏雲間着銀絲。荆釵裙布儉撑持。不爲雌石季，也算女陶朱。　真率繇來無笑影，和同時帶參差。問渠天性更何如？要知無妒意，溺器也教除。（第一回　限時刻焚香出去　怕違條忍餓歸來）

## 臨江仙

年齒雖然當耳順，襟期尤似童齡。吴霜縷縷鬢邊生。不因五斗粟，慣作折腰迎。　綺思每涎蝴蝶夢，幽期惟恐鶯聞。問渠來將是何名？畏妻都總管，懼内老將軍。（第一回　限時刻焚香出去　怕違條忍餓歸來）

## 臨江仙

淡掃蛾眉排遠岫，低垂蟬鬢輕雲。星星鳳眼碧波清。鶯聲嬌欲溜，燕體步來輕。　容貌可將秦、虢比，賢才不愧曹卿。順承婦道德如坤。螽斯宜早振，麟趾盡堪徵。（第一回　限時刻焚香出去　怕違條忍餓歸來）

## 臨江仙

布襪青袍多儉朴，衣冠楚楚堪欽。謙恭虚己頗温存，雖當酩酊後，到底有規箴。　　二子多才騏與驥，一雙白璧南金。聯芳棠棣許趨庭。從來誇兩仲，不負二難稱。（第一回　限時刻焚香出去　怕違條忍餓歸來）

## 滿庭芳

日色融和，風光蕩漾，紅樓煙鎖垂楊。畫船簫鼓，士女競芬芳。夾岸緑雲紅雨，繞長堤、驄馬騰驤。礙行雲，兩峰高插，咫尺刺窮［穹］蒼。　　莫論村與俏，攜壺挈盒，逐隊分行。羡逋仙才調，鄂武鷹揚。飄渺五雲深處，三百寺、二六橋梁。最堪誇、汪汪千頃，一派碧波光。（第二回　祭先塋感懷致泣　泛湖舟直諫招尤）

## 臨江仙

脚踏西湖船二隻，髻籠一個烏升。真青衫子兩開衿，時興三不像，六幅水藍裙。　　修面篦頭原祖業，攜雲握雨專門。賺錢全仗嘴皮能，村郎賽潘岳，醜女勝昭君。（第三回　王媽媽愁而復喜　成員外喜而復愁）

## 西江月

臉似荔枝生就，眼如圓［龍］眼妝成。脚如山藥帶毛根，手像建州緑［蘆］笋。　　頭若有鬚芋艿，耳如帶殼風菱。口如吐蚨蓋如唇，鼻涕還如海粉。（第三回　王媽媽愁而復喜　成員外喜而復愁）

## 臨江仙

輕躁骨頭無四兩，文才頗没三分。長衫大袖淺鞋跟。賭行真老酒，妓館假斯文。　　插號不慚都白木，瞞人假冒青衿。他年書史悟儒身，給還依舊態，斷送老童生。（第三回　王媽媽愁而復喜　成員外喜而復愁）

## 未標牌名（按：此爲唐・李白《秋風詞》）

秋風清，秋月明。落葉聚還散，寒鴉棲復驚。相思相見知何日？此時

此夜難爲情。(第六回　脱滯貨石田長價　嗟薄命玉杵計窮)

## 臨江仙

小巧腰肢剛半捏,依然含蕊梅花。蓬鬆兩鬢暗堆鴉。雖非金屋豔,不愧謝庭娃。　婉媚卻無輕薄態,見人羞澀偏加。持觴侑酒不須誇。盡堪供灑掃,不會事鉛華。(第六回　脱滯貨石田長價　嗟薄命玉杵計窮)

## 滿庭芳

龍則一名,色分六種,青藍黑白紅黄。船隨大小,龍有短和長。吹角鳴金擂鼓,恍疑是湖水騰驤。少年行,花拳繡腿,盡是俊兒郎。　往來波浪裏,止争瞬息,何啻飛揚。盡誇花錦服,明豔旗槍。扮出歷朝故事,夜叉鬼處處喬妝。屈子恨,千秋共吊,萬古競傳芳。(第八回　再世昆侖玉全麟嗣　重生管鮑弦續鸞膠)

## 菩薩蠻

乾坤偌大難容也,婦人之妒其微者。阿婦縱然驍,兒夫太軟條。　任他獅子吼,我聽還如狗。療妒有奇方,無如不怕强。(第十回　伏新禮優觴禍釀　弄虚脾繼立事諧)

## 沁園春

吏部夫人,因夫無嗣,日夕憂遑。遇小青風韻,隣家錯嫁,苦遭奇妒,薄命堪傷。讀曲新詩,偶遺書底,吏部偷看爲斷腸。輕舟傍,借西湖小宴,邂逅紅妝。　山莊臥病身亡,賴好友投丹竟起僵。反假稱埋骨,乘機夜遁,繡幃重晤,故意潛藏。遣作遊魂,畫邊虚賺,悄地拿奸笑一場。天憐念,喜雙雙玉樹,果得成行。(第十回　伏新禮優觴禍釀　弄虚脾繼立事諧)

## 水龍吟·詠楊花(按:此爲宋·蘇軾詞)

似花還似非花,也無人惜,從教墜。拋家傍路,思量卻似,無情有思。縈損柔腸,困酣嬌眼,欲開還閉。夢隨風萬里,尋郎去處,又還被鶯呼起。　不恨此花飛盡,恨西園、落紅難綴。曉來雨過,遺蹤何在?一池萍

碎。春色三分，二分塵土，一分流水。細看來不是楊花，點點是離人淚。（第十一回　都氏瓜分家財　成飆浪費繼業）

## 未標牌名（按：此仿《憶秦娥》調，有變化）

都白木，都白木，肚裏原無半點墨。半點墨，可是行屍，應同走肉。　從來嫖賭行中熟，不惜黄金賤珠玉。賤珠玉，有日囊空，齊人妝束。（第十一回　都氏瓜分家財　成飆浪費繼業）

## 未標牌名（按：此仿《憶秦娥》調，有變化）

賽綿駒，賽綿駒，肚裏原無半句書。半句書，陽關三疊，一曲驪珠。　後庭花果萬千枝，皮場廟裏多精致。多精致，賴有屯田，問津可據。（第十一回　都氏瓜分家財　成飆浪費繼業）

## 未標牌名（按：此仿《憶秦娥》調，有變化）

小易牙，小易牙，身伴原無一技佳。一技佳，不惟煮水，且會烹茶。　魚頭肉滷味堪誇，鵞湯鴨汁先嘗着。先嘗着，賓客餘殘，區區飽嚼。（第十一回　都氏瓜分家財　成飆浪費繼業）

## 未標牌名（按：此仿《憶秦娥》調，有變化）

熱幫閒，熱幫閒，手内原無半個錢。半個錢，全憑一嘴，賺盡人間。　説無説有撇空拳，踢天弄井專行騙。專行騙，鐵甲面皮，何愁缺欠。（第十一回　都氏瓜分家財　成飆浪費繼業）

## 蝶戀花

細眼長眉只是笑，闊口方頤，耳大雙環套。胖矮横身三尺料，斗來大肚深深竅。　栗大念珠顆粒少，布囊並不盛錢鈔。醉態酩酊顛又倒，滿腔樂事無煩惱。（第十二回　石佛庵波斯回首　普度院地藏延賓）

## 南鄉子

小徑隔紅塵，寂寂湘簾晝掩門。歌笑聲來香霧裏，氤氳。酷似當年舊避秦。　朱紫滿檐楹，一滴秋波溜殺人。風漾柳絲絲萬縷，牽情。燕子樓頭日日春。（第十四回　告忤逆枉賠自己鈔　買生員落得用他財）

## 南鄉子

顧盼可傾城，一笑千金百媚生。蟬作鬢鬟鴉作髻，烏雲。映着龐兒玉琢成。　不是薛靈芸，忒煞當年楊太真。若得琵琶横背上，昭君。不道而今有後身。（第十四回　告忤逆枉賠自己鈔　買生員落得用他財）

## 未標牌名（按：此用《西江月》調）

赤羽攢成甲胄，丹砂嵌就兜鍪。面如薰棗足如鈎，飲啄頻伸長脰。　日府金烏是友，山梁雌雉爲儔。身膺五德猛糾糾，二十八星中昂宿。（第十七回　波斯閲招救難　都氏帶罪受經）

## 未標牌名（按：此用《南鄉子》調）

俊秀自天成，粉臉朱唇骨格清。步履軒昂相度好，聰明。釋氏宣尼親抱臨。　鷹隼出風塵，獨步驊騮誰與争？笑語言談渾似父，而今。有子如斯堪稱心。（第十八回　翠苔重返家門　都氏闔堂拜謝）

## 釵頭鳳（按：此爲宋·陸游詞）

紅酥手，黄藤酒，滿城春色宫牆柳。東風惡，歡情薄，一懷愁緒，幾年離索。錯，錯，錯。　春如舊，人空瘦，淚痕紅浥鮫綃透。桃花落，閑池閣，山盟雖在，錦書難托。莫，莫，莫。（第二十回　昧心天誅地滅　碩德名遂功成）

# 《隋煬帝豔史》詞

（齊東野人撰　八卷　四十回　《古本小説集成》據日本内閣文庫藏人瑞堂刊本影印　上海古籍出版社　一九九一）

## 臨江仙（此爲宋・許庭詞）

不見隋河堤上柳，緑陰流水依依。龍舟東下疾如飛，千條萬葉，濃翠染旌旗。　記得當年春去也，錦帆不見西歸，故抛輕絮點人衣。如將亡國（恨），説與路人知。（正文前插圖題詞）

## 未標牌名（按：此爲明・無名氏《臨江仙》詞）

試問水歸何處？無明徹夜東流。滔滔不管古今愁。浪花如噴雪，新月似銀鈎。　暗想當年富貴，挂錦帆直至揚州。風流人去幾千秋！兩行金綫柳，依舊纜扁舟。（第一回　隋文皇帶酒幸宫妃　獨孤后夢龍生太子）

## 西江月

紫氣遥連雙闕，紅雲直接三臺。槐堂棘院赫然開，棨戟横增氣概。　閣上恩光日月，階前然諾風雷。百官總已聽端裁，真是當朝鼎鼐。（第二回　飾名節盡孝獨孤　蓄陰謀交歡楊素）

## 賀新郎

九重天靉靆。曙光開、紅雲縹緲，殘星猶在。長樂疏鐘煙柳，因畫角一聲花外。漸露出、皇家氣概。金殿玉階丹鳳闕，曉氤氲、都被香煙靄。瞻庭燎，深如海。　鏘鏘濟濟［嚌嚌］鸞聲噦。一霎時、萬國衣冠，九州車蓋。咫尺天顔敢褻越，禮樂文章等殺，夔慄慄，百官擁戴。日色初臨丹扆出，净

鞭鳴、仿佛聞天籟。山呼向，螭頭拜。（第四回　不發喪楊素弄權　三正位阿摩登極）

## 柳梢青

不點鉛華，淡煙素月，别自堪誇。最消魂處，如嗔似怨，雲鬢歪斜。　任他柳掩花遮，争到得形芳影葩？燈前想像，巫山洛水，宛不争些。（第五回　黄金盒賜同心　仙都宫重召入）

## 柳梢青

倚頎而長，一人有美，婉如清揚。謾誇富貴，不衫不履，自是非常。　時聞天語琳瑯，調笑處珠温玉光。風流誰似，洛川姚冑，巫峡襄王。（第五回　黄金盒賜同心　仙都宫重召入）

## 長相思

紅已稀，緑已稀，多謝春風着地吹，殘花難上枝。　得寵疑，失寵疑，想像爲歡能幾時？怕添新别離。（第五回　黄金盒賜同心　仙都宫重召入）

## 長相思

雨不稀，露不稀，願化春風日夕吹，種成千歲枝。　恩何疑，愛何疑，一日爲歡十二時，誰能生死離？（第五回　黄金盒賜同心　仙都宫重召入）

## 洞仙歌（按：此爲宋・蘇軾詞）

冰肌玉骨，自清涼無汗。水殿風來暗香滿。繡簾開，一點明月窺人，人未寢，欹枕釵横鬢亂。　起來攜素手，庭户無聲，時見疏星度[渡]河漢。試問夜如何？夜已三更，金波淡，玉繩低轉。但屈指西風幾時來，又不道流年暗中偷换。（第六回　同釣魚越公恣志　撻宫人煬帝生嗔）

## 滿江紅

走兔飛烏，急忙裹、爲歡不足。記相逢，纔開口笑，便傷心哭。瘞玉埋香新土濕，阿嬌早入黄金屋。問古今、何事最無涯？人之慾。　　未得時，愁無福；既得了，傷時促。算將來、翻是一場勞碌。因酒新添連日病，惜花常把眉兒蹙。鬧嚷嚷、只待骨成灰，方寧服。（第七回　選美女越公强諫　受矮民王義净身）

## 滿江紅

末世争强，只思量、窮兵黷武。那裏管、國敝民疲，破斨缺斧。異域已填無限骨，何曾添得中原土？想舞干、階下有苗平，今非古。　　秦祖龍，强如虎；漢武帝，英雄主。到頭來，却與封疆無補。封禪築城千載計，一朝草木名同腐。願君王、端拱享承平，登三五。（第八回　逞富强西域開市　擅兵戈薊北賦詩）

## 未標牌名（按：用《西江月》調，末句加襯）

白玉聊爲石砌，黄金散作磚封。紫光赤氣一重重，横鎖四條蝃蝀。　　行過泰山摇撼，平臨瑞靄崆峒。不知高處幾千弓，但見北斗向城低控。（第八回　逞富强西域開市　擅兵戈薊北賦詩）

## 滿庭芳

卓、莽神奸，高、斯詭詐，算來轉是愚癡。殺人人殺，半點不差池。何事只矜跋扈，禍與害，全不思□。及想到，東門黄犬，骨血已淋漓。　　前車既覆矣，後車偏急，若罔聞之。縱天心仁愛，無計扶持。唯有五陵臺榭，北邙山、皓齒娥眉。送英雄，甘心入土，猶自道便宜。（第九回　文皇死報奸雄　煬帝大窮土木）

## 滿庭芳

日食三餐，夜眠七尺，所求此外無他。問君何事、苦苦競繁華？試想江南富貴，臨春與結綺交加。到頭來、身爲亡虜，妻妾委泥沙。　　何似唐虞際，茅茨不剪，飲水衣麻。享芳名萬載，其樂無涯。歎息世人不悟，只知認、白骨爲家。鬧烘烘、争强道勝，惟識眼前花！（第十回　東京陳百戲　北海起三山）

## 望江南・詠湖上八景(八首)(按:此爲五代・無名氏詞)

湖上月,遍照列仙家。水浸寒光鋪枕簟,浪摇晴影走金蛇。偏稱泛靈槎。　　光景好,輕彩望中斜。清露冷侵銀兔影,西風吹落桂枝花。開宴思無涯。

湖上柳,煙裏不勝摧。宿露洗開明媚眼,東風播弄好腰肢。烟雨更相宜。　　環曲岸,陰覆畫橋低。綫拂行人春晚後,絮飛晴雪暖風時。幽意更依依。

湖上雪,風急墮還多。輕片有時敲竹户,素華無韻入澄波。望外玉相磨。　　湖水遠,天地色相和。仰面莫思梁苑賦,朝來且聽玉人歌。不醉擬如何。

湖上草,碧翠浪通津。修帶不爲歌舞緩,濃鋪堪作醉人茵。無意襯香衾。　　晴霽後,顔色一般新。遊子不歸生滿地,佳人遠意寄青春。留詠卒難伸。

湖上花,天水浸靈芽。淺蕊水邊匀玉粉,濃苞天外剪明霞。只在列仙家。　　開爛熳,插鬢若相遮。水殿春寒幽冷艷,玉軒晴照暖添華。清賞思何賒。

湖上女,精選正輕盈。猶恨乍離金殿侣,相將盡是採蓮人。清唱謾頻頻。　　軒内好,嬉戲下龍津。玉管朱弦聞盡夜,踏青鬥草事青春。玉輦從群真。

湖上酒,終日助清歡。檀板輕聲銀甲緩,醅浮香米玉蛆寒。醉眼暗相看。　　春殿晚,仙艷奉杯盤。湖上風光真可愛,醉鄉天地就中寬。帝主正清安。

湖上水,流繞禁園中。斜日暖摇清翠動,落花香暖衆紋紅。蘋末起清風。　　閒縱目,魚躍小蓮東。泛泛輕摇蘭棹穩,沉沉寒影上仙宫。遠意更重重。(第十一回　泛龍舟煬帝揮毫　清夜遊蕭后弄寵)

## 未標牌名(按:用《一剪梅》調)

人生得意小神仙,不是花前,定是尊前。休誇齒皓與眉鮮,不得君憐,也是枉然。　　君若憐時莫要偏,花也堪憐,葉也堪憐。情禽不獨是雙鴛,

鶯也翩躚，燕也翩躚。（第十一回　泛龍舟煬帝揮毫　清夜遊蕭后弄寵）

## 清夜遊

洛陽城裏清秋美，見碧雲散盡，凉天如水。須臾山川生色，河漢無聲，千樹裏，一輪金鏡飛起。照瓊樓玉宇，銀殿瑶臺，清虚澄澈真無比。　夜良情不已。敕千乘萬騎，縱遊西苑，天街御道平如砥。馬上樂、竹媚絲嬌，輿中宴、金甘玉旨。試憑三吊五，能幾人，不虧聖德窮華糜。須記取：隋家瀟灑王妃，風流天子。（第十一回　泛龍舟煬帝揮毫　清夜遊蕭后弄寵）

## 謁金門

真無價，不倩烟描月畫。白白青青嬌欲化，燕妒鶯兒怕。　不獨欺班羞謝，别有文情蘊藉。一曲《後庭》猶未罷，已成亡國話。（第十二回　會花陰妥娘邀寵　舞後庭麗華索詩）

## 如夢令

莫道繁華如夢，一夜剪刀聲種。曉起錦堆枝，笑殺春風無用。非頌，非頌，真是蓬萊仙洞。（第十三回　擕雲傍輦路風流　剪綵爲花冬富貴）

## 如夢令

帝女天孫遊戲，細把錦雲裁碎。一夜巧鋪春，盡回枝頭點綴。奇瑞，奇瑞，寫出皇家富貴。（第十三回　擕雲傍輦路風流　剪綵爲花冬富貴）

## 梅花引

紅一團，緑一團，上下高低簇錦盤。花攢攢，葉攢攢，焕彩蒸霞，渾如錦一般。　千花萬蕊都開遍，不留一朵藏春豔。莫浪看，莫浪看，只恐傷殘，繁華再繼難。（第十六回　明霞觀李　北海射魚）

## 踏莎行

白雪横鋪，碧雲亂落，明珠仙露浮花萼。渾如一夜氣呵成，果然不假春

雕鑿。　　天地栽培，鬼神寄託，東皇何敢相拘縛。風來香氣欲成龍，凡花誰敢争强弱。（第十六回　明霞觀李　北海射魚）

## 風入松

鶯聲未老燕初歸，嫩緑新肥。漫道春還紅瘦也，留春還有花枝。架上薔薇開處，枝頭梅子酸時。　　不寒不暖日遲遲，絶好佳期。更有楊花飛滿院，伴落英紅白芳菲。嬌影時時堆砌，疏香陣陣侵衣。（第十八回　耿純臣奏天子氣　蕭懷静獻開河謀）

## 意難忘

世事浮漚，歎年華迅速，逝水東流。榮華能幾日，鬢髪不禁秋。纔雨過便雲收，一霎兒到頭。細思量、乾坤傀儡，天地蜉蝣。　　問君着甚來由？向矮人場裏攘攘營求。不知身是夢，苦與命爲讐。些個事，不甘休，便欲起戈矛。到五更，鐘敲雞唱，月冷風愁。（第十九回　麻叔謀開河　大金仙改葬）

## 意難忘

人世堪憐，被鬼神播弄，倒倒顛顛。纔教名引去，復以利驅旋。船帶縴，馬加鞭，誰能得自然。細看來，朝朝塵土，日日風烟。　　饒他狡猾雄奸，向火坑深處抵死胡纏。殺身求富貴，服毒望神仙。枯骨朽，血痕鮮，方知是罪愆。能幾人、超然物外，獨步機先？（第二十回　留侯廟假道　中牟夫遇神）

## 何滿子

花酒迷魂猶淺，坑人惟利爲深。多少貪夫圖富貴，斷頭折骨寒心。但顧一身快樂，管誰冤恨沉沉。　　莫道九閽可叩，休言上帝遥臨。若要掩他天下目，只銷幾鎰黄金。閒吊斯民慘禍，潸然涕淚難禁。（第二十三回　陶榔兒盗小兒　段中門阻諫奏）

## 何滿子

盡道小人奸狡，偏予獨笑他癡。日向利名尋死路，昏昏認作便宜。不得。希賢希聖，自甘爲魅爲魖。　仗倆竿頭進步，機關雪裏埋屍，一旦奸雄都使盡，憑誰保骨留皮？回想從前富貴，可憐能幾何時！（第二十四回　司馬施銅刑懼佞　偃王賜國寶愚奸）

## 天香

雨殢雲尤，香温玉軟，只道魂銷已久。冤情孽債，誰知未了，又向無中生有。擷情掇趣，不是花，定然是酒。美語甜言笑口，偏有許多引誘。　錦纜纔牽纖手，蚤種成兩堤楊柳。問誰能到此？唯唯否否。正好快心蕩意，不想道、干戈掣人肘。急急忙忙，怎生消受。（第二十七回　種楊柳世基進謀　畫長黛絳仙得寵）

## 天香

濯世清襟，撑時硬骨，試問世人有幾？慾火難澆，柔魂易蕩，大半願爲情死。餓心饞眼，況又遇明眸皓齒。既得花調柳笑，怎不鶯怡燕喜。　漫道好非君子，猶恐怕消他不起。管甚鼠有皮，人而無禮。只恨子規聲急，催促春光歸去矣。滿目繁華，忽焉如洗。（第二十八回　木鵝開河　金刀斬佞）

## 水調歌頭

世事不可極，極則天忌之。試看花開爛熳，便是送春時。況復巫山頂上，豈堪攜雲握雨，更上最高枝。莫倚月如鏡，須臾殘蛾眉。　百恩愛，千繾綣，萬相思。急喉易醉，豈能飲此長命卮？打破五更熱夢，送我一抔寒土，此際冷颼颼。絲竹尚在室，已被他人吹。（第二十九回　静夜聞謡　清宵玩月）

## 水調歌頭

拭淚問造物，造物一何乖。盡道禍淫福善，暗裏有安排。請看獨夫殘暴，爲甚刀兵水火，只作小民災。慘血終日瀝，勞骨何時理[埋]。　歌擊壤，遊鼓腹，安在哉？無情土木，不知磨碎幾多骸。謾道江山將破，樓上清歌妙舞，猶自醉金釵。天意已如此，世事不勝哀。（第三十回　幸迷樓何稠獻車　賣荔枝二仙警帝）

## 西江月

柳葉雲巾蕩漾，梅花鶴氅翩躚。黄絲條子帶雲烟，草履天涯遍。　　碧眼一雙湛若，長髯三縷飄然。分明瓊島散神仙，不是道人顔面。（第三十回　幸迷樓何稠獻車　賣荔枝二仙警帝）

## 西江月

姑洗紫芝作骨，瑶池白雪爲膚。丹霞縹緲藐仙姑，不許紅塵點汙。　　青漢行來風馭，碧天歸去雲扶。伴他明月不嫌孤，别有玄中夫婦。（第三十回　幸迷樓何稠獻車　賣荔枝二仙警帝）

## 鵲橋仙

香肌潑墨，玉容染翰，形兒影兒難辨。君王癡眼醉模糊，但只見春光一片。　　鏡中花貌，烟中粉黛，畫出鶯鶯燕燕。嬌深媚淺不争些，便勝似丹青無限。（第三十一回　任意車處女試春　烏銅屏美人照豔）

## 西江月

玉甕釀成酩醁，小槽滴出珍珠，光浮琥珀漾珊瑚，不異瓊漿仙露。　　味冽好和興趣，清香可助歡娱。不醒不醉暖模糊，添得芳春無數。（第三十四回　賜光綾蕭后生妒　不薦寢羅羅被嘲）

## 小重山（按：此爲唐·韋莊詞）

一閉昭陽春又春。夜寒宫漏永，夢君恩。卧思陳事暗銷魂。羅衣濕，紅袂有啼痕。　　歌吹隔重閽。繞亭芳草緑，倚長門。萬般惆悵向誰論？顒情立，宫殿欲黄昏。（第三十六回　下西河世民用計　賜雙果絳仙獻詩）

## 未標牌名

瓊瑶宫室，金玉人家，珠簾開處碧鈎掛。歎人生一場夢話，休錯了歲歲桃花。奈中原離黍，霸業堪嗟。　　干戈滿目，阻斷荒遐。梨園檀板動新

雅。深痛恨，無勤王遠將鑾輿迓，須拚飲，顧不得繁華天下。（第三十八回　觀天象袁克進言　陳治亂王義死節）

## 風流子

興衰如丸轉，光陰速，好景不終留。記北狩英雄、南巡富貴，牙檣錦纜，到處遨遊。忽轉眼斜陽鴉噪晚，野岸柳啼秋。暗想當年，追思往事，一場好夢，半是揚州。　　可憐能幾日花與酒？釀成千古閒愁。謾道半生消受，骨脆魂柔。奈歡娱萬種，易窮易盡，愁來一日，無了無休。説向君、如不信，試看迷樓。（第三十九回　宇文謀君　貴兒罵賊）

## 風流子

天子至尊也，因何事，却被小人欺？總土木繁興，荒淫過度，虐民禍國，天意爲之。故一旦、宫庭兵變亂，寢殿血淋漓。似錦江山，如花宫女，回頭一想，都是傷悲。　　何如仁義主，恭與儉、爲民節省膏脂。創立千秋事業，萬世洪基。痛欲窮奢侈，爲歡不足，親躬道德，樂也無涯。試看黄唐虞夏，皞皞熙熙。（第四十回　弑寢殿煬帝死　燒迷樓繁華終）

# 《鼓掌絶塵》詞

（金木散人撰　四集　四十回　《古本小説集成》據明崇禎刻本影印　上海古籍出版社　一九九一）

## 燭影摇紅（按：此爲宋·周邦彦詞，有改動）

香臉初勾，黛眉巧畫宫妝淺。風流天付與精神，全在秋波轉。早是縈心可慣，那更堪頻頻顧盼。幾回得見，見了還休，争如不見。　燭影摇紅，夜來筵散春宵短。當時誰解兩情傳？對面天涯遠。無奈雲稀雨斷，憑欄下東風吹眼。海棠開後，燕子來時，黄昏庭院。（第一回　小兒童題詠梅花觀　老道士指引鳳皇山）

## 西江月

煮茗堪消清晝，談棋可破閒愁。閉門高卧度春秋，撇去是非塵垢。　遺得一經架上，絶勝萬貫床頭。兒孫富貴豈營求，總任天公分剖。（第十一回　哈公子施恩收石蟹　小郎君結契贈青驄）

## 西江月

人有弄巧成拙，事有轉敗爲功。人生轉眼歎飛蓬，莫把韶華斷送。　昔日畫眉人去，當年引鳳樓空。萋菲荒草滿吴宫，都是一場蝶夢。（第二十一回　酒癡生醉後勘絲桐　梓童君夢中傳喜信）

## 鷓鴣天

誰是聰明誰薄劣，茫茫世事渾難識。人言糟粕悮生平，我道生平悮糟粕。　時未遇，受顛蹶，泥途豈是蛟龍穴？男兒壯志未消磨，肯向東陵種瓜瓞！（第二十一回　酒癡生醉後勘絲桐　梓童君夢中傳喜信）

## 滿庭芳(按:僅用上闋譜式)

緑樹垂陰,柴門半掩,金鈴小犬無聲。雕欄十二,曲檻玉階横。滿目奇葩異卉,繞地塘秀石連屏。徘徊處,一聲啼鳥,惹起故鄉情。(第二十一回　酒癡生醉後勘絲桐　梓童君夢中傳喜訊)

## 花落寒窗(按:此爲宋・無名氏詞)

徘徊無語倚南樓,目送歸鴻淚轉流。羅帶緩,倩誰收?　　人情惟有相思切,乍去還來無盡頭。争似水,只東流。(第二十五回　鬧街頭媒婆争娶　捱鬼病小姐相思)

## 憶王孫

玄霜搗盡見雲英,對面相看不盡情。借問藍橋隔幾層?恨前生,悔不雙雙繫赤繩。(第二十六回　假醫生藏機探病　瞽卜士開口禳星)

## 如夢令(按:此爲明・顧道喜詞)

衰柳蟬聲哽咽。四壁蛩吟悲切。丹桂發天香,疑似廣寒宫闕。八月,八月,又是中秋佳節。(第二十七回　李二叔拿奸鳴枉法　高太守觀句判聯姻)

## 金菊對芙蓉(按:此爲宋・無名氏詞,或誤爲僧仲殊或蘇軾詞)

花則一名,種分三色,嫩紅嬌白妖黄。正清秋佳景,雨霽風凉。郊墟十里飄蘭麝,瀟灑處,旖旎非常。自然豐韻,開時不惹,蝶亂蜂狂。　　把酒獨挹蟾光,問花神何屬,離、兑中央。引騷人乘興,廣賦詩章。幾多才子争攀折,姮娥道,三種清香。狀元紅是,黄爲榜眼,白探花郎。(第二十七回　李二叔拿奸鳴枉法　高太守觀句判聯姻)

## 鷓鴣天

臨安太守高方便,首奸不把姦情斷。當堂幾句撮空詩,對面兩人供認案。　　判爲婚,成姻眷,這件奇聞真罕見。悔殺無端二叔公,不做人情反

招怨。(第二十八回　文荆卿夜擒紙魍魎　李若蘭滴淚贈驪詞)

## 高陽臺(按:僅用上闋)

煙水千層,雲山萬疊。回首家鄉隔絶,客路迢迢,難盼吴門宫闕。傷情幾種關心事,歎連宵、夢魂顛越。對西風,斷腸淚灑,不勝悲咽。(第二十九回　赴臨安捷報探花郎　返姑蘇幸遂高車願)

## 鷓鴣天

轉眼繁華舊復新,朱顏白首幾曾真?生平謾作千年調,世上誰爲百歲人。　身後事,眼前名,争强較勝枉紛紜。古今多少英雄客,博得荒郊一土墳。(第三十一回　嫖賭張大話下場頭　仁慈楊員外大舍手)

## 西江月

簇簇瑶花飛絮,紛紛玉屑飄空。荒村雞犬寂無蹤,野渡漁人駭凍。　頃刻妝成瓊砌,須臾堆就銀峰。東君爲國報年豐,四海八方咸頌。(第三十一回　嫖賭張大話下場頭　仁慈楊員外大舍手)

## 滿庭芳(按:僅用上闋譜式)

世事紛紜,人情反復,幾年蒙蔽朝廷。一朝冰鑑,狐鼠頓潛形。可愧當權奸宦,想而今白骨誰矜。千秋後共瞻血食,凜凜幾忠魂。(第三十六回　遭閹割監生命鈍　貶鳳陽奸宦權傾)

# 《隋史遺文》詞

（袁晉撰　六十回　《古本小説集成》據日本東京帝國圖書館名山聚藏板影印　上海古籍出版社　一九九一）

## 未標牌名（按：用《西江月》調）

軒軒雲霞氣色，凛凛霜雪威稜。熊腰虎背勢嶙嶒，燕頷虎頭雄俊。　聲動三春雷震，髯飄五柳風生。雙眸朗朗炯疏星，一似白描關聖。（第三回　濟州城豪傑奮身　楂樹崗唐公遇盜）

## 千秋歲引

天地無心，男兒有意，壯懷欲補乾坤陂。鷹鸇何事奮雲霄，鸞凰垂翅荆榛裏。情脈脈，恨悠悠，髮雙指。　熱心肯爲艱危止，微軀拚爲他人死，横尸何惜咸陽市。解紛豈博世間名，不平聊雪胸中事。憤方休，氣方消，心方已。（第四回　秦叔寶途次救唐公　竇夫人寺中生世子）

## 點絳唇

牝牡驪黄，區區豈是英雄相。没個孫陽，駿骨誰相賞。　伏櫪悲鳴，氣吐青雲漾。多惆悵，鹽車躑躅，太行道上。（第七回　三義坊當簡受腌臢　二賢莊賣馬識豪傑）

## 西江月

窘士獲金千兩，寒儒連中高魁。洞房花燭喜難持，久别親人重會。　困虎肋添雙翅，蟄龍角奮春雷。農夫苦旱遇淋漓，暮景得生騏驥。（第十回　樊建威冒雪訪行蹤　單員外贈金胎禍水）

## 减字木蘭花

雲翻雨覆，交情幾動窮途哭。唯有英雄，意氣相孚自不同。　魚書一紙，爲人便欲拚生死。拯阨扶危，管鮑清風尚可追。（第十三回　張公瑾轉託二尉遲　秦叔寶解到羅帥府）

## 卜算子

壺漿溧水邊，麥飯淮城下。誰解風塵辨異才，頓長英雄價。　便欲一心銘，肯惜千金謝。莫教負義在男兒，貽得千秋駡。（第十六回　羅元帥作書貽蔡守　秦叔寶贈金報柳氏）

## 踏荷[莎]行

賦重生愁，民窮産絶。暗中每扼英雄腕。攘攘豺虎滿山林，生民何計逃塗炭。　莫浪興嗟，休生長歎。衣冠豺虎偏雄悍，劫人何必逞戈矛，筆尖落處皆糜爛。（第十八回　齊國遠嘯聚少華山　秦叔寶引入承福寺）

## 西江月

傀儡千般故事，詞歌百套新編。翻竿走索打空拳，耍棍飛槍舞劍。　龍虎交叉奪路，駱駝騎得喧天。獅蠻鬼判滿燈前，承應元宵佳宴。（第二十一回　齊國還漫興立毬場　柴郡馬挾伴游燈市）

## 未標牌名（按：用《卜算子》調）

香徑蘼蕪滿，蘇臺麋鹿游。清歌妙舞木蘭舟，廖寞有寒流。　紅粉今何在，朱顔不可留。空餘月照古長洲，聚散水中漚。（第二十二回　長安婦人觀燈步月　宇文公子倚勢宣淫）

## 滿江紅

塗膏砌血，打疊就、一人歡悦。苑囿池臺，似天角隱隱，雲霞層列。水滿銅溝，山開玉巘，琪樹寒煙結。景色天然，直是域中奇絶。　可堪世换時移，不堪回首處，香殘豔竭。簫鼓聲希，衹換得、鳥聲蛩語淒咽。春風羅綺，轉眼向誰尋覓也，野花黄蝶。世事如伊，笑殺前人謀拙。（第二十六回 二百里海山開勝景 十六院嬪御鬥豪華）

## 望江南（八首）（按：此爲五代·無名氏詞）

湖上月，偏照列仙家。水浸寒光鋪枕簟，浪摇晴影走金蛇。偏稱泛靈槎。　光景好，輕彩望中斜。清露冷侵銀兔影，西風吹落桂枝花。開宴思無崖。

湖上柳，煙裏不勝摧。宿霧洗開明媚眼，東風摇弄好腰枝。烟雨更相宜。　環曲岸，陰覆畫橋低。綫拂行人春晚後，絮飛晴雪暖風時。幽意更依依。

湖上雪，風急墮還多。輕片有時敲竹户，素華無韻入澄波。望外玉相磨。　湖水遠，天地色相和。仰面莫思梁苑賦，朝來且聽玉人歌。不醉擬如何。

湖上草，碧翠浪通津。修帶不爲歌舞緩，濃鋪些作醉人茵。無意襯香衾。　晴霧後，顔色一般新。遊子不歸生滿地，佳人遠意寄青春。留詠卒難伸。

湖上花，天水浸靈芽。淺蕊水邊匀玉粉，濃苞天外剪明霞。只在列仙家。　開爛熳，插鬢若相遮。水殿春寒幽冷豔，玉軒晴照暖添華。清賞思何賒。

湖上女，精選正輕盈。猶恨乍離金殿侣，相將盡是采蓮人。清唱謾頻頻。　軒内好，嬉戲下龍津。玉管朱絃聞盡夜，踏青鬥草事青春。玉輦從群真。

湖上酒，終日助清歡。檀板輕聲銀甲緩，醅浮香米玉蛆寒。醉眼暗相看。　春殿晚，仙豔奉杯盤。湖上風光真可愛，醉鄉天地就中寬。帝主正清安。

湖上水，流遶禁園中。斜日暖摇清翠動，落花香暖衆紋紅。蘋末起清風。　閒縱目，魚躍小蓮東。泛泛輕摇蘭棹穩，沉沉寒影上仙宫。遠意更重重。（第二十六回 二百里海山開勝景 十六院嬪御鬥豪華）

## 望江南(八首)

湖上月,飛破碧雲窩。的的似留湘浦珮,行行疑弄錦機梭。寒色逼衣羅。　　歡未極,莫向柳陰過。媚臉正宜邀玉鑑,清樽聊借漾金波。醉舞影婆娑。

湖上柳,雨露沐恩稠。嫋嫋腰肢羞自舞,纖纖眉黛怯閑愁。旖旎畫樓頭。　　眠未得,荏苒起還休。怪是斜陽留不住,空教風裹弄輕柔。飛絮滿汀洲。

湖上雪,一望玉無痕。剪綵不須花自發,遶枝驚見蝶狂奔。絮影滿園林。　　瓊閣倚,野色接雲屯。指冷梅花吹未得,杯傾竹葉席寒生。歡飲失朝昏。

湖上草,偏向玉街生。蓮瓣蹴來微有跡,羊車歸去寂無聲。花落自從橫。　　無個事,採接角輸贏。訝是摧殘疑有恨,妒他連理似多情。幽悶共牽縈。

湖上女,燕趙集娉婷。目弄回瀾清湛湛,神凝秋渚韻亭亭。依約似湘靈。　　相將去,蕩槳過前汀。豈是荷香目巧笑,不關花影是嬌形。秀色映青萍。

湖上花,清影映寒沙。白膩瑩瑩凝素雪,紅妖的的噴丹霞。一片錦雲遮。　　知何似,瓊島集仙娃。玉臉淚滋驚雨濕,朱顏騈向困風斜。爛熳稱天家。

湖上水,一碧欲浮天。風織翠紋成綺縠,霞杼彩色染長川。好泛水闌船。　　輕槳動,驚起渚中鴛。十里畫橋通宛轉,數灣明月影勾牽。清賞且留連。

湖上酒,歌舞樂名時。琥珀清光浮玉斝,葡萄香韻溢金巵。中有好花枝。　　拚一醉,到手莫教遲。墜落翠環增韻致,潮生紅暈長嬌姿。中聖復何辭。(第二十六回　二百里海山開勝景　十六院嬪御鬥豪華)

## 相見歡

相逢笑解征鞍,共盤桓。説甚天涯隔越,路漫漫。　　把金樽浮緑醑,莫教乾。不盡心中情事,夜將闌。(第三十回　秦叔寶回宫受笞責　賈潤甫接客

惹疑猜）

## 未標牌名（按：用《千秋歲》調）

秋光將老，霜月何清皎。能傲寒，惟香草。稀齡雖暮景，和氣如春曉。恍疑是、西池阿母來蓬島。　　杯浮玉女漿，盤列安期棗。綺筵上，風光好。昂昂丈夫子，四海英名早。捧霞觴，願期頤長共花前笑。（第三十二回　衆豪傑登堂祝鶴算　老夫人受慶飲霞觴）

## 滿江紅

天福英雄，早詑與、匡扶奇業。肯困他，七尺雄軀，一腔義烈。事值顛危渾不懼，遇當生死心何懾。堪羡處、説甚膽如瓢，身似葉。　　羞彈他，無魚鋏。喜擊他，中流楫。每濟困解紛，步淩荆聶。囊底青蚨塵土散，胸中豪氣烟雲接。豈耽耽、貪着千古名，一時俠。（第三十三回　李玄邃關節來總管　柴嗣昌請托劉刺史）

## 烏夜啼

上治無如恤衆，貪功漫欲開邊。一點雄心拴不住，遍地起戈鋋。　　夢斷白狼月冷，夢消玄菟冰堅。遼水淒淒冤鬼哭，謾説勒淩煙。（第三十六回　隋主遠征影國　郡丞下禮賢豪）

## 如夢令

人世飄飄泡影，一霎夕陽飛景。何事結冤仇，到處藏機設阱。思省，思省，莫把雄心狂逞。（第三十八回　宇文述計報冤仇　來總管力援豪傑）

## 未標牌名

好還每見天心巧，奸雄自有奸雄報。看鶴禁沉冤，龍宫鬼嘯，幽恨知多少。　　黎陽鼙鼓連天噪，壯心擬欲傾隋廟。功敗逗遛，謀蹶直搗，家族皆難保。（第四十一回　楊玄感愎諫敗成　李玄邃輕財脱禍）

## 品令

國步悲艱阻，仗英雄，將天補。熱心欲腐。雙鬢霜生，征衫血污。引類呼群，猶恐厦傾孤柱。　奸邪盈路，向暗裏，將人妒。直教□□□秦，更是伍胥入楚。支國何人，宫殿離離禾黍。（第四十四回　瓦崗寨雄信重會　滎陽郡須陀死節）

## 青衫濕

榮華自是貪夫餌，得失暗相酬。戀戀蠅頭，瑩瑩蝸角，何事難休。　機緣相左，笑談劍戟。樽俎戈矛，功名安在。一堆白骨，三尺荒丘。（第四十七回　殺翟讓魏公獨霸　破世充叔寶建功）

## 朝中措

時危豺虎勢縱横，衽席有刀兵。唯有青溪白石，逍遥暫寄餘生。　笑是癡兒，情羶玉鉉，渴想金莖。自詫神龍得水，俄然走狗遭烹。（第五十一回　世充擅政殺文都　知節力戰救行儼）

## 鵲踏枝

亡隋失卻中原鹿，捷足高才，苦苦争相逐。到底天心終可卜，笑人何事多翻覆。　一劍誅蛇驚鬼哭。舉鼎英雄，刎首烏江澳。知機每把虬髯服，觸景能將纖手縮。（第五十四回　寇河東武周人犯　戰美良叔寶竪功）

## 海棠春

后仇轉眼真堪異。乍相依、俄然相二。總爲意兒睽，惹得形兒離。　豈是辜恩，良非負義。恩重身心爲使。意氣喜相投，便是堯堪吠。（第五十六回　士信槍挑玄應　尉遲槊刺雄信）

## 阮郎歸

磨牙兩虎鬥方酣，怒目炯眈眈。傍觀何事妄相探，悲伊直甚憨。　撩

頭自謂勇兒男，鷸蚌慰心貪。一朝血肉委層嵐，千秋貽笑談。（第五十八回　秦王虎牢扼要　建德汜水就擒）

## 千秋歲

暗嗚叱咤，抵死圖王伯。冒風霜，勞鞍馬。一朝機事敗，寸裂渾如瓦。何處覓洛陽，鄭主洛州夏。　屈首居人下，抑節從驅駕。志氣小，功名大。身邀朱紫貴，位列公卿亞。堪羨也，形留千古淩煙畫。（第六十回　二憨除秦王即真　百戰勳秦瓊錫爵）

# 《天湊巧》詞

(羅浮散客撰　殘存三回　《古本小説集成》據中國藝術研究院戲曲研究所圖書館藏本影印　上海古籍出版社　一九九一)

## 秋波媚

輕煙一縷入眉生,眼角溜波明。鬢蟬雲深,靨含霞淺,唇着些猩。　　一段輕盈難把捏,弱柳傲風晴。更堪奇處,蓮翹初月,聲轉新鶯。(第一回　假俠夫千金空托　真義士一緘收功)

## 塞翁吟

對天頻歎息,怪他倒弄英雄。渾不定,絮隨風,悄没個根宗。寒賤幾淹耆碩,空疏平步蟾宫。鵬折翼,燕淩空,蝘蜓嗤困龍。　　忡忡。更紈絝芥收朱紫,銅兒蠅尾花驄。總無奈彼蒼混沌,弄得是文章無據,衡鑒冬烘。惟有幾聲浩歎,灰心鉛槧,屈首牢籠。(第二回　錯裏獵巍科　誤中躋顯秩)

## 點絳唇

髻綰烏雲,臉痕薄帶陰山雪。黛飄柳葉,眼溜秋波洌。　　嫋嫋腰身,不勾些兒撚。初生月,畫裙深掩,一瓣蓮新折。(第三回　力戡大盜　義折狂且)

## 少年游

長臂如猿,英姿如虎,磊落賦雄才。更星眸炯炯,豐神奕奕,韜略滿胸懷。　　真是兒家好夫婿,年齒廿方才。似鳳求凰,一隻[雙]兩好,行樂在秦臺。(第三回　力戡大盜　義折狂且)

# 《貪欣誤》詞

（羅浮散客撰　六回　《古本小説集成》據明刊本影印
上海古籍出版社　一九九一）

## 未標牌名

眉兒瘦，新月小，楊柳腰肢，顯得春多少。試看羅裳寒尚早。簾捲珠樓，占得姿容俏。　　翠屏深，形孤□，芳心自解，不管風情到。淡妝冷落歌聲杳。收拾脂香，只怕巫雲遶。（一回　王宜壽　生見受盡分離苦　得夢尋親會合奇）

## 未標牌名（按：此爲宋・黄裳《喜遷鶯》詞）

梅霖初歇，正絳色、葵榴争開佳節。角黍包金，香滿切玉，是處玳瑁羅列。鬥巧盡皆少年，玉腕五絲雙結。艤彩舫，見龍簇簇，波心齊發。　　奇絶。難畫處，激起浪花，番作湖間雪。畫鼓轟雷，龍蛇掣電，奪罷錦標方歇。望中水天日暮，猶自珠簾方揭。歸棹晚載，十里荷香，一勾新月。（三回　劉烈女　顯英魂天霆告警　標節操江水揚清）

## 滿庭芳（按：此爲宋・秦觀詞，有改動）

山抹微雲，天連衰草，畫角聲斷樵［譙］門。暫停征棹，聊共飲芳樽。多年蓬萊舊事，空回首，煙靄紛紛。斜陽外，寒鴉數點，流水繞孤村。　　斷銷魂。當此際，香囊暗解，行李輕分。謾嬴［贏］得、秦樓薄幸名存。此地何時見也。襟袖上、空染啼痕。傷情處，高城望斷，燈火黄昏。（五回　雲來姐　巧破梅花陣）

## 滿江紅（按：此爲宋・無名氏詞，有改動）

窑裏無眠，孤棲静，瀟瀟雨意。南樓近，更移三鼓，漏傳好永。點點不離楊柳外，聲聲只在芭蕉裏。也不管，滴破故鄉心，愁人耳。　　無似有，遊絲細，聚復散，真珠碎。天應分付與，别離滋味。破我一窗蝴蝶夢，輸他雙枕鴛鴦睡。向此際，别有好思量，人千里。（五回　雲來姐　巧破梅花陣）

## 江城子（按：此爲宋・秦觀詞）

西城陽柳弄春柔。動離憂，淚難收。猶記多情，曾爲繫歸舟。碧野朱橋當日事，人不見，水空流。　　韶華不爲少年留。恨悠悠，幾時休。飛絮落花時候了，一登樓。便做春江都是淚，流不盡，許多愁。（五回　雲來姐　巧破梅花陣）

## 醉蓬萊（按：此爲宋・柳永詞，有改動）

漸看月明下，隴首雲飛，素秋新霽。華闕中天，鎮葱葱（佳）砌[氣]。（嫩菊黄深，拒霜紅淺，近寶街香砌）。玉宇無塵，金莖有露，碧天如水。　　正值昇平，萬幾多暇，夜色澄鮮，滿[漏]聲迢遞。南極星中，有老人呈瑞。此際宸遊，鳳輦何處？度管弦聲脆。太液波翻，披香簾捲，月明風細。（五回　雲來姐　巧破梅花陣）

## 鷓鴣天

佳氣盈盈透碧空，洞房花燭影摇紅。雲來仙女游蓬島，瑶闕嫦娥降月宫。　　諸惡退，福星拱，陰陽變化古今同。石公機變真奇訣，又被仙姑道達通。（五回　雲來姐　巧破梅花陣）

# 《歡喜冤家》詞

（西湖漁隱主人撰　二十四回　《思無邪匯寶》本　臺灣大英百科股份有限公司　二〇〇〇）

## 未標牌名（按：用《西江月》調）

苦戀多嬌容貌，陰謀巧娶歡娛。上天不錯半毫絲，害彼還應害自。　枉著藏頭露尾，自然雪化還屍。冤冤相報豈因遲，且待時辰來至。（第三回　李月仙割愛救親夫）

## 虞美人

一時恩愛知多少，盡在今宵了。此情之外更無加，頓覺明珠減價。　霎時散卻千金節，生死從今決。千萬莫忘情，舌來守口要如瓶，莫與外人聞。（第三回　李月仙割愛救親夫）

## 未標牌名（按：用《西江月》調）

娃館西施絕豔，昭陽飛燕嬌奇。三分容貌一山妻，也是這般滋味。　妃子馬嵬埋玉，昭君青塚含啼。這般容貌也成灰，何苦拆人匹配。（第七回　陳之美巧計騙多嬌）

## 未標牌名（按：用《西江月》調）

自古奸難下手，易因淫婦來偷。見人得意便來兜，倒把巧言相誘。　含笑秋波頻轉，幾番欲去回留。對人便整玉搔頭，都是偷郎情竇。（第八回　鐵念三激怒誅淫婦）

## 未標牌名（按：用《西江月》調）

豔女風流第一，秀才慕色無雙。分明一本北西厢，點綴許多情狀。　歡

喜冤家小説，堪爲風月文章。消愁解悶笑人腸，莫比淫宣慾暢。（第十回　許玄之賺出重囚牢）

## 西江怨（按：應爲《西江月》調）

至寶砂中煉出，良工手裏熔成。芳姿美色價非輕，付與君家爲證。　可惜紅顔有限，休教白首無憑。思人睹重重傷情，杜宇流紅春病。（第十回　許玄之賺出重囚牢）

## 鷓鴣天

着忽尋春路徑迷，忽然月下遇仙姬。情纔好處人將别，樂意濃時怨又基。　觀玉光秀實稀奇，琢磨温潤没瑕疵。洪鱗不是池中物，把與嫦娥好執持。（第十回　許玄之賺出重囚牢）

## 未標牌名

花發不能簪，奈無能梳鬢雲。並肩人難把身相近。香腮怎温，櫻桃怎親。畫眉兒無計難幫襯，忒新文。風流邑宰，獨草宴紅裙。（第十回　許玄之賺出重囚牢）

## 西江月

相交酒食兄弟，兑换柴米夫妻。暗中巧换世應稀，喜是小星娼妓。　倘是生兒生女，未知誰父誰爺。其中關係豈輕微，爲甚稱觴做戲。（第十三回　兩房妻暗中雙錯認）

## 未標牌名（按：用《西江月》調）

和尚偷花元帥，見色釘血螞蝗。鑽頭覓縫騙嬌娘，露出佛牙本相。　浄土變成慾海，袈裟伴着霓裳。不思地獄苦難當，那怕閻王算帳。（第十四回　一宵緣約赴兩情人）

## 未標牌名（按：用《西江月》調）

謾説僧家快樂，僧家實是强梁。披緇削髮乍光光，裝出恁般模樣。　上

秃牽連下秃，下光賽過上光。秃光光秃秃光光，纔是兩頭和尚。（第十四回　一霄緣約赴兩情人）

## 望海潮（按：此爲宋・俞國寶《風入松》詞，文字略有異同）

一春常費買花錢，日日醉湖邊。玉驄慣識西湖路，嬌兒過沽酒樓前。紅杏叢中簫鼓，綠楊影裏鞦韆。　暖風十里麗人天，花壓鬢雲偏。畫船載得春歸去，餘情付湖水湖煙。明日重扶殘醉，來尋陌上花妍。（第十五回　馬玉貞汲水遇情郎）

## 未標牌名（按：用《西江月》調）

媚若吴宫西子，美如塞北王嬙。雲英借杵搗玄霜，疑是飛瓊偷降。　肥似楊妃豐膩，瘦憐飛燕輕颺。群仙何事謫遐方，金谷石園遺像。（第十七回　孔良宗負義薄東翁）

## 未標牌名（按：用《西江月》調）

説價千金可買，能開兩道愁眉。或時扯破口唇皮，一會歡天喜地。　見者哄堂絶倒，佳人捧腹揉臍。兒童拍手樂嘻嘻，老小一團和氣。（第十七回　孔良宗負義薄東翁）

## 滿江紅（按：用宋・晦庵《滿江紅》，文字小有出入）

膠擾勞生，待足後，何時是足。據見定、隨家豐儉，便堪龜縮。得意濃時休進步，須知世事多翻覆。謾教人白了少年頭，徒碌碌。　誰不愛，黄金屋，誰不羡，千鍾粟。奈五行不是，這般題目。枉費心神空計較，兒孫自有兒孫福。又不須、採藥訪蓬萊，但寡欲。（第二十一回　朱公子貪淫中毒計）

## 未標牌名

洞房幽，平徑絶。拂袖出門，踏破花心月。鐘鼓樓中聲未歇，歡娱佳境，直入何曾怯。擁香衾，情兩結。握雨攜雲，暗把春偷設。苦短良宵容易别，試聽紫燕深深説。　漏聲沉，人影絶。素手相攜，轉過花陰月。蓮步輕移嬌又歇，怕人瞧見，欲進羞還怯。口脂香，羅帶結，誓海盟山，盡向枕邊

設。可恨雞聲催曉别,臨時猶自低低説。(第二十一回　朱公子貪淫中毒計)

## 未標牌名(按:用《西江月》調)

白日過街老鼠,頑童懶讀詩書。狸貓厨下盗鮮魚,醜婦堂前對嘴。　猛虎來傷存孝,耕牛懶拽耙犁。前廳拷問殺人的,春日土牛粉碎。(第二十三回　夢花生媚引鳳鸞交)

## 未標牌名(按:用《西江月》調)

日出樓頭更鼓,漁翁捲網歸家。鐵鋪改藝作生涯,彈弩無弦高掛。　皂隸修行辨道,油坊改賣芝麻。囚人遇赦放還家,夜静鞦韆空架。(第二十三回　夢花生媚引鳳鸞交)

## 賣花聲(按:此爲宋・歐陽修詞)

今日北池遊,漾漾輕舟。波光瀲灩柳條柔。如此春來春又去,白了人頭。　好妓好歌喉,不醉無休。勸君滿滿罄金甌。縱使花前常病酒,也是風流。(第二十四回　一枝梅空設鴛鴦計)

## 未標牌名(按:此據南唐・李煜《長相思》詞改寫)

雲一緺,玉一梭,淡淡衫兒薄薄羅。輕顰雙黛螺。　挑四顆,腰一娜,小小金蓮步洛波。教人奈爾何。(第二十四回　一枝梅空設鴛鴦計)

# 《孫龐鬥志演義》詞

（吴門嘯客撰　二十卷　《古今小説集成》據明末刊本影印　上海古籍出版社　一九九一）

## 西江月

誤國權奸莫數，傷倫朋友休提。盟山誓海一朝非，説甚金蘭之契。　　惡跡不堪載記，芳名何止留題。英雄自古有顛危，毋怨人兮怨己。（卷之六　金蘭契仇成刖足　木盒歌數定裝瘋）

## 望遠行

陣雲迷野，紛紛擁戈，劍如麻森列。排開鐵騎，撾動金鼙，試問誰優誰劣？捉虎擒龍，个个披堅執鋭，詢是兩雙豪傑，料齊營，今又倍添威赫。　　休説此際未分勝負，知不是尋常機設。畫楯迴翔。雲旂掩映，應有無窮神策。須信出奇制勝，賈勇誇謀，總是伯齡妙術。看霎時納款，星門雙悦。（卷之十二　九曜山野龍納款　丞相府太尉退婚）

## 臨江仙

克敵由來推秘術，争誇孫子行兵。只因施展鬼神驚。坐收龍虎將，四海播雄名。　　誰道緑林無俊傑，一時去暗投明。望風歸順有三英。論功膺上賞，奏凱返齊城。（卷之十二　九曜山野龍納款　丞相府太尉退婚）

## 鷓鴣天

繡甲飄飄掛鏌釾，雄梟的的是張奢。寶刀偃月飛雙電，紫馬嘶雲散五花。　　臨陣去，鼓聲撾，中軍令出有誰嘩。未知鏖戰今朝事，勝得青齊李牧耶？（卷之十五　賺齊師馬安屈死　擒韓后袁達回營）

## 鷓鴣天

金冠鳳翅墜紅纓，蜀錦花袍映日新。點點魚鱗金甲燦，彎彎玉帶寶裝成。　懸寶劍，大刀擎，鳳頭靴踏紫龍鱗。魏陽公主親臨陣，女將叢中顯姓名。（卷之十五　賺齊師馬安屈死　擒韓后袁達回營）

## 虞美人

韓邦女主心庸莽，小覷青齊將。持刀前鬥賭輸贏，那識桓桓袁達斧相迎。　交逢已久軍聲吼，拘住芙蓉綬。可憐粉黛又成擒，從此强鄰弭服息争侵。（卷之十五　賺齊師馬安屈死　擒韓后袁達回營）

## 清平樂

消除障瞖，盼睞清無際。依舊秋毫能察矣，從此龐涓折意。　霎時電瞬光寒，陰氛多少消殘。遮莫君臣稱慶，賴他談鋏馮驩。（卷之十六　駕蓆雲馮驩絶技　私金幣鄒忌讒言）

## 未標牌名（按：用《西江月》調）

眼見春花灼灼，又逢夏日炎炎。東籬黄菊豔秋天，頃刻紛紛雪片。　真覺韶華過客，莫教虚度流年。暫時快樂暫時閑，毋待白頭增歎。（卷之十七　南平王埋名詐死　顔仲子觀柬詳詩）

## 秦樓月

顔如玉，腰肢常把輕綃束。輕綃束，嬌能妙舞，善歌新曲。　妖嬈萬種描難足，合宜深貯黄金屋。黄金屋，可人最是，異香芬郁。（卷之十八　張蒨奴風月賺　魏太子虎狼囚）

## 喜遷鶯

金戈蜂擁，簇捧着、一個少年，没些驍勇。繡甲拴袍，纓冠束髮，腰繫錦絲飛鳳。傳是畢昌太子，爲向軍前犒用。兩手執大刀，堪耀似堪驚悚。　相從恰是，那徐甲持槍，碎點梨花舞。鐵騎聯鑣，雕弧並挽，只怕禍乘斯動。畫旗忽懸高處，問是誰家飛鞚。料想不免棄甲曳兵，化成春夢。（卷之十八　張蒨奴風月賺　魏太子虎狼囚）

## 點絳脣

敢勇當先，素誇袁達威風大。驟馬加鞭，到處人驚怕。　戰住龐英，肯教休罷。將伊捺，巨斧輕加，一命歸泉下。（卷之二十　踐誓分屍走馬陵　成功拂袖歸雲夢）

# 《鎮海春秋》詞

（未題撰人　殘存十一回　《古本小説集成》據中國社科院藏本影印　上海古籍出版社　一九九一）

## 玉燭新

雄才初展，見十島蒼生，頓開眉皺。暗移赤幟，臨霜際，不把荒城傾覆。胡塵復起，掩事業、風狂雨驟。孤踪斂，異域棲遲，機緣暫時迤逗。　僉夫竊露行藏，致少挫鋒鋩，不堪回首，豈容拂袖。賈餘勇奮臂一呼，還又輕馳甲胄。看頃刻魂消群醜。張威武，穹海攄謀，奇功謾奏。（第十回　毛將軍林畔脱重圍　李先鋒海上開荒島）

## 天仙子

隻騎飛騰超絶塞，豈憶却爲奸所賣。等閒林畔挫雄威，心不改，愁無奈。電奔星馳誰盼睞。　須信元戎謀略，大虜在日中，何險隘。背城一戰落奴魂，蒼赤載社稷，賴后土皇天，還覆載。（第十回　毛將軍林畔脱重圍　李先鋒海上開荒島）

## 鳳凰臺上憶吹簫

戈挽陽烏，計回霄漢，看來都濟時憂。至邊烽繚繞，豈在戈矛。梟虜多跋扈，蹂踐處暴虐堪愁。乘機彀離，披羽翼，暗自夷猶。　休休！奈何疆界，也胡馬斷漁樵，總混剛柔。念武林人杰，獨運奇謀。頃刻蕭牆變起，青鋒上、魂蕩羶裘。指顧裏、安攘定亂，求個金甌。（第十一回　熊廷弼移兵駐山海　戚元英受計赴虎屯）

## 風入松

節移東海志無餘，脱迹寰區。奈何鎮日縈心曲，運籌帷幄防胡。今日陰謀遂，也看剪除。荆棘蕭疏。　奸人應是喪溝渠，肘腋成虚。腹心永結華夷好，喜兵戈此際匡扶。章疏請加天錫，皇朝早下封書。（第十三回　瀋陽堡天雷引地雷　朝鮮國新主廢舊主）

## 臨江仙

虎旅威張沙漠暗，運斤梟獍都朘。勛名尤未勒燕然。鸒生螽蠢伍，氣折犬羊天。　事業不堪回首處，奈何頻有迍邅。將軍英勇躡風煙。行舒黄石路，待著祖生鞭。（第十六回　鐵山口半夜五交鋒　錦州城一月三報捷）

## 千秋歲引

淚灑冰天，魂消雪窖，可惜英雄喪强暴。雲移雉旌獨慘慽，瓜分虎旅群喧噪。怒風呼，寒濤咽，哀猿嘯。　無奈忍心虚問吊，無奈忍心修和好。總是奸回弄權要，當時謾留華表語，而今誤入長安道。逆臣情，狡虜性，難兼料。（第十九回　袁督師二計服三軍　滿總兵一身中六矢）

## 金人捧玉盤

肆雄心，威權挾，背綱常。蓄異謀生變招殃。將軍摧折，日寒山嶽盡無光。邊關深處虜塵起，滿目飛揚。　又誰知，多奸惡，爲奴計，玷冠裳。喜今朝約法三章。衷情鑒雪，孤臣殘骨有餘香。明廷聖主，國祚靈長。（第二十回　錦衣衛校尉拿犯官　長安街百姓頌明主）

# 《七十二朝人物演義》詞

（未題撰人　四十卷　《古本小説集成》據明刊本影印
上海古籍出版社　一九九一）

## 西江月

俠烈才稱男子，精奇始號英雄。像心率意笑周公，禮法全然不懂。　　不羨功名熏灼，還須學問消融。有才無學總歸空，反把凶災受用。（卷之二　子路問强）

## 船入荷花蓮

螃蟹横行知邪否，這般路勸君休走。須念聲名，切宜珍惜，甯失渾然忠厚。　　今古風情人人有，最堪哂奪妻重媾。玷倫常，比行禽，貽穢百千年後。（卷之五　孔文子何以謂之文也）

## 南鄉子（按：此爲唐・歐陽炯詞，末句有改動）

二八花鈿，胸前如雪臉如蓮。耳墜金環穿瑟瑟，霞衣窄。笑倚朱樓相對怯。（卷之五　孔文子何以謂之文也）

## 霜天曉角（按：此爲明・陳繼儒詞，有改動）

仙翁笑倒，同調人真少。有甚香風吹到。日月摧，乾坤小。利名擾擾，還是清虛好。採藥茹芝足老，勞攘的没昏曉。　　洞門深杳，樵牧何曾攪。一片野雲縹緲。白者猿，青者鳥。山圍水繞，圖畫天然巧。寸寸異花香草。地無塵，松枝掃。（卷之六　臧文仲居蔡）

## 思帝鄉

修身樂天天性真，志篤友于昆弟自相親。不事浮華，終日清歌泗水濱。洵是孝哉窮理大賢人。（卷十一　孝哉閔子騫）

## 調笑令

堪笑，堪笑，挽近人情顛倒。鑒花谷影狂追，志氣精神盡頹。頹盡，頹盡，底事常遭悔悋。（卷十二　葉公問政）

## 南柯子

赤焰驚人魄，蒼髻炫客睛。鱗甲燦如星。醉看疑爇角，渡滄溟。（卷十二　葉公問政）

## 西江月

面白渾如傅粉，音清絶勝吹簫。娉婷不羡沈郎腰，應説蓮花比貌。
睡態玉山頹倒，醒時春柳飄飄，歡言一派致偏饒，試問前魚多少。（卷十五　直哉史魚）

## 蝶戀花

山青水秀堪遊衍，世事無聞，淡薄隨緣轉。紅瘦緑肥春正暖，倏然炎夏熏風轉。　　又值秋容山色淺，香綻黄花，折嗅堪供玩。迅速嚴冬如指撚，逍遥四季無人管。（卷十六　伯夷叔齊餓于首陽之下）

## 漁家傲

佞倖戈矛真滿腹，機關常向閑中伏。乘人利便尤爲速，花簇簇，轉眼能爲禍與福。　　琴瑟琵琶鬧金屋，聶娘潛伴君王宿。劍術不似人間服，婦口毒，遠害藏身猶未足。（卷十八　齊人歸女樂季桓子受之）

## 未標牌名（按：此爲明・陳繼儒《惜分釵》詞，有大改動）

抛羽扇，牽紅綫，宫妃笑擁朱樓檻。過花陰，飄繡裙。好似牛郎，偏對娉婷。卿卿。　五色炫，光如電，文馬戎衣真罕見。愛朝雲，點翠英。月照銀釭，風動金鈴。盈盈。（卷十八　齊人歸女樂季桓子受之）

## 未標牌名（按：用《酒泉子》調）

伐木風哀，多少英雄悲憤，淚盈腮。今古恨，付歌哀。　憤只今誰是維持者，譜葉金蘭盟也。悄低徊，披典籍，動襟懷。（卷十九　管仲以其君霸）

## 西溪子

客勿亂喧須聽，休訝捕風捉影。論交遊，懷夙昔，多人傑。　管鮑錢，今堪述，忍辱建功名，播芳聲。（卷十九　管仲以其君霸）

## 酒泉子

寒葉墜風，斜映孤村茅舍。碧雲飛，山徑罅，唳征鴻。　遠林峭峭少行蹤，煙靄亂藏殘月。馬蹄忙，人意急，響疏鐘。（卷二十　王驩朝暮見）

## 西江月

舉世茫茫穢行，誰能濁裏澄清。夢魂常逐孔方馨，一覺千秋未醒。　細數古人高潔，争如仲子廉貞。只今遺得一清名，莫道矯廉畸行。（卷二十三　陳仲子豈不誠廉士哉）

## 西江月

遍野飛砂蔽日，晴烘爍骨銷金。三吴赤子盡寒心，塵飯槐羹争盡。　老弱轉乎溝壑，流民圖畫堪尋。拆骸易子苦難禁，君國豈能安寢。（卷二十四　公輸子之巧）

## 未標牌名

忽訝盈堂溢笑歌，爲傳辯士逞雄科。掀唇恰遇宸衷隱，抵掌偏從華屋過。　名震撼，列侯多，一言如鼎信非訛。最矜恬退身榮逸，平祲安邦不尚戈。（卷二十六　淳於髡曰）

## 一七令

髡，髡。出語，温存。能解慍，會釋紛。形軀既偉，笑貌可尊。王侯皆敬羡，草野盡誇云。果是英人與俊品，令人蕩魄與消魂。（卷二十六　淳於髡曰）

## 漢宫春

仰企英豪，播匡時偉績，譽滿雲霄。應是光明台斗，不惜賢勞。興雲爲雨，切須知四嶽功高。標名姓，獨騰上國。薦剡重琅璈。　　抹殺衰流末俗，有素餐屍位，敗德根苗。若論澤民惠政，匪曰輕宵。是循良第一，果膺景福庇群寮。千秋外傳芳靡止，晤笑尚非遥。（卷二十七　子産聽鄭國之政）

## 沁園春

忽起旋風，似出林嘯虎，躍水吟龍。早半天烈焰，轟轟匝匝，燒臺毀屋，損户連甍。爛額焦頭，呼兒叫母，恍若邊疆虜騎衝。還堪憫，侯居深邃，一旦成空。　　炎光萬道如虹，未數扶桑旭日紅。賽老君煉藥，介山煙禁，爇雲蜀棧，赤壁鏖雄。更類田單燎奔牛尾，眼塞泥沙耳蔽聰。人驚問，誰移火焰山到城中。（卷二十七　子産聽鄭國之政）

## 南鄉子

賢執政，産方隅，氣淩霄漢命征車。理直詞宏名又順，威風振。凜凜從教看折晉。（卷二十七　子産聽鄭國之政）

## 荷葉杯

主臥豈能驚醒，相等。立螭頭。耐心屏氣不移步，水塑。怎優遊。（卷二十七　子産聽鄭國之政）

## 南鄉子

晤歎言歌，積勤自是獲功多。若使神馳情復漾，難望。進誼修身卻是

謊。　勸世休忘，務專心志，莫芒芒。謾道年華過不迅，回瞬。才惜鐘鳴旋漏盡。（卷三十三　奕秋通國之善奕者也）

## 思帝鄉

浮生幾何偏易更，及此佳時，休廢好修成。不若爲些局戲，聊爲白晝營。莫道是個中小數，恣説評。（卷三十三　奕秋通國之善奕者也）

## 蝶戀花

人傑繇鐘天地秀，暫扼風塵，莫用頻搔首。一旦風雲誇際驟，建功立業如翻手。　幾葉疆虞無犯寇，鄰辟通和，未得江山守。但是雄邦異聞有，玉簫聲裏仙緣構。（卷三十四　秦穆公用之而霸）

## 紅林檎慢

棋局如時事，一羸還一乖。白髮没根蒂，黄金亦易來。惟有陰功要種，莫言何必縈懷。試看貧寒榮富，誰匪命安排。　幸逢清世界，主聖又憐才。賢良宰輔，庶寮咸允康哉。自于斯安已，垂名及裔，果然青史姓名該。（卷三十七　孫叔敖舉于海）

## 西江月

未遂隱情爲己，翻爲浪蕩孤蹤。可憐黄鳥賦剛終，又早去梁過宋。　冷落征途況味，蕭條絮雨西風，不知知己幾人逢，只怕都成殘夢。（卷三十八　楊子取爲我）

# 《石點頭》詞

（天然癡叟撰　十四卷　《古本小説集成》據明崇禎刊本影印　上海古籍出版社　一九九一）

## 西江月

本分須教本分，爲非切莫爲非。倘然一着有差池，禍患從此做起。　大則鉗錘到頸，小則竹木敲皮。爹生娘養要思之，從此回嗔作喜。（第六卷　乞丐婦重配鸞儔）

## 長相思

花色妍，月色妍，花月常妍人未圓。芳華幾度看。　生自憐，死自憐，生死因情天也憐。紅絲再世牽。（第九卷　玉簫女再世玉環緣）

## 如夢令

門外山青水緑，道路茫茫馳逐。行路不知難，頃刻夫妻南北。莫哭，莫哭，不斷姻緣終續。（第十卷　王孺人離合團魚夢）

## 未標牌名·雪詞（按：用《臨江仙》調）

凛冽嚴風起四幄，彤雲密佈江天。空中待下又留連。有心通客路，無意濕茶煙。　不敢旗亭增酒價，盡教梅發春前，偏令凝望眼兒穿。謾擎宫女袖，空纜子猷船。（第十三卷　唐玄宗恩賜纊衣緣）

# 《西湖二集》詞

（周清原撰　三十四卷　《古本小説集成》據明崇禎刊本影印　上海古籍出版社　一九九一）

## 畫堂春

蕭條書劍困埃塵，十年多少悲辛！松生寒澗背陽春，勉强精神。　且可逢場作戲，寧須對客言貧？後來知我豈無人，莫謾沾巾。（第一卷　吴越王再世索江山）

## 西江月

本分營生不做，花拳繡腿專工。棍槍呼喝騁英雄，説著些兒拈弄。　鬻販私鹽活計，貝戎不恥微蹤。骰盆六五叫聲凶，破落行中真種。（第一卷　吴越王再世索江山）

## 西江月

兩眼如星注射，天庭額角豐隆。一身魁偉氣如虹，繞鼻盡成龍鳳。　虎體熊腰異相，帝王骨格奇容。時來發跡見英雄，不與常人同用。（第一卷　吴越王再世索江山）

## 未標牌名（按：此爲唐・錢俶詞）

金鳳欲飛遭掣搦，情脈脈，看即玉樓雲雨隔。（第一卷　吴越王再世索江山）

## 燕山亭（按：此爲宋・趙佶《燕山亭》詞下闋）

天遥地遠，萬水千山，知他故宫何處？怎不思□［量］，□［除］夢裏有時

曾去。無據，和夢也有時不做。（第二卷　宋高宗偏安耽逸豫）

## 風入松（按：此爲宋・俞國寶詞）

一春常費買花錢，日日醉湖邊。玉驄慣識西湖路，驕嘶過沽酒樓前。紅杏香中歌舞，緑楊影裏鞦韆。　暖風十里麗人天，花壓鬢雲偏。畫船載得春歸去，餘情付湖水湖烟。明日重携殘酒，來尋陌上花鈿。（第二卷　宋高宗偏安耽逸豫）

## 酹江月（按：此爲宋・吴琚詞）

玉虹遥掛，望青山隱隱如一抹。忽覺天風吹海立，好似春霆初發。白馬淩空，瓊鰲駕水，日夜朝天闕。飛龍舞鳳，鬱葱環拱吴越。　此景天下應無，東南形勝，偉觀真奇絶。好是吴兒飛彩幟，蹴起一江秋雪。黄屋天臨，水犀雲擁，看擊中流楫。晚來波静，海門飛上明月。（第二卷　宋高宗偏安耽逸豫）

## 阮郎歸（按：此爲宋・曾覿詞）

柳蔭庭院占風光，呢喃春晝長。碧波新漲小池塘，雙雙蹴水忙。　萍散漫，絮飛揚，輕盈體態狂。爲憐流水落花香，銜將歸畫梁。（第二卷　宋高宗偏安耽逸豫）

## 壺中天慢（按：此爲宋・曾覿詞）

素飆颺碧，看天衢，穩送一輪明月。翠水瀛壺人不到，比似世間秋别。玉手瑶笙，一時同色，小按《霓裳》疊。天津橋上，有人偷記新闋。　當日誰幻銀橋，阿瞞兒戲，一笑成癡絶。肯信群仙高宴處，移下水晶宫闕。雲海塵清，山河影滿，桂冷吹香雪。何勞玉斧，金甌千古無缺。（第二卷　宋高宗偏安耽逸豫）

## 柳梢青（按：此爲宋・張任國詞）

掛起招牌，一聲喝采，舊店新開。熟事孩兒，家懷老子，畢竟招財。　當初合下安排，又不是豪門買獃。自古人言，正□□□［身替代］，現任添差。

（第三卷　巧書生金鑾失對）

## 如夢令（按：此爲元・袁介詞）

今夜盛排筵宴，准擬尋芳一遍。春去已多時，問甚紅深紅淺。不見，不見，還你一方白絹。（第三卷　巧書生金鑾失對）

## 未標牌名（按：用《水龍吟》調）

紫皇高宴仙臺，雙成戲擊瓊苞碎。何人爲把銀河水剪，甲兵都洗。玉様乾坤，八荒同色，了無塵翳。喜冰消太液，暖融鳷鵲，端門曉班初退。　聖主憂民深意，轉鴻鈞滿天和氣。太平有象，三宫二聖，萬年千歲。雙玉杯深，五雲樓迥，不妨頻醉。看來不是飛花，片片是豐年瑞。（第三卷　巧書生金鑾失對）

## 西江月

終日尋經論史，夜深吸月迎風。一杯清酒貯心胸，長嘯數聲星動。　舉筆煙雲繞惹，研硃風雨縱横。説來忠孝興偏濃，不與尋常打閧。（第六卷　姚伯子至孝受顯榮）

## 佳人詞（按：此用《柳梢青》調爲宋・無名氏詞，或謂宋・周邦彦詞）

有個人人，海棠標韻，飛燕輕盈。酒暈潮紅，羞蛾凝緑，一笑生春。　爲伊人，恨薰心，更説甚巫山楚雲。斗帳香消，紗窗月冷，着意温存。（第九卷　韓晉公人奩兩贈）

## 水龍吟（按：此爲宋・陳以壯詞）

晚來江闊潮半，越船吴榜催人去。稽山滴翠，胥濤濺恨，一襟離緒。訪柳章臺，問桃仙囿，物華如故。向秋娘渡口，泰娘橋畔，依稀是、相逢處。　窈窕青門紫曲，舊羅衣新翻金縷。仙音恍記，輕攏漫撚，哀弦危柱。金屋難成，阿嬌已遠，不堪春暮。聽一聲杜宇，紅殷絲老，雨花風絮。（第十卷　徐君寶節義雙圓）

## 滿江紅(按:此詞或謂宋·王清惠作,或謂宋·張瓊英作)

太液芙蓉,渾不似舊時顔色。曾記得恩承雨露,玉樓金闕。名播蘭簪妃后裏,暈潮蓮臉君王側。忽一朝鼙鼓揭天來,繁華歇。　龍虎散,風雲滅。千古恨,憑誰説。對山河百二,淚沾襟血。驛館夜驚塵土夢,宫車曉碾關山月。願嫦娥相顧肯從容,隨圓缺。(第十卷　徐君寶節義雙圓)

## 未標牌名(按:此爲宋·文天祥《滿江紅》詞)

試問琵琶,胡沙外,怎生風色?最苦是姚黄一朵,移根仙闕。王母歡闌瓊宴罷,仙人淚滿金盤側。聽行宫、半夜雨淋鈴,聲聲歇。　彩雲散,香塵滅。銅駝恨,那堪説。想男兒慷慨,嚼穿齦血。回首昭陽離落日,傷心銅雀迎新月。算妾身不願似天家,金甌缺。(第十卷　徐君寶節義雙圓)

## 未標牌名(按:此爲宋·文天祥《滿江紅》詞)

燕子樓中,又捱過幾番秋色。相思處,青年如夢,乘鸞仙闕。肌玉暗銷衣帶緩,淚珠斜透花鈿側。最無端蕉影上窗紗,青燈歇。　曲池合,高臺滅。人間事,何堪説!向南陽阡上,滿襟清血。世態便如翻覆雨,妾身元是分明月。笑樂昌一段好風流,菱花缺。(第十卷　徐君寶節義雙圓)

## 滿庭芳(按:此爲宋·徐君寶妻詞)

漢上繁華,江南人物,尚遺宣政風流。緑窗朱户,十里爛銀鈎。一旦刀兵齊舉,旌旗擁、百萬貔貅。長驅入,歌樓舞榭,風捲落花愁!　□[承]平三百載,典章文物,掃地都休。幸此身未北,猶客南州。破鑑徐郎何在?空惆悵、相見無由。從今後,斷魂千里,夜夜岳陽樓。(第十卷　徐君寶節義雙圓)

## 减字木蘭花

雪梅妒色,雪把梅花相抑勒。梅性温柔,雪壓梅花怎起頭?　芳心欲訴,全仗東君來作主。傳語東君,早與梅花作主人。(第十一卷　寄梅花鬼

鬧西閣）

## 浣溪紗（按：此詞或謂宋・朱端朝作）

梅正開時雪正狂，兩般幽韻孰優長？且宜持酒細端詳。　梅比雪花多一出，雪如梅蕊少些香。花公非是不思量。（第十一卷　寄梅花鬼鬧西閣）

## 水龍吟（按：此爲宋・蘇軾詞）

楚山修竹如雲，異材秀出千林表。龍鬚半剪，鳳膺微漲，玉肌匀繞。木落淮南，雨晴雲夢，月明風裊。自中郎不見，桓伊去後，知辜負、秋多少？　聞道嶺南太守，後堂深、緑珠嬌小。綺窗學弄，《梁州》初遍，《霓裳》未了。嚼徵含宫，泛商流羽，一聲雲杪。爲君洗盡，蠻風障雨，作《霜天曉》。（第十二卷　吹鳳簫女誘東牆）

## 未標牌名（按：此謂爲宋・張昇《離亭燕》詞，或謂宋・孫浩然《離亭燕》詞）

一帶江山如畫，風物向秋瀟灑，水浸碧天何處斷？霽色冷光相射。蓼嶼荻花洲，掩映竹籬茅舍。　雲際客帆高掛，煙外酒旗低亞，多少六朝興廢事，盡入漁樵閑話。悵望倚層樓，寒日無言西下。（第十三卷　張採蓮隔年冤報）

## 未標牌名（按：此爲宋・壽涯禪師《漁家傲》詞）

深願弘慈無縫罅，乘時走入衆生界，窈窕丰姿都没賽，提魚賣，堪笑馬郎來納敗。　清泠露濕金襴壞，茜裙不把珠瓔蓋，特地掀來呈捏怪，牽人愛，還盡幾多菩薩債。（第十四卷　邢君瑞五載幽期）

## 未標牌名（按：此爲宋・柳永《木蘭花慢》詞）

拆桐花爛熳，乍疏雨，洗清明。正艷杏燒林，湘桃繡野，芳景如屏。傾城，盡尋勝去，驟雕鞍、紺幰出郊坰。風暖繁弦翠管，萬家齊奏新聲。　盈盈，鬥草踏青。人艷冶，遞逢迎。向路傍，往往遺簪墮珥，珠翠縱橫。歡情，對佳麗地，任金罍竭，玉山傾。拚却明朝永日，畫堂一枕春酲。（第十四卷　邢

君瑞五載幽期）

## 念奴嬌（按：此爲宋・仲殊詞）

水楓葉下，乍湖光清淺，凉生商素。西帝宸遊，羅翠蓋，擁出三千宫女。絳彩嬌春，鉛華畫掩，占斷鴛鴦浦。歌聲摇曳，浣紗人在何處？　　別岸孤裊一枝，廣寒宫殿冷，寒棲愁苦。雪艷冰肌，羞淡泊，偷把胭脂匀注。媚臉籠霞，芳心泣露，不肯爲雲雨。金波影裏，爲誰長恁凝佇。（第十四卷　邢君瑞五載幽期）

## 多麗（按：此爲元・張翥詞）

晚山青，一川雲樹冥冥。正參差煙凝紫翠，斜陽畫出南屏。館娃歸、吴臺游□［鹿］，銅仙去、漢苑飛螢。懷古情多，憑高望極，且將樽酒慰漂零。自湖上愛梅仙遠，鶴夢幾時醒？空留在、六橋疏柳，孤嶼危亭。　　待蘇堤歌聲散盡，更須攜妓西泠。藕花深、雨凉翡翠，菰蒲軟、風弄蜻蜓。澄碧生秋，鬧紅駐景，采菱新唱最堪聽。一片水天無際，漁火兩三星。多情月爲人留照，未過前汀。（第十六卷　月下老錯配本屬前緣）

## 蝶戀花・送春詞（按：此爲宋・朱淑真詞）

樓外垂楊千萬縷，欲繫青春，少住春還去。猶自風前飄柳絮，隨春且看歸何處。　　滿目山川聞杜宇，便做無情，莫也愁人意。把酒送春春不語，黄昏却下瀟瀟雨。（第十六卷　月下老錯配本屬前緣）

## 鷓鴣天

盈盈秋水鬢堆鴉，面若芙蓉美更佳。十指袖籠春筍鋭，雙蓮簇地印輕沙。　　神情麗，體態嘉。螓首蛾眉更可誇。楊柳舞腰嬌比嫩，嫦娥仙子落飛霞。（第十六卷　月下老錯配本屬前緣）

## 鷓鴣天

蓬鬆兩鬢似灰雅［鴉］，露嘴咨［齜］牙額角叉，後面高拳强蟹鰲，前胸凸出勝蝦蟆。　　鐵包面，金裹牙，十指檑槌滿臉疤。如此形容難敵手，城隍

門首鬼拿撾。(第十六卷　月下老錯配本屬前緣)

## 如夢令(按:此爲宋·向浩詞)

誰伴明窗獨坐?我和影兒兩個。燈盡欲眠時,影也把人抛躲。無那,無那,好個悽惶的我。(第十六卷　月下老錯配本屬前緣)

## 蝶戀花(按:此爲明·沈宣詞)

接得竈神天未曉,炮仗喧喧,催要開門早。新褙鍾馗先掛了,大紅春帖銷金好。　爐燒蒼术香繚繞,黄紙神牌,上寫天尊號。燒得紙灰都不掃,斜日半街人醉倒。(第十六卷　月下老錯配本屬前緣)

## 生查子(按:此爲宋·歐陽修詞)

去年元夜時,花市燈如晝。月上柳梢頭,人約黄昏後。　今年元夜時,月與燈依舊。不見去年人,淚濕春衫袖。(第十六卷　月下老錯配本屬前緣)

## 金菊對芙蓉(按:此宋·僧仲殊咏桂花詞)

花則一名,種分三色:嫩紅妖白嬌黄。映清秋佳景,雨霽風凉。郊墟十里飄蘭麝,瀟灑處旖旎非常。自然風韻,開時不惹蝶亂蜂忙。　攜酒獨浥蟾光。問花神何屬?離、兑中央。引騷人乘興,廣賦詩章。幾多才子争攀折,嫦娥道三種清香:狀元紅是,黄爲榜眼,白探花郎。(第十八卷　商文毅决勝擒滿四)

## 瑞鷓鴣(按:此爲元·滕斌詞)

分桃斷袖絶嫌猜,翠被紅裩興不乖。洛浦乍陽新燕爾,巫山雲雨左風懷。　手攜襄野便娟合,背抱齊宫婉孌懷。玉樹庭前千載曲,隔江唱罷月籠階。(第十九卷　俠女散財殉節)

## 海棠春

越羅衣薄輕寒透,正畫閣、風簾飄繡。無語小鶯慵,有恨垂楊瘦。　桃

花人面應依舊，憶那日、擎槳時候。添得暮愁牽，只爲秋波溜。（第二十一卷　假鄰女誕生真子）

## 未標牌名（按：用《天仙子》調）

金屋銀屏疇昔景，唱徹雞人眠未醒。故宫花草夜如年，塵掩鏡，笙歌静，往日繁華都是夢。　天上曉星先破暝，明滅孤燈隨隻影。翠眉雲鬢麝蘭塵，空嘆省，成悲哽，無數落紅堆滿徑。（第二十二卷　宿宫嬪情殢新人）

## 虞美人（按：此爲宋·潘閬《酒泉子》詞）

長憶西湖湖水上，盡日憑闌樓上望。三三兩兩鈎魚舟，島嶼正清秋。　笛聲依約蘆花裏，白鳥成行忽飛起。别來閑想整綸竿，思入水雲寒。（第二十三卷　救金鯉海龍王報德）

## 永樂詞（按：此即《永遇樂》詞）

傾國名姝，出塵才子，真個佳麗。魚水因緣，鸞鳳契合，事如人意。貝闕煙花，龍宫風月，謾詫傳書柳毅。想傳奇、又添一段，勾欄裏做《還魂記》。　稀稀罕罕，奇奇怪怪，轃得完完備備。夢叶神言，婚諧復偶，兩姓非容易。牙床兒上，繡衾兒裏，渾似牡丹雙蒂。問這番、怎如前度，一般滋味？（第二十七卷　灑雪堂巧結良緣）

## 滿庭芳

天下雄藩，浙江名郡，自來唯説錢塘。水清山秀，人物異尋常。多少朱門甲第，鬧叢裏、争沸絲簧。少年客，謾攜緑綺，到處鼓《鳳求凰》。　徘徊應自笑，功名未就，紅葉誰將？且不須惆悵，柳嫩花芳。又道藍橋路近，願今生一飲瓊漿。那時節、雲英覷了，歡喜殺裴航。（第二十七卷　灑雪堂巧結良緣）

## 風入松

碧城十二瞰湖邊，山水更清妍。此邦自古繁華地，風光好，終日歌弦。蘇小宅邊桃李，坡公堤上人煙。　綺窗羅幙鎖嬋娟，咫尺遠如天。紅娘

不寄張生信，西厢事，只恐虚傳。怎及青銅明鏡，鑄來便得團圓。（第二十七卷　灑雪堂巧結良緣）

## 風入松

玉人家在漢江邊，才貌及春妍。天教分付風流態，好才調，會管能弦。文采胸中星斗，詞華筆底雲煙。　藍田新鋸璧娟娟，日暖絢晴天。廣寒宫闕應須到，《霓裳曲》一笑親傳。好向嫦娥借問，冰輪怎不教圓？（第二十七卷　灑雪堂巧結良緣）

## 如夢令

明月好風良夜，夢楚王臺下。雲散雨收難成，佳會又爲虚話。誤也，誤也，青着眼兒乾罷。（第二十七卷　灑雪堂巧結良緣）

## 未標牌名（按：此爲宋・辛棄疾《摸魚兒》詞下闋摘句）

莫去倚危欄，斜陽正在、煙柳斷腸處。（第二十七卷　灑雪堂巧結良緣）

## 糖多令（二首）

深院鎖幽芳，三星照洞房。驀然間、得效鸞凰。燭下訴情猶未了，開繡帳，解衣裳。　新柳未舒黄，枝柔那耐霜？耳畔低聲頻付囑，偕老事，好商量。

少小惜紅芳，文君在繡房。幸相如、賦就《求凰》。此夕偶諧雲雨事，桃浪起，濕衣裳。　從此退蜂黄，芙蓉愁見霜。海誓山盟休忘却，兩下裏，細思量。（第二十七卷　灑雪堂巧結良緣）

## 疏簾淡月

溶溶皓月，從前歲别來，幾回圓缺？何處淒涼，怕近暮秋時節。花顔一去終成訣。灑西風，淚流如血。美人何在？忍看殘鏡，忍看殘玦！　忽今夕夢裏，陡然相見，手攜肩接。微啓朱唇，耳畔低聲兒説：冥君許我還魂也。教我同心，羅帶重結。醒來驚怪，還疑又信，枕寒燈滅。（第二十七卷　灑雪堂巧結良緣）

## 未標牌名（按：此爲宋・惠洪《西江月》詞）

十指嫩抽春笋，纖纖玉軟紅柔。人前欲展强嬌羞，微露雲衣霓袖。　最好洞天春晚，《黄庭》卷罷清幽。無心無計奈閒愁，試撚花枝頻嗅。（第二十八卷　天台匠誤招樂趣）

## 念奴嬌（按：此爲宋・葛長庚詞）

漢江北瀉，下長淮，洗盡胸中今古。樓櫓横波征雁遠，誰見魚龍夜舞？鸚鵡洲雲，鳳凰池月，付與沙頭鷺。功名何處？年年唯見春暮。　非不豪似周瑜，横如黄祖，亦隨秋風度。野草閑花無限數，渺在西山南浦。黄鶴樓人，赤烏年事，江漢庭前露。浮萍無據，水天幾度朝暮。（第二十九卷　祖統制顯靈救駕）

## 望海潮（按：此爲宋・吕渭老詞）

側寒斜雨，微燈薄霧，匆匆過了元宵。簾影護風，盆池見日，青青柳葉柔條。碧草皺裙腰。正晝長煙暖，蜂困鶯嬌。望處淒迷，半篙緑水斜橋。　孫郎病酒無聊，記烏絲酬語，碧玉風標。新燕又雙，蘭心漸吐，佳期趁取花朝。心事轉迢迢。但夢隨人遠，心與山遥。誤了芳音，小窗斜日到芭蕉。（第二十九卷　祖統制顯靈救駕）

## 未標牌名（按：用《一七令》調）

春，春。景艷，情新。朝雨後，好花晨。獨坐無伴，與誰爲親？看取檐前色，羞覷鏡裏身。春睡懨懨不醒，芳心蹙蹙增顰。無情無意難度日，輕寒輕暖恨生嗔。（第二十九卷　祖統制顯靈救駕）

## 西江月

秋水妝成眼目，硃砂點就紅唇。一天丰韻俏佳人，好對金蓮三寸。　手執異花馥郁，衣飄翠帶輕塵。數聲歌管笑相聞，走到跟前廝混。（第三十卷　馬神仙騎龍升天）

## 西江月

惡狠妖魔鬼怪，頂天立地狰獰。三頭六臂騁威靈，一見登時喪命。　紅眼圓睁如電，朱須骨肉崚嶒。一聲哮吼過雷霆，震得天昏地瞑。（第三十卷　馬神仙騎龍升天）

## 沁園春（按：此爲宋・文天祥詞）

爲子死孝，爲臣死忠，死又何妨。自光岳氣分，士無全節，君臣義缺，誰負剛腸？駡賊睢陽，愛君許遠，留得聲名萬古香。後來者，無二公之操，百煉之剛。　嗟哉人生，翕欻云亡，好烈烈轟轟做一場。使當時賣國，甘心降虜，受人唾駡，安得流芳？古廟幽沉，遺容儼雅，枯木寒鴉幾夕陽。郵亭下，有奸雄過此，仔細思量。（第三十一卷　忠孝萃一門）

# 《續西遊記》詞

（未題撰人　一百回　《古本小説集成》據清嘉慶十年刊本影印　上海古籍出版社　一九九一）

## 未標牌名（按：用《西江月》調一闋）

本是靈虚面目，因何變作蒼頭？形容雖異未更喉，話語依然如舊。（第一回　靈虚子投師學法　到彼僧接引歸真）

## 未標牌名（按：用《西江月》調一闋）

行見蒼頭老漢，忽然貌换童顔。若非葆合此丹田，怎得改顔换面？（第一回　靈虚子投師學法　到彼僧接引歸真）

## 未標牌名（按：用《西江月》調一闋）

本來靈虚面目，這回變女形容。黄婆配合想曾同，休把我僧捉弄。（第一回　靈虚子投師學法　到彼僧接引歸真）

## 未標牌名（按：用《西江月》調一闋）

頭戴毗盧僧帽，身穿錦襴袈裟。九環錫杖手中拿，一串菩提項掛。（第二回　如來試法優婆塞　徒衆夸能説姓名）

## 未標牌名（按：用《西江月》調一闋）

一個猴頭猴臉，一個豬耳豬腮。一個見貌嚇癡呆，好似妖魔鬼怪。（第二回　如來試法優婆塞　徒衆夸能説姓名）

## 未標牌名（按：用《西江月》調一闋）

兩個經文包子，方方兩塊石頭。小妖驚異把眉愁，怪道肩筋壓就。（第

十回　兩僧人抵回經擔　衆老妖慶會靈芝）

## 未標牌名（按：僅用《西江月》調一闋）

五色靈根獻瑞，一株古柏生芝。想同麟鳳毓明時，遇此奇葩出世。（第十回　兩僧人抵回經擔　衆老妖慶會靈芝）

## 未標牌名（按：用《西江月》調）

生在山岡大樹，蜥蜴是我洪名。任伊勇猛孟賁行，見我驚魂喪命。　只因乾坤歷久，神通果是狰獰。借伊山洞匿真經，休得前來争競。（第十七回　盜真經機内生機　迷衆僧怪中遇怪）

## 未標牌名（按：用《西江月》調）

自小生來九尾，山中經歷多年。神通變化實周全，四海五湖遊遍。　爲戀富家子弟，庵中長老盤桓。借他精氣欲成仙，不似你昆蟲下賤。（第十七回　盜真經機内生機　迷衆僧怪中遇怪）

## 未標牌名（按：僅用《西江月》調一闋）

皺面似乾荷葉，光頭如大西瓜。穿著一領舊袈裟，數珠胸前高掛。（第二十一回　狐妖計識真三昧　三藏慈悲誦五龍）

## 未標牌名（按：僅用《西江月》調一闋）

曾是夫人舊寨，兩行娘子營軍。如今改了老魔君，媽媽帳休來盤問。（第二十三回　陸地仙拂塵解鬥　唐長老奉旨封經）

## 未標牌名（按：僅用《西江月》調一闋）

昔日虎威没勢，當年獅吼遠藏。修成白面轉龍陽，看那婆婆不上。（第二十三回　陸地仙拂塵解鬥　唐長老奉旨封經）

## 未標牌名（按：用《西江月》調）

不戀紅塵鄙事，節飲獨宿毋貪。安步快樂勝車驂，日食三食[餐]淡飯。

漫笑争名角利,更嗤暮北朝南。倚强逞勢不知慚,怎如我逍遥散誕。(第二十三回　陸地仙拂塵解鬥　唐長老奉旨封經)

## 未標牌名(按:用《西江月》調一闋)

不似仙家容貌,卻如釋子形裝。木魚敲的響噹噹,本是連毛和尚。(第二十六回　唐長老不入邪蹤　豬八戒忽驚夢話)

## 未標牌名(按:用《西江月》調一闋)

流水西來東向,縈回斜繞悠長。横拖石坂作浮梁,行道打從其上。(第三十一回　假圈套詐請唐僧　現神靈嚇逃盜夥)

## 未標牌名(按:用《臨江仙》調一闋)

宛似荒郊磷火,又如高炬于□。光輝遠遠射雙眸。此時烏黑暗,方見樹林丘。(第三十二回　化强人課誦心經　誘夜叉喊驚魔怪)

## 未標牌名(按:用《西江月》調一闋)

削去青絲蟬鬢,留著粉黛蛾眉。端然一個比丘尼,卻説沙彌何異。(第三十五回　日月寶光開黯黮　莊嚴相貌動真誠)

## 未標牌名(按:用《西江月》調一闋)

行者威風凜凜,妖魔殺氣騰騰。兩邊賭鬥不容情,不辨高低誰勝。(第三十七回　餓鬼林拳打細腰　水晶宫哀求神棒)

## 臨江仙(按:僅用一闋)

世事逞强威劫,怎如善化機心。心機不變此衷真。縱是豚魚可格,從教吴越堪親。(第三十九回　木魚聲響散妖魔　猛虎嘯風驚長老)

## 未標牌名(按:用《臨江仙》調一闋)

五糖五果卓席,三牲三道鮮湯,海珍陸味豈尋常。還簇擁笙簫絲竹,鼓

板戲唱弋陽腔。(第四十五回　禁葷腥警戒神馬　借狐妖復轉毫毛)

## 未標牌名(按:用《西江月》調,加襯)

他本是金蟬長老,在釋門幾劫出家。取經回去到中華,福國保命功大。　　我奉如來旨意,暗地保護隨他。妖魔何苦做冤家,你不怕那鉢盂兒罩下?(第四十八回　烈風刮散炎蒸氣　法力摇開大樹根)

## 未標牌名(按:用《西江月》調)

説我神通廣大,本事其實高强。任他魔怪盡能降,變化百千萬様。　　敬奉如來敕旨,真經保護歸唐。笑你六耳怪魔王,空作冤愆孽障。(第四十八回　烈風刮散炎蒸氣　法力摇開大樹根)

## 未標牌名(按:用《西江月》調一闋)

威猛不同凡獸,咆哮山頂生風。斑毛白額與金睛,吼動山摇地震。(第四十九回　清浄地玄奘尊經　臭穢林心猿遇怪)

## 未標牌名(按:用《西江月》調一闋)

雲霧高騰池上,蒼龍旋轉山前。金鱗映日更鮮妍,豈是凡人能見。(第四十九回　清浄地玄奘尊經　臭穢林心猿遇怪)

## 西江月

迷識人兒稀少,相歡筵席多疏。幸逢長老姓稱豬,八戒聲名久著。　　爲此柬來奉請,長生慶會休辜。慨然命駕下臨吾,足感交情不負。(第五十二回　胡僧舉滅怪真仙　如來授驅迷妙法)

## 未標牌名(按:用《西江月》調一闋)

五穀造成佳釀,清香滑辣兼甜。合歡散悶解愁顔,養血調榮遐算。(第五十五回　唐長老夜走八林　比丘僧行全三藏)

## 未標牌名(按:用《西江月》調一闋)

助火傷神損胃,爛腸腐臟戕生。亡家敗德事非輕,第一戒他亂性。(第五十五回　唐長老夜走八林　比丘僧行全三藏)

## 未標牌名(按:用《西江月》調一闋)

男女陰陽配合,世間一種人倫。我娘作伐豈私奔,苟合何人笑論。(第五十五回　唐長老夜走八林　比丘僧行全三藏)

## 未標牌名(按:用《西江月》調一闋)

這種元陽正氣,生人固命靈根。修身見性與明心,怎肯邪淫迷混。(第五十五回　唐長老夜走八林　比丘僧行全三藏)

## 未標牌名(按:用《西江月》調一闋)

萬道金光直射,有如刀劍攻來。騰騰瑞氣滿空排,盡是神王擁蓋。(第五十七回　八戒假變陳寶珍　真經光射烏魚怪)

## 未標牌名(按:用《西江月》調一闋)

一天陰雲滿布,四方黑氣攢來;滿河木筏亂撑開,馬垛擔包不在。(第六十一回　假寶珍利誘賊心　噴黑霧搶開經擔)

## 未標牌名(按:用《臨江仙》調一闋)

圓陀陀宛如舍利,光燦燦不説金丹。寶珠莫做等閒看。懷藏福似海,捏動壽如山。(第六十二回　行者入水取菩提　老黿將珠换寶鏡)

## 未標牌名(按:用《西江月》調一闋)

凹眼金睛尖臉,猹耳孤拐毛腮。呲牙獠嘴似狼豺,乃是猢猻精怪。(第六十二回　行者入水取菩提　老黿將珠换寶鏡)

## 未標牌名(按:用《西江月》調)

自古陰陽兩判,乾坤比合五行。相調無犯各相生,誰教他失原來情性。　不順彼此復剋,朝元各失調停。看來他是怪精,怎把我們錯認。(第六十四回　誤把五行認妖魔　且隨三藏拜真經)

## 未標牌名(按:用《臨江仙》調一闋)

日月久離東土,靈山已取真經。歸心急急怕消停。不辭繞路進,怎肯誤前行。(第六十五回　五氣調元多怪消　一村有幸諸災散)

## 未標牌名(按:用《臨江仙》調一闋)

陣陣花間眷戀,雙雙墻内翩躚。幾回來往過東軒。正是春光無限景,蜂蝶也欣然。(第六十六回　孝女割蜜遇蜂妖　公子惜花遭怪魅)

## 未標牌名(按:用《臨江仙》調)

一自春光明媚,後園問柳尋花。偶然蜂蝶亂交加。只因才拂袖,不覺病歸衙。　每日心情恍惚,凝眸便見嬌娃。我心不染這寃家,無端翻作怪,日夜在窗紗。(第六十六回　孝女割蜜遇蜂妖　公子惜花遭怪魅)

## 未標牌名(按:用《臨江仙》調一闋)

小小身形一鳥,茸茸毛羽初生,喳喳不住會嚶聲。正是學飛方展翅,雖小卻通靈。(第六十八回　真經隻字本來無　片語仁言妖孽解)

## 未標牌名(按:用《西江月》調一闋)

五色祥煙藹藹,一天瑞霧蒸蒸。何嘗一字見真經,盡是彩雲光映。(第六十八回　真經隻字本來無　片語仁言妖孽解)

## 未標牌名(按:用《西江月》調加襯)

光溜溜髮皆削剃,豐偉偉貌盡方圓。袈裟偏袒右邊肩,宛似阿羅體

面。　　更有一宗出衆，威儀舉動莊嚴。便看他開口個中玄，眼下聖凡可見。（第六十九回　悟空三誘看經鵲　比丘四衆下靈山）

## 未標牌名（按：用《西江月》調一闋）

上爲國王水土，重恩來把經求。志誠一點在心頭，功果喜今成就。（第七十一回　比丘衆共試禪心　靈虚子助登彼岸）

## 未標牌名（按：用《西江月》調一闋）

爲報君恩求取，志誠不是私謀。始終信受莫疑憂，有甚妖魔敢誘。（第七十一回　比丘衆共試禪心　靈虚子助登彼岸）

## 未標牌名（按：用《西江月》調）

自歎生來命薄，父娘早逝身孤。披緇削髮剃鬚胡，老大爲僧受苦。　　只恨利心惹釁，開山鑿石貪圖。妖魔動怒害身膚，怎得徒孫探顧？（第七十二回　唐三藏登山玩景　豬八戒得意賞心）

## 未標牌名（按：用《西江月》調）

本是四靈之一，住居溪澗河中。只因開墾不相容，移入深山石洞。　　説起他身本事，推測妙算神通。經年歷歲更無窮，似你山門負重。（第七十二回　唐三藏登山玩景　豬八戒得意賞心）

## 西江月

世事盡皆夢幻，人生自有真經。老僧披剃换儀形，只爲了明心性。　　一入貪癡皆妄，此中味卻虚靈。邪魔乘隙亂惺惺，早把一腔持定。（第七十五回　優婆塞究正路頭　村衆人誤疑客貨）

## 未標牌名（按：用《西江月》調一闋）

獸面怪形人相，呇牙徠嘴嬉呵。分明一個野猩魔，怎與山人酬和？（第七十七回　誦經功德病痊瘥　使計妖魔空用毒）

## 未標牌名(按:用《西江月》調一闋)

本是蓬萊海島,靈根出自仙家。三千年歲一開花,結果三千年大。(第七十七回　誦經功德病痊瘥　使計妖魔空用毒)

## 未標牌名(按:用《西江月》調一闋,加襯)

看此兩枚桃實,常來在此山岡。喫它立刻把人傷,那裏哄得道人和尚?(第七十七回　誦經功德病痊瘥　使計妖魔空用毒)

## 未標牌名(按:用《西江月》調一闋)

久煉禪和釋子,酒色財氣俱忘。明心見性萬魔降,争奪不存心上。(第八十三回　八戒誤被邪淫亂　行者反將孽怪迷)

## 未標牌名(按:用《雙鸂鶒》調)

一個獠牙青臉,一個尖嘴撈腮。赤髮蓬鬆頭上,金睛怒出眼來。　　鼻孔倒翻上捲,髭鬚横亂排開。兩個高聲大叫,好似破鑼破鼓齊篩。(第八十四回　拔毫毛抵换板斧　仗慧劍斬滅妖魔)

## 未標牌名(按:用《西江月》調,加襯)

明晃晃齊揮板斧,雄赳赳各逞威風。沙僧八戒俱梟雄,禪杖遮搪無空。　　一邊似高山猛虎,兩個如大海蒼龍。只鬥的太陽西下月生東,那妖魔方才回洞。(第八十四回　拔毫毛抵换板斧　使慧劍斬滅妖魔)

## 未標牌名

一黍微肢體,兩翅小小飛颺。尾上一點似燈光,曾照囊吟亮。(第八十四回　拔毫毛抵换板斧　使慧劍斬滅妖魔)

## 未標牌名(按:用《西江月》調一闋)

一個頭如麕鹿,四隻蹄類豺狼。跳鑽不定果慌張,仍是妖模怪様。(第

八十四回　拔毫毛抵換板斧　使慧劍斬滅妖魔）

## 未標牌名（按：用《西江月》調一闋）

身似白蛇三尺，尾如秤杆一條。光油身子不生毛，只會鑽游不跳。（第八十四回　拔毫毛抵換板斧　使慧劍斬滅妖魔）

## 未標牌名（按：用《西江月》調一闋，加襯）

四足奔蜓赴壑，一聲吼叫鳴嘶。那裏是驊騮飲水赴長溪，宛似蛟龍騰地。（第八十五回　靈虛子辨香煙氣　孫行者摳怪眼睛）

## 未標牌名（按：用《西江月》調一闋）

五體瑩然潔白，六根清淨馨香。至誠不亂守中黄，正是真如和尚。（第八十七回　妖魔齊力戰心猿　機變無能遭怪縛）

## 未標牌名（按：用《西江月》調一闋）

半點芬芳不有，一團皮血腥臊。明明五體上毫毛，假變僧人形貌。（第八十七回　妖魔齊力戰心猿　機變無能遭怪縛）

## 未標牌名（按：用《臨江仙》調一闋，加襯）

妖魔惱羞成怒，行者怪眼生嗔，兩下裏棍棒一時輪。只鬥得、行者威風生猛勇，妖魔怪氣化微塵。（第九十回　唐三藏沐浴朝王　司端甫含嗔問道）

## 未標牌名（按：用《西江月》調一闋）

我這山中平好，不容虎豹安巢。晨昏只是斫柴燒，要尋妖魔那討？（第九十四回　顯法力八戒降假妖　變尼僧悟空明正道）

## 未標牌名（按：用《西江月》調一闋）

我這溪流安静，魚蝦逐水隨波。早來把釣且無多，不識妖魔誰個。（第九十四回　顯法力八戒降假妖　變尼僧悟空明正道）

## 未標牌名（按：用《西江月》調一闋）

樹葉蒙茸如蓋，周圓大有十圍。根生土内且深培，避雨遮陰無對。（第九十四回　顯法力八戒降假妖　變尼僧悟空明正道）

## 未標牌名

黑漠土飛揚上下，白漠土攪擾東西，混沌不識個中提。恐把瑩然混亂，到使黯黮相迷。（第九十七回　鼯精計算偷禪杖　行者神通變白煙）

## 未標牌名（按：用《西江月》調一闋）

肉翅形如飛燕，毛頭狀似鼱鼯。扁身兩耳眼睛無，雙足緊生小肚。（第九十八回　算妖魔將計就計　變葫蘆嚇怪驚妖）

## 未標牌名（按：用《臨江仙》調一闋）

長老非醫非道，葫蘆藥賣誰家？這物非你手中拿。想要吸妖怪，我們不怕他。（第九十九回　滅機心復還平等　借寶象乘載真經）

## 未標牌名（按：用《西江月》調）

也是一物生命，爲何籠著他身？似哀似苦欲逃生，望乞慈悲方寸。　況是釋門弟子，正當方便存心。放他六道轉投人，免使樊籠悶遯。（第一百回　願皇圖萬年永固　祝帝道億載遐昌）

## 未標牌名（按：用《西江月》調一闋）

鷲嶺祥雲縹緲，雷音寶刹輝光。極樂世界永傳芳，好一個金蟬和尚。（第一百回　願皇圖萬年永固　祝帝道億載遐昌）

# 《檮杌閒評》詞

（未題撰人　五十回　《古本小説集成》據清刊本影印
上海古籍出版社　一九九一）

## 滿江紅（三首）

欲界茫茫，待足時，何時是足。凝眼望，功名千里，雲臺高築。世事渾如花上露，人生一似風前燭。問一年、幾見月當頭，杯頻覆。　逐不盡，秦庭鹿。揾不住，新亭哭。看繁華轉眼，玉樓金谷。叱吒風雷神氣壯，鞭笞山嶽威名肅。到頭來、都付水東流，空勞碌。

且復何言，縱狂歌，唾壺敲缺。心頭事，呼天劍嘯，避人眥裂。竟致咆哮憑虎豹，不堪凝沍常冰雪。問妻兒、張口視其中，存否舌？　忽發作，醉激烈。難止遏，狂時節。欲登天亟請，假吾丈鐵。大嚼療饑奸賊腦，横吞解渴殘臣血。讀《春秋》、此筆存忠心，何嘗絶。

古往今來，青史上，分明實寫。請君看，賢奸忠佞，何曾假借。振主威權名赫奕，傾人機械魂驚怕。想胸中、猶覺志難伸，一人下。　忠義士，偏遭叱。憑吊淚，休頻灑。看塵開鏡照，雲空日射。事敗族誅群一快，棺開屍戮誰能赦。歎小人、枉自逞英雄，千秋罵。（總論）

## 未標牌名（按：用《西江月》調）

色即空兮自古，空兮即色皆然。人能解脱色空禪，便是丹砂炮煉。　西子梨花褪粉，六郎落瓣秋蓮。算來都是惡姻緣，何事牽纏不斷。（第三回　陳老店小魏偷情　飛蓋園妖蛇托孕）

## 未標牌名（按：用《南鄉子》調）

世事等蜉蝣，朝暮營營不自由。打破世間蝴蝶夢，休休！滌盡塵氛不

惹愁。　富貴若浮鷗，幾個功名到白頭。昨日春歸秋又老，悠悠。開到黃花蝶也愁。（第四回　賴風月牛三使勢　斷吉凶跛老灼龜）

## 未標牌名（按：用《踏莎行》調）

憔悴形容，淒涼情緒。驅車人上長亭路。柔腸如綫繫多情，不言不語懨懨的。　眉上閒愁，暗中心事。音書難倩鱗鴻寄。殘陽疏柳帶寒鴉，看來總是傷心處。（第五回　魏醜驢露財招禍　侯一娘盜馬逃生）

## 未標牌名（按：用《西江月》調）

淅淅金風漸爽，瀼瀼玉露生凉。高低螢火亂輝煌，四野蛩聲嘹喨。　天淡銀河垂地，月移樹色蒼茫。數聲碪杵落村莊，敲斷客情旅況。（第六回　客印月初會明珠　石林莊三豪聚義）

## 未標牌名（按：用《西江月》調）

身弱手持藤杖，冰鬚雪鬢蓬鬆。金花閃爍眼朦朧，骨瘦筋衰龍鍾。　曲背低頭緩步，龐眉赤臉如童。深衣鶴氅任飄風，好似壽星出洞。（第六回　客印月初會明珠　石林莊三豪聚義）

## 未標牌名（按：用《南鄉子》調）

霜降水痕收，淺碧磷磷映遠洲。征雁北來人未醒，悠悠。月照寒檠無限愁。　凉氣薄征裘，長笛一聲人倚樓。紫豔半開籬菊淨，休休！江上蘆花盡白頭。（第六回　客印月初會明珠　石林莊三豪聚義）

## 未標牌名（按：用《西江月》調）

寂寞房廊倒塌，荒凉蔓草深埋。雨淋神像面生苔，供桌香爐朽壞。　侍從倚牆靠壁，神靈臂折頭歪。燕泥雀糞積成堆，伏臘無人祭賽。（第六回　客印月初會明珠　石林莊三豪聚義）

## 未標牌名（按：用《鷓鴣天》調）

面闊腰圓身體長，精神突兀氣揚揚。笑生滿臉堆春色，邪點雙睛露曉

光。　心叵測，意難量，一團奸詐少剛方。吮癰舐痔真無恥，好色貪財大不良。（第十一回　魏進忠旅次成親　田爾耕窩賭受辱）

## 未標牌名（四首）

### 喜

喜珠垂鵲起，上眉峰，生靨底。氣溢門闌，春融帳裏。猩紅試海棠，穠豔歌桃李。　綢繆上苑鵷鸞，尤殢巫山雲雨。笙簫引鳳上秦臺，花燭迎仙歸洛浦。

### 會

會錦營花隊，燕成雙，鶯作對。鸞鳳和鳴，鴛鴦同睡。帶笑熄銀燈，含羞牽玉佩。　羅幃繡幕生春，杏臉桃腮增媚。慶朱陳兩姓交歡，羨牛女雙星合配。

### 佳

佳嫩玉奇葩，如月姊，似仙娃。香肌膩雪，雲鬢堆鴉。結縭初奠雁，多子更宜家。　天喜紅鸞高照，郎才女貌堪誇。丹阜雙生比翼鳥，池蓮新發並頭花。

### 姻

姻意合情真，聯比目，結同心。陰陽交媾，蘭麝氤氳。好合如膠漆，調和似瑟琴。　寶鏡雙鸞共照，瓊漿合卺同斟。此日金屏初中雀，明年綺閣定生麟。（第十一回　魏進忠旅次成親　田爾耕窩賭受辱）

## 未標牌名（按：用《滿庭芳》調）

秋色平分，月輪初滿，長空萬里清光。闌干十二處，漸漸新涼。遥憶瓊樓玉宇，羨仙姬、齊奏霓裳。風光好，南樓生趣，老子興偏狂。　更玲瓏七寶，裝成寶鏡，表裏光芒。婆娑桂子，縹緲散天香。一自嫦娥奔走，鎮千年，兔搗玄霜。人生百歲，年年此夜，同泛紫霞觴。（第十二回　傅如玉義激勸夫　魏進忠他鄉遇妹）

## 未標牌名（用《踏莎行》調，首二句用宋・秦觀《滿庭芳》句）

山抹微雲，天連衰草，西風颯颯秋容老。夕陽殘柳帶寒鴉，長堤古驛羊腸杳。　雁陣驚寒，雞聲破曉，霜華故點征裘蚤。輪蹄南北任奔馳，紅塵冉冉何時了。（第十二回　傅如玉義激勸夫　魏進忠他鄉遇妹）

## 春從天上來（按：此爲金・吴激詞）

海角飄零，歎漢苑秦宫，墜露飛螢。夢回天上，金屋銀屏，歌吹競舉青冥。問當時遺譜，有絶藝鼓瑟湘靈。促哀弦，似林鶯嚦嚦，山溜泠泠。　梨園太平樂府，醉幾度春風。鬢髮星星，舞徹中原，塵飛滄海，風雲萬里龍庭。寫胡笳幽怨，人憔悴、不似丹青。醒醒，一軒凉月，燈火流螢。（第十二回　傅如玉義激勸夫　魏進忠他鄉遇妹）

## 未標牌名（按：用《臨江仙》調）

碧眼蜂眉生殺氣，天生性格玲瓏。五車書史貫心胸，敦、温應並駕，操、莽更稱雄。　奸佞邪淫藍面鬼，鬼幽鬼躁相同。戈矛常寓笑談中，藏林白額虎，伏蟄秃鬚龍。（第十四回　魏進忠義釋摩天手　侯七官智賺鐸頭瘟）

## 聲聲慢（按：改宋・李清照詞）

尋尋覓覓，冷冷清清，淒淒慘慘戚戚。正直授衣時節，歸期未必。排悶全憑一醉，酒醒後愁來更急。雁過也，正傷心，卻是舊時相識。　滿地黄花堆積，憔悴損，如今有誰共摘。擁着衾兒，獨自怎生將息。梧桐更兼細雨，到黄昏、點點滴滴。這次第，怎一個愁兒了得。（第十七回　涿州城大奸染癘　泰山廟小道憐貧）

## 未標牌名

江海飄□[零]，風塵流落，恨天涯一身蕭索。昨宵除夕，夢到家園行樂。最傷心，遮莫鄰雞驚夢覺。十載難逢知己友，三年到與身心卻。向深林、且聽子規啼，歸去着。（第十七回　涿州城大奸染癘　泰山廟小道憐貧）

## 未標牌名（按：改宋・周邦彦《解語花》詞）

風鎖焰燭，露浥洪爐，花布光相射。桂華流瓦，纖雲散，耿耿素娥欲下。衣裳淡雅，看楚女、纖腰一把。簫鼓喧，人影參差，滿路飄香麝。　闤闠齊開放,夜望千門如晝。嬉笑游冶,鈿車羅帕。相逢處,自有暗塵隨馬。燈光燦也,見雙鳳六龍齊駕。宮漏移,飛蓋歸來,尚歌舞休罷。(第二十一回 郭侍郎經筵叱陳保 魏監門獨立撼張差)

## 未標牌名(按:此爲宋·胡浩然《東風齊著力》詞,有改動)

殘暗[臘]收寒,三陽初轉,已换年華。東皇律管,迤邐到皇家。處處笙歌鼎沸,會佳宴、坐列仙娃。花叢裏,金嫩滿爇,蘭麝煙斜。　　此景轉堪評[誇]。深意祝、壽山福海增加。玉觥滿泛,且自醉流霞。幸有屠蘇美酒,銀瓶浸,幾朵梅花。試看取、千門爆竹,歲火交加。(第二十一回 郭侍郎經筵叱陳保 魏監門獨立撼張差)

## 綺羅香(按:此爲元·黄澄詞)

綃帕藏春,羅裙點露,相約鶯花隊裏。翠袖拈芳,香沁筍芽纖指。偷摘下緑徑煙霏,悄扳下晝闌紅紫。埽花階褥展芙蓉,瑶臺十二降仙子。　　芳園清晝乍來,亭上吟吟笑語。妒穠誇豔,奪取籌多,贏得玉璫瑜珥。凝素靨香粉添嬌,映黛眉淡黄生喜。綰腰帶穿佩宜男,皇恩新至矣。(第二十二回 御花園嬪妃拾翠 漪蘭殿保姆懷春)

## 綺羅香

羅袖香濃,玉容粉膩,妝門晝闌紅紫。浪蝶遊蜂,故故飛親羅綺。竊脂香遶遍釵頭,愛豔色偷戲燕尾。猛回身團扇輕招,隔花陰盈盈笑語。　　春晝風和(日)麗,雙翅低徊旖旎。拍入襟懷,漏歸衫袖,搧入海棠花底。蹴蓮鈎踏碎芳叢,露玉筍分殘嫩蕊。更妒他依舊雙雙,過粉牆東去。(第二十二回 御花園嬪妃拾翠 漪蘭殿保姆懷春)

## 未標牌名(按:用《鷓鴣天》調,當由宋·朱敦儒詞改寫)

名利中間底事忙,何如蕭散與疏狂。給來玩水遊山券,上個留雲借月章。　　詩萬卷,酒千觴,大開白眼看侯王。蠅頭蝸角皆成夢,畢竟强中更有强。(第二十三回 諫移宮楊漣捧日 誅劉保魏監侵權)

## 未標牌名（按：用《南鄉子》調）

萬事轉頭空，何似人生一夢中。蟻附蠅趨終是幻，匆匆！枉向人前獨逞雄。　　何必歎飄蓬，禍福難逃塞上翁。狐媚狼貪常碌碌，烘烘！羞惡良心卻自蒙。（第三十回　侯秋鴻忠言勸主　崔呈秀避禍爲兒）

## 未標牌名

目擊時艱，歎奸惡，真堪淚滴。鎮一味、迷天蔽日。漢室曹王，宋家章蔡，只弄得、破家亡國。　　鷹擊狼貪，任仕路，總堪谿刻。縛一網、盡籠健翮。蘭鋤當室，陽明幾息，險些子、銅駝荆棘。（第三十二回　定天罡盡驅善類　拷文言陷害諸賢）

## 未標牌名（按：用《滿江紅》調）

攻假城孤，看威令，雷轟電掣。更無端，豺虎排忠陷烈。肅肅衮衣何日補，琅琅廷檻無人折。重張密網及幽潛，遭縲紲。　　清淚灑，萇弘血。白刃斷，常山舌。羨身騎箕尾，精靈難滅。板蕩始知勁勁草，爐炎自識琤琤鐵。只教厲鬼殺權奸，冤方雪。（第三十三回　許指揮斷獄媚奸　馮翰林獻珠拜相）

## 未標牌名（按：用《蝶戀花》調）

富壓江南堪敵國，金穴銅山，回首如風燭。奴輩利財生蝮毒，石家何處尋金谷。　　十萬牙籤如轉轂，任爾通神，難脱鉗羅獄。日食萬錢惟果腹，何曾千古稱知足。（第四十一回　梟奴賣主列冠裳　惡宦媚權毒桑梓）

## 未標牌名（按：用《蝶戀花》調）

一年一度春光好，對此韶華，莫惜金樽倒。春去春來春漸老，落紅滿地埋芳草。　　花又笑人容易老，静裏光陰，暗换誰人曉。不老良方須自討，無榮無辱無煩惱。（第四十五回　覓佳麗邊帥獻姬　慶生辰乾兒争寵）

## 未標牌名（按：用《西江月》調）

忌念不復强滅，真如何必營謀。本原自性佛前修，迷悟豈居前後。　悟即刹那成正，迷難萬劫感流。若能一念返真求，迷盡恒沙罪過。（第四十六回　陳元朗幻化點奸雄　魏忠賢行邊殺獵户）

## 未標牌名（按：用《滿江紅》調）

這回因果，勸人爲善，回頭須早。一念生、神明鑒照，任他顛倒。富貴何如貧賤樂，惺惺不奈癡愚巧。看滿帆千尺掛長江，風威好。　位極人臣，功高蓋世，也須自保。若一生三公萬貫，人間絶少。王氏七侯成敗壞，楊家六貴終荒草。歎鍾鳴漏盡又雞啼，天漸曉。（第四十七回　封王侯怒逐本兵　謀九錫妄圖居攝）

## 未標牌名（按：用《蝶戀花》調）

昏昏塵世皆蕉鹿，蟻附蠅營，何事常征逐。劉項功名如轉軸，亂蟬聲後秋容促。　誰能享盡人間福，乃至完成，卻又添蛇足。棲穩一枝飲滿腹，回頭一笑寒山緑。（第五十回　明懷宗旌忠誅衆惡　碧霞君説劫解沉冤）

# 《剿闖小説》詞

(懶道人口述　十回　《古本小説集成》據日本内閣文庫藏南明弘光刊本影印　上海古籍出版社　一九九一)

## 水調歌頭(按:此爲宋・張孝祥詞,有較大改動)

腥鬼嘯燕北,玉帳夜分弓。令公鵲起幕府,竭力矢孤忠。千里風行雷厲,四枚星流電掃,劍氣吐長虹。談笑摧驕虜,智略冠群雄。　排雲陣,飛鏃雨,水艦挾芙蓉。民安耒耜,啓聖不邀功。聞道璽書頻下,看踏沙堤歸路,帷幄且從容。中興建神武,一舉朔庭空。(第六回　吴總鎮舉義勾東虜　李逆闖大敗走關西)

# 《一枕奇》詞

（華陽散人撰　兩卷　八回　《古本小說集成》據大連圖書館藏本影印　上海古籍出版社　一九九一）

## 漁家傲

畫斷粥齏磨穿鼻，織成幾個風流字。打點貴人新樣子，誇鄉里，冷魂窮債還經史。　魁星夜半無間隙，闈中榜上真消息。移胎接種渾無跡。都不必，哭者笑者酸風滴。（卷一　第一回　黄金榜被劫罵主司　白日鬼飛災生婢子）

## 風中柳

一片秋光，都是雲容裝點。錦江山、風流薰染。錦機玉剪，紅裙翠傘。桂香飛，新貴連棧。　一樂一憂，失意爭當坷坎。對妻孥、杯中酒淺。身上衣歉，人頭債險。更無端，窮途馬扁。（卷一　第二回　新貴惹秋風一場没趣　寒儒辭鄉館百事難成）

## 浪淘沙

花月一時明，柳眼青青。佳人有意伴孤燈。琅玕偷贈相思夜，帶綰西陵。　香雲筆墨生，龍頭老成。故園松菊暗銷魂。等得他年風雨静，筠柏雙清。（卷一　第三回　黯婢説春情文章有用　船家生毒計甥舅無知）

## 點絳唇

今古茫茫，麒麟閣幀剡溪幅。驅狼逐鹿，奔走太行路。　奸險生心，到處成桎梏。休報復，你笑我哭，高枕黄粱熟。（卷一　第四回　成進士債主冤家齊證罪　説仇人泥犁刀劍總生死）

## 清平樂

真堪笑倒，世間阿堵好。同哺鼠貓一様飽，錯把天公惱。　匣中一劍哀鳴，寫盡人間不平。打點閑中鉛粉，傳將朱劇先聲。（卷二　第三回　揮金穴上官制下官　俠女娘談父還成父）

## 點絳唇

大刀闊斧，千原血碧花紋古。恩怨都灰，寸心誰共數。　青草黄沙，大抵英雄譜。盡胡越，江山塊土，隨分勳名補。（卷二　第四回　舉罪癈雙俠報君恩　化貪癡一門成忠孝）

# 《雙劍雪》詞

（華陽散人撰　兩卷　八回　《古本小説集成》據大連圖書館藏東吴赤緑山房刻本影印　上海古籍出版社　一九九一）

## 臨江仙

檢點子生宜守分，休貪眼底虚花。一泓秋水影蒹葭。種豆仍得豆，種瓜應得瓜。　　莫把人生作牛馬，天公費盡嗟呀。床頭無酒且須賒。我貧宜自慰，他富莫輕誇。（第二回　没來歷乾魚放生　煞風情野豬還願）

## 點絳唇

蝶舞蜂狂，相思帶縮西陵下。燕侣鶯雛，早把風情撦。　　玉腕酥胸，滿斛明珠瀉。真瀟灑，夢裏人真假。錦屏金屋，添入新圖畫。（第三回　宣淫償熱債大鬧端陽　吉節嫁寒儒稍娱暮景）

# 《醉醒石》詞

（東魯古狂生編輯　十五回　《古本小説集成》據傅惜華藏覆刻本影印　上海古籍出版社　一九九一）

## 晝堂春

從來惟善感天知，況是理枉扶危。人神相敬依，逸豫無期。　積書未必能讀，積金未必能肥。不如積德與孫枝，富貴何疑。（第一回　救窮途名顯當官　申冤獄慶流奕世）

## 桂枝香（按：此爲宋・王安石詞，有改動）

登臨送目，正故國晚秋，天氣初肅。瀟灑澄江如練，翠峰如簇。征帆去棹殘陽裏，背西風、酒旗斜矗。彩舟雲淡，星河露起，晝圖難足。　念自昔、豪華競逐。恨門外樓頭，悲歡相續。千古憑高，對此慢嗟榮辱。六朝舊事隨流水，但寒煙衰草凝緑。至今商女，時時尚唱，《後庭》遺曲。（第一回　救窮途名顯當官　申冤獄慶流奕世）

## 南柯子

錯嫁休生怨，貞心托杜鵑。若將隱事向人言，便有偷香浪子暗生奸。　爲甚隨人走，知同若個眠？縱然遂得舊姻緣，已受幾多玷污恐難湔。（第三回　假淑女憶夫失節　獸同袍冒姓誆妻）

## 清平樂

情膠連理，比目□□□。□□□□兒女□，摎影曲垂□□。　□□□□□□，□餘又見奇貞。剩取一□□□，□□□□□馨。（第五回　矢熱血世勳報國　全孤祀烈婦捐軀）

## 滿江紅

造物無憑，任東君倒橫直豎。便江花絮筆，李囊險句。不遇柳神將汁染，難期錦字機中注。縱一朝、得意宴江頭，寧奇事。　　那便可，輕肆志。傲僚友，藐當世。看從來佻達，榮華難據。況復一腔淩轢意，高天厚地無容處。至變成異類始灰心，向誰訴。（第六回　高才生傲世失原形　義氣友念孤分半俸）

## 鷓鴣天

石火光中暫欠伸，百年飄忽類輕塵。富貴倘來宜任運，問人何事苦縈神。　　矛頂利，銀[鑰]頭珍，得來猶恐累吾身。自古聰明輸懵董，半緣恥賤半憂貧。（第八回　假虎威古玩流殃　奮鷹擊書生仗義）

## 浪淘沙

拍手笑狂夫，爲色忘軀。施坑設阱陷庸愚。静夜探丸如拉朽，圖遂歡娱。　　雲雨霎時無，王法難逋。探驪自謂得名珠。赢得一時身首斷，頸血模糊。（第九回　逞小忿毒謀雙命　思淫占禍起一時）

## 繫裙腰

曉妝未整緑雲鬆。梨蕊似、淡煙籠。眼波流玉溶溶，臉微紅。不親脂粉偏工。　　青青兩朶出巫峰。春纖嫩，玉新礲。更長難寸減，弱且多豐。這嬌容，應惹得意兒濃。（第九回　逞小忿毒謀雙命　思淫占禍起一時）

## 漁家傲

棱層氣韻寒山勁，襟期萬頃琉璃浄，熱腸縷縷尤堪敬。英雄性，千金不惜周同病。　　嘘枯寒篠清聲競，相憐何必爲相盟，劇孟朱家恒自命。心兒瑩，高風今古宜歌詠。（第十回　濟窮途俠士捐金　重報施賢紳取義）

## 烏夜啼

夜月幾番春夏，夕陽多少興亡。營營自作無端夢，容易費思量。　　腐

焰浪思空耀，井蛙妄冀天飈。駢首悲看燕市上，灑血碧黄壤。（第十二回　狂和尚妄思大寶　愚術士空設逆謀）

## 薄命女

悲薄命，風花嫋嫋渾無定，愁殺成萍梗。　妄擬蘿纏薜附，難問雲踪絮影。一寸熱心灰不冷，重理當年恨。（第十三回　穆瓊姐錯認有情郎　董文甫枉做負恩鬼）

## 點絳唇

杏子裁衫，一枝嫋嫋腰身窄。鬢鵶流碧，斜點金釵赤。　玉暗珊瑚，指向櫻唇逼。情脈脈，輕吁淡噴，暗裏移人魄。（第十三回　穆瓊姐錯認有情郎　董文甫枉做負恩鬼）

# 《水滸後傳》詞

（陳忱撰　八卷　四十回　《古本小説集成》影印紹裕堂刊本　上海古籍出版社　一九九一）

## 未標牌名（按：用《西江月》調）

心上莫栽荆棘，口中謾設雌黄。逍遥大地盡清凉，丹汞鼎爐自養。　世事干戈棋局，人情蕉鹿滄桑。浮雲富貴亦尋常，且把恩仇齊放。（第六回　飲馬川群英興舊業　虎峪寨鬥法辱黄冠）

## 未標牌名（按：用《西江月》調）

萬事由來天定，空多神算奇謀。當年管鮑遇山丘，一晌豪華消受。　浪跡天涯歸去，青衫重到江州。千金散去不爲仇，恐惹英雄笑口。（第十六回　潯陽江悶和酒樓詩　柳塘灣快除雪舟恨）

## 西江月

回首風塵自遠，息機萬慮俱忘。功名富貴霎時忙，走馬燈邊一樣。　着美酒三杯沉醉，白雲一枕清凉。蓬萊閬苑可翱翔，早渡洪波弱浪。（第四十回　大聚會兄弟同宴樂　好結果君臣共賦詩）

# 《海角遺編》詞

(未題撰人　兩卷　六十回　《古本小説集成》據清抄本影印　上海古籍出版社　一九九一)

## 長相思

鐵甕城高，金山渡闊，長江天塹悠悠。高侯遇害，史老盡忠，清人已入揚州。地慘天愁。見人披甲胄、馬驟驊騮。投鞭欲斷流，又咆哮進據瓜州。　賴鄭帥威靈，閩中精鋭，巍然南岸停舟。寧知敵計，狡趁火光，暗渡貔貅。鄭師不戰自亂，崩潰勢難留。歎南國中興，從此全休。(第二回　鎮江鬧胡馬雲屯　板子磯水師瓦解)

## 滿庭芳

左帥西來，清兵南下，金陵半壁如絲。奸臣誤國，藩鎮反分移。可惜靖南殞首，一霎時、散盡熊羆。想今朝風流江左，新亭淚有誰。　後庭玉樹，惟日事花酒，如醉如癡。待長戈指闕，放馬奔馳。空説中興大業，千載後、猶被人嗤。金山上如麻銃砲，到處悉平夷。(第二回　鎮江鬧胡馬雲屯　板子磯水師瓦解)

## 西江月

科目探花及第，才名江左人龍。詩書萬卷貫心胸，表表東林推重。　南北兩朝元老，清明二代詞宗。貪圖富貴興偏濃，遺臭萬年何用。(第三回　賢太史見危改節　劣知縣聞變掛冠)

## 西江月

昨任明朝參將，今陞清代總兵。泰然重赴福山營，不道中途生釁。　南

望姑蘇火焰,北聞常熟軍聲。疾忙躲避膽魂驚,幾蹈義師白刃。(第十四回 推盟主子張握兵 搜奸細世忠脱網)

## 鷓鴣天

本貫開州土國寶,身經百戰知兵老。白腰驟起破城池,放火攻圍聲鬧噪。 斂虎威,擁旗纛,先據府學作營堡。出奇製勝算如神,烏合披靡似電掃。(第十六回 屯府學土撫臺固守 撞齊門魯遊擊陣亡)

## 西江月

吴俠圍城辱駡,固山斂爪收牙。忽然兩翼衆喧嘩,衝殺奮戈驟馬。 流水變爲赤血,死屍布地如麻。蟠門剩得暮啼鴉,潰裂勢如崩瓦。(第十七回 李固山蟠門外大捷 劉花馬江陰縣用兵)

## 西江月

錦繡才高七步,虹蜺氣吐千尋。毅然率衆援江陰,西面長城獨任。 本是百夫防禦,空留一片丹心。出門城主忽遭擒,時事變更日甚。(第十八回 金秀才起義援江陰 嚴兵部定計襲吴郡)

## 西江月

衆怒由來難犯,子求爲此家捐。不思悔過蓋前愆,反去安排暗箭。 腹劍賢奸莫辨,口蜜黑白倒顛。直教貽禍滿琴川,换盡子張局面。(第二十回 陷忠良子求構寡 聽讒口海上發兵)

## 西江月

巧計横行常熟,先將公道欺瞞。從來措大號窮酸,五斗志得意滿。 虞邑家家巷哭,黌門個個騰歡。任伊凶惡事千般,吃飽是非不管。(第二十三回 行賑恤結歡腐儒 托助餉搜括富户)

## 菩薩蠻

馮長通邑稱學霸,眼底人無開口駡。從未諳軍情,喧傳總不聽。 門

閉怒叱吒，出門栅已下。兵馬正臨城，遭擒幾喪生。（第二十九回　搶頭刀金老姜應數　强出頭馮長子遭擒）

## 菩薩蠻

城南火發軍聲亂，城内人民争走竄。怪殺閉城門，如林士女喧。　景素出城公幹，揚鞭急呼唤。緩轡待人跟，千人得出奔。（第三十回　丁景素力救北門民　褚德卿義釋鄒氏僕）

## 鷓鴣天

轟雷砲發城頭缺，鄉兵巷戰猶不歇。殺氣横空山嶽摇，呼聲震地雌雄決。　白刃交，寶刀折，猛拚一死項濺血。多少官軍拜下風，琴川壯士樹奇節。（第三十二回　戰城中壯士横屍　避相府秀才喋血）

## 鷓鴣天

失節鄉官里巷羞，書生卻少遠謀猷。只道降臣家必保，争先盡向宅中投。　遭屠戮，總無留，長街短巷遍行搜。弄巧成拙被人笑，笑他血濺絳雲樓。（第三十二回　戰城中壯士横屍　避相府秀才喋血）

## 踏莎行

急雨淋頭，斜風披面，聽闢南殺聲一片。出城途路正泥濘，魂飛膽喪聲聲顫。　甲第才人，深閨名媛，分不得老幼貴賤。天翻地覆各逃生，是亘古未經奇變。（第三十三回　冒風雨泥塗士女　遭屠戮血染街衢）

## 菩薩蠻

清師問罪肆誅罰，南闢一帶惟戰骨。黎庶數當窮，城門閉不通。　遍地急搜索，逢人便斬馘。頃刻滿城空，血流琴水紅。（第三十三回　冒風雨泥塗士女　遭屠戮血染街衢）

## 清平樂

時移物换，觸目愁腸斷。天涯被擄多羈絆，途次孤身逃竄。　雖然

絶處逢生，路遥歸夢難成。暗裏得人指點，附丹方達霙城。（第三十六回　吴雲甫半載方回籍　翁浣思萬里得還鄉）

## 漁家傲（按：此改宋・范仲淹《漁家傲》詞）

塞外胡塵風景異，衡陽雁去無留意。四面邊聲連角起，千嶂裏，長烟落日孤城閉。　　孤另一身家萬里，螟蛉暫做歸無計。待得打圍方整轡，喜不寐，出籠好鳥添雙翅。（第三十六回　吴雲甫半載方回籍　翁浣思萬里得還鄉）

## 西江月

常熟僵屍流血，九鄉虎踞梟張。張三暗欲劫軍糧，思竹機謀相向。　　爲首一刀兩段，教師推墮橋梁。伏兵四起動刀槍，頃刻滿船了帳。（第四十二回　嚴子張調兵收凌四　黄思竹定計剪張三）

## 鷓鴣天

鄉兵擾亂天昏黑，吮血磨牙争尚力。纖芥微仇稱大冤，睚眦小忿動誅殛。　　弱之肉，强之食，蘇君狹路遭威逼。只求死裏得重生，遑問理之曲與直。（第四十三回　肆搶掠周伯襄忍氣　報冤仇蘇君望吃虧）

## 西江月

城郭新經殘破，街坊絶少人烟。龍光鬧亂擾琴川，又遇書生愚見。　　失火池魚殃及，亡猿林木禍延。耀兵張示六門傳，徒教黎民膽顫。（第四十四回　洪知縣練塘村被困　顧秀才北水門耀兵）

## 鷓鴣天

鄉兵擾亂多凶暴，仇殺紛紛莫訴告。胡馬雲屯不敢侵，伯韜暗作鄉導。　　投姑蘇，給旗號，指日煙塵堪迅掃。更兼借箸向前籌，軍馬密教三路到。（第四十六回　獻密計三路下琴川　恃梟勇百人坐察院）

## 醜奴兒令

江陰自古澄江地，吴有延陵，楚有春申，江左風流不乏人。　　忠臣義

士同死守，火砲如雲，百里聲聞，玉石無分血灑塵。（第四十九回　援常熟舟師布海　破江陰火砲連天）

## 西江月

南下揚旗舉砲，北來挾矢張弓。謝家殺氣正淩空，兩將兵丁各統。　揮揚出陣未整，震寰水陸齊攻。曳兵棄甲走如風，這個將軍中用。（第五十一回　徐子春穿紅被難　畢輝揚赤體脱身）

## 鷓鴣天

火砲連天旗幟張，福山塘作戰争場。只道驅兵去打仗，誰知回首就搜糧。　雞豬鴨，犬牛羊，貧富囊資掃一光。黎民冤枉無伸處，風雨瀟瀟哭斷腸。（第五十二回　三軍衆冒雨打糧　兩塘民棄家逃命）

## 西江月

大清初平南土，服式俱倣滿洲。衣冠文物一無留，不見長巾大袖。　宵小昂頭得意，賢豪俯首含羞。貂狐海獺猝難收，剥取狗皮同湊。（第五十五回　换營裝小帽稱得勝　改服式人頭戴狗皮）

## 菩薩蠻

蕭帥諭單軍事密，朱貞邋遢漏消息。詞涉慕溪陶，朱涇首富豪。　梅生王矮虎，兩翼整隊伍。鉦鼓似雷聲，家私粉碎傾。（第五十六回　漏軍情因妾傷性命　傳密諭爲富碎家私）

## 漁家傲

浪闊潮平漲秋水，蘆花江上西風起。戰敗茫茫抛故壘。短棹艤，避兵暫泊沙灘裏。　無奈大廳施計詭，白衣摇櫓藏精鋭。蜂擁小舟作後繼。魂膽褫，檣傾楫摧坐待斃。（第五十九回　何總兵揚帆泛海　曹大廳鼓棹擒敵）

# 《西遊補》詞

（董説撰　十六回　《古本小説集成》據明崇禎刊本影印　上海古籍出版社　一九八五）

## 未標牌名

洛神髻，祝姬眉。楚王腰，漢帝衣。上有秋風墜，下有蓮花杯。（第五回　鏤青鏡心猿入古　緑竹樓行者攢肩）

## 未標牌名

月華二八星三五，丁丁漏水鼕鼕鼓。相思相憶阻河橋，可憐人度可憐宵。（第十四回　唐相公應詔出兵　翠繩孃池邊碎玉）

# 《樵史通俗演義》詞

（江左樵子撰　八卷　四十回　《古本小説集成》據清初刻本影印　上海古籍出版社　一九九一）

## 菩薩蠻

絲屏穩住鶯嬌語，荷翻狼藉珠兒雨。砌草逼愁長，花歸竹放香。　芳池斜照獨，妒殺雙鴛浴。天外鷺鶿飛，風中健翮低。（第一回　幼君初政望太平　奸璫密謀通奉聖）

## 卜算子

往代史休翻，近日書堪紀，忠佞由來口似碑，褒貶非關己。　筆撼九嶷山，墨潑三江水，是是非非公道評，何譽亦何毁。（第二回　諸臣聚訟因邊事　兩奸招黨亂朝綱）

## 少年游

斷碧分山，空簾剩月，餘意醉醒間。款竹門深，移花檻笑，筆墨有餘閑。　譜到奸回和淚寫，件件又般般。海島煙塵，山關魂夢，且説不須删。（第三回　權奸收拾朝士心　島帥羅織忠言罪）

## 西江月

近海幺魔嘯海，彌天妖怪翻天。翻天嘯海幾何年，一似流虹飛電。　近地興雲佈雨，朝瑞擦掌磨拳。思量臨世着先鞭，禍到臨頭誰見。（第四回　白蓮賊平歸己功　中書官敗累衆正）

## 蘇幕遮(按:此改寫宋・范仲淹詞)

朔風天,胡霜地。凍色連波,波上寒煙砌。山隱彤雲雲接水,衰草無情,想在彤雲内。　似撒鹽,疑飛絮。冰絲水綫,衾鐵如何睡?雁落寒汀人獨倚,酒入愁腸,化作淒涼淚。(第四回　白蓮賊平歸己功　中書官敗累衆正)

## 踏莎行

相半賢奸,天公不管,朝中贏得封章滿。正人鳴鳳在高崗,奸雄長喙如饑鸛。　避冷之寒,趨炎趁暖,好將一部炎凉纂。生生畫出衆鬚眉,筆端活活憑人唤。(第五回　衆兒著攻擊之效　一手握枚卜之權)

## 滿庭芳

長店征鞍,蘆溝奔馬,燕臺古道灣灣。名場利窟,來往雜賢奸。流水落花何處,空留下剩水殘山。當年去金門獻策,幾度淚難乾。　今日棲山廣,淒凉滋味,寂寞闌干。恁關心闈禍,筆底珊珊。撇下巫雲湘雨,搬演出如蟻朝班。輸年少通宵歡笑,秉燭酒杯寒。(第六回　涿鹿道上紅塵滚　牙爪班中青簡繁)

## 錦堂春

管絃山杪才過,風雨枕邊半歇。看到封章骨聳然,儘是忠臣血。　忠心信友還疑,極慮消冤反結。可憐調燮葉章,含忍遭磨滅。(第七回　楊都憲具疏幾危　葉閣老受辱求去)

## 虞美人

宦途傾險衝鋒去,危煞升高處。十奸九佞瘴煙迷,網羅忠盡赤獄怨魂啼。　羈身空憶吟驟背,剩把推敲費。若能生出陷坑中,賜環休望家食福無窮。(第八回　奸計成一網打盡　正人敗八面受敵)

## 更漏子

秋月孤,秋雲疊,錯認非霜是雪。拋殘醉,試生醪,摘詞伴影遥。　心

如碎,人何在,空把忠奸猜謎[謎猜]。漫平章,細推詳,遺臭與流芳。(第九回　涕泣聯姻敦友道　縱橫肆毒亂朝綱)

## 踏莎行

秋雨若絲,暮雲如涷,無端觸我離愁重。夜深蓬底暗銷魂,睡來翻做還家夢。　還信難憑,離情先動,思量君父真堪慟。天高聽遠屈聲低,小臣無計將情控。(第九回　涕泣聯姻敦友道　縱横肆毒亂朝綱)

## 江南好

江南好,芳草夕陽天。只道風流人未遠,誰知義勇軼前賢。五士五人傳。(第十回　㦤校尉姑蘇仗義　走緹帥江上解厄)

## 西江月(按:此調實爲《臨江仙》,原文誤標)

秋老一聲蟬叫,初晴山館人閒。長藤高柳夕陽天。池魚新發水,盆菊乍生煙。　卻得良朋來至,杖頭帶有余錢。我歌君拍醉還眠。明朝拚晏起,搦管譜當年。(第十一回　衆正囹圄再遭毒　異災京邸忽飛殃)

## 臨江仙

日尚長兮風尚暖,殢人天也堪憐。揮毫漫寫雜雲煙。前朝軼事,説起話纏綿。　紅葉陰陰遮曲樹,樹頭啼老風鵑。無心再去理殘編。良朋偶過,拚費杖頭錢。(第十二回　殺義烈人心公憤　濫祠蔭祖制紛更)

## 謁金門

神忽忽,坐對簾間明月。生怕秋風將鬢拂,況來吹瘦骨。　正是倦人天色,湘管掉來無力。想到權璫真誤國,伸紙還和墨。(第十三回　圖居攝奸謀叵測　構心腹密計無成)

## 浣溪紗

紛紛世事總成灰,但看垂楊日又西,拚將酒醉醉如泥。　説到前朝

新主換，令人回首悄魂迷，非關扯淡漫評題。（第十四回　新天子除奸獨斷　大篡逆失勢雙褫）

## 西江月

鵲噪疏林落日，雁飛斜月凉天。漏殘酒淺未曾眠，往事思量欲遍。　衆正齊來筆底，巨奸再到毫尖。喜逢新主事堪傳，獨斷獨行幾見。（第十五回　應風雲衆正齊糾　震雷霆巨奸南竄）

## 阮郎歸

閑觀往事反生嗔，何多奸佞臣。算來名利總非真，徒然枉費神。　拭睡眼，掃浮塵，偷窺月半痕。莫將閒話繫忙人，揮毫説與君。（第十六回　奸臣得情姬殞身　惡璫有義閹殉死）

## 巫山一段雲

威權露上草，富貴鏡中花。奸雄自古枉成家，難將天眼遮。　簾外風聲峭，簾前月影斜。升沉聚散但由他，捉筆且塗鴉。（第十七回　逆種寄贓慌落陷　客巴割愛泣投繯）

## 海棠春

正陽門外人兒去，千萬疊、魂銷煙樹。羈絏不放行，戍遣難留住。　賢君一旦新臨御，准開釋、孤臣有主。忠直盡彈冠，各把衷腸訴。（第十八回　科部疏雪正臣冤　羈戍路逢天子赦）

## 相見歡

閑看世事悠悠，怕提頭。未來過去總似現前愁。　簾外景，鏡中影，去如流。忠良奸佞一樣不存留。（第十九回　伸劉冤奸弁伏法　鋤遺孽各逆典刑）

## 清平樂

花前徙倚，日月如流水。往事評論猶未已，何暇翻黄曳紫。　忙將

閑手關門，揮毫别有乾坤。斥佞旌忠公案，千秋萬古猶存。（第二十回　文武才擢撫甘肅　彪虎黨定罪爰書）

## 謁金門

風劣劣，吹瘦寒花明月。晨起懶將塵硯拂，却爲閑周折。　逆閹出身須細説，想起不禁立髪。天遣凶星心性劣，累我操不律。（第二十一回　凶星出世多强力　惡曜臨門得豔姿）

## 相思引

無聊心情倚畫屏，虚堂又見月痕生。壯心不冷，筆墨尚縱横。　檢到先朝遺閹禍，消磨更漏酒頻傾。妖妻撥禍，惡煞起紛争。（第二十二回　李自成殺妻逃難　艾同知緝惡遭殃）

## 桃源憶故人

初冬薄冷微風嫋，百歲光陰易老。丢卻閒花閒草，著述無多少。　忠佞評題添煩惱，新政鋪楊不小。憑着筆酣墨飽，須令煙雲饒。（第二十三回　新天子金甌枚卜　衆君子盛世彈冠）

## 西江月

寶鼎篆煙嫋嫋，玉檠燭焰煌煌。金瓶奇卉落清香，卻與金甌相向。　雉扇遥分彩色，珠簾半卷瑶光。諸臣叩首肅冠裳，咫尺天顔瞻仰。（第二十三回　新天子金甌枚卜　衆君子盛世彈冠）

## 天仙子

悠悠忽忽過秋夏，弄寒辭暖初冬夜。癡魂緊逐少年遊，相憐乍，相看他，酒杯頻向西風謝。　論好事天公可藉，有兵書人間可借。先朝軼事莫糊塗，不須詫，何消駡，筆尖掃去心無掛。（第二十四回　慰忠魂褒封特旨　毁要典採納良言）

## 夜行船

紙上唤他不應，不唤他，恍疑相憑。千秋一日説英雄，曉軍機，後輝前映。　范老申公非優孟，兩長城，誰人不敬？當年實撑住乾坤，限尺幅，揄揚莫罄。（第二十五回　范銓部超撫中州　申巡撫進秩樞部）

## 未標牌名（按：用《少年遊》調）

往事悠悠水東流，悵斷白門秋。把酒臨風，嬌歌細舞，醉倒在秦樓。　依微雲影瓓珊月，撒滿錦纏頭。今在深山，閒搜瑣事，似替古擔憂。（第二十六回　李自成報效新總　梅巡撫鎮定亂兵）

## 菩薩蠻

山中大約多風雨，醉餘唱徹《黄金縷》。點檢醉醒身，風情悮煞人。　筆端空碌碌，譚邊復譚腹。干戈動眼前，何須問九邊。（第二十七回　范撫軍不戰成功　高闖王因山結寨）

## 千秋歲

日沐月浴，小范新裝束。調金甌，扶玉燭。勤王熱血紅，臨陣征袍緑。不戰立功名，先聲早慴伏。　此處靖邊塵，彼處添蛇足。何異狼，貪蠍毒。闖出闖踏天，户户高聲哭。怪天生流賊，致乾坤翻覆。（第二十七回　范撫軍不戰成功　高闖王因山結寨）

## 清平樂

醉眠醒起，世事驚流水。細説流氛猶未已，忽復忙翻野史。　凶鋒説也銷魂，紛紛攪亂乾坤。秦晉漸窺梁楚，可憐遍地遭迍。（第二十八回　叛賊聚衆毒秦晉　流氛分隊犯梁楚）

## 海棠春

山山水水還依舊，惟有這、亂離人瘦。遍地受摧殘，腸斷三更後。　巍然閣部，擁兵思鬥，無計空挨永晝。一旦失軍機，未死心先皺。（第二十九回　李公子投闖逃禍　楊督師失機殞身）

## 點絳唇

世界掀翻，么魔思占黄金殿。文臣武弁，你面看咱面。　逆閹開關，

誘賊何須綫。忠心見，投繯赴井，各自尋方便。（第三十回　衆閹開門迎闖賊　群忠靖節報君恩）

## 南鄉子

歸夢五更前，雞促疏鐘破曉煙。倦眼朦朧初睡起，淹前。往事思量最可憐。　　搔首問青天，世事掀翻顛倒顛。智士見機能免禍，高眠。殺盡妖魔始帖然。（第三十一回　智士潛形獲免死　邊帥憤志逐么魔）

## 相思引

錦繡江山如畫屏，江山依舊事紛更。故君新主，南北兩神京。　　新主群趨腸共熱，故君空憶淚頻傾。忠無□□，陳乞豈沽名。（第三十二回　南京公議立新君　淮海瀝血陳時事）

## 青玉案

誰人説道江山敗，獎忠良非茫昧，引用匪人無計奈。爲伊嗟，爲伊恨，頓把朝綱壞。　　魂驚骨顫多尷尬，忠旌奸斥須分界。魏璫逆案重索債，卻只説法司無賴，夜郎空自大。（第三十三回　褒忠臣權相市公　定爰書法司被逐）

## 清平樂

從新問起，世事同流水。崔魏專權説未已，又見奸邪掉尾。　　忠良閣部撑天，赤心草疏便便。若使新君醒悟，江山可保依然。（第三十四回　史可法屢疏籌國　阮大鋮陰謀翻案）

## 風入松

仲冬時節雨初收，新日罩重樓。閒中翻駁金陵事，情悄悄雙鎖眉頭。南鳥孤飛盡處，長江千里悠悠。　　山河非故使人愁，往跡爲誰留？奸雄事業都成夢，又何曾茅土公侯。明哲拂衣歸去，緑波一葉扁舟。（第三十五回　先太子真贋難分　權尚書鋒芒太露）

## 臨江仙

末造聖明真間出，崇禎復振皇明。何期闖寇肆縱横。中原荼毒，天子赴幽冥。　新君灑淚陳薄祭，黨（奸）假哭非（真）。一聲先帝掩人情。退朝嬉笑，商酌選娉（婷）。（第三十六回　祭先帝逆黨假哭　選淑女宦官横行）

## 喬手兒

烽煙無盡處，山水連天碧。江頭旗幟亭亭立。北騎渡江來，江兵退急。　浮雲生遠浦，遮卻扶桑日。英雄有用無人識。縱有介胄名，疲癃殘疾。（第三十七回　各鎮將紛紜互角　衆武弁疲癃可憐）

## 薄命女

心怯怯，曾到中州茅店月。結下風流業。　今日白門來，願認湘波裙褶。憤死囹圄恩義絶，此恨何時洩！（第三十八回　假皇后禁死獄中　真將軍興師江北）

## 蝶戀花

今日山河非舊矣，楚水吴山，誰認咱和你。睡到五更魂夢裏，思量賊闖終須死。　改號稱王當不起，滄海桑田，翻覆汙藺紙。權相魂消將作鬼，天涯馳逐三千里。（第四十回　羅公山李闖卒滅　杭州路馬相潛奔）

# 《載花船》詞

（西泠狂者撰　四卷　十六回　存三卷　十回　《思無邪匯寶》本　臺灣大英百科股份有限公司　二〇〇〇）

## 望江泣

東風急，吹折名花向誰説？嬌雛愁獨切，待學個緹縈女傑。承恩敕，含笑在泉原，粉香應罷泣。（卷一　第四回　聽私謀掃除花障）

## 如夢令

錦繡才追賈董，威嚴權任兵戎。翹企兩情濃，强效翔鳴鸞鳳。如夢，如夢，並首國門誰痛。（卷一　第四回　聽私謀掃除花障）

## 遐方怨（按：此爲唐・温庭筠詞）

憑繡檻，解羅幃，未得君書。腸斷瀟湘春燕飛，不知征馬幾時歸。海棠花謝也，雨霏霏。（卷二　第六回　聽淫聲兩人私語）

## 水龍吟（按：此爲宋・秦觀詞）

小樓連苑横空，下窺繡轂雕鞍驟。疏簾半捲，單衣初試，清明時候。破暖輕風，弄晴微雨，欲無還有。賣花聲過盡，垂楊院落，紅成陣，飛鴛甃。　玉佩丁東别後，悵佳期參差難又。名繮利鎖，天還知道，和天也瘦。花下朱門，柳邊深巷，不堪回首。念多情，但有當時皓月，照人依舊。（卷二　第七回　避兵火淫婦遭淫）

## 山花子（按：此爲唐五代・李璟詞）

手捲真珠上玉鈎，依前春恨鎖重樓。風裏落花誰是主，思悠悠。　青

鳥不傳雲外信,丁香空結雨中愁。回首緑波三峽暮,接天流。(卷二　第八回　贖雙娃義弟仗義)

## 夜遊宫(按:此爲宋·陸游詞)

獨夜寒侵翠被,奈幽夢不成還起。欲寫新愁淚濺紙,憶承恩,嘆餘生,今至此。　　簌簌燈花墜,問此際報何人事?咫尺長門過萬里,恨君心,似危欄,難久倚。(卷三　第九回　女天子宫禁談龜)

# 《山水情傳》詞

(未題撰人　二十二回　《古本小説集成》據日本東京大學藏明末清初本影印　上海古籍出版社　一九九一)

## 西江月

上巳踏青佳節,紅芳著處争妍。行春遊子厭喧填,覓静寒山逢豔。　借意千金淑媛,賺成雲雨連連。蜂狂蝶鬧樂無邊,惹得芳心轉燄。(第一回　俏書生春遊逢麗質)

## 青玉案

金屋嬌娃,惟吟味衛郎珠玉。隨記取萍逢識面,霎時分目。無限憂思,向誰宣讀?忽睡魔障眼逼人來,流蘇帳,鴛鴦枕,夢鼾熟。　伽藍至,從頭囑。遣風流到此,恩情得續。花下訂成鸞鳳友,起來倚翠偎紅肉。正濃交鴛頸,無情棒,緊相逐。(第二回　癡情種夢裏悟天緣)

## 西江月

獨坐悄燈前,摹擬嬋娟。匣中簡得薛濤箋。寫取沉魚落雁,貌如并香肩。　剥啄詢優禪,十月意傳。前緣不遇識新歡。一夜鳳鸞顛倒樂,分袂情牽。(第三回　衛旭霞訪舊得新歡)

## 西江月

兩乳嫩如軟玉,雙眸黑漆撩人。丁香檀口絳桃唇,膚滑猶同酥潤。　白璧無瑕牝户,内含杏蕊花心。豎槍利戟整行軍,上下慾心皆盛。(第三回　衛旭霞訪舊得新歡)

## 憶秦娥

春寂寞，芳園緑暗紅零落。紅零落，佳人成對，平添憎惡。　倚闌想起情繫索，菱花照寫雙真樂。雙真樂，不禁揮灑，俏龐成卻。（第四回　美佳人描真並才子）

## 鷓鴣天

特遣長庚下九天，悉將帝命囑床前。人間萬惡淫爲首，柱史星何染罪愆。　輕爵禄，播姻緣，雨花臺畔去尋仙。紫陽隱語傳丹藥，偏恨藏機不顯言。（第五回　太白星指點遇仙丹）

## 西江月

頭戴東坡巾樣，身穿白色鑲袍。黄絲絲繫狂風飄，粉底靴兒踹着。　雪鬢花鬚銀面，素鬃拂塵頻摇。鳩筇連擊囑嘵嘵，點破迷途勉學。（第五回　太白星指點遇仙丹）

## 西江月

削髮爲除煩惱，空門自有清規。胡行邪念觸天威，詔仰陰司深罪。　鬼刹勾魂白日，冥途哀苦徘徊。閻羅殿鞫法無虧，指示阿鼻顯畏。（第六回　攝尼魂顯示阿鼻獄）

## 南鄉子

僦寓梵王宫，埋跡鑽研鐵硯中。更盡燈殘猶刺股，心雄。互對咿唔徹曉鐘。　天遣俊才逢，誼結金蘭志道同。竊得夢中題記取，加工。猶自揮毫作稿濃。（第七回　東禪寺遇友結金蘭）

## 西江月

婢竊扇頭佳畫，獨潛金谷偷瞧。驚疑男子並多嬌，生出千般譏誚。　正爾躊躕嗟歎，耳邊頻唱歌謡。蠢奴忽至惡言調，失卻丹青二妙。（第八回　鬧

花園蠢奴得佳扇）

## 臨江仙

發掉［棹］葑溪開錦纜，同人逸興翩翩。美談雅笑賽神仙。片帆乘浪去，偕願中青錢。　共躍龍門防點額，場題夢應無愆。兩生切著祖生鞭。蟾宫折桂後，並慰向隅憐。（第九回　三同袍入試兩登科）

## 鷓鴣天

爲想佳人夢寐長，偏於相隔怨參商。金閶買得雙真面，摹擬明珠暗裏藏。　隨落日，到尼堂。信音無訴思彷徨。題詩斗室聊傳意，黑夜尋岐泣路傍。（第十回　出金閶畫鋪得雙真）

## 巫山一段雲

巫女相思遠，蕭郎企慕遥。丹青難覓恨□□［春桃］，□谷課非迢。　暗示登科信，明言拜告嬌。起來懷愧詢春桃，反被話相嘲。（第十一回　同榜客暗傳折桂信）

## 蝶戀花

閑坐山亭心事繞，想起佳人，對扇頻呼叫。癡情正濃奴至擾，朋儕入幕情偏惱。　計賺成婚洞房鬧，花燭相輝，照耀鴛鴦好。五夜坐懷不曾亂，孤帆渡去湖濱渺。（第十二回　歸故里逃婚遇仙渡）

## 鵲橋仙

禪關重到，詩中傳意，猶豫雙真悶坐。燈前共語小春桃，便惹起相思無數。　仙尼又啓，風流曾訂，未識有何沉誤。兩情若個是良姻，何累想朝朝暮暮。（第十三回　斗室中詩意傳消息）

## 西江月

誤入雲林宫闕，意懸故土焦勞。揭開畫扇慰心苗，忽聽棋聲杳杳。　蹤

步玉階尋訪,兩仙對下瓊瑶。報知召宴奏雲璈,命賦園花草草。(第十四回　闖仙闕賜宴命題詩)

## 西江月(按:原書誤標調名,應爲《卜算子》)

親親情誼濃,遠遞芳庚去。眇眇湖濱一望悠,漫渡長圻處。　剥啄山扉暮,奴啓將情訴。請出潛蹤始未由,人不見、心驚怖。(第十五回　遞芳庚聞信淚潸然)

## 鷓鴣天

綺牖雙雙刺繡忙,配匀絨彩灑鴛鴦。春心頓動停交頸,巧解報言作嫁裳。　親啓信,正彷徨。女媒忽至告娘行。花言鼓動斕斑舌,偏惹佳人回九腸。(第十六回　對挑繡停針聞惡信)

## 西江月

僕念主人漂泊,存亡難審焦勞。神前訴告那奸豪,天遣奸豪來到。　兩嫗争媒毆詈,遺簪墜髻堪嘲。忽然喑啞病多嬌,此日天公弄巧。(第十七回　義僕明冤淑媛病)

## 南柯子

石室思歸土,仙携出洞天。萬重滄海渡如煙。頃刻燕京,相遇至親緣。　鏖戰争先捷,錦衣兩兩旋。門庭裘馬自翩翩。知己傾懷,丹藥救嬋娟。(第十八回　金昆聯榜錦衣旋)

## 虞美人

絳唇已作三緘口,默默無言久。鬢雲不理罷妝紅,帷擁衾裯、聽暮鼓晨鐘。　金丹吞□字如□,詢出情人□。萱親喜氣上雙眉,囑語冰人毋誤鵲橋時。(第十九回　櫻桃口吞丹除啞症)

## 西江月

隱跡三年遠境,一朝衣錦榮旋。故人敘出鳳家言,躬祭傾觴消愆。　葬

柩往探姻事，相嘲驚淚如泉。和盤托出扇頭顔，得訂雀屏開選。（第二十回　莫逆友撮合締朱陳）

## 鵲橋仙

華堂開選，冰人傳語，才子佳人進步。瓊筵綺席喜相逢，更勝卻登科無數。　　紅顔似畫，歡情如酒，鳳管鸞笙相助。兩情正洽赴瓜期，去永享皇家禄祚。（第二十一回　求凰遂奉命榮登任）

## 滿庭芳

紅粉佳人，青錢才子，仙丹撮參商。屏開射選中，目遂成雙。合巹芳閨綺宴，獸爐將蘭麝爲香。分明是、蓬萊閬苑，仙子降華堂。　　人生此際，鴛衾鳳枕，得遂鸞鳳。願螽斯蟄蟄，熊夢呈祥。官至封侯拜將，壽比滄海長江。從今始、夫榮妻貴，瓜瓞永綿長。（第二十一回　求凰遂奉命榮登任）

## 踏莎行

姻就名成，淩雲志展，仙來戒諭言非淺。異花瓊漿色鮮鮮，杯傾换骨分枝□。　　解組歸山，世情須遠，雙雙辟穀辭塵絆。一朝會舊續仙緣，鸞驂鶴駕起蓬苑。（第二十二回　解組去辟穀超仙界）

# 《唐書志傳通俗演義》詞

（熊鐘谷撰　八卷　八十九節　《古本小説叢刊》據日本內閣文庫藏明嘉靖刊本影印　中華書局　一九九〇）

## 梨園曲

瓊瑶宫室，金玉人家，珠簾開處碧鈎掛。歎人生一場夢話，休挫了歲歲桃花。奈中原離黍，霸業堪嗟。　　干戈滿目，阻斷荒遐。梨園檀板動新雅。深痛恨、無勤王遠將鑾輿迓。須酣飲，顧不得繁華天下。（第二卷　第十三節　蕭皇后進詞侍宴　隋煬帝寢殿被弑）

# 《五鼠鬧東京傳》詞

（未題撰人　兩卷　一百二十七目　《古本小説集成》據英國倫敦博物館藏明書林刊本影印　上海古籍出版社　一九九一）

## 西江月

相貌堂堂俊偉，生來穎悟超群。讀書窗下用心勤，一見人人欽敬。　不用三媒六聘，求婚自有佳人。雖然月老定婚盟，還是三生有幸。（卷一　鄭先生施俊讀書）

## 西江月

山色連雲采石鮮，溪聲敲玉鳴弦。石岩滚滚透泉源，到處啼鶯語燕。　洗硯魚吞水黑，烹茶鳥避爐烟。四圍修竹繞茅檐。賽過蓬萊仙苑。（卷一　施俊途中遇妖）

# 《楊家府演義》詞

（秦淮墨客撰　八卷　五十八則　《古本小説集成》據明萬曆刻本影印　上海古籍出版社　一九九一）

## 未標牌名

門外春光無限好，明媚花共柳。值此官裹有余閑，不樂虚過了。　敬邀哥王，明日一敘契闊情，共把金樽倒。尚冀春風一惠臨，宇第生榮耀。（第二卷　八王設計斬仁美）

## 未標牌名（按：此爲宋·周邦彦《浣溪沙》詞，有改動）

翠葆參差竹徑新，緑荷跳雨濺珠傾。灣曲徑，小荷亭。風約簾衣歸燕急，水摇蒲影戲魚驚。柳梢殘日弄微晴。（第四卷　六郎毁拆賽會廟）

## 未標牌名

長空如洗碧玉盤，碾轉寂寂。忽樓頭、幾個征鴻，悲聲嘹嚦。欲往鄉關何處是，水雲浩蕩南北。只修眉一抹有無中，遥山色。　天涯路，江上客。此心此情，依依報國。昂藏丈夫，不忘疆場裹革。欲待□［解］憂除是酒，奈杯傳盡，何曾消得。挽將江水入樽罍，澆胸膈。（第六卷　真宗大封征遼將）

# 全明小説寄生詞曲輯纂

## A Complete Collection of Ci-lyrics and Song-poetry in the Ming Novel

中 編

趙義山 主編

# 中編

# 明代文言小説寄生詞輯纂

# 中編細目

## 《稗史彙編》詞

## 《西湖遊覽志餘》詞

## 《古今説海》詞



## 《見聞搜玉》詞

## 《青泥蓮花記》詞

### 《智囊》詞



### 《太平廣記鈔》詞

### 《燕居筆記》詞

**附録一：**

**《新刻增補全像燕居筆記》詞**

**附録二:**

**《新編批點圖像燕居筆記》詞**

### 《繡谷春容》詞

《清談萬選》詞



《豔異編》詞

### 《廣豔異編》詞

### 《花陣綺言》詞

## 《靳史》詞



## 《芝圃叢談》詞



## 《客窗隨筆》詞

# 《霏雪録》詞

（鎦績撰　二卷　影印文淵閣《四庫全書》本　臺北商務印書館　一九八三）

## 念奴嬌（按：此爲元·僧仲璋詞）

消磨九日，算年年，唯有黄花白酒。把酒簪花能有幾，七十光陰回首。人恨[壽]難期，酒杯有限，花色應如舊。花醲酒釅，問君著甚消受。　彭澤千古英雄，有花能折，有酒能傾否？萬事悠悠輸一醉，花酒休教離手。明月西風，闌珊酒盡，憔悴花枝瘦。酒腸花眼，正宜年少時候。（卷下）

# 《剪燈新話》詞

（瞿佑撰　周楞伽校注　四卷　上海古籍出版社　一九八一）

## 竹枝曲·蘇臺（十首）

姑蘇臺上月團團，姑蘇臺下水潺潺。月落西邊有時出，水流東去幾時還？

館娃宫中麋鹿遊，西施去泛五湖舟。香魂玉骨歸何處？不及真娘葬虎丘。

虎丘山上塔層層，夜静分明見佛燈。約伴燒香寺中去，自將釵釧施山僧。

門泊東吴萬里船，烏啼月落水如煙。寒山寺裏鐘聲早，漁火江楓惱客眠。

洞庭金柑三寸黄，笠澤銀魚一尺長。東南佳味人知少，玉食無由進尚方。

荻芽抽筍楝花開，不見河豚石首來。早起腥風滿城市，郎從海口販鮮回。

楊柳青青楊柳黄，青黄變色過年光。妾似柳絲易憔悴，郎如柳絮太顛狂。

翡翠雙飛不待呼，鴛鴦並宿幾曾孤。生憎寶帶橋頭水，半入吴江半太湖。

一綱鳳髻緑於雲，八字牙梳白似銀。斜倚朱門翹首立，往來多少斷腸人。

百尺高樓倚碧天，闌干曲曲畫屏連。儂家自有蘇臺曲，不去西湖唱採蓮。（卷一　聯芳樓記）

## 金縷詞(按:小説中謂宋·陶上舍詞)

夢覺黄粱熟。怪人間、曲吹别調,棋翻新局。一片殘山並剩水,幾度英雄争鹿。算到了誰榮誰辱?白髮書生差耐久,向林間嘯傲山間宿。耕緑野,飯黄犢。　　市朝遷變成陵谷。問東風、舊家燕子,飛歸誰屋?前度劉郎今尚在,不帶看花之福。但燕麥兔葵盈目。羊胛光陰容易過,歎浮生待足何時足?樽有酒,且相屬。(卷二　天臺訪隱録)

## 木蘭花慢(按:此傳爲宋·衛芳華詞)

記前朝舊事,曾此地,會神仙。向月地雲階,重攜翠袖,來拾花鈿。繁華總隨流水,歎一場春夢杳難圓。廢港芙蕖滴露,斷堤楊柳垂煙。　　兩峰南北只依然,輦路草芊芊。悵别館離宫。煙銷鳳蓋,波浸龍船。平生銀屏金屋,對漆燈無焰夜如年。落日牛羊壟上,西風燕雀林邊。(卷二　滕穆醉游聚景園記)

## 齊天樂(按:此傳爲元·羅愛愛詞)

恩情不把功名誤,離筵又歌《金縷》。白髮慈親,紅顔幼婦,君去有誰爲主?流年幾許?況悶悶愁愁,風風雨雨。鳳拆鸞分,未知何日更相聚。　　蒙君再三分付:向堂前侍奉,休辭辛苦。官誥蟠花,宫袍製錦,待要封妻拜母。君須聽取:怕日薄西山,易生愁阻。早促歸程,彩衣相對舞。(卷三　愛卿傳)

## 沁園春(按:此傳爲元·羅愛愛詞)

一别三年,一日三秋,君何不歸?記尊姑抱病,親供藥餌,高塋埋葬,親曳麻衣。夜卜燈花,晨占鵲喜,雨打梨花晝掩扉。誰知道、把恩情永隔,書信全稀。　　干戈滿目交揮,奈命薄時、乖履禍機。向銷金帳裏,猿驚鶴怨,香羅巾下,玉碎花飛。要學三貞,須拚一死,免被旁人話是非。君相念:算除非晝裏,重見崔徽。(卷三　愛卿傳)

## 臨江仙(按:此傳爲元明間劉翠翠詞)

曾向書齋同筆硯,故人今作新人。洞房花燭十分春。汗沾蝴蝶粉,身

惹麝香塵。　殢雨尤雲渾未慣，枕邊眉黛羞顰。輕憐痛惜莫嫌頻。願郎從此始，日近日相親。（卷三　翠翠傳）

## 臨江仙（按：此傳爲元明間金定詞）

記得書齋同講習，新人不是他人。扁舟來訪武陵春。仙居鄰紫府，人世隔紅塵。　誓海盟山心已許，幾番淺笑輕顰。向人猶自語頻頻。意中無別意，親後有誰親？（卷三　翠翠傳）

## 滿庭芳

月老難憑，星期易阻，御溝紅葉堪燒。辛勤種玉，擬弄鳳凰簫。可惜國香無主，零落盡露蕊煙條。尋春晚，緑陰青子，鶗鴂已無聊。　藍橋雖不遠，世無磨勒，誰盜紅綃？悵歡蹤永隔，離恨難消。回首秋香亭上，雙桂老，落葉飄飖。相思債，還他未了，腸斷可憐宵。（卷四　秋香亭記）

## 減字木蘭花（按：此爲宋・馬瓊瓊詞）

雪梅妒色，雪把梅花相抑勒。梅性温柔，雪壓梅花怎起頭？　芳心欲破，全仗東君來作主。傳語東君，早與梅花作主人。（卷四　寄梅記）

## 浣溪沙（按：此爲宋・朱端朝詞）

梅正開時雪正狂，兩般幽韻孰優長？且宜持酒細端詳。　梅比雪花輸一白，雪如梅蕊少些香，天公非是不思量。（卷四　寄梅記）

# 《剪燈餘話》詞

（李昌祺撰　周楞伽校注　五卷　上海古籍出版社　一九八一）

## 未標牌名·方丈巢燕（四首）（按：用《閑中好》調）

花正開，雨霽春欲回。緝壘成雙到，穿簾作對來。

飛上下，上下去又還。白門辭王謝，出入傍禪關。

鐘梵定，長廊清晝静。遠近雛學飛，呢喃語堪聽。

棲寺好，畫楝雕樑巢莫保。秋去春復來，永伴山僧老。（卷一　聽經猿記）

## 白苧（二首）

茜裙紫袖映猩紅，飛絮輕颺桃花風。緩歌白苧捧玉鍾，嬌音芳韻繞簾櫳。梁塵飛墮雲凝空。　　秋波回目蛾掃黛，餘聲悠揚歇還在。歌當細聽杯當再，緑鬢朱顔能久待！

響如蒼玉觸鳴璣，翩躚錦袖紅地衣。回風激雪當世稀，翻身按節疾如飛。　　香塵濛濛髪委墜，玳筵夜静紗燈晦，鮫綃濕透胭脂淚。（卷二　連理樹記）

## 喜遷鶯

乾坤如昨，歎往事淒凉，長才蕭索。景物都非，人民俱换，非是舊時城郭。世事恰如棋子，當局方知難著，勝與敗，似一場春夢，何須驚愕。　　寥落，相見處，萍水異鄉，爛熳清宵酌。説到英雄身同夢，澀盡劍鋒蓮鍔。看破浮雲變態，休問誰强誰弱。堪歎息，這一番歸去，似遼東鶴。（卷二　青城舞劍録）

## 念奴嬌(按:此傳爲明·鄭婉娥詞,當爲明人附會之作)

離離禾黍,歎江山似舊,英雄塵土。石馬銅駝荆棘裏,閱遍幾番寒暑。劍戟灰飛,旌旗鳥散,底處尋樓櫓?喑嗚叱咤,只今猶說西楚。　　憔悴玉帳虞兮,燈前掩面,淚交飛紅雨。鳳輦羊車行不返,九曲愁腸慢苦。梅瓣凝妝,楊花飛雪,回首成終古。翠螺青黛,絳仙慵畫眉嫵。(卷二　秋夕訪琵琶亭記)

## 滿庭芳

綵鳳群分,文鴛侶散,紅雲路隔天臺。舊時院落,畫棟積塵埃。謾有玉京離燕,向東風似訴悲哀。主人去,捲簾恩重,空屋亦歸來。　　涇陽憔悴玉,不逢柳毅,書信難裁。歎金釵脱股,寶鏡離臺。萬里遼陽郎去也,甚日重回?丁香樹,含花到死,肯傍别人開?(卷三　瓊奴傳)

## 臨江仙(按:此爲元·崔英妻黄氏詞)

少日風流張敞筆,寫生不數黄筌。芙蓉畫出最鮮妍。豈知嬌豔色,翻抱死生冤。　　粉繪淒凉疑幻質,只今流落誰憐。素屏寂寞伴枯禪。今生緣已斷,願結再生緣。(卷四　芙蓉屏記)

## 菩薩蠻(按:此爲元·拜住詞)

紅繩畫板柔荑指,東風燕子雙雙起。誇俊與爭高,更將裙繫牢。　　牙床和困睡,一任金釵墜。推枕起來遲,紗窗月上時。(卷四　秋千會記)

## 滿江紅·鶯

嫩日舒晴,韶光豔、碧天新霽。正桃腮半吐,鶯聲初試。孤枕乍聞弦索悄,曲屏時聽笙簧細。愛綿蠻、柔舌韻東風,愈嬌媚。　　幽夢醒,閒愁泥。殘杏褪,重門閉。巧音芳韻,十分流麗。入柳穿花來又去,欲求好友真無計。望上林、何日得雙棲?心迢遞。(卷四　秋千會記)

## 滿庭芳

天下雄藩，浙江名郡，自來惟説錢塘。水清山秀，人物異尋常。多少朱門甲第，鬧叢裏、争沸絲簧。少年客，謾攜緑綺，到處鼓求凰。　徘徊應自笑，功名未就，紅葉誰將？且不須惆悵，柳嫩花芳。聞道藍橋路近，願今生、一飲瓊漿。那時節，雲英覷了，歡喜殺裴航。（卷五　賈雲華還魂記）

## 風入松

碧城十二瞰湖邊，山水更清妍。此邦自古繁華地，風光好，終日歌弦。蘇小宅邊桃李，坡公堤上人煙。　綺窗羅幕鎖嬋娟。咫尺遠如天。紅娘不寄張生信，西厢事，只恐虛傳。怎及青銅明鏡，鑄來便得團圓。（卷五　賈雲華還魂記）

## 風入松

玉人家在漢江邊，才貌及春妍。天教分付風流態，好才調，會管能弦。文采胸中星斗，詞華筆底雲煙。　藍田新鋸璧娟娟，日暖絢晴天。廣寒宫闕應須到，霓裳曲，一笑親傳。好向嫦娥借問，冰輪怎不教圓？（卷五　賈雲華還魂記）

## 如夢令

明月好風良夜，夢到楚王臺下。雲薄雨難成，佳會又成虛話。誤也，誤也，青着眼兒乾罷。（卷五　賈雲華還魂記）

## 憶秦娥

春蕭索，可憐更負佳人約。佳人約，今番准定，莫教違卻。　世間雖有相思藥，應知難療身如削。身如削，盈盈珠淚，夜深偷落。（卷五　賈雲華還魂記）

## 唐多令

深院鎖幽芳，三星照洞房。驀然間得效鸞凰。燭下訴情猶未了，開繡

帳，解衣裳。　新柳未舒黄，枝柔那耐霜？耳畔低聲頻付囑：偕老事，好商量。（卷五　賈雲華還魂記）

## 唐多令

少小惜紅芳，文君在繡房。馬相如賦就求凰。此夕偶諧雲雨事，桃浪起，濕衣裳。　從此褪蜂黄，芙蓉愁見霜。海誓山盟休忘卻，兩下裏，細思量。（卷五　賈雲華還魂記）

## 聲聲慢

太華峰頭，若耶溪上，秋波蕩漾嬋娟。翠蓋陰中，佳人並著香肩。深杯怎禁頻勸？便玉容、霞臉争妍。真個是，善才龍女，不染塵緣。　共説風流態度，似鳳臺蕭史，夫婦同仙。描畫丹青，生綃難寫清聯。鴛鴦也知相妒，卻愛來、比翼花邊。心更苦，委淤泥、絲又暗牽。（卷五　賈雲華還魂記）

## 青玉案

合歡花下曾相見，猶記把毫題彩扇。自别佳人冰雪面，朝思暮想，倚門挨户，無慮千來遍。　靈犀一點懸春綫，殘夢驚回梁上燕。惆悵佳期成又變，雲箋都是蠅頭字，難寫張生怨。（卷五　賈雲華還魂記）

## 踏莎行

隨水落花，離弦飛箭，今生無處能相見。長江縱使向西流，也應不盡千年怨。　盟誓無憑，情緣無便，願魂化作銜泥燕。一年一度一歸來，孤雌獨入郎庭院。（卷五　賈雲華還魂記）

## 摸魚兒

記當年、浪遊江海，湖山佳處頻到。緋桃紅杏春光媚，駿馬驕嘶馳道。親曾造，拜第一仙人，聽鼓《朝飛操》。風流音耗。縱水隔蓬壺，浪翻銀漢，青鳥解相報。　徒自悼，憶剎那人情好，萬千心事難告。天涯回首成陳跡，還想緑依紅靠。空灑淚，歎暑往寒來，緑鬢愁成皓。何時偎抱？把月下

鸞簫，花間鳳管，細寫斷腸套。（卷五　賈雲華還魂記）

## 疏簾淡月

西湖皓月，從前歲別來，幾回圓缺？何處淒然，怕近暮秋時節。花顔一去成終古，灑西風，淚流如血。美人何在？忍看殘鏡，忍看殘玦。　忽今夕，分明夢裏，陡然相見，手攜肩接。微啓朱唇，耳畔低聲兒説：冥君許我返魂也，教同心羅帶重結。醒來驚怪，還疑又信，枕寒燈滅。（卷五　賈雲華還魂記）

## 永遇樂

傾國名姝，出塵才子，真個佳麗。魚水因緣，鸞鳳契合，事如人意。貝闕煙花，龍宫風月，謾托傳書柳毅。想傳奇、又添一段，勾欄裏做《還魂記》。　稀稀罕罕，奇奇怪怪，湊得完完備備。夢叶神言，婚諧腹偶，兩姓非容易。牙床兒上，繡衾兒裏，渾似牡丹雙蒂。問這番、怎如前度，一般滋味？（卷五　賈雲華還魂記）

# 《奇見異文筆坡叢脞》詞

（雷燮撰　一卷　明弘治刻本）

## 虞美人

玉容花貌天然質，嬌媚真無敵。含情注意不勝春，長願陽臺夢會洛生塵。　佳期何日能諧合，歡笑動顏色。願君莫負海天盟，管取洞房深處結同心。（月樓侍會記）

# 《效顰集》詞

(趙弼編　三卷　《續修四庫全書》據明宣德王静刻本影印　上海古籍出版社　二〇〇二)

## 滿庭芳

燕燕雙飛,鶯鶯對囀。韶華正是三陽。風輕雲淡,花卉競芬芳。對此融和好景,乍教人孤守蘭房。紅樓上,佳人才子,弦管醉壺觴。　想共姜令女,河間南子,總是亡羊。最堪嗟、兩鬢容易星霜。願作朝雲暮雨,枕幃中、昕夕徜徉。歡娱事,趁時消遣,切莫負春光。(中卷　蓬萊先生傳)

## 好事近

春色正融和,簾卷閑庭人静。自覺朱顔憔悴,羞對菱花鏡。　落花無數惱愁腸,愈益風流病。既謝東君雅意,願效孤鸞並。(中卷　蓬萊先生傳)

## 醉蓬萊

憶兔走烏飛,龍争虎戰,許多時候。走狗良弓,盡忘生挑鬥。被甲朝眠,銜枚夜進,萬死功成就。地老天荒,英雄安在?惟有青山依舊。　退隱林泉,竹籬茅舍,木枕藤床,自甘卑陋。麵麥雕胡,蕤蕤連雲茂。女織男耕,桑麻滿圃,不用青蚨售。酒釀松花,羹烹葵菽,自歌還自壽。(下卷　青城隱者記)

# 《水東日記》詞

（葉盛撰　魏中平點校　四十卷　中華書局　一九八〇）

## 漁家傲（按：此爲宋·范仲淹詞）

塞下秋來風景異，衡陽雁去無留意。四面角聲相對起，千嶂裏，長煙落日孤城閉。　濁酒一杯家萬里，燕然未勒歸無計，羌管悠悠霜滿地。人不寐，將軍白髮征夫淚。（卷十）

## 水調歌頭·題劍閣（按：此爲宋·崔與之詞）

萬里雲間戍，立馬劍門關。亂山極目無際，直北是長安。人苦百年塗炭，鬼哭三邊鋒鏑，天道久應還。手寫留屯奏，炯炯寸心丹。　對青燈，搔白髮，漏聲殘。老來勳業未就，妨却一身閑。梅嶺緑陰青子，蒲澗清泉白石，怪我舊盟寒。烽火平安夜，歸夢到家山。（卷十）

## 武陵春（按：此爲宋·李清照詞）

風住塵香花已盡，日晚倦梳頭。物是人非事事休，欲語淚先流。　聞説雙溪春尚好，也擬泛輕舟。只恐雙溪舴艋舟，載不動許多愁。（卷二十一）

## 滿江紅·春牧（按：此爲明·楊士奇詞）

霜鬢蕭蕭，皇恩重，賜歸田里。郊郭外草亭四面，青山緑水。好鳥好花春似昔，同時同輩人無幾。一布袍棕帽任逍遥，東風裏。　芳草岸，平如砥。垂楊徑，清如洗。散牧處，冉冉晴霞飛綺。江色比於懷抱浄，都無一點閒塵滓。更小兒牛背有書聲，清人耳。（卷二十二）

## 滿江紅・夏耘(按:此爲明・楊士奇詞)

詔歸田里,長散誕,天恩深厚。尋蚤歲釣游之處,風煙依舊。萬物方當嘉會日,一年最是清和候。暢幽懷緩緩步東皋,觀耘耨。　竹色淨,槐陰茂。荷鋪翠,葵舒繡。農忙際,兒子大家趍走。頻有鶯聲迎杖屨,渾無塵影霑襟袖。望水南雲似玉光浮,籠巖岫。(卷二十二)

## 滿江紅・秋漁(按:此爲明・楊士奇詞)

七十歸來,西江上,堪游堪釣。秋水共長天一色,也堪吟嘯。穩坐木蘭漁艇子,大兒能網中兒棹。小兒自理會熱香鑪,烹茶竈。　蘋花渚,雪争耀。楓葉岸,霞相照。山無數,清比方壺員嶠。放浪不知天地外,蕭閒底用玄真號。聽數聲長笛白鷗前,江南調。(卷二十二)

## 滿江紅・冬樵(按:此爲明・楊士奇詞)

白首閒居,冬風冷,偏欺衰老。晨光動瀰漫院落,六花飛繞。坐暖茅柴煨芋栗,老妻孫子團爐好。更兒曹腰斧斫枯薪,歸來蚤。　階前璐,池邊縞。都總出,天工巧。石山峰,亭下盡成瓊島。況是太平豐稔瑞,教兒愛護休輕掃。看園林一鶴意蕭蕭,尋瑶草。(卷二十二)

# 《雙槐歲鈔》詞

(黄瑜撰　魏連科點校　十卷　《歷代史料筆記叢刊》本
中華書局　二〇〇六)

## 鵲橋仙・壽黄瑜(按:此爲明・方彦卿詞)

草頭八足,一團大腹,持螯笑向俞君玉。花燈預賞爲先生,生日是新正初六。　今宵過了,七人八穀,又七日天官賜福。福如東海壽南山,願歲歲春杯盈緑。(卷第八)

## 鵲橋仙(按:此爲宋・方岳詞)

今朝廿九,明朝初一。怎欠秋崖個生日。客中情緒老天知,道這月不消三十。　春盤縷翠,春缸摇碧,便泥做梅花消息。雪邊試問是耶非,笑今夕不知何夕。(卷第八)

## 西江月(二首)(按:此爲明・張元禎詞)

一月千江千月,一通萬感萬通。先生何必苦加功,無用中藏有用。　一個法身如粟,大千有象皆籠。不須淘浄不須鎔,本自無迎無送。

了了千條萬緒,皇皇四達八通。入頭下手怎施功,外面中間夾用。　眼孔毫芒洞見,肚皮天樣包籠。聖賢坯墣此陶鎔,船快更加風送。(卷第十)

# 《菽園雜記》詞

（陸容撰　十五卷　《歷代史料筆記叢刊》本　中華書局　一九九七）

## 未標牌名（按：此爲明・陸容詞）

一片白雲，人留不住。一坐湖山，人移不去。翠竹吟風，蒼松積雨，此是怡情處。（卷十）

## 未標牌名（按：此爲明・陸容詞）

風剪剪，花枝偃，鈴索一聲驚臥犬。可人期不來，半窗明月珠簾捲。（卷十）

# 《紫桃軒雜綴》詞

(李日華撰　四卷　《國學珍本文庫》本　中央書店　一九三五)

## 玉樓春(二首)(按:此爲明・李日華詞)

輕暖輕寒無意緒,朝來幾陣梨花雨。袖手東風佇立時,暗數落紅愁不語。　杜宇一聲人欲去,殘雲片斷依沙渚。横塘十里柳煙濃,維舟正在煙深處。

竹窗幽夢索多緒,盆沼新荷珠迸雨。燈紅酒緑夜呼盧,促柱琴筝繁絮語。　短琴長鋏漫江湖,春沙細插蘼蕪渚。開帆今夜到誰邊,月明笑指潮平處。(卷三)

# 《正楊》詞

(陳耀文撰　四卷　影印文淵閣《四庫全書》本　臺北商務印書館　一九八三)

## 未標牌名(按:此摘録宋・蔣捷《解佩令》句)

春雨如絲,繡出花枝。紅裊怎禁他,孟婆合皂。(卷四)

## 西江月(按:此爲宋・葛魯卿詞)

鞦韆斜紅帶柳,琉璃漲緑平橋。人間花月見新妖,不數江南蘇小。　恨寄飛花簌簌,情隨緑水迢迢。鯉魚風送木蘭橈,回棹荒雞報曉。(卷四)

## 清平樂(按:此爲唐・李白詞)

禁庭春晝,鶯羽披新繡。百草巧求花下鬥,只賭珠璣滿斗。　日晚卻理殘妝,御前閒舞霓裳。誰道腰肢窈窕,折旋消得君王。(卷四)

## 清平樂(按:此爲唐・李白詞)

禁幃秋月,夜探金窗罅。玉帳鴛鴦噴蘭麝,時落銀燈香灺。　女伴莫話孤眠,六宮羅綺三千。一笑皆生百媚,宸遊教在誰邊。(卷四)

## 菩薩蠻(按:此爲五代・耿玉真詞)

玉京人去秋蕭索,畫檐雀起梧桐落。攲枕悄無言,月和清夢圓。　背燈惟暗泣,甚處砧聲急。眉黛小山攢,芭蕉生暮寒。(卷四)

## 如夢令(按:此爲晚唐・李存勖詞)

曾宴桃源深洞,一曲舞鸞歌鳳。長記別伊時,和淚出門相送。如夢,如

夢,殘月落花煙重。(卷四)

## 未標牌名・鬼仙詞(按:此爲宋・無名氏《柳梢青》詞)

曉星明滅,白露點秋風落葉。故址頹垣,冷煙衰草,前朝宫闕。　　長安道上,行客依舊,名深利切。改變容顔,消磨今古,隴頭殘月。(卷四)

## 法曲獻仙音(三首)(按:此爲宋・陳與義詞)

朝元路,朝元路,同駕玉華君。千乘載花紅一色,人間遥指是祥雲。回望海光新。

東風起,東風起,海上百花摇。十八風鬟雲半動,飛花和雨著輕綃。歸路碧迢迢。

簾漠漠,簾漠漠,天淡一簾秋。自洗玉舟著白酒,月華微映是空舟。歌罷海西流。(卷四)

## 生查子(按:此爲宋・歐陽修詞)

去年元夜時,花市燈如晝。月上柳梢頭,人約黄昏後。　　今年元夜時,月與燈依舊。不見去年人,淚滿春羅袖。(卷四)

# 《卮林》詞

（周嬰撰　十一卷　影印文淵閣《四庫全書》本　臺北商務印書館　一九八三）

## 西江月（按：此爲宋・葛勝仲詞上闋）

鞦韆斜紅帶柳，琉璃嫩緑平橋。人間花月見新妖，不數江南蘇小。（卷之六）

## 洞仙歌（按：此爲宋・蘇軾詞）

冰肌玉骨，自清凉無汗。水殿風來暗香滿。繡簾開，一點明月窺人，人未寢，欹枕釵横鬢亂。　起來攜素手，庭户無聲，時見疏星渡河漢。試問夜如何？夜已三更，金波淡，玉繩低轉。但屈指、西風幾時來？又不道，流年暗中偷换。（卷之八）

# 《卮言》詞

（楊慎撰　四卷　明嘉靖成都劉大昌刻本）

## 阮郎歸・詠倒掛（按：此爲宋・李之儀詞）

朱唇玉羽下蓬萊，佳時近早梅。探花情味久安排，枝頭開未開。魂欲斷，恨難裁，香心休見猜。果知何遜是仙才，何妨如夢來。（卷五　桐花鳳畫扇）

## 眼兒媚（按：此爲宋・趙彥端詞）

黄昏小宴到君家，梅粉試春華。暗垂素蕊，横枝疏影，月淡風斜。更燒紅燭枝頭挂，粉臘鬥香奢。近元宵也，小園先試，火樹銀花。（卷六　賞梅懸燈）

# 《五雜組》詞

（謝肇淛撰　十六卷　《筆記小説大觀》本　臺北新興書局　一九八四）

## 百字令・詠雪（按：此爲宋・陳郁詞，或謂宋・文及翁詞）

没巴没鼻，霎時間、做出漫天漫地。不問高低併上下，平白都教一例。鼓弄滕六，招邀巽二，只恁施威勢。識他不破，至今道是祥瑞。　最是鵝鴨池邊，三更半夜，誤了吴元濟。東郭先生都不管，挨上門兒穩睡。一夜東風，三竿紅日，萬事隨流水。東皇笑道："山河原是我的。"（卷十六）

# 《祝子罪知録》詞

（祝允明撰　十卷　《四庫全書存目叢書》據明萬曆刻本影印　齊魯書社　一九九五）

## 未標牌名（按：此爲宋·歐陽修《望江南》詞）

江南柳，葉小未成陰。人爲絲輕那忍折，鶯憐枝嫩不勝吟。留取待春深。　十四五，閒抱琵琶尋。堂上簸錢堂下走，恁時相見已留心。何況到如今。（卷四）

# 《前聞記》詞

（祝允明撰　一卷　《叢書集成新編》本　臺北新文豐出版公司　一九八五）

## 水龍吟（按：此爲金・李璮詞）

腰刀帕首從軍，戍樓獨倚闌凝眺。中原氣象，孤居兔穴，暮煙殘照。投筆書懷，枕戈待旦，隴西年少。歎光陰掣電，易生髀肉，不如易腔改調。　世變滄海成田，奈群生、幾番驚擾。干戈爛熳，無時休息，憑誰驅掃。眼底山河，胸中事業，一聲長嘯。太平時，相將近也，穩穩百年燕趙。

# 《少室山房筆叢正集》詞

(胡應麟撰　三十二卷　影印文津閣《四庫全書》本　臺北商務印書館　一九八三)

## 洞仙歌(按:此爲宋·蘇軾詞)

冰肌玉骨,自清涼無汗。水殿風來暗香滿。繡簾開,一點明月窺人,人未寢,攲枕釵横鬢亂。　　起來攜素手,庭户無聲,時見疏星渡河漢。試問夜如何?夜已三更,金波淡、玉繩低轉。但屈指、西風幾時來,又不道、流年暗中偷换。(卷六　關山一點)

## 未標牌名(按:此爲宋·林外《洞仙歌·題垂虹橋》詞)

飛梁壓水,虹影澄清,橘里漁邨半煙草。嘆今來古往,物换人非,天地裹,惟有江山不老。　　雨巾風帽,四海誰知我?一劍横空幾番過。按玉龍嘶未斷,月冷波寒歸去也,林屋洞門無鎖。認雲屏煙障是吾廬,任滿地蒼苔,年年不掃。(卷二十一　二酉綴遺·下)

## 鵲橋仙(按:此附會爲宋·乩仙詞)

鸞輿初駕,牛車齊發,隱隱鵲橋咿軋。尤雲殢雨正歡濃,但只怕來朝初八。　　霞垂彩幔,月明銀燭,馥郁香噴金鴨。年年此際一相逢,未審是甚時結煞。(卷二十一　二酉綴遺·下)

## 未標牌名(按:此爲宋·王安石《訴衷情》詞)

茫然不肯住林間,有處即追攀。將他死語圖度,怎得離真丹。　　漿水價,匹如閒。也須還。何如直截,踢倒軍持,赢取潙山。(卷二十一　真丹)

## 上平西・泰和南征作(按:此爲元・劉昂詞)

蔥鋒搖,螳臂振,舊盟寒。恃洞庭、彭蠡狂瀾。天兵小試,萬蹄一飲楚江干。捷書飛上九重天,春滿長安。　　舜山川,周禮樂,唐日月,漢衣冠。洗五州妖氣關山。已平全蜀,風行何用一泥丸。有人傳喜日邊,都護先還。(卷二十一　紇石烈子仁)

## 醉公子(按:此爲唐・無名氏詞)

門外猧兒吠,知是蕭郎至。剗韈下香階,冤家今夜醉。　　扶得入羅幃,不肯脱羅衣。醉則從他醉,還勝獨睡時。(卷二十一　醉公子)

## 搗練子(按:此爲唐・李煜詞)

深院静,小庭空,斷續寒砧斷續風。無奈夜深人不寐,數聲和月到簾櫳。(卷二十一　搗練子)

## 人月圓(按:此爲宋・王詵詞)

小桃枝上春來早,初試羅衣,年年此夜。華燈盛照,人月圓時。(卷二十一　人月圓)

## 未標牌名(按:此爲宋・宋江《念奴嬌》詞)

天南地北,問乾坤,何處可容狂客?借得山東煙水寨,來買鳳城春色。翠袖圍香,鮫綃籠玉,一笑千金值。神仙體態,薄倖如何銷得?　　想蘆葉灘頭,蓼花汀畔,皓月空凝碧。六六雁行連八九,只待金雞消息。義膽包天,忠肝蓋地,四海無人識。閒愁萬種,醉鄉一夜頭白。(卷二十五　莊嶽委談・下)

# 《芝圃叢談》詞

（趙世顯撰　六卷　《四庫全書存目叢書》據明鈔《趙氏連城》本影印　齊魯書社　一九九六）

## 未標牌名（按：此爲宋・無名氏《長相思》詞）

去年秋，今年秋，湖上人家樂復憂。西湖依舊流。　吴循州，賈循州，十五年間一轉頭。人生放下休。（卷二　賈似道）

# 《暖姝由筆》詞

（徐充撰　三卷　明萬曆刊《藏説小萃》本）

## 滿江紅（此爲明·沈周《滿江紅》詞上闋）

汴鼎南遷，漫流寓，錢塘如客。可涕泣，瘡痍凋瘵，倩誰醫國。好個忠飛天下將，奈他逆檜舟中賊。把英雄、頓挫莫成功，成冤殛。（卷二　沈石田）

# 《七修類稿》詞

（郎瑛撰　五十一卷　中華書局　一九五九）

## 菩薩蠻（按：此爲宋・高觀國詞）

紅雲半壓秋波急，豔妝泣露嬌啼色。佳夢入仙城，風流石曼卿。　宫袍呼醉醒，休卷西風景。明月粉香殘，六橋煙水寒。（卷二十一　芙蓉詞）

## 行香子（按：此爲明・高啓詞）

如此紅妝，不見春光。向菊前、蓮後才芳。雁來時節，寒沁羅裳。正一番風，一番雨，一番霜。　蘭舟不采，寂寞横塘。强相依、暮柳成行。湘江路遠，吴苑池荒。奈月朦朧，人杳杳，水茫茫。（卷二十一　芙蓉詞）

## 西江月（按：傳爲宋・蔡京詞）

八十衰年初謝，三千里外無家。孤行骨肉各天涯，遥望神京泣下。　金殿五曾拜相，玉堂十度宣麻。追思往日漫繁華，到此翻成夢話。（卷二十二　蔡京詞）

## 西江月（按：元人傳爲武當山真武神降筆，或謂元・劉秉中作）

九九乾坤已定，清明節後開花。米田天下亂如麻，直待龍蛇繼馬。　依舊中華福地，古月一陣還家。當初指望褒生涯，死在西江月下。（卷二十七　西江月詞）

## 虞美人（按：此爲金・元好問詞）

槐陰别院宜清晝，人坐春風秀。美人圖子阿誰留，都是宣和名筆内家收。　鶯鶯燕燕分飛後，粉淡梨花瘦。只除蘇小不風流，斜插一枝萱草

鳳釵頭。(卷二十七　蘇小小考)

## 倦尋芳慢(按:此爲宋・王雱詞)

露晞向曉,簾幕風輕,小院閑晝。翠徑鶯來,驚下亂紅鋪繡。倚危牆,望高榭,海棠帶雨胭脂透。又因循過了,清明時候。　倦遊宴,風光滿目,好景良辰,誰共攜手?恨被榆錢買斷,兩眉長皺。憶高陽人散後,落花流水人依舊。這情懷對東風,盡成消瘦。(卷二十八　曲語有本)

## 蝶戀花・除夕(按:此爲明・沈宣詞)

鑼鼓兒童聲聒耳。傍早關門,掛起新簾子。炮仗滿街驚耗鬼,松柴燒在烏盆裏。　寫就神荼並鬱壘。細馬送神,多著同興紙。分歲酒闌扶醉起,闔門一夜齊歡喜。(卷三十　除夕元旦詞)

## 蝶戀花・元旦(按:此爲明・沈宣詞)

接得竈神天未曉。炮仗喧喧,催要開門早。新褙鍾馗先掛了,大紅春帖銷金好。　爐燒蒼術香繚繞。黃紙神牌,上寫天尊號。燒得紙灰都不掃,斜日半街人醉倒。(卷三十　除夕元旦詞)

## 好事近(按:此爲宋・秦觀詞)

山露雨添花,花動一山春色。行到小溪深處,有黃鸝千百。　飛雲當面化龍蛇,夭矯掛晴碧。醉臥古藤陰下,杳不知南北。(卷三十　秦黄詩讖)

## 青玉案(按:此爲宋・賀鑄詞)

淩波不過横塘路,但目送、芳塵去。錦瑟年華誰與度?月樓花院,綺窗珠户,惟有春知處。　碧雲冉冉衡皋暮,彩筆空題斷腸句。試問閒愁知幾許?一川煙草,滿城風絮,梅子黄時雨。(卷三十　秦黄詩讖)

## 未標牌名(按:此爲宋・歐陽修《望江南》詞)

江南柳,葉小未成陰。人爲絲輕那忍折,鶯憐枝嫩不勝吟。留取待春

深。　十四五，閑抱琵琶尋。堂上簸錢堂下走，恁時已留心。何況到如今。（卷三十一　詞非歐陽作）

## 晝夜樂（按：此爲宋·柳永詞）

秀香家住桃花徑，算神仙、才堪並。層波細剪明眸，膩玉圓搓素頸。愛把歌喉當筵逞，遏天邊亂雲愁凝。言語似嬌鶯，一聲聲堪聽。　雕房飲散簾幕静，擁香衾、歡心稱。金爐麝嫋青煙，鳳帳燭摇紅影。無限狂心乘酒興，這歡娱漸入佳境。猶自怨鄰雞，道秋宵不永。（卷三十一　豔詞不可填）

## 卜算子（按：此爲宋·蘇軾詞）

缺月掛疏桐，漏斷人初静。時見幽人獨往來，縹緲孤鴻影。　驚起卻回頭，有恨無人省。揀盡寒枝不肯棲，寂寞沙汀冷。（卷三十二　東坡孤鴻詞）

## 浪淘沙（按：此爲宋·余淑柔詞）

雨溜風鈴，滴滴丁丁。釀成一枕别離情。可惜當年陶學士，孤負郵亭。　邊雁帶秋聲，音信難憑。花鬚偷數卜歸程。料得到家秋正晚，菊滿寒城。（卷三十四　婦人詩詞）

## 應天長·詠閨情（按：此爲宋·康與之詞，字句多有異同）

管弦喧繡陌，燈火照，塵香舊。腸斷蕭娘愁歸路。緩雕轡，獨自歸來，憑欄情緒。楚岫在何處。　香夢悠悠，花月更誰主？惆悵後期，空有鱗鴻寄紈素。枕前淚，窗外雨，翠幕冷，夜凉虚度。未應信，此度相思，寸腸千縷。（卷三十四　南詞難拘字韻）

## 未標牌名（此爲宋·康與之《應天長》詞）

管弦繡陌，燈火畫橋，塵香舊時歸路。腸斷蕭娘，舊日風簾映朱户，鶯能舞，花解語，念後約頓成輕負。緩雕轡，獨自歸來，憑欄情緒。　楚岫在何處？香夢悠悠，花月更誰主？惆悵後期，空有鱗鴻寄紈素。枕前淚，窗

外雨，翠幕冷夜涼虚度。未應信，此度相思，寸腸千縷。（卷三十四　南詞難拘字韻）

## 念奴嬌・詠中秋（按：此詞改宋・葉夢得原作之平韻爲仄韻）

洞庭波冷，望冰輪初轉，滄江浩浩。萬頃孤光雲陣卷，長笛一聲吹破。洶湧三江，銀濤無際，遥帶五湖過。酒闌歌罷，一般意味難道。　回首江海平生，漂流容易，歎佳期難到。縹緲高城風露爽，獨倚危欄傾倒。醉酌清樽，嫦娥應笑，猶似向來好。廣寒宫殿，爲余聊借蓬島。（卷三十四　南詞難拘字韻）

## 念奴嬌・詠中秋（按：此爲宋・葉夢得詞）

洞庭波冷，望冰輪初轉，滄海沉沉。萬頃孤光雲陣卷，長笛吹破層陰。洶湧三江，銀濤無際，遥帶五湖深。酒闌歌罷，至今鼉怒龍吟。　回首江海平生，漂流容易散，佳會難尋。縹緲高城風露爽，獨倚危檻重臨。醉倒清樽，嫦娥應笑，猶有向來心。廣寒宫殿，爲余聊借瓊林。（卷三十四　南詞難拘字韻）

## 未標牌名（按：此宋・秦觀《柳梢青》詞）

岸草平沙，吴王故苑，柳嫋煙斜。雨後寒輕，風前香軟，春在梨花。　行人一棹天涯。酒醒處、殘陽亂鴉。門外鞦韆，牆頭紅粉，深院誰家。（卷三十四　南詞難拘字韻）

## 未標牌名（按：此用《柳梢青》調，宋・無名氏詞，或謂宋・周邦彦詞）

有個人人，海棠標韻，飛燕輕盈。酒暈潮紅，羞蛾凝緑，一笑生春。　爲伊人恨熏心，更説甚巫山楚雲。斗帳香銷，紗窗月冷，著意温存。（卷三十四　南詞難拘字韻）

## 未標牌名（按：此用《柳梢青》調，或謂宋・李清照《春晚》詞，或謂宋・蔡伸詞）

子規啼血，可憐又是、春歸時節。滿院東風，海棠鋪繡，梨花飛雪。　丁

香露泣殘枝誚，未比愁腸寸結。自是休文，多情多感，不干風月。（卷三十四　南詞難拘字韻）

## 摸魚兒（按：此爲宋・歐陽修詞）

捲繡簾，梧桐秋院落，一霎雨添新緑。對小池、閑立殘妝淺，向晚來紋如縠。凝遠月，恨人去寂寂，鳳枕孤難宿。倚欄不足，看燕拂風檐，蝶翻草露，兩兩長相逐。　雙眉促，可惜年華婉娩，西風初弄庭菊。況伊家年少，多情未已難拘束。那堪更趁良景，追尋甚處垂楊曲。佳期過盡，但不説歸來，多應忘了，雲屏去時祝。（卷三十四　南詞難拘字韻）

## 行香子（按：此爲宋・蘇軾詞）

清夜無塵，月色如銀。酒斟時、須滿十分。浮名浮利，休苦勞神。歎隙中駒，石中火，夢中身。　雖抱文章，開口誰親。且陶陶、樂盡天真。不如歸去，做個閒人。對一張琴，一壺酒，一溪雲。（卷三十四　述懷詞）

## 滿庭芳（按：此爲明・馬晉詞）

雪漬疏髯，霜侵衰鬢，去年猶勝今年。一回老矣，堪歎又堪憐。思昔青春美景，除非是、月下花前。誰知道，金章紫綬，多少事憂煎。　侵晨、騎馬出，風初暴横，雨又淒然。想山翁野叟，正爾高眠。更有紅塵赤日，也不到、松下林邊。如何好，吴松江上，閑了釣魚船。（卷三十四　述懷詞）

## 未標牌名（按：此宋・楊樵雲《滿庭芳》詞）

只道空煙，又疑流水，依依卻是行雲。了然相對，又是夢紛紛。半面春風圖畫，黄金在，難鑄昭君。溪橋斷，梅花晴雪，端的白三分。　真真難唤醒，本年抽藕，織得榴裙。甚徘徊窺鏡，交翼鸞文。一片飛花來去，并刀快，剪取晴紋。無情處，分明著眼，强半帶春醺。（卷三十五　人影詩詞）

## 卜算子・夾城夜月（按：此爲明・王洪詞）

孤月泛江秋，露下高城静。期着佳人夜不來，坐轉霜梧影。　吹徹

紫鸞簫，寶篆煙消鼎。桂子飄香下廣寒，銀漢秋波冷。（卷三十九　夾城八景詞）

## 卜算子·陡門春漲（按：此爲明·王洪詞）

驚雪噴高崖，雷響青天曉。剛道吴胥駕海來，勢壓滄溟小。　兩岸是漁舟，潑亂飛春鳥。須信神魚去不留，五色祥雲繞。（卷三十九　夾城八景詞）

## 卜算子·半道春紅（按：此爲明·王洪詞）

宿雨漲春流，曉日紅千樹。幾度尋芳載酒來，自與春風遇。　弱水與桃源，有路從教去。不見西湖柳萬絲，滿地飛風絮。（卷三十九　夾城八景詞）

## 卜算子·西山晚翠（按：此爲明·王洪詞）

斜日照疏簾，雨歇青山暮。白鳥鳴邊一半開，香靄和煙度。　樓上見平湖，影隔春林霧。吹斷鸞簫興未闌，月照芙蓉露。（卷三十九　夾城八景詞）

## 卜算子·花圃啼鶯（按：此爲明·王洪詞）

旭日照花林，鶯囀春風早。一片紅雲暖不開，無奈春聲攪。　乘興且閒遊，莫待韶華老。隨意飛紅點緑苔，休着家僮掃。（卷三十九　夾城八景詞）

## 卜算子·皋亭積雪（按：此爲明·王洪詞）

積玉映空青，蓬島人間近。珠樹瑶花滿眼開，縹緲仙臺影。　便欲跨青鸞，直上三山頂。鶴氅披雲看下方，月白銀河冷。（卷三十九　夾城八景詞）

## 卜算子·江橋暮雨（按：此爲明·王洪詞）

淅瀝帶秋坰，兩岸蒹葭響。何處漁舟暝未還，隔浦聞清唱。　撩亂

下枯槎，一夜苕溪漲。天目應添翠色重，回首看晴嶂。（卷三十九　夾城八景詞）

## 卜算子・白蕩煙村（按：此爲明・王洪詞）

緑竹繞清流，草舍人家遠。幾處牛羊晚下來，煙外聞雞犬。　　禾稼滿秋原，路向桑麻轉。簫鼓從教樂社神，歲歲長相見。（卷三十九　夾城八景詞）

## 臨江仙・夾城夜月（按：此爲明・聶大年詞）

萬里碧霄雲散盡，長天孤月流輝。城陰空闊柝聲稀。試登高處望，露濕五銖衣。　　不見遼東華表鶴，人民昔是今非。驚烏三匝正南飛。銀河風露冷，騎得彩鸞歸。（卷三十九　夾城八景詞）

## 臨江仙・陡門春漲（按：此爲明・聶大年詞）

西北城闉如鐵甕，夜來春漲崩奔，驚濤拍岸撼昆侖。桃花三級浪，何處覓桃源。　　仿佛鴟夷乘白馬，潮頭日落雲昏，瀆祇川後亦消魂。琴高騎赤鯉，隨水到龍門。（卷三十九　夾城八景詞）

## 臨江仙・半道春紅（按：此爲明・聶大年詞）

記得武林門外路，雨餘芳草蒙茸，杏花深巷酒旗風。紫騮嘶過處，隨意數殘紅。　　有約玉人同載酒，夕陽歸路西東，舞衫歌扇繡簾櫳。昔游成一夢，仍問賣花翁。（卷三十九　夾城八景詞）

## 臨江仙・西山晚翠（按：此爲明・聶大年詞）

一抹夕陽低遠樹，分明翠斂西山，蒼蒼松檜鎖禪關。疏鐘殘磬裏，倦鳥亦知還。　　谷口樵蘇歸路晚，六橋流水潺潺，行人指點有無間。天風吹散盡，露出豹文斑。（卷三十九　夾城八景詞）

## 臨江仙・花圃啼鶯（按：此爲明・聶大年詞）

芳圃萬花圍繞處，軟紅晴點香泥。金衣公子羽毛齊。爲憐春色好，終

日往來啼。　　記得早朝花底散，金河草色淒淒。數聲只在御橋西。東風回首處，香霧滿長堤。（卷三十九　夾城八景詞）

## 臨江仙·皋亭積雪（按：此爲明·聶大年詞）

昨夜孤峰如潑翠，今朝玉立巑岏。瓊林琪樹間琅玕。蓬萊塵世隔，弱水竟漫漫。　　玉宇瓊臺千仞表，群仙飛珮驂鸞，不知何處闌杆。洞簫吹一曲，鶴氅不勝寒。（卷三十九　夾城八景詞）

## 臨江仙·江橋暮雨（按：此爲明·聶大年詞）

一葉漁舟吞暮景，夜來江漲平橋，蒹葭兩岸響蕭蕭。水村煙郭外，隱隱見歸樵。　　鴻雁欲歸愁翅濕，誰憐萬里雲霄，空濛山色望中遥。鐘聲何處寺，白鳥没林腰。（卷三十九　夾城八景詞）

## 臨江仙·白蕩煙村（按：此爲明·聶大年詞）

北郭秋風禾黍熟，牛羊晚食平田。一村桑柘起寒煙。田翁邀社飲，擊鼓更燒錢。　　處處雞豚泥飲罷，瓦盆濁酒如泉。往來東陌與西阡。雖言淳樸俗，自有一山川。（卷三十九　夾城八景詞）

## 虞美人（按：此爲南唐·李煜詞）

簾外雨潺潺，春意闌珊，羅衾不奈五更寒。夢裏不知身是客，一晌貪歡。　　獨自莫憑闌，無限江山，别時容易見時難。流水落花春去也，天上人間。（卷三十九　廢主詩）

## 未標牌名（按：此爲明·張子興詞）

張翁墓誌，金生執筆。不書婦氏，婦家稱屈。金生自謂能文字，才動筆時便忍氣。　　韓退之，柳柳州。蘇東坡，歐陽修。當時墓誌做多少？畢竟門前罵不休！（卷五十　鬧幾場罵不休）

# 《稗史彙編》詞

（王圻撰　一百七十五卷　《筆記小説大觀》本　臺北新興書局　一九八一）

## 未標牌名（按：此爲宋·蔣捷《解佩令》詞中句）

春雨如絲，繡出花枝紅裊，怎禁他孟婆合早。（卷三　天文門·風類·孟婆）

## 百字令·詠雪（按：原文謂宋·文及翁詞，或作宋·陳郁詞）

没巴没鼻，霎時間、做出漫天漫地。不問高低，並上下、平白都教一例。簸弄滕六，招邀巽二，只恁施威勢。識他不破，至今道是祥瑞。　最是鵝鴨池邊，三更半夜，誤了吴元濟。東郭先生都不管，挨上門兒穩睡。一夜東風三竿紅，萬事隨流水。東皇笑道，山河原是我底。（卷四　天文門·雪類·賈相打量）

## 上林春賞[慢]（按：此爲宋·晁沖之詞，文字有異同）

帽落宫花，衣惹御香，鳳輦晚來初過。鶴詔飛龍，檠燭戲、端門萬枝燈火。滿城車馬，對明月、有誰閑坐。任狂游、更許傍御街，不禁遍金吾鎮[鎖]。　玉樓人、暗中擲果。珠簾下，笑着春衫裊娜。素娥遶遶釵輕嚲。雲鬢垂、柳絲梅朵。夜闌飲散，但贏得、翠翅雙眸[嚲]。醉歸來，又重向曉窗梳裹。（卷七　時令門·春類·元宵詞）

## 漁家傲（按：此爲宋·范仲淹《漁家傲》詞）

塞上秋來風景異，衡陽雁去無留意。四面邊聲連角起，千障裏，寒烟落日孤城閉。　濁酒一杯家萬里，燕然未勒歸無計。羌管悠悠霜滿地，人

不寐，將軍白髮征夫淚。（卷十一　地理門・京都類・永平）

## 甘州曲（按：此爲五代前蜀・王衍詞）

畫羅裙，能結束，稱腰身。柳眉桃臉不勝春，薄媚足精神。可惜許、淪落在風塵。（卷十九　人物門・偏霸類・僞蜀始末）

## 念奴嬌（按：原文指爲宋・張孝純作，或謂金・宇文虛中作，文字多有異同）

疏眉秀盼，向春風、還是宣和裝束。貴氣盈盈姿態巧，舉止況非凡俗。宋室宗姬，秦王幼女，曾嫁欽慈族。干戈橫蕩，事隨天地翻覆。　一笑邂逅相逢，勸人滿飲，旋吹横竹。流落天涯俱是客，何必平生相熟。舊日榮華，如今憔悴，付與杯中醁。興亡休問，爲伊且盡衷曲。（卷二十二　人物門・公主類・宗姬流落）

## 章臺柳（按：此爲唐・韓翃《寄柳氏》詞）

章臺柳，章臺柳，昔日青青今在否？縱使長條似舊垂，亦應攀折他人手。（卷三十五　人物門・俠烈類・許俊出柳氏）

## 楊柳枝（按：此爲唐・柳氏《答韓翃》詞）

楊柳枝，芳菲節，所恨年年贈離别。一葉隨風忽報秋，縱使君來豈堪折！（卷三十五　人物門・俠烈類・許俊出柳氏）

## 未標牌名（按：此傳爲宋・蔡京詞）

八十一年往事，六千里外無家。如今流落向天涯。夢到瑶池闕下。　玉殿五回命相，彤庭幾度宣麻。止因貪此戀榮華，便有如今事也。（卷三十八　人物門・憸邪類・蔡元長南遷）

## 鳳棲梧（按：此爲宋・盧氏詞）

蜀道青天烟靄翳，帝里繁華、迢遞何時至。回望錦川揮粉淚，鳳釵斜彈烏雲膩。　　鈿帶雙垂金縷(細),玉珮珠璫,露滴寒如水。從此鸞妝添遠意,畫眉學得遥山翠。(卷四十六　倫敘門·賢媛類·泥溪驛詞)

## 滿庭芳(按:此爲宋·徐君寶妻張氏詞)

漢上繁華,江南人物,尚遺宣政風流。緑窗朱户,十里爛銀鉤。一旦刀兵齊舉,旌旗擁、百萬貔貅。長驅入,歌臺舞榭,風捲落花愁。　　清平三百載,典章文物,掃地俱休。幸此身未北,猶客南州。破鑑徐郎何在?空惆悵、相見無由。從今後,夢魂千里,夜夜岳陽樓。(卷四十六　倫敘門·賢媛類·徐節婦)

## 長相思(按:此爲宋·吴淑姬《長相思令》詞)

煙霏霏,雪霏霏,雪向梅花枝上堆。春從何處回?　　醉眼開,睡眼開,疏影横斜安在哉?從教塞管催。(卷四十八　倫敘門·賢媛類·吴淑姬能詩)

## 傷春曲(按:此爲宋·吴女盈盈詞)

芳菲時節,花壓枝折。蜂蝶撩亂,闌檻光發。一旦碎花魂、葬花骨。蜂兮蝶兮何不來?空使雕闌對寒月。(卷四十九　倫敘門·妓女類·吴女盈盈)

## 未標牌名(按:此爲宋·吴女盈盈詞)

枝上差差緑,林間簌簌紅。已嘆芳菲盡,安能樽俎空。君不見,銅駝茂草長江東,金鑣玉勒雪花驄。二十年前是俠少,纍纍昨日成衰翁。幾時滿飲瀏霞鍾,共君倒載夕陽中。(卷四十九　倫敘門·妓女類·吴女盈盈)

## 定風波(按:此爲宋·蘇軾詞)

常羡人間琢玉郎,天教分付點酥孃。自作清歌傳皓齒,風起,雪飛炎海變清凉。　　萬里歸來年愈少,笑當時猶領梅香。試問嶺南應不好,却道,此心安處是吾鄉。(卷四十九　倫敘門·妓女類·定國歌兒)

## 如夢令(按:此爲宋・嚴蕊詞)

道是梨花不是,道是杏花不是。白白與紅紅,別是東風情味。　曾記,曾記,人在武陵微醉。(卷四十九　倫敘門・妓女類・嚴蕊)

## 鵲橋仙(按:此爲宋・嚴蕊詞)

碧梧初出,桂香纔吐,池上水花微謝。穿針人在合歡樓,正月露、玉盤高瀉。　蛛忙鵲懶,耕慵織倦,空做古今佳話。人間剛道隔年期,指天上、方纔隔夜。(卷四十九　倫敘門・妓女類・嚴蕊)

## 卜算子(按:此爲宋・嚴蕊詞)

不是愛風塵,似被前緣誤,花落花開自有時,總賴東君主。　去也終須去,住也終須住。若得山花插滿頭,莫問奴歸處。(卷四十九　倫敘門・妓女類・嚴蕊)

## 踏青遊(按:此爲宋・無名氏詞)

識個人人,恰正年年歡會。似賭賽、六隻渾四。向巫山,重重去,如魚水。兩情美。同倚畫樓十二,倚畫樓、又還重倚。　兩日不來,時時在人心裏。擬問卜、常占歸計。拚二八清爨,望永同鴛被。驀然被人驚覺,夢也有頭無尾。(卷四十九　倫敘門・妓女類・崔念四詞)

## 未標牌名(按:此爲宋・洪惠英《減字木蘭花》詞)

梅花似雪,剛被雪來相挫折。雪裏梅花,無限精神總屬他。　梅花無語,只有東君來作主。傳語東君,宜與梅花做主人。(卷四十九　倫敘門・妓女類・合生詩詞)

## 未標牌名(按:此爲宋・謝直《卜算子》詞)

雙槳浪花平,夾岸青山鎖。你自歸家我自回,説着如何過?　我斷不思量,你莫思量我。將你從前愛我心,付與傍人呵!(卷四十九　倫敘門・

妓女類・謝希孟善戲）

## 未標牌名（按：此爲宋・蘇瓊《西江月》詞）

韓愈文章蓋世，謝安情性風流。良辰美景在西樓，敢勸一卮芳酒。　記得南宫高選，弟兄争占鰲頭。金爐玉殿瑞煙浮，高占甲科第九。（卷四十九　倫敘門・妓女類・蘇瓊）

## 滿庭芳（按：此爲宋・僧兒詞）

團菊包金，叢蘭減翠，畫成秋暮風烟。使君歸去，千里暗潸然。兩度朱幡雁水，全勝得、陶侃當年。如何見、一時盛事，都在送行篇。　愁煩。梳洗懶，尋思陪宴，花月湖邊。年少風流，往事縈牽。聞道霓旌羽駕，看看是、玉局神仙。應相許、沖雲破霧，一到洞中天。（卷四十九　倫敘門・妓女類・僧兒）

## 未標牌名（按：此傳爲唐・吕巖《西江月》詞）

落日數聲啼鳥，香風滿路吹花。道人邀我煮新茶，蕩滌胸中瀟灑。　世事不堪回首，夢魂猶遶天涯。鳳停橋畔即吾家，管甚月明今夜。（卷六十一　方外門・仙類・仙果異）

## 望江南（按：此爲五代・伊用昌詞）

江南鼓，梭肚兩頭欒。釘着不知侵骨髓，打來只是没心肝。空腹被人漫[謾]。（卷六十一　方外門・仙類・伊用昌）

## 瑞鶴仙（按：此傳爲紫姑神作）

睹嬌紅細捻，似西子當日，留心千葉。西都競裁接。賞園林臺榭，何妨日涉。輕羅慢褶。費多少，陽和調燮。向曉來，露浥芳苞，一點醉紅潮頰。　雙靨。姚黄國豔，魏紫天香，倚風羞怯。雲鬟試插，便引動狂蜂蝶。況東君開宴，賞心樂事，莫惜獻酬頻疊。看相將紅藥翻階，尚餘侍妾。（卷六十四　方外門・女仙類・西安紫姑）

## 未標牌名(按:此爲宋・陳亮《水調歌頭・送章德茂大卿使虜》下闋)

堯之都,舜之壤,禹之封。於中應有,一個半個恥臣戎。萬里腥膻如許,千古英靈安在,磅礴幾時通?(卷八十五　人事門・品隲類・使虜詞)

## 未標牌名(按:此爲南宋太學生《南鄉子》詞)

洪邁被拘留,垂哀告被[彼]酋。七日忍飢猶不耐,堪羞!蘇武曾禁十九秋。　厥父既無謀,厥子安能解國憂?萬里歸來誇舌辨,春牛!好擺頭時不擺頭。(卷八十九　人事門・評詆類・洪景盧)

## 未標牌名(按:此爲歐陽修《臨江仙》詞)

柳外輕雷池上雨,雨聲滴碎荷聲。小樓西角斷虹明。闌干倚遍,待得月華生。　燕子飛來栖畫棟,玉鈎垂下簾旌。凉波動簟紋平。水精雙枕,旁有墮釵横。(卷九十　人事門・仇怨類・歐陽妓詞)

## 未標牌名(按:此爲宋・歐陽修《望江南》詞)

江南柳,葉小未成陰。人爲絲輕那忍折,鶯憐枝嫩不勝吟。留取待春深。　十四五,閒抱琵琶尋。堂上簸錢堂下走,恁時相見已留心。何況到如今。(卷九十　人事門・仇怨類・歐陽妓詞)

## 浣溪沙(按:此爲唐・張曙詞)

枕障熏爐隔繡幃,二年終日兩相思。好風明月始應知。　天上人間何處去,舊歡新夢覺來時。黄昏微雨畫簾垂。(卷九十一　人事門・哀逝類・張曙製詞)

## 發引曲(二首)(按:此爲宋・王禹玉詞)

玉扆朝晚,忽掩赭黄衣。愁霧鎖金扉。蓬萊待得仙丹至,人世已成非。　龍軒天仗轉西畿,旌旆入雲飛。望陵宫女垂紅淚,不見翠輿歸。

上林春晚,曾侍奉晨遊。水殿戲龍舟。玉簫聲斷催仙馭,一去隔千

秋。　遊人重到曲江頭，事往涕難收。空餘御幄傳觴處，依舊水東流。（卷九十一　人事門・哀逝類・發引曲）

## 未標牌名（按：此爲・宋無名氏《减字木蘭花》詞）

家門希差，養得一枚依樣畫。百事無能，只去籬邊纏倒藤。　幾回水上，軋捺不翻真個强。無處容他，只好炎天曬作巴。（卷九十四　人事門・俳調類下・趙葫蘆）

## 未標牌名（按：此爲宋・徐似道《阮郎歸》詞）

茶寮山上一頭陀，新來學得麽？蛸蛑螃蠏與烏螺，知他放幾多。　有一物，似蜂窠。姓牙名老婆。雖然無奈得他何，如何放得他。（卷九十四　人事門・俳調類下・詩文諧謔）

## 未標牌名（按：此爲宋・王齊叟《望江南》詞）

居下位，常恐被人讒。只是曾填青玉案，何曾敢做望江南？請問馬都監。（卷九十四　人事門・俳調類下・彦齡趁韻）

## 滿江紅（按：此爲宋・王清惠詞，或謂宋・張瓊瑛詞，文字有異同）

太液芙蓉，渾不似、舊時顔色。常記得，春風雨露，玉樓金闕。名播蘭簪妃后裏，暈潮蓮臉君王側。忽一朝、鼙鼓揭天來，繁華歇。　龍虎散，風雲滅。千古恨，憑誰説？對山河百二，淚沾襟血。驛館夜驚塵土夢，宫車曉碾關山月。問嫦娥、垂顧肯相容，同圓缺。（卷一百零二　文史門・歌謡類・宋宫人北遷詞）

## 未標牌名（按：此爲宋・蘇軾《醉翁操》詞，多有改動）

琅然，清員，誰彈？向空山。無言，惟有醉翁知其天。月明風清露涓涓，人未眠。荷過山前，曰有心也哉此賢。　醉翁笑詠，聲流泉。醉翁去後，空有朝吟夜怨。山有時而同巔，水有時而回淵。思翁無歲年，翁今爲飛仙。此意在人間，試聽徽外三兩弦。（卷一百零二　文史門・詞曲類・醉翁吟）

## 行香子(四首)(按:此爲元·釋明本詞)

水竹之居,吾愛吾廬。石粼粼裝砌階除,軒窗隨意,小巧規模。也清幽,也瀟灑,也安舒。　懶散無拘,此樂何如。撫欄杆、臨水觀魚。風花雪月,贏得工夫。炷些香,説些話,讀些書。

短短横墻,矮矮疏窗,忔憎兒小小池塘。高低疊嶂,緑水邊傍。有些風,有些月,有些涼。　日用家常,竹几藤床。據眼前水色山光。客來無酒,清話何妨! 細烹茶,熱烘盞,淺澆湯。

閬苑瀛洲,金谷瓊樓,算不如茅屋清幽。梵化繡地,莫比風流。也宜春,也宜夏,也宜秋。　酒熟堪蒭,客至須留,更無榮無辱無憂。退閑一步,著甚來由。倦時眠,渴時飲,醉時謳。

浄掃塵埃,惜取蒼苔,任門前紅葉鋪階。也堪圖畫,還也奇哉。數株松,數株竹,數株梅。　花木栽培,取次教開,明朝事天自有安排。知他富貴,是幾時來? 且優游,且隨分,且寬懷。(卷一百零二　文史門·詞曲類·行香子)

## 未標牌名(按:此爲宋·孫巨源《菩薩蠻》詞)

城頭尚有三鼕鼓,何須抵死催人去。上馬去匆匆,琵琶曲未終。　回頭腸斷處,那更簾纖雨。謾道玉爲堂,玉堂今夜長。(卷一百零二　文史門·讖謎類·巨源詞讖)

## 好事近(按:此爲宋·秦觀詞)

山露雨添花,花動一山春色。行到小溪深處,有黄鸝千百。　飛雲當面化龍蛇,夭矯掛晴碧。醉卧古藤陰下,杳不知南北。(卷一百零二　文史門·讖謎類·賀黄詩讖)

## 青玉案(按:此爲宋·賀鑄詞)

凌波不過横墻路,但目送、芳塵去。錦瑟年華誰與度? 月樓花院,綺窗珠户,惟有春和處。　碧雲冉冉蘅皋暮,彩筆空題斷腸句。試問閑愁知幾許? 一川烟草,滿城風絮,梅子黄時雨。(卷一百零二　文史門·讖謎類·賀

黄詩讖)

## 西江月(按:此詞或謂元·劉秉中作)

九九乾坤已定,清明節後開花。米田天下亂如麻,直待龍蛇繼馬。　依舊中華福地,古月一陣還家。當初指望甕生涯,死在西江月下。(卷一百零二　文史門·讖謎類·西江月詞)

## 西江月(按:此爲宋·葛魯卿詞)

鞦韆斜紅帶柳,琉璃漲緑平橋。人間花月見新妖,不數江南蘇小。　恨寄飛花簌簌,情隨流水迢迢。鯤魚風送木蘭橈,迴棹荒鷄報曉。(卷一百一十四　詩話門·詩話總論·用鞦韆事)

## 未標牌名·泊廬山(按:此爲宋·徐似道《浪淘沙》詞)

風緊浪花生,蛟吼鼉鳴。家人睡着怕人驚。只有一翁捫虱坐,依約三更。　雪又打殘燈,欲暗還明。有誰知我此時情?獨對梅花傾一盞,又詩成。(卷一百一十七　詩話門·詩話類四·買山)

## 應天長·詠閨情(二首)(按:此爲宋·康與之詞)

管絃喧繡陌,燈火照香塵,腸斷蕭娘愁歸路。緩雕轡,獨自歸來,憑欄情緒。　楚岫在何處?香夢悠悠,花月更誰主。惆悵後期,空有鱗鴻寄紈素。枕前淚,窗外雨。翠幕冷、夜凉虚度。未應信、此度相思,寸腸千縷。

管弦繡陌,燈火畫橋,塵香舊時歸路。腸斷蕭娘,舊日風簾映朱户。鶯能舞,花解語。念後約、頓成輕負。緩雕轡、獨自歸來,憑欄情緒。　楚岫在何處?香夢悠悠,花月更誰主。惆悵後期,空有鱗鴻寄紈素。枕前淚,窗外雨。翠幕冷、夜凉虚度。未應信、此度相思,寸腸千縷。(卷一百一十九　詩話門·詩餘類·南詞難拘字韻)

## 念奴嬌·詠中秋(二首)(按:此爲宋·葉夢得詞)

洞庭回首,江海平生,漂流容易,歎佳期難到。縹緲高城風露爽,獨倚危闌傾倒。醉酌青樽,嫦娥應笑,猶似向來好。廣寒宫殿,爲余聊借蓬島。

洞庭波冷，望冰輪初轉，滄海沉沉。萬頃孤光雲陣捲，長笛吹破層陰。洶湧三江，銀濤無際，遥帶五湖深。酒闌歌罷，至今鼉怒龍吟。　回首江海平生。漂流容易散，佳期會難尋。縹緲高城風露爽，獨倚危檻重（臨）。醉倒清罇。嫦娥應笑，猶有向來心。廣寒宫殿，爲余聊借瓊林。（卷一百一十九　詩話門·詩餘類·南詞難拘字韻）

## 柳梢青·春景（按：此爲宋·秦觀詞）

岸草平沙，吴王故苑，柳裊烟斜。雨後寒輕，風前香軟，春在梨花。　行人一棹天涯。酒醒處、殘陽亂鴉。門外鞦韆，墻頭紅粉，深院誰家？（卷一百一十九　詩話門·詩餘類·南詞難拘字韻）

## 柳梢青·佳人（按：此爲宋·無名氏詞，或謂宋·周邦彦詞）

有個人人，海棠標韻，飛燕輕盈。酒暈潮紅，羞娥凝緑，一笑生春。　爲伊人限熏心。更説甚、巫山楚雲。斗帳香銷，紗窗月冷，著意温存。（卷一百一十九　詩話門·詩餘類·南詞難拘字韻）

## 柳梢青·春晚（按：此爲宋·李清照詞）

子規啼血，可憐又是，春歸時節。滿院東風，海棠鋪繡，梨花飛雪。丁香露泣殘枝，俏未比、愁腸寸結。自是休文，多情多感，不干風月。（卷一百一十九　詩話門·詩餘類·南詞難拘字韻）

## 摸魚兒·春暮（按：此爲宋·歐陽修詞）

捲繡簾，梧桐秋院落，一霎雨添新緑。對小池閑立，殘妝淺，向晚水紋如縠。凝遠目。恨人去寂寂，鳳枕孤難宿。倚欄不足。看燕拂風檐，蝶翻露草，兩兩長相逐。　雙眉促。可惜年華婉娩，西風初弄庭菊。況伊家年少，多情未已難拘束。那看[堪]更趁良景，追尋甚處垂楊拍[曲]。佳期過盡，但不説歸來，多應忘了，雲屏去時祝。（卷一百一十九　詩話門·詩餘類·南詞難拘字韻）

## 漁父詞（二首）（按：此或謂南唐·李煜詞）

浪花有意千重雪，桃花無言一隊春。一壺酒，一竿鱗，世上如儂有幾人？

一棹春風一葉舟，一輪繭縷一輕鈎。花滿渚，酒滿甌，萬頃波中得自由。（卷一百一十九　詩話門・詩餘類・漁父詞）

## 未標牌名（按：此爲南唐・李煜《臨江仙》詞，與原詞有出入）

櫻桃落盡春歸去，蝶翻金粉雙飛。子規啼月小樓西。曲瓊金箔，惆悵捲金泥。門巷寂寥人去後，望殘煙草低迷。（卷一百一十九　詩話門・詩餘類・後主長短句）

## 未標牌名（按：此爲南唐・李煜《浪淘沙》詞）

簾外雨潺潺，春意將闌。羅衾不耐五更寒。夢裏不知身是客，一餉貪歡。　　獨自暮憑闌，無限關山。别時容易見時難。流水落花春去也，天上人間。（卷一百一十九　詩話門・詩餘類・後主長短句）

## 未標牌名（按：此爲南唐・李煜《破陣子》詞）

三十餘年家國，數千里地山河。幾曾慣干戈？一旦歸爲臣虜，沈腰潘鬢消磨。最是倉惶辭廟日，教坊猶奏别離歌。揮淚對宫娥。（卷一百一十九　詩話門・詩餘類・後主曲）

## 錦堂春（按：此爲宋・司馬光詞）

紅日遲遲，虚廊轉影，槐陰迤邐西斜。彩筆工夫，難狀晚景煙霞。蝶尚不知春去，謾遶幽砌尋花。桃李奈狂風過後，縱有殘紅，飛向誰家。　　始知青鬢無價。歎飄蓬宦路，荏苒年華。今日笙歌叢裏，特地咨嗟。席上青衫濕透，撫弄舊琵琶。怎不教人易老，多少離愁，散在天涯。（卷一百一十九　詩話門・詩餘類・西江月）

## 點絳唇（按：此爲宋・韓琦詞）

病起懨懨，晏堂花樹添憔悴。亂紅飄砌，滴盡胭脂淚。　　惆悵前春，誰向花前醉？愁無際。武陵回睇。人遠波空翠。（卷一百一十九　詩話門・詩餘類・點絳唇）

## 小阮郎歸(按:此爲宋·司馬光詞,有改動)

漁舟容易入春山,仙家日日閑。綺窗紗院映朱顔,相逢醉夢間。　松露冷,梅波皺,匆匆整棹還。落花寂寂水潺潺,重尋此路難。(卷一百一十九　詩話門·詩餘類·點絳唇)

## 西江月(按:此爲宋·司馬光詞,略有改動)

寶髻鬆鬆梳就,鉛華淡淡妝成。輕煙翠霧罩娉婷,飛絮遊絲無定。　相見争如不見,有情還似無情。笙歌散後酒初醒,深院月明人静。(卷一百一十九　詩話門·詩餘類·西江月)

## 剔銀燈(按:此爲宋·范仲淹詞)

昨夜因看蜀志,笑曹操孫權劉備。用盡機謀,徒勞心力,即得三分天地。屈指細尋思,争如共、劉伶一醉?　人世都無百歲。少癡騃、老成尪悴。只有中間,些子少年,忍把浮名牽繫?一品與千金,問白髮、如何回避?(卷一百一十九　詩話門·詩餘類·剔銀燈)

## 瑞鷓鴣(按:此爲宋·蘇軾詞)

碧山影裏小紅旗,儂是江南踏浪兒。拍手欲嘲山簡醉,齊聲争唱浪婆詞。　西興度口帆初落,漁浦山頭日未欹。儂送潮回歌底曲,樽前還唱使君詩。(卷一百一十九　詩話門·詩餘類·瑞鷓鴣小秦王)

## 小秦王(按:此爲宋·蘇軾詞)

濟南春好雪初晴,行到龍山馬足輕。使君莫忘霅溪女,時作《陽關》腸斷聲。(卷一百一十九　詩話門·詩餘類·瑞鷓鴣小秦王)

## 南歌子(按:此爲宋·秦觀詞)

靄靄迷春態,英英媚曉光。不應容易下巫陽。祇恐翰林前世是襄王。　暫爲清歌駐,還因暮雨忙。瞥然飛去斷人腸。空使蘭臺公子賦高

唐。(卷一百一十九　詩話門·詩餘類·南歌子)

## 西江月(按:此爲宋·蘇軾詞)

世事一場春夢,人生幾度秋涼,夜來風葉已鳴廊,看取眉頭鬢上。　酒賤常愁客少,月明多被雲妨。中秋誰與共孤光,把盞淒然北望。(卷一百一十九　詩話門·詩餘類·西江月)

## 未標牌名(按:此爲宋·蘇軾《南歌子》詞)

師唱誰家曲,宗風有阿誰。借君拍板與門槌。我也逢場作戲莫相疑。　溪女方偷眼,山僧已皺眉。莫嫌彌勒下生遲。不見老婆三五少年時。(卷一百一十九　詩話門·詩餘類·東坡長短句)

## 未標牌名(按:此爲宋·仲殊《南歌子》詞)

解舞清平曲,而今説向誰。紅爐片雪上鉗槌。打就金毛師子也堪疑。　已信身如夢,何須眼似眉。蟠桃已是結花遲。不向風前一笑待何時。(卷一百一十九　詩話門·詩餘類·東坡長短句)

## 減字木蘭花(按:此爲宋·蘇軾詞)

春庭月午,摇落春醪光欲舞。步轉迴廊,半落梅花婉婉香。　輕風薄霧,都是少年行樂處。不似秋光,只與離人照斷腸。(卷一百一十九　詩話門·詩餘類·減字木蘭花)

## 望江南(按:此爲宋·王齊叟詞)

居下位,即恐被人譏。昨日只吟《青玉案》,幾時曾唱《望江南》。請問馬都監。(卷一百一十九　詩話門·詩餘類·望江南)

## 點絳脣(按:此爲宋·王齊叟妻舒氏詞)

獨自臨流,興來時把欄杆凭。舊愁新恨,耗卻來時興。　鷺散魚潛,煙斂風初定。波心静,照人如鏡,少個年時影。(卷一百一十九　詩話門·詩餘

類・望江南）

## 清平樂（六首）（按：作者依次爲劉敞、陳與義、蘇庠、向子湮、朱敦儒、韓璜，皆宋人）

小山叢桂，最有人留意。拂葉攀花無限思，雨濕濃香滿袂。　別來過了秋光，翠簾昨夜新霜。多少月宫閑地，嫦娥借與微芳。

黄衫相倚，翠帽層層底。八月江南風日美。弄影山腰水尾。　楚人未識孤山。離騷遺恨千年。無住庵中新事，一枝唤起幽禪。

斷崖流水，香度青林底。光配騷人蘭與芷，不數春風桃李。　淮南叢桂小山，詩翁合得躋攀。舟到十州三島，心遊萬壑千巖。

吴頭楚尾，踏破芒鞋底。萬壑千巖秋色裏。不禁惱人風味。　如今老我鄉林。世間百不關心。獨喜愛香韓壽，能來同醉花陰。

秋間花少，菊小芙蓉老。冷淡仙人偏得道，買定西風一笑。　前身元是江梅，黄姑點破冰肌。即有暗香猶在，飽參清似南枝。

秋光如水，釀作鵝黄蟻。散入千巖佳樹裏，惟許鹿門人醉。　輕羅重上風簾，不禁月冷霜寒。步障沉深歸去，依然愁滿江山。（卷一百一十九　詩話門・詩餘類・清平樂六詞）

## 白苧詞（按：此詞宋人傳爲紫姑神作，見王灼《碧雞漫志》）

追昔，燕然畫角，寶輪珊瑚。是時丞相，虚作銀城换得。東君暗遣花神，先到南國。昨夜江梅，漏泄春消息。（卷一百一十九　詩話門・詩餘類・紫姑白苧）

## 浪淘沙（按：此詞宋人傳爲蓬萊仙人玉英作，見王灼《碧雞漫志》）

塞上早春時，暖律猶微。柳舒金綫拂回堤。料得江鄉應更好，開盡梅溪。　晝漏漸遲遲，愁損仙肌。幾回無語斂雙眉。憑遍闌干十二曲，日下樓西。（卷一百一十九　詩話門・詩餘類・紫姑白苧）

## 點絳唇（按：此爲宋・周邦彦詞）

遼鶴西歸，故人多少傷心事。短書不寄，魚浪空千里。　憑杖桃根，

説與相思意。何際？別時衣袂，猶有東風淚。（卷一百一十九　詩話門・詩餘類・周美成楚雲詞）

## 虞美人（按：此爲宋・何文縝詞）

分香帕子揉藍膩，欲去殷勤惠。從來直到牡丹時，即恐花枝知後故開遲。　　別來目盡閑桃李，日日欄杆倚。催花無計問東風，夢作一雙蝴蝶繞芳叢。（卷一百一十九　詩話門・詩餘類・惠柔侍兒）

## 水調歌（按：傳爲宋・莫將詞，實爲宋・黄庭堅詞摘句）

瑶草一何碧，春入武陵溪。溪上桃花無數，花上有黄鸝。（卷一百一十九　詩話門・詩餘類・莫少虚詞）

## 浣溪沙（二闋）（按：此爲宋・莫將詞）

寶釧湘裙上玉梯，雲重應恨翠樓低。愁同芳草兩萋萋。　　歸夢悠楊未見真，綉衣恰有暗香熏。五更分得楚臺春。（卷一百一十九　詩話門・詩餘類・莫少虚詞）

## 西江月（按：傳爲宋・蔡京詞）

八十一年住世，四千里外無家。如今流落向天涯。　　夢回玉殿，幾度宣麻。即因貪寵戀榮華。便有如今事也。（卷一百一十九　詩話門・詩餘類・蔡元長詞）

## 西江月（按：此爲宋・蔡京詞）

八十衰年初謝，三千里外無家，孤行骨肉各天涯，遥望神京泣下。　　金殿五曾拜相，玉堂十度宣麻。追思往昔謾繁華，到此番成夢話。（卷一百一十九　詩話門・詩餘類・蔡元長詞）

## 未標牌名（按：此爲宋・張孝祥《六州歌頭》詞）

長淮望斷，關塞莽然平。征塵暗，朔風勁，悄邊聲。黯消凝。追想當年事，殆天數，非人力。洙泗上，弦歌地，亦羶腥。隔水旃鄉，落日牛羊下，區脱縱横。看明王宵獵，騎火一川明，笳鼓悲鳴，遣人驚。　念腰間箭，匣中劍，空埃蠹，竟何成！時易失，心徒壯，歲將零。渺神京。干羽方懷遠，静烽燧，且休兵。冠蓋使，紛馳騖，若爲情！聞道中原遺老，長南望、翠葆霓旌。使行人到此，忠憤氣填膺，有淚如傾。（卷一百一十九　詩話門・詩餘類・張安國詞）

## 上林春慢（按：此爲宋・晁沖之詞）

帽著宫花，衣惹御香，鳳輦晚來初過。鶴降詔飛，龍擎燭戲，端門銀花燈火。滿城車馬，對明月、有誰閒坐。任狂遊，更許傍禁街，不扃金鎖。　玉樓人、暗中擲果。珠簾下、笑看春衫褭娜。素娥遶釵，輕蟬撲鬢，垂垂柳絲海棠[梅朵]。夜闌飲散，但贏得、翠翹雙蟬。醉歸來，又重向、晚窗梳裹。（卷一百一十九　詩話門・詩餘類・上林春慢）

## 沁園春（按：此爲宋・劉過詞）

按轡徐驅，兒童聚觀，神仙畫圖。正芹塘雨過，泥融路軟，金蓮自拆，小小籃輿。傍柳題詩，穿花覓句，嗅蘂攀條得自如。經行處，有蒼松夾道，不用傳呼。　清泉怪石盤紆。信風景、江淮各異，遥想東坡賦就，紗籠素壁，西山句好，簾捲晴珠。白玉堂深，黄金印大，無此文君載後車。揮毫處，看淋漓雪壁，真草行書。（卷一百一十九　詩話門・詩餘類・劉過詞）

## 沁園春（按：此爲宋・劉過詞）

玉帶猩袍，遥望翠華，馬去如龍。擁千官鱗集，貂蟬争出，貔貅不斷，萬騎雲從。細柳營開，團花袍窄，又指汾陽郭令公。山西將，算韜鈐有種，五世元戎。　旌旗蔽滿寒空。無陣整、從容虎帳中。想刀明似雪，縱横脱鞘，箭飛如雨，霹靂鳴弓。威撼邊城，氣吞胡虜，慘憺塵沙吹北風。中興事，看君王神武，駕馭英雄。（卷一百一十九　詩話門・詩餘類・劉過詞）

## 沁園春（按：此爲宋・劉過詞）

問信竹湖，竹如之何，如何不歸。道吴山越水，無非佳處，來無定止，去亦何爲。莫是秋來，未能忘耳，心與孤雲相伴飛。關情處，向南山寄傲，北澗題詩。　　人生了事成癡，算世上終無真是非。看雲臺突兀，無君子者，雪堂零落，有美人兮。疏雨梧桐，微雲河漢，鐘鼎山林無限悲。陽山縣，問昌黎負汝，汝負昌黎。（卷一百一十九　詩話門・詩餘類・劉過詞）

## 賀新郎（按：此爲宋・劉過詞，略有改動）

老去相如倦。向文君、説似而今，如何消遣。衣袂京塵曾染處，空有香紅尚軟。料彼此、衷銷腸斷。一枕新凉眠客舍，聽梧桐、疏雨秋風戰。燈暈冷，記初見。　　樓低不放珠簾捲。晚妝殘、翠蛾狼籍，淚痕留臉。人道愁來須殢酒，無奈愁多酒淺。但托意、焦桐紈扇。莫鼓琵琶江上曲，怕荻花、楓葉俱凄怨。雲萬疊，寸心亂。（卷一百一十九　詩話門・詩餘類・劉過詞）

## 沁園春（按：此爲宋・無名氏詞）

道過江南，泥牆粉壁，右具在前。述某縣某鄉某里，住何人地，佃某人田。氣象蕭條，生靈憔悴，經界從來未必然。惟何甚，爲官爲已，不把人憐？　　思量幾許山川，况土地分張又百年。正西蜀巉巖，雲迷鳥道；兩淮清野，日警狼烟。宰相弄權，奸人罔上，誰念干戈未息肩。掌大地，何須經理，萬取千焉。（卷一百一十九　詩話門・詩餘類・沁園春）

## 憶秦娥（按：此爲宋・鄭文妻詞）

花深深，一勾羅襪行花陰。行花陰，閒將柳帶，試結同心。　　耳邊消息空沉沉，畫眉樓上愁登臨。愁登臨，海棠開後，望到如今。（卷一百一十九　詩話門・詩餘類・憶秦娥詞）

## 鷓鴣天（按：此爲宋・劉鼎臣妻詞）

金屋無人夜剪繒，寶釵番過齒痕輕。臨行執手殷勤送，襯取蕭郎兩鬢青。　　聽祝付，好看承，千金不抵此時情。明年宴罷瓊林晚，酒面微紅相映明。（卷一百一十九　詩話門・詩餘類・鷓鴣天）

## 一剪梅(按:此爲宋・易祓妻詞)

染淚修書寄彦章,貪做前廊,忘卻回廊。功名成遂不還鄉,石做心腸,鐵做心腸。　紅日三竿懶畫妝,虚度韶光,瘦損容光。不知何日得成雙,羞對鴛鴦,懶對鴛鴦。(卷一百一十九　詩話門・詩餘類・一剪梅詞)

## 柳梢青(按:此爲宋・張任國詞)

掛起招牌,一聲喝彩,舊店新開。熟事孩兒,家懷老子,畢竟招財。　當初舍下安排,又不是豪門買獃。自古人言,正身替代,見任添差。(卷一百一十九　詩話門・詩餘類・再娶詞)

## 好事近(按:此爲宋・王昂詞)

喜氣擁門闌,光動綺羅香陌。行到紫薇花下,悟身非客。　不須朱粉污天真,嫌怕太紅白。留取黛眉淺處,章臺春色。(卷一百一十九　詩話門・詩餘類・好事近)

## 未標牌名(按:此爲宋・平江妓作《賀新郎》詞,或謂宋・盧祖皋詞)

春色元無主,荷東君、着意看承,等閑分付。多少無情風浪,又那更、蝶欺蜂妒。算來燕雀、眼前無數。縱使簾櫳能愛護,到如今、已是成遲暮。芳草碧,遮歸路。　看看做到難言處。怕仙郎、輕轉旌旗,易歌襦袴。月滿西樓弦索静,雲蔽崑城閬府。便恁地、一帆輕舉。獨倚闌干愁拍碎,慘玉容、淚眼如紅雨。去與住,兩難訴。(卷一百一十九　詩話門・詩餘類・妓送太守詞)

## 木蘭花慢(按:此爲元・陳参政詞)

北人未老,依舊著南冠。正雪暗罇沱,雲迷芒碭,夢落邯鄲。朝念鄉心,日行萬里,幸此身生入玉門關。多少秦烟隴霧,西湖浄洗征衫。　燕山望不見吴山,回首不堪難。慨故宫離黍,故家喬木,那忍重看。鈞天紫薇何處問,瑶池八駿幾時還?誰在天津橋上,杜鵑聲裏闌干。(卷一百一十九　詩話門・詩餘類・木蘭花慢)

## 賀新郎(按:此爲宋・文及翁詞)

一勺西湖水,渡江來,百年歌舞,百年酣醉。回首洛陽花世界,烟渺黍離之地。更不復、新亭墮泪。簇蕊紅妝摇畫舫,中流擊楫何人是?千古恨,幾時洗?　予生自負澄清志。更有誰、磻溪未遇,傅巖未起。國事如今誰倚仗?衣帶一江而已!便都道、江神堪恃。借問孤山林處士,但掉頭、笑指梅花蕊。天下事,可知矣!(卷一百一十九　詩話門・詩餘類・文及翁詞)

## 昭君怨・咏雪(按:此爲金・完顏亮詞,文字有異同)

昨日樵村漁浦,今日瓊州小渚。山色捲簾看,老峰巒。　錦帳美人貪睡。不覺天花剪水。驚問是楊花,是蘆花?(卷一百一十九　詩話門・詩餘類・昭君怨)

## 鵲橋仙・中秋不見月(按:此爲金・完顏亮詞)

持杯不飲,停歌不發,坐待蟾宫出現。片雲何處飛來,做許大、通天障礙。　愁眉怒目,星移斗轉,懊惱劍鋒不快。一揮揮斷此陰霾,此夜看、姮娥體態。(卷一百一十九　詩話門・詩餘類・昭君怨)

## 水調歌頭(按:此爲宋・劉之翰詞)

凉露洗金井,一葉下梧桐。謫仙浪遊,何事華髪作詩翁。烏帽蕭蕭一副,坐對清泉白石,翹首撫長松。獨鶴歸來晚,聲在碧霄中。　神仙宅,留玉節,駐金狨。黔南一道,十萬貔虎控雕弓。笑折碧荷倒影,自唱采芝新曲,詞句滿秋風。劍佩八千歲,長入大明宫。(卷一百一十九　詩話門・詩餘類・水調歌頭)

## 菩薩蠻・詠蘇堤芙蓉(按:此爲宋・高觀國詞)

紅雲半壓秋波急,艷妝泣露嬌啼色。佳夢入仙城,風流石曼卿。　宫袍呼醉醒,休捲西風景。明月粉香殘,六橋煙水寒。(卷一百一十九　詩話門・詩餘類・菩薩蠻)

## 行香子(按:此爲明·高啓詞)

如此紅妝,不見春光。向菊前,蓮後纔芳。雁來時節,寒沁羅裳。正一番風,一番雨,一番霜。　蘭舟不採,寂寞横塘。强相依,暮柳成行。湘江路遠,吴苑池荒。奈月朦朧,人杳杳,水茫茫。(卷一百一十九　詩話門·詩餘類·菩薩蠻)

## 喜遷鶯(按:此爲宋·夏竦詞)

霞散綺,月沉鈎,簾捲未央樓。夜凉河漢截天流,宫闕鎖新秋。　瑶階曙,金莖露,鳳髓香和雲霧收。三千珠翠擁宸遊,水殿按梁州。(卷一百一十九　詩話門·詩餘類·喜遷鶯)

## 未標牌名(按:此爲宋·曹豳《紅窗迥》詞,略有改動)

春闈期近也,望帝鄉迢迢,猶在天際。虧這一雙脚底,一日趕上五六十地。　要争氣。扶持我去,將得官一歸,那時賞爾。穿對朝靴,安排爾在轎兒裏。更選個、弓樣鞋,夜間伴爾。(卷一百一十九　詩話門·詩餘類·曹東畝詞)

## 行香子(按:此爲宋·蘇軾詞)

清夜無塵,月色如銀。酒斟時、須滿十分。浮名浮利,休苦勞神。歎隙中駒,石中火,夢中身。　雖抱文章,開口誰親。且陶陶、樂盡天真。不如歸去,做個閑人。對一張琴,一壺酒,一溪雲。(卷一百一十九　詩話門·詩餘類·聶大年詞)

## 滿庭芳

雪清疏髯,霜侵衰鬢,去年猶勝今年。一回老矣,堪歎又堪憐。思昔青春羡景,除非是、月下花前。誰知道,金章紫綬,多少事憂煎。　侵晨騎馬出,風初暴横,雨又凄然。想山翁野叟,正爾高眠。更有紅塵赤日,也不到、松下林邊。如何好,吴松江上,閑了釣魚船。(卷一百一十九　詩話門·詩餘類·聶大年詞)

## 未標牌名・禪家調(四首)(按:此爲元・釋明本《行香子》詞)

學道非難,守道爲難,結跏趺、坐任循環。苦空僧舍,寂寞禪關。對幾重雲,幾重水,幾重山。　　松嫩堪餐,竹密須删。息塵緣、何事相干。心超物外,身處人間。有十分清,十分淡,十分閒。

不愛驕奢,不喜喧譁。一枝開、千葉梅花。東村檀越,西舍人家。但去時齋,樂時講,坐時茶。　　雪景突加,玉樹槎牙。正宜穿、百衲袈裟。樂中乞化,坐演三車。却怕人知,怕人問,怕人誇。

四序無窮,萬慮皆空。守禪門、佛祖家風。香煙吐白,燭影摇紅。對翠梧桐,金菡萏,玉芙蓉。　　潦倒山翁,少小頑童。天性兒、一樣疏慵。偶來城市,却想山中。有數株柏,千竿竹,萬年松。

無物思量。萬慮皆忘。坐兩班、大衆禪床。粗衣隨體,淡飯充腸。有一函經,一佛像,一爐香。　　功果非常,功行非常。愛山中、白晝偏長。翠苔巖洞,緑水山房。有一天風,一天月,一天凉。(卷一百一十九　詩話門・詩餘類・禪家調)

## 臨江仙(按:此爲宋・侯蒙詞)

未遇行藏誰肯信,如今方表名踪。無端良匠畫形容。當風輕借力,一舉入高空。　　才得吹嘘身漸穩,即疑遠赴蟾宫。雨餘時候夕陽紅。幾人平地上,看我碧霄中。(卷一百一十九　詩話門・詩餘類・臨江仙詞)

## 賀新郎(按:此爲宋・吴潛詞,略有改動)

可意人如玉。小簾櫳、輕匀淡抹,道家妝束。長恨春歸無尋處,全在波明黛緑。看冶葉、倡條憚俗。比似江梅清有韻,更臨風、對月斜依竹。看不足,詠不足。　　曲屏半掩春山蹙。正輕寒、夜永花睡,半歌殘燭。縹緲九霞光裹夢,香在衣裳賸馥。又只恐、銅壺聲促。試問送人歸去後,對一奩、花影垂金粟。腸易斷,情難續。(卷一百一十九　詩話門・詩餘類・吴履齋贈女詞)

## 未標牌名(按:此爲宋・石孝友《清平樂》詞)

醉紅宿翠,髻彈烏雲墜。管是夜來不得睡,那更今朝早起。　　春風

秋月，滿搦腰肢，階前小立多時。恰恨一番風雨，相應濕透鞋兒。（卷一百一十九　詩話門·詩餘類·誅妓趨庭）

## 未標牌名（按：此爲宋·陸凝之《夜游宫》詞）

春風捏就腰兒細，繫的粉裙兒不起。從來即向掌中看，怎忍在燭花影裏。　酒紅應是鉛華褪。暗蹙損，眉峰雙翠。夜深鞴站綉鞋兒，靠那個屏風立地。（卷一百一十九　詩話門·詩餘類·士人贈妓詞）

## 鷓鴣天（按：此爲宋·無名氏詞）

五百人中第一仙，等閑平步上青天。緑袍乍看君恩重，黄榜初開御墨鮮。　龍作馬，玉爲鞭，花如羅綺柳如綿。時人莫訝登科早，自是嫦娥愛少年。（卷一百一十九　詩話門·詩餘類·及第詞）

## 憶君王（按：此爲宋·謝克家詞）

依依宫柳拂宫墻，樓殿無人春晝長。燕子歸來依舊忙。憶君王，獨坐黄昏人斷腸。（卷一百一十九　詩話門·詩餘類·憶君王）

## 踏沙行（按：此爲元·張翥《踏莎行·江上送客》上片）

芳草平沙，斜陽遠樹，無情桃葉江頭渡。醉來扶上木蘭舟，將愁不去將人去。（卷一百一十九　詩話門·詩餘類·踏沙行）

## 折紅梅

喜輕澌初泮，微和漸入，芳郊時節。憐春消息，夜來陡覺，紅梅數枝争發。玉溪仙館，不是個、尋常標格。化工别與，一種風情，似匀點胭脂，染成香雪。　重吟細閲，比繁杏夭桃，品流真别。即愁共彩雲易散，冷落謝池風月。憑誰向説，三弄處、龍吟休咽。大家留取，倚闌杆，問有花堪折，勸君須折。（卷一百一十九　詩話門·詩餘類·折紅梅詞）

## 瑞龍吟（按：此爲明·徐有貞詞）

佳麗地是吾鄉，西山更比東山好。有罨畫樓臺，金碧巖扉，仿佛十洲三島。却也有風流安石，清真逸少。　向西施洞口，望湖亭畔，天光雲影，上下相涵相照。似寶鏡裏，翠蛾妝曉。且登臨，且談笑。　眼前事幾多堪吊？香逕踪銷，屧廊聲杳，麋鹿還遊未了。也莫管吴越興亡，爲他煩惱。是非顛倒，古與今一般難料。笑宦海風波，幾人歸早，得在家中老。遇酒美花新，歌清舞妙，盡開懷抱。何須較短量長，此生心應自有天知道。醉呼童倦進餘杯，便拚得，到三更，乘月迴仙棹。(卷一百二十　詩話門・詩話類・徐武功瑞龍吟)

## 未標牌名(按：此爲明・張弼詞)

東海先生歸也，南安太守新除。一挑行李兩船書，被人笑道癡愚。書也書，寒不堪穿，饑不堪煮，收拾許多何用處？　况而今白髮蒼頭，坐黄堂之署，乘五馬之車，那得工夫再看渠？又將載到南安去。古人糟粕，誰味真腴[腴]。枉説道、黄卷中時與聖賢相對語。(卷一百二十　詩話門・詩話類・神仙太守)

## 未標牌明・禽言(按：此爲明・張弼詞)

得過且過，飲啄隨時度朝暮。得隴望蜀徒爾爲，不知是福還是禍。(卷一百二十　詩話門・詩話類・神仙太守)

## 點絳唇(按：此爲明・陸楠詞)

三尺冰絃，夜深彈破青天竅。意中人杳，只有清光到。　雲雨無緣，總是相思調。愁懷抱，嫦娥心照，訴與他知道。(卷百二十　詩話門・詩話類・陸楠)

## 鵲橋仙(按：原文謂此詞爲箕仙所書)

鸞輿初駕，牛車齊發，隱隱鵲橋咿軋。尤雲殢雨正歡濃，但只怕、來朝初八。　霞垂綵幔，月明銀蠟，馥郁香噴金鴨。年年此際一相逢，未審是、甚時結煞。(卷一百三十三　祠祭門・百神類下・箕仙)

## 未標牌名(按：原文謂此詞爲曾宣子夫人魏氏所作)

帳前草草軍情變，月下旌旗亂。褫衣推枕愴離情，遠風吹下楚歌聲，正三更。　　撫騅欲上重相顧，豔態花無主。湖中蓮萼凜秋霜，九泉歸去是仙鄉，恨茫茫。（卷一百四十三　音樂門·樂府類中·虞美人）

## 虞美人（按：此爲宋·黄大與詞）

世間離恨何時了，不爲英雄少。楚歌聲起霸圖休，野葛荒蓁老。　　蕪城暮，玉貌知何處。至今芳草解婆娑，只有當時魂魄未消磨。（卷一百四十三　音樂門·樂府類中·虞美人）

## 未標牌名（按：此爲宋·秦觀《醉鄉春》詞）

唤起一聲人悄，衾暖羅寒窗曉。瘴雨過，海棠開，春色又添多少！　　社瓮釀成微笑，半破癯瓢共舀。漸覺傾倒，急投床，醉鄉廣大人間小！（卷一百四十八　花木門·海棠類·海棠譜）

## 阮郎歸·詠倒掛（按：此爲宋·李之儀詞）

朱唇玉羽下蓬萊，佳時近早梅。探花情味久安排，枝頭開未開？　　魂欲斷，恨難裁，香心休見猜。果知何遜是仙才，何妨如夢來。（卷一百五十九　禽獸門·禽類上·桐花鳳）

## 浣溪沙（按：此爲宋·何作善詞）

草草杯盤訪玉人，燈花呈喜坐添春。邀郎覓句要奇新。　　黛淺波嬌情脈脈，雲輕柳弱意真真。從今風月屬閒人。（卷一百六十四　徵兆門·符兆類·燭花詞）

## 臨江仙（按：此爲宋·洪邁詞）

綺席留歡歡正洽，高樓佳氣重重。釵頭小篆燭花紅。直須將喜事。來報主人公。　　桂月十分秋正半，廣寒宫殿葱葱。姮娥相對曲闌東。雲梯知不遠，平步揖天風。（卷一百六十四　徵兆門·符兆類·燭花詞）

## 黄金縷（按：上闋傳蘇小小鬼魂作，下闋傳秦覯續作。《全宋詞》歸司馬槱作）

妾本錢塘江上住，花落花開，不管流年度。燕子銜將春色去，紗窗幾陣黄梅雨。　斜插犀梳雲半吐，檀板輕敲，唱徹《黄金縷》。夢斷綵雲無覓處，夜凉明月生南浦。（卷一百六十五　徵兆門・夢徵類・夢遇蘇小）

# 《檐曝偶談》詞

（顧元慶撰　一卷　《説庫》據一九一五年文明書局本影印　浙江古籍出版社　一九八六）

## 未標牌名（按：此宋・曹豳《紅窗迥》詞）

春闈期近也，望帝鄉迢迢，猶在天際。懊恨這一雙脚底，一日厮趕上五六十里。　　争氣。扶持我去，博得官歸，恁時賞你。穿對朝靴，安排你在轎兒裏。更選弓樣鞋，夜間伴你。

# 《汴京勼異記》詞

（李濂撰　八卷　《硯雲乙編》本　上海申報館　一八七五）

## 未標牌名（按：此爲宋・陳瓘《滿庭芳》詞）

槁木形骸，浮雲身世，一年兩到京華。又還乘輿，閑看洛陽花。説什姚黄魏紫，春歸後終委泥沙。忘言處花開花謝，不似我生涯。　饑食困寢，是處爲家。這一輪明月，本是無瑕。隨分冬裘夏葛，都不分赤水黄芽。誰知道春風一拐，談笑有丹砂。（卷一　劉跛子）

## 望江南（三首）（按：此爲宋・陳與義《法駕導引》詞）

朝元路，同駕玉華君。千乘載花紅一色，人間遥指是祥雲。四望海光新。

東風起，海上百花摇。十八風鬟雲半動，飛花和雨夢輕綃。歸路碧迢迢。

簾漠漠，天澹一奩秋。自洗玉杯斟白醴，月華微映是空舟。歌罷海西流。（卷五　神異）

## 未標牌名（按：宋人傳爲上清蔡真人《望江南》詞）

闌干曲，紅颺繡簾旌。花嫩不禁纖手捻，被風吹去意還驚。眉黛蹙山青。　鏗鐵板，閒引步虚聲。塵世無人知此曲，却騎黄鶴上瓊京。風冷月華清。（卷五　神異）

# 《梅花渡異林》詞

（支允堅撰　十卷　《四庫全書存目叢書》據明崇禎刻本影印　齊魯書社　一九九六）

## 未標牌名（按：此爲宋・秦觀《好事近》詞）

春路雨添花，花動一山春色，行到小溪深處，有黄鸝千百。　飛雲當面化龍蛇，夭橋掛晴碧。醉臥古藤陰下，了不知南北。（卷十）

## 青玉案（按：此爲宋・賀鑄詞）

淩波不過横塘路，但目送，芳塵去。錦瑟年華誰與度？月樓花院，綺窗珠户，惟有春知處。　碧雲冉冉蘅皋暮，彩筆空題斷腸句。試問閒愁都幾許？一川煙草，滿城風絮，梅子黄時雨。（卷十）

## 錦堂春（按：此爲宋・司馬光詞）

紅日遲遲，虚廊轉影，槐陰迤邐西斜。彩筆工夫，難狀晚景煙霞。蝶尚不知春去，漫繞幽砌尋花。奈猛風過後，縱有殘紅，飛向誰家？　始知青鬢無價。歎飄零宦路，荏苒年華。今日笙歌叢裏，特地咨嗟。席上青衫濕透，算感舊、何止琵琶。怎不教人易老，多少離愁，散在天涯。（卷十）

# 《灼艾集》詞

（萬表選集　十卷　《續修四庫全書》據明萬曆萬邦孚刻本影印　上海古籍出版社　二〇〇一）

## 臨江仙（按：此爲宋・韓世忠詞）

冬日青山瀟灑静，春來山暖花濃。少年衰老與花同。世間名利客，富貴與貧窮。　　榮華不是長生藥，清閑不是死門風。勸君識取主人翁。單方只一味，盡在不言中。（卷一　齊東野語）

## 未標牌名・客中守歲詞（按：此爲宋・薛泳《青玉案》詞）

一盤宵夜江南果，吃果看書只清坐。罪過梅花料理我，一年心事，半生牢落，盡向今宵過。　　此身本是山中個，纔出山來便希差。手種青松應是大，縛茅深處，抱琴歸去，又是明年話。（續集卷一　深雪偶談）

## 沁園春（按：此爲明・劉基詞）

士生天地間，人孰不死，死節爲難。羡英偉奇才，世居淮甸，少年登第，拜命金鑾。面折奸貪，指揮風雨，人道先生鐵肺肝。平生事，扶危濟困，拯溺摧頑。　　清明要繼文山，使廉懦聞風膽亦寒。想孤城血戰，人皆效死，闔門抗節，誰不辛酸？寶劍埋光，星芒失色，露濕旌旗也不乾。如公者，黄金難鑄，白璧誰完。（續集卷一　蓉塘詩話）

## 卜算子（按：此爲宋・如晦詞）

有意送春歸，無計留春住。畢竟年年用着來，何似休歸去。　　目斷楚天遥，不見春歸路。風急桃花也似愁，點點飛紅雨。（新集上　西湖游覽志餘）

# 《西湖遊覽志餘》詞

（田汝成撰　二十五卷　影印文淵閣《四庫全書》本　臺北商務印書館　一九八三）

## 漁父（三首）（按：此爲宋・趙構詞）

薄晚煙林淡翠微，江邊秋月已明輝。縱遠柂，適天機，水底閑雲片段飛。

青草開時已過船，錦鱗躍處浪痕圓。竹葉酒，柳花氈，有意沙鷗伴我眠。

水涵微雨湛虚明，小笠輕蓑未要晴。明鑒裏，縠紋生，白鷺飛來空外聲。（卷二　帝王都會）

## 風入松（按：此爲宋・俞國寶詞）

一春長費買花錢，日日醉湖邊。玉驄慣識西湖路，驕嘶過、沽酒樓前。紅杏香中歌舞，緑楊影裏秋千。　　暖風十里麗人天，花壓鬢雲偏。畫船載取春歸去，餘情付、湖水湖煙。明日重扶殘醉，來尋陌上花鈿。（卷三　偏安佚豫）

## 阮郎歸（按：此爲宋・曾覿詞，或謂宋・趙構詞）

柳陰庭院占風光，呢喃清晝長。碧波新漲小池塘，雙雙蹴水忙。　　萍散漫，絮飛颺，輕盈體態狂。爲憐流水落紅香，銜將歸畫梁。（卷三　偏安佚豫）

## 柳梢青（按：此爲宋・張掄詞）

柳色初濃，餘寒似水，纖雨如塵。一陣東風，縠紋微皺，碧波粼粼。　　仙

娥花月精神，奏鳳管鸞簫鬥新。萬歲聲中，九霞杯内，長醉芳春。（卷三　偏安佚豫）

## 柳梢青（按：此爲宋・曾覿詞）

桃靨紅勻，梨腮粉薄，鴛徑無塵。鳳閣淩虚，龍池澄碧，芳意鱗鱗。　清時酒聖花神。看内苑、風光又新。一部仙韶，九重鸞仗，天上長春。（卷三　偏安佚豫）

## 臨江仙（按：此爲宋・張掄詞）

聞道彤庭森寶仗，霜風逐雨驅雲。六龍扶輦下青冥。香隨鑾扇遠，日映赭袍明。　簾捲天街人頂戴，滿城喜氣氤氲。等閒散作八荒春。只知天意好，昨夜月華新。（卷三　偏安佚豫）

## 壺中天（按：此爲宋・張掄詞）

洞天深處賞嬌紅，輕玉高張雲幕。國豔天香相競秀，瓊苑風光如昨。露洗妖妍，風傳馥鬱，雲雨巫山約。春光濃如酒，五雲臺榭樓閣。　聖代道治功成，一塵不動，四境無鳴柝。屢有豐年天助順，基業增隆山嶽。兩世明君，千秋萬歲，永享昇平樂。東堂呈瑞，更無一片花落。（卷三　偏安佚豫）

## 未標牌名（按：此爲宋・吴琚《水龍吟》詞）

紫皇高宴仙臺，雙成戲擊璚苞碎。何人爲把，銀河水翦，甲兵都洗。玉樣乾坤，八荒同色，了無塵翳。喜冰消大液，暖融鳷鵲。端門曉，班初退。　聖主憂民深意，轉鴻鈞滿天和氣。太平有象，三宫二聖，萬年千歲。雙玉杯深，五雲樓迥，不妨頻醉。看來不是，飛花片片，是豐年瑞。（卷三　偏安佚豫）

## 壺中天（按：此爲宋・曾覿詞）

素飆颺碧，看天衢，穩送一輪明月。翠水瀛壺人不到，比似世間秋别。玉手瑶笙，一時同色，小按霓裳疊。天津橋上，有人偷記新闋。　當日誰幻銀橋，阿瞞兒戲，一笑成癡絶。肯信群仙高宴處，移下水晶宫闕。雲海塵

清，山河影滿，桂冷吹香雪。何勞玉斧，金甌千古無缺。（卷三　偏安佚豫）

## 酹江月（按：此爲宋・吴琚詞）

玉虹遥掛，望青山隱隱如一抹。忽覺天風吹海立，好似春霆初發。白馬淩空，瓊鼇駕水，日夜朝天闕。飛龍舞鳳，鬱葱環拱吴越。　此景天下應無，東南形勝，偉觀真奇絶。好是吴兒飛彩幟，蹴起一江秋雪。黄屋天臨，水犀雲擁，看擊中流楫。晚來波静，海門飛上明月。（卷三　偏安佚豫）

## 喜遷鶯（按：原文謂宋・胡浩然作，《全宋詞》據《草堂詩餘》歸史浩作）

譙門殘月。聽畫角曉寒，梅花吹徹。瑞日祥雲，和風解凍，青帝乍臨東闕。暖向土牛簫鼓，天路珠簾高揭。最好是，戴彩幡春勝，披頭雙結。　奇絶。開宴處，珠履玳簪，俎豆争羅列。舞袖翩躚，歌聲縹緲，壓倒柳腰鶯舌。勸我應時納祜，還把金爐香爇。願歲歲，這一卮春酒，長陪佳節。（卷三　偏安佚豫）

## 玉樓春（按：此爲宋・吴文英詞）

茸茸狸帽遮梅額，金蟬羅剪胡衫窄。肩輿争看小腰身，倦態强隨閑鼓笛。　問稱家在城東陌，欲買千金應不惜。歸來困頓殢春眠，猶夢婆娑斜趁拍。（卷三　偏安佚豫）

## 瑞鶴仙（按：此爲宋・康與之詞）

瑞煙浮禁苑。正絳闕春回，新正方半。冰輪桂花滿。　溢花衢歌市，芙蓉開遍。龍樓兩觀。見銀燭、星球有爛。捲珠簾、盡日笙歌，盛集寶釵金釧。　堪羨。綺羅叢裏，蘭麝香中，正宜遊玩。風柔夜暖。花影亂，笑聲喧。　鬧蛾兒滿路，成團打隊，簇著冠兒鬥轉。喜皇都、舊日風光，太平再見。（卷三　偏安佚豫）

## 喜遷鶯（按：此爲宋・黄裳詞，原文誤爲吴子和詞）

梅霖初歇。正絳色海榴，争開佳節。角黍包金，香蒲切玉，是處玳筵羅列。鬥巧盡輸年少，玉腕彩絲雙結。艤畫舫，看龍舟兩兩，波心齊發。奇絶。難畫處，激起浪花，翻作湖間雪。畫鼓轟雷，紅旗掣電，奪罷錦標方徹。望中水天日暮，猶自珠簾高揭。歸棹晚，載荷花十里，一鈎新月。（卷三　偏安佚豫）

## 一枝春（按：此爲宋·楊纘詞）

竹爆驚春，競喧闐、夜起千門簫鼓。流蘇帳暖，翠鼎緩騰香霧。停杯未舉。奈剛要、送年新句。應自賞、歌清字圓，未誇上林鶯語。　從他歲窮日暮。縱閒愁、怎減劉郎風度？屠蘇辦了，迤邐柳忻梅妒。宫壺未曉，早驕馬、繡車盈路。還又把、月夕花朝，自今細數。（卷三　偏安佚豫）

## 未標牌名（按：此爲宋·蔡京《西江月》詞）

八十一年住世，四千里外無家。如今流落向天涯，夢到瑶池闕下。　玉殿五回命相，彤庭幾度宣麻。止因貪此戀榮華，便有如今事也。（卷四　佞倖盤荒）

## 糖多令（此爲宋·無名氏詞）

天上謫星班，青牛度谷關。幻出蓬萊新院宇，花外竹，竹邊山。　軒冕儻來間，人生閑最難。算真閑不到人間。一半神仙光占取，留一半，與公閑。（卷五　佞倖盤荒）

## 沁園春（此爲宋·無名氏詞）

道過江南，泥牆粉壁，右具在前。述何縣何鄉里，住何人地，佃何人田？氣象蕭條，生靈憔悴，經界從來未必然。惟何甚，爲官爲己，不把人憐？　思量幾許山川，況土地分張又百年。西蜀巉巖，雲迷鳥道；兩淮清野，日警狼煙。宰相弄權，奸人罔上，誰念干戈未息肩？掌大地，何須經理，萬取千焉。（卷五　佞倖盤荒）

## 百字令·詠雪（按：原文謂宋·文及翁詞，或謂宋·陳郁詞）

没巴没鼻，煞時間、做出漫天漫地。不問高低並上下，平白都教一例。

鼓弄滕六，招邀巽二，只恁施威勢。識他不破，至今道是祥瑞。　最苦是、鵝鴨池邊，三更半夜，誤了吴元濟。東郭先生都不管，挨上門兒穩睡。一夜東風，三竿紅日，萬事隨流水。東皇笑道：山河原是我的。（卷五　佞倖盤荒）

## 沁園春（按：此爲宋・無名氏詞）

國步多艱，民心靡定，誠吾隱憂。歎浙民轉徙，怨寒嗟暑，荆襄死守，閲歲經秋。虜未易支，人將相食，識者深爲社稷羞。當今亟出陳大諫，箸借留侯。　迂闊爲謀，天下士如何可籍收？況君能堯舜，臣皆稷契，世逢湯武，業比伊周。政不必新，貫仍宜舊。莫與秀才做盡休。吾元老，廣四門賢路，一柱中流。（卷五　佞倖盤荒）

## 沁園春（按：此爲南宋度宗時太學生蕭某所作）

士籍令行，伯仲分明，逐一排連。問子孫何習，父兄何業，明經詞賦，右具如前。最是中間，娶妻某氏，試問于妻何與焉。鄉保舉，那當著押，開口論錢。　祖宗立法於前，又何必更張萬萬千。算行關改會，限田放糴，生民凋瘵，膏血既朘。只有士心，僅存一脈，今又艱難最可憐。誰作俑，陳堅伯大，附勢專權。（卷五　佞倖盤荒）

## 寶鼎詞（按：此爲宋・陳合詞）

神鼇誰斷？幾千年再，乾坤初造。算當日，枰棋如許，争一著，吾其衽左。談笑頃，又十年生聚，處處豳風葵棗。江如鏡，楚氛餘幾？猛聽甘泉捷報。天衣細意從頭補，爛山龍華蟲黼藻。宫漏永，千門魚鑰，截斷紅塵飛不到。　六街九軌，看千貂避路，庭院五侯深鎖。好一部，太平六典，一一周公手做。赤舄繡裳，消得道、斑爛衣好。盡龍眉鶴髮，天上千秋難老。甲子平頭才一過，未説汾陽考。看金盤、露滴瑶池，龍尾放班回早。（卷五　佞倖盤荒）

## 木蘭花慢（按：此爲宋・廖瑩中詞）

請諸君著眼，來看我，福華編。記江上秋風，鯨嫠漲雪，雁徼迷煙。一時幾多人物，只我公隻手護山川。争睹階符瑞象，又扶紅日中天。 因懷下走奉櫜鞬，磨盾夜無眠。知重開宇宙，活人萬萬，合壽千千。鳧鷖太平世也，要東還赴上是何年？消得清時鐘鼓，不妨平地神仙。（卷五 佞倖盤荒）

## 甘州歌（此爲宋·陸叡詞）

滿清平世界，慶秋成，看看斗米三錢。論從來，活國論功第一，無過豐年。辦得閒民一飽，餘事笑談間。若問平戎策，微妙難傳。 玉帝要留公住，把西湖一曲，分入林園。有茶爐丹竈，更有釣魚船。覺秋風、未曾吹著，但砌蘭、長倚北堂萱。千千歲，上天將相，平地神仙。（卷五 佞倖盤荒）

## 陂塘柳（按：此爲宋·趙從橐詞）

指庭前，翠雲金雨，霏霏香滿仙宇。一清透徹渾無底，秋水也無流處。君試數，此樣襟懷，頓得乾坤住。閒情半許，聽萬物氤氳，從來形色，每向静中覷。 琪花路。相接西池壽母，年年弦月時序。荷衣菊佩尋常事，分付兩山容與。天證取，此老平生，可向青天語。瑶巵緩舉，要見我何心，西湖萬頃，來去自鷗鷺。（卷五 佞倖盤荒）

## 聲聲慢（按：此爲宋·郭居安詞）

捷書連晝，甘雨灑通宵，新來喜沁堯眉。許大擔當，人間佛力須彌。年年八月八日，長記他、三月三時。平生事，想祇和天語，不遣人知。 一片閒心鶴外，被乾坤繫定，虹玉腰圍。閶闔雲邊，西風萬籟吹齊。歸舟更歸何處，是天教、家在蘇堤。千千歲，比周公、多個彩衣。（卷五 佞倖盤荒）

## 念奴嬌（按：此爲宋德祐太學褚生詞）

半堤花雨，對芳辰、消遣無奈情緒。春色尚堪描畫在，萬紫千紅塵土。鵑促歸期，鶯收佞舌，燕作留人語。繞欄紅藥，韶華留此孤主。 真個恨殺東風，幾番過了，不似今番苦。樂事賞心磨滅盡，忽見飛書傳羽。湖水湖煙，峰南峰北，總是堪傷處。新塘楊柳，小腰猶自歌舞。（卷六 板蕩淒涼）

## 祝英臺近(按:此爲宋德祐太學生褚生詞)

倚危欄,斜日暮。驀驀甚情緒?稚柳嬌黄,全未禁風雨。春江萬里雲濤,扁舟飛渡。那更聽,塞鴻無數。　歎離阻。有恨落天涯,誰念孤旅。滿目風塵,冉冉如飛霧。是何人惹愁來,那人何處。怎知道、愁來不去?(卷六　板蕩淒凉)

## 滿江紅(按:此爲宋·王清惠詞,或謂宋·張瓊瑛詞,文字略有異同)

太液芙蓉,渾不似,舊時顔色。曾記得,恩承雨露,玉樓金闕。名播蘭簪妃后裏,暈潮蓮臉君王側。忽一朝鼙鼓揭天來,繁華歇。　龍虎散,風雲滅。千古恨,憑誰説。對山河百二,淚沾襟血。驛館夜驚塵土夢,宫車曉碾關山月。願嫦娥相顧肯從容,隨圓缺。(卷六　板蕩淒凉)

## 滿江紅(按:此爲宋·文天祥詞)

試問琵琶,胡沙外,怎生風色?最苦是,姚黄一朵,移根仙闕。王母歡闌瓊宴罷,仙人淚滿金盤側。聽行宫半夜雨淋鈴,聲聲歇。　彩雲散,香塵滅。銅駝恨,那堪説?想男兒慷慨,嚼穿齦血。回首昭陽離落日,傷心銅雀迎新月。算妾身,不願似天家,金甌缺。(卷六　板蕩淒凉)

## 滿江紅(按:此爲宋·文天祥詞)

燕子樓中,又捱過,幾番秋色。相思處,青年如夢,乘鸞仙闕。肌玉暗銷衣帶緩,淚珠斜透花鈿側。最無端蕉影上窗紗,青燈歇。　曲池合,高臺滅。人間事,何堪説?向南陽阡上,滿襟清血。世態便如翻覆雨,妾身元是分明月。笑樂昌,一段好風流,菱花缺。(卷六　板蕩淒凉)

## 滿庭芳(按:此爲宋·徐君寶妻張氏詞)

漢上繁華,江南人物,尚遺宣政風流。緑窗朱户,十里爛銀鉤。一旦刀兵齊舉,旌旗擁、百萬貔貅。長驅入,歌樓舞榭,風卷落花愁。　清平三百載,典章人物,掃地都休。幸此身未北,猶客南州。破鑑徐郎何在?空惆

悵、相見無由。從今後，斷魂千里，夜夜岳陽樓。（卷六　板蕩淒凉）

## 鴨頭緑（按：此爲元・傅按察詞）

静中看，記昔日淮山隱隱，宛若虎踞龍盤。下樊襄，指揮湘漢，鞭雲騎，圍繞江干。勢不成三，時當混一，過唐之數不爲難。陳橋驛，孤兒寡婦，久假當還。　　掛征帆，龍舟催發，紫宸初卷朝班。禁庭空，土花暈碧，輦路悄，訶喝聲乾。縱餘得西湖風景，花柳亦凋殘。去國三千，遊仙一夢，依然天淡夕陽閑。昨宵也，一輪明月，還照臨安。（卷六　板蕩淒凉）

## 臨江仙（按：此爲宋・韓世忠詞）

冬日青山瀟灑静，春來山暖花濃。少年衰老與花同。世間名利客，富貴與貧窮。　　榮華不是長生樂[藥]，清閒不是死門風。勸君識取主人公。單方只一味，盡在不言中。（卷七　賢達高風）

## 南鄉子（按：此爲宋・韓世忠詞）

人有幾多般？富貴榮華總是閒。自古英雄都是夢。爲官，寶玉妻兒宿業纏。　　年事已衰殘，鬢鬢蒼蒼骨髓乾。不道山林多好處，貪歡。只恐癡迷悮了賢。（卷七　賢達高風）

## 行香子（按：此爲宋・蘇軾詞）

攜手江村，梅雪飄裙。情何限，處處銷魂。故人不見，舊曲重聞。向望湖樓，孤山寺，湧金門。　　尋常處，題詩千首，綉羅衫，與拂紅塵。别來相憶，知是何人？有湖中月，江邊柳，隴頭雲。（卷十　才情雅致）

## 望海潮（按：此爲宋・柳永詞）

東南形勝，三吴都會，錢唐自古繁華。煙柳畫橋，風簾翠幙，參差十萬人家。雲樹繞隄沙，怒濤卷霜雪，天塹無涯。市列珠璣，户盈羅綺，競豪奢。　　重湖疊巘清佳。有三秋桂子，十里荷花。羌管弄晴，菱歌泛夜，嬉嬉釣叟蓮娃。千騎擁高牙，乘醉聽歌鼓，吟賞煙霞。異日圖將好景，歸去鳳

池誇。（卷十　才情雅致）

## 憶江南（按：此爲唐·白居易詞）

江南憶，最憶是杭州。山寺月中尋桂子，郡亭枕上看潮頭，何日更重遊？（卷十　才情雅致）

## 沁園春（按：此爲宋·劉過詞，多有改動）

斗酒彘肩，醉渡浙江，豈不快哉！被香山居士，約林和靖，與蘇公等，駕勒吾回。坡謂西湖，正如西子，濃抹淡妝臨照臺。諸人者，都掉頭不顧，只管傳杯。　　白云天竺去來，圖畫裏、崢嶸樓觀開。看縱横一澗，東西水遶，兩山南北，高下雲堆。逋曰不然，暗香疏影，只可孤山先探梅。蓬萊閣，訪稼軒未晚，且此徘徊。（卷十　才情雅致）

## 酹江月·遊湖（按：此爲宋·辛棄疾詞，略有改動）

西風吹雨戰新荷，聲亂明珠蒼璧。誰把香奩收寶鏡？雲錦周遭紅碧。飛鳥翻空，游魚吹浪，慣聽笙歌席。座中豪氣，看君一飲千石。　　遥想處士風流，鶴隨人去，已作飛仙客。茅舍竹籬今在否？松竹已非疇昔。欲看當年，望湖樓下，水與雲寬窄。醉中休問，斷腸桃葉消息。（卷十　才情雅致）

## 賀新郎（按：此爲宋·劉過詞，略有改動）

睡覺啼鶯曉，醉西湖，兩峰日日，買花簪帽。去盡酒徒無人問，惟有玉山自倒。任拍手兒童争笑。一騎乘風翩然去，避魚龍，不見波聲悄。歌韻遠，唤蘇小。　　神仙路近蓬萊島，紫雲深處，參差禁樹煙花遶。人世紅塵西嶂日，百計不如歸好。付樂事，與他年少。費盡柳金梨雪句，問沉香亭北何時召？心未愜，鬢先老。（卷十　才情雅致）

## 摸魚兒（按：此爲宋·辛棄疾詞）

更能消、幾番風雨，匆匆春又歸去。惜花長恨花開早，何況亂紅無數。春且住。見説道，天涯芳草迷歸路。怨春不語，算只有殷勤，畫檐蛛網，盡日惹飛絮。　　長門事，准擬佳期又誤。蛾眉曾有人妒。千金縱買相如賦，脈脈此情難訴？君莫舞。君不見，玉環飛燕皆塵土，閒愁最苦。休去倚危欄，斜陽正在，煙柳斷腸處。（卷十　才情雅致）

## 喜遷鶯（按：此爲宋・康與之詞）

臘殘春早，正簾幙護寒，樓臺清曉。寶運當千，佳辰餘五，嵩嶽誕生元老。帝遣阜安宗社，人仰雍容廊廟。盡總道，是文章孔孟，勲庸周召。　　師表。方春遇，魚水君臣，須信從年少。玉帶金魚，朱顔緑鬢，占斷世間榮耀。篆刻鼎彝將遍，整頓乾坤都了。願歲歲，見柳梢青淺，梅英紅小。（卷十　才情雅致）

## 長相思・西湖（按：此爲宋・康與之詞）

南高峰，北高峰，一片湖光煙靄中。春來愁殺儂。　　郎意濃，妾意濃，油壁車輕郎馬驄，相逢九里松。（卷十　才情雅致）

## 長相思（按：此爲宋・林逋詞）

吴山青，越山青，兩岸青山相送迎。誰知離別情？　　君淚盈，妾淚盈，羅帶同心結未成。江頭潮已平。（卷十　才情雅致）

## 木蘭花慢（按：此爲元・梁曾詞）

問花花不語，爲誰落，爲誰開？算春色三分，半隨流水，半入塵埃。人生能幾歡笑？但相逢，樽酒莫相推。千古幕天席地，一春翠繞珠圍。　　彩雲回首暗高臺，煙樹渺吟懷。拚一醉留春，留春不住，醉裏春歸。西樓半簾斜日，怪銜春燕子卻飛來。一枕青樓好夢，又教風雨驚回。（卷十一　才情雅致）

## 沁園春（按：此爲明・瞿佑詞，或謂孫宗吉詞，有改動）

一掬嬌春，弓樣新裁，蓮步未移。笑書生量窄，愛渠儘小，主人情重，酌我休遲。醖釀朝雲，斟量暮雨，能使麯生風味奇。何須去，向花塵留蹟，月地偷期。　　風流到處偏宜，便豪吸雄吞不用辭。任淩波南浦，惟誇羅襪，

賞花上苑，祇勸金卮。羅帕高擎，銀瓶低注，絶勝翠裙深掩時。華筵散，奈此心先醉，此恨誰知？（卷十一　才情雅致）

## 卜算子（二首）（按：此爲明・聶大年詞）

楊柳小蠻腰，慣逐東風舞。學得琵琶出教坊，不是商人婦。　忙整玉搔頭，春筍纖纖露。老卻江南杜牧之，懶爲秋娘賦。

粉淚濕鮫綃，只怨郎情薄。夢到巫山第幾峰？酒醒燈花落。　數日尚春寒，未把羅衣著。眉黛含顰爲阿誰？但悔從前錯。（卷十一　才情雅致）

## 卜算子（二首）（按：此爲明・馬洪詞）

歌得雪兒歌，舞得霓裳舞。料想前身跨鳳仙，合作蕭郎婦。　顔色雪中梅，淚點花梢露。雲雨巫山十二峰，未數高唐賦。

花壓鬟雲低，風透羅衫薄。殘夢瞢騰下翠樓，不覺金釵落。　幾許别離愁，猶自思量著。欲寄蕭郎一紙書，又怕歸鴻錯。（卷十一　才情雅致）

## 意難忘（按：此爲宋・周邦彦詞）

衣染鶯黄，愛停歌駐拍，勸酒持觴。低鬟蟬影動，私語口脂香。檐露滴，竹風凉。拌劇飲淋浪。夜漸深，籠燈就月，仔細端詳。　知音見説無雙，解移宫换羽，未怕周郎。長顰知有恨，貪耍不成妝。些個事，惱人腸。試説與何妨。又恐伊，尋消問息，瘦減容光。（卷十二　才情雅致）

## 瑞鶴仙（按：此爲宋・周邦彦詞）

悄郊原帶郭，行路永，客去車塵漠漠。斜陽映山落，斂餘紅，猶戀孤城闌角。淩波步弱，過短亭，何用素約？有流鶯勸我，重解繡鞍，緩引春酌。　不記歸時蚤暮，上馬誰扶？醒眠朱閣。驚飆動幕，猶殘醉，遶紅藥。嘆西園，已是花深無地，東風何事又惡？任流光過卻，歸來洞天自樂。（卷十二　才情雅致）

## 漁家傲（按：此爲元・凌雲翰詞）

采芝步入南山道，山深宛似蓬萊島。聞説村居詩思好，還被惱，蒼苔滿

地無人掃。　　載酒亭前松合抱,客來便許同傾倒。玉兔已將靈藥搗,秋意早,月華長似人難老。(卷十二　才情雅致)

## 漁家傲(按:此爲元·楊復初詞)

當時承望求仙道,那知薄命如郊島。留得殘生猶自好,多懊惱,塵緣俗慮何時掃?　　子已成童無用抱,醉眠任使和衣倒。今歲砧聲秋未搗,凉風早,看來只恐中年老。(卷十二　才情雅致)

## 漁家傲(按:此爲明·瞿佑詞)

喜來不涉邯鄲道,愁來不竄沙門島。惟有村居閒最好,無事惱,苔階竹徑頻頻掃。　　有酒可斟琴可抱,長年擬看三松倒。臼内靈砂親自搗,歸隱早,朝廷未放玄真老。(卷十二　才情雅致)

## 無俗念(按:此爲元·凌雲翰詞)

等閒屈指,算今來古往,誰爲英傑?耳目聰明天賦予,怎肯虚生虚滅?去燕來鴻,飛烏走兔,世事何時歇?風波境界,大川不用頻涉。　　空踏遍,萬户千門,五湖四海,一樣中秋月。正面相看君記取,全體本來無缺。空裏非空,夢中真夢,莫向癡人説。須騎鶴,夜深朝禮金闕。(卷十二　才情雅致)

## 蝶戀花(按:此爲元·凌雲翰詞)

一色杏花三百樹,茅屋無多,更在花深住。旋壓小槽留客醉,舉杯忽聽黄鸝語。　　醉眠看花花亦舞,風妒殘紅,飛過隣牆去。恰似牧童遥指處,清明時節紛紛雨。(卷十二　才情雅致)

## 望江南(五首)(按:此爲明·瞿佑詞)

元宵景,野燒照山明。風陣摩天將夜半,斗杓插地過初更。燈火憶杭城。

元宵景,巷陌少人行。舍北孤兒偎冷炕,牆東嫠婦哭寒檠。士女憶杭城。

元宵景，刁斗擊殘更。數點夕烽明遠戍，幾聲寒角響空營。歌舞憶杭城。

元宵景，默坐自傷情。破竈三杯黄米酒，寒窗一盞濁油燈。宴賞憶杭城。

元宵景，淡月伴疏星。戍卒抱關敲木柝，歌童穿市唱金經。簫鼓憶杭城。（卷十二　才情雅致）

## 滿庭芳（按：此爲明・瞿佑詞）

露葦催黄，煙蒲駐緑，水光山色相連。紅衣落盡，辜負採蓮船。點檢六橋楊柳，但幾個抱葉殘蟬。秋容晚，雲寒雁背，風冷鷺鷥肩。　　華筵容易散。愁添酒量，病減詩顛。況情懷冲澹，漸入中年。掃退舞裙歌扇盡，付與一枕高眠。清閒好，脱巾露髮，仰面看青天。（卷十二　才情雅致）

## 望江南（四首）（按：此爲明・瞿佑詞）

西湖景，春日最宜晴。花底管絃公子宴，水邊羅綺麗人行，十里按歌聲。

西湖景，夏日正堪遊。金勒馬嘶垂柳岸，紅妝人泛採蓮舟，驚起水中鷗。

西湖景，秋日更宜觀。桂子岡巒金粟富，芙蓉洲渚綵雲閒，爽氣滿山前。

西湖景，冬日轉清奇。賞雪樓臺評酒價，觀梅園圃訂春期，共醉太平時。（卷十二　才情雅致）

## 畫堂春（按：此爲明・馬洪詞）

蕭條書劍困埃塵，十年多少悲辛？松生寒澗背陽春，勉强精神。　　且可逢場作戲，寧須對客言貧。後來知我豈無人？莫漫沾巾。（卷十二　才情雅致）

## 未標牌名(按:此爲明·馬洪《多麗》詞)

剪蒿萊,曾將雙翠親裁。旋添成園林佳勝,依稀嶰谷徂徠。鳳飛過,文章燦爛,蛟騰攫,鱗甲毰毸。剉節題詩,收花釀酒,鬚粘香粉袖粘苔。無人識,棟梁之具,管籥[樂]之才。　　蔭亭臺,盡多風月,清無半點塵埃。竿期截,六鼇連舉,巢堪托,孤鶴時來。色瑩琅玕,脂凝琥珀,笑他門柳與庭槐。蕭郎去,畢宏已老,誰富寫生才?君看取,歲寒三友,只欠梅開。(卷十三　才情雅致)

## 江城引·題梅花(按:此爲明·馬洪詞)

雪晴閒覽瘦笻扶,過西湖,訪林逋。湖上天寒,草樹盡凋枯。忽見瓊葩光照眼,仙格調,玉肌膚。　　夜空雲静月輪孤,巧相摹,海濤圖。時聽枝頭,啁哳翠禽呼。縱有明珠三百琲,知似得,此花無?(卷十三　才情雅致)

## 昭君怨·題許東溟小景(按:此爲明·馬洪詞)

路遠危峰斜照,瘦馬塵衣風帽。此去向蕭關,向長安?　　便坐紫薇花底,只似黄粱夢裏。三徑易生苔,早歸來。(卷十三　才情雅致)

## 南鄉子·西湖十景(按:此爲明·馬洪詞)

### 蘇堤春曉

煙樹帶鶯啼,催得紗窗月漸低。金鎖嚴城門四扇,開齊。縹緲樓臺影尚迷。　　已有玉驄嘶,花露香塵踏作泥。可是尋芳人起早,相攜。占斷風流向此堤。

### 平湖秋月

月似白蓮浮,水似璠田緑汞流。閒憶何時曾勝賞?中秋。一瓣芙蓉是彩舟。　　風露冷颼颼,水月仙人跨玉虬。笑道西湖元有對,瀛洲。卻在蓬萊欲盡頭。

### 花港觀魚

小港傍湖潯,花影中間戲錦鱗。漁識放生池有禁,收綸。水暖蘋香十里春。　　花憶上龍門,猶隔千山與萬津。好向碧波深處去,藏身。無數花前憶鱠人。

### 柳浪聞鶯

翠浪湧層層，千樹垂楊颭曉晴。兩個黄鸝偏得意，和鳴。疑奏鸞簫與鳳笙。　　金彈莫相驚，正是蘭舟送客行。似惜春光如畫裏，閒情。欲别頻啼四五聲。

### 三潭印月

潭水碧涵天，冷浸中宵皓月圓。寫出嫦娥真面目，嬋娟。絶勝瑶臺跨鳳仙。　　潭底是龍淵，翠户珠宫玉作田。神物也躭良夜景，蜿蜒。抱得明珠喜不眠。

### 兩峰插雲

萬仞碧崚嶒，華蓋陽明比未能。名作擎天雙玉柱，相應。絶頂三更見日升。　　聞説住山僧，上界仙人唤得應。待我秋清遊興動，須登。試到青雲第一層。

### 南屏曉鐘

金磬罷泠泠，風裊鯨音出翠屏。柳外高樓花底户，窗扃。卻似楓橋半夜聽。　　僧已了殘經，香斷薰爐月滿庭。百八寶珠閒掐遍，聲停。老鶴松間夢已醒。

### 雷峰夕照

高塔聳層層，斜日明時景倍增。常是遊湖船攏岸，尋登。看遍千峰紫翠凝。　　暮色滿觚棱，留照溪邊掃葉僧。鴉背分金猶未了，生憎。幾處人家又上燈。

### 麯院風荷

麯院水風凉，萬柄高荷掩鏡光。露挹翠盤何所似？瓊漿。瀉下波心水亦香。　　花底浴鴛鴦，五月西湖錦繡鄉。畫舫採蓮誰氏女？紅妝。唱得歌聲最惱腸。

### 斷橋殘雪

雪覆畫闌橋，銀背鯨鯢不動摇。題柱相如閒袖手，無憀。錯認梅花昨夜飄。　　步步踏瓊瑶，猶勝山僧立到腰。紅日漸高風漸暖，旋消。添作春波送畫橈。（卷十三　才情雅致）

## 虞美人・湖上(按:此爲明・馬洪詞)

草芽柔輭花嬌婉,日淡香風暖。西湖無處不風流,何況松間蕭寺柳邊樓。　六橋東畔孤山路,小小淩波步。翠裙深掩鳳頭鞋,臨到登舟雙手按金釵。(卷十三　才情雅致)

## 小重山(按:此爲明・馬洪詞)

新水溶溶拍畫橋。橋邊千樹柳,緑絲飄。杏花香艷海棠嬌。知人悶,春意故相撩。　湖裏木蘭橈,湖堤芳草軟,玉驄驕。酒旗撩亂鬧花招。愁多少,來向此中消。(卷十三　才情雅致)

## 少年遊(按:此爲明・馬洪詞)

弄粉調脂,梳雲掠月,次第曉妝成。鸚鵡籠邊,鞦韆牆裏,半晌不聞聲。　元來卻在瑶階下,獨自踏花行。笑摘朱櫻,微揎翠袖,枝上打流鶯。(卷十三　才情雅致)

## 行香子(按:此爲明・馬洪詞)

紅遍櫻桃,緑暗芭蕉。瑣窗深,春思無聊。雙飛燕懶,百囀鶯嬌。正漏聲遲,簾影静,篆香飄。　惜月前宵,病酒今朝,有誰知臂玉微銷?封題錦字,寄與蘭翹。恨樹重重,雲渺渺,水迢迢。(卷十三　才情雅致)

## 生查子・春夜(按:此爲明・馬洪詞)

燒罷夜香時,獨立簾兒下。真個可憐宵,一刻千金價。　啼痕不記行,暗滿鮫綃帕。蝶宿牡丹叢,月轉鞦韆架。(卷十三　才情雅致)

## 海棠春・春日(按:此爲明・馬洪詞)

越羅衣薄輕寒透,正畫閣風簾飄繡。無語小鶯慵,有恨垂楊瘦。　桃花人面應依舊,憶那日擎槳時候。添得暮愁牽,只爲秋波溜。(卷十三　才情雅致)

## 鳳凰臺上憶吹簫(按:此爲明·馬洪詞)

淡淡秋容,澄澄夜景,娟娟月掛梧桐。愛簫聲縹緲,簾影玲瓏。彩鳳銜書未至,玉宇净,香霧空濛。凉如水,翠苔凝露,琪樹吟風。　　匆匆,年華暗换,嗟舊歡成夢。芳鬢飛蓬。想清江泛鷁,紫陌遊驄。應念佳期虚負,瞻素彩,感慨相同。凝情久,誰家搗衣? 砧杵丁東。(卷十三　才情雅致)

## 青玉案(按:此爲明·馬洪詞)

平川渺渺花無數,明鏡裏,孤舟度。花下美人和笑顧。問郎莫似,乞漿崔護。别久來何暮?　　盈盈羅襪淩波步,眉月連娟鬢如霧。人世光陰花上露。勸郎休去,再來須誤。個是桃源路。(卷十三　才情雅致)

## 鵲橋仙·中秋(按:此爲明·馬洪詞)

不寒不暑,無風無雨,秋色平分佳節。桂花香散夜凉生,小樓上,簾兒高揭。　　多愁多病,閒憂閒悶,玉鬢紛紛成雪。平生不作負恩人,惟負了,今宵明月。(卷十三　才情雅致)

## 金菊對芙蓉(九日)(按:此爲明·馬洪詞)

過雁行低,鳴蛩韻急,紛紛葉下亭皋。向霜庭看菊,颶館題糕。依然賓主東南美,勝龍山迢遞登高。繡屏孔雀,金橙螃蟹,銀甕葡萄。　　痛飲鯨卷波濤,笑百年春夢,萬事秋毫。問臺前戲馬,海上連鼇。當時二子今安在? 乾坤大,容我粗豪。四絃裂帛,雙鬟舞雪,左手持螯。(卷十三　才情雅致)

## 東風第一枝·梅花(按:此爲明·馬洪詞)

餌玉餐香,夢雲情月,花中無此清瑩。儼然姑射仙人,華珮明璫新整。五銖衣薄,應怯瑶臺淒冷。自驂鸞來下,人間幾度? 雪深煙暝。　　孤絶處,江波流影;顦顇也,春風銷粉。相思千種閒愁,聲聲翠禽啼醒。西湖東閣,休説當時風景。但留取,一點芳心,他日調羹金鼎。(卷十三　才情雅致)

## 滿庭芳·落花(按:此爲明·馬洪詞)

春老園林,雨餘庭院,偏惹蝶駭鶯猜。蔫紅皺白,狼藉滿蒼苔。正是愁腸欲斷,朱箔外,點點飄來。分明似,身輕飛燕,扶下避風臺。　當初珍重意,金錢競買,玉砌新栽。更翠屏遮護,羯鼓催開。誰道天機繡錦,都化作紫陌塵埃?紗窗裏,有人憐惜,無語托香腮。(卷十三　才情雅致)

## 訴衷情·詠西湖(按:此爲宋·仲殊詞)

湧金門外小瀛洲,寒食更風流。紅船滿湖歌吹,花外有高樓。　晴日暖,淡煙浮,恣嬉遊。三千粉黛,十二闌干,一片雲頭。(卷十四　方外玄蹤)

## 念奴嬌·詠荷花(按:此爲宋·仲殊詞)

水楓葉下,乍湖光清淺,凉生商素。西帝宸遊羅翠蓋,擁出三千宫女。絳綵嬌春,鉛華掩晝,占斷鴛鴦浦。歌聲摇曳,浣紗人在何處?　别岸孤裊一枝,廣寒宫殿冷,寒棲愁苦,雪艷冰肌。羞淡泊,偷把胭脂勻注。媚臉籠霞,芳心泣露,不肯爲雲雨。金波影裏,爲誰長恁凝竚?(卷十四　方外玄蹤)

## 念奴嬌·詠夏景(按:此爲宋·仲殊詞)

故園避暑,愛繁陰蔽日,流霞供酌。竹影篩金泉潄玉,紅映薇花簾幙。素質生風,香肌無汗,繡扇長閒卻。雙鸞棲處,緑筠時下風籜。　吹斷舞影歌聲,陽臺人去,有當年池閣。佩結蘭英凝念久,言語精神依約。燕别雕梁,鴻歸紫塞,音信憑誰托?争知好景,爲君長是蕭索。(卷十四　方外玄蹤)

## 南歌子(按:此爲宋·蘇軾詞)

師唱誰家曲?宗風嗣阿誰?借君拍板與門搥,我也逢塲作戲莫相疑。　溪女方偷眼,山僧莫眨眉。卻愁彌勒下生遲,不見老婆三五少年時。(卷十四　方外玄蹤)

## 卜算子(此爲宋·皎如晦詞)

有意送春歸,無計留春住。畢竟年年用着來,何似休歸去。　　目斷楚天遥,不見春歸路。風急桃花也似愁,點點飛紅雨。(卷十四　方外玄蹤)

## 酹江月·觀潮(此爲宋·陸凝之詞)

遠山一帶,逈晴空,極目天涯浮白。楓落鴉翻,談笑處,不覺雲濤橫席。酒病方蘇,睡魔猶殢,一掃無留蹟。吴帆越棹,恍然飛上空碧。　　長記草賦梁園,淩雲筆勢,倒三江秋色。對此驚心,空悵望,老作紅塵間客。别浦煙平,小樓人散,回首千波寂。西風歸路,爲君重噴霜笛。(卷十五　方外玄蹤)

## 黄金縷(按:上闋傳蘇小小鬼魂作,下闋傳秦觀續作。《全宋詞》歸司馬槱作)

妾本錢塘江上住,花落花開,不管流年度。燕子銜將春色去,紗窗幾陣黄梅雨。　　斜插犀梳雲半吐。檀板輕敲,唱徹《黄金縷》。夢斷彩雲無覓處,夜凉明月生南浦。(卷十六　香奩艷語)

## 未標牌名·蘇小小圖詞(按:此爲金·元好問《虞美人》詞)

槐陰庭院宜清晝,簾捲香風逗。美人圖子阿誰留?都是宣和名筆内家收。　　鶯鶯燕燕分飛後,粉淡梨花瘦。只除蘇小不風流,斜插一枝萱草鳳釵頭。(卷十六　香奩艷語)

## 西江月·詠梅(按:此爲宋·蘇軾詞)

玉骨那愁瘴霧,冰肌自有仙風。海仙時過探芳叢,倒掛緑毛么鳳。　　素面翻嫌粉涴,洗妝不褪唇紅。高情已逐曉雲空,不與梨花同夢。(卷十六　香奩艷語)

## 賀新凉(按:此爲宋·蘇軾詞)

乳燕飛華屋。悄無人,槐陰轉午,晚凉新浴。手弄生綃白團扇,扇手一時似玉。漸困倚，孤眠清熟。簾外誰來推繡户？枉教人、夢斷瑶臺曲。又卻是，風敲竹。　石榴半吐紅巾蹙。待浮花浪蕊都盡，伴君幽獨。穠艷一枝細看取，芳心千重似束。又恐被秋風驚緑。若待得君來，向此花前，對酒不忍觸。共粉淚，兩簌簌。（卷十六　香奩艷語）

## 惜分飛（按：此爲宋・毛滂詞）

淚濕闌干花著露，愁到眉峰碧聚，此恨平分取。更無言語空相覷。　細雨殘雲無意緒，寂寞朝朝暮暮。今夜山深處，斷魂分付潮回去。（卷十六　香奩艷語）

## 菩薩蠻（按：此爲宋・蘇軾詞）

玉童西迓浮丘伯，洞天冷落秋蕭瑟。不用許飛瓊，瑶臺空月明。　清香凝夜宴，借與韋郎看。莫便過姑蘇，扁舟下五湖。（卷十六　香奩艷語）

## 未標牌名（按：此爲宋・蘇軾《菩薩蠻》詞）

娟娟缺月西南落，相思撥斷琵琶索。枕淚夢魂中，覺來眉暈重。華堂堆燭淚，長笛吹新水。醉客各西東，應思陳孟公。（卷十六　香奩豔語）

## 江神子（按：此爲宋・蘇軾詞）

玉人家在鳳凰山，水雲間，掩門關。門外行人，立馬看弓彎。十里春風誰指似？斜日映，繡簾斑。　多情好事與君還，憫新鰥，拭餘潸。明月空江，香霧著雲鬟。陌上花開看盡也，聞舊曲，破朱顔。（卷十六　香奩艷語）

## 漁家傲（按：此爲宋・陳襲善詞）

鷲嶺峰前欄獨倚，愁眉促損愁腸碎。紅粉佳人傷别袂，情何已，登山臨水年年是。　常記同來今獨至，孤舟晚颺湖光裏。衰草斜陽無限意，誰與寄？西湖水是相思淚。（卷十六　香奩艷語）

## 憶秦娥（按：此爲宋・鄭文妻詞）

花深深，一勾羅襪行花陰。行花陰，閒將柳帶，試結同心。　日邊消

息空沈沈，畫眉樓上愁登臨。愁登臨，海棠開後，望到於今。（卷十六　香奩艷語）

## 鷓鴣天（按：此爲宋・劉鼎臣妻詞）

金屋無人夜剪繒，寶釵翻過齒痕輕。臨行執手慇懃送，襯與蕭郎兩鬢青。　聽囑付，好看承，千金不抵此時情。明年宴罷瓊林晚，酒面微紅相映明。（卷十六　香奩艷語）

## 一剪梅（按：此爲宋・易祓妻詞）

染淚修書寄彦章。貪卻前廊，忘卻回廊，功名成遂不還鄉。石做心腸，鐵做心腸，紅日三竿懶畫妝。　虚度韶光，瘦損容光，不知何日得成雙？羞對鴛鴦，懶對鴛鴦。（卷十六　香奩艷語）

## 柳梢青（按：此爲宋・張任國詞）

掛起招牌，一聲喝采，舊店新開。熟事孩兒，家懷老子，畢竟招財。　當初合下安排，又不是豪門買獃。自古人言，正身替代，見任添差。（卷十六　香奩艷語）

## 未標牌名・送春（按：此爲宋・朱淑真《蝶戀花》詞）

樓外垂楊千萬縷，欲繫青春，少住春還去。猶自風前飄柳絮，隨春且看歸何處。　滿目山川聞杜宇，便作無情、莫也愁人苦。把酒送春春不語，黄昏欲下瀟瀟雨。（卷十六　香奩艷語）

## 念奴嬌（按：此爲明・瞿佑詞）

海山何處？嘆人間，别有芙蓉城闕。霧閣雲窗深幾許？獨駕青騾超越。香藹雲屏，被翻錦浪，波捧龍綃襪。鏡鸞舞罷，半簾燈影明滅。　誰信一飲瓊漿，玉山自倒，魂逐驚鴻没？瘴雨蠻煙歸夢斷，愁滿空梁殘月。疇昔相期，殺鷄炊黍，中道成長别。故山秋晚，何人共採薇蕨？（卷十六　香奩艷語）

## 未標牌名（按：此爲明·瞿佑《西江月》詞）

傾國傾城美貌，爲雲爲雨芳年。金沙灘上舊因緣，重到人間示現。　欲構雲窗霧閣，奈慳寶鈔金錢。諸公有意與周旋，請看桃花好面。（卷十六　香奩艷語）

## 綺羅香（按：此爲元·黄澄詞）

綃帕藏春，羅裙點露，相約鶯花叢裏。翠袖拈芳，香沁笥芽纖指。偷摘遍緑逕煙霏。悄攀下，畫闌紅紫。掃花階，褥展芙蓉，瑶臺十二降仙子。　芳園清晝乍永，亭上吟吟笑語。妒穠誇麗，奪取籌多，赢得玉璫瑜珥。凝素靨，香粉添嬌，映黛眉，淡黄生喜。縮胸帶空繫宜男，情郎歸也未？（卷二十　熙朝樂事）

## 賣花聲（按：此爲元·黄澄詞）

人過天街曉色，擔頭紅紫。滿筠筐，浮花浪蕊。畫樓睡醒，正眼横秋水。聽新腔，一回催起。　吟紅叫白，報得蝶兒知未？隔東西，餘音軟美。迎門争買，早斜簪雲髻。助春嬌粉香簾底。（卷二十　熙朝樂事）

## 賣花聲（按：此爲元·喬吉和黄澄詞）

侵曉園丁叫道，嫩紅嬌紫。巧工夫，攢枝飣蕊。行歌佇立，灑洗妝新水。捲香風，看街簾起。　深深巷陌，有個重門開未？忽驚他，尋春夢美。穿窗透閣，便憑伊唤取，惜花人，在誰根底？（卷二十　熙朝樂事）

## 未標牌名（按：此爲宋·張閣詞）

長天霞散，遠浦潮平，危闌注目江皋。長記年年榮遇，同是今朝。金鑾兩回命相，對清光，頻許揮毫。雍容久正，茶杯初賜，香袖時飄。　歸去玉堂深夜，泥封罷，金蓮一寸才燒。帝語丁甯，曾被華衮親褒。如今漫勞夢想，歎塵蹤，杳隔仙鼇。無聊意，强當歌、對酒怎消。（卷二十一　委巷叢談）

## 賀新郎(按:此爲宋・文及翁詞)

一勺西湖水,渡江來、百年酣醉。回首洛陽花世界,煙渺黍離之地。更不復,新亭墮淚。簇樂紅妝摇畫舫,問中流擊楫何人是?千古恨,幾時洗? 余生自負澄清志。更有誰磻溪未遇,傅巖未起?國事如今誰倚仗?衣帶一江而已。便都道,波神堪恃。借問孤山林處士,但掉頭、笑指梅花蕊。天下事,可知矣。(卷二十三 委巷叢談)

## 高陽臺(按:此爲宋・張炎詞)

古木迷鴉,虚堂起燕,歡遊轉眼驚心。南圃東窗,酸風掃盡芳塵。鬢貂飛入平原草,最可憐,渾是秋陰。夜沈沈,不信歸魂,不到花深。 吹簫踏葉幽尋去,任船依斷石,樹裏寒雲。老桂懸香,珊瑚碎擊無聲。故園已是愁如許,撫殘碑,又却傷今。更關情,秋水人家,斜照西林。(卷二十三 委巷叢談)

## 未標牌名(按:此爲宋・無名氏《長相思》詞)

去年秋,今年秋,湖上人家樂復憂,西湖依舊流。 吴循州,賈循州,十五年間一轉頭,人生放下休。(卷二十三 委巷叢談)

## 未標牌名(按:此爲宋・李霜涯《晴偏好》詞)

平湖千頃生芳草,芙蓉不照紅顛倒。 東坡道,波光瀲灩晴偏好。(卷二十四 委巷叢談)

## 未標牌名(按:此用《南鄉子》調,原文謂明・瞿佑詞,或謂宋・無名氏詞)

簾捲水西樓,一曲新腔唱打油。宿雨眠雲年少夢,休謳。且盡生前酒一甌。 明日又登舟,却指今宵是舊遊。同是他鄉淪落客,休愁。月子彎彎照幾州?(卷二十五 委巷叢談)

## 踏莎行(按:此爲宋・蘇軾詞)

這個禿奴,修行忒煞,雲山頂上持戒。一從迷戀玉樓人,鶉衣百結渾無

奈。　毒手傷人，花容粉碎，空空色色今何在？臂間刺道苦相思，這回還了相思債。（卷二十五　委巷叢談）

## 未標牌名（按：原文謂紫姑神詞。用《憶少年》調）

淒涼天氣，淒涼院宇，淒涼時候。孤鴻叫斜月，寒燈伴殘漏。　落盡梧桐秋影瘦，鑑古畫眉難就。重陽又近也，對黄花依舊。（卷二十六　幽怪傳疑）

## 鵲橋仙（按：原文謂此詞爲箕仙所書）

鑾輿初駕，牛車齊發，隱隱鵲橋咿軋。尤雲殢雨正歡濃，但只怕，來朝初八。　霞垂彩幔，月明銀燭，馥鬱香噴金鴨。年年此際一相逢，未審是，甚時結煞。（卷二十六　幽怪傳疑）

# 《古今説海》詞

（陸楫輯編　一百四十二卷　巴蜀書社　一九八八）

## 未標牌名（按：此爲宋・卓田《眼兒媚・題蘇小樓》詞，文字有異同）

丈夫隻手把吴鈎，欲斷萬人頭。因何鐵石，打成心性，卻爲花柔？　君看項籍並劉季，一怒使人愁。只因撞虞姬戚氏，豪傑都休。（説略八・雜記家八・山房隨筆）

## 未標牌名（此爲宋・陳詵《眼兒媚》詞）

鬢邊一點似飛鴉，休把翠鈿遮。二年三載，千欄百就，今日天涯。　楊花又逐東風去，隨分入人家。要不思量，即非酒醒，休照菱花。（説略八・雜記八・山房隨筆）

## 未標牌名（按：此爲宋・謝直《卜算子》詞）

雙槳浪花平，夾岸青山鎖。你自歸家我自回，説着如何過？　我斷不思量，你莫思量我。將你從前與我心，付與傍人可。（説略十六・雜記十六・談藪）

## 憶秦娥（按：此爲宋・鄭文妻詞）

花深深，一勾羅襪行花陰。行花陰，閑將梅帶，細結同心。　日邊消息空流淚，畫眉樓上愁登臨。愁登臨，海棠開後，望到如今。（説略二十一・雜記二十一・古杭雜記）

## 鷓鴣天（按：此爲宋・劉鼎臣妻詞）

金屋無人夜剪繒，寶釵翻過齒痕輕。臨長執手殷勤送，襯取蕭郎兩鬢

青。　　聽祝付，好看成。千金不抵此時情。明年宴罷瓊林晚，酒面微紅相映明。（説略二十一・雜記二十一・古杭雜記）

## 一剪梅（按：此爲宋・易祓妻詞）

染淚修書寄彦章，貪做前廊，忘卻回廊。功成名遂不還鄉，石作心腸，鐵作心腸。　　紅日三竿懶畫妝。虚度韶光，瘦損容光。不知何日得成雙？羞對鴛鴦，懶對鴛鴦。（説略二十一・雜記二十一・古杭雜記）

## 柳梢青（按：此爲宋・張任國詞）

掛起招牌，一聲喝采，舊店新開。熟事孩兒，家懷老子，畢竟招財。　　當初合下安排，又不是豪門買呆。自古道，正身替代，見任添差。（説略二十一・雜記二十一・古杭雜記）

## 沁園春（此爲宋・無名氏詞，文字有異同）

道過江南，泥牆粉壁，右具在前。述何縣何鄉里，住何人地，佃何人田。氣象蕭條，生靈憔悴，經界從來未必然。惟何甚，爲官爲己，不把人憐。　　思量幾許山川，況土地分張又百年。四蜀巉巖，雲迷鳥道，兩淮清野，日警狼煙。宰相弄權，奸人罔上，誰念干戈未息肩？掌大地，何須經理，萬取千焉。（説略二十一・雜記二十一・古杭雜記）

## 賀新郎（按：此爲宋・文及翁詞）

一勺西湖水，渡江來，百年酣醉。回首洛陽花世界，煙渺黍離之地，更不復新亭墜淚。簇樂紅妝搖畫舫，問中流擊楫何人是？千古恨，幾時洗？　　余生自負澄清志，更有誰、磻溪未遇，傅巖未起？國事如今誰倚仗？衣帶一江而已。便都道江神堪恃，借問孤山林處士，但掉頭、笑指梅花蕊。天下事，可知矣。（説略二十一・雜記二十一・古杭雜記）

## 未標牌名（按：此爲宋・歐陽修《臨江仙》詞）

柳外輕雷池上雨，雨聲滴碎荷聲。小樓西角斷虹明。欄干倚遍，待月華生。　　燕子飛來棲畫棟，玉鈎垂下簾旌。凉波不動簟紋平。水精雙枕

倚,有墮釵横。(説略二十六・雜記二十六・錢氏私志)

## 未標牌名(按:此爲宋・歐陽修《臨江仙》詞)

江南柳,葉小未成陰。人爲絲輕那忍折?鶯憐枝嫩不勝吟。留取待春深。　十四五,閑抱琵琶尋。堂上簸錢堂下走,恁時相見已留心。何況到如今。(説略二十六・雜記二十六・錢氏私志)

## 望江南・湖上曲(八闋[首])(按:原文謂隋煬帝所作)

湖上月,遍照列仙家。水浸寒光鋪枕簟,浪摇晴影走金蛇。偏稱泛靈槎。　光景好,輕彩望中斜。清露冷侵銀兔影,西風吹落桂枝花。開宴思無涯。

湖上柳,煙裏不勝摧。宿霧洗開明媚眼,東風摇弄好腰枝。煙雨更相宜。　環曲岸,陰覆畫橋低。綫拂行人春晚後,絮飛晴雪暖風時。幽意更依依。

湖上雪,風急墮還多。輕片有時敲竹户,素華無韻入澄波。望外玉相磨。　湖水遠,天地色相和。仰面莫思梁苑賦,朝來且聽玉人歌。不醉擬如何。

湖上草,碧翠浪通津。修帶不爲歌舞緩,濃鋪堪作醉人茵。無意襯香衾。　晴霽後,顔色一般新。遊子不歸生滿地,佳人遠意寄青春。留詠卒難伸。

湖上花,天水浸靈芽。淺蕊水邊匀玉粉,濃苞天外剪明霞。日在列仙家。　開爛熳,插鬢若相遮。水殿春寒幽冷豔,玉軒晴照暖添華。清賞思何賒。

湖上女,精選正輕盈。猶恨乍離金殿侣,相將盡是採蓮人。清唱謾頻頻。　軒内好,嬉戲下龍津。玉管朱弦聞盡夜,踏青鬥草事青春。玉輦從群真。

湖上酒,終日助清歡。檀板輕聲銀甲緩,醅浮香米玉蛆寒,醉眼暗相看。　春殿晚,仙豔奉杯盤。湖上風光真可愛,醉鄉天地就中寬。帝主正清安。

湖上水,流繞禁園中。斜日暖摇清翠動,落花香暖衆紋紅。蘋末起清

風。　　閑縱目，魚躍小蓮東。泛泛輕摇蘭棹穩，沉沉寒影上仙宫。遠意更重重。（説纂四・逸事四・煬帝海山）

## 念奴嬌（按：此爲宋・黄中輔詞）

炎精中否，歎人材委靡，都無英物。胡虜長驅三犯闕，誰作長城堅壁？萬國奔騰，兩宫幽陷，此恨何時雪？草廬三顧，豈無高臥賢傑？　　天心眷我中興，吾皇神武，踵曾孫周發。河岳封疆俱效順，狂虜會須灰滅。翠羽南巡，叩閽無語，徒有沖冠髮。孤忠耿耿，劍鋒冷浸秋月。（説纂七・散録一・江行雜録）

## 漁父辭（三首）（按：此爲宋・趙構詞）

薄晚煙林淡翠微，江邊秋月已明暉。縱遠柁，適天機，水底閑雲片段飛。

青草開時已過船，錦鱗躍處浪痕圓。竹葉酒，柳花氈，有意沙鷗伴我眠。

水涵微影湛虚明，小笠輕蓑未易晴。明鏡裏，縠紋生，白鷺飛來空外聲。（説纂七・散録一・江行雜録）

## 浪淘沙（按：此爲南唐・李煜詞）

簾外雨潺潺，春意闌珊，羅衾不奈五更寒。夢裏不知身是客，一餉貪歡。　　獨自莫憑闌，無限關山。别時容易見時難。流水落花春去也，天上人間。（説纂八・散録二・行營雜録）

## 錦堂春（按：此爲宋・司馬光詞）

紅日遲遲，虚廊轉影，槐陰迤邐西斜。彩筆工夫難狀，晚景煙霞。蝶尚不知春去，漫繞幽砌尋花。奈猛風過後，縱有殘紅，飛向誰家？　　始知青鬢無價，歎飄零官路，荏苒年華。今日笙歌叢裏，特地咨嗟。席上青衫濕透，算感舊，何止琵琶？怎不教人易老，多少離愁，散在天涯？（説纂八・散録二・行營雜録）

## 江南春(按:此爲宋・寇準詞)

波渺渺,柳依依。孤村芳草遠,斜日杏花飛。江南春盡離腸斷,蘋滿沙汀人未歸。(説纂十二・散録六・蓼花洲閑録)

## 鷓鴣天(按:此爲元・楊立齋詞)

煙柳風花錦作園,霜芽露葉玉裝船。誰知皓齒纖腰會,只在輕衫短帽邊。　啼玉靨,咽冰弦,五牛身去更無傳。詞人老筆佳人口,再唤春風在眼前。(説纂十六・雜纂四・青樓集)

## 鷓鴣天(按:此爲元・馮子振贈珠簾秀詞)

憑倚東風遠映樓,流鶯窺面燕低頭。蝦須瘦影纖纖織,龜背香紋細細浮。　紅霧斂,彩雲收,海霞爲帶月爲鈎。夜來卷盡西山雨,不著人間半點愁。(説纂十六・雜纂四・青樓集)

## 踏沙行(按:此爲元・盧摯詞)

雪暗山明,溪深花早,行人馬上詩成了。歸來聞説妙隆歌,金陵卻比蓬萊渺。　寶鏡慵窺,玉容空好。梁塵不動歌聲悄。無人知我此時情,春風一枕松窗曉。(説纂十六・雜纂四・青樓集)

## 念奴嬌(按:此爲元・滕賓詞)

柳顰花困,把人間恩愛,尊前傾盡。何處飛來雙比翼?直是同聲相應。寒玉嘶風,香雲卷雪,一串驪珠引。元郎去後,有誰著意題品?　誰料濁羽清商,繁弦急管,猶自餘風韻。莫是紫鸞天上曲,兩兩玉童相並。白髮梨園,青衫老傅,試與留連聽。可人何處?滿庭霜月清冷。(説纂十六・雜纂四・青樓集)

# 《見聞搜玉》詞

（高鶴撰　八卷　今存五至八卷　明陳汝元刻本）

## 未標牌名（按：此爲宋・曹豳《紅窗迥》詞）

春闈期近也，望帝鄉，迢迢猶在天際。懊恨這一雙腳底，一日廝趕上五六十里。　争氣。扶持我去，轉得一官歸，恁時賞你。穿對皂靴，安排你在轎兒裏。更選個、宫樣鞋，夜間伴你。（卷五）

## 步虚詞（按：此爲唐・李德裕詞）

仙女侍，董雙成，桂殿夜寒吹玉笙。曲終却從仙官去，萬户千門空月明。　河漢女，玉鍊顔，雲駢往往到人間。九霄有路去無迹，裊裊天風吹珮環。（卷六）

## 未標牌名（按：此爲唐・劉長卿《謫仙怨》詞）

晴川落日初低，惆悵孤舟解攜。鳥去平蕪遠近，人隨流水東西。　行雲千里萬里，明月前溪後溪。猷恨長沙謫去，江潭春草萋萋。（卷六）

## 未標牌名（按：此爲唐・竇弘餘《廣謫仙怨》詞）

胡塵犯闕衝關，金輅提携玉顔。雲雨比時消散，君王何日歸還。　傷心朝恨暮恨，回首千山萬山。遥望天邊初月，蛾眉獨自彎彎。（卷六）

## 江南春（按：此爲宋・寇準詞）

波渺渺，柳依依。孤村芳草遠，斜日杏花飛。江南春盡離腸斷，萍滿汀州人未歸。（卷六）

## 未標牌名(此爲宋·王安石《清平樂》詞,一作宋·王安國詞)

留春不住,費盡鶯兒語。滿地殘紅宫錦污,昨夜南園風雨。　小憐初上琵琶,曉來思繞天涯。不肯畫堂朱户,東風自在楊花。(卷六)

## 未標牌名·客中守歲(按:此爲宋·薛泳《青玉案》詞)

一盤消夜江南果,喫果看書只清坐。罪過梅花料理我。一年心事,半生牢落,盡向今宵過。　此身本是山中個,纔出山來便希差。手種青松應是大。縛茅深處,抱琴歸去,又是明年話。(卷六)

## 未標牌名(按:此爲宋·黄庭堅《南鄉子》詞,有改動)

諸將説封侯,短笛長吹猷倚樓。萬事總成風雨去,休休!戲馬臺南金絡頭。　催酒莫遲留,酒似今秋勝去秋。花向老人頭上笑,羞羞!人不羞花花自羞。(卷六)

## 未標牌名·餞齊參議還山東(按:此爲元·劉燕歌《太常引》詞)

故人别我出陽關,無計鎖雕鞍。今古别離難,兀誰畫蛾眉遠山。　一尊别酒,一聲杜宇,寂寞又春殘。明月小樓間,第一夜相思涙彈。(卷六)

## 小重山(按:此爲宋·章良能詞,文字有異同)

柳暗花明春事深,小欄紅芍藥,已抽簪。雨餘風軟碎,鳴禽遲遲日,猶帶一分陰。　把酒莫沉吟,身閒無個事,且登臨。舊遊何處不堪尋,惟有少年心。(卷六)

## 未標牌名·催妝(按:此爲宋·王昂《好事近》詞)

喜氣滿門闌,花動綺羅香陌。行紫薇花下,悟身非凡客。　不須脂粉污天真,嫌怕太紅白。留取黛眉淺處,共畫章臺春色。(卷六)

## 未標牌名（按：此爲宋・卓田《眼兒媚・題蘇小樓》詞）

丈夫隻手把吴鈎，欲斷萬人頭。因何鐵石，打成心性，卻爲花柔。　須看項藉并劉季，一怒使人愁。只因撞著，虞姬戚氏，豪傑都休。（卷六）

## 未標牌名（按：此爲宋・周必大《點絳唇》詞）

秋夜乘槎，客星容到天孫渚。眼波微注，將謂牽牛度。　見了還非，重理霓裳舞都無。幾年一遇，莫訝周郎顧。（卷六）

## 後庭宴（按：此爲唐・無名氏詞）

千里故鄉，十年華屋，亂魂飛過屏山簇。眼垂眉褪不脱春，菱花知我銷香玉。　雙雙燕子歸來，應解笑人幽。獨斷歌零舞，遺恨清江曲。萬樹緑底迷，一庭紅樸簌。（卷六）

## 未標牌名（按：此爲金・吴激《風流子》詞）

書劍憶遊梁，當時事，底處不堪傷。念蘭檝嫩漪，向吴南浦，杏花微雨，窺宋東牆。禁城外，隨青步陣，絲惹紫遊繮。曲水古今，禁煙前後，緑楊樓閣，芳草池塘。　回首斷人腸。流年去如電，雙鬢如霜。欲遣當年遺恨頻，近清觴。聽出塞琵琶，風沙淅瀝，寄書鴻雁，煙月微茫。不似海門潮，信猶到潯陽。（卷六）

## 未標牌名（按：此宋・張表臣《驀山溪》詞，上片原缺二句，據通行本補）

樓横北固，盡日厭厭雨。欸乃數聲歌，但渺漠、江山煙樹。（寂寥風物，三五過元宵，）尋柳眼，覓花英，春色知何處。　落梅嗚咽，吹徹江城暮。脈脈數飛鴻，杳歸期，東風凝佇。長安不見，烽起夕陽間，魂欲斷，酒初醒，猶下危樓去。（卷六）

## 未標牌名（按：此爲宋・傅大詢《水調歌頭》詞）

草草三間屋，愛竹更旋栽。碧紗窗外，眼前都是翠雲堆。更水村清冷，木落遠山開。惟有平安村，留得伴寒梅。　命家童，開門看，有誰來。客來一笑，清話煮茗更傳杯。有酒，只愁無客。有客又愁無酒，酒熟且徘徊。明日人間事，天自有安排。（卷六）

## 踏莎行（按：此爲元·盧摯詞）

雪暗山明，溪巷深花草，行人馬上詩成了。歸來聞説妙隆歌，金陵欲比蓬萊渺。　寶鏡慵窺，玉容空好，梁塵不動歌聲悄。無人知我此時情，春風一枕松窗曉。（卷六）

## 水龍吟（按：此爲明·徐有貞詞）

佳麗地是吾鄉，看西山更比東山好。有菴畫樓臺，金碧巖扉，仿佛十洲三島。却也有風流安石，清真逸少。向西施洞口，望湖亭畔，對雲影天光，上下相涵相照。似寶鏡裏，翠蛾妝眼，且登臨，且譚笑。　眼前事幾多堪吊。香徑蹤消，屧廊聲杳，麋鹿還遊未了也。莫管吴越興亡，爲他煩惱。是非顛倒，古與今，一般難料。嘆宦海風波幾人歸，蚤得在家中老。遇酒美花新，歌清舞妙，盡開懷抱。又何須較短論長，此生心應自有天知道。醉呼童更進，餘杯便拼得到，三更乘月回仙棹。（卷六）

## 木蘭花慢·西湖送春（按：此爲元·梁曾詞）

問花花不語，爲誰落？爲誰開？算春色三分，半隨流水，半入塵埃。人生能幾懽笑，但相逢，樽酒莫相推。千古幕天席地，一春翠繞珠圍。　彩雲回首暗高臺，煙樹渺吟懷。拚一醉留春，留春不住，醉裏春歸。西樓半簾斜日，怪銜渥，燕子却飛來。一枕青樓好夢，又教風雨驚回。（卷六）

## 未標牌名·柳詞五章（按：此爲宋·許庭《臨江仙》詞）

不見昭陽宫内柳，黄金齊撚輕柔。東君昨夜到皇州，玉階金井，無處不風流。　悵望翠華春欲暮，六宫都鎖春愁。暖風吹動繡簾鈎。飛花委地，時轉玉香球。

不見隋河堤上柳，緑陰流水依依。龍舟東下疾於飛，千條萬葉，濃翠染旌旗。　記得當年春去也，錦帆不見西歸。故抛輕絮點人衣。如將亡國恨，説與路人知。

不見陶家門外柳，紫扉一徑通閉門。終日掩清風，感君高節，緑蔭向人濃。　籬落蕭疏雞犬静，日長飛絮濛濛。先生一醉萬緣空。經時高臥，不到翠陰中。

不見都門亭畔柳，春來緑盡長條。柳邊行色馬蕭蕭，一枝折盡，相見又何朝。　酒盡曲終人去也，風前亦自無聊。祇應於我恨偏饒。東君特地，付與沈郎腰。

不見灞陵原上柳，往來過盡蹄輪。朝離南楚暮西秦，不成名利，赢得鬢毛新。　莫怪枝條憔悴損，一生惟若征塵。兩三煙樹倚孤村。夕陽影裏，愁殺宦遊人。（卷六）

## 西江月（按：此爲宋・蘇軾詞）

世事一場大夢，人生幾度新凉。夜來風葉已鳴廊，看取眉間鬢上。　酒淺常愁客少，月明多被雲妨。中秋誰與共孤光，把盞淒然北望。（卷七）

## 踏莎行（按：此爲宋・蘇軾詞）

這個秃奴，修行忒煞，雲山頂上持戒。一從迷戀玉樓人，鶉衣百結渾無奈。　毒手傷人，花容粉碎空空色。今何在，臂間刺道苦相思，這回還了相思債。（卷八）

# 《談資》詞

（秦鳴雷撰　四卷　《四庫全書存目叢書》據明嘉靖刻本影印　齊魯書社　一九九六）

## 未標牌名（按：此爲宋・曹豳《紅窗迥》詞）

春闈期近也，望帝鄉迢迢，猶在天際。懊恨這一雙腳底，一日廝趕上五六十里。　　争氣。扶持我去，轉得官歸，恁時賞你。穿對朝靴，安排你在轎兒裹。更選個宫樣鞋，夜間伴你。（卷二）

## 未標牌名・詠雪（按：此爲宋・陳郁《念奴嬌》詞，一作文及翁詞）

没巴没鼻，霎時間、做出漫天漫地。不論高低並上下，平白都教一例。鼓動滕六，招邀巽二，一任張威勢。識他不破，只今道是祥瑞。　　卻恨鵝鴨池邊，三更半夜，誤了吴元濟。東郭先生都不管，關上門兒穩睡。一夜東風，三竿暖日，萬事隨流水。東皇笑道，山河原是我底。（卷三）

## 未標牌名（按：此爲宋・陳堯佐《踏莎行》詞）

二社良辰，千家庭院，翩翩又見新來燕。鳳凰巢穩許爲鄰，瀟湘煙暝來何晚。　　亂入紅樓，低飛緑岸，晝梁時拂歌塵散。爲誰歸去爲誰來，主人恩重珠簾卷。（卷四）

# 《北窗瑣語》詞

（佘永麟撰　一卷　《四庫全書存目叢書》據清乾隆金氏硯雲書屋刻本影印　齊魯書社　一九九六）

## 踏莎行（按：此爲宋·蘇軾詞）

這個秃奴，修行忒煞，雲山頂上持齋戒。一從迷戀玉樓春，鶉衣百結渾無奈。　毒手傷人，花容粉碎，空空色色今何在？臂間刺道苦相思，這回還了相思債。

# 《説聽》詞

（陸延枝撰　二卷　上海文藝出版社據一九一五年刻《古今説部》叢書本影印　一九九一）

## 點絳唇（按：此爲明・陸楠詞）

三尺冰弦，夜深彈破青天竅。意中人杳，只有清光到。　雲雨無緣，總是相思調。愁懷抱，嫦娥心照，訴與他知道。（卷下）

# 《西吴里語》詞

（宋雷撰　四卷　《四庫全書存目叢書》據民國烏程張氏刻適園叢書本影印　齊魯書社　一九九六）

## 天仙子·送春（按：此爲宋·張先詞）

水調數聲持酒聽，午醉醒來愁未醒。送春春去幾時回？臨晚鏡，傷流影，往事後期空記省。　　沙上並禽池上暝，雲破月來花弄影。重簾翠幙密遮燈。風不定，人初静，明日落紅應滿徑。（卷二）

## 醉落魄·佳人吹笛（按：此爲宋·張先詞）

雲輕柳弱，内家髻子新梳掠。生香真色人難學。横管孤吹，月淡天垂幕。　　朱唇淺破櫻桃萼，倚樓人在闌干角。夜寒指冷羅衣薄。聲入霜林，簌簌驚梅落。（卷二）

## 漁父詞（五首）（按：此爲唐·張志和詞）

西塞山前白鷺飛，桃花流水鱖魚肥。青箬笠，緑蓑衣，斜風細雨不須歸。

釣臺漁翁褐爲裘，兩兩三三舴艋舟。能縱棹，慣乘流，長江白浪不曾憂。

雪溪灣裏釣魚翁，舴艋爲家西復東。江上雪，浦邊風，笑著荷衣不歎窮。

松江蟹舍主人歡，菰飯蒓羹亦共餐。楓葉落，荻花乾，醉宿漁舟不怕寒。

青草湖中月正圓，巴陵漁父棹歌還。釣車子，橛頭船，自在風波不用仙。（卷二）

## 鷓鴣天·漁父(按:此爲宋·黄庭堅詞,有改動)

西塞山邊白鷺飛,桃花流水鱖魚肥。朝廷尚覓玄真子,何處如今更有詩。　青箬笠,緑蓑衣,斜風細雨不須歸。人間欲避風波險,一日風波十二時。(卷二)

## 漁父(按:此爲唐·張志和詞)

樂在風波釣是閑,草堂松桂已堪攀。太湖水,洞庭山,狂風浪起且須還。(卷二)

## 小重山·紅蓼汀憶别(此爲宋·汪藻詞)

月下潮生紅蓼汀,殘霞都斂盡,四山青。柳梢風急墮流螢。隨波去,點點亂寒星。　别語記丁寧。如今能間隔,幾長亭。夜來秋氣入銀屏。梧桐雨,還恨不同聽。(卷二)

## 未標牌名(此爲宋·沈蔚詞)

景物因人成勝概,滿目更無塵可礙。等閒簾幙小欄干,衣未解,心先快。明月清風如有待。　誰信門前車馬隘,别是人間閒世界。坐中無物不清凉,山一帶,水一派。流水白雲長自在。(卷三)

# 《孤竹賓談》詞

（陳德文撰　四卷　《四庫全書存目叢書》據明嘉靖刻本影印　齊魯書社　一九九五）

## 漁家傲（按：此爲宋·范仲淹詞）

塞下秋來風景異，衡陽雁去無留意。四面邊聲連角起，千嶂裏，長煙落日孤城閉。　　濁酒一杯家萬里，燕然未勒歸無計。羌管悠悠霜滿地，人不寐，將軍白髮征夫淚。（卷四）

# 《煙霞小説》詞

（不著輯者　十三種　二十三卷　《四庫全書存目叢書》據明刻本影印　齊魯書社　一九九五）

## 點絳唇（按：此爲明·陸楠詞）

三尺冰弦，夜深彈破青天竅。意中人杳，只有清光到。　雲雨無緣，總是相思調。愁懷抱，嫦娥心照，訴與他知道。（《説聽》卷四）

# 《徐氏筆精》詞

（徐𤊹撰　八卷　影印文淵閣《四庫全書》本　臺北商務印書館　一九八三）

## 踏莎行・賦稼軒集經語（按：此爲宋・辛棄疾詞）

進退存亡，行藏用舍，小人請學樊遲稼。衡門之下可栖遲，日之夕矣牛羊下。　去衛靈公，遭桓司馬，東西南北之人也。長沮桀溺耦而耕，丘何爲是栖栖者。（卷五　經語小詞）

## 昭君怨・咏梅（按：此爲宋・鄭域詞）

道是春來花未，道是雪來香異。水外一枝斜，野人家。　冷淡竹籬茅舍，富貴玉堂瓊榭。兩地不同栽，一般開。（卷五　鄭松窗）

## 水龍吟（按：此爲明・高啓詞）

淇園丹鳳飛來，幾時留得參差翼？簫聲吹斷，彩雲忽墮，碧雲猶隔。想是湘靈，淚彈多處，血痕都積。看蕭疏瘦影，隔簾欲動，應是落花狼籍。　莫道清高也俗，再相逢子猷還惜。此君未老，歲寒猶有，少年顏色。誰把珊瑚，和煙換去，琅玕千尺。細看來不是天工，卻是那春風筆。（卷五　朱竹）

## 未標牌名（按：此爲明・徐𤊹《題朱竹》詞）

根如赬虬髯，葉如丹鳳尾。有時截作釣竿，珊瑚亂拂桃花水。有時擲杖化爲龍，白日青天赤鱗起。　能將紅霧變蒼煙，産在朱明幾洞天。須臾絳節生彤管，只向松間滴露研。（卷五　朱竹）

## 滿江紅(按:此爲明·文徵明詞)

漠漠輕寒,正梅子,弄黄時節。最惱是,欲晴還雨,乍寒又熱。燕子梨花都過也,小樓無那傷春别。傍闌干,欲語更沉吟,終難説。　一點點,楊花雪。一片片,榆錢莢。漸西垣日隱,晚凉清絶。池面盈盈深淺水,柳梢淡淡黄昏月。是誰人,吹徹玉參差,情悽切。(卷五　滿江紅詞)

## 未標牌名·詠燕子不來香(按:此爲明·周履靖詞)

新蒲正短,舊壘猶空。繡箔珠簾面面風。粘天芳草,碧玉茸茸。　趁呢喃聲杳,曉摘芳叢。昭陽殿裏,妒緑嫌紅。無奈香消一眄中。(卷五　燕子不來香)

# 《鴛渚志餘雪窗談異》詞

（無名氏撰　于文藻點校　中華書局　一九九七）

## 未標牌名（按：原文謂宋・劉道士詞）

行方便，坐方便。諸聖察，上天見。得道安，得身健。但能晨朝洗面，水不得浪淵。起盜玉津，能顯九霄雲，事劉卞功成。（帙下　高尚處士記）

## 賀新郎（按：原文謂仙娥詞）

花柳繞春城，運神工，重樓疊宇，頃刻間成。綠水青山多宛轉，免教鶴怨猿驚。看來無異舊神京。慮只慮佳期不定。天從人願，邂逅多情。相引處，佩聲聲。　　等閑回首遠蓬瀛。呼小玉，旋開錦宴，謾薦蘭羹。須信是，瓊漿一飲，頓令百感俱生。且休道塵緣易盡，縱然雲收雨散，琵琶峽，依舊風月交明。此會果非輕。（帙下　朱氏遇仙傳）

## 未標牌名・風花雪月四詞（按：原文謂明洪武間老魅詞，《全明詞》據《六如居士詞》收入唐寅名下，文字有異同）

### 風

風裊裊，風裊裊，冬嶺泣孤□［松］，春郊摇碧草。□［收］雲□［月］色明，卷霧天光早。　　清秋暗送桂香來，極夏頻將炎氣掃。風裊裊，野花亂落令人老。

### 花

花豔豔，花豔豔，妖嬈巧似妝，鎖碎渾如剪。露凝色更鮮，風送香嘗遠。　　一枝獨茂逞冰肌，萬朵争妍含醉臉。花豔豔，上林富貴真堪羨。

### 雪

雪飄飄，雪飄飄，翠玉封梅萼，青鹽壓竹稍。灑空翻絮浪，積檻聳銀橋。　千山渾駭鋪鉛粉，萬木依稀掛素袍。雪飄飄，長途游子恨迢遥。

## 月

月娟娟，月娟娟，乍缺鈎横野，方圓鏡掛天。斜移花影亂，低映水紋連。　詩人舉盞搜佳句，美女推窗遲夜眠。月娟娟，清光千古照無偏。

（帙下　大士誅邪記）

# 《異聞總録》詞

(不著撰者　四卷　《四庫全書存目叢書》據清康熙間振鷺堂依明商氏刻稗海本重編補刻本影印　齊魯書社一九九五)

## 錦纏絆(按:此爲宋·江衍詞)

屈曲新堤,占斷滿村佳氣。畫檐兩行連雲際。亂山疊翠水回還,岸邊樓閣,金碧遥相倚。　　柳陰低,豔映花光美。好升平、爲誰初起。大都風物只由人,舊時荒壘,今日香煙地。(卷二)

## 未標牌名(按:此爲宋·吴城小龍女《清平樂》詞)

簾捲曲欄獨倚,山展暮天無際。淚眼不曾晴,家在吴頭楚尾。　　數點雪花亂委,撲漉沙鷗驚起。詩句欲成時,没入蒼煙叢裏。(卷三)

## 玉樓春(按:此爲宋·朱景文詞)

玉階瓊室水壺帳,寧[恁]地水晶簾不上。兒家住處隔紅塵,雲氣悠揚風淡蕩。　　有時閑把蘭舟放,霧鬢煙鬟乘翠浪。夜深滿載月明歸,畫破琉璃千萬丈。(卷三)

# 《焦氏筆乘》詞

（焦竑撰　八卷　《四庫全書存目叢書》據明萬曆謝與棟刻本影印　齊魯書社　一九九六）

## 霜天曉角（二首）（按：此爲宋元間無名氏詞）

功名大小，天已安排了，何用百般機巧。榮休喜，辱休惱。　開先謝早，此理人知少。萬事算來由命，聽自然，真個好。

榮枯得失，天已安排畢，何用苦勞心力。得一日，過一日。　泰來否極，機巧終何益。萬事付之一笑，前程事，暗如漆。（卷三　霜天曉角詞）

## 玉蝴蝶（按：此爲宋・辛棄疾詞中句）

試聽呵，寒食近也，且住爲佳。（續集卷五　用晉人語入聲律）

## 霜天曉角（按：此爲宋・辛棄疾詞中句）

明日落花寒食。得且住，爲佳耳。（續集卷五　用晉人語入聲律）

## 六州歌頭・詠金陵（按：此爲宋・王野詞）

龍蟠虎踞，今古帝王州。水如淮，山似洛，鳳來遊。五雲浮。宇宙無終極，千載恨，六朝事，同一夢休。更莫問閒愁。風景悠悠。得似青溪曲，著我扁舟。對殘煙衰草，滿目是清秋。白鷺汀洲，夕陽收。　黄旗紫蓋，中興運，鐘王氣，護金甌。駐游蹕，開行殿，夾朱樓。送華輈。萬里長江險，集鴻雁，列貔貅。掃關河，清海岱，志應酬。機會何常，鶴唳風聲處，天意人謀。臣今雖老，未遣壯心休。擊楫中流。（續集卷七　金陵舊事・上）

## 柳稍青(按:此爲宋・張杜詞)

燕里花深,鷺汀雲淡,客夢江皋。日日言歸,淮山笑我,塵鎖征袍。　幾回把酒凴高。　欄干外、魂飛暮濤。只有南園,一番風雨,過了櫻桃。(續集卷七　金陵舊事・上)

## 沁園春・登鳳凰臺(按:此爲宋・吴景伯詞)

再上高臺,訪謫仙兮,仙何所之。但石城西踞,潮平白鷺,浮圖南峙,雲淡烏衣。鳳鳥不來,長安何處,惟有碧梧三數枝。興亡事,對江山休説,誰是誰非。　庭花飄盡胭脂。算結綺、繁華能幾時。問何人重向,新亭揮淚,何人更到,别墅圍棋。笑拍欄干,功名未了,甯肯緑蓑尋釣磯。深深飲,任玉山醉倒,明月扶歸。(續集卷七　金陵舊事・上)

## 未標牌名(此爲宋・蘇軾《漁家傲》詞)

千古龍蟠並虎踞,從公一吊興亡處。渺渺斜風吹細雨,芳草渡。江南父老留公住。　公駕飛車淩彩霧,紅鸞驂乘青鸞馭。卻訝此洲名白鷺,非吾侣。翩然欲下還飛去。(續集卷七　金陵舊事・上)

## 酹江月(按:此爲宋・杜旟詞)

江山如此,是天開萬古,東南王氣。一自髯孫横短策,坐使英雄鵲起。玉樹聲消,金蓮影散,多少傷心事。千年遼鶴,并疑城郭非是。　當日萬駟雲屯,潮生潮落處,石頭孤峙。人笑褚淵今齒冷,只有袁公不死。斜日荒煙,神州何在?欲墮新亭淚。元龍老矣,世間何限餘子。(續集卷八　金陵舊事・下)

## 未標牌名(按:此爲宋・吴琚《浪淘沙》詞,文字有異同)

岸柳可藏鴉,路轉溪斜。忘機鷗鷺滿汀沙。咫尺鍾山迷望眼,一片雲遮。　臨水整烏紗,鬢影蒼華。酒闌卻念在天涯。幾日不來春便晚,開盡桃花。(續集卷八　金陵舊事・下)

# 《琅邪代醉編》詞

（張鼎思輯　四十卷　《四庫全書存目叢書》據明萬曆陳性學刻本影印　齊魯書社　一九九五）

## 滿庭芳（按：此爲宋·徐君寶妻張氏詞）

漢水繁華，江南人物，尚遺宣政風流。緑窗朱户，十里爛銀鉤。一旦刀兵齊舉，旌旗擁、百萬貔貅。長驅入，歌臺舞榭，風捲落花愁。　　清平三百載，典章文物，掃地俱休。幸此身未北，猶客南州。破鑒徐郎何在？空惆悵、相見無由。從今後，夢魂千里，夜夜岳陽樓。（卷十九　徐節婦）

## 章臺柳（按：此爲唐·韓翃《寄柳氏》詞）

章臺柳，顏色青青今在否？縱取長條似舊垂，也應攀折他人手。（卷二十八　喬知之）

## 楊柳枝（按：此爲唐·柳氏《答韓翃》詞）

楊柳枝，芳菲節，所恨年年贈離别。一葉隨風忽報秋，縱使君來豈堪折！（卷二十八　喬知之）

## 如夢令（按：此爲宋·嚴蕊詞）

道是梨花不是，道是杏花不是。白白與紅紅，别是東風情味。曾記，曾記，人在武陵微醉。（卷二十八　妓詩）

## 鵲橋仙（按：此爲宋·嚴蕊詞）

碧梧初出，桂花纔吐，池上水花微謝。穿針人在合歡樓，正月露玉盤高

瀉。　蛛忙鵲懶，耕慵織倦，空做古今佳話。人間剛道隔年期，（指）天上方纔隔夜。（卷二十八　妓詩）

## 卜算子（按：此爲宋·嚴蕊詞）

不是愛風塵，似被前緣誤。花落花開自有時，總賴東君主。　去也終須去，住也如何住。若得山花插滿頭，莫問奴歸處。（卷二十八　妓詩）

## 望江南（按：宋人傳爲上清蔡真人詞）

闌干曲，紅颺繡簾旌。花嫩不禁纖手捻，被風吹去意還驚。眉黛蹙山青。　鏗鐵板，閑引步虛聲。塵世無人知此曲，卻騎黄鶴上瑶京。露冷月華清。（卷三十　蔡尋真）

## 鵲橋仙（按：宋人傳爲箕仙所書）

鸞輿初駕，牛車齊發，隱隱鵲橋咿軋。尤雲殢雨正歡濃，但只怕、來朝初八。　霞垂彩幔，月明銀燭，馥郁香噴金鴨。年年此際一相逢，未審是、甚時結煞。（卷三十三　箕仙）

## 未標牌名·夜泊廬山（按：此爲宋·徐似道《浪淘沙》詞）

風緊浪花生，蛟吼鼉鳴。家人睡着怕人驚。只有一翁捫虱坐，依約三更。　雪又打殘燈，欲暗還明。有誰知我此時情。獨對梅花傾一盞，又詩成。（卷三十四　買山）

## 未標牌名（按：此爲宋·李清照《聲聲慢》中句）

尋尋覓覓，冷冷清清，淒淒慘慘戚戚。（卷三十五　詩體）

## 生查子·陳情（按：此爲宋·陳亞詞）

朝廷數擢賢，旋占淩霄路。自是鬱陶人，險難無移處。　也知没藥療孤寒，食蘗何相誤。大幅紙連粘，甘草歸田賦。（卷三十五　詩藏藥名）

## 生查子・閨情(三首)(按:此爲宋・陳亞詞)

相思意已深,白紙書難足。字字苦參商,故要檳郎讀。　分明記得約當歸,遠至櫻桃熟。何事菊花時,猶未回鄉曲。

小院雨餘凉,石竹風生砌。罷扇盡從容,半下紗厨睡。　起來閑坐此亭中,滴盡真珠淚。爲念婿辛勤,去折蟾宫桂。

浪蕩去來來,躑躅花頻换。可惜石榴裙,蘭麝香銷半。　琵琶閑後理相思,必撥朱弦斷。擬續斷來弦,待這冤家看。(卷三十五　詩藏藥名)

## 阮郎歸・倒掛(按:此爲宋・李之儀詞)

朱唇玉羽下蓬萊,佳時近早梅。惜花情味久安排,枝頭開未開。　魂欲斷,恨難裁,香心休見猜。果知何遜是仙才,何妨入夢來。(卷三十九　桐花鳳)

# 《青泥蓮花記》詞

（梅鼎祚撰　十三卷　《四庫全書存目叢書》據明萬曆鹿角山房刻本影印　齊魯書社　一九九六）

## 春光好（按：此相傳爲宋・陶穀詞）

好姻緣，惡姻緣，只得郵亭一夜眠，别神仙。　琵琶撥盡相思調，知音少。待得鸞膠續斷絃，是何年？（卷一・下　任杜娘）

## 西江月・詠梅（按：此爲宋・蘇軾詞）

玉骨那愁瘴霧，冰肌自有仙風。海仙時過探芳叢，倒掛緑毛么鳳。　素面翻嫌粉涴，洗妝不褪殘紅。高情已逐曉雲空，不與梨花同夢。（卷一・下　王朝雲）

## 南柯子（按：此爲宋・秦觀詞）

靄靄迷春態，溶溶媚曉光。不應容易下巫陽。祇恐翰林前世是襄王。　暫爲清歌駐，還因暮雨忙。瞥然歸去斷人腸。空使蘭臺公子賦高唐。（卷一・下　王朝雲）

## 青門飲（按：此爲宋・秦觀詞）

風起雲間，雁横天末，嚴城畫角，梅花三奏。塞草西風，凍雲籠月，窗外曉寒輕透。人去香猶在，孤衾長閑餘繡。恨與宵長，一夜薰爐，添盡香獸。　前事空勞回首。雖夢斷春歸，相思依舊。湘瑟聲沈，庾梅信斷，誰念畫眉人瘦。一句難忘處，怎忍辜、耳邊輕咒。任人攀折，可憐又學、章臺楊柳。（卷一・下　秦少游伎）

## 望江南(按:宋人傳爲上清蔡真人詞)

闌干曲,紅颺繡簾旌。花嫩不禁纖手捻,被風吹去意還驚。眉黛蹙山青。　鏗鐵板,閒引步虚聲。塵世無人知此曲,卻騎黄鶴上瑶京。風泠月華清。(卷二　倡仙)

## 步蟾宫(按:此傳爲唐・吕巖詞)

坎離坤兑分子午,須認取、自家宗祖。地雷震動山頭雨,要洗濯、黄芽出土。　捉得金精牢固閉,煉庚甲、要生龍虎。待他問汝甚人傳,但説道、先生姓吕。(卷二　張珍奴)

## 小重山(按:此爲宋・蔡伸詞)

流水桃花小洞天,壺中春不老,勝塵寰。霞衣鶴氅並桃冠。新裝好,風韻愈飄然。　功行滿三千,嬰兒並姹女,煉成丹。劉郎曾約共昇仙。十個月,養個小金壇。(卷二　陳懿)

## 漢宫春(按:此爲宋・史達祖詞)

花隔東垣,詠燕台秀句,結帶謀歡。匆匆舊盟,有限飛夢重關。南塘夜月,照湘琴、别鶴孤鸞。天便遣、清愁易長,春衣常恁香寒。　唐昌故宫何許,頓剪霞裁霧,擺落塵緣。一聲步虚,婉婉雲駐天壇。淒涼故里,想香車、不到人間。羞再見、東陽帶眼,教人依舊思凡。(卷二　里娘)

## 未標牌名(按:此傳爲宋・吴女盈盈詞)

芳菲時節,花壓枝折。蜂蝶掩,闌檻光發。一旦碎花魂,葬花骨,蜂兮蝶兮何不來,空使雕闌對寒月。(卷二　吴女盈盈)

## 未標牌名(按:此傳爲宋・吴女盈盈詞)

枝上差差緑,林中簌簌紅。已嘆芳菲盡,安能罇俎空。君不見,銅駝茂草長安東,金鑣玉勒雪花驄。二十年前乃俠少,纍纍昨日成衰翁。幾時滿

飲流霞鍾，共君倒在夕陽中。(卷二　吴女盈盈)

## 如夢令(按:此爲宋·嚴蕊詞)

道是梨花不是，道是杏花不是。白白與紅紅，别是東風情味。曾記，曾記，人在武陵微醉。(卷三　台妓嚴蕊)

## 鵲橋仙(按:此爲宋·嚴蕊詞)

碧梧初出，桂花才吐，池上水花微謝。穿針人在合歡樓，正月露玉盤高瀉。　蛛忙鵲懶，耕慵織倦，空作古今佳話。人間剛道隔年期，怕天上方才隔夜。(卷三　台妓嚴蕊)

## 卜算子(按:此爲宋·嚴蕊詞)

不是愛風塵，似被前緣誤。花落花開自有時，總賴東君主。　去也終須去，住也如何住？若得山花插滿頭，莫問奴歸處。(卷三　台妓嚴蕊)

## 永遇樂(按:此爲宋·蘇軾詞)

明月如霜，好風如水，清景無限。曲港跳魚，圓荷瀉露，寂寞無人見。紞如五鼓，錚然一葉，黯黯夢雲驚斷。夜茫茫，重尋無覓處，覺來小園行遍。　天涯倦客，山中歸路，望斷故園心眼。燕子樓空，佳人何在？空鎖樓中燕。古今如夢，何曾夢覺，但有舊歡新怨。異時對，南樓夜景，爲徐浩歎。(卷四　張建封妾盼盼)

## 調笑令(按:此爲宋·秦觀詞)

戀戀，樓中燕。燕子樓空春日晚，將軍一去音容遠。空鎖樓中深怨。春風重到人不見，十二欄干倚遍。(卷四　張建封妾盼盼)

## 調笑令(按:此爲宋·毛滂詞)

無力，倚瑪瑟。罷舞《霓裳》今幾日？雪殘雨小春寒逼。鈿暈羅衫煙色。簾前歸燕看人立，却趁落花飛入。(卷四　張建封妾盼盼)

## 調笑令(按:此爲宋·秦觀詞)

翡翠,好容止。誰使傭奴輕點綴。裴郎一見心如醉,笑裏偷傳深意。羅衣深夜與門吏,暗結城西幽會。(卷四　崔徽)

## 未標牌名(按:此爲宋·毛滂《調笑令》詞)

城月,冷羅襪。郎睡不知鸞帳揭,香凄翠被燈明滅。花困釵横時節。河橋楊柳催行色,愁黛有人描得。(卷四　崔徽)

## 千秋歲(按:此爲宋·惠洪詞)

半身屏外,睡覺脣紅退。春思亂,芳心碎。空餘簪髻玉,不見流蘇帶。誰與問,今人秀整誰宜對?　　湘浦曾同會,手褰輕羅蓋。疑是夢,今猶在。十分春易盡,一點情難改。多少事,却隨恨遠連雲海。(卷四　崔徽)

## 浣溪沙(按:此爲宋·秦觀詞)

脚上鞋兒四寸羅,脣邊朱麝一櫻多。見人無語但回波。　　料得有心憐宋玉,祇因無奈楚襄何。今生有分向伊麽。(卷五　義倡傳)

## 惜春容(按:此爲宋·盼盼詞)

少年看花雙鬢緑,走馬章臺管弦逐。而今老更惜花深,終日看花看不足。　　坐中美女顔如玉,爲我一歌金縷曲。歸時壓得帽檐欹,頭上春風紅蔌蔌。(卷五　義倡傳)

## 醉高樓(按:此爲宋·柳富詞)

人間最苦,最苦是分離。伊愛我,我憐伊。青草岸頭人獨立,畫船東去櫓聲遲。楚天低,回望處,兩依依。　　後會也知俱有願,未知何日是佳期。心下事,亂如絲。好天良夜還虚過,辜負我,兩心知。願伊家,衷腸在,一雙飛。(卷五　王幼玉記)

## 齊天樂(按:此傳爲元·羅愛愛詞)

恩情莫把功名誤,離筵又歌《金縷》。白髮慈親,紅顔幼婦,君去有誰爲主?流年幾許,況悶悶愁愁,風風雨雨。鳳折鸞分,未知何日更相聚? 蒙君再三分付:向堂前侍奉,休辭辛苦。萬里皇恩,五花官誥,要待封妻拜母。君須聽取:怕日薄西山,易生愁阻。早促歸程,彩衣相對舞。(卷六 愛卿傳)

## 沁園春(按:此傳爲元·羅愛愛詞)

一别三年,一日三秋,君何不歸?記尊姑老病,親供藥餌,高墳埋葬,親曳麻衣。夜卜燈花,晨占鵲喜,雨打梨花晝掩扉。誰知道,把恩情永隔,書信全稀。 干戈滿目交揮,奈命薄時乖履禍機。向銷金帳底,猿驚鶴怨,香羅巾下,玉碎花飛。要學三貞,須拚一死,免被傍人話是非。君相念,算除非畫裏,得見崔徽。(卷六 愛卿傳)

## 長相思(按:此爲明·周恭詞)

阻佳期,盼佳期,欲寄鸞箋雁字稀,新詞和淚題。 怕分離,又分離,無限相思訴與誰?此情風月知。(卷六 劉盼春)

## 擊梧桐(按:此爲宋·柳永詞)

香靨深深,姿姿媚媚,雅格奇容天與。自識伊來,便好看伊,會得妖嬈心素。臨岐再約同歡,定是都把平生相許。又恐恩情,易破難成,未免千般思慮。 近日書來,寒暄而已,苦設切切言語。便忍得、聽人教當,擬把前言輕負?見説蘭臺宋玉,多才多藝善辭賦。試與問:朝朝暮暮,行雲何處去?(卷七 江淮官妓)

## 江神子(按:此爲宋·蘇軾詞)

玉人家在鳳凰山,水雲間,掩門關。門外行人,立馬看弓彎。十里春風誰指似,斜日映,繡簾斑。 多情好事與君還。憫新鰥,拭餘潸。明月空江,香霧(著)雲鬟。陌上花開看盡也,聞舊曲,破朱顔。(卷七 鄭容高瑩)

## 減字木蘭花(按:此爲宋·蘇軾詞)

鄭莊好客,容我樓前先墮幘。落筆生風,籍籍聲名不負公。　高山白早,瑩骨冰肌那解老?從此南徐,良夜清風月滿湖。(卷七　陳直方妾稽)

## 南鄉子(按:此爲宋·陳師道詞)

風絮落東鄰,點綴繁枝旋化塵。關鎖玉樓巢燕子,冥冥。桃李摧殘不見春。　流轉到如今,翡翠生兒翠作衾。花樣腰身官樣立,婷婷。困倚闌干一欠伸。(卷七　張英英)

## 點絳唇(按:此爲宋·周邦彦詞)

遼鶴西歸,故人多少傷心事?短書不寄,魚浪空千里。　憑仗桃根,説與相思意。愁何際?舊時衣袂,猶有東風淚。(卷七　岳楚雲)

## 減字木蘭花(按:此爲宋·馬瓊瓊詞)

雪梅妒色,雪把梅花相抑勒。梅性温柔,雪壓梅花怎起頭?　芳心欲訴,全仗東君來作主。傳與[語]東君,早與梅花作主人。(卷八　西閣寄梅記)

## 浣溪沙(按:此爲宋·朱端朝詞,有改動)

梅正開時雪正狂,兩般幽韻孰優長?且宜執酒細端詳。　梅比雪花多一出,雪如梅蕊少些香,花公非是不思量。(卷八　西閣寄梅記)

## 減字木蘭花(按:此爲宋·蘇小小詞)

别離情緒,萬里關山如底數?遣妾傷悲,未必郎家知不知。　自從君去,數盡殘冬春又暮。音信全乖,等到花開不見來。(卷八　蘇小小)

## 未標牌名(按:此爲宋·陳詵《眼兒媚》詞)

鬢邊一點似飛鴉,休把翠鈿遮。二年三載,千攔百就,今日天涯。　楊

花又逐東風去，隨分入人家。要不思量，除非酒醒，休照菱花。（卷八　江柳）

## 鷓鴣天（按：此爲宋・聶勝瓊詞）

玉慘花愁出鳳城，蓮花樓下柳青青。樽前一唱《陽關》後，别個人人第五程。　尋好夢，夢難成，況誰知我此時情。枕前淚共芭蕉雨，隔個窗兒滴到明。（卷八　聶勝瓊）

## 未標牌名（按：此爲宋・楚娘《生查子》詞）

去年梅雪天，千里人歸遠。今歲梅雪[雪梅]天，千里人追怨。　鐵石作心腸，鐵石剛猶軟。江海比君恩，江海深猶淺。（卷八　楚娘）

## 未標牌名（按：此爲宋・陸凝之《夜游宫》詞，略有改動）

春風捏就腰兒細，繫滴粉裙兒不起。從來只向掌中看，怎忍在、炬花影裏？　酒紅應是鉛華褪，暗蹙損眉峰雙翠。夜深沾兩繡鞋兒，靠那個、屏風立地？（卷八　閫府妓）

## 一字令

口，有似没量斗。川，有似三條椽。（卷九　外編一　薛濤）

## 黄金縷（按：上闋傳爲蘇小小鬼魂作，下闋傳秦觀續作，《全宋詞》歸司馬槱作）

妾本錢塘江上住，花落花開，不管流年度。燕子銜將春色去，紗窗幾陣黄梅雨。　斜插犀梳雲半吐，檀板輕敲，唱徹《黄金縷》。望斷行雲無覓處，夜涼明月生南浦。（卷九　外編一　蘇小小）

## 長相思（按：此詞上闋爲宋・歐陽修詞，下闋爲唐・白居易詞）

深花枝，淺花枝，深淺花枝相間時，花枝難似伊。　巫山高，巫山低，暮雨瀟瀟郎不歸，空房獨守時。（卷九　外編一　吴二娘）

## 望江南(按:此爲宋·張先詞)

青樓宴,靚女薦瑶杯。一曲白雲江月滿,際天拖練夜潮來。人物誤瑶臺。　醺醺酒,拂拂上雙腮。媚臉已非朱淡粉,香紅全勝雪籠梅。標格外塵埃。(卷十二　外編四　胡楚龍靚)

## 西江月(按:此傳爲宋·蘇瓊詞,或傳爲宋·尹温儀詞,文字多有異同)

韓愈文章蓋世,謝安才貌風流。良辰開宴在西樓,敢勸一杯芳酒。　記得南宫高過,弟兄争占鼇頭。一門玉殿御香浮,名在甲科第九。(卷十二　外編四　尹温儀)

## 木蘭花慢(按:此詞上闋傳爲宋·尹温儀詞)

浣花溪上風光主,燕夕桃源開幕府。商巖本是作霖人,也使閑花沾雨露。　父兄世業傳儒素,何事失身非類侣。若蒙化筆一吹嘘,免使飄零飛繡户。(卷十二　外編四　郭帥成都席上賦《木蘭花慢》)

## 一落索(按:此爲宋·陳鳳儀詞)

蜀江春色濃如霧,擁雙旌歸去。海棠也似别君難,一點點啼紅雨。　此去馬蹄何處,沙堤新路。禁林賜宴賞花時,還憶着西樓否。(卷十二　外編四　陳鳳儀)

## 減字木蘭花(按:此爲宋·洪惠英詞)

梅花似雪,剛被雪來相挫折。雪裏梅花,無限精神總屬他。　梅花無語,只有東君來作主。傳語東君,且與梅花作主人。(卷十二　外編四　合生詩詞)

## 長相思(按:此爲宋·吴淑姬詞)

煙霏霏,雨霏霏,雪向梅花枝上堆。春從何處回?　醉眼開,睡眼開,疏影横斜安在哉?從教塞管催。(卷十二　外編四　吴淑姬)

## 惜分飛·送别(按:此爲宋·吴淑姬詞)

岸柳依依拖金縷,是我朝來别處。惟有多情絮,故來衣上留人住。　兩眼啼紅空彈與,未見桃花又去。一片征帆舉,斷腸遥指苕溪路。(卷十二外編四　吴淑姬)

## 小重山·春秋(按:此爲宋·吴淑姬詞)

謝了荼蘼春事休,無多花片子,綴枝頭。庭槐影碎被風揉。鶯雖老,聲尚帶嬌羞。　獨自倚妝樓。一川煙草浪,襯雲浮。不如歸去下簾鈎。心兒小,難著許多愁。(卷十二外編四　吴淑姬)

## 祝英臺近(按:此爲宋·吴淑姬詞,文字有異同)

粉痕銷,音信斷,好夢又無據。病酒無聊,欹枕聽寒雨。斷腸曲曲屏山,温温沉水,都是舊、看承人處。　久離阻,應念一點芳心,閒愁知幾許。偷照菱花,清瘦自羞覷。可堪梅子黄時,楊花飛盡,亂鶯鬧、催春歸去。(卷十二　外編四　吴淑姬)

## 卜算子·贈樂琬(按:此爲宋·施酒監詞)

相逢情便深,恨不相逢早。識盡千千萬萬人,終不似、伊家好。　别你登長道,轉更添煩惱。柳外朱樓獨倚闌,滿目圍芳草。(卷十二外編四　樂琬)

## 卜算子(按:此爲宋·樂琬詞)

相思似海深,舊事如天遠。淚滴千千萬萬行,更使人、愁腸斷。　要見無因見,拚了終難拚。若是前生未有緣,待重結、來生願。(卷十二　外編四　樂琬)

## 賀新郎(按:此爲宋·平江妓詞,或謂宋·盧祖皋詞)

春色元無主,荷東君、着意看承,等閒分付。多少無情風與浪,又那更、蝶欺蜂妒。算燕雀、眼前無數。縱使簾櫳能愛護，到如今、已是成遲暮。芳草碧，遮歸路。　　看看做到難言處。怕見仙郎、旌旗輕轉，易歌襦袴。月滿西樓弦索静，雲蔽昆城閬府。便任他、一帆輕舉。獨倚闌干愁拍碎，慘玉容、淚眼如紅雨。去與住，兩難訴。（卷十二　外編四　平江妓）

## 朝中措（按：此爲宋・都下妓改歐陽修詞）

屏山欄檻倚晴空，山色有無中。手種庭前桃李，别來幾度春風。　　文章宰相，揮毫萬字，一飲千鍾。行樂不須年少，目前看取仙翁。（卷十二　外編四　都下妓）

## 滿庭芳（按：此爲宋・僧兒詞）

團菊苞金，叢蘭減翠，畫成秋暮風煙。使君歸去，千里共潸然。兩度朱幡雁水，全勝得、陶侃當年。如何見、一時盛事，都在送行篇。　　愁煩。梳洗懶，尋思陪宴，花月湖邊。有多少風流，往事縈牽。聞道霓旌羽駕，看看是、玉局神仙。應相許、沖雲破霧，一到洞中天。（卷十二　外編四　僧兒）

## 燕歸梁（按：此爲宋・趙才卿詞）

細柳營中有亞夫，華宴簇名姝。雅歌長許佐投壺。無一日、不歡娱。　　漢王拓境思名將，捧飛詔欲登途。從前密約盡成虚。空贏得、淚流珠。（卷十二　外編四　趙才卿）

## 踏莎行（按：此應爲《鵲橋仙》調，傳爲宋・蜀妓詞）

説盟説誓，説情説意，動便春愁滿紙。多應念得脱空經，是那個先生教底？　　不茶不飯，不言不語，一味供他憔悴。相思已是不曾閒，又那得工夫咒你？（卷十二　外編四　翁客妓）

## 市橋柳・送行（按：此傳爲宋・蜀妓詞）

欲寄意，渾無所有，折盡市橋官柳。看君着上征衫，又相將，放船楚江口。　　後會不知何日又。是男兒、休要鎮長相守。苟富貴，無相忘，若相

忘，有如此酒。（卷十二　外編四　蜀妓）

## 減字木蘭花（按：此爲宋·李秀蘭詞，文字有異同）

自從君去，曉夜縈牽腸斷處。綠遍香階，過夏經秋雁又來。　想伊那裏，應也情懷愁不止。渺渺書沉，直至如今没信音。（卷十二　外編四　李秀蘭）

## 瑞鷓鴣·憶舊（按：此應爲宋時歌女之詞，文字有異同）

昔時曾從漢梁王，濯錦江邊醉幾場。拂石坐來衫袖冷，踏花歸去馬蹄香。　當初酒盞寧辭醉，今日愁來不易當。暗想舊遊渾似夢，芙蓉城下水茫茫。（卷十二　外編四　京師妓）

## 鷓鴣天（按：此爲元·馮子振贈珠簾秀詞）

憑倚東風遠映樓，流鶯窺面燕低頭。蝦鬚瘦影纖纖織，龜背香紋細細浮。　紅霧斂，彩雲收，海霞爲帶月爲鈎。夜來卷盡西山雨，不著人間半點愁。（卷十二　外編四　珠簾秀）

**風光好“好姻緣”**（按：此相傳爲宋·陶穀詞，前面卷一·下“任杜娘”條已輯，此存目。前後兩處情節略似，惟誘使陶穀亂性之妓女，前爲任杜娘，此爲秦弱蘭）（卷十三　外編五　秦弱蘭）

## 望海潮（按：此爲宋·柳永詞）

東南形勝，三吴都會，錢塘自古繁華。煙柳畫橋，風簾翠幕，參差十萬人家。雲樹繞堤沙。怒濤卷霜雪，天塹無涯。市列珠璣，户盈羅綺競豪奢。　重湖疊巘清佳。有三秋桂子，十里荷花。羌管弄晴，菱歌泛夜，嘻嘻釣叟蓮娃。千騎擁高牙，乘醉聽簫鼓，吟賞煙霞。異日圖將好景，歸去鳳池誇。（卷十三　外編五　楚楚）

## 雨中花（二首）（按：此爲宋·張才翁詞，略有改動）

萬縷青青，初眠官柳，向人猶未成陰。據征鞍無語，擁鼻微吟。　遠宦情懷誰問，空勞壯志銷凝。好花時節，山城留滯，又負歸心。

別離萬里，飄蓬無定，曾念會合難憑。相聚裏，莫辭金盞，酒淺還深。　　欲把春愁抖擻，春愁轉更難禁。亂山高處，憑闌垂袖，聊寄登臨。（卷十三　外編五　楊皎）

## 南鄉子（按：此爲宋・賈奕詞）

閑步小樓前，見個佳人貌類仙。暗想聖情渾似夢，追歡。執手蘭房恣意（憐）。　　一夜説盟言，滿掬沉檀噴瑞烟。報道早朝歸去晚，回鑾。留下鮫綃當宿錢。（卷十三　外編五　李師師）

## 念奴嬌（按：此爲宋・宋江詞）

天南地北，問乾坤何處，可容狂客？借得山東烟水寨，來買鳳城春色。翠袖圍香，絳綃籠雪，一笑千金值。神仙體態，薄倖如何消得！　　想盧葉灘頭，蓼花汀畔，皓月空號碧。六六雁行連八九，只等金鷄消息。義膽包天，忠肝蓋地，四海無人識。離愁萬種，醉鄉一夜頭白。（卷十三　外編五　李師師）

# 《才鬼記》詞

（梅鼎祚撰　十六卷　《四庫全書存目叢書》據明萬曆三十三年蟫隱居刻本影印　齊魯書社　一九九六）

## 大石調·傾杯（按：此爲宋·柳永詞）

金風淡蕩，漸秋光老、清宵永。小院新晴天氣，輕煙乍斂，皓月當軒練浄。對千里寒光，念幽期阻、當殘景。早是多愁多病。那堪細把，舊約前歡重省。　　最苦碧雲信斷，仙鄉路杳，歸鴻難倩。每高歌、强遣離懷，奈慘咽、翻成心耿耿。漏殘露冷。空贏得、悄悄無言，愁緒終難整。又是立盡，梧桐清影。（卷八　鬼謡）

## 清平樂（按：此爲宋·吴城小龍女《清平樂》詞）

簾捲危欄獨倚，江展暮天無際。淚眼不曾晴，家在吴頭楚尾。　　數點雪花亂委，撲漉沙鷗驚起。詩句始成時，没入蒼煙叢裏。（卷八　江亭女子）

## 黄金縷（按：上闋傳蘇小小鬼魂作，下闋傳秦覯續作，《全宋詞》歸司馬槱作）

妾本錢唐江上住。花落花開，不管流年度。燕子銜將春色去，紗窗幾陣黄梅雨。　　斜插犀梳雲半吐，檀板輕敲，唱徹《黄金縷》。夢斷彩雲無覓處，夜凉明月生南浦。（卷八　蘇小小）

## 未標牌名（按：此爲宋·慕容巖卿妻《浣溪沙》詞）

滿目江山憶舊遊，汀花汀草弄春柔。長亭艤住木蘭舟。　　好夢易隨流水去，芳心空逐曉雲愁。行人莫上望東樓。（卷九　慕容岩卿妻）

## 浣溪沙（按：此爲宋・珍娘詞，文字有異同）

溪露溪煙溪景新，溶溶春水净無塵，碧琉璃底浸春雲。　風揚遊絲垂蝶翅，雨飄飛絮濕鶯唇，桃花片片送殘春。（卷九　珍娘）

## 減字木蘭花（按：此傳爲宋・王嬌娘詞）

蓮閨愛絶，長向碧瑶深處歇。華表來歸，風物依然人事非。　月光如水，偏照鴛鴦新塚裏。黄鶴催班，此去何時得再還？（卷九　王嬌紅）

**木蘭花慢"記前朝舊事"**（按：《剪燈新話》卷二《滕穆醉游聚景園記》已輯，此存目）（卷十　滕穆醉游聚景園記）

## 齊天樂（按：此傳爲元・羅愛愛詞）

恩情莫把功名誤，離筵又歌《金縷》。白髮慈親，紅顔幼婦，君去有誰爲主？流年幾許，況悶悶愁愁，風風雨雨。鳳拆鸞分，未知何日更相聚。　蒙君再三分咐，向堂前侍奉，休辭辛苦。萬里皇恩，五花宫誥，要待封妻拜母。君須聽取，怕日薄西山，易生愁阻。早促回程，彩衣相對舞。（卷十　愛卿傳）

## 沁園春（按：此傳爲元・羅愛愛詞）

一别三年，一日三秋，君何不歸？記尊姑老病，親供藥餌，高墳埋葬，親曳麻衣。夜卜燈花，晨占鵲喜，雨打梨花晝掩扉。誰知道，把恩情永隔，書信全稀。　干戈滿目交揮，奈命薄時乖履禍機。向銷金帳底，猿驚鶴怨。香羅巾下，玉碎花飛。要學三貞，須拚一死，免被傍人話是非。君相念，算除非畫裏，得見崔徽。（卷十　愛卿傳）

## 臨江仙（按：此傳爲元明間劉翠翠詞）

曾向書窗同筆硯，故人今作新人。洞房花燭十分春，汗沾蝴蝶粉，身惹麝香塵。　殢雨尤雲渾未慣，枕邊眉黛羞顰。輕憐痛惜莫辭頻。願郎從此始，日近日相親。（卷十　翠翠傳）

## 臨江仙(按:此傳爲元明間金定詞)

記得書齋同筆硯,新人不是他人。扁舟來訪武陵春。仙居憐紫府,人世隔紅塵。　海誓山盟心已許,幾番淺笑深顰。向人猶自語頻頻。意中無别意,親後有誰親?(金定　卷十　翠翠傳)

## 念奴嬌(按:此傳爲明·鄭婉娥詞,當爲明人附會之作)

離離禾黍,歎江山似舊,英雄塵土。石馬銅駝荆棘裏,閲遍幾番寒暑。劍戟灰飛,旌旗鳥散,底處尋樓艫。喑嗚叱咤,只今猶説西楚。　憔悴玉帳虞兮,燈前掩面,淚交飛紅雨。鳳輦羊車行不返,九曲愁腸慢苦。梅瓣凝妝,楊花翻曲,回首成終古。翠螺青黛,絳仙慵畫眉嫵。(卷十一　秋夕訪琵琶亭記)

## 鷓鴣天(按:此爲明·林景清詞)

八字嬌蛾恨不開,陽臺今作望夫臺。情方好處人相别,潮未平時僕已催。　聽囑咐,莫疑猜,蓬壺有路去還來。穇穇一樹垂絲柳,休傍他人門户栽。(卷十三　楊玉香)

## 鷓鴣天(按:此爲明·楊玉香詞)

郎是閩南第一流,胸蟠星斗氣横秋。新詞宛轉歌才畢,又逐征鴻下翠樓。　開錦纜,上蘭舟,見郎歡喜别郎憂。妾心政似長江水,晝夜隨郎到福州。(卷十三　楊玉香)

## 念奴嬌·甲子重陽日(按:原謂鬼女王秋英詞)

今夕何夕,對芳辰、又是重陽時節。故里當年,錦堂上、也捧萸觴綴席。金谷離離,蘭亭冉冉,總灰飛煙滅。勘破興亡,回首不須嗚咽。　捱盡寂寞黄昏,如何肯污了,連城堅壁。瓊苑玉人綰良緣,雲雨潛會巫峽。無奈薄情,雨散雲收,依舊銀河隔。衰草荒丘,夜夜孤鴻嘹嚦。(卷十三　王秋英)

## 臨江仙·除夕生夢與女登樓(按:原謂鬼女王秋英詞)

燈火滿城鳴竹爆,家家收拾殘年。春陽初轉動朱弦。金爐香滿爇,裊裊泛輕煙。　人事天時又一歲,迎春送臘開筵。多情杯酒奠金錢,不須斟玉斝,撫景恨悠然。(卷十三　王秋英)

## 瀟湘逢故人慢·清明日(按:原謂鬼女王秋英詞)

春光將暮,見嫩柳拖煙,嬌花帶霧。傾刻自風雨。把綿上深思,宫中遺事,鑽火留餳,都付卻、落花飛絮。又何事,挈藍提壺,鬥草踏青載路。　子歸啼,蝴蝶舞。遍南北山頭,紙灰緑酹。奠一丘黄土。嗟海角飄零,湘陰淒楚。無主泉闗,也能得有情雞黍。畫角聲、吹落梅花,又帶離愁歸去。(卷十三　王秋英)

## 滿江紅·乙丑七夕(按:原謂鬼女王秋英詞)

溽暑誰收,秋聲報、梧桐一葉。又聽得、蛩泣皆[階]除,雁啼沙磧。清輝玉宇欲無塵,縹緲妒雲漫凝跡。意難忘倏忽馭飈輪,話舊約。　柳風疏,歡情折。蓉露冷,離愁結。這滴滴丁丁,不堪苦惡。夢魂河漢隔年期,骨肉闗山千里别。兩闗情,極目楚山雲,龍江月。(卷十三　王秋英)

## 滿江紅·次岳武穆(按:原謂鬼女王秋英詞)

話約銀河,霎時間、雲收雨歇。枉做了、叢莽溪頭,一場轟烈。溪山風雨百年心,家國存亡千里月。有何心勾引蔓藤纏,添悽切。　煙花恥,應難雪。雲雨債,何時滅?爲塵緣故把白瑜玷缺。高唐夢裏情如水,南浦尊前淚成血。羞睹著,嫦娥長自在,瓊瑶闕。(卷十三　王秋英)

## 喜遷鶯·丙子七夕(按:原謂鬼女王秋英詞)

憑闌極目,正雲斂晴空,月穿修竹。遥想當年,白石湖頭,巖溜淙金激玉。從教歲月優遊,不管人間横矗。邇年來,爲意界情田,遷喬出谷。　頻蹙,嗟南北,萍蹤天涯,遊子尚蕉鹿。影度行雲,情隨逝水,荏苒幾番馳逐。依

依燈火城南，隱隱桑麻社曲。直須待，挹北斗寒芒，三生願足。（卷十三　王秋英）

## 碧芙蓉・壬辰七夕星橋懷古（按：原謂鬼女王秋英詞）

往事重回首，三十年華，渾如夢蝶。百種情懷，費無限周折。傷秋至，唧唧蛩哀；恨夜闌，寥寥燈滅。有何話説。闘楚關頭，直恁都抛撇。　　算今古英傑，荒隴空餘斷碣。苔蘚縱横，不辨龍蛇跡。誰不羡，漢闕秦宫；衹做了，狐蹤兔穴。惟有雙星，亘萬古、東西分列。（卷十三　王秋英）

## 白苧（按：原謂世傳爲紫姑神詞，《草堂詩餘》作柳永詞）

繡簾垂，畫堂悄，寒風淅瀝。遥天萬里，黯淡同雲冪冪。漸紛紛，六花零亂散空碧。姑射宴瑶池，把碎玉零珠抛擲。林巒望中，高下瓊瑶一色。嚴子陵、釣臺歸路迷蹤跡。　　追惜。燕然畫角，寶蕎珊瑚，是時丞相，虚作銀城换得。當此際，偏宜訪袁安宅，醺醺醉了，任他金釵舞困，玉壺傾側。又是東君，暗遣花神，先報南國。昨夜江梅，漏泄春消息。（卷十四　白苧詞）

## 一捻紅・題牡丹（按：原謂沈延年邀紫姑神作）

睹嬌紅細捻，是西施當日，留心千葉。西都競栽接，賞園林臺榭，何妨日涉。輕羅曼褶，費多少，陽和調燮。向曉來，露浥芳苞，一點醉紅潮頰。　　雙靨，姚黄國豔，魏紫天香，倚風羞怯。雲鬢試插，引動狂蜂浪蝶。況東君開宴，賞心樂事，莫惜獻酬頻疊。看相將，紅藥翻階，尚餘侍妾。（卷十四　一捻紅詞）

## 浪淘沙（按：此詞宋人傳爲蓬萊仙人玉英作，見王灼《碧雞漫志》）

塞上早春時，暖律猶微，仰舒金綫柳回堤。料得江南應更好，開盡梅溪。　　晝漏漸遲遲，愁損香肌。幾回無語斂雙眉，憑遍闌干十二曲。日下樓西。（卷十四　浪淘沙詞）

## 未標牌名（按：原文謂紫姑神詞，用《憶少年》調）

淒凉天氣，淒凉院宇，淒凉時候。孤雁叫斜月，寒燈伴殘漏。　　落盡

梧桐清影瘦，鑒古畫眉難就。重陽又近也，對黄花依舊。（卷十四　降仙詩詞）

## 鵲橋仙（按：原文謂箕仙所書）

鸞輿初駕，牛車齊發，隱隱鵲橋咿軋。尤雲殢雨正歡濃，但只怕來朝初八。　霞垂彩幔，月明銀燭，馥鬱香噴金鴨。年年此際一相逢，未審是甚時結煞。（卷十四　降仙詩詞）

## 望江南（按：原文謂箕仙灌口神王作）

才舉意，玄象照離宫。坎女離男金水火，幾多鐵騎漫英雄，最苦是雲中。　遼東鶴，驚起老蒼龍。四海九州沾惠澤，狼煙影裏弄清風。堪作主人公。（卷十五　清源真君）

## 西江月（按：原文謂元人傳爲武當山真武神降筆，或謂元・劉秉中作）

九九乾坤已定，清明節候開花。米田天下亂如麻，直待龍蛇繼馬。
依舊中華福地，古月一陣還家。當初指望作生涯，死在西江月下。（卷十五　真武神）

## 踏莎行（按：此傳爲唐・吕巖詞）

輕揮羽扇，平分湘水，煙霞泉石爲佳侣。清風兩袖膽氣粗，洞庭飛過經千里。　飽嚼瑶華，醉斟玉髓，乾坤收拾葫蘆裹。一令長笑海空秋，數着殘棋山月起。（卷十五　吕洞賓　何仙姑）

## 木蘭花慢（按：此爲元・鄭禧贈吴氏女詞，有改動）

倚平生豪氣，動星斗，渺雲煙。記楚水湘山，吴雲越月，頻入詩篇。菱花劍，光零亂，算幾番沉醉樂風前。閒種仙人瑶草，故家五色雲邊。　芙容金闕正需賢，詔下九重天。念滿腹琅玕，盈襟書傳，人正韶年。蟾宫近傳芳信，姮娥嬌豔待詩仙。領取天香第一，縱横禮樂三千。（卷十五　吴氏女）

## 木蘭花慢（按：此爲元・吴氏女和鄭禧詞，文字有異同）

愛風流儒雅，看筆下，掃雲煙。正困倚書窗，慵拈針綫，懶咏詩篇。紅葉未知誰繫，謾躊躇無語小闌前。燕子知人有意，雙雙飛度花邊。　殷勤一笑問英賢，夫乃婦之天。恐薛媛圖形，楚材興念，唤醒當年。疊疊滿枝梅子，料今生無分共披仙。赢得鮫綃帕上，啼痕萬萬千千。（卷十五　吴氏女）

## 木蘭花慢（按：此爲元・鄭禧贈吴氏女詞）

望垂楊裊翠，簾試捲，小紅樓。想鳳佩敲瓊，鸞妝沁粉，越樣風流。吟懷自憐豪健，灑雲箋、醉裏度春秋。有唱還應有和，纖纖玉映銀鈎。　犀心一點暗相投，好事莫悠悠。便有約尋芳，蜂媒纔到，蝶使重遊。梅花故園憔悴，揖東風讓與古梢頭。況是梅花無語，杏花好好相留。（卷十五　吴氏女）

## 木蘭花慢（按：此爲元・吴氏女和鄭禧詞）

看紅箋寫恨，人醉倚，夕陽樓。故里梅花，才傳春信，先認儒流。此生料應緣淺，綺窗下、雨怨共雲愁。如今杏花嬌豔，珠簾懶上銀鈎。　絲蘿喬樹欲依投，此景兩悠悠。恐鶯老花殘，翠嫣紅減，辜負春遊。蜂媒問人情思，總無言應只低頭。夢斷東風路遠，柔情猶爲遲留。（卷十五　吴氏女）

## 未標牌名（按：原文謂箕仙降筆，《全金元詞》收爲吴氏女詞）

緑慘雙鸞，香魂猶自多迷戀。芳心密語在身邊，如見詩人面。　又是柔腸未斷，奈天不從人願。瓊消玉減，夢魂空有，幾多愁怨。（卷十五　吴氏女）

## 木蘭花慢（按：此爲元・鄭禧思念吴氏女詞）

任東風老去，吹不斷，淚盈盈。記春淺春深，春寒春暖，春雨春晴。都來議與詩人興。更落花無定挽春情。芳草猶迷舞蝶，緑楊空誤流鶯。　玄霜著意擣初成，回首失雲英。但如醉如癡，如狂如舞，如夢如驚。香魂至今迷戀，問真仙消息最分明。後夜相逢何處？清風明月蓬瀛。（卷十五　吴氏女）

## 未標牌名（按：原文謂箕仙降筆，用《西江月》調，《全金元詞》收爲吴氏女詞，文字有異同）

今日瑶池大會，群仙不肯來臨。真華傳與鄭郎君，記得相嘲妒行。　好個《木蘭花慢》，休提相契分明。君還要問那香魂，正在仙宫聽命。（卷十五　吴氏女）

# 《虞初志》詞

（吴仲虚撰　八卷　《續修四庫全書》據明弦歌精舍如隱草堂刻本影印　上海古籍出版社　二〇〇一）

## 未標牌名（按：原文謂王母所歌）

勸君酒，爲君悲且吟。自從頻見市朝改，無復瑶池宴樂心。（卷四　嵩岳嫁女記）

## 未標牌名（按：原文謂穆天子所歌）

奉君酒，休歎市朝非。早知無復瑶池興，悔駕驊騮草草歸。（卷四　嵩岳嫁女記）

## 未標牌名（按：此爲唐・韓翃《章臺柳・寄柳氏》詞）

章臺柳，章臺柳，昔日青青今在否？縱使長條似舊垂，亦應攀折他人手。（卷六　柳氏傳）

## 未標牌名（按：此爲唐・柳氏《楊柳枝・答韓翃》詞）

楊柳枝，芳菲節，所恨年年贈離别。一葉隨風忽報秋，縱使君來豈堪折。（卷六　柳氏傳）

# 《梅花草堂筆談》詞

（張大復撰　十四卷　《筆記小説大觀》本　臺北新興書局　一九八一）

## 賀新郎・咏水仙（按：此爲宋・辛棄疾詞，略有改動）

雲臥衣裳冷。看蕭然、風前月下，水邊幽影。羅襪塵生淩波步，湯沐煙波萬頃。愛一點、嬌紅成暈。不記相逢曾解佩，甚多情、爲我香成陣。待和淚，揾殘粉。　　靈均千古懷沙恨。恨當時、怱怱忘把，此花題品。煙雨淒迷僝僽損，翠被摇摇誰整？謾寫入、瑶琴幽憤。弦斷招魂無人賦，但金杯的礫銀臺潤。愁滯酒，又還醒。（卷十）

# 《香臺集》詞

（瞿佑撰　三卷　臺北偉文圖書出版社　一九七七）

## 楊白華歌（按：此爲唐・柳宗元樂府歌詞，文字有異同）

楊白華，風吹渡江水。坐令宫樹無顔色，摇蕩春光千萬里。茫茫曉月下長秋，歌未斷，城烏起。（卷上　武靈白華）

## 未標牌名・荔枝詞（按：此爲宋・蘇軾《減字木蘭花》中句）

輕紅釀白，雅稱佳人纖手擘。骨細肌香，恰似當年十八娘。（卷中　杏娘拆字）

## 風光好（按：此相傳爲宋・陶穀詞）

好因緣，惡因緣，只得郵亭一夜眠。别神仙。　琵琶撥盡相思調，知音少。待得鸞膠續斷弦，是何年？（卷下　弱蘭官驛）

## 未標牌名（按：此爲唐・韓翃《章臺柳・寄柳氏》詞）

章臺柳，章臺柳，昔日青青今在否？縱使長條似舊垂，也應攀折他人手。（卷下　柳氏重婦）

## 未標牌名（按：此爲唐・柳氏《楊柳枝・答韓翃》詞）

楊柳枝，芳菲節，所恨年年贈離别。一葉隨風忽報秋，縱使君來豈堪折。（卷下　柳氏重婦）

## 未標牌名（按：此爲宋・柳永《雨霖鈴》中句）

今宵酒醒何處？楊柳岸，曉風殘月。（卷下　月仙古渡）

## 未標牌名(按:此爲宋・周邦彦《瑞龍吟》中句)

前度劉郎重到,訪鄰尋里,同時歌舞。惟有舊家秋娘,聲價如故。(卷下)

## 未標牌名(按:此爲宋・秦觀《好事近》中句)

飛雲當面化龍蛇,天橋掛[夭嬌轉]空碧。醉臥古藤陰下,杳不知南非。(卷下)

## 未標牌名(按:此爲宋・柳永《晝夜樂》詞,中間有減句)

秀香家住桃花徑,算神仙、才堪並。層波細翦明眸,膩玉圓搓素頸。
金爐麝嫋青煙,鳳帳燭摇紅影。無限狂心乘酒興。這歡娱、漸入嘉境。猶自怨鄰雞,道春宵不永。(卷下)

# 《閒適劇談》詞

（鄧球撰　五卷　《四庫全書存目叢書》影印明萬曆鄧雲臺刻本　齊魯書社　一九九五）

## 莫打鴨（按：此爲宋·梅堯臣詞，有改動）

莫打鴨，打鴨驚鴛鴦。鴛鴦新向池北落，不比孤洲老禿鶬。禿鶬尚欲遠飛去，何况鴛鴦羽翼長。（卷一　客對）

## 臨江仙（按：此爲宋·韓世忠詞）

冬日青山瀟灑静，春來山暖花濃。少年衰老與花同。世間名利客，富貴與貧窮。　　榮華不是長生藥，清閒不是死門風。勸君識取示人翁。單方只一味，盡在不言中。（卷一　客對）

## 未標牌名·耐辱居士歌（按：此爲唐·司空圖詞）

日日咄語，休休休，莫莫莫。伎倆雖多性靈惡，賴是長教閑處着。休休休，莫莫莫。　　一局棋，一爐藥，天意時情可料度。白日偏催快活人，黄金難買堪騎鶴。若曰爾何能？答曰耐辱莫。（卷二　志英論）

## 行香子（四首）（按：此爲元·明本詞）

不愛驕奢，不喜諠譁。身穿着、百衲袈裟，行中乞化，坐演三車。却怕人知，怕人問，怕人誇。　　雪竹交加，玉樹槎芽。一枝開、五葉梅花。東村檀越，西市恩家。但去時齋，閑時講，坐時茶。

無物思量。萬慮皆忘。坐西班、大衆禪床。粗衣遮體，粥飯充腸。有一函經，一佛像，一爐香。　　功課尋常，功行非常。愛山中、白晝偏長。翠苔巖洞，緑水邊傍。有一天風，一天月，一天凉。

松嫩堪餐，竹密須删。息塵緣、何事相干。心超物外，身處人間。有十分清，十分淡，十分閑。　　學道非艱，守道多難。結跏趺、坐想循環。苦空僧舍，寂寞禪關。對幾層雲，幾層水，幾層山。

四序無窮，萬物皆同。守空門、佛祖家風。香煙結白，燭影摇紅。對翠梧桐，金菡萏，玉芙蓉。　　潦倒山翁，少小頑童。天性兒、一様疏慵。偶來塵世，卻想山中。有一枝梅，一竿竹，萬年松。（卷二　志英論）

## 未標牌名·别意詞（按：此爲宋·孫洙詞）

雲樓頭尚有三通鼓，何須抵死催人去。上馬苦匆匆，琵琶曲未終。　　回頭凝望處，那更廉纖雨。漫道玉爲堂，玉堂今夜長。（卷三　薛文清語）

## 虞美人·風（按：此爲明·鄧球詞）

窗外松吟驚枕夢，覺流鶯春動。銀鈎忽聽柔羅響，不信人豪偏惹東君送。　　夜深天籟自中宫，好把滕王頌。細移鴛枕凌嬌鳳，清韻微聞打破不周洞。（卷四　風花雪月四調）

## 醉花陰·花（按：此爲明·鄧球詞）

誰裝點上林天巧，取次來蓬島。濃淡襲羅浮，卻羨牡丹，容艷知多少。　　春來粉蝶踰東墻，桃李深縹緲。重蔭樛木，蔓引群芳，上苑真珠小。（卷四　風花雪月四調）

## 點風唇·雪（按：此爲明·鄧球詞）

梨苑飄寒，想不到錦園深處。瑶臺玉樹，笑把梁才注。　　白映西窗，瓊滴東床清。香晚住，銀光夜度，夢結桃源路。（卷四　風花雪月四調）

## 西江月·月（按：此爲明·鄧球詞）

初漏東簾斜影，一圓粉黛當空。美唐皇傾倒其中，牽惹鸞和鳳。　　梅暗猶香韻，花羞不點紅。澄漢無星雲雨通，不與梨花同夢。（卷四　風花雪月四調）

# 《花當閣叢談》詞

（徐復祚撰　八卷　《續修四庫全書》據清嘉慶刻《借月山房彙抄》本影印　上海古籍出版社　二〇〇一）

## 踏莎行（按：此傳爲唐・吕巖詞）

輕揮羽扇，平分湘水，煙霞泉石爲佳侣。清風兩袖膽氣粗，洞庭飛過經千里。　飽嚼瑶華，醉斟玉髓，乾坤收拾葫蘆裹。一聲長笑海天秋，數着殘棋山月起。（卷五　召乩）

# 《客座贅語》詞

（顧起元撰　十卷　《續修四庫全書》據明萬曆四十六年刻本影印　上海古籍出版社　二〇〇一）

## 臨江仙（按：此摘取南唐·李煜《臨江仙》、宋·康與之《瑞鶴仙令》而合成）

櫻桃落盡春歸去，蝶翻金粉雙飛。子規啼月小樓西，曲闌珠箔，惆悵卷金泥。門巷寂寥人去後，望殘煙，柳低迷。（卷五　閨中長短句）

## 過秦樓（按：此爲明·顧璘詞）

虎卧天門，龍騰鳳閣，書法王家原妙。畫爛衣襟，磨乾池水，透得舊來關竅。更狂僧醉聖，探奇掇雋，從横顛倒。愛青年方盛，高名欻起，萬人稱好。　歎拙手勉强挑戈，依稀撥鐙，那識就中天巧。欲取金丹，並携《洛賦》，子細從君論討。只恐揮毫遲留迅疾，肘腕不禁衰老。判千金買紙如山，倩渠長掃。（卷七　子新字）

# 《説略》詞

(顧起元撰　三十卷　影印文淵閣《四庫全書》本　台北商務印書館　一九八六)

## 未標牌名(按:此爲宋・蔣捷《解佩令》中句)

春雨如絲,繡出花枝紅褭。怎禁他、孟婆合皂。(卷一　象緯)

## 解紅歌(按:此爲唐・和凝詞)

百戲罷,五音清,《解紅》一曲新教成。兩個瑶池小仙子,此時奪却《柘枝》名。(卷十一　律支)

## 未標牌名(按:此爲宋・徐伸《轉調二郎神》中句)

重省,别時淚漬,羅巾猶凝。(卷十五　字學)

## 未標牌名(按:此爲宋・高觀國《玉蝴蝶》中句)

想蓴汀、水雲愁凝,閒蕙帳,猿鶴悲吟。(卷十五　字學)

## 未標牌名(按:此爲宋・柳永《晝夜樂》中句)

愛把歌喉當筵逞,遏天邊,亂雲愁凝。(卷十五　字學)

## 未標牌名・雙鳧杯詞(按:此爲宋・王寀詞)

時時行地羅裙掩,雙手更擎春瀲灩。傍人都道不須辭,盡做十分能幾點。　春柔淺蘸蒲萄暖,和笑勸人教引滿。洛塵忽浥不勝嬌,剗踏金蓮行款款。(卷二十五　食憲)

# 《古今譚概》詞

（馮夢龍撰　三十六卷　《續修四庫全書》據明刻本影印
上海古籍出版社　二〇〇一）

## 未標牌名（按：此爲宋・柳永《雨霖鈴》中句）

今宵酒醒何處，楊柳岸，曉風殘月。（苦海部第七　前人詩文之病）

## 迴波詞（按：此爲唐・中宗優人詞，文字有異同）

迴波爾時栲栳，怕婦亦是大好，外面祇有裴談，内面無如李老。（閨誡部第十九　裴談）

## 未標牌名（按：此爲宋・徐似道《阮郎歸》詞）

茶寮山上一頭陀。新來學得麽。蝤蛑螃蠏與烏螺。知他放幾多。
有一物，似蜂窠。姓牙名老婆。雖然無奈得他何，如何放得他。（文戲部第二十七　詞）

## 如夢令（按：此爲元・袁介詞）

今夜盛排筵宴，準擬尋芳一遍。春去已多時，問甚紅深紅淺。不見，不見，還你一方白絹。（文戲部第二十七　詞）

## 行香子

浙右華亭，物價廉平，一道會買個三升。打開瓶後，滑辣光馨。教君霎時飲，霎時醉，霎時醒。　　聽得淵明，説與劉伶，這一瓶約莫三觔。君還不信，把稱來稱。有一觔酒，一觔水，一觔瓶。（文戲部第二十七　詞曲）

# 《情史》詞

（馮夢龍撰　二十四卷　《古本小説集成》據明末刊本影印　上海古籍出版社　一九九一）

## 滿庭芳（按：此爲宋・徐君寶妻張氏詞）

漢上繁華，江南人物，尚遺宣政風流。緑窗朱户，十里爛銀鉤。一旦刀兵齊舉，旌旗擁、百萬貔貅。長驅入，歌臺舞榭，風捲落花愁。　清平三百載，典章文物，掃地俱休。幸此身未北，猶客南州。破鑑徐郎何在？空惆悵，相見無繇。從今後，斷魂千里，夜夜岳陽樓。（卷一　情貞類）

## 未標牌名（按：此爲宋・卓田《眼兒媚・題蘇小樓》詞，有改動）

丈夫隻手把吴鈎，欲斷萬人頭。因何鐵石，打成心性，卻爲花柔。
君看項籍並劉季，一怒使人愁。只因撞着，虞姬戚氏，豪氣都休。（卷一　情貞類）

## 未標牌名（按：此摘録宋・蘇軾《永遇樂》詞）

天涯倦客，山中歸路，望斷故園心眼。燕子樓空，佳人何在？空鎖樓中燕。古今如夢，何曾夢覺，但有舊愁新怨。異時對南樓夜景，爲徐浩歎。（卷一　情貞類）

## 未標牌名（按：此傳爲明・劉奇詞）

營巢燕，雙雙雄，朝暮銜泥辛苦同。若不尋雌繼殻卵，巢成畢竟巢還空。（卷二　情緣類）

## 未標牌名

營巢燕，雙雙飛，天設雌雄事久期。雌兮得雄願已足，雄兮將雌胡不知？（卷二　情緣類）

## 未標牌名

營巢燕，聲聲叶，莫使青春空歲月。可憐和氏璧無瑕，何事楚君終不納？（卷二　情緣類）

## 臨江仙（按：此爲元・崔英妻黄氏詞）

少日風流張敞筆，寫生不數黄筌。芙蓉畫出最鮮妍。豈知嬌豔色，翻抱死生冤。　粉繪淒凉餘幻質，只今流落誰憐。素屏寂寞伴枯禪。今生緣已斷，願結再生緣。（卷二　情緣類）

## 一剪梅（按：此傳爲宋・張幼謙詞）

同年同日又同窗，不似鸞凰，誰似鸞凰。石榴樹下事匆忙。驚散鴛鴦，拆散鴛鴦。　一年不到讀書堂，教不思量，怎不思量。朝朝暮暮只燒香。有分成雙，願早成雙。（卷三　情私類）

## 長相思（按：此傳爲宋・張幼謙詞）

天有神，地有神。海誓山盟字字真。如今墨尚新。　過一春，又一春。不解金錢變作銀。如何忘卻人。（卷三　情私類）

## 卜算子（按：此傳爲宋・羅惜惜詞）

幸得那人歸，怎便教來也。一日相思十二辰，直是情難捨。　本是好姻緣，又怕姻緣假。若是教隨别個人，相見黄泉下。（卷三　情私類）

## 卜算子（按：此傳爲宋・張幼謙和羅惜惜詞）

去時不繇人，歸怎繇人也。羅帶同心結到成，底事教拚捨。　心是

十分真，情没些兒假。若道歸遲打掉篦，甘受三千下。（卷三　情私類）

## 玉樓春（按：此傳爲宋・方喬詞）

緑陰撲地鶯聲近，柳絮如綿煙草襯。雙鬟玉面碧窗人，一紙銀鈎春鳥信。　佳期遠卜清秋夜，梧樹稍頭明月掛。天公若解此情深，今歲何須三月夏。（卷三　情私類）

## 卜算子（按：此傳爲宋・方喬妻紫竹之詞）

繡閣鎖重門，攜手終非易。牆外憑他花影摇，那得疑郎至。　合眼想郎君，别久難相似。昨夜如何繡枕邊，夢見分明是。（卷三　情私類）

## 踏沙行・紀恨（按：此傳爲宋・方喬妻紫竹之詞）

醉柳迷鶯，懶風熨草，約郎暫會閑門道。粉牆陰下待郎來，蘚痕印得鞋痕小。　玉漏方催，月光漸小，望郎不到心如搗。避人歸倚小圍屏，斷魄還向牆陰繞。（卷三　情私類）

## 菩薩蠻（按：此傳爲宋・方喬妻紫竹之詞，文字有異同）

約郎共會西厢下，嬌羞竟負從前話。不道一睽違，佳期難再期。　郎君知我愧，故把書相詆。寄語不須謊，見時須打郎。（卷三　情私類）

## 菩薩蠻（按：此傳爲宋・方喬詞）

秋風只擬同衾枕，春歸依舊成孤寢。爽約不思量，翻言要打郎。　鴛鴦如共耍，玉手何辭打。若再負佳期，還應我打伊。（卷三　情私類）

## 踏沙行（按：此傳爲宋・方喬妻紫竹之詞）

筆鋭金針，墨濃螺黛，盟言寫就囊兒袋。玉屏一縷獸爐煙，蘭房深處深深拜。　芳意無窮，花箋難載，簾前細祝風吹帶。兩情願得似堤邊，一江緑水年年在。（卷三　情私類）

## 未標牌名(按:此傳爲宋·方喬妻紫竹《生查子》詞)

晨鶯不住啼,故喚愁人起。無力曉妝慵,閑弄荷錢水。　　欲呼女伴來,鬥草花陰裏。嬌極不成狂,更向屏山倚。(卷三　情私類)

## 未標牌名(按:此傳爲宋·阮華《菩薩蠻》詞)

玉簫一曲無心度,誰知引入桃源路。邂逅曲欄邊,匆忙欲並肩。　　一時風雨急,忽爾分雙翼。回首洛川人,翻疑化作雲。(卷三　情私類)

## 如夢令·紅白桃花(按:此爲宋·嚴蕊詞)

道是梨花不是,道是杏花不是。白白與紅紅,别是東風情味。曾記,曾記,人在武陵微醉。(卷四　情俠類)

## 卜算子(按:此爲宋·嚴蕊詞)

不是愛風塵,似被前緣誤。花落花開自有時,總賴東君主。　　去也終須去,住也如何住?若得山花插滿頭,莫問奴歸處。(卷四　情俠類)

## 鵲橋仙(按:此爲宋·嚴蕊詞)

碧梧初出,桂花才吐,池上水花微謝。穿針人在合歡樓,正月露玉盤高瀉。　　蛛忙鵲懶,耕慵織倦,空做古今佳話。人間剛道隔年期,想天上方才隔夜。(卷四　情俠類)

## 鷓鴣天(按:此爲宋·宋祁詞)

寶轂雕輪狹路逢,一聲腸斷繡幃中。身無彩鳳雙飛翼,心有靈犀一點通。　　金作屋,玉爲籠,車如流水馬如龍。劉郎已恨蓬山遠,更隔蓬山幾萬重。(卷四　情俠類)

## 未標牌名(按:此爲宋·詹玉《浣溪沙》詞)

淡淡青山兩點春,嬌羞一點口兒櫻,一梭兒玉一窩雲。　　白藕香中

見西子，玉梅花下遇昭君，不曾真個也銷魂。（卷四　情俠類）

## 未標牌名（按：此爲宋・陸凝之《夜游宫》，且又别作多家之詞，文字有異同）

春風捏就腰兒細，繫的粉裙不起。從來即向掌中看，怎忍在燭花影裏。　酒紅應是鉛華褪，暗蹙損眉峰雙翠。夜深站老繡鞋兒，靠那個屏風立地。（卷四　情俠類）

## 未標牌名（按：此爲宋・謝直《卜算子》詞）

雙槳浪花平，夾岸青山鎖。你自歸家我自歸，説着如何過？　我斷不思量，你莫思量我，將你從前與我心，付與他人可！（卷五　情豪類）

## 未標牌名（三首）（按：此傳爲元順帝妃程一寧詞，應爲《竹枝詞》調）

蘭徑香消玉輦蹤，梨花不忍負春風。緑窗深鎖無人見，自碾朱砂養守宫。

牙床錦被繡芙蓉，金鴨香消寶帳重。竹葉羊車來别院，何人空聽景陽鐘。

淡月輕寒透碧紗，窗屏睡夢聽啼鴉。春風不管愁深淺，日日開門掃落花。（卷六　情愛類）

## 卜算子（按：此爲宋・蘇軾詞）

缺月掛疏桐，漏斷人初静。時見幽人獨往來，縹渺孤鴻影。　驚起卻回頭，有恨無人省。揀盡寒枝不肯棲，寂寞沙洲冷。（卷六　情愛類）

## 减字木蘭花（按：此爲宋・馬瓊瓊詞）

雪梅妒色，雪把梅花相抑勒。梅性温柔，雪壓梅花怎起頭。　芳心欲訴，全仗東君來作主。傳語東君，早與梅花作主人。（卷六　情愛類）

## 浣溪沙（按：此爲宋・朱端朝詞）

梅正開時雪正狂，兩般幽韻孰優長？且宜持酒細端詳。　梅比雪花

多一出，雪如梅蕊少些香。花公非是不思量。（卷六　情愛類）

## 少年游（按：此爲宋·周邦彦詞）

并刀如水，吴鹽勝雪，纖手破新橙。錦幄初温，獸香不斷，相對坐調笙。　低聲問，向誰家宿？城上已三更。馬滑霜濃，不如休去，直是少人行。（卷六　情愛類）

## 蘭陵王（按：此爲宋·周邦彦詞）

柳陰直，煙裏絲絲弄碧。隋堤上，曾見幾番，拂水飄綿送行色。登臨望故國。誰惜京華倦客。長亭路，年去歲來，（應）折柔條過千尺。　閑尋舊蹤跡，（又）酒趁哀弦，燈照離席。梨花榆火催寒食。愁一帆風快，半篙波暖，回頭迢遞便數驛。望人在天北。　淒惻，恨堆積。漸別浦縈洄，津堠岑寂。斜陽冉冉春無極。念月榭攜手，（露橋）吹笛。沉思前事，（似）夢裏，淚偷滴。（卷六　情愛類）

## 南鄉子（按：此爲宋·賈奕詞）

閒步小樓前，見個佳人貌類仙。暗想聖情渾似夢，追歡。執手蘭房恣意眠。　一夜説盟言，滿掬沉檀噴瑞煙。報道早朝歸去晚，回鑾。留下鮫綃當宿錢。（卷六　情愛類）

## 醉妝詞（按：此爲五代前蜀·王衍詞）

這邊走，那邊走，只是尋花柳。那邊走，這邊走，莫厭金杯酒。（卷七　情癡類）

## 齊天樂（按：此傳爲元·羅愛愛詞，文字有異同）

恩情不把功名誤，離筵又歌《金縷》。白髮慈親，紅顏幼婦，君去有誰爲主？流年幾許，況悶悶愁愁，風風雨雨。鳳拆鸞分，未知何日更相聚。　蒙君再三分付：向堂前侍奉，休辭辛苦。官誥蟠花，宫袍製錦，要待封妻拜母。君須聽取，怕日落西山，易生愁阻。早促歸程，彩衣相對舞。（卷八　情感類）

## 沁園春（按：此傳爲元・羅愛愛詞）

一别三年，一日三秋，君何不歸？記尊姑老病，親供藥餌；高堂埋葬，親曳麻衣。夜卜燈花，晨占鵲喜，雨打梨花晝掩扉。誰知道，恩情永隔，書信全稀。　　干戈滿目交揮，奈命薄時乖履禍機。向銷金帳裏，猿驚鶴怨；香羅巾下，玉碎花飛。要學三貞，須拚一死，免被傍人話是非。君相念，算除非晝裏見崔徽。（卷八　情感類）

## 黄金縷（按：上闋傳蘇小小鬼魂作，下闋傳秦觀續作，《全宋詞》歸司馬槱作）

妾本錢塘江上住，花落花開，不管流年度。燕子銜將春色去，紗窗幾陣黄梅雨。　　斜插犀梳雲半吐，檀板輕敲，唱徹《黄金縷》。夢斷彩雲無覓處，夜凉明月生南浦。（卷九　情幻類）

## 未標牌名・蘇小小墓（按：此爲唐・李賀詞）

幽蘭露，如啼眼。無物結同心，煙花不堪剪。草如茵，松如蓋。風爲裳，水爲珮，油壁車，久相待。冷翠燭，勞光彩。西陵下，風吹雨。（卷九　情幻類）

## 未標牌名（按：此傳爲唐・沈亞之詞）

擊髏舞，恨滿煙光無處所。淚如雨，欲擬著詞不成語。　　金鳳銜紅舊繡衣，幾度宫中同看舞。人間春日正歡樂，日暮春風何處去。（卷九　情幻類）

## 菩薩蠻（按：原文謂元・帖木兒不花子拜住詞）

紅繩畫板柔荑指，東風燕子雙雙起。誇俊要争高，更將裙繫牢。　　牙床和困睡，一任金釵墜。推枕起來遲，紗窗月上時。（卷十　情靈類）

## 滿江紅（按：原文謂元・帖木兒不花子拜住詞）

嫩日舒晴，韶光豔、碧天新霽。正桃腮半吐，鶯聲初試。孤枕乍聞弦索悄，曲屏時聽笙簧細。愛綿蠻柔舌韻東風，愈嬌媚。　　幽夢醒，閒愁泥。殘香褪，重門閉。巧音芳韻，十分流麗。入柳穿花來又去，欲求好友真無計。望上林，何日得雙棲，心迢遞。（卷十　情靈類）

## 鷓鴣天（按：此爲明・林景清詞）

八字嬌蛾恨不開，陽臺今作望夫臺。月方好處人相别，潮未平時僕已催。　　聽囑咐，莫疑猜，蓬壺有路去還來。移移一樹垂絲柳，休傍他人門户栽。（卷十　情靈類）

## 鷓鴣天（按：此爲明・楊琰詞）

郎是閩南第一流，胸蟠星斗氣横秋。新詞宛轉歌才畢，又逐征鴻下碧樓。　　開錦纜，上蘭舟。見郎歡喜别郎憂。妾心政似長江水，晝夜隨郎到福州。（卷十　情靈類）

## 醉高春（按：此爲宋・柳富詞）

人間最苦，最苦是分離。伊愛我，我憐伊。青草岸頭人獨立，畫船歸去櫓聲遲。楚天低，回望處，兩依依。　　後會也知俱有願，未知何日是佳期。心下事，亂如絲。好天良夜還虚過，辜負我，兩心知。願伊家，衷腸在，一雙飛。（卷十　情靈類）

## 摸魚兒（此爲元・李治詞，略有改動）

爲多情，和天地也老，不應情遽如許。請君試聽雙渠怨，方見此情真處。誰點注，香瀲灩，銀塘對抹胭脂露。藕絲幾縷，絆玉骨春心，金河曉淚，漠漠瑞紅吐。　　連理樹，一樣驪山懷古。古今朝暮雲雨。六郎夫婦，三生夢斷，幽恨徒前沮。須會取，共鴛鴦、翡翠照影長相聚。風不住。悵寂寞芳魂，輕煙北渚，凉月又南浦。（卷十一　情化類）

## 未標牌名（此爲宋・陳詵《眼兒媚》詞）

鬢邊一點似飛鴉，休把翠鈿遮。二年三載，千闌百就，今日天涯。　　楊

花又逐東風去，隨分入人家。要不思量，除非酒醒，休照菱花。（卷十二　情媒類）

## 鷓鴣天（按：此爲宋・聶勝瓊詞）

玉慘花愁出鳳城，蓮花樓下柳青青。清樽一曲陽關後，别個人人第五程。　尋好夢，夢難成，況誰知我此時情。枕前淚共檐前雨，隔個窗兒滴到明。（卷十二　情媒類）

## 清平樂（按：此爲宋・趙令時詞，略有改動）

東風依舊，着意隋堤柳。搓得鵝兒黄欲就，天氣清明時候。　去年紫陌青門，今宵雨魄雲魂。斷送一生憔悴，能消幾個黄昏。（卷十二　情媒類）

## 未標牌名・回回偈（按：此傳爲元・僧竺月華詞，實改宋・歐陽修《望江南》詞）

江南柳，嫩緑未成陰。枝軟不堪輕折取，黄鸝飛上力難禁。留取待春深。（卷十二　情媒類）

## 未標牌名（按：此傳爲元・方國珍詞，用《望江南》調）

江南竹，巧匠作爲筒。付與法師藏法體，碧波深處伴蛟龍。方知色是空。（卷十二　情媒類）

## 未標牌名（按：小説家附會爲元・僧竺月華詞，實改宋・歐陽修《望江南》詞）

江南月，如鏡亦如鈎。如鏡不臨紅粉面，如鈎不上畫簾頭。空自照東流。（卷十二　情媒類）

## 木蘭花慢（按：此爲元・鄭禧贈吴氏女詞，略有改動）

倚平生豪氣，切星斗，渺雲煙。記楚水湘山，吴雲越月，頻入詩篇。菱花劍，光零落，幾番沉醉樂風前。閑種仙人瑶草，故家五色雲邊。　芙蓉金闕正需賢，詔下九重天。念滿腹琅玕，盈襟書傳，人正韶年。蟾宫近傳芳信，姮娥嬌豔待詩仙。領取天香第一，縱橫禮樂三千。（卷十三　情憾類）

## 木蘭花慢（按：此爲元·吴氏女和鄭禧詞）

愛風流儒雅，看筆下，掃雲煙。正困倚書窗，慵拈針綫，懶詠詩篇。紅葉未知誰繫，漫躊躇無語小闌前。燕子知人有意，雙雙飛向花邊。　殷勤一笑問英賢，夫乃婦之天。恐薛媛圖形，楚材興念，唤醒當年。疊疊滿枝梅子，料今生無分共坡仙。贏得鮫綃帕上，啼痕萬萬千千。（卷十三　情憾類）

## 木蘭花慢（按：此爲元·鄭禧贈吴氏女詞）

望垂楊嫋翠，簾試捲，小紅樓。想瓊珮敲霜，鸞妝沁粉，越樣風流。吟懷自憐豪健，灑雲箋，醉裏度春愁。有唱還應有和，纖纖玉映銀鉤。　犀心一點暗相投，好事莫悠悠。便有約尋芳，蜂媒纔到，蝶使重遊。梅花故園憔悴，揖東風讓與古稍頭。況是梅花無語，杏花好好相留。（卷十三　情憾類）

## 木蘭花慢（按：此爲元·吴氏女和鄭禧詞）

看紅箋寫恨，人醉倚，夕陽樓。故里梅花，纔傳春信，先認儒流。此生料應緣淺，綺窗下雨怨雲愁。如今杏花嬌豔，珠簾懶上銀鉤。　絲蘿喬樹欲依投，此景兩悠悠。恐鶯老花殘，翠嫣紅減，辜負春遊。蜂媒問人情思，總無言應只低頭。夢斷東風路遠，柔情猶爲遲留。（卷十三　情憾類）

## 未標牌名（按：原文謂箕仙降筆）

緑慘雙鸞，香魂猶自多迷戀。芳心密語在身邊，如見詩人面。又是柔腸未斷，奈天不從人願。瓊銷玉減，夢魂空有幾多愁怨。（卷十三　情憾類）

## 木蘭花慢（按：此爲元·鄭禧思念吴氏女詞）

任東風老去，吹不斷，淚盈盈。記春淺春深，春寒春暖，春雨春晴。都來殺詩人興。更落花無定挽春情。芳草猶迷舞蝶，緑楊空語流鶯。 玄霜着意擣初成，回首失雲英。但如病如癡，如狂如舞，如夢如醒。香魂至今迷戀，問真仙消息最分明。後夜相逢何處，清風明月蓬瀛。（卷十三 情憾類）

## 柳梢青（按：此爲明・徐熥詞）

鶯語聲吞，蛾眉黛蹙，總是銷魂。銀燭光沉，蘭閨夜永，月滿離樽。 羅衣空濕啼痕。腸斷處，秋風暮猿，潞水寒冰。燕山殘雪，誰與温存？（卷十三 情憾類）

## 生查子・元夕（按：此爲宋・歐陽修詞）

去年元夜時，花市燈如晝。月上柳稍頭，人約黄昏後。 今年元夜時，月與燈依舊。不見去年人，淚濕春衫袖。（卷十三 情憾類）

## 未標牌名・羅襪銘（按：此爲唐・李隆基詞）

羅襪羅襪，香塵生不絶。細細圓圓地下得。瓊鈎窄窄弓弓，手中弄初月。 又如脱履弄纖圓，恰似同衾見時節。方知清夢事非虚，暗引相思幾時歇。（卷十三 情憾類）

## 西江月・詠梅花（按：此爲宋・蘇軾詞）

玉骨那愁瘴霧，冰肌自有仙風。海仙時遣探芳叢，倒掛緑毛么鳳。 素面翻嫌粉涴，洗妝不褪唇紅。高情已逐曉雲空，不與梨花同夢。（卷十三 情憾類）

## 漁家傲（按：此爲宋・陳襲善詞）

鷲嶺峰前欄獨倚，愁眉促損愁腸碎。紅粉佳人傷别袂。情何已，登山臨水年年是。 常記同來今獨至，孤舟晚颺湖光裏。衰草斜陽無限意，誰與寄，西湖水是相思淚。（卷十三 情憾類）

## 大江東(按:此爲明·林鴻詞)

鍾情太甚,人笑我,到老也無休歇。月露煙雲多是恨,況與玉人離別。軟語叮嚀,柔情婉戀(孌),熔盡肝腸鐵。歧亭把酒,水流花謝時節。　　應念翠袖籠香,玉壺温酒,夜夜銀屏月。蓄喜含嗔多少態,海嶽誓盟都設。此去何之,碧雲春樹,合晚翠千疊。圖將羈思,歸來細與伊説。(卷十三　情憾類)

## 大江東(按:此爲明·張紅橋和林鴻詞)

鳳皇山下,玉漏聲,恨今宵容易歇。一曲陽關歌未畢,棲鳥啞啞催人别。含怨吞聲,兩行珠淚,漬透千重鐵。柔腸幾寸,斷盡臨歧時節。　　還憶浴罷畫眉,夢回攜手,踏碎花間月。謾道胸前懷豆蔻,今日總成虚設。桃葉渡頭,河冰千里,合凍雲疊疊。寒燈旅邸,熒熒與誰閑説。(卷十三　情憾類)

## 摸魚兒(按:此爲明·林鴻詞)

記得紅橋,少年游冶,多少雨情雲緒。金鞍幾度歸來晚,香靨笑迎朱户。斷腸處,半醉微醒,燈暗夜深語。問情幾許?情應似吴蠶吐繭,撩亂千萬縷。　　别離處,淡月乳鴉啼曙。淚痕深,紅袖污。深懷遐想何年了,空寄錦囊佳句。春欲去,恨不得,長纓繫日留春住。相思最苦。莫道不消魂,衷腸鐵石,涕淚也如雨。(卷十三　情憾類)

## 蝶戀花(按:此爲明·張紅橋詞)

記得紅橋西畔路,郎馬來時,繫在垂楊樹。漠漠梨雲和夢度,錦屏翠幙留春住。(卷十三　情憾類)

## 聲聲慢(按:此爲宋·李清照詞)

尋尋覓覓,冷冷清清,淒淒慘慘戚戚。乍暖還寒時候,最難將息。三杯兩盞淡酒,怎敵他晚來風急。雁過也,正傷心,卻是舊時相識。　　滿地黄花堆積,憔悴損,如今有誰堪摘?守着窗兒,獨自怎生得黑。梧桐更兼細

雨,到黄昏,點點滴滴。這次第,怎一個愁字了得。(卷十三　情憾類)

**減字木蘭花"春宵陪宴"**(按:何大掄本《燕居筆記》卷七上層《擁爐嬌紅》輯録,此存目)(卷十四　情仇類)

**西江月"試問蘭煤"**(按:何大掄本《燕居筆記》卷七上層《擁爐嬌紅》輯録,此存目)(卷十四　情仇類)

**玉樓春"曉窗寂寂"**(按:何大掄本《燕居筆記》卷七上層《擁爐嬌紅》輯録,此存目)(卷十四　情仇類)

**卜算子"君去有歸期"**(按:何大掄本《燕居筆記》卷七上層《擁爐嬌紅》輯録,此存目)(卷十四　情仇類)

**菩薩蠻"夜深偷展"**(按:何大掄本《燕居筆記》卷七上層《擁爐嬌紅》輯録,此存目)(卷十四　情仇類)

**菩薩蠻"緑窗深貯"**(按:何大掄本《燕居筆記》卷七上層《擁爐嬌紅》輯録,此存目)(卷十四　情仇類)

## 滿庭芳(按:此傳爲宋·王嬌娘詞)

簾影篩金,簟紋織水,緑陰庭院清幽。夜長人静,消得許多愁。長記當時月色,小窗外情話綢繆。因緣淺,行雲去後,杳不見蹤繇。　　殷勤紅一葉,傳來密意,佳好新求。奈百端間阻,恩愛成休。應是朱顔薄命,難陪伴俊雅風流。須相念,重尋舊約,休忘杜家秋。(卷十四　情仇類)

**鷓鴣天"甥館睽違"**(按:何大掄本《燕居筆記》卷七上層《擁爐嬌紅》輯録,此存目)(卷十四　情仇類)

**青玉案"尖尖曲曲"**(按:何大掄本《燕居筆記》卷七上層《擁爐嬌紅》輯録,此存目)(卷十四　情仇類)

**青玉案"花低鶯踏"**(按:何大掄本《燕居筆記》卷七上層《擁爐嬌紅》輯録,此存目)(卷十四　情仇類)

**漁家傲"情若連環"**(按:附録林近陽本《燕居筆記》卷八上層《擁爐嬌紅》輯録,此存目)(卷十四　情仇類)

**念奴嬌"春風情性"**(按:何大掄本《燕居筆記》卷八上層《擁爐嬌紅》輯録,此存目)(卷十四　情仇類)

**望江南“從前事”**(按:何大掄本《燕居筆記》卷八上層《擁爐嬌紅》輯録,此存目)(卷十四　情仇類)

**一叢花“世間萬事”**(按:何大掄本《燕居筆記》卷八上層《擁爐嬌紅》輯録,此存目)(卷十四　情仇類)

**憶瑶姬“蜀下相逢”**(按:何大掄本《燕居筆記》卷八上層《擁爐嬌紅》輯録,此存目)(卷十四　情仇類)

**未標牌名“蓮閨愛絶”**(按:用《減字木蘭花》調,何大掄本《燕居筆記》卷八上層《擁爐嬌紅》輯録,此存目)(卷十四　情仇類)

## 釵頭鳳(按:此爲宋·陸游詞)

紅酥手,黄藤[滕]酒,滿城春色宫牆柳。東風惡,歡情薄。一懷愁緒,幾年離索。錯!錯!錯!　　春如舊,人空瘦,淚痕紅浥鮫綃透。桃花落,閑池閣。山盟雖在,錦書難托。莫。莫。莫。(卷十四　情仇類)

## 卜算子(按:原文謂宋·陸游妾詞。依律,此詞應爲《生查子》,原文誤標牌名)

只知眉上愁,不識愁來路。窗外有芭蕉,陣陣黄昏雨。　　曉起理殘妝,整頓教愁去。不合畫春山,依舊留愁住。(卷十四　情仇類)

## 點絳唇(按:原文謂宋·王齊叟妻舒氏詞)

獨自臨流,興來時把闌干憑。舊愁新恨,耗卻來時興。　　鷺散魚潛,煙斂風初定。波心静,照人如鏡,少個年時影。(卷十四　情仇類)

## 天仙子(按:此爲明·馮小青詞)

文姬遠嫁昭君塞,小青又續風流債。也虧一陣黑罡風,火輪下,抽身快,單單别别清凉界。　　原不是鴛鴦一派,休算做相思一概。自思自解自商量,心可在,魂可在,著衫又撚雙裙帶。(卷十四　情仇類)

## 回心院(十首)(按:此爲遼·蕭觀音詞)

掃深殿,閉久金鋪暗。遊絲絡網塵作堆,積歲青苔厚階面。掃深殿,待君宴。

拂象床，憑夢借高唐。敲壞半邊知妾臥，恰當天處少輝光。拂象床，待君王。

換香枕，一半無雲錦。爲是秋來輾轉多，更有雙雙淚痕滲。換香枕，待君寢。

鋪翠被，羞殺鴛鴦對。猶憶當時叫合歡，而今獨覆相思塊。鋪翠被，待君睡。

裝繡帳，金鉤未敢上。解卻四角夜光珠，不教照見愁模樣。裝繡帳，待君睨。

疊錦茵，重重空自陳。只願身當白玉體，不願伊當薄命人。疊錦茵，待君臨。

展瑶席，花笑三韓碧。笑妾新鋪玉一床，從來婦歡不終夕。展瑶席，待君息。

剔銀燈，須知一樣明。偏是君來生彩暈，對妾故作青熒熒。剔銀燈，待君行。

爇熏爐，能將孤悶蘇。若道妾口多穢賤，自沾御香香徹膚。爇熏爐，待君娱。

張鳴箏，恰恰語嬌鶯。一從彈作房中曲，常和窗前風雨聲。張鳴箏，待君聽。（卷十四　情仇類）

## 未標牌名・十香詞（按：此爲遼・耶律乙辛唆使人所作陷害蕭觀音之詞，文字有異同）

青絲七尺長，挽作内家裝。不知眠枕上，倍覺緑雲香。
紅綃一幅强，輕闌白玉光。試開胸探取，尤比顫酥香。
芙蓉失新豔，蓮花落故床。兩般總堪比，可似粉腮香。
蝤蠐那足並，長須學鳳凰。昨宵歡臂上，應惹領邊香。
和羹好滋味，送語出宫商。定知郎口内，含有暖甘香。
非關兼酒氣，不是口脂香。卻疑花解語，風送過來香。
既摘上林蕊，還親御苑桑。歸來便攜手，纖纖春笋香。
鳳靴抛合縫，羅襪卸輕霜。誰將暖白玉，雕出軟鉤香。
解帶色已戰，觸手心愈忙。那識羅裙内，銷魂别有香。

咳唾千花釀，肌膚百和裝。元非瞰沉水，生得滿身香。（卷十四　情仇類）

## 未標牌名（按：此爲宋·戴復古妻《祝英臺近》詞）

惜多才，憐薄命，無計可留汝。揉碎花箋，忍寫斷腸句。道傍楊柳依依，千絲萬縷，抵不住、一分愁緒。　（如何訴。便叫緣盡今生，此生已經許。）捉月盟言，不是夢中語。後回君若重來，不相忘處，把杯酒、澆奴墳土。（卷十四　情仇類）

## 謁金門（按：此爲五代前蜀·韋莊詞）

空相憶，無計得傳消息。天上姮娥人不識，寄書何處覓？　新睡覺來無力，不忍把伊書跡。滿院落花春寂寂，斷腸芳草碧。（卷十四　情仇類）

## 未標牌名（按：此爲五代後蜀·孟昶《木蘭花》詞）

冰肌玉骨清無汗，水殿風來暗香滿。簾開明月獨窺人，欹枕釵横雲鬢亂。　起來瓊户啓無聲，時見疏星渡河漢。屈指西風幾時來，只恐流年暗中换。（卷十四　情仇類）

## 點絳唇（按：此爲宋·周邦彦詞，有改動）

遼鶴西歸，故人多少傷心事。短書不寄，魚浪空千里。　憑杖桃根，説與相思意。愁何際，舊時衣袂，猶有東風淚。（卷十四　情仇類）

## 臨江仙（按：此傳爲元明間劉翠翠詞）

曾向書窗同筆硯，故人今作新人。洞房花燭十分春。汗沾蝴蝶粉，身惹麝香塵。　殢雨尤雲渾未慣，枕邊眉黛羞顰。輕憐痛惜莫辭頻。願郎從此始，日近日相親。（卷十四　情仇類）

## 臨江仙（按：此傳爲元明間金定和劉翠翠詞）

記得書齋同筆硯，新人不是他人。扁舟來訪武陵春。仙居鄰紫府，人世隔紅塵。　海誓山盟心已許，幾翻淺笑深顰。向人猶自語頻頻。意中

無别意,親外有誰親。(卷十四　情仇類)

## 滿庭芳(按:此爲明·王瓊奴詞,文字有異同)

彩鳳分群,文鴛失侣,紅雲路隔天臺。舊時院落,畫棟積塵埃。漫有玉京離燕,向東風,似訴悲哀。主人去,捲簾恩重,空屋亦歸來。　　涇陽憔悴女,不逢柳毅,書信難裁。歎金釵脱股,寶鏡離臺。萬里遼陽,郎去也,甚日重回?丁香樹,含花到死,肯傍别人開。(卷十四　情仇類)

## 長相思(按:此爲宋·林逋詞,上闋有改動)

吴山青,越山青,兩岸青山相送迎。誰知離别情。　　君淚盈,妾淚盈,羅帶同心結未成。江頭潮已平。(卷十五　情芽類)

## 御街行(按:此爲宋·范仲淹詞)

紛紛墜葉飄香砌。夜寂静,寒聲碎。珍珠簾捲玉樓空,天澹銀河垂地。年年今夜,月華如練,長是人千里。　　愁腸已斷無由醉。酒未到,先成淚。殘燈明滅枕頭欹,諳盡孤眠滋味。都來此事,眉間心上,無計相回避。(卷十五　情芽類)

## 西江月(按:此爲宋·司馬光詞,略有改動)

寶髻鬆鬆綰就,鉛華淡淡妝成。紅煙紫霧罩輕塵,飛絮遊絲無定。　　相見争如不見,有情還似無情。笙歌散後酒微醒,深院月明人静。(卷十五　情芽類)

## 未標牌名(按:此爲歐陽修《臨江仙》詞,略有改動)

柳外輕雷池上雨,雨聲滴碎荷聲。小樓西角斷虹明。闌干倚遍,佇待月華明。　　燕子飛來棲畫棟,玉鈎垂下簾旌。凉波不動簟紋平。水晶雙枕,旁有墮釵横。(卷十五　情芽類)

## 未標牌名(此爲宋·歐陽修《憶江南》詞)

江南柳,葉小未成陰。人爲絲輕那忍折,鶯憐枝嫩不勝吟。留取待春

深。　　十四五,閑抱琵琶尋。堂上簸錢堂下走,恁時相見已留心。何況到如今。(卷十五　情芽類)

## 賀新凉(按:此爲宋·蘇軾詞)

乳燕飛華屋,悄無人,槐陰轉午,晚凉新浴。手弄生綃白團扇,扇手一時似玉。漸困倚、孤眠清熟。簾外誰來推繡户?枉教人夢斷瑶臺曲。又卻是,風敲竹。　　石榴半吐紅巾蹙。待浮花浪蕊都盡,伴君幽獨。穠豔一枝細看取,芳心千重似束。又恐被、秋風驚緑。若待君來向此,花前對酒不忍觸。共粉淚,雨簌簌。(卷十五　情芽類)

## 虞美人(按:此爲宋·何文縝詞,略有改動)

分香帕子揉藍膩,欲去殷勤惠。重來直到牡丹時,只恐花枝相妒故開遲。　　别來目盡閑桃李,日日欄杆倚。催花無計問東風,夢作一雙蝴蝶繞芳叢。(卷十五　情芽類)

## 浣紗溪(按:此爲宋·秦觀詞。原文誤作黄庭堅詞)

腳上靴兒四寸羅,唇邊朱粉一櫻多。見人無語但回波。　　料得有心憐宋玉,只因無奈楚襄何。今生有分向伊麽。(卷十五　情芽類)

## 惜春容(按:此爲宋·盼盼詞)

少年看花雙鬢緑,走馬章臺管弦逐。而今老更惜花深,終日看花看不足。　　坐中美女顔如玉,爲我一歌《金縷曲》。歸時壓倒帽檐攲,頭上春風紅簌簌。(卷十五　情芽類)

## 長相思令(按:此爲宋·吴淑姬詞)

煙霏霏,雪霏霏,雪向梅花枝上堆,春從何處回?　　醉眼開,睡眼開,疏影横斜安在哉?從教塞管催。(卷十五　情芽類)

## 風光好(按:此相傳爲宋·陶穀詞)

好因緣,惡因緣,祗得郵亭一夜眠。别神仙。　　琵琶撥盡相思調,知

音少。待得鸞膠續斷弦,是何年?(卷十八 情累類)

## 踏莎行(按:此爲宋·蘇軾詞)

這個禿奴,修行忒煞,雲山頂上持戒。一從迷戀玉樓人,鶉衣百結渾無奈。 毒手傷人,花容粉碎,空空色色今何在?臂間刺道苦相思,這回還了相思債。(卷十八 情累類)

## 賀新郎(按:原文謂仙娥詞)

花柳繞春城。運神工,重樓疊宇,頃刻間成。緑水青山多宛轉,免教鶴怨猿驚。看來無異舊神京。慮只慮佳期不定,天從人願,邂逅多情。相引處,珮聲聲。 等閒回首遠蓬瀛。呼小玉,旋開錦宴,謾薦蘭羹。須信是瓊漿一飲,頓令百感俱生。且休道、塵緣易盡。縱然雲收雨散,琵琶峽、依舊風月交明。念此會,果非輕。(卷十九 情疑類)

## 木蘭花慢(按:此傳爲宋·衛芳華詞)

記前朝舊事,曾此地會神仙。向月地雲階,重攜翠袖,來拾花鈿。繁華總隨流水,歎一場春夢杳難圓。廢港芙蕖滴露,斷堤楊柳摇煙。 兩峰南北只依然。輦路草芊芊。悵别館離宫,煙銷鳳蓋,波没龍船。平日銀屏金屋,對殘燈無焰夜如年。落日牛羊隴上,西風燕雀林邊。(卷二十 情鬼類)

## 念奴嬌(按:此傳爲鄭婉娥鬼魂詞,當爲明人附會之作,文字有異同)

離離禾黍,歎江山似舊,英雄塵土。石馬銅駝荆棘裏,閲遍幾番寒暑。劍戟灰飛,旌旗烏散,底處尋樓艣。喑嗚叱吒,只今猶説西楚。 憔悴玉帳虞兮,燈前掩面,淚交飛紅雨。鳳輦羊車行不返,九曲愁腸漫苦。梅瓣凝妝,楊花翻曲,回首成終古。翠螺青黛,絳仙慵畫眉嫵。(卷二十 情鬼類)

## 憶秦娥(按:原文謂宋·邱任詞)

香篆嫋,羅幃錦帳風光好。風光好,金釵斜嚲,鳳顛鸞倒。 恍疑身

在蓬萊島，邂逅相逢緣不小。緣不小，最關情處，娥眉淡掃。（卷二十　情鬼類）

## 憶秦娥（按：原文謂翠微鬼魂和宋·邱任詞）

楊枝嫋，恩情無限天將曉。天將曉，漏窮雞唤，教人煩惱。　郵亭一夜風沙少，匆匆後會應難保。應難保，最傷情處，殘雲風掃。（卷二十　情鬼類）

## 燭影摇紅（按：原文謂鱉精丘氏詞，或謂宋·懶堂女子詞）

緑净湖光，淺寒先到芙蓉島。謝池幽夢屬才郎，幾度生春草。塵世多情易老，更那堪、秋風嫋嫋。曉來羞對，香芷汀州，枯荷池沼。　銀鎖横波，遠山淺黛無心掃。湘江人去歎無依，此意從誰表？喜趁良宵月皎，況難逢、人間兩好。莫辭人醉，醉入屏山，只愁天曉。（卷二十一　情妖類）

## 水仙子（按：此爲宋·劉過《天仙子》詞，原文誤標牌名，有改動）

别酒醺醺容易醉，回過頭來三十里。馬兒不住去如飛。行一會，牽一會，斷送殺人山共水。　是則功名真可喜，不道恩情拋得未？梅村雪店酒旗斜。住底是，去底是，煩惱我來煩惱你。（卷二十一　情妖類）

## 水仙子（按：原文謂琴精和宋·劉過詞，其調應爲《天仙子》，原文誤標，文字有異同）

别酒方斟心已醉，忍聽陽關辭故里。揚鞭勒馬奔皇都，時也會，運也會，穩跳龍門三級水。　天意令吾先送喜，耳畔佳音君醒未？蔡邕博識爨桐聲，君負背，只此是，酒滿金杯來勸你。（卷二十一　情妖類）

## 摸魚兒（按：此爲金·元好問詞，略有改動）

問世間、情是何物，直教生死相許。天南地北雙飛客，老翅幾回寒暑。歡樂趣，離别苦，就中更有癡兒女。君應有語，渺萬里層雲，千山暮雪，隻影向誰去。　横汾路，寂寞當年簫鼓。荒煙依舊平楚。招魂楚些嗟何及，山鬼暗啼風雨。天地妒、未信與、鶯兒燕子俱黄土。千秋萬古，爲留待騷

人，狂歌痛飲，來訪雁丘處。（卷二十三　情通類）

## 摸魚兒（按：此爲元・李治和元好問詞，略有改動）

雁雙雙、正分汾水，回頭生死殊路。天長地久相思債，何以眼前俱去。催勁羽，倘萬一、幽冥卻有重逢處。詩翁感遇，把塞北江南，風嘹月唳，並付一丘土。　　仍爲汝，小草幽蘭麗句。聲聲字字酸楚。桐江秋影今何在，草木欲迷堤樹。露魂苦，算猶勝、王嬙青塚真娘墓。憑誰説與？對鳥道長空，龍艘古渡，馬上淚如雨。（卷二十三　情通類）

## 浪淘沙（按：此爲南唐・李煜詞）

簾外雨潺潺，春意闌珊。羅衾不耐五更寒。夢裏不知身是客，一晌貪歡。　　獨自莫憑欄，無限江山。别時容易見時難。流水落花春去也，天上人間。（卷二十四　情蹟類）

## 酷相思（按：此爲宋・程垓詞）

月掛霜林寒欲墜。正門外，催人起。奈别離，如今真個是，欲住也，留無計。欲去也，來無計。　　馬上離情衣上淚。各自個，俱憔悴。問江路，梅花開也未？春到也，須頻寄。人到也，須頻寄。（卷二十四　情蹟類）

## 水龍吟（按：此爲宋・秦觀詞）

小樓連苑横空，下窺繡轂雕鞍驟。疏簾半捲，單衣初試，清明時候。破暖輕風，弄晴微雨，欲無還有。賣花聲過盡，垂楊院落，紅成陣，飛鴛甃。　　玉佩丁東别後。恨佳期參差難又。名繮利鎖，天還知道，和天也瘦。花下重門，柳邊深巷，不堪回首。念多情但有，當時皓月，照人依舊。（卷二十四　情蹟類）

## 南歌子（按：此爲宋・秦觀詞）

玉漏迢迢盡，銀河淡淡横。夢回宿酒未全醒。已被鄰雞催起，到天明。　　臂上妝猶在，襟間淚尚盈。水邊燈火漸人行。天外一鉤殘月，帶

三星。(卷二十四　情蹟類)

## 滿庭芳(按:此爲宋·秦觀詞)

山抹微雲,天連衰草,畫角聲斷譙門。暫停征棹,聊共引離尊。多少蓬萊舊事,空回首,煙靄紛紛。斜陽外,寒鴉數點,流水繞孤村。　　銷魂。當此際,香囊暗解,羅帶輕分。謾贏得青樓,薄幸名存。此去何時見也?襟袖上、空惹啼痕。傷情處,高城望斷,燈火已黄昏。(卷二十四　情蹟類)

## 惜分飛(按:此爲宋·毛澤民詞)

露濕闌干花著露,愁到眉峰碧聚。此恨平分取,更無言語空相覷。　　斷雨殘雲無意緒,寂寞朝朝暮暮。今夜山深處,斷魂分付朝回去。(卷二十四　情蹟類)

## 踏沙行(按:此爲元·盧摯詞)

雪暗山明,溪深花早。行人馬上詩成了。歸來聞説妙隆歌,金陵卻比蓬萊渺。　　寶鏡慵窺,玉容空好。梁塵不動歌聲悄。無人知我此時情,春風一枕松窗曉。(卷二十四　情蹟類)

## 憶秦娥(按:此爲宋·太學生鄭文妻孫氏詞)

花深深,一鈎羅襪行花陰。行花陰,閑將柳帶,試結同心。　　耳邊消息空沉沉,畫眉樓上愁登臨。愁登臨,海棠開後,望到如今。(卷二十四　情蹟類)

## 江神子·春恨(按:此爲宋·曾布妻魏夫人詞)

别郎容易見郎難。幾多般,懶臨鸞。憔悴容儀,陡覺縷衣寬。門外紅梅將謝也,誰通道,不曾看。　　曉妝樓上望長安。怯輕寒,莫憑欄。嫌怕東風,吹恨上眉端。爲報歸期須及早,休誤妾,一春閒。(卷二十四　情蹟類)

## 鷓鴣天(按:此爲宋·劉鼎臣妻詞)

金屋無人夜剪繒,寶釵翻過齒痕輕。臨行執手慇懃送,襯與蕭郎兩鬢

青。　　聽囑付，好看承，千金不抵此時情。明年宴罷瓊林晚，酒面微紅相映明。（卷二十四　情蹟類）

## 一剪梅（按：此爲宋·易祓妻詞）

染淚修書寄彦章。貪卻前廊，忘卻回廊，功成名就不還鄉。石做心腸，鐵做心腸，紅日三竿懶畫妝。　　虚度韶光，瘦損容光，不知何日得成雙？羞對鴛鴦，懶對鴛鴦。（卷二十四　情蹟類）

## 鷓鴣天（按：此爲宋·朱敦儒詞，或謂宋·蘇庠詞）

梅妒晨妝雪妒輕，遠山依約與眉青。尊前無復歌《金縷》，夢覺空餘月滿林。　　魚與雁，兩浮沉，淺顰微笑總關心。相思恰似江南柳，一夜東風一夜深。（卷二十四　情蹟類）

## 滿路花（按：原文謂宋·朱希真詞，實爲宋·周邦彦詞）

簾烘淚雨乾，酒壓愁城破。冰壺防飲，渴口殘火。朱消粉褪，絶勝新妝裹。不是寒宵短，日上三竿，殢人猶要高卧。　　如今多病，寂寞章臺左。黄昏風弄，雪門深鎖。蘭房密愛，萬種思量過。也須知有我。著甚情悰，你但忘了人呵。（卷二十四　情蹟類）

## 念奴嬌·風情（按：此爲宋·朱敦儒詞，略有改動）

别離情緒，奈一番好景，一番愁戚。燕語鶯啼人乍遠，還是他鄉寒食。桃李無言，不堪攀折，總是風流客。東君也自怪人，冷淡蹤跡。　　花黯草芳春事，每隨花意薄，疏狂狼籍。除卻清風並皓月，脈脈此情誰識？料得文君，重簾不捲，只等閒消息。不如歸去，受他真個憐惜。（卷二十四　情蹟類）

## 未標牌名（按：此爲《鵲橋仙》調，傳爲宋·蜀妓詞）

説盟説誓，説情説意，動便春愁滿紙。多應念得脱空經，是那個先生教的？　　不茶不飯，不言不語，一味供他憔悴。相思已是不曾閒，又那得工夫咒你？（卷二十四　情蹟類）

## 未標牌名・送行(按:此調爲《市橋柳》,傳爲宋・蜀妓詞)

欲寄意,渾無所有。折盡市橋官柳。看君着上征衫,又相將,放船楚江口。　後會不知何日又。是男兒、休要鎮長相守。苟富貴,無相忘,若相忘,有如此酒。(卷二十四　情蹟類)

## 太常引(按:此爲元・劉燕哥詞)

故人别我出陽關,無計鎖雕鞍。今古别離難,倩誰畫蛾眉遠山。　一樽别酒,一聲杜宇,寂寞又春殘。明月小樓間,第一夜相思淚彈。(卷二十四　情蹟類)

# 《智囊》詞

（馮夢龍輯　二十八卷　巴蜀書社　一九八六）

## 未標牌名（按：傳爲宋・秦觀詞）

我有一間房，半間租與轉輪王。有時放出一綫光，天下邪魔不敢擋。（卷十五　木馬謎）

## 未標牌名（按：傳爲宋・蘇軾詞）

我有一張琴，琴弦藏在腹。憑君馬上彈，彈盡天下曲。（卷十五　木馬謎）

## 未標牌名（按：傳爲宋・蘇小妹詞）

我有一隻船，一人摇櫓一人牽。去時拉縴去，歸來摇櫓還。（卷十五　木馬謎）

# 《太平廣記鈔》詞

（馮夢龍編撰　八十卷　《馮夢龍全集》據明天啓六年刊本影印　上海古籍出版社　一九九三）

## 未標牌名（按：此傳爲唐・藍采和《踏歌》詞）

踏歌踏歌藍采和，世界能幾何？紅顔一春樹，流年一擲梭。古人混混去不返，今人紛紛來更多。朝騎鸞鳳到碧落，暮見蒼田生白波。長景明暉在空際，金銀宫闕高嵯峨。（卷三　仙部）

## 詠鼓詞（按：此爲五代楚人伊用昌《望江南》詞）

江南鼓，梭肚兩頭欒。釘著不知侵骨髓，打來只是没心肝。空腹被人漫。（卷三　仙部）

## 漁父詞（按：此爲唐・張志和詞）

西塞山前白鷺飛，桃花流水鱖魚肥。青箬笠，緑蓑衣，斜風細雨不須歸。（卷四　仙部）

## 未標牌名（按：原文謂唐文明年間夷陵空館鬼仙所歌）

明月秋風，良宵會同。星河易翻，歡娱不終。緑樽翠杓，爲君斟酌。今夕不飲，何時歡樂。（卷五十九　鬼部）

## 未標牌名（按：原文謂唐文明年間夷陵空館鬼仙所歌）

楊柳楊柳，嫋嫋隨風急。西樓美人春夢長，繡簾斜捲千條入。（卷五十九　鬼部）

## 未標牌名（按：原文謂唐文明年間夷陵空館鬼仙所歌）

玉口金缸，願陪君王。邯鄲宫中，金石絲簧。衛女秦娥，左右成行。紈縞繽紛，翠眉紅妝。王歡顧眄，爲王歌舞。願得君歡，常無災苦。（卷五十九　鬼部）

## 未標牌名（按：此爲唐・韓翃《章臺柳・寄柳氏》詞）

章臺柳，章臺柳，昔日青青今在否？縱使長條似舊垂，亦應攀折他人手。（卷八十　雜志）

## 未標牌名（按：此爲唐・柳氏《楊柳枝・答韓翃》詞）

楊柳枝，芳菲節，所恨年年贈離别。一葉隨風忽報秋，縱使君來豈堪折。（卷八十　雜志）

# 《廣笑府》詞

（馮夢龍輯　十三卷　《馮夢龍笑話集》本　河北人民出版社　一九八七）

## 臨江仙

肥雞無數，肥鵝無數，那更肥羊無數。幾回眼飽肚中饑，這齏淡怎生熬過？　早間豆腐，午間豆腐，晚來又還豆腐。明年若要請先生，除非是普庵來做。（卷一　儒箴·豆腐先生）

# 《群談采餘》詞

(倪綰輯　十卷　《四庫未收書輯刊》據明萬曆刻本影印
北京出版社　二〇〇〇)

## 踏莎行(按:此爲明·韓邦奇《韓信廟》詞)

高嶺連雲,寒煙帶雨,長楊滿路悲風起。將軍墓上草蕭蕭,荒祠白日眠狐鼠。　九里山前,未央宫裏,淒凉往事煩胸臆。烏江邠水兩悠悠,東流不盡英雄淚。(卷一　地理)

## 未標牌名·詠村景詞(按:此爲宋·蘇軾詞《浣溪沙》詞)

簌簌衣巾落棗花,村南村北響繅車。牛衣古柳賣黄瓜。　酒困路長惟欲睡,日高人渴漫思茶。敲門試問野人家。(卷一　地理)

## 望江南·西湖四時(四首)(按:此爲明·瞿佑詞)

西湖景,春日最宜晴。花底管弦公子宴,水邊羅綺麗人行,十里按歌聲。

西湖景,夏日正堪遊。金勒馬嘶垂柳岸,紅妝人泛採蓮舟,驚起水中鷗。

西湖景,秋日更宜觀。桂子岡巒金粟富,芙蓉洲渚彩雲閒,爽氣滿山前。

西湖景,冬日轉清奇。賞雪樓臺評灑價,觀梅園圃訂春期,共醉太平時。(卷一　地理)

## 阮郎歸·元宵(按:此爲宋·梅窗詞)

皇州新景媚晴春,春晴媚景新。萬家明月醉風清,清風醉月明。　人

遊樂,樂遊人,遊人樂太平。御樓神聖喜都民,民都喜聖神。(卷一　時令)

## 未標牌名(按:此爲宋·陳烈詞)

富家一盞燈,太倉一粒米。貧家一盞燈,父子相對哭。風流太守知不知?猶恨笙歌無妙曲?(卷一　時令)

## 阮郎歸(按:此爲宋·曾覿詞,或謂宋·趙構詞,文字有異同)

柳陰庭院占風光,呢喃清晝長。碧波新漲小池塘,雙雙蹴水忙。　萍散漫,絮飛揚,輕盈體態狂。爲憐流水落紅香,銜將(歸)畫梁。(卷一　時令)

## 木蘭花慢·西湖送春水(按:此爲元·梁曾詞)

問花花不語,爲誰落?爲誰開?算春色三分,半隨流水,半入塵埃。人生能幾歡笑,但相逢、樽酒莫相催。千古幕天席地,一春翠繞珠圍。　彩雲回首暗高臺,煙樹渺吟懷。拚一醉留春,留春不住,醉裏春歸。西樓半簾斜日,怪銜春、燕子却飛來。一枕青樓好夢,又教風雨驚回。(卷一　時令)

## 天仙子·送春(按:此爲宋·張先詞)

水調數聲持酒聽,午醉醒來愁未醒。送春春去幾時回?臨晚鏡,傷流景,往事後期空記省。　沙上並禽池上暝,雲破月來花弄影。重重翠幙密遮燈,風不定,人初静,明日落紅應滿徑。(卷一　時令)

## 玉樓春·詠春景(按:此爲宋·宋祁詞)

東城漸覺風光好,皺縠波紋迎客棹。緑楊煙外曉寒輕,紅杏枝頭春意鬧。　浮生長恨歡娱少,肯愛千金輕一笑。爲君持酒勸斜陽,且向花間留晚照。(卷一　時令)

## 卜算子(此爲宋·皎如晦詞)

有意送春歸,無計留春住。畢竟年年用着來,何似休歸去。　目斷楚天遥,不見春歸路。風急桃花也似愁,點點飛紅雨。(卷一　時令)

## 雨中花・夏景(此爲宋・王觀詞)

百尺清泉聲陸續,映瀟灑、碧梧翠竹。面千步回廊,重重簾幕,小枕欹寒玉。　試展鮫綃看畫軸,見一片、瀟湘凝緑。待玉漏穿花,銀河垂地,月上闌干曲。(卷一　時令)

## 風露梅(按:此爲明・解縉《落梅風》詞)

嫦娥面,今夜圓。下雲簾,不着臣見。拚今宵,倚欄不去眠,看誰過廣寒宫殿。(卷一　時令)

## 御街行・秋月懷舊(按:此爲宋・范仲淹詞)

紛紛墜葉飄香砌,夜寂静,寒聲碎。真珠簾捲玉樓空,天淡銀河垂地。年年今夜,月華如練,長是人千里。　愁腸已斷無由醉,酒未行,先成淚。殘燈明滅枕頭欹,諳盡孤眠滋味。都來此事,眉間心上,無計相回避。(卷一　時令)

## 漁家傲・詠初冬(按:此爲宋・歐陽修詞)

十月小春梅蕊綻,紅爐暖閣新妝遍。錦帳美人貪睡暖。羞起懶,玉壺一夜冰澌滿。　樓上四垂簾不捲,天寒山色偏宜遠。風急雁行吹字斷。紅日曉,江天雪意雲撩亂。(卷一　時令)

## 未標牌名(按:此爲明・沈周詞)

今年見新燕,猶似去年見。主人頭髮白轉多,只有烏衣不曾變。　年去年來來不差,分明記得主人家。柴門大開風滿屋,飛出飛入隨楊花。　君不見,相國門前車馬塞,一朝去相車馬寂。車馬寂,草萋萋,燕子還來梁上棲。(卷一　禽鳥)

## 沁園春・題張巡許遠雙廟(按:此爲宋・文天祥詞)

爲子死孝,爲臣死忠,死又何妨。自光嶽氣分,士無全節,君臣義缺,誰負剛常？罵賊睢陽，愛君許遠，留得聲名萬古香。後來者，無二公之操，百煉之鋼。　　嗟哉人生，翕欻云亡，好烈烈轟轟做一場。使當時賣國，甘心降虜，受人唾罵，安得留芳？古廟幽沉，遺容儼雅，枯木寒鴉幾夕陽。郵亭下，有奸雄過此，子細思量。（卷二　宫室）

## 未標牌名（按：此爲宋・張表臣《驀山溪》詞）

樓横北固，盡日厭厭雨。欸乃數聲歌，但渺漠、江山煙樹。寂寥風物，三五過元宵，尋柳眼，覓花英，春色知何處。　　落梅嗚咽，吹徹江城暮。脈脈數飛鴻，杳歸期、東風凝佇。長安不見，烽起夕陽間，魂欲斷、酒初醒，獨下危梯去。（卷二　器用）

## 滿江紅（按：此爲宋・岳飛詞）

怒髮衝冠，憑欄處、瀟瀟雨歇。擡望眼、仰天長嘯，壯懷激烈。三十功名塵與土，八千里路雲和月。莫等閒、白了少年頭，空悲切。　　靖康恥，猶未雪。臣子恨，何時滅！駕長車，踏破賀蘭山缺。壯志饑餐胡虜肉，笑談渴飲匈奴血。待從頭、收拾舊山河，朝天闕。（卷三　忠義）

## 滿江紅（按：此爲明・文徵明詞）

拂拭殘碑，敕飛字、依稀堪讀。慨當初、倚飛何重，後來何酷！果是功成身合死，可憐事去言難贖。最無辜、堪恨更堪憐，風波獄。　　豈不惜，中原蹙？豈不念，徽欽辱？但徽欽既返，此身何屬！千古休談南渡錯，當時自怕中原復。區區一檜亦何能，逢其欲。（卷三　忠義）

## 沁園春・哀余忠宣公闕（按：此爲明・劉基詞）

士生天地間，人孰不死，死節爲難。羨英偉奇才，世居淮甸，少年登第，拜命金鑾。面折奸貪，指揮風雨，人道先生鐵漢。平生事，扶危濟困，拯溺摧頑。　　清明要繼文山。使廉懦聞風膽亦寒。想孤城血戰，人皆效死，闔門抗節，誰不辛酸？寶劍埋光，星芒失色，露濕旌旗也不乾。如公者，黄金難鑄，白璧難完。（卷三　忠義）

## 踏莎行(按:此爲宋・蘇軾詞)

這個秃奴,修行忒煞,雲山頂上常持戒。一從迷戀玉樓人,鶉衣百結渾無奈。　毒手傷人,花容粉碎,空空色色今何在?臂間刺道苦相思,這回還了相思債。(卷四　明斷)

## 未標牌名(按:此傳爲唐・藍采和《踏歌》詞)

踏踏歌,藍采和,世界能幾何?紅顔一春樹,流年一擲梭。古人混混去不返,今人紛紛來更多。朝騎鸞鳳來碧落,暮見桑田生白波。長景明暉在空際,金銀宫闕高嵯峨。(卷五　神仙)

## 未標牌名(按:此爲宋・卓津《卜算子》詞)

流水小灣西,晚坐孤亭静。不見高人跨鶴歸,風水摇清影。　往古與來今,休用重重省。十里梅花雪正晴,月(掛)摇[遥]山冷。(卷五　神仙)

## 滿江紅(按:原文謂宋・洪皓詞)

萬里龍荒,塵土染,堅持旌節。憑仗着、忠肝義膽,槍唇劍舌。滿體遍傷嵇紹箭,一腔盛積萇弘血。莫等閑餒了浩然心,存貞烈。　戴天恨,終未雪。吴越怨,何時絶?奮筆鋒,殲破燕山缺。鼙鼓敲殘塞上霜,雁聲叫落關河月。待迎還二聖覲天顔,愚忱竭。(卷六　交情)

## 滿庭芳(按:此爲宋・徐君寶妻張氏詞,略有改動)

漢上繁華,江南人物,尚遺宣(政)風流。緑窗朱户,十里爛銀鈎。一旦刀兵齊舉,旌旗擁出萬貔貅。長驅入,歌樓舞榭,風卷落花愁。　清平三百戰,彝章文物,掃地俱休。幸此身未北,猶客南州。破鑑徐郎何在?空惆悵、相見無由。從今後,斷魂千里,夜夜岳陽樓。(卷七　貞烈)

## 未標牌名(按:此爲宋・戴復古妻《祝英臺近》詞)

惜多才,憐薄命,無計可留汝。揉碎花箋,忍寫斷腸句。道傍楊柳依依，千條萬縷，拆不住、一分愁緒。　（如何訴。便叫緣盡今生，此生已經許。）捉月盟言，不是夢中語。後回君若重來，不相忘處，把杯酒、澆奴墳土。（卷七　賢淑）

## 臨江仙（按：此爲元・崔英妻黄氏詞，第二句有異同）

少日風流張敞筆，等閑掃素寫雲煙。芙蓉畫出最鮮妍。豈知嬌豔色，翻抱死生冤。　粉繪淒凉餘幻質，只今流落有誰憐？素屏寂寞伴枯禪。今生緣已斷，願結再生緣。（卷七　賢淑）

## 西江月・詠梅（按：此爲宋・蘇軾詞）

玉骨那愁瘴霧，冰肌自有仙風。海仙時過探芳叢，倒掛緑毛幺鳳。　素面翻嫌粉涴，洗妝不褪脣紅。高情已逐曉雲空，不與梨花同夢。（卷八　附妓婢貞烈賢淑）

## 滿江紅（按：此爲宋・晦庵詞）

膠擾勞生，待足後、何時是足。據見定、隨家豐儉，便堪龜縮。得意濃時休進步，須知世事多翻覆。漫教人、白了少年頭，徒碌碌。　誰不愛，黄金屋。誰不羡，千鍾禄。奈五行不是，這般題目。枉費心神空計較，兒孫自有兒孫福。不須采藥訪神仙，惟寡欲。（卷八　儉足）

## 水調歌頭（按：此爲宋・朱熹詞）

富貴有餘樂，貧賤不堪憂。那知天路幽險，倚仗互相酬。請看東門黄犬，更聽華亭清唳，千古恨難收。何似鴟夷子，散髮弄扁舟。　鴟夷子，成霸業，有餘謀。收身千乘卿相，歸把釣魚鈎。春晝五湖煙浪，秋夜一天雲月，此外盡悠悠。未棄人間事，吾道付滄洲。（卷八　儉足）

## 錦堂春（按：此爲宋・司馬光詞）

紅日遲遲，虚廊轉影，槐陰迤邐西斜。彩筆工夫，難狀晚景煙霞。蝶尚不知春去，漫繞幽砌尋花。奈猛風過後，縱有殘紅，飛向誰家？　始知青鬢春無價，歎飄零官路，荏苒年華。今日笙歌叢裏，特地咨嗟。席上青衫濕

透，算感舊、何止琵琶。怎不教人易老，多少離愁，散在天涯。（卷八　儉足）

## 未標牌名·送春（按：此爲宋·朱淑真《蝶戀花》詞，略有改動）

樓外垂楊千萬縷，欲繫青春，少住春還去。猶自風前飄柳絮，隨春且看歸何處。　滿目山川聞杜宇，便作無情、莫也愁人意[苦]。把酒送君春不語，黄昏卻下瀟瀟雨。（卷九　風懷）

## 惜分飛（按：宋·毛澤民詞）

淚濕闌干花着露，愁到眉峰碧聚。此恨平分取，更無言語空相覷。　細雨殘雲無意緒，寂寞朝朝暮暮。今夜山深處，斷魂分付潮回去。（卷九　風懷）

## 長相思·惜别（按：此爲宋·林逋詞，略有改動）

吴山青，越山青，兩岸青山相送迎。誰知離别情？　君淚盈，妾淚盈，羅帶同心結未成。江頭潮已平。（卷九　風懷）

## 長相思（按：此爲宋·康與之詞）

南高峰，北高峰，一片湖光煙靄中。春來愁殺儂。　郎意濃，妾意濃，油壁車輕郎馬驄。相逢九里松。（卷九　風懷）

## 鷓鴣天·閨思（按：此爲宋·馬子嚴詞）

睡鴨徘徊烟縷長，日高春困不成妝。步欹草色金蓮潤，撚斷花鬚玉笋香。　輕洛浦，笑巫陽，錦（文）親織寄檀郎。兒家閉户春藏色，戲蝶遊蜂不敢狂。（卷九　風懷）

## 卜算子（按：此明·聶大年詞）

楊柳小蠻腰，慣逐東風舞。學得琵琶出教坊，不是商人婦。　忙整玉搔頭，春笋纖纖露。老脚[却]江南杜牧之，懶爲秋娘賦。（卷九　風懷）

## 卜算子(按:此明·聶大年詞)

粉淚濕鮫銷,只怨郎情薄。夢到巫山第幾峰,酒醒燈花落。　數日尚春寒,未把羅衣着。眉黛含顰爲阿誰?但悔從前錯。(卷九　風懷)

## 卜算子(按:此爲明·馬洪詞)

歌得雪兒歌,舞得霓裳舞。料想前身跨鳳仙,合作蕭郎婦。　顔色雪中梅,淚點花梢露。雲雨巫山十二峰,未數高唐賦。(卷九　風懷)

## 卜算子(按:此爲明·馬洪詞)

花壓鬢雲低,風透羅衫薄。殘夢瞢騰下翠樓,不覺金針落。　幾許别離愁,猶自思量著。欲寄蕭郎一紙書,又怕歸鴻錯。(卷九　風懷)

## 風光好(按:此相傳爲宋·陶穀詞)

好因緣,惡因緣,祇得郵亭一夜眠。别神仙。　琵琶撥盡相思調,知音少。待得鸞膠續斷弦,是何年?(卷九　風懷)

## 浪淘沙(按:此爲宋·金淑柔詞,文字略有異同)

雨溜和風鈴,滴滴丁丁,做成一枕别離情。可是當年陶學士,辜負郵亭。　過雁帶邊聲,音信無憑。花須偷數卜歸程。料得到家秋正好,菊滿寒城。(卷九　風懷)

## 未標牌名·題甲妓朱觀奴(按:此爲明·瞿佑《西江月》詞)

傾國傾城美貌,爲雲爲雨芳年。金沙灘上舊姻緣,重到人間示現。　欲構雲窗霧閣,奈慳寶鈔金錢。諸公有意與周旋,請看桃花好面。(卷九　風懷)

## 好事近(按:此爲宋·秦觀詞,略有改動)

山露雨添花,花動一山春色。行到小溪深處,有黄鸝千百。　飛雲

當面化龍蛇，夭矯掛晴碧。醉臥古藤陰下，杳不知南北。（卷十　禍識）

## 青玉案（按：此爲宋・賀鑄詞，有改動）

淩波不過横塘路，但目送、芳塵去。錦瑟年華誰與度？月樓花院，綺窗珠户，惟有春知處。　　碧雲冉冉衡皋暮，彩筆空題斷腸句。試問閑愁知幾許？一川煙草，滿城風絮，梅子黄時雨。（卷十　禍識）

## 未標牌名（按：原文謂托名宋・蔡京所作詞）

八十一年住世，四千里外無家。如今流落向天涯。夢回玉殿，幾度宣麻。只因貪寵戀榮華，便有如今事也。（卷十　禍識）

## 西江月（按：此爲宋・蔡京詞）

八十衰年初謝，三千里外無家。孤行骨肉各天涯，遥望神京泣下。　　金殿五曾拜相，玉堂十度宣麻。追思往日謾繁榮，到此番成夢話。（卷十　禍識）

# 《林居漫録》詞

（伍袁萃撰　《四庫全書存目叢書》據清鈔本影印　齊魯書社　一九九五）

## 未標牌名（按：此爲宋・無名氏《青玉案》中句）

玉堂金馬，竹籬茅舍，總是無心處。（卷一　前集）

# 《湧幢小品》詞

（朱國禎撰　三十卷　《筆記小説大觀》本　臺北新興書局　一九八一）

## 憶秦娥

山之幽，郁盤丹桂臨清流。臨清流，花泉溶漾，馥襲蘭舟。　個中秋思空淹留，覺來窗外寒蟾浮。寒蟾浮，同游安在，千古悠悠。（卷二十三）

## 憶秦娥

人翩翩，竭來攜手穿雲泉。穿雲泉，依稀玉宇，不見神仙。　個中微明胡來前，瞥然孤覺成高眠。成高眠，萬緣如夢，何在何捐。（卷二十三）

# 《譚苑醍醐》詞

（楊慎撰　《叢書集成初編》本　中華書局　一九八五）

## 未標牌名（按：此爲宋・蔣捷《解佩令》中句）

春雨如絲，繡出花枝紅裊，怎禁他、孟婆合皂。（卷五　孟婆）

# 《山海漫談》詞

（任環撰　三卷　影印文淵閣《四庫全書》本　台北商務印書館　一九八六）

## 賀聖朝（按：此爲明・任環詞）

山亭折柳携君手。離思濃如酒。二天人遠，霜寒雪凍，誰能禁否。　琴鶴蕭然，囊無餘物，奏草懷中有。此行看取，霖雨蒼生，功名白首。（卷三　詞・代謝二尹送張立菴入覲）

## 千秋歲（按：此爲明・任環詞）

堂開煙外，緑野輕寒退。清晝永，祥雲靄。春風蕩簫鼓，淑氣邀蓬海。更有那，青禽黄鶴憐相對。　北闕恩頒賚，白首青袍帶。屈指處，誰能再？俊聲歸大老，眉壽齊華泰。準備著，安車穩上磻溪載。（卷三　詞・代人壽岳翁八十冠帶）

## 喜遷鶯（按：此爲明・任環詞）

關西人傑。有對日丹心，凌霜老節。鵬起秋風，龍騰春浪，早歲聲華奇絶。多少蒼生命脉，些子王章機訣。全仗賴、有脚陽春，無情冷鉄。　堪悦。真個是，民困方蘇，百里絃歌徹。子厚情思，九齡風致，才望齊賢並列。休羡名高豸府，更看聲流龍闕。有時節，鳳詔飛來，岩廊調燮。（卷三　詞・代謝二尹賀張立菴受獎）

## 菩薩蠻（按：此爲明・任環詞）

雪花飛入朱簾裏，錦堂一派笙歌委。瑞氣滿高筵，濃香送酒船。　晉野誰稱號，聲華從此茂。顧名思義時，東君知未知。（卷三　詞・代人賀周指

揮稱號晉野)

## 鳳凰閣(按:此爲明·任環詞)

秋月冰壺,纖埃俱絶,真個是風流人傑。看他八斗深藏,三江倒洩。論聲華,日星昭列。　秉鐸東州,遠紹尼山命脉。有多少游楊立雪,眼見得,鳳口銜書,蒲輪動轍,要先生那時正説。(卷三　詞·代諸生賀程近齋受獎)

## 減字木蘭花(按:此爲明·任環詞)

翻來覆去,淋漓秋雨何時住。江上兵船,破浪衝鋒已半年。　祲氛未掃,多愁不覺容顔老。仗劍西風,慷慨悲歌樽酒中。(卷三　詞·吴淞)

## 減字木蘭花(按:此爲明·任環詞)

孤雲野水,一聲長笛蘆花裏。明月江天,搔首西風懶待眠。　萍踪何處,片篷飛下滄浪去。子夜吴歌,萬里征夫奈若何。(卷三　詞·道中)

## 長相思(按:此爲明·任環詞)

黄葉翻,紅葉翻,行人歸旆出陽關。天高煙水寒。　别君難,見君難,從今留得夢中歡。相逢知幾年。(卷三　詞·别浦楊子)

# 《説類》詞

（葉向高輯　林茂槐增訂　六十二卷　《四庫全書存目叢書》據明刻本影印　齊魯書社　一九九五）

## 秋蕊香（按：此爲宋·周邦彦詞）

乳鴨池塘水暖，風緊柳花迎面。午妝粉指印窗眼，曲理長眉翠淺。　聞知社日停針綫，採新燕。寶釵落枕夢春遠，簾影參差滿院。（卷二　社日）

## 生查子·陳情（按：此爲宋·陳亞詞）

朝廷數擢賢，旋占淩霄路。自是郁陶人，險難無移處。　也知没藥療饑寒，食薄何相悮。大幅紙連粘，甘草歸田賦。（卷十九　滑稽詩）

## 生查子·閨情（按：此爲宋·陳亞詞）

相思意已深，白紙書難足。字字苦參商，故要檳郎讀。　分明記得約當歸，遠至櫻桃熟。何事菊花時，猶未回鄉曲。（卷十九　滑稽詩）

## 生查子·閨情（按：此爲宋·陳亞詞，略有改動）

小院雨其凉，石竹生風砌。罷扇盡從容，半下紗厨睡。　起來閑坐北亭中，滴盡真珠淚。爲念婿辛勤，去折蟾宫桂。（卷十九　滑稽詩）

## 生查子·閨情（按：此爲宋·陳亞詞）

浪蕩去未來，躑躅花頻换。可惜石榴裙，蘭麝香銷半。　琵琶閑抱理相思，必撥朱弦斷。擬續斷朱弦，待這冤家看。（卷十九　滑稽詩）

## 卜算子(按:應爲《生查子》,原文誤標牌名。此爲宋·陸遊妾詞)

只知眉上愁,不識愁來路。窗外有芭蕉,陣陣黄昏雨。　曉起理殘妝,整頓教愁去。不合畫春山,依舊留愁住。(卷十九　女人詩)

## 望江[海]潮(按:此爲宋·柳永詞,略有改動)

東南形勝,三吴都會,錢塘自古繁華。煙柳畫橋,風簾翠幕,參差十萬人家。雲樹繞堤沙。怒濤卷霜雪,天塹無涯。市列珠璣,户盈羅綺,競豪奢。　重湖疊巘清佳。有三秋桂子,十里荷花。羌管弄晴,菱歌泛夜,嬉嬉釣叟蓮娃。千騎擁高牙。乘醉聽笙歌,吟賞煙霞。異日圖將好景,歸去鳳池誇。(卷十九　摘《鶴林玉露》)

## 一剪梅(按:此爲宋·楊僉判詞)

襄樊四載弄干戈,不見漁歌,不見樵歌。試問如今事若何?金也消磨,穀也消磨。　《柘枝》不用舞婆娑,醜也能多,惡也能多!朱門日日買朱娥,軍事如何?民事如何?(卷二十二　掩敗)

## 未標牌名(按:此爲宋·張昪《離亭宴》詞,略有改動)

一帶江山如畫,風物向秋瀟灑。水浸碧天何處斷?霽色冷光相射。蓼岸荻花中,掩映竹籬茅舍。　天際客帆高掛,門外酒旗低迓。多少六朝興廢事,盡入漁樵閑話。悵望倚危欄,紅日無言西下。(卷二十九　妾婢)

## 桂華明(按:此爲宋·關注詞,略有改動)

縹緲神清開洞府,遇廣寒宫女。問我雙鬟梁溪舞,還記得當時否。碧玉辭章教仙女,爲按歌宫羽。皓月滿窗人何處,聲永斷,瑶臺路。(卷三十　夢)

## 滿江紅(按:此爲宋·張昪詞)

無利無名,無榮無辱,無煩無惱。夜燈前、獨歌獨酌,獨吟獨笑。況值群山初雪滿，又明月交光好。便假饒百歲擬如何，從他老。　知富貴，誰能保。知功業，何時了。算簞瓢金玉，所争多少？一瞬光陰何足道，但思行樂常不早。待春來攜酒殢東風，眠芳草。（卷三十三　恬退）

# 《耳談類增》詞

（王同軌撰　五十四卷　《續修四庫全書》據明萬曆三十一年刻本影印　上海古籍出版社　二〇〇一）

## 未標牌名（按：此爲明・柳金南詞，用《西江月》調一闋再增二句，末句文字有異同）

小妾年方二紀，檀板重敲十二。欄杆倚遍步重移，兩度巫山雲雨。二十八宿手中輪，數不到張星翼軫。（卷三十四　詩芹篇・妓柳金南詩）

# 《蓬窗日録》詞

（陳全之撰　八卷　《續修四庫全書》據明嘉靖刻本影印
上海古籍出版社　二〇〇一）

## 漁父詞（三首）（按：此爲宋・趙構詞）

薄晚煙林淡翠微，江邊秋月已明暉。縱遠柁，適天機，水底閒雲片段飛。

青草開時已過船，錦鱗躍處浪痕圓。竹葉酒，柳花氈，有意沙鷗伴我眠。

水涵微影湛虚明，小笠輕簑未易晴。明鏡裏，縠紋生，白鷺飛來空外聲。（卷七　詩談一）

## 燕山亭（按：此爲宋・趙佶詞，略有改動）

裁剪冰綃，輕疊數重。冷淡燕脂注，新様靚妝，豔溢香融，羞殺蕊珠宫女。易得凋零，更多少、無情風雨。愁苦。閑院落淒凉，幾番春暮。　　憑寄離恨重重，這雙燕，何曾會人言語？天遥地遠，萬水千山，知他故宫何處？怎不思量，除夢裏，有時曾去。無據，和夢也，有時不做。（卷七　詩談一）

## 臨江仙（按：此爲宋・韓世忠詞）

冬日青山瀟灑静，春來山暖花濃。少年衰老與花同。世間名利客，富貴與貧窮。　　榮華不是長生樂［藥］，清閑不是死門風。勸君識取主人翁。單方只一味，盡在不言中。（卷八　詩談二）

## 南鄉子（按：此爲宋・韓世忠詞）

人有幾多般？富貴榮花［華］總是閒。自古英雄都是夢，爲官。寶玉妻

兒宿業纏。　少年事已衰殘，須鬢蒼蒼骨髓乾。不道山林多好處，貪歡。只恐癡迷誤了賢。(卷八　詩談二)

## 水龍吟(按:此爲宋・嚴仁詞)

飆車飛上蓬萊，不須更跨琴高鯉。劃然長嘯，天風澒洞，雲濤無際。我欲乘桴，從兹浮海，約任翁起。辦虹竿千丈，轄鈎五十，親點對，連鼇餌。　誰榜佳名空翠？紫陽仙去騎箕尾。銀鈎鐵畫，龍翻鳳翥，留人間世。更憶東山，(哀箏)一曲沾襟淚。到而今，幸有高亭遺愛，寓甘棠意。(卷八　詩談二)

## 踏莎行(按:此爲明・韓邦奇《韓信廟》詞)

高嶺連雲，寒煙帶雨，長楊滿路悲風起。將軍墓上草蕭蕭，荒祠白日眠狐鼠。　九里山前，未央宫裏，淒凉往事煩胸臆。烏江汾水兩悠悠，東流不盡英雄淚。(卷八　詩談二)

# 《問奇類林》詞

（郭良翰輯　三十五卷續三十卷　《四庫未收書集刊》據明萬曆黄起士等刻增修本影印　北京出版社　一九九八）

## 臨江仙（按：此爲宋・韓世忠詞）

冬日青山瀟灑，春來山暖花濃。少年衰老與花同。世間名利客，富貴與貧窮。　榮華不是長生藥，清閒不是死門風。勸君識取主人翁。單方只一味，盡在不言中。（卷十三）

## 滿江紅（按：此爲宋・岳飛詞）

怒髮衝冠，憑欄處瀟瀟雨歇。擡望眼，仰天長嘯，壯懷激烈。三十功名塵與土，八千里路雲和月。莫等閒、白了少年頭，空悲切。　靖康恥，猶未雪；臣子恨，何時滅。駕長車、踏破賀蘭山缺。壯志饑餐胡虜肉，笑談渴飲匈奴血。待從頭收拾舊山河，朝天闕。（卷十九）

## 小重山（按：此爲宋・岳飛詞）

昨夜寒蛩不住鳴。驚回千里夢，已三更。起來獨自階行。人悄悄，簾外月朧明。　白首爲功名。舊山松竹老，阻歸程。欲將心事付瑶琴。知音少，弦斷有誰聽。（卷十九）

## 沁園春・題張、許雙廟（按：此爲宋・文天祥詞）

爲子死孝，爲臣死忠，死又何妨？自光岳氣分，士無全節，君臣義缺，誰負剛腸？罵賊睢陽，愛君許遠，留取聲名萬古香。後來者，無二公之操，百煉之鋼。　嗟哉人生，翕欻云亡，好烈烈轟轟做一場。使當時賣國，甘心

降虜，受人唾罵，安得流芳？古廟幽沉，遺容儼雅，枯木寒鴉幾夕陽。郵亭下，有奸雄過此，子細思量。（卷十九）

## 高陽臺（按：此爲宋·張炎詞）

古木迷鴉，虛堂起燕，歡遊轉眼驚心。南圃東窗，酸風掃盡芳塵。鬢貂飛入平原草，最可憐、渾是秋陰。夜沉沉。不信歸魂，不到花深。　吹簫踏葉幽尋去，任船依斷石，袖裹寒雲。老桂懸香，珊瑚碎擊無聲。故園已是愁如許，撫殘碑，卻又傷今。更關情。秋水人家，斜照西林。（卷二十四）

## 西江月（按：此附會爲宋·蔡京詞）

八十一年住世，四千里外無家。如今流落向天涯。夢回玉殿，幾度宣麻。只因貪寵戀榮華，便有如今事也。（卷二十五）

## 西江月（按：此爲宋·蔡京詞）

八十衰年初謝，三千里外無家。孤行骨肉各天涯，遥望神京泣下。　金殿五曾拜相，玉堂十度宣麻。追思往事謾繁華，到此番成夢話。（卷二十五）

# 《留青日劄》詞

（田藝蘅撰　三十九卷　《四庫全書存目叢書》據明萬曆徐懋升重刻本影印　齊魯書社　一九九六）

## 未標牌名（按：此改宋・歐陽修《望江南》詞，原文附會爲元・僧竺月華詞）

江南柳，嫩緑未成陰。攀折尚憐枝葉小，黄鸝飛上力難禁。留取待春深。（卷二十一　柳含春）

## 未標牌名（按：此改宋・無名氏《望江南》詞，原文附會爲元・方國詞珍）

江南竹，巧匠結成籠。好與吾師藏法體，碧波深處伴蛟龍。方知色是空。（卷二十一　柳含春）

## 未標牌名（按：此改宋・歐陽修《望江南》詞，原文附會爲元・僧竺月華詞）

江南月，如鏡亦如鈎。明鏡不臨紅粉面，曲鈎不上畫簾頭。空自照東流。（卷二十一　柳含春）

## 沁園春（按：此爲宋・劉過詞）

銷薄春冰，碾輕寒玉，漸長漸彎。見鳳鞋泥汙，偎人强剔，龍涎香斷，撥火輕翻。學撫瑶琴，時時欲剪，更掬水魚鱗波底寒。纖柔處，試摘花香滿，縷棗成斑。　時將粉淚偷彈。記綰玉曾教柳傳看。算恩情相著，搔便玉體，歸期暗數，畫遍闌干。每到相思，沈吟静處，斜倚朱脣皓齒間。風流甚，把仙郎暗掐，莫放春閒。（卷二十一　指甲）

## 沁園春(按:此爲明・瞿佑詞,或謂孫宗吉詞,有改動)

一掬嬌春,弓樣新裁,蓮步未移。笑書生量窄,愛渠盡小,主人情重,酌我休遲。醞釀朝雲,斟量暮雨,能使麴生風味奇。何須去,向花塵留迹,月地偷期。　　風流到手偏宜,便豪吸雄吞不用辭。任凌波南浦,惟誇羅襪,賞花上苑,祇勸金卮。羅帕高擎,銀瓶低注,絕勝翠裙深掩時。華筵散,奈此心先醉,此恨誰知?(卷二十五　酒器)

## 踏莎行(按:此傳爲唐・吕巖詞)

輕揮羽扇,平分湘水,煙霞泉石爲佳侶。清風兩袖膽氣粗,洞庭飛過經千里。　　飽嚼瑶華,醉斟玉髓,乾坤收拾葫蘆裏。一聲長笑海空秋,數着殘棋山月起。(卷二十八　吕紹先　何仙姑)

## 陽關引(按:此爲宋・寇準詞)

塞草煙光闊,渭水波聲咽。春朝雨霽,輕塵歇,征鞍發。指青青楊柳,又是輕攀折。動黯然,知有後會,甚時節?　　更盡一杯酒,歌一闋。嘆人生,最難歡聚,易離別。且莫辭沉醉,聽唱《陽關》徹。念故人千里,自此共明月。(卷三十九　陽關調)

## 醉蓬萊(按:此爲宋・葉夢得詞)

問春風何事,斷送繁紅,便拚歸去。牢落征途,笑行人羈旅。一曲《陽關》,斷雲殘靄,做渭城朝雨。欲寄離愁,緑陰千囀,黄鸝空語。　　遥想湖邊,浪摇空翠,絃管風高,亂花飛絮。曲水流觴,有山翁行處。翠袖朱欄,故人應也,弄畫船烟浦。會寫相思,尊前爲我,重翻新句。(卷三十九　陽關調)

## 燭影摇紅(按:原文謂宋・王詵詞,《全宋詞》收入周邦彦詞,略有改動)

香臉輕匀,黛眉巧畫宫妝淺。風流天付與精神,全在嬌波轉。早是縈心可慣,更那堪、頻頻顧盼。幾回得見,見了還休,争如不見。　　燭影摇紅,夜闌飲散春宵短。當時誰解唱《陽關》?離恨天涯遠。無奈雲收雨散。

凭欄干，東風淚眼。海棠開後，燕子來時，黄昏庭院。（卷三十九　陽關調）

## 木蘭花（按：此爲宋・張孝祥詞）

雲擁貔貅萬騎，驟千里、鐵衣寒。正玉帳連雲，油幢映日，飛箭天山。錦城啓方面重，對籌壺、盡日雅歌閑。休遣沙場虜騎，尚餘匹馬空還。　　那堪，更值春殘。斟緑醑、對朱顔。正宿雨催紅，和風换翠，梅小香慳。牙旗漸西去也，望梁州、故壘暮雲間。休使佳人斂黛，斷腸低唱陽關。（卷三十九　陽關調）

## 一翦梅（按：此傳爲宋・王嬌娘詞）

豆蔻梢頭春意闌，風滿前山，雨滿前山。杜鵑啼血五更殘，花不禁寒，人不禁寒。　　離合悲歡事幾般，離有悲歡，合有悲歡。别時容易見時難，怕唱《陽關》，莫唱《陽關》。（卷三十九　陽關調）

## 古陽關（按：此爲宋・無名氏詞）

渭城朝雨，一霎浥輕塵。更灑遍客舍青青，弄柔凝，千縷柳色新。更灑遍客舍青青，千縷柳色新。　　休煩惱，勸君更盡一杯酒，人生會少，自古富貴功名有定分。遣容儀瘦損。　　休煩惱，勸君更盡一杯酒，只恐怕西出陽關，舊遊如夢，眼前無故人。秖恐怕西出陽關，眼前無故人。（卷三十九　陽關三疊）

## 卜算子（按：此爲宋・陸藻侍兒美奴詞）

送我出東門，乍别長安道。兩岸垂楊鎖暮煙，正是秋先老。　　一曲古陽關，莫惜金尊倒。君向瀟湘我向秦，魚雁何時到？（卷三十九　陽關三疊・古陽關）

## 風流子（按：此爲宋・孫惟信《風流子》中句）

三疊古《陽關》。輕寒禁，清月滿征鞍。（卷三十九　陽關三疊）

## 蘇幕遮（按：原文謂宋・周邦彦詞，或謂宋・無名氏詞）

隴雲沉，新月小。楊柳梢頭，能有春多少？試着羅裳寒尚峭，簾捲青樓，占得東風早。　　翠屏深，香篆裊。流水落花，不管劉郎到。三疊《陽關》聲漸杳。斷雨殘雲，只怕巫山曉。（卷三十九　陽關三疊）

## 蝶戀花（按：原文謂延安夫人詞，《全宋詞》收爲宋・李清照詞，略有改動）

淚揾征衣脂粉暖，四疊《陽關》，唱了千千遍。人道山長山又斷，蕭蕭風雨聞孤館。　　惜別傷離方寸亂，忘了臨行，酒盞深和淺。若有音書憑過雁，東萊不似蓬萊遠。（卷三十九　陽關四疊）

## 未標牌名（按：此爲宋・李清照《鳳皇臺上憶吹簫》詞）

香冷金猊，被翻紅浪，起來慵自梳頭。任寶奩塵滿，日上簾鈎。生怕離懷別苦，多少事，欲説還休。新來瘦，非干病酒，不是悲秋。　　休休。這回去也，千萬遍《陽關》，也則難留。念武陵人遠，煙鎖秦樓。惟有樓前流水，應念我、終日凝眸。凝眸處，從今又添、一段新愁。（卷三十九　陽關四疊）

## 珠泣玉盤

送元子，渭水濱。雨乍歇，浄芳塵。柳青青，客館春。勸君酒，莫辭頻。君飲盡，莫逡巡。陽關外，少行人。嗟嗟《陽關》外，無故人。持節歸來兮，無忘故人，無忘故人。（卷三十九　陽關四疊）

## 絮沾泥

一疊兮酒行頻，再疊兮淚沾巾，三疊兮腸欲斷，四疊兮摧征輪。客邸誰相親，柳枝孤負春。要知巫峽猿啼苦，只聽《陽關》無故人。（卷三十九　陽關四疊）

# 《謔浪》詞

（郁履行撰　四卷　明萬曆秣陵聚奎樓刻本）

## 浣溪沙（按：此爲唐・張曙詞）

枕障薰煙隔繡帷，二年終日兩相思。好風明月始應知。　天上人間何處去？舊歡新夢覺來時。黄昏微雨畫簾垂。（卷一　增悲）

## 臨江仙（按：此爲宋・歐陽修詞）

柳外輕雷池上雨，雨聲滴碎荷聲。小樓西角斷虹明。闌干倚遍，待得月華生。　燕子飛來棲畫棟，玉鈎垂下簾旌。凉波不動簟紋平。水精雙枕，旁有墮釵横。（卷二　失金釵）

## 如夢令（按：此爲宋・嚴蕊詞）

道是梨花不是，道是杏花不是。白白與紅紅，别是東風情味。曾記，曾記，人在武陵微醉。（卷二　嚴幼芳）

## 南歌子（按：此爲宋・蘇軾詞）

師唱誰家曲？宗風是阿誰？借君拍板與門槌，我也逢塲作戲莫相疑。　溪女方偷眼，山僧莫眨眉。卻愁彌勒下生遲，不見阿婆三五少年時。（卷三　挾妓戲禪）

## 長相思（按：此爲宋・吴淑姬詞）

煙霏霏，雪霏霏，雪向美花枝上堆。春從何處回？　醉眼開，睡眼開，疏影横斜安在哉？從教塞管催。（卷三　安在哉）

## 臨江仙(按:此爲宋·侯蒙詞)

未遇行藏誰肯信,如今方表名蹤。無端良匠畫形容。當風輕借力,一舉入高空。　　才得吹嘘身漸穩,只疑遠赴蟾宫。雨餘時候夕陽紅。幾人平地上,看我碧霄中。(卷三　畫形紙鳶)

## 鷓鴣天(按:此爲元·馮子振贈珠簾秀詞)

十二闌干映遠眸,醉香空斷楚天秋。鰕鬚影薄微微見,龜背紋輕細細浮。　　香霧斂,翠雲收,海霞爲帶月爲鈎。夜來捲盡西山雨,不著人間半點愁。(卷三　珠簾秀)

## 踏莎行(按:此爲宋·蘇軾詞)

這個秃驢,修行忒煞,雲山頂上曾持戒。一從迷戀玉樓人,鶉衣百結渾無奈。　　毒手傷人,花容粉碎,空即色今何在。壁間刺道苦相思,這回還了相思債。(卷四　花容粉碎)

## 未標牌名(按:此改宋·歐陽修《望江南》詞)

江南柳,嫩緑未成陰。枝小未堪攀折取,黄鸝飛上力難禁。留取待春深。(卷三　空自惹場羞)

## 未標牌名(按:此改宋·無名氏《望江南》詞)

江南竹,巧匠作爲籠。留與秃驢藏法體,碧波深處伴蛟龍。方知色是空。(卷三　空自惹場羞)

## 未標牌名(按:此改宋·歐陽修《望江南》詞)

江南月,如鑑亦如鈎,明鑑不臨紅粉面。曲鈎不上畫簾頭,空自惹場羞。(卷三　空自惹場羞)

# 《玉芝堂談薈》詞

（徐應秋撰　三十六卷　《筆記小説大觀》本　臺北新興書局　一九八五）

## 未標牌名（按：此爲宋・宋祁《鷓鴣天》詞）

寶轂雕輪狹路逢，一聲腸斷繡幃中。身無彩鳳雙飛翼，心有靈犀一點通。　金作屋，玉爲櫳，車如流水馬如龍。劉郎已恨蓬山遠，更隔蓬山幾萬重。（卷六　御溝題葉）

## 歸朝歡（按：此爲宋・張先《歸朝歡》詞上闋，略有改動）

聲轉轆轤聞露井。曉汲銀瓶牽素綆。西園人語夜來風，叢英飄墜紅成逕。寶猊煙未冷。蓮臺香蠟殘痕凝。等身金，誰能買此好光景。（卷七　賞等身金）

## 未標牌名・詠海棠（按：此爲元・張弘範《點絳唇》詞）

醉臉勻紅，向人無語誇顔色。一枝香雪，猶染嵬坡血。庭院黄昏，燕子來時節。芳心含露垂香頰，羞對開元月。（卷七　海棠睡未足）

## 水龍吟・朱竹（按：此爲明・高啓詞）

淇園丹鳳飛來，幾時留得參差翼。簫聲吹斷，彩雲忽墜，碧雲猶隔。想是湘靈，淚彈多處，血痕都積。看蕭疏瘦影，隔簾欲動，應是落花狼藉。　莫道清高也俗。再相逢，子猷還惜。此君未老，歲寒猶有，少年顔色。誰把珊瑚，和煙换去，琅玕千尺。細看來，不是天工，却是那春風筆。（卷八　朱竹詩）

## 滿庭芳(此爲明·馬洪詞)

春老園林,雨餘庭院,偏惹蝶駭蜂猜。蔫紅縐白,狼藉滿蒼苔。正是愁腸欲斷,珠箔外,點點飄來。分明似,身輕飛燕,扶下碧雲臺。　　當初,珍重意,金錢競買,玉砌新栽。更翠屏遮藹,羯鼓催開。誰道天機錦繡,都化作,紫陌塵埃。紗窗裏,有人憐惜,無語托香腮。(卷八　落花詩)

## 未標牌名(按:此傳爲明·劉奇詞)

營巢燕,雙雙雄,朝暮銜泥辛苦同。若不尋雌繼雛卵,巢成畢竟巢還空。(卷十　女子男飾)

## 未標牌名(按:此傳爲明·劉方詞)

營巢燕,雙雙飛,天設雌雄事久期。雌者得雄願已足,雄首將雌朝不知。(卷十　女子男飾)

## 未標牌名(按:此爲宋·張掄《柳梢青》詞下闋)

仙娥花月精神,奏鳳管鸞絃鬬新。萬歲聲中,九霞杯内,長醉芳春。(卷十九　九光霞)

## 未標牌名(按:此爲宋·蔣捷《解佩令》)

春晴也好,春陰也好。着些兒、春雨越好。春雨如絲,繡出花枝紅裊。怎禁他、孟婆合皂。　　梅花風小,杏花風小。海棠風、驀的寒峭。歲歲春光,被二十四風吹老。楝花風、爾且慢到。(卷十九　花信風)

## 未標牌名(按:此爲宋·羅鄂失牌名詞中句)

九月江南秋色,黄雀雨,鯉魚風。(卷十九　花信風)

# 《樗齋漫録》詞

(許自昌撰　十二卷　《續修四庫全書》據明刻本影印
上海古籍出版社　二〇〇一)

## 滿江紅(按:此爲明·沈周詞)

汴鼎南遷漫流寓,錢塘如客可涕泣。瘡痍凋瘵,倩誰醫國。好個忠飛天下將,奈他逆檜舟中賊。把英雄頓挫莫成功,成冤殛。　飛不死,宋之得。飛不死,金之失。恨飛之一死,檜全奸策。萬里長城麟足折,兩宫歸路烏頭白。嘆昏夫亦有小聰明,看遺敕。(卷三)

## 長相思(按:此爲宋·無名氏詞)

晴也行,雨也行,雨也行時不似晴。天晴終快人。　名也成,利也成,利也成時不似名,名成天下驚。(卷五)

## 卜算子(按:此爲宋·陸遊妾《生查子》詞,原文誤標牌名)

只知眉上愁,不識愁來路。窗外有芭蕉,陣陣黄昏雨。　曉起理殘妝,整頓教愁去。不合畫春山,依舊留愁住。(卷五)

## 竹香子(按:此爲宋·無名氏詞)

浙右華亭,物價廉平,一道會買個三升。打開餅後,滑辣光馨。教君霎時飲,霎時醉,霎時醒。　聽得淵明,説與劉伶,這一餅約迭三斤。君還不信,把秤來秤。(有一斤酒),有一斤水,一斤餅。(卷五)

## 未標牌名·魚籃觀音贊

活活潑潑,風風流流。有錢難買,無錢可求。一聲叫過長街去,那個男兒不轉頭。(卷十二)

# 《捧腹編》詞

（許自昌撰　十卷　《續修四庫全書》據明萬曆刻本影印　上海古籍出版社　二〇〇一）

## 未標牌名·粉詞（按：此爲宋·無名氏詞）

妙手庖人，搓得細如麻綫。面兒白，心下黑。身長行短，驀地下來後，嚇出一身冷汗。這一塲歡會，早危如累卵。　便作羊肉臊子，勃推釘椀。終不似，飲盤美滿。舞萬適，無心看。愁聽絃管收盤盞，寸腸暗斷。（卷一　善謔詩詞）

## 未標牌名·水飯詞（按：此爲宋·無名氏撰《浪淘沙》詞）

水飯惡，冤家夢，小䔲瓜。樽前正欲飲流霞。卻被伊來剛打住，好悶人那。　不免着匙爬，一似吞沙。主人若也要人誇。莫惜更攙三五盞，錦上添花。（卷一　善謔詩詞）

## 鵲橋仙（按：此爲宋·張掄詞，略有改動）

遠公蓮社，流傳圖畫，千古聲名猶在。後人多少繼遺跡，到我便失驚打怪。　西方未到，官方先到，冤我曰喫菜。龍華三會頭相逢，怎敢學他家家會。（卷一　善謔詩詞）

## 柳梢青（按：此爲宋·董德元詞）

滿腹文章，滿頭霜雪，滿面埃塵。直至如今，別無收拾，只有清貧。　功名已是因循。最懊悵，張巡李巡。幾個明年，幾番好運，只是瞞人。（卷一　善謔詩詞）

## 夜遊宮(按:此爲宋・無名氏詞)

因被吾皇手詔,把天下寺來改了。大覺金仙也不小。德士道,却我甚頭腦。　道袍頭索要,冠兒戴、您且休笑。最是一種祥瑞好。古來少,青蘆上面生芝草。(卷一　善謔詩詞)

## 西江月(按:此爲宋・無名氏詞)

早歲輕衫短帽,中間圓頂方袍。忽然天賜降宸毫,接引私心入道。　可謂一身三教,如今且得逍遥。擎拳稽首拜雲霄,有分長生不老。(卷一　善謔詩詞)

## 青玉案(按:此爲宋・無名氏詞)

釘鞋踏破祥符路,似白鷺、紛紛去。試盝僕頭誰與度。八厢貌事,兩員直殿,懷挾無藏處。　時辰報盡天將暮。把筆胡填備員句。試問閑愁知幾許,兩條脂燭,半盂餿飯,一陣黄昏雨。(卷一　善謔詩詞)

## 未標牌名

劉公出典揚州,庶事必應大治。民瘼康泰矣。(卷二　中朝故事・藥王菩薩)

## 生查子(按:此爲宋・陳亞詞)

朝廷數擢賢,旋占凌霄路。自是鬱陶人,險難無移處。　也知没藥療飢寒,食薄何相悮。大幅紙連粘,甘草歸田賦。(卷三　青箱雜記)

## 生查子・閨情(三首)(按:此爲宋・陳亞詞,有改動)

相思意已深,白紙書難足。字字苦參商,故要檳郎讀。分明記得約當歸。遠至櫻桃熟,何事菊花時,猶未回鄉曲。

小院雨餘凉,石竹生風砌。罷扇盡從容,半下紗厨睡。起來閑坐北亭中,滴盡真珠淚。爲念婿辛勤,去折蟾宫桂。

浪蕩去未來,躑躅花頻换。可惜石榴裙,蘭麝香消半。琵琶閑抱理相思,必撥朱顔斷。擬續斷來弦,待這冤家看。(卷三　青箱雜記)

## 未標牌名(按:此爲宋·徐似道《阮郎歸》詞)

茶寮山上一頭陀,新來學得麽。蝤蛑螃蠏與烏螺,知他放幾多。　　有一物,似蜂窠,姓牙名老婆。(雖)然無奈得他何,如何放得他?(卷四　老婆牙)

# 《國色天香》詞

（吴敬所輯編　十卷　《古本小説集成》據明萬曆丁酉金陵書林周氏萬卷樓刊本影印　上海古籍出版社　一九九一）

## 未標牌名（按：此爲明正德大臣詞，作者及詞牌待考）

六龍親馭臨江渚，慰滿王師時雨。捲地風濤，入雲旗幟，撾碎震天金鼓。狂夫氣沮。早竄伏湖濱，奉頭如鼠。愛婦辭幃，嬌鎚赴水慟如許。　皇天眷祐明朝，使中興將士，闞如虓虎。奏凱橋門，獻俘郊廟，春動洋洋萬舞。都人私語道：今日躬逢、周宣漢武。但願萬年，常教爲帝主。（卷一上層　珠淵玉圃·賀正德皇帝南巡迴六鑾帳詞）

## 錦堂春（按：此爲宋·司馬光詞，有改動）

紅日遲遲，虚廊轉移，槐陰迤邐西斜。彩筆工夫，難收晚景煙霞。蝶尚不知春去，漫繞幽砌尋花。奈猛風過後，蹤[縱]有殘紅，飛向誰家？　始知青鬢無價，歎飄零官路，荏苒年華。今日笙歌叢裏，特地自嗟。席上青衫濕透，算感舊何止琵琶。乍不教人易老，多少離愁，散在天涯。（卷一上層　珠淵玉圃·温公錦堂春詞）

## 未標牌名（按：此爲南唐·李煜《浪淘沙》詞）

簾外雨潺潺，春意將闌。羅衾不奈五更寒。夢裏不知身是客，一餉貪歡。　獨自莫憑闌，無限關山，别時容易見時難。流水落花春去也，天上人間。（卷一上層　珠淵玉圃·長短句）

## 虞美人

生平不識離鄉曲，燈下書懷足。老天作忠噴豺狼，萬萬千千鼠竄鬧彷

徨。　　家山一夢知何處，兄妹淚如雨。何時玉燭再光輝，把我六親骨肉完璧歸。（卷一下層　龍會蘭池録）

## 虞美人（按：原文誤標牌名，應爲《望江南》）

弓鞋小，徑路險崔巍。麑豎只應隨鹿去，燕孩安可傍鷹飛？事急且相隨。　　鄉天杳，惆悵幾時歸？風打柳腰南北轉，雨催花淚長短垂。雲散月將輝。（卷一下層　龍會蘭池録）

## 朝天措

日色映流霞，手爪亂交加。憶昔當年貴重，今朝錯落風沙。　　紅顔薄命，路旁債主，眼下冤家。不謂今宵浪静，鉦鏜怎樣催花。（卷一下層　龍會蘭池録）

## 賣花聲

胡馬渡銀河，鬧動干戈。蒙君福蔭萬千多，此意此情終有報，君莫蹉跎。　　送我歸鄉窠，媒結藤蘿。一生緣分屬哥哥。要把風花閑地設，這事難呵！（卷一下層　龍會蘭池録）

## 水龍吟

强胡百萬長驅，邊城瓦解人如草。風流才子，桑林絶處，奴家作靠。一路扶持萬千，又脱烏林凶盜。這恩情許大，銘心刻骨，豈甘丢倒。　　送我歸家下落，把全身從容圖報。一枝芍藥倍紅，百歲春花偕老。看人間野合鴛鴦，羞殺我，君休道。（卷一下層　龍會蘭池録）

## 一剪梅

瀟湘店外鬼來呵，愁殺哥哥，悶殺哥哥。伊人自作撲燈蛾，去了哥哥，棄了哥哥。　　把頭相向淚懸河，怎捨哥哥，謾捨哥哥。此歸花案不差訛，生屬哥哥，死屬哥哥。（卷一下層　龍會蘭池録）

## 滿[望]江南

堪愁處,風急力難支。司馬衹驚消渴死,文君謾唱别離詞。愁淚遍胭脂。　　扶頭起,祝付莫相疑。于祐寧無相會日,張儀還有可言時。欲去仍躊躕。(卷一下層　龍會蘭池録)

## 柳梢青

楚岐雲收,西厢月暗,竹爆飛聲。玉友歸程,羅衾淚滴,繡枕魂驚。　　花中永中膏肓,起來對坐誰適情?半盞孤燈,幾杯濃酒,一柳梢清。(卷一下層　龍會蘭池録)

## 未標牌名(按:用《昭君怨》調)

妹氏何如致我,我有許多不可。憶昔舊情人,淚沾巾。　　望斷瀟湘那裏?病損相如痊未?要説許闌珊,口難開。(卷一下層　龍會蘭池録)

## 未標牌名·風花雪月四詞(四首)(按:或謂明洪武間老魅詞)

風嫋嫋,風嫋嫋,冬嶺泣孤松,春郊摇弱草。收雲月色明,捲霧天光早。清秋暗送桂香來,拯夏頻將炎氣掃。風嫋嫋,野花亂落令人老。

花豔豔,花豔豔。妖嬈巧似妝,鎖碎渾如剪。露凝色更鮮,風送香常遠。一枝獨茂逞冰肌,萬朵争妍含醉臉。花豔豔,上林富貴真堪羨。

雪飄飄,雪飄飄。翠主封梅萼,青鹽壓竹梢。灑空飛絮浪,積檻聳銀橋。千山渾駭鋪鉛粉,萬木依稀掛素袍。雪飄飄,長途遊子恨迢遥。

月娟娟,月娟娟,乍缺鈎横野,方圓鏡掛天。斜移花影亂,低映水紋連。詩人舉杯搜佳句,美女推窗遲夜眠。月娟娟,清光千古照無邊。(卷一下層　龍會蘭池録·附録)

## 未標牌名

蕉心捲,玉柱插天天際遠。蕉花赤,鐵膽銅肝當寧立。蕉葉長,仙姬羽扇舞霓裳。蕉葉片,旌旗暖動明飛電。蕉葉稀,飄飄百結仙人衣。　　有時偃仰天風走,有時滴雨濯塵垢。有時移月過闌干,有時驚霜心膽寒。雪

隱梅花何處尋，當時歌舞今沉沉。直待陽和消息邇，依然掛緑春風裏。（卷二上層　搜奇攬勝·金馬緑衣）

## 秦樓月（按：此爲宋·梁意娘詞）

春宵短，香閨寂寞愁無限。愁無限，一聲窗外，曉鶯新囀。　起來無語成嬌懶，柔腸易斷人難見。人難見，這些心緒，如何消遣。（卷二上層　搜奇攬勝·意娘寄柬）

## 茶瓶兒（按：此爲宋·梁意娘詞）

滿地落花鋪繡，春色着人如繡[酒]。曉鶯窗外啼楊柳。愁不奈，兩眉頻皺。　關山杳，信音悄，那堪是、昔年時候。盟言辜負知多少，對好景、頓成消瘦。（卷二上層　搜奇攬勝·意娘寄柬）

## 滿江紅（按：此爲宋·岳飛詞）

怒髪沖冠，憑闌處，瀟瀟雨歇。擡望眼、仰天長嘯，壯懷激烈。三十功名塵與土，八千里路雲和月。莫等閒、白了少年頭，空悲切。　靖康恥，猶未雪。臣子恨，何時滅。駕長車踏破、賀蘭山缺。壯志饑餐胡虜肉，笑談渴飲匈奴血。待從頭、收拾舊山河，朝天闕。（卷二上層　搜奇攬勝·忠以詞見）

## 滿江紅（按：此爲明·文徵明詞）

拂拭殘碑，刺飛字，依稀堪讀。慨當初，倚飛何重，後來何酷！果是功成身合死，可憐事去言難贖。最無辜，堪恨更堪憐，風波獄。　豈不惜，中原蹙。豈不念，徽欽辱。但徽欽既返，此身何屬？千載休談南渡錯，當時自怕中原復。區區一檜亦何能，逢其欲。（卷二上層　搜奇攬勝·忠以詞見）

## 滿庭芳（按：此爲宋·徐君寶妻張氏詞）

漢上繁華，江南人物，尚遺宣政風流。緑窗朱户，十里爛銀鉤。一旦刀兵齊舉，旌旗擁，百萬貔貅。長驅入，歌樓舞榭，風捲落花愁。　清平三百載，典章人物，掃地俱休。幸此身未北，猶客南州。破鏡徐郎何在？空惆悵，相見無由。從今後，斷魂千里，夜夜岳陽樓。（卷二上層　搜奇攬勝·張氏

守節）

## 未標牌名（按：此爲宋·戴復古妻《祝英臺近》詞）

惜多才，憐薄命，無計可留汝。揉碎花箋，忍寫斷腸句。道傍楊柳依依，千絲萬縷，抵不住、一分愁緒。　（如何訴。便教緣盡今生，此身已輕許。）捉月盟，不是夢中語。後回君若重來，不相忘處，把杯酒、澆奴墳土。（卷二上層　搜奇攬勝·澆奴墳土）

## 未標牌名（按：用《醉春風》調）

回首風流處，餘香還幾許。閑花豔豔總迷人，住住住。相倚相偎，再分付，怕生愁阻。　好事天教露，難悔行差路。對燈無語自思量，去去去。無可奈何，不嫌昏黑，不寫辛苦。（卷二上層　搜奇攬勝·事露獻詩）

## 望江南（此爲唐·吕巖詞）

瑶池上，瑞霧靄群仙。素練金童鏘鳳板，青衣女子嘯笙鸞。身在大羅天。　沉醉處，縹緲玉京山。吕散步虚清燕罷，不知今夕是何年。海水又桑田。（卷二上層　搜奇攬勝·吕洞賓方竅）

## 未標牌名（按：此爲唐·吕巖《減字木蘭花》詞）

暫遊大庾，白鶴飛來誰共語？嶺畔人家，曾見寒梅幾度花。　春來春去，人在落花流水處。花滿前溪，藏盡神仙人不知。（卷二上層　搜奇攬勝·無心昌老）

## 漁家傲（此或謂唐·吕巖《豆葉黄》詞）

一自江南山水路，李花零落春無主。一個魚兒無覓處，風和雨，玉龍生甲歸天去。（卷二上層　搜奇攬勝·同客人）

## 漁父詞（按：此爲唐·吕巖詞）

子午常餐日月精，玄關門户啓還扃。長如此，過平生，且把陰陽仔細

烹。(卷二上層　搜奇攬勝·汴京茶肆)

## 鷓鴣天(按:此爲明·潘英奴詞,文字略有異同)

欲侍鴛幃奉枕衾,誰知薄幸苦相淩。移花卻向他人主,狂蝶無情莫再尋。　君負信,妾傷心,魚沉雁斷杳無音。如今追憶前時事,剩得潸然淚滿襟。(卷二上層　戛玉奇音·指環篇歌)

## 减字木蘭花

芳心蕩漾,夜來愁擁梅花帳。風送清香,熏徹孤衾夢不成。　隔檐鶯鬧,爲人鼓出相思調。體怯輕寒,連理羞將病眼看。(卷二下層　劉生覓蓮記·上)

## 祴芳時

和光豔,春盈面,掀簾晴晝香風扇。人寂寂,愁如織。暖風倦體,看花無力。　雕梁畔,雙來燕,喃喃訴出愁多遍。傾城色,初相識,佳詞賦也,漏春消息。(卷二下層　劉生覓蓮記·上)

## 如夢令

日暖風和時候,玉女花前邂逅。謾賦啓朱唇,輕遞脂香未透。欣驟,欣驟,有日相如琴奏。(卷二下層　劉生覓蓮記·上)

## 臨江仙

一睹嬌姿魂已散,滿腔心事誰知?東瞻西盼竟差遲。妝[裝]聾還作啞,似醉復如癡。　我欲將心書尺素,倩人寄首新詩。個中暗與約佳期。不知何年更何月,何日更何時。(卷二下層　劉生覓蓮記·上)

## 憶秦娥

春堤曲,一溪水漾新紋緑。(新紋緑,)鴛鴦弄日,晴沂對浴。和風不斷香馥鬱,牆頭粉蝶相隨逐。相隨逐,雙雙飛入,花間並宿。(卷二下層　劉生

覓蓮記・上）

## 西江月

三月韶光過半,一年勝景堪奇。傷春自個謾徘徊,偶睹遊蜂墜地。　款款柔情莫托,殷殷分付蜂媒。惟期及早效于飛,不負花前一對。（卷二下層　劉生覓蓮記・上）

## 未標牌名

鶯聲清曉傳春語,道説與遊人:趁我嬌華,莫放歌《金縷》。　杜鵑一夜叫聲喧,唤淒風,呼妒雨。促吾直往天涯去,要尋樂地誰爲主?（卷二下層　劉生覓蓮記・上）

## 行香子

山石之旁,紅緑齊芳。遇佳娥正出蘭房。嬌嬌媚媚,巧樣梳妝。更好風韻,好標緻,好行藏。　絶世無雙,不比尋常。盡吾戲調何妨? 止應配我,個樣新郎。謾眼空勞,心妄想,興徒狂。（卷二下層　劉生覓蓮記・上）

## 臨江仙

愛殺芬芳春一點,嬌姿壓倒楊妃。倚花注目已多時。枯腸聊止渴,餓眼暫充饑。　對面重逢無妙策,費吾一段心機。何時親貼豔豐頤。玉釵掛吾首,羅袖拂吾衣。（卷二下層　劉生覓蓮記・上）

## 長相思

花滿枝,蝶滿枝,戀戀迷香不忍歸。迎暄曬粉衣。　盼佳期,算佳期,盡付書齋懶睡時。春晴許夢知。（卷二下層　劉生覓蓮記・上）

## 二十牌名・愛花詞

一枝花外漾新晴,賣花聲裏春光泄。正解語花嬌,山花子豔,後庭花未結。猛睹蝶戀花梢也,須索賞宫花,沉醉花陰歌笑徹。待醒來,向柰子花前，木蘭花畔，鬥百花奇絶。　莫放雨中花謝，落路花飛，斷送了賞花時節。等閒間落花紅滿地，又早見石榴花，吐迎新熱。金錢花散美人愁，菊花新處情人别。冷清清開到臘梅花，意孜孜揉碎梅花雪。（卷二下層　劉生覓蓮記·上）

## 二十牌名·惜春詞

春從天上來，春霽和風扇淑。沁園春景巧安排，花柳分春，有流鶯宿。單衣初試探春令，喜的是畫堂春滿，錦堂春足。那更慶春澤畔，正雪消春水來，有魚遊春水分萍緑。　玉樓春盎日初長，忽看海棠春放春光好，好看無拘束。又何如登帝春臺，賞漢宫春，謾醉春風中，齊唱徵宜春令曲。休輕放絳都春光，武陵春去，春雲怨惹愁眉蹙。（卷二下層　劉生覓蓮記·上）

## 步蟾宫

萬斛新愁眉鎖住，憑欄不賦啼鵑句。終朝埋恨幾時舒，良工難畫相思處。　多情對此愁千緒，心隨風逐沾飛絮。不如將心托筆寄丹青，落得不知春又去。（卷二下層　劉生覓蓮記·上）

## 晝夜樂

春山愁壓慵臨鏡，憶芳菲，嗟薄命。望中煙草連天，座裏花陰斜映。空度流年，浪虚美景，誰把佳期年訂。對景怨東風，無語垂簾静。　狂蜂浪蝶多情興，争抱一枝紅杏。鷓鴣隔樹喧聲，唤動惜春心性。燕子雙雙，鶯兒對對，花也枝枝交並。百物總關情，何事人孤另。（卷二下層　劉生覓蓮記·上）

## 虞美人

殘花無奈黄昏雨，那更更長苦。枕頭聽得子規啼，叫道春光今去幾時回？　東君不管離人老，花信憑誰討？一生須得幾青春，盡日書齋做個憶春人。（卷二下層　劉生覓蓮記·上）

## 賀聖朝

癡心偷步巫山下，枉自擔驚怕。胸前着火，心腸幹熱，誰人堪話。　晝

中之女千金價，甚日青鸞跨？心似風箏，形如傀儡，懸懸牽掛。（卷二下層　劉生覓蓮記·上）

## 春光好

春已矣，樹浮青。少啼鶯。數點催花雨弄聲，不可聽。　心事千頭千腦，幽齋孤影孤形。試問玉人曾約否？半應承。（卷二下層　劉生覓蓮記·上）

## 雨中花·夜雨生愁

煙雨妒春聲不歇，無故把繁華摧折。看欹網留春，斜兜花瓣，不放東君别。　隔檻丁香和恨結，淚滴處羅衣凝血。正冷落佳人，柴門深閉，剛是愁時節。（卷二下層　劉生覓蓮記·上）

## 青玉案·春風積怨

春風幾度，空把青年誤。古道堆紅無數，妝點東君歸路。　樂事於今半已空，園林緑遍消紅。咫尺窗紗，萬里衷情，吟付東風。（卷二下層　劉生覓蓮記·上）

## 鳳凰閣

記當初花下，分明傳約。思量就把芳心托。豈料書生福薄，竟成空諾。能勾向他行着脚？　你也不合，常把眼來睃着。怎知書幌添蕭索。奈何哉，這病根幾時芟卻。直苦到空梁月落。（卷二下層　劉生覓蓮記·上）

## 臨江仙

一睹仙郎腸欲斷，斷腸枉自癡癡。癡心長自擬佳期。期郎還未定，定有害相思。　思深偏切愁人夢，夢中添下孤恓。恓惶淚滴幾多時。時動文君想，想在俏相如。（卷二下層　劉生覓蓮記·上）

## 浣溪沙

寂寂寥寥度此春，朝朝暮暮兩眉顰。重重疊疊眼添新。　句句聲聲

心裏事，孤孤孑孑客邊身。思思想想意中人。（卷二下層　劉生覓蓮記·上）

## 未標牌名

化龍原有日，暫伏在清流。萬丈深潭難設計，且將蟥餌釣鰲頭。蚤上金鉤，蚤上金鉤。（卷二下層　劉生覓蓮記·上）

## 四字令

隔池美姬，女中解魁。今朝重睹西施，奈情緣怎持。　　興言念之，心如醉兮。縱然今夜于飛，恨佳期已遲。（卷二下層　劉生覓蓮記·上）

## 花心動

風裏楊花輕薄性，銀燭高燒心熱。香餌懸鉤，魚不輕吞，枉把釣兒虛設。桑蠶到老絲長絆，針刺眼淚流成血。思量起粘枝花朵，果兒難結。
海樣深情忍撇，似夢裏相逢，不成歡悅。出水雙蓮，摘取一枝，可惜並頭分拆。猛期月滿會姮娥，誰知是初生新月。折翼鳥，甚是于飛時節。（卷二下層　劉生覓蓮記·上）

## 小重山

萬種相思未了償，被人生嫉妒，又參商。花前笑語尚留香。輕别也，能得不思量？　　寄語囑蓮娘，莫忘前日話，换心腸。好將密約細端詳。卿知否，吾意與天長。（卷二下層　劉生覓蓮記·上）

## 風入松

二郎神去竟何之？重疊山西。亭前柳樹空啼鳥，滿庭芳草萋萋。我怨王孫薄幸，聲聲謾訴淒其。　　長相思憶舊遊時，春鎖南枝。而今仲夏初臨也，疏簾淡月空輝。試問阮郎歸未？念奴嬌怯誰知！（卷二下層　劉生覓蓮記·上）

## 秋波媚

碧天夜色浸閑亭，荷香帶露清。身邊皓月，杯中詩思，分外風情。　　臨

風對月聯詩句,詩成醉亦醒。一觴歌罷,萬聲俱寂,四壁空明。(卷三下層　劉生覓蓮記・下)

## 西江月

向晚新亭共賞,荷開香溢壺漿。愛蓮情似藕絲長,心與波紋蕩漾。　欲把蓮房掇取,宛隔在水中央。争如鴛鴦兩兩睡黄粱,做個宿花模樣。(卷三下層　劉生覓蓮記・下)

## 百字令

脂唇粉面,記相逢,纔是傷春時節。耽憶貪思,又蚤是、捱過兩三四月。用盡機關,搜窮計較,滋味空親切。言挑語弄,兩下都無休歇。　欲待丢下冤家,悶心頭、繫了千繩百結。絆住柔腸,暗地裏,不覺吞聲哽咽。憂怨之心,相思之病,萬口渾難説。有分乘龍,畢竟尋個歡悦。(卷三下層　劉生覓蓮記・下)

## 卜算子(此爲宋・如晦詞,末尾二句有改動)

有意送春歸,無計留春住。畢竟年年用著來,何似休歸去。　目斷楚天遥,不見春歸路。繡閣佳人也是愁,暗淚飄紅雨。(卷三下層　劉生覓蓮記・下)

## 哭岐婆

春心摇拽,無尋蝶使,姻緣簿裏,偷添名字。新詞一闋締新盟,佳配雙成償夙志。(卷三下層　劉生覓蓮記・下)

## 未標牌名

懶上牙床,懶下牙床。捱到黄昏整素妝。有約不來過夜半,念有千遍劉郎。(卷三下層　劉生覓蓮記・下)

## 未標牌名

朝也思量,暮也思量。滿擬今宵話一場。人面不知何處去,念有千遍

蓮娘。(卷三下層　劉生覓蓮記·下)

## 西江月

東舍多情才子,西鄰有意佳人。看來何等熱親親,恩愛一言難盡。　不見不勝縈掛,乍逢乍覺歡欣。可憐未遂洞房春,常把詩詞傳信。(卷三下層　劉生覓蓮記·下)

## 鷓鴣天

聖世崇文網俊英,棘圍共奏凱歌聲。譾材誤廁明經選,笑逐諸公學步瀛。　初顯姓,乍揚名,忘將方寸負平生。預期學個經綸策,擬待他年答聖明。(卷三下層　劉生覓蓮記·下)

## 再團圓

朱衣點額,文場一捷,何樂如之?鼇頭獨佔,龍門躍過,穩步天梯。　青雲路上,月中桂子,折得新枝。長安春暖,馬蹄蹀躞,杏花吟詩。(卷三下層　劉生覓蓮記·下)

## 搗練子

辭故里,拂行鞭,人倦長途馬不前。一擔新愁挑著去,謾理枕上自熬煎。(卷三下層　劉生覓蓮記·下)

## 南鄉子

夜闊夢難收,宋玉多情我結儔。千點漏聲萬點淚,悠悠。霜月雞聲幾段愁。　難展皺眉頭,怨句哀吟送客愁。蟋蟀床頭調夜曲,啾啾。又聽驚人雁別樓。(卷三下層　劉生覓蓮記·下)

## 菩薩蠻(按:此爲逐句回文體)

憶思多處紅珠滴,秋葉落添愁。　寂寂孤身客,通信託歸鴻。(卷三下層　劉生覓蓮記·下)

## 蝶戀花

飄蕩寒風天色憊，帳裏佳人，暗老應無奈。霜裏荷房今又敗，碧蓮冷落無聊賴。　　盼望郎君天海外，種種新愁，交付誰人賣？爲君褪卻腰圍帶，爲君兜下傷秋債。（卷三下層　劉生覓蓮記・下）

## 賣花聲

愁思鎖眉峰，愁損芳容。愁腸寸結淚抛紅。愁對銀釭增歎息，愁轉如濃。　　愁自舉金鍾，愁倚屏風。愁聞樵鼓送鼕鼕。愁擁孤衾寒似鐵，愁整薰櫳。（卷三下層　劉生覓蓮記・下）

## 憶王孫

當時書語正堪悲，不用登臨怨落暉，今在窮荒豈易歸。酒盈杯，撥盡寒爐一夜灰。（卷三下層　劉生覓蓮記・下）

## 醜兒令

佳人報道梅花發，暗度香塵。樹綴瓊英，放出梅稍雪裏春。　　一枝欲寄江南信，傳與多情。望盡長亭，恨無南歸驛使人。（卷三下層　劉生覓蓮記・下）

## 玉蝶環

幾時慵整烏蟬鬢，香消蘭燼。臨床修楮付親親，淚濕數行書信。　　近日衷情休問，欲言先恨。君顔遠在五雲端，目與行雲無盡。（卷三下層　劉生覓蓮記・下）

## 上西樓

多時旅邸遲留，欲歸難。今日未離行處，怕《陽關》。　　輕別去，何緣再睹紅顔。一夜清清好夢，到伊間。（卷三下層　劉生覓蓮記・下）

## 桃源憶故人

仰君德望山來重，味月嘲風曾共。巾櫛慚非鸞鳳，情愛無根[限]重。　縁慳又值卿心動，念想都成春夢。未到先懷心送，一曲俚歌奉。（卷三下層　劉生覓蓮記・下）

## 卜算子

君有題柱才，卿比生香玉。樂意相牽絲幕紅，萬願今宵足。　桂榜喜書名，洞房諧花燭。並髀香肩入繡幃，兩兩鴛鴦逐。（卷三下層　劉生覓蓮記・下）

## 如夢令

正好歡娛彩幔，何事赤繩緣斷。步月散幽懷，又被琴聲撩亂。情願，情願，孤枕與君分半。（卷四下層　尋芳雅集）

## 憶秦娥

相逢後，月暗簫聲人病酒。人病酒，一種風流，甚時消受。　無聊獨立青青柳，恍然邂逅原非偶。原非偶，覓個良宵，丁香解扣。（卷四下層　尋芳雅集）

## 好事近

好夢久飄遥，一束將人輕撩。准擬月兒高，莫把幽期負了。　曲房深幕護絞綃，留時[待]多情到。此際殷勤報，道要輕輕俏俏[悄悄]。（卷四下層　尋芳雅集）

## 望江南

春夢斷，心事仗誰憐？寂寂歸來情未遣，小窗幸接新緣，厚覝自天傳。　鬢翠展相欲留連，恍隨鶯燕忙飛還。望斷紅塵重悵然，徒使旅魂牽。（卷四下層　尋芳雅集）

## 蝶戀花

訪舊歸來嗟不遇，轉過迎暉，又與新人語。數句情言微自露，嫦娥可是猶難悟。　　拾得金釵原有主，笑接殷勤，好把雲鬟護。雖得相逢遊洛浦，反教添我相思慕。（卷四下層　尋芳雅集）

## 惜春飛

蝶怨蜂愁迷不醒，分得枕邊春興。何用鞋憑證，風流一刻皆前定。寄語多情須細聽，早辦通宵歡慶。還把新弦整，莫使妝臺負明鏡。（卷四下層　尋芳雅集）

## 一叢花

曉來密約小亭中，戚戚兩情濃。良宵挨盡心如痛，徒使我、望眼成空。紅葉無憑，緑窗虚扃，何處覓飛鴻？　　欲眠猶自倚薰籠，幽恨積眉峰。孤燈獨守難成夢，淒凉了、一枕殘紅。不是緣慳，非干薄幸，都爲妒花風。（卷四下層　尋芳雅集）

## 清夜詞

蘭房兮春曉，玉人起兮纖腰小。誓固兮盟牢，黄河長兮太山老。　　鶯愁兮蝶困，緑陰陰兮紅暈。密約兮雖都苦，沉夢兮難醒。（卷四下層　尋芳雅集）

## 點絳脣

默步庭闌，無端又被狂郎見。排鶯狎燕，頓使酥胸顫。　　訂説盟言，半怯桃花面。情洽處，且休留戀，早中金屏箭。（卷四下層　尋芳雅集）

## 青玉案

緣乖分薄，平地風波惡。得意人兒疾作，兩處一般耽擱。　　書齋相問痛消魂，孤衾拼與温存。忍别歸來心戚，一綫紅泉偷滴。（卷四下層　尋芳

雅集）

## 南鄉子

病起識紅塵，患難方知益故人。襴扣含嬌輕解處，情真。一枕酥香分外親。　報德愧無因，惹我相思恨轉新。骨瘦不堪情事重，傷春。緑暗紅稀再問津。（卷四下層　尋芳雅集）

## 樂春風

錦褥香棲，幽閨春鎖。幾番神思蓬瀛，今得身遊夢所。風流何處值錢多。　蘭蕙舒芬，夭桃榴破顆。嬌羞嫋娜情重處，玉堂金谷皆左。纔識得、一刻千金價果。（卷四下層　尋芳雅集）

## 樂春風

鸞鏡纔圓，鵲橋初渡。暗思昨夜風光，羞展輕蓮小步。杏花天外玉人酡。　難禁眉攢，又何妨鬢嚲。情偕意固管什麽。褪粉殘紅無數，須常記、一刻千金價果。（卷四下層　尋芳雅集）

## 西江月

久待西厢明月，今方願遂蕊喬。已知鸞鳳下相[湘]瀟，何用信傳青鳥。　曉苑飛花有主，春田蘊玉成瑶。雲橋再渡樂良宵，正是姮娥年少。（卷四下層　尋芳雅集）

## 未標牌名・芳閨十勝(十首)(按:用《鷓鴣天》調)

### 雲鬢

梳罷香絲擾擾蟠,笑將金鳳帶斜安。玉容得汝多妝點,秀媚如雲若可餐。鴉色膩,雀光寒,風流偏勝枕邊看。

### 雪股

娟娟白雪絳裙籠,無限風情屈曲中。曉睡起來嬌怯力,和身款款倚簾櫳。冰骨嫩,玉山隆,鴛鴦衾裏挽春風。

### 鳳眼

波水溶溶一點清,看花玩月特分明。嫣然一段撩人處,酒後朦朧夢思盈。稍帶媚,角傳情,相思幾處淚痕生。

### 蛾眉

淡月灣灣[彎彎]淺效顰,含情不盡亦精神。低頭想是思張敞,一抹羅紋巧簇春。山樣翠,柳般新,菱花鏡裏浄無塵。

### 金蓮

龍金點翠鳳爲頭,襯出蓮花雙玉鈎。尖小自憐行步怯,鞦韆裙裏任風流。穿芳徑,上小樓,淺塵窄印任人愁。

### 玉笋

春葱玉削美森森,袖擁香羅粉護深。笑撚花枝能索巧,更憐留别解牽襟。機中字,弦上音,纖纖紅甲謾傳心。

### 柳腰

嬌柔一捻出塵寰,端的丰標勝小蠻。學得時妝宫樣細,不禁嬝娜帶圍寬。低舞月,緊垂環,幾回雲雨夢中攀。

### 酥乳

脉脉雙含絳小桃,一團瑩軟醖瓊醪。等閒不許春風見,玉扣紅綃束自牢。温比玉,膩如膏,醉來入手興偏豪。

### 粉頸

霜肌不染色融員[圓],雅媚多生蟾鬢邊。鈎挽不妨香粉褪,倦來常得枕相憐。嬌滴滴,嫩娟娟,每勞引望悵佳緣。

### 朱唇

胭脂染就麗紅妝,半啓猶含茉莉芳。一種香甜誰識得,殷勤帳裏付情

郎。桃含顆，榴破房，銜杯霞影入瑶觴。（卷四下層　尋芳雅集）

## 臨江仙

心事今朝除悒怏，只憐雲遶家鄉。豪情騎鶴任翱翔。手扳仙苑桂，身惹御爐香。　　極目煙霞迷畫舫，一天紫緑斜陽。遠山偏向望中長。將何酬美景，宿酒醉新妝。（卷四下層　尋芳雅集）

## 一剪梅

菡萏初開雨乍晴，香滿孤亭，緑滿孤亭。一雙鸂鶒泛波輕，時掠浮萍，共掠浮萍。　　人傳夙世是韓憑，生也多情，死也多情。共君挽柳結同心，從此深盟，莫負深盟。（卷五下層　雙卿筆記）

## 未標牌名

雕欄畔，戲鴛鴦，彩筆題詩句短長。欲冀百年長聚首，誰知今日作君殃。　　裙釵須乏丈夫剛，改過從兹不敢忘。不敢忘，蘋蘩中饋，慰我東床。（卷五下層　雙卿筆記）

## 長相思

坐相思，立相思，望斷雲山倍慘吁，此情孰與舒？　　才可如，貌可如，更使温柔都已具，堅貞不似渠。（卷五下層　雙卿筆記）

## 點絳唇

楚畹謝庭，風露陪香人所羡。姮娥特獻，尤令心留戀。　　厚情罕有，銀綫連行串，還堪眷。避嫌一節，珍重恒無倦。（卷五下層　雙卿筆記）

## 西江月

淑女情牽意絆，才郎心醉神馳。聞言六卜更稀奇，料應蒼天有意。　　欲效帝妻二女，須煩紅葉維持。他時若得遂雙飛，管取殷勤謝你。（卷五下層　雙卿筆記）

## 西江月

女是無瑕之璧，男爲有室之人。今朝不幸締姻盟，此過深當於病。　《記》云“内外必謹”，軻書“授受不親”。無端特令寄佳音，以致針將綫引。（卷五下層　雙卿筆記）

## 長相思

感芳卿，謝芳卿，重見姮娥與女英。二德實難禁。　相也靈，卜也靈，姻緣已締舊時盟。還疑夙世情。（卷五下層　雙卿筆記）

## 漁父詞（十八首）

### 入定

閉目藏真神思凝，香冥中裏見吾宗。無邊畔，迥朦朧，玄景觀來覺盡空。

### 初九

大道從來歷自然，空堂寂坐守机關。三田寶，鎮長存，赤帝分明坐廣寒。

### 玄用

日月交加曉夜奔，崑崙頂上定乾坤。真境裹，寔堪論，靉靉紅霞繞寂門。

### 神效

恍惚擒來得自然，偷他造化在其間。神鼎内，火烹煎，歷盡陰陽結作丹。

### 沐浴

卯酉門中作用時，赤龍時蘸玉清池。雲薄薄，雨微微，看取嬌容露雪肌。

### 延壽

子午常餐日月精，玄關門户啓還扃。長如此，過平生，且把陰陽仔細烹。

### 瑞鼎

會和都從戊己家，金銀水汞莫須誇。只此物，結丹砂，反覆陰陽色轉華。

### 活得

位立三才屬五行，陰陽合處便相生。龍飛踴，虎狌獰，吐個神珠各戰争。

### 燦爛

四象分明八卦周，乾坤男女論綢繆。交會處，更嬌羞，轉覺情深玉體柔。

### 煉質

返本還元於此尋，周流金鼎虎龍吟。身不老，俗難侵，貌返童顔骨變金。

### 神異

還返初成立變童，瑞蓮開處色輝紅。金鼎内，迥朦朧，换骨添金處處同。

### 知路

那個仙經述此方，參同大易顯陰陽。須窮取，莫顛狂，會者名高道自倡。

### 朝帝

九轉功成數盡乾，開户撥鼎見金丹。(餐餌了，)(别)塵寰，足躡青雲徑上天。

### 方契理

舉世人生何所依，不求自己更求誰。絶嗜慾，斷貪痴，莫把神明暗裹欺。

### 自無憂

學道初從此處修，所除貪愛别嬌柔。長守静，處深幽，服氣食霞飽即休。

### 作甚物

貪貴貪榮逐利名，追遊醉後戀歡情。年不永，代君驚，一報身終那裹生。

**疾瞥地**

萬劫千生得個人，須知先世種來因。速覺悟，出迷津，莫使輪回受苦辛。

**常自在**

閉目尋真真自歸，玄珠一顆出輝輝。終日玩，莫抛離，免使閻王遣使追。(卷六上層　修真秘旨·漁夫詞十八首)

## 夢江南(六首)

淮南法，淮南法，秋石最堪誇。位應乾坤白露節，象移寅卯載河車，子午結朝霞。

長生術，長生術，初九秘潛龍。慎勿從高宜作客，丹田流注氣交通，耆老反嬰童。

修身客，修身客，莫誤入迷津。氣術金丹傳在世，象天象地象人身，不用問東鄰。

還丹訣，還丹訣，九九最幽玄。三性本同一體内，要燒靈藥切尋鉛，尋得是神仙。

長生藥，長生藥，不用問他人。八卦九宫看掌上，五行四象在人身，明了自通神。

治生客，治生客，審細察微言。百歲夢中看即過，勸君修煉保尊年，不久是神仙。(卷六上層　修真秘旨·夢江南詞六首)

## 西江月

至道不煩不遠，至人只在目前。淮王煉石得沖天，漢世已經千年。　全在低心下人，事該緣分偶然。安爐致鼎尽周圓，須得汞去投鉛。(卷六上層　修真秘旨·西江月)

## 憶王孫

姮娥神已屬王孫，坐對花神久斷魂，燕語鶯聲不忍聞。想越[欲黄]昏，花勝鮮妍獨倚門。(卷六下層　花神三妙傳)

## 蝶戀花

誰家寶鏡一輪小，抛向雲間，光遍羅幃繞。夜淺夜深今多少，玉露玲瓏濺芳草。　　院宇深沉誰知道，驚夢殘更，卻被佳人笑。恨斷楚天情悄悄，花暗蝶朦添煩惱。（卷六下層　花神三妙傳）

## 蝶戀花

緑窗人静月明小，銀漢波澄，乍向藍橋繞。楚峽濛濛春非少，淡淡巫雲摘瑶草。　　不謂姮娥來知道，驚起東君，自驚還自笑。聞睡鴨啼鵶聲悄，幾番惹得多情惱。（卷六下層　花神三妙傳）

## 浣溪沙（按:此傳爲元・白景雲詞）

晴天明水漲藍橋，畫鷁簫鼓明江皋，翩翩彩袖擁東郊。　　倚闌干悶縈懷抱，武陵溪畔燕歸巢，誰憐月影上花梢。（卷六下層　花神三妙傳）

## 千秋歲

緑陰芳草，黄鸝聲聲好。瑶臺上，華筵表。的的青鸞舞，王母霏[緋]顔笑。蟠桃也，千歲穠華渾不老。　　稚有玉山摧倒，南極先來到。玄鶴算，良非小。優遊乾坤裏，添籌還未了。備五福，彭籛讓壽考。（卷六下層　花神三妙傳）

## 千秋歲

玉階瑶草，報道年年好。綺閣上，瓊臺表。蟠桃生滿樹，採擷真堪笑。再結子，又是三千年不老。　　金樽頻摧倒，王母乘鸞到。壽星高，乾坤小。人在華筵表，勸酬猶未了。齊嵩祝，萬年稱壽考。（卷六下層　花神三妙傳）

## 千秋歲

瑶池緑草，近來長更好。朱明日，暄天表。況此薰風候，登筵人喧笑。華讌開，共祝那人長不老。　　好懷盡傾倒，壽星都來到。乘鸞客，才非

少。倚馬雄才，萬言猶未了。吐芳詞，長祝慈闈多壽考。（卷六下層　花神三妙傳）

## 惜春飛

蝶醉蜂迷鶯不語，祇是妙娘爲主。玉墜憑誰取，又成紅葉偕鴛侶。　兩地風流知幾許，自喜連遭奇遇。愁對傷（心）處，何時共枕重相敘。（卷七下層　天緣奇遇·上）

## 蘇幕遮

素蘭花，桂紅樹，迎翠軒中，錯被春留住。乖巧小卿機不露，借風邀雨，脱殼金蟬去。　一杯茶，咫尺路，卻似羊腸，又把車輪誤。且向桂花紅處吐，攀取高枝，再轉登雲步。（卷七下層　天緣奇遇·上）

## 阮郎歸

聞郎去後淚先垂，愁雲欺瘦眉。情深須用待佳期，郎心不耐遲。　香閣静，寄新詩，眼前人易知。寸心相愛反相離，此情郎慢思。（卷七下層　天緣奇遇·上）

## 訴衷情

撒天長恨幾時休？兩眼不勝羞。男兒壯年多困憂，何日一擡頭？　轍中鮒，一[雨]中鳩，望誰周？横鋪鐵網，高展金丸，畢何仇？（卷七下層　天緣奇遇·上）

## 桃源憶故人

思思念念風流種，心爲愁深如夢。繡衾象床如[誰]共，羞把寒衾擁。　桂紅樓上春心動，悔已多情殘送。卻笑自家愁重，番作巫山夢。（卷七下層　天緣奇遇·上）

## 如夢令

何事無情貪睡，席上分明留意。指日望郎來，要説許多心事。沉醉，沉

醉,不管斷腸流淚。(卷七下層　天緣奇遇・上)

## 蝶戀花

風動花心春早起,亭後空床,一枕鴛鴦睡。歸到蘭房妝倦洗,幾回又掬相思水。　　但願風流長到底,莫使人知,都在心兒裏。郎至香閨非遠地,幸郎早辦通霄[宵]計。(卷七下層　天緣奇遇・上)

## 蝶戀花

蝶醉花心飛不起,轉過春亭,又把花枝睡。昔因採桂羞難洗,歸家掬盡相思水。　　今日好花開到底,苦盡甘來,盡在心兒裏。又願春光同兩地,勝如雲路平生計。(卷七下層　天緣奇遇・上)

## 風雨恨

風何狂,雨何驟,妒花不管花枝瘦。花瘦亦何妨,深嗟風雨忙。風不歇,雨不竭,同枝花,自摇折。幸得東皇巧護遮,風風雨雨曲欄斜。花枝不放春光滿,依舊清香到碧紗。(卷七下層　天緣奇遇・上)

## 畫堂春

孤身常托舊門牆,此恩海樣難量。又須豐贐實行囊,書劍生光。　　深夏暫違顔範,新秋便揖華堂。時來倘試緑羅裳,展草垂繮。(卷七下層　天緣奇遇・上)

## 玉樓春

含春笑解香羅結,相思只恐傍人説。腰肢輕展血傾衣,朱唇私語香生舌。　　無端又爲功名别,幾回夢轉肝腸裂。囑卿休作倚門妝,新秋洪[共]泛歸舟月。(卷七下層　天緣奇遇・上)

## 小重山

楊柳垂簾緑正濃,碧雲軒内,情語喁喁。玉人長歎倚欄東。知音語,惹

動芰荷風。　猛地見慈容。總[縱]然多好意，也成空。相思今隔小山重。承佳貺，盡在不言中。(卷七下層　天緣奇遇·上)

## 卜算子

惜別似傷春，春住人難住。蝴蝶紛紛最惱人，總把春推去。　記取碧苔陰，勝似青雲路。愁壓行邊[鞭]憶故人，未走先回顧。(卷七下層　天緣奇遇·上)

## 魚游春水

風流原無底，一着酥胸情更美。玉臂輕擡，不覺雙挽起。展亂薔薇錦一機，摇番楊柳絲千縷。好似江心，魚游春水。　你也危樓獨倚，辜負紅顔誰爲主。徒然曉夢醒時，慵妝倦洗。玉簫長日閑，孤鳳翠衾，終夜無鴛侶。這等淒凉，誰爲羨你！(卷七下層　天緣奇遇·上)

## 浣溪紗

獨抱幽香不傲春，而今春色破梨雲，算來清浄總無真。　正做百花叢裏客，卻逢千想意中人，謹托新詞當謝親。(卷七下層　天緣奇遇·上)

## 憶秦娥

空碌碌，春光到處人如玉。人如玉，舊時姻緣，何年再續？　阿鳳猶自眉兒蹙，文娥已計通心腹。通心腹，幾時消了，新愁萬斛？(卷八下層　天緣奇遇·下)

## 好事近

好事謝文娥，便把眼前爲約。準備月明時，獲取個通宵樂。　天生雙橘蒂相連，唤醒相思魄。得到錦衾香處，把親親抱着。(卷八下層　天緣奇遇·下)

## 隔浦蓮

紅蘭相映翠葆，郎在香閨窈。雲重遮嬌月，巢深怨棲鳥。睡蝶迷幽草，頻相告。鴛鴨同池沼，郎年少。　　通宵不起，何故恁般顛倒？有約偏違幽興，獨捱清曉。今本望郎到，任他殷勤，郎須撇了。（卷八下層　天緣奇遇・下）

## 江城梅花引

佳期私許暗敲門，待黄昏，已黄昏。喜得無人，悄入洞房深。桃臉自羞心自愛，漏聲遠，入羅幃，解繡裙。　　枕邊枕邊好温存，被已温，釵已横。愛也愛也，聲不穩，尤自殷勤。惟有窗前、明月露新痕。近照怕及花憔悴，損花損也，比前番、消幾分？（卷八下層　天緣奇遇・下）

## 陽關引

纔綰同心結，又爲功名别。一聲去也，愁千結，心如割。願月中丹桂，早被郎攀折。莫學前科，誤盡了良時節。　　記取枕邊情、衾上血。定成秦晉同偕老，歡如昔。最苦征鞍發，從此相思急。安得魂隨去，處處伴郎歇。（卷八下層　天緣奇遇・下）

## 長相思

長相思，心不絶，思到相思心欲裂。羅幃素月清不眠，淚如懸河積成血。　　山可崩，海可竭，人生不可輕離别。别時容易見時難，長歎一回一嗚咽。（卷八下層　天緣奇遇・下）

## 減字木蘭花

玉堂風伯，醉後風流佳句得。忽見嬌姿，淚眼淒凉捧玉卮。　　可憐病客，錦帳鴛鴦猶未結。重感瑶琴，不贈豪家只贈貧。（卷八下層　天緣奇遇・下）

## 未標牌名（按：用《沁園春》調）

千里故人，一尊席上，笑口同開。念五六年前，三千士内，隨君驥尾，得占名魁。君受皇恩，妙齡歸娶，一棹笙歌碧水隈。青霄立，見中天奎壁，光動三台。　　如君海内奇才，七步風流氣似雷。況韜略兼全，兩番滅賊，他

年麟閣，預卜仙階。沙燕留人，潭花送客，把手高歌一快哉！蒼生望，願早攜鴛侶，共駕同來。（卷八下層　天緣奇遇・下）

## 重疊金

少年一枕吴歌夢，春光怕洩驚相送。許久憶芳容，相逢湖水中。　贈金知惠重，銘刻心常頌。今日是天緣，難將貴賤言。（卷八下層　天緣奇遇・下）

## 臨江仙・題繡谷堂

簾捲華堂名繡谷，高山翠列如屏。四圍風竹珮環聲。奇花千萬種，松竹兩三層。　山外有山山外水，水邊山頂皆亭。緑陰斜徑小橋横。眼前堆錦繡，何處問蓬瀛？（卷八下層　天緣奇遇・下）

## 浣溪沙・題臨溪軒

香鎖籬黄金地棠，風生水榭竹陰凉，小窗飛影印池塘。　浪潑春雷魚欲化，竹圍山徑鳳來翔，暑天水簟即瀟湘。（卷八下層　天緣奇遇・下）

## 天仙子・題曲水流觴

春曉轆轤飛勝概，曲曲清流塵不礙。玉龍昨夜臥松陰，雲自蓋，山自載，偃仰屈伸常自在。　浮觴更把蘭亭賽，別是人間閑世界。恍如仙女渡銀河，溪雖隘，行偏快，祇用光生長坐待。（卷八下層　天緣奇遇・下）

## 减字木蘭花

清香露吐，玉骨冰肌天賦。素質玲瓏，微抹胭脂一點紅。　迥然幽獨，不比人間凡草木。移種蓬山，解使傍人取次看。（卷八上層　古杭紅梅記）

## 减字木蘭花

素英初吐，無限遊蜂來不去。別有春風，敢對群花間淺紅。　憑誰遣興，寫向花箋全無定。白玉搔頭，淡碧霓裳人倚樓。（卷八上層　古杭紅梅記）

## 望江南(按:此爲宋·張先詞)

香閨内,空自想佳期。獨步花陰情緒亂,謾將珠淚兩行垂。勝會在何時?　懨懨病,此夕最難持。一點芳心無托處,荼蘼架上月遲遲。惆悵有誰知?(卷八上層　相思記)

## 滿庭芳

蟬鬢拖雲,娥眉掃月,天生麗質難描。尊前席上,百媚千嬌。一點芳心初動,五更情興偏饒。訴衷腸不盡,虚度好良宵。　秦樓明月夜,餘音嫋嫋,吹徹鸞簫。閑敲棋子,愈覺無聊。何時識得東風面,堪成鳳友鸞交?憑鴻雁,潛通尺素,盼殺董妖嬈。(卷八上層　相思記)

## 滿庭芳

短短金針,纖纖玉手,閑將繡帶輕描。描鸞刺鳳,想像剔還挑。不覺黄昏又到,誰知玉减香消。鴛鴦思轉展,又忽至中宵。　陽臺魂夢杳,彩鸞滯去,辜負文簫。算人生幾,行樂陶陶。何日相逢一面,樽前唱徹紅綃。知此時,芳心動也,愁殺蓋寬饒。(卷八上層　相思記)

## 未標牌名

翠荷花裹鴛鴦浴,碧桃枝上鸞鳳宿。花爛枝上柔,俄驚一夜秋。百歲共和諧,相看奈汝何。(卷八上層　相思記)

## 减字木蘭花

調雲弄雨,迤邐羅幃同笑語。春透花枝,一(日依偎十二)時。　相憐相愛,還了平生(相思)債。魚水歡情,髮下青絲結誓盟。(卷八上層　相思記)

## 茶瓶詞

憶昔當年相會,共結百年姻配。枕邊盟誓如山海,此意千載難買。　恩

和愛，知何在？情默默、有誰揪採[瞅睬]？妾心未改君先改，争奈好事多成敗。（卷八上層　相思記）

## 臨江仙

明窗紙隙風如箭，幾多心事多忘。荼蘼架下見行藏。交加雙粉蝶，並肩兩鴛鴦。　　豈知今日成拋棄，尫羸減玉銷香。誰與訴衷腸？行雲空縹緲，恨殺楚襄王。（卷八上層　相思記）

## 滿庭芳

皓月娟娟，青燈灼灼，回身轉過西厢，可人才子，流落在他鄉。衹望團圓到底，反屬參商。君知否，星橋别後，一日九回腸。　　相思無盡極，慘雲愁雨，減玉消香，幾回夢裏飛揚。猶記山盟海誓，地久天長。春已老，桃花無主，何日遇劉郎？（卷八上層　相思記）

## 尋芳詞

梧桐泣雨，滴作秋聲，小院閒晝永[永晝]。木葉飄黄，正是惱人時候。夜悠悠，心耿耿，懶拈蘭麝燒金獸。捲簾兒，正憑高望遠，幾回翹首。　　見愁顔滿面，瓦盞金鍾，珍珠紅酒。半醉醒來，此恨依然還在，淚滴秋衫招舞袖。寒肌弱體仍消瘦。這情懷，訴與誰，問君知否？（卷九上層　金蘭四友傳）

## 踏莎行

春暖征鴻，秋寒歸雁，何時再得重相見？閒情都付水東流，怪天不與人方便。　　新恨重添，舊愁難展，寸心愈報千年怨。不如昨夜莫相逢，山窗寂寂空庭院。（卷九上層　金蘭四友傳）

## 醉花陰

孤館沉沉愁永晝，無奈春寒透。時節欲黄昏，洗盞提壺，飲盡千杯酒。　　曲肱醉臥疏籬後，有梅花盈舞袖。夢裏暗生香，好個人來，試問君知否？（卷九上層　金蘭四友傳）

## 醉東風

津渡難經歷，江山非咫尺。幾回無路可追尋，思思憶憶，今偶相逢，這番會面又無消息。　　低頭長歎唧，灑淚點胸襟，可憐好事竟參商。悶悶愁愁，風風雨雨，何時是得！（卷九上層　金蘭四友傳）

## 阮郎歸

喜看行色又匆匆，傳杯莫放空。珍珠滴破小糟[槽]紅，明朝又復東。　　催去棹，速歸篷，梅花兩岸風。月明窗外與誰共？相思入夢中。（卷九上層　金蘭四友傳）

## 如夢令

托跡重門深處，引起春情愁緒。輕雲薄雨難成，佳會又爲虚語。歸去，歸去，寂寞良宵虚度。（卷九上層　金蘭四友傳）

## 一剪梅

花有清香月有陰，花影重重，月影沉沉。相思無語只狂吟，愁也難禁，恨也難禁。　　欲托焦桐訴此情，未遇知音，難遇知音。何時密意共情深，金也同盟，石也同盟。（卷九上層　金蘭四友傳）

## 西江月

記得當初會語，徒勞千里攜琴。今朝遺我羽林音，卻是多情有分。　　又值風柔雨重，何堪屐矮泥深。這回無路可追尋，只恐花飛散影。（卷九上層　金蘭四友傳）

## 踏莎行

子建雄才，潘安態度，樓矣[臺]望斷無尋處。東風吹散柳條煙，桃源定此無迷路。　　密意難傳，幽情即訴，來朝正作孤鸞侶。月明孤館閉寒窗，海棠枝上嬌鶯語。（卷九上層　金蘭四友傳）

## 滿庭芳

楊柳堆煙，梨花飛雪，閒庭畔，減春光。愁愁悶悶，無奈日偏長。記得約言難踐，成又敗，畢竟參商。且忍耐，終須與你，交頸兩鴛鴦。　想是斷腸寸寸，流淚雙雙。怕風生絳帳，雨灑窗櫺[櫺窗]。只恐佳期未定，早歸去，花謝鶯愁[傷]。情難表，試將禿筆，調個《滿庭芳》。（卷九上層　金蘭四友傳）

## 滿庭芳

風掃殘紅，雨添新緑，深深庭院月清幽。晝長人困，無計可消愁。記得畫堂春曉，小窗内，情話綢繆。那知道，狂蜂浪蝶，窺覷我風流。　使百般間阻，語語言言，合下冤仇。一場好事，從此休休。只恐時光虛度，年華老，日月難留。無可奈，但憑尺素，道此因由。（卷九上層　金蘭四友傳）

## 一剪梅

神氣標奇入眼中，好個人龍，真個人龍。佳期密約已成空，心也難同，志也難同。　愁未冰消恨未窮，愁鎖眉峰，恨鎖眉峰。昨宵花蝶兩相逢，花領春風，蝶領春風。（卷九上層　金蘭四友傳）

## 未標牌名

深沉密約，在花下爲盟，許諸同心，不想天辜人願也。便幾番虛設。　彩鳳分群，文鸞拆侶，此恨何時滅！覆雨翻雲，好把相思細説。（卷九上層　金蘭四友傳）

## 未標牌名

海煙消，江月皎，楊柳頭難留歸棹。三疊《陽關》聲漸杳，别離知道何時了？　愁處多，歡處少。獨倚孤樓，怕雨鳴池沼。窗外深沉人悄悄，落花滿地空啼鳥。（卷九上層　金蘭四友傳）

## 未標牌名(按:用《滿庭芳》調)

南浦花黄,西厢月暗,檀郎獨上輕舟。任翠庭塵滿,深院閑幽。每怕梧桐細雨,碎滴滴,驚起多愁。身消瘦,非干酒,不是傷秋。　恨沖沖何時盡也,方下眉頭,又上心頭。念雲收霧掃,莫倚危樓。長記深盟厚,何時整百歲綢繆。如魚水之交歡,金石相投。(卷九上層　金蘭四友傳)

## 憶秦娥

秋寂寞,夢闌酒後相思着。玉顔花貌,風流閑卻。　南來北燕沙頭落,幽情密意誰傳托?愁腸欲斷,飲杯孤酌。(卷九上層　金蘭四友傳)

## 未標牌名

枕畔纔喜相投,如何又别?寸腸欲裂。百計千愁無處訴,今喜故人重接。　滿酌霞觴,長歌皎月。與你共歡娱,海誓山盟,天地齊休歇。(卷九上層　金蘭四友傳)

## 西江月

蠟紙重重包裹,彩毫一一題封。謂言已進大明宫,特取餘甜相奉。　口嚼檳榔味美,心懷玉友情濃。物雖有盡意無窮,感德海深山重。(卷九下層　鍾情麗集·上)

## 憶秦娥

憶秦娥,憶秦娥,無意奈渠何!一場好事,從此蹉跎。　茫茫日月如梭,悠悠光景逐流波。花天月地,畢竟閑過。(卷九下層　鍾情麗集·上)

## 花心動

萬緒千端,惱人腸肚事,有誰共説?多麗多嬌,有意有情,特地爲人撩撥。緑紗窗晚珠簾捲,繡床上,描花模月。如簧語,一聲纔歇,千愁頓雪。　惟恨衷腸未竭。空惆悵,歸來又成間絶。一片乍滅,千種仍生,擁

就心頭成結。琴心未必君知否，何日也，山盟同設？休猜訝，不是狂蜂浪蝶。（卷九下層　鍾情麗集·上）

## 喜遷鶯

嬌癡倦極，御柳困花柔，東風無力。桃錦纔舒，杏花又褪，種種惱人春色。不恨佳期難遇，惟恨芳年易擲。堪據處，有東流逝水，西沉斜日。　記得此一（去），早築盟壇，共定風流策。也不難，愁更休煩夢，務要身親經歷。欲使情如膠漆，先使心同金石。相期也，在西厢待月，藍田種璧。（卷九下層　鍾情麗集·上）

## 浣溪沙

雲淡風輕午漏遲，晝餘乘興乍歸時。忽驚仙子下瑶池。　有意鵁鶄窗下語，無端百舌樹梢啼。教人如夢又如癡。（卷九下層　鍾情麗集·上）

## 减字木蘭花

小亭宴罷，歸到薔薇花架下，忽驚蘭香，獨立花陰納晚凉。　手拈落瓣，輕輕整頓頻頻看，花落花開，厚薄之情何異哉！（卷九下層　鍾情麗集·上）

## 鳳凰臺上憶吹簫

水月精神，乾坤清氣，天生才貌無雙。算來十洲三島，無此嬌娘。堪笑蘭臺公子，虚想像，賦詠《高堂[唐]》。何如花解語，玉又生香。　茫茫！今宵何夕，親曾見姮娥，降下紗窗。又以將合，風雨來訪。記得向時，約言難踐，空愁斷腸。腸斷處，無可奈何，數仞危牆！（卷九下層　鍾情麗集·上）

## 菩薩蠻

不緣色膽如天大，何緣得入天台界？辜負阮郎來，桃花不肯開。　芳心空一寸，柔腸千萬束。從此問花神，何常苦逼人。（卷九下層　鍾情麗集·上）

## 西江月

借問朝雲暮雨，何如地久天長。殷勤致語示才郎，且把芳心頓放。　苦

戀片時歡樂，輕飄一點沉香，那時三萬六千場，樂汝無災無瘴。（卷九下層　鍾情麗集·上）

## 望江南

堪歎（處，）竇到碧紗厨，一寸柔腸千寸斷，十回密約九回孤。夜夜相支吾。　　駒過隙，借問子知乎？弱草輕塵能幾許，癡雲閣雨待何如。後會恐難圖。（卷九下層　鍾情麗集·上）

## 虞美人

平生恩愛知多少，盡在今宵了。此情之外更無加，頓覺明珠減價玉生瑕。　　霎時喪卻千金節，生死從今決。祝君千萬莫忘情，堅着一鉤新月帶三星。（卷九下層　鍾情麗集·上）

## 菩薩蠻

春風桃李花開夜，燭燒鳳蠟香燃麝。魚水喜相逢，猶疑是夢中。　　感情良不少，報德何時了。細君問鶯鶯，何人解此情？（卷九下層　鍾情麗集·上）

## 柳梢青

南陌花殘，西廂月暗，風雨淒淒。見説君歸，頓松金釧，暗減玉肌。　　吁嗟後會難期，將何物，表人離別［別離］。萬斛離愁，千行情淚，兩地相思。（卷九下層　鍾情麗集·上）

## 滿庭芳（按：此爲明·唐寅詞）

月下歌聲，風前笛韻，遥思當日風流。枕邊言語，尤記在心頭。玉佩玎璫別後，空惆悵、永巷閑幽。行雲去，才離楚岫，卻又入瀛洲。　　仙境裏，奇逢姝麗，端好綢繆。羨金桃玉李，鳳偶鸞儔。一個文章清雅，一個體態嬌柔。誰念我，雕欄獨倚，一日似三秋。（卷九下層　鍾情麗集·上）

## 木蘭花慢

念舊時行樂，烏乍落，兔乍生。向花下重門，柳邊深巷，弄笛三聲。畢［篳］

聲斷，柴門啓，見花顔玉臉笑相迎。喜氣春風習習，歌喉山溜泠泠。　自從別後阻歸程，不是我無情。奈故思漫漫，新歡款款，誓下深盟。情已固，心意誰評？從今長揖謝芳卿。腸斷紡紗場上，月輪依舊光明。（卷九下層　鍾情麗集・上）

## 千秋歲令

菊遲梅早，報道陽春小。坡老説，斯時好。北堂萱草茂，南極箕星皎。人盡道，群仙此日離蓬島。　寶炬紅光耀，金獸祥煙裊。絲竹嫩，蟠桃老。永隨王母壽，卻笑籛鏗夭。晝堂年年，膝下斑衣繞。（卷九下層　鍾情麗集・上）

## 長相思

大巫山，小巫山，暮暮朝朝雲雨間，誰憐鳳偶閑？　歌已闌，樂已闌，纔向瑶臺覓綵鸞，金波依舊團。（卷九下層　鍾情麗集・上）

## 一剪梅（按：此爲明・唐寅詞）

紅滿苔階緑滿枝，杜宇聲歸，杜宇聲悲。交歡未久又分離，彩鳳孤飛，彩鳳孤棲。　別後相逢是幾時？後會難知，後會難期。此情何以表相思？一首情詞，一首情詩。（卷九下層　鍾情麗集・上）

## 法駕引

歸去也，歸去也，歸去幾時來？峽口雲行仙夢杳，雨中花謝鳥聲哀。落葉滿空階。　真個是，真個是，惱人腸。沙上鴛鴦棲未穩，枝頭鸚鵡叫何忙。相對淚沾裳。　須記得，須記得，月前盟。料必兩人扶一木，莫移鈎月帶三星。了此此生情。（卷九下層　鍾情麗集・上）

## 鵲橋仙

征鴻無信，遊鯉無信，更相望斷春潮無信。玉郎何處不歸來，怎禁許多愁悶。　青山有盡，緑水有盡，惟有相思無盡。眼中珠淚幾時乾，腸一寸截成千寸。（卷十下層　鍾情麗集・下）

## 瑞鷓鴣

芭蕉葉上雨難留，松柏稍頭風未收。萬悶千愁無著處，並歸心上與眉頭。　腸如襪綫條條斷，淚似源頭混混流。倚遍欄杆人不見，滿天風雨下西樓。（卷十下層　鍾情麗集・下）

## 長相思

春望歸，秋望歸，目斷江山幾落暉？啼痕點點垂。　朝相思，暮相思，終日何時是盡期，傷心寄與誰？（卷十下層　鍾情麗集・下）

## 一剪梅

雨打梨花深閉門，辜負青春，虛負青春。傷心樂事共誰論？花下消魂，月下消魂。　愁聚眉峰盡日顰，千點啼痕，萬點啼痕。曉看天色暮看雲，行也思君，坐也思君。（卷十下層　鍾情麗集・下）

## 滿庭芳

愁鎖春山，淚潺秋水，時時獨向西樓。望窮千里，山水兩悠悠。惆悵故人何在，離别後，日月難留。腸斷處，愁愁悶悶，風雨五更頭。　相思何日了？無腸可斷，有淚空流。湘[嘆]江潮信斷，楚峽雲收。祇恐尋春來晚，東君去，花謝鶯愁。蘭房下，何時與你，交頸綢繆。（卷十下層　鍾情麗集・下）

## 念奴嬌

牽情不了，歎人生無奈，别離多少。一自殷勤相送後，天際歸舟杳。青女魂消，崔徽夢斷，瘦得肌膚小。寒閨深閉，腸斷幾番昏曉。　悵望鳳鳥不至，妖禽怪鳥，恣狂呼亂叫。悄悄憂心何處告，且喜故人重到。滿酌流霞，浩歌明月，與爾開懷抱。等閒信筆，寫出《念奴嬌》調。（卷十下層　鍾情麗集・下）

## 一剪梅

金菊花開玉簟秋，鸞下妝樓，鳳下妝樓。新人原是舊交遊，魚水相投，

情意相投。　　舉案齊眉到白頭，千歲綢繆，百歲綢繆。竊香待月舊風流，從此休休，自此休休。（卷十下層　鍾情麗集・下）

## 沁園春

夫爲妻亡，妻爲夫死，死又何難？念狼虎叢中，曾經險阻，鑊湯獄裏，受盡辛酸。有口難言，含冤莫訴，碎了心腸爛了肝。愁殺處，見君猶縲絏，我獨生還。　　恩情萬種千般，誓死死生生永不單。這三世冤家無解結，一條性命惜摧殘！生不同衾，死當同穴，付與符氏冷眼看。須記取，綿綿長恨，天上人間。（卷十下層　鍾情麗集・下）

## 醉春風

玉貌減容色，柳腰無氣力。可憐好事到頭非。啾啾唧唧，彩鳳分飛。寶瓶墜井，魂招不得。　　回頭長歎息，血點蓋胸臆。乾坤有盡意無窮，惜惜愁愁，嗟嗟歎歎，相思罔極。（卷十下層　鍾情麗集・下）

## 玉蝴蝶令

憔悴玉人去也，深盟已負，幽怨難招。終日昏昏，無賴無聊。恨如山，重峰疊嶂；愁若綫，萬緒千條。想嬌娘，眼波波深，恨旆摇摇。　　難招。遊魂飛散，金釵脱股，玉帶寬腰。被冷香殘，蘭房寂寂，長夜迢迢。僧金迦，倩誰解結？風流案，何日能消？可憐俏，玉人何在，風雨瀟瀟。（卷十下層　鍾情麗集・下）

## 西江月（按：原文謂宋・張孝祥詞）

半舊鞋兒著穩，重糊紙扇多風。隔年煮酒味偏濃，雨過夭桃色重。　　强距公雞快鬥，尾長山雉梟雄。燒殘銀燭焰頭紅，半老佳人可共。（卷十上層　張于湖傳）

## 臨江仙（按：原文謂宋・張孝祥詞）

誤入蓬萊仙洞裏，松陰忽睹數嬋娟。衆中一個最堪憐。瑶琴横膝上，共坐飲霞觴。　　雲鎖洞房歸去晚，月華冷氣侵高堂。覺來猶自惜餘香。

有心歸洛浦,無計到巫山。(卷十上層　張于湖傳)

## 楊柳枝(按:此爲宋·陳妙常詞)

襄王魂夢雲雨期,兩心癡。子今無計戀瓊姬,自着迷。道心堅似絮沾泥,不往飛。任取楊枝作柳枝,强挨屍。(卷十上層　張于湖傳)

## 楊柳枝(按:原文謂宋·張孝祥詞)

碧玉冠簪金縷衣,雪如肌。從今休去説西施,怎如伊。杏臉桃腮不傅粉,最偏宜。好對眉兒好眼兒,覷人遲。(卷十上層　張于湖傳)

## 楊柳枝(按:此爲宋·陳妙常詞)

清浄堂前不捲簾,景幽然。閑花野草漫連天,莫胡言。獨坐黄昏誰是伴?一爐煙。閑來窗下理琴弦,小神仙。(卷十上層　張于湖傳)

## 楊柳枝(按:此爲宋·潘必正詞,文字多有異同)

傍觀道觀過茅屋,驚人目。星冠珠履逍遥服,能妝束。絶世儀容瓊姬態,傾城國。淡妝全無半點俗,荆山玉。(卷十上層　張于湖傳)

## 西江月(按:此爲宋·陳妙常詞)

松院青燈閃閃,芸窗鐘鼓沉沉。黄昏獨自展孤衾,欲睡先愁不穩。　一念静中思動,遍身慾火難禁。强將津唾咽凡心,争奈凡心轉盛。(卷十上層　張于湖傳)

## 西江月(按:原文謂宋·潘必正詞,或謂宋·韓師厚詞)

玉貌何須傅粉,仙花豈類凡花。終朝只去戀黄芽,不顧星前月下。　冠上星簪北斗,案頭經誦《南華》。未知何日到仙家,曾許彩鸞同跨。(卷十上層　張于湖傳)

## 南鄉子(按:此爲宋元話本中詞)

情興兩和諧,摟定香肩臉貼腮。手摸酥胸軟似綿,美奇哉!褪了褌兒

脱繡鞋。　玉體著郎懷，舌送丁香口便開。倒鳳顛鸞雲雨罷，多情(哉)！今夜千萬早些來。(卷十上層　張于湖傳)

## 鷓鴣天(按:原文謂宋・潘必正詞)

卸下星冠睹玉容，宛如神女下巫峰。霎時雲雨歡娛罷，無限恩情兩意濃。　輕摟抱，款相從，時間一度一春風。若還得遂平生願，盡在今宵一夢中。(卷十上層　張于湖傳)

## 菩薩蠻(按:原文謂宋・潘必正詞)

芸房空鎖傾城色，萬態千嬌誰能及？何幸到鸞幃，春心不自持。　點染香羅帕，遂我平生願。此處會雲英，何須上玉京？(卷十上層　張于湖傳)

## 菩薩蠻(按:原文謂宋・陳妙常詞)

香衾初展芭蕉緑，垂楊枝上流鶯宿。花嫩不禁揉，春風卒未休。　千金身已破，默默愁眉鎖。密語囑檀郎，人前口謹防。(卷十上層　張于湖傳)

## 臨江仙(按:原文謂宋・陳妙常詞)

眉似雲開初月，纖纖一搦腰肢。與君相識未多時。不知因個甚，裙帶短些兒。　茶飯不餐常是病，終朝如醉如癡。此情猶恐外人疑，專將心腹事，報與粉郎知。(卷十上層　張于湖傳)

# 《燕居筆記》詞

（何大掄輯編　《古本小說集成》據明・何大掄《重刻增補燕居筆記》影印　上海古籍出版社　一九九一）

按：《古本小說集成》共收録了三種《燕居筆記》，這三種版本皆收録有一些中篇傳奇小說，如《鍾情麗集》、《天緣奇遇》、《擁爐嬌紅》、《懷春雅集》等，相比之下，以署名何大掄編本保存詩詞最多，而署名林近陽、馮夢龍編本皆有所刊落，故本書以何本《燕居筆記》作爲輯纂工作本，其餘兩種則作爲附録。

**惜春飛"蝶醉蜂迷"**（按：《國色天香》卷七下層《天緣奇遇・上》已輯，此存目）（卷一上層　天緣奇遇・上）

**蘇幕遮"紫蘭花"**（按：《國色天香》卷七下層《天緣奇遇・上》已輯，此存目）（卷一上層　天緣奇遇・上）

**阮郎歸"聞郎去後"**（按：《國色天香》卷七下層《天緣奇遇・上》已輯，此存目）（卷一上層　天緣奇遇・上）

**訴衷情"撒天長恨幾時休"**（按：《國色天香》卷七下層《天緣奇遇・上》已輯，此存目）（卷一上層　天緣奇遇・上）

**桃源憶故人"思思念念"**（按：《國色天香》卷七下層《天緣奇遇・上》已輯，此存目）（卷一上層　天緣奇遇・上）

**如夢令"何事無情"**（按：《國色天香》卷七下層《天緣奇遇・上》已輯，此存目）（卷一上層　天緣奇遇・上）

**蝶戀花"風動花心"**（按：《國色天香》卷七下層《天緣奇遇・上》已輯，此存目）（卷一上層　天緣奇遇・上）

**風雨恨"風何狂"**（按：《國色天香》卷七下層《天緣奇遇・上》已輯，此存目）（卷一上層　天緣奇遇・上）

**畫堂春"孤身常托"**（按：《國色天香》卷七下層《天緣奇遇・上》已輯，此存目）（卷一上層　天緣奇遇・上）

**玉樓春"含春笑解"**（按：《國色天香》卷七下層《天緣奇遇・上》已輯，此存目）

（卷一上層　天緣奇遇·上）

小重山"楊柳垂簾"（按:《國色天香》卷七下層《天緣奇遇·上》已輯,此存目）（卷一上層　天緣奇遇·上）

卜算子"惜别似傷春"（按:《國色天香》卷七下層《天緣奇遇·上》已輯,此存目）（卷一上層　天緣奇遇·上）

魚遊春水"風流原無底"（按:《國色天香》卷七下層《天緣奇遇·上》已輯,此存目）（卷一上層　天緣奇遇·上）

浣溪紗"獨抱幽香"（按:《國色天香》卷七下層《天緣奇遇·上》已輯,此存目）（卷一上層　天緣奇遇·上）

憶秦娥"空碌碌"（按:《國色天香》卷八下層《天緣奇遇·下》已輯,此存目）（卷二上層　天緣奇遇·下）

好事近"好事謝文娥"（按:《國色天香》卷八下層《天緣奇遇·下》已輯,此存目）（卷二上層　天緣奇遇·下）

隔浦蓮"紅蘭相映"（按:《國色天香》卷八下層《天緣奇遇·下》已輯,此存目）（卷二上層　天緣奇遇·下）

江城梅花引"佳期私許"（按:《國色天香》卷八下層《天緣奇遇·下》已輯,此存目）（卷二上層　天緣奇遇·下）

陽關引"纔挽同心結"（按:《國色天香》卷八下層《天緣奇遇·下》已輯,此存目）（卷二上層　天緣奇遇·下）

減字木蘭花"玉堂風伯"（按:《國色天香》卷八下層《天緣奇遇·下》已輯,此存目）（卷二上層　天緣奇遇·下）

未標牌名"千里故人"（按:《國色天香》卷八下層《天緣奇遇·下》已輯,此存目）（卷二上層　天緣奇遇·下）

重疊金"少年一枕"（按:《國色天香》卷八下層《天緣奇遇·下》已輯,此存目）（卷二上層　天緣奇遇·下）

臨江仙"簾捲華堂"（按:《國色天香》卷八下層《天緣奇遇·下》已輯,此存目）（卷二上層　天緣奇遇·下）

浣溪沙"香鎖籬黄"（按:《國色天香》卷八下層《天緣奇遇·下》已輯,此存目）（卷二上層　天緣奇遇·下）

天仙子"春曉轆轤"（按:《國色天香》卷八下層《天緣奇遇·下》已輯,此存目）（卷二上層　天緣奇遇·下）

## 未標牌名（按：此爲宋・洪惠英《減字木蘭花》詞）

梅花似雪，剛被雪來相挫折。雪裏梅花，無限精神總屬他。　梅花無語，只有東君來作主。傳語東君，且與梅花作主人。（卷一下層　座客瓊談・詩類・合生詩詞）

**未標牌名"蕉心捲"**（按：《國色天香》卷二上層《搜奇攬勝・金馬緑衣》已輯，此存目）（卷二下層　座客瓊談・詞類・金馬緑衣）

**秦樓月"春宵短"**（按：《國色天香》卷二上層《搜奇攬勝・意娘寄諫》已輯，此存目）（卷二下層　座客瓊談・詞類・兩姨兄妹）

**茶瓶兒"滿地落花"**（按：《國色天香》卷二上層《搜奇攬勝・意娘寄諫》已輯，此存目）（卷二下層　座客瓊談・詞類・兩姨兄妹）

**滿江紅"怒髮衝冠"**（按：《國色天香》卷二上層《搜奇攬勝・忠以詞見》已輯，此存目）（卷二下層　座客瓊談・詞類・忠徵翰墨）

**滿江紅"拂拭殘碑"**（按：《國色天香》卷二上層《搜奇攬勝・忠以詞見》已輯，此存目）（卷二下層　座客瓊談・詞類・忠徵翰墨）

**滿庭芳"漢上繁華"**（按：《國色天香》卷二上層《搜奇攬勝・張氏守節》已輯，此存目）（卷二下層　座客瓊談・詞類・寶妻守節）

**未標牌名"惜多才"**（按：用《祝英臺近》調，《國色天香》卷二上層《搜奇攬勝・澆奴墳土》已輯，此存目）（卷二下層　座客瓊談・詞類・酒澆墳土）

**醉春風"回首風流處"**（按：《國色天香》卷二上層《搜奇攬勝・事露獻詩》已輯，此存目）（卷二下層　座客瓊談・詞類・野合麗春）

**鷓鴣天"欲侍鴛幃"**（按：《國色天香》卷二上層《戛玉奇音・指環篇歌》已輯，此存目）（卷二下層　座客瓊談・詞類・指環篇歌）

**西江月"蠟紙重重"**（按：《國色天香》卷九下層《鍾情麗集・上》已輯，此存目）（卷三上層　鍾情麗集・上）

**憶秦娥"憶秦娥"**（按：《國色天香》卷九下層《鍾情麗集・上》已輯，此存目）（卷三上層　鍾情麗集・上）

**花心動"萬緒千端"**（按：《國色天香》卷九下層《鍾情麗集・上》已輯，此存目）（卷三上層　鍾情麗集・上）

**喜遷鶯"嬌癡倦極"**（按：《國色天香》卷九下層《鍾情麗集・上》已輯，此存目）（卷三上層　鍾情麗集・上）

**浣溪沙“雲淡風輕”**(按:《國色天香》卷九下層《鍾情麗集·上》已輯,此存目)(卷三上層　鍾情麗集·上)

**減字木蘭花“小亭宴罷”**(按:《國色天香》卷九下層《鍾情麗集·上》已輯,此存目)(卷三上層　鍾情麗集·上)

**鳳凰臺上憶吹簫“水月精神”**(按:《國色天香》卷九下層《鍾情麗集·上》已輯,此存目)(卷三上層　鍾情麗集·上)

**菩薩蠻“不緣色膽”**(按:《國色天香》卷九下層《鍾情麗集·上》已輯,此存目)(卷三上層　鍾情麗集·上)

**西江月“借問朝雲”**(按:《國色天香》卷九下層《鍾情麗集·上》已輯,此存目)(卷三上層　鍾情麗集·上)

**望江南“堪歎(處)”**(按:《國色天香》卷九下層《鍾情麗集·上》已輯,此存目)(卷三上層　鍾情麗集·上)

**虞美人“平生恩愛”**(按:《國色天香》卷九下層《鍾情麗集·上》已輯,此存目)(卷三上層　鍾情麗集·上)

**菩薩蠻“春風桃李”**(按:《國色天香》卷九下層《鍾情麗集·上》已輯,此存目)(卷三上層　鍾情麗集·上)

**柳梢青“南陌花殘”**(按:《國色天香》卷九下層《鍾情麗集·上》已輯,此存目)(卷三上層　鍾情麗集·上)

**滿庭芳“月下歌聲”**(按:《國色天香》卷九下層《鍾情麗集·上》已輯,此存目)(卷三上層　鍾情麗集·上)

**木蘭花“念舊時行樂”**(按:《國色天香》卷九下層《鍾情麗集·上》已輯,此存目)(卷三上層　鍾情麗集·上)

**千秋歲令“菊遲梅早”**(按:《國色天香》卷九下層《鍾情麗集·上》已輯,此存目)(卷三上層　鍾情麗集·上)

**長相思“大巫山”**(按:《國色天香》卷九下層《鍾情麗集·上》已輯,此存目)(卷三上層　鍾情麗集·上)

**一剪梅“紅滿苔階”**(按:《國色天香》卷九下層《鍾情麗集·上》已輯,此存目)(卷三上層　鍾情麗集·上)

**法駕引“歸去也”**(按:《國色天香》卷九下層《鍾情麗集·上》已輯,此存目)(卷三上層　鍾情麗集·上)

**鵲橋仙“征鴻無信”**(按:《國色天香》卷十下層《鍾情麗集·下》已輯,此存目)(卷四上層　鍾情麗集·下)

瑞鷓鴣“芭蕉葉上”(按:《國色天香》卷十下層《鍾情麗集·下》已輯,此存目)(卷四上層　鍾情麗集·下)

長相思“春望歸”(按:《國色天香》卷十下層《鍾情麗集·下》已輯,此存目)(卷四上層　鍾情麗集·下)

一剪梅“雨打梨花”(按:《國色天香》卷十下層《鍾情麗集·下》已輯,此存目)(卷四上層　鍾情麗集·下)

滿庭芳“愁鎖春山”(按:《國色天香》卷十下層《鍾情麗集·下》已輯,此存目)(卷四上層　鍾情麗集·下)

念奴嬌“牽情不了”(按:《國色天香》卷十下層《鍾情麗集·下》已輯,此存目)(卷四上層　鍾情麗集·下)

一剪梅“金菊花開”(按:《國色天香》卷十下層《鍾情麗集·下》已輯,此存目)(卷四上層　鍾情麗集·下)

沁園春“夫爲妻亡”(按:《國色天香》卷十下層《鍾情麗集·下》已輯,此存目)(卷四上層　鍾情麗集·下)

醉春風“玉貌減容色”(按:《國色天香》卷十下層《鍾情麗集·下》已輯,此存目)(卷四上層　鍾情麗集·下)

玉蝴蝶令“憔悴玉人”(按:《國色天香》卷十下層《鍾情麗集·下》已輯,此存目)(卷四上層　鍾情麗集·下)

憶王孫“姮娥神已”(按:《國色天香》卷六下層《花神三妙傳》已輯,此存目)(卷五上層　花神三妙傳·上)

蝶戀花“誰家寶鏡”(按:《國色天香》卷六下層《花神三妙傳》已輯,此存目)(卷五上層　花神三妙傳·上)

蝶戀花“緑窗人静”(按:《國色天香》卷六下層《花神三妙傳》已輯,此存目)(卷五上層　花神三妙傳·上)

浣溪沙“晴天明水”(按:《國色天香》卷六下層《花神三妙傳》已輯,此存目)(卷五上層　花神三妙傳·上)

千秋歲“緑蔭芳草”(按:《國色天香》卷六下層《花神三妙傳》已輯,此存目)(卷五上層　花神三妙傳·上)

千秋歲“玉階瑶草”(按:《國色天香》卷六下層《花神三妙傳》已輯,此存目)(卷五上層　花神三妙傳·上)

千秋歲“瑶池緑草”(按:《國色天香》卷六下層《花神三妙傳》已輯,此存目)(卷五上層　花神三妙傳·上)

## 天仙子(按:此或謂明·花麗春侍姬詞)

金屋銀屏疇昔景,唱徹雞人眠未醒。故宫花落夜如年,塵掩鏡,笙歌净,往日繁華都是夢。　　天上小星先破暝,明滅孤燈隨隻影。翠眉雲鬢麝蘭塵,空歎省,成悲哽,無數落紅堆滿徑。(卷五下層　燈影叢談·記類·遊會稽山記)

**木蘭花慢"記前朝舊事"**(按:《剪燈新話》卷二《滕穆醉游聚景園記》已輯,此存目)(卷五下層　燈影叢談·記類·滕穆醉游聚景園記)

**臨江仙"少日風流"**(按:《剪燈餘話》卷四《芙蓉屏記》已輯,此存目)(卷六下層　花影餘談·記類·芙蓉屏記)

## 未標牌名(按:此傳爲明·劉奇詞)

營巢燕,雙雙雄,朝暮銜泥辛苦同。若不尋雌繼殼卵,巢成畢竟巢還空。(卷七下層　花影餘談·傳類·劉方三義傳)

## 未標牌名

營巢燕,雙雙飛,天設雌雄事久期。雌兮得雄願已足,雄兮將雌胡不知?(卷七下層　花影餘談·傳類·劉方三義傳)

## 未標牌名

營巢燕,聲聲呷,莫使青年[春]空歲月。可憐和氏璧無瑕,何事楚君終不納?(卷七下層　花影餘談·傳類·劉方三義傳)

**滿庭芳"綵鳳分群"**(按:《剪燈餘話》卷三《瓊奴傳》已輯,此存目)(卷八下層　花影餘談·傳類·瓊奴傳)

**齊天樂"恩情不把"**(按:《剪燈新話》卷三《愛卿傳》已輯,此存目)(卷八下層　花影餘談·傳類·愛卿傳)

**沁園春"一别三年"**(按:《剪燈新話》卷三《愛卿傳》已輯,此存目)(卷八下層　花影餘談·傳類·愛卿傳)

## 摸魚兒(按:此傳爲宋·申純詞,下闋文字大有異同)

(錦城西,一區華屋,天開多少佳趣。)當門緑水朝千里,何况碧山無數。堪愛處,有瀟湘新篁,松檜森前路。深沉院宇,見簾幙低垂,絲簧迭奏,鎮日歌《金縷》。　村落人間里,一水拖藍,兩山排翠,晝長人静重門閉。又過芳郊别地,小生平昔,依慕函意誰爲主。詩朋酒侣,向此地嬉遊,尋花問柳,須是有奇遇。(卷七上層　擁爐嬌紅·上)

## 點絳唇(按:此傳爲宋·申純詞)

庭院深沉,遲遲日上荼蘼架。芳叢瀟灑,妝點春無價。　玉體香肌,好手應難畫。還驚訝,春心蕩也,誰共遊蜂話。(卷七上層　擁爐嬌紅·上)

## 喜遷鶯(按:此傳爲宋·申純詞)

園林過雨,問滿目媚景,是誰爲主。翠柳舒眉,黄鸝調舌,鎮日恣狂歌舞。金衣公子何事,牽惹萬千愁緒。芳草地,有香車寶馬,駢闐來許。　原撥[無據],行樂處。好景良辰,休把輕辜負。一種春風,幾多圖畫,聽取錦鸞簧語。又向暗巢偷眼,欲啄花心無路。知墻外待放伊,飛向傍人低訴。(卷七上層　擁爐嬌紅·上)

## 减字木蘭花(按:此傳爲宋·申純詞)

春宵陪宴,歌罷酒闌人正倦。危坐中堂,倏見仙娥出洞房。博山香燼,素手重添銀漏永。織女斜河,月白風清良夜何。(卷七上層　擁爐嬌紅·上)

## 西江月(按:此傳爲宋·申純詞)

試問蘭煤燈燼,佳人積久方成。殷勤一半付多情,油污不堪自整。　妾手分來的的,郎衣試處輕輕。爲言留取表深誠,此約又還未定。(卷七上層　擁爐嬌紅·上)

## 石州引(按:此傳爲宋·申純詞,文字有異同)

懊恨東君,催趲去程春意。牢落梨花粉淚,溶溶如是,爲誰輕别?衝寒向晚，特地折取歸來，佳人無語從地主[拋擲]。瞥見卻驚猜，忍使芳塵歇。　收拾道、明窗静几，瓶裏一枝，便添風月。因念多才，值此苦寒時節。近漸消減，料有萬斛春愁，芭蕉未展丁香結。甚日把山盟，向枕(邊)前設。(卷七上層　擁爐嬌紅·上)

## 玉樓春(按:此傳爲宋·申純詞)

曉窗寂寂驚相遇，欲把芳心深意訴。低眉斂翠不勝春，嬌轉櫻唇紅半吐。　匆匆已約歡娱處，可恨無情連夜雨。枕孤衾冷不成眠，挑盡殘燈天未曙。(卷七上層　擁爐嬌紅·上)

## 卜算子(按:此傳爲宋·王嬌娘詞)

君去有歸期，千里須回首，休道三年緑葉陰，五載花依舊。　莫怨好音遲，兩下堅心守。三隻骰兒十有[九]窩，没裏須教有。(卷七上層　擁爐嬌紅·上)

## 擷芳詞(按:此傳爲宋·申純詞)

日如年，風輕扇，文園多病尋芳倦。春衫窄，庭院闃。獨步迴廊，體嬌無力。　如花面，親曾見，千方百計尋方便。藍橋隔，暮雲碧。燕兒墜也，又無消息。(卷七上層　擁爐嬌紅·上)

## 菩薩蠻(按:此傳爲宋·王嬌娘詞)

夜深偷展窗紗緑，小桃枝上流鶯宿。花嫩不禁揉，春風卒未休。　千金身已破，點點愁無那。特地囑檀郎，人前口謹防。(卷七上層　擁爐嬌紅·上)

## 菩薩蠻(按:此傳爲宋·申純詞)

緑窗深貯傾城色，燈花送喜秋波溢。一笑入羅幃，春心不自持。　雨雲情亂散，弱體羞還顫。從此問雲英，何須上玉京。(卷七上層　擁爐嬌紅·上)

## 鷓鴣天(按:此傳爲宋·申純詞)

甥館睽違已隔年，重來窗几尚依然。仙房長擁瑞雲煙[雲煙瑞]，浮世

空驚日月遷。　濃淡筆，短長篇，舊吟新誦萬愁牽。春風與我渾相識，時遣流鶯奏管絃。（卷七上層　擁爐嬌紅・上）

## 青玉案（按：此傳爲宋・申純詞，原文標《青玉案》，依律應爲《清平樂》）

尖尖曲曲，緊把紅絹蹙，朵朵金蓮奪目。襯出雙鉤紅玉。　華堂春睡深沉，拈來縮動春心。早被六丁收拾，蘆花明月難尋。（卷七上層　擁爐嬌紅・上）

## 青玉案（按：此傳爲宋・王通判妾飛紅詞，原文標《青玉案》，依律應爲《燕歸梁》）

花低鶯踏紅英亂，春思重頓成愁懶。楊花夢散楚雲收，平空惹起情無限。　傷心漸覺成縈絆，奈愁緒，寸心難管。深誠無計寄天涯，幾回欲問梁間燕。（卷七上層　擁爐嬌紅・上）

## 一剪梅（按：此傳爲宋・王嬌娘詞）

荳蔻稍頭春意闌，風滿前山，雨滿前山。杜鵑啼血五更殘。花不禁寒，人不禁寒。　離合悲歡事幾般，離有悲歡，合有悲歡。别時容易見時難，怕唱《陽關》，莫唱《陽關》。（卷七上層　擁爐嬌紅・上）

## 念奴嬌（按：此傳爲宋・申純詞）

春風情性，奈少年、棄［辜］負竊香名譽。記得當初，繡窗私語，便傾心素。雨濕花陰，月篩簾影，幾許良宵遇。亂紅飛盡，桃源從此迷路。　因念好景難留，光陰易失，算行雲何處。三峽詞源，誰爲我，寫出斷腸詩句。目極歸鴻，秋娘聲價，應念司空否？甚時覓個彩鸞，同跨歸去。（卷八上層　擁爐嬌紅・下）

## 步蟾宫（按：此傳爲宋・申純友人賀詞）

徐卿二子文章妙，秋風來應興賢詔。雙雙折取桂枝歸，鄉閭自此增榮耀。　浪挑三月春來遶，番身共躍龍門曉。緑衣並立綵萊衣，那更知、雙

親年少。(卷八上層　擁爐嬌紅・下)

## 臨江仙(按:此傳爲宋・申純友人賀詞)

入手功名如拾芥,文章得力須知。蟾宫丹桂折高枝。嫦娥愛少年,搏換緑羅衣。　初筮民曹姑小試,駸駸相及瓜時。雙親未老十年期。飛黄騰踏去,身到鳳凰池。(卷八上層　擁爐嬌紅・下)

## 相思會(按:此傳爲宋・申純詞)

脈脈惜春心,無言耿思憶。夜永如年,誰道藍橋咫尺。緣分淺,何似舊日不相識。試問取、柳千絲,愁怎織。　菱花頻照,兩鬢爲誰雪積。幾番會面,見了又無信息。空追前事,把兩淚偷滴。且看下稍,如何是得。(卷八上層　擁爐嬌紅・下)

## 于飛樂(按:此傳爲宋・申純詞)

天賦多嬌,蕙蘭心性風標。憐才不減文蕭。怕雲窗花館,虚度良宵。密相□[摑]就,長待燭暗香銷。　向人前減[藏]跡,休把言語輕挑。問誰知証,唯有明月相邀。從今後,管取雲雨,暮暮朝朝。(卷八上層　擁爐嬌紅・下)

## 晝夜樂(按:此傳爲宋・王通判妾飛紅詞)

西川自古繁華地,正芳菲,景明媚。園林錦綉妝成,雜遝香車寶騎。絃管聲中,綺羅叢裏,盈盈多少佳麗。才子逞疏狂,不惜千金醉。　彼此相看總留意,浮雲浪雨尤殢。羡甚楚館秦樓,長是偎紅倚翠。濯錦江頭,惡風番雨,無情落花流水。誰念鳳幃人,閑卻鴛鴦被。(卷八上層　擁爐嬌紅・下)

## 望江南(按:此傳爲宋・申純詞)

從前事,今日始知空。冷落巫山十二峰,朝雲暮雨竟無踪。一覺大槐宫。　花月地,天意巧爲容。不比尋常三五夜,清輝香影隔簾櫳。春在畫堂中。(卷八上層　擁爐嬌紅・下)

## 内家嬌(按:此傳爲宋·申純詞)

燈花何大喜,多情事,天意想從人。念子秀蘭房,才高柳絮,我登仕版,世忝縉紳。堪誇處,一雙兩好,彼此正青春。夙夜[世]姻緣,今生契合,昔時秦晉,重締姻親。　慇懃謝紅葉,傳來佳耗,意密情真。記東池畔,要誓神明。料得從今,臨風對月,消除舊恨,慘雨愁雲。管取團圓,到底不負深盟。(卷八上層　擁爐嬌紅·下)

## 一叢花(按:此傳爲宋·王嬌娘詞)

世間萬事轉頭空,何物似情濃?新情共把愁眉展,怎知道,新恨重封。媒妁無憑,佳期又悮,何處問流紅。　欲歌先咽意沖沖,從此各西東。愁人最怕到黄昏,窗兒外,疏雨泣梧桐。子細思量,不如桃李,猶解嫁東風。(卷八上層　擁爐嬌紅·下)

## 好事近(按:此傳爲宋·申純詞)

一自識伊來,便許綰、同心結。天意竟辜人,願成几番虚設。　佳期近也,想新歡,追[遣]我空懸絶。莫忘花陰深處,與西窗明月。(卷八上層　擁爐嬌紅·下)

## 菩薩蠻(按:此傳爲宋·王嬌娘詞)

郎今去也抛奴去,恨共離舟留不住。扶病别江頭,沾襟淚如雨。　路遠終須别,一寸腸千結。此會再難逢,相逢只夢中。(卷八上層　擁爐嬌紅·下)

## 憶瑶姬(按:此傳爲宋·申純詞)

合下相逢,千金麗質,憐才便肯分付。自念潘安容貌,無此奇遇。梨花擲處,還驚起,因共我、擁爐低語。拚今生、兩兩同心,不怕傍人間阻。　此事憑誰據。對明神爲誓,死也相許。徒思行雲信斷,聽簫歸去。月明誰伴孤鸞舞?細思之,淚流如雨。使[便]因喪命,甘以從地下,和伊一處。(卷八上層　擁爐嬌紅·下)

## 减字木蘭花(按:此傳爲宋·王嬌娘詞)

蓮閨愛絶,長向碧瑶深處歇。華表(來)歸,風物依然人事非。　月光如許,偏照鴛鴦新塚裏。黄鶴催班,此去何時得再還。(卷八上層　擁爐嬌紅·下)

## 鷓鴣天

百歲人生草上霜,利名何必苦奔忙。盡償胸次詩千首,滿醉韶華酒一觴。　遊士[仕]路,宿僧房,但逢樂處是吾鄉。聊將筆底風流句,付與知音作話揚。(卷九上層　懷春雅集·上)

## 燭影摇紅

一夜東風,萬斛金蓮齊開遍。爛花前後映樓臺,光沸瑶池宴。十里珠簾盡捲,人正在未央宫殿。姮娥奔月,士女乘鸞,寬衣素練。　誰駕香車,綵雲扶下,雙雙留連。踏破絳都春,衹恐春宵短。可是將人抛閃。倚欄杆笙歌别院。幽恨千條,殘星數點。(卷九上層　懷春雅集·上)

## 謁金門

深深意,喜遇洞庭姝麗。萬種風流含笑裏,回頭生百媚。　瑶玉當年雙美,肯問紫雲孰是。擬把名花齊與比,名花羞不起。(卷九上層　懷春雅集·上)

## 海棠春

遲遲已到花深處,看未足,密雲欲雨。花外許神仙,年度欺良玉。　帶春歸去,洋洋金縷,似把我芳心低訴。無定兩情眸,怎奈人胡覰。(卷九上層　懷春雅集·上)

## 春從天上來

淮海逍遥,歎幾番風雨,魄散魂消。夢裏曾到,月殿雲霄,鳳凰九奏簫韶。

問當年風采，有姮娥，百媚千嬌。笑相招，把霓裳輕舉，仙佩飄飄。　　滿斟瓊漿頻勸醉，春風幾度，鬢髮瀟瀟。懊恨蟾蜍，截斷長虹，萬丈銀橋。夢回時，酒醒人何在，燭暗香消。展轉無聊，書幃寂寞，夜漏迢迢。（卷九上層　懷春雅集·上）

## 浣溪沙

月轉蘭階夜幾更，書聲纔輟又琴聲，風流儒雅總生成。　　翠縷柳邊金鐙響，綵蓮燈下錦衣明，教人無處不關情。（卷九上層　懷春雅集·上）

## 點絳唇

百寶欄杆，名花一捻紅妝巧。數枝穠豔，裝點春多少！　　錦萼檀心，畫手難描了。東君道，韶光易老，好買千金笑。（卷九上層　懷春雅集·上）

## 千秋歲

祥雲縹緲，天上瓊樓曉。飛仙舞，龍香遶。華堂春似海，醉把金樽倒。壽星聚，分明高照梅花早。　　玉盤堆瑪瑙，捧出安期棗。人不老，春長好。是非華表鶴，總與中書巧。平白地，誰知自有蓬萊島。（卷九上層　懷春雅集·上）

## 臨江仙

憶昔望仙橋上遇，歸來想像無真。今朝親見活精神。動衣香滿路，瀟灑出風塵。　　回首多情何處也，躊躕立遍西清。鼋山一曲儘宜人，把持花下意，猶恐夢中身。（卷九上層　懷春雅集·上）

## 寄思曲

江頭一枝解語花，不隨桃李争春華。孤根流芳媚疏雨，香酥暈臉明朝霞。　　有人此夜更奇功，猶帶蓬萊秋夜月。南樓高士最關愁，相思夢斷雙蝴蝶。（卷九上層　懷春雅集·上）

## 卜算子

秋日映寒塘，風弄文禽影。翠鬛紅毛盡不如，時向波心整。　韓魄猶悽涼，有恨無人省。只爲多情也白頭，花下雙交頸。（卷九上層　懷春雅集·上）

## 憶秦娥

簫聲切，無端卻被風吹别。風吹别，一聲聲是，怨花愁月。　流螢四起燈明滅，未眠孤館心先怯。心先怯，枕單衣薄，花殘月缺。（卷九上層　懷春雅集·上）

## 西江月

暖入春風小院，人間七寶高臺。三天摘下素娥來，别是香塵世界。　翡翠翠圍寶髻，酯紅紅釀香腮。眼霞丹臉笑顔開，一似高陰自在。（卷九上層　懷春雅集·上）

## 明月棹孤舟

富麗謾誇金谷好，寒梅一夜韶光老。猛省春風，都來報道，幾日海棠開了。　妃子睡餘天乍曉，新妝理胭脂初透。子美無詩，被花想惱，能有暗香來到。（卷九上層　懷春雅集·上）

## 好事近

夜色映簾櫳，梅影半横斜月。閑把素琴消遣，這芳心誰説。　高山流水遇知音，石鼎分香雪。一啜何須七碗？喜衷腸清絶。（卷九上層　懷春雅集·上）

## 如夢令·春宵無寐

清露灑桃紅透，微雨點波緑皺。滅燭解羅衣，正是千金時候。知否？知否？門外緑肥紅瘦。（卷九上層　懷春雅集·上）

## 念奴嬌·香閣春情

絳桃倚笑，醉九重春色，東風有約。盡底把嬌羞向我，紅樓畫閣。簾下金鈎，香消寶篆，錦字春拋卻。燕鶯交處，這情投地安着。　　誰念綠綺飄零？曲終人遠，按一床絲絲[絣]。驚起兩眸無定在，望斷天涯地角。倦鳥知還，野雲出岫，半點心難托。此時光景，爲誰長是蕭索。（卷九上層　懷春雅集·上）

## 鳳凰閣

仰星河半落，洞房乍曉。弄晴黄鳥聲聲巧。春在流梳深處，合歡夢遶。　　正是惱人時候，琉璃枕上，知是春多少？含情扶起嬌無力，乘興也、付章臺柳煙青小。怎禁得海棠花老。（卷九上層　懷春雅集·上）

## 虞美人

銀蟾光漏欄杆曲，照個人兒玉。悠悠清夜兩交光，惟有梨花天素向東牆。　　莫非王府□□[潭潭]隔，乘作人間客。含嬌猶把翠眉顰，教我有私何處度芳心？（卷十上層　懷春雅集·下）

## 酹江月

天涯流落，等閑間，又近端陽時節。竹簟微凉無限好，争奈騷人偏怯。綠樹陰移，水晶簾捲，此境塵寰别。暗中揮淚，萬千心緒難説。　　誰信藕斷絲連，淚乾痕在，夜夜窗前月。舊恨眉峰舒不起，怎禁新愁又叠。默想歸期，悠悠似水，空把肝腸折。不想歲月無情，白添華髮。（卷十上層　懷春雅集·下）

## 臨江仙

扇令笙簫聲裊裊，玉輪光浸寒波。風河花影美嬌娥。欲憑十二曲，試問夜如何？　　天柱指迷人去久，疏星空遶銀摇。細思好景暗消磨。天街凉似水，素露接飛娥。（卷十上層　懷春雅集·下）

## 天仙子

流水橋頭舟一帶，情重騷人不堪載。謂言消瘦怕郎招，憂未解，愁先礙，謾説江山如有待。　　閬苑多春無處買，撫景平懷增感慨。寄君着力把金鈎，宜作態，須寧耐，都付五湖明月在。（卷十上層　懷春雅集・下）

## 長相思

風一林，月一林，景美情多兩不禁。羞彈静[靖]節琴。　　憶歸心，數歸心，血淚滂滂滿素襟。西山日半沉。（卷十上層　懷春雅集・下）

## 畫堂春

銀河一派鵲成橋，因風吹下文簫。牛郎織女會今宵，遠咏桃夭。　　好把雅清持重，管雨暮雲朝。花窗月上影斜摇，報道佳招。（卷十上層　懷春雅集・下）

## 思歸謡

望雲憶歸期，歸期是何時。捲簾對明月，明月天一方。故園松菊知猶芳，清風滿林誰主張。　　倚樓醉把《梁州》按，孤情正屬人倚闌。十里京華回首遠，惟有故山傍眼觀。（卷十上層　懷春雅集・下）

## 未標牌名

游閬苑，步金鑾，宴罷披衣上繡鞍。月窟天根文有價，滿懷星斗燦波瀾。（卷十上層　懷春雅集・下）

## 蘇幕遮

洞房幽，平徑絶，拂袖出門，踏破花心月。鐘鼓樓中聲未歇。歡娱佳境，撞入何曾怯。　　擁香衾，情兩結，覆雨翻雲，暗把春偷設。苦短良宵容易别，試聽紫燕深深説。（卷十上層　懷春雅集・下）

## 蘇幕遮

漏深[聲]沉，人影絶，素手相携，轉過花陰月。蓮步輕移嬌又歇。怕人瞧見，欲進羞還怯。　　口脂香，羅帶結，誓海盟山，盡向枕邊説。可恨靈雞催曉别，臨情猶自低低説。（卷十上層　懷春雅集・下）

## 惜分飛

月半空兮兩兩人，相待綢繆未解。此恨深如海，菱花擊破香囊解。　　鳳思鸞情無可奈，寂寂餘香猶在。此後誰瞅睬，兩邊分下相思債。（卷十上層　懷春雅集・下）

## 一剪梅

燈漸黄昏夜漸闌，心想家山，夢遊家山。靈鷄啼破漏聲殘，鼎内香寒，枕畔衾寒。　　心事匆匆幾萬般，花對誰歡，酒對誰歡。人生最苦别离難，自别鄉關，不見鄉關。（卷十上層　懷春雅集・下）

## 憶秦娥

生悲咽，數聲曉角吹殘月。吹殘月，覺來枕上，不堪离别。　　西風落葉黄花節，孤眠旅店空愁絶。空愁絶，思家情切，雁稀無缺。（卷十上層　懷春雅集・下）

## 蝶戀花

身上飄蓬無處定，自别家鄉，信似瓶沉井。獨對寒燈明炯炯，羅帷寂静香衾冷。　　月色參差雲弄影，短嘆長吁，此味誰知省。强把新詩聊一整，天高地厚何時應。（卷十上層　懷春雅集・下）

## 鷓鴣天

才子佳人天一方，與誰携手渡河梁。朝雲斷雨知何處，裹柳禁煙臥夕陽。　　情一筆，淚千行，安排腸斷到昏黄。歸來强把銀燈剔，惟有殘寒帶

恨長。(卷十上層　懷春雅集・下)

## 鷓鴣天

半嚲鸞釵積翠鬟,滎陽相遇過通津。郎騎駿馬歸何處,妾守孤燈苦莫伸。　　憔悴色,寄青春,十分容貌九傷神。誰知後夜鴛鴦裏,重整花標謝故人。(卷十上層　懷春雅集・下)

## 西江月

憶昔滎陽話別,覺來春燕秋鴻。今朝忽過暮雲東,坐對窗前説夢。　　繡幙羅幃夜月,竹籬茅舍悽風,不知身在廣寒宫。偷把瑶琴一弄。(卷十上層　懷春雅集・下)

## 重疊金

寒燈落盡霜華東,砌蛩喚起遊仙夢。歌枕倚銀床,更長趣更長。　　風飄天外雪,暗度梅花落。試問北窗人,何如説此情。(卷十上層　懷春雅集・下)

## 鷓鴣天

寒暑相催春復秋,他鄉故國兩悠悠。囊中空乏無顔色,身上凋零有破裘。　　風雨裏,任沉浮,隨花遇酒且寬愁。傷心滿眼悽惶淚,留到黄昏獨自流。(卷十上層　懷春雅集・下)

## 東風第一枝

鶯柳眠金,蝶花舞玉,依然春遍芳郊。見隔墻艷杏,臨水夭桃。嬌容自嫁東風好,怎教人、虚度良宵。自郎去後,粉銷殘黛,衣褪纖腰。　　倚闌無語,翏翏對鏡,羞舞綫風慵挑。知他在何處,酒夕花朝。清波望斷雙鯉遠,陽臺阻、雨散雲飄。月明庭院,風清簾幕,珠淚長拋。(卷十上層　懷春雅集・下)

## 菩薩蠻

窗前才掃傷心雪,出門又對消魂月。不見玉樓人,夜深風露清。　　人

生不滿百，歲歲如朝夕。何苦淚欄干，凄凉度歲寒。（卷十上層　懷春雅集·下）

西江月"半舊鞋兒"（按：《國色天香》卷十上層《張于湖傳》已輯，此存目）（卷九下層　大家説錦·張于湖宿女貞觀）

臨江仙"悮入蓬萊"（按：《國色天香》卷十上層《張于湖傳》已輯，此存目）（卷九下層　大家説錦·張于湖宿女貞觀）

楊柳枝"襄王魂夢"（按：《國色天香》卷十上層《張于湖傳》已輯，此存目）（卷九下層　大家説錦·張于湖宿女貞觀）

楊柳枝"碧玉冠簪"（按：《國色天香》卷十上層《張于湖傳》已輯，此存目）（卷九下層　大家説錦·張于湖宿女貞觀）

楊柳枝"清净堂前"（按：《國色天香》卷十上層《張于湖傳》已輯，此存目）（卷九下層　大家説錦·張于湖宿女貞觀）

楊柳枝"傍觀道觀"（按：《國色天香》卷十上層《張于湖傳》已輯，此存目）（卷九下層　大家説錦·張于湖宿女貞觀）

西江月"松院青燈"（按：《國色天香》卷十上層《張于湖傳》已輯，此存目）（卷九下層　大家説錦·張于湖宿女貞觀）

西江月"玉貌何須"（按：《國色天香》卷十上層《張于湖傳》已輯，此存目）（卷九下層　大家説錦·張于湖宿女貞觀）

南鄉子"情興兩和諧"（按：《國色天香》卷十上層《張于湖傳》已輯，此存目）（卷九下層　大家説錦·張于湖宿女貞觀）

鷓鴣天"卸下星冠"（按：《國色天香》卷十上層《張于湖傳》已輯，此存目）（卷九下層　大家説錦·張于湖宿女貞觀）

菩薩蠻"芸房空鎖"（按：《國色天香》卷十上層《張于湖傳》已輯，此存目）（卷九下層　大家説錦·張于湖宿女貞觀）

菩薩蠻"香衾初展"（按：《國色天香》卷十上層《張于湖傳》已輯，此存目）（卷九下層　大家説錦·張于湖夜女貞觀）

臨江仙"眉似雲開"（按：《國色天香》卷十上層《張于湖傳》已輯，此存目）（卷九下層　大家説錦·張于湖宿女貞觀）

减字木蘭花"清香露吐"（按：《國色天香》卷八上層《古杭紅梅記》已輯，此存目）（卷十下層　大家説錦·古杭紅梅記）

减字木蘭花"素英初吐"（按：《國色天香》卷八上層《古杭紅梅記》已輯，此存

目)(卷十下層　大家說錦·古杭紅梅記)

### 西江月(按:此爲宋·柳永詞,有改動)

師師媚容豔質,香香與我情多,冬冬與我煞脾和,獨自窩盤三個。　撰字蒼生[王]未肯,權將好字停那。如今意下待如何?姦字中間著我。(卷十下層　大家說錦·柳耆卿玩江樓記)

### 虞美人(按:此爲南唐·李煜詞)

春花秋月何時了?往事知多少。小樓昨夜又東風,故國不堪回首月明中。　雕欄玉砌應猶在,只是朱顏改。問君卻有許多愁?恰似一江春水向東流。(卷十下層　大家說錦·柳耆卿玩江樓記)

## 附録一:

# 《新刻增補全像燕居筆記》詞

(林近陽增編　《古本小説集成》據日本藏明萬曆間萃慶堂余氏刊本影印　上海古籍出版社　一九九一)

**如夢令“正好歡娱”**(按:《國色天香》卷四下層《尋芳雅集》已輯,此存目)(卷一上層　浙湖三奇傳)

**憶秦娥“相逢後”**(按:《國色天香》卷四下層《尋芳雅集》已輯,此存目)(卷一上層　浙湖三奇傳)

**好事近“好夢久飄摇”**(按:《國色天香》卷四下層《尋芳雅集》已輯,此存目)(卷一上層　浙湖三奇傳)

**望江南“春夢斷”**(按:《國色天香》卷四下層《尋芳雅集》已輯,此存目)(卷一上層　浙湖三奇傳)

**蝶戀花“訪舊歸來”**(按:《國色天香》卷四下層《尋芳雅集》已輯,此存目)(卷一上層　浙湖三奇傳)

**惜春飛“蝶怨蜂愁”**(按:《國色天香》卷四下層《尋芳雅集》已輯,此存目)(卷一

上層　浙湖三奇傳)

一叢花“曉來密約”(按:《國色天香》卷四下層《尋芳雅集》已輯,此存目)(卷一上層　浙湖三奇傳)

清夜詞“蘭房兮春曉”(按:《國色天香》卷四下層《尋芳雅集》已輯,此存目)(卷一上層　浙湖三奇傳)

點絳唇“默步庭闈”(按:《國色天香》卷四下層《尋芳雅集》已輯,此存目)(卷一上層　浙湖三奇傳)

青玉案“緣乖分薄”(按:《國色天香》卷四下層《尋芳雅集》已輯,此存目)(卷一上層　浙湖三奇傳)

南鄉子“病起識紅塵”(按:《國色天香》卷四下層《尋芳雅集》已輯,此存目)(卷一上層　浙湖三奇傳)

樂春風“錦褥香棲”(按:《國色天香》卷四下層《尋芳雅集》已輯,此存目)(卷一上層　浙湖三奇傳)

樂春風“鸞鏡才圓”(按:《國色天香》卷四下層《尋芳雅集》已輯,此存目)(卷一上層　浙湖三奇傳)

西江月“久待西厢”(按:《國色天香》卷四下層《尋芳雅集》已輯,此存目)(卷一上層　浙湖三奇傳)

未標牌名·芳閨十勝(十首)雲鬟“梳罷香絲”、雪股“娟娟白雪”、鳳眼“波水溶溶”、蛾眉“淡月彎彎”、金蓮“龍金點翠”、玉筍“春葱玉削”、柳腰“嬌柔一撚”、酥乳“脈脈雙含”、粉頸“霜肌不染”、朱唇“胭脂染就”(按:用《鷓鴣天》調,《國色天香》卷四下層《尋芳雅集》已輯,此存目)(卷一上層　浙湖三奇傳)

臨江仙“心事今朝”(按:《國色天香》卷四下層《尋芳雅集》已輯,此存目)(卷一上層　浙湖三奇傳)

未標牌名“梅花似雪”(按:用《减字木蘭花》調,何本《燕居筆記》卷一下層《座客瓊談·詩類·合生詩詞》已輯,此存目)(卷一下層　詩類·合生詩詞)

憶王孫“姮娥神已”(按:《國色天香》卷六下層《花神三妙傳》已輯,此存目)(卷二上層　三妙摘錦)

蝶戀花“誰家寶鏡”(按:《國色天香》卷六下層《花神三妙傳》已輯,此存目)(卷二上層　三妙摘錦)

蝶戀花“緑窗人静”(按:《國色天香》卷六下層《花神三妙傳》已輯,此存目)(卷二上層　三妙摘錦)

浣溪沙“晴天明水”(按:《國色天香》卷六下層《花神三妙傳》已輯,此存目)(卷

二上層　三妙摘錦）

**千秋歲“緑蔭芳草”**（按：《國色天香》卷六下層《花神三妙傳》已輯，此存目）（卷二上層　三妙摘錦）

**千秋歲“玉階瑶草”**（按：《國色天香》卷六下層《花神三妙傳》已輯，此存目）（卷二上層　三妙摘錦）

**千秋歲“瑶池緑草”**（按：《國色天香》卷六下層《花神三妙傳》已輯，此存目）（卷二上層　三妙摘錦）

**滿江紅“怒髮衝冠”**（按：《國色天香》卷二上層《搜奇攬勝·忠以詞見》已輯，此存目）（卷二下層　詞類·武穆忠義詞）

**滿江紅“拂拭殘碑”**（按：《國色天香》卷二上層《搜奇攬勝·忠以詞見》已輯，此存目）（卷二下層　詞類·武穆忠義詞）

**滿庭芳“漢上繁華”**（按：《國色天香》卷二上層《搜奇攬勝·張氏守節》已輯，此存目）（卷二下層　詞類·竇妻守節）

## 竹枝詞·和楊廉夫

美人絶似董妖嬈，家住南山第一橋。不肯隨人過湖去，月明夜夜自吹簫。（卷二下層　詞類·竹枝詞）

## 竹枝詞·答妙清

紅開管帶紫貍毫，雪水初融玉帶袍。寫得薛濤萱草帖，西湖紙價頓能高。（卷二下層　詞類·竹枝詞）

## 鷓鴣天（按：此傳爲宋·劉鼎臣妻詞）

金屋無人夜剪繒，寶釵翻過齒痕輕。臨行執手殷勤贈，襯與蕭郎兩鬢青。　聽囑咐，好看承。千金不抵此時情。明年宴罷瓊林晚，酒面微紅相映明。（卷二下層　詞類·彩花詞）

## 一剪梅（按：此爲宋·易祓妻作，文字略有異同）

染淚修書寄彦章，貪卻前廊，忘卻回廊，功名成遂不還鄉。石做心腸，鐵做心腸，紅日三竿懶畫妝。　虚度韶光，瘦損容光，不知何日得成雙？

羞對鴛鴦，懶對鴛鴦。(卷二下層　詞類·寄外詞)

## 伊川令(按：此爲宋·花仲胤妻寄夫之詞)

西風昨夜穿簾幙，閨院添消[蕭]索。最是梧桐零落，迤邐秋光過卻。　人情音信難托。教奴獨自守空房，淚珠與、燈花共落。(卷二下層　詞類·伊川令詞)

## 踏莎行(按：此爲宋·花仲胤答妻詞，原文爲《踏莎行》，實爲《南鄉子》)

頓首起[啓]情人，即日忝[恭]惟問好音。接得綵箋詞一首，堪驚。題起詞名恨(轉)生。　展轉意多情，寄與音書不志誠。不寫伊川題尹字，無心。料想伊家不要人。(卷二下層　詞類·伊川令詞)

## 未標牌名(按：此爲宋·花仲胤妻再答夫詞)

奴啓情人勿見罪，閑將小書作尹字，行人不解其中意。共伊問則幾多時，身邊少個人兒。(卷二下層　詞類·伊川令詞)

**未標牌名“惜多才”**(按：用《祝英臺近》調，《國色天香》卷二上層《搜奇攬勝·澆奴墳土》已輯，此存目)(卷二下層　詞類·餞夫別詞)

**秦樓月“春宵短”**(按：《國色天香》卷二上層《搜奇攬勝·意娘寄柬》已輯，此存目)(卷二下層　詞類·兩姨兄妹)

**茶瓶兒“滿地落花”**(按：《國色天香》卷二上層《搜奇攬勝·意娘寄柬》已輯，此存目)(卷二下層　詞類·兩姨兄妹)

## 未標牌名·春心(按：此傳爲宋·越娘《西江月》詞)

一自東君去後，幾多恩愛睽離。頻凝淚眼望鄉畿，客路迢迢千里。
顧我風情不薄，與君驛邸相隨。參軍雖死不須悲，幸有連枝同氣。(卷二下層　詞類·春心詞)

**生查子“去年梅雪天”**(按：《青泥蓮花記》卷八《楚娘》已輯，此存目)(卷二下層　詞類·楚娘詞)

**鷓鴣天"玉慘花愁"**（按:《青泥蓮花記》卷八《聶勝瓊》已輯,此存目）（卷二下層　詞類・勝瓊詞）

**浣溪沙"腳上鞋兒"**（按:《情史》卷十五《情芽類》已輯,此存目）（卷二下層　詞類・春容詞）

**惜春容"少年看花"**（按:《情史》卷十五《情芽類》已輯,此存目）（卷二下層　詞類・春容詞）

**未標牌名"蕉心捲"**（按:《國色天香》卷二上層《搜奇攬勝・金馬緑衣》已輯,此存目）（卷二下層　詞類・金馬緑衣）

**如夢令"道是梨花"**（按:《情史》卷四《情俠類》已輯,此存目）（卷二下層　詞類・紅白桃花詞）

**鵲橋仙"碧梧初出"**（按:《情史》卷四《情俠類》已輯,此存目）（卷二下層　詞類・紅白桃花詞）

**卜算子"不是愛風塵"**（按:《情史》卷四《情俠類》已輯,此存目）（卷二下層　詞類・紅白桃花詞）

**未標牌名"煙霏霏"**（按:用《長相思》調,(《青泥蓮花記》卷十二《吴淑姬》已輯,此存目）（卷二下層　詞類・長短句）

**鷓鴣天"欲侍鴛幃"**（按:《國色天香》卷二上層《戛玉奇音・指環篇歌》已輯,此存目）（卷二下層　歌類・指環篇歌）

**惜春飛"蝶醉蜂迷"**（按:《國色天香》卷七下層《天緣奇遇・上》已輯,此存目）（卷四上層　天緣奇遇・上）

**蘇幕遮"素蘭花"**（按:《國色天香》卷七下層《天緣奇遇・上》已輯,此存目）（卷四上層　天緣奇遇・上）

**阮郎歸"聞郎去後"**（按:《國色天香》卷七下層《天緣奇遇・上》已輯,此存目）（卷四上層　天緣奇遇・上）

**訴衷情"撒天長恨"**（按:《國色天香》卷七下層《天緣奇遇・上》已輯,此存目）（卷四上層　天緣奇遇・上）

**桃源憶故人"思思念念"**（按:《國色天香》卷七下層《天緣奇遇・上》已輯,此存目）（卷四上層　天緣奇遇・上）

**如夢令"何事無情"**（按:《國色天香》卷七下層《天緣奇遇・上》已輯,此存目）（卷四上層　天緣奇遇・上）

**蝶戀花"風動花心"**（按:《國色天香》卷七下層《天緣奇遇・上》已輯,此存目）（卷四上層　天緣奇遇・上）

**蝶戀花“蝶醉花心”**(按:《國色天香》卷七下層《天緣奇遇·上》已輯,此存目)(卷四上層　天緣奇遇·上)

**未標牌名“風何狂”**(按:《國色天香》卷七下層《天緣奇遇·上》已輯,此存目)(卷四上層　天緣奇遇·上)

**畫堂春“孤身常托”**(按:《國色天香》卷七下層《天緣奇遇·上》已輯,此存目)(卷四上層　天緣奇遇·上)

**玉樓春“含春笑解”**(按:《國色天香》卷七下層《天緣奇遇·上》已輯,此存目)(卷四上層　天緣奇遇·上)

**小重山“楊柳垂簾”**(按:《國色天香》卷七下層《天緣奇遇·上》已輯,此存目)(卷四上層　天緣奇遇·上)

**卜算子“惜别似傷春”**(按:《國色天香》卷七下層《天緣奇遇·上》已輯,此存目)(卷四上層　天緣奇遇·上)

**憶秦娥“空碌碌”**(按:《國色天香》卷八下層《天緣奇遇·下》已輯,此存目)(卷四上層　天緣奇遇·上)

**好事近“好事謝文娥”**(按:《國色天香》卷八下層《天緣奇遇·下》已輯,此存目)(卷四上層　天緣奇遇·上)

## 未標牌名(按:用《臨江仙》調,或謂明·無名氏詞)

試問水歸何處?無明徹夜東流。滔滔不管古今愁。浪花如噴雪,新月似銀鈎。　暗想當年富貴,挂錦帆直至江州。風流(人去幾千秋)。兩行金綫柳,依舊繞扁舟。(卷四下層　附餘·錢塘夢)

## 未標牌名(按:用《鵲橋仙》調,此爲元·鮮于樞詞)

青山無數,緑水無數,更看那白雲無數。壩陵橋上望西川,動不動八千里路。　去時節春暮,來時節秋暮,急回頭又早冬暮。想人生會少離多,嘆光陰能有幾度?(卷四下層　附餘·錢塘夢)

**蝶戀花“妾本錢塘”**(按:此爲宋·司馬樬詞上片,《情史》卷九《情幻類·黄金縷》已輯,此存目)(卷四下層　附餘·錢塘夢)

**隔浦蓮“紅蘭相映”**(按:《國色天香》卷八下層《天緣奇遇·下》已輯,此存目)(卷五上層　天緣奇遇·下)

**江城梅花引“佳期私許”**（按：《國色天香》卷八下層《天緣奇遇·下》已輯，此存目）（卷五上層　天緣奇遇·下）

**陽關引“纔綰同心結”**（按：《國色天香》卷八下層《天緣奇遇·下》已輯，此存目）（卷五上層　天緣奇遇·下）

**長相思“長相思心不絕”**（按：《國色天香》卷八下層《天緣奇遇·下》已輯，此存目）（卷五上層　天緣奇遇·下）

**減字木蘭花“玉堂風伯”**（按：《國色天香》卷八下層《天緣奇遇·下》已輯，此存目）（卷五上層　天緣奇遇·下）

**未標牌名“千里故人”**（按：《國色天香》卷八下層《天緣奇遇·下》已輯，此存目）（卷五上層　天緣奇遇·下）

**重疊金“少年一枕”**（按：《國色天香》卷八下層《天緣奇遇·下》已輯，此存目）（卷五上層　天緣奇遇·下）

**臨江仙“簾捲華堂”**（按：《國色天香》卷八下層《天緣奇遇·下》已輯，此存目）（卷五上層　天緣奇遇·下）

**浣溪沙“香鎖籬黃”**（按：《國色天香》卷八下層《天緣奇遇·下》已輯，此存目）（卷五上層　天緣奇遇·下）

**天仙子“春曉轆轤”**（按：《國色天香》卷八下層《天緣奇遇·下》已輯，此存目）（卷五上層　天緣奇遇·下）

**折桂令“蘇公堤上”**（按：《萬錦情林》卷二上層《裴秀娘夜游西湖記》有輯，此存目）（卷五上層　裴秀娘夜遊西湖）

**未標牌名“羨西湖”**（按：《萬錦情林》卷二上層《裴秀娘夜游西湖記》有輯，此存目）（卷五上層　裴秀娘夜遊西湖）

**訴衷情“乍逢兩下”**（按：《萬錦情林》卷二上層《裴秀娘夜游西湖記》有輯，此存目）（卷五上層　裴秀娘夜遊西湖）

**西江月“强對妝臺”**（按：《萬錦情林》卷二上層《裴秀娘夜游西湖記》有輯，此存目）（卷五上層　裴秀娘夜遊西湖）

## 未標牌名（六首）

撒帳東，羅幃繡幕圍春風。紅綻櫻桃□白雪，元精耿耿貫當中。
撒帳西，歌舞留人月易低。驚起芙蓉睡新足，倚風情態被春迷。
撒帳南，新人轎上青春衫。雲鬢半偏新睡覺，斷腸春色在江南。
撒帳北，雲樓半開壁斜白。小語低聲問玉郎，春色惱人眠不得。

撒帳上，兩兩紅妝笑相向。淡雲輕雨拂高唐，睡覺不知新月上。

撒帳下，滿山明月東風夜。水簟銀床夢不成，美酒清歌曲房下。（卷六下層　記類·華陽奇遇記）

西江月“半舊鞋兒”（按：《國色天香》卷十上層《張于湖傳》已輯，此存目）（卷六下層　記類·張于湖宿女貞觀記）

臨江仙“悞入蓬萊”（按：《國色天香》卷十上層《張于湖傳》已輯，此存目）（卷六下層　記類·張于湖宿女貞觀記）

楊柳枝“襄王魂夢”（按：《國色天香》卷十上層《張于湖傳》已輯，此存目）（卷六下層　記類·張于湖宿女貞觀記）

楊柳枝“碧玉冠簪”（按：《國色天香》卷十上層《張于湖傳》已輯，此存目）（卷六下層　記類·張于湖宿女貞觀記）

楊柳枝“清浄堂前”（按：《國色天香》卷十上層《張于湖傳》已輯，此存目）（卷六下層　記類·張于湖宿女貞觀記）

楊柳枝“傍觀道觀”（按：《國色天香》卷十上層《張于湖傳》已輯，此存目）（卷六下層　記類·張于湖宿女貞觀記）

西江月“松院青燈”（按：《國色天香》卷十上層《張于湖傳》已輯，此存目）（卷六下層　記類·張于湖宿女貞觀記）

西江月“玉貌何須”（按：《國色天香》卷十上層《張于湖傳》已輯，此存目）（卷六下層　記類·張于湖宿女貞觀記）

南鄉子“情興兩和諧”（按：《國色天香》卷十上層《張于湖傳》已輯，此存目）（卷六下層　記類·張于湖宿女貞觀記）

鷓鴣天“卸下星冠”（按：《國色天香》卷十上層《張于湖傳》已輯，此存目）（卷六下層　記類·張于湖宿女貞觀記）

菩薩蠻“芸堂空鎖”（按：《國色天香》卷十上層《張于湖傳》已輯，此存目）（卷六下層　記類·張于湖宿女貞觀記）

菩薩蠻“香衾初展”（按：《國色天香》卷十上層《張于湖傳》已輯，此存目）（卷六下層　記類·張于湖宿女貞觀記）

臨江仙“眉自雲開”（按：《國色天香》卷十上層《張于湖傳》已輯，此存目）（卷六下層　記類·張于湖宿女貞觀記）

西江月“師師媚容”（按：《燕居筆記》卷十下層《柳耆卿玩江樓記》已輯，此存目）（卷六下層　記類·玩江樓記）

**虞美人“春花秋月”**(按:《燕居筆記》卷十下層《柳耆卿玩江樓記》已輯,此存目)(卷六下層　記類・玩江樓記)

**臨江仙“少日風流”**(按:《剪燈餘話》卷四《芙蓉屏記》已輯録,此存目)(卷六下層　記類・芙蓉屏記)

**白苧詞(二首)“茜裙紫袖”、“響如蒼玉”**(按:《剪燈餘話》卷二《連理樹記》已輯,此存目)(卷六下層　記類・連理樹記)

**西江月“蠟紙重重”**(按:《國色天香》卷九下層《鍾情麗集・上》已輯,此存目)(卷六上層　鍾情麗集・上)

**憶秦娥“憶秦蛾”**(按:《國色天香》卷九下層《鍾情麗集・上》已輯,此存目)(卷六上層　鍾情麗集・上)

**花心動“萬緒千端”**(按:《國色天香》卷九下層《鍾情麗集・上》已輯,此存目)(卷六上層　鍾情麗集・上)

**喜遷鶯“嬌癡倦極”**(按:《國色天香》卷九下層《鍾情麗集・上》已輯,此存目)(卷六上層　鍾情麗集・上)

**浣溪沙“雲淡風輕”**(按:《國色天香》卷九下層《鍾情麗集・上》已輯,此存目)(卷六上層　鍾情麗集・上)

**減字木蘭花“小亭宴罷”**(按:《國色天香》卷九下層《鍾情麗集・上》已輯,此存目)(卷六上層　鍾情麗集・上)

**鳳凰臺上憶吹簫“水月精神”**(按:《國色天香》卷九下層《鍾情麗集・上》已輯,此存目)(卷六上層　鍾情麗集・上)

**菩薩蠻“不緣色膽”**(按:《國色天香》卷九下層《鍾情麗集・上》已輯,此存目)(卷六上層　鍾情麗集・上)

**西江月“借問朝雲”**(按:《國色天香》卷九下層《鍾情麗集・上》已輯,此存目)(卷六上層　鍾情麗集・上)

**望江南“堪歎處”**(按:《國色天香》卷九下層《鍾情麗集・上》已輯,此存目)(卷六上層　鍾情麗集・上)

**虞美人“平生恩愛”**(按:《國色天香》卷九下層《鍾情麗集・上》已輯,此存目)(卷六上層　鍾情麗集・上)

**菩薩蠻“春風桃李”**(按:《國色天香》卷九下層《鍾情麗集・上》已輯,此存目)(卷六上層　鍾情麗集・上)

**柳梢青“南陌花殘”**(按:《國色天香》卷九下層《鍾情麗集・上》已輯,此存目)(卷六上層　鍾情麗集・上)

**滿庭芳“月下歌聲”**(按:《國色天香》卷九下層《鍾情麗集・上》已輯,此存目)(卷六上層　鍾情麗集・上)

**木蘭花“念舊時行樂”**(按:《國色天香》卷九下層《鍾情麗集・上》已輯,此存目)(卷六上層　鍾情麗集・上)

**千秋歲令“梅[菊]遲梅早”**(按:《國色天香》卷九下層《鍾情麗集・上》已輯,此存目)(卷六上層　鍾情麗集・上)

**長相思“大巫山”**(按:《國色天香》卷九下層《鍾情麗集・上》已輯,此存目)(卷六上層　鍾情麗集・上)

**一剪梅“紅滿苔階”**(按:《國色天香》卷九下層《鍾情麗集・上》已輯,此存目)(卷六上層　鍾情麗集・上)

**法駕引“歸去也”**(按:《國色天香》卷九下層《鍾情麗集・上》已輯,此存目)(卷六上層　鍾情麗集・上)

**鵲橋仙“征鴻無信”**(按:《國色天香》卷十下層《鍾情麗集・下》已輯,此存目)(卷六上層　鍾情麗集・上)

**瑞鷓鴣“芭蕉葉上”**(按:《國色天香》卷十下層《鍾情麗集・下》已輯,此存目)(卷六上層　鍾情麗集・上)

**長相思“春望歸”**(按:《國色天香》卷十下層《鍾情麗集・下》已輯,此存目)(卷六上層　鍾情麗集・上)

**一剪梅“雨打梨花”**(按:《國色天香》卷十下層《鍾情麗集・下》已輯,此存目)(卷六上層　鍾情麗集・上)

**滿庭芳“愁鎖春山”**(按:《國色天香》卷十下層《鍾情麗集・下》已輯,此存目)(卷六上層　鍾情麗集・上)

**念奴嬌“牽情不了”**(按:《國色天香》卷十下層《鍾情麗集・下》已輯,此存目)(卷七上層　鍾情麗集・下)

**一剪梅“金菊花開”**(按:《國色天香》卷十下層《鍾情麗集・下》已輯,此存目)(卷七上層　鍾情麗集・下)

**沁園春“夫爲妻亡”**(按:《國色天香》卷十下層《鍾情麗集・下》已輯,此存目)(卷七上層　鍾情麗集・下)

**醉春風“玉貌減容色”**(按:《國色天香》卷十下層《鍾情麗集・下》已輯,此存目)(卷七上層　鍾情麗集・下)

**玉蝴蝶令“憔悴玉人”**(按:《國色天香》卷十下層《鍾情麗集・下》已輯,此存目)(卷七上層　鍾情麗集・下)

**滿庭芳“月老難憑”**（按：《剪燈新話》卷四《秋香亭記》已輯，此存目）（卷七下層　記類·秋香亭記）

**木蘭花慢“記前朝舊事”**（按：《剪燈新話》卷二《滕穆醉游聚景園記》已輯，此存目）（卷七下層　記類·滕穆醉游聚景園記）

**未標牌名·方丈巢燕（四首）“花正開”、“飛上下”、“鐘梵定”、“棲寺好”**（按：按：用《閑中好》調，《剪燈餘話》卷一《聽經猿記》已輯，此存目）（卷七下層　記類·聽經猿記）

**减字木蘭花“清香露吐”**（按：《國色天香》卷八上層《古杭紅梅記》已輯，此存目）（卷八下層　記類·古杭紅梅記）

**减字木蘭花“素英初吐”**（按：《國色天香》卷八上層《古杭紅梅記》已輯，此存目）（卷八下層　記類·古杭紅梅記）

**摸魚兒“錦城西”**（按：何本《燕居筆記》卷七上層《擁爐嬌紅》已輯，此存目）（卷八上層　擁爐嬌紅）

**點絳唇“庭院深沉”**（按：何本《燕居筆記》卷七上層《擁爐嬌紅》已輯，此存目）（卷八上層　擁爐嬌紅）

**喜遷鶯“園林過雨”**（按：何本《燕居筆記》卷七上層《擁爐嬌紅》已輯，此存目）（卷八上層　擁爐嬌紅）

**减字木蘭花“春宵陪宴”**（按：何本《燕居筆記》卷七上層《擁爐嬌紅》已輯，此存目）（卷八上層　擁爐嬌紅）

**西江月“試問蘭煤”**（按：何本《燕居筆記》卷七上層《擁爐嬌紅》已輯，此存目）（卷八上層　擁爐嬌紅）

**石州引“懊恨東君”**（按：何本《燕居筆記》卷七上層《擁爐嬌紅》已輯，此存目）（卷八上層　擁爐嬌紅）

**玉樓春“曉窗寂寂”**（按：何本《燕居筆記》卷七上層《擁爐嬌紅》已輯，此存目）（卷八上層　擁爐嬌紅）

**卜算子“君去有歸期”**（按：何本《燕居筆記》卷七上層《擁爐嬌紅》已輯，此存目）（卷八上層　擁爐嬌紅）

**擷芳詞“日如年”**（按：何本《燕居筆記》卷七上層《擁爐嬌紅》已輯，此存目）（卷八上層　擁爐嬌紅）

**菩薩蠻“夜深偷展”**（按：何本《燕居筆記》卷七上層《擁爐嬌紅》已輯，此存目）（卷八上層　擁爐嬌紅）

**菩薩蠻“緑窗深貯”**（按：何本《燕居筆記》卷七上層《擁爐嬌紅》已輯，此存目）

（卷八上層　擁爐嬌紅）

**鷓鴣天“甥館睽違”**（按：何本《燕居筆記》卷七上層《擁爐嬌紅》已輯，此存目）（卷八上層　擁爐嬌紅）

**青玉案“尖尖曲曲”**（按：何本《燕居筆記》卷七上層《擁爐嬌紅》已輯，此存目）（卷八上層　擁爐嬌紅）

**青玉案“花低鶯踏”**（按：何本《燕居筆記》卷七上層《擁爐嬌紅》已輯，此存目）（卷八上層　擁爐嬌紅）

## 逼［碧］牡丹（按：此傳爲宋・申純詞）

一片芳心，被春拘管，重尋雲翼［雨］盟約。説與從前，不是我情薄。都緣燕逐晴絲，蜂拈花蕊，便成執著。密愛堪憐處，幾多寂寞。　　此心只有天知，終不成，輕狂做作。縱滿眼閑花媚柳，也則無情摸索。後園同步，遥告神明，地久天長更誰托。從今再與團圓，莫把是非斷卻。（卷八上層　擁爐嬌紅）

## 漁家傲（按：此爲宋・申純詞）

情若連環終不解，無端招引傍人怪。好事多磨成又敗，應難捱，相看冷眼誰瞅睬。　　鎮日愁眉斂翠黛，闌干倚遍無聊賴。但願五湖明月在，且寧忍耐，終須還了鴛鴦債。（卷八上層　《擁爐嬌紅》）

**一剪梅“豆蔻稍頭”**（按：何本《燕居筆記》卷七上層《擁爐嬌紅》已輯，此存目）（卷八上層　擁爐嬌紅）

**念奴嬌“春風情性”**（按：何本《燕居筆記》卷八上層《擁爐嬌紅》已輯，此存目）（卷八上層　擁爐嬌紅）

**步蟾宫“徐卿二子”**（按：何本《燕居筆記》卷八上層《擁爐嬌紅》已輯，此存目）（卷八上層　擁爐嬌紅）

**臨江仙“入手功名”**（按：何本《燕居筆記》卷八上層《擁爐嬌紅》已輯，此存目）（卷八上層　擁爐嬌紅）

**相思會“脈脈惜春心”**（按：何本《燕居筆記》卷八上層《擁爐嬌紅》已輯，此存目）（卷八上層　擁爐嬌紅）

**未標牌名“天賦多嬌”**（按：用《于飛樂》調，何本《燕居筆記》卷八上層《擁爐嬌

紅》已輯，此存目）（卷八上層　擁爐嬌紅）

**晝夜樂“西川自古”**（按：何本《燕居筆記》卷八上層《擁爐嬌紅》已輯，此存目）（卷九上層　擁爐嬌紅）

**望江南“從前事”**（按：何本《燕居筆記》卷八上層《擁爐嬌紅》已輯，此存目）（卷九上層　擁爐嬌紅）

**内家嬌“燈花何大”**（按：何本《燕居筆記》卷八上層《擁爐嬌紅》已輯，此存目）（卷九上層　擁爐嬌紅）

**一叢花“世間萬事”**（按：何本《燕居筆記》卷八上層《擁爐嬌紅》已輯，此存目）（卷九上層　擁爐嬌紅）

**好事近“一自識伊”**（按：何本《燕居筆記》卷八上層《擁爐嬌紅》已輯，此存目）（卷九上層　擁爐嬌紅）

**菩薩蠻“郎今去也”**（按：何本《燕居筆記》卷八上層《擁爐嬌紅》已輯，此存目）（卷九上層　擁爐嬌紅）

**憶瑶姬“合下相逢”**（按：何本《燕居筆記》卷八上層《擁爐嬌紅》已輯，此存目）（卷九上層　擁爐嬌紅）

**减字木蘭花“蓮閨愛絶”**（按：何本《燕居筆記》卷八上層《擁爐嬌紅》已輯，此存目）（卷九上層　擁爐嬌紅）

**鷓鴣天“百歲人生”**（按：《國色天香》卷九上層《懷春雅集·上》已輯，此存目）（卷九上層　懷春雅集）

**燭影摇紅“一夜東風”**（按：《國色天香》卷九上層《懷春雅集·上》已輯，此存目）（卷九上層　懷春雅集）

**謁金門“深深意”**（按：《國色天香》卷九上層《懷春雅集·上》已輯，此存目）（卷九上層　懷春雅集）

**海棠春“遲遲已到”**（按：《國色天香》卷九上層《懷春雅集·上》已輯，此存目）（卷九上層　懷春雅集）

**春從天上來“淮海逍遥”**（按：《國色天香》卷九上層《懷春雅集·上》已輯，此存目）（卷九上層　懷春雅集）

**浣溪沙“月轉蘭階”**（按：《國色天香》卷九上層《懷春雅集·上》已輯，此存目）（卷九上層　懷春雅集）

**點絳唇“百寶欄杆”**（按：《國色天香》卷九上層《懷春雅集·上》已輯，此存目）（卷九上層　懷春雅集）

**千秋歲“祥雲縹緲”**（按：《國色天香》卷九上層《懷春雅集·上》已輯，此存目）

（卷九上層　懷春雅集）

**臨江仙“憶昔望仙橋”**（按：《國色天香》卷九上層《懷春雅集・上》已輯，此存目）（卷九上層　懷春雅集）

**卜算子“秋日映寒塘”**（按：《國色天香》卷九上層《懷春雅集・上》已輯，此存目）（卷十上層　懷春雅集）

**憶秦娥“簫聲切”**（按：《國色天香》卷九上層《懷春雅集・上》已輯，此存目）（卷十上層　懷春雅集）

**西江月“暖入春風”**（按：《國色天香》卷九上層《懷春雅集・上》已輯，此存目）（卷十上層　懷春雅集）

**明月棹孤舟“富麗謾誇”**（按：《國色天香》卷九上層《懷春雅集・上》已輯，此存目）（卷十上層　懷春雅集）

**好事近“夜色映簾櫳”**（按：《國色天香》卷九上層《懷春雅集・上》已輯，此存目）（卷十上層　懷春雅集）

**如夢令・春宵無寐“清露灑桃”**（按：《國色天香》卷九上層《懷春雅集・上》已輯，此存目）（卷十上層　懷春雅集）

**念奴嬌・香閨春情“絳桃倚笑”**（按：《國色天香》卷九上層《懷春雅集・上》已輯，此存目）（卷十上層　懷春雅集）

**鳳凰閣“仰星河半落”**（按：《國色天香》卷九上層《懷春雅集・上》已輯，此存目）（卷十上層　懷春雅集）

## 未標牌名・春歸詞

春暮愁萬種，門外五更風雨。青鳥不來春欲去，隔簾雙燕語。　最苦。留春不住，滿目落紅飛絮。行雲遮斷陽臺路，總是傷情處。（卷十上層　懷春雅集）

**虞美人“銀蟾光漏”**（按：《國色天香》卷十上層《懷春雅集・下》已輯，此存目）（卷十上層　懷春雅集）

**酹江月“天涯流落”**（按：《國色天香》卷十上層《懷春雅集・下》已輯，此存目）（卷十上層　懷春雅集）

**臨江仙“扇令笙簫”**（按：《國色天香》卷十上層《懷春雅集・下》已輯，此存目）（卷十上層　懷春雅集）

**天仙子“流水橋頭”**（按：《國色天香》卷十上層《懷春雅集・下》已輯，此存目）

（卷十上層　懷春雅集）

**長相思"風一林"**（按：《國色天香》卷十上層《懷春雅集・下》已輯，此存目）（卷十上層　懷春雅集）

**畫堂春"銀河一派"**（按：《國色天香》卷十上層《懷春雅集・下》已輯，此存目）（卷十上層　懷春雅集）

**未標牌名"游閬苑"**（按：《國色天香》卷十上層《懷春雅集・下》已輯，此存目）（卷十上層　懷春雅集）

**蘇幕遮"洞房幽"**（按：《國色天香》卷十上層《懷春雅集・下》已輯，此存目）（卷十上層　懷春雅集）

**蘇幕遮"漏聲沉"**（按：《國色天香》卷十上層《懷春雅集・下》已輯，此存目）（卷十上層　懷春雅集）

## 賀新郎（按：此傳爲明・蓬萊宫娥詞）

花檟繞春城，運神工，瓊樓疊宇，頃刻間成。緑水青山多宛轉，免教鶴怨猿驚。看來無異舊神京。慮只慮佳期不定。天從人願，邂逅多情。相引處，珮聲聲。　等閒回首遠蓬瀛。呼小玉，旋開錦宴，謾薦蘭羹。須信是瓊漿一飲，頓令百感俱生。且休道，塵緣易盡。縱然雲收雨散，琵琶峽、依舊風月交明。此會果非輕。（卷九下層　傳類・朱氏遇仙傳）

## 未標牌名（按：此爲唐・韓翃《章臺柳・寄柳氏》詞）

章臺柳，章臺柳，昔日青青今在否？縱使長條似舊垂，亦應攀折他人手。（卷九下層　傳類・柳氏傳）

## 未標牌名（按：此爲唐・柳氏《楊柳枝・答韓翃》詞）

楊柳枝，芳菲節，所恨年年贈離别。一葉隨風忽報秋，縱使君來豈堪折。（卷九下層　傳類・柳氏傳）

**未標牌名"營巢燕"（三首）**（按：何本《燕居筆記》卷七下層《花影餘談・傳類・劉方三義傳》已輯，此存目）（卷九下層　傳類・劉方三義傳）

**滿庭芳"綵鳳分群"**（按：《剪燈餘話》卷三《瓊奴傳》已輯，此存目）（卷九下層　傳類・劉方三義傳）

## 附録二：

# 《新編批點圖像燕居筆記》詞

（馮猶龍增編 《古本小説集成》據明刊本影印 上海古籍出版社 一九九一）

未標牌名"梅花似雪"（按：用《減字木蘭花》調，何本《燕居筆記》卷一下層《座客瓊談·詩類·合生詩詞》已輯，此存目）（卷一 詩類·合生詩詞）

天仙子"文姬遠嫁昭君塞"（按：《情史》卷十四 《情仇類》已輯，此存目）（卷一 詩類·詞）

滿江紅"怒髮衝冠"（按：《國色天香》卷二上層《搜奇攬勝·忠以詞見》已輯，此存目）（卷二 詞類·武穆忠義詞）

滿江紅"拂拭殘碑"（按：《國色天香》卷二上層《搜奇攬勝·忠以詞見》已輯，此存目）（卷二 詞類·武穆忠義詞）

滿庭芳"漢上繁華"（按：《國色天香》卷二上層《搜奇攬勝·張氏守節》已輯，此存目）（卷二 詞類·寶妻守節）

竹枝詞·和楊廉夫"美人絶似"（按：林本《燕居筆記》卷二下層《詞類·竹枝詞》已輯，此存目）（卷二 詞類·竹枝詞）

竹枝詞·答妙清"紅牙管帶"（按：林本《燕居筆記》卷二下層《詞類·竹枝詞》已輯，此存目）（卷二 詞類·竹枝詞）

鷓鴣天"金屋無人夜剪繒"（按：林本《燕居筆記》卷二下層《詞類·綵花詞》已輯，此存目）（卷二 詞類·彩花詞）

一剪梅"染淚修書寄彦章"（按：林本《燕居筆記》卷二下層《詞類·寄外詞》已輯，此存目）（卷二 詞類·寄外詞）

伊川令"西風昨夜穿簾幙"（按：林本《燕居筆記》卷二下層《詞類·伊川令詞》已輯，此存目）（卷二 詞類·伊川令詞）

踏莎行"頓首起情人"（按：林本《燕居筆記》卷二下層《詞類·伊川令詞》已輯，此存目）（卷二 詞類·伊川令詞）

未標牌名"奴啓情人勿見罪"（按：林本《燕居筆記》卷二下層《詞類·伊川令詞》已輯，此存目）（卷二 詞類·伊川令詞）

未標牌名“惜多才”(按:用《祝英臺近》調,《國色天香》卷二上層《搜奇攬勝·澆奴墳土》已輯,此存目)(卷二　詞類·餞夫別詞)

秦樓月“春宵短”(按:《國色天香》卷二上層《搜奇攬勝·意娘寄柬》已輯,此存目)(卷二　詞類·兩姨兄妹)

茶瓶兒“滿地落花”(按:《國色天香》卷二上層《搜奇攬勝·意娘寄柬》已輯,此存目)(卷二　詞類·兩姨兄妹)

未標牌名“一自東君去後”(按:林本《燕居筆記》卷二下層《詞類·春心詞》已輯,此存目)(卷二　詞類·春心詞)

生查子“去年梅雪天”(按:《青泥蓮花記》卷八《楚娘》已輯,此存目)(卷二　詞類·楚娘詞)

鷓鴣天“玉慘花愁”(按:《青泥蓮花記》卷八《聶勝瓊》已輯,此存目)(卷二　詞類·勝瓊詞)

浣溪沙“腳上鞋兒”(按:《情史》卷十五《情芽類》已輯,此存目)(卷二　詞類·春容詞)

惜春容“少年看花”(按:《情史》卷十五《情芽類》已輯,此存目)(卷二　詞類·春容詞)

未標牌名“蕉心捲”(按:《國色天香》卷二上層《搜奇攬勝·金馬緑衣》已輯,此存目)(陶其才　卷二　詞類·金馬緑衣)

如夢令“道是梨花”(按:《情史》卷四《情俠類》已輯,此存目)(卷二　詞類·紅白桃花詞)

鵲橋仙“碧梧初出”(按:《情史》卷四《情俠類》已輯,此存目)(卷二　詞類·紅白桃花詞)

卜算子“不是愛風塵”(按:《情史》卷四《情俠類》已輯,此存目)(卷二　詞類·紅白桃花詞)

未標牌名“煙霏霏”(按:用《長相思》調,《青泥蓮花記》卷十二《吴淑姬》已輯,此存目)(卷二　詞類·長短句)

鷓鴣天“欲侍鴛幃”(按:《國色天香》卷二上層《戛玉奇音·指環篇歌》已輯,此存目)(卷二　歌類·指環篇歌)

西江月“半舊鞋兒”(按:《國色天香》卷十上層《張于湖傳》已輯,此存目)(卷七　記類·張于湖宿女貞觀記)

臨江仙“悮入蓬萊”(按:《國色天香》卷十上層《張于湖傳》已輯,此存目)(卷七　記類·張于湖宿女貞觀記)

**楊柳枝“襄王魂夢”**（按:《國色天香》卷十上層《張于湖傳》已輯,此存目）（卷七　記類·張于湖宿女貞觀記）

**楊柳枝“碧玉冠簪”**（按:《國色天香》卷十上層《張于湖傳》已輯,此存目）（卷七　記類·張于湖宿女貞觀記）

**楊柳枝“清浄堂前”**（按:《國色天香》卷十上層《張于湖傳》已輯,此存目）（卷七　記類·張于湖宿女貞觀記）

**楊柳枝“傍觀道觀”**（按:《國色天香》卷十上層《張于湖傳》已輯,此存目）（卷七　記類·張于湖宿女貞觀記）

**西江月“松院青燈”**（按:《國色天香》卷十上層《張于湖傳》已輯,此存目）（卷七　記類·張于湖宿女貞觀記）

**西江月“玉貌何須”**（按:《國色天香》卷十上層《張于湖傳》已輯,此存目）（卷七　記類·張於湖宿女貞觀記）

**南鄉子“情興兩和諧”**（按:《國色天香》卷十上層《張于湖傳》已輯,此存目）（卷七　記類·張于湖宿女貞觀記）

**鷓鴣天“卸下星冠”**（按:《國色天香》卷十上層《張于湖傳》已輯,此存目）（卷七　記類·張于湖宿女貞觀記）

**菩薩蠻“芸堂空鎖”**（按:《國色天香》卷十上層《張于湖傳》已輯,此存目）（卷七　記類·張于湖宿女貞觀記）

**菩薩蠻“香衾初展”**（按:《國色天香》卷十上層《張于湖傳》已輯,此存目）（卷七　記類·張于湖宿女貞觀記）

**臨江仙“眉自雲開”**（按:《國色天香》卷十上層《張于湖傳》已輯,此存目）（卷七　記類·張于湖宿女貞觀記）

**西江月“師師媚容”**（按:《燕居筆記》卷十下層《柳耆卿玩江樓記》已輯,此存目）（卷七　記類·玩江樓記）

**虞美人“春花秋月”**（按:《燕居筆記》卷十下層《柳耆卿玩江樓記》已輯,此存目）（卷七　記類·玩江樓記）

**臨江仙“少日風流”**（按:《剪燈餘話·芙蓉屏記》已輯,此存目）（卷七　記類·芙蓉屏記）

**白苧詞“茜裙紫袖”**（按:《剪燈餘話·連理樹記》已輯,此存目）（卷七　記類·連理樹記）

**白苧詞“響如蒼玉”**（按:《剪燈餘話·連理樹記》已輯,此存目）（卷七　記類·連理樹記）

**滿庭芳"月老難憑"**(按:《剪燈新話·秋香亭記》已輯,此存目)(卷七　記類·秋香亭記)

**木蘭花慢"記前朝舊事"**(按:《剪燈新話·滕穆醉遊聚景園記》已輯,此存目)(卷七　記類·滕穆醉遊聚景園記)

**減字木蘭花"清香露吐"**(按:《國色天香》卷八上層《古杭紅梅記》已輯,此存目)(卷八　記類·古杭紅梅記)

**減字木蘭花"素英初吐"**(按:《國色天香》卷八上層《古杭紅梅記》已輯,此存目)(卷八　記類·古杭紅梅記)

## 燭影摇紅(按:此傳爲宋·懶堂女子作,文字略有異同)

緑浄湖光,淺寒先到芙蓉島。謝池幽夢屬才郎,幾度生春草。塵世多情易變,更那堪秋風嫋。晚來羞對,香芷汀洲,枯荷池沼。　恨鎖横波,遠山淺黛無心掃。湘江人去歎無依,此意從誰表。喜趁良宵月皎,況難逢,人世兩好。莫辭醉,入屏山,只愁天曉。(卷八　記類·舒通道白鷩記)

## 未標牌名(按:《國色天香》卷八下層《天緣奇遇·下》輯有此詞,標《陽關引》,文字多異同)

方綰同心結,又爲功名别,郎君去也愁無竭。枕上樂,何時合?蟾宫第一枝,願郎早攀折。　記取折柳情,衾上盟。好成朱陳同偕老,歡如昔。最苦行囊發,從此相思結。安得此魂隨去,處處伴郎歇。(卷八　記類·杜麗娘記)

## 未標牌名

唱且隨,心甚悦,秋闈隔阻心益裂。夫妻須有相逢期,悲出陽關淚滴滴。　山可崩,海可竭,人生不可輕離别。别時容易見時難,長歎一回一嗚咽。(卷八　記類·杜麗娘記)

**未標牌名"營巢燕,雙雙雄"**(按:何本《燕居筆記》卷七下層《花影餘談·傳類·劉方三義傳》已輯,此存目)(卷九　傳類·劉方三義傳)

**未標牌名"營巢燕,雙雙飛"**(按:何本《燕居筆記》卷七下層《花影餘談·傳類·劉方三義傳》已輯,此存目)(卷九　傳類·方三義傳)

**未標牌名“營巢燕,聲呷呷”**(按:何本《燕居筆記》卷七下層《花影餘談·傳類·劉方三義傳》已輯,此存目)(卷九　傳類·劉方三義傳)

**賀新郎“花檟繞春城”**(按:林本《燕居筆記》卷九下層《傳類·朱氏遇仙傳》已輯,此存目)(卷九　傳類·朱氏遇仙傳)

**未標牌名“章臺柳”**(按:林本《燕居筆記》卷九下層《傳類·柳氏傳》已輯,此存目)(韓翃　卷九　傳類·柳氏傳)

**未標牌名“楊柳枝”**(按:林本《燕居筆記》卷九下層《傳類·柳氏傳》已輯,此存目)(柳氏　卷九　傳類·柳氏傳)

**滿庭芳“綵鳳分群”**(按:《剪燈餘話》卷三《瓊奴傳》已輯,此存目)(卷九　傳類·瓊奴傳)

**齊天樂“恩情不把”**(按:《剪燈新話》卷三《愛卿傳》已輯,此存目)(卷九　傳類·愛卿傳)

**未標牌名“正好歡娱”**(按:用《如夢令》調,《國色天香》卷四下層《尋芳雅集》已輯,此存目)(卷下之一　三奇誌)

**未標牌名“相逢後”**(按:用《憶秦娥》調,《國色天香》卷四下層《尋芳雅集》已輯,此存目)(卷下之一　三奇誌)

**未標牌名“好夢久飄遥”**(按:用《好事近》調,《國色天香》卷四下層《尋芳雅集》已輯,此存目)(卷下之一　三奇誌)

**未標牌名“拾得金釵原有主”**(按:此爲《蝶戀花》下片,《國色天香》卷四下層《尋芳雅集》已輯,此存目)(卷下之一　三奇誌)

**未標牌名“寄語多情”**(按:此爲《惜春飛》下片,《國色天香》卷四下層《尋芳雅集》已輯,此存目)(卷下之一　三奇誌)

**未標牌名“曉來密約”**(按:用《一叢花》調,《國色天香》卷四下層《尋芳雅集》已輯,此存目)(卷下之一　三奇誌)

**未標牌名“蘭房兮春曉”**(按:《國色天香》卷四下層《尋芳雅集》已輯,標調名《清夜詞》,此存目)(卷下之一　三奇誌)

**未標牌名“默步庭闈”**(按:用《點絳唇》,《國色天香》卷四下層《尋芳雅集》已輯,此存目)(卷下之一　三奇誌)

**未標牌名“緣乖分薄”**(按:用《青玉案》調,《國色天香》卷四下層《尋芳雅集》已輯,此存目)(卷下之一　三奇誌)

**西江月“久得西厢”**(按:《國色天香》卷四下層《尋芳雅集》已輯,此存目)(卷下之一　三奇誌)

未標牌名·芳閨十勝(四首)詠美人髪"梳罷香絲"、詠美人眼"波水落落"、詠美人鞋"籠金點翠"、詠美人唇"胭脂染就"(按:用《鷓鴣天》調,《國色天香》卷四下層《尋芳雅集》已輯,此存目)(卷下之一　三奇誌)

未標牌名"極目煙霞"(按:《國色天香》卷四下層《尋芳雅集》之《臨江仙》"心事今朝"下片,已輯,此存目)(卷下之一　三奇誌)

西江月"臘[蠟]紙重重"(按:《國色天香》卷九下層《鍾情麗集·上》已輯,此存目)(下卷之二　鍾情麗集)

憶秦娥"憶秦娥"(按:《國色天香》卷九下層《鍾情麗集·上》已輯,此存目)(下卷之二　鍾情麗集)

花心動"萬緒千端"(按:《國色天香》卷九下層《鍾情麗集·上》已輯,此存目)(下卷之二　鍾情麗集)

喜遷鶯"嬌癡倦極"(按:《國色天香》卷九下層《鍾情麗集·上》已輯,此存目)(下卷之二　鍾情麗集)

浣溪紗"雲淡風輕"(按:《國色天香》卷九下層《鍾情麗集·上》已輯,此存目)(下卷之二　鍾情麗集)

鳳凰臺上憶吹簫"水月精神"(按:《國色天香》卷九下層《鍾情麗集·上》已輯,此存目)(下卷之二　鍾情麗集)

菩薩蠻"不緣色膽"(按:《國色天香》卷九下層《鍾情麗集·上》已輯,此存目)(下卷之二　鍾情麗集)

西江月"借問雲朝"(按:《國色天香》卷九下層《鍾情麗集·上》已輯,此存目)(下卷之二　鍾情麗集)

望江南"堪歎處"(按:《國色天香》卷九下層《鍾情麗集·上》已輯,此存目)(下卷之二　鍾情麗集)

虞美人"平生恩愛"(按:《國色天香》卷九下層《鍾情麗集·上》已輯,此存目)(下卷之二　鍾情麗集)

菩薩蠻"春風桃李"(按:《國色天香》卷九下層《鍾情麗集·上》已輯,此存目)(下卷之二　鍾情麗集)

柳梢青"南陌花殘"(按:《國色天香》卷九下層《鍾情麗集·上》已輯,此存目)(下卷之二　鍾情麗集)

滿庭芳"月下歌聲"(按:《國色天香》卷九下層《鍾情麗集·上》已輯,此存目)(下卷之二　鍾情麗集)

未標牌名"菊遲梅早"(按:用《千秋歲令》調,《國色天香》卷九下層《鍾情麗集·

上》已輯,此存目)(下卷之二　鍾情麗集)

**長相思"大巫山"**(按:《國色天香》卷九下層《鍾情麗集·上》已輯,此存目)(下卷之二　鍾情麗集)

**一剪梅"紅滿苔階"**(按:《國色天香》卷九下層《鍾情麗集·上》已輯,此存目)(下卷之二　鍾情麗集)

**法駕引"歸去也"**(按:《國色天香》卷九下層《鍾情麗集·上》已輯,此存目)(下卷之二　鍾情麗集)

**未標牌名"遊鴻無信"**(按:用《鵲橋仙》調,《國色天香》卷十下層《鍾情麗集·下》已輯,此存目)(下卷之二　鍾情麗集)

**未標牌名"芭蕉葉上"**(按:用"瑞鷓鴣"調,《國色天香》卷十下層《鍾情麗集·下》已輯,此存目)(下卷之二　鍾情麗集)

**未標牌名"朝相思"**(按:用《長相思》調,《國色天香》卷十下層《鍾情麗集·下》此詞上下闋順序顛倒,此存目)(下卷之二　鍾情麗集)

**未標牌名"千點啼痕"**(按:用《一剪梅》調,此詞殘,全篇見《國色天香》卷十下層《鍾情麗集·下》所輯《一剪梅》"雨打梨花深閉門",此存目)(下卷之二　鍾情麗集)

**未標牌名"愁鎖芳林"**(按:用《滿庭芳》調,《國色天香》卷十下層《鍾情麗集·下》已輯,首句作"愁鎖春山",文字有異同。此存目)(下卷之二　鍾情麗集)

**念奴嬌"牽情不了"**(按:《國色天香》卷十下層《鍾情麗集·下》已輯,此存目)(下卷之二　鍾情麗集)

**未標牌名"金菊花開"**(按:用《一剪梅》調,《國色天香》卷十下層《鍾情麗集·下》已輯,此存目)(下卷之二　鍾情麗集)

**未標牌名"玉貌減容色"**(按:用《醉春風》調,《國色天香》卷十下層《鍾情麗集·下》已輯,此存目)(下卷之二　鍾情麗集)

## 懊恨詞

淡黄細柳摇新緑,睡吐晴煙足。綺欄人静,繡閣燈昏,衾寒袖薄。一腔春緒苦難裁,幽夢頻相逐。悠悠怨恨,鶯囀垂楊,風敲翠竹。(卷下之三　雙雙傳)

## 未標牌名(按:用《蝶戀花》調)

緑窗豔冶誰家女,花落香泥,不管流年度。聲聲杜宇啼春去,説盡相思

無限苦。　黄昏幾陣梨花雨，燈暗帷掀，種種添愁緒。枕邊行盡巫陽路，一縷春心無覓處。（卷下之三　雙雙傳）

## 踏莎行

韋曲看花，章臺問柳。風流肯落他人後。可堪吟斷數行詩，粉牆百尺空搔首。　彩筆拈題，青衫濕透，夢魂無賴花枝瘦。牡丹亭下擲金錢，佳期試卜何時有。（卷下之三　雙雙傳）

## 如夢令

翠被春寒睡醒，寶篆煙消香燼。漏角數聲悲，吹散一天星影。孤另，孤另，殘夢未成離枕。（卷下之三　雙雙傳）

## 桃源憶故人

隔窗鳥語花聲碎，報導秦娥夜至。忙整鳳幃鴛被，和着人兒睡。無端月下敲聲沸，驚散陽臺雲雨，點點淚珠偷墜。幽恨憑誰寄。（卷下之三　雙雙傳）

**未標牌名“緑窗人静”**（按：用《蝶戀花》調，《國色天香》卷六下層《花神三妙傳》已輯，此存目）（卷下之四　三妙傳）

**未標牌名“晴天水漲”**（按：用《浣溪沙》調，《國色天香》卷六下層《花神三妙傳》已輯，此存目）（卷下之四　三妙傳）

**未標牌名“的的青鸞舞”**（按：用《千秋歲》調，此詞殘，全篇見《國色天香》卷六下層《花神三妙傳》所輯《一剪梅》“緑陰芳草”，此存目）（卷下之四　三妙傳）

**未標牌名“蝶醉蜂迷”**（按：用“惜春飛”調，《國色天香》卷七下層《天緣奇遇・上》已輯，此存目）（卷下之五　天緣奇遇）

**未標牌名“素蘭花”**（按：用《蘇幕遮》調，《國色天香》卷七下層《天緣奇遇・上》已輯，此存目）（卷下之五　天緣奇遇）

**未標牌名“聞郎去”**（按：用《阮郎歸》調，《國色天香》卷七下層《天緣奇遇・上》已輯，此存目）（卷下之五　天緣奇遇）

**未標牌名“撒天長恨”**（按：用《訴衷情》調，《國色天香》卷七下層《天緣奇遇・上》已輯，此存目）（卷下之五　天緣奇遇）

**未標牌名“思思念念”**(按:用《桃源憶故人》調,《國色天香》卷七下層《天緣奇遇·上》已輯,此存目)(卷下之五　天緣奇遇)

**未標牌名“何事無情”**(按:用《如夢令》調,《國色天香》卷七下層《天緣奇遇·上》已輯,此存目)(卷下之五　天緣奇遇)

**未標牌名“風動花心”**(按:用《蝶戀花》調,《國色天香》卷七下層《天緣奇遇·上》已輯,此存目)(卷下之五　天緣奇遇)

**未標牌名“蝶醉花心”**(按:用《蝶戀花》調,《國色天香》卷七下層《天緣奇遇·上》已輯,此存目)(卷下之五　天緣奇遇)

**未標牌名“風何狂”**(按:《國色天香》卷七下層《天緣奇遇·上》已輯,此存目)(卷下之五　天緣奇遇)

**未標牌名“孤身常托”**(按:用《畫堂春》調,《國色天香》卷七下層《天緣奇遇·上》已輯,此存目)(卷下之五　天緣奇遇)

**未標牌名“含春笑解”**(按:用《玉樓春》調,《國色天香》卷七下層《天緣奇遇·上》已輯,此存目)(卷下之五　天緣奇遇)

**未標牌名“楊柳垂簾”**(按:用《小重山》調,《國色天香》卷七下層《天緣奇遇·上》已輯,此存目)(卷下之五　天緣奇遇)

**未標牌名“惜別是傷春”**(按:用《卜算子》調,《國色天香》卷七下層《天緣奇遇·上》已輯,此存目)(卷下之五　天緣奇遇)

**未標牌名“空碌碌”**(按:用《憶秦娥》調,《國色天香》卷八下層《天緣奇遇·下》已輯,此存目)(卷下之五　天緣奇遇)

**未標牌名“紅蘭相映”**(按:用《隔浦蓮》調,《國色天香》卷八下層《天緣奇遇·下》已輯,此存目)(卷下之五　天緣奇遇)

**未標牌名“佳期私許”**(按:用《江城梅花引》調,《國色天香》卷八下層《天緣奇遇·下》已輯,此存目)(卷下之五　天緣奇遇)

**未標牌名“初綰同心結”**(按:用《陽關引》調,《國色天香》卷八下層《天緣奇遇·下》已輯,此存目)(卷下之五　天緣奇遇)

**未標牌名“長相思”**(按:用《長相思》調,《國色天香》卷八下層《天緣奇遇·下》已輯,此存目)(卷下之五　天緣奇遇)

**未標牌名“玉堂風伯”**(按:用《減字木蘭花》調,《國色天香》卷八下層《天緣奇遇·下》已輯,此存目)(卷下之五　天緣奇遇)

**未標牌名“少年一枕”**(按:用《重疊金》調,《國色天香》卷八下層《天緣奇遇·下》已輯,此存目)(卷下之五　天緣奇遇)

**未標牌名“錦城西”**(按:用《摸魚兒》調,何本《燕居筆記》卷七上層《擁爐嬌紅》已輯,此存目)(卷下之六　嬌紅傳)

**未標牌名“庭院深沉”**(按:用《點絳唇》調,何本《燕居筆記》卷七上層《擁爐嬌紅》已輯,此存目)(卷下之六　嬌紅傳)

**未標牌名“春宵陪宴”**(按:用《減字木蘭花》調,何本《燕居筆記》卷七上層《擁爐嬌紅》已輯,此存目)(卷下之六　嬌紅傳)

**未標牌名“試問蘭煤”**(按:用《西江月》調,何本《燕居筆記》卷七上層《擁爐嬌紅》已輯,此存目)(卷下之六　嬌紅傳)

**未標牌名“匆匆已約”**(按:用《玉樓春》調,此詞殘,僅餘下闋,全篇何本《燕居筆記》卷七上層《擁爐嬌紅》已輯,此存目)(卷下之六　嬌紅傳)

**未標牌名“君去有歸期”**(按:用《卜算子》調,何本《燕居筆記》卷七上層《擁爐嬌紅》已輯,此存目)(卷下之六　嬌紅傳)

**未標牌名“日如年”**(按:用“擷芳詞”調,何本《燕居筆記》卷七上層《擁爐嬌紅》已輯,此存目)(卷下之六　嬌紅傳)

**未標牌名“夜深偷月[展]”**(按:用《菩薩蠻》調,何本《燕居筆記》卷七上層《擁爐嬌紅》已輯,此存目)(卷下之六　嬌紅傳)

**未標牌名“緑窗深貯”**(按:用《菩薩蠻》調,何本《燕居筆記》卷七上層《擁爐嬌紅》已輯,此存目)(卷下之六　嬌紅傳)

**未標牌名“甥館睽違”**(按:用《鷓鴣天》調,何本《燕居筆記》卷七上層《擁爐嬌紅》已輯,此存目)(卷下之六　嬌紅傳)

**未標牌名“尖尖曲曲”**(按:用《青玉案》調,何本《燕居筆記》卷七上層《擁爐嬌紅》已輯,此存目)(卷下之六　嬌紅傳)

**未標牌名“花低鶯踏”**(按:何本《燕居筆記》卷七上層《擁爐嬌紅》標《青玉案》,已輯,此存目)(卷下之六　嬌紅傳)

## 未標牌名(按:此傳爲宋·王嬌娘所作《再團圓》詞)

芳心一點,柔腸萬轉,有意偷憐。孜孜守着,明神在上,説破前冤。天還知道,不違人願,再與團圓。(卷下之六　嬌紅傳)

**未標牌名“一片芳心”**(按:此詞殘,全篇見林本《燕居筆記》卷八上層《擁爐嬌紅》所輯《碧牡丹》“一片芳心”,此存目)(卷下之六　嬌紅傳)

**未標牌名“情若連環”**(按:用《漁家傲》調,林本《燕居筆記》卷八上層《擁爐嬌

紅》已輯，此存目）（卷下之六　嬌紅傳）

**未標牌名“豆蔻梢頭”**（按：用《一剪梅》調，何本《燕居筆記》卷七上層《擁爐嬌紅》已輯，此存目）（卷下之六　嬌紅傳）

**未標牌名“春風情性”**（按：用《念奴嬌》調，何本《燕居筆記》卷八上層《擁爐嬌紅》已輯，此存目）（卷下之六　嬌紅傳）

**未標牌名“脈脈惜春心”**（按：用《相思會》調，何本《燕居筆記》卷八上層《擁爐嬌紅》已輯，此存目）（卷下之六　嬌紅傳）

**未標牌名“天賦多嬌”**（按：用《於飛樂》調，何本《燕居筆記》卷八上層《擁爐嬌紅》已輯，此存目）（卷下之六　嬌紅傳）

**未標牌名“平生事”**（按：用《望江南》調，何本《燕居筆記》卷八上層《擁爐嬌紅》之《望江南》“從前事”已輯，此存目）（卷下之六　嬌紅傳）

**未標牌名“燈花何喜”**（按：用《内家嬌》調，何本《燕居筆記》卷八上層《擁爐嬌紅》已輯，此存目）（卷下之六　嬌紅傳）

**未標牌名“世間萬事”**（按：用《一叢花》調，何本《燕居筆記》卷八上層《擁爐嬌紅》已輯，此存目）（卷下之六　嬌紅傳）

**未標牌名“一自識伊來”**（按：用《好事近》調，何本《燕居筆記》卷八上層《擁爐嬌紅》已輯，此存目）（卷下之六　嬌紅傳）

**未標牌名“郎今去也”**（按：用《菩薩蠻》調，何本《燕居筆記》卷八上層《擁爐嬌紅》已輯，此存目）（卷下之六　嬌紅傳）

**未標牌名“合下相逢”**（按：用《憶瑶姬》調，何本《燕居筆記》卷八上層《擁爐嬌紅》已輯，此存目）（卷下之六　嬌紅傳）

**未標牌名“蓮閨愛絶”**（按：用《減字木蘭花》調，何本《燕居筆記》卷八上層《擁爐嬌紅》已輯，此存目）（卷下之六　嬌紅傳）

**燭影摇紅“誰駕香車”**（按：此爲何本《燕居筆記》卷九上層《懷春雅集・上》所輯《燭影摇紅》“一夜東風”之下片，此存目）（卷下之七　融春集）

**春從天上來“静悄春宵，見紗窗籠月，花影輕摇”**（按：何本《燕居筆記》卷九上層《懷春雅集・上》《春從天上來》“淮海逍遥”已輯，但前三句不同）（卷下之七　融春集）

**一剪梅“燈漸黄昏”**（按：何本《燕居筆記》卷十上層《懷春雅集・下》已輯，此存目）（卷下之七　融春集）

## 玉連環

花下片時相邂逅，衷腸盡剖。花枝人面兩含羞。人比花枝更茂。　近

日離情多少，這番最陡。殷勤寄語入秦樓，未審秦娥應否。（卷下之七　融春集）

## 蝶戀花

飄蕩寒風天色憊，帳裏佳人，暗老應無奈。妒雨碧桃今又敗，胭脂冷落無聊賴。　思憶玉郎眉鎖黛，種種新愁，交付誰人賣。爲君褪卻腰圍帶，爲君兜下傷春債。（卷下之七　融春集）

## 千秋令

沁園春曉，芍藥花開早。喜遷鶯音韻巧，滿庭芳景媚，無限風光好。晝錦堂，珍珠簾捲香風裊。　鵲踏枝間噪，寶鼎熏龍腦。集賢賓，齊燕笑。共賀萬年歡，瑞鶴仙難老。酒闌時，月兒高處婺星皎。（卷下之七　融春集）

## 卜算子

眼底好韶光，心裏多情緒。枕上片時春夢回，愁絶陽臺雨。　空有宋朝嬌，不見秦娥媚。縱使榴花炤眼明，不似荷花麗。（卷下之七　融春集）

## 踏莎行

苦雨侵晨，淒風送晚，杜鵑哀怨黄鶯懶。蛛絲柳絮總輕狂，可憐春去無人管。　碧草連天，青山障眼，孤幃四望愁腸挽。恨如溪水暫時消，雨聲一夜依然滿。（卷下之七　融春集）

## 臨江仙

遥憶嬌姿燈月裏，幾回夢裏傳神。今朝有幸又相親。淩波金鳳小，窈窕出風塵。　粉蝶過墻雙舞去，分明春在東隣。無端百舌語頻頻。海棠花面溢，羞見看花人。（卷下之七　融春集）

## 搗練子

風陣細，月華光，倚門目斷楚天長。天上姮娥應有意，夜深分送桂花

香。(卷下之七　融春集)

**卜算子"日色映蓮塘"**(按:何本《燕居筆記》卷九上層《懷春雅集》之《卜算子》"秋日映寒塘"已輯,除首句外,餘皆同。此存目)(卷下之七　融春集)

## 未標牌名(按:此摘録宋·秦觀《一斛珠》詞句)

碧雲寥廓,紛紛木葉風中落。悲秋自怯羅衣薄,別巢燕子辭簾幙。有意東君,故把紅繩縛。(卷下之七　融春集)

**好事近"夜色映簾櫳"**(按:何本《燕居筆記》卷九上層《懷春雅集》已輯,此存目)(卷下之七　融春集)

**未標牌名"風裹楊花"**(按:此詞僅餘上闋,全篇見《國色天香》卷二下層《劉生覓蓮記·上》之《花心動》"風裹楊花",此存目)(卷下之七　融春集)

## 未標牌名

有意入桃源,花落渾無計。枝上禽聲又亂啼,忙促春歸去。搔首西風腸九回,日暮山横翠。(卷下之七　融春集)

**未標牌名"萬種相思"**(按:此詞殘,全篇見《國色天香》卷二下曾《劉生覓蓮記·上》之《小重山》"萬種相思",此存目)(卷下之七　融春集)

## 未標牌名(用《南鄉子》調)

夜闊夢難收,宋玉多情我結儔。千點漏聲萬點淚,悠悠。霜月鷄聲幾段愁。　難展皺眉頭,怨句哀吟送客秋。蟋蟀床頭調夜曲,啾啾。又聽驚人雁别樓。(卷下之七　融春集)

## 未標牌名

好姻緣,須等待,利有害兮成有敗。謀事莫學孺子戲,寄語玉郎自珍重。勿將好事如春夢。(卷下之七　融春集)

## 未標牌名

伯牙弦斷瑶琴閑，樂昌鏡破青銅裂。無情江水自奔流，有種相思空鬱結。春蠶到死絲且牽，夢魂夜半頻飛越。惡愁煩，死離别。（卷下之七　融春集）

## 未標牌名

耽憶貪□□滋味，空親切。言挑句弄，兩下都無休歇。欲待丢下冤家，悶心頭，繫了千繩百結。　絆住柔腸，暗地裏，不覺吞聲哽咽。憂怨相思，萬口渾難説。有分乘龍，畢竟尋個歡悦。（卷下之七　融春集）

## 未標牌名（按：此用《長相思》調一闋）

朝凝眸，暮凝眸，江水涓涓不斷流。離人愁上愁。（卷下之七　融春集）

## 未標牌名

古樹鴉成陣，空山葉作堆。砌下亂蛩吟，樓外孤鴻唳。幾度登樓懶下樓，煙鎖吴山翠。（卷下之七　融春集）

## 蘇幕遮

海棠春，連夜泄。掩映新妝，半吐花前月。温軟雞頭郁金舌，兩情投處，欲就羞還怯。　舞腰輕，嬌語切。玉筍纖纖，斜把烏雲結。侍兒曉起隔簾説，紅綻櫻桃含白雪。（卷下之七　融春集）

## 蘇幕遮

漏聲沉，花露泄。剩把金錢，買住花心月。漢署香飄雞子舌，歡娱佳境，漸入情猶怯。　枕推時，情轉切。地久天長，都付同心結。枕畔相思今細説，淚痕猶染梅梢雪。（卷下之七　融春集）

## 未標牌名

孤燈夜雨，空把青年誤。樓外青山無數，隔不斷新愁來路。　歎楚

楚蜉蝣，飄飄蝴蝶，也算春風一度。（卷下之七　融春集）

## 臨江仙

一派笙歌蘭麝繞，雙雙年少天然。輕移蓮步畫堂前。殷勤羞斂衽，反復□翩躚。（卷下之八　五金魚傳）

## 如夢令

銀燭洞房紅動，月色當庭花弄。才子遇佳人，枕上幽情深重。如夢，如夢，説甚丹山雙鳳。（卷下之八　五金魚傳）

## 少年游

匹馬嘶風，征夫告警，忙步到離亭。驟覺魂驚。雲山縹緲，相隔幾滄溟。　　頻回首，望郎行，雙目淚珠零。楚水吴山，從斯以隔，何處訴離情。（卷下之八　五金魚傳）

## 阮郎歸

東風摇曳柳條飛，南陌芊芊草色肥。攜手怯分離，紛紛淚滿衣。　　加餐飯，少嘘唏，淒凉莫倚扉。花前月下惜嬌姿，秋深人便歸。（卷下之八　五金魚傳）

## 憶秦娥

麗春天，相逢陌上人如仙。人如仙，花般俏媚，柳樣嬌妍。　　向人猶自並香肩，素羅裙底露金蓮。露金蓮，陡然一見，意惹情牽。（卷下之八　五金魚傳）

## 浣溪沙

爲憶天臺遇仙姬，殷勤柯斧許堪施，事諧與否意還疑。　　夢逐金魚襄地遠，書傳青鳥楚雲遲，欲憑何處卜龜蓍。（卷下之八　五金魚傳）

## 風入松

畫堂開宴出紅妝，軟玉温香。驟驚侑酒勞雙美，翩翩重舞霓裳。人在華筵中也，魂飛巫峽高唐。　　主人應是意情長，敢拒霞觴。酒酣不覺神飄蕩。歎樽前有願難償。敢不自持以禮，興來無奈顛狂。（卷下之八　五金魚傳）

## 未標牌名

極感卿情重，範言正予心。偶因醉後花迷蝶，顛倒精神，禮法不遵。不謂醜書無□，羞洗波沉。幸指引，幸指引，刻内感恩。更有一言懇卿，月夜當憐憫。莫爲閒愁罷綫針。（卷下之八　五金魚傳）

## 一剪梅

幾度淒凉憶遠遊，望斷雙眸，淚濕衾裯。雲山迢遞路悠悠。有書難投，有夢難求。　　花滿欄杆月滿樓，一種相思，兩處閒愁。此情無計付東流，纔下眉頭，又上心頭。（卷下之八　五金魚傳）

## 長相思

草含煙，柳含煙，撚指韶光不似前，蘭閨人悄然。　　日如年，夜如年，静處無人玉筯懸，淒淒只自憐。（卷下之八　五金魚傳）

## 長相思

山無情，水無情，纔得交歡又遠征，從今憔悴生。　　雞又鳴，鴉又鳴，展轉孤衾魂夢驚，淒凉幾歎聲。（卷下之八　五金魚傳）

## 未標牌名

老病關憂，那憚侵晨問候。陡遇美人，獨倚南樓，觀花不轉頭。　　忙把肩投，將謂殷勤笑款留。誰識辨論，休休，縱得花歸也是愁。（卷下之八　五金魚傳）

## 長相思

别容顔，想容顔，翠幌朱幃血淚斑，相思朝暮間。　　望雲山，恨雲山，何事天涯人未還，誰憐衾枕閑。　　一首詩，一首詞，月夜花朝幾夢馳，淒涼誰與知。（卷下之八　五金魚傳）

## 西江月

燕爾新婚未久，又成離别堪傷。孰云奸可陷賢良，天理昭昭難罔。　　不遇盤根錯節，焉知利器鋒鈋。勸君勉力守建康，塞馬從來倚仗。（卷下之八　五金魚傳）

## 阮郎歸

幾年間别兩西東，藍橋路未通。不期佳會荷蒼穹，猶疑是夢中。　　私約踐，舊盟空，何勝喜憂攻。一簾月色竹梧風，青山淚落紅。（卷下之八　五金魚傳）

## 畫堂春

一從别後意難忘，相思減盡容光。豈知今日禍爲祥，邂逅仙郎。　　席上正宜歡洽，樽前反覺悲傷。爲天涯有個人兒，空斷柔腸。（卷下之八　五金魚傳）

## 未標牌名

春日陌間遊，邂逅姻緣遇阮劉。□處碧雲頻饋問，不謂歸家禍到頭。　　脱死隱尼流，幾度思君淚不收。豈意天教重聚首，無限艱辛此夕酬。（卷下之八　五金魚傳）

## 未標牌名

香囊暗贈表情深，天緣合，一諾重千金。此後禍侵尋，從軍千里外，恨難禁。誰知翻得福星臨，重會面，此樂契予心。（卷下之八　五金魚傳）

如夢令“日暖風和”(按:《國色天香》卷二下層《劉生覓蓮記·上》已輯,此存目)(下卷之九　覓蓮傳奇)

憶秦娥“春堤曲”(按:《國色天香》卷二下層《劉生覓蓮記·上》已輯,此存目)(下卷之九　覓蓮傳奇)

未標牌名“鶯聲清曉”(按:《國色天香》卷二下層《劉生覓蓮記·上》已輯,此存目)(下卷之九　覓蓮傳奇)

行香子“山石之旁”(按:《國色天香》卷二下層《劉生覓蓮記·上》已輯,此存目)(下卷之九　覓蓮傳奇)

步蟾宫“萬斛新愁”(按:《國色天香》卷二下層《劉生覓蓮記·上》已輯,此存目)(下卷之九　覓蓮傳奇)

晝夜樂“春山愁壓”(按:《國色天香》卷二下層《劉生覓蓮記·上》已輯,此存目)(下卷之九　覓蓮傳奇)

虞美人“殘花無奈”(按:《國色天香》卷二下層《劉生覓蓮記·上》已輯,此存目)(下卷之九　覓蓮傳奇)

雨中花“姻[煙]雨妒春”(按:《國色天香》卷二下層《劉生覓蓮記·上》已輯,此存目)(下卷之九　覓蓮傳奇)

浣溪沙“寂寂寥寥”(按:《國色天香》卷二下層《劉生覓蓮記·上》已輯,此存目)(下卷之九　覓蓮傳奇)

四字令“隔池美姬”(按:《國色天香》卷二下層《劉生覓蓮記·上》已輯,此存目)(下卷之九　覓蓮傳奇)

小重山“萬種相思”(按:《國色天香》卷二下層《劉生覓蓮記·上》已輯,此存目)(下卷之九　覓蓮傳奇)

未標牌名“二郎神去”(按:按:用《風入松》調)(《國色天香》卷二下層《劉生覓蓮記·上》已輯,此存目)(下卷之九　覓蓮傳奇)

秋波媚“碧天夜色”(按:《國色天香》卷三下層《劉生覓蓮記·下》已輯,此存目)(下卷之九　覓蓮傳奇)

西江月“向晚新亭”(按:《國色天香》卷三下層《劉生覓蓮記·下》已輯,此存目)(下卷之九　覓蓮傳奇)

哭岐婆“春心摇拽”(按:《國色天香》卷三下層《劉生覓蓮記·下》已輯,此存目)(下卷之九　覓蓮傳奇)

未標牌名“懶上牙床”(按:《國色天香》卷三下層《劉生覓蓮記·下》已輯,此存目)(下卷之九　覓蓮傳奇)

**未標牌名“朝也思量”**（按：《國色天香》卷三下層《劉生覓蓮記・下》已輯，此存目）（下卷之九　覓蓮傳奇）

**西江月“東舍多情”**（按：《國色天香》卷三下層《劉生覓蓮記・下》已輯，此存目）（下卷之九　覓蓮傳奇）

**蝶戀花“飄蕩寒風”**（按：《國色天香》卷三下層《劉生覓蓮記・下》已輯，此存目）（下卷之九　覓蓮傳奇）

**憶王孫“當時書語”**（按：《國色天香》卷三下層《劉生覓蓮記・下》已輯，此存目）（下卷之九　覓蓮傳奇）

**上西樓“多時旅邸”**（按：《國色天香》卷三下層《劉生覓蓮記・下》已輯，此存目）（下卷之九　覓蓮傳奇）

**桃源憶故人“仰君德望”**（按：《國色天香》卷三下層《劉生覓蓮記・下》已輯，此存目）（下卷之九　覓蓮傳奇）

**卜算子“君有題柱才”**（按：《國色天香》卷三下層《劉生覓蓮記・下》已輯，此存目）（下卷之九　覓蓮傳奇）

## 西江月

仕至千鍾非貴，年過七十常稀。浮名身後有誰知，萬事空花遊戲。　休逞少年狂蕩，莫貪花酒便宜。脱離煩惱是和非，隨分安然得意。（下卷之十一　蔣興哥重會珍珠衫）

## 西江月（按：此爲宋・朱敦儒詞）

日日深杯酒滿，朝朝小圃花開。自歌自舞自開懷，且喜無拘無礙。　青史幾番春夢，紅塵多少奇才。不須計較與安排，領取而今見在。（下卷之十二　轉運漢巧遇洞庭紅）

## 未標牌名（按：此摘録元・胡一桂《青玉案》中句）

造化小兒無定據，翻來覆去。倒横直豎，眼見都如許。（下卷之十二　轉運漢巧遇洞庭紅）

## 未標牌名（按：摘録宋・僧晦庵《滿江紅》詞句）

誰不願黄金屋，誰不願千鍾粟？算五行不是這般題目。枉使心機空計

較,兒孫自有兒孫福。(下卷之十二　轉運漢巧遇洞庭紅)

## 未標牌名(按:摘録宋蘇軾《滿庭芳》詞句)

蝸角虚名,蠅頭微利,算來著甚幹忙!事皆前定,誰弱又誰强?(下卷之十二　轉運漢巧遇洞庭紅)

**黄金縷"妾本錢塘"**(按:《情史》卷九《情幻類·黄金縷》已輯,此存目)(下卷之十三　新編南窗筆記補遺·蘇小小)

**虞美人"槐陰别院"**(按:《萬錦情林》卷六上層《虞美人詞》有輯,此存目)(下卷之十三　新編南窗筆記補遺·虞美人詞)

**如夢令"今夜盛排"**(按:《萬錦情林》卷六上層《如夢令詞》有輯,此存目)(下卷之十三　新編南窗筆記補遺·如夢令詞)

# 《繡谷春容》詞

（羊洛敕里起北赤心子彙輯　十二卷　《古本小説集成》據明世德堂刻本影印　上海古籍出版社　一九九一）

如夢令“正好歡娱”（按：《國色天香》卷四下層《尋芳雅集》已輯，此存目）（卷一上層　吴生尋芳雅集）

憶秦娥“相逢後”（按：《國色天香》卷四下層《尋芳雅集》已輯，此存目）（卷一上層　吴生尋芳雅集）

好事近“好夢久飄遥［摇］”（按：《國色天香》卷四下層《尋芳雅集》已輯，此存目）（卷一上層　吴生尋芳雅集）

望江南“春夢斷”（按：《國色天香》卷四下層《尋芳雅集》已輯，此存目）（卷一上層　吴生尋芳雅集）

蝶戀花“訪舊歸來”（按：《國色天香》卷四下層《尋芳雅集》已輯，此存目）（卷一上層　吴生尋芳雅集）

惜春飛“蝶怨蜂愁”（按：《國色天香》卷四下層《尋芳雅集》已輯，此存目）（卷一上層　吴生尋芳雅集）

一叢花“曉來密約”（按：《國色天香》卷四下層《尋芳雅集》已輯，此存目）（卷一上層　吴生尋芳雅集）

點絳唇“默步庭闈”（按：《國色天香》卷四下層《尋芳雅集》已輯，此存目）（卷一上層　吴生尋芳雅集）

青玉案“緣乖分薄”（按：《國色天香》卷四下層《尋芳雅集》已輯，此存目）（卷一上層　吴生尋芳雅集）

南鄉子“病起識紅塵”（按：《國色天香》卷四下層《尋芳雅集》已輯，此存目）（卷一上層　吴生尋芳雅集）

樂春風“錦褥香棲”（按：《國色天香》卷四下層《尋芳雅集》已輯，此存目）（卷一上層　吴生尋芳雅集）

樂春風“鸞鏡纔圓”（按：《國色天香》卷四下層《尋芳雅集》已輯，此存目）（卷一上層　吴生尋芳雅集）

**西江月“久待西厢”**(按:《國色天香》卷四下層《尋芳雅集》已輯,此存目)(卷一上層 吴生尋芳雅集)

**未標牌名“章臺柳”**(按:林本《燕居筆記》卷九下層《傳類·柳氏傳》已輯,此存目)(卷一下層 璠章摭粹)

**未標牌名“楊柳枝”**(按:林本《燕居筆記》卷九下層《傳類·柳氏傳》已輯,此存目)(卷一下層 璠章摭粹)

**未標牌名“弓鞋小”**(按:按:用“望江南”調)(《國色天香》卷一下層《龍會蘭池録》已輯,此存目)(卷二上層 龍會蘭池全録)

**賣花聲“胡馬渡銀河”**(按:《國色天香》卷一下層《龍會蘭池録》已輯,此存目)(卷二上層 龍會蘭池全録)

**水龍吟“强胡百萬”**(按:《國色天香》卷一下層《龍會蘭池録》已輯,此存目)(卷二上層 龍會蘭池全録)

**一剪梅“瀟湘店外”**(按:《國色天香》卷一下層《龍會蘭池録》已輯,此存目)(卷二上層 龍會蘭池全録)

**望江南“堪愁處”**(按:《國色天香》卷一下層《龍會蘭池録》已輯,此存目)(卷二上層 龍會蘭池全録)

**未標牌名“姝氏何如”**(按:《國色天香》卷一下層《龍會蘭池録》已輯,此存目)(卷二上層 龍會蘭池全録)

**竹枝曲·蘇臺(十首)**(按:《剪燈新話》卷一《聯芳樓記》已輯,此存目)(卷二上層 聯芳樓記)

**未標牌名“六龍親馭”**(按:《國色天香》卷一上層《珠淵玉圃·賀正德皇帝南巡迴六鑾帳詞》已輯,此存目)(卷二下層 詩餘摭粹·賀武宗南巡迴鑾詞)

## 未標牌名(按:此爲明·夏言《漁家傲》詞)

二十九年如一夢,鹿鳴筵上笙歌動。今日長安尊酒共。遥想送,行春好醉張公洞。　但得閭閻無疾痛,莫辭枳棘棲鸞鳳。自古循良非小用。須珍重,他時爲撰甘棠頌。(卷二下層 詩餘摭粹·夏桂洲送行詞)

## 未標牌名(按:此爲宋·曹豳《紅窗迥》詞)

春闈期近也,望帝鄉迢迢,猶在天際。懊恨這一雙腳底,一日厮赶上五六十里。　争氣。扶持我去,博得一官歸。恁時賞你,穿對皂靴,安排你

在轎兒裏。更選弓樣鞋,夜間伴你。(卷二下層　詩餘摭粹·曹東訕慰足詞)

## 未標牌名(按:此爲宋·傅大詢《水調歌頭》詞,略有改動)

草草三間屋,愛竹更旋栽。碧紗窗外,眼前都是翠雲堆。更水村清冷,木落遠山開。命家童,開門看有誰來。　客來一笑清話,煮茗更傳杯。有酒只愁無客,有客又愁無酒,酒熟且徘徊。明日人間事,天自有安排。(卷二下層　詩餘摭粹·傅公謀隱居詞)

## 踏沙行(按:此爲元·盧摯詞)

雪暗山明,溪深花早。行人馬上詩成了。歸來聞説妙隆歌,金陵卻比蓬萊渺。　寶鏡慵窺,玉容空好。梁塵不動歌聲悄。無人知我此時情,春風一枕松窗曉。(卷二下層　詩餘摭粹·盧疏齋寄妙隆詞)

## 未標牌名(按:此傳爲元·僧竺月華詞,實改宋·歐陽修《望江南》詞上闋)

江南柳,嫩緑未成陰。枝小不堪攀折取,黄鸝欲上力難禁。留與待春深。(卷二下層　詩餘摭粹·方縠珍竹節籠和尚)

## 未標牌名(按:此傳爲元·方國珍《望江南》詞,實改宋·無名氏詞)

江南竹,巧匠作爲籠。留與僧儂藏法體,碧波深處伴蛟龍。方知色是空。(卷二下層　詩餘摭粹·方縠珍竹節籠和尚)

## 未標牌名(按:此傳爲元·僧竺月華《望江南》詞,實改宋·歐陽修詞)

江南月,如鑑亦如鈎。如鑑不臨紅粉面,如鈎不上畫簾頭。空自惹傷愁。(卷二下層　詩餘摭粹·方縠珍竹節籠和尚)

## 醉春風(按:原文謂朱繼賢作)

回首風流處,餘香還幾許?閑花艷艷總迷人,住住住。相依相偎,再分付，怕生愁阻。　好事天教露，難悔行差路。對燈無語自思量，去去去。無可奈何，不嫌昏黑，不辭辛苦。（卷二下層　詩餘摭粹・朱繼賢野合麗春）

## 未標牌名・七夕詞（按：用《鵲橋仙》調，原文謂箕仙所書）

鸞輿初駕，牛車齊發，隱隱鵲橋咿軋。尤雲殢雨正歡濃，但只怕來朝初八。　霞垂彩幔，月明銀燭，馥郁香噴金鴨。年年此際一相逢，未審是甚時結煞。（卷二下層　詩餘摭粹・箕仙七夕詞）

## 未標牌名（按：此爲南唐後主李煜《浪淘沙》詞）

簾外雨潺潺，春意將闌。羅衾不奈五更寒。夢裏不知身是客，一晌貪歡。　獨自莫凭闌，無限關山。别時容易見時難。流水落花春去也，天上人間。（卷二下層　詩餘摭粹・李後主長短句）

## 未標牌名・步虚詞（按：此爲唐・李德裕詞）

仙女侍，董雙成，桂殿夜寒吹玉笙。曲終卻從仙官去，萬户千門空月明。　河漢女，玉鍊顔，雲軿往往到人間。九霄有路去無跡，嫋嫋天風吹珮環。（卷二下層　詩餘摭粹・李虚公步虚詞）

## 江南春（按：此爲宋・寇準詞）

波渺渺，柳依依，孤村芳草遠，斜日杏花飛。江南春盡離腸斷，蘋滿汀洲人未歸。（卷二下層　詩餘摭粹・寇萊公《江南春》詞）

## 未標牌名（此宋・王安石《清平樂》詞，一作宋・王安國詞）

留春不住，費盡鶯兒語。滿地殘紅宫錦污，昨夜南園風雨。　小憐初上琵琶，曉來思繞天涯。不肯畫堂朱户，東風自在楊花。（卷二下層　詩餘摭粹・王荆公小詞）

## 漁父詞（三首）（此爲宋・趙構詞）

薄晚煙雲淡翠微，江邊秋月已明輝。縱遠眺，適天機，水底閒雲片段飛。

青草開時已過船，錦鱗躍處浪痕圓。竹葉酒，柳花氊，有意沙鷗伴我眠。

水涵微雨湛虚明，小笠輕蓑未要晴。明鑑裏，縠紋生，白鷺飛來空外聲。（卷二下層　詩餘摭粹・宋高宗漁父詞）

## 未標牌名（此爲宋・韓世忠《臨江仙》詞，略有改動）

冬日春[看]山瀟灑静，春來山暖花濃。少年哀老與花同。世間名利客，富貴與貧窮。　　貪忙不是長生藥，清閒不是死家風。勸君識取主人翁。單方只一味，盡在不言中。（卷二下層　詩餘摭粹・韓忠武詞謝仲虎）

## 西江月（此爲宋・蘇軾詞）

世事一場大夢，人生幾度新凉，夜來楓葉已鳴廊。看取眉間鬢上。　　酒淺常愁客少，月明多被雲妨。中秋誰與共孤光，把盞淒然北望。（卷二下層　詩餘摭粹・蘇東坡詞寄子由）

## 未標牌名（按：此爲宋・蘇軾《踏莎行》詞）

這個秃奴，修行忒煞，雲山頂上（空）持戒。一從迷戀玉樓人，鶉衣百結渾無奈。　　毒手傷人，花容粉碎，空空色色今何在？臂間刺道苦相思，這回還了相思債。（卷二下層　詩餘摭粹・東坡詞判奸僧）

## 未標牌名（按：此爲宋・王昂《好事近》詞）

喜氣滿門闌，花動綺羅香陌。行（到）紫薇花下，悟身非凡客。　　不須脂粉汙天真，嫌怕太紅白。留取黛眉殘處，共畫章臺春色。（卷二下層　詩餘摭粹・探花王昂催妝詞）

## 未標牌名（按：此爲宋・卓田《眼兒媚・題蘇小樓》詞，有改動）

丈夫隻手把吴鈎，欲斷萬人頭。因何鐵石，打成心性，卻爲花柔。　　君看項籍並劉季，一怒使人愁。只因撞着，虞姬戚氏，豪氣都休。（卷二下層　詩餘摭粹・三山卓嫁翁詞）

## 未標牌名（按：此爲宋・劉燕哥《太常引》詞）

故人别我出陽關，無計鎖雕鞍。今古别離難，兀誰畫蛾眉遠山。　一樽别酒，一聲杜宇，寂寞又春殘。明月小樓間，第一夜相思淚彈。（卷二下層　詩餘摭粹・劉燕哥餞參議詞）

## 木蘭花慢・西湖送春（按：此爲元・梁曾詞）

問花花不語，爲誰落，爲誰開？笑春色三分，半隨流水，半入塵埃。人生能幾歡笑，但相逢尊酒莫相推。千古幕天席地，一春翠繞珠圍。　彩雲回首暗高臺，煙樹渺吟懷。拚一醉留春，留春不住，醉裏春歸。西樓半簾斜月，怪銜泥燕子卻飛來。一枕青樓好夢，又教風雨驚回。（卷二下層　詩餘摭粹・梁貢父西湖送春詞）

## 未標牌名・柳（五首）（按：此爲宋・許庭《臨江仙》詞）

不見昭陽宫墻柳，黄金齊撚輕柔。東君昨夜到皇州，玉階金井，無處不風流。　悵望翠華春欲暮，六宫都鎖春愁。暖風吹動繡簾鈎，飛花委地，時轉玉香球。

不見隋河堤上柳，緑陰流水依依。龍舟東下疾於飛，千條萬葉，濃翠染旌旗。　記得當年春去也，錦帆不見西歸。故抛輕絮點人衣，如將亡國恨，説與路人知。

不見陶家門外柳，柴扉一徑遥通。閉門終日掩清風，感君高節，緑蔭向人濃。　籬落蕭疏雞犬静，日長飛絮濛濛。先生一醉萬緣空，經時高臥，不到翠陰中。

不見都門亭畔柳，春來緑盡長條。柳邊行色馬蕭蕭，一枝折盡，相見又何朝。　酒盡曲終人去也，風前亦自無聊。祇應於我恨偏饒，東君特地，付與沈郎腰。

不見灞陵原上柳，往來過盡蹄輪。朝離南楚暮西秦，不成名利，贏得鬢毛新。　莫怪枝頭憔悴損，一生惟苦征塵。兩三煙樹倚孤村，夕陽影裏，愁殺宦遊人。（卷二下層　詩餘摭粹・濠梁許伯陽柳詞五章）

## 憶君王（按：此爲宋・無名氏詞）

依依宫柳拂宫牆，深殿無人春晝長。燕子歸來依舊忙。憶君王，獨立黄昏人斷腸。（卷二下層　詩餘摭粹・憶君王詞）

## 謫仙怨（按：此爲唐・劉長卿詞）

晴川落日初低，倜儻[惆悵]孤舟解攜。鳥去平蕪遠近，人隨流水東西。

白雲千里萬里，明月前溪後溪。獨恨長沙謫去，江潭春草萋萋。（卷二下層　詩餘摭粹・劉長卿謫仙怨）

## 謫仙怨（按：此爲唐・竇弘餘詞）

胡塵沖關犯闕，金輅提攜玉顔。雲雨比時消散，君王何日歸還。　傷心朝恨暮恨，回首千山萬山。遥望天邊初月，蛾眉獨自彎彎。（卷二下層　詩餘摭粹・劉長卿謫仙怨）

## 未標牌名（按：此爲宋・黄庭堅《南鄉子》詞，有改動）

諸將説封侯，短笛長吹獨倚樓。萬事總成風雨去，休休！戲馬台南金絡頭。　催酒莫遲留，酒似今秋勝去秋。花向老人頭上笑，羞羞！人不羞花花自羞。（卷二下層　詩餘摭粹・黄山谷九日詞）

## 滿江紅（按：此爲宋・岳飛詞）

怒髮衝冠，憑闌處，瀟瀟雨歇。擡望眼、仰天長嘯，壯懷激烈。三十功名塵與土，八千里路雲和月。莫等閒、白了少年頭，空悲切。　靖康耻，猶未雪。臣子恨，何時滅。駕長車踏破、賀蘭山缺。壯志饑餐胡虜肉，笑談渴飲匈奴血。待從頭、收拾舊山河，朝天闕。（卷二下層　詩餘摭粹・岳武穆忠徵翰墨）

## 滿江紅（按：此爲明・文徵明詞）

拂拭殘碑，敕飛字，依稀堪讀。慨當初，倚飛何重，後來何酷！果是功成身合死，可憐事去言難贖。最無辜，堪恨更堪憐，風波獄。　豈不惜，中原蹙。豈不念，徽欽辱。但徽欽既返，此身何屬？千載休談南渡錯，當時自怕中原復。區區一檜亦何能，逢其欲。（卷二下層　詩餘摭粹·岳武穆忠徵翰墨）

## 浣溪沙（按：此爲唐·張曙詞）

枕障薰爐隔繡幃，二人終日兩相思，好風明月始應之。　天上人間何處去，舊歡新夢覺來時，黄昏微雨盡簾垂。（卷二下層　詩餘摭粹·張補闕悼亡詞）

## 未標牌名（按：此爲宋周必大《點絳唇》詞）

秋夜乘槎，客星容到天孫渚。眼波微注，將謂牽牛度。　見了還非，重理霓裳舞。雖無誤，幾年一遇，莫訝周郎顧。（卷二下層　詩餘摭粹·周平園飲詞）

## 後庭宴（按：此爲唐·無名氏詞）

千里故鄉，十年華屋，亂魂飛過屏山簇。眼垂眉褪不勝春，菱花知我銷香玉。　雙雙燕子歸來，應解笑，人幽獨。斷歌零舞，遺恨清江曲。萬樹緑低迷，一庭紅樸簌。（卷二下層　詩餘摭粹·洛陽大内碑詞）

## 滿庭芳（按：此爲宋·徐君寶妻張氏詞）

漢上繁華，江南人物，尚遺宣政風流。緑窗朱户，十里爛銀鈎。一旦刀兵齊舉，旌旗擁，百萬貔貅。長驅入，歌樓舞榭，風捲落花愁。　清平三百載，典章人物，掃地俱休。幸此身未北，猶客南州。破鑑徐郎何在？空惆悵，相見無由。從今後，斷魂千里，夜夜岳陽樓。（卷二下層　彤管摭粹·實妻全節詞）

## 未標牌名（按：此爲宋·吴琚愛姬梅嬌嘲杏俏《滿江紅》詞）

一種陽和，玉英初綻，雪天分外精神。冰肌玉骨，别是一家春。樓上笛聲三弄，百花都未知音。明窗畔，臨風對月，曾結歲寒盟。　笑杏花何太晚，遲疑不發，等待春深。只宜遠望，舉目似燒林。麗質芳姿雖好，一時取媚東君。争如我，青青結子，金鼎内調羹。（卷二下層　彤管摭粹・梅杏相嘲詞）

## 未標牌名（按：此爲宋・吴琚愛姬杏俏嘲梅嬌《滿江紅》詞）

景傍清明，日和風暖，數枝濃淡胭脂。春來早起，惟我獨芳菲。幾番雨過，似佳人，細膩香肌。堪賞處，玉樓人醉，斜插滿頭歸。　梅花何太早，消疏骨肉，葉密花稀。不逢媚景，開後甚孤凄。堪笑你，甘心受雪壓霜欺。争如我，年年得意，佔斷踏青時。（卷二下層　彤管摭粹・梅杏相嘲詞）

## 未標牌名（按：此爲宋・花仲胤妻《伊川令・寄夫》詞）

西風昨夜穿簾幙，閨院添消索。最是梧桐零落，迤邐秋光過卻。人情音信難托。教奴獨自守空房，淚珠與燈花共落。（卷二下層　彤管摭粹・仲胤妻寄夫詞）

## 未標牌名（按：此爲宋・花仲胤《南鄉子・答妻》詞）

頓首啓情人，即日恭惟問好音。接得綵箋詞一首，堪驚。（題起詞名恨轉生）。　（展轉意多情），寄與音書不志誠。不寫伊川題尹字，無心。料想伊家不要人。（卷二下層　彤管摭粹・仲胤妻寄夫詞）

## 未標牌名（按：此爲宋・花仲胤妻再答夫詞）

奴啓情人勿見罪，閑將小書作尹字，行人不解其中意。共伊間别幾多時，身邊少個人兒。（卷二下層　彤管摭粹・仲胤妻寄夫詞）

## 未標牌名（按：此爲宋・陸遊《釵頭鳳》詞，略有改動）

紅酥手，黄藤酒，滿城春色宫牆柳。東風惡，歡情薄，一懷愁緒，幾年離索。錯錯錯。　春如昨［舊］，人空瘦，淚痕紅浥鮫綃透。桃花落，閑池閣，山盟雖在，錦書難托。莫莫莫。（卷二下層　彤管摭粹・唐氏遊園詞）

## 未標牌名（按：此爲宋・慕容巖卿妻《浣溪沙》詞）

滿目江山憶舊遊，汀洲花草弄春柔，長亭艤住木蘭舟。　好夢易隨

流水去，芳心空逐曉雲愁，行人莫上望京樓。（卷二下層　彤管摭粹・慕容巖卿妻詞）

## 如夢令（按：此爲宋・嚴蕊詞）

道是梨花不是，道是杏花不是。白白與紅紅，别是東風情味。曾記，曾記，人在武陵微醉。（卷二下層　彤管摭粹・嚴蕊賦紅白桃）

## 鵲橋仙（按：此爲宋・嚴蕊詞）

碧梧初出，桂花纔吐，池上水花微謝。穿針人在合歡樓，正月露玉盤高瀉。　蛛忙鵲懶，耕慵織倦，空做古今佳話。人間剛道隔年期，想天上方纔隔夜。（卷二下層　彤管摭粹・嚴蕊賦紅白桃）

## 卜算子（按：此爲宋・嚴蕊詞）

不是愛風塵，似被前緣誤。花落花開自有時，總賴東君主。　去也終須去，住也如何住？若得山花插滿頭，莫問奴歸處。（卷二下層　彤管摭粹・嚴蕊賦紅白桃）

## 滿江紅（按：此爲宋・王清惠詞，或謂宋・張瓊瑛詞，文字有異同）

太液芙蓉，渾不似、舊時顔色。曾記得恩承雨露，玉樓金闕。名播蘭簪妃后裏，歡承笑語君王側。忽一朝、鼙鼓揭天來，繁華歇。龍虎散，風雲滅。　千古恨，憑誰説。對山河百二，淚沾襟血。驛館夜驚塵土夢，宫車曉碾關山月。願嫦娥相顧肯從容，隨圓缺。（卷二下層　彤管摭粹・王清惠題驛壁詞）

## 踏莎行（按：此非《踏莎行》，實爲《鵲橋仙》，傳爲宋・蜀妓詞）

説盟説誓，説情説意，動便春愁滿紙。多應念得脱空經，是那個先生教的？　不茶不飯，不言不語，一味供他憔悴。相思已是不曾聞，又那得工夫咒你。（卷二下層　彤管摭粹・蜀妓答客詞）

## 未標牌名·送行(按:此調爲《市橋柳》,傳爲宋·蜀妓詞)

欲寄意,渾無所有,折盡市橋宮柳。看君着上征衫,又相將放舡楚江口。　後會不知何日,意和淚,長相守。苟富貴,無相忘,若忘有如此酒。(卷二下層　彤管摭粹·蜀妓答客詞)

## 蝶戀花(按:原文謂延安夫人詞,《全宋詞》收爲李清照詞,略有改動)

淚揾征衣脂粉暖,曲疊《陽關》,唱了千千遍。人道山長山又斷,蕭蕭微雨聞孤館。　惜别傷離方寸亂,忘了臨行,酒盞深和淺。若有音書憑過雁,東萊不似蓬萊遠。(卷二下層　彤管摭粹·延安夫人寄姊妹蝶戀花)

## 西江月(按:此爲宋·朱敦儒詞)

世事短如春夢,人情薄似秋雲。不須計較苦勞心,萬事元來有命。　幸遇三杯美酒,況逢一朵花新。片時歡笑且相親,明日陰晴未定。(卷二下層　彤管摭粹·朱希真詞)

## 念奴嬌·詠月(按:此爲宋·朱敦儒詞,有改動)

插天翠柳,被何人,推上一輪明月。照我藤床涼似水,飛入瑶臺銀闕。霧冷笙簫,風輕環佩,玉鎖無人掣。閑雲收盡,海光天影相接。　誰信有藥長生,素娥新煉就、飛霜液[凝]雪。擊破珊瑚,争似看、仙桂扶疏奇絶。洗盡凡心,滿身清露,冷浸瀟瀟髮。明朝塵世,記取休向人説。(卷二下層　彤管摭粹·朱希真詞)

## 鷓鴣天·除夕(按:此爲宋·朱敦儒詞)

檢盡曆冬冬又殘,愛他風雪耐他寒。拖條竹杖家家酒,上(個籃輿處處)山。　添老大,轉癡頑,謝天教我老來閑。道人還了鴛鴦債,紙帳梅花醉夢間。(卷二下層　彤管摭粹·朱希真詞)

## 鷓鴣天(按:此爲宋·朱敦儒詞,或謂宋·蘇庠詞)

梅妒晨妝雪妒輕,遠山依約學眉青。尊前無復歌《金縷》,夢覺空餘月

滿林。　　魚與雁，兩浮沉，淺顰微笑總關心。相思恰似江南柳，一夜東風一夜深。（卷二下層　彤管摭粹·朱希真詞）

## 西江月（按：此爲宋·朱敦儒詞）

日日深杯酒滿，朝朝小圃花開。自歌自舞自開懷，且喜無拘無礙。青史幾番春夢，紅塵多少奇才。不須計較與安排，領取而今見在。（卷二下層　彤管摭粹·朱希真詞）

## 南鄉子·閨情（按：此傳爲宋·孫道絢詞，文字有異同）

曉日壓重檐，斗帳春寒起未忺。天氣困人梳洗懶，眉尖。淡畫春山不喜添。　　閑把繡絲撏，認得金針又倒拈。陌上遊人歸也未，厭厭。滿院楊花不捲簾。（卷二下層　彤管摭粹·孫夫人詞）

## 風中柳·閨情（按：此傳爲宋·孫道絢）

銷減芳容，端的爲郎煩惱。鬢慵梳、宮妝草草。別離情緒，待歸來都告。怕傷郎、又還休道。　　利鎖名繮，幾阻當年歡笑。更那堪、鱗鴻信杳。蟾枝高折，願從今須早。莫辜負、鳳幃人老。（卷二下層　彤管摭粹·孫夫人詞）

## 憶秦娥·閨情（按：此爲宋·孫道絢）

花深深，一勾羅襪行花陰。行花陰，閑將柳帶，試結同心。　　耳邊消息空沉沉，畫眉樓上愁登臨。愁登臨，海棠開後，望到如今。（卷二下層　彤管摭粹·孫夫人詞）

## 南鄉子·詠雪（按：此爲宋·孫道絢。依律應爲《清平樂》，原文誤標牌名）

悠悠颺颺，做盡輕模樣。夜半瀟瀟窗外響，多在梅邊竹上。朱樓向曉簾開，六花片片飛來。無奈薰爐煙霧，騰騰扶上金釵。（卷二下層　彤管摭粹·孫夫人詞）

## 未標牌名（按：用《臨江仙》調。作者易少夫人爲宋人）

記得高堂同飲散，一杯湯罷分攜。絳紗籠影簇行旗。更殘銀漏急，天淡玉繩低。　只恐曲終人不見，歌聲且爲遲遲。如今車馬各東西。畫堂攜手處，疑夢又疑非。（卷二下層　彤管摭粹・易少夫人飲熟水話别）

## 如夢令・詠暮春（按：此爲宋・李清照詞）

昨夜雨疏風驟，濃睡不消殘酒。試問捲簾人，卻道海棠依舊。知否？知否？應是緑肥紅瘦。（卷二下層　彤管摭粹・李易安詞）

## 生查子・閨情（按：此詞《全宋詞》屬朱敦儒）

年年玉鏡臺，梅蕊宮妝困。今歲未還家，怕見江南信。　酒從别後疏，淚向愁中盡。遥想楚雲深，人遠天涯近。（卷二下層　彤管摭粹・李易安詞）

## 醉花陰・九日（按：此爲宋・李清照詞）

薄霧濃雲愁永晝。瑞腦噴金獸。佳節又重陽，寶枕紗窗，半夜凉初透。（東籬把酒黄昏後），有暗香盈袖。莫道不消魂，（簾捲西風），人比黄花瘦。（卷二下層　彤管摭粹・李易安詞）

## 鳳凰臺上憶吹簫（按：此爲宋・李清照詞，文字多有異同）

香冷金猊，被翻紅浪，起來慵自梳頭。任寶奩塵滿，日上簾鈎。生怕離懷别苦，多少事、欲説還休。新來瘦，非干病酒，不是悲秋。　休休，這回去也，千萬遍陽關，也則難留。念武陵人遠，煙鎖秦樓。惟有樓前流水，應念我、終日凝眸。凝眸處，從今添一段新愁。（卷二下層　彤管摭粹・李易安詞）

## 一枝花・離别（按：此爲宋・李清照《一剪梅》詞，原文誤標牌名）

紅藕香殘玉簟秋，輕解羅裳，獨上蘭舟。雲中誰寄錦書來，雁字回時，月滿(西)樓。　花自飄零水自流。一種相思,兩處閒愁。此情無計可消除,才下眉頭,卻上心頭。(卷二下層　彤管摭粹・李易安詞)

## 未標牌名(按:此爲宋・劉彤《臨江仙・寄外》詞)

千里長安名利客,(輕離)輕别□[尋]常。最苦是三月風光。滿街芳草緑,一樹杏花芳。　記得年時臨上馬,看人眼淚汪汪。如今不忍更思量,恨無了[千]日(酒),空有九迴腸。(卷二下層　彤管摭粹・文虎妻劉氏寄外詞)

## 未標牌名(按:此用《浪淘沙》調。此詞作者,原文作余淑慎,《全宋詞》作金淑柔,文字有異同)

雨溜和風鈴,滴滴丁丁,做成一枕别離情。可是當年陶學士,辜負郵亭,過雁帶邊聲。　音信無憑,花鬢偷數卜歸程。料得到家秋(正晚),(菊)滿寒城。(卷二下層　彤管摭粹・余淑慎題驛壁詞)

## 未標牌名(按:此爲宋・朱淑真《清平樂》詞,下闋有改動)

惱煙撩露,留我須臾住。攜手藕花湖上路,一霎黄梅細雨。　嬌癡不怕人猜,和衣倒在人懷。最是分攜時候,歸來懶傍妝臺。(卷二下層　彤管摭粹・朱淑真夏日遊湖詞)

## 一剪梅(按:此爲宋・易祓妻詞)

染淚修書寄彦章。貪卻前廊,忘卻回廊,功成名就不還鄉。石做心腸,鐵做心腸,紅日三竿懶畫妝。　虚度韶光,瘦損容光,不知何日得成雙?羞對鴛鴦,懶對鴛鴦。(卷二下層　彤管摭粹・易祓妻寄外一剪梅)

## 秦樓月(按:此爲宋・梁意娘詞)

春宵短,香閨寂寞愁無限。愁無限,一聲窗外,曉鶯新囀。　起來無語成嬌懶,柔腸易斷人難見。人難見,這些心緒,如何消遣。(卷二下層　彤管摭粹・梁意娘詞寄李生)

## 未標牌名“故人别我”(按:此爲宋・劉燕哥《太常引》詞,本

書卷二下層《詩餘摭粹·劉燕哥餞参議詞》已見,此存目)(卷二下層　彤管摭粹·劉燕哥詞餞可人)

## 未標牌名(按:此爲宋·戴復古妻《祝英臺近》詞)

惜多才,憐薄命,無計可留汝。揉碎花箋,忍寫斷腸句。道傍楊柳,依依千絲萬縷,抵不住、一分愁緒。　(如何訴。便叫緣盡今生,此生已經許)。捉月盥風,不是夢中語。後回君若重來,不相忘處,把酒澆奴墳土。(卷二下層　彤管摭粹·復古妻守節自溺)

## 未標牌名(按:此爲金·吴激《風流子》詞,下闋多有改動)

書劍憶遊梁。當時事,底處不堪傷。念蘭檝嫩漪,向吴南浦;杏花微雨,窺宋東牆。禁城外,燕隨青步障。絲惹紫遊繮。曲水古今,禁煙前後,緑楊樓閣,芳草池塘。　回首斷人腸。流年去如電,兩鬢如霜。欲遣當年遺恨,頻近清觴。聽出塞琵琶,風沙淅瀝,寄書鴻雁,煙月微茫。不似海門潮信,猶到潯陽。(卷二下層　彤管摭粹·燕山驛壁詞)

## 未標牌名(按:此爲宋·張表臣《蓦山溪》詞)

樓横北固,盡日厭厭雨。欸乃數聲歌,但渺漠江山煙樹。尋柳眼,覓花英,春色知何處。　落梅嗚咽,吹徹江城暮。脈脈數飛鴻,杳歸期,東風凝佇。長安不見,烽起夕陽間,魂欲斷,酒初醒,獨下危樓去。(卷二下層　彤管摭粹·松江甘露寺壁詞)

## 鷓鴣詞(按:此爲明·潘英奴詞)

欲待鴛鴦奉枕衾,誰知薄倖苦相淩。移花卻向他人主,狂蝶無情莫再尋。　君負信,妾傷心,魚沉雁斷杳無音。如今追憶前時事,剩得潸然淚滿襟。(卷二下層　擊築摭粹·指環歌)

**减字木蘭花"芳心蕩漾"**(按:《國色天香》卷二下層《劉生覓蓮記·上》已輯,此存目)(卷三上層　劉熙寰覓蓮記)

**襭芳時"和光豔"**(按:《國色天香》卷二下層《劉生覓蓮記·上》已輯,此存目)

（卷三上層　劉熙寰覓蓮記）

**憶秦娥“春堤曲”**（按：《國色天香》卷二下層《劉生覓蓮記·上》已輯，此存目）（卷三上層　劉熙寰覓蓮記）

**西江月“二月韶光過半”**（按：《國色天香》卷二下層《劉生覓蓮記·上》已輯，此存目）（卷三上層　劉熙寰覓蓮記）

**未標牌名“鶯聲清曉”**（按：《國色天香》卷二下層《劉生覓蓮記·上》已輯，此存目）（卷三上層　劉熙寰覓蓮記）

**行香子“山石之旁”**（按：《國色天香》卷二下層《劉生覓蓮記·上》已輯，此存目）（卷三上層　劉熙寰覓蓮記）

**臨江仙“愛殺芬芳”**（按：《國色天香》卷二下層《劉生覓蓮記·上》已輯，此存目）（卷三上層　劉熙寰覓蓮記）

**長相思“花滿枝”**（按：《國色天香》卷二下層《劉生覓蓮記·上》已輯，此存目）（卷三上層　劉熙寰覓蓮記）

**未標牌名·二十牌名·愛花詞“一枝花外”**（按：《國色天香》卷二下層《劉生覓蓮記·上》已輯，此存目）（卷三上層　劉熙寰覓蓮記）

**未標牌名·惜春詞“春從天上來”**（按：《國色天香》卷二下層《劉生覓蓮記·上》已輯，此存目）（卷三上層　劉熙寰覓蓮記）

**步蟾宫“萬斛新愁”**（按：《國色天香》卷二下層《劉生覓蓮記·上》已輯，此存目）（卷三上層　劉熙寰覓蓮記）

**晝夜樂“春山愁壓”**（按：《國色天香》卷二下層《劉生覓蓮記·上》已輯，此存目）（卷三上層　劉熙寰覓蓮記）

**虞美人“殘花無奈”**（按：《國色天香》卷二下層《劉生覓蓮記·上》已輯，此存目）（卷三上層　劉熙寰覓蓮記）

**賀聖朝“癡心偷步”**（按：《國色天香》卷二下層《劉生覓蓮記·上》已輯，此存目）（卷三上層　劉熙寰覓蓮記）

**雨中花·夜雨生愁“煙雨妒春”**（按：《國色天香》卷二下層《劉生覓蓮記·上》已輯，此存目）（卷三上層　劉熙寰覓蓮記）

**青玉案·春風積怨“春風幾度”**（按：《國色天香》卷二下層《劉生覓蓮記·上》已輯，此存目）（卷三上層　劉熙寰覓蓮記）

**鳳凰閣“記當初花下”**（按：《國色天香》卷二下層《劉生覓蓮記·上》已輯，此存目）（卷三上層　劉熙寰覓蓮記）

**臨江仙“一覩仙郎”**（按：《國色天香》卷二下層《劉生覓蓮記·上》已輯，此存目）

(卷三上層　劉熙寰覓蓮記)

浣溪沙"寂寂寥寥"(按:《國色天香》卷二下層《劉生覓蓮記・上》已輯,此存目)(卷三上層　劉熙寰覓蓮記)

未標牌名"化龍原有日"(按:《國色天香》卷二下層《劉生覓蓮記・上》已輯,此存目)(卷三上層　劉熙寰覓蓮記)

四字令"隔池美姬"(按:《國色天香》卷二下層《劉生覓蓮記・上》已輯,此存目)(卷三上層　劉熙寰覓蓮記)

花心動"風裹楊花"(按:《國色天香》卷二下層《劉生覓蓮記・上》已輯,此存目)(卷三上層　劉熙寰覓蓮記)

小重山"萬種相思"(按:《國色天香》卷二下層《劉生覓蓮記・上》已輯,此存目)(卷三上層　劉熙寰覓蓮記)

風入松・十四牌名"二郎神去"(按:《國色天香》卷二下層《劉生覓蓮記・上》已輯,此存目)(卷三上層　劉熙寰覓蓮記)

秋波媚"碧天夜色"(按:《國色天香》卷三下層《劉生覓蓮記・下》已輯,此存目)(卷四上層　劉熙寰覓蓮記)

西江月"向晚新亭"(按:《國色天香》卷三下層《劉生覓蓮記・下》已輯,此存目)(卷四上層　劉熙寰覓蓮記)

百字令"脂唇粉面"(按:《國色天香》卷三下層《劉生覓蓮記・下》已輯,此存目)(卷四上層　劉熙寰覓蓮記)

哭岐婆"春心摇拽"(按:《國色天香》卷三下層《劉生覓蓮記・下》已輯,此存目)(卷四上層　劉熙寰覓蓮記)

未標牌名"懶上牙床"(按:《國色天香》卷三下層《劉生覓蓮記・下》已輯,此存目)(卷四上層　劉熙寰覓蓮記)

未標牌名"朝也思量"(按:《國色天香》卷三下層《劉生覓蓮記・下》已輯,此存目)(卷四上層　劉熙寰覓蓮記)

西江月"東舍多情"(按:《國色天香》卷三下層《劉生覓蓮記・下》已輯,此存目)(卷四上層　劉熙寰覓蓮記)

鷓鴣天"聖世崇文"(按:《國色天香》卷三下層《劉生覓蓮記・下》已輯,此存目)(卷四上層　劉熙寰覓蓮記)

再團圓"朱衣點額"(按:《國色天香》卷三下層《劉生覓蓮記・下》已輯,此存目)(卷四上層　劉熙寰覓蓮記)

搗練子"辭故里"(按:《國色天香》卷三下層《劉生覓蓮記・下》已輯,此存目)

（卷四上層　劉熙寰覓蓮記）

**南鄉子"夜闊夢難收"**（按:《國色天香》卷三下層《劉生覓蓮記・下》已輯,此存目）（卷四上層　劉熙寰覓蓮記）

**菩薩蠻"噫［憶］思多處"**（按:《國色天香》卷三下層《劉生覓蓮記・下》已輯,此存目）（卷四上層　劉熙寰覓蓮記）

**蝶戀花"飄蕩寒風"**（按:《國色天香》卷三下層《劉生覓蓮記・下》已輯,此存目）（卷四上層　劉熙寰覓蓮記）

**賣花聲"愁思鎖眉峰"**（按:《國色天香》卷三下層《劉生覓蓮記・下》已輯,此存目）（卷四上層　劉熙寰覓蓮記）

**憶王孫"當時書語"**（按:《國色天香》卷三下層《劉生覓蓮記・下》已輯,此存目）（卷四上層　劉熙寰覓蓮記）

**醜兒令"佳人報導"**（按:《國色天香》卷三下層《劉生覓蓮記・下》已輯,此存目）（卷四上層　劉熙寰覓蓮記）

**玉蝶環"幾時慵整"**（按:《國色天香》卷三下層《劉生覓蓮記・下》已輯,此存目）（卷四上層　劉熙寰覓蓮記）

**上西樓"多時旅邸"**（按:《國色天香》卷三下層《劉生覓蓮記・下》已輯,此存目）（卷四上層　劉熙寰覓蓮記）

**桃源憶故人"仰君德望"**（按:《國色天香》卷三下層《劉生覓蓮記・下》已輯,此存目）（卷四上層　劉熙寰覓蓮記）

**卜算子"君有題柱才"**（按:《國色天香》卷三下層《劉生覓蓮記・下》已輯,此存目）（卷四上層　劉熙寰覓蓮記）

**西江月"師師媚容豔質"**（按:《燕居筆記》卷十下層《柳耆卿玩江樓記》已輯,此存目）（卷四上層　柳耆卿玩江樓記）

**虞美人"春花秋月何時了"**（按:《燕居筆記》卷十下層《柳耆卿玩江樓記》已輯,此存目）（卷四上層　柳耆卿玩江樓記）

## 未標牌名（按:此傳爲明・劉奇詞）

營巢燕,雙雙雄,朝暮辛勤巢始成。若不尋雌繼殼卵,巢成畢竟巢還空。（卷四下層　新話摭粹・劉方女僞子得夫）

## 未標牌名（按:此傳爲明・劉方詞）

營巢燕,雙雙飛,天設雌雄事久期。雌兮得雄願始足,雄兮將雌胡不

知。(卷四下層　新話摭粹·劉方女僞子得夫)

## 未標牌名(按:此傳爲宋·越娘《西江月》詞)

一自東君去後,幾多恩愛暌離。頻凝淚眼望鄉畿,客路迢迢千里。　顧我風情不薄,與君驛邸相隨。參軍雖死不須悲,幸有連枝同氣(卷四下層　新話摭粹·越娘因詩句動心)

## 清平樂(按:此爲宋·楊師純詞)

羞娥淺淺,秋水如刀剪。窗下無人自針綫,不覺郎來身畔。　相將攜手鴛幃,匆匆不計多時。耳畔告郎低語,共郎莫使人知。(卷四下層　新話摭粹·楊師純跳舟結好)

## 御街行(按:此爲宋·秦觀詞)

銀燭生花如紅豆,這好事、而今有。夜闌人静曲屏深,借寶瑟、輕輕招手。可□一陣白蘋風,故滅燭、教相就。　花帶雨、冰肌香透。恨啼鳥、轆轤聲曉,岸柳微風吹殘酒。斷腸時、至今依舊。鏡中消瘦。那人知後,怕你來僝僽。(卷四下層　新話摭粹·秦少游滅燭偷歡)

## 風光好(按:此傳爲宋·陶穀詞)

好因緣,惡因緣,祇得郵亭一夜眠,别神仙。　琵琶撥盡相思調,知音少,待得鸞膠續斷絃,是何年?(卷四下層　新話摭粹·陶奉使犯驛卒女)

## 一叢花(按:此爲宋·張先詞)

傷高懷遠幾時窮,無物似情濃。離愁正引千絲亂,更南北、飛絮蒙茸。歸騎漸遥,征塵不斷,何處認郎蹤。　雙鴛池沼水溶溶,南北小橋通。横觀畫閣黄昏後,又還是、新月朦朧。沉思細恨,不如桃杏,猶解嫁東風。(卷四下層　新話摭粹·張子野潛登池閣)

## 調笑令(按:此爲宋·秦觀詞)

心素,與誰語,始信别離情最苦。蘭舟欲解春江暮,精爽隨君歸去。異

時攜手重來處。夢覺春風庭户。（卷四下層　新話摭粹·張倩娘離魂奔蜀附録）

## 浣溪沙（按：原文附會爲宋·黄庭堅詞，《全宋詞》收入秦觀詞）

脚上鞋兒四寸羅，唇邊朱麝一櫻多。見人無語但回波。　料得有心憐宋玉，秖應無奈楚襄何。今生有分共伊麽。（卷四下層　新話摭粹·盼盼陳詞媚涪翁）

## 惜春容（按：此爲宋·盼盼詞）

少年看花雙鬢緑，走馬章臺管絃逐。而今老更惜花深，終日看花看不足。　坐中美女顔如玉，爲我一歌《金縷曲》。歸時壓得帽檐攲，頭上春風紅簌簌。（卷四下層　新話摭粹·盼盼陳詞媚涪翁）

## 擊梧桐（按：此爲宋·柳永詞，略有改動）

香靨深深，孜孜媚媚，雅格奇容天與。自識伊來，便有憐才丹素。臨岐再約同不[歡]，定是都把身心相許。又恐恩情，易破難成，未免千般思慮。　近日書來，寒暄而已，苦設刀刀[忉忉]言語。便認得、聽人教當，擬(把)前言輕負？見説蘭臺宋玉，多才多藝善辭賦。試與問：朝朝暮暮，行雲何處去？（卷四下層　新話摭粹·柳耆卿因詞淂姬）

## 未標牌名（按：此爲宋·秦觀《青門引》詞）

風起雲間，雁横天末，嚴城畫角，梅花三奏。塞草西風，凍雲籠月，窗外曉寒輕透。人去香猶在，孤衾長閑餘繡。恨與宵長，一夜薫爐，添盡香獸。　前事空勞回首。雖夢斷春幃，相思依舊。湘瑟聲沉，庾梅信斷，誰念畫眉人瘦。一句難忘處，怎忍辜、耳邊輕咒。任人攀折，可憐又學，章臺楊柳。（卷四下層　新話摭粹·柳耆卿因詞淂姬附録）

**點絳唇“庭院深沉”**（按：何本《燕居筆記》卷七上層《擁爐嬌紅》已輯，此存目）（卷五上層　申厚卿嬌紅記）

**西江月“試問蘭燈”**（按：何本《燕居筆記》卷七上層《擁爐嬌紅》已輯，此存目）（卷五上層　申厚卿嬌紅記）

玉樓春“曉窗寂寂”(按:何本《燕居筆記》卷七上層《擁爐嬌紅》已輯,此存目)(卷五上層　申厚卿嬌紅記)

卜算子“君去有歸期”(按:何本《燕居筆記》卷七上層《擁爐嬌紅》已輯,此存目)(卷五上層　申厚卿嬌紅記)

菩薩蠻“夜深偷展”(按:何本《燕居筆記》卷七上層《擁爐嬌紅》已輯,此存目)(卷五上層　申厚卿嬌紅記)

菩薩蠻“緑窗深貯”(按:何本《燕居筆記》卷七上層《擁爐嬌紅》已輯,此存目)(卷五上層　申厚卿嬌紅記)

鷓鴣天“甥館睽違”(按:何本《燕居筆記》卷七上層《擁爐嬌紅》已輯,此存目)(卷五上層　申厚卿嬌紅記)

青玉案“尖尖曲曲(按:何本《燕居筆記》卷七上層《擁爐嬌紅》已輯,此存目)(卷五上層　申厚卿嬌紅記)

青玉案“花低鶯踏”(按:何本《燕居筆記》卷七上層《擁爐嬌紅》已輯,此存目)(卷五上層　申厚卿嬌紅記)

逼[碧]牡丹“一片芳心”(按:林本《燕居筆記》卷八上層《擁爐嬌紅》已輯,此存目)(卷五上層　申厚卿嬌紅記)

漁家傲“情若連環”(按:林本《燕居筆記》卷八上層《擁爐嬌紅》已輯,此存目)(卷五上層　申厚卿嬌紅記)

一剪梅“荳蔻梢頭”(按:何本《燕居筆記》卷七上層《擁爐嬌紅》已輯,此存目)(卷五上層　申厚卿嬌紅記)

念奴嬌“春風情性”(按:何本《燕居筆記》卷八上層《擁爐嬌紅》已輯,此存目)(卷五上層　申厚卿嬌紅記)

步蟾宫“徐卿二子”(按:何本《燕居筆記》卷八上層《擁爐嬌紅》已輯,此存目)(卷五上層　申厚卿嬌紅記)

臨江仙“入手功名”(按:何本《燕居筆記》卷八上層《擁爐嬌紅》已輯,此存目)(卷五上層　申厚卿嬌紅記)

相思會“脈脈惜春心”(按:何本《燕居筆記》卷八上層《擁爐嬌紅》已輯,此存目)(卷五上層　申厚卿嬌紅記)

晝夜樂“西川自古”(按:何本《燕居筆記》卷八上層《擁爐嬌紅》已輯,此存目)(卷五上層　申厚卿嬌紅記)

望江南“從前事”(按:何本《燕居筆記》卷八上層《擁爐嬌紅》已輯,此存目)(卷五上層　申厚卿嬌紅記)

**内家嬌“燈花何大”**（按：何本《燕居筆記》卷八上層《擁爐嬌紅》已輯，此存目）（卷五上層　申厚卿嬌紅記）

**一叢花“世間萬事”**（按：何本《燕居筆記》卷八上層《擁爐嬌紅》已輯，此存目）（卷五上層　申厚卿嬌紅記）

**好事近“一自識伊來”**（按：何本《燕居筆記》卷八上層《擁爐嬌紅》已輯，此存目）（卷五上層　申厚卿嬌紅記）

**菩薩蠻“郎今去也”**（按：何本《燕居筆記》卷八上層《擁爐嬌紅》已輯，此存目）（卷五上層　申厚卿嬌紅記）

**憶瑶姬“合下相逢”**（按：何本《燕居筆記》卷八上層《擁爐嬌紅》已輯，此存目）（卷五上層　申厚卿嬌紅記）

**减字木蘭花“蘭閨愛絶”**（按：何本《燕居筆記》卷八上層《擁爐嬌紅》已輯，此存目）（卷五上層　申厚卿嬌紅記）

## 期夜月（按：此爲宋・劉濬詞，文字有異同）

金鈎花綬擊[繫]雙月，腰枝軟低折。揎皓腕，縈繡結，輕盈宛轉，妙若鳳鸞飛越。無別，香檀急扣轉清切。翻纖手飄瞥。催畫鼓，追脆管，鏗洋雅奏，尚與衆音爲節。　　當時妙選舞袖，慧性雅質，名爲殊絶。滿座傾心注目，不甚窺回雪。逡巡一曲霓裳徹，汗透鮫綃肌潤，教人傅香粉，媚容秀發。（宛降蕊珠宫闕）。（卷五下層　新話摭粹・樂藝類・劉濬喜楊娥杖鼓）

## 未標牌名（按：此爲唐・崔懷寶《憶江南》詞）

今生無所願，願作樂中箏。近得玉人纖手内，砑羅裙上放嬌聲，便死也爲榮。（卷五下層　新話摭粹・樂藝類・崔寶羡薛瓊彈箏）

## 鷓鴣天（按：此爲宋・聶勝瓊詞）

玉慘花愁出鳳城，蓮花樓下柳青青。樽前一唱陽關後，別個人人第五程。　　尋好夢，夢難成，况誰知我此時情。枕前淚共檐前雨，隔個窗兒滴到明。（卷五下層　新話摭粹・賢行類・聶勝瓊事李公妻）

## 燕歸梁（按：此爲宋・趙才卿詞）

細柳營中有亞夫，華宴簇名姝。雅歌長許佐投壺，無一日不歡娱。　　漢

皇拓境思名將，捧飛詔，欲登途。從前密約，盡成虛空，贏得淚流珠。（卷五下層　新話摭粹・文史類・趙才卿黠慧敏詞）

## 朝中措（按：此爲宋・歐陽修詞，略有改動）

屏山蘭檻倚晴空，山色有無中。手種庭前桃李，别來幾度春風。　文章宰相，揮毫萬事，一飲千鍾。行樂不須年少，目前看取仙翁。（卷五下層　新話摭粹・文史類・趙才卿黠慧敏詞附録）

## 定風波（按：此爲宋・蘇軾詞，有改動）

堪羡人間琢玉郎，故教天賦點酥娘。自作清歌傳皓齒，風逐[起]，雪飛炎梅[海]起清凉。　萬里歸來年愈少，笑中猶帶雪梅香。試問嶺南應不好，卻道，此身安處是家鄉。（卷五下層　新話摭粹・文史類・點酥娘精神善對）

## 望海潮（按：此爲宋・柳永詞）

東南形勝，三吴都會，錢塘自古繁華。煙柳畫橋，風簾翠幙，參差十萬人家。雲樹繞堤沙。怒濤捲霜雪，天塹無涯。市列珠璣，户盈羅綺競豪奢。　重湖疊巘清佳。有三秋桂子，十里荷花。羌管弄晴，菱歌泛夜，嘻嘻釣叟蓮娃。千騎擁高牙，乘醉聽簫鼓，吟賞煙霞。異日圖將好景，歸去鳳池誇。（卷五下層　新話摭粹・滑稽類・柳耆卿欲見孫相）

## 雨中花（二首）（按：此爲宋・張才翁詞，略有改動）

萬縷青青，初眠官柳，向人猶未成陰。據征鞍無語，擁鼻微吟。　遠宦情懷誰問，空勞壯志銷凝。好花時節，山城留滯，又負歸心。

别離萬里，飄蓬無定，曾念會合難憑。相聚裏，莫辭金醆，酒淺還深。　欲把春愁抖擻，春愁轉更難禁。亂山高處，憑闌垂袖，聊寄登臨。（卷五下層　新話摭粹・滑稽類・張才翁欲動邛守）

## 沁園春（按：此爲宋・陳睦詞）

小雪初晴，畫舫明月，强飲未眠。念翠鬟雙聳，舞衣半捲，琵琶催拍促危弦。密意雖具，歡期難偶，遣我離情愁緒牽。追思處，奈溪橋道窄，無意留連。　天天，莫是前緣，自別後深誠誰爲傳？想玉篦偷付，珠囊暗解，兩心常在，須合金鈿。淺淡精神，温柔情性，記我疏狂應痛憐。空腸斷，奈衾寒漏永，終夜如年。（卷五下層　新話摭粹・滑稽類・翠鬟以玉篦結主）

## 清平歌（按：此爲宋・陳睦詞）

鬢雲斜墜，蓮步彎彎細。笑臉雙蛾生多媚，百步麝蘭香噴。　從前萬種愁煩，枕邊未可明言。好是藍橋舟渡，玉篦還勝金鈿。（卷五下層　新話摭粹・滑稽類・翠鬟以玉篦結主）

## 南歌子（按：此爲宋・蘇軾詞）

師唱誰家曲？宗門是阿誰？借君拍板與門椎，我也逢場作戲莫相疑。　谿女方偷眼，山僧已皺眉。莫嫌彌勒下生遲，不見老婆三五少年時。（卷五下層　新話摭粹・恢諧・蘇東坡攜妓參禪）

## 南歌子（按：此爲宋・僧仲殊詞，下闋多有改勸）

解舞清平樂，而今説向誰？紅爐片雪上鉗椎，打就金毛獅子也堪疑。　已信身如夢，何知眼共眉？蟠桃因甚結花遲，不向風前一笑待何時。（卷五下層　新話摭粹・恢諧類・蘇東坡攜妓參禪）

## 浣溪沙（按：原文謂元・白景雲詞）

晴天明水漲藍橋，畫鷁簫鼓明江皋，翩翩彩袖擁東郊。　倚闌杆悶縈懷抱，武陵溪畔燕歸巢，誰憐月影上花梢。（卷六上層　白潰源三妙傳）

## 長相思

眄雲山，步雲山，千層萬疊渡偏難。有淚滴江干。　痛難堪，恨難堪，靈椿天際惜凋殘，烏啼不爲寒。（卷七上層　李生六一天緣・上）

## 兩同心

月桂多情，乘風假幸。萍水上喜得和諧，星月前心盟已定。卻纔似淺沼鴛鴦,雙雙交頸。　雖則綰了同心,真情未罄。青鸞報隔岸雞鳴。巫山夢早,須甦醒。起來難捨别芳卿,枕邊重憑。(卷七上層　李生六一天緣・上)

## 兩同心

才子良緣,佳人絶幸,秦樓内鳳管方次,河渚邊鵲橋已定。俏語低聲誓王郎,相期刎頸。　准擬漏永更遲,情言得罄。早則是鼓打殘更,卻又把襄王促醒。此行早約東山月,好來同憑。(卷七上層　李生六一天緣・上)

## 重疊金

閒情已感襄王夢,行雲行雨心已送。謾説别離輕,應堅金石情。　盟誓丘山重,暗裹常持頌。天果不從人,良瑜甘自沉。(卷七上層　李生六一天緣・上)

## 重疊金

昔日相逢渾是夢,瞬息陽關□餞送。淚染蓼花輕,種種是離情。　恩愛松喬重,銘刻時時頌。天憫苦心人,寧教白璧沉。(卷七上層　李生六一天緣・上)

## 桃源憶故人

可奈無情雞唱曉,驚回好夢清悄。楚館玉人去杳,渺渺蓬萊島。　愁雲怨雨知多少,結作寒霜難掃。蝶慘鳳悽不了,何日棲芳草。(卷七上層　李生六一天緣・上)

## 點絳唇

兩度相逢,皆因往返桃源路。徐移小步,目斷心回顧。　郎已乘龍,枉自懷簫鳳。怎能得鴛衾相共,魂入襄王夢。(卷七上層　李生六一天緣・上)

## 一叢花

似此嬌娥世絶稀,隱約洞仙姿。桃花流水知吾意,問津特地慢猶夷。

早赴高堂，脱歸巫峽，何日得親伊。　歸來無聊苦相思，難禁意馬馳。青燈興趣憑誰寄，有夢難成度九疑。欲會無緣，何如不見，恨我數偏奇。（卷七上層　李生六一天緣·上）

## 點絳唇

銀漢迢迢，何處便是昇天路。信移閒步，已沐留心顧。　懊恨遊龍，阻隔雙蜚鳳。煞肯時，歡情相共，何必勞幽夢。（卷七上層　李生六一天緣·上）

## 樂春風

麗日融合，東風布暖。花間蝶曬粉衣，枝上鳥吹新管。得追歡。酒泛清香，正人居芳館。　骨肉團圞。須信道，年老餘光非短。醉扶歸，日落紅雲影斷。（卷七上層　李生六一天緣·上）

## 樂春風

枯樹吹生，青氊漸暖。未把花折瓊林，且將春問葭管。恩堂膝下有承歡。歌殘《金縷》，酒已停仙管。　光映早寒。容易會，弱水三千路短。最難期，萬里鵬程目斷。（卷七上層　李生六一天緣·上）

## 意難忘

懊恨多嬌，假作娉婷，心事杳難明。祥雲離繡閣，涼月轉晝楹。西廊下，會多嬌，相對笑盈盈。想此際可諧密約，兩意雲情。　如何語話無憑，閉關仍卻掃，不度書生。銀漢橋梁折，天臺煙霧濛。腸欲斷，命將傾，此恨與誰評。意難忘，淒淒切切，□問芳卿。（卷七上層　李生六一天緣·上）

## 燭影摇紅

檻外東風軟，這春色應負否？李花帶雨杏抱煙，宫柳愁低首。空自將心遠托，那堪幽意難剖。閑來十二、闌干倚盡，竟無何有。　相對難言，枯腸悶態依舊。只得歸拂花箋，彩筆提在手，卻把芳衷抖擻。人心願與天同，久切偲偲，是何時、得成佳偶。（卷七上層　李生六一天緣·上）

## 未標牌名

悄出洞房，閑遊花砌，又轉迴廊。金馬門開，玉堂晝静，不見檀郎。　　兩人少憩何妨。歸來醉，舉止癲狂。因别去，今宵待月，好在西厢。（卷七上層　李生六一天緣・上）

## 海棠春

空階踏碎青苔，淺愁未歇，憑誰消遣？竹外日陰籠，地上金蓮剪。　　愁眉正蹙，鶯聲奏囀，報導洞房春點。笑對海棠花，銀燭光冉冉。（卷七上層　李生六一天緣・上）

## 南歌子

郎心愁百結，苦欲效劉晨。胡麻流水問來津。不厭途長終日到洞門。　　姊心堅百煉，雖磨不可磷。人生棲露與浮雲，善價當沽韞匱更休論。（卷八上層　李生六一天緣・下）

## 南鄉子

昨日與君言，就裏真心鐵石堅。無妄君災猶未喜，熬煎。默地焚香叩旻天。　　願得早回痊，四體平康較勝前。此夜好看天上月，團圓。卻把清光照水仙。（卷八上層　李生六一天緣・下）

## 洞仙歌

方纔比目，頸交鴛鴦，伴説著分離夜將半。强温存，細把情話消愁，愁愈結，淚濕羅衾繡幔。　　雞聲相唤起，行佇無聊，心逐牛郎渡河岸。屈指計歸期，計在秋風裹鵬翰。林懷慢想，且整頓雲路與天梯，折一枝丹桂，與家人看。（卷八上層李生六一天緣・下）

## 满江紅

柳絮飛羽，餘[余]漸見，園葵吐色。正好與君，憑檻看，驪駒歌迫。同心結解繡衾冷，並蒂花分鴛帳寂。追舊時、相聚願和諧，堅金石。　　心不轉，歡無極，勢難留，愁如織。歎梁間雙燕，長能比翌[翼]。何是人生不若鳥，東西返作萍波跡。近黄昏時候，向斜陽，空悲憶。（卷八上層　李生六一天緣・下）

## 漢宮春

世事難明，看萍聚萍分，總任風波。朝來東岸，須臾又向南波。浮沉沉，也只是無可奈何。悶厭厭短檠夜坐，天教好事多磨。　　兩處相思，一夜長更和短漏，夜夜挨過過不得。愁添積，號哭悲歌。青春易擲，那堪就裏自蹉跎。休休，莫把顔容損，有日再解香羅。（卷八上層　李生六一天緣・下）

## 未標牌名（按：用《一剪梅》調）

與君那夕貼心胸，笑也情鍾，話也情鍾。驪歌唱徹去無蹤，願得相逢，不得相逢。　　愁懷不展思忡忡，朝倚樓東，暮倚樓東。如今妾别問長空，何日和同，有日和同。叮嚀折桂早牽紅，休負秋風，莫負秋風。（卷八上層　李生六一天緣・下）

## 賀新郎

人道貴三德，更把三綱爲重，三者備矣。丈夫立志挺三才，女守三從終始。三江水滿藍橋溢，三秋桂子盈筐篚。信三生三世修來此。三女粲，成三喜。　　三場報捷魁多士。向三峽十洲三島，三馭仙子。良夜三更織女渡，靈霄紫微三試。早則是、三膺福祉。三三九葉熊羆夢，待三春相繼三臺仕。承三錫，標三史。（卷八上層　李生六一天緣・下）

## 憶故人

梅枝午夜霜華重，紙帳籠寒誰共？何事愁懷陡擁，輾轉難成夢。　　起來但把情兒送，又見朝陽鳳。怎得疏梧影動，風月相調弄。（卷八上層　李生六一天緣・下）

## 醜奴兒

好事怨蹉跎,意難忘,怎不悲歌?寫下情詞幾句恨,這些小事,被人瞯破,羞待如何?　　暗想已知訛,只得做個訛上謌。牛郎許渡銀河,看梅稍風動梅稍月,照疏影娑婆。(卷八上層　李生六一天緣・下)

## 步蟾宫

京華萬里逢元夕,太平有象歡無極。好東風吹出管弦聲,燈花鬧處人肩擊。　　相逢盡是波萍跡,渾不見舊時相識。看珠璣萬斛,滿地流翠,羅映玉人偏寂。(卷八上層　李生六一天緣・下)

## 西江月

喜聽晨鐘暮鼓,不知紫霧紅塵。追思往事自傷神,萬結愁腸人寸。　　相會上杭驛下,抛離浙水江濱。情言誓定守終身,不管人兒棄信。(卷八上層　李生六一天緣・下)

## 千秋歲

天介眉壽,菽水陳杯酒。環砌上,聯階偶彩袖。藹芝蘭喜氣騰簪綬。齊笑□堂北,貞萱顔如舊。　　密縫針綫恩厚,欲報無瓊[窮]玖齡,共祝長悠久。歲歲問王母,蟠桃花實否?還看取,積核平高阜。(卷八上層　李生六一天緣・下)

## 瑞鷓鴣

慈幃今日喜筵開,誰送蟠桃海上來。青鳥韭鳴傳信息,早聞王母下瑶臺。　　稱言婺宿華天表,彩袖騰光祝九階。海屋神籌添不既,遐齡與彼共無涯。(卷八上層　李生六一天緣・下)

## 玉樓春

等閒入得花叢内,桃杏聯芳□共桂。北堂慈母自恩多,天開壽域昭稀

瑞。　杯中玉液盤中膾，把祝嵩齡千萬歲。暢懷笑飲盡今宵，莫惜酕醄筵上醉。（卷八上層李生六一天緣・下）

## 天仙子

王母今朝開壽宴，玉女仙姬交盞獻。一堂歡笑葉笙歌，舞袖□，歌聲囀，金馬仙郎承帝眷。　晝錦歸來人共羨，移孝爲忠仍視膳。世間五福似姑全，鶚雛薦，孫枝秀，彭籛齊壽增康健。（卷八上層　李生六一天緣・下）

## 畫堂春

誰言七十古來稀，高堂得此非奇。閨中懿范集，洪僖德福相宜。　一簇清歌祝壽，獻幾番玉液盈卮。瑶池仙果正當時，三復毛詩。（卷八上層　李生六一天緣・下）

## 壽仙翁

晝錦堂開，綺羅筵啓，卻正是九秋時序。七秩慈親，是華清玉女，來作於門規矩。　□瑞且光臨，繞膝兒孫笑語。共把這金樽效舉。甘菊飛香，正好歌《金縷》，醉入瑶池深處。（卷八上層　李生六一天緣・下）

## 滿庭芳

月洗秋光，菊團晚色，芳筵正列華堂。人膺五福，萱草馥餘香。翹首遠瞻雲路，見寶婺耀映穹蒼。歡喜處，斑斑襴襴，彩袖共翱翔。　海籌添七十，味調玉屑，酒注金觴。更交梨報熟，火棗堪嘗。上祝西池王母，福和禄與壽無疆。看麟子蟠桃三竊，取次侑瓊漿。（卷八上層　李生六一天緣・下）

## 浣溪沙

粉面嬌娥點絳唇，木蘭花底笑顔生，小桃紅處暗香閣。　羅帶飄飄金絡索，繡鞋隱隱踏莎行，一團風趣玉樓春。（卷七下層　寓言摭粹・梅嘉慶傳）

**惜春飛“蝶醉蜂迷”**（按：《國色天香》卷七下層《天緣奇遇・上》已輯，此存目）

（卷九上層　祁生天緣奇遇・上）

**蘇幕遮"素蘭花"**（按:《國色天香》卷七下層《天緣奇遇・上》已輯,此存目）（卷九上層　祁生天緣奇遇・上）

**阮郎歸"聞郎去後"**（按:《國色天香》卷七下層《天緣奇遇・上》已輯,此存目）（卷九上層　祁生天緣奇遇・上）

**訴衷情"撒天長恨"**（按:《國色天香》卷七下層《天緣奇遇・上》已輯,此存目）（卷九上層　祁生天緣奇遇・上）

**桃源憶故人"思思念念"**（按:《國色天香》卷七下層《天緣奇遇・上》已輯,此存目）（卷九上層　祁生天緣奇遇・上）

**如夢令"何事無情"**（按:《國色天香》卷七下層《天緣奇遇・上》已輯,此存目）（卷九上層　祁生天緣奇遇・上）

**蝶戀花"風動花心"**按:（《國色天香》卷七下層《天緣奇遇・上》已輯,此存目）（卷九上層　祁生天緣奇遇・上）

**蝶戀花"蝶醉花心"**（按:《國色天香》卷七下層《天緣奇遇・上》已輯,此存目）（卷九上層　祁生天緣奇遇・上）

**未標牌名・風雨恨"風何狂"**（按:《國色天香》卷七下層《天緣奇遇・上》已輯,此存目）（卷九上層　祁生天緣奇遇・上）

**畫堂春"孤身常托"**（按:《國色天香》卷七下層《天緣奇遇・上》已輯,此存目）（卷九上層　祁生天緣奇遇・上）

**玉樓春"含春笑解"**（按:《國色天香》卷七下層《天緣奇遇・上》已輯,此存目）（卷九上層　祁生天緣奇遇・上）

**小重山"楊柳垂簾"**（按:《國色天香》卷七下層《天緣奇遇・上》已輯,此存目）（卷九上層　祁生天緣奇遇・上）

**卜算子"惜别似傷春"**（按:《國色天香》卷七下層《天緣奇遇・上》已輯,此存目）（卷九上層　祁生天緣奇遇・上）

**魚游春水"風流原無底"**（按:《國色天香》卷八下層《天緣奇遇・下》已輯,此存目）（卷九上層　祁生天緣奇遇・上）

**浣溪沙"獨抱幽香"**（按:《國色天香》卷八下層《天緣奇遇・下》已輯,此存目）（卷九上層　祁生天緣奇遇・上）

**憶秦娥"空碌碌"**（按:《國色天香》卷八下層《天緣奇遇・下》已輯,此存目）（卷九上層　祁生天緣奇遇・上）

**好事近"好事謝文娥"**（按:《國色天香》卷八下層《天緣奇遇・下》已輯,此存目）

（卷九上層　祁生天緣奇遇・上）

**長相思"長相思，心不絶"**（按：《國色天香》卷八下層《天緣奇遇・下》已輯，此存目）（卷九上層　祁生天緣奇遇・上）

**隔浦蓮"紅蘭相映"**（按：《國色天香》卷八下層《天緣奇遇・下》已輯，此存目）（卷九上層　祁生天緣奇遇・上）

**未標牌名"長相思"**（按：用"長相思"調，《國色天香》卷八下層《天緣奇遇・下》已輯，此存目）（卷下之五　天緣奇遇）

**減字木蘭花"玉堂風伯"**（按：《國色天香》卷八下層《天緣奇遇・下》已輯，此存目）（卷十上層　祁生天緣奇遇・下）

**重疊金"少年一枕"**（按：《國色天香》卷八下層《天緣奇遇・下》已輯，此存目）（卷十上層　祁生天緣奇遇・下）

**減字木蘭花"清香露吐"**（按：《國色天香》卷八上層《古杭紅梅記》已輯，此存目）（卷十上層　古杭紅梅記）

**減字木蘭花"素英初吐"**（按：《國色天香》卷八上層《古杭紅梅記》已輯，此存目）（卷十上層　古杭紅梅記）

**西江月"蠟紙重重"**（按：《國色天香》卷九下層《鍾情麗集・上》已輯，此存目）（卷十一　辜生鍾情麗集・上）

**憶秦娥"憶秦娥"**（按：《國色天香》卷九下層《鍾情麗集・上》已輯，此存目）（卷十一　辜生鍾情麗集・上）

**花心動"萬緒千端"**（按：《國色天香》卷九下層《鍾情麗集・上》已輯，此存目）（卷十一　辜生鍾情麗集・上）

**喜遷鶯"嬌癡倦極"**（按：《國色天香》卷九下層《鍾情麗集・上》已輯，此存目）（卷十一　辜生鍾情麗集・上）

**浣溪沙"雲淡風輕"**（按：《國色天香》卷九下層《鍾情麗集・上》已輯，此存目）（卷十一　辜生鍾情麗集・上）

**減字木蘭花"小亭宴罷"**（按：《國色天香》卷九下層《鍾情麗集・上》已輯，此存目）（卷十一　辜生鍾情麗集・上）

**菩薩蠻"不緣色膽"**（按：《國色天香》卷九下層《鍾情麗集・上》已輯，此存目）（卷十一　辜生鍾情麗集・上）

**西江月"借問朝雲"**（按：《國色天香》卷九下層《鍾情麗集・上》已輯，此存目）（卷十一　辜生鍾情麗集・上）

**虞美人"平生恩愛"**（按：《國色天香》卷九下層《鍾情麗集・上》已輯，此存目）

（卷十一　辜生鍾情麗集·上）

**菩薩蠻“春風桃李”**（按：《國色天香》卷九下層《鍾情麗集·上》已輯，此存目）（卷十一　辜生鍾情麗集·上）

**柳稍青“南陌花殘”**（按：《國色天香》卷九下層《鍾情麗集·上》已輯，此存目）（卷十一　辜生鍾情麗集·上）

**千秋歲令“菊遲梅早”**（按：用“千秋歲令”調，《國色天香》卷九下層《鍾情麗集·上》已輯，此存目）（卷十一　辜生鍾情麗集·上）

**長相思“大巫山”**（按：《國色天香》卷九下層《鍾情麗集·上》已輯，此存目）（卷十一辜　生鍾情麗集·上）

**一剪梅“紅滿苔階”**（按：《國色天香》卷九下層《鍾情麗集·上》已輯，此存目）（卷十一　辜生鍾情麗集·上）

**法駕引“歸去也”**（按：《國色天香》卷九下層《鍾情麗集·上》已輯，此存目）（卷十一　辜生鍾情麗集·上）

**鵲橋仙“征鴻無信”**（按：《國色天香》卷十下層《鍾情麗集·下》已輯，此存目）（卷十一　辜生鍾情麗集·上）

**一剪梅“雨打梨花深閉門”**（按：《國色天香》卷十下層《鍾情麗集·下》已輯，此存目）（卷十一　辜生鍾情麗集·上）

**一剪梅“金菊花開”**（按：《國色天香》卷十下層《鍾情麗集·下》已輯，此存目）（卷十一　辜生鍾情麗集·上）

**玉蝴蝶令“憔悴玉人去也”**（按：《國色天香》卷十下層《鍾情麗集·下》已輯，此存目）（卷十二　辜生鍾情麗集·下）

# 《萬錦情林》詞

(余象斗纂　六卷　《古本小説集成》據明萬曆戊戌刊本影印　上海古籍出版社　一九九一)

**西江月"蠟紙重重"**(按:《國色天香》卷九下層《鍾情麗集·上》已輯録,此存目)(卷一下層　鍾情麗集)

**憶秦娥"憶秦娥"**(按:《國色天香》卷九下層《鍾情麗集·上》已輯録,此存目)(卷一下層　鍾情麗集)

**花心動"萬緒千端"**(按:《國色天香》卷九下層《鍾情麗集·上》已輯録,此存目)(卷一下層　鍾情麗集)

**喜遷鶯"嬌癡倦極"**(按:《國色天香》卷九下層《鍾情麗集·上》已輯録,此存目)(卷一下層　鍾情麗集)

**浣溪沙"雲淡風輕"**(按:《國色天香》卷九下層《鍾情麗集·上》已輯録,此存目)(卷一下層　鍾情麗集)

**鳳凰臺上憶吹簫"水月精神"**(按:《國色天香》卷九下層《鍾情麗集·上》已輯録,此存目)(卷一下層　鍾情麗集)

**菩薩蠻"不緣色膽"**(按:《國色天香》卷九下層《鍾情麗集·上》已輯録,此存目)(卷一下層　鍾情麗集)

**西江月"借問朝雲"**(按:《國色天香》卷九下層《鍾情麗集·上》已輯録,此存目)(卷一下層　鍾情麗集)

**望江南"堪歎處"**(按:《國色天香》卷九下層《鍾情麗集·上》已輯録,此存目)(卷一下層　鍾情麗集)

**虞美人"平生恩愛"**(按:《國色天香》卷九下層《鍾情麗集·上》已輯録,此存目)(卷一下層　鍾情麗集)

**菩薩蠻"春風桃李"**(按:《國色天香》卷九下層《鍾情麗集·上》已輯録,此存目)(卷一下層　鍾情麗集)

**柳梢青"南陌花殘"**(按:《國色天香》卷九下層《鍾情麗集·上》已輯録,此存目)(卷一下層　鍾情麗集)

**滿庭芳“月下歌聲”**(按:《國色天香》卷九下層《鍾情麗集·上》已輯録,此存目)(卷一下層　鍾情麗集)

**千秋歲令“菊遲梅早”**(按:《國色天香》卷九下層《鍾情麗集·上》已輯録,此存目)(卷一下層　鍾情麗集)

**長相思“大巫山”**(按:《國色天香》卷九下層《鍾情麗集·上》已輯録,此存目)(卷一下層　鍾情麗集)

**一剪梅“紅滿苔階”**(按:《國色天香》卷九下層《鍾情麗集·上》已輯録,此存目)(卷一下層　鍾情麗集)

**法駕引“歸去也”**(按:《國色天香》卷九下層《鍾情麗集·上》已輯録,此存目)(卷一下層　鍾情麗集)

**鵲橋仙“征鴻無信”**(按:《國色天香》卷十下層《鍾情麗集·下》已輯録,此存目)(卷一下層　鍾情麗集)

**瑞鷓鴣“芭蕉葉上”**(按:《國色天香》卷十下層《鍾情麗集·下》已輯録,此存目)(卷一下層　鍾情麗集)

**長相思“春望歸”**(按:《國色天香》卷十下層《鍾情麗集·下》已輯録,此存目)(卷一下層　鍾情麗集)

**一剪梅“雨打梨花”**(按:《國色天香》卷十下層《鍾情麗集·下》已輯録,此存目)(卷一下層　鍾情麗集)

**念奴嬌“牽情不了”**(按:《國色天香》卷十下層《鍾情麗集·下》已輯録,此存目)(卷一下層　鍾情麗集)

**一剪梅“金菊花開”**(按:《國色天香》卷十下層《鍾情麗集·下》已輯録,此存目)(卷一下層　鍾情麗集)

**沁園春“夫爲妻亡”**(按:《國色天香》卷十下層《鍾情麗集·下》已輯録,此存目)(卷一下層　鍾情麗集)

**醉春風“玉貌減容色”**(按:《國色天香》卷十下層《鍾情麗集·下》已輯録,此存目)(卷一下層　鍾情麗集)

**玉蝴蝶令“憔悴玉人”**(按:《國色天香》卷十下層《鍾情麗集·下》已輯録,此存目)(卷一下層　鍾情麗集)

**未標牌名(六首)“撒帳東”、“撒帳西”、“撒帳南”、“撒帳北”、“撒帳上”、“撒帳下”**(按:林本《燕居筆記》卷六下層《記類·華陽奇遇記》已輯,此存目)(卷一上層　華陽奇遇記)

**西江月“半舊鞋兒”**(按:《國色天香》卷十上層《張于湖傳》已輯,此存目)(卷一

上層　張于湖宿女貞觀）

**臨江仙“悮入蓬萊”**（按：《國色天香》卷十上層《張于湖傳》已輯，此存目）（卷一上層　張于湖宿女貞觀）

**楊柳枝“襄王魂夢”**（按：《國色天香》卷十上層《張于湖傳》已輯，此存目）（卷一上層　張于湖宿女貞觀）

**楊柳枝“清净堂前”**（按：《國色天香》卷十上層《張于湖傳》已輯，此存目）（卷一上層　張于湖宿女貞觀）

**楊柳枝“碧玉冠簪”**（按：《國色天香》卷十上層《張于湖傳》已輯，此存目）（卷一上層　張于湖宿女貞觀）

**楊柳枝“傍觀道官”**（按：《國色天香》卷十上層《張于湖傳》已輯，此存目）（卷一上層　張于湖宿女貞觀）

**西江月“松院青燈”**（按：《國色天香》卷十上層《張于湖傳》已輯，此存目）（卷一上層　張于湖宿女貞觀）

**西江月“玉貌何須”**（按：《國色天香》卷十上層《張于湖傳》已輯，此存目）（卷一上層　張于湖宿女貞觀）

**南鄉子“情興兩和諧”**（按：《國色天香》卷十上層《張于湖傳》已輯，此存目）（卷一上層　張于湖宿女貞觀）

**鷓鴣天“卸下星冠”**（按：《國色天香》卷十上層《張于湖傳》已輯，此存目）（卷一上層　張于湖宿女貞觀）

**菩薩蠻“芸堂空鎖”**（按：《國色天香》卷十上層《張于湖傳》已輯，此存目）（卷一上層　張于湖宿女貞觀）

**菩薩蠻“香衾初展”**（按：《國色天香》卷十上層《張于湖傳》已輯，此存目）（卷一上層　張于湖宿女貞觀）

**臨江仙“眉自雲開”**（按：《國色天香》卷十上層《張于湖傳》已輯，此存目）（卷一上層　張于湖宿女貞觀）

**西江月“師師媚容豔質”**（按：《燕居筆記》卷十下層《柳耆卿玩江樓記》已輯，此存目）（卷一上層　玩江樓記）

**虞美人“春花秋月何時了”**（按：《燕居筆記》卷十下層《柳耆卿玩江樓記》已輯，此存目）（卷一上層　玩江樓記）

**臨江仙“少日風流”**（按：《剪燈餘話》卷四《芙蓉屏記》已輯録，此存目）（卷一上層　芙蓉屏記）

**白苧詞（二首）“茜裙紫袖”、“響如蒼玉”**（按：《剪燈餘話》卷二《連理樹記》已

輯,此存目)(卷一上層　連理樹記)

**木蘭花慢"記前朝舊事"**(按:《剪燈新話·滕穆醉游聚景園記》已輯録,此存目)(卷一上層　滕穆醉游聚景園記)

**憶王孫"姮娥神已屬"**(按:《國色天香》卷六下層《花神三妙傳》已輯録,此存目)(卷二下層　三妙傳錦)

**蝶戀花"誰家寶鏡"**(按:《國色天香》卷六下層《花神三妙傳》已輯,此存目)(卷二下層　三妙傳錦)

**蝶戀花"緑窗人静"**(按:《國色天香》卷六下層《花神三妙傳》已輯,此存目)(卷二下層　三妙傳錦)

**浣溪沙"晴天明水"**(按:《國色天香》卷六下層《花神三妙傳》已輯,此存目)(卷二下層　三妙傳錦)

**千秋歲"緑陰芳草"**(按:《國色天香》卷六下層《花神三妙傳》已輯,此存目)(卷二下層　三妙傳錦)

**千秋歲"玉階瑶草"**(按:《國色天香》卷六下層《花神三妙傳》已輯,此存目)(卷二下層　三妙傳錦)

## 滿庭芳

月老難憑,星期易阻,御溝紅葉堪燒。辛勤種玉,擬弄鳳凰簫。可惜國香無主,零落盡露蕊煙條。尋春晚,緑陰青子,鶗鴂已無聊。　　藍橋雖不遠,世無磨勒,誰盜紅綃?悵歡蹤永隔,離恨難消。回首秋香亭上,雙桂老,落葉飄飖。相思債,還他未了,腸斷可憐宵。(卷二上層　秋香亭記)

## 折桂令

蘇公堤上,今古堪誇。春夏秋冬,四季奢華。瀲灩湖光,溟濛山色,掩映朝霞。　　紫陌上垂楊繫馬,斷橋邊流水人家。畫舫撑棹,翠袖羅裳,韻悠悠笙歌嘹亮,醉醺醺笑語喧嘩。(卷二上層　斐秀娘夜遊西湖記)

## 未標牌名

西湖到處矜誇,聒耳笙歌,滿目繁華。十里湖光,六橋風月,三竺煙霞。　　觀才子流觴泛斝,看遊人荷插紛華。疊竹分茶,問柳尋花。描不成九曲高峰,畫不就十萬名家。(卷二上層　斐秀娘夜遊西湖記)

## 訴衷情

乍逢兩下想留心，妾意尚沉吟。遊賞勤，心廢［費］盡，剗地兩離分。　親間阻，怎許［許］情？今宵望，重相見，除非是夢中。（卷二上層　斐秀娘夜遊西湖記）

## 西江月

强對妝臺開鑒，容顔瘦比黄花。玉泉觀景轉回家，整日不茶不飯［不飯不茶］。　不爲閑花野草，休耽浪酒閑茶。西湖夜遇少年（郎），放這冤家不下。（卷二上層　斐秀娘夜遊西湖記）

**減字木蘭花"芳心蕩漾"**（按：《國色天香》卷二下層《劉生覓蓮記·上》已輯，此存目）（卷三下層　覓蓮記傳）

**襶芳時"和光豔"**（按：《國色天香》卷二下層《劉生覓蓮記·上》已輯，此存目）（卷三下層　覓蓮記傳）

**如夢令"日暖風和"**（按：《國色天香》卷二下層《劉生覓蓮記·上》已輯，此存目）（卷三下層　覓蓮記傳）

**臨江仙"一睹嬌姿"**（按：《國色天香》卷二下層《劉生覓蓮記·上》已輯，此存目）（卷三下層　覓蓮記傳）

**憶秦娥"春堤曲"**（按：《國色天香》卷二下層《劉生覓蓮記·上》已輯，此存目）（卷三下層　覓蓮記傳）

**西江月"三月韶光"**（按：《國色天香》卷二下層《劉生覓蓮記·上》已輯，此存目）（卷三下層　覓蓮記傳）

**未標牌名"鶯聲清曉"**（按：《國色天香》卷二下層《劉生覓蓮記·上》已輯，此存目）（卷三下層　覓蓮記傳）

**行香子"山石之旁"**（按：《國色天香》卷二下層《劉生覓蓮記·上》已輯，此存目）（卷三下層　覓蓮記傳）

**臨江仙"愛殺芬芳"**（按：《國色天香》卷二下層《劉生覓蓮記·上》已輯，此存目）（卷三下層　覓蓮記傳）

**長相思"花滿枝"**（按：《國色天香》卷二下層《劉生覓蓮記·上》已輯，此存目）（卷三下層　覓蓮記傳）

未標牌名·二十牌名·愛花詞"一枝花外"(按:《國色天香》卷二下層《劉生覓蓮記·上》已輯,此存目)(卷三下層　覓蓮記傳)

未標牌名·二十牌名·惜花詞"春從天上來"(按:《國色天香》卷二下層《劉生覓蓮記·上》已輯,此存目)(卷三下層　覓蓮記傳)

步蟾宫"萬斛新愁"(按:《國色天香》卷二下層《劉生覓蓮記·上》已輯,此存目)(卷三下層　覓蓮記傳)

晝夜樂"春山愁壓"(按:《國色天香》卷二下層《劉生覓蓮記·上》已輯,此存目)(卷三下層　覓蓮記傳)

虞美人"殘花無奈"(按:《國色天香》卷二下層《劉生覓蓮記·上》已輯,此存目)(卷三下層　覓蓮記傳)

賀聖朝"癡心偷步"(按:《國色天香》卷二下層《劉生覓蓮記·上》已輯,此存目)(卷三下層　覓蓮記傳)

春光好"春已矣"(按:《國色天香》卷二下層《劉生覓蓮記·上》已輯,此存目)(卷三下層　覓蓮記傳)

雨中花"煙雨妒春"(按:《國色天香》卷二下層《劉生覓蓮記·上》已輯,此存目)(卷三下層　覓蓮記傳)

鳳凰閣"記當初花下"(按:《國色天香》卷二下層《劉生覓蓮記·上》已輯,此存目)(卷三下層　覓蓮記傳)

臨江仙"一睹仙郎"(按:《國色天香》卷二下層《劉生覓蓮記·上》已輯,此存目)(卷三下層　覓蓮記傳)

浣溪沙"寂寂寥寥"(按:《國色天香》卷二下層《劉生覓蓮記·上》已輯,此存目)(卷三下層　覓蓮記傳)

四字令"隔池美姬"(按:《國色天香》卷二下層《劉生覓蓮記·上》已輯,此存目)(卷三下層　覓蓮記傳)

小重山"萬種相思"(按:《國色天香》卷二下層《劉生覓蓮記·上》已輯,此存目)(卷三下層　覓蓮記傳)

風入松"二郎神去"(按:《國色天香》卷二下層《劉生覓蓮記·上》已輯,此存目)(卷三下層　覓蓮記傳)

秋波媚"碧天夜色"(按:《國色天香》卷三下層《劉生覓蓮記·下》已輯,此存目)(卷三下層　覓蓮記傳)

西江月"向晚新亭"(按:《國色天香》卷三下層《劉生覓蓮記·下》已輯,此存目)(卷三下層　覓蓮記傳)

哭岐婆“春心搖拽”(按:《國色天香》卷三下層《劉生覓蓮記・下》已輯,此存目)(卷三下層　覓蓮記傳)

未標牌名“懶上牙床”(按:《國色天香》卷三下層《劉生覓蓮記・下》已輯,此存目)(卷三下層　覓蓮記傳)

未標牌名“朝也思量”(按:《國色天香》卷三下層《劉生覓蓮記・下》已輯,此存目)(卷三下層　覓蓮記傳)

西江月“東舍多情”(按:《國色天香》卷三下層《劉生覓蓮記・下》已輯,此存目)(卷三下層　覓蓮記傳)

搗練子“辭故里”(按:《國色天香》卷三下層《劉生覓蓮記・下》已輯,此存目)(卷三下層　覓蓮記傳)

南鄉子“夜闊夢難收”(按:《國色天香》卷三下層《劉生覓蓮記・下》已輯,此存目)(卷三下層　覓蓮記傳)

菩薩蠻“憶思多處”(按:《國色天香》卷三下層《劉生覓蓮記・下》已輯,此存目)(卷三下層　覓蓮記傳)

蝶戀花“飄蕩寒風”(按:《國色天香》卷三下層《劉生覓蓮記・下》已輯,此存目)(卷三下層　覓蓮記傳)

賣花聲“愁思鎖眉峰”(按:《國色天香》卷三下層《劉生覓蓮記・下》已輯,此存目)(卷三下層　覓蓮記傳)

憶王孫“當時書語”(按:《國色天香》卷三下層《劉生覓蓮記・下》已輯,此存目)(卷三下層　覓蓮記傳)

玉蝶環“幾時慵整”(按:《國色天香》卷三下層《劉生覓蓮記・下》已輯,此存目)(卷三下層　覓蓮記傳)

上西樓“多時旅邸”(按:《國色天香》卷三下層《劉生覓蓮記・下》已輯,此存目)(卷三下層　覓蓮記傳)

桃源憶故人“仰君德望”(按:《國色天香》卷三下層《劉生覓蓮記・下》已輯,此存目)(卷三下層　覓蓮記傳)

卜算子“君有題柱才”(按:《國色天香》卷三下層《劉生覓蓮記・下》已輯,此存目)(卷三下層　覓蓮記傳)

竹枝曲・蘇臺(十首)(按:《剪燈新話》卷一《聯芳樓記》已輯,此存目)(卷三上層　聯芳樓記)

如夢令“正好歡娛”(按:《國色天香》卷四下層《尋芳雅集》已輯,此存目)(卷四下層　浙湖三奇傳)

**憶秦娥“相逢後”**(按:《國色天香》卷四下層《尋芳雅集》已輯,此存目)(卷四下層　浙湖三奇傳)

**好事近“好夢久飄搖”**(按:《國色天香》卷四下層《尋芳雅集》已輯,此存目)(卷四下層　浙湖三奇傳)

**望江南“春夢斷”**(按:《國色天香》卷四下層《尋芳雅集》已輯,此存目)(卷四下層　浙湖三奇傳)

**蝶戀花“訪舊歸來”**(按:《國色天香》卷四下層《尋芳雅集》已輯,此存目)(卷四下層　浙湖三奇傳)

**惜春飛“蝶怨蜂愁”**(按:《國色天香》卷四下層《尋芳雅集》已輯,此存目)(卷四下層　浙湖三奇傳)

**一叢花“曉來密約”**(按:《國色天香》卷四下層《尋芳雅集》已輯,此存目)(卷四下層　浙湖三奇傳)

**清夜詞“蘭房兮春曉”**(按:《國色天香》卷四下層《尋芳雅集》已輯,此存目)(卷四下層　浙湖三奇傳)

**點絳唇“默步庭闌”**(按:《國色天香》卷四下層《尋芳雅集》已輯,此存目)(卷四下層　浙湖三奇傳)

**青玉案“緣乖分薄”**(按:《國色天香》卷四下層《尋芳雅集》已輯,此存目)(卷四下層　浙湖三奇傳)

**南鄉子“病起識紅塵”**(按:《國色天香》卷四下層《尋芳雅集》已輯,此存目)(卷四下層　浙湖三奇傳)

**西江月“久待西厢”**(按:《國色天香》卷四下層《尋芳雅集》已輯,此存目)(卷四下層　浙湖三奇傳)

**未標牌名·芳閨十勝(十首)雲鬟“梳罷香絲”、雪股“娟娟白雪”、鳳眼“波水溶溶”、蛾眉“淡月彎彎”、金蓮“龍金點翠”、玉筍“春葱玉削”、柳腰“嬌柔一撚”、酥乳“脈脈雙含”、粉頸“霜肌不染”、朱唇“胭脂染就”**(按:用《鷓鴣天》調,《國色天香》卷四下層《尋芳雅集》已輯,此存目)(卷四下層　浙湖三奇傳)

**臨江仙“心事今朝”**(按:《國色天香》卷四下層《尋芳雅集》已輯,此存目)(卷四下層　浙湖三奇傳)

**惜春飛“蝶醉蜂迷”**(按:《國色天香》卷七下層《天緣奇遇·上》已輯,此存目)(卷五下層　天緣奇遇·上)

**蘇幕遮“素蘭花”**(按:《國色天香》卷七下層《天緣奇遇·上》已輯,此存目)(卷五下層　天緣奇遇·上)

**阮郎歸“聞郎去後”**(按:《國色天香》卷七下層《天緣奇遇·上》已輯,此存目)(卷五下層　天緣奇遇·上)

**訴衷情“撒天長恨”**(按:《國色天香》卷七下層《天緣奇遇·上》已輯,此存目)(卷五下層　天緣奇遇·上)

**桃源憶故人“思思念念”**(按:《國色天香》卷七下層《天緣奇遇·上》已輯,此存目)(卷五下層　天緣奇遇·上)

**如夢令“何事無情”**(按:《國色天香》卷七下層《天緣奇遇·上》已輯,此存目)(卷五下層　天緣奇遇·上)

**蝶戀花“風動花心”**(按:《國色天香》卷七下層《天緣奇遇·上》已輯,此存目)(卷五下層　天緣奇遇·上)

**蝶戀花“蝶醉花心”**(按:《國色天香》卷七下層《天緣奇遇·上》已輯,此存目)(卷五下層　天緣奇遇·上)

**未標牌名“風何狂”**(按:《國色天香》卷七下層《天緣奇遇·上》已輯,此存目)(卷五下層　天緣奇遇·上)

**晝堂春“孤身常托”**(按:《國色天香》卷七下層《天緣奇遇·上》已輯,此存目)(卷五下層　天緣奇遇·上)

**玉樓春“含春笑解”**(按:殘篇,《國色天香》卷七下層《天緣奇遇·上》已輯,此存目)(卷五下層　天緣奇遇·上)

**憶秦娥“空碌碌”**(按:《國色天香》卷八下層《天緣奇遇·下》已輯,此存目)(卷五下層　天緣奇遇·上)

**好事近“好事謝文娥”**(按:《國色天香》卷八下層《天緣奇遇·下》已輯,此存目)(卷五下層　天緣奇遇·上)

**隔浦蓮“紅蘭相映”**(按:《國色天香》卷八下層《天緣奇遇·下》已輯,此存目)(卷五下層　天緣奇遇·上)

**江城梅花引“佳期私許”**(按:《國色天香》卷八下層《天緣奇遇·下》已輯,此存目)(卷五下層　天緣奇遇·上)

**陽關引“纔綰同心結”**(按:《國色天香》卷八下層《天緣奇遇·下》已輯,此存目)(卷五下層　天緣奇遇·上)

**减字木蘭花“玉堂風伯”**(按:《國色天香》卷八下層《天緣奇遇·下》已輯,此存目)(卷五下層　天緣奇遇·上)

**未標牌名“千里故人”**(按:用《沁園春》調,《國色天香》卷八下層《天緣奇遇·下》已輯,此存目)(卷五下層　天緣奇遇·上)

**重疊金“少年一枕”**（按：《國色天香》卷八下層《天緣奇遇・下》已輯，此存目）（卷五下層　天緣奇遇・上）

**臨江仙“簾捲華堂”**（按：《國色天香》卷八下層《天緣奇遇・下》已輯，此存目）（卷五下層　天緣奇遇・上）

**浣溪沙“香鎖籬黄”**（按：《國色天香》卷八下層《天緣奇遇・下》已輯，此存目）（卷五下層　天緣奇遇・上）

**天仙子“春曉轆轤”**（按：《國色天香》卷八下層《天緣奇遇・下》已輯，此存目）（卷五下層　天緣奇遇・上）

**滿江紅“怒髮衝冠”**（按：《國色天香》卷二上層《搜奇攬勝・忠以詞見》已輯，此存目）（卷五上層　詞類・武穆忠義詞）

**滿江紅“拂拭殘碑”**（按：《國色天香》卷二上層《搜奇攬勝・忠以詞見》已輯，此存目）（卷五上層　詞類・武穆忠義詞）

## 鷓鴣詞（按：此爲宋・鄧詞剡）

行不得也哥哥，瘦妻弱子羸將馱。天長地闊多網絡，南音漸少北語多，肉飛不起可奈何。行不得也哥哥！（卷五上層　詞類・鷓鴣詞）

## 滿庭芳（按：此爲宋・徐君寶妻張氏詞）

天上繁華，江南人物，尚遺宣若水流。緑窗朱户，十里爛銀鈎。一旦刀兵齊舉，旌旗擁，百萬貔貅。長驅入，歌樓舞榭，風捲落花愁。　清平三百載，典章人物，掃地俱休。幸此身未北，猶客南州。破鏡徐郎何在？空惆悵，相見無由。從今後，斷魂千里，夜夜岳陽樓。（卷五上層　詞類・寶妻守節詞）

## 竹枝詞・和楊廉夫（按：此爲元・曹妙清詞）

美人絶似董妖嬈，家住南山第一橋。不肯隨人過湖去，月明夜夜自吹簫。（卷五上層　詞類・竹枝詞）

## 竹枝詞・答妙清（按：此爲元・楊維楨詞）

紅牙管帶紫貍毫，雪水初融玉帶袍。寫得薛濤萱草帖，西湖紙價頓能高。（卷五上層　詞類・竹枝詞）

## 鷓鴣天(按:此爲宋・劉鼎臣妻朱氏詞)

金屋無人夜剪繒,寶釵翻過齒痕輕。臨行執手殷勤贈,襯與蕭郎兩鬢青。　聽囑付,好看承,千金不抵一時情。明年宴罷瓊林晚,酒面微紅相映明。(卷五上層　詞類・綵花詞)

## 一剪梅(按:此爲宋・易祓妻詞)

染淚修書寄彥章,貪却前郎,忘却回郎。功名成遂不還鄉,石做心腸,鐵做心腸。　紅日三竿懶畫妝,虚度韶光,瘦損容光。不知何日得成雙,羞對鴛鴦,懶對鴛鴦。(卷五上層　詞類・寄外詞)

## 伊川令(按:此爲宋・花仲胤妻寄夫詞)

西風昨夜穿簾幙,閨院添消索。最是梧桐零落,迤邐秋光過却。人情音信難托。教奴獨自守空房,淚珠與燈花共落。(卷五上層　詞類・伊川令詞)

## 鵲踏枝(按:此爲宋・花仲胤《南鄉子・答妻》詞)

頓首啓情人,即日參[恭]惟問好音。接得綵箋詞一首,堪驚。題起詞名恨生。　展轉意多情,寄與音書不志誠。不寫依[伊]川題尹字,無心。料想伊家不要人。(卷五上層　詞類・伊川令詞)

## 未標牌名(按:此爲宋・花仲胤妻再答夫詞)

奴啓情人勿見罪,閑將小書作尹字,行人不解其中意。共伊間别幾多時,身邊少個人兒。(卷五上層　詞類・伊川令詞)

## 未標牌名(按:此爲宋・戴復古妻《祝英臺近》詞)

惜多才,憐薄命,無計可留汝。揉碎花箋,忍寫斷腸句。道傍楊柳,依依千絲萬縷,抵不住、一分愁緒。　(如何訴。便叫緣盡今生,此生已經許。)從月盟,不是夢中語。後日君若重來,不相忘處,把杯酒澆奴墳土。(卷五上層　詞類・餞夫别詞)

## 秦樓月(按:此爲宋・梁意娘詞)

春宵短,香閨寂寞愁無限。愁無限,一聲窗外,曉鶯新囀。　　起來無語成嬌懶,柔腸易斷人難見。人難見,這些心緒,如何消遣。(卷五上層　詞類・兩姨兄妹)

## 茶瓶兒(按:此爲宋・梁意娘詞)

滿地落花鋪繡,春色着人如繡[酒]。曉鶯窗外啼楊柳。愁不奈,兩眉頻皺。　　關山杳,音信悄,那堪是、昔年時候。盟言辜負知多少,對好景、頓成消瘦。(卷五上層　詞類・兩姨兄妹)

## 生查子(按:此爲宋・楚娘詞)

去年梅雪天,千里人歸遠。今歲梅雪天,千里人追怨。　　鐵石作心腸,鐵石剛猶軟。江海比君恩,江海深猶淺。(卷五上層　詞類・春心詞)

## 鷓鴣天(按:此爲宋・聶勝瓊詞)

玉慘花愁出鳳城,蓮花樓下柳青青。樽前一唱《陽關》後,别个人人第五程。　　尋好夢,夢難成,况誰知我作[此]時情。枕前淚共檐前雨,隔個窗兒滴到明。(卷五上層　詞類・勝瓊詞)

## 浣溪沙(按:原文附會爲宋・黄庭堅贈歌妓盼盼詞,《全宋詞》收入秦觀詞)

脚上鞋兒四寸羅,唇邊朱麝一櫻多。見人無語但回波。　　料得有心憐宋玉,秖應無奈楚襄何。今生有分共伊麽?(卷五上層　詞類・春容詞)

## 惜春容(按:原文謂此爲宋・盼盼答黄庭堅詞)

少年看花雙鬢緑,走馬章臺管絃逐。而今老更惜花深,終日看花看不足。　　坐中美女顔如玉,爲我一歌《金縷曲》。歸時壓得帽檐敧,頭上春風紅蔌蔌。卷五上層　詞類・春容詞)

## 未標牌名

蕉心捲，金柱插天天際遠。蕉花赤，鐵膽銅肝當寧立。蕉葉長，仙姬羽扇擁霓裳。蕉葉片，旌旗暖動明飛電。蕉葉稀，飄飄百結山人衣。　有時偃仰天風走，有時滴雨濯塵垢。有時移月過欄杆，有時驚霜心膽寒。雪隱梅花何處尋，當時歌舞今沉沉。直待陽和消息邇，依然掛緑春風裏。（卷五上層　詞類・金馬緑衣）

## 如夢令（按：此爲宋・嚴蕊詞）

道是梨花不是，道是杏花不是。白白與紅紅，别是東風情味。曾記，曾記，人在武陵微醉。（卷五上層　詞類・紅白桃花詞）

## 鵲橋仙（按：此爲宋・嚴蕊詞）

碧梧初出，桂花纔吐，池上水花微謝。穿針人在合歡樓，正月露玉盤高瀉。　蛛忙鵲懶，耕慵織倦，空做古今佳話。人間剛道隔年期，想天上方纔隔夜。（卷五上層　詞類・紅白桃花詞）

## 卜算子（按：此爲宋・嚴蕊詞）

不是愛風塵，似被前緣誤。花落花開自有時，總賴東君主。　去也終須去，住也如何住？若得山花插滿頭，莫問奴歸處。（卷五上層　詞類・紅白桃花詞）

## 未標牌名（按：此爲宋・吴淑姬《長相思令》詞）

烟霏霏，雨[雪]霏霏，（雪）向梅花枝上堆，春從何處回？　醉眼開，睡眼開，疏影横斜安在哉？從教塞管催。（卷五上層　詞類・長短句）

## 鷓鴣天（按：此爲明・潘英奴詞）

欲侍鴛幃奉枕衾，誰知薄倖苦相凌。移花却向他人主，狂蝶無情莫再尋。　君負信，妾傷心，魚沉雁斷杳無音。如今追憶前時事，剩得潸然淚

滿襟。(卷五上層　詞類·指環篇歌)

## 蝶戀花

此身似入蓬萊島,邂逅相逢,嬌姿真窈窕。懶對詩書成煩惱,有情争奈無情好。　纔上藤床和衣倒,花藏深院,蜂蝶難尋到。孤幃悄悄自煎熬,失鎖駒猿魂漂渺。(卷六下層　傳奇雅集)

## 如夢令(按:此詞引自《剪燈餘話·賈雲華還魂記》)

明月好風良夜,夢到楚王臺下。雲薄雨難成,佳會又爲虚話。誤也,誤也,青着眼兒幹罷。(卷六下層　傳奇雅集)

## 西江月(按:此詞引自《嬌紅記》,傳爲宋·申純詞)

試問蘭煤燈燼,佳人積久方成。殷勤一半付多情,油污不堪自整。　妾手分來的的,郎衣拭處輕輕。爲言留取表深情,此約又還未定。(卷六下層　傳奇雅集)

## 卜算子(按:此詞又見《懷春雅記》)

秋日映寒塘,風弄文禽影。翠鬣紅毛盡不如,時向波心整。　韓魄獨悽凉,有恨無人省。只爲多情托此身,花下頻交頸。(卷六下層　傳奇雅集)

## 菩薩蠻(按:此詞引自《嬌紅記》,傳爲宋·王嬌娘詞)

夜深偷展紗窗緑,小桃枝上留鶯宿。花嫩不禁摇,春風卒未休。　千金身已破,脈脈愁無那。特地囑檀郎,人前口謹防。(卷六下層　傳奇雅集)

## 菩薩蠻(按:此詞引自《嬌紅記》,傳爲宋·申純詞)

緑窗深貯傾城色,燈花送喜秋波溢。一笑入羅幃,春心不自持。　雨雲情散亂,弱體羞還顫。從此問雲情,何須問玉京。(卷六下層　傳奇雅集)

## 唐多令(按:此詞引自《剪燈餘話·賈雲華還魂記》)

深院鎖幽芳,三星照洞房。驀然間得效鸞凰。姊妹訴情猶未了,開繡

帳,解衣裳。　新柳未揉黄,枝柔那耐霜?耳畔低聲頻囑咐:偕老事,好商量。(卷六下層　傳奇雅集)

## 唐多令(按:此詞引自《剪燈餘話·賈雲華還魂記》)

少小惜紅芳,文君在繡房。馬相如賦就求凰。此夕偶諧雲雨事,桃浪起,濕衣裳。　從此褪蜂黄,芙蓉愁見霜。海誓山盟休忘卻,兩下裏,細思量。(卷六下層　傳奇雅集)

## 沁園春·詠美人指甲(按:此爲宋·劉過詞)

銷薄春冰,碾輕寒玉,漸長漸彎。見鳳鞋泥污,偎人强剔;龍涎香斷,撥火輕翻。學撫瑶琴,時時欲剪,更掬水魚鱗波底寒。纖柔處,試摘花香滿,鏤棗成斑。　時將粉淚偷彈,記綰玉曾教柳傅看。算恩情相著,搔便[遍]玉體,歸期暗數,畫遍闌干。每到相思,沉吟静處,斜倚朱唇皓齒間。風流甚,把仙郎暗搯,莫放春閑。(卷六上層　附雜類·詠美人指甲)

## 沁園春·詠美人足(按:此爲宋·劉過詞,略有改動)

洛浦淩波,爲誰微步,輕塵暗生。記踏花芳徑,亂紅不損,步苔幽砌,嫩緑無痕。襯玉羅慳,銷金樣窄,□[或]不胡[負]盈盈一段春。嬉遊倦,笑教人款撚,微褪些根。　有時自度歌聲,悄不覺微尖點拍頻。憶金蓮移换,文鴛得侣,繡裀催衮,舞鳳輕分。懊恨深遮,牽情半露,出没風前煙縷裙。知何似,似一鈎新月,淺碧籠雲。(卷六上層　附雜類·詠美人足)

## 沁園春·詠美人眉(按:此爲元·邵亨貞詞)

巧鬥鸞環,纖凝嫵媚,明妝未收。似江亭曉玩,遥山拂翠,宫簾暮捲,新月横鈎。掃黛嫌濃,塗鉛訝淺,能畫張郎不自由。傷春倦,爲皺多無力,翻做嬌羞。　填來不滿横秋,料着得人間多少愁。記魚箋緘啓,背人偷斂,雁鈿膠併,運指輕揉。有喜先點,長顰難效,柳葉輕黄金[今]在否?雙尖鎖,試臨鸞一展,依舊風流。(卷六上層　附雜類·詠美人眉)

## 沁園春・詠美人目(按:此爲元・邵亨貞詞,有改動)

漆點填眶,鳳稍侵鬢,天然俊生。記隔花瞥見,疏星炯炯,倚欄凝注,止水盈盈。端正窺簾,夢騰並枕,睥睨檀郎長是青。端相久,待嫣然一笑,密意將成。　困酣曾被鶯驚,强臨鏡掇抄猶未醒。憶帳中親見,似嫌羅密,尊前相顧,翻怕燈明。醉後看承,歌闌鬥弄,幾度孜孜頻送情。難忘處,是絞鮹温透,别淚雙零。(卷六上層　附雜類・詠美人目)

## 黄金縷(按:上闋傳蘇小小鬼魂作,下闋傳秦觀續作,《全宋詞》歸司馬槱作)

妾本錢塘江上住,花落花開,不管流年度。燕子銜將春色去,紗窗幾陣黄梅雨。　斜插犀梳雲半吐,檀板輕敲,唱徹《黄金縷》。夢斷彩雲無覓處,夜凉明月生南浦。(卷六上層　附雜類・蘇小小)

## 虞美人(按:此爲金・元好問詞)

槐陰别院宜清晝,人坐春風秀。美人圖子阿誰留,都是宣和名筆内家收。　鶯鶯燕燕分飛後,粉淡梨花瘦。只除蘇小不風流,斜插一枝萱草鳳釵頭。(卷六上層　附雜類・虞美人詞)

## 鷓鴣天(按:此傳爲元・馮子振贈珠簾秀詞)

十二欄杆望遠眸,醉香空斷楚天秋。鰕鬚影薄微微見,龜背紋輕細細浮。　紅霧斂,翠雲收,海霞爲帶月爲鈎。夜來捲盡西山雨,不著人間半點愁。(卷六上層　附雜類・珠簾秀)

## 如夢令(按:此爲元・袁介詞)

今夜盛排筵宴,准擬尋芳一遍。春去已多時,問甚紅深紅淺。不見,不見,還你一方白絹。(卷六上層　附雜類・如夢令)

# 《清談萬選》詞

（周近泉　四卷　明萬曆刻本）

## 念奴嬌（按：此傳爲鄭婉娥詞，當爲明人附會之作）

離離禾黍。歎江山似舊，英雄塵土。石馬銅駝荆棘裏，閲遍幾番寒暑。劍戟灰飛，旌旗鳥散，底處尋樓櫓。喑啞叱咤，至今猶説西楚。　　憔悴玉帳，向燈前掩面，淚飛紅雨。鳳輦羊車行不返，九曲愁腸謾苦。梅瓣凝妝，楊花翻曲，回首成終古。翠螺青黛，绛仙慵畫眉嫵。（卷二　婕妤呈象）

# 《豔異編》詞

（王世貞編　四十卷　《古本小説集成》據明刊本影印
上海古籍出版社　一九九一）

望江南（八闋）“湖上月”、“湖上柳”、“湖上雪”、“湖上草”、“湖上花”、“湖上女”、“湖上酒”、“湖上水”（《古今説海·説纂四·逸事四·煬帝海山》已輯，此存目）（卷九　宫掖部五·海山記）

## 阮郎歸（按：此爲宋·曾覿詞，或謂宋·趙構詞，有改動）

柳雲庭院占風光，呢喃春晝長。碧波新漲小池塘，雙雙蹴水忙。　萍散漫，絮飛揚，輕盈體態狂。爲憐流水落花香，銜將歸畫梁。（卷十四　宫掖部十·德壽宫看花）

## 柳梢青（按：此爲宋·張掄詞，略有改動）

柳色初濃，餘寒似水，纖雨如塵。一陣東風，縠文細皺，碧水粼粼。　仙娥花月精神，奏鳳管鸞絃鬥新。萬歲聲中，九霞杯内，長醉芳春。（卷十四　宫掖部十·德壽宫看花）

## 柳梢青（按：此爲宋·曾覿詞，有改動）

桃靨紅勻，梨腮粉薄，鴛徑亡塵。鳳閣淩虚，龍池澄碧，芳意粼粼。　清時酒聖花神，看内苑風光又新。一部仙韶，九重鸞杖，天上長春。（卷十四　宫掖部十·德壽宫看花）

木蘭花慢“倚平生豪氣”、“愛風流儒雅”、“望垂楊嫋翠”、“看紅箋寫恨”（按：《才鬼記》卷十五《吴氏女》已輯，此存目）（卷十八　幽期部二·鄭吴情詩）

未標牌名“緑慘雙鸞”（按：《才鬼記》卷十五《吴氏女》已輯，此存目）（卷十八

幽期部二・鄭吴情詩）

**木蘭花慢“任東風老去”**（按:《才鬼記》卷十五《吴氏女》已輯,此存目）（卷十八　幽期部二・鄭吴情詩）

**未標牌名“今日瑶池”**（按:《才鬼記》卷十五《吴氏女》已輯,此存目）（卷十八　幽期部二・鄭吴情詩）

**摸魚兒“錦城西”**（按:《燕居筆記》卷七上層《擁爐嬌紅・上》已輯,此存目）（卷十九　幽期部三・嬌紅女）

**點絳唇“庭院深沉”**（按:《燕居筆記》卷七上層《擁爐嬌紅・上》已輯,此存目）（卷十九　幽期部三・嬌紅女）

**喜遷鶯“園林過雨”**（按:《燕居筆記》卷七上層《擁爐嬌紅・上》已輯,此存目）（卷十九　幽期部三・嬌紅女）

**減字木蘭花“春宵陪”**（按:《燕居筆記》卷七上層《擁爐嬌紅・上》已輯,此存目）（卷十九　幽期部三・嬌紅女）

**西江月“試問蘭煤”**（按:《燕居筆記》卷七上層《擁爐嬌紅・上》已輯,此存目）（卷十九　幽期部三・嬌紅女）

**石州引“懊恨東君”**（按:《燕居筆記》卷七上層《擁爐嬌紅・上》已輯,此存目）（卷十九　幽期部三・嬌紅女）

**玉樓春“曉窗寂寂”**（按:《燕居筆記》卷七上層《擁爐嬌紅・上》已輯,此存目）（卷十九　幽期部三・嬌紅女）

**小梁州“惜花長是”**（按:《燕居筆記》卷七上層《擁爐嬌紅・上》已輯,此存目）（卷十九　幽期部三・嬌紅女）

**卜算子“君去有歸期”**（按:《燕居筆記》卷七上層《擁爐嬌紅・上》已輯,此存目）（卷十九　幽期部三・嬌紅女）

**擷芳詞“日如年”**（按:《燕居筆記》卷七上層《擁爐嬌紅・上》已輯,此存目）（卷十九　幽期部三・嬌紅女）

**菩薩蠻“夜深偷展”**（按:《燕居筆記》卷七上層《擁爐嬌紅・上》已輯,此存目）（卷十九　幽期部三・嬌紅女）

**菩薩蠻“緑窗深竚”**（按:《燕居筆記》卷七上層《擁爐嬌紅・上》已輯,此存目）（卷十九　幽期部三・嬌紅女）

**滿庭芳“簾影飾金”**（按:《燕居筆記》卷七上層《擁爐嬌紅・上》已輯,此存目）（卷十九　幽期部三・嬌紅女）

**鷓鴣天“甥館睽違”**（按:《燕居筆記》卷七上層《擁爐嬌紅・上》已輯,此存目）

（卷十九　幽期部三・嬌紅女）

**青玉案“尖尖曲曲”**（按：《燕居筆記》卷七上層《擁爐嬌紅・上》已輯，此存目）（卷十九　幽期部三・嬌紅女）

**青玉案“花低鶯踏”**（按：《燕居筆記》卷七上層《擁爐嬌紅・上》已輯，此存目）（卷十九　幽期部三・嬌紅女）

## 再團圓（按：此傳爲宋・王嬌娘詞）

芳心一點，柔腸萬轉，有意偷憐。孜孜守著，甚日來、結得惡姻緣。　語言是心聲，明神在上，説破從前。天還知道，不違人願，再與團圓。（卷十九　幽期部三・嬌紅女）

## 白牡丹（按：此傳爲宋・申純詞）

一片芳心，被春拘管，重尋雲翼盟約。説與從前，不是我情薄。都緣燕逐情絲，蜂拈花蕊，便成執著。密愛堪憐處，幾多寂寞。　此心只有天知，終不成輕狂做作。縱滿眼閑花媚柳，也則無情摸索。後園同步，遥告神明，地久天長更誰托。從合再與團圓，莫把是非斷卻。（卷十九　幽期部三・嬌紅女）

## 漁家傲

情若連環終不解，無端招引旁人怪。好事多磨成又敗，應難捱，相看冷眼誰瞅睬。　鎮日愁眉斂青黛。欄杆倚遍無聊賴，但願五湖明月在，且寧耐，終須還了鴛鴦債。（卷十九　幽期部三・嬌紅女）

**一剪梅“豆蔻梢頭”**（按：《燕居筆記》卷七上層《擁爐嬌紅・上》已輯，此存目）（卷十九　幽期部三・嬌紅女）

**未標牌名“春風情性”**（按：用《念奴嬌》調，《燕居筆記》卷八上層《擁爐嬌紅・下》已輯，此存目）（卷十九　幽期部三・嬌紅女）

**相思會“脈脈惜春心”**（按：《燕居筆記》卷八上層《擁爐嬌紅・下》已輯，此存目）（卷十九　幽期部三・嬌紅女）

**於飛樂“天賦多嬌”**（按：《燕居筆記》卷八上層《擁爐嬌紅・下》已輯，此存目）（卷十九　幽期部三・嬌紅女）

望江南“從前事”(按:《燕居筆記》卷八上層《擁爐嬌紅·下》已輯,此存目)(卷十九 幽期部三·嬌紅女)

内家嬌“燈花何大喜”(按:《燕居筆記》卷八上層《擁爐嬌紅·下》已輯,此存目)(卷十九 幽期部三·嬌紅女)

一叢花“世間萬事”(按:《燕居筆記》卷八上層《擁爐嬌紅·下》已輯,此存目)(卷十九 幽期部三·嬌紅女)

好事近“一自識伊來”(按:《燕居筆記》卷八上層《擁爐嬌紅·下》已輯,此存目)(卷十九 幽期部三·嬌紅女)

未標牌名“郎今去也”(按:用《菩薩蠻》調,《燕居筆記》卷八上層 擁爐嬌紅·下 已輯,此存目)(卷十九 幽期部三·嬌紅女)

憶瑶姬“蜀下相逢”(按:《燕居筆記》卷八上層《擁爐嬌紅·下》已輯,此存目)(卷十九 幽期部三·嬌紅女)

未標牌名“蓮閨愛絶”(按:用《減字木蘭花》調,《燕居筆記》卷八上層《擁爐嬌紅·下》已輯,此存目)(卷十九 幽期部三·嬌紅女)

滿庭芳“天下雄蕃”(按:《剪燈餘話》卷五《賈雲華還魂記》已輯,此存目)(卷二十一 冥冥部二·賈雲華還魂記)

風入松“碧城十二”(按:《剪燈餘話》卷五《賈雲華還魂記》已輯,此存目)(卷二十一 冥冥部二·賈雲華還魂記)

風入松“玉人家在”(按:《剪燈餘話》卷五《賈雲華還魂記》已輯,此存目)(卷二十一 冥冥部二·賈雲華還魂記)

如夢令“明月好風”(按:《剪燈餘話》卷五《賈雲華還魂記》已輯,此存目)(卷二十一 冥冥部二·賈雲華還魂記)

憶秦娥“春蕭索”(按:《剪燈餘話》卷五《賈雲華還魂記》已輯,此存目)(卷二十一 冥冥部二·賈雲華還魂記)

糖多令“深院鎖幽芳”(按:《剪燈餘話》卷五《賈雲華還魂記》已輯,此存目)(卷二十一 冥冥部二·賈雲華還魂記)

糖多令“少小惜紅芳”(按:《剪燈餘話》卷五《賈雲華還魂記》已輯,此存目)(卷二十一 冥冥部二·賈雲華還魂記)

聲聲慢“大華峰頭”(按:《剪燈餘話》卷五《賈雲華還魂記》已輯,此存目)(卷二十一 冥冥部二·賈雲華還魂記)

青玉案“合歡花下”(按:《剪燈餘話》卷五《賈雲華還魂記》已輯,此存目)(卷二十一 冥冥部二·賈雲華還魂記)

**踏莎行“隨水落花”**（按：《剪燈餘話》卷五《賈雲華還魂記》已輯，此存目）（卷二十一　冥冥部二·賈雲華還魂記）

**摸魚兒“記當年”**（按：《剪燈餘話》卷五《賈雲華還魂記》已輯，此存目）（卷二十一　冥冥部二·賈雲華還魂記）

**疏簾淡月“溶溶皓月”**（按：《剪燈餘話》卷五《賈雲華還魂記》已輯，此存目）（卷二十一　冥冥部二·賈雲華還魂記）

**永遇樂“傾國名姝”**（按：《剪燈餘話》卷五《賈雲華還魂記》已輯，此存目）（卷二十一　冥冥部二·賈雲華還魂記）

## 未標牌名（按：此傳爲唐·沈亞之詞）

擊體舞，恨滿煙光無處所。淚如雨，欲擬著詞不成語。金鳳銜紅舊繡衣，幾度宫中同看舞。人間春日正歡樂，日暮春風何處去。（卷二十二　夢游部·沈亞之）

## 未標牌名·張生妻夢中歌（六首）

歎衰草，絡緯聲切切。良人一去不復還，今夕坐愁鬢如雪。

勸君酒，君莫辭。落花徒繞枝，流水無返期。莫恃少年時，少年能幾時。

怨空閨，秋日亦難暮。夫婿斷音書，遥天雁空度。

切切夕風急，露滋庭草濕。良人去不回，焉知掩閨泣。

螢火穿白楊，悲風入荒草。疑是夢中遊，愁迷故園道。

花前始相見，花下又相送。何必言夢中，人生盡如夢。（卷二十二　夢游部·張生）

## 黄金縷（按：上闋傳爲蘇小小鬼魂所歌，下闋傳秦觀續作，《全宋詞》歸司馬槱作）

妾本錢塘江上住，花開花落，不管流年度。燕子銜將春色去，紗窗幾陣黄梅雨。斜插犀梳雲半吐，檀板輕敲，唱徹《黄金縷》。夢斷彩雲無覓處，夜凉明月生春浦。（卷二十二　夢游部·司馬才仲）

## 章臺柳(二首)(按:相傳爲唐·韓翃與柳氏唱和詞)

章臺柳,章臺柳,昔日青青今在否?縱使長條似舊垂,亦應攀折他人手。(韓)

楊柳枝,芳菲節,所恨年年贈離别。一葉隨風忽報秋,縱使君來豈堪折!(柳)(卷二十三　義俠部一·柳氏傳)

## 未標牌名(按:此爲宋·蘇軾詞)

乳燕飛華屋,悄無人,桐陰轉午,晚凉新浴。手弄生綃白團扇,扇手一時似玉。漸困倚,孤眠清熟。門外誰來推綉户?枉教人、夢斷瑶臺曲。又卻是、風敲竹。　石榴半吐紅巾蹙。待浮花浪蕊都盡,伴君幽獨。濃豔一枝細看取,芳心千重似束。又被西風驚緑。若待得君來,向花前對酒不忍觴[觸]。共粉淚,兩簌簌。(卷二十七　妓女部二·秀蘭)

## 減字木蘭花(按:此傳爲宋·馬瓊瓊詞)

雪梅妒色,雪把梅花相抑勒。梅性温柔,雪壓梅花怎起頭。　芳心欲訴,全仗東君來作主。傳語東君,早與梅花作主人。(卷二十七　妓女部二·西閣寄梅記)

## 浣溪沙(按:此傳爲宋·朱端朝詞)

梅正開時雪正狂,兩般幽韻孰優長?且宜持酒細端詳。　梅比雪花多一出,雪如梅蕊少些香。花公非是不思量。(卷二十七　妓女部二·西閣寄梅記)

## 鷓鴣天(按:此爲元·馮子振贈珠簾秀詞)

憑倚東風遠映樓,流鶯窺面燕低頭。蝦須瘦影纖纖織,龜背香紋細細浮。　紅霧斂,彩雲收,海霞爲帶月爲鈎,夜來捲盡西山雨,不著人間半點愁。(卷二十八　妓女部三·珠簾秀)

## 鷓鴣天(按:此爲元・楊立齋詞)

煙柳風花錦作園,霜芽露葉玉裝船。誰知皓齒纖腰會,只在輕衫短帽邊。　　啼玉靨,咽冰絃,五牛身去更無傳。詞人老筆佳人口,再唤春風在眼前。(卷二十八　妓女部三・趙真真)

## 太常引(按:此爲元・劉燕歌詞)

故人别我出陽關,無計鎖雕鞍。今古别離難。兀誰畫、蛾眉遠山!　　一尊别酒,一聲杜宇,寂寞又春殘。明月小樓間,第一夜、相思淚彈。(卷二十八　妓女部三・劉燕歌)

## 踏莎行(按:此爲元・盧摯詞)

雪暗山明,溪深花早,行人馬上詩成了。歸來聞説妙隆歌,金陵却比蓬萊渺。　　寶鏡慵窺,玉容空好,梁塵不動歌聲悄。無人知我此時情,春風一枕松窗曉。(卷二十八　妓女部三・杜妙隆)

## 念奴嬌(按:此爲元・滕斌詞)

柳顰花困,把人間恩愛,尊前傾盡。何處飛來雙比翼,直是同聲相應。寒玉嘶鳳,香雲捲雪,一串驪珠引。元郎去後,有誰著意題品。　　誰料濁羽清商,繁絃急管,猶自餘風韻。莫是紫鸞天上曲,兩兩玉童相並。白髮黎[梨]園,青衫老傳,試與留連聽。可人何處,滿庭霜月清冷。(卷二十八　妓女部三・宋六嫂)

## 傷春曲(按:此傳爲宋・吴女盈盈詞)

芳菲時節,花壓枝折。蜂蝶掩,闌干無法[光發]。一旦碎花魂,葬花骨,蜂兮蝶兮何不來,空使雕欄對寒月。(卷三十　妓女部五・吴女盈盈)

## 未標牌名(按:此傳爲宋・吴女盈盈詞)

枝上差差緑,林中簌簌紅。已歎芳菲盡,安能樽俎空。君不見,銅駝茂草長安東，金鑣玉勒雪花驄。二十年前乃俠小，累累昨日成衰翁。幾時滿飲流霞鐘，共君倒在夕陽中。（卷三十　妓女部五・吴女盈盈）

## 未標牌名（按：此爲宋・吴淑姬《長相思令》詞）

煙霏霏，雨霏霏，雪向梅花枝上堆。春從何處歸？　醉眼開，睡眼開，疏影横斜安在哉？從教塞管催。（卷三十　妓女部五・吴淑姬嚴蕊）

## 未標牌名（按：此爲宋・嚴蕊《卜算子》詞）

不是愛風塵，似被前身誤。花落花開自有時，總是東君主。　去也終須去，住也如何住。若得山花插滿頭，莫問奴歸處。（卷三十　妓女部五・吴淑姬嚴蕊）

## 未標牌名（按：此爲宋・謝直《卜算子》詞）

雙槳浪花平，夾岸青山鎖。你自歸家我自歸，説著何如過。　我斷不思量，你莫思量我。將你從前與我心，再傍他人可。（卷三十　妓女部五・謝希孟）

## 未標牌名（此爲宋・陳詵《眼兒媚》詞）

鬢邊一點似飛鴉，休把翠鈿遮。二年三載，千闌百就，今日天涯。　楊花又逐東風去，隨分入人家。要不思量，除非酒醒，休照菱花。（卷三十　妓女部五・陳詵）

## 未標牌名（按：此爲宋・詹玉《浣溪沙》詞）

淡淡青山兩黛春，嬌羞一點口兒櫻。一梭兒玉一窩雲。白藕香中見西子，玉梅花下遇昭君，不曾真個也銷魂。（卷三十　妓女部五・詹天游）

## 慶清朝慢（按：此爲宋・詹玉詞）

紅雨争妍，芳塵生潤，將春都揉成泥。分明蕙風薇露，持搦花枝。款款汗酥薰透，嬌羞無奈温雲癡。偏廝稱，霓裳霞佩，玉骨冰肌。　梅不似，蘭不似。風流處，那更著意閒時。驀地生綃扇底，嫩凉浮動好風微，醉得渾無氣力。海棠一色睡胭脂，閒滋味。殢人花氣，韓壽争知。（卷三十　妓女部五・詹天游）

## 未標牌名（按：此傳爲宋・懶堂女子《燭影摇紅》詞）

緑浄湖光，淺寒先到芙蓉島。謝池幽夢屬才郎，幾度生春草。塵世多情易老。更那堪，秋風嫋嫋。曉來羞對，香芷汀洲，枯荷池沼。　　恨鎖横波，遠山淺黛無心掃。湘江人去歎無依，此意從誰表。喜趁良宵月皎。況難逢，人間兩好。莫辭人醉，醉入屏山，只愁天曉。（卷三十四　妖怪部・舒信道）

## 水仙子（按：此爲宋・劉過《天仙子》詞。原文誤標牌名，多有改動）

宿酒醺醺猶自醉，回顧頭來三十里。馬兒只管去如飛，騎一會，行一會，斷送殺人山共水。　　是則青衫深可喜，不道恩情拆得未。雪迷前路小橋横，住底是，去底是，思量我了思量你。（卷三十五　妖怪部・劉改之）

## 天仙子（按：原文謂琴精和宋・劉過詞，其調應爲《天仙子》，原文誤標）

别酒未醉心先醉，忍聽《陽關》辭故里。揚鞭勒馬到皇都，三題盡，當際會，穩跳龍門三級水。　　天意令吾先送喜，不審君侯知得未？蔡邕博識爨桐聲，君背負，只如是，酒滿金杯來勸你。（卷三十五　妖怪部・劉改之）

**木蘭花慢“記前朝舊事”**（按：《剪燈新話》卷二《滕穆醉游聚景園記》已輯，此存目）（卷三十九　鬼部四・滕穆醉游聚景園記）

# 《廣豔異編》詞

（吴大震編　三十五卷　《續修四庫全書》據明刻本影印
上海古籍出版社　二〇〇一）

## 賀新郎（按：此傳爲仙娥詞）

花柳繞春城。運神工，重樓疊宇，頃刻間成。緑水青山多宛轉，免教鶴怨猿驚。看來無異舊神京，慮只慮佳期不定。天從人願，邂逅多情。相引處，珮聲聲。　　等閒回首遠蓬瀛。呼小玉，旋開錦宴，謾薦蘭羹。須信是瓊漿一飲，頓令百感俱生。且休道、塵緣易盡。縱然雲收雨散，琵琶峽、依舊風月交明。念此會，果非輕。（卷三　仙部一・蓬萊宫娥）

## 玉樓春（按：此傳爲宋・方喬詞）

緑陰撲地鶯聲近，柳絮如綿煙草襯。雙寰玉面碧窗人，一紙銀鈎春鳥信。　　佳期遠卜清秋夜，梧樹稍頭明月掛。天公若解此情深，今歲何須三月夏！（卷八　幽期部・紫竹小傳）

## 卜算子（按：此傳爲宋・方喬妻紫竹之詞）

繡閣鎖重門，攜手終非易。牆外憑他花影摇，那得疑郎至？　　合眼想郎君，别久難相似。昨夜如何繡枕邊，夢見分明是。（卷八　幽期部・紫竹小傳）

## 踏沙行（按：此傳爲宋・方喬妻紫竹之詞）

醉柳迷鶯，懶風熨草。約郎暫會閑門道。粉牆陰下待郎來，蘚痕印得鞋痕小。　　花日移陰，簾香失嫋。望郎不到心如搗。避人愁入倚屏山，斷魂還向牆陰繞（卷八　幽期部・紫竹小傳）

## 菩薩蠻(按:此傳爲宋·方喬妻紫竹之詞)

約郎共會西厢下,嬌羞竟負從前話。不道一睽違,佳期難再期。　郎君知我愧,故把書相詆。寄語不須慌,見時須打郎。(卷八　幽期部·紫竹小傳)

## 菩薩蠻(按:此傳爲宋·方喬詞)

秋風只擬同衾枕,春歸依舊成孤寢。爽約不思量,翻言要打郎。　鴛鴦如共耍,玉手何辭打。若再負佳期,還應我打伊。(卷八　幽期部·紫竹小傳)

## 踏沙行(按:此傳爲宋·方喬詞)

筆鋭金針,墨濃螺黛,盟言寫就囊兒袋。玉屏一縷獸爐煙,蘭房深處深深拜。　芳意無窮,花箋難載,簾前細祝風吹帶。兩情願得似堤邊,一江緑水年年在。(卷八　幽期部·紫竹小傳)

## 未標牌名(按:此傳爲宋·方喬妻紫竹《菩薩蠻》詞)

與郎眷戀何時了,愛郎不異珍和寶。一寶百金償。算來何用郎。　戲郎郎莫恨,珍寶何須論。若要買郎心,憑他萬萬金。(卷八　幽期部·紫竹小傳)

## 未標牌名(按:此傳爲宋·方喬妻紫竹《生查子》詞)

晨鶯不住啼,故唤愁人起。無力曉妝慵,閑弄荷錢水。　欲呼女伴來,鬥草花陰裏。嬌極不成狂,更向屏山倚。(卷八　幽期部·紫竹小傳)

## 未標牌名(按:此傳爲宋·方喬妻紫竹《生查子》詞)

思郎無見期,獨坐離情慘。門户約花開,花落輕風颭。　生怕是黄昏,庭竹和煙黲。斂翠恨無涯,强把蘭釭點。(卷八　幽期部·紫竹小傳)

## 未標牌名(按:此傳爲宋・阮華《菩薩蠻》詞)

玉簫一曲無心度,誰知引入桃源路。邂逅曲欄邊,匆忙欲並肩。　一時風雨急,忽爾分雙翼。回首洛川人,翻疑化作云。(卷八　幽期部・寶環記)

## 清朝幔

翠幕香凝,羅幃夢杳,深閨翡翠衾寒。可是一春憔悴,倦倚欄杆。最怪好花無主,狂蜂浪蝶幾翩翻。傷情處,枝頭杜宇,血淚成丹。　蕩蕩游絲舞飛絮,奈芳心牽引,更有多般。歎香銷玉減,愁鎖朱顔。望赤繩繫足,定應合浦珠還。洞房内,紅搖花燭,魚水同歡。(卷九　情感部一・並蒂蓮花記)

## 菩薩蠻(按:原文謂元・帖木兒不花子拜住詞)

紅繩畫板柔荑指,東風燕子雙雙起。誇俊要争高,更將裙繫牢。　牙床和困睡,一任金釵墜,推枕起來遲,紗窗月上時。(卷九　情感部一・鞦韆會記)

## 滿江紅・詠鶯(按:原文謂元・帖木兒不花子拜住詞)

嫩日舒晴,韶光豔,碧天新霽。正桃腮半吐,鶯聲初試。孤枕乍聞弦索悄,曲屏時聽笙簧細。愛綿蠻柔舌韻,東風愈嬌媚。　幽夢醒,閒愁泥。殘杏褪,重門閉。巧音芳韻,十分流麗。入柳穿花來又去,欲求好友真無計。望上林、何日得雙棲,心迢遞。(卷九　情感部一・鞦韆會記)

## 大江東・留别(按:此爲明・林鴻詞)

鍾情太甚,人笑我,到老也無休歇。月露煙雲多是恨,况與玉人離别。軟語叮嚀,柔情婉戀,熔盡肝腸鐵。歧亭把酒,水流花謝時節。　應念翠袖籠香,玉壺温酒,夜夜銀屏月。蓄喜含嗔多少態,海嶽誓盟都設。此去何之,碧雲春樹,合晚翠千疊。圖將羈思,歸來細與伊説。(卷九　情感部一・張紅橋傳)

## 大江東(按:此爲明・張紅橋和林鴻詞,文字大有異同)

鳳皇山下,玉漏聲,恨今宵容易歇。一曲《陽關》歌未畢,棲烏啞啞催人別。含怨吞聲,兩行珠淚,漬透千重鐵。柔腸幾寸,斷盡臨歧時節。　還憶浴罷畫眉,夢回攜手,踏碎花間月。謾道胸前懷豆蔻,今日總成虚設。桃葉渡頭,河冰千里,合凍雲疊疊。寒燈旅邸,熒熒與誰閒説。(卷九　情感部一・張紅橋傳)

## 摸魚兒(按:此爲明・林鴻詞)

記得紅橋,少年遊冶,多少雨情雲緒。金鞍幾度歸來晚,香靨笑迎朱户。斷腸處,半醉微醒,燈暗夜深,語問情幾許?情應似吴蠶吐繭,撩亂千萬縷。　別離處,淡月乳鴉啼曙。淚痕深,紅袖污。深懷遐想何年了,空寄錦囊佳句。春欲去,恨不得長纓繫日留春住。相思最苦。莫道不消魂,衷腸鐵石,涕淚也如雨。(卷九　情感部一・張紅橋傳)

## 蝶戀花(按:此爲明・張紅橋詞)

記得紅橋西畔路,郎馬來時,繫在垂楊樹。漠漠梨雲和夢度,錦屏翠幕留春住。(卷九　情感部一・張紅橋傳)

## 臨江仙(按:此傳爲元明間金定詞)

記得書齋同筆硯,新人不是他人。扁舟來訪武陵春。仙居鄰紫府,人世隔紅塵。　海誓山盟心已許,幾番淺笑深顰。向人猶自語頻頻。意中無別意,親外有誰親?(卷十　情感部二・翠翠傳)

## 臨江仙(按:此傳爲元明間劉翠翠詞)

曾向書窗同筆硯,故人今作新人。洞房花燭十分春,汗沾蝴蝶粉,身惹麝香塵。　殢雨尤雲渾未慣,枕邊眉黛羞顰,輕憐痛惜莫辭頻。顧郎從此始,日近日相親。(卷十　情感部二・翠翠傳)

## 柳梢青(按:此爲明・徐熥詞)

鶯語聲吞,蛾眉黛蹙,總是銷魂。銀燭光沉,蘭閨夜永,月滿離樽。　　羅衣空濕啼痕。腸斷處,秋風暮猿,潞水寒冰。燕山殘雪,誰與温存?(卷十　情感部二・太曼生傳)

## 鷓鴣天(按:此爲明・林景清詞)

八字嬌蛾恨不開,陽臺今作望夫臺。月方好處人相别,潮未平時僕已催。　　聽囑咐,莫疑猜,蓬壺有路去還來。毿毿一樹垂絲柳,休傍他人門户栽。(卷十一　妓女部・楊玉香)

## 鷓鴣天(按:此爲明・楊玉香詞)

郎是閩南第一流,胸蟠星斗氣横秋。新詞宛轉歌才畢,又逐征鴻下翠樓。　　開錦纜,上蘭舟,見郎歡喜别郎憂。妾心政似長江水,晝夜隨郎到福州。(卷十一　妓女部・楊玉香)

## 醉高樓(按:此爲宋・柳富詞)

人間最苦,最苦是分離。伊愛我,我憐伊。青草岸頭人獨立,畫船歸去櫓聲遲。楚天低,回望處,兩依依。　　後會也知俱有願,未知何日是佳期。心下事,亂如絲。好天良夜還虚過,辜負我,兩心知。願伊家,衷腸在,一雙飛。(卷十一　妓女部・王幼玉記)

## 踏莎行(按:此調應爲《鵲橋仙》,傳爲宋・蜀妓詞)

説盟説誓,説情説意,動便春愁滿紙。多應念得脱空經,是哪個先生教底?　　不茶不飯,不言不語,一味供他憔悴。相思已是不曾閒,又那得工夫咒你!(卷十一　妓女部・蜀客妓)

## 謁金門(按:此應爲元・無名氏詞)

真堪惜,錦帳夜長虚擲。挑盡銀燈情脈脈,繡花無氣力。　　女伴聲

停刀尺，蟋蟀争吟四壁。自起捲簾窺夜色，天青星欲滴。（卷十二 夢遊部·玄妙洞天記）

## 臨江仙（按：此或爲明·無名氏詞）

飛盡流螢無興撲，扇兒閒卻秋風。遠山夜半又聞鐘。解衣斜對影，欲寢恨床空。 淒斷銀釭，渾欲滅，數聲窗外孤鴻。夜凉如水出簾櫳。微雲淡河漢，疏雨滴梧桐。（卷十二 夢遊部·玄妙洞天記）

## 山花子（按：此或爲明·無名氏詞）

剖得新橙擲繡筐，釀成美酒覆閒房。寒閨無計會蕭郎。 夜色暗隨鴻雁後，秋光争繞菊花旁。滿城風雨近重陽。（卷十二 夢遊部·玄妙洞天記）

## 玉樓春（按：此或爲明·無名氏詞）

韶陽欲暮鶯聲碎，望遠憑欄傷妾意。雜花滿地繡成裀，人在繡茵深處醉。 妾非飛鳥無雙翅，空想郎邊芳草媚。願爲柳絮倩東風，吹向郎身撩亂墜。（卷十二 夢遊部·玄妙洞天記）

## 踏莎行（按：此傳爲宋·無名氏詞）

香罷宵薰，花孤晝賞，粉牆一丈愁千丈。多情春夢苦拋人，尋郎夜夜離羅幌。 好句刊心，佳期束想。甫愁春到還愁往。消魂細柳一時垂，斷腸芬草連天長。（卷十二 夢遊部·玄妙洞天記）

## 臨江仙（按：此傳爲元·無名氏詞）

花影半簾初睡起，繡鞋著罷慵移。窺妝强把緑窗推。隔花雙蝶散，猶似夢初回。 纖指彈甌呼女伴，出簾聊共徘徊。閒將羅袖倚朱扉。樓臺臨水處，日午燕争飛。（卷十二 夢遊部·玄妙洞天記）

## 菩薩蠻（按：此或爲明·無名氏詞）

蘭閨日永花慵繡，紗窗獨倚垂羅袖。燕子做巢忙，詩成難寄郎。 新

篁窺緑水，荷葉青無比。風暖不知吹，游絲自在飛。（卷十二　夢遊部・玄妙洞天記）

## 踏莎行（按：此應爲明・無名氏詞）

佳約易乖，韶光難駐，柳絲飛盡江頭樹。朝來爲甚不鈎簾，殘花正滿簾前路。　　春賞未闌，春歸何遽，問春歸向何方去？有情燕子不同歸，呢喃獨伴春愁住。（卷十二　夢遊部・玄妙洞天記）

## 孤鸞（按：此應爲明・無名氏詞）

蝦須初揭，正寺日停鐘，窗風鳴鐵。懶自梳妝，亂挽鬟兒非滑。追想昨宵瞥見，有多少動情誰説。枉在屏風背後，立歪羅襪。　　聽玉人言去苦難泄，任樹上黄鶯歌道離别。强欲排餘恨，反寸腸悲裂。試使侍兒挽住，想未離畫橋東折。傳道行蹤已遠，但垂楊煙結。（卷十二　夢遊部・玄妙洞天記）

## 蝶戀花（按：此應爲明・無名氏詞）

梳罷曉妝屏上倚，欲把金針，玉腕嬌無比。不捲珠簾窺竹裏，翠禽飛下欄杆嘴。　　步向荷缸閒弄水，荷葉田田，似有清香起。照面水中私自喜，美蓉四月先開矣。（卷十二　夢遊部・玄妙洞天記）

## 踏莎行（按：此爲明・方是仙詞）

玉臂寬環，紗衫緩紐，繡床針綫無心久。豹頭枕冷射蘭輕，蝦須簾静塵埃厚。　　紫燕風頭，黄梅雨後，柳條亂拂長江口。但言冪歷柳如煙，誰知摇曳愁如柳。（卷十二　夢遊部・玄妙洞天記）

## 玉蝴蝶（按：此爲金元・無名氏詞）

爲甚夜來添病？强臨寶鑒，憔悴嬌慵。一任釵斜鬟亂，永日薰風。惱脂消榴紅徑裏，羞玉減粉蝶叢中。思悠悠，垂簾獨坐，倚遍薰籠。　　朦朧，玉人不見，裁羅囊寄錦寫箋封。約在春歸，夏來依舊各西東。粉牆花影來疑是，羅帳雨夢斷成空。最難忘，屏邊瞥見，野外相逢。（卷十二　夢遊

部·玄妙洞天記）

## 眼兒媚（按：此應爲明·無名氏詞）

石榴花發尚傷春，草色帶斜曛。芙蓉面瘦蕙蘭心，病柳葉眉顰。　如年長晝雖難過，入夜更消魂。半窗淡月，三聲嗚鼓，一個愁人。（卷十二　夢遊部·玄妙洞天記）

## 踏莎行（按：此應爲明·無名氏詞）

紅葉空傳，朱繩未綰，天涯可見人難見。緑窗病起落悔繁，玉蕭夢斷行雲短。　波眼將穿，柳腰似剗，寂寥偏與東風管。水仙愁絶翠鬧寒，春雲空谷蘭香遠。（卷十二　夢遊部·玄妙洞天記）

## 玉樓春（按：此應爲明·無名氏詞）

空閨日夜積塵閉，郎馬何時門外繫？愁中眉讓遠山長，病裹腰添垂柳細。　如煙一種津頭樹，可喜誰知還可怒。榆錢難買少年回，柳絮能牽幽夢去。（卷十二　夢遊部·玄妙洞天記）

## 念奴嬌（按：此爲金元·無名氏詞）

鴛幃睡起，正飛花，蘭徑啼鶯瓊門。對鏡梳妝，愁見那、怯怯容顏瘦弱。一自仙郎，題詩寄簡，屢訂西厢約。牆花拂影，獨眠何事如昨？　誰憐潘果空投，賈香難與，愁腸安托。帶眼輕拴，須看取、楊柳腰肢如削。珠履玲瓏，羅衫雅淡，件件無心着。何時厮見，得償今日蕭索。（卷十二　夢遊部·玄妙洞天記）

## 踏莎行（按：此爲金元·無名氏詞）

花徑争穿，珠簾屢認，正逢梅雨芹泥潤。畫梁無處可安巢，玉纖爲把花枝襯。　社日才來，端陽已近，尋巢爲甚偏遲鈍。算來一似鳳鸞期，蹉跎漸覺無真信。（卷十二　夢遊部·玄妙洞天記）

## 臨江仙(按:此爲金元・無名氏詞)

昨夜驚眠梅雨大,枕前窗上頻敲。天明翻覺夢魂遥。起來看女伴,薰袖已香消。　雲鎖房櫳煙鎖竹,捲簾水濕鮫綃。菱花低照拂眉稍,玉梳雲髮潤,不喜上蘭膏。(卷十二　夢遊部・玄妙洞天記)

## 菩薩蠻

妾身本是瑯琊種,當年曾被君主寵。豔態鬥紅妝,人稱十八娘。　絳綃籠玉質,纖手金盤擘。驛路起塵埃,驪山一騎來。(卷十二　夢遊部・扶離佳會录)

## 喜遷鶯(按:原文謂元・衛君美詞)

乾坤如昨,歎往事淒涼,長才蕭索。景物都非,人民俱換,非是舊時城郭。世事恰如棋子,當局方知難著。勝與敗,似一場春夢,何須驚愕。　寥落,相見處萍水異鄉,爛熳清宵酌。説到英雄,身同夢,澀盡劍鋒蓮鍔。看破浮雲變態,休問誰强誰弱。堪歎惜,這一番歸去,似遼東鶴。(卷十三　義俠部・碧綫傳)

## 賀新郎(按:此傳爲仙娥詞)

花柳卻炎蒸。運神工,重樓疊宇,頃刻間成。綠水青山多宛轉,免教燕駭怨鶯驚。看來無異到神京。慮只慮佳期不定。天從人願,邂逅多情。相引處,珮環聲。　等閒回首遠蓬瀛。呼小玉,敬呈絳果,謾薦蘭羹。須信是瓊漿一飲,頓令百感俱生。且休道、塵緣易盡。縱然雲收雨散,琵琶峽、依舊風月交明。此會果非輕。(卷二十三　草木部・海月樓記)

## 未標牌名(四首)(按:原文謂明洪武間老魅詞,應爲明・唐寅詞)

### 風

風裊裊,風裊裊,冬嶺泣孤松,春郊摇弱草。收雲月色明,捲霧天光早。清秋暗送桂香來,極夏頻將炎氣掃。風裊裊,野花亂落令人老。

### 花

花豔豔，花豔豔，妖嬈巧似妝，鎖碎渾如剪。露凝色更鮮，風送香嘗遠。一枝獨茂逞冰肌，萬朵争妍含醉臉。花豔豔，上林富貴真堪羡。

### 雪

雪飄飄，雪飄飄，翠玉封梅蕚，青鹽壓竹稍。灑空翻絮浪，積檻聳銀橋。千山渾駭鋪鉛粉，萬木依稀擁素袍。雪飄飄，長途游子恨迢遥。

### 月

月娟娟，月娟娟，乍缺鈎横野，方圓鏡掛天。斜移花影亂，低映水紋連。詩人舉盞搜佳句，美女推窗遲月眠。月娟娟，清光千古照無邊。（卷二十七　獸部二　大士誅邪記）

## 滿江紅（按：原文謂鬼女王秋英詞）

偶度銀河，霎時間雲收雨歇。枉做□□［了叢］莽溪頭，一場轟烈。江山風雨百年心，家國存亡千里月。愧今宵勾引蔓藤，又添淒切。　煙花恥，應難雪。雲雨債，何時滅。只爲塵緣把白瑜玷缺。高唐夢裏情如海，望帝山中淚成血。羞睹着嫦娥長自在，瓊瑶闕。（卷三十二　鬼部一・王秋英傳）

## 臨江仙（按：原文謂鬼女王秋英詞）

燈火滿城鳴竹爆，家家收拾殘年。春陽初轉動朱弦。金爐香幾縷，裊裊散輕煙。　又人事天時又一歲，迎春送臘開筵。多情杯酒更烹鮮。殷勤斟玉斝，相對淚潸然。（卷三十二　鬼部一・王秋英傳）

## 瀟湘逢故人慢（按：原文謂鬼女王秋英詞）

春光將暮。見嫩柳拖煙，嬌花帶霧。頃刻間風雨。把堂上深恩，閨中遺事，鑽火留餳，都付卻落花飛絮。又何心挈罍提壺，鬥草踏青載路。子規啼，蝴蝶舞。遍南北山頭，紙灰緑醑。奠一丘黄土。嗟海角飄零，湘陰淒楚，無主泉扃，也能得有情雞黍。畫角聲，吹落梅花，又帶離愁歸去。（卷三十二　鬼部一・王秋英傳）

## 滿江紅（按：原文謂鬼女王秋英詞）

溽暑誰收，秋聲報，梧桐一葉。又聽得蛩泣階除，雁啼沙磧。清光玉字本無塵,無奈妒雲遮素魄。意難忘,倏忽馭飆輪,尋舊約。　柳風疏,歡情拆。芙露冷,離愁結。這滴滴丁丁,不堪苦咽。夢魂河漢隔年期,骨肉關山千里别。兩關情極目楚山雲,龍江月。(卷三十二　鬼部一·王秋英傳)

## 長相思(按:原謂鬼女王秋英詞)

長相思,相思長,獨鶴高飛九迴翔。楚天嘹唳驚胡霜,側身東望淚沾裳。思君間阻天一方。　欲往從之河無梁,臨流欲溯川無航。江東渭北恨參商,安得共此明月光。長相思,相思長。(卷三十二　鬼部一·王秋英傳)

## 長相思(按:原謂鬼女王秋英詞)

長相思,相思長。寒蟲唧唧九迴腸。中夜爲君起彷徨,期君不至倚胡床。衰草淡煙漫隴襄。　願言載道歷盤塘,扁舟一葉過武昌。身隨鴻雁度衡陽,無令戚戚滯湖湘。長相思,相思長。(卷三十二　鬼部一·王秋英傳)

## 天仙子(按:此爲明·花麗春仕姬詞)

金屋銀屏疇昔景,唱徹雞人眠未醒。故宫花落夜如年,塵掩鏡,笙歌静。往日繁華都是夢。　天上曉星先破暝,明滅孤燈隨隻影。翠眉雲鬢麝蘭塵。空歎省,成悲哽,無數落紅堆滿徑。(卷三十二　鬼部一·游會稽山記)

## 念奴嬌(按:此詞傳爲鄭婉娥詞,當爲明人附會)

離離禾黍。歎江山似舊,英雄塵土。石馬銅駝荆棘裏,閲遍幾番寒暑。劍戟灰飛,旌旗烏散,底處尋樓艣。喑嗚叱咤,只今猶説西楚。　憔悴玉帳虞兮,燈前掩面,淚交飛紅雨。鳳輦羊車行不返,九曲愁腸慢苦。梅瓣凝妝,楊花翻曲,回首成終古。翠螺青黛,絳仙慵畫眉嫵。(卷三十五　鬼部四鄭婉娥傳)

# 《花陣綺言》詞

(石公纂輯　十二卷　《古本小説集成》據明萬曆刊本影印　上海古籍出版社　一九九一)

**如夢令“正好歡娛”**(按:《國色天香》卷四下層《尋芳雅集》已輯,此存目)(卷之一　三奇合傳)

**憶秦娥“相逢後”**(按:《國色天香》卷四下層《尋芳雅集》已輯,此存目)(卷之一　三奇合傳)

**好事近“好夢久飄颻”**(按:《國色天香》卷四下層《尋芳雅集》已輯,此存目)(卷之一　三奇合傳)

**望江南“春夢斷”**(按:《國色天香》卷四下層《尋芳雅集》已輯,此存目)(卷之一　三奇合傳)

**蝶戀花“訪舊歸來”**(按:《國色天香》卷四下層《尋芳雅集》已輯,此存目)(卷之一　三奇合傳)

**惜春飛“蝶怨蜂愁”**(按:《國色天香》卷四下層《尋芳雅集》已輯,此存目)(卷之一　三奇合傳)

**一叢花“曉來密約”**(按:《國色天香》卷四下層《尋芳雅集》已輯,此存目)(卷之一　三奇合傳)

**點絳唇“默步庭闈”**(按:《國色天香》卷四下層《尋芳雅集》已輯,此存目)(卷之一　三奇合傳)

**青玉案“緣乖分薄”**(按:《國色天香》卷四下層《尋芳雅集》已輯,此存目)(卷之一　三奇合傳)

**南鄉子“病起試紅塵”**(按:《國色天香》卷四下層《尋芳雅集》已輯,此存目)(卷之一　三奇合傳)

**樂春風“錦褥香鋪”**(按:《國色天香》卷四下層《尋芳雅集》已輯,此存目)(卷之一　三奇合傳)

**樂春風“鸞鏡纔圓”**(按:《國色天香》卷四下層《尋芳雅集》已輯,此存目)(卷之一　三奇合傳)

西江月“久待西厢”(按:《國色天香》卷四下層《尋芳雅集》已輯,此存目)(卷之一　三奇合傳)

臨江仙“心事今朝”(按:《國色天香》卷四下層《尋芳雅集》已輯,此存目)(卷之一　三奇合傳)

憶王孫“姮娥神已”(按:《國色天香》卷六下層《花神三妙傳》已輯,此存目)(卷之二　花神三妙傳)

蝶戀花“誰家寶鏡”(按:《國色天香》卷六下層《花神三妙傳》已輯,此存目)(卷之二　花神三妙傳)

蝶戀花“緑窗人静”(按:《國色天香》卷六下層《花神三妙傳》已輯,此存目)(卷之二　花神三妙傳)

浣溪沙“晴天明水”(按:《國色天香》卷六下層《花神三妙傳》已輯,此存目)(卷之三　花神三妙傳)

千秋歲“緑蔭芳草”(按:《國色天香》卷六下層《花神三妙傳》已輯,此存目)(卷之三　花神三妙傳)

千秋歲“玉階瑶草”(按:《國色天香》卷六下層《花神三妙傳》已輯,此存目)(卷之三　花神三妙傳)

千秋歲“瑶池緑草”(按:《國色天香》卷六下層《花神三妙傳》已輯,此存目)(卷之三　花神三妙傳)

惜春飛“蝶醉蜂迷”(按:《國色天香》卷七下層《天緣奇遇·上》已輯,此存目)(卷之四　天緣奇遇·上)

蘇幕遮“素蘭花”(按:《國色天香》卷七下層《天緣奇遇·上》已輯,此存目)(卷之四　天緣奇遇·上)

阮郎歸“聞郎去後”(按:《國色天香》卷七下層《天緣奇遇·上》已輯,此存目)(卷之四　天緣奇遇·上)

訴衷情“撒天長恨”(按:《國色天香》卷七下層《天緣奇遇·上》已輯,此存目)(卷之四　天緣奇遇·上)

桃源憶故人“思思念念”(按:《國色天香》卷七下層《天緣奇遇·上》已輯,此存目)(卷之四　天緣奇遇·上)

如夢令“何事無情”(按:《國色天香》卷七下層《天緣奇遇·上》已輯,此存目)(卷之四　天緣奇遇·上)

蝶戀花“風動花心”(按:《國色天香》卷七下層《天緣奇遇·上》已輯,此存目)(卷之四　天緣奇遇·上)

**蝶戀花“蝶醉花心”**(按:《國色天香》卷七下層《天緣奇遇·上》已輯,此存目)(卷之四　天緣奇遇·上)

**未標牌名“風何狂”**(按:《國色天香》卷七下層《天緣奇遇·上》已輯,此存目)(卷之四　天緣奇遇·上)

**晝堂春“孤身常托”**(按:《國色天香》卷七下層《天緣奇遇·上》已輯,此存目)(卷之四　天緣奇遇·上)

**玉樓春“含春笑解”**(按:殘篇,《國色天香》卷七下層《天緣奇遇·上》已輯,此存目)(卷之四　天緣奇遇·上)

**小重山“楊柳垂簾”**(按:《國色天香》卷七下層《天緣奇遇·上》已輯,此存目)(卷之四　天緣奇遇·上)

**卜算子“惜别似傷春”**(按:《國色天香》卷七下層《天緣奇遇·上》已輯,此存目)(卷之四　天緣奇遇·上)

**憶秦娥“空碌碌”**(按:《國色天香》卷八下層《天緣奇遇·下》已輯,此存目)(卷之五　天緣奇遇·下)

**好事近“好事謝文娥”**(按:《國色天香》卷八下層《天緣奇遇·下》已輯,此存目)(卷之五　天緣奇遇·下)

**隔浦蓮“紅蘭相映”**(按:《國色天香》卷八下層《天緣奇遇·下》已輯,此存目)(卷之五　天緣奇遇·下)

**江城梅花引“佳期私許”**(按:《國色天香》卷八下層《天緣奇遇·下》已輯,此存目)(卷之五　天緣奇遇·下)

**陽關引“纔綰同心結”**(按:《國色天香》卷八下層《天緣奇遇·下》已輯,此存目)(卷之五　天緣奇遇·下)

**減字木蘭花“玉堂風伯”**(按:《國色天香》卷八下層《天緣奇遇·下》已輯,此存目)(卷之五　天緣奇遇·下)

**未標牌名“千里故人”**(按:用《沁園春》調,《國色天香》卷八下層《天緣奇遇·下》已輯,此存目)(卷之五　天緣奇遇·下)

**重疊金“少年一枕”**(按:《國色天香》卷八下層《天緣奇遇·下》已輯,此存目)(卷之五　天緣奇遇·下)

**臨江仙·題繡谷堂“簾捲華堂”**(按:《國色天香》卷八下層《天緣奇遇·下》已輯,此存目)(卷之五　天緣奇遇·下)

**浣溪沙·題雲溪軒“香鎖籬黄”**(按:《國色天香》卷八下層《天緣奇遇·下》已輯,此存目)(卷之五　天緣奇遇·下)

**天仙子·題曲水流觴“春曉轆轤”**(按:《國色天香》卷八下層《天緣奇遇·下》已輯,此存目)(卷之五　天緣奇遇·下)

**西江月“蠟紙重重”**(按:《國色天香》卷九下層《鍾情麗集·上》已輯録,此存目)(卷之六　鍾情麗集·上)

**憶秦娥“憶秦娥”**(按:《國色天香》卷九下層《鍾情麗集·上》已輯録,此存目)(卷之六　鍾情麗集·上)

**花心動“萬緒千端”**(按:《國色天香》卷九下層《鍾情麗集·上》已輯録,此存目)(卷之六　鍾情麗集·上)

**喜遷鶯“嬌癡倦極”**(按:《國色天香》卷九下層《鍾情麗集·上》已輯録,此存目)(卷之六　鍾情麗集·上)

**浣溪沙“雲淡風輕”**(按:《國色天香》卷九下層《鍾情麗集·上》已輯録,此存目)(卷之六　鍾情麗集·上)

**減字木蘭花“小亭宴罷”**(按:《國色天香》卷九下層《鍾情麗集·上》已輯,此存目)(卷三上層　鍾情麗集·上)

**鳳凰臺上憶吹簫“水月精神”**(按:《國色天香》卷九下層《鍾情麗集·上》已輯録,此存目)(卷之六　鍾情麗集·上)

**菩薩蠻“不緣色膽”**(按:《國色天香》卷九下層《鍾情麗集·上》已輯録,此存目)(卷之六　鍾情麗集·上)

**西江月“借問朝雲”**(按:《國色天香》卷九下層《鍾情麗集·上》已輯録,此存目)(卷之六　鍾情麗集·上)

**望江南“堪歎處”**(按:《國色天香》卷九下層《鍾情麗集·上》已輯録,此存目)(卷之六　鍾情麗集·上)

**虞美人“平生恩愛”**(按:《國色天香》卷九下層《鍾情麗集·上》已輯録,此存目)(卷之六　鍾情麗集·上)

**菩薩蠻“春風桃李”**(按:《國色天香》卷九下層《鍾情麗集·上》已輯録,此存目)(卷之六　鍾情麗集·上)

**柳梢青“南陌花殘”**(按:《國色天香》卷九下層《鍾情麗集·上》已輯録,此存目)(卷之六　鍾情麗集·上)

**滿庭芳“月下歌聲”**(按:《國色天香》卷九下層《鍾情麗集·上》已輯録,此存目)(卷之六　鍾情麗集·上)

**木蘭花“念舊時行樂”**(按:《國色天香》卷九下層《鍾情麗集·上》已輯録,此存目)(卷之六　鍾情麗集·上)

**千秋歲令“菊遲梅早”**(按:《國色天香》卷九下層《鍾情麗集·上》已輯録,此存目)(卷之六　鍾情麗集·上)

**長相思“大巫山”**(按:《國色天香》卷九下層《鍾情麗集·上》已輯録,此存目)(卷之六　鍾情麗集·上)

**一剪梅“紅滿苔階”**(按:《國色天香》卷九下層《鍾情麗集·上》已輯録,此存目)(卷之六　鍾情麗集·上)

**法駕引“歸去也”**(按:《國色天香》卷九下層《鍾情麗集·上》已輯録,此存目)(卷之六　鍾情麗集·上)

**鵲橋仙“征鴻無信”**(按:《國色天香》卷十下層《鍾情麗集·下》已輯録,此存目)(卷之七　鍾情麗集·下)

**瑞鷓鴣“芭蕉葉上”**(按:《國色天香》卷十下層《鍾情麗集·下》已輯録,此存目)(卷之七　鍾情麗集·下)

**長相思“春望歸”**(按:《國色天香》卷十下層《鍾情麗集·下》已輯録,此存目)(卷之七　鍾情麗集·下)

**一剪梅“雨打梨花”**(按:《國色天香》卷十下層《鍾情麗集·下》已輯録,此存目)(卷之七　鍾情麗集·下)

**滿庭芳“愁鎖春山”**(按:《國色天香》卷十下層《鍾情麗集·下》已輯録,此存目)(卷之七　鍾情麗集·下)

**念奴嬌“牽情不了”**(按:《國色天香》卷十下層《鍾情麗集·下》已輯録,此存目)(卷之七　鍾情麗集·下)

**一剪梅“金菊花開”**(按:《國色天香》卷十下層《鍾情麗集·下》已輯録,此存目)(卷之七　鍾情麗集·下)

**沁園春“夫爲妻亡”**(按:《國色天香》卷十下層《鍾情麗集·下》已輯録,此存目)(卷之七　鍾情麗集·下)

**醉春風“玉貌减容色”**(按:《國色天香》卷十下層《鍾情麗集·下》已輯録,此存目)(卷之七　鍾情麗集·下)

**玉蝴蝶令“憔悴玉人”**(按:《國色天香》卷十下層《鍾情麗集·下》已輯録,此存目)(卷之七　鍾情麗集·下)

**摸魚兒“(錦城西,一區華屋,天開多少佳趣)”**(按:何大掄本《燕居筆記》卷七上層《擁爐嬌紅》已輯,此存目)(卷之八　嬌紅雙美)

**點絳唇“庭院深沉”**(按:何大掄本《燕居筆記》卷七上層《擁爐嬌紅》已輯,此存目)(卷之八　嬌紅雙美)

**喜遷鶯“園林過雨”**(按:何大掄本《燕居筆記》卷七上層《擁爐嬌紅》已輯,此存目)(卷之八　嬌紅雙美)

**減字木蘭花“春宵陪宴”**(按:何大掄本《燕居筆記》卷七上層《擁爐嬌紅》已輯,此存目)(卷之八　嬌紅雙美)

**西江月“試問蘭煤”**(按:何大掄本《燕居筆記》卷七上層《擁爐嬌紅》已輯,此存目)(卷之八　嬌紅雙美)

**石州引“懊恨東君”**(按:何大掄本《燕居筆記》卷七上層《擁爐嬌紅》已輯,此存目)(卷之八　嬌紅雙美)

**玉樓春“曉窗寂寂”**(按:何大掄本《燕居筆記》卷七上層《擁爐嬌紅》已輯,此存目)(卷之八　嬌紅雙美)

**卜算子“君去有歸期”**(按:何大掄本《燕居筆記》卷七上層《擁爐嬌紅》已輯,此存目)(卷之八　嬌紅雙美)

**擷芳詞“日如年”**(按:何大掄本《燕居筆記》卷七上層《擁爐嬌紅》已輯,此存目)(卷之八　嬌紅雙美)

**菩薩蠻“夜深偷展”**(按:何大掄本《燕居筆記》卷七上層《擁爐嬌紅》已輯,此存目)(卷之八　嬌紅雙美)

**菩薩蠻“緑窗深貯”**(按:何大掄本《燕居筆記》卷七上層《擁爐嬌紅》已輯,此存目)(卷之八　嬌紅雙美)

**鷓鴣天“甥館睽違”**(按:何大掄本《燕居筆記》卷七上層《擁爐嬌紅》已輯,此存目)(卷之八　嬌紅雙美)

**青玉案“尖尖曲曲”**(按:何大掄本《燕居筆記》卷七上層《擁爐嬌紅》已輯,此存目)(卷之八　嬌紅雙美)

**青玉案“花低鶯踏”**(按:何大掄本《燕居筆記》卷七上層《擁爐嬌紅》已輯,此存目)(卷之八　嬌紅雙美)

**碧牡丹“一片芳心”**(按:林近陽本《燕居筆記》卷八上層《擁爐嬌紅》已輯,此存目)(卷之八　嬌紅雙美)

**漁家傲“情若連環”**(按:林近陽本《燕居筆記》卷八上層《擁爐嬌紅》已輯,此存目)(卷之八　嬌紅雙美)

**一剪梅“荳蔻稍頭”**(按:何大掄本《燕居筆記》卷七上層《擁爐嬌紅》已輯,此存目)(卷之八　嬌紅雙美)

**念奴嬌“春風情性”**(按:何大掄本《燕居筆記》卷八上層《擁爐嬌紅》已輯,此存目)(卷之八　嬌紅雙美)

**步蟾宫“徐卿二子”**(按:何大掄本《燕居筆記》卷八上層《擁爐嬌紅》已輯,此存目)(卷之八　嬌紅雙美)

**臨江仙“入手功名”**(按:何大掄本《燕居筆記》卷八上層《擁爐嬌紅》已輯,此存目)(卷之八　嬌紅雙美)

**相思會“脈脈惜春心”**(按:何大掄本《燕居筆記》卷八上層《擁爐嬌紅》已輯,此存目)(卷之八　嬌紅雙美)

**于飛樂“天賦多嬌”**(按:何大掄本《燕居筆記》卷八上層《擁爐嬌紅》已輯,此存目)(卷之八　嬌紅雙美)

**晝夜樂“西川自古”**(按:何大掄本《燕居筆記》卷八上層《擁爐嬌紅》已輯,此存目)(卷之八　嬌紅雙美)

**望江南“從前事”**(按:何大掄本《燕居筆記》卷八上層《擁爐嬌紅》已輯,此存目)(卷之八　嬌紅雙美)

**内家嬌“燈花何大”**(按:何大掄本《燕居筆記》卷八上層《擁爐嬌紅》已輯,此存目)(卷之八　嬌紅雙美)

**一叢花“世間萬事”**(按:何大掄本《燕居筆記》卷七上層《擁爐嬌紅》已輯,此存目)(卷之八　嬌紅雙美)(卷八上層　擁爐嬌紅·下)

**好事近“一自識伊”**(按:何大掄本《燕居筆記》卷八上層《擁爐嬌紅》已輯,此存目)(卷之八　嬌紅雙美)

**菩薩蠻“郎今去也”**(按:何大掄本《燕居筆記》卷八上層《擁爐嬌紅》已輯,此存目)(卷之八　嬌紅雙美)

**憶瑶姬“合下相逢”**(按:何大掄本《燕居筆記》卷八上層《擁爐嬌紅》已輯,此存目)(卷之八　嬌紅雙美)

**减字木蘭花“蓮閨愛絶”**(按:何大掄本《燕居筆記》卷八上層《擁爐嬌紅》已輯,此存目)(卷之八　嬌紅雙美)

**燭影摇紅“一夜東風”**(按:何大掄本《燕居筆記》卷九上層《懷春雅集·上》已輯,此存目)(卷之九　金谷懷春·上)

**謁金門“深深意”**(按:何大掄本《燕居筆記》卷九上層《懷春雅集·上》已輯,此存目)(卷之九　金谷懷春·上)

**海棠春“遲遲已到”**(按:何大掄本《燕居筆記》卷九上層《懷春雅集·上》已輯,此存目)(卷之九　金谷懷春·上)

**春從天上來“淮海逍遥”**(按:何大掄本《燕居筆記》卷九上層《懷春雅集·上》已輯,此存目)(卷之九　金谷懷春·上)

**浣溪沙“月轉蘭階”**(按:何大掄本《燕居筆記》卷九上層《懷春雅集·上》已輯,此存目)(卷之九　金谷懷春·上)

**點絳唇“百寶欄杆”**(按:何大掄本《燕居筆記》卷九上層《懷春雅集·上》已輯,此存目)(卷之九　金谷懷春·上)

**千秋歲“祥雲縹緲”**(按:何大掄本《燕居筆記》卷九上層《懷春雅集·上》已輯,此存目)(卷之九　金谷懷春·上)

**臨江仙“憶昔望仙”**(按:何大掄本《燕居筆記》卷九上層《懷春雅集·上》已輯,此存目)(卷之九　金谷懷春·上)

**寄思曲“江頭一枝”**(按:何大掄本《燕居筆記》卷九上層《懷春雅集·上》已輯,此存目)(卷之九　金谷懷春·上)

**卜算子“秋日映寒塘”**(按:何大掄本《燕居筆記》卷九上層《懷春雅集·上》已輯,此存目)(卷之九　金谷懷春·上)

**憶秦娥“簫聲切”**(按:何大掄本《燕居筆記》卷九上層《懷春雅集·上》已輯,此存目)(卷之九　金谷懷春·上)

**西江月“暖入春風”**(按:何大掄本《燕居筆記》卷九上層《懷春雅集·上》已輯,此存目)(卷之九　金谷懷春·上)

**明月棹孤舟“富麗謾誇”**(按:何大掄本《燕居筆記》卷九上層《懷春雅集·上》已輯,此存目)(卷之九　金谷懷春·上)

**好事近“夜色映簾櫳”**(按:何大掄本《燕居筆記》卷九上層《懷春雅集·上》已輯,此存目)(卷之九　金谷懷春·上)

**如夢令·春宵無寐**(按:何大掄本《燕居筆記》卷九上層《懷春雅集·上》已輯,此存目)(卷之九　金谷懷春·上)

**念奴嬌·香閨春情**(按:何大掄本《燕居筆記》卷九上層《懷春雅集·上》已輯,此存目)(卷之九　金谷懷春·上)

**未標牌名·春歸詞**(按:林近陽本《燕居筆記》卷十上層《懷春雅集》已輯,此存目)(卷之十　金谷懷春·下)

**鳳凰閣“仰星河半落”**(按:何大掄本《燕居筆記》卷十上層《懷春雅集·下》已輯,此存目)(卷之十　金谷懷春·下)

**虞美人“銀蟾光漏”**(按:何大掄本《燕居筆記》卷十上層《懷春雅集·下》已輯,此存目)(卷之十　金谷懷春·下)

**酹江月“天涯流落”**(按:何大掄本《燕居筆記》卷十上層《懷春雅集·下》已輯,此存目)(卷之十　金谷懷春·下)

**臨江仙“扇令笙簫”**（按：何大掄本《燕居筆記》卷十上層《懷春雅集・下》已輯，此存目）（卷之十　金谷懷春・下）

**天仙子“流水橋頭”**（按：何大掄本《燕居筆記》卷十上層《懷春雅集・下》已輯，此存目）（卷之十　金谷懷春・下）

**長相思“風一林”**（按：何大掄本《燕居筆記》卷十上層《懷春雅集・下》已輯，此存目）（卷之十　金谷懷春・下）

**畫堂春“銀河一派”**（按：何大掄本《燕居筆記》卷十上層《懷春雅集・下》已輯，此存目）（卷之十　金谷懷春・下）

**未標牌名“游閬苑”**（按：何大掄本《燕居筆記》卷十上層《懷春雅集・下》已輯，此存目）（卷之十　金谷懷春・下）

**蘇幕遮“洞房幽”**（按：何大掄本《燕居筆記》卷十上層《懷春雅集・下》已輯，此存目）（卷之十　金谷懷春・下）

**蘇幕遮“漏聲沉”**（按：何大掄本《燕居筆記》卷十上層《懷春雅集・下》已輯，此存目）（卷之十　金谷懷春・下）

**減字木蘭花“芳心蕩漾”**（按：《國色天香》卷二下層《劉生覓蓮記・上》已輯，此存目）（卷之十一　覓蓮記・上）

**襪芳時“和光豔”**（按：《國色天香》卷二下層《劉生覓蓮記・上》已輯，此存目）（卷之十一　覓蓮記・上）

**如夢令“日暖風和”**（按：《國色天香》卷二下層《劉生覓蓮記・上》已輯，此存目）（卷之十一　覓蓮記・上）

**臨江仙“一睹嬌姿”**（按：《國色天香》卷二下層《劉生覓蓮記・上》已輯，此存目）（卷之十一　覓蓮記・上）

**憶秦娥“春堤曲”**（按：《國色天香》卷二下層《劉生覓蓮記・上》已輯，此存目）（卷之十一　覓蓮記・上）

**西江月“三月韶光”**（按：《國色天香》卷二下層《劉生覓蓮記・上》已輯，此存目）（卷之十一　覓蓮記・上）

**未標牌名“鶯聲清曉”**（按：《國色天香》卷二下層《劉生覓蓮記・上》已輯，此存目）（卷之十一　覓蓮記・上）

**行香子“山石之旁”**（按：《國色天香》卷二下層《劉生覓蓮記・上》已輯，此存目）（卷之十一　覓蓮記・上）

**臨江仙“愛殺芬芳”**（按：《國色天香》卷二下層《劉生覓蓮記・上》已輯，此存目）（卷之十一　覓蓮記・上）

**長相思“花滿枝”**(按:《國色天香》卷二下層《劉生覓蓮記・上》已輯,此存目)(卷之十一 覓蓮記・上)

**未標牌名・二十牌名・愛花詞**(按:《國色天香》卷二下層《劉生覓蓮記・上》已輯,此存目)(卷之十一 覓蓮記・上)

**未標牌名・二十牌名・惜春詞**(按:《國色天香》卷二下層《劉生覓蓮記・上》已輯,此存目)(卷之十一 覓蓮記・上)

**步蟾宫“萬斛新愁”**(按:《國色天香》卷二下層《劉生覓蓮記・上》已輯,此存目)(卷之十一 覓蓮記・上)

**晝夜樂“春山愁壓”**(按:《國色天香》卷二下層《劉生覓蓮記・上》已輯,此存目)(卷之十一 覓蓮記・上)

**虞美人“殘花無奈”**(按:《國色天香》卷二下層《劉生覓蓮記・上》已輯,此存目)(卷之十一 覓蓮記・上)

**賀聖朝“癡心偷步”**(按:《國色天香》卷二下層《劉生覓蓮記・上》已輯,此存目)(卷之十一 覓蓮記・上)

**春光好“春已矣”**(按:《國色天香》卷二下層《劉生覓蓮記・上》已輯,此存目)(卷之十一 覓蓮記・上)

**雨中花・夜雨生愁**(按:《國色天香》卷二下層《劉生覓蓮記・上》已輯,此存目)(卷之十一 覓蓮記・上)

**青玉案・春風積怨**(按:《國色天香》卷二下層《劉生覓蓮記・上》已輯,此存目)(卷之十一 覓蓮記・上)

**鳳凰閣“記當初花下”**(按:《國色天香》卷二下層《劉生覓蓮記・上》已輯,此存目)(卷之十一 覓蓮記・上)

**臨江仙“一睹仙郎”**(按:《國色天香》卷二下層《劉生覓蓮記・上》已輯,此存目)(卷之十一 覓蓮記・上)

**浣溪沙“寂寂寥寥”**(按:《國色天香》卷二下層《劉生覓蓮記・上》已輯,此存目)(卷之十一 覓蓮記・上)

**未標牌名“化龍原有日”**(按:《國色天香》卷二下層《劉生覓蓮記・上》已輯,此存目)(卷之十一 覓蓮記・上)

**四字令“隔池美姬”**(按:《國色天香》卷二下層《劉生覓蓮記・上》已輯,此存目)(卷之十一 覓蓮記・上)

**花心動“風裏楊花”**(按:《國色天香》卷二下層《劉生覓蓮記・上》已輯,此存目)(卷之十一 覓蓮記・上)

小重山“萬種相思”(按:《國色天香》卷二下層《劉生覓蓮記·上》已輯,此存目)(卷之十一　覓蓮記·上)

風入松·十四牌名“二郎神去”(按:《國色天香》卷二下層《劉生覓蓮記·上》已輯,此存目)(卷之十一　覓蓮記·上)

秋波媚“碧天夜色”(按:《國色天香》卷三下層《劉生覓蓮記·下》已輯,此存目)(卷之十二　覓蓮記·下)

西江月“向晚新亭”(按:《國色天香》卷三下層《劉生覓蓮記·下》已輯,此存目)(卷之十二　覓蓮記·下)

百字令“脂唇粉面”(按:《國色天香》卷三下層《劉生覓蓮記·下》已輯,此存目)(卷之十二　覓蓮記·下)

卜算子“有意送春歸”(按:《國色天香》卷三下層《劉生覓蓮記·下》已輯,此存目)(卷之十二　覓蓮記·下)

哭岐婆“春心摇拽”(按:《國色天香》卷三下層《劉生覓蓮記·下》已輯,此存目)(卷之十二覓蓮記·下)

未標牌名“懶上牙床”(按:《國色天香》卷三下層《劉生覓蓮記·下》已輯,此存目)(卷之十二　覓蓮記·下)

未標牌名“朝也思量”(按:《國色天香》卷三下層《劉生覓蓮記·下》已輯,此存目)(卷之十二　覓蓮記·下)

西江月“東舍多情”(按:《國色天香》卷三下層《劉生覓蓮記·下》已輯,此存目)(卷之十二　覓蓮記·下)

鷓鴣天“聖世崇文”(按:《國色天香》卷三下層《劉生覓蓮記·下》已輯,此存目)(卷之十二　覓蓮記·下)

再團圓“朱衣點額”(按:《國色天香》卷三下層《劉生覓蓮記·下》已輯,此存目)(卷之十二　覓蓮記·下)

搗練子“辭故里”(按:《國色天香》卷三下層《劉生覓蓮記·下》已輯,此存目)(卷之十二　覓蓮記·下)

南鄉子“夜闊夢難收”(按:《國色天香》卷三下層《劉生覓蓮記·下》已輯,此存目)(卷之十二　覓蓮記·下)

菩薩蠻“憶思多處”(按:《國色天香》卷三下層《劉生覓蓮記·下》已輯,此存目)(卷之十二　覓蓮記·下)

蝶戀花“飄蕩寒風”(按:《國色天香》卷三下層《劉生覓蓮記·下》已輯,此存目)(卷之十二　覓蓮記·下)

**賣花聲"愁思鎖眉峰"**(按:《國色天香》卷三下層《劉生覓蓮記・下》已輯,此存目)(卷之十二　覓蓮記・下)

**憶王孫"當時書語"**(按:《國色天香》卷三下層《劉生覓蓮記・下》已輯,此存目)(卷之十二　覓蓮記・下)

**醜兒令"佳人報道"**(按:《國色天香》卷三下層《劉生覓蓮記・下》已輯,此存目)(卷之十二　覓蓮記・下)

**玉蝶環"幾時慵整"**(按:《國色天香》卷三下層《劉生覓蓮記・下》已輯,此存目)(卷之十二　覓蓮記・下)

**上西樓"多時旅邸"**(按:《國色天香》卷三下層《劉生覓蓮記・下》已輯,此存目)(卷之十二　覓蓮記・下)

**桃源憶故人"仰君德望"**(按:《國色天香》卷三下層《劉生覓蓮記・下》已輯,此存目)(卷之十二　覓蓮記・下)

**卜算子"君有題柱才"**(按:《國色天香》卷三下層《劉生覓蓮記・下》已輯,此存目)(卷之十二　覓蓮記・下)

# 《輪回醒世》詞

（未題撰人　程毅中點校　十八卷　中華書局　二〇〇八）

## 未標牌名・怨情詞

望皎月，對明星，可惜銀河不渡人。牽牛無路通消息，織女空懷淚滿襟。雙雙盼到穿針夜，了卻相思一度春。（卷二　買婢得婿）

## 未標牌名・十喪夫（按：此用《鷓鴣天》調而俗化之）

一奠亡夫龔裁縫，鮫綃記得拭新紅。曾裁錦上穿花鳳，剪碎機中戲浪龍。　天孫手，織女工，剪破工夫俱斷送。多因裁斷絲頭也，結髮姻緣遂落空。

二奠亡夫木匠陸，執斧運斤時架屋。人間因少棟梁木，已曾月裏伐娑婆。　昆山石，鋼斧磨，琢就樓臺穿雲過。多因太洩工師巧，不得人間長伐柯。

三奠亡夫皮匠洪，連髭帶髯咬豬鬃。錐頭覓利針針刺，麻繩穿錢眼眼通。　革雖堅，刀似風，裁就朝鞋染皂中。豈因手裏傷牛革，抛靴撇履不長縫。

四奠亡夫虞西賓，枉了當年醉六經。修成彩鳳丹山羽，又作驪龍海底沉。　徒刺古，空博今，一堆黄土覆經綸。三千豪氣塵埋也，學問應須顯再生。

五奠亡靈孫農夫，沾泥帶水時犁土。東作西成常辛苦，妻炊子餉盡含哺。　時雨沛，槁苗蘇，田疇服力不荒蕪。新升舊没恒相續，那得屍骸永不枯。

六奠亡夫皂隸陳，毛板根頭帶血腥。有鈔笞時輕放手，無錢板下不留情。　非打傷，即撲損。衙門班裏欠修行。多因積下闌干債，折算當年殞自身。

七奠亡夫鐵匠方，磨刀刮刺太鋒芒。煉得短刀屠豬狗，打就長槍入戰場。　多屠戮，太殺傷，俱是爐中釀禍殃。只因手藝當時誤，弄得今生不壽長。

八奠亡夫石匠强，沙頭水畔駕橋梁。長鑿曾將青石剖，更有巨斧可開山。　施琱琢，石非頑，鑿階刻砌并雕牆。可憐妙手塵埋也，怎比石頭長不爛。

九奠亡夫仵作汪，冒污忍臭入屍場。析骸分骨紛紛檢，求紅論紫識何傷。　剜皮肉，斷肝腸，縱雪冤魂太慘傷。分明劍樹刀山咼，因而轉眼嘆無常。

十奠亡夫屠户閻，害命傷生萬萬千。剥得皮毛俱有用，骨角將來都换錢。　刀刀割，塊塊剜，斷送殘生難保全。曾假牛刀割牛耳，冰霜插血衆夫前。天天天！天天天！天天天！總哭一聲天。（卷四　十喪夫）

## 未標牌名・十勤歌

一當勤，蒙蒙初醒起吹燈。點得油乾燈草盡，推窗尚是一天星。

二當勤，憑几暗暗數鷄聲。翻經閲史精神爽，旦晝怎如夜氣清。

三當勤，勵精奮志趁清晨。讀得篇篇難釋手，梳頭洗臉且無心。

四當勤，早膳纔完可作文。筆酬墨飽頻頻寫，文未完時午已臨。

五當勤，莫學宰予貪晝寢。日中正好勤學力，眼看日昃不長盈。

六當勤，日午當空志未昏。既得午餐已裹腹，切莫偷閑散步行。

七當勤，午未看看時已申。倦來不覺憑几臥，拈條紙捻打嚏噴。

八當勤，西邊山畔落紅輪。窗前尚可温經史，省得黄昏去剔燈。

九當勤，灣灣玉兔轉東生。正好鄰家乞薪火，切莫閒談去倚門。

十當勤，鼕鼕樵鼓起初更。青燈黄卷孳孳讀，莫貪枕席便昏沉。（卷八　勤能造命）

## 未標牌名・十二勤歌

正月勤，雨水旬前是立春。年節元宵雖相近，拜節無勞莫看燈。

二月勤，驚蟄之後是春分。田頭剷土加輪皆，勿使田中青草生。

三月勤，紛紛細雨是清明。麥吐鰕鬚粒粒綻，採茶穀雨又催人。

四月勤，立夏小滿麥收成。滹沱麥飯家家飽，犁田作埂待甘霖。

五月勤，芒種夏至插秧針。黄梅時節家家雨，披簑戴笠不留停。

六月勤，小暑大暑望霓雲。田中有水禾苗長，沾足塗身仔細耘。

七月勤，處暑禾苗已結針。立秋之日先車灌，勿使苗兒秀不成。

八月勤，出口禾苗似碧雲。緑野盡沾白露雨，家家枵腹過秋分。

九月勤，寒露淒淒霜降臨。田禾盡實無莠稗，遍野齊黄不間青。

十月勤，東收西刈各盈門。立冬種麥芽抽緑，小雪揮鋤草不生。

十一月勤，時當大雪雪紛紛。冬至無柴煙竈冷，躡冰踏雪去樵薪。

十二月勤，運糞頻澆麥葉青。小寒寒到大寒盡，豈用風雪掩柴門。（卷八　勤能造命）

## 未標牌名·十勤歌

一要勤，披衣倚枕聽鐘鳴。灰中宿火薪堪燎，何須乞火向東鄰。

二要勤，早飯曾炊天未明。家家濃睡門猶扃，我已幫鞋一片成。

三要勤，不掃蛾眉鏡不臨。洗得垢面不蓬頭，莫施脂粉堆雲鬢。

四要勤，窗前挑繡莫消停。那有工夫常靠椅，杵米煎茶坐不寧。

五要勤，對竈添柴又刺針。聽得鍋中湯已滚，插了金針便起身。

六要勤，欲趲工夫趁晝心。莫和妯娌閒談講，將軍各自奔前程。

七要勤，莫打磕睡少精神。趕得一絲來上扣，省得孩兒赤了身。

八要勤，忙入園中挑菜根。磨房纔做三娘李，井邊没水要親臨。

九要勤，早炊夜飯莫燃燈。那有閒油來照竈，省得燈頭做幾針。

十要勤，夜裏功夫切莫省。五更起去一更眠，還有三更去着枕。（卷八　勤能造命）

## 未標牌名·道情歌

念雲遊，好苦辛，踏遍天下誰是親。鮮手足，喪萱椿，抛妻無子一孤身。蹤跡如黄葉，家鄉似白雲。生時衣食憑持鉢，死後屍骸喂蟻蠅。止因俠氣生閒忿，惹得青鋒帶血腥。甘竄跡，苦飄零，捱過殘生數十春。（卷十　遺腹得旋）

## 未標牌名·不揚人惡

暗室虧心彼自知，也防鬼責與人非。舜曾隱惡留忠厚，惡儆常勤子貢思。寧護短，莫攻疵，休將三寸發人私。（卷十三　十銘延壽）

## 未標牌名·不忌人有

萬物從來原有主，五行分定判盈虚。彼富彼饒彼自有，何用興懷我不如。我不足，彼有餘，有餘不足嘆何須。（卷十三　十銘延壽）

## 未標牌名·不疾人能

人自聰明我自愚，聰明未借我些須。彦聖由來心所好，疾妒生嗔徒自愚。人敏捷，我不如，仰止高山心自虚。（卷十三　十銘延壽）

## 未標牌名·不吝己有

公物當思三代風，車裘豈得一人封。凡係有無原可濟，可將己物兩相通。物自輕，義自重，擁得些須成何用。（卷十三　十銘延壽）

## 未標牌名·不驕己富

好禮雍雍富可誇，矜驕止做井中蛙。彼百我千人羡我，我千人萬不如他。富矜貧，多驕寡，俗態堪憎世所訝。（卷十三　十銘延壽）

## 未標牌名·不恃己才

尼父當年大聖人，謙退毫無自滿心。堪笑管窺何所見，豈得欣欣便自矜。勿自足，莫自能，先聖先賢壓古今。（卷十三　十銘延壽）

## 未標牌名·不營己私

伯仲原云手足情，勿因爾我便分心。東枝向茂西枝朽，不念生來同本根。誼本重，利本輕，豈得營私傷的親。（卷十三　十銘延壽）

## 未標牌名·不勸人訟

休將一紙入公門,公門真是陷人坑。設若累年常搆訟,千萬家私也易傾。凡有訟,莫勸人,清夜追思氣自平。(卷十三　十銘延壽)

## 未標牌名·不貪人利

子母權來利自生,爲富食婪定不仁。稱貸取償家産蕩,多因剋剥不饒人。貫朽蠹,粟紅陳,多怨皆由倣利行。(卷十三　十銘延壽)

## 未標牌名·不圖己便

世間事事皆圖便,便人便己安能遍。遂得我心人不遂,此若求全彼缺陷。强恕行,無小見,推心二字方無忝。(卷十三　十銘延壽)

## 未標牌名·十可笑

一可笑,安家有女如花貌。一枝紅杏出牆來,春情盡洩在枝稍。
二可笑,機緣凑偶爲中表。郎才女貌兩相宜,兄妹排聯情意好。
三可笑,花陰月下相逢巧。張生跳入粉牆來,湖山石畔鶯鶯到。
四可笑,强入秦樓吹鳳簫。不是東床來袒腹,山雞彩鳳暫相交。
五可笑,銅雀焉能鎖二喬。嬌娃不耐孤單况,繡幃已弄桑間調。
六可笑,梅子流酸比醋高。渾家權作他人婦,這場酸醋吃不了。
七可笑,千金一刻此春宵。偷閒得做鴛鴦對,千萬鸞顛與鳳倒。
八可笑,及笄時候最難熬。不是鶯儔强作侣,勝似孤眠捱到曉。
九可笑,未到養兒思待老。止圖殢雨與尤雲,豈知未嫁生兒早。
十可笑,梅家親迎娶多嬌。只道黄花今晚折,豈知門户不堅牢。(卷十三　舌鋒致殀)

## 未標牌名

爐中有炭,試看又無山。爪與巴相合,林中一擔擔。聚麀古來有,此風先已倡。父代子,媳作姑,權時相讓。若知家醜怕聲揚,不作此爬灰勾當。(卷十三　舌鋒致殀)

# 《靳史》詞

（查應光輯　三十卷　《四庫禁毁書叢刊》據明天啓刻本影印　北京出版社　一九九七）

## 風光好（按：此傳爲宋・陶穀詞）

好姻緣，惡姻緣，秖得郵亭一夜眠。别神仙。　琵琶撥盡相思調，知音少，再把鸞膠續斷絃，是何年？（卷十六　宋）

## 生查子・陳情（按：此爲宋・陳亞詞）

朝廷數擢贒，旋占凌霄路。自是鬱陶人，險難無夷處。也知没藥療孤寒，食蘗何相誤？大幅紙連粘，甘草歸田賦。（卷十七　宋）

## 生查子・閨情（三首）（按：此爲宋・陳亞詞）

相思意已深，白紙書難足。字字苦參商，故要檀郎讀。　分明寄得約當歸，遠至櫻桃熟。何事菊花時，猶未茴鄉曲。

小院雨餘凉，石竹風生砌。羅扇儘從容，半夏紗厨睡。　起來閑坐北亭中，滴盡珍珠淚。爲念婿辛勤，去折蟾宫桂。

浪蕩去來來，躑躅花頻换。可惜石榴裙，蘭麝香消半。　琵琶閑後理相思，必撥朱弦斷。擬續斷朱絃，待這冤家看。（卷十七　宋）

## 未標牌名（按：此爲宋・陳堯佐《踏莎行》詞）

二社良辰，千家庭院，翩翩又見新歸燕。鳳凰巢穩許爲隣，瀟湘煙暖來何晚。　亂入紅樓，低飛緑岸，畫梁時拂歌塵散。爲誰歸去爲誰來，主人恩重珠簾捲。（卷十八　宋）

## 未標牌名（按：此爲宋·蘇軾《水龍吟》詞中句，多有改動）

木落淮南，雨晴雲夢，日斜風裊。自桓伊不見，中郎去後，孤負秋多少。爲君洗盡，蠻風瘴雨，作《清霜曉》。（卷十九　宋）

## 踏莎行（按：此爲宋·蘇軾詞，略有改動）

這個禿奴，修行忒殺，雲山頂上空持戒。一從迷戀玉樓人，鶉衣百結渾無奈。　毒手傷人，花容粉碎，色空空今何在。臂間刺道苦相思，這回還了相思債。（卷十九　宋）

## 臨江仙（按：此爲宋·侯蒙詞）

未遇行藏誰肯信，如今方表名踪。無端良匠盡形容。當風輕借力，一舉入高空。　才得吹噓身漸穩，只疑遠赴蟾宫。雨餘時侯夕陽紅。幾人平地上，看我碧霄中。（卷二十　宋）

## 浣溪沙（按：此爲宋·黄庭堅詞）

新婦機頭眉黛愁，女兒浦口眼波秋，驚魚錯認月沉鈎。　清篛笠前無限事，緑簑衣底一時休，斜風細雨轉船頭。（卷二十　宋）

## 南歌子（按：此爲宋·蘇軾詞）

師唱誰家曲？宗風嗣阿誰？借君拍板與門搥。我也逢場作戲、莫相疑。　溪女方偷眼，山僧莫貶眉。却愁彌勒下生遲。不見老婆三五、少年時。（卷二十一　宋）

## 减宋木蘭花（按：此爲宋·蘇軾詞）

鄭莊好客，容我樓前先墮幘。落筆生風，藉藉聲名不負公。　高山白蚤，瑩骨冰肌那解老。從此南徐，良夜清風月滿湖。（卷二十一　宋）

## 臨江仙・艮嶽萬歲山(按:此爲宋・邢俊臣詞殘句)

巍峩萬丈與天高。物輕人意重,千里送鵝毛。(卷二十二　宋)

## 臨江仙・陳朝檜(按:此爲宋・邢俊臣詞殘句)

遠來猶自憶梁陳。江南無好物,聊贈一枝春。(卷二十二　宋)

## 臨江仙・詠梁師成詩(按:此爲宋・邢俊臣詞殘句)

欲知勤苦爲新詩。吟安一個字,撚斷數莖髭。(卷二十二　宋)

## 臨江仙・攜詞見帥敘其寥落(按:此爲宋・邢俊臣詞殘句)

捫窗摸户入房來。笙歌歸院落,燈火下樓臺。(卷二十二　宋)

## 臨江仙・詠妓腋氣(按:此爲宋・邢俊臣詞殘句)

酥胸露出白皚皚。遥知不是雪,爲有暗香來。(卷二十二　宋)

## 未標牌名(按:此爲宋・蔡京《西江月》詞)

八十一年住世,四千里外無家。如今流落在天涯,夢到瑶池闕下。　玉殿五回命相,彤庭幾度宣麻。止因貪此戀榮華,便有如今事也。(卷二十二　宋)

## 南鄉子(按:此爲南宋太學生詞)

洪邁被拘留,稽首垂哀告彼酋。一日忍饑猶不耐,堪羞。蘇武争禁十九秋?　厥父既無謀,厥子安能解國憂?萬里歸來誇舌辨,村牛。好擺頭時便擺頭。(卷二十二　宋)

## 點絳唇(按:此爲宋・汪藻詞,有改動)

永夜厭厭,畫簾低月山銜斗。起來搔首,梅影横窗瘦。　好個霜天,閑却傳杯手。君知否,曉鴉啼後,歸夢濃如酒。(卷二十二　宋)

## 減字木蘭花(按:此爲宋·無名氏詞)

家門希差,養得一枝依樣畫。百事無能,只去籬邊纏倒藤。　　幾回水上,軋捺不翻真個强。無處容他,只好炎天曬作巴。(卷二十二　宋)

## 尋芳草(按:此爲·宋辛棄疾詞)

有得許多淚,更閑却、許多鴛被。枕頭兒、放處都不是。舊家時、怎生睡。　　更也没書來,那堪被、雁兒調戲。道無書、却有書中意。排幾個、人人字。(卷二十二　宋)

## 阮郎歸(按:此爲宋·徐似道詞)

茶寮上一頭陀,新來學者麽?蝤蛑螃蠏與烏螺,知他放幾多?　　有一物似蜂窩,姓牙名老婆。雖然無奈得他何,如何放得他。(卷二十三　宋)

## 一剪梅(按:此爲宋·易祓妻詞)

染淚脩書寄彦章,貪做前廊,忘却回廊。功名成遂不還鄉,石做心腸,鐵做心腸。　　紅日三竿懶畫妝,虚度韶光,瘦損容光。何日得成雙,羞對鴛鴦,懶對鴛鴦。(卷二十三　宋)

## 未標牌名(按:此爲宋·戴復古妻《祝英臺近》詞)

惜多才,憐薄命,無計可留汝。揉碎花箋,忍寫斷腸句。道傍楊柳依依,千絲萬縷,抵不住、一分愁緒。　　(如何訴。便叫緣盡今生,此生已經許。)捉月盟言,不是夢中語。後回君若重來,不相忘處,把杯酒、洗[澆]奴墳土。(卷二十三　宋)

## 柳梢青(按:此爲宋·張任國詞)

掛起招牌。一聲喝采,舊店新開。熟事孩兒,家懷老子,畢竟招財。　　當初合下安排。又不豪門買獃。自古道、正身替代,見任添差。(卷二十三　宋)

## 踏莎行(按:此調應爲《鵲橋仙》,傳爲宋·蜀姬詞)

説盟説誓,説情説意,動便春愁滿紙。多應念得脱空經,是那個先生教底?　不茶不飯,不言不語,一味供他憔悴。相思已是不曾閑,又那得功夫咒你。(卷二十三　宋)

## 沁園春(按:此爲宋·劉過詞,略有改動)

斗酒彘肩,醉渡浙江,豈不快哉!被香山居士,約林和靖,與蘇公等,駕勒吾回。坡謂西湖,正如西子,濃抹淡妝臨照臺。諸人者,都撮頭不顧,只管傳杯。　白云天竺去來,圖畫裏、峥嶸樓觀開。看縱横一澗,東西水遶,兩山南北,高下雲堆。逋曰不然,暗香疎影,只可孤山先探梅。蓬萊閣,訪稼軒未晚,且此徘徊。(卷二十四　宋)

## 未標牌名(按:此爲宋·曹豳《紅窗迥》詞)

春闈期近也,望帝鄉迢迢,猶在天際。懊恨這一雙腳底,一日厮赶上五六十里。　争氣。扶持我去,博得一官歸,恁時賞你。穿對朝靴,安排你在轎兒裹。更選弓鞋,夜間伴你。(卷二十四　宋)

## 夜行船(按:此爲宋·倪君奭詞)

年少疎狂今已老,筵席散、雜劇打了。生向空來,死從空去,有何喜、有何煩惱。　説與無常二鬼道。福亦不作,禍亦不造。地獄閻王,天堂玉帝,看你去、那裏押到。(卷二十四　宋)

## 減字木蘭花(按:此爲宋·馬光祖詞)

多情多愛,還了平生花柳債。好個檀郎,室女爲妻也合當。　傑才高作,聊作青蚨三百索。燭影摇紅,記取冰人是馬公。(卷二十四　宋)

## 百字令·詠雪(按:原文謂宋·文及翁詞,或謂宋·陳郁詞)

没巴没鼻,煞時間、做出漫天漫地。不問高低併上下,平白都教一例。

鼓弄滕六，招邀巽二，只恁施威勢。識他不破，至今道是祥瑞。　最苦是鵝鴨池邊，三更半夜，誤了吴元濟。東郭先生都不管，挨上門兒穩睡。一夜東風，三竿紅日，萬事隨流水。東皇笑道："山河原是我的。"(卷二十四　宋)

## 未標牌名·餞别(此爲宋·陳詵《眼兒媚》詞)

鬢邊一點似飛鴉，休把翠鈿遮。二年三載，千欄百就，今日天涯。　楊花又逐東風去，隨分入人家。要不思量，除非酒醒，休照菱花。(卷二十四　宋)

## 未標牌名·回回偈(按：原文附會爲元·僧竺月華詞，實改宋·歐陽修《望江南》詞)

江南柳，嫩緑未成陰。枝軟不堪輕折取，黄鸝飛上力難禁。留取待春深。(卷二十五　遼金元)

## 未標牌名(按：原文附會爲元·方谷珍詞，實改宋·無名氏詞)

江南竹，巧匠作爲筒。付與法師藏法體，碧波深處伴蛟龍。方知色是空。(卷二十五　遼金元)

## 未標牌名(按：原文附會爲元·僧竺月華詞，實改宋·歐陽修《望江南》詞)

江南月，如鏡亦如鈎。如鏡不臨紅粉面，如鈎不上畫簾頭。空自照東流。(卷二十五　遼金元)

## 如夢令(按：此爲元·袁介詞)

今夜盛排筵宴，准擬尋芳一遍。春去已多時，問甚紅深紅淺。不見，不見，還你一方白絹。(二十五　遼金元)

## 未標牌名(按：此爲宋·洪惠英《減字木蘭花》詞)

梅花似雪，剛被雪來相挫折。雪裹梅花，無限精神總屬他。　梅花無語，只有東君來作主。傳語東君，且與梅花作主人。(卷二十七　國朝)

# 《芝圃叢談》詞

（趙世顯撰　六卷　《四庫全書存目叢書》據明鈔《趙氏連城》本影印　齊魯書社　一九九六）

## 搗練子（按：此爲南唐・李煜詞）

深院静，小庭空，斷續寒砧斷續風。無奈夜深人不寐，數聲和月到簾櫳。（卷三）

## 未標牌名（按：此爲宋・無名氏《長相思》詞）

去年秋，今年秋，湖上人家樂復憂。西湖依舊流。　吴循州，賈循州，十五年間一轉頭。人生放下休。（卷三）

# 《客窗隨筆》詞

（趙世顯撰　六卷　《四庫全書存目叢書》據明鈔《趙氏連城》本影印　齊魯書社　一九九六）

## 鵲橋仙・七夕（按：原文謂宋慶之招箕仙所爲詞）

鸞輿初駕，牛車齊發，隱隱鵲橋咿軋。尤雲殢雨正歡濃，只怕來朝初八。　霞垂彩幔，月搖銀燭，馥郁香噴金鴨。年年此際一相逢，未審是、何時結煞。（卷四）

## 蝶戀花（按：此爲元・凌雲翰詞）

一色杏花三百樹，茅屋無多，更在花深住。旋壓小槽留客醉，舉杯忽聽黄鸝語。　醉眠看花花亦舞，風妒殘紅，飛過鄰牆去。恰似牧童遥指處，清明時節紛紛雨。（卷四）

## 卜算子・送春（此爲宋・皎如晦詞）

有意送春歸，無計留春住。畢竟年年用着來，何似休歸去。　目斷楚天遥，不見春歸路。風急桃花也似愁，點點飛紅雨。（卷四）

## 西江月（按：此爲宋・辛棄疾詞）

萬事雲煙忽過，一身蒲柳先衰。而今何事最相宜？宜醉宜遊宜睡。　早把催科了納，更量出入收支。乃翁依舊管些兒，管竹管山管水。（卷六）

## 未標牌名・四禽言（四首）（按：此爲宋・梁棟詞）

不如歸去，錦官宫殿迷煙樹。天津橋邊叫一聲，叫破中原無住處。不如歸去。

脱卻布褲，貧家能有幾尺布。寒機織盡無得裁，可人不來廉叔度。脱卻布褲。

提葫蘆，年來酒賤頻頻沽。衆人皆醉我亦醉，湘江换起醒三間。提葫蘆。

行不得也哥哥，湖南湖北春意多。九嶷山前叫虞舜，奈此乾坤無路何。行不得也哥哥。（卷六）

## 行香子・詠芙蓉（按：此爲明・高啓詞）

如此紅妝，不見春光，向菊前蓮後纔芳。雁來時候寒，沁羅裳。正一番風，一番雨，一番霜。　　蘭舟不采，寂寞横塘。强相依，暮柳成行。湘江路遠，吴苑池荒。奈月朦朦，人杳杳，水茫茫。（卷六）

# 《松亭晤語》詞

（趙世顯撰　六卷　《四庫全書存目叢書》據明鈔《趙氏連城》本影印　齊魯書社　一九九六）

## 未標牌名・夜泊廬山（按：此爲宋・徐似道《浪淘沙》詞）

風緊浪花生，蛟吼鼉鳴。家人睡着怕人驚。只有一翁捫虱坐，依約三更。　雪又打殘燈，欲暗還明。有誰知我此時情。獨對梅花傾一盞，又詩成。（卷五）

# 《猹園》詞

（錢希言撰　十六卷　《四庫全書存目叢書》據清鈔本影印　齊魯書社　一九九五）

## 未標牌名·述夢二章（按：此爲明·徐渭詞）

伯勞打始開，燕子留不住。今夕夢中來，何似當初不飛去。憐羈雌，嗤惡侶。兩意茫茫墜晚煙，門外鳥啼淚如雨。

跣而濯，宛如昨，羅鞋四鉤閑不着。棠梨花下踏黄泥，行蹤不到棲鴛閣。（卷七　徐文長冤報）

# 《説圃識餘》詞

（王兆雲撰　二卷　《四庫全書存目叢書》據明刻本影印
齊魯書社　一九九五）

## 未標牌名·禪家詞（四首）（按：此爲元·明本《行香子》詞）

學道非難，守道爲難。結跏趺、坐任循環。若空僧舍，寂寞禪關。對幾重雲，幾重水，幾重山。　　松嫩堪餐，竹密須删。息塵緣、何事相干。心超物外，身處人間。有十分清，十分淡，十分閑。

不愛嬌奢，不喜喧嘩。一枝開、千葉梅花。東村檀越，西舍人家。但去時齋，樂時講，坐時茶。　　雪井交加，玉樹槎芽。正宜穿、百衲袈裟。樂中乞化，坐演三車。卻怕人知，怕人問，怕人誇。

四序無窮，萬慮皆空。守禪門、佛祖家風。香煙吐白，燭影摇紅。對翠梧桐，金菡萏，玉芙蓉。　　潦倒山翁，少小頑童。天性兒、一様疏慵。偶來城市，卻想山中。有數株柏，千竿竹，萬年松。

無物思量，萬慮皆忘。坐兩班、大衆禪床。粗衣遮體，淡飯充腸。有一函經，一佛像，一爐香。　　功果非常，功行非常。愛山中、白晝偏長。翠苔岩洞，緑水山房。有一天風，一天月，一天涼。（卷二　禪家詞）

# 《湖海搜奇》詞

（王兆雲撰　二卷　《四庫全書存目叢書》據明徐應瑞等刻本影印　齊魯書社　一九九六）

## 行香子（四首）（按：此爲元·明本詞）

水竹之居，吾愛吾廬，石粼粼妝砌階除。軒窗隨意，小巧規模。也清幽，也瀟灑，也寬舒。　　懶散無拘，此樂何如，撫欄杆臨水觀魚。風花雪月，贏得工夫。炷些香，説些話，讀些書。

短短横牆，矮矮疏窗，忔憎兒小小池塘。高低疊障，綠水邊傍。有些風，有些月，有些涼。　　日用家常，竹几藤床，據眼前水色山光。客來無酒，清話何妨。細烹茶，熱烘盞，淺澆湯。

閬苑瀛洲，金谷瓊樓，算不如茅屋清幽。野花繡地，莫也風流。也宜春，也宜夏，也宜秋。　　酒熟堪芻，客至須留，更無榮無辱無憂。退閑一步看甚來由。倦時眠，渴時飲，醉時謳。

静掃塵埃，惜取蒼苔，任門前紅葉鋪階。也堪圖畫，還也奇哉。數株松，數株竹，數枝梅。　　花木栽培，取次教開，朝事天自有安排。知他富貴是幾時來。且優遊，且隨分，且寬懷。（卷上　行香子）

# 《談治録》詞

（徐廣輯　十二卷　《北京圖書館古籍珍本叢刊》據明萬曆四十一年古虞陳氏刊本影印　書目文獻出版社　一九九八）

## 臨江仙（按：此爲宋・韓世忠詞）

冬日青青瀟灑静，春來山暖花濃。少年衰老與花同。世間名利客，富貴與貧窮。　　榮華不是長生藥，清閒不是死門風。勸君識取主人翁。單方只一味，盡在不言中。（卷八　齊東野語）

## 未標牌名（按：此爲宋・辛棄疾《促拍滿路花》詞）

千古擎天手，萬卷懸河口。更黄金腰下，印大如斗。刁弓千騎，揮霍遮前後。百計千方久。似鬥草兒童，只嬴［贏］個他家偏有。　　算枉了、星星白首。歸來説向山中叟，看丘壟羊牛，還辯賢愚否？且自栽花柳。怕有人來，但説道、今朝中酒。（卷八　葉石林語）

## 未標牌名（按：原文謂明・朱之蕃詞）

得饒須放手，得笑須開口。自古英雄，名高山斗。直顧争先，翻落他人後。幻泡誰長久。似對面藏鬮，料不定這翻可有。　　但進步、當知回首。鏡中不覺童成叟。歎日夜狂馳，覆水能收否？世事風前柳。止好偷閑，講究些、□花釀酒。（卷八　葉石林語）

## 霜天曉角（二首）（按：此爲宋元間無名氏詞）

功名大小，天已安排了，何用百般機巧。榮休喜，辱休惱。　　開先謝早，此理人知少。萬事算來由命，聽自然，真個好。

榮枯得失，天已安排畢，何用苦勞心力。得一日，過一日。　泰來否極，機巧終無益。萬事付之一笑，前程事，暗如漆。（卷八　焦氏筆乘）

## 未標牌名（二首）（按：此爲宋·陸九齡詞）

聽聽聽，勞我以生天理定。若還懶惰受飢寒，莫到窮時方怨命。虛空自有神明聽。

聽聽聽，衣食生身天付定。酒食貪多折人壽，經營太甚違天命。定定定。（卷八　尊生牋）

# 《露書》詞

（姚旅撰　十四卷　《續修四庫全書》據明天啓刻本影印
上海古籍出版社　二〇〇一）

## 未標牌名（按：此爲明・林娘詞）

妾怨君，君怨妾，如此良姻成惡業。昔日盤旋水與山，今日相思一指間。怨怨怨，復何言。秋風起，徒斷魂。（卷四　韻篇・中）

## 長相思（按：此爲明・王微詞）

未花殘，惜花殘。月落江潭煙水寒，離恨欲無端。　試憑欄，怯憑欄，帆驅雲際路漫漫，何人上木蘭。（卷四　韻篇・中）

# 《仙佛奇蹤》詞

(洪應明輯　八卷　《四庫全書存目叢書》據明萬曆刻本影印　齊魯書社　一九九六)

## 未標牌名(按:此爲宋・葛長庚《念奴嬌》詞)

因看斗柄,運周天,頓悟神仙妙訣。一點真陽生坎位,點卻離宫之缺。造化無聲,水中起火,妙在虚危穴。今年冬至,梅花衣[依]舊凝雪。　先聖此日,閉關不通來往,都爲群生設物。物含生意,正在子初亥末。自古乾坤,這些離坎,日日無休歇。如今識破,金烏飛入蟾闕。(長生詮・卷一・冬至詞)

## 未標牌名(按:此爲宋・張伯端《西江月》詞)

法法法元無法,空空空亦不空。静喧語默本來同,夢裹何勞説夢?　有用用中無用,無功功裹施功。還如果熟自然紅,莫問如何修種。(無生訣・南陽忠國禪師)

## 未標牌名(按:此爲宋・昭覺純白禪師詞)

寒便向火,熱即摇扇,饑時吃飯,困來打眠。所以道:趙州庭前柏,香巖嶺後松,栽來無别用,祇爲引清風。(無生訣・卷一・照覺白師)

## 未標牌名

填胝一指頭,一毛拔九牛。華嶽連天碧,黄河徹底流。截着指,急回眸。青箬笠前無限事,绿蓑衣底一時休。(無生訣・卷一・山堂浮師)

## 未標牌名（按：此爲唐・慧日禪師詞）

不用求心，唯須息見。三祖太師，雖然迴避金鈎，殊不知已吞紅綫。慧日且不然：不用求真併息見，倒騎牛兮入佛殿。牧笛一聲天地寬。稽首瞿曇，真個黄面。（無生訣・卷一・慧日禪師）

## 未標牌名（按：此爲宋・慧林禪師詞）

不是境，亦非心，唤作佛時也陸沉。個中本自無階級，切忌無階級處尋。總不尋，過猶深。打破雲門飯袋子，方知赤土是黄金。（無生訣・卷一・慧林受師）

# 《天都載》詞

（馬大壯撰　六卷　《四庫全書存目叢書》據明萬曆刻本影印　齊魯書社　一九九六）

## 滿庭芳·旅思（按：此爲明·丘濬詞）

歲歲年年，時時處（處），紛紛擾擾膠膠。凄凄慘慘，瑟瑟更蕭蕭。日日風風雨雨，每霏霏拂拂迢迢。懸望波波浪浪，苦蕩蕩飄飄。　愁愁兼悶悶，重重疊疊，遠遠遥遥。漫悠悠漾漾，動動摇摇。切切尋尋覓覓，長戚戚，寂寂寥寥。心心念念，思思想想，幾暮暮朝朝。（卷四）

## 菩薩蠻·秋思（按：此爲明·丘濬回文詞，自尾讀回）

紗窗碧透横斜影，月光寒處空幃冷。香炷細燒檀，沉沉正夜闌。　更深方困睡，倦極生愁思。含情感寂寥，何處别魂銷。（卷四）

## 菩薩蠻（按：此爲宋·朱熹回文詞，從頭逐句一倒讀，每一句作二句）

晚紅飛盡春寒淺，尊酒緑陰繁。老仙詩句好，長恨送年芳。（卷四）

## 菩薩蠻·次劉圭父韻（按：此爲宋·朱熹回文詞，從頭逐句一倒讀，每一句作二句）

暮江寒碧縈長路，花塢夕陽斜。客愁無勝集，醒似醉多情。（卷四）

## 菩薩蠻（按：此爲元·劉因回文，詞從頭逐句一倒讀，每一句作二句）

水圍山影紅圍翠，溪近水橋西。隱人誰與問，孤雀對言無。（卷四）

# 《湘煙録》詞

（閔元京、凌義渠輯　十六卷　《四庫全書存目叢書》據明天啓刻本影印　齊魯書社　一九九五）

## 賀新郎（按：此爲宋・辛棄疾詞殘句）

我見青山多嫵媚，料青山、見我應如是。不恨古人吾不見，恨古人、不見吾狂耳。（卷十一　間行帖）

## 未標牌名（按：此爲宋・無名氏《卜算子》詞）

蹙破眉峰碧，纖手還重執。鎮日相看未足時，便忍使鴛鴦只。　薄暮投村驛，風雨愁通夕。窗外芭蕉窗裏人，分明葉上心頭滴。（卷十一　宋徽宗宸翰）

## 未標牌名（按：此爲宋・吴城小龍女《清平樂》詞）

簾捲曲闌獨倚，江展暮雲無際。淚眼不曾晴，家在吴頭楚尾。　數點雪花亂委，撲漉沙鷗驚起。詩句欲成時，没入蒼煙叢裏。（卷十一　荆州亭）

## 未標牌名・吴江詞（按：此爲宋・張表臣《菩薩蠻》詞）

垂虹亭下扁舟住，松江煙雨長橋暮。白紵聽吴歌，佳人淚臉波。　勸傾金鑿落，莫作思家惡。緑鴨與鱸魚，如何可寄書。（卷十一　吴江詞）

# 《五金魚傳》詞

（未題撰人　二卷　《古本小説集成》據吴曉玲藏殘本影印　上海古籍出版社　一九九一）

## 阮郎歸

幾年間别兩西東，藍橋路未通。不期佳會荷蒼穹，猶疑是夢中。　私約踐舊盟空，何勝喜憂攻。一簾月色竹梧風，青衫淚落紅。（卷下）

## 畫堂春

一從别後意難忘，相思減盡容光。豈知今日禍爲祥，邂逅仙郎。　席上正宜歡洽，樽前反覺悲傷。爲天涯，有個人兒，空斷柔腸。（卷下）

## 南卿子

春日陌間遊，邂逅姻緣遇阮劉。爰處碧雲頻餽問，休休。不謂歸家禍到頭。　脱死隱尼流，幾度思君淚不收。豈意天教重聚首，羞羞。無限艱辛此夕酬。（卷下）

## 小重山

爲愛相如緑綺琴，畫堂明月，夜賞佳音。香囊暗贈表情深，天緣合，一諾重千金。　此後禍侵尋從軍，千里外，恨難禁。誰知翻得福星臨，重會面，此樂契予心。（卷下）

# 《幽怪詩譚》詞

（碧山臥樵撰　六卷　南京大學圖書館據明崇禎二年己巳刊本影印　一九八三）

## 西江月

殺氣騰空若霧，干戈密布如麻。鯨吞虎逐到吾家，欲逐百年姻婭。　豈效隨風柳絮，甘爲向日葵花。當初恩愛總堪誇，一筆從今勾罷。（卷一　途次悲妻）

## 行香子（按：此爲明・高啓詞）

如此紅妝，不見春光，向菊前、蓮後纔芳。雁來時節，寒沁羅裳。正一番風，一番雨，一番霜。　參差江上，寂寞横塘，强相依、暮柳成行。吴宫院冷，隋苑地荒。奈月濛濛，雲杳杳，水茫茫。（卷五　狐惑書生）

## 南鄉子

銀燭吐青煙，翠袖盈盈出綺筵。鉛粉不施花樣美，嬋娟。一捻腰肢柳正眠。　歌態轉生妍，風弄鶯聲雜管弦。一樹兼葭堪倚玉，留連。願作鴛鴦不羡仙。（卷六　玉簪酬答）

## 臨江仙

碧潭雁過虚留影，秋來景物依稀。曲虹遥隔畫欄西。鳳樓人已去，鵲渚夢還迷。　獨理瑶琴無意緒，瘦黄衰緑萋萋。銀燈剔盡玉人非。彩雲何處駐，艷雪不停飛。（卷六　緑蘿大簞）

# 《小窗四紀》詞

(吴從先輯　二十七卷　《四庫全書存目叢書》據明萬曆刻本影印　齊魯書社　一九九五)

## 長相思(按:此詞上片爲宋·歐陽修詞,下片爲唐·白居易詞)

深花枝,淺花枝,深淺花枝相間時,花枝難似伊。　巫山高,巫山低,暮雨瀟瀟郎不歸,空房獨守時。(小窗艷紀　卷三　歌辭部·吴二娘)

## 未標牌名(按:此爲唐·張志和《漁歌子》詞)

西塞山前白鷺飛,桃花流水鱖魚肥。青箬笠,綠蓑衣,不須歸。(《小窗清紀》)

## 回心院(十首)(按:此爲遼·蕭觀音詞)

其一

掃深殿,閉久金鋪暗。遊絲絡網塵作堆,積歲青苔厚階面。掃深殿,待君宴。

其二

拂象床,憑夢借高唐。敲壞半邊知妾臥,恰當天處少輝光。拂象床,待君王。

其三

换香枕,一半無雲錦。爲是秋來轉展多,更有雙雙淚痕滲。换香枕,待君寢。

其四

鋪翠被,羞殺鴛鴦對。猶憶當時叫合歡,而今獨覆相思塊。鋪翠被,待君睡。

其五

裝繡帳，金鈎未敢上。解卻四角夜光珠，不教照見愁模樣。裝繡帳，待君貺。

其六

疊錦茵，重重空自陳。只願身當白玉體，不願伊當薄命人。疊錦茵，待君臨。

其七

展瑶席，花笑三韓碧。笑妾新鋪玉一床，從來婦懽不終夕。展瑶席，待君息。

其八

剔銀燈，須知一樣明。偏是君來生彩暈，對妾故作青熒熒。剔銀燈，待君行。

其九

蒸熏爐，能將孤悶蘇。若道妾身多穢賤，自沾御香香徹膚。蒸熏爐，待君娱。

其十

張鳴筝，恰恰語嬌鶯。一從彈作房中曲，常和窗前風雨聲。張鳴筝，待君聽。（小窗别紀　卷三　懿德皇后）

## 沁園春（此爲明・瞿佑《詠鞋杯》詞，或謂孫宗吉詞）

一掬嬌春，弓樣新裁，蓮步未移。笑書生量窄，愛渠盡小；主人情重，酌我休遲。瀌釀朝雲，斟量暮雨，能使熬生風味奇。何須去，向花塵留跡，月地偷期。　　風流到手偏宜，便豪吸雄吞不用辭。任淩波南浦，惟誇羅襪；賞花上苑，祇勸金卮。羅帕高擎，銀瓶低注，絶勝翠裙深掩時。華筵散，奈此心先醉，此恨誰知？（小窗别紀　卷一　瞿宗吉）

# 《暇老齋雜記》詞

（茅元儀撰　三十二卷　《續修四庫全書》據清鈔本影印　上海古籍出版社　二〇〇一）

## 未標牌名（按：此爲宋·秦觀《好事近》詞）

山語[路]雨添花，花動一山春色。行到小溪深處，有黄鸝千百。　飛雲當面化龍蛇，夭矯轉空碧。醉臥古藤陰下，了不知南北。（卷二十九）

# 《沈氏日旦》詞

（沈長卿撰　十二卷　《續修四庫全書》影印明崇禎刊本
上海古籍出版社　二〇〇一）

## 清平樂・春冷梅遲

春分前後，試看梅和柳。臘盡冬逾猶數九，何故淒其相守。　去年此際梅殘，只今悄悄餘寒。漫道困人天氣，未能止渴先酸。（卷六）

## 清平樂・春冷梅遲

久疏良友，花杳君知否？林下詩人忻載酒，風前乍拋黄綬。　百年强半眉攢，尋歡且邇居官。莫待衰遲行樂，那時追想長干。（卷六）

## 蝶戀花・傷逝

幽汶泉臺何日曉，一夕長眠，塵土相圍繞。欲寄音書冥路杳，夢中惜别魂歸早。　龍性難馴朋類少，遥想荒丘，宿草啼哀鳥。意願生平嗟未了，蒼天不使英雄老。（卷六）

## 蝶戀花・傷逝

在世行藏原潦倒。知己無多，文酒交情好。一般歡喜同煩惱，牢騷怨氣頻頻道。　誰料浮生難永保。四望青山，埋恨猶嫌小。疇昔分離嗟草草，與君尚未傾懷抱。（卷六）

## 意難忘・西湖災異

蘇白遺芳，嘆年來堪厭，滿地庚桑。神君舊尸祝，閹寺陡祠堂。將進酒，更燒香。世界成何樣。宧興濃，摳衣跪拜，敬謹稱觴。休嗟嗣續難昌，這諧臣媚子，盡是兒郎。閑宫千萬所，愛子兩三行。腰間繫白勝黄，捧溺又何妨。慚負了，湖光山色，豸繡金章。（卷六）

## 意難忘·西湖災異

世態炎凉，感生祠拆毁，能不悲傷。碑文曾有字，廟貌倏無樣。初作俑，繫司房。患夫鄙天腸。翻效尤，峨冠博帶，斑舞翺翔。　　閑評節俠無雙，這呈羞露醜，悔恨難忘。身名空敗壞，富貴在何方。寅緣事，命主張。臧谷等亡羊。白日間，無端蟒玉，清夜思量。（卷六）

# 《蟲天志》詞

(沈弘正撰　十卷　《四庫全書存目叢書》據明暢閣刻本影印　齊魯書社　一九九七)

## 謁金門(按:此爲唐・馮延巳詞)

風乍起,吹皺一池春水。閑引鴛鴦芳徑裏,手挼紅杏蕊。　　鬥鴨欄干獨倚,碧玉搔頭斜墜。終日望君君不至,舉頭聞鵲喜。(卷二　鬥鴨)

## 拜星月慢

海燕東歸,金風西起,湛湛濃露於澌。蟋蟀秋興,識畋壁荒苑。笑相尋,須將玉罐金籠拚。謾聽清音囀。赤黄蟹殼,總平生稀見。　　畫堂中,曲養情何厭。性歡爽,好把情波泛。展轉輕盈遒健。奮鷹揚,對敵無雙戰。經百場,誰聞敗北歎。怎奈他三秋氣老,英雄事方斷。(卷三　鬥蟋蟀)

## 鷓鴣天(按:此傳爲宋・濟癲和尚詞)

促織兒,王彦章,一根須短一根長。只因全勝三十六,人總呼爲王鐵槍。　　休煩惱,莫悲傷,世間萬物有無常。昨宵忽值嚴霜降,好似南柯夢一場。(卷三　鬥蟋蟀)

## 臨江仙・巖棲幽事(此爲明・陳繼儒詞)

婉孌北山松樹下,石根結個巖阿。巧藏精舍恰無多。尚餘檐隙地。種竹與栽梧。　　不須愁客至,客來野笋山蔬。一瓢濁酒儘能沽。倦時呼鶴舞,醉后倩僧扶。(卷四　舞鶴)

# 《東園友聞》詞

（未題撰人　一卷　《叢書集成新編》本　臺北新文豐出版公司　一九八五）

## 滿江紅（按：此爲宋・王清惠詞，或謂宋・張瓊瑛詞）

太液芙蓉，渾不似、舊時顔色。曾記得，春風雨露，玉樓金闕。名播蘭簪妃后裏，暈潮蓮臉君王側。忽一朝鼙鼓揭天來，繁華歇。　龍虎散，風雲滅。千古恨，憑誰説？對山河百二，淚霑襟血。驛館夜驚塵土夢，寶車曉輾關山月。只姮娥、相顧肯從容，隨圓缺。

## 滿庭芳（按：此爲宋・徐君寶妻張氏詞）

漢上繁華，江南人物，尚遺宣政風流。緑窗朱户，十里爛銀鈎。一旦刀兵齊舉，旌旗擁，百萬貔貅。長驅入，歌臺舞榭，風捲落花愁。　清平三百載，典章人物，掃地俱休。幸此身未北，猶客南州。破鑑徐郎何在？空惆悵，相見無由。從今後，斷魂千里，夜夜岳陽樓。

# 《世林》詞

（藍文炳撰　十八卷　明刻本）

## 未標牌名（按：此爲宋・蔡京《西江月》詞）

八十一年住世，四千里外無家。如今流落向天涯，夢到瑶池闕下。　玉殿五回命相，彤庭幾度宣麻。止因貪此戀京華，便有如今事也。（卷之十　蔡京）

# 《長安客話》詞

（蔣一葵撰　八卷　《筆記小説大觀》本　臺北新興書局　一九八七）

## 江城子（按：此爲元・許有壬詞）

柳梢煙重滴春嬌。傍天橋，住蘭橈。吹暖香雲，何處一聲簫？天上廣寒宮闕近，金晃朗，翠岧嶢。　誰家花外酒旗高？故相招，儘飄摇。我政悠然，雲水永金朝。休道斜街風物好，纔去此，便塵囂。（卷一　皇都雜記・海子）

## 鷓鴣天（按：此爲元・耶律楚材詞）

花界傾頹事已遷，浩歌遥望意茫然。江山王氣空千劫，桃李春風又一年。横翠嶂，架寒煙。野花平碧怨啼鵑。不知和限人間夢，併觸沈思到酒邊。（卷三　郊坰雜記・華嚴寺）

## 鷓鴣天（按：此爲明・夏言詞）

人世滄桑有變遷，靈巘玉洞自巋然。朝衣幾共遊山日，佛界仍存刻石年。　嗟歲月，惜風煙。等閒花發又啼鵑。只將彩筆題僧壁，玉帶長留近日邊。（卷三　郊坰雜記・華嚴寺）

## 浣溪沙（按：此爲元・許有壬詞）

花露濃沾桂棹香，柳風輕拂葛衣凉。放歌深入水雲鄉。　荷葉杯中傾緑醑，瓜皮船上載紅妝。都堂何似住溪堂？（卷三　郊坰雜記・功德寺）

## 木蘭花慢(按:此爲元·許有壬詞)

渺西風天地,拂吟袖,出重城。正秋滿名園,松枯石潤,竹瘦霜清。扁舟采菱歌斷,但一泓寒碧畫橋平。放眼奇觀臺上,太行飛入簾楹。　主人聲利一毫輕,愛客見高情。便芡剥驪珠,蓮分冰繭,酒注金瓶。風流故家文獻,況登高能賦有諸甥。清露堂前好月,多應喜我留名。(卷三　郊坰雜記·萬柳堂)

## 浣溪沙(按:原文謂北海徐之蒙詞)

塞上秋深草已枯,鵰鶚城外是藩胡。老來終日走長途。　虎穴北連流水斷,雁行南去落霞孤。鐙前猶撥賞軍圖。(卷八　邊鎮雜記·鵰鶚堡)

## 浣溪沙(按:原文謂北海徐之蒙詞)

醉眼擎毫燈結花,詩餘學和《浣溪沙》。年年秋暮聽胡笳。　銀洞重登西嶺日,水崖深滴北山嵯。玉關遥望東海瓜。(卷八　邊鎮雜記·鵰鶚堡)

## 浣溪沙(原文謂北海徐之蒙詞)

新築城南萬木橋,石頭水底漲波濤。遥從瀚海向東朝。　淬劍雙龍争耀日,乘槎一杖可通霄。囊沙萬怪盡迴潮。(卷八　邊鎮雜記·滴水崖)

## 浣溪沙(原文謂北海徐之蒙詞)

滴水崖寒高入雲,半空瀑布色清芬。仙人掌上落柱文。　俗眼不看銀漢漏,真源自是玉盆分。朝陽洞口走麋群。(卷八　邊鎮雜記·滴水崖)

# 《蓬窗日録》詞

（陳全之撰　八卷　《續修四庫全書》據明刻本影印　上海古籍出版社　二〇〇一）

## 漁父詞（三首）（按：此爲宋・趙構詞）

薄晚煙林淡翠微，江邊秋月已明暉。縱遠柁，適天機，水底閑雲片段飛。

青草開時已過船，錦鱗躍處浪痕圓。竹葉酒，柳花氊，有意沙鷗伴我眠。

水涵微影湛虚明，小笠輕蓑未易晴。明鏡裏，縠紋生，白鷺飛來空外聲。（卷七　詩談一）

## 燕山亭（按：此爲宋・趙佶詞）

裁剪冰綃，輕疊數重，冷淡燕脂注。新様靚妝，豔溢香融，羞殺蕊珠宫女。易得凋零，更多少、無情風雨。愁苦。閑院落，淒凉幾番春暮。　　憑寄離恨重重，這雙燕，何曾會人言語？天遥地遠，萬水千山，知他故宫何處？怎不思量，除夢裏，有時曾去。無據。和夢也，有時不做。（卷七　詩談一）

## 臨江仙（按：此爲宋・韓世忠詞）

冬日青山瀟灑静，春來山暖花濃。少年衰老與花同。世間名利客，富貴與貧窮。　　榮華不是長生樂，清閑不是死門風。勸君識取主人翁。單方之一味，盡在不言中。（卷八　詩談二）

## 南鄉子（按：此爲宋・韓世忠詞）

人有幾多般。富貴榮華總是閒。自古英雄都是夢，爲官。寶玉妻兒宿

業纏。　少年事已衰殘。須鬢蒼蒼骨髓乾。不道山林多好處，貪懽。只恐癡迷誤了賢。（卷八　詩談二）

## 水龍吟（按：此爲宋·嚴仁詞）

飆車飛上蓬萊，不須更跨琴高鯉。剨然長嘯，天風澒洞，雲濤無際。我欲乘桴，從兹浮海，約任翁起。辦虹竿千丈，犗鈎五十，親點對、連鰲餌。　誰榜佳名空翠。紫陽仙去騎箕尾。銀鈎鐵畫，龍翻鳳翥，留人間世。更憶東山，一曲霑襟淚。到而今，幸有高亭遺愛，寓甘棠意。（卷八　詩談二）

## 踏莎行·韓信嶺（按：此爲明·韓邦奇詞）

高嶺連雲，寒煙帶雨，長楊滿路悲風起。將軍墓上草蕭蕭，荒祠白日眠狐鼠。　九里山前，未央宫裏，淒涼往事煩胸臆。烏江汾水兩悠悠，東流不盡英雄淚。（卷八　詩談二）

## 未標牌名（按：此爲宋·劉克莊贈王邁《滿江紅》上片中句）

天壤王郎，數人物，方今第一。談笑裏，風霆驚坐[座]，雲煙生筆。落落元龍湖海氣，琊琊董相天人策。（卷八　詩談二）

# 《金姬傳》詞

（楊儀撰　一卷附録一卷　《叢書集成新編》本　臺北新文豐出版公司　一九八五）

## 望江南（按：此爲宋・金德淑詞）

春睡起，積雪滿燕山。萬里長城横縞帶，六街燈火已闌刪[珊]。人立玉樓間。（附録・金姬傳别記）

# 《譚輅》詞

（張鳳翼撰　三卷　《續修四庫全書》據明萬曆刻本影印　上海古籍出版社　二〇〇一）

## 滿江紅（按：此爲明·文徵明詞句）

徽欽既返，此身何屬。千古空談南渡錯，當時自怕中原復。笑區區一檜亦何能，逢其欲。（卷上）

# 《岩棲幽事》詞

(陳繼儒撰　一卷　《四庫全書存目叢書》據明萬曆秀水沈氏刻寶顔堂秘笈本影印　齊魯書社　一九九五)

## 未標牌名・多少箴

少飲酒,多餟粥。多茹菜,少食肉。少開口,多閉目。多梳頭,少洗浴。少群居,多獨宿。多收書,少積玉。少取名,多忍辱。多行善,少干禄。便宜勿再往,好事不如無。

## 清平樂(按:此爲明・陳繼儒詞)

有兒事足,一把茅遮屋。若使薄田耕不熟,添個新生黄犢。　　閑來也教兒孫,讀書不爲功名。種竹澆花釀酒,世家閉户先生。

## 增減浣溪沙(按:此爲明・陳繼儒詞)

梓樹花香月半明,棹歌歸去蟪蛄鳴。曲曲柳灣茅屋矮,掛魚罾。笑指吾廬何處是,一池荷葉小橋横。燈火紙窗修竹裏,讀書聲。

## 臨江仙(按:此爲明・陳繼儒詞)

婉孌北山松樹下,石根結個岩阿。巧藏精舍恰無多。尚餘檐隙地,種竹與梧桐。　　高臥不須愁客至,客來野筍山蔬。一瓢濁酒盡能沽。倦時呼鶴舞,醉後倩僧扶。

# 《讀書鏡》詞

（陳繼儒撰　十卷　《筆記小説大觀》本　臺北新興書局　一九八一）

## 高陽臺（按：此爲宋・張炎詞）

古木迷鴉，虛堂起燕，歡遊轉眼驚心。南圃東窗，酸風掃盡芳塵。鬢貂飛入平原草，最可憐，渾是秋陰。夜沉沉。不信歸魂，不到花深。　吹簫踏葉幽尋去，任船依斷石，袖裏寒雲。老桂懸香，珊瑚碎擊無聲。故園已是愁如許，撫殘碑，又卻傷今。更關情。秋水人家，斜照西林。（卷五）

# 《太平清話》詞

（陳繼儒撰　四卷　《四庫全書存目叢書》據明萬曆秀水沈氏刻寶顔堂秘笈本影印　齊魯書社　一九九五）

## 漁父（按:此爲元·管道昇詞）

人生貴極是王侯,浮利浮名不自由。争得似,一扁舟,弄月吟風歸去休!（卷二）

## 漁父（按:此爲元·趙孟頫詞）

渺渺煙波一葉舟,西風木落五湖秋。盟鷗鷺,傲王侯,管甚鱸魚不上鈎。（卷二）

## 如夢令（按:此爲宋·嚴蕊詞）

道是梨花不是,道是杏花不是,白白與紅紅,别是東風情味。（曾記,）曾記,人在武陵微醉。（卷二）

## 未標牌名

七月一日風雨疾,桐思湖邊吹夕凉。柳葉滴烟,蟬籠翡翠,荷花濺淚濕鴛鴦。　卻疑身在瀟湘渚,且看舟停雲錦鄉。顧我自非徐儒子,陳蕃下榻更銜殤。（卷四）

## 未標牌名（按:此爲宋·吴城小龍女《清平樂》詞）

簾捲曲欄獨倚,江展暮雲無際。淚眼不曾晴。家在吴頭楚尾。　數點雪花亂委,撲漉沙鷗驚起。詩句欲成時,没入蒼煙叢裏。（卷四）

# 《筆記》詞

（陳繼儒撰　二卷　《筆記小説大觀》本　臺北新興書局　一九八一）

## 如夢令（按：此爲宋·嚴蕊詞）

道是梨花不是，道是杏花不是，白白與紅紅，别是東風情味。曾記，曾記，人在武陵微醉。（卷一）

# 《銷夏部》詞

（陳繼儒撰　四卷　《四庫全書存目叢書》據明萬曆秀水沈氏刻寶顔堂秘笈本影印　齊魯書社　一九九五）

## 洞仙歌·詠茉莉（此爲宋·盧祖皋詞）

玉肌翠袖，較似酴醿瘦。幾度熏醒夜窗酒。問炎州，何許清涼？塵不到，一段冰花剪就。　晚來庭户悄，暗數流光，細拾芳英黯回首。念日暮江東，偏爲魂銷，人易老，幽韻清標似舊。正簟紋如水帳如煙，更奈問，月明露濃時候。（卷一）

## 洞仙歌·夏夜（此爲宋·蘇軾詞）

冰肌玉骨，自清涼無汗。水殿風來暗香滿。繡簾開、一點明月窺人，人未寢、欹枕釵横鬢亂。　起來携素手，庭户無聲，時見疎星渡河漢。試問夜如何？夜已三更，金波淡、玉繩低轉。但屈指、西風幾時來，又不道、流年暗中偷换。（卷一）

## 賀新郎·夏景（此爲宋·蘇軾詞）

乳燕飛華屋。悄無人、槐陰轉午，晚涼新浴。手弄生綃白團扇，扇手一時似玉。漸困倚、孤眠清熟。簾外誰來推繡户，枉教人、夢斷瑶臺曲。又卻是，風敲竹。　石榴半吐紅巾蹙。待浮花浪蕊都盡，伴君幽獨。穠豔一枝細看取，芳心千里[重]似束。又恐被、秋風驚緑。若待得君來向此，花前對酒不忍觸。共粉淚，兩蔌蔌。（卷一）

## 雨中花·夏景（此爲宋·王觀詞）

百尺清泉聲陸續，映瀟灑、碧梧翠竹。面千步回廊，重重簾幕，小枕欹

寒玉。　　試展鮫綃看畫軸，見一片、瀟湘凝緑。待玉漏穿花，銀河垂地，月上欄杆曲。（卷二）

## 天仙子（按：此爲宋・沈蔚詞）

景物因人成勝概，滿目更無塵可礙。等閑簾幙小闌干，衣未解，心先快。明月清風如有待。　　誰信門前車馬隘，别是人間閑世界。坐中無物不清凉，山一帶，水一派。流水白雲長自在。（卷二）

# 《辟寒部》詞

(陳繼儒撰　四卷　《四庫全書存目叢書》據明萬曆秀水沈氏刻寶顔堂秘笈本影印　齊魯書社　一九九五)

## 未標牌名(按:此爲宋・康與之《滿庭芳》詞)

霜幕風簾,閑齋小户,素蟾初上雕龍。玉杯醽醁,還與可人同。古鼎沉烟篆細。玉笋破,橙橘香濃。梳妝懶,脂輕粉薄,約略淡眉峰。　清新歌幾許,低隨慢唱,語笑相供。道文書針綫,今夜休攻。莫厭蘭膏更繼,明朝又、紛冗匆匆。酩酊也,冠兒未卸,先把被兒烘。(卷一)

## 阮郎歸(按:此爲宋・劉鎮詞)

寒陰漠漠夜來霜,階庭風葉黄。歸鴉數點帶斜陽。誰家砧杵忙。　燈弄幌,月侵廊,熏籠添寶香。小屏低枕怯更長。和雲入醉鄉。(卷一)

## 夜遊宫(按:此爲宋・張元幹詞)

半吐寒梅未拆。雙魚洗、冰斯[澌]初結。户外明簾風任揭。擁紅爐,酒[灑]窗間,(聞霰)雪。　此日去年時節。這心事、有人懽説。斗帳重熏鴛被疊。酒微醺,管燈花,今夜别。(卷一)

## 鷓鴣天(按:此爲宋・朱敦儒詞)

檢盡曆頭冬又殘,愛他風雪耐他寒。拖條竹杖家家酒,上個籃輿處處山。　添老大,轉癡頑,謝天教我老年閒。道人還了鴛鴦債,紙帳梅花醉夢間。(卷二)

# 《酒史》詞

（無懷山人撰　二卷　據明萬曆繡水沈氏刻《寶顔堂秘笈》本影印　一九二二）

## 醉落魄（按：此爲宋·蘇軾詞，或謂宋·王仲甫詞）

醉醒醒醉，憑君會滋味。濃斟琥珀香浮蟻。一到愁腸，别有陽春意。　須將幕席爲天地，歌前起舞花前睡。從他落魄陶陶裏，猶勝醒醒，惹得閒憔悴。（卷下）

# 《妮古録》詞

（陳繼儒撰　二卷　據明萬曆繡水沈氏刻《寶顔堂秘笈》本影印　一九二二）

## 漁父詞（按：此爲元・管道昇詞）

人生貴極是王侯，浮利浮名不自由。争得似，一扁舟，吟風弄月歸去休。（卷三）

## 漁父詞（按：此爲元・趙孟頫詞）

渺渺煙波一葉舟，西風木落五湖秋。盟鷗鷺，傲王侯，管甚鱸魚不上鈎。（卷三）

# 《逸史搜奇》詞

(汪雲程撰　一百卷　《四庫全書存目叢書》據明刻本影印　齊魯書社　一九九五)

## 望江南·湖上曲(按:原文謂隋煬帝所作)

湖上月,偏照列仙家。水浸寒光鋪枕簟,浪摇晴影走金蛇。偏稱泛靈槎。　光景好,輕彩望中斜。清露冷侵銀兔影,西風吹落桂枝花。開宴思無涯。

湖上柳,煙裏不勝催。宿霧洗開明媚眼,東風摇弄好腰枝。煙雨更相宜。　環曲岸,陰覆畫橋低,綫拂行人春晚後,絮飛晴雪暖風時。幽意更依依。

湖上雪,風急墮還多。輕片有時敲竹户,素華無韻入澄波。望外玉相磨。　湖水遠,天地色相和。仰面莫思梁范賦,朝來且聽玉人歌。不醉擬如何?

湖上草,碧翠浪通津。修帶不爲歌舞緩,濃鋪堪作醉人茵。無意襯香衾。　晴雯後,顔色一般新。遊子不歸生滿地,佳人遠意正青春。留詠卒難伸。

湖上花,天水浸靈芽。淺蕊水邊勾玉粉,濃苞天外剪明霞。日在列仙家。　開爛熳,插鬢若相遮。水殿春寒幽冷豔,玉軒晴照暖添華。清賞思何賒。

湖上女,精選正輕盈。猶恨乍離金殿侣,相將儘是採蓮人。清唱謾頻頻。　軒内好,嬉戲下龍津。玉管朱弦聞盡夜,踏青鬥草事青春。玉輦從群真。

湖上酒,終日助清歡。檀板輕聲銀甲緩,醅浮香米玉蛆寒。醉眼暗相看。　春殿晚,仙艷奉杯盤。湖上風光真可愛,醉鄉天地就中寬。帝主正清安。

湖上水，留遶禁園中。斜日暖摇清翠動，落花香暖衆紋紅。蘋末起清風。閒縱目，魚躍小蓮東。泛泛輕摇蘭掉穩，沉沉寒影上仙宫。遠意更重重。（卷甲三）

# 《山樵暇語》詞

（俞弁撰　十卷　《四庫全書存目叢書》據民國商務印書館影印明朱象玄鈔本再影印　齊魯書社　一九九五）

## 千秋歲（按：此爲明・馬愈詞）

暑退凉生，梧桐葉落，大火西流秋蕭索。今年七月十二日，狂風驟雨通宵作。頹墻垣，發茅屋，勢何惡。　清曉起來無處着，走出堂前水没脚。檐溜淙淙雲漠漠。炊煙已斷愁竟日，禾黍高低都没却。農夫愁，農婦嘆，秋收薄。（卷九）

## 千秋歲・追和馬秋官韻（按：此爲明・東旱詞）

自入秋來，滲滲雨落，落葉兼風聲蕭索。今年苦遭潢潦患，一春狂費興東作。歲時荒居，民怨世情惡。　矮屋沿溪難住着，拍岸水深橋縮脚。白鷺飛飛田漠漠。農婦農夫全家嘆，耕種工夫都枉却。蒺藜羹，饘與粥，休嫌薄。（卷九）

## 卜算子（按：此爲宋・游次山詞）

風雨送人來，風雨留人住。草草杯盤話别離，風雨催人去。　淚眼不曾晴，眉黛愁還聚。明日相思莫上樓，樓上多風雨。（卷十）

## 玉蓮環（按：此爲明・徐有貞詞）

心緒悠悠隨碧浪，良宵空鎖長亭。丁香暗結意中情。月斜門半掩，纔聽斷鐘聲。　耳畔盟言非草草，十年一夢堪驚。馬蹄何日到神京，小橋松徑密，山遠路難憑。（卷十）

## 鷓鴣天(按:此爲宋·辛棄疾詞)

戲馬臺前秋雁飛,管絃歌舞更旌旗。要知黄菊清高處,不入當年二謝詩。　傾白酒,遶東籬,只於陶令有心期。明朝重九渾瀟灑,莫使尊前欠一枝。(卷十)

## 踏莎行(按:此爲明·王鏊詞)

紫閣黄扉,蟒衣玉帶,功名至此人人愛。掛冠一日賦歸來,閑情人在功名外。明月逍遥,白雲自在,别是人間閒世界。起來把酒酹青山,年年與汝常相會。(卷十)

## 瑞龍吟(按:此爲明·徐有貞詞)

佳麗地,是吾鄉,西山更比東山好。有罨畫樓臺,金碧巖扉,仿佛十洲三島。却也有,風流安石,清真逸少。　向西施洞口,望湖庭畔,天光雲影,上下相涵相照。似寶鏡裏,翠娥妝曉,且登臨且談笑。　眼前事,幾多堪吊。香逕蹤消,屧廊聲杳,麋鹿還遊未了。也莫管、吴越興亡,爲他煩惱。是非顛倒,古與今一般難料。笑宦海風波,幾人歸早,得在家中老。遇酒美花新,歌清舞妙,盡開懷抱。又何須較短量長。此生心應、自有天知道。醉呼童倦進餘杯,便拚得到三更,乘月回仙棹。(卷十)

# 《草木子》詞

(葉子奇撰　四卷　《叢書集成新編》本　臺北新文豐出版公司　一九八五)

## 百字令·詠雪詞(按:原文謂宋·文及翁詞,或謂宋·陳郁詞)

没巴没鼻,霎時間、做出漫天漫地。不問高低並上下,平白都教一例。鼓弄滕六,招邀巽二,只恁施威勢。識他不破,至今道是祥瑞。　最是鵝鴨池邊,三更半夜,誤了吴元濟。東郭先生都不管,挨上門兒穩睡。一夜東風,三竿紅日,萬事隨流水。東皇笑道,山河原是我的。(卷四·上　談藪篇)

## 滿江紅(按:此爲宋·王清惠詞,或謂宋·張瓊瑛詞,文字有異同)

太液芙蓉,全不似、舊時顔色。常記春風雨露,玉階金闕。名播椒蘭妃后裏,歡承笑語君王側。一聲鼙鼓揭天來,繁華歇。　龍虎散,風雲滅。銅駝恨,何堪説。對山河百二,淚沾襟血。驛館夜驚塵土夢,宫車曉轉關山月。問姮娥,垂顧肯相容,從圓缺。(卷四·上　談藪篇)

# 《丹鉛總録》詞

(楊慎撰　二十七卷　影印文淵閣《四庫全書》本　臺北商務印書館　一九八三)

## 踏莎行(此爲元·張翥《踏莎行》詞上片)

芳草平沙,斜陽遠樹,無情桃葉江頭渡。醉來扶上木蘭舟,將愁不去將人去。(卷十九　詩話類　張仲舉詞用唐詩語)

## 未標牌名(按:此爲金·僕散汝弼《風流子》詞,文字有異同)

三郎年少客,風流夢,繡嶺蠱瑶環。漸浴酒發春,海棠睡暖。笑波生媚,荔子漿寒。況此際,曲終人不見,偃月事無端。羯鼓三聲,打開蜀道,霓裳一曲,舞破潼關。　馬嵬西去路,愁來無會處,但淚滿關山。空有香囊遺恨,錦襪傳看。玉笛聲沉,樓頭月下,金釵信杳,天上人間。幾度秋風渭水,落葉長安。(卷十九　詩話類)

## 喜遷鶯(按:此爲元·王特起《題郝仙女廟壁》詞)

汀洲蘋滿,記翠籠采采,相將隣媛。蒼渚煙生,金支光爛,人在霧綃鮫館。小鬟頓成雲散,羅襪凌波不見。翠鸞遠,但清溪如鏡[鑑]。　野花留靨,情睠驚變現。身後神功,緣就吴蠶繭。漢女菱歌,湘妃瑶瑟,春動倚雲層殿。彤車載花一色,醉盡碧桃清宴。故山晚,嘆流年一笑,人間飛電。(卷二十　郝仙女廟詞)

## 西江月(按:此爲宋·葛勝仲詞)

鞦韆斜紅帶柳,琉璃漲緑平橋。人間花月見新妖,不數江南蘇小。　恨寄飛花蔌蔌,情隨流水迢迢。鯉魚風送木蘭橈,回棹荒鷄報曉。(卷二十一　鞦韆)

# 《亘史鈔》詞

（潘之恒撰　存一百一十六卷　《四庫全書存目叢書》據明刻本影印　齊魯書社　一九九六）

## 鷓鴣天・留別玉香（按：此爲明・林景清詞）

八字嫦蛾恨不開，陽臺今作望夫臺。月方好處人相别，潮未平時僕巳催。　聽囑付，莫疑猜，蓬壺有路去還來。毿毿一樹垂絲柳，休傍他人門户栽。（《亘史外紀》妓品卷一）

## 鷓鴣天・送景清歸閩（按：此爲明・楊玉香詞）

郎是閩南第一流，胸蟠星斗氣横秋。新詞宛轉歌纔畢，又逐征鴻下碧樓。　開錦纜，上蘭舟，見郎歡喜别郎憂。妾心正似長江水，晝夜隨郎到福州。（《亘史外紀》妓品卷一）

## 如夢令・夏日睡起

獵獵高原，晴蓼瑟瑟，小窗風竹午坐倦，抛書夢繞，巫山六六。睡熟，睡熟，痴雨嬌云相逐。（《亘史外紀》楚艷卷三十四・上）

## 木蘭花令・夜坐

孤燈半減愁無數，河外清蟾凉印户。閒庭露草亂虫吟，似共离人分泣語。　玉樓杳隔湘江浦，黯黯离魂尋得去。夜半晨鐘落遠聲，短枕驚回忘去路。（《亘史外紀》楚豔卷三十四・上》）

## 水調歌頭（此爲宋・曾布大曲詞）

【排遍第一】　魏豪有馮燕，年少客幽并。擊毬鬥雞爲戲，遊俠久知名。

因避仇，來東郡。元戎留屬中軍。直氣凌貔虎，須臾叱咤風雲。凛凛坐中，偶乘佳興。輕裘錦帶，東風躍馬，往來訪尋幽勝。遊冶出東城。堤上鶯花撩亂，香車寶馬縱横。草軟平沙穩。高樓兩岸春風語，笑隔帘聲。

【排遍第二】 袖籠鞭敲凳，無語獨閒行。緑楊下人初静，煙淡夕陽明。窈窕佳人，獨立瑶階，擲果潘安，瞥見紅顔横波盼，不勝嬌軟倚銀屏。曳紅裳，頻推朱户，半開還掩，似欲倚、咿啞聲裏，細説深情。因遣林間青鳥，爲言彼此心期，的的深相許，竊香解佩，綢繆相顧不勝情。

【排遍第三】 説良人，猾將張嬰。從來嗜酒，還家鎮，長酩酊狂酲。屋上鳴鳩空鬥，梁間客燕相驚。誰與花爲主，蘭房從此，朝雲夕雨兩牽縈。似遊絲，飄泊隨風無定。奈何歲華荏苒，歡計苦難憑。唯見新恩繾綣，連理並翼，香閨日日爲郎，誰知松蘿托蔓，一比一毫輕。

【排遍第四】 一夕還醉，開户起相迎。爲郎引裾相庇，低首略潛形。情深無隱，欲郎乘間起佳兵。授青萍茫然，撫歎不忍欺心。爾能負心於彼，於我必無情。熟視花鈿不足，剛腸終不能平。假手迎天意，一揮霜刃，腮間粉頸斷瑶瓊。

【排遍第五】 鳳凰釵，寶玉雕零。慘然悵嬌魂，怨飲泣吞聲。還被凌波呼唤，相將金谷同遊，想見逢迎處，揶揄羞面，妝臉類瀅瀅。醉眠人醒來，晨起血凝。螓首但驚喧，白鄰里、駭我卒難明。致幽囚，推究覆盆，無計哀鳴。丹筆終誣服，圜門驅擁，銜寃垂首欲臨刑。

【排遍第六】(帶花遍)向紅塵裏，有喧呼攘臂，轉聲辟衆，莫遣人寃，濫殺張室忍偷生。僚吏驚呼，呵叱狂辭，不變如初，投身屬吏，慷慨吐丹誠。彷彿縲紲，自疑夢中，聞者皆驚，歎爲不平。割愛無心，泣對虞姬，手戮傾城寵，翻然起死，不教仇怨負寃聲。

【排遍第七】(攧花十八)義城元靖賢相國，嘉慕英雄士，錫金繒。聞斯事頻歎，賞封章歸印，請贖馮燕罪。日邊紫泥封，詔闔境赦深刑。萬古三河風義在，青簡上衆知名。河東注，任流水滔滔，水涸名難泯。至樂府歌詠，流入管弦聲。(《亘史外篇》豪俠卷二)

# 《廣滑稽》詞

（陳禹謨撰　三十六卷　《四庫全書存目叢書》據明萬曆刻本影印　齊魯書社　一九九六）

## 阮郎歸（按：此爲宋・徐似道詞）

茶寮山上一頭陀，新來學得麽。蝤蛑螃蟹與烏螺，知他放幾多。　有一物，似蜂窠，姓牙名老婆。然無奈得他何，如何放得他。（卷二十一）

# 《瓠裏子筆談》詞

（姜南撰　一卷　《叢書集成新編》本　臺北新文豐出版公司　一九八五）

## 長相思（按：此爲宋・林逋詞）

吴山青，越山青，兩岸青山相送迎。誰知離别情。　君淚盈，妾淚盈，羅帶同心結未成。江頭潮已平。

## 長相思（按：此爲宋・康與之詞）

南高峰，北高峰，一片湖光煙靄中。春來愁殺儂。　郎意濃，妾意濃，油壁車輕郎馬驄。相逢九里松。

## 沁園春・嘲兄弟析居（按：此爲元・凌雲翰詞）

樹上凌霄，堂前紫荆，秋來尚芳。奈牝雞晨語，鶺鴒憔悴，妖狐晝嘯，鴻雁分行。仁智非周，喜憂非舜，一旦天倫忍遂忘。如何好，望松楸感泣，桑梓悲傷。　古今禍起專房，總一國猶然況一鄉。家有婦人，豈無長舌，世無男子，誰有剛腸。樹大分枝，瓜熟蒂落，此語應非是義方。聊書此，要懲鑑戒，不在文章。

## 木蘭花慢・西湖送春（按：此爲元・梁曾詞）

問花花不語，爲誰落，爲誰開？算春色三分，半隨流水，半入塵埃。人生能幾歡笑，但相逢，樽酒莫相推。千古幕天席地，一春翠繞珠圍。　彩雲回首暗高臺，煙樹渺吟懷。拚一醉留春。留春不住，醉裏春歸。西樓半簾斜日，怪銜春，燕子却飛來。一枕青樓好夢，又教風雨驚回。

# 《花影集》詞

（陶輔撰　程毅中點校　中華書局　二〇〇八）

## 滿庭芳

幻體如漚，浮生若夢，風燈石火誰憐。一塵無翳，萬慮盡須捐。得悟真空不二，莫教色相拘牽。獨臥白雲山岫裏，蒼翠古巖邊。　水滿磯頭，雲屯洞口，紛紛花雨龕前。曹溪不遠，別有定中天。方得騰身性海，瑶空寶月如鈿。惟見梅開知臘去，誰管是何年。（卷三　四塊玉傳）

## 滿庭芳

一帶青山，半林黄葉，三秋佳景宜憐。蒼苔翠老，庭樹帶霜捐。碧漢露華初重，澄空月魄霞牽。共賞芳筵清夜永，亭子蓼花邊。　契合三生，醉談千古，不須紅袖樽前。青山倒影，清鑒净涵天。喜煞吾師好士，競賡險韻分鈿。問道别來重會日，約在二三年。（卷三　四塊玉傳）

## 滿庭芳

萍梗相逢，斯文雅會，難期易别堪憐。上人洪什，珠玉笑相捐。繞岸溪光碧湛，沿堤風柳青牽。古寺原頭紅樹裏，流水小亭邊。　風月襟懷，林泉氣味，塵埃悔殺從前。花陰滿池，皓月正當天。水荇巧分翠縷，金波晴漾荷鈿。此地勝遊難再也，風景自年年。（卷三　四塊玉傳）

## 滿庭芳

客底心情，水亭佳趣，姮娥有意相憐。青春難再，歲月莫輕捐。可憐無花白醉，教人忽忽相牽。暗想前朝佳麗質，多少古叢邊。　唐室楊妃，漢家飛燕，芳魂疑似從前。晴宵良夜，清恨抱中天。零落翠翹金雁，塵埋珊佩

珠鈿。幽隧漆燈空自照，玉匣夜如年。（卷三　四塊玉傳）

## 滿庭芳

愁鎖蛾眉，倦開海眼，絲絲腸斷誰憐。春秋空度，珠淚暗中捐。倚遍欒山玉品，難忘翠結絨牽。慚愧雙環塵土蝕，風月玉樓邊。　斜眈匙頭，横偎郎袂，停停每對樽前。梁州一曲，雲葉遏遥天。彩縷雙蟠金鳳，紅牙笑拾歡鈿。薄幸賀郎何在也，孤枕度方[芳]年。（卷三　四塊玉傳）

## 風光好

理難明，事難明，可笑無情負有情。佳人莫作傷春泣，終無益，守殘更。争奈巫山徹曉晴，夢何成。（卷三　龐觀老録）

# 《戒庵老人漫筆》詞

（李詡撰　八卷　《四庫全書存目叢書》據清順治世德堂重刻本影印　齊魯書社　一九九六）

## 歸朝歡（按：此爲明・夏從壽詞）

一統山河調玉燭，堯舜至仁先睦族。獨憐七國與三監，衹今猶蹈前車覆。赫然天怒肅，何須分閫還推轂。誓六師，一人自將，直指西江澳。　披堅執鋭俱頗牧，憑仗威靈如破竹。元凶就縛詔班師，大功獨建歸黄屋。凱歌賡法曲，懽騰億兆俱蒙福。競嵩呼，天長地久，永鎮綏荒服。（卷三　迎武宗駕還詞）

# 《兩山墨談》詞

（陳霆撰　十八卷　《四庫全書存目叢書》據明嘉靖刻本影印　齊魯書社　一九九六）

## 念奴嬌（按：此爲宋·張孝純詞）

疏眉秀盼，向春風，還是宣和裝束。貴氣盈盈姿態巧，舉止况非凡俗。宋室宗姬，秦王幼女，曾嫁欽慈族。干戈横蕩，事隨天地翻覆。　一笑邂逅相逢，勸人滿飲，旋旋吹横竹。流落天涯俱是客，何必平生相熟？舊日榮華，如今憔悴，付與杯中醁。興亡休問，爲伊且盡船玉。（卷六）

# 《六研齋筆記》詞

（李日華撰　十二卷　影印文淵閣《四庫全書》本　臺北商務印書館　一九八三）

## 蘇武慢（按：此爲元・張雨詞）

清露晨流，新桐初引，消受北窗凉曉。經卷薰爐，筆床茶具，長物凭他圍繞。老子無情，年光有限，只似木人花鳥。指凝雲、散朵奇峰，曾見漢唐池沼。　還自笑，待學蟫魚，金題玉躞，書裏便容身了。阿對泉頭，布衣無恙，占斷雨苔風篠。獨鶴歸遲，西山缺處，掠過亂鴉林表。舞琴心三疊胎仙，坐到月高山小。（卷一）

## 蘇武慢・雪朝即事（按：此爲明・李日華詞）

梅攢紫蕾，蕙透青芽，晃白窗楞雪曉。鷓鴣沉片，鸜鵒桃紋，一縷碧煙繚繞。書編稗諢，畫筆詼奇，壯思鬱驚猿鳥。趁閒年閒月閒時，隨意甃成池沼。　還舒嘯，倒甕尋香，脱巾漉汁，身世醉鄉堪了。塞馬蹄穿，冢麟角折，今古幾堆荒篠。軒渠胸岸，豁達眉棱，遥睇白雲天表。笑群兒鬥簇冰山，日出漸成消小。（卷一）

## 大聖樂（按：此爲宋・陸游詞）

電轉雷驚，自歎浮生四十年。試思量，往事虚無似夢，悲懽萬狀，合散如煙。苦海無邊，愛河無底，流浪看成百漏船。何人解，向無常火裏，鐵打身堅。　須臾便是華顛，好收拾形骸歸自然。又何須着意求田問舍，生須宦達，死欲名傳。壽夭窮通，是非榮辱，此事由來都在天。從今去，任東西南北，作個飛仙。（卷一）

## 唐多令(按:此爲明・沈周詞)

江盡正分吴,山多遶越都。一望中還見重湖。昔日霸圖何在者?空雲樹煙蕪。　　遥指廢臺孤,論興亡一軌,迨如今仍似姑蘇。剩與後人傳作畫,王孫曾有傷無?(卷二)

## 念奴嬌(按:此爲明・張鈇詞)

浙江東岸,是越王勾踐,舊時封國。嘗膽卧薪成底事,唯有荒臺凝碧。萬壑争流,千巖競秀,宛宛無今昔。兔葵燕麥,中間多少遺蹟。　　遥想東晉風流,蘭亭修禊,空自留殘墨。何用登臨傷往事,堪笑衰毛白。且覓扁舟,賀家湖上,載酒尋春色。季真歸後,四明還有狂客。(卷二)

## 念奴嬌・和東坡赤壁詞(按:此爲金・趙秉文詞)

清光一片,問蒼蒼桂影,其中何物?一葉扁舟波萬頃,四顧粘天無壁。叩枻長歌,姮娥欲下,萬里揮冰雪。京塵千丈,可能容此人傑?回首赤壁磯邊,騎鯨人去,幾度山花發。澹澹長空千古夢,衹有歸鴻明滅。我欲乘雲,從公歸去,散此麒麟髮。三山安在,玉簫吹斷明月。(卷三)

## 虞美人(按:此爲宋・陳克詞)

越羅巧畫春山疊,個裏融香雪。滿身空翠不勝寒,恰似那回偷印小眉山。　　青驄油壁西陵下,髣髴當時話。而今眼底是高唐,拂拂淡雲疏雨斷人腸。(《六研齋二筆》 卷一)

## 柳梢青(十首)(按:此爲宋・楊無咎詞)

爲愛冰姿,畫看不足,吟看不足。已恨春催,可堪雪裏,飛英相逐。衹應標格孤高,似羞對、妖紅媚緑。藏白收香,任教桃李,漫山麤俗。

雪豔煙痕,又要春色,來到芳尊。憶得年時,月移清影,人立黄昏。一番幽思誰論?但永夜,空迷夢魂。遶遍江南,繚墻深院,水郭山村。

月轉墻東,幾枝寒影,一點香風。清不成眠,醉憑詩興,起遶珍叢。平生只個情鍾，漸老矣，無愁可供。最是歎息，倚樓人在，横笛聲中。

玉骨冰肌，爲誰偏好，特地相宜，一段風流。廣平休賦，和靖無詩，綺窗睡起，春遲困無力。菱花笑窺，嚼蕊吹香，眉心貼處，鬢畔簪時。

天賦風流，相時宜稱，著處清幽。雪月光中，煙溪影裏，松竹梢頭。生憎人在高樓，羌笛怨，驚催鬢秋。不道明朝，半隨風遠，半趁波浮。

水曲山坳，寒梢冷蕊，隱映修篁。細細吹香，疎疎沉影，惱斷回腸。爲伊駐馬横塘。漫立盡、煙村夕陽，空孃吟鞭，幾多詩句，不入商量。

傲雪淩霜，愛他梅蕊，纔借春光。步繞西湖，興餘東閣，可奈詩腸。娟娟月轉回廊，悄無處、安排暗香。一夜相思，幾枝疏影，落在寒窗。

月墮霜飛，隔窗疎瘦，微見横枝。不道寒香，解隨羌管，吹到屏帷。個中風味誰知？睡乍起，烏雲任攲，嚼蕊挼英，淺嚬輕笑，酒半醒時。

茅舍疎籬，半飄殘雪，斜卧低枝。可更相宜，煙藏修竹，月在寒谿。從容竚立斯須。拚瘦損，無妨爲伊。誰賦才情，畫成幽思，寫入新詩。

屋角墻隅，占寬閒處，種兩三株。淡月微雲，嫩寒清曉，香徹庭除。群芳欲比何如？癯儒豈、膏粱共途。因事順心，爲花修史，須紀中書。（《六研齋二筆》 卷三）

## 漁家傲（十五首）（按：此爲元・吴鎮詞，其牌名應爲《漁歌子》）

碧波千頃晚風生，舟泊湖邊一葉横。心事穩，草衣輕，只釣鱸魚不釣名。

收却絲綸歇却船，江頭明月正團圓。酒瓶側，岸花懸，枕着蓑衣和月眠。

輕風細浪漾漁船，碧水斜陽欲暮天。看白鳥，下長川，點破瀟湘萬里煙。

閒情聊爾寄絲綸，處處江湖着我身。波似練，鬢如銀，欲釣如山截海鱗。

極目乾坤夕照斜，碧波微影弄晴霞。舟有伴，興無涯，那個汀洲不是家。

近日何人是我隣，滿川鳧鴨最相親。雲浩浩，水鱗鱗，青草煙深不見人。

舴艋爲家無姓名，胡盧世事過平生。香稻飯，軟蓴羹，棹月穿雲任性情。

雪色鬚髯一老翁,能將短棹撥長空。人愛静,浪無風,宜在五湖煙雨中。

緑楊初睡暖風微,萬里晴波浸落暉。鼓枻去,唱歌回,驚起沙鷗樸漉飛。

年來情況屬漁船,人在船中酒在前。山歷歷,水涓涓,一曲清歌山月邊。

風攪長江浪拍空,扁舟蕩漾夕陽紅。歸别浦,繫長松,出自風恬浪息中。

一個輕舟力幾多,江湖穩處載漁蓑。撑皓月,下長波,半夜風生不奈何。

殘霞一縷四山明,雲起雲收陰復晴。風脚動,浪頭生,聽取虚篷夜雨聲。

鈎擲萍波緑自開,錦鱗隊隊逐鈎來,消歲月,寄芳懷,却似嚴光坐釣臺。

桃花水暖五湖春,一個輕舟寄此身。時醉酒,或垂綸,江北江南適意人。(《六研齋三筆》 卷一)

# 《六語》詞

（郭子章撰　三十一卷　《四庫全書存目叢書》據明萬曆刻本影印　齊魯書社　一九九六）

## 好事近（按：此爲宋·秦觀詞）

山露雨添花，花動一山春色。行到小溪深處，有黄鸝千百。　飛雲當面化龍蛇，夭矯掛晴碧。醉臥古藤陰下，杳不知南北。（讖語　卷五）

## 未標牌名（按：此傳爲宋·蔡京詞，原文謂"此必惡之者托名爲之也"）

八十一年住世，四千里外無家。如今流落向天涯。夢回玉殿，幾度宣麻。只因貪寵戀榮華，便有如今事也。（讖語　卷五）

## 西江月（按：此爲宋·蔡京詞）

八十衰年初謝，三千里外無家。孤行骨肉各天涯，遥望神京泣下。　金殿五曾拜相，玉堂十度宣麻。追思往事謾繁華，到此番成夢話。（讖語　卷五　引《宣和遺事》）

# 《桐薪》詞

（錢希言撰　三卷　明萬曆刻本）

## 過秦樓（按：此爲明・唐寅詞）

瀟灑才情，風流標格，默默滿身春倦。修薦齋塲，禁煙簾箔，坐見梨花如霰。乘斜月，赴佳期，燭燼墻陰，叙敲門扇。想伉儷鸞皇，萬千顛倒，可禁嬌顫。　塵世上，昨日朱顔，今朝青塚，轉眼時移事變。秋娘命薄，杜牧緣輕，天不與人方便。休負良宵，大都好景無多，光陰如箭。聞道河東普救，剩得數間荒殿。（卷二　雙文）

# 全明小説寄生詞曲輯纂

## A Complete Collection of Ci-lyrics and Song-poetry in the Ming Novel

下 編

趙義山 主編

# 下編

# 明代小説寄生曲輯纂

# 下編細目

## 附録二：

### 《新編批點圖像燕居筆記》曲



### 《繡谷春容》曲

## 附録：

### 《新刻繡像批評金瓶梅》曲

**《素娥篇》曲**



**《杜騙新書》曲**



**《大唐秦王詞話》曲**



**《盤古至唐虞傳》曲**



**《有夏志傳》曲**



**《別有香》曲**

## 《壺中天》曲



## 《宜春香質》曲



## 《警世陰陽夢》曲



## 《弁而釵》曲



## 《醋葫蘆》曲



## 《鼓掌絶塵》曲

### 《花陣綺言》曲

# 《石田翁客座新聞》曲

（沈周輯撰　十一卷　《續修四庫全書》據清抄本影印
上海古籍出版社　二〇〇一）

## 未標調名（二首）（按：此用〔雙調・清江引〕調，原文謂元末明初人袁凱作，《輟耕録》《堯山堂外記》亦收此二曲，謂元・曹德作，《全元散曲》據以收爲曹德曲）

長門柳枝千萬縷，總是傷心處。行人折柔條，燕子銜芳絮，（都）不（由）鳳城春做主。

長門柳條千萬結，風起花如雪。别離更别離，攀折（復攀折，若）無多舊時枝葉。（卷十一　袁御史）

# 《雪濤諧史》曲

（江盈科輯撰　不分卷　中國戲劇出版社　一九九九）

## 未標調名（按：原謂張宗聖作）

小衙門，大展開。鐵心腸，當堂擺。全憑一撞一撞拷打，才有些取採。不怕他黑了天，有錢的進來，與你做個明白。

## 未標調名（按：此爲明・下層貧困文職官員〔清江引〕曲）

夜半三更睡不着，惱得我心焦燥。跎蹬的響一聲，盡力子駭一跳。原來把一股脊梁筋窮斷了。

## 未標調名（按：原文謂明・陳全嘲妓之作）

蘭湯浴罷香肌濕，恰被蕭郎巧覷。偏嗔月色明，偷向花陰立。有情的悄東風，把羅裙兒輕揭起。

# 《都公談纂》曲

（都穆輯撰　二卷　《明代筆記小説大觀》本　上海古籍出版社　二〇〇五）

## 未標調名（按：此爲明·劉清所作）

天將曉，祭祀了。只聽得兩廊下鬧炒炒。争胙肉的，你精吾肥；争饅頭的，你大我小。顔回德行人，見了微微笑。子路好勇者，見了心焦燥。夫子喟然歎曰：我也曾在陳絶糧，不曾見這伙餓殍。

# 《猥談》曲

（祝允明輯撰　一卷　《中國筆記小説文庫》本　上海文藝出版社　一九九一）

## 未標調名

看看月上蒲萄架，那人應是不來也。最苦是一雙鳳枕，閒在繡闈下。

## 未標調名

時至人未至，君子不能無疑心。物偶人未偶，君子不能無感心。

## 未標調名

媽媽只要光光鏝，我苦何曾管。雪下去送官，賣酒輪番，幾曾得免。怎容懶，有客教奴伴。

# 《菽園雜記》曲

（陸容輯撰　十五卷　《歷代史料筆記叢刊》本　中華書局　一九九七）

## 未標調名

南山腳下一缸油，姊妹兩個合梳頭。大個梳做盤龍髻，小個梳做揚籃頭。（卷一）

# 《暖姝由筆》曲

（徐充輯撰　三卷　明萬曆刊《藏説小萃》本）

## 未標調名

山不山水不水，一片板上兩個鬼。一個吹火通，一個摇大櫓，嚇得雞婆天上舞。（卷二）

# 《少室山房筆叢》曲

（胡應麟輯撰　三十二卷　影印文淵閣《四庫全書》本
臺北商務印書館　一九八三）

## 未標調名（按：此爲元・王和卿〔仙吕・醉中天〕曲）

挣破莊周夢，兩翅駕東風。三百處名園，一采一個空。難道風流種？諕殺尋芳蜜蜂。輕輕的飛動，賣花人搧過橋東。（莊岳委談・下）

# 《七修類稿》曲

（郎瑛輯撰　五十一卷　中華書局　一九五九）

## 未標調名

簾幓風柔，庭幃晝永，海棠帶雨胭脂瘦。因循過了清明也。（卷二十八　曲語有本）

## 風落梅（按：此爲明·解縉曲）

嫦娥面，今夜圓，下雲簾，不着臣見。拚今宵倚欄不去眠，看誰過廣寒宫殿。（卷二十九　中秋不見月）

## 謁金門（按：此爲明·鎖懋堅曲）

人艤著畫船，馬披上錦韉，催赴瓊林宴。塞鴻聲裹暮秋天，緑酒金杯勸。留意方深，離情漸遠，到京師應中選。今秋是解元，來春是狀元，拜舞在金鑾殿。（卷四十七　鳥詞兆元）

# 《灼艾集》曲

（萬表輯撰　十卷　《續修四庫全書》據明萬曆萬邦孚刻本影印　上海古籍出版社　二〇〇一）

## 風落梅（按：此爲明・解縉曲）

嫦娥面，今夜圓，下雲簾不著臣見。拚今宵倚闌不去眠，看誰過廣寒殿。（别集卷一）

# 《稗史彙編》曲

（王圻輯撰　一百七十五卷　《筆記小説大觀》本　臺北新興書局　一九八一）

## 混江龍（按：原標爲王實甫《西厢記》第二卷〔混江龍〕）

蝶粉輕沾飛絮雪，燕泥香惹落花塵。繫春心情短柳絲長，隔花陰人遠天涯近。香消了六朝金粉，清減了三楚精神。（卷一百〇二　文史門·詞曲類·西厢妙處）

## 黄鶯兒（按：此爲明·唐寅曲）

細雨濕薔薇，畫梁間燕子飛。離愁是海深無底。天涯馬蹄，燈前翠眉。馬前芳草燈前淚。夢魂迷，雲山滿目，不辨路東西。（卷一百〇二　文史門·詞曲類·唐伯虎）

## 北仙吕·翠群腰·星女怨

碧天一陣金風脆，半月澹蛾眉，分明畫出秋光媚。步瑶墀，良宵顛倒惹傷悲。

【六幺令】有緣相會牛郎美，去年景致，今夕追陪。聲摇玉珮，香開綉帷。鳳枕歪，鸞釵墜。徘徊，通通河鼓把人催。

【天下樂】諕得我黑甜甜夢乍回，目濛濛鷄又啼。軟塌塌眼兒摩，手兒麻脚兒頹。死登登單指個七字兒提，活圖圖憑空地兩處兒堆，巧思量留不得。

【哪吒令】怨沖沖一東一西，悶沉沉非醉非癡。只索要錦機啞啞兒再理，怎當這破題悠悠兒重起。迴文謎待細細兒追，七襄枝空行行兒綴，脈脈遺誰。

【鵲踏枝】將駒隙如梭擲，方纔了三月三，又早些七月七。既然價有心成配，卻因何隔歲爲期。

【寄生草】笑你迷，笑你隨綵樓高架排筵席。五色絲齊擺着香羅内，七孔針亂撒在金盤裏，結蛛網暗覓下天孫記。剛討得一夜夫妻，那管得別人伶俐。

【金盞兒】莫不是老黄姑命運低，莫不是呆青鳥信音遲。莫不是填橋烏雀工初起，莫不是臨河清淺步難移。莫不是霧穿新綻履，莫不是雲冷舊縫衣。莫不是情慌嬌影碎，莫不是力減瘦腰圍。

【上京馬】休作帳，問張騫消息。打算君平也無及，等他委的乾没了支機石。

【後庭花煞】一水翔歸期，千秋釀别離。滴不盡明河淚，郎性切吾疑。最希奇權時夫婦，大家憂喜大家知。(卷一百〇二　文史門・詞曲類・星月怨)

## 北正宫・端正好・星月怨

(嫦娥)玉宇晚風勻，貝闕晴霞嫩。盼銀河踏破冰輪，猛然提起淒涼恨。密地鞋尖褪。

【脱布衫】(月老)這時候半簾鈎恰動黄昏，千金笑惹出清尊。爲恩愛關情業印，把孀娥悄聲私問。

【倘秀才】(嫦娥)早知我偷靈藥鑽天個欠穩，争似恁泄韓香踰牆個忒近，博多少斗帳流蘇不住春。强攀仙桂子，著意少年人，抵不得朱陳秦晉。

【滚繡毬】(月老)覷著你一眶秋八字春，受用些輕鬢霧薄鬟雲。對清光有誰幫襯？守寒宫獨自温存。霓裳態又塵，文鴛信未真，捱不過孤寡運。算將來作意傷神。雖然兔窩裏老埋豐韻，便是鵲橋下牛哥齊害損。此恨誰論？

【上小樓】(嫦娥)只將味冷言詞胡調引，全没星熱心腸忙安頓。那裏顧已不由身，脱天有路著地無門。硬主婚暗賣春許多差認，則怪你撇嫦娥一堆兒趁。

【么篇】(月老)想當初丢下窮國君，到如今占了月殿尊。枉自價怨雨尤雲，十分甜話百夜忘恩。送好人做歹臣其間何忍？則笑你撞先生一番兒混。

【滿庭芳】(嫦娥)我也實交杯合巹，芙蓉繡褥石竹香裙。要長生，拚毒手瞞方寸，虚費精神。從今後斷絃頭甘心自肯，鴛鴦牒寫上回文。待下筆都填悶，滿腔離恨千古與閨人。

【尾聲】(月老)破鏡的慢慢圓，繫繩的漸漸緊。美前程多管無緣分，空落的碧海青天證不的本。蓋非徒寫天上愁端抑，亦貽人間笑柄。(卷一百〇二　文史門・詞曲類・星月怨)

## 雙字令

珍珠簾底瑞雲濃，掛着兩行齊齊整整。傳言女青玉案頭實鼎現，擺開幾對婷婷嫋嫋侍香童。喬合笙大迓鼓下下高高那一椿，非聲聲慢青納襖紅綉鞋來來往往。無一個不步步嬌，剔銀燈中明晃晃的是枕屏兒繡帶兒陣陣光。風遍地錦銷金帳裏，喜孜孜的是水仙子醉娘子雙雙清夢鎖寒窗。(卷一百〇二　文史門・詞曲類・雙字令)

## 清江引・詠睡鞋(按：此爲明・王磐曲)

嬌紅軟鞋三寸整，不着地偏乾净。燈前换晚妝，被底勾春興。玉人兒幾番輕撥醒。(卷一百一十九　詩話門・詩餘類・清江引)

## 黄鶯兒(四首)(按：此當爲明・楊慎、黄峨夫婦唱和之曲。之一、之三應爲夫人作)

積雨釀輕寒，看繁花樹樹殘。泥途滿眼登臨倦。雲山幾盤，江流幾灣，天涯極目空腸斷。寄書難，無情征雁，飛不到滇南。

夜雨滴空階，傍愁人枕畔來。鄉心一片無聊賴。淚眸懶揩，狂歌懶裁，沈郎多病寬腰帶。望琴臺，迢迢天外，懷抱幾時開？

霽雨帶殘虹，映斜陽一抹紅。樓頭畫角收三弄。東林晚鐘，南天晚鴻，黄昏新月弦初控。望長空，披襟誰共？萬里楚臺風。

絲雨濕流光，愛青苔繡粉牆。鴛鴦浦外清波漲。新篁送凉，幽芳美香。雲廊水榭堪遊賞。倒金觴，形骸放浪，到處是家鄉。(卷一百一十九　詩話門・詩餘類・黄鶯兒)

## 未標調名・四熱詞(四首)

(按:此爲明・黄峨〔羅江怨〕曲,或謂明・楊慎曲)

看亭月影斜,東方亮也,金雞驚散枕邊蝶。長亭十里,陽關三疊,相思相見何年月?淚流襟上血,愁穿心上結,鴛鴦被冷雕鞍熱。

黄昏畫角歇,南樓報也,遲遲更漏初長夜。茅檐滴溜,松稍霽雪,紙窗不定風如射。墻頭月又斜,床頭燈又滅,紅爐火冷心頭熱。

青山隱隱遮,行人去也,羊腸鳥道幾回折?雁聲不到,馬蹄又怯,惱人正是寒冬節。長空孤鳥滅,平湖遠樹接,倚樓煨得闌杆熱。

關山望轉賒,程途倦也,愁人莫與愁人説。離鄉背井,瞻天望闕,丹青難把衷腸寫。炎方風景别,京華書信絶,世情休問凉和熱。(卷一百一十九詩話門・詩餘類・四熱詞)

# 《水南翰記》曲

（張衮輯纂　一卷　《粟香室叢書》本　清光緒間刊印）

## 撥不斷（按：此爲明・楊儀曲）

菊苗肥，菖蒲瘦，生涯此外吾何有？竹影閒侵枕邊書，花香自入杯中酒，玉樓春晝。心無縈，眉無皺。今朝□［醉］也明朝又，屋外江山是賓主。窗前鳥兔飛走，青□［山］依舊。

# 《四友齋叢説》曲

（何良俊撰　三十八卷　中華書局　一九五九）

## 未標調名

一清誑，圓頭扇骨揩得光浪蕩。二清誑，蕩口汗巾摺子擋。三清誑，回青碟子無肉放。四清誑，宜興茶壺藤紮當。五清誑，不出夜錢沿門蹌。六清誑，見了小官遞帖望。七清誑，剥雞骨董會攤浪。八清誑，綿綢直裰蓋在腳面上。九清誑，不知腔板再學魏良輔唱。十清誑，老兄小弟亂口降。（卷三十五　正俗二）

## 寄生草

不争琴操中，單訴你飄零。卻不道窗兒外，更有個人孤另。六么序，卻原來群花弄影，將我來諕一驚。（卷三十七　詞曲・鄭德輝《㑳梅香》）

## 大石調・初問口

又不曾薦枕席，便指望同棺槨。只想夜偷期，不記朝聞道。（卷三十七　詞曲・鄭德輝《㑳梅香》）

## 越調・聖藥王

近蓼花纜釣槎，有折蒲衰草緑蒹葭。過水窪，傍淺沙，遥望見煙籠寒水月籠沙。我只見茅舍兩三家。（卷三十七　詞曲・鄭德輝《倩女離魂》）

## 混江龍

蝶粉輕沾飛絮雪，燕泥香惹落花塵。繫春心情短柳絲長，隔花陰人遠天涯近。香消了六朝金粉，清減了三楚精神。（卷三十七　詞曲・王實甫《西

廂·第二卷》)

## 落梅風

對青銅,猛然間兩鬢霜,全不似舊時模樣。(卷三十七　詞曲·王實甫《歌舞麗春堂》)

## 越調·小桃紅

是害得神魂蕩漾,也合將眼皮開放,你好熱莽也。(卷三十七　詞曲·鄭德輝《傷梅香》)

## 調笑令

擘面的便搶白俺那病襄王。呀,怎生來番悔了巫山窈窕娘。滿口裹之乎者也没攔擋,都噴在那生臉上。唬的那有情人恨無個地縫藏,羞殺也傅粉何郎。禿厮兒,請學士休心勞意攘,俺小姐他只是作耍難當。(卷三十七　詞曲·鄭德輝《傷梅香》)

## 落梅風

抹得瓶口兒净,斟得盞面兒圓。望著碧天邊太陽澆奠,只俺這女直人無甚麽别咒願,則願我弟兄們早能勾相見。(卷三十七　詞曲·李直夫《虎頭牌》)

# 《西湖遊覽志餘》曲

（田汝成輯撰　二十五卷　影印文淵閣《四庫全書》本
臺北商務印書館　一九八三）

## 滿庭芳

羊羔玉斝，灌翻老漢，嬉笑交加。小丫鬟，欺侮咱年高大。兩三個，扳倒扛咱。白髮上，黄花亂揷，赤骨立，黑墨偷搽。慣得他，無高下。也是俺，醉鄉豁達。笑殺我也由他。（卷十六　香奩艷語）

## 謁金門（按：此爲明・鎖懋堅曲）

人艤畫船，馬鞁上錦韉，催赴瓊林宴。塞鴻聲裏暮秋天，緑酒金杯覷。留意方深，離情漸遠。到京廷中選。今秋是解元，來春是狀元，拜舞在金鑾殿。（卷二十二　委巷叢談）

## 沉醉東風

風過處香生院宇，雨收時翠濕琴書。移來小朵峰，幻出天然趣。倚闌干盡日披圖。漫説蓬萊恐是虚，只此是神仙洞府。（卷二十三　委巷叢談）

## 未標調名

高文虎，稱伶俐，萬苦千辛，作個放生亭記。從頭無一句説着官家，盡把太師歸美。這老子忒無廉恥，不知潤筆能幾？夏王却作商王，只怕伏生是你。（卷二十四　委巷叢談）

# 《藝林伐山》曲

（楊慎撰　二十卷　《函海》清刻本）

## 小桃紅（按：此爲元・張可久曲）

一汀煙柳鎖春繞，添得楊花，閑盼殺歸舟。大蘭□水迢迢，畫樓明月空相照。今番瘦了，多情知道，褪翠群腰。（卷十八　張小山）

## 醉高歌（按：此爲元・姚燧曲）

十年燕月歌聲，幾點吴霜鬢影。西風吹起鱸魚興，已在桑榆暮景。榮枯枕上三更，傀儡場中四并。人生幻化如泡影，幾個臨危自省。（卷二十　牧菴詩）

# 《古今説海》曲

（陸楫輯編　一百四十二卷　巴蜀書社　一九八八）

## 沉醉東風（按：此爲元・胡祗遹贈珠簾秀曲）

錦織江邊翠竹，絨穿海上明珠。月淡時，風清處，都隔斷落紅塵土。一片閒情任卷舒，掛盡朝雲暮雨。（説纂十六・雜纂四・青樓集）

## 醉高歌過紅繡鞋（按：此爲元・賈固《寄金鶯兒》帶過曲）

樂心兒比目連枝，肯意兒新婚燕爾。畫船開，拋閃的人獨自。遥望關西店兒。黄河水流不盡心事，中條山隔不斷相思。當記得，夜深沉，人静悄，自來時。來時節三兩句話，去時節一篇詩，記在人心窩兒裏直到死。（説纂十六・雜纂四・青樓集）

# 《見聞搜玉》曲

（高鶴撰　八卷　存五至八卷　明陳汝元刻本）

## 未標調名（按：用〔落梅風〕調，此改元·張鳴善曲）

漫天墮，撲地飛。白占許多田地，教衆口嗷嗷吃甚的。早知如此，誰道是國家祥瑞。（第五卷）

## 未標調名

屈伸榮辱自去來，外物於我何有哉。争如一笑解其縛，脱屣人間有真樂。（第六卷）

## 未標調名

約郎約到月上時，看看等到月蹉西。不知奴裏山低月出早，還是郎處山高月起遲。（第七卷）

## 未標調名

高山頂上鵓鴣啼，聞道親爺娶晚妻。爺娶晚妻猶是可，前娘兒子好孤棲[悽]。（第七卷）

## 未標調名

樹頭掛網枉求蝦，泥裏無金空撥沙。刺漆樹邊栽狗橘，幾時開得牡丹花。（第七卷）

## 採荷調

欲持荷作柱，荷弱不勝梁。欲持荷作鏡，荷暗本無光。（第七卷）

## 未標調名

不羨黄金罍，不羨白玉杯。不羨朝入省，不羨暮入臺。唯羨西江水，長向金陵城。（第八卷）

# 《煙霞小説》曲

（不著輯者　十三種　二十三卷　《四庫全書存目叢書》
據明刻本影印　齊魯書社　一九九五）

## 未標調名

看看月上蒲萄架，那人應是不來也。最苦是，一雙鳳枕閒在繡幃下。（猥談）

## 未標調名

時至人未至，君子不能無疑心。物偶人未偶，君子不能無感心。（猥談）

## 未標調名

媽媽只要光光鏝，我苦何曾管。雪下去送官，賣酒輪番，幾曾得免？怎容懶？有客教奴伴。（猥談）

# 《解愠編》曲

（樂天大笑生輯　十四卷　《續修四庫全書》據明逍遥道人刻本影印　上海古籍出版社　二〇〇一）

## 未標調名

祭丁了，天將曉。殿門闢，鬧炒炒[吵吵]。搶猪腸的，你長我短；分胙肉的，你多我少。勾燭臺的，掙斷網巾；奪酒瓶的，門檻絆倒。果品滿袖藏，鹿脯沿街咬。增附争説辛勒[勤]，學霸又要讓老。搶多的喜勝登科，空手的呼天亂跳。顔子見了微微笑，子路見了添煩惱。孔子喟然嘆曰："我也曾在陳絶糧，從不曾見這班餓烏。"（卷一　秀禾搶胙）

## 叨叨令（按：此爲明·陳全曲）

冷來時冷的在冰凌上卧，熱來時熱的在蒸籠裏坐，疼時節疼的天靈破，顫時節顫得牙關挫。只被你害殺人也麼歌，只被你害殺人也麼歌。真個是寒來暑往人難過。（卷十二　瘧疾）

# 《徐氏筆精》曲

（徐𤊹撰　八卷　影印文淵閣《四庫全書》本　臺北商務印書館　一九八三）

## 未標調名（按：此爲元・王和卿〔仙吕・醉中天〕曲）

彈破莊周夢，兩翅架東風。三百座名園，一采（一）個空。誰道風流種？諕殺尋芳的蜜蜂，輕輕飛動，把賣花人扇過橋東。（卷五　咏蝴蝶）

## 寄生草（二首）（按：此爲明・朱瞻基曲）

賽爛熳三春景，稱清和四月天。綠楊煙罩絨絲綫，彩蓮水映紅妝面，翠芭蕉風颭青蘿扇。林塘盡日好留連，池塘長夏宜消遣。

有馥郁荷香度，看微茫野色邊。幾行鷺印平沙遍，一群魚躍清波淺，數聲樵唱西山遠。茸茸芳草紫騮嘶，陰陰喬木黄鸝囀。（卷五　宣廟詞曲）

## 未標調名・咏酒（按：此爲明・林廷玉〔塞鴻秋〕曲）

米明王原掌奇門印，麴將軍會擺迷魂陣，水中郎穩坐雲安鎮，柴令公傳示蘭陵信。祭遵壺矢威，李白鑾書令。那愁城攻破難逃命。（卷五　咏酒）

# 《鴛渚志餘雪窗談異》曲

（無名氏撰　于文藻點校　中華書局　一九九七）

## 未標調名（按：原文謂琴精所作）

音音音，你負心！你真負心！孤負我到如今。記得當時，低低唱，淺淺斟，一曲值千金。如今寂寞古墻陰，秋風荒草白雲深，斷橋流水何處尋？
淒淒切切，冷冷清清，奴怎禁？（帙上　招提琴精記）

## 未標調名（按：原文謂宋・金鶴雲和琴精之作）

音音音，知有心！知伊有心！勾引我到於今。最堪斯夕，燈前耦，花下斟，一笑勝千金。俄然雲雨弄春陰，玉山齊倒絳帷深，須知此樂更何尋？來徑月白，去會風清，興益難禁！（帙上　招提琴精記）

# 《青泥蓮花記》曲

(梅鼎祚撰　十三卷　《四庫全書存目叢書》據明萬曆鹿角山房刻本影印　齊魯書社　一九九六)

## 南吕·一枝花(按:此爲明·王九思曲)

【一枝花】飛騰鸞鳳林,脱離煙花巷。玉琢成清氣質,鐵打就烈心腸。貞女無雙,堪寫在青編上。我這里擱著筆細忖量:她有那燕子樓許盼盼聲名,他不比普救寺崔鶯鶯的勾當。

【梁州】她曾學孟光女齊眉舉案,他勝似劉盼春守志香囊。誰言紅粉多虚誑。也不用山盟海誓,又何須剪髮爇香? 幾分毒藥,三寸靈咽,美甘甘滿口沙糖。纔落了軃軃軃一枕黄梁,做一對鬼魂兒夜月下携手同行,變一個連枝樹暮雨中盤根並長,化一雙玉蝴蝶春風前接翅飛揚。比量細想,風流自古多魔瘴。不是咱虚褒奬,恰便似忠臣與良將,節凜冰霜。

【罵玉郎】蕙蘭心性花模樣,當日個正嬌小與才郎。紅顔實有白頭望。誰想道,老景難,緣分短,斯文喪。

【感皇恩】呀,也待要獨守孤孀,又則怕蝶惡蜂狂。道不如棄青春歸緑野葬黄壤,相伴著風清月朗,道有個地久天長。爲則爲我逢郎,想則想郎愛我,願則願死隨郎。

【採茶歌】釵斷了金鳳皇,被散了錦鴛鴦。吉丁當,帶脱了玉螳螂。流水暖泉圍故里,寒鴉衰柳噪斜陽。

【尾聲】想著他,情如鳳友。心中想,命比鴻毛。藥裹亡,稱兩意須教共穴葬。這一個貞心的女娘,不負了畫眉張敞。留與那萬古千秋,教人做話兒講。(卷六　王蘭卿)

## 清江引(按:此爲元·劉婆惜曲)

青青子兒枝上結,引惹人攀折。其中全子仁,就裹滋味别。只爲你酸

留意兒難棄舍。（卷八　劉婆惜）

## 小婦孩兒（按：此爲元・張怡雲曲）

暮秋時，菊殘猶有傲霜枝，西風了卻黄花事。（卷十二　外編四　張怡雲）

## 落梅風（按：此爲元・盧摯曲）

才歡悦，早間别，痛煞煞好難割捨。畫船兒載將春去也，空留下半江明月。（卷十二　外編四　珠簾秀）

## 落梅風（按：此爲元・珠簾秀曲）

山無數，煙萬縷，憔悴殺玉堂人物。倚蓬窗一身兒活受苦，恨不得隨大江東去。（卷十二　外編四　珠簾秀）

## 沉醉東風（按：此爲元・胡祇遹曲）

錦織江邊翠竹，絨穿海上明珠。月淡時，風清處，都隔斷落紅塵土。一片閒情任卷舒，掛盡朝雲暮雨。（卷十二　外編四　珠簾秀）

## 沉醉東風（按：此爲元・一分兒王氏曲）

紅葉落火龍褪甲，青松枯怪蟒張牙。可詠題，堪描畫。喜觥籌，席上交雜。答剌蘇，頻斟入，禮厮麻。不醉呵休扶上馬。（卷十二　外編四　一分兒）

## 中吕・粉蝶兒（按：此爲元・大都歌妓王氏曲）

【粉蝶兒】江景蕭疏，那堪楚天秋暮。占西風，柳敗荷枯。立夕陽，空凝竚。江鄉古渡，水接天隅。眼彌漫，晚山煙樹。

【醉春風】寂寞日偏長，别離人最苦。把一封正家書，改做詐休書，馮魁不睹，是將我來娶。知他是身跳龍門，首登虎榜，想這故人何處？

【紅繡鞋】往常時冬裏卧芙蓉裀褥，夏裏鋪藤簟紗厨，但出門換套好衣服。不應馮魁茶員外，員外鈔姨夫，我則想俏雙生爲伴侣。

【迎仙客】見一座古寺宇，蓋造得非常俗，見一個僧人念經掐着數珠。待道是小闍黎，卻元來是老院主，俺是個檀越門徒，問長老何方去？

【石榴花】看了那可人江景壁間圖，妝點費工夫。比及江天暮雪見寒儒，盼平沙趁宿，落雁無書。空隨得遠浦帆歸去，漁村落照船歸住。煙寺晚鐘夕陽暮，洞庭秋月照人孤。

【鬥鵪鶉】愁多似山市晴嵐，泣多似瀟湘夜雨。少一個心上才郎，多一個腳頭丈夫。每日價茶不茶飯不飯百無是處，教我那裏告訴？最高的是離恨天堂，最低的是相思地獄。

【普天樂】腹中愁，詩中句。問甚麽失題落韻，跨騾騎驢。想着那得意時，着情處。筆尖題到傷心處，不由人短歎長吁。囑付你僧人記取，蘇卿休與，知他雙漸何如？

【上小樓】怕不待開些肺腑，都向詩中分付。我這裏行想行思，行寫行讀，雨淚如珠。都是些道不出，寫不出，憂愁思慮，了不罷聲啼哭。

【幺】他争知我嫁人？他應過舉？翻做了魚沉雁杳，瓶墜簪折，信斷音疏。咫尺地，半載餘，一字無。雙郎何處？我則索隨他泛茶船去。

【十二月】無福效同儔並侣，有分受枕剩衾餘。想起來相思最苦，空教人好夢全無。撇飛了清歌妙舞，受了些寂寞消疏。

【堯民歌】閃得人鳳凰臺上月兒孤，趁帆風勢下東吴。我這裏安桅舉棹泛江湖，到不如沉醉羅幃倩人扶。躊躇，躊躇，天邊雁兒遥，枉把佳期誤。

【耍孩兒】這廝不通今古通商賈，是販賣俺愁人的客旅。守著這廝愁悶怎消除，真乃是牛馬而襟裾。斗筲之器成何用，糞土之牆不可圬。想俺愛錢娘喬爲做，不分些好弱，不辨賢愚。

【三煞】娘呵你好下得好下得！忒狠毒忒狠毒！全没些子母情腸肚。則好教三千場失火遭天震，一萬處疔瘡生背疽。怎不教我心中怒。你在錢堆受用，撇我在水面上遭荼。

【二煞】我上船時如上木驢，下倉[艙]時如下地府，靠桅杆似靠着將軍柱。一個隨風倒舵船牢獄，趁浪逐波乘檻車。伴着這魋人物，便似冤魂般相纏，日影般相逐。

【一煞】他正是馮魁酒正濃，蘇卿愁起初，下船來行到無人處。我比娥皇女哭舜添斑竹，比曹娥女泣江少一套孝服。則怕他瞧破俺情緒，推眼疾偷掩痛淚，佯呵欠帶幾聲長吁。

【尾】嘆我這淚珠兒何日乾，愁眉甚日舒？（將）普天下煩惱收拾聚，也似不得蘇卿半日苦。（卷十二　外編四　大都行院王氏）

# 《客座贅語》曲

（顧起元撰　十卷　《明代筆記小説大觀》本　上海古籍出版社　二〇〇五）

## 對玉環帶清江引·警世曲（四首）（按：原文謂明·徐霖曲，又見唐寅《伯虎雜曲》，次序及文字皆有異同，《全明散曲》兩收之）

極品隨朝，誰似倪宫保？萬貫纏腰，誰似姚三老？富貴不堅牢，達人須自曉。蘭蕙蓬蒿，到頭終是草。鸞鳳鴟鴞，到頭終是鳥。北邙道兒人怎逃？及早尋歡樂，縱飲十萬場，大唱三千套，無常到來還是少。

暮鼓晨鐘，聒得咱耳聾。春燕秋鴻，看得咱眼朦。猶記做頑童，俄然成老翁。休逞姿容，難逃青鏡中。休逞英雄，都歸黄土中。算來不如閒打哄，枉把機關弄。跳出麵糊盆，打破酸齏甕，誰是惺惺誰懵懂？

春去春來，朱顔容易改。花落花開，白頭空自哀。世事等浮埃，光陰如過客。休慕雲台，功名安在哉？休訪蓬萊，神仙安在哉？清閒兩字錢難買，何苦深拘礙。只恁過百年，便是超三界。此外别無閒計策。

禮拜彌陀，也難憑信他。懼怕閻羅，也難迴避他。世事枉奔波，回頭方是可。口若懸河，不如牢閉着。手慣揮戈，不如牢袖着。越不聰明越快活，省了些閒災禍。家私那用多，官職何須大，我笑别人人笑我。（卷六　警世詞餘）

## 一枝花（按：此爲明·馮惟敏曲）

【一枝花】跡雖羈天壤間，心只在羲皇上。客常來談藝圃，塵不到草玄堂。二十年衣錦還鄉。居帝里山河壯，荷皇圖氣運昌。且休提仰泰山北斗齊名，單只看震春雷南宫放榜。

【梁州】想當時，冠群英，賢科第一；到如今，抱孤貞，國士無雙。老山濤到底留清望，空只有松筠節操，更不樹桃李門牆。玩一會蜉蝣世界，笑一會傀儡排場。起甲第，休看做許、史、金、張；論詞華，並不數盧、駱、王、楊。有時節，千仞岡，高整雲衣；有時節，七里灘，輕移雪舫；有時節，百花潭，滿引霞觴。再休提，你長我長；閒刁搔，不把在心頭放。聖明君賢良相，四海升平振紀綱，醉也何妨。

【尾】望長江萬頃掀銀浪，對鍾山一帶排青嶂，滿金陵勝跡供遊賞。任烏兔且忙，喜豐神且康，看春草庭前歲應長。（卷六　海浮增曲）

## 金索掛梧桐・詠四景聯句（四首）（按：原文謂此四首爲明・徐霖、陳鐸聯句，《全明散曲》收爲陳鐸曲）

東風轉歲華，院院燒燈罷。陌上清明，細雨紛紛下。天涯蕩子心、盡思家，只見人歸不見他。合歡未久輕拋舍，追悔從前一念差。無聊處，懨懨獨坐小窗紗，見了些片片桃花，陣陣楊花，飛過鞦韆架。

楊花亂滚綿，蕉葉初學扇。翠蓋紅衣，出水蓮新現。金爐一縷微、嫋沉煙，睡起紗幮雲髻偏。巫山好夢誰驚破？花外流鶯柳外蟬。無聊處，千思萬想對誰言，添了些舊恨眉邊，新淚腮邊，界破殘妝面。

閒階細雨收，翠幕新涼透。疏柳殘荷，又早中秋後。新來減盡了、舊風流，無奈新愁壓舊愁。碧雲望斷天涯路，人在天涯欲盡頭。無聊處，懨懨鬼病幾時休，聽了些雁過南樓，人倚西樓，正是我愁時候。

銀臺絳蠟籠，繡幕金鈎控。暖閣紅爐，少個人兒共。月明才轉過、小房櫳，不放清光照病容。無端畫角聲三弄，吹落梅花一夜風。無聊處，天寒水冷信難通，孤眠人正怕窮冬，又到殘冬，做不就鴛鴦夢。（卷六　髯仙秋碧聯句）

## 一枝花・詠牡丹（按：此爲明・邢一鳳曲）

【一枝花】雕闌百寶妝，良夜千金價。芳菲三月景，富貴五侯家。春色偏佳，賽巧筆丹青畫，勝蓬萊頃刻花。護輕寒，擺列着孔雀銀屏；對芳叢，掩映着鴛鴦繡榻。

【梁州】紅爛熳瓊枝低簇，碧玲瓏玉葉交加，更有那妖嬈萬種天生下，恰便似藍橋仙侶、金屋嬌娃。湘裙拖翠，蜀錦翻霞，試新妝脂粉輕搽，吐餘芬蘭麝争誇。喜孜孜相逢着群玉山頭，顫巍巍款步着瑶臺月下，嬌滴滴半籠着翡翠窗紗。仙葩焕發，端的是天香國色非虚假。你看那玉樓人金勒馬，一日笙歌十萬家，江左繁華。

【尾】從今後，删抹了芭蕉夜雨燈前話，迴避了桃李春風牆外花。早不覺春歸又初夏，我這裏高高的燒着絳蠟，滿滿的斟着玉斝，一般兒倚翠偎紅受用煞。（卷六　雉山填詞）

# 《諧叢》曲

（鍾惺輯　《鐫鍾伯敬先生秘集十五種》本　明崇禎元年陸雲龍刻本）

## 未標調名（按：此爲明·劉清所作）

天將曉，祭祀了，只聽得兩廊下鬧炒炒。争胙肉的，你精我肥；争饅頭的，你大我小。（劉清）

# 《古今譚概》曲

(馮夢龍撰　三十六卷　《四庫全書存目叢書》據明刻本影印　齊魯書社　一九九五)

## 水仙子・譏時(按:此爲元・張鳴善曲)

鋪唇[眉]苫眼早三公,裸袖揎拳享萬鐘。胡言亂語成時用,大綱來都是哄。説英雄誰是英雄?五眼雞岐山鳴鳳,兩頭蛇南陽卧龍,三脚貓渭水飛熊。(文戲部第二十七　詞曲)

## 塞鴻秋(按:原文謂明・王越曲,或作明・陳全曲)

緑楊深鎖誰家院?見一女嬌娥急走行方便。轉過粉牆東就地金蓮,清泉一股流銀綫。衝破緑苔痕,滿地珍珠濺。不想牆兒外馬兒上人瞧見。(文戲部第二十七　詞曲)

## 醉扶歸・嘲禿指(按:此爲元・關漢卿曲)

十指如枯笥,和袖捧金樽。搊殺銀箏字不真,搔痒天生鈍。縱有相思淚痕,索把拳頭揾。(文戲部第二十七　詞曲)

## 沉醉東風(按:此爲明・王驥曲)

莫不是捧硯時太白墨灑?莫不是畫眉時張敞描差?莫不是檀香染?莫不是翠鈿瑕?莫不是蜻蜓飛上海棠花?莫不是明皇宫墜下馬?(文戲部第二十七　詞曲)

## 滿庭芳(按:此爲明・王磐曲)

平生澹泊,雞兒不見,童子休焦。家家都有閒鍋竈,任意烹炮。煮湯的

貼他三枚火燒,穿炒的助他一把胡椒,到省了我開東道。免終朝報曉,直睡到日頭高。(文戲部第二十七　詞曲)

## 清江引(按:此爲明·下層貧困文官所作)

夜半三更睡不着,惱得我心焦躁。咯蹬的響一聲,盡力子嚇一跳,把一股脊梁筋窮斷了。(文戲部第二十七　詞曲)

## 未標調名(按:此爲元·無名氏〔清江引〕曲)

皂羅辮兒緊紮梢,頭戴方檐帽,穿領闊袖衫,坐個四人轎,又是張吳王米蟲兒來到了。(口碑部第三十一　十七字謠)

## 未標調名(三首)

湖州有一舅,烏程添一秀。舅與秀,人生怎能勾?

佳人頭上金,才子頭上巾。金與巾,世間有幾人?

外面無貴舅,家中無富婆。舅與婆,命也如之何?(口碑部第三十一　童生府試)

# 《情史》曲

（馮夢龍撰　二十四卷　《古本小説集成》本　上海古籍出版社　一九九一）

## 未標調名（按：此爲元·趙孟頫曲）

我爲學士，你做夫人。豈不聞陶學士有桃葉桃根，蘇學士有朝雲暮雲，我便多娶幾個吴姬越女何過分。你年紀已過四旬，只管占住玉堂春。（卷八　情感類）

## 未標調名（按：此爲元·趙孟頫妻管夫人曲）

你儂我儂，忒煞情多，情多處熱如火。把一塊泥，捻一個你，塑一個我。將咱兩個一齊打破，用水調和。再捻一個你，再塑一個我。我泥中有你，你泥中有我。與你生同一個衾，死同一個槨。（卷八　情感類）

## 清江引（按：此爲元·劉婆惜曲）

青青子兒枝上結，引惹人攀折。其中全子仁，就裏滋味别。只爲你酸留留意兒難棄捨。（卷十二　情媒類）

## 小梁州

惜花長是替花愁，每日到西樓。如今何況，抛離去也，關山千里，目斷三秋。漫回頭。殷勤分付東園柳，好爲管枝柔。只恐重來，緑成陰也，青梅如豆，辜負梁州。恨悠悠。（卷十四　情仇類）

## 醉高歌紅繡鞋（按：此爲元·賈固曲）

樂心兒比目連枝，肯意兒新昏燕爾。畫船開，抛閃得人獨自，遥望關心

[西]店兒。黄河水流不盡心中事,中條山隔不斷相思。常記得夜深沉,人静悄自來時。來時節三兩句話兒,去時節一篇詩,記在人心窩兒裏直到死。(卷十八　情累類)

## 鳳將雛·含嬌曲(二首)(按:此爲五代·沈警曲)

命嘯無人嘯,含嬌何處嬌? 徘徊花上月,空度可憐宵。

靡靡春風至,微微春露輕。可惜關山月,還成無用明。(卷十九　情疑類)

## 未標調名(按:原文謂琴精所作)

音音音,你負心! 你真負心! 辜負我到如今。記得當時,低低唱,淺淺斟,一曲值千金。如今寂寞古墻陰,秋風荒草白雲深,斷橋流水何處尋? 淒淒切切,冷冷清清,教奴怎禁?(卷二十一　情妖類)

## 未標調名(按:原文謂宋·金鶴雲和琴精之作)

音音音,知有心,知伊有心! 勾引我到如今。最堪斯夕,燈前耦,花下斟,一笑勝千金。俄然雲雨弄春陰,玉山齊倒絳帷深,須知此樂更何尋? 來經月白,去會風清,興益難禁!(卷二十一　情妖類)

# 《廣笑府》曲

(馮夢龍輯　十三卷　《馮夢龍笑話集》本　河北人民出版社　一九八七)

## 未標調名(按:《諧史》謂明·劉清所作,文字有異同)

祭丁了,天將曉。殿門關,鬧吵吵。搶猪腸的,你長我短;分胙肉的,你多我少。勾燭臺的,掙斷網巾;奪酒瓶的,門檻絆倒。果品滿袖藏,鹿脯沿街咬。增附争説辛勤,學霸又要讓老。搶多的喜勝登科,空手的呼天亂跳。顔子見了微微笑,子路見了添煩惱。孔子喟然歎曰:"我也曾在陳絶糧,從不曾見這班餓鳥。"(卷一　儒箴·秀才搶胙)

## 未標調名

飽食無事,閑哄閑遊,不務正理學踢球。起自小人之足,誤犯君子之頭,當官痛責四十,算來着甚來由。(卷八　尚气·着甚來由)

# 《群談採餘》曲

（倪綰輯　十卷　《四庫未收書輯刊》據明萬曆刻本影印
北京出版社　二〇〇〇）

## 未標調名·詠雪（按:此爲元·張明善曲）

漫天墜,撲地飛,白占許多田地。凍殺吴氏［民］都是你,難道國家祥瑞?（卷一　天文）

## 清江引（按:此爲元·劉婆惜曲）

青青子兒枝上結,引惹人攀折。其中全子仁,就裏滋味別。只爲你酸,留意兒難棄捨。（卷八　附妓婢貞烈賢淑）

## 未標調名·咏汲婦詞（按:此爲明武宗朱厚照曲）

他那裏,汲水上南坡。我這裏,勒馬轉秋波。雖然不是我宫娥。野花偏有色,村酒醉人多。（卷九　風懷）

# 《諧史》曲

（徐渭輯　一卷　《四庫全書存目叢書》影印明天啓刻本
《刻徐文長先生秘集》第九卷　齊魯書社　一九九五）

## 未標調名（按：原文謂明・劉清所作）

天將曉，祭祀了，只聽得兩廊下閙炒炒。争胙肉的，你精我肥；争饅頭的，你大我小。小顔淵德行人，見了微微笑。子路好勇者，見了心焦燥。孔子喟然歎曰："我也曾在陳絶糧，不曾見這夥餓莩。"

# 《湧幢小品》曲

（朱國禎撰　三十卷　《筆記小説大觀》本　臺北新興書局　一九八一）

## 正宫·謁金門（按:此爲明·鎖懋堅曲）

人艤畫船,馬鞁上錦韉,催赴瓊林宴。塞鴻聲裏暮秋天,緑酒金杯勸。留意方深,離情漸遠。到京廷中選。今秋是解元,來春是狀元。拜舞在金鑾殿。（卷七）

# 《新刻耳談》曲

（王同軌撰　十五卷　《四庫全書存目叢書》據明刻本影印　齊魯書社　一九九五）

## 未標調名（二首）（按：此爲明·袁宗道與黄輝二人唱和之作）

那半消息見半點兒，有甚巴鼻。若非是千了萬了，説不盡百様郎當，因此上雪山中忙倒了釋迦，吃麻吃米，受苦擔饑。生怕放逸魔，花費了眼前日子。

這邊事情到十全處，還未稱心；忽地便七旬八旬，歎原來一場扯淡。只落得漆園裏笑殺個莊周，應馬應牛，消遥散誕。都將逆順境，交付與頭上天公。（卷之十四　五十七字對）

## 清江引（按：此爲明·下層貧困文職官員作）

夜半三更睡不着，惱得我心焦躁。砱蹬的響一聲，盡力子嚇一跳。把一股脊梁窮斷了。（卷之十五　貧廣文戲作清江引）

# 《耳談類增》曲

(王同軌撰　五十四卷　《續修四庫全書》本　上海古籍出版社　二〇〇一)

## 水仙子(按:此爲元・張雨曲)

歸來重整舊生涯,瀟灑柴桑處士家。草菴兒不用高和大,會清標豈在繁華? 紙糊窗,柏木榻。掛一幅單條畫,供一枝得意花,自燒香童子煎茶。(卷三十四　水仙子詞)

## 清江引(按:此爲明・宋登春曲)

糯米酒兒鮮魚鮓,還喜生薑辣。秋天不肯明,只把雞兒駡。呼童兒、點燈來花下耍。(卷三十四　宋海翁清江引)

## 未標調名(按:此爲明・袁宗道曲)

那畔消息,見半點兒,有甚巴鼻? 若非是千了萬了,説不盡百様郎當,因此上雪山中忙倒了釋迦,喫麻喫米,受苦擔饑,生怕放逸魔,花費了眼前日子。(卷三十五　五十七字對)

## 未標調名(按:此爲明・袁宗道曲)

這邊事情,到十全處,還未稱心,忽地便七旬八旬,嘆原來一場扯淡,只落得漆園裏笑殺個莊周,應馬應牛,逍遥散誕,都將逆順境,交付與頭上天公。(卷三十五　五十七字對)

## 清江引(按:此爲明・下層貧困文職官員作)

夜半三更睡不着,惱得我心焦噪。趷蹬的響一聲,盡力子嚇一跳。把

一股脊梁筋,窮斷了。(卷三十七　貧廣文戲作清江引)

## 未標調名·嘲妓

遠窺近避,親賤拿貴。日裏不肯起,夜裏不肯睡。一年做了幾個生,十年添不得一歲。自家東西是東西,别人東西如土塊。(卷三十八　嘲妓)

## 未標調名·嘲北地巷曲中人(按:此爲明·陳鐸曲)

門前一陣騾車過,灰揚,那裏有踏花歸去馬蹄香?綿襖綿裙綿袴子,膀脹,那裏有佳人夜試薄羅裳?生葱生蒜生韮菜,腌臢,那裏有夜深私語口脂香?開口便唱冤家的,歪腔,那裏有春風一曲杜韋娘?開筵空吃燒刀子,難當,那裏有蘭陵美酒鬱金香?頭上鬏髻高尺二,蠻娘,那里有高髻雲鬟宫様妝?行雲行雨在何方?土坑,那裏有鴛鴦夜宿銷金帳?五錢一兩等頭昻,便忘,那裏有嫁淂劉郎勝阮郎?(卷三十八　嘲北地巷曲中人)

## 水仙子(按:此爲元·張雨曲)

歸來重整舊生涯,瀟灑柴桑處士家。草菴兒不用高和大,會清標豈在繁華?紙糊窗,柏木榻。掛一幅單條畫,供一枝得意花,自燒香童子煎茶。(卷三十四　張伯雨水仙子詞)

## 鞋杯詞(按:此爲明·許少華曲)

借足下權爲季雅,向尊前滿注流霞。沾唇分外香,入掌些娘大。鸚鵡鸕鶿總讓他,把一個知味人兒醉殺。(卷三十七　許少華詞)

## 滿庭芳·走失雞(按:此爲明·王磐曲)

平生淡薄。雞兒不見,童子休焦。家家都有閑鍋竈,任意烹炮。煮湯的貼他三枚火燒,穿炒的助他一把胡椒。到省了我開東道。免終朝報曉,只睡到日頭高。(卷三十七　走失雞詞)

# 《問奇類林》曲

（郭良翰輯　三十六卷　《四庫未收書集刊》本　北京出版社　一九九八）

## 黄鶯兒（按：此爲明·黄峨曲，或謂楊慎曲）

積雨釀春寒，見繁花樹樹殘。泥途滿眼登臨倦。江流幾灣，雲山幾盤，天涯極目空腸斷。寄書難，無情征雁，飛不到滇南。（卷十八）

# 《九籥集》曲

（宋楙澄撰　四十七卷　《四庫禁毁書叢刊》影印明萬曆刻本　北京出版社　二〇〇〇）

## 【中吕・鮑老兒】嘲沈楚雲媽（按：此爲明・宋楙澄曲）

你那裏想着月明來的故人，只恨着臨行時錯擺了迷魂陣。到如今只指望雪入明鑪變了花銀，人如玉博得个柳色黄金嫩。你開着口好一似蝮娘驚蟄，行一步似蝎婆擔孕，斜着眼似鬼母初醺。（集詩・卷四・曲）

## 【中吕・堯民歌】代楚雲嘲（按：此爲明・宋楙澄曲）

你一似喬楊花沾淤泥，到處兒生根化浮萍。在波浪兒裏存身變靈，蟲到衣服兒上招魂。那裏也，白雪紛紛，只合着趁東風着地兒滚。（集詩・卷四・曲）

## 【中吕・十二月】嘲楚雲（按：此爲明・宋楙澄曲）

我和你，恩情最親，畫得餅，饑和飽共吞。填得海，乾和濕同趁。撈得月，有與無並分。鬼打鈸没字，錢用了幾文。平勃達，忽地生嗔。（集詩・卷四・曲）

# 《留青日劄》曲

（田藝蘅撰　三十九卷　《四庫全書存目叢書》據明萬曆徐懋升重刻本影印　齊魯書社　一九九六）

## 醉扶歸（按：此爲元・關漢卿曲）

十指如枯笋，和袖捧金尊；搊殺銀筝字不真，搔痒天生鈍。總[縱]有相思淚痕，索把拳頭揾。（卷二十一　指甲）

# 《謔浪》曲

（郁履行撰　四卷　明秣陵聚奎樓本）

## 醉中天（按：此爲元・王和卿曲）

掙破莊周夢，兩翅駕東風，三百處名園一采一個空。難道風流種，諕殺尋芳蜜蜂，輕輕的飛動，賣花人搧過橋東。（卷三　大蝴蝶）

## 沉醉東風（按：此爲元・胡祇遹曲）

錦織江邊翠竹，絨穿海上明珠。月淡時，風清處，都隔斷落紅塵土。一片閒情任卷舒，掛盡朝雲暮雨。（卷三　珠簾秀）

# 《古今清談萬選》曲

（周近泉輯編　四卷　明萬曆刻本）

## 未標調名（按：原文謂琴精所作）

音音音，你負心，你真負心！辜負我到如今。記得當時，低低唱，淺淺斟，一曲值千金。如今寂寞古墻陰，秋風荒草白雲深，斷橋流水何處尋？
淒淒切切，冷冷清清，教奴怎禁？（卷三　窗前琴怪）

## 未標調名（按：原文謂宋・金鶴雲和琴精之作）

音音音，知有心，知伊有心！勾引我到於今。最堪斯夕，窗前耦，花下斟，一笑勝千金。俄然雲雨弄春陰，玉山齊倒絳帷深，須知此樂更何尋？來經月白，去會風清，興益難禁！（卷三　窗前琴怪）

# 《豔異編》曲

（王世貞編撰　四十卷　《古本小説集成》據明刊本影印
上海古籍出版社　一九九一）

## 小婦孩兒（按：此爲元・張怡雲曲殘句）

暮秋時，菊殘猶有傲霜枝。西風了却黄花事。（卷二十八　妓女部三・張怡雲）

## 沉醉東風（按：此爲元・胡祇遹曲）

錦織江邊翠竹，絨穿海上明珠。月淡時，風清處，都隔斷落紅塵土。一片閒情任卷舒，掛盡朝雲暮雨。（卷二十八　妓女部三・珠簾秀）

## 醉高歌紅綉鞋（按：此爲元・賈固《寄金鶯兒》帶過曲）

樂心兒比目連枝，肯意兒新婚燕爾。畫船開，抛閃得人獨自。遥望關西店兒，黄河水流不盡心事，中條山隔不斷相思。常記得，夜深沉，人静悄，自來時。來時節三兩句話，去時節一篇詩，記在人心窩兒裏直到死。（卷二十八　妓女部三・金鶯兒）

## 沉醉東風（按：此爲元・一分兒王氏曲）

紅葉落火龍褪甲，青松枯怪蟒張牙。可詠題，堪描畫。喜觥籌席上交雜。答剌蘇，頻斟入，禮厮麻。不醉呵，休扶上馬。（卷二十八　妓女部三・珠簾秀）

## 清江引（按：此爲元・劉婆惜曲）

青青子兒枝上結，引惹人攀折。其中全子仁，就裏滋味别。只爲你酸溜意兒難弃捨。（卷二十八　妓女部三・劉婆媳）

# 《廣豔異編》曲

(吴大震撰　三十五卷　《續修四庫全書》據明刻本影印
上海古籍出版社　二〇〇一)

## 未標調名(按:原書謂琴精所作)

音音音,你負心,你真負心! 孤負我到如今。記得當時,低低唱,淺淺斟,一曲值千金。如今寂寞古牆陰,秋風荒草白雲深,斷橋流水何處尋。淒淒切切,冷冷清清,教奴怎禁。(卷二十二　器具部二·招提嘉遇記)

## 未標調名(按:原書謂宋·金鶴雲和琴精所作)

音音音,知有心,知伊有心! 勾引我到如今。最堪斯夕,燈前耦,花下斟,一笑勝千金。俄然雲雨弄春陰,玉山齊倒絳帷深,須知此樂更何尋。來經月白,去會風清,興益難禁。(卷二十二　器具部二·招提嘉遇記)

# 《國色天香》曲

(吴敬所輯編　十卷　《古本小説集成》據明萬曆丁酉金陵書林周氏萬卷樓刊本影印　上海古籍出版社　一九九一)

## 瀟湘夢

笳鼓喧天,貔貅無數。玉仙子桑下相逢,再三懇怙。醜豺狼不諳光景,把親妹丢開忘顧。攜手向南行,看一枝好處。萬萬千千湊補。誰料風平浪静,翻旗覆鼓。羅帶壯金湯,又把重門深固。千婉轉,萬婉轉,張目挺身,恁我怎生擺佈?何謂當日我如山,何謂今朝我如虎?不念我一途風露,好多辛苦。懷盡了山盟野誓,變盡了雲朝雨暮。看世上人間,唯有這個婦人銅肝鐵肚。天兮天兮何訴!從今割斷虚花債,明月三更,卿也西去,我也東走,莫把有情風月,著這無情擔誤。再不回頭也,看這個冤家,花下都是黄泉路。嗚呼!一曲瀟湘詞,今宵懊恨爲誰奏?送卿去也,永作欺人話譜。(卷一下層　龍會蘭池録)

## 未標調名

曾經鍛煉鋭鋒聳,佳人玉手拈弄。有時挑得花心動。那時節,佳人最喜硬剛剛,軟的原來不用。(卷二上層　搜奇攬勝・以針詠妓)

## 未標調名・睡鞋(此爲明・王磐〔清江引〕曲)

新紅睡鞋三寸正,不着地,偏乾净。燈前换晚妝,被底勾春興。醉人兒幾回輕薄醒。(卷二上層　搜奇攬勝・雌雄交感)

## 未標調名

汝靈禽,非走獸,風流事,誰不有?只好背地偷情,那許當場弄醜。若是依律問罪,應該笞杖徒流。更加一等强論,殺來與我下酒。(卷二上層　搜奇攬勝·雌雄交感)

## 未標調名(按:此明·王磐〔清江引〕曲,首句改動)

華清宴罷新浴起,帶濕裙拖地。單嫌月色明,偷向花陰立。悄東風,悄東風,有心兒輕揭起。(卷二上層　搜奇攬勝·雌雄交感)

## 未標調名

綠楊深鎖誰家院?家(佳)人急走行方便。揭起綺羅裙,露出花心現。衝破綠苔痕,滿地珍珠濺。那小娘兒不見,墻兒外,馬兒上,有人覷見。(卷二上層　搜奇攬勝·雌雄交感)

## 未標調名

削秃削秃,攪得我天翻地覆。布袋盛的是天靈錫杖,挑的是粟穀。噫!我道你是真僧,原來是活漆頭目。(卷二上層　搜奇攬勝·命題布袋佛)

## 風落梅(按:此爲明·解縉曲)

嫦娥面,今夜圓,垂簾不着群臣見。拚今宵,倚闌不去眠,看誰過廣寒殿。(卷二上層　搜奇攬勝·太宗賞月)

## 未標調名

虎虎虎,我獨覺。時未至,威未作。一時遇風生,變豹而爲惡。咆哮一聲天地驚,百獸聞之心膽落。(卷二上層　搜奇攬勝·解學士題虎)

## 閨怨蟾宫·静裏悽寥

鬧嚷嚷春景無涯,近一簇香車,遠一簇香車。雨篩風攪攘韶華,打一夜梨花，飄一夜梨花。心病也，意兒慵，對一霎窗紗，倚一霎窗紗。情重也，淚兒枯，歎一聲冤家，念一聲冤家。恁黄昏簾幕重遮，鼓一部青蛙，送一部青蛙。（卷二下層　劉生覓蓮記·上）

## 未標調名

章臺多柳枝，此枝世稀有。愛爾美恩情，到我十之九。别來夢亦勞，天涯幾翹首。思卿卿在心，念卿卿在口。料卿也同心，有我相思否？（卷二下層　劉生覓蓮記·上）

## 半天飛（二首）

花樣嬌嬈，便有巧手，丹青怎畫描？越地把芳名叫，能勾在懷中抱？倘就了鳳鸞交，我再替你畫着眉梢，整着雲翹，傅着香腮，束着纖腰。多媚多嬌，打扮做個觀音貌。不羡當年有二喬。

費盡心情，他作怪，蹺蹊不志誠。假意兒胡答應，不顧我添新病。實爲你漸勞形，只落得吃着虚驚，捱着殘更，撫着愁胸，怨着前生，雙眼睁睁。無繮意馬難拴定，何日堂開孔雀屏？（卷三下層　劉生覓蓮記·下）

## 步步嬌

密約多遭，杳杳無消耗，火噴祆神廟。卿卿當鵲橋。低駕天河，蚤渡仙娥到。春意沁鮫綃，那時當贈纏頭報。（卷三下層　劉生覓蓮記·下）

## 未標調名

嬌滴滴月下芳卿，笑欣欣自可人情。兩山淡淡，雙水澄澄。軟軟柳腰弄弱，小小蓮步徐行。綠擾擾宫妝雲挽，微噴噴檀口香生。濃豔豔臉如桃破，柔滑滑膚似脂凝。紗袖籠尖尖嫩筍，一種種露出輕盈。詩句兮燦燦，歌韻兮清清。天造就齊齊整整、嬝嬝婷婷，真真的苧羅堪並，端不數崔氏鶯鶯。呵，今日裏諄諄盟約，何日是意融融、樂陶陶，遂一鈎新月帶三星。（卷三下層　劉生覓蓮記·下）

## 未標調名

天上姮娥降塵世，堆出萬般嬌俏。不棄寒微，德音來教。争誇天喜加臨，更羡門闌光耀。休談孟光，不數温嶠，妙妙妙！願得卿難老，吾常少，謾唱低隨，永賦白頭歡笑。（卷三下層　劉生覓蓮記・下）

## 香柳娘

對孤燈悄然，對孤燈悄然，夜闌人倦，雨聲滴破相思怨。這情緒可憐，這情緒可憐，輾轉不成眠，懶把羅衾戀。想伊兒妙年，想伊兒妙年，腸斷心灰，務諧姻眷。（卷四下層　尋芳雅集）

## 絳都春・四景題情

情濃乍别，爲多才，寸心千里縈結。暗想當初，背地香偷曾玉竊。如今惹下相思孽，倒不如無情安貼。滿懷愁緒，幾能够對他分説？

【出隊子】蘭芽長茁，又見春光早漏泄。鶯鶯燕燕飛成列。凝眸都是傷春物，嬌滴棠梨，何心去折！

【集賢賓】花飛碎玉飄香屑，憑欄目斷天涯。猛聽黄鸝聲弄舌，唤起我離愁切切。狠心薄劣，閃得我羅裙寬摺。無聊也，且自把珠簾半揭。

【黄鶯兒】枝頭梅乍結。困人天，微雨歇。南薰獨對枉自嗟。冰弦懶撥，香泉懶啜，端爲恩情一旦撇。心哽咽，淚濕紗衫，相看都是血。

【玉抱肚】情乖愛奪，盼佳期，頓成永絶。空堪羡，並蒂荷花。怎支吾，暮蟬聲迭。蘭湯浴罷鬢雲斜，倩誰將我襴腰脱！

【山坡羊】滿地舞旋紅葉，欲待題詩難寫。近日臨妝，不覺嬌姿怯。親瓜葛，夢與同歡悦。又被西風忽動檐頭鐵，頃刻驚開原各别。悶也，怕瑶臺燈滅。怨也，擲菱花拚碎跌。

【五供養】西厢待月，挨幾個黄昏時節。相思滋味逐頭斷，秋來更徹。是誰家砧杵聲頻，搗得我憂心欲裂。芳盟盡屬空，好事番成拙。楚岫雲遮，高唐夢蝶。

【忒忒令】繡閣寒侵，把獸爐慢爇。歎藍關，人阻截。幾番間揉碎梅花，揉碎梅花，惜孤衾，香自潔。怕寒鴉，啼漸越。

【僥僥令】愁結板橋霜，夢冷茅檐雪。書翠流紅事已賒。甚時得破鏡圓，斷簪接。

【尾聲】相思擔重苦難車，拚與他珠沉玉缺。你不見程姬，貞且烈。（卷四下層　尋芳雅集）

## 點絳唇（按：此爲元・無名氏作，文字有異同）

道妙玄微，先須要悟明心地，非容易。見放着古聖文集，内隱着真消息。

【混江龍】若説着胎元根蒂，只除是含光默守虚極。去動中求静，静定是幽微。默坐忘言方是道，窮居緘口道根基。有一等先生，自高自貴，狂言詐語，道聽途説，自把元神昧。全不怕上天照察，也不怕六道輪回。

【油葫蘆】道本無言，行妙理，奪天地髓。就中只許自家知，無中生有誰能會。玉爐内常把陰陽配。進火功夫莫待遲，雙關透入泥丸内。步步是，自然顯光輝。

【天下樂】金液還丹下玉梯，烹煎白雪飛。黄芽漸長天地髓，體内真常要不迷。化瓊漿滿玉池。

【後庭花】饑中飽飽又饑，飲醍醐資腎水。將地户牢關閉，化真精成玉蕊。吐虹霓，黄庭内相會。見金公紅了面皮，將嬰兒和戊己，共元神相護持。

【青歌兒】直趕到天宫，天宫裏相會。有姹女雨淚，雨淚悲垂。丁郎見了長吁氣，配佳期，霎時間聚散分離。

【金盞兒】山頭雪，巽風吹。甘露降，飲刀圭。調停火候工夫細，九泉陰静養神龜。丹田金滿室，任烏兔走東西。將坎離顛倒，用煉魂魄養胎基。

【賞花時】漸運的一片白雪滿地堆，二氣相交飲玉杯。三田内火温習，和四象共一體。五明宫内守真實。煉六尺身軀修自己，變七朵金蓮到處隨。配八卦跨鸞鶴歸，至九霄雲外，十分顯雄威。

【尾聲】十載苦行修，九陽爲活計。八百功行成玉體，七星劍從來降下鬼，六合内參透希夷。唱道情習五祖無爲，四圜内功夫誰得知。養三田最美，有二天神相會，現一輪明月照玄機。（卷六上層　修真秘旨・重陽祖師虚無篇）

## 一枝花(按:此爲元・無名氏作,文字有異同)

自從俺學出家,偶然間把名師遇。受辛勤十數載,無明夜辨功夫。傳的是道妙虚無,教我緊把丹田固。爲殘生作道術,行火候鍛煉增加,入静室防危沐浴。

【小梁州】寂然不動分毫志,煉金丹初了危苦,離塵世换了凡軀。忘言减語,片時間,鉛汞收取。有根蒂復樸歸真,有志氣騰雲握霧,有緑分飛上雲衢。初學篤志真言語。見世人貪財好欲,不顧殘生,一個個攢金玉。大限到來百事都無,費精神使得乾枯。從今,(至)古,神仙本是凡人做。定浮沉認賓主,收鉛收汞莫遲阻,霎時間有有無無。

【哭黄天】化清風吹入雲霄路,一時間造化須臾。舞翩翩海底尋鷗鷺,喜的是冷淡消疏。弟子師徒,笑吟吟同赴仙都。蓬萊三島歸家去,晝夜功夫無思慮。冥冥杳杳,恍恍惚惚。

【又】天門開放道清虚路,地户牢關抽添無數。澄澄湛湛功成做,獨坐忘言語。駕河車上下寬舒,功成純粹守,似有卻如無。明明的不昧元來路,包含萬象體,不掛一絲頭[銖]。

【烏夜啼】運坤火乾天霧,要殷勤守藥爐。煉成真至寶,烹白雪似金珠。鍛黄芽做地母,飲刀圭習真土。將龍虎來擒伏,呼風唤雨。

【煞】化金蟬脱殼乘風去,一道寒光滿太虚。有嬰兒,有姹女,有黄婆配親姻,霎時間會雲雨。衆仙歡個個舞,出塵世離了愛慾。早自不回頭,一心覓鍾吕。直到蓬萊伴師祖,同共群仙一處宿。昇降三宫到紫府,調息綿綿煉真土。收斂黄芽制龍虎,騎坐白鶴跨鸞一[輅]。離卻凡間奔仙府,再共清風作伴侣,又共明月作道主,飛入宫玩仙都。(卷六上層　修真秘旨・重陽祖師虚無篇)

## 新水令(按:此爲元・無名氏作,文字有異同)

我在教門中整窮究了數十年,纔參透聖人機變。定浮沉歸妙理,進坤火煉丹田,先牢拴住意馬心猿,更不把世俗纏。

【駐馬聽】行的是調息綿綿,呼吸風雲有後先。比及得三宫昇變,九還七返妙中玄。駕河車搬運走如煙,化清風直到金宫院。若要這道心堅,黄河波滚滚泥丸轉。

【沉醉東風】大限到來難選，也不問富高官。直推到幾時休，每日家頻發願，今年推到來年。擔閣得修行路兒遠，生死輪回怎免。

【步步嬌】大道從來人欣羨，有影無行現，壺中别有天。煉就金丹，養胎仙，雙關路上氣連連。醞甘露，頻吞咽。

【雁兒落】我也曾遇名師將道傳，指與俺無爲傳，教我少貪財、休愛欲，教我多辦工多修善，教我休把利名牽，教我多看些古書篇。書篇都是通玄處，教俺共真師仔細研。若是俺功全，得造化無人見。若是俺心堅，心堅得自然。

【沽美酒】將鉛汞鼎内煎，煉至寶用乾乾。妙在前弦與後弦，分明有路顯。引元神歸宫，妙用三關機變。一炁透徹三田，九轉爐中煙炎。龍虎龜蛇蟠旋，出於自然，自然有一個無爲真人出現。

【殿前歡】勸英賢，請君常看指玄篇，無爲大道人都戀。要行滿功圓，跨鸞鶴飛上天。方纔入無爲傳，恰才稱了平生願。修一個不來不去，誰肯在世長年。

【歇拍】這回再誰把世俗纏，超凡入聖隨机變。道法雙全，繫固抽添。唱道情直至蓬萊，閑遊閬苑。做下部《自然集》，早則是虚無篇，願心滿。（卷六上層　修真秘旨・重陽祖師虚無篇）

## 端正好（按：此爲元・無名氏作，文字有異同）

誰知我，静中行，功勞大，這回早不染塵埃。幼年間曾把明師拜，教俺跳出迷昏寨。

【滚繡毬】辨功夫智慧開，煉三黄結聖胎，嬰兒猛然驚怪。須臾飛過靈臺，到黄庭内院懷。勒陽關將虎龍排，霎時間打成一塊，定浮沉鍛煉三災。三花聚鼎泥丸路，五炁朝元遶玉街，下十二樓臺。

【倘秀才】調和就鉛汞治魂魄，見坎男離女放乖，自有金公一處埋。成造化，笑咳咳，快哉。

【迎仙客】常將他玉户關，須要八門開，用坎离顛倒裁。駕河車牛羨買，搬載入官來，斂在三田外。

【紅衲襖】坐臥處陽升陰降，一竅開百竅齊開。九還七返定三災。呼吸間歸妙道，調真息透盈腮，治精華歸炁海。

【鮑老催】鍊元神，觀自在。養胎仙，笑顔開。丹田氣滚透胸懷，鍊至寶，功勞大。

【又】萬語千言句句該，都出在道德陰符界。撥動天關潤九垓，採藥物乾坤外。白雲堆裏飛升界，變化累劫修來。

【耍孩兒】初學篤志真心愛，廣看些經書注解。忽然心地悟然開，自想咱往日沉埋，果然的有路登仙界。任意縱横到處該，還了這冤家債。這回萬緣齊斷，不染塵埃。

【二煞】静中默默行，點刀圭分皂白，靈臺無物當寧耐。脱離生死修真路，倒把枯松日夜栽，權把時光待。咫尺間功圓行滿，步上天台。

【三煞】也不索看三教書，也不學七步才，只要昏昏默默把工夫捱。煉成玉體乘風去，一道寒光入聖階。做一個蓬萊客，全憑三千功滿，便要離俗骨，得仙胎。

【四煞】恁時節，跨青鸞飛上天，駕白鶴覆地來，飛昇變化登仙界。黄芽漸長人難識，玉兔窩中好避乖，權且將時光待。咫尺得功圓行滿，平步上天台。

【五煞】有静功有動功，無掛礙無掛礙。這回還了人倫債，跳出昏迷是非海。（卷之六上層　修真秘旨・重陽祖師虚無篇）

## 未標調名

長江凄凄，寒風烈烈。山嶽幽陰，天地昏黑。欲見汝容，除非夢中不可得。汝若至楚見白郎，道我肝腸片片裂！（卷之六下層　花神三妙傳）

## 未標調名（二首）（按：原文謂宋・金鶴雲與琴精唱和之作，首曲爲琴精所作）

音音音，你負心，你真負心。孤負我到如今。記得當時低低唱，淺淺斟，一曲值千金。如今寂寞古墻陰，秋風荒草白雲深。斷橋流水何處尋？凄凄切切，冷冷清清，教奴怎禁。

音音音，知有心，知伊有心，勾引我到於今。最堪斯夕燈前偶，花下斟，一笑勝千金。俄然云雨弄春陰，玉山齊倒絳帷深。須知此樂更何尋。來經月白，去會風清，興益難禁。（卷七上層　客夜瓊談・琴精記）

## 未標調名

西江月上團團，錦江水上潺潺。荒墳貴賤總摧殘，回首真堪歎。回首真堪歎，可憐骨爛名難爛。殘編留得在人間，付與多情看。待月情懷，偷香手段，這般人真好漢。想崔張行蹤，憶温嬌[嶠]氣岸，相對著腸頻斷。此情可恨，我爾相逢豈等閒。須教通慣，休教明判，若還團圞，早作風流傳。（卷九下層　鍾情麗集·上）

## 佳人品玉簫

誰家有女顏如玉，手持幾竿崑崙竹。鏤玉編雲一片形，含商弄羽千般曲。一聲遲，曉起丹山彩鳳啼。一聲疾，半夜孤舟嫠婦泣。一聲喜，秦樓仙侶同飛起。一聲悲，異時忠臣乞食歸。十分妙趣真無比，良工寫入霜縑裏。時人莫道是無聲，仙聲不入凡人耳。（卷十下層　鍾情麗集·下）

## 美人弄琵琶

中虚外實木一片，吟向佳人懷裏見。玎玎璫璫幾點聲，細細粗粗四條綫。一聲清，半夜天空萬籟鳴。一聲濁，八月秋風群木落。一聲苦，昭君馬上啼紅雨。一聲歡，妃子宫中洗禄山。風流畫史龍眠老，筆端寫出心機巧。勸君莫道是無聲，仙聲不入凡人耳。（卷十下層　鍾情麗集·下）

## 一枝花帶過小梁州

春愁豔色中，夏景繁華裏，秋悲霜降後，冬恨雪零時。觸目攢眉，許多情意，心事有誰知？三年裏片字不通，一日間百憂並集。【小梁州】望碧天茫茫不盡，念青鸞杳杳無期。可憐辜負深盟誓。玉人何處？招之不至。樂昌鏡破，雙鳳釵離。蕭郎簫斷，蔡琰茄[笳]悲。怪累朝烏雀頻啼，喜今宵玉手同攜。【小梁州】謾把曲兒歌，大都來細把離情訴。聲聲短嘆長吁。鍾情到斯，悲歡離合都經歷。悵殺我無雙翼，安得雙雙花並蒂，對對鳳于飛？古人言："在天願作比翼鳥，入地願成連理枝。"這言兒也、君須記，死生隨你。問我何歸，相思而已。（卷十下層　鍾情麗集·下）

## 耍孩兒

老天生俺非容易，把俺置入花天月地。歡娛正值少年時，況兩人貌美才奇。我便是瓊瑶藏中無雙寶，你便是紫陽場中第一枝。往古誰堪比？冠世才、風流曹子建，傾城色、窈窕太真妃。

【五煞】雖二人只一身，十分佳一樣齊，根如連理花同蒂。琪花瑶草相暉映，玉蕊金英付護持。誰知得真情意。博山下深深密約，洞房中悄悄幽期。

【四煞】情乍深漸昵親，頭妬交又解攜，回頭間別三年矣。爾思予兩行紅粉淚，予思爾幾句斷腸詩。鱗鴻絶、書難寄。百樣相思端緒，萬般離況情思。

【三煞】可勝歎嗟！椿樹倒、痛在心，那堪岸泮嚴束縶。欲重來，奈多修阻不克諧。我的心情，秋冬春夏四時裹，恨怨愁傷四字兒。此無聊，不在心，便在眉。令那割人腸的花開月白，那更苦人心的燕語鶯啼。

【二煞】我只道破鏡不圓，誰承望去璧重歸。訴艱辛、一一從頭起。耳才聞處腸先斷，口未言時淚早垂。相對幾聲長吁氣：哀哀怨怨，噫噫唏唏。

【煞尾】此意兒重若山，此情兒融似泥。兩人莫負平生志。情粘骨髓刀難割，病入膏肓藥怎醫？任生生死死，要一處相依。

【尾聲】如此如此，永由伊。由伊肯嫁情人，殞身做一個風流鬼。休獨使崔張、卓司馬專美。（卷十下層　鍾情麗集・下）

# 《燕居筆記》曲

（何大掄輯編　《古本小説集成》據明何大掄《重刻增補燕居筆記》影印　上海古籍出版社　一九九一）

**未標調名·睡鞋"新紅睡鞋"**（按:《國色天香》卷二上層《搜奇攬勝·雌雄交感》已輯,此存目）（卷二下層　詞類·雌雄交感）

**未標調名"汝靈禽"**（按:《國色天香》卷二上層《搜奇攬勝·雌雄交感》已輯,此存目）（卷二下層　詞類·雌雄交感）

**未標調名"華清宴罷"**（按:《國色天香》卷二上層《搜奇攬勝·雌雄交感》已輯,此存目）（卷二下層　詞類·雌雄交感）

**未標調名"緑楊深鎖"**（按:《國色天香》卷二上層《搜奇攬勝·雌雄交感》已輯,此存目）（卷二下層　詞類·雌雄交感）

## 未標調名·題長亭四柳圖

東邊一株楊柳樹,南邊一株楊柳樹,北邊一株楊柳樹。縱有柳絲千萬條,也綰不得征鞍住。南山叫鷓鴣,北山叫杜宇,一個叫"行不得哥哥",一個叫"不如歸去"。（卷三下層　圖類·題長亭四柳圖）

**佳人品玉簫"誰家有女顔如玉"**（按:《國色天香》卷十下層《鍾情麗集·下》已輯,此存目）（卷四上層　鍾情麗集·下）

**美女弄琵琶"中虚外實木一片"**（按:《國色天香》卷十下層《鍾情麗集·下》已輯,此存目）（卷四上層　鍾情麗集·下）

**一枝花帶過小梁州"春愁黯色中"**（按:《國色天香》卷十下層《鍾情麗集·下》已輯,此存目）（卷四上層　鍾情麗集·下）

**耍孩兒"老天生俺非容易"**（按:《國色天香》卷十下層《鍾情麗集·下》已輯,此存目）（卷四上層　鍾情麗集·下）

## 小梁州

惜花長是替花愁，每日到西樓。如今何況，拋離去也，關山千里，目斷三秋。漫回頭。殷勤分付東園柳，好爲管長條[枝柔]。只恐重來，緑成陰地，青梅如豆，辜負梁州。恨悠悠。（卷七上層　擁爐嬌紅）

**未標調名"十里荷花"**（按：《清平山堂話本》卷一《柳耆卿詩酒玩玩樓記》有輯，此存目）（卷十下層　柳耆卿玩江樓記）

**浪裏來"柳解元使了計策"**（按：《清平山堂話本》卷一《柳耆卿詩酒玩玩樓記》有輯，此存目）（卷十下層　柳耆卿玩江樓記）

**附録一：**

# 《新刻增補全像燕居筆記》曲

（林近陽增編　《古本小説集成》據日本藏明萬曆間萃慶堂余氏刊本影印　上海古籍出版社　一九九一）

**香柳娘"對孤燈悄然"**（按：《國色天香》卷之四下層《尋芳雅集》已輯，此存目）（卷一上層　浙湖三奇誌）

**絳都春"情濃乍別"**（按：《國色天香》卷之四下層《尋芳雅集》已輯，此存目）（卷一上層　浙湖三奇誌）

**未標調名"曾經鍛煉"**（按：《國色天香》卷一上層《搜奇攬勝・以針詠妓》已輯，此存目）（卷一下層　詩類・詠針嘲妓）

**未標調名"新紅睡鞋"**（按：《國色天香》卷二上層《搜奇攬勝・雌雄交感》已輯，此存目）（卷二下層詞類・雌雄交感）

**未標調名"汝靈禽"**（按：《國色天香》卷二上層《搜奇攬勝・雌雄交感》已輯，此存目）（卷二下層詞類・雌雄交感）

**未標調名"華清宴罷"**（按：《國色天香》卷二上層《搜奇攬勝・雌雄交感》已輯，此存目）（卷二下層詞類・雌雄交感）

**未標調名“緑楊深鎖”**(按:《國色天香》卷二上層《搜奇攬勝·雌雄交感》已輯,此存目)(卷二下層詞類·雌雄交感)

**未標調名“長江淒淒”**(按:《國色天香》卷之六下層《花神三妙傳》已輯,此存目)(卷三上層　花神三妙)

**未標調名·題長亭四柳“東邊一株楊柳樹”**(按:何大掄本《燕居筆記》卷三下層《圖類·題長亭四柳圖》已輯,此存目)(卷三下層　題圖類)

## 未標調名·題圖□美人圖

你若肯笑,價值千金。無語無言,懊惱誰人。俺也憐香,俺也知音。我這裏錦叢叢香馥馥□幅繡衾,恁那裏冷清清孤另另空倚著圍屏。俺欲抱你不能,俺欲扶你難行。你若活動些些兒,我自有個温存。(卷三下層　題圖類)

**未標調名“西江月上團團”**(按:《國色天香》卷之九下層《鍾情麗集·上》已輯,此存目)(卷六上層《鍾情麗集·上》)

**佳人品玉簫“誰家有女顔如玉”**(按:《國色天香》卷之十下層《鍾情麗集·下》已輯,此存目)(卷六上層《鍾情麗集·上》)

**美女弄琵琶“中虚外實”**(按:《國色天香》卷之十下層《鍾情麗集·下》已輯,此存目)(卷六上層《鍾情麗集·上》)

**一枝花帶過小梁州“春愁豔色中”**(按:《國色天香》卷十下層《鍾情麗集·下》已輯,此存目)(卷七上層《鍾情麗集·下》)

**耍孩兒“老天生俺”**(按:《國色天香》卷十下層《鍾情麗集·下》已輯,此存目)(卷七上層《鍾情麗集·下》)

**未標調名“西江月上”**(按:《國色天香》卷九下層《鍾情麗集·上》已輯,此存目)(卷六上層　鍾情麗集·上)

**未標調名“十里荷花”**(按:《清平山堂話本》卷一《柳耆卿詩酒玩江樓記》有輯,此存目)(卷六下層　記類·玩江樓記)

**浪裏來“柳解元”**(按:《清平山堂話本》卷一《柳耆卿詩酒玩江樓記》有輯,此存目)(卷六下層　記類·玩江樓記)

**小梁州“惜花長是”**(按:何本《燕居筆記》卷七上層《擁爐嬌紅》已輯,此存目)(卷八上層　擁爐嬌紅)

## 附録二:

# 《新編批點圖像燕居筆記》曲

(馮猶龍增編 《古本小説集成》據明刊本影印 上海古籍出版社 一九九一)

**未標調名·詠針嘲妓"曾經鍛煉"**(按:《國色天香》卷二上層《搜奇攬勝·以針詠妓》已輯,此存目)(卷一 詩類·詠針嘲妓)

**未標調名·睡鞋"新紅睡鞋"**(按:《國色天香》卷二上層《搜奇攬勝·雌雄交感》已輯,此存目)(卷一 詩類·雌雄交賤)

**未標調名"汝靈禽"**(按:《國色天香》卷二上層《搜奇攬勝·雌雄交感》已輯,此存目)(卷一 詩類·雌雄交賤)

**未標調名"華清宴罷"**(按:《國色天香》卷二上層《搜奇攬勝·雌雄交感》已輯,此存目)(卷一 詩類·雌雄交賤)

**未標調名"緑楊深鎖"**(按:《國色天香》卷二上層《搜奇攬勝·雌雄交感》已輯,此存目)(卷一 詩類·雌雄交賤)

**未標調名"東邊一株楊柳樹"**(按:何本《燕居筆記》下層卷三《題圖類·題長亭四柳圖》已輯,此存目)(卷三 題圖類·題長亭四柳圖)

**未標調名"你若肯笑"**(按:林本《燕居筆記》卷三下層《題圖類·題圍屏美人圖》已輯,此存目)(卷三 題圖類·題圍屏美人圖)

**未標調名"音音音,你負心"**(按:《國色天香》卷七上層《客夜瓊談·琴精記》已輯,此存目)(卷八 記類·招提琴精記)

**未標調名"音音音,知有心"**(按:《國色天香》卷七上層《客夜瓊談·琴精記》已輯,此存目)(卷八 記類·招提琴精記)

**未標調名"對孤燈悄然"**(按:用"香柳娘"調)(《國色天香》卷四下層《尋芳雅集》已輯,此存目)(下卷之一 三奇誌》)

## 未標調名(三首)

蘭芽長茁,又見春光早漏泄。鶯鶯燕燕飛成列,凝眸都是傷春物。嬌滴棠梨，何心去折。

花飛碎玉飄香屑。憑闌猛聽，黄鸝弄舌。唤起我離愁切切。郎心薄劣，閃得我羅裙寬褶。無聊也，且自把珠簾半揭。

愁結板橋霜，夢冷茅檐雪。畫翠流紅事已賒。甚時得破鏡全、斷簪接。(下卷之一　三奇誌)

**未標調名“惜花長是”**(按：用《小梁州》調，何本《燕居筆記》卷七上層《擁爐嬌紅》已輯，此存目)(下卷之六　嬌紅傳)

## 未標調名

嬌滴滴有美孟姜，軟款款旖旎非常。寶釵燁燁，玉珮鏘鏘。白盈盈脂凝粉質，緑擾擾雲挽宫妝。秀彎彎柳眉抹翠，微噴噴檀口生香。拂彩袖指纖纖露筍，啓朱唇音嚦嚦吹簧。嬝嬝婷婷端可並吴宫西子，齊齊整整更不數漢苑王嬙。呵，今日裏喜孜孜邂逅，何日裏意融融樂陶陶，欣然坦腹卧東床。(下卷之七　融春集)

## 未標調名

寂寂寥寥度此春，朝朝暮暮兩眉顰，重重疊疊恨添新。句句聲聲心裏事，孤孤孑孑客邊身，思思想想夢中人。(下卷之七　融春集)

## 未標調名

遠迢迢泛水無槎，雨篩風攪壞韶華。意兒慵，倚一霎窗紗。情兒重，見一陣歸鴉。想一會天涯。(下卷之七　融春集)

## 鎖南枝(二首)

蘆葦岸，蘋蓼洲，葉落梧桐宫殿秋。明月映南樓，征鴻應時候。郎遊遠，妾轉憂，何日得寒衣就。

金風冷，玉露秋，零落芙蓉江岸頭。砧杵韻悠悠，黄花同我瘦。腸千斷，淚兩流，湮透了羅衫袖。(下卷之七　五金魚傳)

# 《繡谷春容》曲

（羊洛敕里起北赤心子彙輯　建業大中世德堂主人校鍥　十二卷　《古本小説集成》據明世德堂刻本影印　上海古籍出版社　一九九一）

**香柳娘“對孤燈悄然”**（按：《國色天香》卷四下層《尋芳雅集》已輯，此存目）（卷一上層　吴生尋芳雅集）

**瀟湘夢“笳鼓喧天”**（按：《國色天香》卷一下層《龍會蘭池録》已輯，此存目）（卷二上層　龍會蘭池全録）

**風落梅“嫦娥面”**（按：《國色天香》卷二上層《搜奇攬勝・太宗賞月》已輯，此存目）（卷二下層　詩餘摭粹・太宗命解縉詠月）

## 未標調名

自分林泉人，此腰久不折。今見穆王祠，下拜非予越。一拜忠義之堂堂，二拜精忠之凜烈，三拜文武之全才，四拜古今之豪傑。爲二帝之仇，雪中原之恥，朱仙鎮已逼東京，十一金牌和議決。倉糧雖盡莫雖有，國體已亡公道絶。嗟哉！五國海天邊，二帝向誰説？我有一管筆，利似龍泉鐵。可刳檜之心，斷檜之舌，砍檜之頭，刺檜之血。萬俟卨附勢欺君，固當粉其骨；張俊之妒賢嫉能，亦安能逃其責！風清月朗酒酣時，擊盞叩壺歌一闋。爲人臣子，不能爲君之流涕者，是亦失臣之節。大奸劉摯、賈似道，萬里江山宋家滅。（卷二下層　詩餘摭粹・何喬新謁岳武穆王詞）

## 未標調名（用〔落梅風〕調，此改元・張鳴善曲）

漫天墮，撲地飛，白占許多田地，教衆口嗷嗷吃甚的。早知如此，誰道是國家祥瑞。（卷二下層　詩餘摭粹・張明善詞試士誠）

**未標調名“削禿削禿”**（按：《國色天香》卷二上層《搜奇攬勝・命題布袋佛》已

輯，此存目）（卷二下層　詩餘摭粹·太祖命題布袋佛）

**未標調名“新紅睡鞋”**（按：《國色天香》卷二上層《搜奇攬勝·雌雄交感》已輯，此存目）（卷二下層　詩餘摭粹·陳全遊金陵戲詞）

**未標調名“汝靈禽”**（按：《國色天香》卷二上層《搜奇攬勝·雌雄交感》已輯，此存目）（卷二下層　詩餘摭粹·陳全遊金陵戲詞）

**未標調名“華清宴罷”**（按：《國色天香》卷二上層《搜奇攬勝·雌雄交感》已輯，此存目）（卷二下層　詩餘摭粹·陳全遊金陵戲詞）

**未標調名“緑楊深鎖”**（按：《國色天香》卷二上層《搜奇攬勝·雌雄交感》已輯，此存目）（卷二下層　詩餘摭粹·陳全遊金陵戲詞）

## 未標調名（按：此元·賈固〔中吕·醉高歌過紅繡鞋〕曲）

樂心兒比目連枝，肯意兒新婚燕爾。畫船開，抛閃的人獨自，遥望關西店兒。黄河水流不盡心事，中條山隔不斷相思。常記得夜深沉，人静悄，自來時。來時節一二句話，去時節一篇詩，記在人心窩兒裏直到死。（卷二下層　彤管摭粹·賈伯堅紅繡鞋曲）

**閨怨蟾宫·静裏淒寂“鬧嚷嚷春景”**（按：《國色天香》卷二下層《劉生覓蓮記·上》已輯，此存目）（卷三上層　劉熙寰覓蓮記）

**未標調名“章臺多柳枝”**（按：《國色天香》卷二下層《劉生覓蓮記·上》已輯，此存目）（卷三上層　劉熙寰覓蓮記）

**半天飛（二首）“花様嬌嬈”、“費盡心情”**（按：《國色天香》卷三下層《劉生覓蓮記·下》已輯，此存目）（卷四上層　劉熙寰覓蓮記）

**步步嬌“密約多遭”**（按：《國色天香》卷三下層《劉生覓蓮記·下》已輯，此存目）（卷四上層　劉熙寰覓蓮記）

**未標調名“嬌滴滴月下”**（按：《國色天香》卷三下層《劉生覓蓮記·下》已輯，此存目）（卷四上層　劉熙寰覓蓮記）

**未標調名“天上姮娥”**（按：《國色天香》卷三下層《劉生覓蓮記·下》已輯，此存目）（卷四上層　劉熙寰覓蓮記）

**未標調名“十里荷花”**（按：《清平山堂話本》卷一《柳耆卿玩江樓記》有輯，此存目）（卷四上層　柳耆卿玩江樓記）

**浪裏來“柳解元使了”**（按：《清平山堂話本》卷一《柳耆卿玩江樓記》有輯，此存目）（卷四上層　柳耆卿玩江樓記）

**小梁州"惜花長是"**(按:何本《燕居筆記》卷七上層《擁爐嬌紅》已輯,此存目)(卷五上層　申厚卿嬌紅記)

## 清江引(按:此爲元·劉婆惜曲)

青青子兒枝上結,引惹人攀折。其中全子仁,袖裏滋味别。只爲你酸溜意兒難棄捨。(卷五下層　新話摭粹·文史類·劉婆惜巧合監郡)

**未標調名"西江月上"**(按:《國色天香》卷九下層《鍾情麗集·上》已輯,此存目)(卷十一　辜生鍾情麗集·上)

**一枝花帶過小梁州"春愁豔色中"**(按:《國色天香》卷十下層《鍾情麗集·下》已輯,此存目)(卷十一　辜生鍾情麗集·上)

# 《靳史》曲

（查應光輯　三十卷　《四庫禁毁書叢刊》據明天啓刻本影印　北京出版社　一九九七）

## 撥不斷（按：此爲元·王和卿曲）

假胡伶，聘聰明，你本待洗醃臢倒惹得不乾净。精尻上匀排七道青，扇圈大膏藥剛糊定。早難道外宣無病。（卷二十五　遼金元）

## 未標調名

看看月上葡萄架，那人應是不來也。最苦是，一雙鳳枕閑在繡幃下。（卷二十五　遼金元）

## 未標調名

媽媽只要光光鏝，我苦何曾管。雪下去送官，賣酒輪番，幾曾得免？怎容懶？有客教奴伴。（卷二十五　遼金元）

## 未標調名（按：此爲元·趙孟頫曲）

我爲學士，你做夫人。豈不聞陶學士有桃葉桃根，蘇學士有朝雲暮雲，我便多娶幾個吴姬越女何過分。你年紀已過四旬，只管占住玉堂春。（卷二十五　遼金元）

## 未標調名（按：此爲元·趙孟頫妻管夫人曲）

你儂我儂，忒煞情多，情多處熱似火。把一塊泥捻一個你塑一個我。將咱兩個一齊打破，用水調和。再捻一個你，再塑一個我。我泥中有你，你泥中有我。與你生同一個衾，死同一個槨。（卷二十五　遼金元）

## 清江引（按：此爲元・貫雲石曲）

金釵影摇春燕斜，木杪生春葉。水塘春始波，火候春初熱。土牛兒載將春到也。（卷二十五　遼金元）

## 折桂令（按：此爲元・周德清曲）

倚蓬窗無語嗟呀，七件兒全無，做甚麽人家？柴似靈芝，油如甘露，米若丹砂。醬甕兒恰纔夢撒，鹽瓶兒又告消乏。茶也無多，醋也無多，七件事尚且艱難，怎生叫我折柳攀花。（卷二十五　遼金元）

## 清江引（按：此爲元・劉婆惜曲）

青青子兒枝上結，引惹人扳折。其中全子仁，就裏滋味别。只爲你酸留意兒難棄捨。（卷二十五　遼金元）

## 未標調名・詠雪（按：此爲元・張明善【落梅風】曲）

漫天墜，撲地飛，白占許多田地。凍殺吴民都是你，難道國家祥瑞？（卷二十五　遼金元）

## 未標調名（按：此爲元・無名氏【清江引】曲）

皂羅辮兒錦紮梢，頭戴方檐帽。穿領闊袖衫，坐個四人轎。又是張吴王米蟲兒來到了。（卷二十五　遼金元）

## 水仙子・譏時（按：此爲元・張鳴善曲）

鋪眉苫眼早三公，裸袖揎拳享萬鍾，胡言亂語成時用，大綱來都是烘。説英雄誰是英雄？五眼雞岐山鳴鳳，兩頭蛇南陽卧龍，三脚猫渭水飛熊。（卷二十五　遼金元）

## 未標調名・題郝仲誼小像（按：此爲明・唐伯剛曲）

七尺軀威儀濟濟，三寸舌是非風起。一雙眼看人做官，兩隻脚沿門報

喜。仲誼云:“是誰,是誰?”伯剛曰:“是你,是你!”(卷二十五　遼金元)

## 塞鴻秋(按:原文謂明・王越曲,或作明・陳全曲)

綠楊深鎖誰家院?見一個女嬌娥急走行方便。轉過粉牆來,就地金蓮,清泉一股流銀綫。衝破綠苔痕,滿地珍珠濺。不想牆兒外,馬兒上人瞧見。(卷二十七　國朝)

## 沉醉東風(按:此爲明・王麒曲)

莫不是捧硯時太白墨灑?莫不是畫眉時張敞描差?莫不是檀香染?莫不是翠鈿瑕?莫不是蜻蜓飛上海棠花?莫不是明皇宫墜下馬?(卷二十八　國朝)

## 清江引(按:此爲明・王麒曲)

醜猢猻,眉稍上松油抹,桑椹子掠畫過。半邊藍凝妝,一堆青泥汙。醜回回婆眼窩兒到像我。(卷二十八　國朝)

## 清江引(按:此爲明・林廷玉曲)

世上人心真個歹,牽鬼街頭賣。哄了白尚書,瞞過陳員外,漢鍾離看見通不採。(卷二十八　國朝)

## 清江引(按:此爲明・林廷玉曲)

没嘴葫蘆就地滚,好歹休相問。花妝扮戲棚,紙做盛錢囤。陳摶華山閑打盹。(卷二十八　國朝)

## 清江引(按:此爲明・林廷玉曲)

春花正紅春酒美,多少蟠桃會。休做看財奴,枉着金銀累。死到黄泉纔是悔。(卷二十八　國朝)

## 清江引(按:此爲明・林廷玉曲)

勝水名花和我好,每日相頑笑。人情下苑花,世事襄陽砲。霎時間虚

飄飄都過了。（卷二十八　國朝）

## 朝天子・咏喇叭（按：此爲明・王磐曲）

喇叭，鎖哪，曲兒小腔兒大。官船來往亂如麻，全仗你擡聲價。軍聽了軍愁，民聽了民怕。那里去辨甚麼真共假？眼見的吹翻了這家，吹傷了那家，只吹得水浄鵝飛罷。（卷二十八　國朝）

## 未標調名（按：此爲明・武宗朱厚照曲）

出得門來三五，偶逢村婦謳歌。紅裙高露足，挑水上南坡。俺這裏停驂駐轡，他那裏俊眼偷睃。雖然不及俺宫娥，野花偏有豔，村酒醉人多。（卷二十八　國朝）

## 清江引・暖帽（按：此爲明・王磐曲）

玉釵冷來雲慢挑，按上昭君帽。窗前雪意濃，簾外風寒峭。嫩花頭，要將春護了。（卷三十　國朝）

## 清江引・寒裘（按：此爲明・王磐曲）

蒙茸紫貂籠瑞雪，暗把香光惜。一團白玉温，兩朵桃花熱。透靈犀、險些兒輕漏洩。（卷三十　國朝）

## 清江引・汗衫（按：此爲明・王磐曲）

輕衫短裁防過暑，堪可包香玉。秋千打罷時，歌舞收回處。濕浸浸似沾花上雨。（卷三十　國朝）

## 清江引・暑襪（按：此爲明・王磐曲）

凌波襪兒真個罕，不肯教人看。霜籠玉筍尖，水浸金蓮辦。隔紗裙幾回偷抹眼。（卷三十　國朝）

## 清江引・浴裙（按：此爲明・王磐曲）

温泉起來權護體，带濕雲拖地。翻嫌月色明，偷向花陰立。俏東風有

心輕揭起。(卷三十　國朝)

## 清江引·睡鞋(按:此爲明·王磐曲)

惺[猩]紅軟鞋三寸整,不着地偏乾净。燈前换晚妝,被底勾春興。醉人兒、幾廻[回]輕撥醒。(卷三十　國朝)

## 清江引·棕履(按:此爲明·王磐曲)

玲瓏結成雙翠繭,兜的弓鞋倩。苔沾翡翠根,露滚珍珠面。下瑶臺,不愁春醉軟。(卷三十　國朝)

## 清江引·蒲鞋(按:此爲明·王磐曲)

銀絲細盤雙鳳腦,緊束凌波靿。青蓮兩辧[瓣]開,玉筍雙尖蹻。踏青去來天氣早。(卷三十　國朝)

## 滿庭芳(按:此爲明·王磐曲)

平生淡薄,鷄兒不見,童子休憔。家家都有閑鍋竈,任意烹炮。煮湯的,貼他三枚火燒。穿炒的,助他一把椒椒。到省了我開東道。免終朝報曉,只睡得日頭高。(卷三十　國朝)

## 叨叨令(按:此爲明·陳全曲)

冷來時冷得在冰凌上卧,熱來時熱的在蒸籠裹坐。疼時節疼的天靈破,顫時節顫的牙關挫。只被你害殺人也麽哥!只被你害殺人也麽哥!真個是寒來暑往人難過。(卷三十　國朝)

# 《獪園》曲

（錢希言撰　十六卷　《四庫全書存目叢書》據清鈔本影印　齊魯書社　一九九五）

## 未標調名

忘不了對攏雙袖，忘不了佳期月下偷。忘不了柳遮花映黄昏後，忘不了羅帳綢繆。忘不了紗窗風雨清明候，忘不了多病心情懶下樓。（卷十三黄花舍人）

# 《説圃識餘》曲

（王兆雲撰　二卷　《四庫存目叢書》據明刻本影印　齊魯書社　一九九五）

## 黄鶯兒（四首）（按：此當爲明・楊慎、黄峨夫婦唱和之曲。之一、之三應爲夫人作）

積雨釀輕寒，看繁花樹樹殘，泥途滿眼登臨倦。雲山幾盤，江流幾灣，天涯極目空腸斷。寄書難，無情征雁，飛不到滇南。

夜雨滴空階，傍愁人枕畔來，鄉心一片無聊賴。淚眸懶揩，狂歌懶裁，沈郎多病寬腰帶。望琴台，迢迢天外，懷抱幾時開。

霽雨帶殘虹，映斜陽一抹紅，樓頭畫角收三弄。東林晚鐘，南天晚鴻，黄昏新月弦初控。望長空，披襟誰共，萬里楚臺風。

絲雨濕流光，愛青苔繡粉牆，鴛鴦浦外清波漲。新篁送凉，幽芳弄香，雲廊水榭堪遊賞。倒金觴，形骸放浪，到處是家鄉。（卷一　楊升庵黄鶯兒詞）

# 《揮麈新譚》曲

（王兆雲撰　二卷　《四庫存目叢書》本據明刻本影印
齊魯書社　一九九五）

## 羅江怨・四熱（四首）（按：此爲明・楊慎、黄峨夫婦唱和之作）

里亭月影斜，東方亮也，金雞驚散枕邊蝶。長亭十里，陽關三疊，相思相見何年月。淚流襟上血，愁穿心上結，鴛鴦被冷雕鞍熱。

黄昏畫角歇，南樓報也，遲遲更漏初長夜。茅檐滴溜，松稍霽雪，紙窗不定風如射。牆頭月又斜，床頭燈又滅，紅爐火冷心頭熱。

青山隱隱遮，行人去也。羊腸鳥道幾回折？雁聲不到，馬蹄又怯，惱人正是寒冬節。長空孤鳥滅，平湖遠樹接，倚樓煨得闌干熱。

關山望轉賒，程途倦也，愁人莫與愁人説。離鄉背井，瞻天望闕，丹青難把衷腸寫。炎方風景别，京華音書絶，世情休問涼和熱。（卷上　羅江怨・四熱）

# 《漱石閒談》曲

（王兆雲撰　二卷　《四庫全書存目叢書》據清鈔本影印　齊魯書社　一九九五）

## 清江引·詠睡鞋（此爲明·王磐曲，略有改動）

嬌紅軟鞋三寸整，不着地偏乾淨。燈前换晚妝，被底勾春興。玉人兒几番輕撥醒。（卷上　王西樓）

# 《見只編》曲

（姚士粦撰　三卷　《叢書集成新編》本　臺灣新文豐出版公司　一九八五）

## 【越調・小桃紅】別澉川楊安撫（此爲元・張可久曲）

晚風吹上海雲腥，山色秋偏净。了得相思去年病。不堪聽，尊前一曲《陽關令》。斜陽恁明，寒波如鏡，分照别離情。（卷上）

## 未標調名

南北驚風，汴城吹動。吹作宫花鮮董董，潑蝶攢蜂不珍重。棄雪拚香，無處着這面孔。一綜兒是清風鎮的樣子，那將軍是報粘罕的孟珙。（卷中）

# 《小窗四紀》曲

（吴從先撰　二十七卷　《四庫全書存目叢書》據明萬曆刻本影印　齊魯書社　一九九五）

## 羅江怨（四首）（此爲明·楊慎、黄峨夫婦唱和之曲）

里庭月影斜，東方亮也，金雞驚散枕邊蝶。長亭十里，《陽關》三叠，相思相見何年月。淚流襟上血，愁穿心上結，鴛鴦被冷雕鞍熱。

黄昏畫角歇，南樓報也，遲遲更漏初長夜。茅檐滴溜，松梢霽雪。紙窗不定風如射。墻頭月又斜，床頭燈又滅，紅爐火冷心頭熱。

青山隱隱遮，行人去也，羊腸鳥道幾回折？雁聲不到，馬蹄又却，惱人正是寒冬節。長空孤鳥滅，平湖遠樹接，倚樓煨得闌干熱。

關山望轉賒，程途倦也，愁人莫與愁人説。離鄉背井，瞻天望闕，丹青難把衷腸寫。炎方風景别，京華音信絶。世情休問凉和熱。（《小窗清紀·清韻》）

## 未標調名（按：此爲明·楊慎〔仙吕·八聲甘州〕套曲，原文未標曲牌名，據别本補）

（【八聲甘州】）冰輪懸鏡，漸離滄海，飛上瑶京，金波不定，遍大地霜凝冰净。千江有水千江映，萬里無雲萬里明。是誰將瓊樓玉宇脩成。

（【前腔】）奈高處不勝清冷，想素娥應悔，誤餌長生。青天碧海，夜夜怎經孤另。仙家難免别離苦，靈藥難醫寂寞情。有誰將蟾宫閨怨，傳下青冥。

（【賺】）圓缺陰晴，總是人間天上情。偏厮稱，金樽翠斝，歌窈窕，舞輕盈。吹簫弄玉翩翩下，解珮飛瓊嫋嫋迎。娉婷，從頭細數，風流處、百般堪聽。

（【解三酲】）愛春月朦朧花影，有千金一刻難並。柳梢才上天街静，又早人約黄昏。照樓臺歌管聲偏細，映院落秋千夜轉深。穿芳徑，真個是惱人春色，夢難成。

(【油核桃】)愛夏月雲頭金餅，對蓮池紅妝臨鏡。夜遊銀燭何須秉，暗牆頭自照流螢。

(【解三醒】)愛秋月四時偏勝，到中秋分外精瑩。清輝香霧佳人興，蛩才鬧，鵲又驚。銀盤彩漾蓮花白，金粟香浮桂子清。寒光映，真個是玲瓏七寶，表裏通明。

(【油核桃】)愛冬月梅梢清耿，與馮夷六花争勝。玉圓瓊屑交相映，唤詩人蓬萊夢醒。

(【解三醒】)秦樓月與簫聲並冷，緱山月共笙韻雙清。西江月酹曹瞞恨，牛渚月泛袁宏興。梁園月緑苔生閣芳塵静，長安月練擣秋風萬户砧。人間境，最堪憐曉行殘月，茅店雞聲。

(【油核桃】)娥池月妖嬈倍增，羅浮月夢醒參横。瑶臺月舞青鸞影，海棠月高燭燒銀。

(【解三醒】)初生月娥眉淡匀，將曉月弓彎西嶺。上弦月參差匣露些兒鏡，暈花月擁祥雲。南浦月彩雲夢斷歌蘇小，廣寒月一曲霓裳舞太真。

(【油核桃】)梨花月溶溶滿庭，楊柳月低照樓心蹁躚舞影。桃花月底香肩並，梧桐月犬吠金鈴。

(【解三醒】)是忒的萬般情景，算都是明月妝成。月如無恨長圓滿，卻不似世上離别輕。今人不見當時月，今月曾經照古人。心無盡，怎能够把嫦娥唤應，問個分明。

(【尾聲】)月團圓，人歡慶，廣寒塵世一般情，但願常把金樽和月飲。(《小窗清紀・清韻》)

# 《沈氏日旦》曲

（沈長卿撰　十二卷　《續修四庫全書》影印明崇禎刊本　上海古籍出版社　二〇〇一）

## 黄鶯兒·小園（按：此爲明·沈長卿曲）

春色爛衡門，爲迷花，幾斷魂。夭桃隔水多嬌態，熏風似温，鷹聲似吞。林鶯慣見蓬霜鬢。羡閑身，懷人無語，清興寄芳尊。（卷二）

# 《蟲天志》曲

（沈弘正撰　十卷　《四庫存目叢書》據明暢閣刻本影印　齊魯書社　一九九五）

## 曇花詞・尾聲（按：此爲明・屠隆《曇花記》第三十六齣〔降黄龍〕套〔尾聲〕）

叩頭蟲，體疲毒，蟒虵腹餒。跳蚤兒幾時出得人褌褲内，蛆蟲兒怎當惡滋味，黑螟兒受用些土氣息。燈蛾兒戀火坑，蜣螂把糞丸兒當做了寶貝。水牯牛拖犁負重無休息，只有鸚哥兒毛羽美。杜鵑兒説曾爲蜀望帝，可也没個憑據。勸世人及早回頭策厲，莫待失了人身呵，那里去還尋你。（卷十　叩頭蟲）

# 《岩棲幽事》曲

（陳繼儒撰　一卷　《四庫全書存目叢書》據明萬曆秀水沈氏刻寶顔堂秘笈本影印　齊魯書社　一九九五）

## 未標調名

莫言婚嫁蚤，婚嫁後，事不少。莫言僧道好，僧道後，心不了。惟有知足人，鼾鼾直到曉。惟有偷閒人，憨憨直到老。

# 《長安客話》曲

（蔣一葵撰　八卷　《筆記小説大觀》本　台北新興書局　一九八七）

## 未標調名·嘲北地巷曲中（人）（按：此爲明·陳鐸曲）

門前一陣騾車過，灰揚。那裏有踏花歸去馬蹄香？綿襖綿裙綿袴子，膀脹。那裏有佳人夜試薄羅裳？生葱生蒜生韭菜，腌臢，那裏有夜深私語口脂香？開口便唱冤家的，歪腔，那裏有春風一曲杜韋娘？開筵空喫燒刀子，難當，那裏有蘭陵美酒鬱金香？　頭上狄髻高尺二，蠻娘，那裏有高髻雲鬟宮樣妝？行雲行雨在何方？土炕，那裏有鴛鴦夜宿銷金帳？五錢一兩等頭昂，便忘，那裏有嫁得劉郎勝阮郎？（卷五　皇都雜記　嘲北地巷曲中）

# 《山樵暇語》曲

（俞弁撰　十卷　《四庫全書存目叢書》據民國商務印書館影印明朱象玄鈔本再影印　齊魯書社　一九九五）

## 未標調名（按：此爲明・楊景賢〔水仙子〕曲）

鶯花寨打起一面皂鵰旗，盟誓海翻成就了洗硯池，托香腮難（辨）烏雲髻。喜黄昏愁月低，唱《陽春》，《白雪》休提。宜住在烏衣巷，休擎着白玉杯，却便似畫圖上水墨楊妃。（卷十　楊景賢）

# 《草木子》曲

（葉子奇撰　四卷　《叢書集成新編》本　臺北新文豐出版公司　一九八五）

## 喜春來（按：此爲元・伯顔曲）

金魚玉帶羅襴扣，皂蓋朱旛列五侯，山河判斷在俺筆尖頭。得意秋，分破帝王憂。（卷四・上　談藪篇）

## 喜春來（按：此爲元・張九曲）

金裝寶劍藏龍口，玉帶紅絨掛虎頭，緑楊影裏驟驊騮。得志秋，名滿鳳凰樓。（卷四・上　談藪篇）

# 《亘史鈔》曲

（潘之恒撰　存一百一十六卷　《四庫存目叢書》據明刻本影印　齊魯書社　一九九五）

## 未標調名·擬婦人騎馬

露玉笋絲繮軟把，襯金蓮寶鐙輕踏。裙拖翡翠紗，扇掩泥金畫。似比昭君，只少面琵琶。天寶年間若有他，卻不把三郎愛殺。（亘史外紀　雪濤小書　卷三）

## 未標調名·擬睡鞋（此爲明·王磐〔清江引〕曲）

新紅染鞋三寸整，不落地能干静。燈前换晚妝，被裏勾春興。几番問，把醉人兒蹬踢醒。（亘史外紀　雪濤小書　卷三）

## 未標調名·擬失雞（此爲明·王磐曲，有改動）

雞兒失了，童子休焦。那炊爨的，好助他一把火燒。烹調的，送他一把胡椒。干干静静的吃了，損得終朝報曉，只睡到日頭高。（亘史外紀　雪濤小書　卷三）

## 未標調名（按：此爲明·下層貧困文職官員〔清江引〕曲）

夜半三更睡不着，惱得我心焦躁。踢蹬的響一聲，盡力子驗一跳。原來把一股脊梁筋窮斷了。（亘史外紀　諧史四）

## 雙調·新水令（按：此爲明·凌濛初曲，文字有改動）

【新水令北】夜窗相對一燈微，把從前悄然思。意是情緣都落後，任俠骨，總休提。待説因依，業身軀早撲懞憁地。

【步步嬌南】想當日無端閑遭際，正值風波起，因緣在此期。一度追隨，一番迢遞。即漸的意難離，莽思量許下諧姻契。

【折桂令北】少甚麼貴遊門百縱千隨，卻看作鶯花羅網，風月藩籬。須如俺運阻鵬摶，更那堪計同鳩拙，誰承望嫁逐雞飛，總爲些熱心密意，語話投機，一念皈依，更不支離。用不着媒妁通言，一霎裏之子於歸。

【江兒水南】曾被多人誤，今朝卻遇伊。赸臉的浮趁些風流趣，村沙的硬攬了温柔會，負心的白賴着牙疼誓。一抹地無根無蒂，只爲情緣幾墮落，爲人一世。

【雁兒落帶得勝令北】你爲我被無端苦禁持，你爲我受無干閒談議。你爲我把巧機關脱著身，你爲我把親骨肉拚的離。你爲我含著淚數歸期，你爲我擔著怕掩雙扉。你爲我將悶弓兒實丕丕心頭繫，你爲我將畫餅兒眼睁睁待療饑。情癡，爲寒酸圖什麽名和利。心機，鎮朝昏自支撑飯共虀。

【僥僥令南】君愁無兩翼，妾恨有雙眉。又被强徒生惡意，把衣裝盡作灰。妾驚惶，君未知。

【收江南北】呀！早知道恁般遭忌呵，誰待要暫抛離。當不得東塗西抹自支持，南來北往費驅馳。更没些暇期，險摧殘一塊望夫石。

【園林好南】事多磨從來有的，但心堅何須再題。好自把前程端的，整備著燕雙飛，早子待脱藩籬。

【沽美酒帶太平令北】故園蕪無可依，辦彩鷁却南飛，兩兩雙雙定止棲。任饞口自涎垂。還笑他，費纏頭的三心兩意。用紅定的萬轉千回，强誓盟的七高八低。喬説合的十拿九離。誰似俺不媒自隨，誰似恁莫催竟歸。這事兒似鈍錘作錐，那意兒似利鈹切泥。這事兒似彩灰畫奇，那意兒似紫衣夜離。美前程，繡圍錦堆，熱心腸解衣贈綈。休論他手荑領蠐，休誇他黛眉玉肌。則相對舉杯酩酊，消多少撫須解頤。呀！除非是驌驦裘俏當壚那人無愧。

【清江引】而今總是姻緣矣，莫説恩和義。但作帳中音，長記燈前誓。惟願取永團圓恁是喜。（亘史外紀　卷二　金陵艷·夜窗對話詞）

## 雙調·新水令（按：疑爲明·孫湛曲）

【新水令】一從黄浦倚青樓，頓消殘嬌花嫩柳。名兒還第二，姓氏又更周。爲惜名流，空墮落風塵久。

【駐馬聽】未去先留，幾度雲情消白晝。迎新送舊，一團月色減清秋。只顧他青錢只向錦囊收，哪管你鴛鴦長傍鸕鷀宿。若是倚門兒空自守，怎當得老鴇兒相僝僽。

【雁兒落】病懨懨藥怎求，絮聒聒言難受。還爲他抱孩兒伴客眠，苦教你做乳母將身垢。

【得勝令】誰似你嘹亮囀歌喉，調拍按《梁州》。《白雪》高難和，行雲遏不流。優遊，決勝彈《霓裳》奏；清幽，争誇《金縷》謳。

【沉醉東風】錦瑟遊魚知否？拂瑶琴棲鳳堪求。筝傳秦女聲，舞拂楚姬袖，抱琵琶撥動江州。一曲相看淚未休，只落得青衫濕透。

【折桂令】歎韶華去也難留，早尋個天長地久。休待要雨散雲收，損卻娥眉殘，教杏臉冷落鶯儔。願只願桃葉女芳流渡口，莫愁姬名占湖頭。紅拂私投，緑綺情稠。柳挽章臺，玉弄秦樓。

【清江引】你身邊往來雖是有，那是你情郎厚。不爲蕩子妻，便作商人婦。也强如覓纏頭尋配偶。（亘史外紀　卷八　江南豔·子真嚴陵贈周姬雙調一闋）

## 南吕·一枝花（按：疑爲明·孫湛曲）

【一枝花】林酣紅露稀，露滴黄花瘦。江空流水寂，雁度野雲浮。一葉輕舟，似范蠡歸來後，載西施願已酬。只爲那忙催的差使艄公，因此上早別了詩盟社友。

【梁州】才離卻嚴陵下浦，又早到馬目灘頭，青溪練水行迤逗。平沙穩泊，煙渚頻留。千山落日，一水澄秋。俺這歸去的，休猜作乘興王猷；你那並舟的，倒是個夢蝶莊周。棹歌兒好一似度曲彈筝，茗碗兒也强似持觴舉酒。蓬窗兒瀟灑，似翠館朱樓。心休意休，從今不用眉兒皺。病自蘇，緣成就，十載要盟一筆勾，生死相投。

【尾聲】歸時正值重陽後，到日今當十月頭，棄與這半老佳人，永長久。寒盟的可羞，全盟的少有。堪作本傳奇，流播世人口。（亘史外紀　卷八　江南豔·子真載周姬還新安舟行南吕一闋）

## 刷子序犯（按：此爲明·程可中《湖上贈李如期》曲）

【刷子序犯】漂泊恨無主，追思那年，同載西湖。向苦窟愁林，摧殘花樣身軀。嗟籲。情分好新人工素，血痕在舊盟難負？斷橋前路立躊躇，西陵松柏爲誰枯。

【針綫箱犯[山漁燈犯]】繞新堤，攀芳樹。聒碎幽情，一片簫鼓。還羞遇南陌，金夫蘭心莫吐。這病容也，甘受胭脂數。又虚過花老菖蒲。錯誤，認潘郎果車。繡屏怕度良宵夢，玉版愁題隔歲書。曾吩咐。這愁沾了肺腑。且歸來上山尋伴采蘼蕪。

【普天樂犯】剩歡娱，殘歌舞。水飄英，泥沾絮。汙雨浸縐水冰紈，宫雲膩偃月犀梳。曲終屢怪周郎顧，妝罷從教秋娘妒。勘從頭一覺華胥，偏是憔悴有餘。看腰肢，開箱驗取合歡襦。

【虞美人犯】竊思凡蕊宫帝姝，悔落籍茶船商婦，一宿風亭忒風露。芙蓉幔，芙蓉幔，不堪遮護青鸞馭。邇疏星滿裾。望迢遥，吴山高處接雲裾。

【尾聲】絶世姿，驚人句，千古湖山兩相遇，唤起狂魂賞白蘇。（亘史外紀　卷十二　吴黯）

## 雙調・新水令・寄蘇臺婁小一（按：此爲明・程可中曲）

【新水令】錦江香攢定個玉樓人，隔珠簾百分難近。他雲間初下界，我花底恰逢春。央及的殷勤，剛討個點頭兒。

【駐馬聽】月暈燈昏，斗帳籠香，柳憮花困。畫船逐浪水嬉蘋。近來費盡了苦精神，就中略得些真音信。自那日得相親，似靈符把個風魔鎮。

【沉醉東風】錦巢窩逼來傳粉，花胡同住的銷魂，枉耽這點棄明投暗心。未交那派歸正從良運。怨天排八字生辰，屈指芳年過二旬。不閃殺懷鬼胎那人著緊。

【水仙子】金鈿一綫護眉痕，玉鳳雙飛壓鬢雲，鉛華□[兩]類[頰]生紅暈，綻櫻桃箸點唇，玉亭亭出落風塵。看摸禄[模樣]無雙，對論真誠，勾十分妒殺吴門。

【雁兒落】有分續前生繫足繩，有名注現世姻緣本。刷牙根漱幾口研醋酸，貼胸脯打一回交頭盹。

【德勝令】翠盤上疊起茜紋裙，獸鼎内熄滅麝臍薰。阮肇重來日，徐娘未老身。情真，免鎮日胡厮混。清貧，治中閨細討論。

【離亭宴歇點煞】不成呵，怎撇今生恨；待成呵，難避他人忿。請娘行試忖：那誇有錢的積幾堆腥臭銅，不識字的拽兩腳村驢馬，喬打扮的塑一塊泥金糞。愛梅花待雪開，怕柳絮隨風滚。衷情再申：我是個滌酒器苦相如，竊異香賊韓壽，殺野豬窮元振。恩忘碧海枯，盟壞蒼天隕。再不到冰人前請印、月老處投文，只求小一哥批個准。（亘史外紀　卷十三　吴豔）

## 未標調名·紀遇（按：此爲明·張瞻曲）

把絲桐一再彈，彈出月兒高，彈出風兒峭。彈出瘦緑肥紅時正好，彈出那人兒恰遇了。名香嫋，銀釭繞，細語盟心直到曉。彈出苧羅村裏浣沙嬌，彈出若耶溪上採蓮橈。彈出桃花路上逢年少，彈出東山遊屐站雙眺。只都是越國舊風標，卻不似今朝。彈出八百里湖光，勝過三竺六橋。此日元宵，明日花朝，盤桓落草，解得個拈花微笑。人都道，他是高山蘇學士，我是流水小琴操。（亘史外紀　卷二十　越豔）

## 尾犯序（四首）

雨意似綢繆，待要回頭，覺難開口。夢繞琵琶，怨徹箜篌。僝愁，哄殺人盟山誓海，牽殺人尋花問柳。睁睁底怎忍半途拋卻，卻只愁覆水難收。

也空勞名占青樓，也須知魂斷滄州，欲縮同心事成掣肘。悽楚，歎不盡紅顔薄命，許不得白頭共守。生生的把深情分隔，都付與東流。

相思無了休，誰將打鴨，伐木未忘鷗。咫尺陽臺亂蘇州。差謬，可屈指百無一二，十常八九。懨懨裹欲吞復吐，恰似中魚鉤。

風絮浪花□□，琴不定流落堪羞。百般相奏，一筆難鈎。知否？非是我思多成怨，怎奈人無中説有。綿綿處芳心，一點不斷楚江秋。（亘史外紀　卷三十四上　楚豔）

## 桂枝香（二首）

人兒不見，夢兒忽亂。枕兒傍半晌如癡，燈兒下幾行如綫。病兒可憐，病兒可憐。心兒牽絆，口兒作念，意兒專。滋味兒舌尖上，香疤兒胳膊邊。

浹旬分别，臨風淒惻。長相思雪上加霜，好事近水中撈月。書來數行，啼痕淹滅。雨聲悲切，漫吁嗟。短枕螭雲冷，疏簾燕影斜。（亘史外紀　卷三十四上　楚豔）

## 黄鶯兒(四首)

睡鴨冷爐薰,恨幽期,隔彩雲。啼痕界破殘妝粉。江蘭自芬,秋鴻斷群,疏鐘聲送黄昏枕。月繽紛,前村砧杵,琴瑟不堪聞。

戍鼓動嚴城,灑山窗,夜雨聲。叫雲孤雁和愁聽。閒偎玉屏,慵調錦筝,相思勝較前番更。夢難成,寒燈半壁,今夜爲誰明。

暝色入高樓,菊華天,澹素秋。霜風著鬢催僝僽。石城莫愁,山陰子猷,興來一曲何時又。恨無休,那禁短笛,吹徹《小梁州》。

鏡破失容光,拚團圞,似樂昌。麗情肯逐秋雲凉。君侯醉鄉,佳人洞房,心心脈脈遥相望。覷迴塘,雙飛比翼,不效野鴛鴦。(亘史外紀 卷三十四上 楚豔)

## 泣顔回

【泣顔回】山掩夕陽暉,煙汀雲樹霏微。冰輪初轉,如銀光射荆扉。凝疏漫憶,那人兒,玩賞天涯際。粲星華偏入金卮,挹天香尚襲羅緯。

【石榴花】輕飆驅暑,秋夜忒相宜。縣玉鏡,中瓊規,嬋娟試浴碧漣漪。驚眸雪質冰肌,魂消思飛。美人兮遥隔瀟湘水,喜天上不愛良時,恨人間虚負佳期。

【泣顔回】娟娟應也照深閨,須知兩處縈思。嫦娥無伴,空庭只影身隨。危欄獨倚問蒼穹,此夜能餘幾。哀雁兒聲落宵帷,似牛郎夢繞寒機。

【石榴花】遥天如洗,分外散清輝。愁亂縷,鬢成絲,不堪顧影重淒。其誰憐宋玉多悲,潸然淚垂。夜沉沉,鳳侶分蕭史。送岑寥凉浸秋砧,起徘徊色戀霜衣。

【川撥掉】怎如南樓上,對景雅談奇。怎如西厢下,暗地俏題詩。怎如東牆畔,魄皓正圓時。怎如傍妝臺,新學蛾眉。怎如清虚殿,舞罷玉腰肢。

【尾聲】著人只豁吟眸子,美滿翻嫌十五遲,重會花前雙拜之。(亘史外紀 卷三十四上 楚豔)

## 步步嬌

【步步嬌】蘭房握手芳心沁,空戀花容,睹香車,候曉行。雲月團圞,一旦成孤另。種種暗傷神，枕邊私語尊前興。

【醉扶歸】雖然物在人何在，莫道無情卻有情。想來宵半壁，短檠燈，孤零零。獨伴離人影。恨只恨别易見時難，怕只怕人遠天涯近。

【皂羅袍】誰料誰能薄幸，若卿如蘇小，我也雙生。酒痕争比淚痕深。今番病較前番更，春催人老，幽期可憎。人憐春去，幽懷自縈。惡心腸何處尋花徑。

【香留娘】哀雁兒數聲，哀雁兒數聲。柘煙剛暝，隔窗掩淚和愁聽。歎離群夜驚，歎離群夜驚，短逐起江城，螭雲夢初冷。拼相逢何日，問相逢何日，小院碧桃開，深杯花下等。

【十二時】江樓歸去同誰憑，口不言兩心自省，鸚鵡洲前草又青。（亘史外紀　卷三十四上　楚豔）

## 金衣公子（四首）

抆淚各東西，映河橋，緑草萋。王孫歸去迷征騎。那車兒馬兒，那衾兒枕兒，夢魂行色相縈繫。草雲低，若逢驛使，爲折隴頭枝。

爲折隴頭枝，路迢迢，到也遲。一鞭意馬江皋驛。入醉鄉轉悲，入愁鄉自支，尊前笑語燈前淚。兩心知，江樓倚棹，何日協風期。

何日協風期，揾香腮，學畫眉。從頭訴盡心間事。向花叢舉卮，向文房寫詩，清歌妙舞春閨裏。燕子飛，重尋舊壘，風絮惹香泥。

風絮惹香泥，豔陽天，媚晴時。一簾麗日薰風氣。歌殘竹枝，情牽柳絲，想應紅雨沾羅袂。斷腸詩，鸞箋半剌，字字寄相思。（亘史外紀　卷三十四上　楚豔）

## 孝順歌

尋花客如玉人，探春山寺結伴行。柳試幾枝青，雲幻半江影。卿似臨歧柳，予如出岫雲。莫浪説憑無心，辜負黄金嫩。（亘史外紀　卷三十四上　楚豔）

## 皂羅袍（四首）（按：此爲明・呼文如曲）

早是燈兒時節，見燕兒作壘，對對倚斜。榆錢兒買不得春風夜，楊花兒故意飛殘雪。門兒重掩，燈兒半滅。人兒不見，病兒怎説。腰兒掩過裙兒折。

早是鶯兒時候，見蓮花兒出水，瓣瓣風流。心兒欲火畏紅榴，鼻兒酸涕過梅豆。門兒重掩，簾兒半鈎。人兒不見，病兒怎瘳。扇兒扇疊眉兒皺。

早是雁兒天氣，見露珠兒奪暑，點點侵衣。針兒七夕把腸刺，砧兒萬户敲肝碎。門兒重掩，帳兒半垂。人兒不見，病兒怎支。書兒難寫心兒事。

早是雪兒飄粉，見梅兒瀟灑，芷芷争春。夢兒凍死也離魂，氣兒呵殺全無影。門兒重掩，被兒半薰。人兒不見，病兒怎禁。屏兒靠熱床兒冷。（亘史外紀　卷三十四下　楚豔）

## 啄木兒

【啄木兒】仙郎去，風雨飄，劍閣西通玉壘高。聽杜鵑啼血沉沉，望巴江學字滔滔。鴛鴦被冷楚天遥，鸞鳳夢斷秦雲杳，只恐霜雪無情空二毛。

【又】三巴遠，五馬驕，皂蓋翩翩萬里遥。從别後鴻雁無書，更何時烏鵲成橋。守宫血色臂中嬌，護門妖草階前嫋，轉使射雀屏邊珠淚饒。

【三段子】當初乍抛有誰知，山遥路遥，於今久抛。始不禁魂勞夢勞，早知去後影蕭蕭。牽衣恨殺王孫草，真個是玉簫江夏，悔别韋皋。

【滴溜子】冤家的，冤家的青年夢刀。薄命的，薄命的終朝郁陶。驀地難開懷抱。霜雪滿江天，那同歡笑。你便做薄幸相如，也須記臨邛緑綺琴調。

【尾聲】相思如火鑠人膏，眼見得玉臉纖腰都瘦了。只恐他日歸來骨又銷。（亘史外紀　卷三十四下　楚豔）

## 玉胞肚

樓船將傍，伴昆侖尋他洞房。經時去蝶使蜂媒，何曾見國色天香。桃源再入路茫茫，雲雨巫山枉斷腸。（亘史外紀　卷三十四下　楚豔）

## 朝天子

劃損了玉簪，靠損了翠屏。冷淒淒，夜夜孤冷。當年恩愛，望鴛鴦一生。捉搏沙，撈月影，暮來時雁聲，曉來時漏聲。怎怎聽，怎聽怎怎聽？都

變作羅襟淚痕。口中血，心頭病。（亘史外紀　卷三十四下　楚豔）

## 刷子序犯（按：此爲明・程可中曲）

【刷子序犯】别了幾多時，滂沱淚流，揉損一雙眉。這烈石剛腸，一旦攪作棼絲。追思私語處，花前燈背。花信遠，雲中天際。酒闌曾記，太憨癡。悔翻殘沈汙羅衣。

【普天樂犯】憶初逢，雲樓底。拍動紅牙，餘韻嬌醉。匆忙許，我唱卿隨，雙雙正美。野鴛鴦，在花下權棲止。羞風月，忽遇狂且顛沛。駡長須奴這厮，你香奩冷落朝慵理，我旅夢淒凉獨悲相思字。倩前襟當紙，到如今，指痕殘血尚淋漓。

【虞美人犯】美甘甘唇和齒，血力力心連肺。武陵桃空覓殘英，章臺柳亂折柔枝。香雲一絞千絲淚，並鐵無情在風墜。猛然間變械藏機，心事，老天你知。恨秋娘，揭風掀浪忒施爲。

【針綫箱犯】脱鬢上烏銀短笄，分足下軟羅雙履，半幅生絹出纖指。勞勞的，勞勞的，未曾輕易成牽繫。想冤家意兒，肯從他潯陽江上販茶歸。

【尾】至誠心，真實意，索把冰下人，再三央及，便金榜上題名也，不羨你。（亘史外紀　卷三十四下　楚豔）

# 《呼桓日記》曲

（項鼎鉉撰　五卷　《北京圖書館古籍珍本叢刊》本　書目文獻出版社　一九九八）

## 對玉環帶清江引（按：此爲明·王錫爵曲）

樂處酣歌，時光容易過。苦處奔波，早晚偏難度。世界號娑婆，苦樂平分破。珮玉鳴珂，生辰不似他。戴笠披簑，安閒不羨他。别人騎馬我騎驢，更有徒行個。日月疾如梭，天地旋如磨，也非故意相催促。（卷之四）

## 對玉環帶清江引（按：此爲明·王錫爵曲）

美竹幽花，便是清凉界。淡飯粗茶，且共消閒話。白日苦喧嘩，有約來良夜。網得魚蝦，壺傾問酒家。筆走龍蛇，詩成付會家。世間福禍亂如麻，我也難禁架。休言鵲與鴉，任作牛和馬。只教方寸長瀟灑。（卷之四）

## 對玉環帶清江引（按：此爲明·王錫爵曲）

覆轍翻舟，那個曾回首。大劍長矛，那個曾丢手。無數世間愁，憑着人承受。拜將封侯，是英雄釣鈎。按簿持籌，是愚夫枷杻。休題能向死前休，更算千年後。步步使機謀，也要天公湊。行年五十曾參透。（卷之四）

## 對玉環帶清江引（按：此爲明·王錫爵曲）

皂帽絲縧，一第猶難料。紫綬緋袍，一品猶嫌小。量盡海波濤，人心難忖着。翠養翎毛，爲誰頭上好。豕養脂膏，爲誰腸内飽。千尋鳥道上雲霄，何必多經到。平地好逍遥，高處多顛倒。世人只是回頭少。（卷之四）

## 對玉環帶清江引(按:此爲明·王錫爵曲)

畫棟雕梁,推收紙半張。緑鬢紅妝,消除淚幾行。此事本尋常,謾説多魔障。百草芬芳,須防秋降霜。萬木萎黄,須逢春再陽。假如傀儡一登場,多少悲欣狀。傍人費忖量,兀自生惆悵。不知刊定傳奇上。(卷之四)

## 對玉環帶清江引(按:此爲明·王錫爵曲)

百甕黄虀,須了今生事。一縷紅絲,須是前生繫。人事有推移,總是天安置。智似靈龜,何常脱死期。巧似蜘蛛,何常不忍飢。命通若在四更時,夜半猶憔悴。千年薦福碑,九日滕王記。勸君且等時辰至。(卷之四)

## 對玉環帶清江引(按:此爲明·王錫爵曲)

鐵鎖重[銅]關,財寶終須散。玉液金丹,遲速難違限。但放此心寬,萬事從天斷。不坐蒲團,西方掉臂還。不戴蓮冠,南華合眼看。人間苦海黑漫漫,送進聰明漢。飢來粥與饘,睡要床和簟。此外不須多繾綣。(卷之四)

## 對玉環帶清江引(按:此爲明·王錫爵曲)

麋鹿山邊,終日防弦箭。鸚鵡檐前,終歲愁貓犬。身在畏途間,頃刻憂機變。恩愛纏綿,多成仇恨緣。涕淚流漣,多因歡喜緣。白駒過隙難留轉,何苦又加鞭。靈臺一寸間,簇起冰和炭。任教世事如電閃。(卷之四)

## 對玉環帶清江引(按:此爲明·王錫爵曲)

愁多病多,蚤已鬢毛皤。恩多寵多,轉入是非窩。洗耳聽漁歌,一一多嘲我。漫天網羅,身被浮名誤。三載沉疴,兒被阿爺誤。只今五表向天呼,誓不上長安路。黄粱夢已徂,破衲還須補。聊就人間小結束。(卷之四)

## 對玉環帶清江引(按:此爲明·王錫爵曲)

一粒芝麻,救饑也是他。一片黄瓜,解渴也是他。其餘萬事賒,到底成虚話。纔見西家,殺牛與宰馬;又見東家,鑽龜與打瓦。你們圖甚王和霸,

直恁的閒搭挂。待看陌上花，零落不堪把。那時碌碌纔干罷。(卷之四)

## 對玉環帶清江引(按：此爲明・王錫爵曲，文字多有異同)

南陌東疇，是兒孫馬牛。趙舞秦謳，是歡喜寃讐。萬事總悠悠，勞生何所求。手執牙籌，終日忙忙走。身上迷樓，終夜默默守。可憐擔盡世間愁，空嗤破他人口。蘆花不繫夢舟，竹葉無憂酒。義皇一夢君知否。(卷之四)

## 對玉環帶清江引(按：此爲明・王錫爵曲)

你要使乖，别人也不呆。你要錢財，前生須帶來。我命非我排，自由天公在。時該運該，人來還你債；時衰運衰，你被他人賣。常言作福可消灾，怕薄福難擔戴。有酒且開懷，見怪何須怪。一任桑田變滄海。(卷之四)

# 《瓠里子筆談》曲

（姜南撰　一卷　《藝海珠塵》所收本　清刻本）

## 小梁州·四時行樂詞（四首）（按：此爲元·貫雲石曲）

春風花草滿園香，馬繫在垂楊。桃紅柳緑映池塘，堪遊賞，沙暖睡鴛鴦。宜晴宜雨宜陰凉，比西施淡抹濃妝。玉女彈，佳人唱，湖山堂上。直喫得醉何妨。

畫船撑入柳陰凉，聽一派笙簧，採蓮人和採蓮腔。聲嘹亮，驚起宿鴛鴦。佳人才子遊船上，笑吟吟滿飲瓊漿。歸棹晚，湖光漾。一鈎新月，十里芰荷香。

芙蓉映水菊花黄，滿目秋光，枯荷葉底鷺鷥藏。金風蕩，飄動桂枝香。雷峰塔上登高望，見錢塘一派長江。湖水清，江潮漲。天邊斜月，新雁兩三行。

彤雲密布鎖高峰，凜冽寒風，瓊花片片灑長空。梅梢凍，雪壓路難通。六橋頃刻如銀洞，粉妝成九里寒松。酒滿斟，笙歌送。玉船銀棹，人在水晶宫。

# 《明容與堂刻水滸傳》曲

（施耐庵撰　一百回　上海人民出版社據原中華書局上海編輯所影印國家圖書館藏《李卓吾先生批評忠義水滸傳》本影印　一九七三）

## 未標調名

廣莫嚴風刮地，這雪兒下的正好。扯絮撏綿，裁幾片大如栲栳。見林間竹屋茅茨，争些兒被他壓倒。富室豪家，卻言道壓瘴猶嫌少。向的是獸炭紅爐，穿的是綿衣絮襖。手拈梅花，唱道國家祥瑞，不念貧民些小。高卧有幽人，吟詠多詩草。（第十回　林教頭風雪山神廟　陸虞候火燒草料場）

## 未標調名

叵耐禿囚無狀，做事只恁狂蕩。暗約嬌娥，要爲夫婦，永同鴛帳。怎禁貫惡滿盈，玷辱諸多和尚。血泊内横屍里巷，今日赤條條什麽模樣。立雪齊腰，投巖喂虎，全不想祖師經上。目連救母升天，這賊禿爲娘身喪。（第四十六回　病關索大鬧翠屏山　拚命三火燒祝家店）

## 未標調名

摇動鐵鐶鈴，神鬼盡皆驚。鐵車并鐵鎖，上下有尖釘。掃蕩梁山清水泊，剿除晁蓋上東京。生擒及時雨，活捉智多星。曾家生五虎，天下盡聞名。（第六十回　公孫勝芒碭山降魔　晁天王曾頭市中箭）

## 未標調名

一個皮主腰乾紅簇就，一個羅踢串彩色裝成。一個雙環撲獸創金明，一個頭巾畔花枝掩映。一個白紗衫遮籠錦體，一個皂禿袖半露鴉青。一個

將漏塵斬鬼法刀擎,一個把水火棍手中提定。(第七十六回　吴加亮布四斗五方旗　宋公明排九宫八卦陣)

## 未標調名

一個開山大斧龍吞口,一個出白銀槍蟒吐稍。一個咬碎銀牙沖大陣,一個睁圓怪眼躍天橋。一個董平緊要拿童貫,一個捨命争先是索超。(第七十七回　梁山泊十面埋伏　宋公明兩贏童貫)

## 減字木蘭花(按:此爲明·施子安曲)

聽哀告,聽哀告,賤軀流落誰知道。誰知道,極天罔地,罪惡難分顛倒。有人提出火坑中,肝膽常存忠孝。常存忠孝,有朝須把大恩人報。(第八十一回　燕青月夜遇道君　戴宗定計賺蕭讓)

**附録一:**

# 《忠義水滸全書》曲

(施耐庵撰　一百二十回　《明清善本小説叢刊》據《新鐫李氏藏本忠義水滸全書》影印　台北天一出版社　一九八五)

**未標調名"廣莫嚴風"**(按:前容與堂百回本中已輯,此存目)(第十回　林教頭風雪山神廟　陸虞候火燒草料場)

**未標調名"叵耐秃囚"**(按:前容與堂百回本中已輯,此存目)(第四十六回　病關索大鬧翠屏山　拼命三火燒祝家店)

**未標調名"摇動鐵鐶"**(按:前容與堂百回本中已輯,此存目)(第六十回　公孫勝芒碭山降魔　晁天王曾頭市中箭)

**減字木蘭花"聽哀告"**(按:前容與堂百回本中已輯,此存目)(第八十一回　燕青月夜遇道君　戴宗定計賺蕭讓)

## 元和令

指頭嫩似蓮塘藕,腰肢弱比章臺柳,淩波步處寸金流。桃腮映帶翠眉,今宵燈下一回首。總是玉天仙,陟降巫山岫。(第九十八回　張清緣配瓊英　吴用計鴆鄔梨)

## 混江龍

風姿毓秀,那裏個金屋堪收?點櫻桃小口,横秋水雙眸。若不是昨夜晴開新月皎,怎能得今朝腸斷小梁州。芳芬綽約蕙蘭儔,香飄雅麗芙蓉袖。兩下裏,心猿都被月引花鈎。(第一百〇一回　謀墳地陰險産逆　蹈春陽妖艷生奸)

## 未標調名

家宅亂縱横,百怪生災家未寧。非古廟,即危橋,白虎沖凶官病遭。有頭無尾何曾濟,見貴凶驚訟獄交。人口不安遭跌蹼,四肢無力拐兒撬。從改换,是非消。逢著虎龍雞犬日,許多煩惱禍星招。(第一百〇二回　王慶因姦吃官司　龔瑞被打師軍犯)

**附録二:**

# 《水滸志傳評林》曲

(施耐庵撰　一百〇四回　《明清善本小説叢刊》據明萬曆建陽余氏雙峰堂刊本影印　台北天一出版社　一九八五)(按:此書每一卷含若干回,在第四十八回之前,既標卷數,亦標回數,此後則只標卷數,不標回數)

**未標調名"叵耐秃囚"**(按:前容與堂百回本中已輯,此存目)(第四十回　楊雄大鬧翠屏山　石秀火燒祝家莊)

**未標調名"摇動鐵鐶"**(按:前容與堂百回本中已輯,此存目)(第四十八回　公

孫勝芒碭降魔　晁天王曾頭中箭）

**減字木蘭花"聽哀告"**（按：前容與堂百回本中已輯，此存目）（卷之十六　第七十回　燕青月夜遇道君　戴宗定計賺蕭讓）

## 附録三：

# 《第五才子書水滸傳》曲

（施耐庵撰　七十五卷　七十回　《古本小説集成》據中華書局影印金閶葉瑤池梓行貫華堂古本之本影印　上海古籍出版社　一九九一）

### 未標調名

堪笑報恩和尚，撞着前生冤障。將善男瞞了，信女勾來，要他喜捨肉身，慈悲歡暢。怎極樂觀音方纔接引，蚤血盆地獄塑來出相。想色空空色，空色色空，他全不記《多心經》上。到如今，徒弟度生回，連長老涅盤街巷。若容得頭陀，頭陀容得，和合多僧，同房共住，未到得無常勾帳。只道目蓮救母上西天，從不見這賊禿爲娘身喪！（第四十五回　病關索大翠屏山　拚命三火燒祝家店）

## 附録四：

# 《征四寇傳》曲

（施耐庵撰　十卷　一百一十五回　巴黎圖書館藏清振賢堂藏版）

**減字木蘭花"聽哀告"**（按：前容與堂百回本中已輯，此存目）（第七十六回　燕青月夜遇道君　戴宗定計賺蕭讓）

# 《僧尼孽海》曲

（唐寅撰　三十六則　《思無邪彙寶》本　臺灣大英百科股份有限公司　二〇〇〇）

## 未標調名（按：《歡喜冤家》題爲《吴歌·詠尼僧》）

尼姑生來頭皮光，拖了和尚夜夜忙。三個光頭好似師弟師兄拜師父，只是鐃鈸緣何在裏床。（坤集　附輯）

## 未標調名

當年行徑是窠兒，和尚闍黎鋪。中間打扮念彌陀，開口兒就説西方路。尺布裹頭顱。身穿直裰，腰繫黄縧，早晚捱門傍户。哄金銀猶是可，心窩裏畢竟糊塗。算來不是好姑姑，几個清名被點污。（坤集　附輯）

## 掛枝兒（二首）

小尼姑，想起把褊衫撇下。正青春，年紀小，出甚麽家。守空門，便是活地獄，難禁難架。不如蓄好了青絲髮，去嫁一個俏冤家。念甚麽經來，守甚麽寡。

小和尚，就把女菩薩來叫。你孤單，我獨自，兩下難熬。難道是有了華蓋星，便没有紅鸞照。禪床做合歡帳，佛前燈做花燭燒。做一對不結髮的夫妻也，光着頭，直到老。（坤集　附輯）

# 《西遊記》曲

(未署作者　二十卷　一百回　《古本小説集成》影印金陵世德堂本《新刻出像官版大字西遊記》　上海古籍出版社　一九九一)

## 未標調名

天花亂墜,地湧金蓮。妙演三乘教,精微萬法全。慢摇塵尾噴珠玉,響振雷霆動九天。説一會道,講一會禪,三家配合本如然。開明一字皈誠理,指引無生了性玄。(月字卷之一　第二回　悟徹菩提真妙理　斷魔歸本合元神)

## 未標調名

富貴功名,前緣分定,爲人切莫欺心。正大光明,忠良善果彌深。些些狂妄天加譴,眼前不遇待時臨。問東君因甚,如今禍害相侵。只爲心高圖罔極,不分上下亂規箴。(到字卷之二　第七回　八卦爐中逃大聖　五行山下定心猿)

## 未標調名

穿一領百納袍,繫一條吕公縧。手握塵尾,魚鼓輕敲。三耳草鞋登脚下,九陽巾子把頭包。飄飄風滿袖,口唱月兒高。(處字卷之五　第二十五回　鎮元仙赶捉取經僧　孫行者大鬧五莊觀)

## 未標調名

假變一婆婆,兩鬢如冰雪。走路慢騰騰,行步虚怯怯。弱體瘦伶仃,臉如枯菜葉。顴骨望上翹,嘴唇往下別。老年不比少年時,滿臉都是荷包摺。(風字卷之六　第二十七回　屍魔三戲唐三藏　聖僧恨逐美猴王)

# 《英烈傳》曲

（郭勛編　八十回　中華書局編輯部據清聚德堂本校點
中華書局　二〇一三）

## 未標調名

江中忽起一條黿，閃爍風雲雷雨翻。卻遇通源水底石，魂在天邊血在源。黿也黿，冤也冤，我們十來個扛勿動，被他一人一手便來牽。真個是壁水貐星來出世，天移地轉氣軒軒。（第十二回　孫德崖計敗身亡　巢湖軍收俞通海）

## 未標調名

俞家又生個小熊羆呀，忒也希奇呀，忒也希奇！手托千觔奇打希，希打奇。甚差遲呀，忒也希奇呀，忒也希奇！　　顯靈說是個箕水豹呀，忒也希奇呀，忒也希奇。佛前獅子希打奇，奇打希。任施爲呀，忒也希奇呀，忒也希奇！（第十二回　孫德崖計敗身亡　巢湖軍收俞通海）

## 未標調名

老稚聲頻，街坊簇擁，争看平地雙虹憒。天邊往往來來，軟陡騰翻，長空那假鞍和轡。青紅如綫鎖天腰，精芒似燕空中墜，下地鍾向，葉家人瑞。奇姿峻骨多才技。真個筆灑花飛，墨酣雲潤。馳騁珊瑚臂。人間都道計都星，聖明文章作鼓吹。（第十九回　應徵聘任人虚己　葉公龍泉救月狐）

## 古輪臺（按：此爲明・無名氏曲）

色鮮妍，韶華難擬又難言。江翻玉浪如匹練，素蟾舒展。見虎踞龍盤，翠微開螺髻雙懸。有多少五陵才俊，裘馬翩翩。耐不住在花柳前，瑞靄中天。真好個宸京畿甸。西枕衡華，東臨淮泗，長江天塹。處處酒旗翻。清懷遠，夕陽煙裏笑歌填。（第三十四回　花雲妾義保兒郎　張虬飛鏈取二將）

## 清江引

皂羅辮兒錦紮梢，頭戴方檐帽。穿領闊袖衫，坐個四人轎。又是張吳王米蟲兒來到了。（第五十九回　破姑蘇士誠命殞　頭陀點化破姑蘇）

# 《隋唐演義》曲

(林翰撰　褚人穫改編　二十卷　一百回　《古本小説集成》據四雪草堂刻本影印　上海古籍出版社　一九九一)

## 粉蝶兒

【粉蝶兒】百拜君王,俺這裏百拜君王,謝伊家把人骯臟。没些兒保國開疆,却教奴小裙釵,宫闈女,向老單于調慌。萬種愁腸,教人萬種愁腸。却付與琵琶馬上。

【泣顔回】回首望爺娘,抵多少陟屺登岡。珠藏閨閣,幾層經途路風霜。是當初妄想,把緹縈不合門楣望,熱騰騰坐昭陽。美滿兒國丈風光。

【石榴花】卻教我,長門寂寞妒鴛鴦。怎憐我,眠花夢月守空房。漫説是皇家雨露,翻做個萬里投荒。笑堂堂漢天子是甚么綱常。便做妙計周郎,也算不得玉關將帥功勞帳。這勞勞攘攘,馬蹄兒北向顛狂。怎似冷落長揚。聽胡笳一聲聲交河上,不白入靴尖,踹破淚千行。

【黄龍滚】愁一回塞上賢王,肯惜伶仃模樣。思那日朝中君相,慘撇下別時惆悵,閃得人白草黄花路正長。他那裏擺雲陣,迓紅妝,鬧喳喳塵迷眼底,悶懨懨愁添眉上。

【小桃紅】到家鄉只夢中,見君王只夢中,明日里捱到窮盧[穹廬],料道今生怎得歸往。情黯黯撥亂宫商,情黯黯撥亂宫商,姻緣誰信這三生帳。但願和親,保太平永享。

【尾聲】羞殺漢廷君和相,枉把妻孥抱衾禂帳。怎比得大皇隋[隋皇],威名萬載揚。(第三十五回　樂永夕大士奇觀　清夜遊昭君淚塞)

## 後庭花

麗宇芳林對高閣,新妝豔質本傾城。映户凝嬌乍不進,由惟含態笑相

迎。妖姬臉似花含露，玉樹流光照後庭。（第三十九回　陳隋兩主説幽情　張尹二妃重貶謫）

## 罵玉郎帶上小樓

小院笙歌春晝閑，恰是無人處，整翠鬟。樓頭吹徹玉笙寒，注沉檀。低低語影在鞦韆。柳絲長易攀，柳絲長易攀。玉鈎手卷珠簾，又東風乍還，又東風乍還。閑思想，朱顔凋换。幸不至淚珠無限，知猶在玉砌雕闌，知猶在玉砌雕闌。正月明回首，春事闌珊。一重山，兩重山，想夏景依然。没亂煞，許多愁，向春江怎挽。（第四十七回　看瓊花樂盡隋終　殉死節香銷烈見）

## 解三酲

歎釜底魚龍真混，笑圈中豕鹿空奔。區區泛月煙波趁，謾持竿，下釣綸。試問溪風山雨何時定，只落得醉讀《離騷》吊楚魂。（第四十九回　舟中歌詞句敵國暫許君臣　馬上締姻緣吴越反成秦晉）

## 黄鶯兒

何意忽成雙，遇偏奇，興太狂。鸞顛鳳倒同歡暢。春宵正長，春事正忙，五更生怕雞聲唱。囑情郎，還圖後會，恩愛莫相忘。（第八十回　安禄山入宫見妃子　高力士沿街覔狀元）

## 黄鶯兒

皎皎欲生光，臉如瑩，體愈香。雲鬟慵整偏嬌樣。羅裙厭長，輕衫取凉，臨風小立神駘宕。細端詳，芙蓉出水，不及美人妝。（第八十三回　施青目學士識英雄　信赤心番人作藩鎮）

## 掛枝兒

安禄山，你做張守珪的走狗，犯死刑，姑繞下這驢頭。卻怎敢恃兵强，要學那虎争龍斗。你本是狼子野心腸，又道是猪首龍身獸。到今日作孽的猪龍，也倒死在猪兒手。（第九十四回　安禄山屠腸殞命　南霽雲嚙指乞師）

## 掛枝兒

安禄山，你負了唐明皇的寵眷，不記得拜母妃，欽賜洗兒錢。怎便把燕代唐，要將江山占。可笑你打家賊的鞭何重，那禁他斫大腹的刀太尖。則見你數斗的腸流也，爲甚赤心兒没一點。（第九十四回　安禄山屠腸殞命　南霽雲嚙指乞師）

## 掛枝兒（二首）

進明阿，你也食唐家禄否？人望你拯災危，冒險的來求。説[誰]知你擁强兵，竟不能相救。不曾見你興師去，倒要將他勇士留。可憐那南八男兒也，十指兒只剩九。

進明阿，你不顧千年的唾駡，任南八苦求救，只不聽他。眼睁睁看他將指頭兒咬下。他當時臨去空咬指，我今日説來亦咬牙。好把那睢陽廟里銅人，也盡力的狠敲他。（第九十四回　安禄山屠腸殞命　南霽雲嚙指乞師）

## 黄鶯兒

重會狀元郎，上秦樓，卸道妝，從今鈎卻相思帳。姓兒也雙，名兒也雙，前時瞞過難尋訪。笑娘行，今須聽我，低叫耳邊厢。（第九十八回　遺錦襪老嫗獲錢　聽雨鈴樂工度曲）

# 《錢塘漁隱濟顛禪師語録》曲

（沈孟柈述　一卷　《五百種明清小説博覽》本　上海辭書出版社　二〇〇五）

## 未標調名

本是修來四果身，風顛作逞混凡人。能施三昧神通力，便指凡人出世津。經卷無心看，禪機有意親，醉時喝佛罵天真。渾身不見些兒好，一點靈光絶勝人。

## 未標調名

每日終朝醉似泥，未嘗一日不昏迷。細君發怒將言罵，道是人間吃酒兒。莫要管，你休癡，人生能有幾多時。杜康曾唱《蓮花落》，劉伶好飲舞囉哩。陶淵明賞菊醉東籬。今日皆歸去，留得好名兒。

# 《金瓶梅詞話》曲

（蘭陵笑笑生撰　戴鴻森校點　一百回　人民文學出版社　一九八五）

## 山坡羊

想當初，姻緣錯配奴，把他當男兒漢看覷。不是奴自己誇獎，他烏鴉怎配鸞凰對。奴真金子埋在土裏。他是塊高號銅，怎與俺金色比。他本是塊頑石，有甚福抱著我羊脂玉體。好似糞土上長出靈芝。奈何？隨他怎樣到底奴心不美。聽知：奴是塊金磚怎比泥土基！（第一回　景陽岡武松打虎　潘金蓮嫌夫賣風月）

## 未標調名

這瓢是瓢，口兒小，身子兒大。你幼在春風棚上恁兒高，到大來人難要。他怎肯守定顔回，甘貧樂道？專一趁東風，水上漂。有疾被他撞倒，無情被他掛著，到底被他纏住拿著。也曾在馬房裏餵料，也曾在茶房裏來叫。如今弄的許由也不要。赤道黑洞洞葫蘆中賣的甚麽藥？（第四回　淫婦背武大偷奸　鄆哥不憤鬧茶肆）

## 沉醉東風（按：此爲明・無名氏曲）

動人心紅白肉色，堪人愛可意裙釵。裙拖著翡翠，紗衫袖挽泥金攥，喜孜孜寶髻斜歪。恰便似月裏姮娥下世來，不枉了千金也難買。（第四回　淫婦背武大偷奸　鄆哥不憤鬧茶肆）

## 兩頭南[蠻]

冠兒不戴懶梳妝，髻挽青絲雲鬢光。金釵斜插在烏雲上。喚梅香，開籠箱，穿一套素縞衣裳，打扮的是西施模樣。出繡房，梅香：你與我卷起簾兒，燒一炷兒夜香。（第六回　西門慶買囑何九　王婆打酒遇大雨）

## 山坡羊（三首）（按：此爲明·無名氏曲）

淩波羅襪，天然生下。紅雲染就相思卦。似藕生芽，如蓮卸花。怎生纏得些娘大？柳條兒比來剛半扠。他，不念咱；咱，想念他。

想著門兒私下，簾兒悄呀。空教奴被兒裏叫著他那名兒罵。你怎戀煙花，不來我家？奴眉兒淡淡教誰畫？何處緑楊拴繫馬？他，辜負咱；咱，念戀他。

喬才心邪，不來一月。奴繡鴛衾曠了三十夜。他俏心兒別，俺癡心兒呆。不合將人十分熱。常言道容易得來容易舍。興，過也；緣，分也。（第八回　潘金蓮永夜盼西門慶　燒夫靈和尚聽淫聲）

## 寄生草

將奴這知心話，付花箋寄與他。想當初結下青絲髮，門兒倚遍簾兒下，受了些没打弄的耽驚怕。你今果是負了奴心，不來還我香羅帕。（第八回　潘金蓮永夜盼西門慶　燒夫靈和尚聽淫聲）

## 綿搭絮（四首）（按：此爲明·無名氏曲）

當初奴愛你風流，共你剪髮燃香，雨態雲蹤兩意投。背親夫，和你情偷。怕甚麽傍人講論，覆水難收！你若負了奴真情，正是緣木求魚空自守。

誰想你另有了裙釵，氣的奴似醉如癡，斜傍定幃屏故意兒猜。不明白，怎生丢開？傳書寄柬，你又不來。你若負了奴的恩情，人不爲仇天降災。

奴家又不曾愛你錢財，只愛你可意的冤家，知重知輕性兒乖。奴本是朵好花兒，園内初開；蝴蝶餐破，再也不來。我和你那樣的恩情，前世裏前緣今世裏該。

心中猶豫展轉成憂，常言婦女癡心，惟有情人意不周。是我迎頭，和你把情偷。鮮花付與，怎肯干休？你如今另有知心，海神廟裏和你把狀投！（第八回　潘金蓮永夜盼西門慶　燒夫靈和尚聽淫聲）

## 未標調名

陷人坑土窖般暗開掘，迷魂洞囚牢般巧砌疊，檢屍場屠鋪般明排列。衠一味死温存活打劫。招牌兒大字書者：買俏金哥哥休撦，纏頭錦婆婆自接，賣花錢姐姐不賒。（第十一回　潘金蓮激打孫雪娥　西門慶梳籠李桂姐）

## 未標調名

瑠璃鍾，琥珀濃，小槽酒滴珍珠紅。烹龍炮鳳玉脂泣，羅幃繡幕圍香風。吹龍笛，擊鼉鼓；皓齒歌，細腰舞。況是青春莫虛度，銀釭掩映嬌娥語，酒不到劉伶墳上去。（第十一回　潘金蓮激打孫雪娥　西門慶梳籠李桂姐）

## 駐雲飛

舉止從容，壓盡拘攔占上風。行動香風送，頻使人欽重。嗏，玉杵污泥中，豈凡庸？一曲清商，滿座皆驚動。何似襄王一夢中，何似襄王一夢中！（第十一回　潘金蓮激打孫雪娥　西門慶梳籠李桂姐）

## 落梅風（二首）（按：第一首爲明・無名氏曲）

黄昏想，白日思，盼殺人多情不至。因他爲他憔悴死，可憐也繡衾獨自。

燈將殘，人睡也，空留得半窗明月。孤眠心硬渾似鐵，這凄凉怎捱今夜？（第十二回　潘金蓮私僕受辱　劉理星魘勝貪財）

## 朝天子

這細茶的嫩芽，生長在春風下。不揪不采葉兒楂，但煮著顔色大。絶品清奇，難描難畫。口兒裏常時呷，醉了時想他，醒來時愛他，原來一簍兒千金價。（第十二回　潘金蓮私僕受辱　劉理星魘勝貪財）

## 朝天子

這家子打和，那家子撮合。他的本分少虛頭大。一些兒不巧人騰挪，繞院裏都踅過。席面上幫閒，把牙兒閑磕。攘一回才散火，轉錢又不多。

歪斯纏怎麽？他在虎口裏求津唾。（第十五回　佳人笑賞玩月樓　狎客幫嫖麗春院）

## 朝天子

在家中也閑，到處刮涎。生理全不干。氣毬兒不離在身邊，每日街頭站。窮的又不趨，富貴他偏羨。從早辰只到晚，不得甚飽餐。轉不的大錢，他老婆常被人包占。（第十五回　佳人笑賞玩月樓　狎客幫嫖麗春院）

## 折桂令

我見他斜戴花枝，朱唇上不抹胭脂，似抹胭脂。前日相逢，今日相逢；似有情實，未見情實。欲見許，何曾見許？似推辭，本是不推辭。約在何時？會在何時？不相逢，他又相思；既相逢，我又相思。（第十九回　草裏蛇邏打蔣竹山　李瓶兒情感西門慶）

## 滿庭芳

虔婆你不良，迎新送舊，靠色爲娼。巧言詞將咱誑，説短論長。我在你家使勾有黄金千兩，怎禁賣狗懸羊？我駡你句真伎倆媚人狐黨，衠一片假心腸！（第二十回　孟玉樓義勸吴月娘　西門慶大鬧麗春院）

## 未標調名

你若不來，我接下别的，一家兒指望他爲活計。吃飯穿衣，全憑他供柴糴米。没來由暴叫如雷，你怪俺全無意。不思量自己，不是你憑媒娶的妻。（第二十回　孟玉樓義勸吴月娘　西門慶大鬧麗春院）

## 梁州序

【梁州序】向晚來雨過南軒，見池面紅妝凌亂。聽春雷隱隱，雨收雲散。但聞得荷香十里，新月一鈎，此景佳無限。蘭湯初浴罷，晚妝殘。深院黄昏懶去眠。（合）金縷唱，碧筒勸，向冰山雪檻排佳宴。清世界，能有幾人見？

【又】柳陰中忽噪新蟬，見流螢飛來庭院。聽菱歌何處，畫船歸晚。只見玉繩低度，朱户無聲，此景猶堪羨。起來攜素手，整雲偏。月照紗厨人未

眠。(合前)

【節節高】漣漪戲彩鴛,綠荷翻。清香瀉下瓊珠濺。香風扇,芳沼邊,閑亭畔,坐來不覺人清健。蓬萊閬苑何足羨!(合)只恐西風又驚秋,暗中不覺流年换。

【節節高】清宵思爽然,好凉天。瑶臺月下清虚殿。神仙眷,開玳筵,重歡宴,任教玉漏催銀箭。水晶宫裏笙歌按。(合前)

【尾聲】光陰迅速如飛電,好良宵可惜漸闌,拚取歡娱歌笑喧。(第二十七回　李瓶兒私語翡翠軒　潘金蓮醉鬧葡萄架)

## 山坡羊兒(四首)

初相交在桃園兒裏結義,相交下來把你當玉黄李子兒抬舉。人人説你在青翠花家飲酒,氣的我把蘋婆臉兒撾的紛紛的碎。我把你賊,你學了虎刺賓了外實裏虚,氣的我李子眼兒珠淚垂。我使的一對桃奴兒尋你,見你在軟棗兒樹下就和我别離了去。氣的我鶴頂紅剪一柳青絲兒來呵,你海東紅反説我理虧。駡了句牛心紅的强賊,逼的我急了,我在吊枝干兒上尋個無常;到三秋,我看你倚靠著誰?

我聽見金雀兒花眼前高哨,撇的我鵝毛菊在斑竹簾兒下喬叫。多虧了二位靈鵲兒報喜,我説是誰來不想是望江南兒來到。我在水紅花兒下梳妝未了,狗奶子花迎著門子去咬。我暗使著迎春花兒繞到處尋你,手搭伏薔薇花口吐丁香把我玉簪兒來叫。紅娘子花兒慢慢把你接進房中來呵,同在碧桃花下鬥了回百草。得了手我把金盞兒花丢了,曾在轉枝蓮下纏勾你幾遭。叫了你聲嬌滴滴石榴花兒,你試被九花丫頭傳與十姊妹;什麽張致?可不交人家笑話死了。

冤家你不來白悶我一月,閃的人反拍著外膛兒細絲諒不徹。我使獅子頭定兒小厮拿著黄票兒請你,你在兵部洼兒裏元寶兒家歡娱過夜。我陪銅磬兒家私爲焦心一旦兒棄舍,我把如同印箝兒印在心裏愁無救解。叫著你把那挺臉兒高揚著不理,空教我撥著雙火同兒頓著罐子等到你更深半夜。氣的奴花銀竹葉臉兒咬定銀牙來呵,唤官銀頂上了我房門隨那潑臉兒冤家干敲兒不理。駡了句煎徹了的三傾兒,搗槽斜賊:空把奴一腔子暖汁兒真心倒與你,只當做熱血。

姐姐你在開元兒家我和你燃香説誓,我拿著祥道祥元好黄邊錢也在你家行三坐四。誰知你將香爐拆爪哄我,受不盡你家虔婆鵝眼兒閒氣。你榆葉兒身輕,筆管兒心虛。姐姐你好似古碌錢,身子小眼兒大無莊兒可取。自好被那一條棍滑鏝兒油嘴把你戲耍,脱的你光屁股。把你綫邊火漆打硌硌跌澗兒無所不爲來呵,到明日只弄的倒四顛三一個黑沙也是不值。叫了聲二興兒姐姐,你識聽知:可惜我黃鄧鄧的金背,配你這錠難兒一臉褶子。(第三十三回 陳經濟失鑰罰唱 韓道國縱婦争鋒)

## 玉芙蓉(四首)(按:此爲明·李日華曲,文字多異同)

殘紅水上飄,梅子枝頭小。這些時,淡了眉兒誰描?因春帶得愁來到,春去緣何愁未消?人别後,山遥水遥。我爲你,數盡歸期,畫損了掠兒稍。

新荷池内翻,過雨瓊珠濺。對南薰,燕侶鶯儔心煩。啼痕界破殘妝面,瘦對腰肢憶小蠻。從别後,千難萬難。我爲你,盼歸期,靠損了玉欄杆。

東籬菊綻開,金井梧桐敗。聽南樓,塞雁聲哀傷懷。春情欲寄梅花信,鴻雁來時人未來。從别後,音乖信乖。我爲你,恨歸期,跌綻了繡羅鞋。

漫空柳絮飛,亂舞蜂蝶翅。嶺頭梅,開了南枝。折梅須寄皇華使,幾度停針長歎時。從别後,朝思暮思。我爲你,數歸期,掐破了指尖兒。(第三十五回 西門慶挾恨責平安 書童兒妝旦勸狎客)

## 折桂令(按:此爲明·朱有燉曲)

可人心二八嬌娃,百件風流,所事撑達。眉蹙春山,眼横秋水,鬢綰著烏鴉。干相思,撇不下一時半霎,咫尺間如隔著海角天涯。瘦也因他,病也因他。誰與俺成就了姻緣,便是那救苦難菩薩!(第三十五回 西門慶挾恨責平安 書童兒妝旦勸狎客)

## 朝元歌(二首)(按:第一首爲明·丁惟恕曲)

花邊柳邊,檐外晴絲卷。山前水前,馬上東風軟。自歎行蹤,有如蓬轉,盼望家鄉留戀。雁杳魚沉,離愁滿懷誰與傳?日短北堂萱,空勞魂夢牽。(合)洛陽遥遠,幾時得上九重金殿?

十載青燈黃卷,螢窗苦勉旃,雪案費精研。指望榮親,姓揚名顯,試向文場鏖戰。禮樂三千,英雄五百争後先。快著祖生鞭,行瞻尺五天。(合前)

（第三十六回　翟謙寄書尋女子　西門慶結交蔡狀元）

## 畫眉序（二首）

恩德浩無邊，父母重逢感非淺。幸終身托與，又與姻緣。風雲際會異日飛騰，鸞鳳配今諧繾綣。（合）料應夫婦非今世，前生玉種藍田。

弱質始笄年，父母恩深浩如天。報無由愧赧，此心縈牽。鴛鴦配深沐親恩，箕帚婦願夫榮顯。（合前）（第三十六回　翟謙寄書尋女子　西門慶結交蔡狀元）

## 錦堂月（二首）

紅入仙桃，青歸御柳，鶯啼上林春早。簾卷東風，羅襟曉寒猶峭。喜仙姑書付青鸞，念慈母恩同烏鳥。（合）風光好，但願人景長春，醉遊蓬島。

難報，母氏劬勞，親恩罔極，只願壽比松喬。定省晨昏，連枝上有兄嫂。喜春風棠棣聯芳，娱晚景松柏同操。（合前）（第三十六回　翟謙寄書尋女子　西門慶結交蔡狀元）

## 未標調名（按：此首據一九九二年香港夢梅館梅節重校本補）

美冤家，一心愛折後庭花。尋常只在門前裏走，又被開路先鋒把住了他。放在户中難禁受，轉絲繮，勒回馬。親得勝弄的我身上麻。蹴損了奴的粉臉那丹霞。（第三十八回　西門慶夾打二搗鬼　潘金蓮雪夜弄琵琶）

## 二犯江兒水（四首）（按：此爲明・無名氏曲）

悶把幃屏來靠，和衣强睡倒。聽風聲嘹喨，雪灑窗寮，任冰花片片飄。懶把寶燈挑，慵將香篆燒。捱過今宵，怕到明朝。細尋思這煩惱何日是了？想起來今夜裏心兒内焦，悮了我青春年少。你撇的人有上稍來没下稍。

懊恨薄情輕棄，離愁閑自惱。論殺人好恕，情理難饒，負心的天鑒表！心癢痛難搔，愁懷悶自焦。讓了甜桃，去尋酸棗。奴將你這定盤星兒錯認了。（合）想起來心兒裏焦，誤了我青春年少。你撇的人有上稍來没下稍。

常記的當初相聚，癡心兒望到老。被雲遮楚岫，水淹藍橋，打拆開鸞鳳交。心遠路非遥，情疏魚雁杳。地厚天高，夢斷魂勞。俏冤家這其間心變了！(合)想起來心兒裏焦，誤了我青春年少。你撇的人有上稍來無下稍。

羞把菱花來照，蛾眉懶去掃。暗消磨了精神，折損了豐標，瘦伶仃不甚好。香褪了海棠嬌，衣惚了楊柳腰。悶悶無聊，攘攘勞勞。淚珠兒到今滴盡了。(合)想起來心裏亂焦，誤了我青春年少。撇的人來有上稍來落下稍。(第三十八回　西門慶夾打二搗鬼　潘金蓮雪夜弄琵琶)

## 金字經

夫人聽説淚不乾，苦勸員外莫歸山。顧家園，兒女永團圓。休遠去，在家修行都一般。(第三十九回　西門慶玉皇廟打醮　吴月娘聽尼僧説經)

## 金字經

夫人聽我説根源，梵王天子棄江山。不貪戀，要結萬人緣。多全舍，萬古標名在世間。(第三十九回　西門慶玉皇廟打醮　吴月娘聽尼僧説經)

## 耍孩兒

一靈真性投肚内，這個消息誰得知？人人不識西來意，呀的一聲孕男女。認的娘生鐵面皮，才得見光明際。昆侖頂上轉大千沙界，古彌陀分南北東西。(第三十九回　西門慶玉皇廟打醮　吴月娘聽尼僧説經)

## 鬥鵪鶉

【鬥鵪鶉】翡翠窗紗，鴛鴦碧瓦。孔雀銀屏，芙蓉繡榻。幕卷輕綃，香焚睡鴨。燈上上，簾下下。這的是南省尚書，東床駙馬。

【紫花兒序】帳前軍朱衣畫戟，門下士錦帶吴鈎，坐上客繡帽宫花。按教坊歌舞，依内苑奢華。板撥紅牙，一派簫韶準備下。立兩行美人如畫，粉面銀筝，玉手琵琶。

【金蕉葉】我則見銀燭明燒絳蠟，纖手高擎著玉斝。我見他舉止處堂堂俊雅，我去那燈影兒下孜孜的覷著。

【調笑令】這生那裏每曾見他，莫不我眼睛花？呀，我這裏手抵著牙兒事記咱。不由我眼兒裏見了他，心牽掛。莫不是五百年前歡喜冤家，是何處緑楊曾繫馬？莫不是夢兒中雲雨巫峡？

【小桃紅】玉簫吹徹碧桃花，一刻千金價。燈影兒裏斜將眼稍兒抹，唬的我臉紅霞，酒杯中嫌殺春風凹。玉簫年當二八，未曾招嫁。俺相公培養出牡丹芽。

【鬼三台】他説幾句淒凉話，我淚不住行兒般下，鎖不住心猿意馬。我是個嬌滴滴洛陽花，險些露出風流的話靶。這言詞道要不是要，這公事道假不是假。他那裏拔樹尋根，我這裏指鹿道馬。

【禿厮兒】我勸他似水底納瓜，他覷我似鏡裏觀花。更做道書生自來情性耍，調戲咱好人家嬌娃。

【聖藥王】你著我怎救他？難按納，公孫弘東閣鬧喧嘩。散了玳瑁筵，漾了這鸚鵡斝，踢番了銀燭絳籠紗，扯三尺劍離匣。

【尾聲】從來這秀才每色膽天來大，把俺這小膽文君唬殺。忒火性卓王孫，强風情漢司馬。（第四十一回　西門慶與喬大户結親　潘金蓮共李瓶兒鬥氣）

## 雙調・新水令（按：此爲明・無名氏曲）

【新水令】鳳城佳節賞元宵，繞鼇山瑞雲籠罩。見銀河星皎潔，看天塹月輪高。動一派簫韶，開玳宴盡歡樂。

【川撥棹】花燈兒兩邊挑，更那堪一天星月皎。我則見繡帶風飄，寶蓋微摇，鼇山上燈光照耀，剪春蛾頭上挑。

【七弟兄】一壁廂舞著，唱著共彈著，驚人的這百戲其實妙。動人的高戲怎生學，笑人的院本其實笑。

【梅花酒】呀，一壁廂舞鮑老。仕女每打扮的清標，有萬種妖嬈，更百媚千嬌。一壁廂舞迓鼓，一壁廂躧高橇，端的有笑樂。細氤氲蘭麝飄，笑吟吟飲香醪。

【喜江南】呀，今日喜孜孜開宴賞元宵，玉纖慢撥紫檀槽，燈光明月兩相耀。照樓臺殿閣，今日個開懷沉醉樂醄醄。（第四十二回　豪家攔門玩煙火　貴客高樓醉賞燈）

## 金索掛梧桐

【金索掛梧桐】繁花滿目開，錦被空閒在。劣性寃家悮得我忒毒害。我前生少欠他今世裏相思債。廢寢忘餐，倚定門兒待，房櫳静悄如何捱？

【罵玉郎】冷清清房櫳静悄如何捱？獨自把幃屏倚，知他是甚情懷。想當初同行同坐同歡愛，到如今孤另另怎劃刬。愁戚戚酒倦釃，羞慘慘花慵戴。

【東甌令】花慵戴，酒倦釃。如今曾約前期不見來，都應是他在那裏那裏貪歡愛。物在人何在？空勞魂夢到陽臺。只落得淚盈腮。

【感皇恩】呀，只落得雨淚盈腮，都應是命裏合該。莫不是你緣薄，咱分淺，都應是一般運拙時乖。怎禁那攪閒人是非，施巧計栽排。撕摔碎合歡帶，破分開鸞鳳釵，水淹浸楚陽臺。

【針綫箱】把一床弦索塵埋，兩眉峰不展開。香肌瘦損愁無奈，懶刺繡，傍妝臺。舊恨新愁教我如何捱？我則怕蝶使蜂媒不再來。臨鸞鏡也問道朱顔未改，他又早先改。

【採茶歌】改朱顔瘦了形骸，冷清清怎生捱？我則怕梁山伯不戀祝英臺。他若是背義忘恩尋罪責，我將那盟山誓海説的明白。

【解三酲】頓忘了盟山誓海，頓忘了音書不寄來，頓忘了枕邊許多恩和愛，頓忘了素體相挨，頓忘了神前兩下千千拜，頓忘了表記香羅紅繡鞋。説將起，旁人見了珠淚盈腮。

【烏夜啼】俺如今相離三月，如隔數載。要相逢甚日何年再？則我這瘦伶仃形體如柴，甚時節還徹了相思債？又不見青鳥書來，黄犬音乖，每日家病懨懨懶去傍妝臺。得團圓便把神羊賽。意厮投，心相愛，早成了鸞交鳳友，省的著蝶笑蜂猜。

【尾聲】把局兒牢鋪擺，情人終久再歸來，美滿夫妻百歲諧。（第四十三回　爲失金西門慶罵金蓮　因結親月娘會喬太太）

## 十段錦·二十八半截兒·山坡羊

【山坡羊】俏冤家，生的出類拔萃。翠衾寒，孤殘獨自。自别後朝思暮想。想冤家何時得遇？遇見冤家好同住，好同住。

【金字經】惜花人何處，落紅春又殘，倚遍危樓十二欄，十二欄。

【駐雲飛】悶倚欄杆，燕子鶯兒怕待看。色戒誰曾犯？鬼病誰經慣？呀，減盡了花容月貌，重門常是掩。正東風料峭，細雨漣瀸，落紅千萬點。

【畫眉序）自會俏冤家，銀筝塵鎖怕湯抹。雖然是人離咫尺，如隔天涯。記得百種恩情，那裏計半星兒狂詐。

【紅繡鞋】水面上鴛鴦一對，順河岸步步相隨，怎見個打漁船驚拆在兩下裏飛。

【耍孩兒】自從他去添憔瘦，不似今番病久。才郎一去正逢春，急回頭雁過了中秋。

【傍妝臺】到如今，瑶琴弦斷少知音，花好時誰共賞？

【鎖南枝】紗窗外，月兒斜，久想我人兒常常不舍。你爲我力盡心竭，我爲你珠淚偷揩。

【桂枝香】楊花心性，隨風不定。他原來假意兒虚名，倒使我真心陪奉。

【山坡羊】惜玉憐香，我和他在芙蓉帳底。抵面共你，把衷腸來細講，講離情，如何把奴抛棄。氣的我似醉如癡來呵，何必你別心另敘上知己。幾時，得重整佳期？佳期，實相逢如同夢裏。

【金字經】彈淚痕，羅帕斑。江南岸，夕陽山外山。

【駐雲飛】嗏，書寄兩三番，得見艱難。再倩霜毫，寫下喬公案。滿紙春心墨未乾。

【江兒水】香串懶重添，針兒怕待拈。瘦體巖巖，鬼病懨懨。俺將這舊恩情重檢點，愁壓挨兩眉翠尖。空惹的張郎憎厭。這些時鶯花不捲簾。

【畫眉序】想在枕上温存的話，不由人肉顫身麻。

【紅繡鞋】一個兒投東去，一個兒向西飛。撇的俺一個兒南來，一個兒北去。

【耍孩兒】你那裏偎紅倚翠銷金帳，我這裏獨守香閨淚暗流。從記得説來咒，負心的隨燈兒滅，海神廟放著根由。

【傍妝臺】美酒兒誰共斟？意散了如瓶兒碎，難見面似參辰。從別後歲月深，畫劃兒畫損了掠兒金。

【鎖南枝】兩下裏心腸牽掛，誰知道風掃雲開，今宵復顯出團圓月。重令情郎把香羅再解，訴説情誰負誰心，須共你説個明白。

【桂枝香】怎忘了舊時山盟爲證，坑人性命。有情人，從此分離了去，何時再得成？

【尾聲】半叉繡羅鞋，眼兒見了心兒愛。可喜才，捨著搶白，忙把這俏身挨。(第四十四回　吴月娘留宿李桂姐　西門慶醉拶夏花兒)

## 柳摇金(二首)

心中牽掛,飯不飯茶不茶,難削舍我俏冤家。淒凉,因爲我心上放不下,更不知你在誰家。要離别,與我兩句伶仃話。抛閃殺奴家,閃賺殺奴家。你休要把奴來干罷!

常懷憂悶,何時得趁我心,牽掛著我有情人。姊妹們拘管的緊,老尊堂不放鬆,顯的我言兒無信。不愛你寶和金,只愛你、只愛你生的龐兒俊。我和你做夫妻,死了甘心。教奴和你往來相趁。(第四十五回　桂姐央留夏花兒　月娘含怒駡玳安)

## 黄鐘·醉花陰

【醉花陰】雪月風花共裁剪,雲雨夢香嬌玉軟。花正好,月初圓,雪壓風顛,人比天涯遠。這些時欲寄斷腸篇,争奈我無邊岸的相思好著我難運轉。

【喜遷鶯】指滄溟爲硯,管城毫健筆如椽。松煙,將泰山作墨研,萬里青天爲錦箋,都做了草聖傳。一會家書,書不盡心事。一會家訴,訴不盡熬煎。

【出隊子】憶當時初見,見俺風流小業冤。兩心中便結下死生緣,一載間渾如膠漆堅。誰承望半路番騰,倒做了離恨天。

【出隊子】二三朝不見,渾如隔了十數年。無一頓茶飯不掛牽,無一刻光陰不唱念。無一個更兒,將他來不夢見。

【四門子】無一個來人行,將他來不問遍。害的人有似風顛。相識每見了重還勸。不由我記掛在心間,思量的眼前活現,作念的口中粘涎。襟領前,袖兒邊,淚痕湮遍。想從前我和他語在先。那時節嬌小當年,論聰明貫世何曾見。他敢真誠處有萬千。

【刮地風】憶咱家爲他情無倦,淚江河成眷戀。俺也曾坐並著膝,語並著肩。俺也曾芰荷香效他交頸鴛。俺也曾把手兒行,共枕眠。天也,是我緣薄分淺。

【水仙子】非干是我自專,只覓的鸞膠續斷弦。憶枕上盟言,念神前發願,心堅石也穿。暗暗的禱告青天:若咱家負他前世緣,俏冤家不趁今生願,俺那世裏再團圓!

【尾聲】囑付你衷腸莫更變，要相逢則除是動載經年。則你那身去遠，莫教心去遠！（第四十六回　元夜遊行遇雪雨　妻妾笑卜龜兒卦）

## 好事近

【好事近】東野翠煙消，喜遇芳天晴曉。惜花心性，春來又起得偏早。教人探取，問東君肯與我春多少？見丫鬟笑語回言道：昨夜海棠開了。

【千秋歲】杏花稍間著梨花雪，一點點梅豆青小。流水橋邊，流水橋邊，只聽的賣花人聲聲頻叫。秋千外，行人道。我只聽的粉牆内佳人歡笑。笑道春光好。我把這花籃兒旋簇，食壘高挑。

【越恁好】鬧花深處，滴溜溜的酒旗招。牡丹亭佐側，尋女伴鬥百草。翠巍巍的柳條，忒楞楞的曉鶯飛過樹稍，撲簌簌亂横舞翩翩粉蝶兒飛過畫橋。一年景，四季中，惟有春光好。向花前暢飲，月下歡笑。

【紅繡鞋】聽一派鳳管鸞簫，見一簇翠圍珠繞。捧玉樽，醉頻倒。歌金縷，舞六么。任明月上花稍，月上花稍。

【尾聲】醉教酩酊眠芳草，高把銀燭花下燒。韶光易老。休把春光虚度了！（第四十六回　元夜遊行遇雪雨　妻妾笑卜龜兒卦）

## 一江風（四首）

子時那，這淒凉如何過，羅幃錦帳和衣卧。歹哥哥，你許下我子丑時來，不覺寅時錯，疼心腸等他待如何？抛閃了我，願神靈降與他災和殃［禍］。

卯時的，亂挽起烏雲髻，羞對菱花鏡。想多情，穿不的錦繡衣裳，戴不起翡翠珍珠，解不開心頭悶。辰時已過了，巳時不見影，奴家爲你憂成病。

午時牌，這相思真個害，害的我魂不在。想多才，你記的月下星前，誓海盟山，誰把你輕看待。他若是未時來，也把奴愁懷解，申時買個猪頭兒賽。

酉時下，不由人心牽掛，誰説幾句知心話。謊冤家，你在謝館秦樓，倚翠偎紅，色膽天來大。戌時點上燭，早晚不見他，亥時去卜個龜兒卦。（第四十六回　元夜遊行遇雪雨　妻妾笑卜龜兒卦）

## 漁家傲

【漁家傲】别後杳無書，不疼不痛病難除。恨淒淒，旅館有誰相知。魚沉不見雁傳書，三山美人知何處？眠思夢想，此情爲誰？懨懨憔瘦，一似風中柳絮。知他幾時再得重相會！

【皂羅袍】滿目黄花初綻，怪淵明怎不回還。交人盼得眼睛穿。冤家怎不行方便？從伊别後，相思病纏；昏昏如醉，汪汪淚漣。知他幾時再得重相見！

(【前腔】)我愛他桃花爲面，筍生成十指纖纖。我愛他春山淡淡柳掩煙。我愛他清俊一雙秋波眼。烏鴉堆鬢，青絲翠綰；玳鈎月釣，丹霞襯臉：交人想得肝腸斷。

(【前腔】)戍鼓冬冬初轉，聽樓頭畫角聲殘。捶床搗枕數千番。長吁短歎千千遍。精神撩亂，語言倒顛；忘餐廢寢，和衣淚漣：終朝懞憧昏沉倦。

(【前腔】)我爲你終朝思念，在那裏要笑貪歡？忽然想起意懸懸。一番題起一番怨。恩深如海，情重似山；佳期非偶，離别最難。常言道藕斷絲不斷。

【下山虎】中秋將至，漸覺心酸。只見穿窗月，不見故人還。聽叮當砧聲滿耳，嘹嚦嚦北雁南還。怎不交人心中慘然？料想相思，斷送少年。黄昏後，更漏殘，把銀燈剔盡方眠。

(【前腔】)當初攜手，月下並肩。説下山盟海誓，對天禱言：若有個負意忘恩，早歸九泉。一向如何音信遠？空教我卜金錢，廢寢忘餐有誰見憐。黄昏後，更漏殘，把銀燈剔盡方眠。

【尾聲】蒼天若肯行方便，早遣情人到枕邊，免使書生獨自眠。(第四十九回　西門慶迎請宋巡按　永福寺餞行遇胡僧)

## 玉芙蓉(四首)

東風柳絮飄，玉砌蘭芽小。這春光豔冶巧門難描。牆頭紅粉佳人笑，蹴罷秋千香汗消。尋芳興，不辭路遥。我只見酒旗摇曳杏花稍。

風吹蕉尾翻，雨灑荷珠亂。見佳人盤鬢如蟬。湘紈半掩芙蓉面，彩袖輕飄賽小蠻。秋波臉，兩情牽好難。引的人意遲寂寞淚闌干。

黄花遍地開，百草皆凋敗。小蛩吟唧唧空階。牛郎夜夜依然在，織女緣何不見來？㦘㦘害，糊突夢怎猜？我爲他淚滴濕表記鳳頭鞋。

梨花散亂飛，不見遊蜂翅。小窗前鵲踏枯枝。愁聞冒雪尋梅至，忽聽銅壺更漏遲。傷心事，把離情自思。我爲他寫情書閣不住筆尖兒。（第四十九回　西門慶迎請宋巡按　永福寺餞行遇胡僧）

## 山坡羊（二首）

煙花寨，委實的難過。白不得清凉倒坐。逐日家迎賓待客，一家兒吃穿全靠著奴身一個。到晚來印子房錢逼的是我。老虔婆，他不管我死活。在門前站到那更深兒夜晚，到晚來有那個問聲我那飽餓。煙花寨再住上五載三年來，奴活命的少來死命的多，不由人眼淚如梭。有英樹上開花，那是我收圓結果。

進房來，四下觀看。我自見粉壁牆上排著那琵琶一面。我看琵琶上塵灰兒倒有，那一隻袖子裏掏出個汗巾兒來把塵灰攤散。抱在我懷中定了定子弦。彈了個孤恓調，淚似湧泉。有我那寃家何等的歡喜，寃家去撇的我和琵琶一樣。有他在同唱同彈裏來嚛，到如今只剩下我孤單，不由人雨淚兒傷殘。物在存留，不知我人兒在那廂。（第五十回　琴童潛聽燕鶯歡　玳安嬉遊蝴蝶巷）

## 五供養（四首）

釋伽佛，梵王子！捨了江山雪山去，割肉喂鷹鵲巢頂。只修的，九龍吐水混金身，才成南無大乘大覺釋伽尊。

大莊嚴，妙善主！辭別皇宫香山住，天人送供跏趺坐。只修的，五十三參變化身，才成南無救苦救難觀世音。

達磨師，盧六祖！九年面壁功行苦，蘆芽穿膝伏龍虎。只修的，只履折蘆任往來，才成了南無大慈大願毘盧佛。

龐居士，善知識！放債來生濟貧苦，驢馬夜間私相居。只修的，抛妻棄子上法船，才成了南無妙乘妙法伽藍耶。（第五十一回　月娘聽演金剛科　桂姐躲在西門宅）

## 伊州三臺令(按:此爲明・無名氏曲)

【伊州三臺令】思量你好辜恩,便忘了誓盟。遇花朝月夕良辰,好交我虚度了青春。悶懨懨把欄杆憑倚,凝望他怎生全無個音信。幾回自忖,多應是我分薄緣輕。

【黄鶯兒】誰想有這一程,减香肌,憔瘦損。鏡鸞塵鎖無心整。脂粉懶匀,花枝又懶簪,空教我黛眉蹙破春山恨。最難禁,譙樓上畫角,吹徹了斷腸聲。

【集賢賓】幽窗静悄月又明,恨獨倚幃屏。驀聽的孤鴻只在樓外鳴,把離愁又還題醒。更長漏永,早不覺燈昏香盡眠未成。他那裏睡得安穩?

【雙聲疊韻】思量起,思量起,怎不上心?無人處,無人處,淚珠兒暗傾。我怨他,我怨他,説他不盡。誰知道這裏先走滚,自恨我當初不合地認真。

【簇御林】人都道,人都道他志誠,卻原來厮勾引。眼睁睁心口不相應。山誓海盟,説假道真,險些兒不爲他錯害了相思病。負心人,看伊家做作,如何交我有前程?

【琥珀貓兒】日疏日遠,再相逢枉了奴癡心寧耐等。想巫山雲雨夢難成。薄情,猛拚今生和你鳳拆鸞分。

【尾聲】冤家下得忒薄幸,割捨的將人孤另。那世裏恩情番成做畫餅。(第五十二回　應伯爵山洞戲春嬌　潘金蓮花園看蘑菇)

## 南枝兒

風月事,我説與你聽:如今年程,論不的假真。個個人古怪精靈,個個人久慣牢成,倒將計活埋把瞎缸暗頂。老虔婆只要圖財,小淫婦兒少不的拽著脖子往前挣。苦似投河,愁如覓井。幾時得把業罐子填完,就變驢變馬也不幹這個營生!(第五十二回　應伯爵山洞戲春嬌　潘金蓮花園看蘑菇)

## 花藥欄

【花藥欄】新緑池邊,猛拍欄杆,心事向誰論?花也無言,蝶也無言,離恨滿懷縈牽。恨東君不解留去客,歎舞紅飄絮蝶粉輕沾。景依然,事依然,悄然不見郎面。

【塞鴻秋】俺想别時正逢春，海棠花初綻蕊，微分間現。不覺的榴花噴，紅蓮放，沉冰果，避暑摇紈扇。霎時間菊花黄金風動，敗葉飄梧桐變。逡巡見臘梅開，冰花墜，暖閣内把香醪旋。四季景偏多，思想心中戀。不知俺那俏冤家，冷清清獨自個悶懨懨何處耽寂怨。

【金殿喜重重】嗟怨。自古風流惧少年，那堪暮春天。生怕到黄昏愁怕到黄昏，獨自個悶不成歡。换寶香薰被誰共宿，歎夜長枕冷衾寒。你孤眠，我孤眠，但只是魂夢裏相見。

【貨郎兒】有一日稱了俺平生心願，成合了夫妻謝天。今生一對兒好姻緣，冷清清耽寂寞，愁沉沉受熬煎。

【醉太平煞尾】只爲俺多情的業冤，今日恨惹情牽。想當初説山盟言海誓在星前，擔閣了風流少年。有一日朝雲暮雨成姻眷，畫堂歌舞排歡宴，羅幃錦帳永團圓，花燭洞房成連理，休忘了受過熬煎有萬千。（第五十二回　應伯爵山洞戲春嬌　潘金蓮花園看蘑菇）

## 折桂令

我見他戴花枝，笑捻花枝。朱唇上不抹胭脂，似抹胭脂。逐日相逢，似有情兒，未見情兒。欲見許何曾見許，似推辭未是推辭。約在何時？會在何時？不相逢，他又相思；既相逢，我反相思。（第五十二回　應伯爵山洞戲春嬌　潘金蓮花園看蘑菇）

## 錦橙梅（按：此爲元·張可久曲）

紅馥馥的臉襯霞，黑髭髭的鬢堆鴉。料應他必是個中人，打扮的堪描畫：顫巍巍的插著翠花，寬綽綽的穿著輕紗，兀的不風韻煞人也嗏！是誰家？把我不住了偷睛兒抹。（第五十三回　吴月娘承歡求子息　李瓶兒酬願保兒童）

## 降黄龍衮

鱗鴻無便，錦箋慵寫。腕松金，肌削玉，羅衣寬徹。淚痕淹破，胭脂雙頰。寶鑒愁臨，翠鈿羞貼。等閒孤負，好天良夜。玉爐中，銀臺上，香消燭滅。鳳幃冷落，鴛衾虚設。玉筍頻搓，繡鞋重攧。（第五十三回　吴月娘承歡

求子息　李瓶兒酬願保兒童）

## 水仙子

據著俺老母情，他則待祆廟火，刮刮匝匝烈焰生；將水面上鴛鴦忒楞楞騰，生分開交頸；疏剌剌沙，鞲雕鞍撒了鎖鞓；厮琅琅湯，偷香處喝號提鈴；支楞楞箏，弦斷了不續碧玉箏；咭叮叮璫，精磚上摔碎菱花鏡；撲通通冬，井底墜銀瓶。（第五十四回　應伯爵郊園會諸友　任醫官豪家看病症）

## 荼蘼香（按：此二曲爲元・關漢卿【大石調・青杏子】《離情》套中過曲）

記得初相守，偶爾間因循成就，美滿效綢繆。花朝月夜同宴賞，佳節須酬。到今日一旦休。常言道好事天慳，美姻緣他娘間阻，生拆散鸞交鳳友。〔么〕坐想行思，傷懷感舊。辜負了星前月下深深咒。願不損，愁不煞，神天還祐。他有日不測相逢，話別離情取一場消瘦。（第五十四回　應伯爵郊園會諸友　任醫官豪家看病症）

## 青杏兒（按：此爲元・趙秉文曲）

風雨替花愁，風雨過花也應休。勸君莫惜花前醉，今朝花謝，明朝花謝，白了人頭。〔么〕乘興再三甌，揀溪山好處追遊。但教有酒身無事，有花也好，無花也好，選甚春秋！（第五十四回　應伯爵郊園會諸友　任醫官豪家看病症）

## 小梁州（按：此爲元・張鳴善【脱布衫帶小梁州】中之【小梁州】曲）

門外紅塵滚滚飛，飛不到魚鳥清溪。綠陰高柳聽黄鸝。幽棲意，料俗客幾人知。山林本是終焉計，用之行舍之藏兮。悼後世，追前輩。五月五日，歌楚些吊湘累。（第五十四回　應伯爵郊園會諸友　任醫官豪家看病症）

## 新水令

【新水令】小園昨夜放紅梅，另一番動人風味。梨花迎笑臉，楊柳妒腰圍。試問荼蘼：開到海棠未？

【駐馬聽】野徑疏籬，陣陣香風來燕子；小園幽砌，紛紛晴雨過林西。芳心不與蝶潛知，暗香未許蜂先覺。闌干遍倚，不知多少傷心處。

【雁兒落帶得勝令】我則見碧陰陰西施鎖翠，紅點點鵑鳩抛珠淚，舞仙仙研光帽帽簪，虚颼颼花谷樓前墜。尚兀是芳氣襲人衣，豔質易沾泥。落處魚驚，飛來蝶欲迷。尋思，憑誰寄？還悲，花源未可期。（第五十五回　西門慶東京慶壽旦　苗員外揚州送歌童）

## 未標調名（四首）

試裂齊紈，施鉛槧爰圖春牧。草淺淺，細鋪平野，散騎黄犢。一卷殘書牛背穩，數聲短笛煙光緑。想按圖題詠賦新詞，勞心曲。　文章妙，傳芸局。音調促，諧絲竹。倚清歌追和，《陽春》難續。一代風流誇好事，可堪膾炙人争録。羡先生想像賦《高唐》，情詞足。

畫出耕圖，郊原外東阡西陌。町疃曲，群山環翠，岸塍聯絡。緑遍田疇多黍稌，麥旂纂纂蠶盈箔。仿佛有溪水繞柴門，山如削。　扶藜杖，徑丘壑。穿林藪，聽猿鶴。子耕耘妻饁，服勞耕作。喬木陰森流憩處，皤然捫腹舒雙足。羡先生想像詠《豳風》，村田樂。

寫就丹青，新圖好溪山環繞。隱隱遍，沙汀水岸，緑蘋紅蓼。一派秋光連浦潊，短蓑篛笠煙波渺。看此時網得幾鮮鱗，鱸魚小。　漁唱起，飛鴻杳。江月白，歸雲少。倚蓬窗試覓，舊盟鷗鳥。借問忘機當日事，何如此際心情悄？羡先生想像詠滄浪，起塵表。

四野雲垂，冰花碎平鋪茅屋。紅爐暖，妻煨山芋，自斟醽醁。課僕采薪去外户，呼兒引鶴翻平陸。攬此景寫入畫圖中，娱心目。　縱貴富，天之禄。懼盛滿，吾之欲。騁妍奇攄寫，好詞盈軸。愧我倡酬才思澀，輸他文采機關熟。羡先生想像樂桑榆，顔如玉。（第五十五回　西門慶東京慶壽旦　苗員外揚州送歌童）

## 黄鶯兒

書寄應哥前：别來思不待言。滿門兒托賴都康健。舍字在邊，傍立著官，有時一定求方便。羡如椽，往來言疏，落筆起雲煙。（第五十六回　西門慶周濟常時節　應伯爵舉薦水秀才）

## 未標調名

當年行徑是窠兒，和尚闍黎鋪。中間打扮念彌陀，開口兒就説西方路。尺布裹頭顱，身穿直裰，繫個黄絛，早晚捱門傍户。騙金銀猶是可，心窩裏畢竟胡塗。算來不是好姑姑，幾個清名被點污。（第五十七回　道長老募修永福寺　薛姑子勸捨陀羅經）

## 未標調名

尼姑生來頭皮光，拖子和尚夜夜忙。三個光頭好像師父、師兄並師弟，只是鐃鈸緣何在裹床？（第五十七回　道長老募修永福寺　薛姑子勸捨陀羅經）

## 商調·集賢賓（按：此爲元·杜仁杰〔集賢賓〕套首曲）

暑才消大火即漸西，斗柄往坎宫移。一葉梧桐飄墜，萬方秋意皆知。暮雲閑聒聒蟬鳴，晚風輕點點螢飛。天階夜凉清似水，鵲橋高掛偏宜。金盆内種五生，瓊樓上設筵席。（第五十八回　懷妒忌金蓮打秋菊　乞臘肉磨鏡叟訴冤）

## 山坡羊

叫一聲，青天你，如何坑陷了奴性命！叫一聲我的嬌兒呵，恨不的一聲兒就要把你叫應。也是前緣前世那世裏少欠下你冤家債不了，輪著我今生今世爲你眼淚也拋流不盡。每日家吊膽提心，費殺了我心。從來我又不曾坑人陷人，蒼天如何恁不眼睁。非是你無緣，必是我那些兒薄幸，撇的我回撲著地樹倒無陰。來呵，竹籃打水落而無效，叫了一聲：痛腸的嬌生！奴情願和你陰靈路上一處兒行。（第五十九回　西門慶摔死雪獅子　李瓶兒痛哭官哥兒）

## 山坡羊

進房來，四下静，由不的我悄歎。想嬌兒，哭的我肝腸兒氣斷。想著生下你來我受盡了千辛萬苦，説不的偎乾就濕，成日把你耽心兒來看。教人氣破了心腸和我兩個結冤，實承望你與我做主兒團圓久遠。誰知道天無眼又把你殘生喪了，撇的我前不著村後不著店。明知我不久也命喪在黄泉，來呵，咱娘兒兩個鬼門關上一處兒眠。叫了一聲：我嬌嬌的心肝！皆因是前世裏無緣，你今生壽短。（第五十九回　西門慶摔死雪獅子　李瓶兒痛哭官哥兒）

## 山坡羊

想嬌兒，想的我，無顛無倒。盼嬌兒，除非是夢兒中來到。白日裏睹物傷情如刀剜了肺腑，到晚間睡醒來再不見你在我這懷兒中抱，由不的珍珠望下拋。你再不來在描金床兒上睡著頑耍，你再不來在我手掌兒上引笑。你再不來相靠著我胸膛兒來呵，生抱這熱笑笑。心肝上割一刀，奴爲你乾生受枉費了徒勞。稱願了别人，撇的我無有個下稍。（第五十九回　西門慶摔死雪獅子　李瓶兒痛哭官哥兒）

## 清江引（二首）（按：前曲爲元·無名氏曲，文字有異同）

一個姐兒十六七，見一對蝴蝶戲。香肩靠粉牆，春箏彈珠淚。喚梅香：趕他去别處飛！

轉過雕闌正見他，斜倚定荼蘼架。佯羞整鳳釵，不説昨宵話。笑吟吟，掐將花片兒打。（第六十回　李瓶兒因暗氣惹病　西門慶立段鋪開張）

## 未標調名

一個急急腳腳的老小，左手拿著一個黄豆巴斗，右手拿著一條綿花叉口。望前只管跑走，撞著一個黄白花狗，咬著那綿花叉口。那急急腳腳的老小，放下那左手提的那黄豆巴斗，走向前去打黄白花狗。不知手鬥過那狗，狗鬥過那手？（第六十回　李瓶兒因暗氣惹病　西門慶立段鋪開張）

## 未標調名

牆上一片破瓦，牆下一匹騾馬。落下破瓦，打著騾馬。不知是那破瓦打傷騾馬，不知是那騾馬踏碎了破瓦？（第六十回　李瓶兒因暗氣惹病　西門慶立段鋪開張）

## 山坡羊(二首)

一向來,不曾和冤家面會,肺腑情難捎難寄。我的心誠想著你,你爲我懸心掛意。咱兩個相交不分個彼此,山盟海誓心中牢記。你比鶯鶯重生而再有,可惜不在那蒲東寺。不由人一見了眼角留情來呵,玉貌生春你花容無比。聽了聲嬌姿,好教人目斷東牆,把西樓倦倚。

意中人,兩下裏懸心掛意,意兒裏不得和你兩個眉來眼去。去了時强挨孤枕,枕兒寒衾兒剩瑶琴獨對。病體如柴,瘦損了腰肢。知道你夫人行應難離,倒等的我寸心如醉。最關心伴著這一盞寒燈來呵,又被風弄竹聲只道多情到矣。急忙忙,出離了書幃。不想是花影輕摇,月明如水。(第六十一回　韓道國筵請西門慶　李瓶兒苦痛宴重陽)

## 鎖南枝(二首)

初相會,可意人,年少青春不上二旬。黑鬖鬖兩朵烏雲,紅馥馥一點朱脣,臉賽夭桃十指如嫩筍。若生在畫閣蘭堂,端的也有個夫人分。可惜在章臺,出落做下品。但能勾改嫁從良,勝强似棄舊迎新。

初相會,可意嬌,月貌花容風塵中最少。瘦腰肢一撚堪描,俏心腸百事難學,恨只恨和他相逢不早。常則願席上樽前,淺斟低唱相偎抱。一覷一個真,一看一個飽。雖然是半霎歡娱,權且將悶减愁消。(第六十一回　韓道國筵請西門慶　李瓶兒苦痛宴重陽)

## 折腰一枝花

【一枝花】紫陌紅徑,丹青妙手難畫成,觸目繁華如鋪錦。料應是春負我,我非是辜負了春。爲著我心上人,對景越添愁悶。

【東甌令】花零亂,柳成陰,蝶困蜂迷鶯倦吟。方才眼睁,心兒裏忘了想。啾啾唧唧呢喃燕,重將舊恨舊恨又題醒。撲撲簌簌,淚珠兒暗傾。

【滿園春】悄悄庭院深,默默的情掛心。凉亭水閣,果是堪宜宴飲。不見我情人,和誰兩個開樽。把絲弦再理,將琵琶自撥,是奴欲歇悶情,怎如倦聽!

【東甌令】榴如火,簇紅巾,有焰無煙燒碎我心。懷羞向前,欲待要摘一朶。觸觸拈拈不敢戴，怕奴家花貌不似舊時容。伶伶仃仃，怎宜樣簪。

【梧桐樹】梧葉兒飄金風動，漸漸害相思，落入深深井。一日一日夜長，夜長難捱孤枕。懶上危樓望我情人，未必薄情與奴心相應。知他在那裏那裏貪歡戀飲。

【東甌令】菊花綻，桂花零，如今露冷風寒秋意漸深。驀聽的窗兒外幾聲，幾聲孤飛雁。悲悲切切如人訴，最嫌花下砌畔小蛩吟。咭咭咶咶，惱碎奴心。

【浣溪沙】風漸急，寒威凜。害相思最恐怕黄昏。没情没緒對著一盞孤燈，窗兒眼數教還再輪。畫角悠悠聲透耳，一聲聲哽咽難聽。愁來把酒强重斟，酒入悶懷珠淚傾。

【東甌令】長吁氣，兩三聲，斜倚定幃屏兒思量那個人。一心指望夢兒裏，略略重相見。撲撲簌簌雪兒下，風吹檐馬把奴夢魂驚。叮叮噹當，攪碎了奴心。

【尾聲】爲多情，牽掛心，朝思暮想淚珠傾。恨殺多才不見影。（第六十一回　韓道國筵請西門慶　李瓶兒苦痛宴重陽）

## 羅江怨（四首）（按：此爲明・孫樓曲，第一曲有較大改動）

懨懨病轉濃，甚日消融？春思夏想秋又冬。滿懷愁悶訴與天公也，天有知呵，怎不把恩情送。恩多也是個空，情多也是個空，都做了南柯夢。

伊西我在東，何日再逢？花箋慢寫封又封。叮嚀囑付與鱗鴻也，他也不忠，不把我這音書送。思量他也是空，埋怨他也是空，都做了巫山夢。

恩情逐曉風，心意懶慵。伊家做作無始終。山盟海誓一似耳邊風也，不記當時，多少恩情重。虧心也是空，癡心也是空，都做了蝴蝶夢。

惺惺似懞懂，落伊套中。無言暗把珠淚湧。口心誰想不相同也，一片真心，將我廝調弄。得便宜也是空，失便宜也是空，都做了陽臺夢。（第六十一回　韓道國筵請西門慶　李瓶兒苦痛宴重陽）

## 未標調名（按：此爲明・李開先《寶劍記》第二十八齣中曲，用〔朱奴兒〕調）

甘草甘遂與硇砂，藜蘆巴豆與芫花，薑汁調著生半夏，用烏頭杏仁天

麻,這幾味兒齊加。葱蜜和丸只一摑,清辰[晨]用燒酒送下。(第六十一回　韓道國筵請西門慶　李瓶兒苦痛宴重陽)

## 南吕・一枝花(此爲明・朱有燉〔南吕・一枝花〕套首曲)

官居八輔臣,禄享千鍾近。功存遺百世,名播萬年春。拯溺亨迍,惟治國安邦論。調和鼎鼐持義節率忠貞,都則待報主施恩。秉賢烈秉正直,也則是清懲化民。(第六十五回　吴道官迎殯頒真容　宋御史結豪請六黄)

## 普天樂(此爲元・張鳴善曲)

洛陽花,梁園月。好花須買,皓月須賒。花倚欄杆看爛熳開,月曾把酒問團圞夜。月有盈虧,花有開謝。想人生最苦離别。花謝了三春近也,月缺了中秋到也,人去了何日來也?(第六十五回　吴道官迎殯頒真容　宋御史結豪請六黄)

## 五供養(三首)

道中尊,玉清主!溟涬無光包梵炁,萬象森羅一黍珠。死魂受煉,受煉超仙界。

經中尊,上清主!赤明開圖推運極,元綱流演洞渺溟。死魂受煉,受煉超仙界。

師中尊,太清主!道包天地玄元始,歷劫度苦出迷魂。死魂受煉,受煉超仙界。(第六十六回　翟管家寄書致賻　黄真人煉度薦亡)

## 掛金索(十二首)

大慈仁者,救苦青玄帝:獅座浮空,妙化成神力。清浄斛食,示現焦面鬼。注界孤魂,來受甘露味!

北戰南征,貫甲披袍士:捨死忘生,報效於國家。炮響一聲,身卧沙場裹。陣亡孤魂,來受甘露味!

好兒好女,與人爲奴婢:暮打朝喝,衣不遮身體。逐趕出門,纏卧長街内。饑死孤魂,來受甘露味!

坐賈行商,僧道雲遊士:動歲經年,在外尋衣食。病疾臨身,旅店無依倚。客死孤魂,來受甘露味!

鬥惡争强,枷鎖囹圄閉:斬絞淩遲,身喪長街裹。律有明條,犯了王法罪。刑死孤魂,來受甘露味!

宿世冤仇,今世來相會:暗計陰謀,毒藥攙腸胃。九竅生煙,喪了身和體。藥死孤魂,來受甘露味!

乳哺三年,父母恩難極:十月懷胎,坐草臨盆際。性命懸絲,子母歸陰世。産死孤魂,來受甘露味!

急難顛危,受忍難回避:私債官錢,逐日來催逼。自刎懸梁,斷了三寸氣。屈死孤魂,來受甘露味!

久病淹纏,氣蠱癱癆類。疥癬痍瘡,遍體膿腥氣。菽水無親,醫藥無調治。病死孤魂,來受甘露味!

巨浪風濤,洪水滔天至。纜斷舟沉,身喪長江裹。回首家鄉,無人捎書寄。溺死孤魂,來受甘露味!

回禄風煙,一時難回避。猛火無情,燒毀身和體。爛額焦頭,死作煙熏鬼。焚死孤魂,來受甘露味!

附木精邪,無主魍魎輩。鱗介飛潛,莫不回生意。太上慈悲,廣垂方便澤。十類孤魂,來受甘露味!(第六十六回　翟管家寄書致賻　黄真人煉度薦亡)

## 駐馬聽(二首)(按:此爲明・李開先《寶劍記》第三十三齣中曲)

寒夜無茶,走向前村覓店家。這雪輕飄僧舍,密灑歌樓,遥阻歸槎。江邊乘興探梅花。庭中歡賞燒銀蠟。一望無涯,一望無涯,有似灞橋柳絮滿天飛下。

四野彤霞,回首江山自占涯。這雪輕如柳絮,細似鵝毛,白勝梅花。山前曲徑更添滑,村中魯酒偏增價。疊墜天花,疊墜天花,濠平溝滿令人驚訝。(第六十七回　西門慶書房賞雪　李瓶兒夢訴幽情)

## 未標調名(四首)

一見嬌羞,雨意雲情兩意投。我見他千嬌百媚,萬種妖嬈,一撚温柔。通書先把話兒勾,傳情暗裹秋波溜。記在心頭,心頭,未審何時成就。

問爾丫鬟,欲鑄黄金拜將壇。莫通明曉,寄與書生,雲雨巫山。重門今夜未曾拴,深閨特把情郎盼。夜静更闌,更闌,偷花妙手今番難按。

夢入高唐,相會風流窈窕娘。我與他同攜素手,共入羅幃,永結鸞凰。靈犀一點透膏肓,鮫綃帳底翻紅浪。粉汗凝香,凝香,今宵一刻人間天上。

春暖芙蓉,鬢亂釵横寶髻鬆。我爲他香嬌玉軟,燕侶鶯儔,意美情濃。腰肢無力眼朦朧,深情自把眉兒縱。兩意相同,相同,百年恩愛和偕鸞鳳。(第六十八回　鄭月兒賣俏透密意　玳安殷勤尋文嫂)

## 正宫·端正好(按:此爲明·李開先《寶劍記》第五十齣套曲)

享富貴,受皇恩。起寒賤,居高位。秉權衡威振京畿,怙恩恃寵把君王媢,全不想存仁義。

【滚繡毬】起官夫造水池,與兒孫買田基,苦求謀多只爲一身之計。縱奸貪那裹管越瘦秦肥?趨附的身即榮,觸忤的命必危。妒賢才,喜親小輩。只想著復私仇公道全虧。你將九重天子深瞞昧,致令的四海生民總亂離,更不道天網恢恢。

【倘秀才】巧言詞取君王一時笑喜,那裹肯效忠良使萬國雍熙。你只待顛倒豪傑把世迷。隔靴空揉癢,久症卻行醫,滅絶了天理!

【滚繡毬】你有秦趙高指鹿心,屠岸賈縱犬機。待學漢王莽不臣之意,欺君的董卓燃臍。但行動弦管隨,出門時兵仗圍。入朝中百官悚畏,仗一人假虎張威。望塵有客趨奸黨,借劍無人斬佞賊,一任的忒狂爲。

【尾聲】金甌底下無名姓,青史編中有是非。你那知燮理陰陽調元氣,你止知盜賣江山結外夷!枉辱了玉帶金魚掛蟒衣,受禄無功愧寢食。權方在手人皆懼,禍到臨頭悔後遲。南山竹罄難書罪,東海波乾臭未遺。萬古流傳,教人唾罵你!(第七十回　西門慶工完升級　群僚庭參朱太尉)

## 正宫·端正好(按:此爲元·羅貫中《龍虎風雲會》雜劇第三折套曲)

【端正好】水晶宫,鮫綃帳。光射水晶宫,冷透鮫綃帳。夜深沉睡不穩龍床,離金門私出天街上,正風雪空中降。

【滚繡毬】似紛紛蝶翅飛,如漫漫柳絮狂。舞冰花旋風兒飄蕩,踐瓊瑶腳步兒匆忙。將白襴兩袖遮,把烏紗小帽蕩。猛回頭鳳樓凝望,全不見碧琉璃瓦甃鴛鴦。一霎時九重宫闕如銀砌,半合兒萬里乾坤似玉妝,恰便是粉甸滿封疆。

【倘秀才】我只見鐵桶般重門閉上，我將這銅獸面雙環扣響。敲門的我是萬歲山前趙大郎。堂中無客伴，燈下看文章，特來聽講。

【呆骨朵】沖寒風冒凍雪來相望，有些個機密事緊要商量。忙怎麼了事公人，免禮咱招賢宰相。這的調鼎鼐三公府，那裏也剃頭髮唐三藏。我向這坐席間聽講書，你休來我耳邊厢叫點湯！

【倘秀才】朕不學漢高皇身居未央，朕不學唐天子停眠在晉陽。常則是翠被寒生金鳳凰。有心傅説，無夢到高唐，這的是爲君的勾當。

【滚繡毬】雖然與四海爲一人，必索要正三綱謹五常。朕幼年間廣學槍棒，恨則恨未曾到孔子門牆。《尚書》是幾篇？《毛詩》共幾章？講《禮記》始知謙讓，論《春秋》可鑒興亡。朕待學禹湯文武宗堯舜，卿可及房杜蕭曹立漢唐，則要你燮理陰陽。

【倘秀才】卿道是用《論語》治朝廷有方，卻原來這半部運山河在掌。聖道如天不可量。談經臨絳帳，索强如開宴出紅妝，聽説罷神清氣爽。

【滚繡球】銀臺上華燭明，金爐内寶篆香。不當煩教老兄自斟佳釀，又何須嫂嫂親捧著霞觴。卿道是糟糠妻不下堂，朕須想貧賤交不可忘。常言道表壯不如裏壯，妻若賢夫免災殃。朕將卿如太甲逢伊尹，卿得嫂嫂呵恰便是梁鴻配孟光，則願你福壽綿長！

【倘秀才】但歇息呵論前王後王，恰合眼慮興邦喪邦。因此上曉夜無眠想萬方。雖不是歡娱嫌夜短，早難道寂寞恨更長，憂愁事幾莊。

【滚繡毬】憂則憂當站的身無掛體衣，憂則憂家無隔宿糧。憂則憂甘貧的書眠深巷，憂則憂讀書的夜寐寒窗。憂則憂嚎寒妻怨夫，憂則憂啼饑子唤娘。憂則憂行船的一江風浪，憂則憂駕車的恁時分萬里行商。憂則憂是布衣賢士無活計，憂則憂鐵甲忙披守戰場。題將來感歎悲傷！

【倘秀才】憂的是百姓苦，向御榻心勞意攘。害的是不小可教寡人眠思夢想。太原府劉崇拒北方，我只待暫離丹鳳闕親擁碧油幢，先取那河東的上黨。

【滚繡毬】卿道是錢王共李王，劉鋹與孟昶，他每多無仁政著萬民失望，行霸道百姓遭殃。差何人鎮守西？命何人定兩廣？取吴越必須名將，下江南宜用忠良。要定奪展江山白玉擎天柱，索用您拯宇宙黄金駕海梁。仔細參詳！

【脱布衫】取金陵飛渡長江,到錢塘平定他鄉。西川路休辭棧惡,南蠻地莫愁煙瘴。

【醉太平】陣衝開虎狼,身冒著風霜。用六韜三略定邊疆,把元戎印掌。則要你人披鐵甲添雄壯,馬摇玉勒難遮當;鞭敲金鐙響叮噹,早班師汴梁。

【一煞】有那等順天心達天理去邪歸正皆疏放,有那等霸王業抗王師耀武揚威盡滅亡。休擄掠民財,休傷殘民命,休淫污民妻,休燒毁民房。恤軍馬施仁立法,賫錢糧定賞罰,保城池討逆招安。沿路上安民掛榜,從賑濟任開倉。

【尾聲】朕專待正衣冠尊相貌就淩煙圖畫你那功臣像,卿莫負立金石銘鍾鼎向青史標題姓字香。能用兵善爲將,有心機有膽量:仰瞻天文算星象,俯察山川變形狀,决戰先將九地量。晝戰須將旗幟張,夜戰須將火鼓揚;步戰屯雲護軍帳,水戰隨風使帆槳。奇正相生兵最强,仁智兼行勇怎當?耳聽將軍定這厢,坐擬元戎取那厢,飛奏邊庭進表章,齊賀升平回帝鄉。比及你列土分茅拜卿相,先將你各部下的軍卒重重的賞。(第七十一回　李瓶兒何千户家托夢　提刑官引奏朝儀)

## 新水令(按:此爲明·劉兑《月下老》雜劇第四折套曲)

【新水令】翠簾深護小房櫳,滴溜溜玉鈎低控。駝茸氈斗帳,龜背錦屏風。春意溶溶,梅稍上暗香動。

【喬牌兒】瑣窗疏影横,倒掛緑毛鳳。梨雲一片羅浮夢,夜深沉寒漏永。

【甜水令】瓊樹生花,玉龍脱甲,銀河剪凍,瑞雪舞回風。碧落無塵,淡月窺檐,彤雲接棟,白茫茫巨闕珠宫。

【折桂令】錦排場賞玩春工。二八仙鬟,十六歌童,花底藏鬮,尊前賭令,席上投瓊,嬌滴滴争妍競寵,喜孜孜倚翠偎紅。走斝飛觥,换羽移宫。妙舞清謳,慢撥輕籠。

【水仙子】麝煤香靄繡芙蓉,鳳蠟光摇金蝃蝀,象床春暖花胡洞。粉脂香珠翠叢,彩雲深羅綺重重。寶篆龍涎細,金爐獸炭紅,暖溶溶和氣春風。

【雁兒落帶得勝令】銀筝秋雁横,玉管雛鶯弄。花明翡翠翹,酒滿玻璃甕。彩袖捧金鐘,羅帕襯春葱。橙嫩經霜剖,茶香帶雪烹。歡濃,醉後情猶重。筵終,更深樂未窮。

【沽美酒】轉秋波一笑中,透靈犀兩情通。燈下端詳可意種:似嫦娥出月宫，如神女下巫峰。

【太平令】欹鬌髀金釵飛鳳，舞裙惚翠縷蟠龍。粉汗濕鉛華嬌瑩，舌尖吐丁香微送。看臂釧，封守宫，是一對兒雛鸞嬌鳳。

【川撥棹】喜相逢，喜相逢可意種。柳困花慵，玉暖酥融。那一回風流受用。顫巍巍寶髻松，困騰騰秋水横，曲彎彎眉黛濃。

【七弟兄】醉烘，玉容，暈微紅。尤花殢玉歡情縱。都疑身在醉魂中，蕊珠宫裏遊仙夢。

【梅花酒】恰便似雲雨蹤，没亂殺見慣司空。禁鼓龍銅，檐馬玎琜，鄰雞唱晝角終。玉漏滴咽銅龍，銀荷燼落火蟲。紗窗外曉光籠，碧天邊日初融，初融。

【收江南】呀，則聽的轆轤聲在粉牆東，早鴉啼金井下梧桐。春嬌滿眼未惺忪。將一段幽歡密寵，等閒驚覺惜匆匆。（第七十二回　王三官拜西門爲義父　應伯爵替李銘釋冤）

## 集賢賓（按：此爲明・陳鐸套曲）

【集賢賓】憶吹簫玉人何處也，今夜病較添些。白露冷秋蓮香謝，粉牆低皓月光斜。止不過暫時間鏡破釵分，倒勝似數十年信斷音絶。對西風倚樓空自嗟。望不斷嶺樹重疊，怕的是流光奔去馬，雁陣擺長蛇。

【逍遥樂】歡娱前夜，喜報燈花，香玉帶結。剛得個和協，誰承望又早離别。常記得相靠相偎笑語喋。畫堂中那日驕奢：受用些樽中緑蟻，扇底紅牙，枕上蝴蝶。

【醋葫蘆】我和他那日相逢臉帶羞，乍交歡心尚怯。半裝醉半裝醒半裝呆，兩情濃到今難棄捨。錦帳裏鴛衾才方温熱，把一枝鳳凰簪掂做了兩三截。

【又】我爲他挑著燈將好句兒裁，背著人將心事説。直等到碧梧窗外影兒斜，惜花心怕將春漏泄。步蒼苔脚尖兒輕躡，露珠兒常汙了踏春靴。

【又】我爲他朋親上將謊話兒丢，他爲我母親行將喬樣兒撇。我爲他在家中費盡了巧喉舌，他爲我褪湘裙杜鵑花上血，我爲他耳輪兒常熱，他爲我面皮紅羞把扇兒遮。

【梧葉兒】一個是相府内懷春女，一個是君門前彈劍客。半路裏恰逢者，剛幾個千金夜。忽剌八抛去也，我怎肯恁隨邪，又去把牆花亂折？

【後庭花】夢了些虚飈飈枕上蝶，聽了些咭叮當檐外鐵。剛合上温郎鏡，卻又早攔回卓氏車。我這裹痛傷嗟，鴛帳冷香消蘭麝。困將來剛睡些，望陽臺道路賒。那憂怎打疊，這相思索害也。看銀河直又斜，對孤燈明又滅。

【青歌兒】呀，風亂掃階前階前黄葉，雲半遮柳稍柳稍殘月。這離情更比前春較陡些。害的來乜斜，瘦的來啤嗻。待桑田重變海枯竭，還不了風流業。

【浪裹來煞】這愁呵，剛還在眼角踅，又來到眉上惹。恨不的倩三屍肺腑細鐫碣。有一日繡幃中玉肌重厮貼，我將他指尖兒輕捏，直説到樓頭北斗柄兒斜。（第七十三回　潘金蓮不憤憶吹簫　郁大姐夜唱鬧五更）

## 玉交枝

【玉交枝】彤雲密佈，剪鵝毛雪花亂舞。朔風凜冽穿窗户，你心毒奴更受苦。爹娘駡得奴心忒狠毒，你説來的話全不顧。把更兒，從頭細數。

【金字經】夜迢迢孤另另，冷清清更初静。不寄平安一紙書，腮邊流淚珠，不把佳期顧。一更裹無限的苦。

【玉交枝】一更才至，冷清清撇奴在帳裹。番來復去如何睡，二更裹淚珠垂。

【又】二更難過，討一覺頻頻的睡。著今宵今宵夢兒裹來托，我思他他思我。去時節海棠花兒開了半朵，到如今樹葉兒皆零落。枉教奴癡心兒等著。

【金字經】我癡心終日家等待你，何日是可？合少離多咱命薄命薄，孤另孤另怎生奈何，好著教難存坐。三更裹睡夢兒多。

【玉交枝】三更月上，好難挨今宵夜長。燒殘蠟燭銀臺上，淚珠流三兩行。紅綾的被兒閑了半床，新挑的手帕兒在誰行放？瘦損了腰肢，腰肢沈郎。

【金字經】沈郎的腰肢瘦，每日家愁斷了腸。盼望情人淚兩行兩行，對菱花懶去妝，瘦損了嬌模樣。四更裹偏夜長。

【玉交枝】四更如晝，枕邊想不覺的淚流。靈神廟裹曾發咒，剪青絲兩下裹收。説來的話兒不應口，到如今閃的我似章臺柳。章臺柳，教奴癡心等守。

【金字經】我癡心終日家等待你，何日是休？望盼情人空倚樓倚樓，想情人一筆勾，不由把眉雙皺。五更裹淚珠流。

【玉交枝】五更雞唱，看看兒天色漸曉。放聲欲待，放聲又恐怕傍人笑。一全家心内焦，燒香告禱神前筊。負心的自有天知道，枉教奴癡心等著。

【金字經】我癡心終日家等待你，何日是了？檐外叮噹鐵馬兒敲兒敲，攪的奴睡不著，一壁廂寒鴉叫。淒淒涼涼直到曉。

【玉交枝】曉來梳洗，傍妝臺懶上畫眉。房檐上喜鵲兒喳喳的，小梅香來報喜。報導是有情郎真個歸，奴奴同入羅幃裹。向前來，奴家問你！

【後庭花】我問你個負心賊：你盡知一去了半年來，怎生無個信息？我道你應舉求官去，誰想你戀煙花家貪酒杯。我爲你受孤棲，你在那裹偎紅倚翠。我爲你病懨懨減了飲食，瘦伶仃消了玉體，挨清晨怕夕晚。一更裹聽天邊孤雁飛，二更裹想情人魂夢裹，五更裹醒來時不見你。

【柳葉兒】呀，空閒了鴛鴦錦被，寂寞了盟約、盟約姻誓。海神廟見放著傍州例，不由我心中氣。你盡知，負心的自有個天知道。

【尾聲】流蘇錦帳同歡會，錦被裹鴦鴦成對，永遠團圓直到底。（第七十三回　潘金蓮不憤憶吹簫　郁大姐夜唱鬧五更）

## 宜春令（按：此爲明・李日華《南西厢記・紅娘請生》中曲）

【宜春令】第一來爲壓驚，第二來因謝誠。殺羊茶飯，來時早已安排定。斷閒人，不會親鄰，請先生和俺鶯娘匹聘。我只見他歡天喜地，道謹依來命。

【玉枝花】來回顧影，文魔秀士欠酸丁。下工夫將頭顱來整，遲和疾擦倒蒼蠅。光油油耀花人眼睛，酸溜溜螫得牙根冷。天生這個後生，天生這個俊英。

【玉嬌鶯】今宵歡慶，我鶯娘何曾慣經，你須索要款款輕輕。燈兒下共交鴛頸，端詳可憎，誰無志誠，恁兩人今夜親折證。謝芳卿，感紅娘錯愛，成就了這姻親。

【解三酲】玳筵開香焚寶鼎，繡簾外風掃閒庭。落紅滿地胭脂冷，碧玉欄杆花弄影。準備鴛鴦夜月銷金帳，孔雀春風軟玉屏。合歡令，更有那鳳簫象板，錦瑟鸞笙。

【前腔】（生唱）可憐我書劍飄零無厚聘，感不盡姻親事有成。新婚燕爾安排定，除非是折桂手報答前程。我如今博得個跨鳳乘鸞客，到晚來卧看牽牛織女星。非僥幸，受用的珠圍翠繞，結果了黄卷青燈。

【尾聲】老夫人專意等。(生唱)常言道恭敬不如從命。(紅唱)休使紅娘再來請。(第七十四回　宋御史索求八仙鼎　吴月娘聽宣黄氏卷)

## 一封書

生和死兩下，相歎浮生終日忙。男和女滿堂，到無常只自當。人如春夢終須短，命若風燈不久常。自思量，可悲傷，題起教人欲斷腸。(第七十四回　宋御史索求八仙鼎　吴月娘聽宣黄氏卷)

## 楚江秋

人生夢一場，光陰不久常。臨危個個是風燈樣。看看回步見閻王，急辦行妝。鄉臺上把家鄉望，兒啼女哭好恓惶。排鈸打鼓作道場，披麻帶孝安塋葬。(第七十四回　宋御史索求八仙鼎　吴月娘聽宣黄氏卷)

## 山坡羊

黄氏到了那森羅寶殿，有童子先奏説："請了看經人來見。"閻羅王便傳召請。黄氏拜在金階下，不由的跪在面前。有閻君問："你從幾年把《金剛經》念起？何年月日感得觀世音出現？"這黄女叉手訴説前情來詞："自從七歲吃齋，供養聖賢，望上聖聽言。從嫁了兒夫，看經心不減。"(白)閻君當下忙傳旨，善心娘子你聽因：你念《金剛》多少字？幾多點畫接陰陰？甚字起頭甚字落？是何兩字在中間？你若念經無差錯，放你還魂回世間。黄氏當時階下立，願王聽奴念《金剛》：字有五千四十九，八萬四千點畫行；如字起頭行字住，荷擔兩字在中央。黄氏説經猶未了，閻王殿前放毫光。舉手龍顔真喜悦，放你還魂看世間。黄氏聞知忙便告，願王俯就聽奴言：第一不往屠家去，第二不要染衣行。只願作個善門子，看經念佛過時光。閻王取筆忙判斷，曹州張家轉爲男。他家積有家財廣，缺少墳前拜孝郎。員外夫妻俱修善，姓名四海廣傳揚。吃罷迷魂湯一盞，張家娘子腹懷耽。十月滿足生一子，左肋紅字有兩行：此是看經黄氏女，曾嫁觀水趙令方；此是看經多因果，得爲男子壽延長。張家員外親看見，愛如珍寶喜開顔。(第七十四回

宋御史索求八仙鼎　吴月娘聽宣黄氏卷）

## 皂羅袍

黄氏在張家托化。轉男身，相湊無差。員外見了喜添花。三年就養成人大。年方七歲，聰明秀發。攻書習字，取名俊達。十八歲科舉登黄甲。（第七十四回　宋御史索求八仙鼎　吴月娘聽宣黄氏卷）

## 未標調名（四首）（按：此爲明·張善夫〔月中花〕曲，文字多有異同）

更深静悄，把被兒熏了。看看等到月上花稍，静悄悄全無消耗。敲殘了更鼓你便才來到，見我這臉兒不瞧，來跪在奴身邊告。我做意兒焦，他偷眼兒瞧。甫能咬定牙，其實忍不住笑。

勤兒推磨，好似飛蛾投火。他將我做啞謎兒包籠，我手裹登時猜破。近新來把不住船兒舵，特故里搬弄心腸軟，一似酥蜜果。者么是誰，休道是我。便做鐵打人，其實强不過。

疏狂忒煞，薄情無奈。兩三夜不見你回來，問著他便撒頑不睬。不由人轉尋思權寧耐。他笑吟吟將錦被兒伸開，半掩過香羅待。我推繡鞋，不去睬。你若是惱的人慌，只教氣得你害。

花街柳市，你戀著蜂媒蝶使。我這裹玉潔冰清，你那裹瓜甜蜜柿。恰回來無酒半裝醉，只顧裹打草驚蛇，到尋我些風流罪。我欲待撾了你面皮，又恐傷了就裹。待要隨順了他，其實受不的你氣。（第七十四回　宋御史索求八仙鼎　吴月娘聽宣黄氏卷）

## 江兒水（四首）

花容月豔，减盡了花容月豔，重門常是掩。正東風料峭，細雨連纖，落紅千萬點。香串懶重添，針兒怕待拈。瘦損嵓嵓，鬼病懨懨，俺將這舊恩情重檢點。愁壓損、兩眉翠尖。空惹的張郎憎厭，這些時對鶯花不捲簾。

槐陰庭院，静悄悄槐陰庭院，芭蕉新乍展。見鶯黄對對，蝶粉翩翩，情人天樣遠。高柳噪新蟬，清波戲彩鴛。行過闌前，坐近他邊，則聽得是誰家唱採蓮。急攘攘、愁懷萬千。拈起柄香羅紈扇，上寫《阮郎歸》詞半篇。

炎蒸天氣，挨過了炎蒸天氣，新凉入繡幃。怪燈花相照，月色相隨，影伶仃訴與誰。征雁向南飛，雁歸人未歸。想像腰圍，做就寒衣，又不知他在那裏貪戀著。並無個、真實信息。倩一行人稍寄，只恐怕路迢遥衣到遲。

梅花相問，幾遍把梅花相問，新來瘦幾停？笑香消容貌，玉減精神，比花枝先瘦損。翠被懶重温，爐香夜夜薰。著意温存，斷夢勞魂，這些時睡不安眠不穩。枕兒冷、燈兒又昏。獨自個向誰評論，百般的放不下心上的人。（第七十五回　春梅毁駡申二姐　玉簫愬言潘金蓮）

## 青衲襖（按：此爲明·無名氏南北合套曲，文字有異同）

【青衲襖】想多嬌情性兒標，想多嬌恩意兒好。想起攜手同行共歡笑，吟風詠月將詩句兒嘲。女温柔男俊俏，正青春年紀小。誰承望將比目魚分開、瓶墜簪折，今日早魚沉雁杳。

【駡玉郎】多嬌，一去無消耗。想著俺情似漆意如膠，常記的共枕同歡樂。想著他花樣嬌柳樣柔，傾國傾城貌。

【大迓鼓】千般丰韻嬌。風流俊俏，體態妖嬈。所爲諸般妙，搊箏撥阮，歌舞吹簫。總有丹青難畫描。

【感皇恩】呀，好教我無緒無聊，意攘心勞。懶將這杜詩温，韓文敘，柳文學。我這裏愁懷越焦，這些時容貌添憔。不能勾同歡樂成配偶，倒有分受煎熬。

【東甌令】潘郎貌，沈郎腰，可惜相逢無下稍。心腸懊惱傷懷抱。烈火燒祆廟，滔滔緑水淹藍橋。相思病怎生逃！

【採茶歌】相思病怎生逃，離愁陣擺的堅牢。鐵石人見了也魂消。愁似南山堆積積，悶如東海水滔滔。

【賺】誰想今朝。自古書生多命薄，傷懷抱。癡心惹的傍人笑，對誰陳告？

【烏夜啼】想當初偎紅倚翠，踏青鬥草，相逢對景同歡樂。到春來語呢喃燕子尋巢，到夏來荷蓮香開滿池沼，到秋來菊滿荒郊，到冬來瑞雪飄飄。想當初畫堂歌舞列著佳餚，今日個孤枕旅館無著落，鬼病侵，難醫療。好教我情牽意惹，心癢難撓。

【節節高】悶懨懨睡不著想多嬌，知音解吕明宫調，諸般好。閉月羞花貌，言語嬌媚，心聰俏。恰似仙子行來到，金蓮款步鳳頭翹，朱唇皓齒微微笑。

【鵪鶉兒】你看他體態輕盈，更那堪衣穿素縞，脂粉匀施，蛾眉淡埽。看了他萬種妖嬈，難畫描。酒泛羊羔，寶鴨香飄，銀燭高燒。成就了美滿夫妻，穩取同心到老。

【尾聲】青霄有路終須到，生前無分也難消，把佳期叮嚀休忘了。（第七十七回　西門慶踏雪訪愛月　賁四嫂倚牖盼佳期）

## 駐馬聽

賢妻休悲，我有衷情告你知：妻，你腹中是男是女，養下來看大成人，守我的家私。三賢九烈要貞心，一妻四妾攜帶著住。彼此光輝光輝，我死在九泉之下口眼皆閉。（第七十九回　西門慶貪欲得病　吴月娘墓生産子）

## 駐馬聽

多謝兒夫，遺後良言教道奴。夫，我本女流之輩，四德三從，與你那樣夫妻。平生作事不模糊，守貞肯把夫名污。生死同途同途，一鞍一馬不須分付。（第七十九回　西門慶貪欲得病　吴月娘墓生産子）

## 未標調名（按：此爲明・無名氏〔雙調・折桂令〕《題情》四首之一）

恨杜鵑聲透珠簾，心似針簽，情似膠粘。我則見笑臉腮窩，愁（眉）粉黛，瘦顯春纖，寶髻亂雲松翠鈿，睡顔酡玉減紅添。檀口曾沾，到如今唇上猶香，想起來口内猶甜。（第八十回　陳經濟竊玉偷香　李嬌兒盜財歸院）

## 寄生草

將奴這銀絲帕，並香囊寄與他。當中結下青絲髪。松柏兒要你常牽掛，淚珠兒滴寫相思話。夜深燈照的奴影兒孤，休負了夜深潛等荼蘼架。（第八十二回　潘金蓮月夜偷期　陳經濟畫樓雙美）

## 水仙子

紫竹白紗甚逍遥！緑青蒲巧製成，金鉸銀錢十分妙。妙人兒堪用著，遮炎天少把風招。有人處常常袖著，無人處慢慢輕摇，休教那俗人見偷了！（第八十二回　潘金蓮月夜偷期　陳經濟畫樓雙美）

## 六娘子(按:此首據一九九二年香港夢梅館梅節重校本補)

入門來,將奴摟抱在懷,奴把錦被兒伸開。俏冤家頑的十分怪。嗏,將奴腳兒擡,腳兒擡。揉亂了烏雲,鬏髻兒歪。(第八十二回　潘金蓮月夜偷期　陳經濟畫樓雙美)

## 水仙子(按:此首據一九九二年香港夢梅館梅節重校本補)

當歸半夏紫紅石,可意檳榔招做女婿,浪蕩根插入蓖麻内。母丁香左右偎,大麻花一陣昏迷。白水銀撲簇簇下,紅娘子心内喜,快活殺兩片陳皮。(第八十二回　潘金蓮月夜偷期　陳經濟畫樓雙美)

## 紅繡鞋

假認做女婿親厚,往來和丈母歪偷,人情裏包藏鬼胡油。明講做兒女禮,暗結下燕鶯儔,他兩個見今有。(第八十二回　潘金蓮月夜偷期　陳經濟畫樓雙美)

## 醉扶歸(按:此爲元・王和卿曲,略有改動)

我嘴揾著他油鬏髻,他背靠著胸肚皮。早難送香腮左右偎,只在項窩兒裏長吁氣。一夜何曾見面皮,只覷著牙梳背。(第八十二回　潘金蓮月夜偷期　陳經濟畫樓雙美)

## 寄生草

動不動將人罵,一徑把臉兒上撾。千般做小伏低下。但言語便要和咱罷,罷字兒説的人心怕。忘恩失義俏冤家,你眉兒淡了教誰畫?(第八十三回　秋菊含恨泄幽情　春梅寄柬諧佳會)

## 雁兒落(按:此曲牌應爲〔雁兒落過得勝令〕)

我與他好似並頭蓮一處生,比目魚纏成塊。初相逢熱似粘,乍怎離别難禁耐。好是怪奇哉！這兩日他不進來。大娘又把門上鎖，花園中狗兒乖。難猜，奴婢們晙𪖙的怪。傷懷，這相思實難解。（第八十三回　秋菊含恨泄幽情　春梅寄柬諧佳會）

## 河西六娘子

央及春梅好姐姐，你放寬洪海量些。俺團圓，只在今宵夜。嗏，你把腳步兒快走些些，我這裏錦被兒重薰等待者。（第八十三回　秋菊含恨泄幽情　春梅寄柬諧佳會）

## 雁兒落（按：此曲牌應爲〔雁兒落過得勝令〕）

我去馬坊中推取草，到前邊就把他來叫。歸來把狗兒藏，門上將鎖兒套。尊前酒兒篩，床上燈兒罩。帳暖度春宵，準備鳳鸞交。休教人知覺，把秋菊灌醉了。聽著，花影動知他到。今宵，管恁兩個成就了。（第八十三回　秋菊含恨泄幽情　春梅寄柬諧佳會）

## 寄生草（按：此爲明・無名氏曲）

將奴這桃花面，只因你憔瘦損。不是因惜花愛月傷春困。則是因今春不減前春恨，常則是淚珠兒滴盡相思症。恨的是繡幃燈照影兒孤，盼的是書房人遠天涯近。（第八十三回　秋菊含恨泄幽情　春梅寄柬諧佳會）

## 四換頭

赤緊的因些閒話，把海樣恩情一旦差。你這兩日門兒不抹，我心兒掛。關情的我兒，你怎生便撇的下！（第八十三回　秋菊含恨泄幽情　春梅寄柬諧佳會）

## 紅繡鞋（按：此爲元・曾瑞曲，字句略有出入）

會雲雨風般疏透，閑是非屁似休俅。那怕無縫鎖上十字扭。輪鍬的閃了手腕，散楚的叫破咽喉，咱兩個關心的情越有。（第八十三回　秋菊含恨泄幽情　春梅寄柬諧佳會）

## 紅繡鞋(按:此爲元・曾瑞曲)

祆廟火燒皮肉,藍橋水淹過咽喉,緊按納風聲滿南州。畢了終是染污,成就了倒是風流,不甚麽也是有。(第八十五回　月娘識破金蓮姦情　薛嫂月夜賣春梅)

## 未標調名

我爲你耽驚受怕,我爲你折挫渾家,我爲你脂粉不曾搽,我爲你在人前抛了些見識,我爲你奴婢上使了些鍬筏:咱兩個一雙憔悴殺!(第八十五回　月娘識破金蓮姦情　薛嫂月夜賣春梅)

## 未標調名

起初時,月娘不觸犯,龐兒變了。次則陳經濟,耐搶白,臉面揚著:"不消你枉話兒絮叨叨,須和你討個分曉!"月娘道:"此是你丈人深宅院,又不是麗春院鶯燕巢,你如何把他婦女厮調?他是你丈人愛妾,寡居守孝。你因何把他戲嘲?也有那没廉恥斜皮,把你刮剌上了。自古母狗不掉尾,公狗不跳槽。都是些污家門罪犯難饒!"陳經濟道:"閃出夥縛鍾馗母妖,你做成這慣打姦夫的圈套,我臀尖難禁這頓拷。梅香休鬧,大娘休焦,險些不大棍無情打折我腰!"月娘道:"賊才料,你還敢嘴兒挑!常言冰厚三不是一日惱,最恨無端難恕饒。虧你呵,再倘著筒兒蒲棒剪稻。你再敢不敢?我把你這短命王鸞兒割了,教你直孤到老!(第八十六回　雪娥唆打陳經濟　王婆售利嫁金蓮)

## 未標調名

你身軀兒小,膽兒大,嘴兒尖,忒潑皮。見了人藏藏躲躲,耳邊厢叫叫唧唧,攪混人半夜三更不睡。不行正人倫,偏好鑽穴隙。更有一莊兒不老實:到底改不了偷饞抹嘴。(第八十六回　雪娥唆打陳經濟　王婆售利嫁金蓮)

## 山坡羊帶步步嬌

燒罷紙,小腳兒連跺。奴與你做夫妻一場,並没個言差語錯。實指望同諧到老，誰知你半路將奴抛卻。當初人情看望全然是我，今丢下銅斗兒家緣，孩兒又小。撇的俺子母孤孀，怎生遣過？恰便似中途遇雨半路裏遭風來呵！拆散了鴛鴦，生揪斷異果。叫了聲，好性兒的哥哥！想起你那動影行藏，可不嗟歎我。燒的紙灰兒團團轉，不見我兒夫面。哭了聲年少夫，撇下嬌兒，閃的奴孤單。咱兩無緣，怎得和你重相見？（第八十九回　清明節寡婦上新墳　吴月娘誤入永福寺）

## 山坡羊帶步步嬌

燒罷紙，滿眼淚墮。叫了聲人也天也，丢的奴無有個下落。實承望和你白頭厮守，誰知道半路花殘月没。大姐姐有兒童他房裏還好，閃的奴樹倒無陰，跟著誰過？獨守孤幃，怎生奈何？恰便似前不著店後不著村裏來呵！那是我葉落歸根，收圓結果？叫了聲，年小的哥哥！要見你只非夢兒裏相逢，卻不想念殺了我！哭來哭去哭的奴癡呆了，你一去了無消耗。思量好無下稍無下稍，你正青春，奴又多嬌。好心焦，清減了花容月貌。（第八十九回　清明節寡婦上新墳　吴月娘誤入永福寺）

## 山坡羊

燒罷紙，把鳳頭鞋跌綻。叫了聲娘，把我肝腸兒叫斷。自因你逞風流，人多惱你疾發你出去。被仇人才把你命兒坑陷，奴在深宅，怎得個自然。又無親，誰把你掛牽？實指望和你同床兒共枕，怎知道你命短無常，死的好可憐！叫了聲，不睁眼的青天！常言道好物難全，紅羅尺短。（第八十九回　清明節寡婦上新墳　吴月娘誤入永福寺）

## 山坡羊

燒罷紙，淚珠兒亂滴。叫六姐一聲，哭的奴一絲兒兩氣。想當初咱二人不分個彼此，做姊妹一場並無面紅面赤。你性兒强我常常兒的讓你，一面兒不見，不是你尋我我就尋你。恰便相比目魚，雙雙熱粘在一處。忽被一陣風咱分開來㗂！共樹同棲，一旦各自去飛。叫了聲六姐，你試聽知：可惜你一段兒聰明，今日埋在土裏！（第八十九回　清明節寡婦上新墳　吴月娘誤入永福寺）

## 山坡羊

告爹行停嗔息怒，你細細兒聽奴分訴。當初你將八兩銀子財禮錢，娶我當家理紀管著些油鹽醬醋。你吃了飯吃茶，只在我手裏抹布。没了俺娘你也把我升爲個署府，咱兩個同鋪同床何等的頑耍，奴按家伏業才把這活來做。誰承望你哄我，説不娶了，今日又起這個毛心兒裏來呵！把往日恩情，弄的半星兒也無。叫了聲爹，你忒心毒！我如今不在你家了，情願嫁上個姐夫。（第九十一回　孟玉樓愛嫁李衙内　李衙内怒打玉簪兒）

## 粉蝶兒

【粉蝶兒】九臘深冬，雪漫天凉然冰凍。更摇天撼地狂風。凍得我體僵麻，心膽戰，實難扎挣。挨不過肚中饑，又難禁身上冷。住著這半邊天，端的是冷。挨不過淒凉要尋死路，百忙裏舍不的頹命。

【耍孩兒一煞】不覺撞昏鐘，昏鐘人初定。是誰人叫我，原來是總甲張成。他那裏急急呼，我這裏連連應。趁今宵誰肯與我支更？也是我一時僥幸，他先遞與我幾個燒餅。

【二煞】多承總甲憐咱冷，教我敲梆守守更。由著他調用，但得這濟心饑錢米。那裏管人貧下賤，一任教喝號提鈴。

【三煞】坐一回腳手麻，立一回肚裏疼。冷燒餅乾咽無茶送。剛然未到三更後，下夜的兵牌叫點燈，歪踢弄。與了他四十文，方才得買一個姑容。

【四煞】到五更雞打鳴，大街上人漸行，衆人各去都不等。只見病花子倘在牆根下，教我煨著他，不暫停。得他口暖氣兒心才定。剛合眼一場幽夢，猛驚回哭到天明。

【五煞】花子説你哭怎的，我從頭兒訴始終：我家積祖根基兒重。説聲賣松槁陳家誰不怕，名姓多居仕宦中。我祖耶耶曾把淮鹽種，我父親專結交勢耀，生下我吃酒行凶。

【六煞】先亡了打我的爺，後亡了我父親。我娘疼，專隨縱。吃酒耍錢般般會，酒肆巢窩處處通。所事兒都相稱。娶了親就遭官事，丈人家躲重投輕。

【七煞】我也曾在西門家做女婿，調風月把丈母淫。錢場裏信著人，鑽狗洞。也曾黄金美玉當場賭,也曾馱米擔柴往院裏供。毆打妻兒病死了,死了時他家告狀。使了許多錢,方得頭輕。

【八煞】賣大房,買小房。贖小房,又倒騰。不思久遠含餘剩。饑寒苦惱妾成病,死在房檐不許停。所有都乾净。嘴頭饞不離酒肉,没攪汁拆賣墳塋。

【九煞】掇不的輕,負不的重。做不的傭,務不的農。未曾幹事兒先愁動。閑中無事思量嘴,睡起須教日頭紅。狗性子生鐵般硬,惡盡了十親九眷,凍餓死有那個憐憫!

【十煞】討房錢不住催,他料我也住不成。沙鍋破碗全無用,幾推趕出門兒外,凍骨淋皮無處存,不免冷鋪將身奔。但得個時通運轉,我那其間忘不了恩人。(第九十三回 王杏庵仗義賙貧 任道士因財惹禍)

## 普天樂

淚雙垂,垂雙淚。三杯别酒,别酒三杯。鸞鳳對拆開,拆開鸞鳳對。嶺外斜暉看看墜,看看墜嶺外暉。天昏地暗,徘徊不捨,不捨徘徊。(第九十三回 王杏庵仗義賙貧 任道士因財惹禍)

## 四塊金(按:此爲明·無名氏曲)

前生想咱,少欠下他相思債。中途漾卻,綰不住同心帶。説著教我淚滿腮,悶來愁似海。萬誓千盟,到今何在?不良才,怎生消磨了我許多時恩愛!(第九十四回 劉二醉毆陳經濟 酒家店雪娥爲娼)

## 懶畫眉(四首)

冤家爲你幾時休?捱過春來又到秋,誰人知道我心頭。天,害的我伶仃瘦,聽的音書兩淚流。從前已往訴緣由,誰想你無情把我丢。

冤家爲你減風流!鵲噪檐前不肯休,死聲活氣没來由。天,倒惹的情拖逗,助的淒凉兩淚流。從他去後意無休,誰想你辜恩把我丢。

冤家爲你惹場憂!坐想行思日夜愁,香肌憔瘦减温柔。天,要見你不能勾,悶的我傷心兩淚流。從前與你共綢繆,誰想你今番把我丢。

冤家爲你惹閒愁!病枕著床無了休,滿懷憂悶鎖眉頭。天,忘了還依

舊，助的我腮邊兩淚流。從前與你兩無休，誰想你經年把我丢。（第九十六回　春梅遊玩舊家池館　守備使張勝尋經濟）

## 附録：

# 《新刻繡像批評金瓶梅》曲

（蘭陵笑笑生撰　齊煙、汝梅校點　齊魯書社　一九八九）

**山坡羊“想當初”**（按：《金瓶梅詞話》本第一回已輯，此存目）（第一回　西門慶熱結十弟兄　武二郎冷遇親哥嫂）

## 孝順歌

芙蓉面，冰雪肌，生來娉婷年已笄。裊裊倚門餘，梅花半含蕊，似開還閉。初見簾邊，羞澀還留住；再過樓頭，款接多歡喜。行也宜，立也宜，坐又宜，偎傍更相宜。（第二回　俏潘娘簾下勾情　老王婆茶坊説技）

**瓢雙關“這瓢是瓢”**（按：《金瓶梅詞話》本第四回已輯，此存目）（第四回　赴巫山潘氏幽歡　鬧茶坊鄆哥義憤）

**沉醉東風“動人心”**（按：《金瓶梅詞話》本第四回已輯，此存目）（第四回　赴巫山潘氏幽歡　鬧茶坊鄆哥義憤）

## 懶畫眉

別後誰知？珠分玉剖。忘海誓山盟天共久。偶戀著山雞，輒棄鸞儔，從此蕭郎淚暗流。過秦樓，幾空回首？縱新人勝舊，也應須一别，灑淚登舟。（第六回　何九受賄瞞天　王婆幫閒遇雨）

**未標調名“冠兒不戴”**（按：《金瓶梅詞話》本第六回已輯，此存目）（第六回　何

九受賄瞞天　王婆幫閒遇雨）

**山坡羊“淩波羅襪”**（按:《金瓶梅詞話》本第八回已輯,此存目）（第八回　盼情郎佳人占鬼卦　燒夫靈和尚聽淫聲）

**未標調名“喬才心邪”**（按:用〔山坡羊〕調,《金瓶梅詞話》本第八回已輯,此存目）（第八回　盼情郎佳人占鬼卦　燒夫靈和尚聽淫聲）

**寄生草“將奴這”**（按:《金瓶梅詞話》本第八回已輯,此存目）（第八回　盼情郎佳人占鬼卦　燒夫靈和尚聽淫聲）

**綿搭絮“誰想你”**（按:《金瓶梅詞話》本第八回已輯,此存目）（第八回　盼情郎佳人占鬼卦　燒夫靈和尚聽淫聲）

**未標調名“陷人坑”**（按:《金瓶梅詞話》本第十一回已輯,此存目）（第十一回　潘金蓮激打孫雪娥　西門慶梳籠李桂姐）

**駐雲飛“舉止從容”**（按:《金瓶梅詞話》本第十一回已輯,此存目）（第十一回　潘金蓮激打孫雪娥　西門慶梳籠李桂姐）

**落梅風（二首）“黄昏想”、“燈將殘”**（按:《金瓶梅詞話》本第十二回已輯,此存目）（第十二回　潘金蓮私僕受辱　劉理星魘勝求財）

**朝天子“這細茶”**（按:《金瓶梅詞話》本第十二回已輯,此存目）（第十二回　潘金蓮私僕受辱　劉理星魘勝求財）

**朝天子“這家子”**（按:《金瓶梅詞話》本第十五回已輯,此存目）（第十五回　佳人笑賞玩燈樓　狎客幫嫖麗春院）

**朝天子“在家中”**（按:《金瓶梅詞話》本第十五回已輯,此存目）（第十五回　佳人笑賞玩燈樓　狎客幫嫖麗春院）

**折桂令“我見他”**（按:《金瓶梅詞話》本第十九回已輯,此存目）（第十九回　草裏蛇邏打蔣竹山　李瓶兒情感西門慶）

## 歸洞仙

步花徑,闌干狹,防人覷,常驚嚇。荆刺抓裙釵,倒閃在荼蘼架。勾引嫩枝咿啞,討歸路,尋空罅,被舊家巢燕,引入窗紗。（第二十回　傻幫閒趨奉鬧華筵　癡子弟争鋒毁花院）

## 桂枝香（按:此爲明・王穉登曲）

今宵何夕？月痕初照。等閒間一見猶難,平白地兩邊湊巧。向燈前見他,向燈前見他,一似夢中來到。何曾心料,他怕人瞧。驚臉兒紅還白,熱心兒火樣燒。(第二十二回　蕙蓮兒偷期蒙愛　春梅姐正色閑邪)

## 梧桐樹

心中難自泄,暗裏深深謝。未必娘行,恁地能賢哲。衷腸怎好和君説?説不願丫頭,願做官人的侍妾。他堅牢望我,情真切。豈想風波,果應了他心料者。(第二十三回　賭棋枰瓶兒輸鈔　覷藏春潘氏潛蹤)

**梁州序"向晚來"**(按:《金瓶梅詞話》本第二十七回已輯,此存目)(第二十七回　李瓶兒私語翡翠軒　潘金蓮醉鬧葡萄架)

## 未標調名(按:據底本補入)

戰酣樂極,雲雨歇,嬌眼乜斜。手持玉莖猶堅硬,告才郎將就些些。滿飲金杯頻勸,兩情似醉如癡。(第二十八回　陳敬濟徼倖得金蓮　西門慶糊塗打鐵棍)

**山坡羊"初相交"**(按:《金瓶梅詞話》本第三十三回已輯,此存目)(第三十三回　陳敬濟失鑰罰唱　韓道國縱婦争風)

**山坡羊"冤家你不來"**(按:《金瓶梅詞話》本第三十三回已輯,此存目)(第三十三回　陳敬濟失鑰罰唱　韓道國縱婦争風)

## 川撥棹(按:此爲明·李愛山〔步步嬌〕套中過曲,文字有異同)

成吴越,怎禁他巧言相鬥諜。平白地送暖偷寒,平白地送暖偷寒,猛可的搬唇弄舌。水晶丸不住撇,蘸剛鍬一味撅。(第三十四回　獻芳樽内室乞恩　受私賄後庭説事)

**玉芙蓉"殘紅水上"**(按:《金瓶梅詞話》本第三十五回已輯,此存目)(第三十五回　西門慶爲男寵報仇　書童兒作女妝媚客)

**折桂令"可人心"**(按:《金瓶梅詞話》本第三十五回已輯,此存目)(第三十五回　西門慶爲男寵報仇　書童兒作女妝媚客)

**朝元歌“花邊柳邊”**(按:《金瓶梅詞話》本第三十六回已輯,此存目)(第三十六回　翟管家寄書尋女子　蔡狀元留飲借盤纏)

**畫眉序“恩德浩無邊”**(按:《金瓶梅詞話》本第三十六回已輯,此存目)(第三十六回　翟管家寄書尋女子　蔡狀元留飲借盤纏)

## 綿搭絮

銀筝宛轉,促柱調弦,聲繞梁間。巧作秦聲獨自憐。指輕妍,風回雪旋。緩揚清曲,響奪鈞天。説甚麽别鶴烏啼,試按《羅敷陌上》篇,休按《羅敷陌上》篇。(第三十八回　王六兒棒槌打搗鬼　潘金蓮雪夜弄琵琶)

**未標調名“美冤家”**(按:《金瓶梅詞話》本第三十八回已輯,此存目)(第三十八回　王六兒棒槌打搗鬼　潘金蓮雪夜弄琵琶)

**二犯江兒水(二首)“悶把幃屏”、“懊恨薄情”**(按:《金瓶梅詞話》本第三十八回已輯,此存目)(第三十八回　王六兒棒槌打搗鬼　潘金蓮雪夜弄琵琶)

## 未標調名

輕棄,離愁閒自惱。心痒痛難掃,愁懷悶自焦。讓了甜桃,去尋酸棗。奴將你這定盤星兒錯認了。想起來,心兒里焦。誤了我青春年少,你撇的人有上稍來没下稍。(第三十八回　王六兒棒槌打搗鬼　潘金蓮雪夜弄琵琶)

## 桂枝香(按:此爲明·沈仕曲,文字有異同)

碧桃花下,紫簫吹罷。驀然一點心驚,卻把那人牽掛,向東風淚灑。東風淚灑,不覺暗沾羅帕,恨如天大。那冤家既是無情去,回頭看怎麽。(第四十八回　弄私情戲贈一枝桃　走捷徑探歸七件事)

**山坡羊“煙花寨”**(按:《金瓶梅詞話》本第五十回已輯,此存目)(第五十回　琴童潛聽燕鶯歡　玳安嬉遊蝴蝶巷)

**五供養“釋迦佛”**(按:《金瓶梅詞話》本第五十一回已輯,此存目)(第五十一回　打貓兒金蓮品玉　鬥葉子敬濟輸金)

**黄鶯兒“誰想有這”**(按:《金瓶梅詞話》本第五十二回已輯,此存目)(第五十二回　應伯爵山洞戲春嬌　潘金蓮花園調愛婿)

**未標調名“風月事”**(按:《金瓶梅詞話》本第五十二回已輯,此存目)(第五十二回　應伯爵山洞戲春嬌　潘金蓮花園調愛婿)

**黄鶯兒“書寄應哥前”**(按:《金瓶梅詞話》本第五十六回已輯,此存目)(第五十六回　西門慶捐金助朋友　常峙節得鈔傲妻兒)

**未標調名“尼姑生來”**(按:《金瓶梅詞話》本第五十七回已輯,此存目)(第五十七回　聞緣簿千金喜舍　戲雕欄一笑回嗔)

**清江引“一個姐兒”**(按:《金瓶梅詞話》本第六十回已輯,此存目)(第六十回　李瓶兒病纏死孽　西門慶官作生涯)

**清江引“轉過雕欄”**(按:《金瓶梅詞話》本第六十回已輯,此存目)(第六十回　李瓶兒病纏死孽　西門慶官作生涯)

**未標調名“一個急急”**(按:《金瓶梅詞話》本第六十回已輯,此存目)(第六十回　李瓶兒病纏死孽　西門慶官作生涯)

**未標調名“牆上一片”**(按:《金瓶梅詞話》本第六十回已輯,此存目)(第六十回　李瓶兒病纏死孽　西門慶官作生涯)

**鎖南枝(二首)“初相會如嫩筍”**(按:《詞話》本“如嫩筍”三字作“可意人”)、**“初相會可意嬌”**(按:《金瓶梅詞話》本第六十一回已輯,此存目)(第六十一回　西門慶乘醉燒陰户　李瓶兒帶病宴重陽)

**未標調名“甘草甘遂”**(按:《金瓶梅詞話》本第六十一回已輯,此存目)(第六十一回　西門慶乘醉燒陰户　李瓶兒帶病宴重陽)

**普天樂“洛陽花”**(按:《金瓶梅詞話》本第六十五回已輯,此存目)(第六十五回　願同穴一時喪禮盛　守孤靈半夜口脂香)

**南駐馬聽“寒夜無茶”**(按:《金瓶梅詞話》本第六十七回已輯,此存目)(第六十七回　西門慶書房賞雪　李瓶兒夢訴幽情)

**未標調名“一見嬌羞”**(按:《金瓶梅詞話》本第六十八回已輯,此存目)(第六十八回　應伯爵戲銜玉臂　玳安兒密訪蜂媒)

## 未標調名

漠漠嚴寒匝地,這雪兒下得正好。扯絮撏綿,裁成片片,大如栲栳。見林間竹筍[籬]茆茨,争些被他壓倒。富豪俠卻言:消災障猶嫌少。圍向那紅爐獸炭,穿的是貂裘繡襖。手拈梅花,唱道是國家祥瑞,不念貧民些小。高卧有幽人,吟詠多[詩]草。(第七十七回　西門慶踏雪訪愛月　賁四嫂帶水戰情郎)

**寄生草“將奴這”**（按：《金瓶梅詞話》本第八十二回已輯，此存目）（第八十二回　陳敬濟弄一得雙　潘金蓮熱心冷面）

**水仙子“紫竹白紗”**（按：《金瓶梅詞話》本第八十二回已輯，此存目）（第八十二回　陳敬濟弄一得雙　潘金蓮熱心冷面）

**六娘子“入門來”**（按：《金瓶梅詞話》本第八十二回已輯，此存目）（第八十二回　陳敬濟弄一得雙　潘金蓮熱心冷面）

**紅繡鞋“假認做”**（按：《金瓶梅詞話》本第八十二回已輯，此存目）（第八十二回　陳敬濟弄一得雙　潘金蓮熱心冷面）

**紅繡鞋“祆廟火燒”**（按：《金瓶梅詞話》本第八十五回已輯，此存目）（第八十五回　吴月娘識破姦情　春梅姐不垂别淚）

**未標調名“你身軀兒”**（按：《金瓶梅詞話》本第八十六回已輯，此存目）（第八十六回　雪娥唆打陳敬濟　金蓮解渴王潮兒）

**普天樂“淚雙垂”**（按：《金瓶梅詞話》本第九十三回已輯，此存目）（第九十三回　王杏庵義恤貧兒　金道士孌淫少弟）

**懶畫眉（四首）“冤家爲你幾時休”、“冤家爲你減風流”、“冤家爲你惹場憂”、“冤家爲你惹閒愁”**（按：《金瓶梅詞話》本第九十六回已輯，此存目）（第九十六回　春梅姐游舊家池館　楊光彦作當面豺狼）

# 《浪史》曲

（風月軒又玄子撰　四十回　《思無邪匯寶》本　臺灣大英百科股份有限公司　二〇〇〇）

## 殿前歡

纔出門兒外，早見了五百年相思業債。若不是解褲帶，露出風流態，這寃家怎湊滿懷。更兼那至誠書撇塵埃。拾柬的紅娘在，針綫兒從今引進來。需叫他春性難埋，管叫他愁情無奈。（第三回　李文妃觀陽動興　張婆子拾簡傳情）

## 闘[鬥]鵪鶉

小丫頭家，口没遮攔。一味裏的，言語傷殘。走了機關，好不羞慚。逞着這緑窗人静，雲雨巫山。他做了半腰裏的饒頭，你做了一杯[懷]兒的添番。（第九回　大娘哄誘裙釵　春嬌耍弄書生）

## 紅衲襖

夢兒裏相偎的是伊，夢兒裏相抱的是伊。卻纔舒眼來倒是你，又顧閉眼去想着伊。鳳倒鸞顛雖便是你，雨意雲情都只是伊。你今便耐久兒，學我乖巧也，我只圖個快活兒，顧不得傷了你。（第十六回　李文妃春風得意　王監生一命歸陰）

# 《濃情快史》曲

（餐花主人撰　四卷　三十回　《思無邪彙寶》本　臺灣大英百科股份有限公司　二〇〇〇）

## 未標調名

一更裏敲，風送鐘聲出晚樵。卸殘妝，斜把籠薰靠。想起初交，兩意相投漆與膠。戲釣魚，把我腸兒吊。

二更裏敲，花影横窗月轉高。淚珠兒，不覺腮邊掉。獨坐無聊，步出香閨把眼瞧。望欲穿，不見我才郎到。

三更裏敲，你在誰家醉舞腰？趁風流，別戀人年少。負我良宵，夢破檐前鐵馬摇。睡朦朧，頻把我的心肝叫。

四更裏敲，一下下錘心苦怎熬？影陪形，止有孤燈照。密口如刀，賺我河邊拆了橋。全不顧，卻被旁人笑。

五更裏敲，跡似桃花撒漫飄。設山盟，瞞不過靈神道。和你開交，狠性丢人人始抛。再不信，你這虚圈套。（第十八回　武則天上苑觀花　廬陵王房州促駕）

# 《唐三藏西遊釋厄傳》曲

（朱鼎臣撰　十卷　人民文學出版社　二〇〇六）

## 未標調名

六臂那吒，大聖三條如意棒，前遮後擋運機謀。以一化千千化萬，滿空亂舞賽飛虬。那壁厢，天□[丁]吶喊人人怕；這壁厢，猴怪摇旗個個憂。發狠兩家齊鬥勇，不知那個剛强那個柔。（卷之二乙集　玉皇遣將征悟空）

## 未標調名

昭惠二郎神，齊天孫大聖，鐵棒賽飛龍，神鋒如舞鳳。左擋右攻，前迎後映。這陣上梅山六弟助感[威]風，那陣上馬流四將傳軍令。摇旗擂鼓各齊心，吶喊篩鑼都助興。兩個鋼刀有見機，一來一往無絲縫。金箍棒是海中珍，變化飛騰能取勝。若還身慢命該休，但□[要]差池爲蹭蹬。（卷之三丙集　小聖施威降大聖）

## 未標調名

寒颯颯雨林風，響潺潺澗下水。香馥馥野花開，密叢叢亂石磊。鬧嚷嚷鹿與猿，一隊隊獐和麂。喧雜雜鳥聲多，静悄悄人事靡。那長老戰兢兢心不寧，這馬兒力怯怯蹄難舉。（卷之六己集　三藏起程陷虎穴）

## 未標調名

霜凋紅葉千林瘦，嶺上幾株松柏秀。未開梅蕊散香幽。暖短晝，小春候，菊殘荷盡山茶茂。寒橋古樹爭枝鬥，曲澗涓涓泉水流。淡雲欲雪滿天浮，翔[朔]風驟，牽衣袖。向晚寒威人怎受？（卷之七庚集　孫悟空除滅六賊）

# 《四遊記·西遊記傳》曲

（楊致和撰　四卷　四十回　上海古籍出版社　一九八六）

## 未標調名

翠薜堆藍，白雲浮玉，乳窟龍珠倚掛。縈回滿地奇葩。又見那一竿兩竿修竹，三點五點梅花。幾樹青松常帶雨，渾然象個人家。（猴王得仙賜姓）

# 《封神演義》曲

（許仲琳　二十卷　一百回　《古本小説集成》據日本内閣文庫本藏明萬曆刊本影印　上海古籍出版社　一九九一）

## 未標牌名（按：此爲明・薛論道〔南商調・山坡羊・逸樂〕曲，略有改動）

高臥白雲山下，明月清風無價。壺中玄奥，静裏乾坤大。夕陽看破霞，樹頭數晚鴉。　花陰柳下，笑笑逢人話。剩水殘山，行行到處家。憑咱茅屋任生涯，從他，金階玉露滑。（第五十回　三姑計擺天河陣）

## 未標調名・道情

山遠水遥，隔斷紅塵道。粗袍敝袍，袖裏乾坤倒。日月肩挑，乾坤懷抱。常自把煙霞嘯傲，天地逍遥。龍降虎伏道自高。紫霧護新巢，白雲做故交。長生不老，只在壺中一覺。（第七十五回　土行孫盜騎陷身）

**道情“山遠水遥”**（按：同前第七十五回）（第七十六回　鄭倫捉將取氾水關）

# 《征播奏捷傳通俗演義》曲

（棲真齋名衢逸狂撰　六卷　一百回　《古本小説集成》據日本京都大學藏明刊本影印　上海古籍出版社　一九九一）

## 未標調名

富貴貧窮，前緣分定。爲人切莫欺心，正大光明。忠厚善良果彌深。些小狂妄天加譴，眼前不遇，待時臨問。應龍因甚，如今禍害相侵？只爲心高面罔極，不分上下亂規箴。（第九十七、九十八回　改播州建設府縣　普天下共樂升平）

# 《三教開迷歸正演義》曲

（潘鏡若撰　二十卷　一百回　《古本小説集成》據明萬卷樓刻本影印　上海古籍出版社　一九九一）

## 未標調名

精細精細，其實不濟。未去捉僧人，先到做徒弟。恭喜，幾時投師披剃？和尚和尚，特也無狀。我到留情與你，如何弄光了我的頭項？我也有個法兒，只鎖着你不放。（第九回　鄙夫托夢求超脱　真空破獄走群迷）

## 未標調名

酒也麽酒，爲你出了多般醜。拗了爹與娘，好了朋和友。從今後再吃你，你就是屎來我是狗。（第十一回　吴明煩惱誚靈明　辛德沉疴譏宗孔）

## 未標調名

男愛青年，女心豈異？有幾人守真常，操正氣？任你嬌滴滴貌嫦娥，俊翩翩郎美麗，都不動情和意。縱入眼眸前，却把心猿繫。他有個平等心腸，不肯傷禮義。恨只恨，淫婦人，愛青年，瞞漢子，把名節棄。怎知道，明有王章，幽有天和地。（第十一回　吴明煩惱誚靈明　辛德沉疴譏宗孔）

## 未標調名

可憐兒夫，日久情懷不似初。那想妾身孤？鎮日外遊不把人相顧。哀哀思父母，多時客未覿。猛地裏想起那儔兒，慾火煎燒，饞口涎，欲咽又還吐。（第十一回　吴明煩惱誚靈明　辛德沉疴譏宗孔）

## 清江引

燈前把盞相逢巧，何處來妖狡。一斷巫山雲，借作風流棹。喜一宵，樂一宵，唱一宵。（第三十回　鄭擋着風流孽冤　賈忠厚出乖弄醜）

## 清江引

相逢萍水歡相擾，曲意兒奴知曉。靈犀一點真，瓊玖終身報。想前朝，慮後朝，去一朝。（第三十回　鄭擋着風流孽冤　賈忠厚出乖弄醜）

## 陽春曲

瀟湘挺挺連雲幹，淇水猗猗[漪漪]踞地條。玉管不厭作笙簫。鳳棲搖，虚心怎肯憔。（第四十七回　二俏郎夜逢衆怪　袁道士神識邪迷）

## 陽春曲

羅浮山下冰霜節，碧玉階前淺淡妝。不慮歲序换時光，雪中香，惟愁風雨傷。（第四十七回　二俏郎夜逢衆怪　袁道士神識邪迷）

## 陽春曲

度索盤繞三千里，玉洞芳菲萬樹開。妖嬈豈待燕飛來？怕春回，風雨暗相摧。（第四十七回　二俏郎夜逢衆怪　袁道士神識邪迷）

## 陽春曲

赤蕊丹蕤召火宿，繁枝弱幹擁隋珠。遊蜂來往日歡娱，細躊躕，家氏自西隅。（第四十七回　二俏郎夜逢衆怪　袁道士神識邪迷）

## 陽春曲

上林曾把合枝獻，露井常同燦爛鄰。花繁難數一叢新，素枝銀，風光自有春。（第四十七回　二俏郎夜逢衆怪　袁道士神識邪迷）

## 陽春曲

莫惜道側無難折，須信雲和有意栽。幽情久已候郎來，莫疑猜，願自效章臺。（第四十七回　二俏郎夜逢衆怪　袁道士神識邪迷）

## 上小樓

主人家七竅樓中，曠安居六妖播弄。不由人玉鞚難收，山猿多縱，何幸得三教爲宗。　　點化工，識主翁。身家爲重，謝絶那歪朋，此後休教誘哄。（第五十三回　辛放知求逢點化　憂患恐懼互相攻）

## 寄生草

醉了時，呵呵笑，醒了賣靈丹藥。這靈丹草，頭方那裏是依王道。憑着俺説，真方胡針灸艾兒燒。那管他冒風寒，遭暑濕，煩與燥。哄了些金銀换酒，日醺醺，到晚來且歸宿神堂廟。（第六十回　十一破怨天尤人　一九分説真賣假）

## 未標調名

試問嫖風，如何淫夜不思想妻室燈孤？欹枕望兒夫。何處貪歡，疑是誰家婦。多因奴貌陋身粗，多因奴脂粉胡塗。梅香説道，還是奴絮絮聒聒不解歡娱。風流浪子愛的是小蘇，世上能有幾個梁鴻與孟光，相欽敬到老如初。（第七十四回　十五破父子責善　一齣戲文武調和）

## 黄鶯兒

平白地拾遺金，怎叫人不動心。收留可恨人傳信。俺思量獨噙，他不肯半分。誰知不義財起無窮釁。井泉深，孩提落下，兩錠卻空欣。（第八十二回　十七破婦姑勃谿　不義財孩提落井）

# 《韓湘子全傳》曲

（楊爾曾撰　八卷　三十回　《古本小説集成》據明天啓三年金陵九如堂刊本影印　上海古籍出版社　一九九一）

## 未標調名

歎塵世忙忙，笑浮生一似攛梭樣。貂裘染，駟馬昂，争名奪利不思量，妄想貪嗔薄倖狂。算英雄亘古興亡，晨昏猶自守寒窗。總不如乘雲駕霧，覓一個長生不死方。（第二回　脱輪回鶴童轉世　談星相鍾吕埋名）

## 桂枝香（二首）（按：此爲明·楊爾曾曲）

鶴童覺悟，師來看顧。一自去年送汝到昌黎，至今日又離丹府。
汝不要啼苦，汝不要啼苦，聽咱吩咐：目今安否？暫拘束，久已後升騰紫霄，名鐫洞府。

鶴兒寧耐，暫居天外。嘆循環暑往寒來，撚指間，光陰二載。想韓門小孩，想韓門小孩，非常氣概，端的棟梁才。本是大羅天上客，思凡下玉街。（第二回　脱輪回鶴童轉世　談星相鍾吕埋名）

## 上小樓（按：此爲明·楊爾曾曲）

我愛的是山水清幽，我愛的是柴門謹閉。我愛的小小曲曲，悄悄静静茅庵底。我愛的喜孜孜飲數杯，如癡如醉。我愛的日三竿，鼾眠未起。（第三回　虎榜上韓愈題名　洞房中湘子合巹）

## 那吒令帶鵲踏枝（按：此爲明·楊爾曾曲）

我若做大人，佩金魚掛紫袍，若做客人，秦莊妄有親。我若讀三史書，也須學車胤。我若做個道人,步霞卧雲。這三人,惟道獨尊。　　我只待住山林,整絲綸,爲道人,草舍茅庵過幾春。巨富的大厦高門,居官的位尊臺鼎,都不如草履青巾。(第三回　虎榜上韓愈題名　洞房中湘子合巹)

## 未標調名(按:此爲明・楊爾曾曲)

你將我做神童看,只恁般小滅人。我將那神童只當兒曹認,大成儒也只當庸人論。富家郎豈是我韓湘子倫? 你説道前遮後擁做高官,只怕著一朝馬死黄金盡!(第三回　虎榜上韓愈題名　洞房中湘子合巹)

## 未標調名

養鵝鴨群來群往,做鸂鶒捉對成雙。爲人怎學衆生樣? 夫妻本是同林鳥,大限追來,不怕你割肚牽腸。少不得收聲放氣,兩下分張。看將來,好一似水上浮漚草上霜,空落得回頭望。(第三回　虎榜上韓愈題名　洞房中湘子合巹)

## 未標調名

蓬萊三島是吾家,一任那塵世裏喧嘩。因緣漏洩,萬里煙霞。　　翠竹影瑶草奇葩。霎時間,渾無牽掛,俺洞府自有那白鹿銜花。(第四回　灑金橋鍾離現形　睡虎山韓湘學道)

## 未標調名・道情

嘆水火兩無情,慾火煎熬損自身。還須着意多勤慎。陰陽自生,築基煉神,降龍伏虎休狂奔。養其身,調神息氣,内外兩無侵,内外兩無侵。(第四回　灑金橋鍾離現形　睡虎山韓湘學道)

## 五更轉(按:此爲明・楊爾曾曲)

一更裏端坐,慢慢調龍虎。潤轉三關,透入泥丸路。龍盤金鼎,虎咽黄庭户。得些功夫,等閒休訴,等閒休訴。

二更裏,二點敲,陰陽真忝妙。上下三關,莫教錯了。嬰兒姹女得黄婆,自然匹配了,自然匹配了。

三更裏，月明正把乾坤照。産藥根苗，只在西南道。鉛遇癸生，急採方爲妙。海底龍蛇，自然來相盤繞，自然來相盤繞。

四更裏更妙，坎離要顛倒。晨昏火候合天樞，子在胞中，萬丈霞光照。位産玄珠，此法真奇奥，此法真奇奥。

五更裏天曉，籠内金雞叫。有個芒童，拍手呵呵笑，喂飽牛兒，快活睡一覺。行滿功成，自有丹書詔，自有丹書詔。（第四回　灑金橋鍾離現形　睡虎山韓湘學道）

## 梧桐樹（按：此爲明・楊爾曾曲）

一更裏，調神氣，心猿意馬牢拴繫。莫學閑遊戲，閑遊戲。昏昏默默煉胎息，開御天門地户閉。果然通玄理，通玄理。

二更裏，傳宇宙，一道靈光漸通透。龍虎初交媾，初交媾。隄防三關莫要走，莫要走。

三更裏，一陽動，金鼎將來玉鼎共。煉就真鉛汞，戊己配元紅。鼎内金花吽，金花吽。

四更裏，月當空，玉鏡高懸處處同。照見海東紅，隔山取水閙哄哄，閙哄哄。

五更裏，雲收徹，靈圭弄新月。處處瓊花結，瓊花結。火候抽添按時節，氤氳降紅雪。莫把天機泄，天機泄。（第四回　灑金橋鍾離現形　睡虎山韓湘學道）

## 沽美酒帶清江引（按：此爲明・楊爾曾曲）

想爲官有甚好，看富貴似波濤，不如俺色空清浄破衲襖。掩柴扉静悄，也不戀雌雞叫。紫羅袍，煞强如傀儡棚中喧閙，榮華的似瑞雪湯澆。閑伴着仙童採藥苗，悶把瑶琴操。操的是古調，鶴鳴九皋，一任傍人笑。有一日削禄禍難逃，藍關雪擁長途道，那時方曉。（第四回　灑金橋鍾離現形　睡虎山韓湘學道）

## 黄鶯兒（二首）（按：此爲明・楊爾曾曲）

慢慢自沉吟，下深功，受苦辛，經行日夜眠不穩。要見本來那人，把心猿緊縶，三關運轉透入《黄庭經》。煉真精，刀圭不用，天理自相生。

忽見那牛奔，鼻撩天，吼一聲，摇摇擺擺擒不定。拽住了那繩，休教亂行，往來日夜跟隨緊。牧牛人，丹田界，管取稻花生。（第四回　灑金橋鍾離現形　睡虎山韓湘學道）

## 山坡羊（按：此爲明・楊爾曾曲）

想人生空忙了一世，攢家財都成何濟？看看年老，漸漸把你容顔退。親的是你兒，熱的是你女，有朝一日無常來到，那一個把你輪回替？傷悲！不回頭，待幾時？傷悲！葉落歸根在那裏？（第五回　砍芙蓉暗諷蘆英　候城門衆譏湘子）

## 桂枝香・道情（二首）（按：此爲明・楊爾曾曲）

至今日，便離城，訪仙家，做好人。看你爲官爲宦，圖些甚？辭别了六親，跳出了火坑，把酒色財氣都休論，兩離分。華堂精舍都不愛，我愛卧松陰。

天清月皎，白雲弄巧。脱離了業海波濤，不顧家中老小，把家緣棄了，把家緣棄了。徑往山中學道，日勤勞，但得成功就，飛昇上九霄。（第五回　砍芙蓉暗諷蘆英　候城門衆譏湘子）

## 桂枝香（三首）（按：此爲明・楊爾曾曲）

天明月皎，修真學道。今朝領到山中，傳汝真經玄妙。汝把無明滅了，無明滅了。戒言除笑，行顛倒，把門牢。五岳朝天日，金丹火内燒。

心明意皎，工夫不小。只因你宿世根緣，遇著長生正道。把三尸降倒，三尸降倒。形神俱妙且逍遥。慢飲長春酒，方知滋味高。

師明法皎，拈香祝告。若得見性明心，纔顯恩師傳教。喜穹蒼知道，穹蒼知道。心中情表，是今朝，乾坤互换，離坎卦中交。（第八回　菩薩顯靈昇上界　韓湘凝定守丹爐）

## 遍地錦（八首）

十歲孩童正好修，元陽不漏可全周。金丹一粒真玄妙，身心清净步瀛州。

二十以上娶渾家，活鬼同眠不怕他。只怕金鼎走丹砂，撞倒玲瓏七寶塔。

三十以上火煙纏，卻似蠶兒繭内眠。渾身上下絲纏定，不鋪蘆蓆不鋪氊。

四十年來男女多，精神耗散損中和。思量若是從前苦，急急修來也没窠。

五十以上老來休，少年不肯早回頭。直待元陽都耗散，恰似芝麻烤盡油。

六十以上老乾巴，孫男孫女眼前花。那怕個個活一百，皂角揉殘一把渣。

七十以上頃刻慌，妻兒似虎我如羊。若有喜來同歡喜，若有憂愁只自當。

一個老兒七十七，再過四年八十一。耳聾眼瞎没人扶，苦在人間有何益？（第十回　自誇詡龜鷺罹災　唱道情韓湘動衆）

## 玉交枝·酒色財氣（按：此爲元·楊景賢《西遊記雜劇》第十八出迷路問仙套曲）

【玉交枝】貪杯無厭，每日價泛流霞瀲灩，子雲嘲謔防微漸。託鴟夷彩筆拈，季鷹好飲豪興添，憶蓴鱸只爲葡萄醲，倒玉山恁般瑕玷。又不是周晏相霑，糟醃着葛仙翁，曲埋著張孝廉。恣狂情誰與砭？英雄盡你誇，富貴饒他占。則這黄壚畔有禍殃，玉缸邊多危險。酒呵！播聲名天下嫌。

【么】待誰來掛念？早則是桃腮杏臉，巫山洛甫皆虚豔。把西子比無鹽。那裏有佳人將四德兼？爲龍漦衾枕是干戈漸，錦片似江山着敵斂。可曾悔戀了穠纖？碎鸞釵，閒寶奩，這風情怎强諂？眼見墜樓人，猶把臨春占。笑男兒，自著鞭；歎青娥，藏刀劍。色呵！播聲名天下嫌。

【么】富豪的偏儉，奢華的無過是聚斂。王戎、郭況心無厭，擁金穴，握牙籤，可知道分金鮑叔廉？煞强如牢把銅山占。晉和嶠也多褒貶，恰便是朱方聚殲。有齒的焚身，多財的要謙。斗量珠，樹繫縑，刑傷爲美妹，殺伐因求劍。空有那萬貫錢，到底來亡溝塹。財呵！播聲名天下嫌。

【么】英雄氣燄，貔虎般不能收斂。夷門燕市皆爲僭。空僝僽，枉威嚴。

探丸厲刃掀紫髯，笑談落得填溝塹。盡淋漓，一腔丹慊，惹旁人血淚橫霑。冷覷王侯暖，守兵鈐，髪沖冠，雄猛添。驚惶博浪椎，寂寞烏江劍。恁忘了、泡影與河山，算相争都無饜。氣呵！播聲名天下嫌。

【醉鄉奉】打漁鼓高歌興添，採靈芝快樂無厭。大叫高呼，前遮後掩。騰雲駕霧，霎時間遊遍九天。一任旁人笑我顛。（第十回　自誇詡龜鷺罹災　唱道情韓湘動衆）

## 未標調名・漁鼓詞（三首）

日月轉東西，歎人生百歲稀，總不如我頭挽一對雙丫髻，身穿領布衣，脚穿雙草履。許由瓢是俺隨身計，待何如，雲遊海島，誰似俺猶夷。

老公公，我看你兩鬢白如綿，你今日開了酒店，只爲要賺些錢，因此上，老少們不得安然。俺化你一壺香醪飲，保佑你買酒的鬧喧喧。你若是肯欣然，俺替你做一個利市仙，包得你一本兒增出一倍錢。

堪歎那人心不足，朝朝暮暮，只把愁眉蹙。凡夫怎識大羅仙，胡言亂語多詆觸。笑你年高猶自不修行，開張酒店空勞碌，人心待足何時足！（第十一回　湘子假形傳信息　石獅點化變成金）

## 畫眉序（按：此爲明・楊爾曾曲）

兒封母拆書，霜毫未染淚如珠。幼年間，遭不幸，父母雙徂。多虧叔嬸撫遺孤，養育我二八青春富。雖然娶妻房林氏蘆英，拋撇了、去出家修行不顧。算將來六載有餘，煉丹砂碧天洞府。謹附書，拜覆嬸娘，萬勿空憂慮，萬勿空憂慮！（第十一回　湘子假形傳信息　石獅點化變成金）

## 雁兒落

看青山緑水沉，見松柏常依舊。石崇萬貫財，彭祖千年壽；究竟來歸何有！我每日常安樂，朝朝得自由，快活無愁，萬事皆成就。舒展那眉頭，飲數杯長生不老酒。（第十二回　退之祈雪上南壇　龍王躬身聽號令）

## 未標調名

我倒不瘋，風雲雪月，都在我兩袖中。只怕那官兒祈不下雪，唐皇發怒

不相容。(第十二回　退之祈雪上南壇　龍王躬身聽號令)

## 駐雲飛(四首)(按:此爲明·楊爾曾曲)

壽旦開筵,壽果盤中色色鮮。壽篆金爐現,壽酒霞杯豔。嗏,五福壽爲先。壽綿綿,壽比罔陵,壽算真悠遠。惟願取,壽比南山不老仙。

壽靄盤旋,壽燭高燒照壽筵。壽星南極現,壽桃西池獻。嗏,壽雀舞蹁躚,壽萬年。壽比喬松,不怕風霜剪。惟願取,壽比蓬萊不老仙。

壽祝南山,萬壽無疆福禄全。壽花枝枝豔,壽詞聲聲羨。嗏,海屋壽籌添,壽無邊。壽日周流,歲歲年年轉。惟願取,壽比東方不老仙。

壽酒重添,壽客繽紛列綺筵。壽比靈椿健,壽看滄桑變。嗏,得壽喜逢年,壽彌堅。壽考惟祺,蟠際真無限。惟願取,壽比昆侖不老仙。(第十三回　駕祥雲憲宗頂禮　論全真湘子吟詩)

## 黄鶯兒(按:此爲明·楊爾曾曲)

明月杖頭懸,論清閒,誰似俺。蒼松翠柏常爲伴。看岩前野猿,聽枝頭杜鵑,青山緑水真堪羡。向林泉,心無掛念,山澗下自留連。(第十三回　駕祥雲憲宗頂禮　論全真湘子吟詩)

## 未標調名·道情

韓大人不必焦燥,看看的無常來到。我吃的是黄虀淡飯,勝似珍餚;你縱有萬貫家財,難倚靠。想石崇富豪、鄧通錢高,臨死來也歸空了。總不如我悶把瑶琴操,彈一曲鶴鳴九臯,無榮無辱無煩惱。逍遥慢把漁鼓敲,訪漁樵,爲故交。(第十三回　駕祥雲憲宗頂禮　論全真湘子吟詩)

## 未標調名·道情

衲頭勝羅袍,腰間金帶,不如我草絛。我在蒲團上拍手呵呵笑,大人早朝,丹墀拜倒。雙丫髻勝似烏紗帽,我逍遥、清閒快活,終日樂滔滔。(第十四回　闖華筵湘子談天　養元陽退之不悟)

## 折桂令(按:此爲明・無名氏曲)

想人生不得十全,便十全嗟嘆難言。一年四季,少吃無穿。享富貴,先亡命短,有一等,受貧窮,松柏齊年。暗想當初,多少英賢,仔細思量,萬事由天。(第十四回　闖華筵湘子談天　養元陽退之不悟)

## 上小樓(按:此爲明・楊爾曾曲)

我今日單來度你,你快撇了家緣家計。我和你挽手挨肩,抵足談玄理,再休執迷。速抽身,躲是非,隱姓埋名一地裹。在首陽山,壽與天齊。(第十四回　闖華筵湘子談天　養元陽退之不悟)

## 山坡羊・道情(按:此爲明・楊爾曾曲)

將羊兒長收在圈兒裹,休惹得狼來戲。飽了怕顛狂,顛狂防走失。問大人,知不知這消息?誰省得、你養的嬰兒姹女,盡都是你元陽氣。吁嗟!亡精又敗髓。傷悲!粉骷髏是追命的鬼,粉骷髏是追命的鬼!(第十四回　闖華筵湘子談天　養元陽退之不悟)

## 清江引・道情(四首)(按:前二首爲明・楊爾曾曲)

將羊兒養在丹田裹,休教狼偷去。你戀美嬌娃,損你真元氣。這樣玄言說與你,這樣玄言說與你!

將羊兒養在圈兒裹,休等狼馱去。財是殺人刀,色是偷羊鬼。問大人這消息可曾知未?這消息可曾知未?

江兒裹海兒裹都是這水,那討一塊閑白地。走又走不得,行又行不去。勸大人尋一個穩便處,尋一個穩便處。

走遍了天下知音少,料有幾個通玄妙?買的無處尋,賣的没人要。因此上把好光陰虚度了。(第十四回　闖華筵湘子談天　養元陽退之不悟)

## 未標調名

小小一葫蘆,中間細,兩頭粗。費盡了九轉工夫,堪比着那洞庭湖。你們休笑我這葫蘆小,裝得你海涸江枯。(第十五回　顯神通地上鼾眠　假道童筵

前暢飲）

## 上小樓（按：此爲明·楊爾曾曲）

人道我貪花戀酒，酒内把玄關參透。花裏遇神仙，酒中得道，自古傳留。煉丹砂，九轉回陽身不漏。只管悟長生，與天齊壽。（第十五回　顯神通地上鼾眠　假道童筵前暢飲）

## 步步嬌帶新水令（按：此爲明·楊爾曾曲）

苦海茫茫深萬丈，今古皆淪喪，英雄没主張。特駕慈航，穩載爾離風浪。今日裏若不悟無常，凡魚終墮青絲網。　你若肯一朝揮手謝君王，脱朝衣，把布袍兒穿上，早離了金鑾殿，即便到水雲鄉。兩袖飄揚，兩袖飄揚，覓一個長生不死方。（第十六回　入陰司查勘生死　召仙女慶祝生辰）

## 寄生草（按：此爲明·楊爾曾曲）

歎富貴風中燭，想浮名水上泡。勸你把包中换了烏紗帽，衲衣漁鼓祥雲罩。仙家妙境誰能到？只這個五湖四海恣遊遨，煞强如王家一品花封誥。

【煞尾】風急浪花浮，鼠嚙枯藤倒，便從此撒手回頭猶欠早，莫等到席冷筵殘人散了。一沉苦海中，永劫難撈。但靈消難認皮毛，鬼窟。翻身知幾遭？平生意氣豪，只争一些兒不到。這時節那裏尋貴王公官品高？（第十六回　入陰司查勘生死　召仙女慶祝生辰）

## 未標調名（三首）

嘆人生空自忙，不覺的兩鬢霜。你便積下米千擔，攢黄金萬萬兩，曉夜枉思量，費心腸。恨不得比石崇家私様，王愷富豪强，孟嘗君食客成行。總之一身難卧兩張床，一日難餐二斗糧。有一日大限臨在你頭上，那一個親的兒，熱的女，替得你無常？

有錢難買不死方，有錢難買不無常。你就有李老君的丹，釋迦佛的相，孔夫子的文章，周公八卦陰陽，盧醫扁鵲仙方，他也一個個身亡。世間人誰敢和閻王强？假如你做了梁王，置買下田莊，留與兒郎；或生下不成才破家子，出頭來一掃兒光。

花開時三月天，家家在荒郊外掛紙錢。百般挑列在墳前。孝子淚漣漣，亡人幾曾沾？你如今有得吃，有得穿，速回頭去學仙，過幾年得自然。若還不肯抽身早，免不得北邙山裏穩穩眠。（第十六回　入陰司查勘生死　召仙女慶祝生辰）

## 黄鶯兒（按：此爲明・楊爾曾曲）

勸大人莫猖狂，烈烈轟轟總一場。吉凶禍福從天降，站立在朝堂，誰人敢相抗。那個高官得久長？細推詳，君王怒發，遣戍在他方。（第十六回　入陰司查勘生死　召仙女慶祝生辰）

## 混江龍（按：此爲明・楊爾曾曲）

位冠群僚，官居極品身榮耀。果然是清廉律己，正色當朝。殿上侍君懸玉帶，家中宴客續蘭膏。自恃雄豪，名揚八表，從古官高禍亦高。船行險處難回棹。只恐怕一封朝奏，夕貶不相饒。（第十六回　入陰司查勘生死　召仙女慶祝生辰）

## 皂羅袍（按：此爲明・楊爾曾曲）

軟弱的安閒自在，剛强的惹禍招災。閑争好鬥是非來，閉口藏身無害。安然守分，愁眉展開。光陰有限，青春不來，功名得意終須耐。（第十六回　入陰司查勘生死　召仙女慶祝生辰）

## 未標調名（按：此爲明・楊爾曾【南仙吕・皂羅袍】曲）

勸大人且從容，春花能有幾時紅？堆金積玉成何用？嘆金谷石崇，笑南陽卧龍，今來古往都成夢。細研窮，歸湖范蠡，他到得安榮。（第十六回　入陰司查勘生死　召仙女慶祝生辰）

## 未標調名

家住半山坡，水爲隣，山伴我。山前山后無人過，不納税糧正課，也没有漁樵賡和。衲衣穿着似風魔，共那虎豹豺狼作夥。（第十七回　韓湘子神通

顯化　林蘆英恩愛牽纏）

## 未標調名（八首）

我身穿衲襖度春秋，我旋砍山柴帶葉收，黄精野菜和根煮，無醬無鹽飽即休。笙簫不奏，冷暖自由。石鐺内清泉常沸，瓦甌中玄酒時浮。這滋味，無非無是吾甘受。

我生在終南境，佳山水，可怡情。閑來時漫將仙鶴引，得意處好把《黄庭》竟。參玄談道，了悟無生，長春自在心緣浄。

漢鍾離開壇闡教，吕洞賓傳法授道。我呵，參透玄機微妙。登仙侣，脱塵囂，心散誕，意逍遥。

雖不得神仙位，且躲些閑是非。困來時一覺鼾鼾睡。布衣袍，且把麻絲繫。草庵中，飲幾杯甕頭清，總是個今朝有酒今朝醉。

漫説爲官好，争如學道高，無榮無辱無煩惱。山中景致人知少，四時不謝花長好，一任雙丸頻跳。壽與天齊，喜得長生不老。

嬸母恩非小，你兒行常自焦，推乾就濕真難報。枕邊恩愛從來少。嬸娘你可勸叔父呵，休官棄職早修行，免得紛紛雪擁藍關道。

我看那棄職張良，歸湖范蠡，跳出虎狼群，再不列朝班裏。愛看着，翠巍巍千丈嶺頭松，緑滔滔萬頃長江水。他只爲着七國争雄，孫龐鬥智；商鼎中移，夷齊餓死。

又只怕指鹿爲馬，呼鳳作鷄。財廣傷身，官高害己。因此上、葫蘆提不辨是和非，醉如泥，省問紅塵事。假便有黄金堆，北斗齊，也難買生死共輪回。吃緊的鷄兒飛，兔兒催，此時眼睫不相隨。白髪古來稀，到頭空自悔。（第十七回　韓湘子神通顯化　林蘆英恩愛牽纏）

## 一枝花（按：此爲明・楊爾曾曲，文字有異同）

山林中山鳥飛，山頂上山鷄叫，滿山川盡都是芭蕉。緑陰陰高松古柏，紅拂拂山果山桃。明晃晃落下些青鸞翠鶴、烏鳶皂雕。我只見、山雞兒一來一往，山猢猻板定青梢。那龍行處、霹靂火閃，虎離窩擺尾伸腰。只聽得山寺裏鐘聲不斷，山觀裏法鼓忙敲。山和尚議論些經文佛法，山道士貪戀着清高。又見一個打柴的樵夫，手執着大斧呵呵笑，笑着的是巔頂高峰巒巧。忽擡頭見那酒望子摇，酒店裹村姑俏。唤山童、急急請叔父入團瓢，同吃一個飽。（第十七回　韓湘子神通顯化　林蘆英恩愛牽纏）

## 未標調名（二首）

叔父你怎不愁？我只怕災禍臨身，逆鱗觸犯難收。一心爲國，誰知反做冤讐。我勸你早回頭，尋一個雲霞朋友。

前世裹曾修，今世裹酬，怕只怕名繮利鎖難丢。倒不如張良棄職，跟着赤松子去遊，漢高皇要害何能勾[够]？（第十八回　唐憲宗敬迎佛骨　韓退之直諫受貶）

## 寄生草（按：此爲明・楊爾曾曲）

你休得再胡言，勸修行徒枉然。俺官居禮部身榮顯，俺君臣相得人争羨，俺簪纓奕世家聲遠，俺朝朝執笏上金鑾。誰肯呵棄功名，忍飢寒去學仙？（第十八回　唐憲宗敬迎佛骨　韓退之直諫受貶）

## 未標調名

喬才堪怒，把浮言前來誘吾。世間那有長生路？誰人能得到清都？金人仙掌擎曉露，漢武秦皇終不悟。到如今傳爲話譜，到如今傳爲話譜。（第十八回　唐憲宗敬迎佛骨　韓退之直諫受貶）

## 未標調名

嘆文公，不識俺仙家妙用，妄自逞豪雄，山嶽難摇動。朝堂内誇爾尊，衆官僚俱供奉。權傾中外，誰不順從？豈知《佛骨表》犯了重瞳，綁雲陽幾乎命終。幸保奏敕貶潮陽，一路苦無窮。如今方顯俺仙家妙用。（第十九回　貶潮陽退之赴任　渡愛河湘子撑船）

## 未標調名

我度你非同容易，你爲何苦苦執迷？空教我費盡心機，你毫不解意。只得變番僧，藏機度你。再若是不回頭，光陰有幾？閻王勾，悔之晚矣！（第十九回　貶潮陽退之赴任　渡愛河湘子撑船）

## 未標調名

我愛着清閑，駕着只小船，把五湖四海都遊遍，那裏去圖錢？（第十九回　貶潮陽退之赴任　渡愛河湘子撑船）

## 未標調名

老爺你只見佳人嬌様，全不想這些人都不是凡人骨相。我記得那撑船的曾説：過得美女莊，纔是翰林郎。看今朝景象，明白是妝成榜様。倘被他騙了行囊，化作清風飄蕩，那時節，就是神仙，也難主張。（第二十回　美女莊漁樵點化　雪山裏牧子醒迷）

## 山坡羊（按：此爲明·楊爾曾曲）

路迢迢藍關不到，恨悠悠飢寒難保。白茫茫馬不能前，步遲遲進退多顛倒。夢魂消，些辭難遠招，終年結果真難料。命蹇時乖，忠心天表。蕭條滿荒山，雪亂飄林皋。苦迎眸，鴉叫號。（第二十回　美女莊漁樵點化　雪山裏牧子醒迷）

## 未標調名

背上三洛不轉頭，倔頭倔腦是强牛。假頭束尾不推磨，卧倒地上是懶牛。竪起尾巴常放屁，垃圾醃臢是臭牛。打下荆條全不怕，横行直撞是蠻牛。遍身生瘡脊背爛，肉消腿軟是瘟牛。踏着尾巴頭不動，不死不活是呆牛。身拖梨耙去鋤田，走了不住是癡牛。有錢萬貫不會使，咬薑呷醋苦啾啾。守財慳吝招人怪，綽號原來是村牛。頭戴吴江沿口帽，裝腔做勢去蹴球。要學子弟風流様，到底稱呼是賊牛。我的牛兒潤澤烏青無比賽，不是人間一様牛。今朝若還尋不見，主人鞭撲實堪愁。（第二十回　美女莊漁樵點化　雪山裏牧子醒迷）

## 未標調名

田夫只曉耕田事，不知高嶺幾多峰。也不知峰頭有多少樹和水，也不知嶺脚有多少柏和松。也不知瀑布流泉從那里來，從那里去，也不知僧尼道士打恁麽鼓，撞恁麽鐘。饒你錦衣跨駿馬，饒你玉斝仗千鍾，饒你財多過北斗，饒你心高氣吐虹，到頭來終久不如農。（第二十一回　問吉凶廟中求卜　解飢渴茅屋安身）

## 寄生草·道情（按：此爲明·楊爾曾曲）

家住在深山曠野，又無東隣西舍。只見些山水幽清，禽鳥飛鳴，麀鹿忙奔。到晚來，人煙稀，鳥聲静，冷冷清清。做伴的是，樹梢頭殘月曉星。（第二十一回　問吉凶廟中求卜　解飢渴茅屋安身）

## 山坡羊·道情（按：此爲明·楊爾曾曲）

想當初，有駟馬高車，爲恁麽到藍關險地？今日英雄在何處？只怕要馬倦人亡矣！心慘悽，夫妻兩處飛。更添那雪積，雪積如銀砌，回首家鄉一路迷。傷悲！此際艱難，誰替你孤恓？早早回頭也是遲。（第二十一回　問吉凶廟中求卜　解飢渴茅屋安身）

## 清江引（按：此爲明·楊爾曾曲）

一更裏，昏昏睡不成，對影成孤另。我意秉忠貞，誰想成畫餅，只落得腮邊兩淚零。

二更裏，不由人不珠淚抛，雪擁藍關道。回首望長安，路遠無消耗，想當初話兒真錯了。

三更裏，又刮狂風雪，門外有鬼説。馬兒命難逃，孤身何處歇？想韓愈前生多罪業。

四更裏，雞叫天未曉，聽猛虎沿山叫。三魂七魄蕩悠悠，生死真難保。没計出羊腸，只得把神仙告。

五更裏，金雞聲三唱，不覺東方亮。忙起整衣裳，要到藍關上，怎當那風雪兒把身軀葬。（第二十二回　坐茅庵退之自嘆　驅鱷魚天將施功）

## 駐馬聽（按：此爲明·楊爾曾曲）

我痛改前非，再不去爲官惹是非。撇卻了金章紫綬、象簡烏靴、錦繡朝衣。想君恩友誼若灰飛，花情酒債俱抛棄。脱卻藩籬，一心只望清修善地。

（第二十二回　坐茅庵退之自嘆　驅鱷魚天將施功）

## 雁兒落·道情（按：此曲前四句爲元·劉庭信〔雁兒落帶得勝令〕中句）

下一局不死棋，談一回長生計。食一丸不老丹，養一日真元氣。聽一會野猿啼，悟一會《參同契》。有一時駕祥雲，遊遍了五湖溪。誰識得神仙趣？得清閒，是便宜。歎七十古來稀，笑浮名在那裏？（第二十三回　苦修行退之覺悟　甘守節林氏堅貞）

## 山坡羊·道情（按：此爲明·楊爾曾曲）

想人生光陰能有幾？不思量把火坑脱離。每日價勞勞碌碌，没來由争名奪利。無一刻握牙籌不算計。把元陽一旦都虚費，直待無常，心中方已。總不如趁早修行，修行爲第一。（第二十三回　苦修行退之覺悟　甘守節林氏堅貞）

## 不是路（按：此爲明·楊爾曾曲）

歡笑淘淘，暫駕祥雲下玉霄。遍遊海島。看樽中有酒，盒内堆餚，忒逍遥。且到長安市走一遭，度那人功行非小。（第二十三回　苦修行退之覺悟　甘守節林氏堅貞）

## 駐馬聽（按：此爲明·楊爾曾曲）

鶯兒最多，百千之中難學我。我從南海飛來，勸你回心，你還貪着笑歌。怕只怕無常來到，任你珠璣萬斛難逃躲。不回頭，要受磨。縱你是好漢英雄也，要學韓愈秦川受飢餓。（第二十四回　歸故里韓湘顯化　射鶯哥竇氏執迷）

## 山坡羊（按：此爲明·楊爾曾曲）

老夫人不須焦燥，看看的無常來到。你縱有萬貫家財，到臨終没有下梢。誰似我無榮無辱也，散誕逍遥没煩惱。聽告：不如棄了繁華好。苦惱！戀塵寰怎得長生不老？（第二十四回　歸故里韓湘顯化　射鶯哥竇氏執迷）

## 醉翁子(按:此爲明・楊爾曾曲)

勸夫人:得休便好休,榮華水上漚。雖然月享千鍾粟,何不抽身早轉頭?早轉頭,免心憂。若是不知進退,直等待洪水漂流,母南子北實堪愁。路逢猛虎難行走。勸你修時你不修,那時懊悔,空把神仙叩。(第二十四回　歸故里韓湘顯化　射鶯哥竇氏執迷)

## 清江引(按:此爲明・楊爾曾曲)

一更裏,汪汪珠淚拋,離别了長安道。回首望家山,路遠無消耗,想當初把好話兒錯聽了。

二更裏,呼呼怪風起,刮得我肝腸擠。兩眼望空瞧,魂靈上紙橋。告蒼天把竇氏兒將就了。

三更裏,夢兒還不醒,見湘子形和影。説我不思量,途中滋味長。這是我不回頭惹禍殃。

四更裏,看蒼天尚未曉,忽然見湘子到。規模總一般,衣服都破了,一聲聲埋怨我回頭不早。

五更裏,見湘子來救咱,他説話全不啞。醒來不見他,拍手空嗟呀。只怨崔群不辨真和假。(第二十六回　崔尚書假公報怨　兩漁翁並坐垂綸)

## 清江引(按:此爲明・楊爾曾曲)

布袍寬袖誰能勾[够],説恁麽金章和紫綬?吃的是淡飯並黄齏,受用的青山共緑柳。看人生利和名,猶如水上漚。(第二十七回　卓韋庵主僕重逢　養牛兒文公悟道)

## 出隊子

我看你這花,花開時人看好。千紅萬紫逞嬌嬈,蝶戀蜂攢難畫描。花我只怕風來括,雨又飄,把你花來零落了。(第二十七回　卓韋庵主僕重逢　養牛兒文公悟道)

## 未標調名

淚漣漣，爲官爲宦受皇宣，如今倒做了山樵漢。擔兒苦難言，猛虎兒又來前，争些兒魂赴森羅殿。幸侄兒回歸，且低頭去告大羅仙。（第二十七回　卓韋庵主僕重逢　養牛兒文公悟道）

## 雁兒落（二首）（按：此爲明・楊爾曾〔雁兒落帶得勝令〕曲）

我也曾遇明師傳妙訣，指與我天邊月。月圓時玉蕊生，月缺時金花謝。三五按時節，老嫩自分别，送入黄婆舍，休教輕漏泄。這是我的訣，你看靈龜吸盡金烏血。下一個烈決，做一個長生不老客。

有一個鐵牛兒扶過江，有一個泥馬兒山中放。有一個石獅子咬住繩，怎得枯井裏翻波浪。有一個泥土地念文章，木羅漢誦《金剛》，畫美女能歌唱，有一個紙門神會舞槍。眼見的蛇吞象，非是俺謊。家住在南洋，信不信二三更顯太陽。（第二十七回　卓韋庵主僕重逢　養牛兒文公悟道）

## 羅江怨（四首）（按：此爲明・楊爾曾曲）

春天百草生，滿眼皆生意。正好去遊方，卻坐在團瓢内。静裏鬧喧除，指望成真易。誰知道，緣慳分淺人難會。

夏天漸漸炎，心在清凉地。棄了子共妻，去住茅庵理［裏］。尋幾個道心人，把天地時蟠際，鸞飛鶴舞上瑶池，眼見鳶魚妙趣。

秋天日漸凉，出家人閑遊蕩。走彀［够］了數十年，纔遇着明師講。傳與俺内外丹，心地裏明朗朗。不覺的三年陽神降。

冬天雪亂飛，出家人心自知。寒暑不相犯，神鬼不相欺。困來時曲肱枕之，飢來時棗果支持。澗泉常解渴，此是妙玄機。（第二十七回　卓韋庵主僕重逢　養牛兒文公悟道）

## 一枝花（按：此據明・張全一〔一枝花〕四首之三改寫）

先明天地機，後把陰陽辨。有天先有母，無母亦無天，這是俺道教根源。把周天從頭數，將乾坤顛倒安。採後天築基煉己，奪先天誰後誰先，成聖爲仙。離中虚，坎中滿，離中乏物，求坎還元。青龍白虎相争戰，見枝圓存乎口訣，得聖手妙在心傳。逆成丹龍吞虎髓，順成人虎奪龍涎。隄防着，心前露刃青鋒劍；怕的是，急水風波難住船。感只感，黄婆勾引；候只候，少女開蓮。此事難言。五千日後心堅，算三十時辰暗裏搬，胎元沐浴，面壁九年，才做了閬苑蓬萊雲外仙。（第二十七回　卓韋庵主僕重逢　養牛兒文公悟道）

## 沽美酒（按：此爲明・楊爾曾曲）

傳與汝進道功休暫輟，説與汝修真路要烈訣，得守元陽休漏泄。我與汝天邊月，月圓時金花自結，月缺時紅鉛又卸。任姹女嬰兒歡悦，看白雪黄芽茁。我呵，把工夫下着剔塵垢，做一個蓬萊仙客。（第二十七回　卓韋庵主僕重逢　養牛兒文公悟道）

## 黄鶯兒（按：此爲明・楊爾曾曲）

日月轉東西，嘆人生百歲稀，如何棲息玄門裏？頭梳雙髻，身穿布衣，芒鞋漁鼓隨身計。笑嘻嘻，雲遊海島，看破世人癡。（第二十八回　墨尿山樵夫指路　麻姑庵婆媳修行）

## 未標調名（按：此據明・燕仲義〔畫眉畫錦〕套中過曲〔簇林鶯〕改寫）

黄花兒遍地生，見人家半啓扃。只聽得馬啼兒砣蹬砣蹬的穿花徑，聽哀猿數聲。過荒郊幾村，又見那兩兩三三牧童兒，騎犢花間映。數郵亭，長亭短亭，不覺的淚珠如雨，分外傷情。（第二十九回　人熊馱韓清過嶺　仙子傳竇氏仙機）

## 未標調名

你不學陶彭澤懶折腰，你不學泛五湖范蠡高，你不學張子房跟着赤松子，你不學嚴子陵七里灘垂釣，你不學陸龜蒙筆床茶灶，又不學東陵侯把名利抛，怎如得我布袍上繫麻縧，把漁鼓兒敲。（第二十九回　人熊馱韓清過嶺　仙子傳竇氏玄機）

## 未標調名

我家住終南，有屋三間，蓋的瓦便是青天。四下裏無牆無壁，又没遮攔。萬象森羅爲棋斗，兩輪日月架在雙肩。睡卧時，番[翻]身踻蹭，怕觸倒了不周山。不漏數千年，也是前緣，一朝功行滿三千，前來度有緣。（第二十九回　人熊馱韓清過嶺　仙子傳竇氏仙機）

## 未標調名（按：此爲明・朱有燉《花月神仙會》雜劇中之〔柳摇金〕曲，有改動）

玄關一竅，先天始交，金木兩相邀。陰汞能飛走，陽鉛會伏調。收拾住頑猿劣馬，不放半分毫。將心如止水，情同九霄。堅牢温養，握固烹熬，看取寶珠光耀。（第二十九回　人熊馱韓清過嶺　仙子傳竇氏仙機）

## 未標調名

金丸玄妙，蒙師傳教。但得個啓發愚迷，敢憚劬勞。愛仙家歲月，金闕清高。香消寶篆，煙散九霄，從今散誕得逍遥。（第二十九回　人熊馱韓清過嶺　仙子傳竇氏仙機）

## 步蟾宫（按：此爲明・楊爾曾曲）

坎離坤兑分子午，須認取自家宗祖。地雷震動山頭雨，要洗濯黄芽出土。捉得金精牢固。閉煉庚申，覆生龍虎。雙開夾脊過崑崙，得氣力時思量我。（第二十九回　人熊馱韓清過嶺　仙子傳竇氏仙機）

## 未標調名（按：此爲元・史樟《老莊周一枕胡蝶夢》雜劇第二折中〔柳摇金〕曲）

聽吾所告，仙丹匪遥，八卦布周遭。保守的嬰兒壯，相從的姹女嬌。請得個黄婆媒，合離坎，换中爻。向西南採取初生藥苗。須調火候，火候須調，温養着汞鉛丹竈。（第二十九回　人熊馱韓清過嶺　仙子傳竇氏仙機）

## 未標調名（按：此據元・史樟《老莊周一枕胡蝶夢》雜劇第二折中〔柳摇金〕曲改寫）

汞鉛丹竈，能飛善消，火候最難調。便誘得心猿順當，防着意馬驕。若不把離爻换坎，這乾坤怎交？若誤一分毫，工夫虚渺。還須着意，着意烹

熬,纔顯出金丹玄妙。(第二十九回　人熊馱韓清過嶺　仙子傳竇氏仙機)

## 未標調名(按:此爲元・史樟《老莊周一枕胡蝶夢》雜劇第二折中〔柳摇金〕曲,有改動)

仙家至高,修真最豪。千歲宴蟠桃。金破須金補,泥坯用土包。參不透得這些消息,總是話虚囂。便存神運氣,身心枉勞。金銷石煉,石鑠金燒。空被那衆仙譏笑。(第二十九回　人熊馱韓清過嶺　仙子傳竇氏仙機)

## 未標調名

性非聰慧,不識得玄妙理。幸尊師啓愚,指與我,進道機,參透了先天一氣。出生死,把凡胎脱離。這消息,幾人知?天空海闊,飛躍任鳶魚。(第二十九回　人熊馱韓清過嶺　仙子傳竇氏仙機)

## 未標調名

仙家最高,仙興最豪,仙關一訣真玄妙。眼見蓬瀛遠,丹成路不遥。白雲封洞,弱水沉毛,輕身飛渡赴蟠桃。滿斟仙酒飲,光燄自淩霄。(第二十九回　人熊馱韓清過嶺　仙子傳竇氏仙機)

# 《素娥篇》曲

（鄭華生撰　一卷　《思無邪匯寶·外編》本　台灣大英百科股份有限公司　二〇〇〇）

## 小梁州

惱遇着不酸不醋風魔俊，技癢方寸，有甚正經偏打諢。折芙蓉把膽瓶安頓。（第三十一　倒插芙蓉）

## 黄鶯兒

熟夢繞巫山，要孩兒，被你賺。趁閑欺睡來親犯。又不是曼倩風範，不怎生做出偷桃漢，單槍直入瑶池畔。醒來看，此子三偷，也已曾經慣。（第三十八　月下偷桃）

## 天净沙

未慣的禁不得逼臨，素心的竟將來煞興，總似綫腳兒般不離了針。費這番心性，一個相思種兩地平尋。（第三十九　兩地相思）

# 《杜騙新書》曲

（張應俞撰　四卷　八十三則　《古本小説集成》據萬曆間存仁堂陳懷軒刊本影印　上海古籍出版社　一九九一）

## 未標調名·口號

杭州花不如，接着金臺浪子，遂著了人，賠了驢。從今別後，那得明珠？

（第十三類詩詞騙　陳全遺計嫖名妓）

# 《大唐秦王詞話》曲

（諸聖鄰撰　八卷　六十四回　《古本小説集成》據鄭振鐸藏明刊本影印　據傅氏碧蕖館藏明刊本補　上海古籍出版社　一九九一）

## 未標調名

頭頂銀盔形似虎，身披鐵甲燦如龍。一個袍挑彩鳳，一個襖綉芙蓉。坐下錦鞍斑豹馬，長槍利刃盡鋼鋒。執金吾上將名燕義，鎮殿將軍張永通。（卷一　第三回　洛陽城世充被圍　北邙山秦王受誘）

## 未標調名

頂上盔纓烈火飄，身披銀甲緑羅袍。一個宣花鉞斧半輪月，一個丈八神槍海底蛟。（卷一　第七回　金墉城玄成改僞赦　千秋嶺叔寶送真龍）

## 未標調名

頭戴兜鍪銀鳳盔，身披鎧甲玉連環。彪軀跨下天池馬，虎尾腰懸竹節鞭。一個偃月鋼刀安社稷，一個狼牙棗槊定乾坤。（卷一　第七回　金墉城玄成改僞赦　千秋嶺叔寶送真龍）

## 未標調名

淚灑粉珠傾，眉蹙春山重。想劉王甚日相逢，鸞鳳分飛天也恨，衆妃嬪扶上銀鬃。飲不盡陽關酒一鍾，鬧嚷嚷番官簇擁，意遲遲絲鞭懶動，那娘娘哭啼啼難捨帝王宫。（卷二　卷首題詞）

## 未標調名

香爇玉爐煙,簾響金鈎控。正遇着清秋晝永。拈筆聊將懷抱寫,步金蓮直至溝東。葉葉誰知雌與雄,寄新詩仗你成功。暗叮嚀風飄水送,趁清波流出帝王宫。(卷二　卷首題詞)

## 未標調名

環佩響叮咚,雲髻垂金鳳。翠盤中弱態嬌容,一捻纖腰雛鳳舞,似海棠搖盪東風。十指尖尖露玉葱,體蹁躚汗透酥胸。正遇着君恩恃寵,襯仙旨喧滿帝王宫。(卷二　卷首題詞)

## 未標調名

一個是傾國女中魁,一個是蓋世文章種,恰相逢荼蘼架東。意洽情同鸞鳳侣,似襄王乍會巫峰。笑吟吟併入花叢,喜孜孜魚水相同。月朦朧晚天雲重,棄銀箏私走帝王宫。(卷二　卷首題詞)

## 未標調名

一個冰磨盔偏妝虎豹,一個鐵兜鍪善助威嚴。花袍鐵甲色鮮妍,寶石鋪成帶面。跨下浮雲赤電,手擎畫戟鈎鐮。揚威耀武出軍前,魏國當朝俊彦。(卷二　第十六回　野豬坡李玄邃敗兵　斷密澗王伯當死節)

# 《盤古至唐虞傳》曲

（鍾惺撰　二卷　《古本小說集成》據余季嶽刊本影印　上海古籍出版社　一九九一）

## 未標調名

打鼓摇鈴，足下便把天罡步。書牒寫符，口裏不斷法語吐。你那獠牙妖，午夜無故經相遇。與那紅髪神，黄昏何故攔阻路？男巫進言："陳設酒醴憑汝酗。"女覡吩咐："某家虔誠來告訴：願你天神居上蒼，囑你人鬼回古墓。莫致兒童恐懼，莫使官民驚怖。"（卷下　有熊氏創立制度　顓頊世怪盡妖平）

## 未標調名

這風不是花信間間，不見搦風飄蓬。這雨不是濯枝撥火，不甚淋滴零零。這是來不破□的太平雨，濟不及地的君子風。（卷下　有熊氏創立制度　顓頊世怪盡妖平）

# 《有夏志傳》曲

（鍾惺撰　六卷　《古本小説集成》據明刊本影印　上海古籍出版社　一九九一）

## 未標調名・章亥鐵錐鬥犀渠

犀渠性狠，劈頭跳來向人撩。將軍威大，鐵椎無情如風飀。犀管道："我山中獸王曾千載。"將軍道："我天上魁宿下九霄。"犀管道："貨送上門難捨割。"將軍道："路逢不平怎相饒？"一往一來，一舞一跳，霎時間獸王力乏伏山岡，低頭乞憐把尾摇。（第一回　禹王伊水捉蛇怪　玄扈諸山服神妖）

# 《别有香》曲

（桃源醉花主人撰　残存九回　遠方出版社　一九九八）

## 玉胞肚

瞳眊焉□昏昏，那辨媸妍。見嫫母唤作西施，對□童羡是髫年。想他有竅便思鑽，就是那馬牝羊屄彼也欲。（第六回　藏香餌樨子遭魔）

## 山歌兒

葉家姐兒，生得好妖嬈。朝也花朝，暮也花朝，被郎相見不相饒。横也一篙，竪也一篙，篙得花心癢難熬。癢難熬，不憚勞，來來往往半年遥。想是春間已下子□種，看看秋到，又要産個小妖嬈。（第十回　墮花街月惜貪花）

## 山歌

男慕仔個嬌姿，女慕仔個才。郎才女貌，看來也勿用於個猜。阿呀！這個好良宵，莫教仔虚擲了。大家且緊摟深偎，不教仔閑。（第十三回　白玉娘雪天狎年少）

## 未標調名

哥愛仔脂兒，弟愛仔個竅。終朝去擦癢癢兒償消。忽慣仔一朝失了那脂和竅。阿呀！硬得那騷根硬斷子腰。（第十五回　大螺女巧償歡樂債）

# 《喻世明言》曲

（馮夢龍編　許政揚校注　四十回　人民文學出版社　一九九九年）

## 鎖南枝（按：此爲明・無名氏曲）

寫供狀，梁尚賓。只因表弟魯學曾，岳母念他貧，約他助行聘。爲借衣服知此情，不合使欺心，緩他行。乘昏黑，假學曾，園公引入内室門。見了孟夫人，把金銀厚相贈。因留宿，有了奸騙情。三日後學曾來，將小姐送一命。（第二卷　陳御史巧勘金釵鈿）

## 未標調名

在一日，管一日。替你心，替你力。挣些利錢穿共吃。直待兩腳壁立直，那時不關我事得。（第十卷　滕大尹鬼斷家私）

## 吴歌

採蓮阿姐門梳妝，好似紅蓮搭個白蓮争。紅蓮自道顔色好，白蓮自道粉花香。粉花香，粉花香，貪花人一見便來搶。紅個也忒貴，白個也弗强。當面下手弗得，和你私下商量。好像荷葉遮身無人見，下頭成藕帶絲長。（第十二卷　衆名姬春風吊柳七）

## 吴歌

十里荷花九里紅，中間一朵白鬆鬆。白蓮則好摸藕吃，紅蓮則好結蓮蓬。結蓮蓬，結蓮蓬，蓮蓬生得忒玲瓏。肚裏一團清趣，外頭包裹重重。有人吃着滋味，一時劈破難容。只圖口甜，那得知我心裏苦？開花結子一場空。（第十二卷　衆名姬春風吊柳七）

## 吴歌

你輩見儂底歡喜？别是一般滋味子。長在我儂心子裹，我儂斷不忘記(第二十一卷　臨安里錢婆留發跡)

## 未標調名(按：此傳爲南宋時童謡)

大蜈公，小蜈公，盡是人間業毒蟲。夤緣攀附百蟲叢，若使飛天便食龍。(第二十二卷　木綿庵鄭虎臣報冤)

# 《醒世恒言》曲

（馮夢龍編　顧學頡校注　四十卷　人民文學出版社
一九九九年）

## 掛枝兒（按：此爲明·無名氏曲）

小娘中，誰似得王美兒的標緻。又會寫，又會畫，又會做詩，吹彈歌舞都餘事。常把西湖比西子，就是西子比他也還不如！那個有福的湯着他身兒，也情願一個死。（第三卷　賣油郎獨占花魁）

## 掛珠兒（按：應爲《掛枝兒》，此爲明·無名氏曲）

王美兒似木瓜空好看，十五歲還不曾與人湯一湯。有名無實成何干？便不是石女，也是二行子的娘。若還有個好好的，羞羞也，如何熬得這些時癢？（第三卷　賣油郎獨占花魁）

## 掛枝兒

王九媽，你的嘴舌兒好不利害！便是女隨何，雌陸賈，不信有這大才！説着長，道着短，全没些破敗。就是醉夢中，被你説得醒；就是聰明的，被你説得呆。好個烈性的姑姑，也被你説得他心地改。（第三卷　賣油郎獨占花魁）

## 掛枝兒（按：此爲明·無名氏曲）

俏冤家，須不是串花家的子弟，你是個做經紀本分人兒，那匡你會温存，能軟款，知心知意。料你不是個使性的，料你不是個薄情的。幾番待放下思量也，又不覺思量起。（第三卷　賣油郎獨占花魁）

## 未標調名

小尼姑在庵中，手拍着桌兒怨命。平空裏吊下個俊俏官人坐談，有幾句話聲口兒相應。你貪我不捨，一拍上就圓成。雖然不是結髮的夫妻，也難得他一個字兒叫做"肯"。(第十五卷　赫大卿遺恨鴛鴦縧)

## 未標調名

貪花的，這一番你走錯了路。千不合，萬不合，不該纏那小尼姑。小尼姑是真色鬼，怕你纏他不過頭。皮兒都擂光了，連性命也嗚呼。埋在寂寞的荒園也，這是貪花的結果。(第十五卷　赫大卿遺恨鴛鴦縧)

## 未標調名

强得利，强得利，做事全不濟！得了兩錠寡鐵，破了百金家計。公堂上毛板是我打來，酒店上東道別人吃去。似此折本生涯，下次莫要淘氣。從今改强爲弱，得利喚做失利。再來嚇里欺鄰，只怕縮不上鼻涕。(第十六卷　陸五漢硬留合色鞋)

## 清江引(按:此爲明・無名氏曲)

誰家女兒，委實的好，賽過西施貌。面如白粉團，鬢似烏雲繞。若得他近身時，魂靈兒都掉了。(第十六卷　陸五漢硬留合色鞋)

## 清江引

覷鞋兒三寸，輕羅軟窄，勝蕖花片。若還繡滿花，只費分毫綫。怪他香噴噴不沾泥，只在樓上轉。(第十六卷　陸五漢硬留合色鞋)

## 未標調名(二首)

我生來是富家，從幼的喜奢華，財物撒漫賤如沙。覷着囊資漸寡，看看手内光光乍，看看身上絲絲掛。歡娱博得歎和嗟，枉教人作話靶。

待求人難上難，説求人最感傷。朱門走遍自徬徨，没半個錢兒到掌。若没有城西老者寬洪量，三番相贈多情況。這微軀已喪路途傍，請列位高親主張。（第三十七卷　杜子春三入長安）

# 《警世通言》曲

（馮夢龍編撰　四十卷　《古本小説集成》據明天啓間兼善堂刊本影印　上海古籍出版社　一九九一）

## 未標調名

日月盈虧，星辰失度，爲人豈無興衰？子房年幼，逃難在徐邳。伊尹曾耕莘野，子牙嘗釣磻溪。君不見、韓侯未遇，遭胯下受驅馳。蒙正瓦窑借宿，裴度在古廟依棲。時來也，皆爲將相，方表是男兒。（第六卷　俞仲舉題詩遇上皇）

## 未標調名

酒罵色盜人骨髓，色罵酒專惹非災，財罵氣能傷肺腑，氣罵財能損情懷。直打得酒女烏雲亂，色女寶髻歪，財女搥胸叫，氣女倒塵埃。一個個鬔鬆鬢髮遮粉臉，不整金蓮撒鳳鞋。（第十一卷　蘇知縣羅衫再合）

## 未標調名

矮又矮，胖又胖，鬚鬢黑白各一半。破儒巾，欠時樣，藍衫補孔重重綻。你也瞧，我也看，若還冠帶像胡判。不枉誇，不枉贊，先輩今朝説嘴慣。休羨他，莫自歎，少不得大家做老漢。不須營，不須干，序齒輪流做領案。（第十八卷　老門生三世報恩）

## 黄鶯兒（按：此爲明・唐寅曲，文字有異同）

風雨送春歸，杜鵑愁，花亂飛，青苔滿院朱門閉。孤燈半垂，孤衾半攲，蕭蕭孤影汪汪淚。憶歸期，相思未了，春夢繞天涯。（第二十六卷　唐解元一笑姻緣）

## 醋葫蘆(十首)

湛秋波兩剪明,露金蓮三寸小。弄春風楊柳細身腰,比紅兒態度應更嬌。他生得諸般齊妙,縱司空見慣也魂消。

鎖修眉恨尚存,痛知心人已亡。霎時間雲雨散巫陽,自别來幾日行坐想,空撇下一天情況,則除是夢裏見才郎。

結姻緣十數年,動春情三四番。蕭牆禍起片時間,到如今反爲難上難。把一對鳳鸞驚散,倚闌干無語淚偷彈。

喜今宵月再圓,賞名園花正芳。笑吟吟攜手上牙床,恣交歡恍然入醉鄉。不覺的渾身通暢,把斷弦重續兩情償。

美温温顔面肥,光油油鬢髮長。他半生花酒肆顛狂,對人前扯拽都是謊。全無有風雲氣象,一味裹竊玉與偷香。

奏簫韶一派鳴,綻池蓮萬朵開。看六街三市鬧挨挨,笑聲高滿城春似海。期人在燈前相待,幾回價又恐燕鶯猜。

報黄昏角數聲,助淒涼淚幾行。論深情海角未爲長,難捉摸這般心内癢。不能勾相偎相傍,惡思量縈損九回腸。

揶揄來苦怨咱,朦朧着便見他。病懨懨害的眼兒花,瘦身軀怎禁没亂殺!則説不和我干休罷,幾時節離了兩冤家。

緑溶溶酒滿斟,紅焰焰燭半燒,正中庭花月影兒交。直喫得玉山時自倒。他兩個貪懽貪笑,不堤防門外有人瞧。

見抛磚意暗猜,入門來魂已驚。舉青鋒過處喪多情,到今朝你心還未省。送了他三條性命,果冤冤相報有神明。(第三十八卷　蔣淑真刎頸鴛鴦會)

## 未標調名

身穿着重重鐵甲,手提着利利鋼叉。頭戴着金盔閃閃耀紅霞,身跨着奔奔騰騰的駿馬。雄糾糾英風直奮,威凛凛殺氣横加。一心心要與人報冤家,古古怪怪的好怕。(第四十卷　旌陽宫鐵樹鎮妖)

## 未標調名

面烏烏趙玄壇般黑,身挺挺鄧天王般長。手持張翼德丈八長槍,就好似斗口靈官的形狀。口吐出葛仙真君的騰騰火焰,頭放着華光菩薩的閃閃豪光。威風凜凜貌堂堂,不比前番模樣。(第四十卷　旌陽宫鐵樹鎮妖)

## 未標調名

重疊疊鰲甲堅固,整齊齊海帶飛斜。身騎着海馬號三花,好一似天門冬將軍披掛。走起了磊磊落落滑石,飛將來溟溟漠漠辰砂。索兒絞的是天麻,要把威靈仙拿下。(第四十卷　旌陽宫鐵樹鎮妖)

# 《三教偶拈》曲

（馮夢龍編　《古本小説集成》據日本雙紅堂藏本影印
上海古籍出版社　一九九一）

## 梧葉兒（按：此爲明・七樂生曲）

争甚麽名和利，問甚麽咱共伊。一霎時轉眼故人稀，漸漸的朱顔易改，看看的白髮來催，提起時好傷悲。赤緊的可堪，當不住白駒過隙。（皇明大儒王陽明先生出身靖亂録）

## 未標調名

净慈寺，蓋造是錢王。佛殿兩廊都燒了，止留得兩個金剛。佛也悶，放起玉毫光，平空似教場。卻有些兒不折本，一鍋冷水换鍋湯。（濟顛羅漢敬慈寺顯聖記）

## 未標調名

每日終朝醉似泥，未嘗一日不昏迷。細君發怒將言駡，道是人間喫酒兒。莫要管，你休癡，人生能有幾多時。杜康會唱《蓮花落》，劉伶好飲舞囉哩。李太白豪吟傾百斗，陶淵明賞菊醉東籬。今日皆歸去，留得好名兒。（濟顛羅漢净慈寺顯聖記）

## 未標調名

身穿重重鐵甲，手提着利利鋼叉，頭戴着金盔閃閃耀紅霞，身跨着奔奔騰騰的駿馬。雄糾糾英風直奮，威凜凜殺氣横加。一心心要與人報冤家，古古怪怪的好怕。（許真君旌陽宫斬蛟傳）

## 未標調名

面烏烏趙玄壇般黑，身挺挺鄧天王般長。手持張翼德丈八長槍，就好似斗口靈官的形狀。口吐出葛仙真君騰騰火焰，頭放着華光菩薩的閃閃豪光。威風凜凜貌堂堂，不比前番模樣。（許真君旌陽宫斬蛟傳）

## 未標調名

重疊疊鱉甲堅固，整齊齊海帶飛斜，身騎着海馬號“三花”，好一似天門冬將軍披掛。走起了磊磊落落滑石，飛將來溟溟漠漠辰砂，索兒絞的是天麻，要把威靈仙拿下。（許真君旌陽宫斬蛟傳）

## 未標調名

眉如翠羽，肌如凝脂，齒如瓠犀，手如柔荑。臉襯桃花瓣，鬢堆金鳳絲。秋波湛湛妖嬈態，春笋纖纖嬌媚姿。説甚麼漢苑王嬙，説甚麼吴宫西施，説甚麼趙家飛燕，説甚麼楊家貴妃。柳腰微擺鳴金珮，蓮步輕移動玉肢。月裏姮娥難比此，九天仙子怎如斯？（許真君旌陽宫斬蛟傳）

# 《拍案驚奇》曲

(凌濛初編　四十卷　《古本小説集成》本　上海古籍出版社　一九九一)

## 黄鶯兒(按:此爲明・凌濛初曲)

無辱又無榮,論文章,是弟兄,鼓聲到此如春夢。高才命窮,庸才運通,廩生到此便宜貢。且從容,一邊站立,看別个賞花紅。(第十卷　韓秀才乘亂聘嬌妻　吴太守憐才主姻簿)

## 黄鶯兒(按:此爲明・凌濛初曲)

露滴野塘秋,下簾籠,不上鈎,徒勞明月穿窗牖。鴛衾遠丟,孤身遠游,浮槎怎得到陽臺右?漫凝眸,空臨皓魄,人不在月中留。(第十六卷　張溜兒熟布迷魂局　陸蕙娘立決到頭緣)

## 掛枝兒(按:此爲明・凌濛初曲)

問使君,你緣何不到横州郡?元來是天作對,不作你假斯文,把家緣結果在風一陣。舵牙當執板,繩纜是拖紳。這是榮耀的下稍頭也,還是把着舵兒穩。(第二十二卷　錢多處白丁横帶　運退時刺史當稍)

## 商調・醋胡盧(按:此爲明・凌濛初曲)

衆嬌娥,黯自傷,命途乖,遭魍魎。雖然也顛鸞倒鳳喜非常,覷形容不由心内慌。總不過匆匆完帳,須不是桃花洞裏老劉郎。(第二十四卷　鹽官邑老魔魅色　會骸山大士誅邪)

## 商調・醋胡盧(按:此爲明・凌濛初曲)

夜光珠,世所稀,未登盤,墜淤泥。清光到底不差池,笑妖人枉勞色自迷。有一日天開日霽,只怕得便宜翻做了落便宜。(第二十四卷　鹽官邑老魔魅色　會骸山大士誅邪)

## 畬調・山坡羊(按:此爲明・凌濛初曲)

那風月塲,那一个不愛?只是自有了嬌妻,也落得個自在,又何須終日去亂走胡行,反把個貼肉的人兒送別人還債。你要把別家的一手擎來,誰知在家的把你雙手托開。果然是糴的到先糴了,你曾見他那門兒安在?割貓兒尾拌着貓飯來,也落得與人用了些不疼的家財。乖乖,這樣貪花,只算得折本消災。乖乖,這塲交易,不做得公道生涯。(第三十二卷　喬兑换胡子宣淫　顯報施臥師入定)

## 仙吕・賞花時

兩紙合同各自收,一日分離無限憂。辭故里,往他州,只爲這黄苗不救。可兀的心去意難留。(第三十三卷　張員外義撫螟蛉子　包龍圖智賺合同文)

## 正宫・滚繡毬(按:此爲明・凌濛初曲)

是誰人碾就瓊瑶往下篩?是誰人剪冰花迷眼界?恰便似玉琢成六街三陌,恰便似粉妝就殿閣樓臺。便有那韓退之,藍關前冷怎當;便有那孟浩然,驢背上也跌下來;便有那剡溪中,禁回他子猷訪戴。則這三口兒,兀的不凍倒塵埃!眼見得一家受盡千般苦,可甚麽十謁朱門九不開,委實難捱!(第三十五卷　訴窮漢暫掌别人錢　看財奴刁買冤家主)

# 《二刻拍案驚奇》曲

（凌濛初編　四十卷　《古本小説集成》本　上海古籍出版社　一九九一）

## 黄鶯兒（按：此爲明・凌濛初曲）

花下手閑敲，出楸枰，兩下交。争先揜擺妝圈套。單敲這着，雙關那着，聲遲思入風雲巧。笑山樵，從交柯爛，誰識這根苗？（第二卷　小道人一着饒天下　女棋童兩局注終身）

## 綿搭絮

瘦來難任，寶鏡怕初臨。鬼病侵尋，悶對秋光冷透襟。最傷心静夜聞砧。慵拈綉紝，懶撫瑶琴。終宵裏有夢難成。待曉起翻嫌曉思沉。（第三卷　權學士權認遠鄉姑　白孺人白嫁親生女）

## 畫眉序

銀燭燦芙渠，瑞鴨微歕麝煙浮。喜紅絲初綰，寶合曾輸。何郎俊才調凌雲，謝女艷容華濯露。月輪正值團圓暮，雅稱錦堂歡聚。（第三卷　權學士權認遠鄉姑　白孺人白嫁親生女）

## 黄鶯兒（按：此爲明・黄峨曲，或謂明・楊慎曲）

積雨釀春寒，見繁花樹樹殘。泥塗滿眼登臨倦。江流幾灣，雲山幾盤，天涯極目空腸斷。寄書難，無情征雁，飛不到滇南。（第四卷　青樓市探人踪　紅花場假鬼鬧）

## 商調・醋葫蘆（按：此爲明・凌濛初曲）

兩情人各一舟，總春心不自由，只落得雙飛蝴蝶夢莊周。活冤家猶然

不聚頭,又不知幾時消受。抵多少眼穿腸斷爲牽牛。(第七卷　吕使君情媾宦家妻　吴太守義配儒門女)

## 未標調名

老人家再不把淫心改變,見了後生家只管歪纏。怎知道行事多不便?搵腮是皺面頰,做嘴是白鬚髯,正到那要緊關頭也,却又軟軟軟軟軟。(第十卷　趙五虎合計挑家釁　莫大郎立地散神奸)

## 未標調名

鉄裹虫有時蛀不穿,鑽倉鼠有時喫不飽。吊睛老虎没威風,灑墨判官齊跌倒。白日裹鬼胡行,這回兒不見了。(第十卷　趙五虎合計挑家釁　莫大郎立地散神奸)

## 未標調名(按:此爲明·凌濛初〔掛枝兒〕曲)

俏冤家,你當初纏我怎的?到今日又丢我怎的?丢我時頓忘了纏我意。纏我又丢我,丢我去纏誰?似你這般丢人也,少不得也有人來丢了你。(第十四卷　趙縣君喬送黄柑　吴宣教干嘗白鏹)

## 銀絞絲

前世裹冤家,美貌也人,挨光已有二三分。好温存,幾番相見意殷勤。眼兒落得穿,何曾近得身?鼻凹中糖味,那有唇兒分?一個清白的郎君,發了也昏。我的天那,陣魂迷,迷魂陣。(第十四卷　趙縣君喬送黄柑　吴宣教干嘗白鏹)

## 畣調·山坡羊(按:此爲明·凌濛初曲)

這小秀才有些兒怪樣,走到羅帷,忽現了本相。本是个黌宫裹折桂的郎君,改换了章臺内司花的主將。金蘭契,只覺得肉味馨香;筆硯交,果然是有筆如槍。皺眉頭,忍着疼,受的是良朋針砭;趁胸懷,揉着竅,顯出那知心酣暢。用一番切切偲偲,來也,哎呀,分明是遠方來,樂意洋洋。思量,一羅一羅,是聯句的篇章;慌忙,爲云爲雨,還錯認了龍陽。(第十七卷　同窗友

認假作真　女秀才移花接木）

## 未標調名

緣法兒盡了，諸般的改變。緣法兒盡了，要好也再難。緣法兒盡了，恩成怨。緣法兒若盡了，好言當惡言。緣法兒盡了也，動不動變了臉。（第十八卷　甄監生浪吞秘藥　春花婢誤泄風情）

## 未標調名

俏冤家驀然來懷中摟抱，羅帳裏交着股耍下千遭。裙帶頭滋味十分妙，你貪我又愛，臨住再加饒。呸！夢兒裏相逢，夢兒裏就去了。（第二十九卷　贈芝麻識破假形　擷草藥巧諧真偶）

# 《新列國志》曲

(馮夢龍撰　一百〇八回　《古本小説集成》據葉敬池梓本影印　上海古籍出版社　一九九一)

## 未標調名

一雄斃,一雄興,歌舞變刀兵。何時見太平?恨無人兮訴洛京。(第六回　衛石碏大義滅親　鄭莊公假命伐宋)

## 未標調名(三首)

伍子胥,伍子胥,跋踄宋鄭身無依,千辛萬苦淒復悲。父仇不報,何以生爲?

伍子胥,伍子胥,昭關一度變鬚眉,千驚萬恐淒復悲。兄仇不報,何以生爲?

伍子胥,伍子胥,蘆花渡口溧陽溪,千生萬死及吴陲,吹簫乞食淒復悲。身仇不報,何以生爲?(第七十三回　伍員吹簫乞吴市　專諸進炙刺王僚)

## 未標調名

蘆中人,蘆中人,腰間寶劍七星文。不記渡江時,麥飯鮑魚羹。(第七十七回　泣秦庭申包胥借兵　退吴師楚昭王反國)

## 未標調名

桐葉冷,吴王醒未醒。梧葉秋,吴王愁更愁。(第八十二回　殺子胥夫差争歃　納蒯聵子路結纓)

# 《十二笑》曲

(馮夢龍編　原十二回　存六回　《古本小説集成》據北大藏清初本影印　據復旦藏本配補　上海古籍出版社一九九一)

## 未標調名

泥馬笑泥牛,一樣難禁馳驟。苦風狂雨疾誰堪鬥?少不得腳軟身酥,弄做一團兒纔罷休。(第一笑　癡愚女遇癡愚漢)

## 未標調名

堪歎那泥孩,醉婆娘、懷裏揣,肥軀倒壓將他害。頭兒弄歪,腳兒亂踹,粉姿玉質今安在?氣痴呆,親親活寶,一旦化塵埃。(第一笑　癡愚女遇癡愚漢)

## 未標調名

笑癡人只爲那泥孩破,你也哭、我也哭,陪堂的也來哭。陪堂的、你哭是因何故?道是勸的只管勸,哭的不住哭。你兩下裏的傷悲也,天!我的老媽兒受了苦。(第一笑　癡愚女遇癡愚漢)

## 未標調名

揭被香金不換,滿床嬌鎖陽綫。無非助火通宵戰,着些津唾尤堪羨。更有一件硬東西,白晶晶,光燄燄。分明挖空蘆菔段,好新鮮。霎時露醜無顔面。(第二笑　昧心友賺昧心朋)

## 未標調名（按：用【元和令】調。此據王實甫《西厢記》第一折〔元和令〕改寫）

哭哀哀見了萬千，似這樣歡喜龐兒罕曾見，□［則］教人眼流珠淚口難言。他華服並香肩，不管那新喪笑傳。（第五笑　溺愛子新喪邀串戲）

## 未標調名

銀紅袍子晉人巾，藕色裹衣相襯。白縐衫兒簇簇新，都是香熏。彈子鞋繡花端正，松綾襪時樣鮮明。笑還驚，大紅綢褲換麻繩。（第五笑　溺愛子新喪邀串戲）

# 《清夜鐘》曲

（陸雲龍撰　原十六回　存十回　《古本小説集成》據明刻本影印　上海古籍出版社　一九九一）

## 清江引

潑羊麟背了咱哈豚去，惱的咱没有睡。思他不肯來，抓也留不得，只索買一壺打辣酥喫個沉沉醉。（第六回　偵人片言獲伎　圉夫一語得官）

# 《型世言》曲

（陸人龍撰　四十回　《古本小説集成》据韓國藏明刊之復印本影印　上海古籍出版社　一九九一）

## 駐雲飛（按：此爲明·李文燭曲）

金剪携將，剪出春羅三寸長。豔色將人愰，巧手令人賞。嗏，何日得成雙？鴛鴦兩兩，行雨行雲，對浴清波上，沾惹金蓮瓣裏香。（第六回　完令節冰心獨抱　全姑醜冷韻千秋）

## 黄鶯兒（按：此爲明·陸人龍曲）

砂石走長空，響喧闐，戰鼓轟。銅牆一片波濤湧。看摧檣落篷，苦舟欹楫横。似落紅一點隨流送。叫天公，任教舴艋，頃刻飽魚龍。（第九回　避豪惡懦夫遠竄　感夢兆孝子逢親）

## 桂枝香（按：此爲明·陸人龍曲）

雲流如解，月華舒彩。吐清輝半面窺人，似笑我書生無賴。笑婆娑影單，婆娑影單，愁如天大。悶盈懷，何日獨把蟾宫桂，和根折得來？學深湖海，氣淩恒岱。傲殺他繡虎雕龍，寫向旁人怎解？笑侏儒與群，侏儒與群，還他窮債。且開懷，富貴原吾素，機緣聽天付來。（第十八回　拔淪落才王君擇婿　破兒女態季蘭成夫）

## 未標調名

門子鬚如戟，皂隸背似弓。管門的向斜陽捉虱，買辦的沿路尋葱。衣穿帽破步龍鍾，一似卑田院中都統。（第二十回　不亂坐懷終友託　力培正直抗權奸）

## 掛枝兒(按:此爲明・陸人龍曲)

吴朝奉,你本來極臭極吝。人一文,你便當做百文。又誰知,落了煙花井。人又不得得,没了七十金。又惹了官司也,着什麽要緊!(第二十六回　吴郎妄意院中花　奸棍巧施雲裹手)

## 吴歌兒(二首)

風冷颼颼十月天,被兒裏冰出那介眠。姐呀你也孤單我也獨,不如滚個一團團。

想思兩好介便容易成,那介郎有心來姐没心。姐呀貓兒狗兒也有個思春意,那爲鐵打心腸獨拄門。(第三十八回　妖狐巧合良緣　蔣郎終偕伉儷)

# 《覺世雅言》曲

（未題撰人　八卷　《古本小説集成》據法國巴黎圖書館藏清刊本影印　上海古籍出版社　一九九一）

## 鎖南枝（二首）（按：此爲明・無名氏曲）

寫供狀，梁尚賓，只因表弟魯學曾。岳母念他貧，約他助行聘，爲借衣服知此情，不合使欺心，緩他行。

乘昏黑，假學曾，園公引入内室門。見了孟夫人，把金銀厚相贈。因留宿有了奸騙情。三日後學曾來將小姐送一命。（卷二　陳御史巧勘金釵鈿）

# 《玉閨紅全傳》曲

（東魯落落平生撰　寧夏人民出版社　一九九九）

## 未標調名

愁鎖淡春山，淚灑頰邊。天涯腸斷恨難填。教人羞煞深閨面，儂□□言。（第八回　通花徑糞天作樂　强梳攏小姐受苦）

## 未標調名

喜煞奴家，樂煞奴家，那人有奴福分大。一天到晚入洞房，新郎换他十來個，把錢與奴花。□□□□真好受，□□□□沾著上來酥麻。不願做人家，只願朝朝暮暮在花下。（第八回　通花徑糞天作樂　强梳攏小姐受苦）

## 未標調名

叫聲哥哥你使勁□，休把奴膛透，奴家爲你把命喪，又休來把别人逛。别看六文不打緊，小妹對你好心腸。口裏哼着□□□還□□□動刀槍，就是你把奴□□□□□□□□香。（第八回　通花徑糞天作樂　强梳攏小姐受苦）

# 《禪真逸史》曲

（方汝浩撰　四十回　《古本小説集成》據天啓間衙爽閣本影印　上海古籍出版社　一九九一）

## 未標調名

老苗兒費盡了平生辛力，一味價剜肉成瘡，經營貨殖。可憐見破服纏身，虀鹽充口，何曾見錦衣玉食？虧着這些兒儉嗇，成就了百千萬億。呀！剗地裏禍生不測。老閻王肯容時刻？　小苗兒忒煞風流，鎮日介舞榭歌樓，花朝月夕。浪飲貪歡，那知稼穡。霎時間將銅斗兒家私，盡歸他室。幸投了明師，暗傳藝術，欲上高牆，平生兩翼。這的是替祖宗推班出色，方顯得没來由爲兒孫做馬牛的樣式。老天呀，要後代興隆，須修陰德。（第四回　妙相寺王妃祝壽　安平村苗二設謀）

## 未標調名

好元宵，齊把花燈放。捱肩擦臂呀，許多人遊玩的忙。猛然間走出一個臘梨王，摇摇擺擺，妝出喬模樣。頭兒禿又光，鼻涕尺二長，虱花兒攢聚在眉尖上。乾頭糯米，動子個糴糶行，把銅錢捉住了就纏帳。何期又遇着家王郎，揪耳朵，剥衣裳，一打打了三千棒。苦呵！活冤家跌脚淚汪汪。明年燈夜呵，再不去街頭蕩。（第五回　大俠夜闌降盜賊　淫僧夢裏害相思）

## 未標調名（二首）

妙妙妙，老來賣着三般俏：眼兒垂，腰兒駝，脚兒趫。見人拍掌呵呵笑，龍鍾巧扮嬌容貌。無言袖手暗思量，兩行珠淚腮邊落。齋僧漫自追年少，如今誰把前情道。

本本本，眉描青黛顏鋪粉。嘴兒尖，舌兒快，心兒狠。捕風捉影機關緊。點頭掉尾天資敏。烟花隊裏神幫襯,迷魂賽[寨]内雌光棍。争錢撒賴老狸精,就地翻身一個滚。(第五回　大俠夜闌降盜賊　淫僧夢裏害相思)

## 江兒水

瓊宮王府,却離了瓊宫玉府,新翻風月譜。你可也辨着青州從事,紫誥真符,改衣妝來混取。翠館莫冠笏,紅樓不用呼。俺自有礬帥驅魔,湯氏當爐,甚酸甜堪救苦。你是繡衣士夫,好一個繡衣士夫,正配着這鋼邊吏部,又何須踏魁罡做了挈壺?(第十三回　桂姐遺腹誕佳兒　長老借宿擒怪物)

## 黄鶯兒(按:此爲明·方汝浩曲)

洞口澁難攻,仗將軍津唾功。一槍戳透相思縫,情和意融,靈犀暗通。金蓮高舉,深深送,興何濃。渾身暢快,一陣熱泉衝。(第十三回　桂姐遺腹誕佳兒　長老借宿擒怪物)

## 桂枝香(四首)(按:此爲明·方汝浩曲)

愛你龐兒俊俏,你心兒奸狡。不念我結髮深恩,反道那無端惡耍,心旌自摇。心旌自摇,慢駡你薄情輕佻,耽悮奴青春年少。暗魂銷,幾番枕冷衾寒夜,縮脚孤眠獨自熬。

雖憐你腔兒窈窕,呵憎你性兒粗糙。嘴喳喳一味研酸,怎當我心兒不好。更紛紛草茅,紛紛草茅,這些闒竅有何風調?那通宵,恁般空闊深如海,争似陸地行舟去使篙。

深情厚貌,心同虎豹,只圖那少艾風流,全不顧旁人嘲誚。淚珠兒暗拋,淚珠兒暗拋,拚得個今生罷了,兩分張各尋耀耀。小兒曹,木樨花戴光頭上,受這腌臢惹這樣騷!

心雄氣暴,終朝聒噪,大丈夫四海襟懷,豈屑與裙衩争鬧!羡當今宋朝,當今宋朝,願與他死生傾倒,難回你别諧歡笑。謾推敲,任予延納三千客,讓你黄家一草包。(第二十四回　伏威計奪勝金姐　賢士教唆桑皮舫)

## 掛枝兒(五首)(按:此爲明·方汝浩曲)

着青衣,進門來大呼小叫:"兩小弟奉公差,那怕勢豪!不通名,單單的稱個表號。有話憑分付，登門只這遭。明早裏拘齊也，便要去點卯。”

喫罷茶，就開科，道其來意：“有某人爲某事單告着伊。莫輕看，他是個有錢的豪貴。”摸出官牌看。“一字不曾虚。急急的商議也，莫要耽誤你。”

喫酒飯，假做個斯文模樣。“我在下極愚直，無甚智獐；他告伊没來由，真真冤枉。”“説便這等説，還須靠白鏹。不信我的良言也，請伊自去想。”

酒飯畢，不起身，聲聲落地：“這牌生限得緊，豈容誤期？有銀錢快拿出，何須做勢？若要周全你，包兒放厚些。天大的官司也，我也過得水。”

接銀包，纔道聲：“適間多謝。”忙扯封，估銀水，“如何這些？我兩人，不比那窮酸餓鬼。輕則輕了己，不送也由伊。明日裏到公庭也，包你爛隻腿！”（第二十五回　遭屈陷叔侄下獄　反囹圄俊傑報讐）

## 寄生草

淒慘慘愁添緒，急煎煎火燎眉，渾身疲軟精神悴。喘吁吁，難統貔貅隊。氣昏沉，怎把官軍退？咭鼕鼕，怕聽鼙鼓振邊關。撲簌簌，揾不住兩眼英雄淚。（第二十六回　山徑逃踪鋤禿惡　黄河訪故阻官兵）

## 未標調名（三首）

咱快活心胸，肉滿春臺酒滿鍾。直飲到昏鐘動，傾幾個青花甕。嗏！醉了樂無窮。嬌嬌陪奉，洗腳登床，便把云云弄。管甚麽圍城不透風。

三位娘行，一個幡竿兩木樁。立起似筆架樣，坐倒似山形狀。嗏！與你熟商量：今宵當長，明夜輪他，後夕在三娘帳。不若今夜都來共一床。

白臉黄邊，二物從來入手艱。或把繩兒貫，或作攢絲面。嗏！財與命相連，有他飽暖，骨肉團圓，慶賀深沉院。富貴由人，説甚麽天。（第二十九回　軒轅廟蘇樸遭擒　延州府伏威遇弟）

## 未標調名

虎虎虎，眼射金光威耀武。身披文彩斑斕，腹布刀槍旗鼓。三生孽障相牽，兩世空來辛苦。一言點化之後，解悟皈依西祖。咦！從今脱卻臭皮囊，萬道霞光歸浄土。（第三十九回　順天時三俠稱王　宴李謬諸賢逞法）

# 《禪真後史》曲

（方汝浩撰　六十回　《古本小説集成》據浙江金衙梓本影印　據上海圖書館藏本補輯　上海古籍出版社　一九九一）

## 黄鶯兒（按：此爲明·方汝浩曲）

爲子娶偏房，奈頹齡、勢怎當？願將麗色齋和尚。恣風流興狂，擬恩情久長，好姻緣誰想成魔障。沈家娘，花心蹂破，一旦夢黄粱。（第五十五回　戮奸僧立時正法　救蠱婦子夜擒魔）

# 《掃魅敦倫東度記》曲

（方汝浩撰　一百回　《古本小説集成》據崇禎間金閶萬卷樓刊本影印　上海古籍出版社　一九九一）

## 黄鶯兒

蜃氣化爲樓，誑飛禽，吸入喉。亭臺花榭皆虚謬。飛鶴倦投，道童誤遊，些兒險做他糧糗。轉輪愁，狡奸脱化，頑鈍没來由。（第二回　道童騎鶴闖妖氛　梵志惺庵留幻法）

## 解三酲

論青樓美人可意，買笑心恨我當時。只因妒惡不賢的，使作我費家私。到如今懊悔時遲矣，怎得叫糟糠賢德妻，他回心喜，回心喜，我豈肯戀野雉撇却家鷄。（第四十二回　誦毛詩男子知書　付酒案邪魔離婦）

## 駐雲飛

切莫貪財，壞法貪財枉受災。行憲難寬貸，有利終須害。䴪積惡，不知哀。上有青天官長精明，你縱能遭怪，笞杖徒流任你捱。（第五十五回　犬怪變人遭食毒　鼠妖化女唱歌詞）

## 未標調名

爲甚愛風流，戀煙花日浪遊，千金一笑成虚謬。把忠言當仇，誇君子好逑，哪裏知家筵蕩盡無人救。没來由，向吾開口，你好不知羞！（第六十四回　駱周善心成善報　虎豹變化得人身）

## 未標調名

嬌滴滴如花似玉，顫巍巍體態輕盈，妖嬈一賣風情。任你老成本份，見了她，好似六月堅冰，也要化了歪心邪性。（第六十六回　士悔妄欺成上達　道從疑愛被妖繩）

## 未標調名

世事看來多翻覆，欲足何時足。可笑那癡人浮生空碌碌，只落得百年時成朽骨。（第七十三回　猿猴歸正入菴門　道院清平來長老）

# 《壺中天》曲

（未題撰人　殘存三回　《古本小説集成》據胡士瑩藏抄本影印　上海古籍出版社　一九九一）

## 沉醉東風

掃萬里龍沙未返，怨深閨蛾尾空攣。泣相思柳未勻，待好會梅初綻。隔魂臺水水山山。也要尋君到玉關，路比天涯近遠。（第八回　康對山琵琶驚客座）

# 《宜春香質》曲

（醉西湖心月主人撰　四集　二十回　《思無邪匯寶》本　臺灣大英百科股份有限公司　二〇〇〇）

## 黄鶯兒（十首）

病起值清和，拾松枝，煎甫蘿。冰弦自理無求和。倦卧南柯，興到高歌，閒時翻得黄庭破。癖成疴，香清斗室，幾硯日相磨。

病後興多高，愛幽閒，返致勞。般般清課關心竅。盆蒲日澆，園鶴時調，茶笥藥篗頻頻掃。事猶饒，删篘拂石，閒拾柏花燒。

養病就荒齋，樓雨濕，逕鎖苔。蛛絲封得重檐隘。對對蝶埋，雙雙燕裁，白鷴睡熟青荷蓋。步蒼階，園林十日，蓬户未曾開。

耽病負名葩，步香塵，嘆落花。池塘荷蓋添多大？朱榴乞華，碧梧放芽，玉階香滿薔薇架。柳絲斜，芭蕉盛長，分緑蔭窗紗。

首夏病初痠，消白晝，喜楸枰。嘉賓時至敲彈勝。新泉一瓶，幽香半庭，家風淡泊無供應。興偏真，手談松下，柯爛任輸赢。

病癒向文筵，對芸窗，簡舊篇。新痊未久蒐羅遍。《南華》數篇，《黄庭》百言，壁經諸史隨心展。論真詮，《離騷》纔讀，齒頰便森然。

因病起嘗遲，閉山齋，改舊詩。茶烹石鼎澆新思。詠擊金巵，笑折花枝，夏禽春草成佳句。意如癡，凝神窗下，聽鳥説天機。

晚霽病瘳新，向幽篁，理素琴。絲桐乍拂薰風近。鳳泣鸞吟，壑絶淵沉，竹風陣陣青松近。水無聲，曲終雲散，孤月照禪心。

祛病有奇方，蕉爲扇，布殺裳，科頭袒服形骸放。淡淡羹湯，青青蕨香，無求寡慾精神壯。遣時光，任他世態，冷暖與温凉。

久病亦耽閒，畏煩鎖［瑣］，日閉關。蒲團博得人疏懶。風生竹間，月印空潭，白雲起處澄心看。獨倚欄，天清夜静，松鎖自珊珊。（風集　第三回　孫宜之才名卓犖　虢裹蛆巧計迷心）

## 未標調名・青樓詞

青樓滋味略嘗些，還須見機。他是山猿野馬難拴繫。信著他，分明是癡；戀著他，分明是謎。只可與他逢場作戲，休認作團圓到底。饒他被内中，顛狂温柔會施爲，只落得拈酸喫醋空淘氣。没來由空耽是非，没來由空争閒氣。正親親熱熱，倏時間又是別離。鄰家唱徹五更雞，他是何人我是誰。（雪集　第五回　塵埃中物色英雄　晝錦堂分明德怨）

# 《警世陰陽夢》曲

（長安道人國清撰　十卷　《古本小説集成》據明崇禎刊本影印本　上海古籍出版社　一九九一）

## 山坡羊（按：此爲明・陳鐸〔南商調・山坡羊〕套首曲）

風兒疏喇喇吹動，雨兒淅零零風送。雨兒悽楚風兒横，繡幕中燈兒一點紅。燈兒照破人兒夢，夢繞巫山若個峰。朦朧徘徊兩意濃，匆匆歡娱一霎空。（第二回　京都充役）

## 未標調名（二首）（按：前首爲明・文徵明南〔山彼羊〕，文字有異同；后曲據文徵明南〔山坡羊〕"一種情迤逗"改寫）

花褪殘紅香瘦，院静緑陰清晝，佳人鏡裏半卷羅衫袖。景物幽，臨池送酒籌。桃花扇底聞歌奏，也勝蘭橈杜若洲。忘憂，亭亭映碧流；還憂，瀟瀟不耐秋。

一點芳心迤逗，柳葉眉兒頻皺，前春病了今春又。心暗羞，朱簾懶上勾。菱花也笑我，笑我因誰瘦。只爲你冤家，教我情掣肘。風流，凝妝上翠樓；休休，黄花蝶也愁。（第三回　樗蒲賽色）

## 掛枝兒

舊人兒埋怨我與新人兒厚，新人兒攛掇我不要把舊人兒丢。總恩情那在新和舊，舊人兒我不捨，新人兒我便丢。舊人兒天長也，新人兒不久。（第四回　青樓競賞）

## 紅衲襖（按：此爲明佚本傳奇《四德記》中曲）

那子孫賢，何須用你錢；那子孫愚，任你堆積如山也易傾。竟不知榮枯得失皆前定，何必勞勞苦用心。那溺愛的爲你圖僥倖，貪得的爲你常不平。一團和氣爲你成仇也，重義輕財有幾人。（第六回　患瘍覓死）

## 山坡裏羊兒（按：此爲明・王九思一南〔山坡羊〕曲）

掩重門獨看明月，恨多才難捱今夜。似這等鸞孤鳳拆，都做了風流業。俏身軀憔悴些，俊龐兒黄瘦也。爲只爲離多會少，教我枉受了些閑磨滅。一會家猛上心來，思量殺無處説。愁來的啤嗻，半折金蓮十數跌。害的來隨斜，一寸柔腸千萬結。（第八回　旅店乞食）

## 山坡羊（按：此爲明・文徵明曲）

春染郊原如繡，草緑江南時候。和煙襯馬滿地重茵厚。堪醉遊，殘花一徑幽。烏衣巷口還依舊，燕子歸來人在否？添愁桃花逐水流，還愁青春有盡頭。（第十一回　内廷進用）

## 山坡羊

野寺晨鐘聲送，驚起羅幃香夢。雲收雨歇打散鸞和鳳。緑鬢鬆，閑憑畫檻東。雙眸强合再欲成前夢，倘知我思君，君還入夢中。風情，風情千萬種；雲情，雲情十二峰。（第十一回　内廷進用）

## 耍孩兒（按：此爲明・屠隆《曇花記》傳奇第四十五齣中曲）

地獄裏難自支，史書罵没了期。思量衣食能消幾，看來爲善終須濟。到底行凶必受虧，追悔也今何及。只落得一身狼狽，兩淚波澌。（第四回　地獄慘淒）

# 《弁而釵》曲

（醉西湖心月主人撰　二十回　《思無邪彙寶》本　臺灣大英百科股份有限公司　二〇〇〇）

## 二郎神（按：此爲明·醉西湖心月主人曲）

【二郎神】强遊遨。見彤雲遮斷相逢道。望桃源何處覓春曉，無限相思，徒自心中懷抱。癡魂時傍情幃遶。志誠經讀得心焦。他去了，無音無耗。怎禁珠淚拋？

【集賢賓】伊行已隔碧天遥，審覷處，恍結豐標。耳邊似把離情叫，再三聽，是自口相嘲。意攘心勞，料他們相思瘦，倒揉碎薛濤，忍見他斷腸詞調？

【黄鶯兒】展轉愈無聊。倚蓬窗，怕遠眺，愁峰蹙損離人貌。詩賦慵敲，經史懶瞧，清淚臨風落重袍。音書杳，鍾情我輩，怎不掛心苗？

【貓兒墜】狂風驟雨，何事恁摧撓。連理枝頭折散了，妒花不管花窈窕。悲號。幾時得延平劍合，好友從交？

【尾聲】相親相愛關心竅，吞聲忍氣强别了。覆讎時，斷首刳心絶獍梟。（情貞記　第五回　風摩天秘跡奇蹤　趙王孫玉堂金馬）

## 空勞神女下陽臺（集曲）（按：此爲明·醉西湖心月主人曲）

【二郎神】文葩葉，正芳菲，在韶春半度，似一片紅霞枝上護。驚眸。濃豔天然，色相難圖。【女冠子】不向墻頭顯麗膚，高陽臺，還自向上林褁露。怎許那無情蜂蝶，等閒相妒？（情俠記　第三回　鍾子智排迷魂陣　張生悮入阿鼻城）

## 黄鸝飛上海棠花（集曲）（按：此爲明·醉西湖心月主人曲）

【黄鶯兒】春色透芳姿，沁瓊肌。淺淡脂，臨風盡把新妝試。【月上海棠】分明是櫻桃含顆，金彈垂絲。今日裹此地棲遲，不枉卻錦江來至。探花使，爲

一種輕盈,惹動情思。(情俠記　第三回　鍾子智排迷魂陣　張生悮入阿鼻城)

## 人面桃花相映紅(集曲)(按:此爲明·醉西湖心月主人曲)

【江頭金桂】向只道武陵溪遠,争知在目前?只這門中一朵,群芳都賤。更何須玉洞中萬樹鮮?【一江風】自愧分薄,三生何幸迷劉阮?芳心喜正聯,芳心喜正聯,别情苦倏言。【柳摇金】願明年相見,相見明年,不減去時嬌面。(情俠記　第三回　鍾子智排迷魂陣　張生悮入阿鼻城)

## 美人顔色嬌如花(集曲)(按:此爲明·醉西湖心月主人曲)

【念奴嬌】胎含九畹,比尋常豔冶名花,别自清奇。向日迎風飛舞處,香散故來沾衣。還異。惟願參芝不嫌伴草,潛蹤幽壑少人知。【賽觀音】真占盡萬千旖旎。【玉芙蓉】更須知,擅名金谷自相宜。(情俠記　第三回　鍾子智排迷魂陣　張生悮入阿鼻城)

## 紅裙争看緑衣郎(集曲)(按:此爲明·醉西湖心月主人曲)

【香柳娘】羡亭亭雅妝,羡亭亭雅妝,清奇堪賞。出泥塗不着泥塗相。【虞美人】綴緑陰九夏生春,舞幽風十里聞香。【好姐姐】嬌羞一段,從教輸六郎。【朱奴兒】淩波上無窮思長。【賀新郎】矚蘭舟仙客輕摇槳。怕容易也減紅芳。(情俠記　第三回　鍾子智排迷魂陣　張生悮入阿鼻城)。

## 正值窗櫺月一團(集曲)(按:此爲明·醉西湖心月主人曲)

【鎖寒窗】迥群芳不鬥精神,掩重門味自真。情投淡月,夢冷閒雲,雪虧清瘦,霜輪柔嫩。亞一等,香含玉藴。【人月圓】間尋論元稹詩句,錯贈他人。(情俠記　第三回　鍾子智排迷魂陣　張生悮入阿鼻城)

## 集賢賓(按:此爲明·醉西湖心月主人曲,文字有異同)

【集賢賓】窗前細雨歷亂飄,正人事蕭條。猛聽流鶯聲漸老,又新生一種愁苗,如何是好?算九十霎時又到。良計少,留不定盡春撇道。

【不是路】望程魂摇,着處蘼蕪簇翠袍。蒼煙浩,我於何處索春橈?謾牢騷,柔紅個個眠芳草,新緑重重鎖畫橋。空長笑,軟香信斷憑誰吊。撫然凝眺，枉然凝眺。

【江兒水】轉迓韶光迅，翻疑逆旅消。看天公萬事都推調。芳菲不戀花容貌，迍邅不顧人年少。弄出無窮機巧。還是爲甚來繇，攪得個世情顛倒。

【滴溜子】從他是，從他是，恁般顛倒！空辜負，空辜負，連城重寶。嘿料禁[襟]懷孤□[傲]，□同向火□□□炎燠。不若似東海潛鱗，南山隱豹。

【滴溜子】自今朝，自今朝，一片雄心托大刀。難禁受，難禁受，尊罏興豪。何時返卻山陰棹？

【尾聲】餘生恨乏防身誥，只得向玄冥卜筊，□[無]奈春去秋來鬢俊髦。

(情烈記 第一回 賊丈人退親害親 俏女婿編戲入戲)

## 梁州序(按：此爲明·醉西湖心月主人曲)

【梁州序】遭時不偶，嘆命多磨。男兒犯了淫魔。墮身南院，一任東君弄播。最恨將男作女，賣笑追歡，一味相輕薄。牢騷問天公，知道麽？巾幗原何如丈夫？(合)愁似織，恨轉多，半是思鄉半奈何。生平志，怨裹過。

【前腔】父脱囹圄，兒入天羅。救父怎辭身禍。將良入賤，任滅又還任磨。最苦親歸南國，兒禁燕畿，兩地如刀割。傷心不敢説，在心窩。煙埋絲竹月寒波。(合)愁似織，恨轉多，半是思鄉半奈何。生平志，怨裹過。

【前腔】弱怯怯瘦不勝羅，愁脈脈雙眉皺蛾。恨天涯流落。欲歸無路，好似劍老燕山，珠沉海底，山長水又多。無能飛越也，嘆蹉跎。一度思親一淚沱。(合)腸已斷，血又枯，臨風幾度裂雙眸。男兒事，恁折挫！

【前腔】慘離離蕭索情多，氣懨懨連綿體躶。怕城頭清漏，更殘夢破。怎奈厭詠雕蟲，懶焚香獸，空自嗟零落。魂遊鄉國，去淚滂沱。身在他鄉心在吴。(合)腸已斷，血又枯，臨風幾度裂雙眸。男兒事，恁折挫！

【節節高】秋從客裹過，謾凝眸，滿林楓葉如兒哭。梧桐露，芙蓉渡，蘋花娜。凉蟬帶月疏柳哦，蘭船隔水菱歌和。(合)唤起離思可奈何？西風一夜羅衣薄。

【前腔】幽思如敗荷，如何過？衷腸欲訴還自遏。淚如梭，情似渴，心如火。思親不忍唱驪歌，思鄉錯聽歸來樂。(合)唤起離思可奈何？西風一夜羅衣薄。

【尾聲】聊將痛哭寄吟哦，誰是知音聽我歌？莫□作一片閒情掛碧蘿。

(情奇記 第二回 長歌當哭 細語傳情)

# 《醋葫蘆》曲

（西子湖伏雌教主撰　四卷　二十回　《古本小説集成》
據筆耕山房本影印　上海古籍出版社　一九九一）

## 蓮花落

員外尊庚六十年，（羅羅連）今朝娶妾忒遲延。（羅羅連羅哩連）蓋此身盡數蘇牙雪，（羅羅連連流羅）羅天大多應軟似綿。（羅羅連連流羅哩連羅）這回納寵賽神仙，（羅羅連）是南極星辰歸洞天。（羅羅連羅哩連）斑衣輪着老萊子，（羅羅連連流羅）打拐兒公公撑一肩。（羅羅連連流羅哩連羅）也不要忒心歡，（羅羅連）只恐老邁風的夫人滴溜酸。（羅羅連連流羅）昨宵纔倒葡桃架，（羅羅連連流羅）只怕明日生薑又曬乾。（羅羅連連流羅哩連羅）成員外今朝若動手，（羅羅連羅哩連）養個賢郎中狀元。（哩連羅連哩羅連羅羅連）（第六回　脱滯貨石田長價　嗟薄命玉杵計窮）

## 黄鶯兒（按：此爲明・無名氏曲）

大將逞威風，奪城池，苦戰攻。三軍衝擊前不動。飛雲梯没功，襄陽炮枉轟，可奈正陽門緊閉，毫無縫。計何從？走塘的探得，止有一縷小溝通。（第六回　脱滯貨石田長價　嗟薄命玉杵計窮）

## 未標調名

漠漠平蕪，悠悠岐路。縱不能葉比□菰，也未及形同蛤蚌。説是太監，當日未經閹割去。若言處女，今番何是緊關來？没陰門難稱女子，乏陽物不是男兒。枉教人敲斷玉釵銀燭冷，只落得十謁朱門九不開。（第六回　脱滯貨石田長價　嗟薄命玉杵計窮）

## 桂枝香（按：此爲明・無名氏曲）

鮫綃尺素，點瑕非故。又不是桃葉隨波，好一似梨花含露。這痕兒出奇，痕兒出奇，敢是珠樓咳唾，還是嵬坡血污？謾躊躕，好似竹上湘妃染，這的是枝頭杜宇污。（第七回　落圈套片刻風光　露機關一場拷打）

## 未標調名

一個氣狠狠飛拳踢腳，一個猛糾糾揪頭摸髮。一個挺起胸脯，一個牙根咬嚼。一個辣薑巴打得烏花，一個魁栗拳釘成虼蹃。一個似跨馬王孫，一個似降魔惡刹。一個要片時雪盡心中憤，一個要半點不饒目下着。兩下要定高低，那管傍人笑煞？（第九回　都院君勃然嗔假印　胡主事混沌索真贓）

## 未標調名

論人生男共女，匹陰陽前對前，如何後宰門將來串？分開兩片銀盆股，抹上三分玉唾涎，盡力也篩將滿。那裏管三疼四痛，一謎價萬喜千歡。（第十一回　都氏瓜分家財　成飆浪費繼業）

## 未標調名

波斯那，波斯那，此時不歸奈爾何？靈山久離事蹉跎，好將塵土濯清波。忍不住笑呵呵，忍不住也笑呵呵。（第十二回　石佛庵波斯回首　普度院地藏延賓）

## 未標調名

當年一念誤，已入輪回簿。幸蒙佛祖最相憐，生我非男復非婦。咦！假僥長就好皮囊，今朝幾失西來路。（第十二回　石佛庵波斯回首　普度院地藏延賓）

# 《鼓掌絶塵》曲

（金木散人撰　四集　四十回　《古本小説集成》據明崇禎刻本影印　上海古籍出版社　一九九一）

## 梁州序（按：此爲明·金木散人曲）

御林鶯囀，小桃紅遍，夾道柳摇金綫。珍珠簾内，佳人上小樓前。只見金衣公子，福馬郎君，繞地遊來遠。殷勤沽美酒，上小重山，拼醉花陰一覺眠。逍遥樂，排歌管，須知十二時光短，休負卻杏花天。（第十一回　哈公子施恩收石蟹　小郎君結契贈青驄）

## 桂枝香（按：此爲明·金木散人曲）

春衣初换，春晴乍暖。聽枝頭春鳥緡蠻，又間着春鶯宛轉。想青春有幾？青春有幾？　　惹得人春情撩亂，春心難按。這暮春天，只愁翻起傷春病，斷送春閨人少年。（第十二回　喬識幫閒脱空騙馬　風流俠士一諾千金）

## 桂枝香（按：此爲明·金木散人曲）

花開滿眼，花飛滿面。問長安花事猶饒想，洛陽花期將半。奈惜花早起，惜花早起，花神何晏，竟不管花英零亂。這賞花天，只愁幾陣催花雨，斷送花枝在眼前。（第十二回　喬識幫閒脱空騙馬　風流俠士一諾千金）

## 鬧五更

一更裏不來呵痛斷腸，不思量，也思量。眼兒前不見他，心兒裏想呀，空身倚似窗，空身倚似窗。你今不來，教我怎的當？你今不來呵唔噯喏，教我怎的當？

二更裏不來呵淚點衾，紗窗外，月兒明。銀盤照不見咱和你呀，抬頭側耳聽,聽得打二更。枕兒旁邊缺少一個人,枕兒旁邊呵唔嗳喏,缺少一個人。

三更裏不來呵淚點抛,紗窗外,月兒高。促織蟲兒不住梭梭叫呀,檐前鐵馬敲,檐前鐵馬敲。好一似陳摶睡又睡不着,好一似陳摶呵唔嗳喏,睡又睡不着。

四更裏不來呵淚點滴,紗窗外,月兒西。花朵身子獨自一個睡呀,負心短行虧,負心短行虧。你在誰家貪花戀酒杯?你在誰家呵唔嗳喏,貪花戀酒杯?

五更裏來了呵,吃得醉醺醺,打着駡着只是不則聲。聲聲問他只是不答應呀,嚇得臉兒紅,嚇得臉兒紅。短倖喬才笑殺一個人,短行喬才呵唔嗳喏,笑殺一個人。

訴罷離情呵,奴爲你受盡了許多熬煎氣。那一日不念你千千遍呀,焚香禱告天,焚香禱告天。幾時得同床共枕眠?幾時得同床呵唔嗳喏,同床共枕眠?(第十二回　喬識幫閒脱空騙馬　風流俠士一諾千金)

## 十供養(十首)

這副骨牌,好像如今的脱空人,轉背之時没處尋。一朝撞到格子眼,打得像個折脚雁鵝形。

這把剪刀,好像如今的生青毛,口快舌尖兩面刀。有朝撞着生磨手,磨得個光不光來糙不糙。

這把等子,好像如今做篾的人,見了金銀就小心。有朝頭重斷了綫,翻身跳出定盤星。

這個銀錠,好像如今做光棍的人,面上妝就假絲紋。用不着時兩頭蹺,一加斧鑿便頭疼。

這隻玉蟹,好像如今串戲的人,妝成八脚逞爲尊。兩隻眼睛高突起,燒茶燒水就横行。

這朵紙花兒,好像如今的老騷頭,妝出馨香惹蝶偷。脚骨一條銅絲顫,專要在蔥草上逞風流。

這隻氣通簪兒,好像如今的喬富翁,外面妝成裏面空。有朝一日没了法,撓破頭皮問他通不通。

這面鏡子,好像如今説謊的人,無形無影没正經。一朝對著真人面,這張醜臉見了眼睜睜。

這個算盤，好像如今經紀的人，厘毫絲忽甚分明。有時脱了錢和鈔，高高擱起没人尋。

這枚金針，好像如今老小官，眼兒還要别人穿。一朝生了沿缸痔，掛綫尋衣難上難。（第二十六回　假醫生藏機探病　瞽卜士開口禳星）

## 四塊玉（按：此爲明・金木散人曲）

【四塊玉】石爲盟，金爲誓，因鳳詠，成鸞配。恁見我意馬奔馳，我見恁心旌摇曳。那花前月下，總是留情地。無奈團圓輕拆離。眼難抬，秋水迷迷。臂難移，玉筍垂垂。步難移，金蓮踽踽。

【大聖樂】和伊，恩情誰擬？似錦水文禽共隨。無端驟雨陰霾起，一思量，一慘淒。恨啼鵑因别，故叫窗西。將愁人聒絮，幸須垂、惜玉憐香意。怕等閒、化作望夫石。

【傾杯序】傷悲，最關情是别離。受寂寞，從今夜。想影暗銀屏，漏咽銅壺，煙冷金猊。向此際誰知？休戀着路旁村酒，牆畔閑花，和那野外山雞。怎教人不臨歧，先自問歸期。

【山桃花】共執手，難分袂。書和信，當憑寄。低語細叮嚀，莫學薄情的。舊恨新愁，已被千重繫。相歡複受相思味，霎時間海角天涯。

【意不盡】願郎君，功名遂，早歸來與奴争氣，再莫向可意人兒共詠題。（第二十八回　文荆卿夜擒紙魍魎　李若蘭滴淚贈驪詞）

# 《歡喜冤家》曲

（西湖漁隱主人撰　二十四回　《思無邪匯寶》本　臺灣大英百科股份有限公司　二〇〇〇）

## 東甌令（按：此爲明・漁隱主人曲）

真嬌豔，果娉婷，一段風流畫不成。羞花閉月多豐韻，天就嬌柔性。恍疑仙女下蓬瀛，喜殺繡衣人。（第四回　香菜根喬妝奸命婦）

## 未標調名

姐兒介星癢來没藥醫，跑過東來跑過西。梅香道：要介弗要燒杓熱湯來豁豁，姐姐道：熱湯只豁得外頭皮。（第八回　鐵念三激怒誅淫婦）

## 未標調名

郎和姐來把拳猜，郎問嬌娘有幾個來。小阿叔十指無縫只得郎一個，若還兩個你先開。（第八回　鐵念三激怒誅淫婦）

## 未標調名

古人説話不中聽，那有一個嬌娘生[止]許嫁一個人。若得武則天娘娘改了一本大明律，世人那敢捉姦情。（第八回　鐵念三激怒誅淫婦）

## 黄鶯兒（按：此爲明・漁隱主人曲）

妾命木星臨，一人身兩截分。松杉裁剪爲圓領。脂難點唇，頸交不成，低頭不見弓鞋影。好羞人，出頭露面，難見故鄉親。（第十回　許玄之賺出重囚牢）

## 懶畫眉

幾時得奇珍異寶萬斯箱，金玉煌煌映畫堂。珍珠珊瑙愛垣牆，夜明珠百斛如拳樣，七尺珊瑚一萬雙。怎能够巴清寡婦守中房，倚頓陶朱販四方。烏孫阿保收牛羊，石崇王愷開銀當，刁民豪奴千萬行。（第十二回　汪監生貪財娶寡婦）

## 未標調名

我笑你蠅頭場上歷冰霜，馬足塵中曉夜忙。你一生衣食兩周張，妻兒老少遭磨瘴，那裏有金槨銀棺葬北廊[邙]。（第十二回　汪監生貪財娶寡婦）

## 未標調名

一生錢癖在膏肓，阿堵須教繞卧床。便秤柴數米有何妨，那饑寒小事何足講，可不道惜糞如金家始昌。（第十二回　汪監生貪財娶寡婦）

## 未標調名

那嗷嗷黄口亂飢腸，你百萬陳陳貯别倉，便分升斗活兒娘，也是你前生欠下妻孥帳，今世須當剜肉償。（第十二回　汪監生貪財娶寡婦）

## 未標調名

我豈是看財童子守錢郎，只是來路艱難不可忘。從來財命兩相當，既然入手寧輕放，有日須思没日糧。（第十二回　汪監生貪財娶寡婦）

## 掛枝兒

皮板擠水屑[筲]没得漏，進一文積一文着甚來由。家私積得真豐厚，猶自貪心重，惹得個女風流。指望他萬頃田園也，反弄得空雙手。（第十二回　汪監生貪財娶寡婦）

## 未標調名（按：此傳爲明・王越曲，或謂陳全曲，用〔塞鴻秋〕調）

緑楊深鎖誰家院，佳人急走行方便。揭起綺羅裙，露出花心現。衝破

緑苔痕，滿地珍珠濺。管不得牆兒外馬兒上人窺見。（第十八回　王有道疑心棄妻子）

## 吴歌・詠尼僧

尼姑生來頭皮光，拖了和尚夜夜忙。三個光頭好似師弟師兄拜師父，只是鐃鈸緣何在裹床？（第二十二回　黄焕之慕色受官刑）

## 江兒水

玉貌雪爲膚，且休誇馮子都。前開後聳强如婦，情投意孚。神交體酥，六龍飛轡何須顧，耳邊呼：這般滋味，勝卻似醍醐。（第二十三回　夢花生媚引鳳鸞交）

# 《孫龐鬥志演義》曲

（吴門嘯客撰　二十卷　《古今小説集成》據明末刊本影印　上海古籍出版社　一九九一）

## 正宫·端正好（按：此爲明·沈滄雨曲，文字有改動）

【端正好】趁良宵，離蘭户，改宫妝扮作村姝。思量欲奔出羊腸路，急煎煎怎趲金蓮步。

【滚綉毬】那顧得夜行時愁沾露，剪霜風避無安處。望都城兵馬喧呼，只見那鎖愁雲迷冷霧。没定止孤單逆旅，亂紛紛兩淚拋珠。好教我長辭金屋貯，輕别囊琴架上書，不由人感歎嗟吁。

【呆骨都】到如今無可奈天涯去，向天涯有馬無輿。空教人斷樓頭殘夢五更鐘，空教人悵花間離愁三月雨。誰惜俺多嬌女？自伴着衰年父。鎮一味對雲山愁殺人，恰便是拆林巢窮鳥苦。

【伴讀書】再休題當年趣，雪庭中裁詩絮。女伴兒水緑城南嬉遊聚，擲金錢鬥草還歌舞。一時似有蒼天妒，回首成虚。

【叨叨令】因此上出危城，乘着天初曙。上浮橋扶着親爺渡，滿衣衫盡塵汙。掠雲鬟没个梳兒與。忽聽得呼噪聲也麽歌，忽聽得吆喝聲也麽歌，早已是到轅門那戈戟如鱗布。

【笑和尚】諕諕諕，諕得人魂斷無。驚驚驚，驚殺我心搥鹿。愁愁愁，愁殺人怕做了無頭虜。棄棄棄，棄歸黄土。幸幸幸，幸憐吾。喜喜喜，喜唱出這段傷情曲。

【鮑老兒】但願伊征戰功成大丈夫，才好將名標天府。看千秋萬古餘，如碑口傳芳譽。休道我怯怯嬌嬌，停停裊裊，喋喋嚅嚅，還勸你觴浮琥珀，劍韜萍緑，度敞氍毹。

【煞尾】請看那冰輪兒剛沉到西，早東山上彩烏，覷着這如水的韶光真可懼。堪憐我淒凉何地覓歡娱，特做個飄花逐水燕分雛。（卷之十八　張蒨奴風月賺　魏太子虎狼囚）

# 《石點頭》曲

（天然癡叟撰　十四卷　《古本小説集成》據明崇禎刊本影印　上海古籍出版社　一九九一）

## 未標調名

我的爹，我的娘，爹娘養我要風光。命裏無緣弗帶得，苦惱子沿街求討好淒涼。孝順没思量。（第六卷　乞丐婦重配鸞儔）

## 未標調名

我個公，我個婆，做别人新婦無奈何。上子小船身一旺，立勿定落湯雞子浴風波。尊敬也無多。（第六卷　乞丐婦重配鸞儔）

## 未標調名

我勸人家左右聽，東鄰西舍莫争論。賊發火起虧渠救，加添水火弗救人。（第六卷　乞丐婦重配鸞儔）

## 未標調名（二首）

生下兒來又有孫。呀，熱鬧門庭！呀，熱鬧門庭！賢愚貴賤，門與庭，庭與門，兩相分。呀，熱鬧門庭！

貴賤賢愚無定準。呀，熱鬧門庭！呀，熱鬧門庭！還須你去，門與庭，庭與門，教成人。呀，熱鬧門庭！（第六卷　乞丐婦重配鸞儔）

## 未標調名

大小個生涯没雖弗個子同，只弗要朝朝困到日頭紅。有個没弗來顧你

個無個苦,阿呀,各人自己巴個鑊底熱烘烘。(第六卷　乞丐婦重配鴛儔)

## 掛枝兒(按:此爲明·席浪仙曲)

少年郎,真個千金難换。這等樣生得好,不枉他姓了潘。小潘安委實的堪欽羨。褪下了紅褲子,露出他白漫漫。雖不是當面的丢番,也好叫他背心兒上去照管。(第十四卷　潘文子契合鴛鴦塚)

## 掛枝兒

小潘安,你便到杭州地面。想彌子瑕,還不如董賢。後庭花少不得擂槌楦。你痛的原不是假,他抽的也不道是寬。直弄到力盡筋疲也,少不得把陳公公兒展一展。(第十四卷　潘文子契合鴛鴦塚)

## 掛枝兒(按:此爲明·席浪仙曲)

王仲先,你真是天生的造化。這一個小朋友似玉如花,没來由被你牽纏下。他夜裏陪伴著你,你日裏還饒不過他。好一對不生産的夫妻也,辨什麽真和假。(第十四卷　潘文子契合鴛鴦塚)

## 未標調名

比翼鳥,各有妻。有妻不相識,墓旁青草徒離離。比翼鳥,各父母。父母不能顧,墓旁青草如行路。比翼鳥,各有家。有家不復返,墓旁青草空年華。(第十四卷　潘文子契合鴛鴦塚)

# 《西湖二集》曲

（周清源撰　三十四卷　《古本小説集成》據明崇禎刊本影印　上海古籍出版社　一九九一）

## 未標調名

三節還鄉掛錦衣，吴越一王駟馬歸。天明明兮愛日輝，百歲荏苒兮會時稀。（第一卷　吴越王再世索江山）

## 未標調名

你輩見儂底歡喜，别是一般滋味子，長在我儂心子裏。（第一卷　吴越王再世索江山）

## 未標調名

孟婆孟婆，你做些方便，吹個船兒倒轉。（第二卷　宋高宗偏安耽逸豫）

## 賣呆歌

賣癡呆，千貫賣汝癡，萬貫賣汝呆。現賣盡多送，要賒隨我來。（第四卷　愚郡守玉殿生春）

## 未標調名

趙温叔，吃粉湯。盲試官，没眼眶。中出“天地玄”，笑倒滿街坊。（第四卷　愚郡守玉殿生春）

## 未標調名（按：原文謂《牡丹亭》曲）

風滅了香，月倒廊，閃閃屍屍魂影兒凉，花落在春宵情易傷。願你早度

天堂，願你早度天堂，免留滯他鄉故鄉！（第十一卷　寄梅花鬼鬧西閣）

## 未標調名（按：原文謂《絃索西厢》曲）

莫道男兒心如鐵，君不見、滿川紅葉，盡是離人眼中血！（第十二卷　吹鳳簫女誘東牆）

## 未標調名（按：原文謂《絃索西厢》曲）

譬如對燈悶悶的坐，把似和衣强强的眠。心頭暗發着願，願薄倖的冤家夢中見。争奈按不下九回腸，合不定一雙業眼。（第十二卷　吹鳳簫女誘東牆）

## 未標調名

好賭的你好貪心，思量一錠贏人十錠。你要贏人的錢財，人也要贏你的錢財，誰知道贏的是假，輸的是正[真]？又説道賭錢不去翻，誰肯送將來？直待綿被兒輸了也，還只是怨悵着命。（第十三卷　張採蓮隔年冤報）

## 未標調名（按：原文謂《絃索西厢》曲）

覷了他家舉止行爲，真個百種村。行一似挾老，坐一似猢猻。甚娘身分，駝腰與龜胸，包牙缺上邊唇。這般物類，教我怎不陰哂？是閻王的愛民。（第十六卷　月下老錯配本屬前緣）

## 正宫・謁金門（按：此爲明・鎖懋堅曲）

人艤畫船，馬鞍上錦韉。催赴瓊林宴。塞鴻裹聲暮秋天，緑酒金杯勸。留意方深，離情漸遠。到京廷中選。今秋是解元，來春是狀元，拜舞在金鑾殿。（第十八卷　商文毅決勝擒滿四）

## 未標調名（按：此爲元・周德清〔朝天子〕曲，有改動）

鬢鴉，臉霞，屈殺了將陪嫁。規摹全似大人家，不在紅娘下。巧笑迎人，文談回話，真如解語花。若咱，得他，倒了蒲桃架。（第十九卷　俠女散財

殉節）

## 未標調名

朵那女，生性偏，怎生不結丈夫緣。莫不是石二姐，行不得方和便？故意是女將男换。若果是有那件的東西也，這烈火乾柴怎地瞞？（第十九卷　俠女散財殉節）

## 未標調名（按：原文謂《邯鄲記》曲）

有家兄打圓就方，非奴家數白論黄。少了他呵，紫閣金門路渺茫，上天梯有了他氣長。（第二十卷　巧妓佐夫成名）

## 未標調名（二首）（按：此爲元・楊維楨〔回波引〕曲，有改動）

小江清，大江清，美人不來生怨愁。吹笛水西流。

東飛烏，西飛烏，美人手弄雙明珠。九見烏生雛。（第二十三卷　救金鯉海龍王報德）

## 未標調名

莫逐燕，逐燕自高飛，高飛上帝畿。（第二十五卷　吴山頂上神仙）

## 未標調名（按：原文謂《牡丹亭記》曲）

怕樹頭樹尾，不到的五更風。和俺小墳邊立斷腸碑一統，怎能勾月落重生燈再紅！（第二十七卷　灑雪堂巧結良緣）

## 未標調名（按：原文謂《牡丹亭記》曲）

兵如鐵桶，一使在其中。將折簡，去和戎，你志誠打的賊兒通。雖然寇盜奸雄，他也相機而動。你這書生正好做傳書用。仗恩臺一字長城，借寒儒八面威風。（第三十四卷　胡少保平倭戰功）

# 《續西遊記》曲

（未題撰人　一百回　《古本小説集成》據清嘉慶十年刊本影印　上海古籍出版社　一九九一）

## 未標調名

好笑小妖精，喜相逢卻没情，把外公高吊在深林境。皮鞭打不痛，亂石敲有聲，没氣力似害虚勞病。罵妖精：現你娘勢，放了到相應。（第四十三回　隱身形行者打妖　悟根因八戒受捆）

## 未標調名

狐妖手舞大樹，靈虚架起丫叉，虧他十指怎生拿。非槍非劍戟，又不是狼牙。到使了一個枯樹盤根勢，蓋頂旋來一撒花。（第四十八回　烈風刮散炎蒸氣　法力摇開大樹根）

## 未標調名

飛的飛，叫的叫，飛飛叫叫不停留，叫叫飛飛如快樂。滿空上下翻，深林接樹噪。黄昏日已晡，衆鳥奔來到。喳喳一片聽他聲，真是靈禽來喜報。（第六十八回　真經隻字本來無　片語仁言妖孽解）

## 未標調名

僧家到處隨所有，怎去打偏手？假充孫外公，詐布真羞醜，快將來四分分才悠久。（第七十七回　誦經功德病痊瘥　使計妖魔空用毒）

## 未標調名

僧家方便存心地，不貪名和利。若遇佈施來，受了爲貧濟，這不爲掠人美市恩義。（第七十七回　誦經功德病痊瘥　使計妖魔空用毒）

# 《檮杌閒評》曲

（未題撰人　五十回　《古本小説集成》據清刊本影印
上海古籍出版社　一九九一）

## 未標調名·閏元宵（按：此爲明·王磐〔南吕·一枝花〕《閏元宵》套數。原文未標調名，字句亦有改動）

（【一枝花】）重開不夜天，再造長春境。復遊三市月，又看六街燈。連賀昇平，閏月今番盛。元宵兩度晴。錦模糊世界重修，光燦爛乾坤又整。

（【梁州】）滄海上六鼇飛層層出現，碧天邊雙鳳輦往往巡行。喜新年更遇新時令，猜空詩謎，踏遍歌聲。醉翻豪俠，走困娉婷。飲不竭春酒繩繩［澠澠］，扮不了社火層層。平添上錦重重五百座琥珀歌樓，再湧出紅灼灼三千珊瑚寶井。又碾開紫巍巍千里瑪瑙長城。前正、後正一年兩度元宵盛。酒有情，詩添興，催逼得雪月風花不暫停，運轉豐登。

（【尾聲】）到那元宵盛，張燈燎斷銀河影，這元宵連迓鼓敲殘玉漏聲。更倩取天上人間兩重歡慶。喜天清地寧，愛風清月明。這的是太平年夜夜元宵四時景。（第二十一回　郭侍郎經筵叱陳保　魏監門獨立撼張差）

## 梁州序（按：此爲明·李清曲）

緑茵鋪繡，紅英卻掃，雅襯腰肢纖小。焦桐横膝，試將玉指輕調。只聽高山流水，别鶴孤鸞，盡聽鍾期妙。朱絃聲續處，軫微抛，無限春情個裏消。宮將换，移他調。暗中忽作求凰操。情脈脈，許誰道。（第二十二回　御花園嬪妃拾翠　漪蘭殿保姆懷春）

## 梁州序（按：此爲明·李清曲）

楸枰閑對，石床斜靠，玉筍驚飛風雹。分邊入腹，何妨坐老仙樵。只見凝眸審視,握子沉思,各運神機巧。人人争國手,慢推敲,先後惟求一着高。齊拍點,同歡笑。局終不減商山樂。分勝負,見奇妙。(第二十二回　御花園嬪妃拾翠　漪蘭殿保姆懷春)

## 二犯江兒水(按:此爲明・李清曲)

宫花争笑,見無數宫花争笑。盈盈掌上嬌美,香茵襯穩,蓮瓣輕翹。細腰肢,一撚小。回雪滿林梢,輕風颺柳條。衣蝶齊飄,釵鳳頻摇,小弓灣[彎],合拍巧。西施醉嬌,絶勝那西施醉嬌。小蠻清妙,好一似、舞《霓裳》一曲小。(第二十二回　御花園嬪妃拾翠　漪蘭殿保姆懷春)

## 江兒水(按:此爲明・李清曲)

歌喉清峭,百轉歌喉清峭,似流鶯花外巧。更舒徐嫣潤,圓轉輕揚,比驪珠一串小。《白雪》調須高,《陽春》曲自操,聲振林臯,響遏雲霄。按中州音韻好,染塵暗消,直繞得梁塵暗消。吴媮[歈]清妙,直個是吴媮[歈]清妙。又何須娱秦晉,返駕邀。(第二十二回　御花園嬪妃拾翠　漪蘭殿保姆懷春)

## 未標調名

這官兒何處來?鬧烘烘儀注排,四圍暖轎三檐蓋。門前高掛郎官第,架上雙懸錫落牌,不登科忽繫起光銀帶。這正是:官生財旺,利去名來。(第三十八回　孟婆師飛劍褫奸魄　魏忠賢開例玷儒紳)

# 《剿闖小説》曲

（懶道人口述　十回　《古本小説集成》據日本内閣文庫藏弘光刊本影印　上海古籍出版社　一九九一）

## 未標調名

吃他娘，穿他娘，開了大門迎闖王。闖王來時不納糧。（第一回　李公子民變聚衆　闖踏天兵盛稱王）

## 未標調名

何須慮，不用焦，人世上貧多榮貴少。大丈夫當異國封侯，肯殉着故君空老？畢竟事舊事新，一般道。人生幾個忠和孝？何必道親在江南，身歸順朝。（第七回　蘆溝橋樵夫嘆歧路　金壇縣秀子鬧黌宫）

# 《一枕奇》曲

（華陽散人撰　兩卷　八回　《古本小説集成》據大連圖書館藏本影印　上海古籍出版社　一九九一）

## 掛枝兒

甚東西生地恁波俏，粉臉涎把兩腳兒蹺，愛了你那個不要親朋爲你好，就是怨仇也開銷。這樣滚熱的行情，也怎麼不是現世寶[報]。（卷二　第一回　一文錢活逼英雄　三杯酒隨身縲絏）

# 《雙劍雪》曲

（華陽散人撰　兩卷　八回　《古本小説集成》據大連圖書館藏東吴赤緑山房刻本影印　上海古籍出版社　一九九一）

## 掛枝兒（按：此爲明·吴拱宸曲）

送書的脚步兒放些輕，一霎時冷汗傾。債主冤家不住的齊奔命。殺人的償首領，出塞的去長征。既不是降臨飛星也，緣何恁樣怕得緊。（卷一第二回　横口談題目忌記四書　滿腹奇文章單注六等）

# 《醉醒石》曲

（東魯古狂生編輯　十五回　《古本小説集成》據傅惜華藏覆刻本影印　上海古籍出版社　一九九一）

## 黄鶯兒

摛藻薄卿雲，恃才高，每喪身。古來多少遭奇困，於菟快心。蚡蝓有文，現身説法殊堪信。再沉吟，若無誼友，妻子定飄零。（第六回　高才生傲世失原形　義氣友念孤分半俸）

## 黄鶯兒（三首）

時服試玄綃，襯輕衫，豔小桃，玉環低壓烏巾巧。襪棱棱一條，步輕輕幾搖，緩拖朱履妝成俏。假風騷，肉麻大老，他道好豐標。

穠李兩枝嬌，鬧東風，壓柳條，飄飄漾漾來回擾。傍花梢一招，向花心一挑，顛狂體態難醫療。惱妖嬈，蒹葭玉樹，説甚好知交。

肩聳泰山高，落湯蝦，只曲腰，人言未聽先呼妙。助清歌扇敲，獻殷勤步勞，低言似恐人知道。也心焦，聲聲大叔，怕是管家喬。（第十回　濟窮途俠士捐金　重報施賢紳取義）

# 《水滸後傳》曲

（陳忱撰　八卷　四十回　《古本小説集成》影印紹裕堂刊本　上海古籍出版社　一九九一）

## 未標調名

咄咄咄，茫茫天地如墨黑。休休休，世人盡到烏江頭。忍忍忍，弄盡聰明反作蠢。來來來，戰場白骨生青苔。（第二十三回　跨青騾英雄尋退步　演六甲兒戲陷神京）

# 《海角遺編》曲

（未題撰人　兩卷　六十回　《古本小説集成》據清抄本影印　上海古籍出版社　一九九一）

## 黄鶯兒

明甫遇偏奇，寓姑蘇，值亂離。撫台標下尋生計。一朝得時，金寶家私，榮華富貴如山勢。事難知，避兵逃難，依舊是貧兒。（第五十三回　棄榮華挈家歸故里　遭擄掠冒死尋親兒）

## 黄鶯兒

男婦互攙扶，膽驚惶，泥又塗。雙雙子女都遭捕。禍稱剥膚，止剩微軀。太倉拼命尋頭路。淚痕枯，多方揭債，贖得掌中珠。（第五十三回　棄榮華挈家歸故里　遭擄掠冒死尋親兒）

# 《西遊補》曲

（董説撰　十六回　《古本小説集成》據明崇禎刊本影印
上海古籍出版社　一九八五）

## 未標調名

月子彎彎照九州，幾家歡樂幾家愁。幾人在玉墜金鈎帳，幾個瀟湘夜雨舟。（第十二回　關雎殿唐僧墮淚　撥琵琶季女彈詞）

## 未標調名

姐兒半夜裏打被頭，爲何郎去你[illegible]勿留留？若是明夜三更郎勿見，剪碎鴛鴦浪錦裘。（第十二回　關雎殿唐僧墮淚　撥琵琶季女彈詞）

## 未標調名

度卻顓愚這一人，把人情世故都談盡，則要你世上夢回時心自忖。（第十三回　綠竹洞相逢古老，蘆花畔細訪秦皇）

# 《樵史通俗演義》曲

（江左樵子撰　八卷　四十回　《古本小說集成》據清初刻本影印　上海古籍出版社　一九九一）

## 二郎神（二首）（按：此爲明・陸應暘曲）

秋氣潑，偏是離人愁思多。這小月風吹寒滿閣，玎玲檐馬，撩人偏奈他何。更窗縫零星紙相磕，没緊慢，征鴻頻過。誰孤似我，待上碧海青天，悔無靈藥。

猛可，往事潛評，舊遊打合。佳月溶溶春似昨，燈花隱謎，一天情在眉窩。蝶使蜂媒未猜覺，侮弄卻靈祠香火。風勢惡，與牧羊龍女一般差撥。（第五回　衆兒著攻擊之效　一手握枚卜之權）

## 囀林鶯（二首）（按：此爲明・陸應暘曲，略有異同）

詩箋燈下詳玩索，墨花金粉輕涴，點筆含情多細作。未嫁文君瓜葛，相如作麽。拾江華先漱文園渴，夢難那魂飄月露，風雨又急來過。

宵長秋冷睡未着，兒女笑語閑科。你看半户風燈吹小瞌，煤花如黛，輕點袖衫羅。花箋一抹，敢爲秋思無聊而作。細觀摩，絲絲點點，一印板並無他。（第五回　衆兒著攻擊之效　一手握枚卜之權）

## 掛枝兒（五首）（按：此爲明・陸應暘曲）

聽初更，鼓正敲，心兒懊惱。想當初，開夜宴，何等奢豪。進羊羔，斟美酒，笙歌聒噪。如今寂寥荒店裏，只好醉村醪。又怕酒淡愁濃也，怎把愁腸掃。

二更時，輾轉愁，夢兒難就。想當初，睡牙床，錦繡衾裯。如今蘆爲帷，土爲炕，寒風入牖。壁穿寒月冷，檐淺夜蛩愁。可憐滿枕淒凉也，重起沿房走。

夜將中，鼓咚咚，更籌三下。夢纔成，還驚覺，無限嗟呀。想當初，勢傾朝，誰人不怕，九卿稱晚輩，宰相謁私衙。如今勢去時衰也，零落如飄瓦。

城樓上，鼓四鼓，星移斗轉。思量起，當日裏，蟒玉朝天。如今别龍樓，辭鳳閣，淒淒孤館，雞聲茅店月，月影草橋煙。真個目斷長途也，一望一回遠。

鬧攘攘，人催起，五更天氣。正寒冬風凜冽，霜拂征衣。更何人效殷勤，寒温彼此。隨行的是寒月影，吆喝的是馬聲嘶。似這般樣荒凉也，真個不如死！（第十六回　奸臣得情姬殞身　惡璫有義閹殉死）

## 掛枝兒（按：此爲明・陸應暘曲）

喜蛛兒忽地在簷前掛，昨夜銀缸燈結蕊，今朝喜鵲叫喳喳。粉牆上畫的又是成雙卦。思君可爲配，隨地即爲家。若還前世的姻緣也，悔守了連宵寡。（第二十八回　叛賊聚衆毒秦晉　流氛分隊犯梁楚）

## 水仙子（按：此爲明・陸應暘曲）

一聲鼓角一聲愁，一點烽烟一點憂。淮水江山天邊月，催劫急局難收。嘆將軍振旅淹留。忠輔心間事，奸臣臉上羞。並蹙眉頭。（第三十九回　左將軍檄文討逆　史閣部血淚誓師）

## 寄生草（二首）（按：此爲明・陸應暘曲）

你也休羅唣，我也莫放刁，弘光走了咱誰靠？廣德州城破不相饒，馬丞相夜奔安吉道。方總兵兵馬亂紛紛，咱馬兵隨後也慌忙到。

你也休羅唣，我也不放刁，黄得功刎了明無靠。劫糧的劉孔昭海中逃，賣君的劉良佐千秋笑。權奸自古少忠臣，傍州例請君瞧，也須知道。（第四十回　羅公山李闖卒滅　杭州路馬相潛奔）

# 《載花船》曲

（西泠狂者撰　四卷　十六回　存三卷　十回　《思無邪匯寶》本　臺灣大英百科股份有限公司　二〇〇〇）

## 古調醉高歌紅繡鞋（按：此爲元·賈固《寄金鶯兒》帶過曲）

樂心兒比目連枝，肯意兒新婚燕爾。畫船開抛閃得人獨自，遥望關西店兒。黄河水流不盡心中事，中條山隔不斷相思。常記得夜深沈，人静俏［悄］，自來時。來時節三兩句話兒，去時節一篇詩，記在人心窩兒裏直到死。（卷二　第六回　聽淫聲兩人私語）

## 黄鶯兒

貂璫勢恁豪，奉皇恩，賜紫袍，尚方在握誇榮耀。聘賢良要驍，訪材能更麃，原來單取龜如爆。語兒曹，龜身養大，勝似讀書高。（卷三　第九回　女天子宫禁談龜）

# 《山水情傳》曲

（未題撰人　二十二回　《古本小説集成》據日本東京大學藏明末清初本影印　上海古籍出版社　一九九一）

## 掛枝兒

東南風起打斜來，好朵鮮花葉上開。後生娘子弗要嘻嘻笑，多少私情笑裏來。（第八回　鬧花園蠢奴得佳扇）

## 未標調名（按：用《掛枝兒》調）

二十去子念一來，弗做得人情也是呆。三十去了花易謝，雙手招郎郎弗來。（第八回　鬧花園蠢奴得佳扇）

## 黄鶯兒（按：此爲明・無名氏曲）

包趙兩相逢，做媒心，個個雄。忽生嫌隙奸心動，渾名兒自攻，醜聲兒自同。喧嘩攘臂相争勇，氣衝衝。頭蓬髻亂，沬血盡顔紅。（第十七回　義僕明冤淑媛病）

## 黄鶯兒（按：此爲明・無名氏曲）

雙貴錦衣旋，鬧街坊，鼓樂闐。三檐蓋傘隨風轉。繡鞍兒色鮮，藍旗兒粲然。摩肩擦背人争羡，賽登仙。親年未老，及第樂無邊。（第十八回　金昆聯榜錦衣旋）

# 《清平山堂話本》曲

（洪楩輯編　二十七篇　《古本小説集成》據明嘉靖刊本影印　上海古籍出版社　一九九一）

## 未標調名

十里荷花九里紅，中間一朵白松松。白蓮則好摸藕吃，紅蓮則好結蓮蓬。結蓮蓬，結蓮蓬，蓮蓬好吃藕玲瓏。開花須結子，也是一場空。一時乘酒興，空肚裏吃三鍾。番身落水尋不見，則聽得採蓮船上，鼓打撲鼕鼕。（卷一　柳耆卿詩酒玩江樓記）

## 浪裏來

柳解元使了計策，周月仙中了機扣。我交那打魚人準備了鰲鈎。你是惺惺人，算來出不得文人手。姐姐，免勞慚皺，我將那點鋼鍬掘倒了玩江樓。（卷一　柳耆卿詩酒玩江樓）

## 未標調名

慕道逍遥，修行快樂。粗衣淡飯隨時着，草履麻鞋無拘束。不貪富貴榮華，自在閑中快樂。手内提着荆藍[籃]，便入深山採藥。去下玉帶紫袍，訪友攜琴取樂。（卷二　張子房慕道記）

## 未標調名

老來也，百病熬煎。一口牙疼，兩臂風牽。腰駝難立，氣急難言。吃酒飯，調痰倒轉；飲茶湯，口角流涎。手冷如鉗，腳冷如磚。似這般百病，直不得兩個沙模兒銅錢。（卷二　張子房慕道記）

## 商調·醋葫蘆(十首)

湛秋波兩剪明,露金蓮三寸小,弄春風楊柳細身腰。比紅兒態度應更嬌,他生的諸般齊妙。縱司空見慣也魂消!

鎖修眉恨尚存,痛知心人已亡,霎時間雲雨散巫陽。自別來幾日行坐想,空撇下一天情況。則除是夢裹見才郎。

結姻緣十數年,動春情三四番,蕭牆禍起片時間。到如今反爲難上難,把一對鸞鳳驚散。倚欄幹無語淚偷彈。

喜今宵月再圓,賞名園花正芳,笑吟吟攜手上牙床。恣交歡恍然入醉鄉,不覺的渾身通暢。把斷弦重續兩情償。

美温温顔面肥,光油油鬢髮長,他半生花酒肆顛狂。對人前扯拽都是謊,全無有風雲氣象。一謎裹竊玉與偷香。

奏簫條[韶]一派鳴,綻池蓮萬朵開。看六街三市鬧攘攘,笑聲高滿城春似海。期人在燈前相待,幾回家又恐燕鶯猜。

報黄昏角數聲,助淒凉淚幾行,論深情海角未爲長。難捉摸這般心内癢,不能勾相偎相傍。惡思量縈損九迴腸。

揶揄來若怨咱,朦朧着便見他,病懨懨害的眼見花。瘦身軀怎禁没亂殺?則説不和我幹罷,幾時節離了兩冤家!

緑溶溶酒滿斟,紅焰焰燭半燒,正中庭花月影兒交。直吃得玉山時自倒。他兩個貪歡貪笑,不隄防門外有人瞧!

見抛磚意暗猜,入門來魂已驚,舉青鋒過處喪多情。到今朝你心還未省,送了他三條性命。果冤冤相報有神明。(卷三　刎頸鴛鴦會)

# 《萬錦情林》曲

（余象斗撰　六卷　《古本小説集成》據明萬曆戊戌刊本影印　上海古籍出版社　一九九一）

**未標調名“西江月上”**（按:《國色天香》卷九下層《鍾情麗集·下》已輯,此存目）（卷一下層　鍾情麗集）

**耍孩兒“老天生俺非容易”**（按:套數。《國色天香》卷十下層《鍾情麗集·下》已輯,此存目）（卷一下層　鍾情麗集）

**未標調名“十里荷花”**（按:《清平山堂話本》卷一《柳耆卿詩酒玩玩樓記》已輯,此存目）（卷一上層　玩江樓記）

**浪裏來“柳解元使了計策”**（按:《清平山堂話本》卷一《柳耆卿詩酒玩玩樓記》已輯,此存目）（卷一上層　玩江樓記）

**未標調名“花樣嬌嬈”**（按:《國色天香》卷三下層《劉生覓蓮記·上》已輯,此存目）（卷三下層　覓蓮記傳）

**未標調名“嬌滴滴月下”**（按:《國色天香》卷三下層《劉生覓蓮記·下》已輯,此存目）（卷三下層　覓蓮記傳）

**香柳娘“對孤燈悄然”**（按:《國色天香》卷之四下層《尋訪雅集》已輯,此存目）（卷四下層　浙湖三奇傳）

**絳都春“清濃乍別”**（按:《國色天香》卷四下層《尋芳雅集》已輯,此存目）（卷四下層　浙湖三奇傳）

**未標調名“曾經鍛煉”**（按:《國色天香》卷二上層《搜奇攬勝·以針詠妓》已輯,此存目）（卷四上層　詩類·詠針嘲妓）

**未標調名·睡鞋“新紅睡鞋”**（按:《國色天香》卷二上層《搜奇攬勝·雌雄交感》已輯,此存目）（卷五上層　詞類·雌雄交戕）

**未標調名“汝靈禽”**（按:《國色天香》卷二上層《搜奇攬勝·雌雄交感》已輯,此存目）（卷五上層　詞類·雌雄交戕）

**未標調名“華清宴罷”**（按:《國色天香》卷二上層《搜奇攬勝·雌雄交感》已輯,此存目）（卷五上層　詞類·雌雄交戕）

**未標調名"緑楊深鎖"**(按:《國色天香》卷二上層《搜奇攬勝·雌雄交感》已輯,此存目)(卷五上層　詞類·雌雄交賤)

**未標調名"東邊一株楊柳樹"**(按:何本《燕居筆記》卷三下層《圖類·題長亭四柳圖》已輯,此存目)(卷五上層《題圖類·題長亭四柳圖》)

**未標調名"你若肯笑"**(按:林本《燕居筆記》卷三下層《題圖類·題圍屏美人圖》已輯,此存目)(卷五上層　題圖類·題圍屏美人圖)

## 小聖樂(按:此金·元好問曲,又名〔驟雨打新荷〕)

緑葉陰濃,遍池亭水閣,偏趁凉多。海榴初綻,朵朵簇紅羅。乳燕雛鶯弄語,對高柳鳴蟬相和。驟雨過,似瓊珠亂撒,打遍新荷。　　人生百年有幾,念良辰美景,休放虚過。富貧前定,何用苦張羅。命友邀賓宴賞,飲芳醑,淺酌低歌。且酩酊,從教二輪,來往如梭。(卷六上層　附雜類·萬柳堂)

## 沉醉東風(按:此元·胡祇遹曲)

錦織江邊翠竹,絨穿海上明珠。月淡時,風清處,都隔斷落紅塵土。一片閒情任卷舒,掛盡朝雲暮雨。(卷六上層　附雜類·珠簾秀)

# 《花陣綺言》曲

（石公纂輯　十二卷　《古本小説集成》據明萬曆刊本影印　上海古籍出版社　一九九一）

**未標調名“西江月上”**（按:《國色天香》卷九下層《鍾情麗集·上》已輯,此存目）（卷之六　鍾情麗集·上）

**小梁州“惜花長是”**（按:何本《燕居筆記》卷七上層《擁爐嬌紅》已輯,此存目）（卷之八　嬌紅雙美）

**閨怨蟾宫·静裹悽寥“鬧嚷嚷春景無涯”**（按:《國色天香》卷二下層《劉生覓蓮記·上》已輯,此存目）（卷之十一卷　覓蓮記·上）

**半天飛(二首)“花樣嬌嬈”、“費盡心情”**（按:《國色天香》卷三下層《劉生覓蓮記·下》已輯,此存目）（卷之十二卷　覓蓮記·下）

**步步嬌“密約多遭”**（按:《國色天香》卷三下層《劉生覓蓮記·下》已輯,此存目）（卷之十二卷　覓蓮記·下）

**未標調名“嬌滴滴月下”**（按:《國色天香》卷三下層《劉生覓蓮記·下》已輯,此存目）（卷之十二卷　覓蓮記·下）

**未標調名“天上姮娥降”**（按:《國色天香》卷三下層《劉生覓蓮記·下》已輯,此存目）（卷之十二卷　覓蓮記·下）

# 引用及參考書目

## (一)主要引用書目:

上編:引用明代白話小説 102 種

中編:引用明代文言小説 122 種

下編:引用明代文言、白話小説共 126 種

以上,直接引用書目凡 350 種,若去其重,估計應在 300 種左右;其所用之版本,内文中有詳細注明(包括著者、卷數、底本、收録之叢書名、出版社、出版時間等全部信息)

## (二)主要參考書目

主要參考書目,分五大類:

1. 以《中國古代小説總目提要》《中國文言小説總目提要》等爲代表的小説類目録著作;

2. 以《古本小説集成》《古本小説叢刊》《歷代筆記小説大觀》《中國古代孤本小説集》《思無邪匯寶》等爲代表的小説類叢書;

3. 以《全唐五代詞》《全宋詞》《全金元詞》《全明詞》《全明詞補編》《全元散曲》《全明散曲》《全清散曲》《明清散曲輯補》等爲代表的詞曲全集類著作;

4. 以《四庫全書》《續修四庫全書》《四庫存目叢書》《叢書集成》等爲代表的大型綜合類叢書;

5. 以《中國叢書綜録》《中國人名大辭典》《二十四史紀傳人名索引》《漢語大字典》《漢語大辭典》《欽定詞譜》《欽定曲譜》《中國叢書綜録》等爲代表的各類文史工具書。

以上五大類主要參考書目共 100 餘種。

全書引用和主要參考書目,總數約 400 餘種,如加上查而未得詞曲之作的諸多史部、子部、集部之書,應在千種以上矣!